广东戏剧文库
优秀剧作选

1949-2019
粤剧卷

GUANGDONG XIJU WENKU
YOUXIU JUZUO XUAN
YUEJUJUAN

（第1册）

广东省艺术研究所
主编

中国戏剧出版社
CHINA THEATRE PRESS

图书在版编目（CIP）数据

广东戏剧文库. 优秀剧作选. 粤剧卷：1949-2019 / 广东省艺术研究所主编. — 北京：中国戏剧出版社，2019.10
ISBN 978-7-104-04816-9

Ⅰ. ①广… Ⅱ. ①广… Ⅲ. ①粤剧—剧本—作品集—广东—当代 Ⅳ. ①I236.65

中国版本图书馆CIP数据核字（2019）第129213号

广东戏剧文库·优秀剧作选·粤剧卷（1949—2019）

责任编辑：肖 楠 齐 钰
责任印制：冯志强
校　　对：张爱华

出版发行：中国戏剧出版社
出 版 人：樊国宾
社　　址：北京市西城区天宁寺前街2号国家音乐产业基地L座
邮　　编：100055
网　　址：www.theatrebook.cn
电　　话：010－63381560（发行部） 010－63385980（总编室）
传　　真：010－63383910（发行部）

读者服务：010－63387810
邮购地址：北京市西城区天宁寺前街2号国家音乐产业基地L座

印　　刷：保定市铭泰达印刷有限公司
开　　本：787mm×1092mm 1 / 16
印　　张：170
字　　数：3047 千字
版　　次：2019年10月 北京第1版第1次印刷
书　　号：ISBN 978-7-104-04816-9
定　　价：798.00 元（全8册）

编委会名单

序 言

为全面贯彻党的十九大和习近平总书记重要讲话精神，坚持以习近平新时代中国特色社会主义思想为指导，充分发挥广东戏剧在广东文化大省建设中的作用，促进广东戏剧观念、戏剧实践的发展，繁荣广东戏剧事业，推动广东戏剧事业走在全国前列，值中华人民共和国成立七十周年之际，在广东省文化和旅游厅的领导下，广东省艺术研究所自2018年开始启动《广东戏剧文库 · 优秀剧作选（1949—2019）》丛书出版工程，将广东戏剧70年来（1949—2019年）的剧目进行梳理、总结，现结集出版。

《广东戏剧文库 · 优秀剧作选（1949—2019）》由广东省文化和旅游厅策划，广东省艺术研究所承担组织编选工作。按照广东省文化和旅游厅的统一部署，由全省各演出院团报送剧本，我们聘请省内的戏剧专家、学者30余人，按照艺术质量与社会影响双重标准，将1949—2019年70年间历届省级以上戏剧赛事获得剧本奖的剧目、在市场演出中经久不衰的剧目、名家演出的代表性剧目、经专家推荐论证在现当代较有价值和意义的剧目甄选出来。自2018年开始，历时两年，我们从征集到的近2000个剧本中挑选出200多个，交由中国戏剧出版社出版。

《广东戏剧文库 · 优秀剧作选（1949—2019）》分8卷共25册，包括粤剧卷（8册）、潮剧卷（4册）、广东汉剧卷（2册）、雷剧卷（2册）、稀有剧种卷（含正字戏、白字戏、西秦戏、花朝戏4个剧种，3册）、客家山歌剧卷（2册）、韶关戏曲卷（含粤北采茶戏和乐昌花鼓戏2个剧种，1册）、话剧卷（3册）。

该剧作选所选录的剧本，就戏曲部分而言，既有经过整理的传统戏，如粤剧《白蛇传》《秦香莲》《审死官》，潮剧《荔镜记》《苏六娘》《告亲夫》，广东汉剧《齐王求将》，正字戏《张飞闯辕门》，白字戏《白罗衣》，西秦戏《辕门罪子》等；又有现当代新编写的历史剧，如粤剧《关汉卿》《昭君公主》《袁崇焕》，潮剧《辞郎洲》《陈太爷选婿》《东吴郡主》，广东汉剧《白门柳》，西秦戏《留取丹心照汗青》等；更有全新创作的现代戏，如粤剧《土缘》《驼哥的旗》《刑场上的婚礼》，潮剧《老兵回乡》《赠梅记》，广东汉剧《热嫁冷婚》，雷剧《抓阄村长》，梅县山歌剧《漂流的新娘花》《等郎妹》，粤北采茶戏《人生路》等。除戏曲剧目外，我们也留了 3 册的篇幅，用来收录广东 70 年来的优秀话剧剧本。所选剧本基本上比较真实地反映了广东戏剧 70 年来的剧目生产概况，比较完整地呈现了广东戏剧人在党的文艺方针指引下持续努力的轨迹，这对于今后的研究和创作而言，无疑是一份珍贵的参考资料，意义颇大。

鉴于时间跨度长、资料浩繁，编辑经验有限，书中错漏在所难免，祈请读者、方家批评指正。

《广东戏剧文库 · 优秀剧作选（1949-2019）》编委会

2019 年 3 月

总目录

(1)

(2)

(3)

(4)

(5)

(6)

(7)

(8)

目录

搜书院

（根据琼剧改编）

改编：杨子静　莫汝城　林仙根

人 物 表

谢　宝　　琼台书院掌教。

张逸民　　琼台书院学生。

林　伯　　琼台书院老仆。

翠　莲　　镇台家侍婢。

镇　台　　驻琼州镇台。

夫　人　　镇台的老婆。

小　姐　　镇台的女儿。

秋　香　　镇台家侍婢。

师　爷　　镇台的幕客。

谢　福　　谢宝的轿夫。

谢　禄　　谢宝的轿夫。

学生甲、乙、丙。

书童、家丁、更夫、兵丁若干人。

第一场

[重阳节日。

[琼州镇台府内花园。

[小姐、秋香扑蝴蝶上。蝴蝶飞去，小姐追赶，却被青苔滑倒。

小　姐　（唱滚花）蝶儿飞舞过花荫，

追扑不来心恼恨。

翠莲糊得风筝好，

不若叫她侍候放风筝。

你去叫翠莲，快把她的风筝拿来！

秋　香　知道！翠莲，拿你的风筝来！

［翠莲持蝴蝶风筝上。秋香下。

翠　莲（念）　夫人日夜催针凿，

小姐偏叫放风筝。

小　姐（唱滚花）你持彩蝶候风来。

我手执红丝将线引。

［翠莲持风筝下场，小姐牵线放风筝。

小　姐　翠莲，放手啦！

［翠莲复上。

翠　莲（唱双飞蝴蝶）

看它乘风上青云，

任它高飞远远奔。

小　姐（接唱）　它凌空似彩禽，

手中彩线我捏紧。

翠　莲（接唱）　天空海阔任它高飞去，

小　姐（接唱）　高低俯仰任我手牵引。

翠　莲（接唱）　看天空，五彩缤纷，

小　姐（接唱）　风筝飞舞远和近。

翠　莲（接唱）　我放它，碧空里，

冲霄一去势莫禁，

翩跹飞舞似白燕，

云端翻个身。

［小姐正放得高兴，因风紧不会纵线，翠莲上前想帮忙，小姐把她挥开，这一刹那，风筝线断随风飞去了。

[翠莲登上假山远望。

翠　莲　小姐，断线风筝，飞落圣母宫那边去了。

小　姐　（生气地）这都怪你，这都怪你！（向内叫）娘亲快来！

[秋香扶夫人匆匆上。

夫　人　女儿，又与何人生气？

小　姐　可恨翠莲，放失我只风筝。娘亲快快打她！（要哭）

夫　人　女儿休要气恼，为娘定不饶她，翠莲过来！

（唱滚花）两三天不曾挨棍棒，
侍候小姐又不殷勤！
正是天生贱骨头，
打死也难消怒愤。（打翠莲嘴巴）

小　姐　妈，叫她去把风筝拾回来！

夫　人　（唱滚花）翠莲拾回风筝犹自可，
若然失落你要当心。

去！

[翠莲含泪下。

[幕闭。

第二场

[与上场同日。

[琼州府城外，圣母宫山前。

[张逸民，学生甲、乙、丙上。书童挑食篮、书箱随上。

学生甲　（念诗）　极目重阳浪拍天，

学生乙　（接念）　椰林莽莽鸟翩翩，

学生丙　（接念）　海南九月花还好，

张逸民　（接念）　未觉秋声过耳边。

学生甲 逸民兄，想我们埋头攻读，日坐书斋，虽然生长在琼州，还不知有此胜地。若非书院放假三天，我们结伴登高，就未免辜负这秀丽风光了。

学生乙 对呀！书童，那边是什么所在？

书　童 前面就是圣母宫。

学生乙 久闻圣母宫香火旺盛。今日重阳佳节，定然更加热闹。何不同去游玩一番？

学生甲 逸民兄意下如何？

张逸民 啊！小弟意欲暂留，饱看眼前景色，诸位先行。

学生甲 如此说，我等三人先行也罢！

众　人 请！

［学生甲、乙、丙下。

［书童从箱里取出笔砚，摆好。

书　童 张相公，笔砚已经摆好，让我也去游耍一会吧！

张逸民 好。

［书童下。

张逸民（念）　天开地阔生秋色，
水态山容动客心。（唱凤凰台）
美景无如海岛边，
眼底琼崖胜洞天。
风满帆悬，
群鸥遥绕打鱼船。
看天上竞放纸鸢，
似羽扇，似雪片，
似云端舞白燕。（忽见风筝断线，唱滚花）
碧空陨落断线纸鸢。
看它漂泊西东，
——啊！险落山泉水面。（拾起风筝）

好一只美丽的蝴蝶风筝！不幸线断飘零，落得身沾尘土，真是可惜可惜！趁我诗兴正浓，何不在风筝上面题词一首，倒是一番雅事。正是：

几曾晓梦迷蝴蝶，

·片秋心托纸鸢。

[题词毕，独自欣赏。

[翠莲上。

翠　莲 （唱滚花）为找风筝到山前，

找去找来都不见。

[拾级上山，却因过于匆忙，跌倒地上，碰伤了手。

翠　莲 哎哟！

[张逸民看见有人跌倒，急把风筝放下，上前，见是一女子，心里犹疑一下，但见翠莲手上受伤，便上前扶起她，掏出手绢来，为她包扎伤处。翠莲包扎后继续寻找，发现在逸民手上。

翠　莲 这位相公，这只风筝是……

张逸民 是我方才拾到的！

翠　莲 是我的！

张逸民 是你的？如此物归原主。（交还风筝）

翠　莲 多谢相公！（接过风筝，施礼欲走，看见风筝上有字，又回头）相公，这风筝不是我的。

张逸民 不是你的？

翠　莲 我那风筝上面没有字的。

张逸民 哦！这一首词是小生方才写上去的。

翠　莲 哎呀！你写了些什么？

张逸民 姑娘放心，待小生念来你听。（念词）

不羡红丝牵一线，

扶摇直上遥空，

几曾愁梦绕芳丛。

栖香心宛转，写影骨玲珑。

信道黄花还比瘦，

无端轻落泥中。

拼将弱质斗西风，

命虽同纸薄，身肯逐飘蓬。

翠　莲　（伤感，沉吟）命虽同纸薄，身肯逐飘蓬……

张逸民　姑娘何以伤心落泪？

翠　莲　相公呀！（唱反线中板）

方才听你念诗篇，

感怀身世，不禁暗自凄然。

那风筝可叹摆布由人，

尽操在人家手中线。

前路茫茫，线断便随风漂泊，

一似我翠莲无告倩谁怜！

张逸民　（接唱）见姑娘感触伤心，

引起我同情一念。

常言道“相逢何必曾相识”，

愿能解你悲酸。（转滚花）

你既是身世凄凉，

可否对我细谈一遍。

翠　莲　（唱乙反二黄）

多感相公垂问，

我且忍泪开言。（转合字过门）

我是寒门弱女，

家里租种别人田。

只因丧了妈妈，无钱来殡殓，

我父亲迫得将我卖与镇台。

时已十四年，

我受折磨更受棍鞭，

磨难不断！

张逸民　姑娘卖身葬母，孝道堪嘉。既是身受折磨，我想尊翁定能设法，赎你回家的。

翠　莲　怎奈祸不单行哩！（唱紫云回）

亲爹爹，更不幸，
只因遭遇大旱天，
强迫纳税交租捐，
我父受那公差拷打丧黄泉。

张逸民　（唱乙反清歌）

堪叹弱女飘零家惨变，
沉沦苦海更堪怜。（转乙反木鱼）
你何不拜求亲友，
赎你出生天。

翠　莲　（接唱）　无亲无故，要赎无钱。

张逸民　（接唱）　小生家道清贫，
亦是一筹莫展。
空抱满腔义愤，
无能解慰你悲酸。

翠　莲　（接唱）　相公深切关怀，
我感激不浅……

［山寺钟声忽响。

翠　莲　（惊觉时已不早，接唱）

夕阳西下，
我不敢多流连。

相公对我关怀，奴婢终身铭感，能否赐告尊姓大名留为纪念？

张逸民　姑娘言重了。小生张逸民，文昌人氏，家中只有老母在堂，现在琼台书院谢宝老师门下。

翠　莲　原来是张相公，张相公珍重！

张逸民　翠莲姑娘珍重！

［翠莲恋恋地下。

张逸民　（目送翠莲去远。唱滚花）

教我行人偷下泪，

秋山九月有啼鹃。

[幕闭。

第三场

[次日。

[镇台府二堂。

[镇台手持风筝上，衙役随上。

镇　台　孩儿偷放风筝，上面写有男人诗稿。此风筝因何藏在女儿闺房之内，定要问白分毫。人来，快请夫人出堂。

家　人　知道，有请夫人。（下）

[秋香引夫人上。

夫　人　拜见老爷！老爷，唤老身出堂，有何事呀？

[镇台瞪秋香一眼，秋香知意，退在一旁。

镇　台　你好家教！（唱滚花）

女儿有辱门风，

皆因你这败儿慈母！

夫　人（接唱）老爷你何出此话？

妾身如在闷葫芦。

镇　台（接唱）孩儿逃学放风筝！

夫　人（接唱）此事你又何须气恼？

镇　台　哼！（接唱）

风筝藏在女儿房内，

上题淫词一首，来历糊涂。

你拿去看看！

夫　人（惊）吓！（取过风筝一看，心内明白）哦！

（唱减字芙蓉）

这一只风筝，我昨天曾见到。

镇　台　你既然见到风筝，为何不管教女儿？

夫　人（接唱）　风筝非女儿之物，

是翠莲亲手所糊。

镇　台　我要问的是诗词来历！

夫　人（接唱）　昨日风筝放上天，

线断飞离府。

镇　台　因何还藏在女儿房内呢？

夫　人（接唱）　翠莲前去执拾，

她日暮至转归途。（转滚花）

一定是贱婢翠莲，

在外招风惹草。

镇　台　可恼！（唱“快中板”）

丫头大胆恋情夫。

定要查明将她摆布。

人来，传翠莲！

秋　香　知道！（下）

［师爷上。

师　爷　禀上镇台，道台大人到！

镇　台　道台大人到？立刻出迎。（对夫人唱滚花）

你对贱婢执行家法，

不许她半字含糊！（与师爷下）

［翠莲上。

翠　莲（唱七字清中板）

风筝昨夜收藏好，

梳妆台下缚得牢，

今早找寻寻不到，

忽闻呼唤心似辘轳。

（入见夫人，转滚花）

请问夫人有何吩咐？

夫　人（把风筝丢在地上）贱婢！（唱快慢板）

小贱人真胆大，竟敢勾引情夫！

写诗句是谁人？快从头直诉。

翠　莲（接唱）老夫人请息怒，勿错怪奴奴。

那诗词本寻常，不是淫邪词赋。

夫　人（接唱）是男子来写下，定有不轨谋图！

（转快中板）

授受不亲从古道，

出墙红杏惹奸徒。（转滚花）

快把内里奸情，从头实告！

翠　莲　夫人容禀。（唱石榴花）

昨日寻风筝，我急离府，

上山找遍，竟然踪影全无。

及后遇见一书生。

是他执拾到。

他交还我，已写了诗句。

他说诗词里，并无他故。（转西皮）

夫人请息怒，

请把诗句看明，听奴直诉。

夫　人（接唱）那书生叫何名字？

我定要追究奸徒。

他姓甚名谁？讲！

翠　莲（唱滚花）我与他骤面相逢，

未有问他名号。

夫　人 好胆！（唱快中板）

藏奸畏罪话含糊，

不打你时不知苦，

藤鞭到肉你难熬。（转滚花）

人来，快取家法出堂……

[秋香取鞭上。

夫　人（接唱）手执藤鞭当头便扫。（打翠莲）

翠　莲（唱沉腔滚花）

哎呀呀！新伤旧痛，且忍哀号。（暗泣）

夫　人（见翠莲不屈服，立刻转过一副面孔，念白榄）

翠莲你要知机，何必自己甘受苦？

你把真实讲出来，夫人定将你维护。

更为你撮合，让你嫁个好丈夫！

翠　莲（接念）夫人你要问真情，我实在不知道。

夫　人（接念）事情做错要早回头，夫人打你是为你好。

翠　莲（接念）夫人待我我记在心，好丑哪有不知道！

夫　人（接念）贱婢你死不招，分明欺我心肠好。

贱丫头，真可恼！打死你，没状告。

（再打）你讲不讲？

[秋香欲扶翠莲，夫人瞪眼，只好拿藤鞭下。

翠　莲（唱慢滚花）

张生受累实无辜，

我若讲时他灾祸到。

咬实牙关瞒隐吧，

拼将皮肉受煎熬。

我自问无愧于心，

哪怕她再施残暴！（转快）

请夫人明察，我没做错分毫。

纵使打死我时，也无言可告。

夫　人（唱快中板）

再来追问也徒劳。（转滚花）

禀知老爷再将你摆布。

[镇台上。

镇　台　夫人你审问贱婢，事情怎样？

夫　人　也曾拷问，贱婢她矢口不招！

镇　台　矢口不招，人来拿刀绳上来！

[家人取钢刀、绳索上。

镇　台　贱婢呀贱婢！到底你情夫是谁，快快从实招来，如若不然，你来看。钢刀一把，麻绳一条，死来我看！

[掷刀、绳在地。举足欲踏翠莲，夫人拉开镇台。

夫　人　人来，先将她锁在柴房。

[家人扶翠莲下。

镇　台　夫人，为何饶过贱婢？

夫　人　老爷说过要送一婢女给道台为妾，难道忘了此事？

[秋香送茶出，刚好听见，吓得急忙退下。

镇　台　好！夫人言之有理！

[幕闭。

第四场

[同日夜里。

[镇台府内一间堆放柴草的破屋。

翠　莲（唱哭相思）

千悲万怨！（抚伤悲痛。转南音）

情惨惨，泪涓涓，

钢刀绳索迫我死在眼前。

我似地狱游魂难将天日见，

更似釜中鱼肉一味受熬煎。

苦煞我肉绽皮开鲜血红点点，

我似寒梅遭暴雨片片落阶前。

（转快流水南音）

不信奴婢生成偏命蹇，

任人拷打任笞鞭。

不信你富我贫分贵贱，

谁无父母养育多年！

哭句爹娘无眼见，

（转乙反二黄）

若见女儿今日，定更心酸。

自问磊落光明，并未有行差半点，

大人严拷毒打，只为一首诗篇。

镇台恃势恃权，真是无从争辩，

（转正线二黄）

我含冤无告，死难瞑目到黄泉。

我经已饱受灾磨，生也灰心无可恋。

［寻思片刻，看到刀、绳，顿萌死念，但终于坚强起来，丢下刀、绳。

（转恋弹）我纵使轻生，

冤枉有谁知，苦处有谁怜！

我断不肯，冤屈招承累了张生，

且忍度日如年。

但得拨开那层云，便把青天见。

（转二黄滚花）

怎把囚牢冲破，跳出深渊！

展翅腾云，作出笼飞燕。

[秋香上。

秋　香　（靠近门边轻声地）翠莲姐，翠莲姐！

翠　莲　你是何人？

秋　香　我是秋香。（轻轻开锁，入门）

翠　莲　秋香！

秋　香　翠莲姐，有要紧事情，来见你面。可知镇台夫妇又生毒计害你翠莲？

翠　莲　这话怎讲？

秋　香　（唱三脚凳）

将你送与道台为妾，

一生苦似黄连。

道台家中有恶妻，

送去如入阎罗殿。

永无出头之日，

正似与虎同眠。

（转快七字清）

秋香听闻心惊战，

事紧有如箭在弦。（转滚花）

哎！苦命翠莲，你要早来打算。

翠　莲　（唱沉腔滚花）

恨恨恨，恨深如海水难填！（悲愤凝思）

秋　香　翠莲姐，你平日都不是软弱之人，今时就早应决断。为何低头默默，无语无言？

翠　莲　秋香，我……（与秋香耳语）

秋　香　好！你快些走吧！

翠　莲　秋香，你看我……

［示意欲改装逃走。

秋　香　好！你等我一下。（下）

［秋香取男服上。

秋　香　我已为你执齐衣物，你快改装逃走莫拖延！

翠　莲　秋香！

秋　香　翠莲姐！

［两人正欲出门，忽闻击柝声。两人复退入柴房，待更夫击柝过场后，两人出门急走。

［幕闭

第五场

［紧接上场，上弦月夜。

［琼州府城外。

谢　宝　（内唱首板）

步月黄泥之坂。

［林伯提书院灯笼上，谢宝步月后上。

谢　宝　好月色！（唱滚花）

一轮明月照海南。

林　伯　老师，莫非多饮几杯花了眼？刚过重阳只得半边月，何以说“一轮明月照海南”？

谢　宝　哦！你见的是半边明月？

林　伯　半边明月。

谢　宝　我见的也是半边明月。

林　伯　本来是半边明月。

谢　宝　你见半边明月，我也见半边明月，合起来岂不是一轮明月了么！？哈哈……

林　伯　哈哈……老师博学多才，无人不赞。赞你诸子百家，天文地理，无所不识……

谢　宝　有所不晓！

林　伯　有所不晓？

谢　宝　一不晓阿谀谄媚，二不晓颠倒是非，三不晓伤天害理。

林　伯　此所以得人称赞……

谢　宝　此所以得罪权奸。唉！（唱七字清中板）

吏恶官贪真可叹，
刑清政简再见难。
附势趋炎吾不惯，
卑躬屈膝太无颜。
甘愿清茶和淡饭，
荣华富贵视等闲。
非是老夫脾性硬，
应留正气在人间。（转滚花）
愿得天下英才而教育之，虽穷何憾！

翠　莲　（内场，叫头）苦呀！

谢　宝　（谛听，唱滚花）

何来悲声隐隐，令我心烦。

林　伯　老奴耳背。

谢　宝　老夫心清。

林　伯　唔——想是孤雁哀鸣？

谢　宝　非也。

林　伯　啊——莫非是长空鹤唳？

谢　宝　亦非也。

林　伯　潮声？……风啸？……

谢　宝　皆非也。

［谢宝均摇头。

林　伯　老师，我想这荒郊地面，夜静更阑，除了这些，更无别的了。

谢　宝　还有。

林　伯　还有什么？

谢　宝　（感叹）唉！“非因风弄竹，不是雨淋铃；民间多疾苦，四野有悲声。”此之谓也。

林　伯　老师，夜寒多露，请早回书院休息也罢！

谢　宝　哦！

林　伯　老师，我曾吩咐谢福、谢禄，打轿到来，就在前面。（对内）喂！谢福、谢禄。

［谢福、谢禄上。

谢　福
谢　禄　请老师上轿！（指内）

谢　宝　（笑责林伯）嘿嘿……你又来多事了！（对谢福、谢禄）老夫骨头尚硬，步履还轻，正好步月夜行，你们空轿回去。

谢　福
谢　禄　谢过老师。（下）

［谢宝、林伯下。

［翠莲男装上。

翠　莲　原来那位就是书院老师，看他是个慈祥长者。何不我赶上前去，求他书院收留。就可得见张相公一面。（犹豫）哎，事到头来，我也顾不得许多了。（要追上去，跌倒，呼痛）

［林伯提灯复上，照见翠莲。回头告谢宝。

林　伯　老师！

［谢宝复上。

谢　宝　刚才叫苦，可是……

翠　莲　是我！

谢　宝　荒郊之地，深夜之间，因何你孤单一人，在此哀哀叫苦？

翠　莲　这个……小生为找同乡，来到此处，一时迷失了路，故而心急叫苦，惊动大人，望大人恕罪。

谢　宝　我不是什么大人，此后勿以大人相称，我乃是书院一名掌教。你单身一人，深夜到此，纵不为歹人所害，也难免为猛兽所伤，何不在我书院歇宿一宵，你道如何？

翠　莲　多谢老师！

谢　宝　古人说过："安得广厦千万间，大庇天下寒士俱欢颜，"些小事情，何足挂齿。请呀！

［谢宝下，林伯随下。

翠　莲（念）　心里难消千种恨，
眼前喜过一重关。

［师爷率兵一名提灯笼上，碰脸。翠莲故作镇定，急下。

师　爷　哼！方才此人，行藏闪缩，十分可疑，看来事有蹊跷。何不待我追踪前去，看个明白。

［师爷示意兵丁吹熄灯笼，同追踪下。

［幕闭。

第六场

［接上场的次日。晨鸡报晓，天色方曙。

［琼台书院张逸民书房。

［张逸民磨墨写扇。

张逸民（念）　重阳偶咏风筝句，
扇上题来尚黯然。

［林伯上。

林　伯（念）　之乎者也听人读，
书院敲钟四十年。（入门）

张相公，啊！老师昨晚收留一位书生，要来见你，说是你的同乡。

张逸民 同乡？——有请。

［林伯下，引翠莲男装上，指点房门后复下。

翠　莲 （门外趑趄唱七字清中板）

我一步一行一暗想，

想着如何开口诉衷肠。

何以脚步难抬心跳荡，

不过隔条门槛似隔城墙。

（迟疑一会，终下决心，转滚花）

常言道患难见真情，

且看张相公对我翠莲怎样。（轻敲门）

张逸民 （唱七字清中板）

又闻来客叩书房。

肃整衣冠，（转滚花）

看是谁来探访。（出迎）

［两人相见，张逸民愕然，但觉面善。

翠　莲 张兄，一别多时，特来拜访。

张逸民 （唯唯诺诺）呃……仁兄驾到，蓬荜生光。请！

［张逸民让翠莲进房。

张逸民 （犹疑）仁兄请坐。

翠　莲 坐。

张逸民 未知仁兄此来，有何赐教？

翠　莲 请教是真！

张逸民 小弟不才，哪敢班门弄斧！

翠　莲 张兄休要客气。

张逸民 既蒙不弃，但不知谈诗还是论文？

翠　莲 张兄！（唱长句滚花）

论诗词，我本是门外汉，

不过近日听闻人家讲，
有新词一首共八行，
争论不休难定案，
有人骂它是淫邪词句，
有人赞它是绝好文章！
特来请教张兄……

张逸民 （接唱） 仁兄念来容我试想。

翠　莲 张兄请听。（念）

不羡红丝牵一线。
扶摇直上遥空。
几曾愁梦绕芳丛。
栖香心宛转，写影骨玲珑。
信道黄花还比瘦，
无端轻落泥中。
拼将弱质斗西风。
命虽同纸薄，身肯逐飘蓬。

［张逸民越听越惶然。暗暗看着扇上方才所写的这一首词。

张逸民 （唱三脚凳）

请问诗句自何来？

翠　莲 （接唱） 是个乡亲对我讲。

张逸民 （接唱） 他又听从何处？

翠　莲 （接唱） 此诗已四处传扬。

张逸民 四处传扬？

翠　莲 （唱滚花）还有人为这首词，

弄到祸从天降！

张逸民 （不安）祸从天降？

张逸民 哎！……仁兄，实不相瞒，小弟重九登高，拾得风筝一只，一时有感，题下这首词的。

翠　莲　啊！原来出自张兄手笔，比如详情怎样？

张逸民（念）　镇台府内把风筝放，风筝断线落山岗。

丫鬟寻找来山上，我便原物交回小姑娘。

她身世谈来多苦况，我至今惆怅未能忘。

［交扇给翠莲看。

翠　莲（唱沉腔滚花）

你无心惹出祸一场。

张逸民（指扇，唱二黄）

莫非冤枉那丫鬟？

翠　莲（接唱）　硬说他私情偷汉。

张逸民（接唱）　岂能无辜入罪。

翠　莲（接唱）　诗句便作实据真赃。

张逸民（接唱）　好诗竟作淫词，

镇台无风起浪。

那丫鬟又怎样？

一定饱受灾殃！

翠　莲（唱流水南音）

那丫鬟不愿累兄遭枉，

眼前苦难一身当。

夫人追究施刑杖，

鞭鞭打落血染衣裳。

丫鬟宁死都唔愿讲，

牙关咬紧泪汪汪。

张逸民（接唱）　及后如何来发放？

翠　莲（接唱）　后来困锁在柴房。

张逸民（悲愤，唱流水行云尾段）

哎！难以辩护空有恨满腔。

一风筝竟会弄出冤案，

一首诗居然认作罪状，

料不到，却累了小姑娘！

翠　莲　张兄若是有心人，可救姑娘脱罗网！

张逸民　镇台门高狗又恶，笔墨焉能敌刀枪？

翠　莲　张羽煮海斗龙王，终成眷属好榜样！

张逸民　神话分明凭想象，人间世上怎商量。

翠　莲　人间也有王宝钏，敢与爹爹三击掌。

张逸民　这个……唉！（唱滚花）

可惜圣母宫前难再见，

翠莲困锁在柴房。

又未知她心是否似我心……

翠　莲　（暗示地接唱）

我看姑娘比你还好胆量！

张逸民　（接唱）我似张生情义重，

中间谁个是红娘？

难将此扇代瑶琴……

翠　莲　（接扇，接唱）

好！我为你把此扇送到姑娘手上。

［张逸民急阻止。

翠　莲　哦！她是丫头？到底你是相公……

张逸民　非也！只怕仁兄不会走壁飞檐，难入镇台府上。又防万一疏漏，那时反误小姑娘。

翠　莲　（感慰，自语）原来相公他果是真诚，我翠莲今天来得不枉。却又如何讲明白呢？（寻思如何表白，最后触及张逸民为她裹伤的手帕）张兄，有道是"二人同心，其利断金"，请细看——（解帕回身递给逸民）这手帕一方。

张逸民　（接看，惊疑细问）啊！莫非你、你、你……就是翠莲？

［翠莲点头，羞，背向走开。

张逸民　（又惊又喜，忙出门略瞻顾，慌忙关门，上前）怪不得面善非常。因何改扮男装来到访？

翠　莲　若非如此，怕今生今世难到你书房。

张逸民　原来你苦难亲尝，正如方才所讲？

[翠莲点头，感伤下泪。

张逸民　唉！可恨镇台无理，累你饱受灾殃！

翠　莲　还有苦情在后呀！（唱乙反中板）

镇台还要将我翠莲，
送与道台为妾，
惊闻此语胆战心寒。
说什么食珍馐，说什么着绫罗，
绝不是翠莲愿望。
我便逃奔乘黑夜，
路遇老师怜念，
才得今日诉衷肠。（转滚花）
心中有万千言，一时难尽讲。

张逸民（唱二黄滚花）

叹她重重苦难，
敬她意志坚强。
本该表我真情，
又觉不宜鲁莽。

翠　莲　张相公！我虽是出身贫贱，却非无耻之辈。只为镇台迫害，无奈冒险奔逃，想到当日相公同情，因此到来求助，若蒙相救，便是再造之恩。

张逸民　路见不平，尚应相助。唯是那镇台势大，怎避锋芒呢？

翠　莲　相公！我是出笼飞鸟，断不重入网罗，就算刀斧临头，也不甘为姬妾。若是相公留我……

张逸民　我岂是无义之人，哪有不留之理！无奈此时此地……

翠　莲　相公！我也知书院学堂，难藏女子，唯求避过眼前险境，然后带我回乡。我翠莲能耕能织，愿同甘苦，相公你主意如何？

张逸民 （越想越对，顾虑尽消）着呀！（唱滚花）

感你情真义重，

愿谐地久与天长。

张逸民
翠　莲 （同唱鸳鸯词）

飞来天上鸟，

谁知是鸳鸯，

有情饮水饱，

到死不相忘。

［幕闭。

第七场

［同日下午。

［二幕前——路上。

［师爷率领四兵丁先上，过场。

［镇台骑马后上，过场。

［开二幕，琼台书院内。

谢　宝 （唱梆子慢板）

一片读书声，

满门桃李好，

不枉我掌教廿年，

人说宝刀未老。

公道在人心，

疾风知劲草，

决不攀权附势，

宁守我淡薄清高。（转中板）

利禄功名何足道，

我行我素乐陶陶。

百载树人方是兴邦之道，（坐书案前唱滚花）

重阳三天假后，还要约束生徒。

[林伯上。

林　伯　禀告老师，事情不好！

谢　宝　何事慌张？

林　伯　镇台派兵，围困书院，说道有婢女私逃。

谢　宝　这与书院何干，可知什么缘故？

林　伯　说是书院学生勾引，要捉奸徒。

谢　宝　绝无此事！（唱滚花）

老夫所教生徒，

个个规行矩步。

镇台作威作福，

一向糊里糊涂。

又来侮辱斯文，

待我出面应付。

林　伯　慢！（唱滚花）

镇台虽然无理，亦非根据全无！

老师，书院百多学生，或有一两个顽皮亦难担保。依老仆之见，先行查问明白，再去接见为高。

谢　宝　（接唱）姑且稍作稽查，亦未尝不好！

叫年长的学生出来！

[林伯急去，却被叫住。

谢　宝　（唱滚花）镇台若到，

你先向我打个招呼。

[林伯下，谢宝寻思踱步。

[学生甲、乙、丙，张逸民同上。

众　生　拜见老师。

谢　宝　嗯！镇台带人马围困书院，你们可知何故？

众　生　学生未知底细，大家不解意图。

谢　宝　听着！（唱快二黄）

他说我书院有人，
在外招风惹草。
不守圣贤礼教，
勾引他侍婢私逃。
败坏书院名声，
你等可曾知道。

［众人摇头，张逸民不安。

谢　宝　（唱滚花）重阳三天假内，可有游耍登高？

学生甲　重阳佳节有登高，

学生乙　携手同游兴致豪。

学生丙　圣母宫前风景好，

张逸民　呃……空山寂寂听松涛。

谢　宝　山上遇过何人，归途是否同路？

学生甲　上山逢道士，

学生乙　问路遇樵夫。

学生丙　来回四个人，

张逸民　我……并无行差半步。

谢　宝　守规矩，好门徒！你们回去书房，待我更衣。

［学生甲、乙、丙下。

［谢宝进室内。

张逸民　（焦灼不安，唱乙反长句滚花）

风就来，雨就到，
弱女怎能抗强暴！
翠莲插翼也难逃，

她似迫近悬崖无退路，

我似热锅蚂蚁受煎熬，

两下彷徨一样苦！

[林伯暗上。

张逸民 （唱相思尾腔）

如何是好！

林　伯 张相公，你有什么心事？

张逸民 我……没心事。

林　伯 没心事，看你神色不安，何以又说“如何是好”呢？

张逸民 我……担心那镇台搜书院……

林　伯 啊！难道是你……

[张逸民急掩林伯的嘴。

林　伯 原来是你，看来老师还在闷葫芦。

[张逸民惶急点头。

林　伯 嗯！莫非就是昨晚那个来客？

[张逸民再暗示不要声张。

林　伯 张相公，镇台大人快到了！

张逸民 （哀求）林伯，求你救她一命……

林　伯 唉！事到如今，你还是快向老师讲明才好！去！（催促张逸民去见谢宝）

张逸民 镇台临门，怎生应付？

林　伯 不妨！我说老师还未下课，正在讲解《离骚》。（急下）

[张逸民焦灼逡巡。

[谢宝上。张逸民忙跪在跟前。

谢　宝 你跪在跟前，是何缘故？

张逸民 老师，是我收留镇台侍婢，她实在无辜。

谢　宝 吓。就是你！

[翠莲上，在窗外驻步倾听。

谢　宝（唱快慢板）

骂一声，小奴才，不遵教导。

累为师，丧名誉，你自误前途。

张逸民（接唱）事有因，情可恕，请老师息怒。

敢将心，比明月，我非浪子登徒。

谢　宝（接唱）她淫奔，你勾引，离经叛道。

到今时，还狡辩，说话滔滔。

张逸民（唱滚花）她非是荡妇淫奔，只不甘任人摆布。

谢　宝　内情怎样？

张逸民（唱快二黄）

重阳佳节我与书友登高。

拾得断线风筝我题诗寄怀抱。

山前来了一位官府女奴。

她取去风筝下山如飞快步。

谢　宝　却又来！风筝诗中之意，男女授受之间，若无暧昧行为，何至弄成今日？吓！

张逸民（呈扇请谢宝看风筝词，唱三脚凳）

一诗成罪证，

平地起波涛。

镇台乱猜疑，

侍婢难申诉。

堂前遭毒打，

柴房作监牢。

她出走是死里求生，（转滚花）

宁折不弯，洁身自好。

谢　宝　嗯！这个女子倒是硬骨头！

张逸民　学生敬重于她正是这一点。

谢　宝　胡说！她出奔则有志，淫奔则不该。你敬之为同情，纳之为非礼。差之毫厘，谬以千里，可不慎哉！事到如今，我问你怎样？你叫老师又怎样？

张逸民 （唱快滚花）

学生死而无悔，

断不做负义之徒。

愿挺身见镇台，

天大罪名都不顾。（欲奔出）

［谢宝阻上不及，翠莲见状，急入拦阻。

谢　宝 （愕然）啊！你……

翠　莲 老师，实不相瞒，我正是翠莲，有苦情待诉……

谢　宝 （瞻顾左右）你两人可谓不知地厚天高！

翠　莲 （下跪）老师！

谢　宝 起来、起来，你的事情我完全知道。你主人带人马围困书院，你累己累人，急煞老夫！

翠　莲 （唱中板）老师莫怪张兄，

姑勿论是非邪正，

全是我立志奔逃。

就算上刀山，就算入龙潭，

我翠莲宁将险冒。

任得千人骂，任得万人笑，

只求摆脱出那笼牢。（转滚花）

生不重入镇台衙，

宁死不嫁道台府。

谢　宝 （慨叹，接唱）

嘿！朱门黑暗，本是一塌糊涂！

我看你两人，可谓初生之犊不畏虎。

［林伯匆忙上。

林　伯 老师！镇台到！

［气氛骤然紧张，谢宝沉思地走到案前，抚案凝望壁上孤松图，一时无语。

翠　莲 （激动地，快念）

我似砧上肉，他如肉上刀。

宰割既由人，我有冤无处告。

老师绑我见镇台，

书院名声仍可保。

张逸民（接念）包围了书院，插翼也难逃。

我愿救翠莲，挺身死不顾。

去与镇台讲道理，见一步时行一步。

翠　莲（忙把张逸民牵住。接念）

镇台得我始甘心，应该我去好。

张逸民（忙把翠莲牵住，接念）

你去定送死，还是我去好。

翠　莲　我去好！

张逸民　我去好！

谢　宝（感动）慢！（唱滚花）

他两人争住临危履险，

可算得义重情高。

那镇台煮鹤焚琴，

我岂能坐而不顾。

要救她脱离灾难，（指翠莲）

要顾他大好前途！（指逸民）

那镇台势大官高，

却叫我如何……如何应付。

林　伯　老师，依老仆之见，先找个地方将她收藏。

谢　宝　藏？

林　伯　再来远放。

谢　宝　放？……（对藏放之间苦思焦虑，最后成竹在胸，点头有计，注视两个似责实爱。唱滚花）

为你两人之故，令我心血交枯。

逸民过来！快些带她——前去轿厅，藏在我的轿底。（吩咐翠莲）你在轿底，切莫声张，须要记得！

逸　民
翠　莲　谢过老师！

［内场锣声响，由远而近。

谢　宝　快去！（挥手命二人急下，镇静地挥手着林伯出迎）

［师爷、四兵丁先上。镇台昂昂然后上。

谢　宝　（不亢不卑）不知大人驾到，有失远迎，尚祈见谅。

镇　台　哼！

谢　宝　大人有何指教，请道其详。

镇　台　谢掌教！你门下有多少生徒？

谢　宝　门下生徒一百有余。

镇　台　可算是桃李满门……

谢　宝　大人过奖。

镇　台　日常授何书本？

谢　宝　四书五经，各居其半。

镇　台　嗯！四书五经，不教也罢，何不专攻一课……

谢　宝　哪一课？

镇　台　教读《西厢》。

［谢宝不语。

镇　台　哼！看你满面羞惭，若非教读《西厢》，何至书院不成书院！

谢　宝　若说不成书院，此地是什么所在？

镇　台　乃是勾栏，乃是藏垢纳污之所！

谢　宝　何以见得？

镇　台　你枉食朝俸，误人子弟，还来诈懵装傻！（唱快慢板）

《三字经》，讲清楚，
“教不严，师之惰。”
你门生，曾闯祸，

要你老师做什么？

谢　宝（接唱）谢某虽不才，圣人都有错，

敢请大人，明以教我。

镇　台（唱霸腔滚花）

你门生勾引女子，作奸犯科。

谢　宝　勾引谁家女子？

镇　台（接唱）勾引我侍婢翠莲，非同小可。

谢　宝　好胆呀！

镇　台（接唱）淫奔苟合，借书院作安乐窝。

谢　宝　这还了得！

镇　台（接唱）你是一院之尊，如何答复我？

谢　宝　如此说来，谢某太过糊涂……

镇　台　糊涂太过！

谢　宝　有疏管教……

镇　台　管教有疏！

谢　宝　不过……

镇　台　不过什么？

谢　宝　不过大人，你说我学生勾引尊婢翠莲，是大人你耳闻，还是目睹？

镇　台　这个……（望师爷一眼）

师　爷（悄告）大人，你说是亲眼所见，他才不敢推搪诸多。

镇　台（对谢宝）是我的目而观，难道有错？

谢　宝　如此说来，辱没大人你了。

镇　台　此话怎讲？

谢　宝　自大人镇守琼州以来，人人畏惧，足见大人你的威德。但今日之事，既是大人亲眼所见，区区一府内丫鬟，为何不就地将她擒拿，反让她逃脱。看将起来，大人似有相当之罪！

镇　台　嗄！老夫有罪？罪在何来？

谢　宝　大人官居镇台，竟然容纵侍婢私奔，诱惑生员，玷污书院，居心何在？责有

难辞。

镇　台　我呸！分明是你的门生，勾引在前，窝藏在后，你这书院学规何存？你这老师要来何用？

谢　宝　谢某无才无德，管教不严，有此不肖生徒，也未可料。惟是大人侍婢，生长在礼义之门，又出自大人所教，竟然出此不端之事，令人难信，岂不出奇！

镇　台　这个……呸！（唱滚花）

看你支吾应对，狡辩诸多。

书院定有此事情，

快讲个一清二楚。

谢　宝（接唱）既是大人亲眼见，还来问我做什么？

重阳放假我回家，

昨晚归来不清楚。

镇　台（接唱）显见定然有此事，

莫道老夫难奈你何！

叫左右——把书院搜过！

[师爷率兵欲下。

谢　宝　慢！

镇　台（狞笑）嘿嘿！（快念白榄）

我劝你，知错当面来认错。

书院已经早封锁。

她飞也飞不去，躲也难以躲。

知机者快交人，尚可来补过。

谢　宝（慢念）我有何罪过？

若要搜书院，先将公文交与我！（伸手）

镇　台（快念）兵权我掌握，谁个敢拦阻！

搜你小小一书院，要公文做什么？

谢　宝（慢念）文有文职权，武有武官佐。

谢某虽小，总是朝廷器脉。

书院虽小，有助取士开科。

道台大人是我上司，搜书院要先得他许可

镇　台　哎呀！你、你、你……（唱滚花）

你分明借词推搪……

谢　宝　非也！（接唱）

我只怕两位大人弄到文武不和。

镇　台（接唱）你莫以道台压本官……

谢　宝（接唱）也请大人尊重我。

镇　台（接唱）没有道台公文也要搜……

谢　宝（接唱）搜不出你又如何？

镇　台（接唱）你分明藐视本镇台……

谢　宝　岂敢！（接唱）

藐视王法，蔑视同僚。

我倒担心大人你做错！

［镇台气得软下来。师爷拉他到一旁私语。

师　爷　大人，翠莲是送与道台为妾，去讨手令公文，又有何不可？

镇　台　哎！此事若被道台知情，搜出时家风有损，搜不出难以收科？

师　爷　大人，不过道台要人，你交不出就更为不妥！

镇　台　唉！真是难为左右，气煞于我！（气得发昏）

谢　宝　大人，是否贵体欠安。

镇　台　呸！（唱滚花）

你想骗我去见道台之际，

在此放狗男女脱网罗。

谢　宝（接唱）书院围满贵兵丁，

加上一个能干师爷，

苍蝇也难飞过。

镇　台　好！（接唱）

一同前去莫蹉跎。

师爷过来！传令加派兵丁，围困书院。不论男女人等，一律不准进出！

师　爷　（对外传令）呔！镇台大人有令，加派兵丁，围困书院，无论男女人等，一概不准进出。

内　应　知道！

镇　台　我要与你同去。

谢　宝　谢某正要同去。

镇　台　立刻前去！

谢　宝　事不宜迟。

镇　台　门前备马！（师爷应命下）

谢　宝　内庭打轿！

林　伯　（会意地）知道！（下）

镇　台　走！

谢　宝　请！

［幕闭。

第八场

［紧接上场。

［郊外竹树坡。

［四兵丁先上，镇台骑马上。

镇　台　（唱快滚花）

谢宝老头儿，他他他，偏偏远离在后。

来！来！来！你莫停留！

［谢福、谢禄抬轿上，谢宝端坐轿中。

谢　宝　（唱长句二流）

离书院，一路暗筹谋，

要把轿底翠莲来放走，

怎奈镇台骑马几步一回头。

（对轿底翠莲安慰接唱）

我知你心忧，还要暂时忍受。

镇　台（唱海南曲）

你居心将计扭，分明将气斗。

天时经已晏昼，还不快些走。

快走！（率众圆场一周）

谢　福（唱海南曲）

尊声谢老师，我膊头真够受。

谢　禄（接唱）不如歇一歇，歇过后再走。

谢　宝（接唱）将近到竹树坡，到时再歇个够。

镇　台（接唱）分明阻时候，不准你们歇。

（威喝众兵）押轿起程！

[众兵押轿圆场一周。

谢　福　老师，已到竹树坡，不如让我们歇一歇。

谢　禄　我已抬到气喘喘，大汗满头。

镇　台　不准歇息，休多开口，走！

谢　宝　慢！大人，人心肉造，他们非是马牛。你骑的是畜牲，我用的是人力，人怎比得你那禽兽！天时未晚，何必担忧！

镇　台（唱滚花）看来你不敢前去，故意在此逗留。

叫左右！押他快走！

[众兵强推轿夫行。谢福、谢禄抬轿趋前又退后。众兵牵扯，谢福、谢禄乘机跌倒，轿顿放在地。谢宝佯吃一惊。众兵吆喝轿夫，举棒要打。

谢　宝　慢！大人，看你部下一个个如狼似虎，推倒两名轿夫，还欲逞凶殴打，不独有干律例，恐怕也难服人心呀！

镇　台　这……（对兵）慢打他们，扯他两人起来赶路！

[众兵扯谢福、谢禄，两人佯呼痛。

谢　宝（佯问）你们可有受伤呀？

谢　福　我跌伤了尾闾骨，痛到了不得。

谢　禄　我倒是没什么——只是动不得。

谢　宝　哦！就是去不得。

镇　台　（唱滚花）纵然轿夫跌坏，也不能在此停留！

左右打开轿夫，你们抬轿走！

［众兵打开轿夫，正要抬轿。

谢　宝　慢！若以大人兵丁，充作谢某轿夫，于理不应，于法不容，于情不合。

镇　台　本官主意，这又何妨？人来！抬！

［众兵又要抬轿。

谢　宝　慢！大人！朝廷养兵，用来守土卫国，若充作谢某轿夫，被朝廷闻知，你我人头难保呀！

［镇台暗惊，暗示众兵不要抬轿。

谢　宝　大人！此地离道台府不远，以某之见嘛……

镇　台　如何？

谢　宝　（落轿，唱滚花）

我宁愿舍轿不坐，

步行路上倒优游。

镇　台　（接唱）　立刻登程，莫延时候。

谢　宝　谢福、谢禄，你们身上有伤，就在此歇息片时。莫阻行人来往，把轿抬到竹树坡头。（暗示放人）

谢　福
谢　禄　（会意）知道。

镇　台　来来来！

谢　宝　走走走！

［镇台、谢宝、众兵丁同下。

［谢福、谢禄一跃而起，张望无人，谢禄大笑，谢福暗示慎重。

谢　福　（仿老师口吻，唱滚花）

莫阻行人来往，把轿抬到竹树坡头。

［两人抬轿到竹林旁放下，对藏在轿底的翠莲安慰。

谢　福　姑娘，快快出来，不用惊慌了。

［两人扛入竹林，卸轿。放下翠莲，再抬轿去接谢宝。

［音乐起，翠莲从竹林闪出。

翠　莲　（悲喜交集，惊惶四顾）（唱滚花）

多谢老师来搭救，

翠莲得解眼前忧。

盼望张生来聚首。

［人声传至。

翠　莲　（接唱）　忽闻人声喧闹，

且暂躲入竹林里头。

［镇台高举道台公文骑马上。众兵随上。过场。

镇　台　同见琼崖道，公文已取到，搜出贱丫头，严惩老谢宝！（下）

［谢宝乘轿悠然自得上。

谢　宝　（唱追信）喜则喜那翠莲消灾难，

经我筹算一番，计生心间，

半途已释放那受苦丫鬟。

莽将军何堪与先生谈？（重句）

人已出关，任搜千番。

搜不着，枉逞蛮，

他来时威势，去必羞惭。（乘轿笑下）

［天色转夜。

张逸民　（内唱五更头）

匆匆赶去接她回乡下。

［张逸民背包袱奔上。

张逸民　（四下寻呼）翠莲！翠莲！

［翠莲闻声从竹林出，相见，欣慰无限。

翠　莲　张相公，我等你等得好苦呀！

张逸民 苦尽甘来呀！

［同舞蹈扎架。

张逸民（唱） 看彩霞，灿烂如画，

翠　莲（唱） 看海鸥，云水为家。

张逸民（唱） 似你不怕风吹和浪打，

翠　莲（唱） 敬你不嫌贫贱志堪嘉。

二　人（唱） 成就了，患难姻缘。

留海南千秋佳话。

张逸民（唱） 海可枯。

翠　莲（唱） 海可枯。

张逸民（唱） 石可烂。

翠　莲（唱） 石可烂。

二　人（唱） 恩情不断，美眷如花。

［幕闭。

［剧终。

（剧本版本：《广东粤剧院演出剧本选集》第一集）

·粤剧卷·

关汉卿

（根据田汉同名话剧改编）

改编：马师曾　杨子静　莫志勤

人　物　表

关汉卿	元代大戏剧家，又号已斋叟。
刘大娘	酒店女掌柜。
周老汉	二妞的公公。
二　妞	刘大娘的女儿，后名秋燕。
朱小兰	含冤而死的女子。
蔡　婆	朱小兰的婆婆。
监斩官	
刽子手	
差　役	
二十五公子	阿合马的第二十五子。
歪帽子	公子的随从。
蒙装家郎	公子家奴。
群　众	
朱帘秀	元代大都擅演杂剧的名歌妓。
赛帘秀	朱帘秀的徒弟。
阿合马的母亲	
贵　妇	阿合马第二十五子之妻。
春　鹃	阿合马母亲的侍女。
关　忠	关汉卿的老仆。
叶和甫	混在当时杂剧界的败类。
杨显之	关汉卿的老友。
王和卿	关汉卿的老友。

鸨　母

何总管　　五仙楼戏园总管。

蒙装侍卫

后台管事

王　著　　益州千户。

郝　祯　　中书省左丞，阿合马的死党。

郝祯的侍卫

阿合马　　中书省平章政事，元世祖的宠臣。

和礼霍孙　　大司徒，后任中书右丞相。

甲、乙、丙、丁侍卫

甲演员（扮监斩官）

乙演员（扮刽子手）

狱　吏

狱　卒

禁子婆

刘大爷　　二妞的父亲。

众农民

梅　香

解　差

第一场

[元世祖（忽必烈）至元十八年（公元1281年）。

[大都城边小酒店的街头。

[关汉卿、刘大娘、周老汉、二妞、朱小兰、蔡婆、监斩官、刽子手和差役们、二十五公子、歪帽子、四蒙装家郎、群众若干。

[靠城边街头，其中有刘大娘的酒店，街的一头通向城门，许多人都列着看行刑。

［雁儿落转水底鱼。监斩官、刽子手等押着捆绑的朱小兰上。

朱小兰 （唱二黄滚花）

喊声冤肺摧肠断，

叫声屈动地惊天。

豺狼当道冤杀无辜，

谁说是皇天有眼。

［蔡婆追上欲拉住小兰，被刽子手推倒。

蔡　婆 天啊！（接唱）

分明是李驴儿想霸占媳妇害死为婆，

却诬告你毒死他爹，害得你泉下含冤。

［蔡婆冲上，朱小兰跪在婆婆跟前。

朱小兰 （接唱） 生前冤气难平，死化厉鬼雪怨，

冲破茫茫黑夜，重见朗朗青天。

蔡　婆 （叫相思）贤媳！小兰呀！

差　役 走！

［蔡婆被摔倒在地，小兰被押走。蔡婆痛哭疾呼，关汉卿与刘大娘上前扶起。

蔡　婆 （口鼓）冤枉呀！我两婆媳苦命相依，谁不赞小兰她为人良善。可恨恶人先告状，赃官贪财枉断，我媳妇有口难言。冤枉呀！（追下）

［群众有的跟队伍去了，有的走进酒店来，同情朱小兰，纷纷议论着。

关汉卿 （唱二黄滚花）

官吏们无法无天，百姓受屈含冤。

眼前贤孝的朱小兰，无辜头断。

想替她申冤雪恨，奈何我有勇无权。

凭谁净扫胡尘，恨不当年学剑。

周老汉 （念白榄）耕无锄，住无庐，

田不收，屋为圩。

群众甲 （接念） 我为肉，人为俎，

死的是冤屈鬼，活的是釜中鱼。

周老汉 （接念） 汉人性命贱，不如一头驴。

众　人 （齐念） 恨难舒！恨难舒！

［悲惨的号角声。冲头，二妞奔上。

二　妞 （口鼓）妈妈！午时三刻快到了，小兰姑娘就要被斩。（见关）关伯伯，你救救她吧！

刘大娘 （口鼓）二妞，你太不懂事了，关伯伯是个大夫，只能医人伤风咳嗽，怎么救得杀头？你分明是令他为难。

［号炮声，衬锣鼓音乐；众人向门外拥去。

关汉卿 （悲愤，唱滚花）

号炮一声，人头下地，眼睁睁孝妇沉冤。

哪里有人间正义！（重句。愤然下）

刘大娘 （唱滚花）可怜苦命人，含冤一命损。

［母女相对暗泣。同时，阿合马的二十五公子和歪帽子及随从四蒙装家郎上。

歪帽子 （高叫）刘大娘！

刘大娘 （惊怯地）啊啊！公子爷到来，请坐。

公　子 不必坐。（对歪帽子）有话对她直讲。

刘大娘 崔四爷，老身昨天说过，二妞已许了宛平周家，秋后就要成婚了。

［大娘暗示二妞避开，二妞欲下。

歪帽子 胡说！阿合马大人的二十五公子看上你家女儿，就是天大福分。今天公子亲自到来，你肯也要人，不肯也要人。

刘大娘 （请求）啊！公子……

公　子 休要啰唆，把人带走！

［随从不由分说，拖走二妞。大娘拖着歪帽子不放，被推跌在地。

刘大娘 （唱滚花）青天白日，强抢民女，王法何存？

歪帽子 （冷笑）哼！忽辛知府大人，就是我家的大少爷。阿合马大人就是公子的父亲，你要王法么？除非去问天。

［幕落。

第二场

[距上场后的翌日晨。

[大都附郭朱帘秀的家，当时的行院，壁挂琵琶、箫管之类。

[朱帘秀、关汉卿、赛帘秀。

[打引。朱帘秀上。

朱帘秀 （念引） 身落风尘不记年，琵琶弹断几多弦。
歌残玉树声声泪，湿透红毡枉自怜。

[赛帘秀捧茶双盏上。

赛帘秀 师父，请茶。

朱帘秀 赛帘秀，为何今天奉茶两盏呢？

赛帘秀 是我凭栏看见，关大爷他从街上上楼来了。

朱帘秀 哦，关大爷来了吗？

赛帘秀 是啊。

[关汉卿带气愤执卷上。朱帘秀喜迎。

朱帘秀 关大爷请坐——请茶。

赛帘秀 关大爷，你猜何以先斟好茶相候呢？

关汉卿 这是何故？

朱帘秀 正有“童子报”。

关汉卿 鬼神之说，我却不信，若果神鬼有灵，那朱小兰就应向赃官索命！（拍案，碎茶杯）。

朱帘秀 哎呀！关大爷，索命还索命，何以跟我的茶杯过不去呢？

[赛帘秀收拾茶杯下。

关汉卿 （唱中板）恨如今，人命贱不如驴，满目是辛酸景象。
说什么，官吏是民之父母，尽是吮血豺狼。
可怜朱小兰，屈死这一纸判词，（递手中卷）
你能不为她叫枉？

你说成何世界？成何世界！

朱帘秀 （唱长句滚花）

百姓入官衙，好似飞虫堕蛛网。

但论他赃银多少，哪管你道理短长。

但图他衣紫腰金，哪管你蒙冤受枉。

一般人司空见惯，只当寻常。

偏是你大爷两鬓添霜，遇事不平，还气得无明火起三千丈。

关汉卿 啊！如此说，莫非你……（唱雨打芭蕉）

要我关汉卿对凶顽讲忍让？

低首拜豪强？

还是说我为人鲁莽，

比不得你度量大胸襟放，

安安详详，

从容自扫门前雪，

不管他人瓦上霜。

朱帘秀 难道我会忘怀，谁杀我父母，谁逼我为娼，谁教我家破人亡！

（接唱雨打芭蕉）

难道我帘秀，愿意年年岁岁弄琵琶，对豺狼歌唱？

我没奈何且把泪珠咽，笑容装脸上，

纵然有百折千磨，也不把悲声放。

唉，这大都城外，我们两万五千个姊妹，哪里有开笼放鸟之时，怎比得你们这些读书人，还有个吐气扬眉之日啊！

关汉卿 我们读书人，正是斯文扫地了！于今大元朝人分十等，七医八娼九儒十丐，我们读书人的地位，还比不上你们。活该！枉我读书破万册，却没有半点用场。勇李逵尚能劫法场，眼见朱小兰被害含冤，我却无法可想。难怪刘大娘说我——（唱滚花）

关汉卿只医得人伤风咳嗽，

只懂得开薄荷甘草小单方。

[楼下大街上传来哭喊叫骂声。

[冲头，赛帘秀急上。

赛帘秀 大街上又抢人了！

[三人一同凭栏向下看。

赛帘秀 又是阿台马的二十五公子！这些狗强盗，什么时候才能恶贯满盈？

关汉卿 古人说得好："路见不平，拔刀相助。"奈何我关汉卿今日无刀可拔，只有秃笔一支！

朱帘秀 大爷！（唱滚花）

你的笔利比钢刀，你的戏唱得奸人胆丧。（转慢板）

你写过《望江亭》，骂臭杨衙内，

你写过《包待制智斩鲁斋郎》。（转七字清）

你活画赃官凶恶相，

剖开酷吏毒心肠。

教人是是非非都明朗，

教人时时刻刻不能忘。（转滚花）

何不把朱小兰这段冤情，写入剧中，搬到台舞去唱。

关汉卿 （兴奋地唱追信）

一支笔写出这冤案，

揭奸官祸国殃民状，

借弦管歌声把正义伸张，

使群丑畏惧，使众志激昂。

朱帘秀 （接唱） 就算骂天地，骂神鬼也无妨。

关汉卿 （接唱） 投身上战场，

谁肯相帮把主角担当！

朱帘秀 （唱滚花）荆棘丛中行走惯，

将来演出自有我担纲。

关汉卿 你敢演？

朱帘秀 你敢写？

关汉卿 我写！

朱帘秀 我演！

赛帘秀 我也演！关大爷，我们的好戏叫什么名目呢？

关汉卿 叫作……《窦娥冤》。

赛帘秀 《窦娥冤》。

朱帘秀 赛帘秀，《窦娥冤》就是写朱小兰那段冤案。

赛帘秀 那窦娥就是指朱小兰？

关汉卿 方今之世，有多多少少个朱小兰！

赛帘秀 这个戏好啊！虽然是替朱小兰死后鸣冤，骂透那赃官也觉心爽。关大爷，师父演窦娥，我演什么角色呀？

关汉卿 你演窦娥的家姑蔡婆婆吧。

赛帘秀 蔡婆婆呀？

关汉卿 你未演惯这样角色吧？虽然是老旦，在剧中重要非常。

赛帘秀 好呀！我一定把她演好！啊，师父，今天我做了几样菜，留关大爷在这里试试我的手艺吧！

关汉卿 多谢了。四姐，我还要去西山看病人。

［幕落。

第三场

［紧接前场。

［城外西山林园中，当时权臣阿合马华丽的别邸。

［关汉卿、阿合马母亲、贵妇、春鹃、秋燕（即二妞）。

［阿合马的母亲病愈坐榻前，一贵妇伴着，侍女春鹃旁侍，关汉卿远坐一旁。

［小锣相思，阿母试走动，贵妇搀扶着，关汉卿注视着医疗效果，阿母走动了一回。

阿　母 （念白榄）啊！果然我能举步，大夫你确高明。

大都有多少名医，都医不好我心痛症。

全靠你回春妙手，我已经好了八九成。

贵　妇（接念）老太太得复安康，孙媳我为你高兴。

阿　母（接念）快些准备礼物，答谢大夫盛情。

贵　妇　春鹃，快叫秋燕将礼物呈上。

春　鹃　从命。秋燕，礼物拿出来。

［秋燕内应“来了”。“叻叻鼓”，秋燕捧礼物上，与关汉卿相见，各吃一惊。

秋　燕（惊呼）啊！关……

春　鹃　关什么？

秋　燕（失措，忙转口）关起窗来，外边风大，恐怕冷着老太太。

阿　母　多事！快呈礼物。

［关汉卿婉却赠礼。

［二妞暗向关汉卿做手势求救，关会意，但踌躇。

阿　母　大夫（唱滚花）

莫非你嫌礼物轻，所以推辞不愿领。

难得我消灾退病，应谢你医术高明。

除了要天上星星，其他有求必应。

关汉卿（接唱）只怕我一言出口，老太太不肯顺情。

阿　母　只管讲来。

关汉卿（望着秋燕）珍珠宝贝吾不羡，只羡谢家堂上燕。

阿　母　哈哈！大夫果然好眼力，看中秋燕丫头。（望孙媳，唱“秃头滚花”）

但是难以答应。

贵　妇　老太太！她是我丈夫抢来的野狐狸，留她在家反而多事，答应他才是。

阿　母　好呀！（唱滚花）

另送妆奁百两，祝你鸾凤和鸣。

［幕落。

第四场

［距前场两日后，深夜到天明。

［关汉卿的书房，壁上悬着琴剑。

［关汉卿、关忠、叶和甫、朱帘秀、杨显之、王和卿、鸨母。

［音乐声中幕启。

［关汉卿坐案前，执笔构思，吟哦，时而狂草，最后对残烛支颐冥想。

［四更。老家人关忠披衣上。

关　忠　（诗白）　大爷赶写《窦娥冤》，半夜深更不肯眠。

欲尽忠勤人已老，有心无力也徒然。（进房）

大爷睡吧，快天亮了！

关汉卿　是呀，快天亮了，你也去睡吧！

关　忠　大爷！你是个大夫，时时劝人不要熬夜，何以你自己偏偏要熬夜呢？若果夫人在世，见你这样，就会连笔墨都收起来了！

关汉卿　大概你不会收起我的笔墨吧？

［关忠瞠目不知所对。

关汉卿　快给我添蜡烛一支。

关　忠　（想想）没有蜡烛了。（下）

关汉卿　（续写毕，念）没来由，犯王法，不提防，遭刑宪，叫声屈，动地惊天！我将天地合埋怨。天哪，你不与人为方便。（唱快中板）

通宵写就《窦娥冤》，

天地鬼神都骂遍。（转滚花）

骂奸官，骂恶吏，无颇无偏。

［关忠引杨显之、王和卿上。杨止关忠勿报，关忠会意，下场。二人在外谛听。

关汉卿　（唱）　有日月，朝暮悬；

有山河，古今鉴；

天哪，却不把清浊分辨，
可知道错看了盗跖、颜渊。
有德的受贫穷，更命短；
作恶的享富贵，又寿延。
天哪，做的个怕硬欺软，
不想天地也顺水推船。
地啊，你不分好歹难为地；
天啊，我负屈含冤哀告天！
哎，只落得雨泪涟涟。

[王和卿、杨显之听至此，叹赏不已。二人同入，与关汉卿彼此招呼。

关汉卿 啊！显之，和卿，你们都来了，我正想找你们。

王和卿 不用找，我们会送上门来的。

[关汉卿让座，分坐。

[杨显之拿过关汉卿手中文稿，看。

杨显之 好文章，我们已听到了。“地啊，你不分好歹难为地，”好极了，不过下面那一句，又何必哀告天呢？骂透他吧！下面改为“错勘贤愚枉做天”！好吗？

王和卿 壮得多了！

杨显之 （回顾关）怎样？

关汉卿 五体投地，不愧称为杨补丁。内厢还有许多草稿，请替我修改吧。

[拥王、杨进内。

关汉卿 （欣赏地念）……地啊，你不分好歹难为地；天啊，你错勘贤愚枉做天！对，改得好！（执笔改稿）

[叶和甫进入客厅。

叶和甫 好句！好句！

关汉卿 坐，你也赞好？

叶和甫 不过……

关汉卿 不过什么？

叶和甫 （唱减字芙蓉）

不过听来有点刺耳，火气未免太大一点，
汉卿，欠温厚啊！
什么错勘贤愚枉做天，不分好歹难为地。
喂！天地鬼神，岂能乱骂。
写戏要供人娱乐……

关汉卿 （接唱） 写戏要惩奸劝善，分辨是非。

［叶和甫趁空翻阅文稿。

关汉卿 （续唱） 甘草薄荷只医得咳嗽伤风，怎能回生起死。

叶和甫 汉卿，关于朱小兰一案，街谈巷议何必管它，你把它形之笔墨……

关汉卿 怎样？

叶和甫 我以为万万不宜！

关汉卿 怎么万万不宜呢？

叶和甫 于今大元朝禁的是犯上恶言，我们汉人应该明哲保身，识时务者为俊杰。

关汉卿 哼！汉人亦有两等——一等是奴颜婢膝，一等是顶天立地！

叶和甫 唉！不管怎么说，你这样写法对你不利！（作关切地讨论状）你第三折戏骂官骂吏，而且，那山阳县宰，分明是指忽辛知府大人，你可知道忽辛知府是阿合马的长公子？

关汉卿 当然知道！

叶和甫 知道你还写？

关汉卿 该写就要写！

叶和甫 汉卿，我看你还是放聪明点好。你若能多写一些阿合马大人喜欢看的戏，我保你骏马任骑。

关汉卿 骏马任骑？我无此福气！（逐客）请！请！

［叶和甫尴尬拂袖而去，遇朱帘秀上。

叶和甫 帘秀，你来得正好，快些劝汉卿不要写《窦娥冤》，否则凶多吉少啊！（下）

关汉卿 叶和甫“沐猴而冠”，全无人味！

［朱帘秀进去，走近关汉卿身旁。

朱帘秀 汉卿啊！叶和甫来劝你不要写《窦娥冤》，是吗？

关汉卿 这斯文败类！

朱帘秀 （一笑）大概他是一番好意……

关汉卿 嗄！威逼利诱，好在哪里？

朱帘秀 他怕你得罪当今的权贵阿合马，惹出是非呀！

关汉卿 哦！原来你也是为劝我而来？

朱帘秀 是呀，我也是为劝你而来。

关汉卿 好，你就劝，劝，劝！（离去）

朱帘秀 汉卿，我劝你……

关汉卿 嗄？

朱帘秀 我劝你快些写剧本呀。

关汉卿 哦！错怪好四姐了。（唱滚花）

昨日交给你的曲词，你看过可还合意？

朱帘秀 （接唱） 第二折“梁州”一曲，真是字字珠玑。

关汉卿 （接唱） 你就试唱一番。

朱帘秀 （接唱） 还求指点一二。（唱梁州）

哪一个似卓氏般当炉涤器？
哪一个似孟光般举案齐眉？
近时有些婆娘们，
道着难晓，说着难知，
旧恩忘却，新爱偏宜；
坟头上土脉犹湿，架儿上又换新衣。
哪里有边庭上哭倒长城？
哪里有浣纱处甘投大水？
哪里有上青山便化顽石？
可悲，可耻！
无人意，
多淫奔，
少志气。

亏煞了前人在那里，

便休说百步相随。

关汉卿 四姐，字正腔圆，唱得好！

朱帘秀 汉卿，你写得真好！借窦娥的贞烈，骂透那弃旧从新毫无节操的男儿，吐出了积郁胸中的块垒，伸张了天地间的正气！

关汉卿 四姐此话，深得我心。这里还有一折，是骂那赃官恶吏的。（交稿给朱）

朱帘秀 待我念一遍：“做什么三年不见甘霖降，也只为东海曾经孝扫冤，如今轮到你山阳县。这都是官吏们无心正法，使百姓有口难言。”汉卿，你的胆子真不小呀！

关汉卿 将来演出，你这主角麻烦更不少！

朱帘秀 我嘛，九死不悔！

［王和卿暗上。

关汉卿 好个“九死不悔”！小生失敬了！

王和卿 你成日对着四姐称小生，可惜胡须多几根。

关汉卿 你打趣整天不停门，我荐你去舞台当小丑。

朱帘秀 喂！你们正经些好不好？

王和卿 正经！我是最正经的！他写窦娥，你演窦娥，我，我就等着看这窦娥。不过，就怕我没这个眼福。

关汉卿 此话怎讲？

王和卿 我担心没有戏园敢演你这泼辣货！

朱帘秀 和卿先生，你识许多戏园老板，设法帮忙一下吧！

王和卿 （故意捉弄）你演《窦娥冤》，骂天骂地骂官吏，叫我去找园子，将来出了乱子，要我挨板子，我不干！

关汉卿 王和卿！你这胆小鬼，如此怕事！（唱快慢板）

为《窦娥冤》，我拼命也要演成。

即使在街头，也能唱演，到处绘声绘影。（向朱帘秀）

又何必强求人，惊动和卿。（生气背立）

王和卿 哈哈！蛤蟆虽小，气倒有一肚。汉卿，你莫焦急，找戏园我有门径。戏园就是大都最好的玉仙楼……

关汉卿
朱帘秀 玉仙楼?

关汉卿 是，这叫作巧事天成。伯颜丞相的老太君迟日做寿，唱戏助兴。那老太婆爱看苦情戏，我把《窦娥冤》推荐给玉仙楼的何总管，他便一口应承。

关汉卿
朱帘秀 （喜）哦!

关汉卿 方才错怪尔了。

王和卿 （笑）将来功劳簿上要有我一笔。

[鸨母上。

鸨　母 帘秀，谢天谢地，《窦娥冤》不演了。

朱帘秀 谁说不演?

鸨　母 叶和甫先生说的，快回去排别的戏吧。

朱帘秀 没有这回事。《窦娥冤》一定要排!

关汉卿 一定要演!

[幕急落。

第五场

[距前场的数日后，夜。

[玉仙楼后台。

[关汉卿、王和卿、何总管、朱帘秀、叶和甫、后台管事、王著、郝祯、郝祯的侍卫。

[关汉卿从绣幕的门帘后面，窥望着前台演戏和观众席上的情况。

[台上正演唱着《窦娥冤》的第四折末段——魂旦唱“尾声”:

你将那滥官污吏都杀坏，
敕赐金牌势剑吹毛快，
与一人分忧，为万民除害!

［观众席发出喝彩声，有人高呼“为万民除害！”

［王和卿高兴地赶到后台，对关汉卿连摇拇指。

王和卿　（口鼓）朱帘秀演窦娥演得逼真，台下人人赞好。汉卿，谁说你只会写“烟花粉黛”，你写悲剧倒更显功夫。

［关汉卿拱手谦逊，再到帘后看戏。

［下场口的帘子打开，朱帘秀带着装入后台。

关汉卿　（迎上）四姐，你演得真好！

朱帘秀　汉卿，方才演唱之时，台下一片喧哗……

关汉卿　是啊，有人大叫“为万民除害！”

［何总管上。

何总管　四姐，你演得真好！老太君看得哭湿手巾，说戏够苦。还说要见一见你，说不定有好招呼。

［朱帘秀进内更衣。

［后台管事上。

后台管事　何总管，有人要见朱四姐，自称是益州千户。

关汉卿　谁是益州千户？

何总管　这个益州千户姓王名著，为人豪爽英武，方才听见喊“为万民除害”，就是他高呼。

关汉卿　哦，就是他！正好相识，请！

王　著　（内声）演得好，唱得好，好戏呀！

［王著上。朱帘秀已换好衣服出来。

王　著　大姐，你唱得真好！（唱霸腔滚花）

你唱“官吏们无心正法，使百姓有口难言”把我们的心声吐露。

朱帘秀　这都是关先生写的好剧本。

王　著　（续唱）　你唱得有感情，你写得有力量，字字利似钢刀。

［后台管事上。

后台管事　朱四姐，太君等着见你。

王和卿　（接唱）　王将军，四姐有事失陪，请恕招呼不到。

朱帘秀　失陪。

王　著　请便。

[朱帘秀与何总管下。

王　著　关先生！（接唱）

《窦娥冤》是你生平杰作，感动者何止我一个老粗。

请问此剧是否由朱小兰一案而来？……

关汉卿　当今之世，何止一个朱小兰！

王　著（续唱）为民喉舌，痛斥奸邪，先生真是疾风劲草。

侍　卫　郝祯大人到！

[后台管事引左丞郝祯、侍卫与叶和甫上。

郝　祯　谁是关汉卿？

关汉卿　我是关汉卿！

郝　祯　你就是关汉卿？写得好戏！

关汉卿　岂敢。

郝　祯　阿合马大人吩咐：明天再演，曲词必须照条子上改过来！

[叶和甫交条子与郝，郝示意交与关汉卿。

[关汉卿匆匆看了一下。

关汉卿　不能照改！

郝　祯　不能照改？！

[何总管嬉笑地捧着好些赏赐拥朱帘秀上。

郝　祯　何总管，你来得好！（念）

阿合马大人吩咐：玉仙楼明日包租，

《窦娥冤》重新唱做，改曲白，不许含糊！

关汉卿　要改曲词，暂难办到。

朱帘秀　宁可不演，难动分毫。

郝　祯　好胆！戏要演，又要改，不演不改，当心脑袋！人来打道。

[侍卫拥郝祯怫然下场。

[叶和甫临去还想向关警告，关回身不顾。叶想向朱说话，朱又不理。叶想

向王说话，王怒目而视。叶只好溜下。

[关汉卿将条子撕扔地上。

[王著见此情景，深为感动，对关施礼。

王　著　关先生！我王著今天有幸，看到你们的好戏，还见到你的为人，真是令某钦敬。“为万民除害”，百姓自必同声高呼，对世间恶吏赃官，决不甘休善罢。有事告辞，两位多多保重。请呀！（下）

王和卿　好啊，这才是个人！叶和甫简直是只老鼠！

朱帘秀　汉卿，明天打算怎样？

关汉卿　要改就不演！

王和卿　无奈明天不能不演。

关汉卿　要演就不改！

何总管　改改曲词，也算不了什么一回事呀！

关汉卿　一字也不能改！

朱帘秀　对！一字也不能改！（唱滚花）

明日照原曲演唱，不改分毫。

汉卿呀！（唱快中板）

重担千斤由我负，

你快马加鞭远奔逃，（转滚花）

明日纵有事情，我自知应付。

关汉卿　（大不谓然，摇头）嗳！（接唱）

人不离，戏不改，拼着同掷头颅！

[幕落。

第六场

[上场之第二晚。

[玉仙楼的客厅，陈设华丽。

[阿合马、和礼霍孙、郝祯、甲乙丙丁侍卫、朱帘秀、甲演员、乙演员、关

汉卿、赛帘秀。

朱帘秀 （内唱） 如今轮到你山阳县。

[幕启。郝祯、四侍卫站立。和礼霍孙、阿合马坐着在看戏。

朱帘秀 （续内唱）这都是官吏们无心正法，

使百姓有口难言。

阿合马 （怒喝）停下！不许再演！

郝　祯 （随着喝）不许再演！

[场上管弦乐停止。

阿合马 （唱滚花）这出恶言犯上的《窦娥冤》，今晚居然照旧演。

这班俳优男女，胆敢无法无天。

和礼霍孙 大人。（接唱）

难怪你大发雷霆，优伶敢揭官场污点。

惟是似不宜小题大做，且恕他信口狂言。

阿合马 大司徒！这班词客文人骂官骂吏，稍一放松，他们就要犯上作乱。

和礼霍孙 （另场）哼！平日受你欺压排挤，今天有人替我骂你，正是求之不得。（向阿）大人呀，优伶诚然可恨，有道平生不做亏心事，尽可处之泰然。

阿合马 他骂天骂地、骂官骂吏，我们岂能视而不见，我要她在跟前再演一遍，看他们还敢不敢当面放肆胡言。请上坐！（与和同坐）传狗男女到此演唱！

[郝祯领命下。带朱帘秀（扮窦娥）、甲演员（扮监斩官）、乙演员（扮刽子手）同上。

郝　祯 阿大人命你在他跟前再演一遍！

朱帘秀 唱得一自然唱得二，决不改只字片言。

郝　祯 进去！

[朱帘秀等同向阿合马为礼。

阿合马 你就是朱帘秀吗？

朱帘秀 正是朱帘秀。

阿合马 朱帘秀！你快把《窦娥冤》问斩一段在此再演！

朱帘秀 从命。（见甲、乙演员面有惧色，悄告）不要怕，有我在此，要杀就杀我。

［朱帘秀与甲、乙演员进场，复上，演戏。

刽子手 将到行刑时候，你还有何话说？

窦　娥 大人，如今正是三伏天道，倘若我窦娥死得冤枉，苍天必降三尺瑞雪，掩盖我窦娥尸体。

监斩官 胡说！这等三伏天道，你便有冲天怨气，也召不得一片雪来。可不胡说？

窦　娥 大人呀！（唱二煞）

你道是暑气暄，
不是那下雪天，
岂不闻飞霜六月因邹衍？
若果有一腔怨气喷如火，
定要感得六出霜花滚似绵。
免着我窦娥尸体现，
要什么素车白马，断送出古陌荒阡。
大人，我窦娥死得委实冤枉！
从今以后，着这楚州亢旱三年。

监斩官 哪有这等说话！打嘴！（打）

窦　娥（续唱）你道是天公不可欺，人心不可怜。
不知皇天也肯从人愿，
做什么三年不见甘霖降？
也只为东海曾经孝妇冤，
如今轮到你山阳县。
这都是官吏们无心正法，
使百姓有口难言！

阿合马（怒喝）停下！停下！

郝　祯 停下！

阿合马 朱帘秀！恶言犯上，该当何罪？

朱帘秀 回大人的话，小女子并无恶言犯上。

阿合马 还敢狡辩，你唱的“官吏们无心正法，使百姓有口难言”，岂非犯上？

朱帘秀 啊呀！我估道什么地方，冒犯了老大人，累得大人发雷霆之怒，却原来是为了这呀。大人，戏文里骂的是屈杀人命的贪官污吏，按照本朝律例，也是骂得的。如果不准骂贪官污吏，难道要我们骂忠臣孝子吗？

阿合马 好利嘴，我来问你，叫你修改词曲，竟敢抗命，只字不改，打的什么主意？

朱帘秀 大人！词曲经关先生修改，只因时间仓促，新词我记不来，真是罪该万死，只求大人开恩。

阿合马 那写本子的关汉卿现在何处？

朱帘秀 大人！关先生的母亲有病，已经回乡去了。

阿合马 回乡？（狞笑，唱滚花）

你为救关汉卿，独担罪名，替他巧辩。

你是否想学窦娥，为救婆婆一命，宁愿独受熬煎？

好吧，成全你的志愿吧！

且看天公有没有三尺瑞雪把你尸骸掩。

推出斩首！

丙、丁侍卫 遵命。

［关汉卿内声："慢！"冲上。

关汉卿 曲词是我不愿修改，与朱帘秀无干，要杀便杀我一人！

阿合马 你是何人？

关汉卿 关汉卿。

阿合马 关汉卿！你挺身而出，不让朱帘秀独担罪状，倒有担待。你妄撰词曲，恶言犯上……

关汉卿 大人，此言差矣！《窦娥冤》写的是汉朝东海孝妇含冤之事，千百年来，家喻户晓，何得谓之妄撰词曲，更何得谓之恶言犯上！

阿合马 什么东海西海，抗命不改，该当何罪？

关汉卿 古人说"有过则改"，汉卿无过，故而不改，何罪之有？

阿合马 我不管这许多。人来，把关汉卿推出斩了！

［关汉卿大笑。

阿合马 死到临头，因何发笑？

关汉卿 大人，汉卿非笑别的，笑大人枉用聪明，以为杀了一介汉卿，便能钳尽天下万民喉舌；殊不知“防民之口，甚于防川”，秦始皇焚书坑儒，二世而亡。遑论大人……

阿合马 好胆！推出砍了！

和礼霍孙 大人！关汉卿固然罪有应得，唯是大人在此时杀了关汉卿，岂不教天下人以为《窦冤娥》骂的正是大人吗？

阿合马 这个……就看大司徒金面，人来，把关汉卿暂时收押起来！

［侍卫押下。阿合马拍案哼哼，瞟和礼霍孙一眼，表示不满。

和礼霍孙 衙中有事，老夫告辞。

阿合马 人来代送。

郝　祯 （向和）请呀！

和礼霍孙 留步。（冷笑下）

［阿合马气极。

阿合马 把朱帘秀推出斩了！

郝　祯 （悄告阿合马）大人，我看朱帘秀也杀不得呀！

阿合马 怎么？！

郝　祯 闻说伯颜丞相老太君，非常喜爱她，曾认她为干女，因此嘛……

阿合马 哼！（唱滚花）

八九等的人渣滓，也让她爬进权贵之门。

来，把贱人收进监房，再作打算。

郝　祯 来，把贱人押下。

［侍卫将朱帘秀押下。

阿合马 把演蔡婆婆的贱人拿来！

郝　祯 把赛帘秀拿来！

［侍卫押赛上，跪下。

阿合马 （看也不看）你识字吗？

赛帘秀 回大人，识几个字，会看唱本。

阿合马 你刚才上场念得“有日苍天开眼，定将酷吏剥皮”是原词吗？

赛帘秀 原词没有。

阿合马 原词没有，你怎么念出来？

赛帘秀 是从别个语本借来的。好比“花有重开日，人无再少年”这类词句，常常是借来借去。

阿合马 好词多得很，你为何偏要借此两句，是何用意？你有多大来头？

郝　祯 讲！

赛帘秀 我的来头吗？——我本是农家女，我家田地被你家丁霸占。害得我人亡家散，流落勾栏受苦到今天。

阿合马 胡说！谁霸占你家田地？谁害得你人亡家散？

赛帘秀 你的家丁作恶多端，谁不知见。你勿以为官高势大，就可以只手遮天。

阿合马 （唱滚花）你指望苍天开眼，我偏要你无法见天。

来！施以挖目之刑！

［赛愤怒，二次冲向阿合马，被侍卫拉着，押出花厅。

赛帘秀 （在内惨叫）天呀！

［赛帘秀再被推出，仆地。

赛帘秀 （唱首板）霎时间，地黑天昏魂魄荡。

阿合马 贱人！你服罪吗？

赛帘秀 大人。（唱快慢板）

弱女子，堕风尘，何罪不可当。

孰无辜，孰有罪，青天在上。

我目虽盲，心未死，恩怨怎能忘。（转快中板）

纵然满目尘沙障，

有日苍天开眼放光芒。

暮气妖氛都扫荡！

阿合马 还敢胡言！

赛帘秀 （唱滚花）还求把我眼睛挂在城门上……

阿合马 嗄！挂在城门之上？

赛帘秀 （继唱） 看奸官你好结局，好收场！

阿合马 打下死囚牢去!

［幕落。

第七场

［至元十八年三月尾的一个晚上。

［大都狱中。

［狱吏、狱卒、关汉卿、叶和甫、朱帘秀、禁子婆。

［音乐，幕启。狱吏上。

狱　吏 关汉卿哪里?

内　声 传关汉卿!

［打引，关汉卿上。

关汉卿 （念引） 日月照肝胆，霜雪添须眉。

狱　吏 关大夫，杨显之送来诗笺一纸，你且收着。（交诗笺与关汉卿，下）

关汉卿 （念诗） 一曲新成尽百杯，故人昨夜梦中来；

珍重大都铜豌豆，留将正气壮歌台。

——杨显之赠

显之呀!（唱反线中板）

拜谢故人，关怀我处世立身，汉卿自知珍重。

请放心，我能凌霜傲雪，比得那岭上青松。

砥柱镇中流，任他汹涌波涛，我自屹然不动。

关汉卿，是叮叮当当的铜豌豆，越煎越炒声更洪。（转滚花）

高山流水故人情，

——为民珍重。

［狱吏引叶和甫上。叶趋前故作关怀。

叶和甫 汉卿，想不到在这个地方再见你面。（唱石榴花中段）

当时我劝你审慎，

休为小兰案，逞一朝之忿，
今日惹火烧身，
皆由你一意孤行。

[关汉卿生气，但隐忍不发。

叶和甫 汉卿！大事不好，上月初十王著在上都，将阿合马大人和郝祯大人都杀死了！

关汉卿 壮哉王著！（向空遥拜）

叶和甫 危哉汉卿！

[关不睬，叶进行威逼利诱。

叶和甫 老实讲，我是奉忽辛知府大人之命而来，事关阿合马大人之死，朝廷将派大臣来查此案，如果到时你能供称，王著杀死阿合马大人为的是图谋造反，与朱小兰一案无关，忽辛知府大人自然将你释放，并赠一百两黄金……

[关气极，转身打叶一记耳光，叶被打倒地。

关汉卿 （唱七字清）

甘为走狗事寇仇，
还来威迫和利诱。
渭清泾浊不同流，（转滚花）
快滚出监房，莫污了大爷双手。

[叶狼狈而逃，边逃边说："看着你死！"

[狱吏上。

狱　吏 关大夫，你真不愧称硬汉。实对你说，你与朱帘秀二人的性命，只在旦夕；你有什么事要我做，不妨开口。

关汉卿 我关汉卿生死早已置于度外，能否许我与朱帘秀再见一面。

狱　吏 （考虑）好吧！传朱帘秀！（下）

[禁子婆引朱帘秀罪衣披锁上。禁子婆下。

朱帘秀 汉卿！

关汉卿 帘秀！

朱帘秀 汉卿，我们先谈好消息，慢诉别离情。

关汉卿 莫非王著事，你早已得风声？

朱帘秀 是啊！闻说王著杀了阿合马，他临刑之际，还高声大呼：“我王著死后，一定有人将我事迹，写上一笔。”完成他的志愿，汉卿你可有此意呢？

关汉卿 （唱滚花）王著快人快事，写成剧本自必大快人心。

可叹时候已无多……

朱帘秀 汉卿，在狱中你尽可写作，为什么说时候无多呢？

关汉卿 （续唱） 可知你我两人，死期迫近！

朱帘秀 嗄！死期迫近？

关汉卿 四姐！你莫非有些惧怕！

朱帘秀 我……我不怕！

关汉卿 四姐，为了我《窦娥冤》一曲，累你到此田地，我心有不安！

朱帘秀 汉卿，说哪里话来呢？常言道“得一知己，死可无憾”。我朱帘秀能与大爷一同赴死，还有何不足呢？

关汉卿 四姐，你是女中豪杰，令人钦敬；唯是你年尚青春，死得未免过早。

朱帘秀 方才我听到消息之时，的确心如絮乱。如今嘛，正是：（念）

取义从来轻死生，敢将颈血溅奸臣；

窦娥教我朱帘秀，决不低头让敌人。

关汉卿 好一个“决不低头让敌人”！我关汉卿啊！（念）

悲歌慷慨慕前人，欲救斯民敢惜身。

玉碎竹摧清节在，一篇留得万年春。

朱帘秀 一篇留得万年春！（暗哭相思）

关汉卿 （唱相思尾腔）

因何伤感？

朱帘秀 （唱小桃红）

我惜君又痛君，

剧坛如君有几人？

曾劝你离大都，珍惜有用身，

奈你偏偏又不允。

关汉卿 （接唱） 临难图幸免，岂是丈夫行径。

忍教你孤军临阵，只手对敌人？

是以挺身试白刃。

朱帘秀 汉卿！（接唱）

我这弱女怎比君，

君有锦心绣口，

敢替百姓尽吐心中愤。（音乐，念）

你所写剧本啊！一个个动地惊天泣鬼神。

虽则与君同命是福分，

怎忍见你一样街头血染尘。

栋折梁摧人萎去，

管残弦断不成声。（续唱）

教我如何不断魂，

为苍生痛哭丧斯文。

关汉卿 （接唱） 相知到今日，友谊似海深，

我等纵然同被杀，分不开这友情。

写戏文用血，更打动人心。

朱帘秀 是啊！当日我们说道："你敢写，我敢演。"只道是粉墨因缘，想不到我们的血，可以流在一处。

关汉卿 四姐！我们是风尘知己，生死同心，这几天写了一首曲词，名叫"蝶双飞"。为我们两人写照。四姐一看！（取曲词交朱帘秀）

朱帘秀 待我看来！（感动地）正是：（念）

壮似长江浪，愁如秋月光；

一歌一荡气，一唱一回肠。（唱蝶双飞）

将碧血，写忠烈，

作厉鬼，除逆贼，

这血儿啊，化作黄河扬子浪千叠，

长与英雄共魂魄！

强似写佳人绣户描花叶，

学士锦袍趋殿阙，
浪子朱窗弄风月，
虽留得绮词丽语满江湖，
怎及得傲干奇枝斗霜雪?
念我汉卿啊！（念）
读诗书，破万册，
写杂剧，过半百，（接唱）
这些年，风云改变山河色，
珠帘卷处人愁绝，
只为了一曲《窦娥冤》，
俺与他，双沥苌弘血；
差胜那孤月自圆缺，
孤灯自明灭；
坐时节共对半窗云，
行时节相应一身铁；
哪有这气比长虹壮，
哪有那泪似寒波咽！
提什么黄泉无店宿忠魂，
争说道青山有幸埋芳洁。
俺与你发不同青心同热，
生不同床死同穴；
待来年遍地杜鹃花，
看风前汉卿四姐双飞蝶。
相永好，不言别！

朱帘秀 汉卿！

关汉卿 四姐！

[二人扑前拥抱。

[禁卒、禁子婆同时上。

狱　卒
禁子婆 时辰已到，快些话别。

关汉卿
朱帘秀 话别？

朱帘秀 汉卿，我们生死不言别。

关汉卿 千秋共此心。

[幕落。

第八场

[距上场数月后。

[距大都不远的卢沟桥远景，台左见“芦沟晓月”的碑亭一角。

[王和卿、杨显之、刘大爷、周老汉、送行农民若干、赛帘秀、关汉卿、朱帘秀、侍女梅香、鸨母、关忠、刘大娘、二妞、解差二人。

[幕启。王和卿，杨显之，农民刘大爷、周老汉在等候着为关汉卿饯行。侍女梅香手提食盒扶赛帘秀上。

王和卿 小二姐，你来了！

赛帘秀 啊！和卿先生，关大爷来了吗？

王和卿 汉卿还没有来。

周老汉 关大爷大难不死，真是万幸，这次送行，大家都准备来看看他。

王和卿 这次全仗乡亲们出力，递了《万名禀》救出汉卿。

刘大爷 关大爷是个好人，谁不愿他平安出来，谁知又被逐出大都，真令人气愤难平！

周老汉 我们快去催促大家来送行吧！

[刘大爷点头与周老汉下。

杨显之 小二姐，你先到长亭歇息歇息吧。

[杨显之、王和卿扶赛帘秀上亭子。

［关忠挑行李先上。

［关汉卿上，后随解差二人。

关汉卿 （唱五更头）

关汉卿被逐出都门，

霎时间离乡别井，

煞是难忘家乡故友情。

且抛开离愁别绪，

一支笔，为民请命，

何分南北一般情。

关汉卿，仇奸佞，

谁能阻我笔墨兵。

［王和卿、杨显之、赛帘秀相迎。

赛帘秀 关大爷！

关汉卿 小二姐，为了一曲《窦娥冤》，你被权奸害到这般田地，教我既痛且恨！

赛帘秀 大爷！你与我师傅平日为人侠骨豪情，令我敬慕。演《窦娥冤》乃义之所在，我死而无怨，何况这一对眼珠。（唱滚花）

一息尚存，誓与奸邪不并。

眼睛虽失，心头善恶更分明。

关汉卿 小二姐！（接唱）

你与师傅两人，更应相依相敬。

多加关照赛帘秀，有劳显之与和卿。

赛帘秀 大爷啊！（念）

今日你被迫南行，我自愧无物可敬。

只有一支兔管，表我心情。

愿你再写新词，多编剧本。

口诛笔伐，胜他百万雄兵。

关汉卿 多谢了！（唱快中板）

七寸笔同三尺剑，

诛奸削佞不留情。

赛帘秀 （接唱） 遥望南天万里鹏程远，

鸿鳞有便寄新声。

王和卿 汉卿呀！（念）

北雁南行，春行秋令。

杨显之 （念） 将军一去，大树飘零。

［周老汉、刘大爷、刘大娘、二妞和众农民已暗上。

周老汉 （率众叫）关大爷！

刘大娘
周老汉 （唱秋江别）

今天你仓皇离境，

众　人 （齐唱） 今天你仓皇离境，

刘大娘
周老汉 （接唱） 莫忘了与乡亲血肉之情。

众　人 （齐唱） 莫忘了与乡亲血肉之情。

王和卿 啊！四姐来了！

［朱帘秀内声："汉卿呀！"叻叻鼓，上。

朱帘秀 汉卿，为了你写我演，我欲相随南下，已托何总管代我请求脱籍……

关汉卿 四姐，你请求脱籍，好比缘木求鱼啊！

［何总管、鸨母上。

何总管 四姐呀，我代你请求脱籍已无望。

鸨　母 帘秀，你飞不去的，跟我回去吧！

何总管 这张批示，请你细看。（交批示）

［朱帘秀略看，愤然撕碎批示，希望破灭，精神不支，关汉卿扶她坐下。

关汉卿 四姐，且把悲怀放下，休要挫折雄心。正是：（念）

鸡鸣犹未已，风雨倍相亲；

一时多少恨，饮泪送征人。

朱帘秀 汉卿，我就唱你的旧作"沉醉东风"以送君行吧！（唱沉醉东风）

咫尺的天南地北，
霎时间月缺花飞。
手执着饯行杯，
眼搁着别离泪。
把这泪儿化成曲子，
直唱到秋江怒涛起！
好去者，
望前程，望前程万里！

杨显之 （念） 彩笔珠喉破敌归，

王和卿 （念） 死生离合不相违；

朱帘秀 （念） 忍见秋高雁孤往，

关汉卿 （念） 相期春暖蝶双飞。

解　差 走！

［朱帘秀难过，关汉卿劝慰她，关回身欲去，众呼："关大爷！"关回头。

众　人 关大爷！保重，保重！

关汉卿 （与众揖别）保重！

［关揖别至朱帘秀前，朱暗泣，关抚肩劝慰。

关汉卿 四姐保重！

［关昂然而去，频频回头向众拱手。

［众揖送，赛帘秀难过地扑向朱帘秀怀中。

［幕落。剧终。

（剧本版本：《广东粤剧院演出剧本选集》第一册）

· 粤剧卷 ·

山乡风云

编剧：吴有恒　杨子静　莫汝城

人　物　表

刘　琴	游击队女连长
政　委	游击队政治委员
李班长	游击队班长
虎　子	游击队通信员
何　奉	老奴隶
春　花	何奉女
黑　牛	刘立人的护兵
刘三保	贫农
林可倚	桃园中学校长
刘立人	反共联防主任，桃园堡主，外号“番鬼王”
万选之	反共联防大队长，外号“斩尾蛇”
关天爵	乡长，外号“烟屎爵”
四小姐	刘立人女

游击队的卫生员、通信员及战士若干

桃园堡群众若干

匪班长、匪兵及乡丁若干

第一场

[一九四七年秋。

[华南某山区的一个山头上。

［游击队李班长率战士们上。

李班长（唱五更头牌子）

头上红星手上枪，

战士们（接唱）千里山川放眼看。

李班长（接唱）远道奔驰跨峻岭，

战士们（接唱）反攻杀敌进山乡。

李班长 同志们，解放战争已经打了一年，我中国人民解放军，在粉碎蒋介石的进攻之后，现已大举反攻。我们支队，奉命挺进山区。我连担任先行。连长有命：搜索前进。（领众下）

［刘琴、虎子上。

刘　琴（唱快十字清中板）

望群山，接青天层峰险峻，

群山下，天昏暗烟雾纵横，

群山内，众乡亲重重苦难，

群山外，春雷震战马奔腾。

进山乡，竖红旗把虎狼灭尽。（转散板）

叫山乡，怒翻起，革命风云。

［李班长率战士复上。

李班长 报告连长，发现敌情。

刘　琴（瞭望一下）似是桃园堡出来的匪军，大概又是那条斩尾蛇。（枪声）同志们，准备战斗。

［支队部通信员上。

通信员 报告连长，政委命令：你连马上赶到六女潭，接受任务。

刘　琴 好。同志们，马上转移。一班掩护，走！

［战士们先撤下，刘琴、虎子下。

［匪班长率匪兵上。

匪班长（察看一番后，向内场）大队长。

［万选之上。

万选之 （唱快中板）

不是毒蛇不过社，

老子有名斩尾蛇，

特工身份谁敢惹，

反共联防靠老爷。

匪班长 报告大队长，共军走了。

万选之 走了？

[突然一声枪响，万的军帽被击落地，众匪急卧倒。

匪班长 （拾起军帽）大队长，军帽打穿了。

万选之 据情报，这股共军有个神枪手女连长，莫非……（强自壮胆，喝众匪）怕什么？饭桶，同我追！（挥手）

[又一声枪响，万选之手被打伤，手枪坠地。

万选之 哎哟！

[众匪上前扶他。

[幕闭。

第二场

[次日。

[六女潭畔。

春　花 （内唱梆子首板）

仇上加仇，恨上加恨。

[春花奔上，跌倒，挣起。

春　花 （唱滚花）蒙污受辱，我死死死，死不甘心。

今日春花身葬六女潭，谁替我报仇雪恨！

[春花爬上石崖，跪拜。

春　花 爹爹，爹呀！今日女儿含冤而死，不能侍候你老人家了。爹呀！（跳潭）

［刘琴和虎子上，急呼救人，随即跳下潭去。

［卫生员与众战士闻声急上。

［刘琴、虎子抱春花上潭边。卫生员进行急救。

［春花苏醒。见众人，疑是匪兵，惊避，跌倒。

［刘琴要上前把她扶起。

春　花　（害怕）啊……啊……

［刘琴省悟，脱去军帽，露出女相。

刘　琴　不要怕，我们是共产党的军队，是为穷苦人做事的。

春　花　啊？……（惶惑回顾）

刘　琴　（扶起春花）阿妹，你为什么投水呀？

春　花　我？……

刘　琴　阿妹，（唱快二流）

你有苦就诉，有冤就伸！

春　花　（接唱）　叫天不应，叫地不闻，天乌地暗。

刘　琴　（接唱）　今日伸冤有路，

春　花　（接唱）　偏我雪恨无门。

刘　琴　（接唱）　共产党，解放军，

能帮你伸冤雪恨。

春　花　帮我伸冤？……唉，大姐啊，

（唱二黄滚花）

多谢你好心一片，

怎奈我……难以做人！（又晕去）

何　奉　（内场呼唤）春花！春花！

李班长　连长，有人来。

刘　琴　看样子是来找这个阿妹的，带他上来。

［李班长下引何奉、刘三保上。

何　奉　春花！（趋前一看，哀痛地）春花啊！

刘　琴　大伯，你是……

何　奉　我叫奴才奉。

虎　子　（不解地）奴才？

刘三保　他叫何奉，是春花的爹，我叫刘三保。

刘　琴　哦，大伯，你世代为奴，受苦受难，在我们面前，就不要这样叫自己了。阿妹为什么投水呀？

何　奉　她……（欲言又止）

虎　子　她为什么？

何　奉　她……

刘　琴　大伯，你说吧！

刘三保　她被联防大队长……糟蹋了！

刘　琴　（激愤）哼！又是斩尾蛇！

虎　子　连长，我们要为她报仇！

战士们　报仇！

何　奉　（惊疑地）报仇？你们是什么人？

虎　子　我们是共产党的军队。

何　奉　是共产党？……（旁白）主家知道，说我私通共产党，就是天大的罪名啊！（转头）春花，跟阿爹回去吧！（扶春花要走）

刘　琴　大伯，阿妹还会有危险，不如留下来医好之后再送她回家吧！

何　奉　姑娘，你们好心，可是我……（摇头长叹）

刘三保　奉哥，就留下她吧！

何　奉　唉！（扶着春花便走）

刘　琴　(追上前) 不要走……（着急）走不得！

[何奉惊愕站住。

[政委和通信员上。

政　委　刘连长。

刘　琴　（敬礼）政委，我们刚才在六女潭救起一个姑娘。

政　委　我知道了，你们做得好。（对何奉）老伯，你不想留下，就先带她回去吧。卫生员好好照顾病人。送他们出山口。

卫生员 是！

［卫生员送何奉、刘三保、春花下。

刘 琴 政委，那姑娘回去，无医无药……

政 委 我们送上门去。你是本地人，当然知道这里山区的反动统治十分残酷，群众苦难深重啊。

刘 琴 是，刚才那大伯父女就是桃园堡地主的奴隶。政委，我们要打开桃园堡。

政 委 对，我们要配合全国大反攻，多打胜仗，歼灭敌人，扩大革命根据地。桃园堡是这山区反动势力的中心，支队党委决定打开桃园堡。

刘 琴 好呀，我请求把主攻任务交给我连。

政 委 好，就交给你。

刘 琴 （敬礼）是，坚决执行命令！（欲下）

政 委 慢！（唱中板）

这一回你的任务很繁重，
暂时还不用你打冲锋，
先进入堡中发动群众，
到时配合主力进攻。

刘 琴 派我入堡？

政 委 你自小离乡，长大后参加革命，堡内无人知道。如今上级为你想办法，安排你在桃园中学担任教师，这是聘书证件。

刘 琴 这……岂不是要我脱下军装，去当大姑娘？

政 委 你不是大姑娘吗？怎么？有困难吗？

刘 琴 堡内的群众我一个也不认识。

政 委 刚才不是认识了三位了么？

刘 琴 是，我入堡之前先访问他们。

政 委 你进堡后，要多加小心，地方党会有同志来照应你，我等你的好消息。

［幕闭。

第三场

[当晚。

[何奉家。

[关天爵带乡丁上。

关天爵 乡长乡长，黄金万两。我们桃园堡住着刘、关、张。刘七爷是族长。张三爷不过是税所所长。我关二爷是一乡之长。嘻嘻，进去！

[乡丁踢门进屋，何奉自房里出来。

关天爵 奴才奉，春花呢？叫她回去服侍七爷。

何　奉 她……

关天爵 她她她什么？她能随便去死的吗？桃园堡有哪条族例准许奴才自己去死的呀？把那贱种拉出来。

[乡丁进房拖春花上。

春　花 （半昏迷中，微弱地反抗）我……不回去！

关天爵 大胆！

春　花 我……死也不回去！

关天爵 奴才犯法，罪加五等，胆敢讲半个不字，我杀了你。

春　花 罪加十等也是一死，你杀吧！

关天爵 造反了！（打春花）

何　奉 （哀痛，激愤）你打吧，打死了少个奴才种！

关天爵 老奴才，你也反了！（把何奉、春花打晕）装死呀？走！装死……（与乡丁下）

[何奉爬起来，试试春花鼻息，猛然大惊。

何　奉 女啊……女……（唱乙反木鱼）

你死去真冤枉，生来受灾殃，

可怜你出世便无娘，

阿爹乞奶求浆把你来抚养，

虽是门低人贱，

也是骨肉心肝。

见你一年大过一年，

长成个黄花闺女样。

（转乙反二黄）

怎知你在虎狼爪下，终被虎狼伤。

家贫还易抵，人贱最难捱，

身是奴才，命同蝼蚁样。

（转乙反二流）

说什么苍天有眼，

怎不见我女被害身亡？

主家丧尽天良，

天呀你何以一声不响？一声不响？！

一腔怒气，涌上胸膛，

要去街巷口头，拼死呼冤叫枉。

（何奉冲出门口，四顾茫然。续唱）

屋前一片，黑夜茫茫。

黑夜茫茫，何处告状！

[回家，关门。

（唱乙反二黄滚花）

女啊，今日白头老父，送你上坟场。（啜泣）

[刘琴、虎子、卫生员上。刘琴敲门。

何　奉　（惊）又是烟屎爵？（愤怒地拿起小板凳）

刘　琴　大伯，大伯。

何　奉　啊，是他们？……（想开门又不敢）

刘　琴　大伯，开门吧，我们给春花送药来了。

何　奉　哎……我开，我开。（开门）

[刘琴、卫生员进屋见状，马上为春花打针抢救。

[春花渐渐苏醒，卫生员出门外警戒。

何　奉　女，你又回来了，谢天谢地！

春　花　爹！

何　奉　女，那位姑娘又来救你了。

春　花　姐姐啊！（伏向刘琴怀中哭，忽又绝望地推开）你为什么要救我啊？

（唱乙反南音）

好心莫扶起，我这棵断头秧，
只怕秧苗枯死，枉你热心肠。
我十八年来牛马一样，
何曾一日把人当。
姐你救我两番为哪样？为哪样？
难道做奴定要做到百年长？

刘　琴　阿妹！（唱二黄合字过门）

你把仇恨记在心点滴莫忘，
定要主家清还这笔账，
不要轻生，挺起胸膛，
去报仇，闹翻身，求解放。

何　奉　（唱长句二黄）

世代为奴日子长，
主家怎肯把奴才放？
受气犹如吹箫笛，
横直一样是凄凉。

刘　琴　（接唱）箫笛能翻百样腔，
识者吹来不一样，
做人哪会都是凄凉，
跟前摆着路三条，
你要分清去向。

何　奉
春　华　三条路？

刘　琴　（唱二流）一条路是捱到底，

春　花　（摇头，接唱）

为奴到底苦难当。

刘　琴　（接唱）　二条路是往别处逃，

何　奉　（接唱）　也逃不出主家手掌。

刘　琴　（接唱）　三条路是造反闹革命！

何　奉　造反？（接唱）

造反不成更遭殃。

春　花　爹呀！（唱二黄滚花）

横是死来直是死，

等死不如拼一趟。（顺手拿起剪刀）

我要杀那些财主恶霸！（欲奔下）

何　奉　（拦住）春花，你去不得！（夺下剪刀）

春　花　（委屈地扑向何奉）爹，难道条条路都走不得么？

何　奉　（抚春花）女，从来造反，哪有反得成的呢？

（唱芙蓉中板）

眼见过改朝换代，都是恶者为王。

桃园堡狗恶墙高，好似皇城一样，

任你英雄好汉，敌不过他刘、关、张。

（转三字清中板）

你剪不破天罗，冲不出地网，

人家有联防队，有机关枪。

（转滚花）总之是穷人造反无力量！

刘　琴　大伯，我来问你，世上穷人多还是富人多？好人多还是恶人多呢？

何　奉　（想）恶人财主，百中不到一二。

刘　琴　穷人下户呢？

何　奉　百中倒有八九十。

刘　琴　那便清楚了。

（唱反线中板）

穷苦人齐心就有力量，
千溪齐水涨，河里变汪洋。
满腔仇恨抵得万枝枪，
桃园堡就算是皇城，也能破关斩将。
天下穷人一家亲，
实意真心为革命，才是真正的铁壁铜墙。

（转反线七字清中板）

如今带路人有共产党，
红旗打起廿多年长。
鸡叫三回天要亮，
蒋贼王朝快灭亡。
今日到处欢腾迎解放，
人民军队进山乡。
我一心下山把大伯访，
二次见面诉衷肠，
三条道路分去向，
还请大伯细思量。
要剪破天罗，冲开地网，
翻天覆地斗一场。

春　花　姐姐，我要跟你们去，我投军呀！

刘　琴　大伯，你说呢？

何　奉　看来只有这条路了。女呀，（抚女儿的头）你就跟姑娘去吧！

春　花　（喜悦地扑向父亲）爹！

［虎子急上。

虎　子　（细声地）连长，有人来。

黑　牛　（内场叫）春花。

何　奉　呃，是黑牛。不要紧，他是来看春花的。

刘　琴　让他来。

［卫生员闻声进屋来与虎子同警戒。

黑　牛　（从后门进来）春花，你为什么投水？（转眼发现生人，习惯地拔枪）

虎　子　别动！（拔枪）

［黑牛想发作，何奉将身拦住。

何　奉　阿牛，你别乱来！

黑　牛　（对刘琴）你是什么人？

何　奉　她是恩人。

黑　牛　恩人？（对刘琴）你来做什么？

刘　琴　我来治病救人。

黑　牛　治病救人？我一眼就看出你是来自山上。

刘　琴　我也看得出你是在番鬼王手下当差吃粮。

黑　牛　你想怎样？

刘　琴　我倒想问你，春花被害投潭，你打算怎样？

黑　牛　大丈夫恩怨分明，我自己有主意。

刘　琴　常言道一个好汉还要三个帮。

黑　牛　你我非故非亲，路有路，桥有桥，搭不上。

刘　琴　山水也有相逢日。

黑　牛　我知你不是猛龙不过江。

何　奉　（责备黑牛）你只会发牛脾气，你知道谁害到春花投潭，谁救春花的命？

春　花　牛哥，这位姐姐救我两次了。

何　奉　快向姑娘认错！

黑　牛　（不服气）奉叔！

何　奉　认错！

黑　牛　（对刘琴）好，你救过春花，日后相逢，我一定把路让，失陪！（转身要走）

［虎子欲阻拦，刘琴示意让黑牛下。

何　奉　姑娘，你不要怪他，他也是个穷苦人，自小跟我长大，我骂得他，打得他。

刘　琴　那就该教育他。

何　奉　是，是要教他学好。（对春花）女，你收拾包袱跟姑娘走吧！

刘　琴　你就留在这里。

春　花　姐姐，我投军呀。

刘　琴　是，你已经投军了。

［刘琴与何奉、春花坐下细谈。

［幕闭。

第四场

［几天之后。

［桃园堡内刘立人家大厅里。

［两匪兵托轻机枪随万选之上。

万选之　（唱快中板）

山口日前打一仗，
手上受伤心里寒，
保住老巢防共党，
加强实力买机枪。

［刘立人、关天爵上。

刘立人　（念）　一族我为长，人称“番鬼王”。

万选之　七爷，添置机枪，已经运到。

刘立人　好啊！

（唱滚花）桃园堡势大财雄，联防队兵强马壮，
如今又加强装备，足可以屏障一方。

关天爵　（接唱）　任你最强梁，敌不过刘、关、张……

刘立人　哈哈哈……

万选之 （接唱） 七爷，我看小心为上。

自从共军强渡黄河，中原我军失利，华南土共四出蠢动。近日山乡也潜入共军一股，煽动刁民抗租抗税。听说四小姐中秋拜月，要大事张扬，我看万万不宜。

四小姐 （内场应声）谁说的？

［四小姐上。

四小姐 爹！

（白榄） 归宁闹拜月，哪个不讲排场？

何况我丈夫，做官做到区长！

不信共产党，混得入拜月场。

关天爵 是啊！（接念）

弄到草木皆兵，被人当笑话讲。

万选之 七爷。（唱滚花）

拜月若然出事，责任我难以担当。

四小姐 不用你担当。（接唱）

我爹洪福齐天，

不靠你太平宰相。

万选之 四小姐你……

四小姐 我怎样？……（摆开架势，准备大吵一场）

刘立人 女，我还有要紧事，拜月的事等一会再讲。

［四小姐撅嘴下。

刘立人 选之，潜入山乡这股共军，还未成气候，不必过分张惶。

万选之 七爷，我是为了大局……

刘立人 我明白。（转对关天爵）天爵，先把那班抗租人发落。

关天爵 （向内叫）把抗租人押过来！

［内场一阵喧闹声。

关天爵 你们听着：七爷吩咐，中秋节近，催收租谷，卖儿卖女，都要交足。

[内场喧闹声、抗议声：

——“吓！要我们卖儿卖女交租？”

——“我们连粥都没得吃了！”

——“我们没租交！”

关天爵 （慌乱地）不准嘈，不准嘈。

刘立人 （注视人群片刻）叫刘三保上来。

关天爵 刘三保上来。

[刘三保上。

刘立人 三保，有人成立“抗租会”，你知道吗？

刘三保 （摇头）我只知桃园堡有“族务会”、“字花会”……

刘立人 废话！你为什么和他们闹抗租？

刘三保 族长，你也听见了，刚才大家都说租太重，税太多。

刘立人 胡说，什么叫租太重？不交租就要交命！今天先杀几个抗租的外村人给你们看。选之，把捉来的抗租人杀他两个，试试新枪。带人！

[匪兵押着两外村农民上。

万选之 押到刑场。（与匪兵押两农民下）

刘立人 三保，看到没有？到时莫怪我无情！

刘三保 （强抑着心头的愤恨）我们有拖无欠，这笔账迟早有日要算清的。

关天爵 迟早迟早，迟到什么时候呀？限期中秋。

刘三保 中秋？……好，我们想办法。

刘立人 （起立，对场内）你们听着：本族长念你们是刘、关、张三姓宗亲，先容你们回去。中秋过后还不交租，就同刚才那两人一样，当共产党办！（与关天爵进内室）

[刘三保怒视刘、关二人，正欲下场。

[春花棒着一盘水果上，与刘三保相遇。

[刘三保招手，叫春花过来耳语几句，春花点头。

[刘三保下，春花进内室。

[林可倚带教师装束的刘琴上。

林可倚 （念） 白云无定态，

刘 琴 （念） 秋水有潜龙。

[内场机枪声。

林可倚 刘大乡绅又杀人了。

刘 琴 啊！（强抑内心激愤）

林可倚 刘老师，桃园堡乃是非之场。最近四小姐为中秋拜月，正与万大队长各不相让。你初来作客，要小心应酬才好。

刘 琴 多谢校长关照。

林可倚 请稍候，我进去看看。（入内室）

[匪兵推一农妇从窗外经过。

农 妇 你逼我卖仔，我不卖，我不卖啊！（被推下）

刘 琴 （唱霸腔滚花）

来到虎穴狼窝，眼看吃人景象，

这这这，这边卖儿抵债，那边血溅刑场。

霎时间，激起心头怒火三千丈！

啊！我又忘记了，（续唱）

遵从政委指示，强忍仇恨一腔。

[万选之上。

万选之 啊，这位是……

刘 琴 新来的教员，林校长带来见七爷的。

万选之 哦，欢迎！（握手，旁白）啊！女教员，何以手心起茧？

刘 琴 （旁白）狗特务，分明肚里藏刀！

万选之 （旁唱减字芙蓉）

莫把山鹰错当凤凰。

刘 琴 （旁唱） 披着人皮仍是毒蟒。

万选之 （旁唱） 看她剑眉含野气，

刘 琴 （旁唱） 看他贼眼露凶光。

万选之 （旁唱） 还须暗里察看她行藏，

刘　琴（旁唱）　我要小心和他较量。

万选之（旁唱）　谁也难瞒我一双眼，

刘　琴（旁唱）　他曾捱过我两声枪。

万选之（旁唱）　要试探这堂上姑娘，

刘　琴（旁唱）　且对付这手下败将。

万选之（上前招呼）小姐。

刘　琴（略一点头）先生。

［万选之正想说下去，林可倚和刘立人、关天爵、四小姐同上。

四小姐（边走边说）林校长，你说有那么多共产党吗？有人连拜月都不准。（忽见刘琴）啊，新来的女教员，就是她？

林可倚　是，让我来介绍。刘老师，这位就是联防主任刘七爷，这位是关乡长，这位是七爷的四小姐。

［刘琴有礼貌地逐一应酬。

四小姐　坐吧。

林可倚（对万选之）啊，对不起，还有你，你的官衔是……

四小姐　人家是联防大队长，专防共产党的。

关天爵　万大队长久历戎行，善于应变。

四小姐　他呀，变过几变啰！（唱滚花）

日本人的时候，他搞过维持。

刘　琴　维持什么？

关天爵　就是维持会。

四小姐　就是做汉奸嘛。

关天爵　人家是国军。

四小姐（续唱）　什么汉奸、国军，都是通同一气。

万选之（晦气）哎！

四小姐　现在又变成蒋总裁部下。（发泄地）哼，威风啰！连拜月都要禁，怕拜月姑娘会变成共产党哩。

刘立人　女，不要说这些。

万选之 七爷。（唱滚花）

新来的老师，要小心“招待”……

刘立人 （会意）嗯？（接唱）

我会尽“地主之谊”。

（转对刘琴）这次刘老师从省里来本乡执教，本人无任欢迎。

关天爵 欢迎，欢迎。

刘立人 刘老师是哪里人？

林可倚 刘老师是本地人，单名一个琴字。

刘立人 （意外地）啊！本地人，是哪条村的？

刘　琴 塘尾村。

刘立人 塘尾村同五世祖，不算很疏。你父亲是……

刘　琴 家父叫刘昌。

刘立人 （对关天爵）塘尾村有个刘昌吗？

关天爵 哦，就是泥水昌，那年饿死老婆，就过了南洋。

刘立人 唔？泥水昌的女儿也教书了？

林可倚 刘老师是省立女子师范毕业。

关天爵 听说在外边教过书。

刘立人 嗯！

万选之 哼！没想到共产党这么大胆，竟敢滚到这块地方……（略停，察看刘琴神色）连桃园中学的教员也吓跑了几个，刘老师你不怕吗？

刘　琴 那些人也太胆小了，来到七爷的地方，我才不怕。

万选之 难得难得，刘老师这个时候敢回来，真够关心乡梓了。

刘　琴 不敢当，一来上头派我回来，二来要为乡亲做点事，这是我的本分。今后我还要向七爷和大队长多多请教。

刘立人 奉茶。

[春花奉茶上，见刘琴又惊又喜。

刘立人 这位老师既是塘尾村人，有个“后生”你应该认识。

刘　琴 不知是哪一个？

刘立人 叫黑牛。

春　花 （急应）黑牛！

［黑牛上。

黑　牛 七爷，什么事？

刘立人 有个人叫刘琴，你认识吗？

黑　牛 不认识。

［众愕然，春花即向黑牛打眼色。

刘　琴 黑牛哥，你不记得我了？

黑　牛 啊，你？

刘　琴 我叫阿琴呀！小时候，还和你到六女潭玩过水。

林可倚 现在上边派她来我学校教书。

黑　牛 果然“山水有相逢”。

刘立人 认得吗？

黑　牛 （看春花一眼）认得了，认得了……（旁白）好大胆啊！

万选之 什么大胆？

黑　牛 她小时候在六女潭玩水，好大胆。

刘立人 认得就行了，下去吧！

［黑牛拭汗下，春花下。

刘立人 说起泥水昌，还是我脚下一辈，算起来，你应该叫我……

关天爵 七叔公。

四小姐 （抢着说）哟，那我是四姑了。

刘　琴 四姑。

四小姐 嗯。

［众笑，万选之苦笑。

关天爵 （迎合地）说起来又是一家亲！（讨好地）四小姐，拜月会你要我找个执事，我还未找到合适的人。

刘　琴 四姑，可惜我没这个本事，要不我就帮帮你。

林可倚 刘老师能歌善舞，图、工、音、体，样样见长。

刘　琴　林校长过奖了，我这个人只会打篮球、练双杠。看，手都起茧了。（故露双手，万选之注视）况且学校功课忙，怕没时间替四姑奔走。

四小姐　阿琴，只要你帮我做军师，奔走的事，我家奴婢成群，你要谁我给谁。

刘　琴　就随四姑意思吧，像刚才那个丫头就行了。

四小姐　好，我就派春花给你用。今年拜月，有你就热闹得起来了。

万选之　七爷，还搞拜月？

四小姐　怎么不拜呀？

刘立人　算了，选之，共军不可不防，也不要搞到人心惶惶。关上堡门，谅也出不了什么事。

四小姐　好，大功告成了！（唱滚花）

　　　　　庆中秋，包你大开眼界。

刘　琴（接唱）闹拜月，看我巧妙安排。

［四小姐拉刘琴下。

［关天爵招呼林可倚下。

万选之　七爷，你这位侄孙小姐，我看还要暗查一下。

刘立人　嗯，也好。不过她是上头派来的人，你做得要有分寸。

万选之　七爷高见。

［幕闭。

第五场

［几天后。

［何奉家。

［何奉和群众数人从房里出来。

农　妇　奉叔，到时我被迫卖去的儿子就能回家了！

何　奉　不只卖去的子女要回家，还有粮食土地也要还家。到时要退租退押，分田分地哩！

群众甲 奉叔，该怎样做，我就听你指点了。

何　奉 要听共产党、毛主席指点。

众　人 对，听共产党、毛主席指点。（下）

何　奉 （开心地笑）呵呵……（唱滚花）

真是箫笛能吹百样腔，指点指点音就转。

从今不奏凄凉调，冲开迷雾见青天。

偏偏还有懵黑牛，吹去吹来还未变。

今日要教他改邪归正，回到穷兄弟一边。

［春花上。

春　花 爹。

何　奉 黑牛呢?

春　花 就来了。

何　奉 好，你先和他谈，我去接接琴老师。（下）

黑　牛 （内场叫）春花，春花!

［黑牛上。

黑　牛 春花，（春花不理）哎，春花。

（唱爽梆子慢板）

这几天你为何不肯见我面?

见面时我问你又不语不言!

春　花 （接唱） 你是主家我是奴……

黑　牛 （接唱） 你我从来没这条界线。

同样是供人使唤……

春　花 （接唱） 今日各走一端。

（转滚花）我被迫做奴才，你甘心当马弁。

黑　牛 哎，春花，（接唱）

其实我有口难言。

（转梆子中板）

三年前被拉壮丁，身绑麻绳即时要解县。

老奉叔急得呼天抢地，求情不允要赎又无钱。
番鬼王说我力大如牛，拳棍刀枪曾经苦练。
是他去讲情放我，要我留下在他身边。
无奈何在他身后身前，
（转滚花）当了马弁。
算了，过去的事不提了。我只问你，
（唱滚花）因何投潭自尽，又不肯对我明言。

春　花（接唱）　你知道又如何？

黑　牛（接唱）　为你报仇头可断！

春　花　你做不到。

黑　牛　我做得到！

春　花　你做不到。

黑　牛　我做得到！你讲！

春　花　我……

黑　牛　你怎样？

春　花（接唱）　我被人污辱——

黑　牛　什么？是哪一个？

春　花　是……斩尾蛇。

黑　牛（接唱）　我要把他劈开边！（欲冲下）

春　花（拦阻）你不能去！

黑　牛（唱快中板）

你莫阻拦将我劝，
此仇不报枉戴天。

春　花（接唱）　报仇还要看得远，
不能莽撞只顾眼前。

黑　牛（接唱）　面对仇人拼了算，
最多由我把命填。

春　花（接唱）　你一人填命填不了，

爹爹和我受牵连。

黑　牛（接唱）有那么远时走那么远，

无须留恋破家园。

春　花（接唱）说到逃时计更短，

逃得出去就不等今天。

黑　牛（唱滚花）仇报不得，走又不能，你叫我怎打算？

春　花　找琴老师。

黑　牛　琴老师？

春　花　是，找琴老师！

黑　牛（续唱）她她她，她会把桃园堡闹翻天。

春　花　把桃园堡闹翻天不好吗？

黑　牛　不是说不好。（念）

桃园堡许多不平我也见，

难怪人家要把它闹翻天。

唯独七爷对我还算有些恩典，

我是落难搭过他这只顺水船。（唱滚花）

仇报仇来恩报恩，不能“食碗底时反碗面”。

春　花　那你就走！

黑　牛　走就走！（续唱）

冤家有头债有主，毒蛇斩了报仇冤！

[黑牛欲冲下。

[何奉上，喝住。

何　奉　回来！你只知冤家有头债有主，可知苦水有源祸有根？

黑　牛　这……

何　奉　懵人啊！（唱乱弹中板）

桃园堡——

千条罪恶出在刘家大院。

岂独春花冤情一件，

穷人个个苦水泡黄连。

说什么许多不平你都见？

（转乙反流水南音）

你不见卖女卖儿肝肠哭断；

你不见霸田夺地无法无天；

你不见穷苦乡亲命如蚁贱；

欠下了阎王租债要命来填。

不推倒食人吸血的阎王殿，（吊慢）

难道要穷人受苦——（抛舟腔）

苦到万代千年！（奏长过门，衬白）

黑　牛　奉叔！（动感情地，坐近何奉身边）

何　奉　黑牛呀，你爹刘方，本与番鬼王同姓一个刘字，因何与我这个奴才亲如兄弟，将你交下给我呢？

（唱快乙反流水南音）

只为财主穷人分两爿，

头顶不同一个天，

你大恨深仇还有一段，

（转快二黄）

我多年未敢对你说根源。

番鬼王，害死你爹妈，你还说受他恩典！

黑　牛　（震惊）奉叔，不是说我爹被老虎伤害，我妈悲痛自尽的吗？

何　奉　番鬼王比老虎还凶狠，你看看这个就明白了。懵人！（掏出一个用血巾包着的小包给黑牛）

黑　牛　（抖开血巾，里边是一张纸条，读）

族长字示：猎户刘方，

所欠山租，限期清偿。

白银五十，虎皮五张，

中秋不纳，抵押妻房。

中秋不纳，抵押妻房。

何　奉（念）　为了清还这笔阎王账，

你爹忍饥带病上山岗。

头三天，打死一只斑斓虎，

第四天，身烧无力被虎伤。

番鬼王，要捉你娘来顶账，

她她她，不甘受辱半夜跳塘！

黑　牛（悲愤，念）

奉叔，这段情由你早该对我讲。

何　奉（念）　我怕你行为莽撞，反受害于“虎狼”。

春　花　这就是番鬼王对你的恩典了！

何　奉（唱快二流）

你若然有血性，就站回穷人这边。

春　花（唱）　我要杀番鬼王，你不反就算！

黑　牛　我反！我反了！

（唱霸腔滚花）

气得我心头冒火眼标烟。

（转中板）我要把番鬼王一脚踏扁，

我要把桃园堡闹个翻天。

把你碎尸千万段，

为我爹娘把命填。

千条罪恶都清算，

替穷苦乡亲报仇冤！（欲冲下）

［刘琴上，拦住。

刘　琴　去哪里？

黑　牛　把番鬼王、斩尾蛇碎尸万段！

刘　琴　回来！

黑　牛　你不让我报仇？

刘　琴　我们要帮大家报仇。

黑　牛　不用，只要我一人……

刘　琴　你单丝不成线。

黑　牛　我一只手……

刘　琴　你只手不敌双拳。

黑　牛　我一脚……

刘　琴　你脚踢桃园堡不转。

黑　牛　我一枪……

刘　琴　你一枪打不崩天!

黑　牛　这又不能，那又不能，难道我就无路可走?

刘　琴　有，只有一条路，就是参加革命，跟共产党走。

（唱新腔快中板）

血泪仇，阶级恨，
有仇有恨不只你一人。
要报仇，要雪恨，
穷苦兄弟要心连心。
齐执刀枪同上阵，
打它个落花流水，改天换地，工农翻身，当家做主人。
共产党在前头将路引，
革命全凭主义真。
做人莫做糊涂汉，
当兵要当解放军。

黑　牛（接唱）正路一条得你指引，
我知错不改枉为人。
可恨从前太混沌!

琴老师，我替番鬼王做过事，今日缴枪投降了。（交枪）

刘　琴　你既然弃暗投明，参加革命，这支枪就留下来打反动派吧!

黑　牛　黑牛从今以后，听共产党的话，叫我去东，决不去西。

（唱滚花）上刀山下火海奋不顾身。

何　奉　（欢喜）阿牛！

春　花　（欢喜）牛哥！

［幕闭。

第六场

［数天后的晚上。

［桃园中学刘琴的书房。

［刘琴灯下看书。窗外月色微明，繁星闪烁。

刘　琴　（放下书本，念）

心事浩茫连广宇，

于无声处听惊雷。

［起梆子慢板长序。刘琴推窗远望片刻。

（唱梆子慢板）

初更夜已定，闪烁满天星，

银河淡淡月微明，飒爽秋风劲。

我本是个女兵，奉命深入敌营，

掩住刀光剑影，装成淡定娉婷。

敢从杀气学刀兵，哪有闲心爱夜静。

连日传来捷报，我野战大军挺进中原，敌人望风披靡。我细心捕捉战机，计划中秋破堡，派三保叔上山请示，为什么还未回来呢？（续唱）

今夜里，对明灯书案，心怀战斗豪情。

（转梆子中板）

中原万里炮轰鸣，

遥看万杆红旗，插遍平原峻岭。

战鼓声声，山回谷应，

桃园堡解放只待月华明。

拜月场，箫鼓声中，来个外攻内应。

那时万户千家，欢声雷动，迎接旭日东升。

此后我刘琴，重着军装，

海北天南又在沙场驰骋。（转滚花）

直到人间春色满，天地尽澄清。

［春花匆匆上。

春　花　琴姐，三保叔还未回来。

刘　琴　已经两天了，还未回来……

春　花　莫非路上出事？

刘　琴　可能情况有变化。

［敲门户。

春　花　咦，三保叔？

［刘琴示意春花开门，原来是化了装的虎子。

虎　子　连长。

［刘琴制止，示意春花出外警戒。春花下。

刘　琴　虎子，你为什么走到这里来？

虎　子　我扮作税丁混进堡中，寻三保叔不到，只好来找你。

刘　琴　三保叔上山找你们去了。

虎　子　他一定找不到，部队转移了地点，政委怕你们一时联系不上，才派我来传达紧急指示。

刘　琴　快说。

虎　子　第一，支队党委研究了情况，决定中秋破堡。

刘　琴　（兴奋）好啊！

虎　子　第二，为了工作需要，还有个同志要来和你接头。

刘　琴　还有个同志来接头？接头暗号怎样？

虎　子　他向你借书，说要《石头记》，你说是《红楼梦》。他说要古本，你说只有新版。他说要全套，四本。

刘 琴 啊！《石头记》、《红楼梦》、古本、新版，……好啊！

［春花急上。

春 花 琴姐，有人来。

刘 琴 是谁？

春 花 斩尾蛇！

刘 琴 （决断地）虎子入房，春花掩护。（与春花耳语）

［春花带虎子入房，刘琴坐下装作看书。

［万选之上。

万选之 （念白榄）发现可疑人，忽然失下落，

哨兵见人影，闪入桃园中学。（思索）

我试探刘琴，几回无所获。

今晚有机会，正好找线索。（入门）

啊！琴老师还未休息呀？

刘 琴 （掩书起立）大队长，有事吗？

万选之 不，不。（说话时一直盯住房门）我，我是找林校长不着，顺脚来坐坐。你这里布置得很雅致呀！（欲进房门）

刘 琴 （有礼貌地一拦）大队长请坐。

万选之 啊，坐坐坐。

刘 琴 大队长找林校长有什么事呢？

万选之 哦！（唱滚花）

我想找林校长借本书……

啊，或者你书架上就有。

我自己找找。（借故走向书架检查书籍）

刘 琴 （旁唱中板）

看他鬼头鬼脑弄阴谋，

莫非虎子行藏有疏漏，

才被恶狗跟踪在后头。（转滚花）

今晚狭路相逢，准备一场战斗。

大队长要找什么书呢？

万选之 琴老师，（唱跳花鼓）

我久住山沟，脑筋太陈旧，

想找新书看，适应新潮流。

琴老师，你手上这本书，一定很有趣。

刘　琴 大队长，这本书不合你看的。

万选之 不合我看？（夺过来）《动物学》？

刘　琴 是专门研究那些禽兽的。

万选之 （苦笑）琴老师真爱开玩笑。

刘　琴 不是开玩笑，人不研究禽兽，又怎知畜牲的本性呢？

万选之 （尴尬，旁唱快王祥哭灵牌子）

这个女人好利口，

句句话里有骨头。

谅你室内藏人难放走，

我旁敲侧击用计谋。

琴老师，你这里太僻静了。（唱木鱼）

近来地方不靖，好多鼠窃狗偷。

刘　琴 啊！有贼？

万选之 （续唱）你又单身一个，住在这座黑楼。

怕他黑夜潜来，躲在房前屋后。

刘　琴 走到这里？

万选之 唔。

刘　琴 哈哈哈！（接唱）

贼仔走来这里，算他倒运到头！

万选之 琴老师这话怎解？

刘　琴 大队长，俗话说：“贼仔进学堂，碰到都是书（输）”。

万选之 喔……（旁念白榄）

她着着走暗棋，步步同我斗，

我要开明车，不和她斗口。

琴老师。（唱滚花）

有人入了门，如今失下落，一定躲在你房里头。

（欲入房）

刘　琴　（拦住）啊！原来你是一直跟着她来的。

万选之　什么？在这里？（忙退几步拔枪警戒）

刘　琴　哎呀，大队长，你动刀动枪，怪不得吓到她神色张惶逃来这里了。

万选之　（一直警戒着）琴老师，那就不客气了，人既然在此，就请你交给我。

刘　琴　大队长，算了。（唱乱弹二流）

何必苦苦纠缠不放手，

竟然跟踪追到我楼头，

劝你如今好罢休。

万选之　（神气地接唱）

不到手时不罢休！

刘　琴　（续唱）你强求到手反成仇。

她宁死不甘落你手。

万选之　你说什么？

刘　琴　（续唱尾腔）

我是来劝你，莫逼到春花无路走。

万选之　怎么？你说的是春花。

刘　琴　不就是春花吗？

万选之　啊！（旁唱滚花）

哨兵眼前人影，难道是春花这丫头？

（考虑片刻）不行！（续唱）

还是要借口搜查，不怕把面皮放厚！

琴老师，你说是春花来过？

刘　琴　是春花来了。

万选之　恐怕是个男人吧！

刘　琴　男人？大队长，你这话是什么意思？

万选之　嘻嘻，你一定是把林校长藏在房里和我开玩笑，林校长，林校长！（快步踏到门边）

春　花　（掀开门帘，手持剪刀扑出来）我和你拼命！

［万选之十分狼狈，后退。

刘　琴　春花，不要怕，有我在这里。

万选之　（旁白）糟糕，原来真是春花。（一想）春花为什么要闪闪缩缩呢？

刘　琴　万大队长，你到底想怎样？

万选之　没——没什么，没什么。

刘　琴　没什么？你半夜到来，穿房入屋，行为放肆，满口胡言，还说在我房间，藏着校长，到底居心何在？所为何来？若然解释不清，我和你找七叔公论理。

万选之　不，不，我实在是来找林校长。

［林可倚恰于此时上。

林可倚　你找我？

刘　琴　校长来得正好。（唱快二黄）

有人走来学校胡作非为，

我要去找七爷分清道理。（欲下）

万选之　林校长……

林可倚　（劝阻地）刘老师，有事慢慢讲。

刘　琴　（续唱）　大队长胡言乱语诽谤教师，

说我藏你在房间——（即转滚花）

到底是什么意思？（生气地坐下）

林可倚　（埋怨地）大队长，你怎么搞的呀？

万选之　林校长，实在是误会。（拉林到一旁）

（念白榄）你林校长，是个老夫子。

我万选之，哪敢乱怀疑？

其实有件事情……（耳语）

林可倚　（惊异）啊！（接念）

有这样的事？

大队长，未必吧？

万选之 宁可信其有，不可信其无。

林可倚 那么你想怎样呢？

万选之 搜！

林可倚 搜？恐怕不行吧。她是七爷侄孙女，在省城又有人事。你没有真凭实据，我担心你会惹事。

万选之 （恐吓地）林校长，若然学校藏着个共产党，你也难辞其咎啊！

林可倚 那么你一定要搜？

万选之 要搜！

林可俺 我看这样吧，职责所在，由我去搜。

万选之 你怎样进去？

林可倚 我自有办法。

万选之 那就靠你了。

林可倚 你看我的。（转对刘琴）刘老师，大队长是一时冒昧。

万选之 是，一时误会。

休可倚 他实在是来找我借书。

万选之 是来借书的。

林可倚 不过这套书我也没有，想向刘老师你借。

刘　琴 （戒备地）校长想借什么书？

林可倚 石——头——记。

刘　琴 （意外地，立刻又镇静起来）哦，是红——楼——梦。

林可倚 我要古本的。

刘　琴 我只有新版的。

林可倚 我要全套，四本。

刘　琴 （抑制着心情的激动）好，我拿给你。

林可倚 让我去拿好了，我进去方便吗？

［刘琴会意，点头。

［林可倚回头看万选之一眼，万得意地点头。

［林可倚进房。春花紧张。刘琴向春花示意。

［万选之紧张地在等候。

［林可倚拿三本书出来。

林可倚 刘老师，还差一本找不着。

刘　琴 （会意）我去找一找。（和春花进房里）

万选之 林校长，怎样？

林可倚 哦，你呀，专干些无聊事。

万选之 没有人？

林可倚 斗室一间，方横几尺，我虽然近视，也一目了然。（生气地）给你搞到满城风雨！

万选之 啊，那么黑影就真是春花了。

林可倚 大队长。（唱三脚凳）

学校人来人往，何必疑雨疑云。

平日刘老师，专心研究学问。

行为又正直，十足是个好人。

（转滚花）连她也怀疑，实在疑心过甚。

万选之 林校长，你有所不知．共产党就是这样的呀！

林可倚 哦！行为正直的好人就是共产党？

万选之 就是！

林可倚 那么照你说来，居心邪恶的坏人就是国民党了？

万选之 （语塞）这……这……

林可倚 大队长，你大意失荆州了！

万选之 唉！（旁唱滚花）

我满盘落索，处处被将军。

［刘琴拿书上。

刘　琴 林校长，这是第四本。（交给林可倚）

林可倚 （交给万选之）大队长，这回书够了吧？

万选之 够了，书够了。琴老师，打搅打搅。

刘　琴 大队长，有空多来指教。

万选之 不敢，不敢，再见！（一鞠躬）

刘　琴 （送到门旁）再见！

万选之 再见！（顿足下）

刘　琴 （关门，激动地）林可倚同志！（热烈握手）

林可倚 我原来的任务是暗中掩护你。现在决定中秋破堡，组织要我和你直接联系，听你指挥。

刘　琴 有你帮助，我更放心了。房里的同志，要想办法送出去。

林可倚 这个任务交给我。

刘　琴 虎子。

[虎子、春花上。

虎　子 同志！（与林可倚热烈握手）

春　花 林校长，你也是……

林可倚 春花同志！（伸手）

[春花惊喜地，也伸出手来。

[幕闭。

第七场

[中秋节前一天。

[桃园堡内一个灯棚。

[刘三保在打扫、布置。

刘三保 （唱板眼）刘三保，扫灯棚，
一心等候“八音班”。
但愿入堡之时瞒过贼眼，
明晚中秋拜月热闹非凡。

［群众甲、乙上。

群众甲 三保叔，我们的人进堡了吗？

刘三保 快了，快了。你们都准备好了？

群众乙 都准备好了，到时锄头、柴刀、猎叉、梭镖一齐来！

［群众丙上。

群众丙 三保叔，“八音班”来了！

何　奉 （内场声）这里来，这里来。

［何奉引化装作鼓乐手的李班长、虎子等游击队员，抬锣鼓柜上。

刘三保 虎子，你们来了？（对何奉）进堡门时，有什么动静？

何　奉 没有碰到斩尾蛇。狗班长搜过柜，抄过身，就放进来了。春花呢？

刘三保 琴老师已经吩咐黑牛在堡门接应她，那对是四小姐借来的衣箱，狗兵不敢搜。

虎　子 春花来了。

［春花挑箱子匆匆奔上。

春　花 三保叔。（念白榄）

刚才进堡门，狗兵不敢搜。

怎知斩尾蛇，他拦住巷口。

黑牛和他顶撞，我挑起担子急急走。

刘三保 （接念）喔，斩尾蛇，入巷口。

［众紧张。

李班长 镇静。（接念）

他们搜过锣鼓柜，枪枝转放柜里头。

何　奉 三保，你去告诉琴老师。

［刘三保下。众同时把箱子里的武器转移入锣鼓柜。

［万选之、关天爵、匪班长带匪兵上。

万选之 春花刚才挑的两个箱子为什么不让检查？打开！

春　花 （唱滚花）四小姐的衣箱，你问过才好搜。

万选之 （接唱）　何必问来问去，责任我担上肩头。

班长，搜！

黑　牛　（内喊）不准搜！（急上唱滚花）

七爷家的东西，谁人敢搜！

万选之　（念白榄）要搜！谁个也无权干涉我职守。

黑　牛　（接念）　敢搜？谁要动一动先问我黑牛。

万选之　（接念）　我一定要检查！

黑　牛　（接念）　我一定不让搜！

［二人剑拔弩张，各按枪。

关天爵　啊！大家都是自己人，何必……

何　奉　（故作着急）黑牛！（唱减字芙蓉）

你做人真大火气，两下就动拳头。

大队长有职有权，应当任由他搜。

黑　牛　他欺人太甚！

何　奉　（向黑牛暗示地续唱）

又没有私藏夹带，无谓吵闹不休。（转滚花）

春花你交出锁匙，请班长细心去搜。

［春花扔下锁匙，匪班长开箱检查。

匪班长　报告，都是些拜月衣物。

关天爵　选之，我早就说你是疑心生暗鬼。算了吧！

万选之　（还不死心，注视“鼓乐手”们）这班是什么人？

何　奉　请回来的八音锣鼓手。

万选之　（对虎子）站出来！哪条村的？

虎　子　天台村。

万选之　保长是谁？

虎　子　陈才。

关天爵　是，就是雷公才，在里洞圩开米铺的。

万选之　锣鼓柜是哪里来的？

关天爵　（不耐烦地）奴才奉的家生嘛。

万选之　打开！

[何奉示意黑牛阻止。

黑　牛　不准动！

（唱霸腔芙蓉中板）

你是毒蛇过社，我是闯阵蛮牛。

方才的衣箱，已经容你搜。

你搜完又搜，搜到几时休？（转快中板）

锣鼓柜，不准搜！

黑牛让你就不姓刘！

万选之　（接唱）　说要搜时就要搜，

管你姓刘不信姓刘。

黑　牛　（接唱）　你敢来？

万选之　（接唱）　你敢斗？

黑　牛　（接唱）　有胆即管动。

万选之　（接唱）　谁怕你蠢牛。

刘黑仔。

黑　牛　万选之。

万选之　死黑鬼！

黑　牛　斩尾蛇！

[两人拔枪相向，情势紧张。

关天爵　（向两边摆手）啊啊……啊啊……

[刘琴、刘三保、群众急上。

刘　琴　大队长，你这样做太过分了。

万选之　琴老师，这里不是你闺房，由不得你做主。

刘　琴　也由不得你做主。中秋拜月，我们四姑主持，是刘关张三姓的事，应该由乡长做主。

关大爵　（又为难，又得意）啊……哎……我……

刘　琴　乡长若然要搜就请搜吧，搜得出来犹自可，搜不出来就是无端生事，有意刁难。四姑责怪下来，由你担当。乡长，你搜吧，搜吧！

关天爵 哎，这个我不能作主，不能作主。

刘　琴 大队长，（唱快中板）

一次检查是你职守，

两番来搜太没理由。

（转滚花）锣鼓柜要搜几多回，你才肯罢手？

关天爵 啊，锣鼓柜搜过了？选之，这是怎么搞的呀？

万选之 搜过了？

匪班长 是我搜过的，里面都是些八音锣鼓镲。

关天爵 哎呀！你看，你看，（对刘琴）琴老师，完全是误会，完全是误会。我们走，选之，走吧！

万选之 （没法下台，只好找匪班长出气）混账，你不早说！（掴了匪班长一耳光）走！（下）

关天爵 庸人自扰，走！（下）

［匪班长与匪兵狼狈下。

李班长 连长，政委说，明天晚上，四更攻堡，主攻方向，由你决定，他们在堡外看你红灯为号。

刘　琴 好，响锣鼓。

［何奉和众人奏起“得胜令”。

［幕闭。

第八场

［中秋之夜。

［桃团堡内拜月场。

［何奉和“鼓乐手”们在奏乐。

［匪班长带匪兵巡逻过场，留下两人监视何奉等。

［四小姐领拜月姑娘们舞上。

［刘琴捧一红色花灯上。

刘　琴　四姑，大队长紧闭四门，说天光才准送灯。

四小姐　哼！想同我斗气？桃园堡的门，我要开就开，穿完月门，照例四更送灯出堡。（对众）穿月门，穿月门。（与众姑娘舞下）

刘　琴　何奉，四更从南门送灯出堡，大家多出点气力。

何　奉　（会意）是，落力干，执齐家生。

众　人　执齐家生。

［何奉领“鼓乐手”们吹打下。

刘　琴　（把红灯挂在高杆的绳子上。念）

四更齐破堡，红灯为信号，

挂上高杆头，迎接我军到。

［林可倚急上。

林可倚　刘琴同志，情况有变化。部队路过北山，引起敌人注意。我听到番鬼王正向四乡打电话……

刘　琴　（环视一下）有人来了，我们到那边谈。（二人下）

［四小姐、万选之争吵着上。

万选之　四小姐！（唱快二黄）

我职责攸关，要严防共党。

四小姐　（接唱）送灯有惯例，不能到天光。

万选之　（接唱）未到天光，堡门决不开放。

四小姐　（接唱）桃园堡内，未到你称王。

（转滚花）桃园堡内只识刘、关、张，

不识姓万姓千的人是什么模样。

万选之　不管你怎样说，堡门就是不能开。

四小姐　我要开！

万选之　开不得！

四小姐　（发蛮）开！

［刘立人带马弁上。

刘立人 又吵什么呀？

四小姐 万选之不肯开堡门送灯。

刘立人 还送灯，你不知死！（唱滚花）

水西乡来电话，发现一队可疑人。

三更路过北山，向我桃园堡行进。

万选之 七爷，莫非共军来打夜袭？

刘立人 他们未弄清楚。我已用电话命令各乡，严加注意，若有情况，马上报来。

四小姐 爹，人家水西乡、同安堡今晚都有拜月会，一定是乡下人联群结队去看热闹。

万选之 七爷，我看不能大意。

刘立人 我已吩咐天爵，加紧巡查。你严守堡门，未到天光决不开堡。

万选之 是！

[关天爵带乡丁上。

关天爵 七爷。（念）

堡内刁民，聚众鼓噪，

要开南门，送灯出堡。

被我驱散，地上拾获利刀。

刘立人 嗄！持刀造反？

万选之 七爷！（唱快中板）

刁民闹事策划有人，

鼓噪送灯身怀利刃，

要赚堡门迎接共军。

（转滚花）堡内有共党潜藏，七爷要一网打尽。

刘立人 唔！（心生毒计）天爵，你通知刘琴，叫鼓乐手齐集送灯。

四小姐
关天爵 送灯？

刘立人 鼓乐手齐集送灯！

关天爵 鼓乐手……啊，我明白了。

刘立人 选之。（唱滚花）

南门加强兵力，堡内准备捉人。

万选之 我马上去布置。（下）

[刘立人、四小姐下。

关天爵 （向内场叫）琴老师，七爷吩咐，鼓乐手齐集送灯，鼓乐手齐集……

[何奉上。

何　奉 乡长，琴老师和鼓乐手都在灯棚那边。

[关天爵匆匆带乡丁下。

[刘琴、刘三保、黑牛、春花、李班长、虎子上。

刘　琴 同志们，林可倚同志得到消息，部队月下行军，已被敌人发觉。刚才有人在南门出事，斩尾蛇正在加紧布防。我们行动要重新布置，主攻方向改在北门。春花你将红灯拿到北门升起，让堡外同志看见。

春　花 知道。（即去解下红灯）

刘　琴 黑牛，你一见红灯升起，马上冲上门楼，夺取机枪掩护虎子等人夺门。三保叔，你和奉叔带乡亲仍在南门活动，转移敌人注意力。李班长，我要留在这里对付斩尾蛇，北门战斗由你指挥。大家迅速行动。

[众分头下。李班长、虎子回头。

李班长 连长，斩尾蛇手下人多，你一个人恐怕……

虎　子 连长，政委叫我不要离开你。

刘　琴 抢占北门，时机紧迫，我拖住敌人，是为抢占北门争取时间。只等北门打响，我就摆脱敌人，及时赶到。

李班长
虎　子 送灯？

刘　琴 执行命令！

李班长
虎　子 是！（下）

[万选之、匪班长带匪兵上。

万选之 琴老师，鼓乐手呢？

刘　琴 在灯棚收拾家生，准备送灯。

万选之 关乡长呢?

刘　琴 都跟去了。

万选之 班长……(暗示去灯棚捉人)

[匪班长带大部分匪兵下。

万选之 琴老师,今晚拜月,你布置得都算周到了。

刘　琴 还是多亏了大队长处处帮了我的忙。

万选之 说不定你忙中有错,百密一疏。

刘　琴 好在有人及时提醒,疏而不漏。

万选之 疏而不漏,(狂笑)哈哈哈……(正想动手)

[林可倚急上。

林可倚 大队长,七爷叫我通知你——

万选之 (走过去)什么事?

林可倚 (其实是告诉刘琴)北门升起红灯。

[天幕红灯升起。

万选之 (不解地)红灯?

[北门枪响。

万选之 北门出事!(拔枪)

[刘琴拔枪打伤万选之。众匪兵大乱。林可倚招手叫何奉、刘三保上,缴匪兵的械。万选之乘乱拔枪打刘琴。何奉掩护受伤。刘琴再补一枪把万选之打死。

[枪声密集。两边匪兵冲上。刘琴连发数枪击毙数匪。

[冲锋号响,匪兵惊叫四散。

[政委领游击队冲锋过场。开打。

[关天爵狼狈逃窜,被刘三保和群众包围活捉。

[刘立人带马弁逃跑。刘琴、黑牛两边兜截。黑牛把刘立人打死。

[政委上。

刘　琴 报告政委,胜利完成任务。

政　委 同志们,你们打得好。

[刘三保上。

刘三保 政委，我们已经开仓分粮了。

[何奉领群众背分得的粮食，欢天喜地上。

政　委 乡亲们，桃园堡解放了。

群　众 （欢呼）中国共产党万岁！毛主席万岁！

政　委 我们要解放全中国，把革命进行到底！

[幕闭。

[剧终。

（剧本版本：《广东粤剧院演出剧本选集》第一集）

黄飞虎反五关

（根据传统剧目改编）

原编者不详

改编：莫志勤　杨子静

人 物 表

黄飞虎	黄夫人（贾氏）
妲　己	纣　王
姜皇后	龙　环
周　纪	吴　谦
黄　明	费　仲
天　爵	天　禄
黄　滚	太夫人
姜　环	殷　郊
陈　青	梅　伯
翠　云	皇贵妃
张　凤	陈　桐
陈　梧	尤　浑
传旨官	

第一场　乱　朝（之一）

［序曲，幕启。

［御花园，奇花怪石，非凡同响。

［此时狐狸自上飞落舞台爆火……

幕后声　（新曲秦楼月）

狐仙亵，倾国倾城如火热，

毒如蛇蝎，盘根错节。

欢歌起舞情殷切，

迷人妖艳将心折。

不停歇，花天酒地，商纣烟灭。

［云烟处，一只狐狸变成了妲己，她袒胸露臂，霓裳羽衣，万分妖艳。

妲　己　（唱燕子楼中板）

风姿绰约寰簪鬓，迷魂摄魂俏美颦。

彻夜欢歌胭脂阵，醇醪美酒醉皇君。

婉转莺啼风流韵，君皇宠爱在一人。

（唱七字清）

可恨饶舌妇人姜皇后，公然骂我是妖姬。

说我乱了朝纲迷君主，我岂甘受辱，定要将佢来收。

（唱滚花）我惩恶妇，杀逆臣，将她罪咎。

［妲己向内招手，姜环上。

姜　环　参见娘娘。

妲　己　（耳语）如此这般，依计而行。

姜　环　知道。

［内场：“皇上驾到！”

［姜环下。纣王、费仲、尤浑上。

妲　己　皇上！

纣　王　美人！

［姜环持刀复上。

姜　环　昏君看刀！

妲　己　快拿刺客！

费　仲　拿刺客！（姜环刀刺纣王，众侍卫拿下姜环）

妲　己　大胆刺客，是谁人指使你行刺皇上？

姜　环　系正宫娘娘姜皇后叫我行刺你。

纣　王　（大怒）姜皇后？可怒！可怒呀！

妲　己　皇上，姜皇后一向温柔体贴，怎会派人行刺你呢？莫非其中另有阴谋？

纣　王　不要再说了！（唱快点）

无良悍妇弄阴谋，

谋国刺君行为荒谬，

身为皇后跌落阴沟。

叫侍从！

众侍从　噢！

纣　王　（唱滚花）烧红炮烙，准备趸盆，

金殿煌煌，御审姜皇后。

揭穿她的阴谋诡计，将她苔杖血流。

费仲、尤浑　遵旨！

［急转。

第一场　乱　朝（之二）

费　仲　皇上有旨！“传姜后！”

姜　后　（快撞点上，唱快中板）

急急忙忙金殿走，

忽闻宣召为何由？（入）

（口鼓）参见皇上！

纣　王　姜后你来了。

姜　后　主上宣召，哪敢怠慢。

纣　王　贱人。（唱快滚花）

呷醋争风，施辣手。

纣　王　你看看她是谁人！

姜　环　（口鼓）娘娘，你话主上无能，对你诸多掣肘。你又话忍无可忍，要我取她人头。

费　仲　押下去。

姜　后　（环视四周，妲己已作法）我又明白了！

（唱滚花）妲己奸妃，暗施辣手。看来今夜，我命将休。

（口鼓）今日事情，无须我再多口。纵然死辩，终是一命难留，话我构害主上，我死亦难于承受，仲有日债有主，冤有头，我死望主上疏妖孽，亲贤能把兴国大业成就。姜氏纵归泉下，亦无所求吧？主上。

妲　己　可怒也！（唱戏妲己）

真可怒，真可怒，竟敢指桑将槐咒！

（转滚花）唉呀呀，我看你有几张利口？主上！

（接唱）　姜皇后要你疏妖孽，断酒色，

分明是指我苏妲己，布下钓钩。

（白）岂不是系我苏妲己行刺皇上？呜……（哭介）

纣　王　来人！（唱滚花）

将她打凤冠，脱蟒袍，大刑伺候！

梅　伯　（内白）慢动手！（锣边花，上唱滚花）

奸妃弄计，皇后成囚。直闯金銮，面君死奏。

纵然饮恨，也正气长留。俺端带撩袍，三步并作两步走。

尤　浑　呔！皇上有旨，万岁亲审重犯，任何人等不得进内，否则格杀勿论！

梅　伯　呀！（唱快中板）杀人刀斧欲临头，拼却牺牲救皇后。

身临虎穴也步龙楼。

［三搭箭，上金銮。

梅　伯　臣上大夫梅伯叩见我王，愿我王万岁！万万岁！

纣　王　梅伯，你连夜闯宫，所因何事？

梅　伯　主上。（唱俺六国）

俺拼死衷心奏，惊闻得国母姜皇后被贬族宫中似沸油，姜后她贵主东宫诚性温柔，反遭祸临头？（做手）

妲　己　梅大夫，你焉能得知姜皇后她“诚性温柔”？喔喔喔，难道你同她……

梅　伯　妲己你！（唱滚花）

吞骨吃人张血口，恨不能剜你双目，剁你之头。

妲　己　梅大夫你要挖目？费仲，挖去姜后一目！

费　仲　遵旨。（挖姜后一目，姜后散发，梅伯抛髻）

纣　王　好，来人！梅伯犯上欺君，午门候斩。

妲　己　慢，主上！梅伯忠肝赤胆，自然铜皮铁骨，何不试试炮烙，可有用场？

纣　王　好！将梅伯炮烙！

梅　伯　哈……真金不怕火，怕火非真金；忠良不怕死，烈火奈我何！

尤　浑　上刑！（牌子中一阵浓烟，梅伯高声大笑死去。姜后晕死过去）

殷　郊　（内呼）娘亲。（持剑上，分开侍卫）

纣　王　畜生，你来做甚？

殷　郊　父王，试问我娘亲有何罪过？

妲　己　你娘亲派姜环刺杀皇上，你还假作不知？

姜　环　太子，姜皇后命我刺杀皇上，当日你也在场。

殷　郊　你……（一剑刺死姜环）

姜　后　郊儿，你杀了姜环，无人查证，你，你中人毒计了！

妲　己　哈哈！

（唱滚花）已是铁证如山，何须杀人灭口？

纣　王　可怒也！

（唱滚花）母子篡位是同谋。若非妲己来相救，孤王性命险些休。

御林军！拿下殷郊殿前枭首！

姜　后　慢！大王！他、他是你亲生骨肉啊，大王！

妲　己　大王！他、他是凶手同谋！

姜　后　奸妃你……（单目战指）

妲　己　啊！好一双纤纤玉手啊！（转色）把姜后双手炮烙！

尤　浑　遵旨！

（姜皇后双手被炮烙，纣王亦为之侧目）

殷　郊　（被押不能救解）娘亲！

姜　后　（唱大笛二流）

难忍受，撕心头。天浮浮，地抖抖。

横空飞血，寰宇书仇。恨塞江河，冤冲牛斗。

（转滚花）恨不能见奸妃肝脑，高挂城头。

纣　王　把贱人抛下趸盆。

［钟声。

陈　青　（急上，口鼓）启奏主上，老丞相商容匍伏金阶，哀哀上奏。

太监乙　（急上，口鼓）启奏主上，姜国丈三跪九叩，头破血流。

陈　青　（急上，口鼓）启奏主上，亚夫比干，手持王杖金銮直走。

纣　王　免奏，传孤意旨，比干剖心，国丈剁首，商容……（一槌，大鼓）

太监乙　（口鼓）启奏主上，老国丈触柱碎头。

妲　己　大王，你杀了姜后，又斩了几位重臣，恐怕……

纣　王　这个……来人，传旨，镇国武成王黄飞虎班师回朝。

［幕下。

第二场　班　师

［荒山古道。

黄飞虎　（内唱大首板）

奉圣命，班主师，兼程道上。

［兵将、周纪、黄明、吴强、龙环、马童、中军、黄飞虎上。

黄飞虎　（唱霸腔慢板）

辞边庭，穿关隘，奉旨回防。

传将令，催三军，心如卷浪。（圆场）

一路上，不忍看，盈野饥荒。

尸遍地，骨成山，民无生望。

（转七字清）

心忧国运意彷徨，昔日神驹将日赶。

今朝鞭策似螳螂，叫三军（众应）

大道不行小道赶。

龙　环　大哥，巡边未完，急诏而返，恐防凶多吉少，不如为弟潜入朝歌，查明究竟，再入京内，也都未迟。

黄飞虎　住口！（唱包槌滚花）

黄飞虎，七代忠良！

武成王，心无别向。

何惧那，雨骤风狂。

呔！（唱十字清）

奉王命，领雄兵，身为大将！

有奸佞，拼死斗，镇国安邦。

护国重臣，当置生死于度外，

乱我军心者，立斩无赦！

众将官！

众　兵　有！

黄飞虎　兵返朝歌！

［幕下。

第三场　问　政

［黄府内。

［贾内唱：（打扫街头）“望夫返！”（梅香拥上）

贾　氏　（唱慢板）闻夫君，奉召返，因何未见返家园。

朝歌内，连日来，阴霾弥漫。

（转滚花）不由人心惊颤如坐刀山。

［天爵、天禄欢呼“阿妈”上。

天爵、天禄　妈，爹回来了。

贾　氏　你俩又在讲大话，信不信我打你？

天　禄　真的，你唔信，等会儿你就知。（内场：“武成王回府！”）

［七槌头，周记、龙环、吴谦、黄明伴黄飞虎上，两子亲拥飞虎。

黄飞虎　（唱快中板）

星夜兼程朝歌返，
身披甲胄把家还，
又见孩儿喜无限。

［二子呼：“阿妈，你看谁个来了？”（入）

黄飞虎　夫人。

贾　氏　武成王回来了。

黄飞虎　夫人，回来了。

贾　氏　武成王请坐。

黄飞虎　坐。

四　将　参见嫂嫂！

贾　氏　众贤弟免礼。

四　将　谢嫂嫂……

龙　环　嫂嫂，这是大哥在边关打到的稀世珍禽玉林鸟之羽翅，小弟特带回给嫂嫂留念。

天　禄　给我，给我。

龙　环　唔得，这是你爹给你妈的。

［天爵拿过去，插在母亲头上。

众　将　我们下去了。

贾　氏　送过各位贤弟。（众将下）

黄飞虎　禄儿，阿爹教你刻的字，你刻得怎样？

天　爵　爹爹，看我耍的剑。

天　禄　爹爹，看我刻的字。

［飞虎抱天禄膝上，天爵舞剑，翠云上茶，天伦之乐。

贾　氏　好了，爵儿，爹爹要沐浴更衣，你们先玩去吧。翠云，伺候老爷更衣，老爷请!

黄飞虎 夫人请!

翠　云 遵命。

［飞虎、翠云、二子均下。

贾　氏 （喜看玉林鸟羽，唱孔雀开屏）

鸟羽教人，胸中浪涛翻，

百感奔涌欲止难，

望我成王返，又怕朝廷事惹灾难。

心生怕，想他不回还。

娇生双双把父盼，倚门闾望远方泪盈眼，

目断青天盼归雁，心中百感生。

（口鼓）翠云。

［翠云上。

贾　氏 （上，唱滚花）

叮咛的酒菜。（半句）

翠　云 （接半句滚花）

早已备在此间。

（转唱十字清）

碧玉盘，做了道“飞龙穿涧”，

紫金盅，沏的是“春燕双翻”，

大蟠桃，鲜欲滴露珠未散，

陈年酒，才开盖香喷堂间。

［翠云设席下，黄飞虎上。

黄飞虎 夫人。

贾　氏 武成王请坐。

黄飞虎 夫人请坐。

贾　氏 武成王消瘦了。

黄飞虎 夫人辛苦了。

贾　氏　武成王请。（敬酒）

黄飞虎　夫人请。（饮酒）夫人，飞虎奉旨班师，趁万岁未有宣召，明日元宵佳节，我备一盛筵，请梅伯、比干一班同僚家中一醉，你道如何？

贾　氏　这个，武成王啊，夫呀！依为妻看来，也就免了也罢。

黄飞虎　免了也罢？

贾　氏　莫非朝中之事，夫你一概不知？

黄飞虎　正欲席间查问。

贾　氏　席间查问么……夫啊，与梅伯、比干共醉元宵，谈论国事，本是应该的，只是他们……

黄飞虎　只是什么？

贾　氏　只是……他们已经不在人世了。

黄飞虎　夫人，你先把此事慢慢讲来。

贾　氏　唉，夫啊，你若然要问，我焉能不讲呢？我要与你约法三章，你若依从我方能讲。

黄飞虎　约法三章？哪三章？

贾　氏　你一不可插话；二不可动怒；三不可高呼。

黄飞虎　约法三章？容易办到，夫人快讲。

贾　氏　夫啊。（唱反线中板）

含泪诉夫君，姜环拼死刺纣王，
说是娘娘主使。
在金銮，娘娘挖目断手，
虿盆之内被蛇撕。

黄飞虎　呀……

贾　氏　（手掩飞虎嘴，飞虎木然）

（接唱）那梅大夫，炮烙惨烧身，
化了一团冤屈气。
亚父比干，剖心成薄片，煎药供奉那奸妃。
姜国丈，金杖碎头颅。

丞相商容头撞金阶死。（拉腔）

黄飞虎 我把你个妲己，奸妃。（良久无声，唱长句二黄）

血肉交飞，碧流溅地。

痛心疾首，锥刺肝脾，

朝上随骨折肱，一一无辜惨死，

都是那如蛇似蝎，万恶奸妃。

明朝我冒死面斥君王……

贾　氏 （唱二黄滚花）

你你你，你应念九族满门，休逞一时之气。

［飞虎无言，贾氏拭泪，天爵、天禄上。内呼："圣旨下。"

费　仲 圣旨下跪，明日乃元宵佳节，依例各皇亲国戚一律入宫朝贺。武成王夫人，五更入朝候覲。钦此。

贾　氏
黄飞虎 万万岁！

［幕下。

第四场　楼　戏

［内场："妲己娘娘驾到！""一锭金"，"大戟科"强拉贾氏上。

妲　己 黄夫人行快些呀！黄夫人。

（唱四时果）这这这这一边，夫人你未行过，

（白榄）　论亭台楼阁，夫人你见得多，

唯独摘星楼，想你未曾入过，

难得佳节到，何不上楼共饮和。

（尾腔）　四周收眼底，云里听笙歌。

贾　氏 （唱花鼓芙蓉）

娘娘好意一番，臣妾诚心谢过。

纵是繁花满眼，又怕迟归受责诸多。

妲　己　黄夫人开玩笑。

（唱滚花）我不信那个“七代忠良”，敢责你入宫朝贺。

同上楼摩星摘斗。（句）

（白）人来搀扶，黄夫人行快些呀！

［宫女明搀扶，实硬拉贾氏上楼。

（续唱滚花）

一览这脚底天河！（拉贾氏观景）

贾　氏　（唱减字芙蓉）

礼尽各辞朝，为何她留我？

妲　己　（接唱）　天香国色，（旁唱）正好入网罗。

贾　氏　（接唱）　高处不胜寒，笼中更添锁。

（白）娘娘，景色赏过，我要回去了！

妲　己　（接唱）　夫人仪容绝世，敢问芳华有几多？

贾　氏　（接唱）　虚度光阴三十五年。

妲　己　（接唱）　哎吔，那就以妹来称呼我。

贾　氏　娘娘乃一国母仪，贱下乃是臣妾，君臣名分，还请娘娘……

妲　己　黄夫人，武成王之妹是贵妃，你本是皇姨，本来就是皇亲国戚，黄夫人！

（唱七字清）

什么君臣之礼计较诸多，

什么一国母仪，太烦琐，（设座）

金兰结拜更融合。

［上香案，硬拉贾氏下拜。内呼：“皇上驾到。”

纣　王　好酒，好酒。

贾　氏　（大惊）啊！（奔楼下，恰与上楼之纣王相遇）

纣　王　（唱七字清）

星楼上降下了美嫦娥，

这一位绝色佳人是谁个？

羞花闭月你胜女娲。

你回回回，回返星楼上座。

［边拉腔，边逼上楼。

妲　己　皇上驾到，臣妾接驾。

纣　王　梓童平身！这位是……

贾　氏　启奏主上，贱下乃是镇国武成王发妻贾氏，愿吾王万岁，万万岁！

妲　己　唔使讲甘长呀，你就话系苏妲己金兰姐姐唔系得咯。

纣　王　啊，原来是皇姨！皇姨平身，平身！来人，拿酒来。

（霸腔慢板）

桃李催春，融融瑞雪，东来紫气笼罩山河，

托梁换柱，威震万方，浩盈皇恩普天远播，

一休君臣，星楼雅座，千杯落肚也无多。

（白）梓童皇姨请呀！（帅牌）

妲　己　（滚花）待臣妾歌舞一番，为大王与皇姐将兴助。

纣　王　好好好！（滚花）

皇姨何不亦一歌。

贾　氏　主上，贱下愚昧，不识歌舞，求主上恩免。

妲　己　（挑逗纣王，边歌边舞，唱摘星楼上）

星暗暗，云淡淡，星楼倚天近。

步蹦蹦，意拳拳，叩谢吾王恩。

春光短，柳丝长，心中事莫问。

椒房远，星楼近，谁肯负良辰。

［妲己诈醉倒下。

纣　王　饮多几杯，梓童你已难胜酒力，且又为孤歌舞，果然醉了。好好好，待孤亲扶下去歇息也罢。（离座扶妲己）

妲　己　（表明假醉）大王，勿忘臣妾一番好意！（下）

纣　王　啊呀！梓童，大王忘不了你的宽宏大量！

贾　氏　启禀主上，时候不早，臣妾告退。

纣　王　皇姨且慢！皇姨何不亦一歌。

贾　氏　启禀主上，臣妾愚昧，不识歌舞，求皇上恩免。

纣　王　（三脚凳）圣阁入云层，星楼无人近，

笙歌传孤意，谁肯负良辰。

（滚花）　趁此锟锟春光，正好君臣相近。

共咏云山雾海，真乃羡煞仙人。

（白）皇姨，美人儿！（追逐）

贾　氏　（滚花）　主上是一国之尊，行为应谨慎。

纣　王　（接唱）　何用羞羞答答，空楼四座已无人。

［纣王抓住贾氏，贾氏打纣王耳光。

贾　氏　昏君！（萧萧班马鸣）

你人面兽心豺狼狠，功臣之妇你要沾身。

枉费我夫忠心耿耿，入死出生保你昏君。

（快中板）贾氏生来原忠耿，妄图非分万不能，

今古荒淫人共愤，你将身引火必自焚。

（三字经）骂昏君，性残忍，信妲己，害万民。

罄竹难书天下恨！（掌击纣王）

（煞板）　将此身，化厉鬼，诛灭无道昏君！

［跳楼而下，众惊愕。

纣　王　可惜可惜！（妲己悠悠上）

妲　己　可惜什么呀？

纣　王　美人跳楼自尽了！

妲　己　啊？不识抬举。

［内场黄贵妃呼“昏君”上。

纣　王　皇贵妃，孤未有宣召，你上楼作甚？

黄贵妃　呸！（唱恨填胸）

昏君啊！昏君！

（白榄）　骂昏君，不是人，宠妖精，杀亲近，

逼太子，刑重臣，戏臣妻，天地愤，

恨不能，将妲己，

（唱尾腔）碎尸万段！

［皇贵妃追打妲己。

妲　己　大王我怕，我怕……

纣　王　黄贵妃，你速下楼去！

黄贵妃　妲己，妖精！（打妲己，二人斗争，妲己有意使皇贵妃错手打了纣王）

妲　己　大王，她打我是假，打你是真！

纣　王　可恼也！（抓起黄贵妃）送你去虿盆。

［摔黄贵妃下楼，一声巨响，全场皆寂。

妲　己　大王，贾夫人跳楼死了，黄贵妃自取灭亡，怕只怕，那黄飞虎闻之，定然……

纣　王　黄飞虎又怎样？

妲　己　大王，黄飞虎有万夫不当之勇，且坐拥重兵，不如……

纣　王　陈青那里，传孤旨意，镇国武成王五更三点，金銮议事。

陈　青　遵旨！

妲　己　且慢，今夜之事，不可泄露风声，如有半点外传，当诛九族！

陈　青　知道！

［灭灯。闭幕。

第五场　激　反

［武成王府。“七代忠良”金匾中挂，彩灯高悬，盛宴铺设。

［幕启，黄飞虎倚窗而立，天禄、天爵门前翘首。

［“京锣钹”转“高边锣”。

［初更。

黄飞虎　（倒板）　初更鼓响！

（反线中板）

却为何？清晨入宫去，

至今三更已过，人未返家堂。

一边是饥儿索食，一边是海味山珍；

一边是兄抚弟郎，一边是夫将妻望。

周　纪　大哥啊！

吴　谦　大哥……

龙　环　嫂嫂她……

黄飞虎　她怎么了？

龙　环　她、她、她，她被妲己骗上摘星楼，不堪纣王凌辱，坠楼身亡！

黄飞虎　啊呀！（昏去）

［天禄、天爵奔上：妈……妈。

黄飞虎　（二黄首板）

魂飞魄荡！

黄　明　大哥爱妹黄贵妃，上楼与纣王理论，亦被纣王摔下虿盆，尸首无存。

天禄、天爵　姑姑啊！

黄飞虎　（唱二黄滚花）

惊雷阵阵，胆裂心寒。

［飞虎掩泪，众将饮泣，兄弟悲叫，一片凄惶。

龙　环　大哥啊！（叻叻鼓，秃头突起唱回龙腔）

熊熊火烈烧心，拼死将言讲。

这都是昏君无道……

黄飞虎　住口！

龙　环　（一阵骤停复唱二黄慢板）

都是昏君无道，致有这大祸一场。

好兄长，你思一思，今日却为何。

妻亡妹丧。我看三朝也难保，众兄弟不把命亡。

周　纪
吴　谦　大哥……（合唱二黄滚花　）

黄　明　横是死，竖是亡！不如就反……

四　将　（齐唱士工滚花）

反上朝廷雪冤枉！

黄飞虎　你！

天禄、天爵　阿爹，叔叔们讲得对，反上朝廷！拿了昏王，缚了奸妃，将他们碎尸万段！替娘亲、姑姑报仇。爹爹！（跪向飞虎哭）

四　将　大哥！昏君无道，奸妃作乱，反了也罢！

黄飞虎　（拔剑）黄门府上，忠良匾下，言反者……斩！（全场无声）

龙　环　哈哈哈！各位兄弟！（口鼓）今日事情，不过乃黄家事干。又唔死到我们老婆家眷，与我们有何相干？时逢元宵良辰，有甘多好酒好菜，唔食真系笨过大象。来来来，大家就此欢度元宵，干它一场！（示意）

黄　明　（口鼓）龙环讲得好啊，这些事情又唔系我的冤枉，我们又何必在此怒气一场，人家有事情都唔愁，我们何须充好汉！来来来，干杯，猜枚！

［四将猜拳行令，狂呼乱叫，大饮大食。

龙　环　（口鼓）周纪，你知道这味菜叫作什么名堂？去年嫂嫂敬酒给我讲过，叫作“合家欢喜”“上落平安”。

众　将　（假醉胡闹）合家欢喜，上落平安，啊哈哈哈！

天　禄　咳！（口鼓）众位叔叔，阿爹既然惧怕昏君，唔肯为阿妈、姑姑报仇雪冤，走！我同你去，杀上金銮，刀劈奸妃，生擒纣王！

众　将　走！

黄飞虎　住口！

［内场叫：“老爷。”

翠　云　老爷！（牌子做手）玉林鸟羽，请老爷……（死）

天　爵　翠云姐姐！

［众将无声，黯然围抱翠云下，天禄、天爵抱头大哭。

黄飞虎　（背唱首板）

怒发冲冠气难按！

（大水波浪，包槌滚花）

穿心万箭刺胸膛，声声反来声声壮，

声声杀上我阵阵寒。（激反曲）

我黄飞虎，武成王。今日妻亡妹丧。

枉我忠胆赤肝为家邦，曾记得当年声威壮。

南征北战血战沙场。秉忠心，无异向，

谁料元宵祸及我妻房。昏君好色存妄想，

君戏臣妻乱纲常，不念我门世代忠良将，保主安享生朝堂，

罢罢罢，君不正臣心外向。

反上朝歌，替妻妹报仇雪枉。（回转猛见“七代忠良”）

七代忠良……呀！（续唱激反曲）

见见见，牌匾上“七代忠良”，

飞虎顿时乱主张，无道昏君应反抗，

朝门杀上责君王。怎奈爹爹严教养，

难容为一妇人判殷商。

又怕七代忠良受讥谤，

界牌关怎见我年迈爹娘。

真是进退为难，心似孤舟逢巨浪。

［四将内呼：“大哥”，扎靠上。

四　将　为嫂嫂报仇！

黄飞虎　你们意欲何为，把兵器放下，放下。

龙　环　（杀嫂白榄）

你来看，你来看，遥遥流火亮，急向你门墙，

长街铁马声，已在耳边响……

黄　明　（接）　细思量，细思量，

我等为皇上拼死在沙场，有功无赏，条命比水寒，

你身为武成王，尚且是这样……

吴　谦（接）　我等为偏将，更如蝼蚁样，
万千百家，已无生可想，
白骨砌鹿台，人肉挂池上……

周　纪（接）　我心火上，心火上，
万民怨纣王，干柴烈火样，
家家恨妲己，冤仇寒霄样，
求你武成王……

天禄、天爵（边念杀嫂白榄边执枪上）
来杀上，来杀上，
仇恨在心间，挥戈忙杀上，
直捣金銮殿，父子杀一场。

众　将（同跪求）请大哥速传将令！

［飞虎环视众将，抱起天爵，痛苦异常。

黄飞虎（唱乙反长句滚花）
抱儿郎，对爱将。
强忍泪珠将言讲，纣王确实丧天良。
君戏臣妻难恕谅，本该朝歌城内杀一场。

众　将　好。

黄飞虎　无奈我飞虎黄门七代忠良将，苍苍老父岂能容我为妻妹叛殷商。君要臣死，臣不得不死。父要子亡，子不得不亡，飞虎实难犯上。

龙　环（叫头）大哥，武成王！你一片丹心，巩卫成汤，赫赫功劳，天下敬仰，倘是明白之人，道只不愧一代名将，毋负这“七代忠良”。不明白者，道你这块黄牌金匾，武成王位，不过是以妻献主，以妹伴君，换来而已，今她两人，与妲己娘娘争风呷醋，摔下星楼，死何足道。黄飞虎，武成王，不过是裙带沾来的官，哈哈 哈哈，他又胆敢怎么样？

黄飞虎　怎么讲？

龙　环　武成王，裙带官，妻妹丧，求苟安，甘心头上戴……

黄飞虎（大呼）戴什么？

周　纪　戴绿帽。

［内呼：“圣旨下。”陈青急上。

陈　青　武成王接旨：五更三点，金銮议事。钦此。

黄飞虎　万万岁。

陈　青　（交旨）武成王！纣王要将你全家杀绝！你、你、你万万不可上殿啊！

黄飞虎　多谢公公指点！

陈　青　武成王保重了。（匆匆而下）

黄飞虎　（沉吟）国丈剁首、皇后挖目，比干剖心，梅伯炮烙，我黄飞虎……

（水波浪，唱散板一句）

莫非你还要等待诛亡？

（转慢板）往事憧憧，心惊魄荡，

几许忠良，亦都惨遭命丧。

我黄家，今日也妻亡妹丧。

昏君无道，说什么“七代忠良”。

众　人　（唱滚花）这样的朝纲哪有兴旺，

这样的朝纲难再扶匡。

黄飞虎　（唱板七字清）

他既逼吾生外向，

万难忍辱作虎口羔羊。

君臣忠曾有讲，

君暴臣乱理应当。

反朝纲，伸冤枉，

西岐去，投武王。

拿起刀枪随我往……（交剑龙环）

龙　环　（接剑）遵命！

黄飞虎　（续唱）　血债定要血来偿，斩将金刀啸云汉。

（口白）拿刀来！

（唱滚花）兴周灭纣……（飞虎刀劈七代忠良匾额）

众把商亡！

反出五关！

[亮相。幕下。

第六场 夺 隘

[临潼关。

[北上小楼，启幕，探子急上。

探 子 报……

[张凤内白："何事？"

探 子 黄飞虎人马杀到！

[张凤内应"再探"！率将校上。

张 凤 （念） 老将名张凤，奉命守临潼，

忽闻反贼至，斩虎尽孤忠。

（白）众将官！把守临潼，迎战黄飞虎。

众 将 遵命！（下）

飞虎军 （内场齐唱："困谷头"）

反五关，怀悲痛。

[龙环、周纪、吴谦、黄明、天禄、天爵、马童兵上。

[黄飞虎"四古头"带众伴上。

黄飞虎 催军！（圆台，唱快中板）

金盔金甲气如虹，跨下神骑流云送，

身旁兵将赛蛟龙，一泻江河山岳动，

三军听命取临潼。

（口白）龙环叫关。

龙 环 得令！呔，内关听着，武成王兵到！

[张凤站城。

张　凤　来者可是飞虎孽种？

黄飞虎　（口鼓）老世伯请听世侄一片苦衷。

张　凤　（口鼓）黄飞虎，你位极人臣，全不念皇恩重。知机者下马受绑。

黄飞虎　老将军……

张　凤　看某刀锋！杀！

［起打，斩张凤。

黄飞虎　穿关而过。

［走景潼关。

［陈桐上。

黄飞虎　来将何名？

陈　桐　潼关守将陈桐。

黄飞虎　陈将军……

陈　桐　飞虎反贼，看枪！

［起打。杀陈桐。

黄飞虎　众三军，穿关而过。龙环叫关。

龙　环　得令！呔！关内听着，黄飞虎兵到！

［内场："出迎。"

［幕下。

第七场　惊　梦

［穿云关内驿馆，睡帐，火盆。

［纱二幕，可见黄飞虎观兵书，周纪捧刀。

［幕启，龙环上。

［三更鼓中开纱二幕。

黄飞虎　（内场"丹凤眼"引子）

夜阑伴灯冷，心焦过牌关！

（二更，诗白）

银霜锁云山，铁甲对月残，惊心儿呼母，虎将……

（唱花间蝶）

泪斑斓，

雾掩群山似狂澜。

我今似惊帆，有去无还。

丹心报纣王竟落到举家摧散。

我无力挽，

远望未得惊对慈颜，

界牌关老父定难谅鉴。

周　纪　大哥，陈桐假意殷勤，只恐其中有诈啊！

黄飞虎　唔！我已早有所备。

（白）周将军，时已夜深，去回房歇息也罢！

周　纪　（白）大哥保重。

黄飞虎　（白）想我一过穿云，二出潼关，三克临潼，第四关唯有我爹爹把守的界牌关，我又怎能过得那一关。

（唱南音）膝前子，无母依，

心伤噩梦折孩儿。

戎马反掌理万师。

号令一声，山岳动，

无能对子，呼母慈。

（转流水）冷暖一袍三父子，

艰难辗转命相依，

雾重月沉关风冷，

再无棉被盖娇儿。

［三更。

［飞虎伏案台而眠 灯暗了。

［狐狸精上。

［狐狸精："哈哈哈……我要吃童子肉。"

贾　氏　（口白）休伤我儿，武成王，纣王无道，天怒人怨，你反五关，人神共助，前边就是界牌关，你要刀入鞘，剑插囊，对公公婆婆好言相劝，切不可妄动刀兵，便能过关。武成王，此地即起大火，你与孩儿速离此地，不可怠慢，吾神去也！

龙　环　启禀大哥，不出所料，陈桐假献殷勤。火烧驿馆，被我斩了。

黄飞虎　（白）好呀！传令三军，冲出大火，杀出穿云，直发界牌关。

龙　环　（白）得令。

［幕下。

第八场　过　关

［界牌关。

黄　滚　（唱首板）披甲擎鞭临阵上。

［兵将拥黄滚"锣边花"上。

黄　滚　（唱滚花）犹如烈火烧胸膛，不孝儿郎太狂妄，

公然犯上叛君王，叫三军，听令降。

（白）众三军，等会畜生到此，听某将令，要绑就绑，要拿就拿，不得违抗！

［黄飞虎催军上。

众　人　领命！

黄飞虎　不好了。（唱滚花）

如林兵马列刀枪，

爹爹亲自将关挡，

顿教飞虎意彷徨。

忙下神骑来拜上。

（白）孩儿黄飞虎叩见爹爹。（黄滚背场不理）

黄飞虎 （下骑）孩儿黄飞虎叩见爹爹。

黄　滚 畜生！（与飞虎架刀亮住）

（唱快慢板）

骂一声，畜生你，

竟敢大逆无常，

既不仁，又不忠，

公然犯上。

全不念，俺黄家，七代忠良。

（转七字清）

杀隘穿关诛大将，

但凭武艺称豪强，

叫三军，与我将此反贼关前绑绑绑。

黄飞虎 （口鼓）且慢，请听孩儿将话讲。

黄　滚 （口鼓）呀呀呸！黄门乃商周股肱，无犯法之男，无再嫁之女，忠烈堂堂，君王过错一时，亦应忍谅，所谓君要臣死臣不得不死，父叫子亡子不得不亡。今日你位极人臣，竟杀命官，闯关隘，尽失为臣之道，丧齐为子这行。你，你还有何话可讲？黄飞虎，你居高位，忘社稷，不忠天子，不孝父前，枉作镇国武成王你，你若然知错，便自绑其身，待为父解返朝歌，哀求万岁从轻发落。万岁也许念我黄门忠烈，免你命亡。如若不然，（落马）你就先杀父，后弑母，再过五关！做个不忠不孝，不仁不义的成汤叛将吧！（掷刀气晕）

黄飞虎 爹爹息怒。

黄　明 （口鼓）老将军先暂息雷霆之怒，且听我等细诉其详。

吴　谦 （口鼓）实只为纣王宠信妲己奸妃，弄到暗无天日，民生无望。

周　纪 （口鼓）对！纣王无道，吊民伐罪理应当。

黄　滚 （口鼓）住口！原来是你班反贼唆使我儿，背叛皇上。

（唱滚花）真是识人口面，难察心肠。

龙　环 （滚花） 世伯久镇边陲，不明朝中事干。

纣王酷刑虐杀，重臣无故命亡。

黄　滚　（滚花）　五岳临身，擎天名将。

忠肝赤胆，七代忠良。

无耻谰言，休得再讲。

（口鼓）人来，上绑！

黄飞虎　且慢！（水波浪，唱滚花）

老爹爹声色俱厉，我有口难张，

要在阵前，将儿捆绑，

真是冰霜凛冽，枉费热血一腔。

唉呀呀，白发一人，胜过了兵车千辆。

龙　环　大哥！（滚花）

先忍气吞声如他意，这般如此……便无妨。

黄飞虎　众三军，后退一箭之地，无本帅将令，不得越前半步！

众将兵　领命！（众下）

黄飞虎　爹爹，孩儿受绑！

黄　滚　儿啊，果然好儿郎。来人，将我儿打入囚车，明日本藩押子上京，负荆请罪！（绑飞虎）

黄飞虎　爹爹，孩儿死而无怨，唯求见娘亲一面。

黄　滚　这个吗……

［内场天爵、天禄呼："爷爷！"龙环带上指黄滚处。

天爵、天禄　爷爷，替娘亲、姑姑报仇！娘亲、姑姑死得好苦啊！

［内呼："太夫人到。"

太夫人　（内唱首板）

一声霹雳轰头上。（坐车捧尚方宝剑上）

（转十字清）

为什么？我飞虎要反朝堂？

又听得，父与子交兵阵上。

猛听得，孙儿呼喊好凄凉。

（白）孙儿！

天爵、天禄 嫲嫲。嫲嫲，爷爷唔肯为娘亲、姑姑报仇。娘亲、姑姑死得好苦啊！

太夫人 你俩说什么？

天爵、天禄 娘亲、姑姑死得好苦啊！

太夫人 媳妇，女儿！（晕）

黄飞虎 娘亲！

［“银台上”，太夫人醒来。

太夫人 飞虎儿，你……

黄飞虎 娘亲！（跪下）

（锣鼓白）飞虎跪在尘埃上，含悲忍泪诉亲娘。

无道昏君天良丧，宠爱妲己败朝纲。

正宫娘娘挖目死，大夫梅伯炮烙亡。

太子外逃无去向，老臣比干挖心房。

锤打天灵杀国丈，商容触柱金殿亡。

良将忠良皆杀戮，满朝文武心胆寒。

天爵、天禄 娘亲！姑姑！（啜泣）

黄飞虎 爹爹！

黄　滚 儿呀！（白榄）

主上纵有失常，为臣者劝谏为上。

宁可君不是，亦不可叛朝堂。

须知黄门七代忠良将。

太夫人 你老糊涂！（唱霸腔慢板）

勿在此，信口雌黄，

胡言乱讲。说什么，为臣者，

宁可君不是，亦不可叛朝堂。

须知道，为人君，

应念苍生为上。

暴虐四方，荼毒天下，

滥杀忠臣，诛妻灭子，

乱戏臣妻，弄到人神共愤，

又算什么君王。

（转七字清）

他乃非一时有不当，

他全无人性毒似豺狼！

（转三字清）

家国仇，你全不想，

说什么，保忠良！

你不反时……

（转滚花）我反上！（腔）

传令飞虎你过关防！

（白）众三军！开关！

黄　滚　（拔剑）且慢！

太夫人　众三军！纣王暴行，民不聊生，你们反是不反？

众　人　（声若巨雷）反，反，反。

黄　滚　苍天！苍天！（自刎）

［龙环四将上前拦住。

［内场："圣旨下。"传旨官上。

传旨官　圣旨下跪。

黄　滚　万万岁！

传旨官　黄飞虎反叛朝廷，罪该灭门，今宣旨黄滚进京，待擒了黄飞虎，满门抄斩，圣旨读罢，谢恩。

［黄滚抖须。

黄　滚　（唱滚花）冤、冤、冤，冤冲云汉！

枉、枉、枉，枉作忠良！

［黄滚剑斩传旨官。内场呐喊。

黄　滚　众将官！随俺黄门父子，杀出五关！

太夫人　（白）众将官！分头迎敌。

报　子　妲己率领五关众将，杀奔界牌关而来。

黄飞虎（唱北上小楼）

反五关，西周往！

（亮相）　剪邪灭倒纣王。

[亮相。

[剧终。

（剧本版本：广州粤剧院提供）

·粤剧卷·

蝴蝶杯

（根据传统粤剧剧目整理）

整理：陈晃宫　陈酉名　杨子静

人 物 表

胡凤莲	渔女
田玉川	江夏县令田云山之子
田云山	江夏县令
田夫人	田云山夫人
卢 林	湖广总督
卢世宽	卢林之子
唐 让	卢府将官
董 威	抚院
徐锡恭	布政司
郭子良	按察司
胡 彦	渔人，胡凤莲之父
校 尉	官差
家 郎	卢府家丁

第一场 游 山

[春天的一个上午。

[龟山。

[幕启。男女游客上。边游边唱。

合 唱（新曲）花明柳媚春来早，
岁岁龟山长不老，

红男绿女爱春光，
墨客骚人寻诗单，
车如流水马如龙，
春色满山人满道。

［内场狗吠声，众寻声而望，见是卢世宽来，急走避下。

［四家丁、家郎牵赛虎犬拥卢世宽，七槌头，上。

卢世宽 （唱快中板）

帅府少爷声威震，
名传三楚惯横行；
不爱诗书爱红粉，
闲来到处访佳人。
（转滚花）什么美景风光，
一概不闻不问。
那边钗光鬓影——
使人格外开心。

家郎，引路！

［家郎领命与家丁拥卢世宽下。

［大撞点，田玉川上。

田玉川 （唱长句二流）

春风暖，乐郊游。
青山雨后天然秀。
春光明媚醉心头。
树含烟，云出岫。
一江春水向东流。
好写新词多少首。
（念） 腹有诗书万卷藏。
练就弓刀志四方。
人间为有不平事，

涤我襟怀借汉江！

（唱滚花）满眼山光水色，教人步步勾留。

探胜寻幽，步到龟山之后。

登临纵目，远跳黄鹤楼。（拉中板腔，下）

［撞点。胡彦携鱼篓，胡凤莲伴上。

胡　彦　（唱中板）江中日日风和雨，

百网捞来一怪鱼；

龟山道上人来去，

好卖鲜鱼换米炊。

胡凤莲　（接唱）　抛江撒网看来趣，

谁信瓜舟不易居；

近来岸上加鱼税，

哪管渔家两泪垂！

胡　彦　（接唱）　父女提篮——寻买主。

（转卖仔腔）

怪鱼呀，平卖呀，

世间罕见的娃娃鱼呀！（拉腔收）

卖怪鱼呀！

［胡彦、胡凤莲圆台，卢世宽等撞上，惊艳。

卢世宽　哈哈！

（唱滚花）好一个花娇柳媚渔家女。

家郎，公子我要买鱼！

家　郎　知道。（上前）喂！老家伙，我家官拜湖广总督卢林大人之子卢世宽少爷叫你！

胡　彦　啊？！（父女相顾，无奈）敢烦引见。

［胡彦父女随家郎上前。

胡　彦　拜见卢少爷。

卢世宽　（但看胡凤莲，不理胡彦）你卖的是什么怪鱼呀？

胡　彦　卖的是娃娃鱼，人头鱼身，世所罕见。

卢世宽　呃！不是问你。用不着你来回答。（嬉皮笑脸地）我问的是——她！

胡　彦　父女卖鱼，一般答对。若不喜欢，别处卖去。（欲下）

卢世宽　（急阻止）买、买、买！何必走得这么快，怪鱼怎样怪，是否头会摇，尾会摆，拿来我看看，抵买不抵买。

胡　彦　（举着鱼篓）那你就看吧。

卢世宽　我要这位大姐，送来我看。

胡凤莲　不看就算，阿爹，我们走吧。

卢世宽　慢着！我有腰头钱，要食海上鲜，不拖又不欠，看货理当然。

胡　彦　（无奈）那你就看吧！

［家郎接过鱼篓，奉上公子。

卢世宽　（看鱼，三搭箭）妙，妙啊！

（唱玉美人）

好稀奇，好稀奇，

这个“娃娃”中我意，（对胡凤莲）

要价多少告诉本公子，

抬头面讲哩不用迟疑。

胡　彦　（接唱）这怪鱼，要铜钱两千算得是便宜。

［卢世宽见胡彦插口，大为不悦。

卢世宽　（接唱）呸，呸，呸！

一百铜钱已经益了你老头儿。（欲交鱼与家郎）

胡　彦　慢着！卢少爷。

（白榄）我指望卖怪鱼，

换来柴共米，

你贵人用贵物，

何论价高低。

家　郎　（扑灯蛾。拉开胡彦，白榄）

老头子，要知机，

触怒我少爷，

想生定想死？

得回一百钱，

已经算你好运气！

胡　彦（愤极）这这这，这算什么世道啊！

胡凤莲（看来争也无用）爹爹啊！

（唱滚花）所谓“肉随砧板上”——宰割任得渠。（佢）

唯有自叹倒霉，与那鹤神相遇。

就卖与他吧！

胡　彦（忿忿地）好吧。你就要去吧！

卢世宽　哦，愿意卖啦。哈哈哈……

（唱滚花）这才是公平交易，童叟无欺。

少爷游山不带钱，要钱跟我回府去。

你父女随我来！

胡　彦（急拦，唱滚花）

上门收钱我不卖，还我竹篓共怪鱼。

［一夺两夺，家郎闪过，胡彦险些仆倒。

卢世宽　好胆！

（唱滚花）居然动手夺怪鱼，

人来，餵狗去！

［家郎将鱼扔给狗吃，胡彦上前抢夺，被狗咬伤。

胡　彦　我把你这个凶徒，你个禽兽！你强买怪鱼，不给银两，调戏民女，放狗咬人，真是天理难容，人情不顺！

卢世宽　胆敢辱骂少爷，人来与我打！

［家丁重打胡彦倒地，胡凤莲上前正欲扶起。

卢世宽　哈哈，渔女标致，正合我意，快与公子，带回府去。

［家丁正要动手，胡凤莲挣扎呼救。

［田玉川卸上，高喊“慢动手！”

［叻叻鼓，家丁吓得散开。胡凤莲得田玉川示意，急扶父下。

田玉川 呵呵呵！光天化日，纵犬伤人。还来毒打老头，欺凌女子。可知王法？！

卢世宽 嘿嘿！本公子喜欢怎样就怎样，管他王法不王法，劝你少管为佳。

田玉川 呸！（口鼓）你恃势欺人，本少爷不能坐视。

卢世宽 （对家丁）啊？世间还有别个少爷的吗？

家　郎 倒要问个明白。

卢世宽 （口鼓）呔！你口出大言，是谁家犬子，敢来惹是招非？

田玉川 江夏县之子田玉川。

卢世宽 （口鼓）嘍嘍嘍，原来是粒豆豉。你父是小小知县，我父是湖广总督，知道不知？你竟敢包庇渔夫，放走渔女。若不交与我——

田玉川 怎样？

卢世宽 掀你层皮！

田玉川 可恼！

（唱快中板）

恃势横行不讲理，

玉川偏要问是非。

夸喇喇！（单三槌、叻叻鼓。脱袍）

（唱滚花）若再胡为，（举拳）皮槌认不得你！

卢世宽 人来！放出虎犬，将他咬死！

［众放犬，犬扑田玉川，被打死。卢世宽领众围攻田玉川，都被打倒，最后卢世宽欲遁，被田玉川揪住痛打倒地。田玉山“水波浪”。

田玉川 不好！一时失手，重伤贼子，他父亲官高势大，定不干休。这便怎好？——不若龟山背后，暂且隐藏，岂不是好？就此走走走！（三槌，下）

［家郎等人原是装死倒地，见玉川走了，纷纷爬起。

家　郎 快找少爷！

［众找到卢世宽，扶起。

卢世宽 （醒来，伤痛，唱滚花）

打到我魄散魂离！（吐血介）

[众急抬卢世宽回府，下。

家　郎（驻步，一想，回头两边高喊）呔！两岸渔船听者：田玉川打伤帅府公子，哪个敢渡他过江，与凶犯同罪！（跑下）

[幕闭。

第二场　搜　衙

[紧接上场。

[江夏县内堂。

[幕启。大撞点，衙役引田云山上。

田云山（唱新腔古老中板）

我是个绿豆芝麻江夏县，
也曾寒窗十载铁砚磨穿；
当日考中状元，哎，却变“状扁”，（着贬）
贬来江夏当个七品官员——
做盐唔咸做醋又唔酸；
上有督抚藩台家婆一大串，
顶头还有那知府太尊；
年年瑶役钱粮催得我团团转，
三六九开堂理案审到我骨痛腰酸；
卖放营私，固非所愿，
秉公断案，又得罪强权；
顺得哥情嫂抱怨，
心唔混沌就肚唔圆；
哎，做官难，难难难，
我把世人奉劝。
劝你莫贪乌纱帽戴——

落得夜夜梦也不甜。

[撞点。田云山就座，同时丫头引夫人从外回，上。

田夫人 （唱燕子楼中板）

适才上庙烧香来许愿，

一愿老爷官好得升迁；

二愿我子勤攻书万卷，

学成文武艺平步上金銮。

拜罢神灵回府转。

[同入内，就座。

田云山 （接唱） 夫人何事喜上眉尖？

田夫人 （念） 拜过玉皇心舒展。

求得家宅平安上上签。

[递签。田云山看着喜笑。

田　明 （冲头，上）禀告老爷，总监大人带了校尉，来到县衙。

田云山 可知为了何事？

田　明 小人不知。

田云山 ……夫人回避——速速出迎。

[丫头伴夫人入内室，下。

[大地锦（两用），卢林带四校尉急上。

田云山 （堂前相迎）江夏县迎接帅爷。

户　林 （怒视）嗯！……（怒目威迫。田云山战栗，迎入）

（半句口鼓）江夏县，你有多少位公子？

田云山 （接）只有一子名唤玉川。

卢　林 （半句口鼓）现作何事呢？

田云山 （接）尚在读书，少年学浅。

卢　林 （口鼓）闻得令郎英俊，风度翩翩。叫他出堂与老夫相见。

田　明 （口鼓）少爷寻师游学未返家园。

卢　林 呃！（怒，唱花下句）

一说攻书，一说游学——

分明是推搪之言。

知机者献子出来，否则有些不便。（三批，介）

田云山 （接唱） 无风起浪，令人莫解疑团。

何以口口声声，要将子献？

卢　林 （接唱） 你还装傻扮蒙，令我七窍生烟。

传令校尉们，四围搜遍！

四校尉 领命。（分边下，复上）全无踪影。

卢　林 狗官！

（唱五槌花下句）

快快交出儿子莫拖延。

田云山 （接唱） 犬子罪犯何条，望大人指点。

卢　林 （唱快慢板）

你装聋，和扮哑，真个诡计多端。

田玉川在龟山，打死我儿与虎犬！

田云山 （的的撑，台口唱沉花下句）

哎呀呀，奴才惹下大祸弥天。

（唱滚花）听他讲出情形，心惊胆战。

原来玉川惹祸，人命干连。

事到头来，如何打算。

老大人，既是我儿打死公子，请问尸首现在何处呀？

卢　林 抬回帅府。

田云山 虎犬死在何方呢？

卢　林 现在龟山。

田云山 何人见证？

卢　林 本府家丁。

田云山 大人。

（唱花下句）

从来定案，须要人证俱全。

家丁一面之词，听信便为偏见。

卢　林　（怒）可恼也！

（唱快中板）

谁来听你一派胡言，

纵子行凶还强辩。

杀人应要把命填。

（转滚花）传令校尉与我拿！（一槌）

田云山　拿哪一个？

卢　林　拿狗官江夏县！（包一槌）

田云山　慢着！

（唱硬弓凤阳花鼓）

这件人命案，我自有分寸，

按照规例，行使职权，

先派公差到出事地点，

细看真相，详察根源，

缉凶、会审、申报、定谳。

（转梆子慢板）

不能妄断专权。

贵公子龟山打斗身亡，

何以当时不将尸验？！

卢　林　这个……（掷槌，关目）

（唱花下句）

狗官你推得干净！

（半句一槌，以下同）

田云山　非也！

（接唱）　卑职维护王法尊严！

卢　林　（接唱）　难道任得我子沉冤？

田云山　这又非也！

（接唱） 是否冤情先要查明再算。

卢 林 （接唱） 难道本帅居心诬赖?

田云山 不敢!

（接唱） 但也未必是我子不端。

卢 林 （接唱） 你儿无罪何用隐匿潜逃?

田云山 呃!

（接唱） 玉川游学未回，卑职亦非躲闪。

卢 林 （接唱） 若然凶手是你儿子。

田云山 若然是嘛!

（接唱） 绑子归案理所当然。

卢 林 （接唱） 若是暗中放了他逃。

田云山 这还了得?

（接唱） 罪属同科，明正典刑死而无怨。

卢 林 （先锋钵）当真，（应）果然，（应）好！老夫饶你一时，限于三天之内，捉拿凶手，与我儿偿命，若是拿他不着，要你狗官顶案。中军听令！（应在）命唐让带领兵丁，到龟山搜寻田玉川，不得有误！（应得令）校尉们！（应有）打道回府!

田云山 送帅爷。

卢 林 嗯! ……

[下，众校尉随下。

[田云山“水波浪”。夫人上，与田云山同“哭相思”。

田夫人 （唱花下句）

惊闻消息，心似油煎。

事到如今老爷有何主见?

田云山 （唱花下句）

奴才闯祸，有谁能替他将命填。

罢罢罢，即出海票捉拿！（一槌，田明入场）

拿拿拿，拿他——回家转。（士腔）

［田明拿海票复上。的的撑，同看。

［幕闭。

第三场　藏　舟

［黄昏。

［龟山脚下的江边——江心。

田玉川　（内唱首板）

不料龟山逢事变。

［冲头，上。

田玉川　（唱快二黄）

都只为怜贫儆恶，闯下大祸弥天。

急急如漏网之鱼，夺路飞奔逃窜。

［擂鼓，内场官兵喊声。

田玉川　（唱二黄滚花）

官兵穷追在后，大江滚滚当前。

唯有求助船家，方可藏身脱险。

大姐，快摇船过来！

［胡凤莲一声“来了”。素服摇船上。

胡凤莲　（唱滚花）一身缟素，两泪潺湲。

谁个叫船，棹前相见。

原来是一位公子。公子何事叫船？

田玉川　我有急事渡江，请大姐方便。

胡凤莲　公子呀！你看船舱现放尸首，渡江还请另雇别船。

田玉川　另雇别船吗？

［田玉川细看，认出尸首是卖鱼老人。

田玉川　船中死者是你何人？

胡凤莲 乃是我父。

田玉川 可是被总督公子打死的？

胡凤莲 不错。公子何以知得？

田玉川 小生田玉川……

胡凤莲 （一惊）啊！原来是恩公。

［擂鼓。内场人声。

内　声 两岸船家听者：田玉川打死帅府公子，正在潜逃，无论何人，不得渡他过江，如有隐藏，与凶犯同罪！

田玉川 （心情更沉重）哎呀！卢世宽果然丧命，这便怎好？

胡凤莲 请公子快快下船。

［田玉川下船即跳回岸上。

田玉川 大姐，这小小船舱，怎能避得！

胡凤莲 （唱滚花）公子藏身舱底，凤莲马上开船。

［胡凤莲急摇船台左下。下场时田玉川做一个藏入舱底动作。

［锣边花。唐让领家郎及兵丁上。

唐　让 （唱滚花）搜遍龟山人不见。

谅他难上九重天！

踏迹寻踪，沿江搜遍！

［唐让一挥手，官兵冲下，复上。报说不见。唐让左右观察。

家　郎 （忽然）呵，有人驾舟、逃往对岸！

唐　让 叫他转来！

家　郎 哒！过江渔船，驾舟转来！

［叻叻鼓。胡凤莲摇船上。田玉川已藏入舱底，船上仅见胡凤莲一人。与此同时唐让下马。

胡凤莲 请问将军，叫小女子把船摇回，所因何事？

唐　让 江夏县之子田玉川，打死总督公子，凶手可是藏在渔舟，快讲明白！

胡凤莲 （早有准备，理直气壮）将军！难道不见我父尸首摆在船舱吗？

——将军来得正好呀！

（唱滚花）请将军捉拿凶手，替我父申冤！

唐　让　（插问）你父因何惨死？

胡凤莲　（续唱）　总督之子卢世宽，（一槌）

毒打我父身亡，路人皆见。

唐　让　什么？卢公子打死你父？（掷槌，先锋钵。执家郎手）渔女所言，是真是假？

家　郎　公子打渔夫，打得有分数。

唐　让　还说有分数，一命已呜呼。

家　郎　渔夫年事高，迟早要入土。

唐　让　帅爷啊帅爷，这就是你的不对了！

（唱滚花）公子身亡要拿凶手，

渔夫惨死却绝不言。

岂能助长淫威，

无奈难回令箭。

家　郎　将军，帅爷有令，加紧搜查啊！

唐　让　人来与我搜！

胡凤莲　且慢！

（口鼓）　小小渔舟一眼见，

血淋淋尸首在舱前。

搜船正好将尸验，

请你拿凶归案雪民冤。

唐　让　呃！

（口鼓）　州有州官县有县官、民情与我没干连。

胡凤莲　（口鼓）　既是不理民情就请便，何故声声要搜我渔船？

难道百姓命如蝼蚁贱，一任无辜惨死永沉冤？

唐　让　这个……

（旁唱滚花）

果是一张利嘴，使我哑口无言。

难替苦主申冤，还是走为上算。

人来带马！

胡凤莲 且慢！

（口鼓） 小女子讲到舌燥唇焦，将军可曾听见？

为何不搜个结果？……

唐　让（口鼓半句）

算了算了，休再胡缠！

带马。

[唐让上马，与众狼狈下。

胡凤莲 你不要走，你不要走！（见走了，一声冷笑）嘿！

（唱滚花）非我凤莲嘴利，是你道理不存。

田玉川（内声）大姐，好险啊！

胡凤莲（顾舱内）险过了。

[摇船下。

[内场田玉川白："多谢了！"表示已离舱底复上船面。

[柳丝锣鼓复上，把船开往江心。

田玉川 大姐请上，受我一拜。

胡凤莲 岂敢。

田玉川 大姐！

（唱杨翠喜）

小生难里遭遇凶险，

蒙你冒死却敌——

才避过官兵追缉和查验，

感激不尽长存念。

胡凤莲（接唱） 感君挺身歼恶贼，

救助我一家，

深恩高义浩如天，

他日含环结草报恩典。

田玉川 好说了。

［两人互拜。

田玉川 大姐，如今夜静无人；请助我渡江脱险。

胡凤莲 此时未为稳便，两岸官兵搜索尚严。

田玉川 大姐言之有理，只是……只是你我同处一舟，恐多不便吧？

胡凤莲 公子，胸中不受一尘染，渔舟虽小又何嫌。

田玉川 是啊！是啊！

胡凤莲 且进舱中歇息也罢。

田玉川 大姐请便。（进舱）

胡凤莲 （回身见父尸，念）

可叹爹爹尸未殓，苦煞茕茕一凤莲。（茕念琼）

爹爹……

田玉川 大姐禁声！

胡凤莲 （抽泣）爹——

［田玉川连连摆手。

胡凤莲 （终于抑制不住，唱相思尾腔）

爹爹啊！……

田玉川 （感动长叹）唉！大姐节哀才是。

胡凤莲 （唱滚花）且吞酸泪强成眠。

［二人不自主地侧目对视，叹息，各坐下。

田玉川 大姐安歇也吧。

［胡凤莲渐入睡。

［起一更。

田玉川 啊！一更了。

（唱乱弹慢板）

一更一点，江水茫茫月在天。

照孤客夜无眠；

忆双亲。今宵倚闾白髮添，

不禁雨泪涟涟；

多感渔家大姐，善辩能言，

我才脱凶险；

望长河阔堑，

前途远，方寸乱。

愁绪如丝剪不断！

（奏二黄合字过板。衬白）看这位大姐。月光之下，睡倚船舷，紧绉双眉。泪痕满面，可怜她父遭惨死，举目无亲……唉！

（唱接近乙反长句二黄）

怜她有梦总辛酸，

痛她梦回失亲眷，

纵是心如铁石亦凄然；

她为我勇退追兵担惊冒险，

我为她不平代抱命陷迍邅，（音津煎）

恰正是风雨同舟共对霜雪箭；

（转煞板性的散板）

心辗转，人困倦，

月啊，你却不管人愁独自圆。

［睡介，二更声。

胡凤莲（唱昭君怨头句）

二更二点梦里传。

［醒来，觉得夜凉如水，仰观天际。

（唱秋坟）

云笼月淡，风动星闪，

江水如烟，鹤唳长天，

都助我哀苦啊凤莲；

父陈尸，我忧煎，

爹呀你——

（转南音）今宵无寐宿黄泉，
千里江波未洗冤；
一张芦席你仇难掩，
半陌溪钱我未敢燃；
痛惜这侠义少年唯是亲不见，
他救人险难却身受灾愆；
可怜他——
（转诉冤中段）
睡恹恹，
眉锁一线，
好个磊落的英俊少年，
我凤莲倩谁长伴身边，
教人怎能不暗暗心牵。（稍顿，过音乐）
不若唤他醒来为我解哀怨，（转慢）
怯步上前催他醒转。
相公、相公……哎呀，不可，不可呀！
（唱北上小楼）
他是少年，我是闺女。
常言叔嫂手也不相援。（踟蹰）
啊，我心中忽有计——
用手儿轻轻摇船。
[摇了一下。船身晃动，但田玉川未醒；胡凤莲再用力摇动。

田玉川 （睁眼）啊，大姐！

胡凤莲 公子！
（唱北上小楼尾段）
你且醒你且听我哀哀诉愿。

田玉川 大姐有话请讲。

胡凤莲 公子啊，想我父尸未葬，申冤无路，焉能安寝，才有惊动公子，公子饱学多才、必有高见，为我父报仇雪恨。

田玉川 这报仇雪恨么？——报仇却也不难，但不知大姐胆量怎样？

胡凤莲 但得申冤，不惜粉身碎骨。

田玉川 好啊！

（唱追信）为你写冤状，申冤到江夏县，

我爹一见状词必秉公判断。

定能免大姐抱恨终天，

我亦蒙减免可解牵连。

胡凤莲 如此甚好。

田玉川 请问高名贵姓，家有何人，也好与你写状。

胡凤莲 我么？

（唱长句滚花）

家住水云乡，人似飘蓬转。

父名胡彦我叫凤莲。

父女相依求饱暖，

半张残网一渔船。

今日孤苦伶仃无亲少眷。

田玉川 哦！云水为家，孤单度日，终非久计。大姐可曾……可曾——

（唱秃头滚花）

可曾订下凤和鸾？

胡凤莲 这……

田玉川 讲啊！

胡凤莲 （唱梆子慢板）

听他言提到凤和鸾。

教我桃红泛面；

低下头回一声未订姻缘。

田玉川 哦，大姐还未许配人家呀！

（唱秃头滚花）

可叹飘零一燕！

胡凤莲 公子，若然说得清楚，你就与我写状吧！

田玉川 如此取笔砚过来。

肖凤莲 小小渔舟，何来笔砚。

田玉川 哎呀，这就难了。（略想，喜）啊，有了！（取出蝴蝶杯）蝴蝶杯，是我传家宝，大姐带在身旁，去到二堂，面见我父，一来替你父申冤，二来你就有个安身之处了。

胡凤莲 此杯缘何，称作传家之宝？

田玉川 大姐，不要小看于它！

（唱小洞房）

这蝶杯，世罕见，

酒斟满，现出彩蝶舞翩翩。

胡凤莲 啊！原来如此。

田玉川 （续唱） 你把杯献到堂前。

我爹爹必与你相见。

胡凤莲 那状词就不用了？

田玉川 不用了！

（续唱） 你谈祸变倾恨怨。

更烦你向老人多解劝。

大姐接杯！

胡凤莲 放下。

田玉川 （以扇托杯，胡凤莲正要取，玉川缩手）且慢！

胡凤莲 公子将杯收回，莫非怕我丢失了传家之宝？

田玉川 患难相共，何出此言，这其中有个缘故。

胡凤莲 有何缘故？

田玉川 ……大姐有所不知，当日爹娘交杯与我，也曾说过，这杯是将来订聘之物，如今交与大姐、你看……这无妨么？

胡凤莲 这……

田玉川 话虽如此，大姐权且收下，再作道理。

胡凤莲 只怕有些不便吧！（低头）

田玉川 请先收下，我还有话讲。（胡凤莲接杯）——哎呀。一时怎么启齿？

胡凤莲 （低声）你怎么不讲？

田玉川 大姐啊，想你我两人——

（唱反线七字清）

苍天脉脉为牵线，
聚散匆匆不偶然；
虽无竹马青梅契。
却有琴心剑胆篇；
若蒙不弃才疏浅，
愿借宝杯为聘结姻缘。

胡凤莲 啊！

[惊喜，退，船歪，田玉川意扶，船又歪，急扶田玉川，羞怯。

胡凤莲 （唱木瓜腔古老十字中板）

眼前人吐出那心头良愿，
羞得我胡凤莲有口难言；
手拿着蝴蝶杯心慌意乱。（拉腔，行弦）

田玉川 （后悔）哎呀！我的话说得太直了吧？这、这怎么是好！—— 大姐，你休怪小生方才唐突。（长揖）

胡凤莲 （感他虔诚朴讷、忍笑。续唱）

田玉川三个字早印我心田。
喜那人脱俗情不嫌贫贱，
羞答答，将杯儿……将杯儿……（行弦）

田玉川 怎么样？

胡凤莲 （续唱）藏在身边。

田玉川 好啊！

（唱点翰快中板）

春风袭袭人心暖，

二　人　（同唱）今宵明月不虚圆。

田玉川　明月当空，小生之心对天一表！（跪）

（唱新小曲）

月为媒水为证天地共见，

胡凤莲　（接唱）结恩爱报冤仇借老百年；

田玉川　（接唱）奔天涯走海角此情不变，（转身拜尸）

胡凤莲　（接唱）愿爹爹登天界瞑目安然。（扶起）

［起三更。

田玉川　三更了！

（唱快中板）

好月偏西星斗转。

胡凤莲　（接唱）三鼓催人快上船；

田玉川　（接唱）飞舟向岸心如箭。

［划船，圆台，田玉川下船上岸，胡凤莲随下。

胡凤莲　（接唱）沿途谨慎莫惹事端！

田玉川　记得了。

胡凤莲　一路小心。

田玉川　大姐保重！（一揖而别）

胡凤莲　（翘望挥手）公子，田郎！

［幕闭。

第四场　献　杯

［前场的两天后。

［同第二场。

［幕启。地锦，田明上。

田　明　有请老爷、夫人。

[打引。田云山、田夫人同上。

田云山 （念） 玉川踪迹全不见。

田夫人 （念） 老身长夜未成眠。

[二人入座。

田云山 相请何事？

田　明 启禀老爷，外面有女子求见。

田云山 （诧异）是亲？

田　明 非亲。

田云山 是故？

田　明 非故。

田云山 啊！

田　明 女子但说："若要重相会，须看蝴蝶杯"。

田云山
田夫人 蝴蝶杯？……

田夫人 老爷，蝶杯乃家传宝物，我儿佩带在身，那女子如何知晓？

田云山 必有跷蹊。

田夫人 就该相见。

田云山 （对田明）且唤进来。

[田明领命下。

[小锣打引，田明引胡凤莲上。

胡凤莲 （念引）蝴蝶宝杯怀内揣，凤莲放胆去申冤。

[田明带胡凤莲入门。

胡凤莲 冤枉！（跪下）

田云山 啊——！你这女子，进得二堂，因何呼冤叫枉？

胡凤莲 求老爷作主。民女有杀父之仇。

田云山 哎呀，天啊！我儿打死人命，事还未了，民女又喊杀父之冤，看来我田云山，时运不知行到哪里去了！

田夫人 （看胡凤莲）老爷，这女子眼泪汪汪。必有冤屈，何不问个明白。

田云山 唉！不问也得问哪。——下跪女子，既有杀父冤仇，状词还是口诉？

胡凤莲 仇家势大如天，状纸无人敢写。

田云山 状纸无人敢写？！——我来问你，你那杀父仇人姓甚名谁？

胡凤莲 总督公子卢世宽。

田云山 （惊喜）啊！卢世宽？

胡凤莲 正是。

田云山 好好好，起来讲话。

田夫人 人来端椅。

胡凤莲 谢老爷、夫人。

田云山 卢世宽怎样打死你父，慢慢讲来。

胡凤莲 这个……（看田明一眼）

田云山 田明退下。

［田明速下。

田云山 但讲不妨。

胡凤莲 （唱滴珠西皮）

未开言来泪涓涓。

田云山
田夫人 慢讲！

胡凤莲 （唱西皮）我父名叫胡彦，我叫凤莲。

两父女相依打鱼受苦熬煎。

田云山 原来是个渔家。你父为何又会被卢世宽打死呢？

胡凤莲 再听呀！

（续唱） 卖怪鱼龟山畔，降祸忽然。

卢世宽他欺压善良，买鱼不付钱。

田云山 唔！一方恃强，一方据理，强者逞其淫威，老者重其衣食，自然就争斗起来了。后来怎样？

胡凤莲 （念） 卢世宽纵家丁滥施凶焰，

老严亲遭犬咬鲜血涟涟。

田云山 （念） 当此时，岂无人在旁看见，

秉公心评道理仗义执言。

胡凤莲 （续唱尾腔）

幸喜得锄强扶弱来了侠义少年。

田云山 啊！（夫妻相视，会意）

田夫人 那少年又怎么样呀？

胡凤莲 （唱七字清中板）

他痛打奸徒除恶犬，

我搀扶老父转回船；

老父重伤连随气断。

（转煞板）老爷啊！夫人啊！

哀求为我雪重冤！

田云山 哎呀呀……

（唱玉带左滚花）

一案未消一案现。

果是奴才惹祸端。

田夫人 （接唱） 他生死不明我肝肠挂断。

民女啊！你可知那少年他是何人？

胡凤莲 这……

田夫人 他就是我的独子单丁……（哭介）

田云山 夫人，你莫哭哀哀，我心经已麻麻乱！

胡凤莲 有道是吉人天相，他避过风口浪尖。

田云山
田夫人 啊！他他他到底怎样？！

胡凤莲 听呀！

（唱二黄快板）

当时公子他避祸颠连。

田夫人 （唱序） 怎脱网罗缠！

胡凤莲 （续唱） 帅府差兵把龟山搜遍，

田云山 （唱序） 危机可想见！

胡凤莲 （续唱） 一标人马又赶到江边。

田夫人 （唱序） 保佑靠皇天！

胡凤莲 （续唱） 公子前阻长江后追兵弁，

田云山 （唱序） 看来难幸免！

胡凤莲 （续唱） 是我将他藏过隐蔽在渔船。（包槌）

田云山
田夫人 哦，是你接他落船？……

胡凤莲 连忙棹走。

田夫人 谢天谢地！

田云山 唉，不要谢得这等快当！

（秃头唱手托）

兵马围困江两边，

岂会船只不查验。

胡凤莲 （接唱） 一声喝！——（夫人吓得顿坐椅上）

喝我棹艇返江边！

田夫人 哎呀！督府官兵搜船了！

（唱滚花）天啊天！叫我玉川怎脱险？（忘形执夫手）

田云山 喂喂……（示意失仪）你不要焦急，（对莲）你讲（埋）落去。

胡凤莲 （唱爽中板）

官兵定要搜渔船，

我指着父尸来哭辩，

纠缠那官长要他为我申冤。

（转滚花）那官长尚有人心——

他说不理民情，立即马头拨转。

田夫人 哦，他们走啦？

胡凤莲 走了。

田夫人 走远了?

胡凤莲 走远了。

田夫人 (爱抚)渔家大姐你真好。你真好!计又高,心又善!

田云山 不知我儿到底是否安全?

胡凤莲 (唱三脚凳)

官兵虽去远,渡口检查严,

皎皎月中天,夜行会遭发现。

无奈船泊江心上,且屈公子暂留连。

田夫人 做得对,你做得对!

田云山 对是对!夫人你想下去……

田夫人 想下去?

田云山 夫人,你亦不是(年纪)细的啊!(牵开)

(白榄) 恩报恩,面对面,

他们何须月老牵红线,

投桃报李想当然,(自语地摇头晃脑)

此情此景谁能遣?

田夫人 啊,是啊!

(快白榄)恩仇联二姓,

男女共一船;

指水可盟心,

当天好誓愿。(望望凤莲)

她有一尺来。

我要问十寸。

大姐!

(转慢) 老身有言动问,

胡凤莲 (接念) 凤莲敬答尊前;

田夫人 (接念) 我儿他几时上船?

胡凤莲 （接念） 时近黄昏日渐敛；

田夫人 （接念） 我儿他几时上岸？

胡凤莲 （接念） 三更敲过月西偏。

田夫人 这个……？（正要再问）

田云山 （轻咳一下，夫人上前）夫人，“担杆也曾做过笱”，画公仔绘象使画出肠么？

田夫人 要问清楚！

田云山 不用问。

田夫人 定要问。（合前）

田云山 好，你就问问问。

田夫人 大姐啊！

（唱长句滚花）

休见怪，我多言，

想你谋生度日得只小渔船，

三尺宽横一丈长短，

舱前艇后无地回旋，

我儿午后落船三更上岸，

算来辛、酉、戌、亥——（分别掐指）

定然倾了许多肺腑之言。

[胡凤莲羞涩，回身过去。

[田云山瞪目摇头。

田夫人 （续唱） 依我看来，其中必有……必有……

田云山 夫人！（示意算了）

田夫人 （掘他一眼，续唱）

必有文章！——（凤莲羞不可抑）

田云山 （急暗劝）不用问了！

（接唱） 文章可圈可点！

田夫人 （接快唱）女人家的事，与你没干连。

田云山 （对前台）呵！没干连祸？

田夫人 （回头对凤莲，唱秃头中板）

大姐何须羞满面，

有道月里嫦娥爱少年；

你们恩义十分情一片，

患难交深古有言。

（转滚花）难道午后到三更心事全无倾半点？

胡凤莲 （唱梆子慢板）

几句话问得我羞人答答低首无言。

无奈何褰裳跪地遮颜面。（高句，跪下）

田云山 啊，胡凤莲为何下跪？

胡凤莲 （唱梆子慢板）

手拿着蝴蝶杯献在二老跟前。

传家宝敬奉还凤莲凭它引见。

[田云山、田夫人同揶槌。

田云山 吓？此杯不同别物，为何到你手中？

田夫人 （对夫）这回到你画出横丫肠喔！（“出”字念“埋”）

（唱快滚花）

宝杯一见喜上眉端。

用手相扶，媳妇起来相见。（扶起）

田云山 （忙牵开夫人，唱木鱼）

你是命妇，我是县尊，

万一错呼媳妇体面何存？

田夫人 （接唱） 枉你进士一名，身为七品知县。

分明是凤莲花放在玉川，

蝴蝶杯圆蝴蝶梦，

难中人结难中缘。

田云山 你道我不知道吗！

田夫人 我当你老糊涂了。凤莲啊！

（唱滚花）但等我儿回转好拜花毡。

宝杯作红媒，梨园添新传。（交杯）

田云山 （长叹一口气）哎！

田夫人 你哎什么？

田云山 夫人，你这叫作“黄连树下弹琴”——

田夫人 此话？……

田云山 苦中作乐啊！

（唱血泪花）

纵然眼前是喜事一件，

未了大祸滔天，

哪得意满心宽，

卢林追案势如雷电，

说什么拜花毡！

田夫人 （惊觉，倒抽一口冷气）啊！

［田明快地锦上。

田　明 禀告老爷，帅府差官来到！

田云山 若若若！来了！——快快回避。

［田夫人牵胡凤莲急下。

田云山 有请！

田　明 知道。（下）

［校尉率二手下上。

校　尉 江夏县！可曾拿到你家儿子？

田云山 生不见人，死不见尸。

校　尉 帅爷有令，三司有文，拿你顶案，人来带去！

田云山 慢着！七品官身，多年令誉，何用你带，来去自如！

校　尉 要带就带，令箭在此！锁！（强扣刑索）

田云山 嘿嘿！（自笑）倒想起前人，有两句诗：

（唱秃头滚花）

“今日捉将官里去，

这回断送老头皮。”

校　尉　将狗官带下！

[校尉与二手下押田云山下。

[田夫人、胡凤莲上，水波浪。

田夫人　（唱滚花）痛我夫来忆我子。

胡凤莲　（接唱）　去救公公辩是非。

媳妇闯堂甘冒死！（欲出门）

田夫人　（急拦）帅府不比寻常。

胡凤莲　凤莲自有主意。

田夫人　千万小心才是。

胡凤莲　婆婆且解忧思。（拜别，下）

田夫人　（叹息，唱滚花）

官吃官司官可悲！

[幕闭。

第五场　揭　榜

[同上场。

[郊外。

[幕启。正面贴了一张缉拿凶犯的榜文。

田玉川　（内场唱披星头）

龟山，祸起顷刻间！

[田玉川化装猎户。冲头上，扎架。

田玉川　（续唱）　奈何总督威权似虎猛，

势众人强辩理难。

只身单，

暂躲进深山，

有一天总将乌云尽驱散！

（唱滚花）逐兔擒雕权避难，

猎来鸟兽换盘餐。

来至路边抬望眼！（见榜文）

（念）　“缉凶榜文！”（双句，惊疑介）

（唱滚花）莫非就是龟山事件，待我细看一番。

（上前看榜文，念）

江夏知县，

纵子行凶！

现已拿究。

其罪难容。（重一槌，掷槌。再看下去）

凶手玉川，

潜逃无踪。

悬赏重金，

榜文示众。

知情揭榜，

报官领功！（双句，水波浪）

（唱滚花）看罢榜文，禁不住心潮汹涌！

原来老父，已落在卢贼手中。

纵是我得逍遥，像那破笼飞凤，

却累严亲蒙难，有如浅水游龙，

一人做事一人当，岂能累高堂涉讼。（想介，忽有所悟）

何惧重投虎穴，再入刀丛。（上前揭榜）

［官差从内场急上，拿住玉川。

官　差　吠，你这汉子，有何本领，敢揭榜文？

田玉川　特来报讯领赏。

官　差　啊！你要报讯？得得得！稍候一时，待我禀报。（急下）

［双槌。唐让上。

唐　让（念）　忽报有人来揭榜，

好拿凶犯报帅堂。

那旁站着，可是揭榜之人？

田玉川（举着榜文）正是揭榜之人？

唐　让　叫何名字？

田玉川　这个……？（掷槌）我叫雷全州。

唐　让　作何生计？

田玉川　打猎为生。

唐　让　是个猎户吗？（掷槌，打量田玉川）雷全州！你要揭榜，你能拿到田玉川吗？

田玉川　手到擒来！

唐　让　雷全州，你哪里知道，田玉川英勇过人，帅府家丁，尚非敌手，你小小一个猎户，怎能将他拿到，分明信口开河。

田玉川（三搭箭，笑介）哈哈！哈哈！呵哈哈！

唐　让　为何发笑？

田玉川　你要听？

唐　让　你要讲！

田玉川（口鼓）　田玉川乃一介书生，不过平常人一样。

龟山上，伸张正气，才有重创豺狼。

玉川不是铁罗汉。何来神勇不可当？

唐　让（口鼓）　他狭义高风堪敬仰。

以寡敌众不寻常。

谅你无能来领赏。

田玉川（口鼓）　但求得进三法堂。

唐　让　此话怎解？

［田玉川欲言又止，唐让命差官先下。

田玉川　将军，你为人正义，实不相瞒，我非别人，就是榜上捉拿的田玉川啊！

唐　让　吓？你就是田玉川？（水波浪）田玉川，你身负罪名，还来揭榜，是何缘故？

田玉川　将军呀！可恨卢林，滥权枉法。家严被逮，渔女含冤，我要到三司堂前，解救我父，就是粉身碎骨，在所不辞！

唐　让　好个英雄肝胆，孝义心肠，惟是虎口送羊，枉抛性命。抚院董威大人，正直无私，还待本军，据情上告，请他三司堂前，主持公道，才是万全之策啊！

田玉川　将军周全，恩如山重。受俺一拜！

唐　让　（还礼）正是：得道人多助！

田玉川　拨云天更青。

唐　让　随我回衙。

［二人同下。

［幕闭。

第六场　会　审

［紧接上场。

［帅府正堂。

［幕启。正面枱，两边各一枱。大排朝锣鼓，抚院董威，布政司徐锡公，按察司郭子良依次上。

三　人　（唱中板）春日郊游生祸变，

龟山命案尚虚悬。

三司会审田知县，

人情法理要周全。

董　威　众同僚请了。

二　人　请了。

董　威　今日帅爷，会审江夏知县，我们该当怎样呀？

徐锡公　卑职以为，对待帅爷，要留情面。

郭子良　照呀！免碍同僚交好，应该看风驶船。

董　威　呃！卢公子平素无法无天，我们要依公判断。把世风整顿，重法纪尊严。

[内场喊："总督大人到！"

董　威　一同出迎。

[小开门，校尉引卢林上，入门坐下。

卢　林（念）　权势倾朝野，气焰薄云天，

七品何足论？三司（介）未为尊。

列位同僚，会审事情如何？

董　威　恭候大人驾到。人来，开堂侍候！

[大开门。四官差上，开堂，分位坐下。

徐锡公（念）　人情深似海！

董　威（念）　王法大如天！

郭子良（念）　三司同会审！

董　威（念）　无枉又无偏。

把江夏县带上。

田云山（念）　是非只要凭公断，

何惧帅爷势撼天！

江夏县告进。（入门）参见列公大人！

董　威　江夏县，可曾拿到你儿？

田云山　已出海票，只是生不见人，死不见尸。

卢　林　呸！分明无视王章，窝藏凶犯。众同僚！这等狗官，该当何罪？

徐锡公　列位同僚，江夏县为官不正，理应收监，追交凶手。

郭子良　列位大人，江夏县施延命案，包庇犯人，为儆官邪。先该重棍四十！

卢　林　不对！狗官纵子行凶，匿子不献，死罪难饶，依法应该处斩！

徐锡公　这个？应，应，应该……

郭子良　大帅说应该处斩！

卢　林　斩！斩！斩！

田云山　斩不得！

（唱滚花）说我纵子行凶，我未到过龟山地面，

说我匿子不献，县衙已搜索极严。
尸亲一面之词，岂可作为定谳？
就算我缉凶无术，也不致要把命填。
大帅滥用威权，列公不应曲断。

卢　林（接唱）呵呵呵！狗官强词夺理，真个无法无天。

田云山（接唱）有法不能施，有天无日见。（冷笑）

郭子良（接唱）呃！大帅是钦命权臣，本官是掌刑按察。
岂会诬陷你这七品官员？

田云山（接唱）官凭证而定罪，虎凭山而施威，此理古今不变。

董　威（接唱）你儿无端逃走，难免有凶手之嫌。

田云山（接唱）我儿一去不归。可能遇害途中，或遭其他凶险。

徐锡公（接唱）唔，倘若所供是实，却也情有可原。

卢　林　胡说！
（接唱）他未见严刑当然狡辩。——动刑！动刑！

田云山　慢！
（唱三脚凳）
常言三木之下，多少冤枉难言。
公子尸在府中，龟山全无证见。
这一桩命案，真假尚茫然。
（唱滚花）还求明察是非，水清石现。

董　威（口鼓）是啊，龟山游人来往，命案发生，怎会无人看见。

卢　林（口鼓）有有有，家丁送我儿回府，个个都鲜血涟涟。

徐锡公（口鼓）亲邦亲，邻邦邻，只怕……

郭子良（口鼓）不妨，也算得一条眼线。

卢　林（口鼓）人来。传家郎人等到堂前。

校　尉　家郎上堂！
[家郎与四家丁上。

家　郎　何事？

校 尉（口鼓） 帅爷命你等上堂，顶证那个江夏县。

家 郎（口鼓） 对啦！正要找狗官晦气，大家“死人灯笼——报大数。”有五百讲一千。

［众入门参见介。

董 威 你可是家郎？

家 郎 正是家郎。

董 威（口鼓） 龟山起祸之时，你是否在场眼见？

家 郎 何止眼见，还有份动手打啊。

董 威（口鼓） 怎样打法，不准有半句胡言！

家丁甲（白榄） 田玉川一拳，将我鼻打扁。

家丁乙（白榄） 打跛我只脚，又是田玉川。

家丁丙（白榄） 打落我几只牙，痛到随地碾。（念典）

家丁丁（白榄） 打断我腰骨，吃了成斤铁打丸。

家 郎（白榄） 他打死我少爷，又踢死只虎犬。

连我也打一顿，打到头都穿。

（催快） 叫声众弟兄，打死狗官来报怨！

［众家丁上前欲打田云山，被董威喝止。

董 威 吠！大胆家郎，对着布按三司，拷打县官，这还了得！

家 郎（还是嚣张地）哦，难道少爷被人打死，我们出出气也不行吗？

田云山（三搭箭笑介）哈哈！哈哈！呵哈哈！

郭子良 帅堂之上，发笑何来？

田云山（唱长句滚花）

弯变直，直变弯，（“弯”借读为“孪”）

恶人告状又鸣冤，

平日横蛮可想见。

只堪一笑尚何言？

度理衡情来推断，

是非黑白已了然。

卢　林　奴才还不退下。

［家郎等抱头鼠窜下。

田云山　（唱爽中板）

望大人，依公断，

持正义，挫强权。

莫使官箴蒙污玷，

三司堂上（腔）明镜高悬，为我申冤！

［胡凤莲内喊“申冤！申呀冤！”叻叻鼓上，在台口跪下。

中　军　禀帅爷，外面有女子呼冤。

卢　林　总督衙门，不理民事，命她下去！

中　军　（出门）呔！总督衙门，不理民事，快与我滚！

胡凤莲　民女冤情重大，非总督衙门，管他不了。

中　军　哦，你状告何人？

胡凤莲　告的是那江夏县！

中　军　你告得好，一告就准！（进门）禀帅爷，民女到来，状告江夏县！

卢　林　吓？状告江夏县？

［田云山闻言惊愕。

卢　林　来得正好！传她上堂。

［中军应命出门。引胡凤莲进堂，开边，跪下。

［田云山见是胡凤莲，松了口气。但觉诧异。

董　威　呼冤女子，叫何名字？

胡凤莲　民女胡凤莲。

董　威　是状词还是口诉？

胡凤莲　杀人凶犯势大，无人敢写状词，民女唯有口诉。

郭子良　你说状告江夏县，告他为何？

胡凤莲　我父无辜被人打死，江夏县不拿凶犯，故而来到帅府申冤！

卢　林　（的的撑、叻叻鼓。拿到把柄，得意地）吓！你父被人打死，江夏县不拿凶办案？

胡凤莲　正是。

卢　林　呵呵！众位大人，刚才民女所言，谅也听得明白。也秃！我把你个江夏县，你个狗官！刚才民女告你。她父被人打死，你任得凶犯，法外逍遥，可知一向为官不正。有此民女，江夏县如何不法，不怕详细讲来。

胡凤莲　请问大人，民女受官欺压，这官骂得？骂不得？

卢　林　老夫在此，骂他不妨！

胡凤莲　谢大人！（介）我把你个狗官，你个江夏县！你不该官官相卫，放纵元凶，人命官司，置之不理。今日三司堂前，慢说你小小一个知县，就是那总督卢林，我也要骂他个断子绝孙！

卢　林　呸！呸！呸！刁蛮女子，胆敢辱骂老夫，人来，把她重棍八十！

胡凤莲　且慢！大人曾经容许我骂，为何又动起刑来？

卢　林　我准你骂人，并非准你骂老夫啊蠢材！

胡凤莲　上面坐的是什么大人？

郭子良　并非别人，就是你骂的总督卢林大人呀！

胡凤莲　哎呀！民女有眼不识秦山，死罪死罪！

卢　林　嗯！

董　威　帅爷，有道是不知者不罪。

卢　林　不罪？

徐锡公　不罪。

郭子良　不罪。

卢　林　也罢，只要你狠狠告倒那江夏县，本帅嘛……

郭子良　还会重重有赏！

董　威　民女快把冤情，一一二二，从头诉上！

胡凤莲　列位大人，听诉啊！

三　司　慢讲！

胡凤莲　（慢唱岐山凤）

卖怪鱼卖到龟山江边去。

父女高呼卖鱼在柳荫处，

却遭遇那太岁，
恃官势欺孤女。
纵家丁殴打我父。
放出恶犬食怪鱼，
还咬伤我父痛流血泪。
奄奄气息一命将摧！（掩泣）

董　威　啊？！那花花太岁欺你父女之时，难道无人解劝么？

胡凤莲　他，来了！

三　司　（互相表示有了头绪）哦，他……

胡凤莲　他——

（唱仙女牧羊）

他是一少年来仗义。
痛斥他主仆强夺怪鱼，
打走凶贼子，
救出我父女。

董　威　（急问）这少年姓甚名谁？

胡凤莲　（续唱）却不知道他原是阿谁。

三　司　（失望）哦，线又断了——后来？……

胡凤莲　（续唱）我父回船而去伤重身死。
这冤屈，无人理，
这县官，坐堂不管事！

卢　林　狗官！据渔女讲来，打死我儿的正是你子！

郭子良　（奉承）想来如此！

田云山　大帅！据渔女所诉，打死她父的正是你儿！

徐锡公　（附和）案也难移！

董　威　大帅！你子打死渔翁是实，他子打死令郎是虚，这案该怎么处置？

田云山　容易！卢世宽杀人填命，大明律例人尽皆知。我子嘛，就算行凶，一是救人，二是自卫。按律不须偿命，何况真假未知。

卢　林　秃秃秃！

（唱滚花）渔女难成讼案，只是一面之词。

说我子打死渔翁，老夫要看证据！

董　威　有人作证，又怎么样？

卢　林　命将命抵，血以血偿！

董　威　大人果然利落。校尉过来！

校　尉　有！

董　威　传三司口令，无论军民人等，如有亲见龟山命案，始末详情，上堂作证者，赏黄金十两！

校　尉　领命！（出门）呔！三司有令，无论军民人等，亲见龟山命案，上堂作证者，赏黄金十两！

［田玉川内场喊：“来也！”

［开边锣鼓。田玉川上。

田玉川　参见众位大人！

［掷槌。卢林端详田玉川；田云山见子惊愣；田玉川见胡凤莲觉得意外；胡凤莲见田玉川感到危险。

徐锡公　作证者姓甚名谁？

田玉川　雷全州。

卢　林　雷全州！三司堂上，敢来作证。打醒你的主意。

董　威　雷全州，既是知情作证，三司堂上，直讲不妨！

田玉川　大人你要听了！

（唱霸腔梆子慢板）

当日里，龟山上，引起邪正之争。

卢世宽，放虎犬，要把玉川命殒。（高句腔收）

董　威　这样看来，卢公子就不对了。

卢　林　口角相争，犬护其主，哪有不对！

董　威　后来怎样？快讲下去。

田玉川　（续唱）　铁拳下，那虎犬，动弹不能。

卢世宽、命家丁，把玉川围困！（高句腔收）

董　威　这样看来，卢公子咄咄逼人，还是不对呀！

卢　林　田玉川打死虎犬，理应赔偿，哪有不对？

董　威　后来怎样？快讲！

田玉川　（唱反线芙蓉）

只因世宽仗势压穷人，

强买怪鱼还要施凶狠。

渔翁被打眼看快亡身。

玉川路见不平心有恨。

（转中板）上前相劝起纷争，

生死安危惟一瞬。

迫得痛惩恶贼走江滨。

（转滚花）世宽死有余辜——

岂能将玉川罪问！

卢　林　（接唱）　你为犯人洗脱，定有不轨之心。

田玉川　（接唱）　叫出贵府家丁，便知言辞可信！

董　威　好呀，雷全州说得有理。人来，传家郎！

校　尉　传家郎！

［地锦，家郎上。

家　郎　参见大人！

董　威　家郎过来！田玉川打死公子，你已看见。公子打死渔夫，可有此事？

家　郎　这个……（看卢林眼色）

［卢林示意不要说。

家　郎　田玉川打死公子，我就亲眼看见，公子打死渔夫吗，我就一概不知。

董　威　果然说得明白，那么田玉川该打不该打？

家　郎　该打有余！

董　威　何以见得？

家　郎　那日游玩龟山本来各有各，公子为买怪鱼发生口角，打了渔翁一顿也不算跋扈。

（念韵白）谁料田玉川走来大声夹恶，公子不甘被他威风扫落，叫齐家丁上前与他肉搏，怎料被他打个水流花落。如果我再见到他定要扳下他一只角！

董　威 家郎！堂前站着证人，你是否认识？上前看看得来！

家　郎 公子打人，谁敢做证，真是狗胆包天！（一看惊呼）哗！要命呀！（急跑出门下）

［大擗槌。众人同用。

卢　林 秃！大胆汉子，乱闯公堂，究是何人？快些直讲！

田玉川 （口白）　路见不平，勇救渔夫，是我！

龟山之上，锄奸除恶，是我！

揭下榜文，报讯领赏，是我！

改名换姓，证白元凶，是我！

你出下榜文，要缉拿归案的田玉川就是我！

［重一槌、叻叻鼓，众人惊愕，卢林发抖。

卢　林 （唱滚花）难逃法网，天眼昭彰。

校尉们！（介）

把田玉川推出仪门。斩首报上！

董　威 且慢！打死令郎。便要偿命，令郎打死渔夫。又该怎样？

卢　林 这个……？

徐锡公 看来此案，还要慢作商量。

卢　林 呸！

（唱快二流）

定要即时判断，

斩了凶手田玉川！

徐锡公 （接唱）　王道不外人情。

董　威 （接唱）　律例岂容擅变，

郭子良 （接唱）　到底如何发落？

董　威 （起立让位，递笔、接唱滚花）

除非大人亲笔落判，下官听命祇遵！

卢　林　这个……呸！

（唱滚花）你们枉法串通。有意刁难层宪！

（口鼓）　我要面奏君王，御状告到金銮殿。

董　威　告谁人？

卢　林　告三司。（一槌）

（口鼓）　看你们乌纱一顶戴得几多天。与爷回府。（负气下）

［校尉随下。

［徐锡公、郭子良面面相觑，不知所可。

田云山（口鼓）　列位大人！若果削方就圆。未免腰骨太软！

胡凤莲（口鼓）　列位大人！不能使好人受枉。弱女含冤！

田玉川（口鼓）　列位大人！还望扶弱锄强，秉公而断！

董　威（口鼓）　两位！临到亡羊歧路，不能首鼠两端！

徐锡公（口鼓）　卢大人拂袖而行。真使人心烦意乱。

郭子良（口鼓）　卢大人御前奏告，好叫我如坐针毡。

董　威　哼！

（唱滚花）生要问心无愧，死要人号青天。

两位怕丢乌纱，我愿具名处断！

徐锡公　还是大家担待。

郭子良　请董大人主持了案。

董　威　如此说，老夫擅专了。有此江夏县！

田云山　卑职在。

董　威（口鼓）　好好回去做你的江夏知县，

了结龟山命案，

抚恤渔女金钱。

田云山　谨遵台命！

董　威　胡凤莲！

胡凤莲　大人！

董　威（口鼓）　快领恤金回去把父尸殡验，

卢世宽以命抵命，

你早已申雪沉冤。

胡凤莲 谢过众位大人！

董　威 田玉川！

田玉川 大人！

董　威 （口鼓） 你打死人命有罪，锄奸除恶有功，

功罪两相抵免，好回去进德修业，

为将来启后承先。

田玉川 谢大人！

田玉川

胡凤莲 （唱滚花）大人公正恩德如天！

田云山

[奏煞科音乐。

[幕闭。

[剧终。

（剧本版本：广东粤剧院提供）

·粤剧卷·

柳毅传书

（根据越剧本改编）

改编：谭青霜　陈冠卿

人　物　表

柳　毅	龙　女
钱塘君	洞庭君
柳　母	福　叔
锦　鳞	龙　母
媒　婆	羽　士
金甲神	众宫女
水　魔	火　神
众甲士	

序　幕

（序幕曲）

昊天苍苍兮大地茫茫，
泾水呜咽兮似诉凄凉。
牧羊龙女兮满鬓风霜，
湘江千里兮思之断肠。
徒怅望，
哀讯凭谁寄爹娘！

第一场　牧羊哀话

［冰天雪地，泾川河畔。

［龙女、柳毅、福叔。

［序幕曲。余音袅袅声中起幕。

［音乐。纽丝锣鼓。龙女放牧群羊而上。

龙　女（唱清歌）休再望明铛翠袖临江渚，

空余那弱息残躯待北邙！

（起唱小曲水之湄）

水之湄，谁哀伤！

是龙女，小三娘。

何不在水晶帘下绣鸳鸯？

却来到冰川河畔牧群羊。

憔悴到，这般模样？

孤清清，雪地凄惶，

都只为翁姑不把贤愚辨，

夫郎暴戾对妻房！

［拉腔，乐序，上小山，遥望，叹白。

洞庭湖，是故乡，

有父母，在其间，

爹娘啊，你俩可知女儿——

（续唱小曲水之湄二段）

自饮秦关水，愁如秦水长，

龙宫非我住，雪地作囚房。

朝与羊为伍，入暮宿寒江，

有家归不得，热泪永难干。

爹娘啊，你是雄压湘江洞庭长，

知否有女凄凉在远方？！

[音乐雁叫介。

[龙女仰首望着空中雁群，起二流锣鼓。

龙　女（唱二流）秦川雁，向南飞，翩跹银汉，

羡归鸿，无拘无禁，嗟龙女，深锁寒江！

飞飞飞！我也要飞返洞庭……

（音乐合字过门，反复奏，急急锋，圆台，作欲飞腾状，最后觉难起步，坐地唱合尺滚花上句）

忘却了身已无能冲霄汉。

（雁叫介）雁儿呀，三娘不幸，嫁夫不良，惨遭凌辱，将成白骨，你能否为我带封书信到洞庭湖呢？（雁叫远去）啊！雁呀你凄叫一声摇头而去！

[音乐效果。冰河中鱼跃状。

鱼儿啊，三娘身世，水族皆知，你们能否为我带封信到湘江呢？

[音乐效果。游鱼摇头摆尾而去。

龙　女（唱合尺滚花）

尺素难传徒怅望，鱼鸿未敢下湘江。

丹田气，渐消磨，钗钿委地谁收葬？！（晕介）

嘘寒问暖赖群羊！

[龙女摇摇欲倒，与群羊下衣边。

[内唱，合唱序幕曲。

牧羊龙女兮满鬓风霜，

湘江千里兮思之断肠。

徒怅望，

哀讯凭谁寄爹娘！（暗灯）

[灯光渐亮。

[二流锣鼓。福叔担巾箱引柳毅上。

柳　毅（唱长句二流）

离乡井，别高堂，

琴剑一肩皇都往，
只为春闱试近将要逐鹿名场。
入潼关，临泾岸，
八百里秦川难尽看，
呜呜泾水断人肠，
似诉凄凉。（双）
恨难饱览风光，却争要名题金榜！

福　叔　（唱士工滚花）
夫人殷殷期望，望你早日得意科场。
少恋路上风光，先入长安为上。
走吧！
[音乐。柳毅、福叔圆台介。
[龙女内白：“苦啊！”

柳　毅　福叔，冰天雪地，何来妇女哭声？

福　叔　似此寒川，有何人至，公子听错了！

柳　毅　你听！

福　叔　那是泾河水响！

柳　毅　非也！

福　叔　风动林音？

柳　毅　亦非也，其声凄而厉！

福　叔　莫非孤坟鬼哭，山妖哀鸣！

柳　毅　这又未必。民间多疾苦，四野有悲声，若逢惨怛事，愿作不平鸣！

福　叔　沓叮沓沓叮，有斧才能声，手中尚无斧，少作不平鸣！走吧！

柳　毅　闻哀音而掩耳，见弱危而不救，非大丈夫之所为也。吾急欲观之！
[慢哭相思锣鼓。龙女与羊群从衣边上，边行边掩泣。

柳　毅　（唱哭相思尾腔）
小娘子有何苦况？
[龙女一见柳毅急欲走避介。

柳　毅　（长揖，口鼓）且慢，小娘子何自辱之如是也，何事孤身一人在雪中悲怆？

龙　女　（口鼓）妾之所苦，一语难道其详。

柳　毅　（口鼓）过路人闻哀音掩鼻为酸，渴欲知小娘子有何苦况。

龙　女　（口鼓）又怕告诉相公无济事，知我者唯有上苍！

柳　毅　小娘子莫轻天下士呀！

（唱中板）读书人，所学何事，岂独临笺挥洒字千行！

齐有孟尝，赵有平原，侠义高风为世尚。

难中人，倘有用某之处，何惜蹈火赴汤！

（转滚花）娘子甘埋幽恨在心头，我欲相援亦无计想。

福　叔　（唱滚花）我家公子生就柔肠侠骨而且慷慨非常，

倘若力所能胜就自必当仁不让。

龙　女　相公真个要知？

柳　毅　告我何妨。

龙　女　（唱乙反木鱼）

言未启，泪盈眶，

纵有三江之水，难涤我愁肠。

我本生长洞庭，（半句）

柳　毅　（接唱）　原来你我同乡党。

龙　女　原来相公也是洞庭人氏么？

柳　毅　小生姓柳名毅，世居洞庭。

龙　女　（接唱）　只为遵从父命嫁到此方。

可恨夫婿不良翁姑凶悍，

将我诸多磨折要我在雪地看羊！

福　叔　（唱减字芙蓉）

为妇辛劳持家计，放牧亦平常。

何事暗哀号，把翁姑怨谤。

龙　女　（接唱）　你未明奴苦处，更未晓我忧伤！

（转滚花）此乃施雨之工，变作绵羊一样！

柳　毅　此非绵羊而是施雨之工，何谓施雨之工呢？

龙　女　施雨之工乃是职司兴云布雨之水族兵将。

柳　毅　然则小娘子你……

龙　女　奴奴亦并非人类。（半句，一槌）

柳　毅　你既非人类，又是什么所变？

龙　女　（口鼓）奴乃洞庭龙君之女，人称我龙女三娘！

福　叔　（先锋钹，牵毅白）哎呀，公子她是龙呀，龙呀。

柳　毅　观其举止，与人无异，又何必惧畏。（上前）

（口鼓）你既是海国龙神，然则相与通婚又是谁家汉？

龙　女　（口鼓）泾河王子是我夫郎！

柳　毅　泾河王子如何对你？

龙　女　相公听呀！

（唱乙反西皮连序）

恨煞无义汉，恶毒似豺狼。

惯凌弱女水云乡情别向！

他恋新欢，弃糟糠，

欺我孤零嫁远方，

对待奴奴，白眼相看，

将贤妇，当仇人，言之心伤！

柳　毅　（浪里白）原来他夫性凶残，横行海国，弃旧好而恋新欢，将贤妇而作仇人，似此鄙夫，如何相对，三娘可有善言相劝，望他转意回心呢？

龙　女　（续唱）　我也曾相劝他，

不料反遭廷杖，

翁姑更无良，偏袒无义汉，

蛮没理讲，更贬我来此地，

受冷冰河放牧羊！

柳　毅　（唱沉腔滚花）

哎呀呀，铁石人闻也断肠！

（唱反线中板）

泾水之滨，有妇人兮，涕泣于冰川雪岸，

是洞庭湖，龙三公主，痛其夫婿无良。

听得俺，热血奋张，义似行歌于易水上，

恨无鳞，潜泾水，严词痛斥小龙王！

（转士工滚花）

公主你何不归家告父王？

你父亦是称雄海国洞庭长！

福　叔（口鼓）被夫婿欺凌第一法宝就系回外家告状，你系龙就会飞，你因何不飞返洞庭去，宁愿在此受孤寒？

龙　女（唱小曲縻芜歌）

归家去，乃空想，

天风冰冷入骨寒。

内丹已遭夫劫抢，

空余骸骨且偷安。

想写书信，告我父王，

鱼愁拘禁，雁怕湘江水渺茫！

柳　毅（愤极）哎呀！

（唱王姑娘算命）

难返家园徒怅望，

公主遭际真可伤！

难任娇花丧魔掌，雪地凄惶。

公主你若有书信，

我肯下洞庭见龙王！

龙　女（喜）相公愿为我传书？

柳　毅　正是！

福　叔　公子！（先锋钹，牵毅台口）

（唱滚花）你才别湘江来赴试，

又岂可未曾应试便返湘江。

倘若误了科期，有负夫人厚望！

柳　毅　这个……

龙　女　（失望，唱滚花）

估不到一线生机成绝望。（半句，背面掩泣介）

柳　毅　也罢！（毅然地接唱滚花下句）

柳生决意不赴科场，

愿舍那蜗角浮名，先救三娘离魔掌！

龙　女　（先锋钹，喜极趋前长拜）相公愿弃功名而救我？

柳　毅　正是！

福　叔　公子！（急唱滚花）

她父深居水晶宫内，你又焉能下水见龙王？

愿与心违，负人恳望！

柳　毅　公主，想那洞庭深水，我行尘间，又怕仗义有心，飞潜无术，我死不足惜，诚恐有乖重托，公主有何善法，使我能进龙宫呢！

龙　女　（口鼓）洞庭之阴，有一橘树，乡人谓之“社橘”，原是仙胎，连根水底。我今有玉钗一支交与相公手上。你将此钗击橘树三下，自然有人接你见我父王。（交钗介）

柳　毅　（接钗白）好呀！

（唱快中板）

愿为青鸟下湘江！

书信快交吾手上。

龙　女　（唱快中板）

恩公高义永难忘！

我裂罗裙，咬指尖，

写就血书来奉上！

（手托，写书介白）相公，我见你年少老诚，言谈敦厚，才敢以心腹相托，弱

妇得庆生还，全托在恩公你身上。（写书介。福叔先下介）

柳 毅 公主放心，我当昼夜兼程，赶往洞庭呀！

龙 女 多谢恩公！

龙 女 （唱滚花）冰川恭候援兵至，

柳 毅 （接唱） 三娘珍重莫悲伤。

[入场锣鼓。

[柳毅、福叔行。

龙 女 恩公！（企望，痴送，音乐）

[暗灯。

第二场 洞庭叩橘

[洞庭湖金波荡漾，湖畔有一大橘树一棵，树刻“社橘”二字。

[柳毅、福叔、金甲神、羽士、众宫女

[快首板锣鼓。

柳 毅 （内唱） 快如奔马！

[快花锣鼓。柳毅跑上，福叔挑担紧紧跟上。

柳 毅 （唱快滚花）

泾河有妇泪如麻，

赶往洞庭将书下！

（圆台。望见橘树白）社橘！社橘！

（唱快滚花）

果有金黄橘树临水吐红霞！

忙取玉钗将它击三下。

（先锋钹，取钗欲击）

福 叔 公子！（急拦）

（唱滚花）此去家门不远，何不先转回家。

禀告夫人，免她牵挂。

柳　毅（快白榄词）

泾水滨，有妇临风将泪洒，

盼鱼鸿，快将书信达娘家。

早传书，三娘少受风霜打，

迟难达，冰山银冢葬娇花。

福　叔（接念）转过村，便见家乡荼薇架，

片时辰，公子也不愿白花？

叩金橘，不知洞庭何变化，

带你去，便该带你转回家。

柳　毅（急摇头）

（唱滚花）归乡一见亲娘面，

容儿深进洞庭家？

公主安危系我身，

福叔少谈无志话！

［柳毅转身，便以钗击树三下。

［音乐。金钟三响。

［大鼓开边，湖水震荡。金甲神手持金瓜大锤出现水涯。

金甲神（口鼓）何处凡夫，敢闯仙宫？讨打！

［金甲神举锤，福叔一惊倒地。

羽　士（应声，踏波而上，摇尘尾）住手！

（口鼓）凡夫那晓橘中秘，来者是那洞仙家！贫道稽首了！

柳　毅（口鼓）柳毅凡夫，有事要见大王，为龙三公主将书下。

羽　士（口鼓）有何为证？（半句）

柳　毅（接口鼓）书信一封，玉钗一枚手上拿。

羽　士（口鼓）果真是龙三公主使者光临，待俺通传恭迎大驾。

福　叔　慢！（急牵柳袖）好了好了，就将书信奉神爷，公子也可回家去……

柳　毅（口鼓）余非面见龙君不可，公主命薄如纱！

福　叔　你真系要落去？

柳　毅　福叔呀！

（滚花）　你就安心在岸边等候，

福　叔（接唱）　好啦，我等你上岸回家！

羽　士　贵人请！

柳　毅　请！

［音乐。众宫女上，湖水分路，引柳毅下。

［落幕。

第三场　仗义传书

［洞庭湖底龙宫，灵虚殿景。珠楼玉户，奇秀深杳，波光滟滟，气象万千。

［洞庭龙君、洞庭龙母、钱塘君、柳毅、龙女、羽士、锦鳞、众文武水神、众宫女。

［击鼓敲钟三次。

［点绛唇。龙君、众文武、宫女上。

龙　君（升坐，念白）

无忧无咎洞庭君，
闲诵黄庭养本真。
何路仙神敲社橘，
灵虚殿上候回音。

［羽士"叻叻鼓"上。

羽　士　启禀大王！（口鼓）世有柳毅凡夫，欲向我王朝谏。

龙　君（口鼓）何术通玄洞隐，何事要见寡人？

羽　士（口鼓）手持公主玉钗，说道代传音问。

龙　君（口鼓）寡人正思爱女，传令接见嘉宾。

羽　士　领命！（向什边）有请贵人！（下）

［小开门。柳毅昂然而上。龙君率众迎入。让坐介。

龙　君　水府幽深，寡人暗昧，先生不辞千里为小女传书，幸甚幸甚！

柳　毅　大王也知有女？

龙　君　远嫁泾河，闲常思之！

柳　毅　想必常通庆吊？

龙　君　年来爱诵黄庭，久疏通候。

柳　毅　（慨然）乐哉大王！闲湖深居，不闻世事，无怪三公主东望啼红，将成白骨矣！

龙　君　（一惊）此话怎讲？

柳　毅　请读来书！（奉血书介）

龙　君　（接书）呈寡人一看！（展开一惊）血……（搓眼，读书，念白）

指头渗出思亲血，未诉衷肠悲欲绝。

原因夫婿性如狼，翁姑悍妬如蛇蝎。

忍将贤妇作囚人，驱往冰山餐酷雪。

日与羊群哭江边，凄风过处肤为裂。

云气茫茫不得归，只为金丹遭劫夺。

不入秦关救女儿，魂兮归来朝金阙！（双）

［开边。书读至此，群臣骚动，面面相觑。

［锦鳞从衣边游上。驻足而听。

龙　君　（惊呆了急起问）先生，何来得此血书？

柳　毅　柳毅乃大王之乡人也。赴试入秦，行经泾水，见大王爱女牧羊于野，风鬟雨鬓，悲泗淋漓，陌路之间，互诉衷曲，柳毅义愤填膺，舍弃功名，代传书而谒大王。

［锦鳞听到此，急退，打一漩涡下衣边。

龙　君　当真！（介）果然（唏嘘，顿足）

（唱爽中板）

当年择婿何不慎，

误和泾水两通亲。

深深谢陌上行人怀义愤，

舍功名而来为我致哀音。

西望秦关（介）无穷悔恨。（腔）

柳　毅（接唱）大王已误女终身！

此际徒生怀远感，

极宜速救难中人。

埋骨冰河千古恨！

龙　君　这个……（犹豫）

龙　母（自内哀呼）女儿……！

［锦鳞扶龙母从衣边上介。

龙　母（口鼓）女有书来，不该将我瞒隐。

龙　君（口鼓）平常家信，不必惊动夫人。

龙　母（口鼓）不看来书我难安寝。（索书介）

龙　君（无奈，口鼓）书可以看，但不要号哭伤心！

龙　母（接书，看毕，高声大哭。哭相思）女儿呀！

［龙君连连摇手示意。

龙　母（唱滚花）女嫁泾河非我愿，你硬说泾河乃是好姻亲。

今日女儿受苦在冰川，为母心如穿万刃。

龙　君（大急）

（唱滚花）切勿悲声哀叫，提防我弟知闻。

待寡人修书责问老亲翁，令女婿善视贤妻休薄幸！

柳　毅（不平介白）大王！

（诗白）　丝丝血字创人心，

惨似文姬塞外吟，

又怕泾河难理喻，

空修书札入秦行！

龙　母　对呀！（诗白）

言词句句刨娘心，
如见娇儿泪满襟。
孤魂一旦埋荒冢，
为母凄凉不欲生！

龙　母（叹息，接诗白）
朕岂忘怀骨肉亲，
为愁得罪泾河神。
先生当有万全策？

柳　毅（愤然，接念）
兴师问罪救佳人！

龙　君（重槌，关目）
（唱滚花）朕也知不兴兵旅，难救泾水囚人！
但又想息事宁人，

龙　君（苦愁，哀叫）
（接唱）　我女已魂归离恨！（槌心大哭）
女儿！女儿呀！

龙　君（连连摇手）……

钱塘君（内场怪叫）可怒！可怒！

［锣边大擂鼓。内场柱崩殿塌之声，烟火纷飞，江涛大震。一条火龙从远处飞入灵虚殿，绕殿而飞，风雷轰闪，声势惊人，柳毅惊呆，烈火烟消，旋即幻化人身。

钱塘君（双目如电，怒眼圆睁，暴跳如雷）
（唱霸腔滚花）
灵虚殿上，死了何人！
野书生，自何来？弄得家嘈屋震！
（先锋钹。欲执柳毅而噬）

柳　毅（大怒，挺身戟指）

（唱滚花）何来水怪，如此粗鲁不文！

柳毅为公主送书来，不谢高情反责问！

（先锋钹，指戟火龙）

钱塘君 （接唱） 书函何在？

柳　毅 （接唱） 请问龙君！

钱塘君 （接唱） 侄女说什么言词？

龙　君 （接唱） 平常音问！

钱塘君 待臣弟一看。

龙　君 不必看了。

钱塘君 我是要看！（一手夺书，急展看。大怒）可怒也！

（唱快中板）

不仁不义泾河神！

如此狠心和薄幸，

老龙助虐更不仁！

（转高腔滚花）

叫水魔！

[水魔开边级翻上介。

钱塘君 （接唱） 唤火神！

[火神开边级翻上介。

钱塘君 （接唱） 众儿郎！

[左右武将开边车身而上。

钱塘君 （接唱） 随我往泾河将罪问！

[众将轰应一声。持刀、弄剑、舞戟、扬叉。四鼓头扎架。

[殿上火焰纷飞。

[雁儿落，钱塘君率众下。

[此时，一条火龙远处腾空，与众水怪飞入场。一时金鼓大震。江涛滚滚。

龙　君 （叹息顿足）

（唱滚花）钱塘一去，灾祸来临，

水国从今大开兵衅！

柳　毅（接唱）柳毅传书到此，亦望正义能伸！

何以你阻止兴师。

龙　君（满怀委屈）唉！

（接唱）朕有难言之隐！

（口鼓）只为弟郎一怒，可使天崩地震，

当年与天将不睦，险些祸及寡人。

犹幸天帝见怜，只命我严加教训。

他今往泾河问罪，朕恐他枉杀众生！

柳　毅（口鼓）钱塘君鲁妄如斯，大王更应上阵，

一来声威更壮，二来制止他枉杀众生。

龙　母　对呀，（口鼓）

叔王虽是英雄，但泾水小龙亦十分凶狠，

防他挟持我女，叔王进既不得，退又不能！

龙　君（一槌，惊心）唉呀！

（唱快中板）

迫于无奈再逐征尘！

（转滚花）传令水国三军，随孤上阵！

羽　士（上介）启禀大王，钱塘君奏凯班师！

龙　母　公主何在？

羽　士　已护送归来！

龙　君　快些相迎！

羽　士　知道！

［大笛“雁落平沙”。

［众武将、水魔、火神、钱塘君鱼贯而上。

［龙女淡扫娥眉，弱不禁风，驾水云车上，后有仙娥护从。锦鳞即上前搀扶龙女下车。

龙　女（趋前）父王！母后！

（哭相思）父王！母后呀！

龙　君（唱滚花）父王昏聩，令你饱受霜侵！

龙　母（接唱）　怜女所适非人，受尽颠连苦困！

钱塘君（口鼓）啊啊啊，今日骨肉团圆，何事又生伤感？

龙　君 对呀！（口鼓）传书人在此，女儿快些上前谢过恩人！

龙　女 恩公！（起身含羞，盈盈上前拜揖）

（口鼓）弱妇生还，全赖恩公庇荫。

柳　毅（口鼓）略为跋涉，不敢视作殊恩！

龙　君（目钱塘介，口鼓）贤弟，你可有残害生灵？（半句）

钱塘君（接口鼓）不敢，谨记兄王教训。

龙　君（口鼓）泾水小龙何在？（半句）

钱塘君 这个！（口鼓）他毫无悔改之意，臣弟一怒，以三昧真火焚其身！

龙　君（重一槌，惊且怒）啊？

（唱滚花）应将小龙捆绑见寡人！

我女何堪孤帏抱恨！

［重一槌音乐。钱塘君“哦”一声，龙母怆然，群臣无语。龙女抹泪，柳毅不安。

龙　母（接唱）　贼婿天良尽丧该死万分！

女儿莫叹孤零，此后有娘亲近！

龙　女（悲泣，倚母怀）娘！

龙　母（抚之）女！

柳　毅（不知所措，口鼓）令宫主凄唱孤鸾，寒生罪甚！

龙　君（口鼓）事与先生无涉，只怪我弟辣手忍心！

钱塘君（暴跳，口鼓）我没有杀错好人，侄女也不会将叔叔怨恨。

龙　女（口鼓）鄙夫该死，（介）唯怨侄女儿……（慢的的，斜目一眼柳毅，有所感）唯怨侄女儿命生不辰（依恋母怀悲泣）。

［龙君摇头叹息，众官女掩面，举坐不欢。柳毅坐立不安，欲告辞，又不知如何启齿。龙女回望，与毅目光一触，垂泪向母叫声：“娘！”

钱塘君 （一望毅，复一望女，突然纵声大笑）哈哈哈！

（起唱滚花）

春风吹到洞庭底，不该怨气腾腾！

令先生呆坐太不该，还不设筵宴饮！

龙　女 老夫耄矣，慢待嘉宾。人来摆宴！

[云云锣鼓。设席。

龙　女 父王宴客，女儿告退了！

钱塘君 （早执壶注酒于杯，拦住）且慢！侄女儿，你走不得！

（白榄） 送书恩！送书恩！

恩比洞庭湖水深。

快敬柳先生，一杯美酒饮，

酒在金杯里，情在侄儿心！

[一槌，关目。龙女羞赧。

龙　母 是呀！

（白榄） 女儿莫害羞，当谢柳恩公义行！

龙　君 （接） 此礼不可少，恩公快要上岸行！

龙　女 （一惊）快要上岸行么？（介）女儿遵命。

[钱塘君一笑，掉头他顾。

龙　女 （捧杯向柳毅起唱追信头）

酒一杯，捧献君！（举杯作礼）

[柳毅急离座，长揖。

龙　女 （起唱柳摇金）

高风有谁及柳君，

柳　毅 （接唱） 传书小事逊古人！

龙　女 （接唱） 舍弃浮名真可贵。

柳　毅 （接唱） 公主过奖，柳生惭愧甚！

龙　女 （接唱） 愁妇无计谢隆恩，

（唱序） 谨将寸心借酒献赠。

柳　毅　（接唱）　心领洞庭公主意，

恕我量微难以受殊恩。

龙　女　（接唱）　不信难沾一滴，

君毋复拒呢个饱餐风雪牧羊人！

柳　毅　（曲序，感慨，楔白）多谢呀！

（接唱二黄思贤序）

柳毅难忘泾水牧羊人！

憔悴不堪孤零身受困，

红泪沾衣，仿如商妇夜里悲吟，

怅念亲人，又乏寄书人，

此情景，实可悯！

（转二黄）才有不平代抱，效那青鸟传音！

（唱序）　走谒洞庭君！

（唱曲）　难却贤主高情，唯有开怀畅饮！

钱塘君　（同赞）柳先生果然好酒量！侄女再敬一杯！

［龙女欲再敬酒，柳毅推辞。相对无言。

钱塘君　（爽朗地一笑）侄女儿！侄女儿！哈哈！

［龙女知钱塘君意，大羞。急牵母袖入场。锦鳞知意，望毅一笑随下。

龙　君　（茫然，迂腐地）

（唱滚花）什么葫芦入什么药？（半句）

钱塘君　（低向龙君，接唱）

侄女欲效文君！

龙　君　（接唱）　事恐难行。（半句）

钱塘君　（接唱）　我来牵引。

［柳毅茫然。

龙　君　切不可鲁莽呀。

钱塘君　请退后宫，臣弟自有主意。

龙　君　（尴尬地）柳先生，寡人后宫更衣，一去便来。

柳　毅　大王请便。

龙　君　贤弟陪客！（与众内侍下介）

［钱塘君向众文武挥手示意。众文武哑关目，两边下介。

柳　毅　主人去矣，客不敢留，就此告辞！

钱塘君　哪哪哪，先生太小看人了！龙君虽去，难道我火龙就不是主人了吗？

柳　毅　（急谢罪）大王恕罪！

钱塘君　先生请坐。

柳　毅　大王有何见教？

钱塘君　先生，你看这水府风光……

柳　毅　真乃神仙境界！

钱塘君　如此何不留在宫中，朝夕相见？

柳　毅　有母在堂，无人侍奉，不敢久留！

钱塘君　然则先生还未娶妻？

柳　毅　琴剑飘零，安敢望此！

钱塘君　（大笑）呵呵呵！妙呀！来来来，待俺敬你一杯！（起立）

柳　毅　敬我何来？（亦起立）

钱塘君　自有下情奉告！（酒斟大杯）

（起唱霸腔滚花）

有美人兮囚泾水，
传书获救赖先生。
剧怜此后作孤鸾，
水殿风凉悲独枕。
知君做事存终始，
不容孀妇独悲吟！
请即饮胜此杯，
以示把婚姻答允！

柳　毅　（唱滚花）仗义传书深入海，
为怜公主怨难伸！

岂图私欲作东床，
王叔错将红丝引，
纵令恩情深似水，
如虹正气压千浔！（接酒）
杯中酒，不敢尝，
奠向苍天明心悃！（奠酒介）

钱塘君 （震怒）柳先生，我侄女虽曾配给泾水小龙，但已绝了亲情，如今将她许配先生，也无不当之处，你今断然拒绝，莫非有轻视之心？

柳　毅 看大王气势汹汹，似有相强之意？

钱塘君 不错，你若然答允，便可永受神仙之乐……

柳　毅 我若不答应呢？

钱塘君 哼！你可知我一怒之下，可以翻江倒海、毁山崩陵，当年天将与我失和，我火龙一怒，崩了九座大山，（介）你难道不知我的厉害？

柳　毅 （纵声大笑）哈哈哈！

钱塘君 你笑从何来？

柳　毅 我以为刚强正直，无过大王，谁想你竟会说出这种话来！柳毅若与大王相逢在于大海之中、山林之下，那时你见示龙身，现以本相，柳毅虽死，只不过当你是一个禽兽而已！

钱塘君 唔！

柳　毅 喜见大王身披衣冠，坐谈礼义，纵有人间豪杰，亦难与大王相比？谁想宾主正欢，你竟然不顾其道，以威加人。柳毅若依了大王，娶了公主，便是无私有弊，他人议论，说我非君子而实乃小人，石可裂而不可卷，士可杀而不可辱，婚事断难从命，大王你若然要杀，任从尊便！

钱塘君 （重一槌）

（高腔戏妲己滚花下句）

唉也也。言词凛冽动吾心！（改容谢罪）

（唱滚花）恕我酒后荒唐，出言不慎！

柳　毅 （接唱） 我亦难胜酒力，才有开罪龙神！

在此骚扰多时，望许我告辞为幸！（欲下）

钱塘君 且慢！柳先生你当真要回去？

柳　毅 回家见母！

钱塘君 好呀……

（唱滚花）侄女受恩无以报，命她亲送柳君行！

柳先生请！

［幕落。

第四场　洞庭送别

［紧接上场。

［洞庭湖底转湖岸边。岸边不远处有黄金橘树。

［锦鳞、柳毅、龙女、四宫女。

［内场歌声：

昊天苍苍兮大地茫茫。

人各有志兮何可思量。

昨晨泾水泣残芳！

今日湘江痛离肠！痛离肠！

［歌声中音乐起幕。

［洞庭湖底，鳞光闪闪，金波荡漾。

［锦鳞领四宫女舞绿带分波逐浪而上。

锦　鳞 （唱小曲分绿波）

分绿波，扫流红，

众宫女 （和唱） 划开湖水万千重。

锦　鳞 （接唱） 悲弱水，可藏龙，

众宫女 （和唱） 难压湘江归去鸿。

锦　鳞 （接唱） 洞庭水淙淙，公主泪濛濛。

众宫女 （和唱） 人天苦乐两相同！

锦　鳞 有请公主！

［反线二黄板面。龙女依依惜别同柳毅缓步上介。

龙　女（唱梵天曲）

带怨将君送，

此去不知哪日逢。

柳　毅 （接唱） 合和离，总如梦，

有合亦有离开之日。

公主休悲痛！

龙　女 （接唱） 君恩隆！君恩隆！

恩公去后，

水殿何时降春风？

柳　毅 （接唱） 萍踪！蝶踪！

不敢轻议行踪！

龙　女 （接唱） 水底宫花寂寞红，

愁妇长夜卷帘栊。

柳　毅 （接唱） 别矣！别矣！

且把那离愁一扫空！

［过序。起板叮转西皮。

龙　女 （唱西皮）不信洞庭无一可恋，

君也凡心重！

柳　毅 （接唱） 有母亲倚闾，思秦陇，

再未见归，定为儿悲恸，

不孝之名世难容！

龙　女 （叹息）有母倚闾，难怪去也匆匆！

柳　毅 老人思儿心切啊！

龙　女 （唱长句二黄）

昔日送客泾水隅，今日送客洞庭中，

一样水淙淙，人也去匆匆，

所遇却不同，心情亦两种。

柳　毅（接唱）昔日思亲泾水隅，今朝重倚母怀中，

不复泪飘飘，毋再怨东风。

心情当有别，境况自不同。

锦　鳞（接唱）一家团聚乐融融。

公子感德怀恩，聊效长亭十送！

龙　女（念白）云沉楚泽压眉峰。

柳　毅（念白）人去湘天梦亦空。

龙　女（念白）满湖都是辛酸泪。

柳　毅（念白）三娘回罢（半句）

龙　女（唱柳底莺领句）

送归鸿！

锦鳞引路！恩公请！

柳　毅　公主请！

［起南音板面。锦鳞引路。

龙　女（唱南音）湖荡荡，水淙淙，

凌波代棹送归鸿。

柳　毅（接唱）即是仙家多妙用，

踏虚而过若乘风。

龙　女（接唱）世人争羡游仙梦，

底事入到仙乡兴不浓？

柳　毅（接唱）仙乡处处堪称颂，

正叹玄穷造化工。

阵阵幽香何处送？

龙　女（接唱）来自珊瑚岛下玉芙蓉。（收掘）

柳　毅　玉芙蓉？

锦　鳞（口鼓）看此并蒂芙蓉，俪影临流，似有柔情万种，唯有那石上孤松，自甘寂

寞，在此独立迎风！

柳　毅　（口鼓）我爱此石上孤松，面对寒流，屹然不动，非比芙蓉徒供玩赏，松，有劲节高风！

龙　女　是啊！（口鼓）我与恩公一样爱此松，岁寒三友中最得人称颂。

柳　毅　（白）原来公主也爱此松，看将起来，真可谓知己同心啊！

龙　女　恩公！（口鼓）我不仅爱他，我更愿化作丝箩千尺，长绕青松。

锦　鳞　（白）恩公呀！你爱青松，我地公主亦爱青松，真是身无彩凤双飞翼，心有灵犀一点通！

柳　毅　公主请！

龙　女　恩公请！锦鳞引路！

［慢长槌锣鼓。

锦　鳞　鸳鸯游来了。（有意挑之）

柳　毅　哦，好水鸟！

锦　鳞　恩公你可知鸳鸯并非寻常水鸟？

柳　毅　鸳鸯号文禽。

锦　鳞　又名同命鸟呀！

（唱咸水歌）

它日间比翼而飞，晚来交颈同入梦哩兄哥！

几许世间儿女，不及它意蜜情浓呀哩！

柳　毅　人是人，鸳鸯是鸳鸯，又怎能相比呢？

龙　女　恩公呀！比得呀！

（起慢板锣鼓，起唱士工慢板）

一湖春水，暖融融，洞庭惊破鸳鸯梦，

一旦分飞，情惨痛，何堪照影寒流中！

柳　毅　（秃接唱滚花）

鸳鸯毕竟是飞禽，又怎晓得生离惨痛！

锦　鳞　（暗恼）木头人！

柳　毅　公主请！

龙 女 锦鳞引路！（叹息而行）

［音乐：霞光闪闪。换景。

锦 鳞 公主，来此已是斑竹崖了。

公 主 斑竹崖么！（掷槌）恩公可知斑竹崖故事呢？

柳 毅 略知一二。

公 主 （昭君怨中段）

湘妃怨，湘妃梦！

恨事载史书中，湘妃哀思舜君泪飘红！

绿竹为泪染，斑斑泪染多惨痛！

锦 鳞 （接唱） 湖下龙公主，

今日亦像湘妃泪飘飘绿竹丛！

柳 毅 （接唱） 谢贵主情隆，贵主情隆！

不过龙公主，纳福在仙宫，

难与娥皇女其事等同！

公主请！

锦 鳞 （暗恼）抱住块石头游水！

［音乐扭丝锣鼓，锦鳞挥手逐湖水，令湖波推送柳、女二人亲近，柳急避开，锦鳞暗笑，龙女暗责锦鳞介。

锦 鳞 公主，来此已是题红岛了。

龙 女 题红岛？（有感于中，大悲戚。摇摇欲坠）

柳 毅 请问公主，何谓题红岛？

龙 女 恩公听呀！

（起唱中板）

水国仙乡，也如人间一样，恨事重重。

昔日有鱼仙，对某凡夫，非常情重。

在岛中，题诗于红叶，送往流中。

（转滚花）此岛因此得名。（收）

柳 毅 未晓鱼仙姻缘遂意否？

龙　女　（摇头）凡夫另娶妇，鱼仙抱恨终。

柳　毅　有此伤心事？

龙　女　请问恩公，家乡门前可有河？

柳　毅　这……

龙　女　（唱滚花）恩公有暇立河边，

候我借流将叶送。（凄然欲泣）

柳　毅　（重一槌另场沉腔滚花）

哎也也，既哀且切尤甚杜宇啼红！

（唱七字清中板）

借喻多番情意重，

伤心留待送题红。

柳毅此心宁不动，

独惜难寻一语慰愁衷。

（转滚花）休教花落水流红。

（转身欲有所慰）

［龙女暗喜。

柳　毅　（接唱）　我既拒婚于筵前，

惟有辜负佳人情重。

［湖面黑影、掠波而过。

锦　鳞　（仰望）哦，船来了！

柳　毅　船？不见啊！

锦　鳞　水中黑影，正是湖面归帆。

柳　毅　（一槌，有感地）归帆？

［锦鳞暗自打嘴巴。

柳　毅　（秃头唱夺锦中段）

归帆匆匆！（双句）

影波中！（双句）

（转唱反线叹颜回）

遥望故乡又心痛，

慈帏定忆子露愁容，

望垂怜促子母重逢！

龙　女（一转念，毅然地，接唱）

遂君孝衷，毋违孝衷，

不敢缓送！（双句）

唤锦鳞！

逐波兴澜送恩公！

[乐奏反线相思锣鼓。

[江流湍急，众舞蹈转快。

[景——由湖底转湖岸边。

锦　鳞（呼）公主登岸了！

柳毅、龙女（感慨地）登岸了！

柳　毅　不知是何处岸？

龙　女　岸名“相思岸”！

柳　毅　相思岸！不知因何得名？

龙　女　每送行人，必在此处分手，惹起别后相思，故名相思岸！

柳　毅（有感）相思岸！

锦　鳞　步上相思岸，便要分离了！

柳　毅　分离？仿如隔世啊！

龙　女　隔世！

（唱乙反中板）

转眼洞庭飞彩凤，

愧无红线系游踪。

相思岸上相思梦，

只怕相思有梦梦难逢。

柳　毅（接唱）　非我薄情甘却宠，

酬恩有愿愿难从!

感谢公主多情,(介)

未晓余怀创痛!(行腔)

(转唱正线爽二黄)

泾水之滨,代将书送,

原是激于义愤,毋教怨妇受灾凶。

彼火龙,勇惩凶!

一面大快人心,一悲三娘成孤凤。

我是带书人,置身于事内。

纵有怜香之意,又怎能入赘龙宫,

强成全,无私反有私,

定受世人讥讽!(士腔)

龙　女(唱合尺滚花)

恩公义行,世所推崇。

惟是以此绝情,未免过于持重!

柳　毅(接唱)非贪虚誉,俗世难容。

身是一介凡夫,难受仙姬之宠!

锦　鳞(插嘴)恩公呀!求海龙王度你升仙,岂不是海仙配海仙?

柳　毅　不敢贪图仙位。

锦　鳞　恩公不愿做海仙,公主可以做地仙!

[重一槌。

[击中龙女心事。

柳　毅　到底是仙凡有别,人言可畏呀!公主,玉钗之责已完成,还回公主吧!(取钗出,还介)

龙　女　情难结合,亦可为朋,恩公认我为朋,亦当留钗为念。

柳　毅　公主说得对,如此多谢!(对钗珍之爱之,藏于怀)

锦　鳞　来而不往非礼也!

龙　女　请恩公还赠一物,留为永佩,以志不忘。

柳　毅　身有玉环，是家传物，送与公主，以为纪念。

龙　女　多谢恩公！（接玉环喜慰）

［一阵归鸦掠空而过。

柳　毅（唱爽七字清中板）

归鸦噪晚夕阳红，

公主请回毋远送。

龙　女（接唱）　未知何日再重逢，

（转滚花）痴候玉钗将橘动，

柳　毅（接唱）　未敢轻将金橘动。

龙　女（接唱）　相逢为待梦魂中。

柳　毅　公主保重！

龙　女　恩公！

柳　毅　三娘保重！

［强烈、悲怨，音乐，延长音。

［柳毅、龙女二人缓缓离开。锦鳞揖送介。

［落幕。

第五场　柳母议婚

［数月后。

［柳家厅堂，疏屏风，外望河流，遥远处橘树朦胧，厅堂花几。

［柳母、福叔、媒婆。

柳　母（打引上，念白）

蟾宫折桂儿无志，

西出秦关复转回。

（唱滚花）孩儿淡泊功名，娘也难移其志。

但愿身前有妇，更望早抱孙儿。

为何数次提亲，儿总无一当意。

（沉思白榄）

必有事，必有事！

看他归来之后寡言语。

或立小河边，低头吟诗句，

或独上书楼，推窗望远处。

爽然复惘然，似痴又如醉，

出外几何时，人与从前异？

是必有隐情，亚福或许知其秘。

[福叔捧茶上。放下。欲行。

柳　母　福叔！

福　叔　夫人！

柳　母　（口鼓）公子可在书楼？

福　叔　（口鼓）正在书楼写字。

柳　母　（口鼓）是否推窗呆望？

福　叔　这个……

（口鼓）不错，临窗索句，对景吟诗。

柳　母　吟诗……（不悦）

（唱滚花）公子爱吟诗句，

我确信此话无虚。

只怕吟诗别有因，

临窗眺望亦怀深意。

福　叔　（哑然）……

柳　母　（进一步，起唱三脚凳）

公子往长安应试，是由你作跟随。

因何未试便言归，归来又神色异？

我老来思娶妇，他偏借故推辞。

（唱滚花）事情与你有干连，到底公子西行何所遇？

你说，你说！

福　叔　（叹息）

（唱木鱼）非我故意欺主母，是公子不愿人知。

柳　母　（插白）你就不该瞒我。

福　叔　老奴直说便是！

（续唱）　此去长安赴试，路过泾水隅，

雪地相逢龙公主。（一槌）

柳　母　龙公主？

福　叔　龙公主乃是洞庭龙君之女，远嫁泾水龙神为妇。

（续唱）　她泣诉姻缘错配，饱受丈夫欺。

苦乏鱼鸿将书寄，公子满怀义愤任驱驰。

仗义传书深入洞庭底。（一槌）

柳　母　（吃惊）他又如何进去？

福　叔　龙宫主赠以玉钗一枚，叩湖边橘树三声，便有河神出而引路，公子安然无恙啊！

柳　母　有此奇事！

福　叔　（续唱）　龙王接信怒兴师，

杀了泾水小龙，救回龙公主。

柳　母　咁后来又怎样啊？

福　叔　入水后事，是公子略为告诉我的。他说洞庭王叔欲以侄女相许，龙公主亦有委身而事之意，我家公子诚恐杀其夫而夺其妇，蒙上不义之名，因而就把姻缘推却了。

柳　母　既已推却，归来又想什么？

福　叔　（叹息）

（秃起唱二黄）

想必是伊人情重，身世堪悲！

（唱序）　洞庭送别话依依！

（唱曲）　公子两次三番，想去再敲橘树！

（唱序） 又怕人非议！

柳　母 （唱沉腔滚花）

哎呀呀，苦矣，痴儿！

（秃头唱爽七字清中板）

湖底既将婚事拒，

归来何事痛分离。

天台果有神仙女，

再去云封古洞迷！

（转滚花）家有慈亲，念什么水中人，

还是快些将妇娶！

福　叔 （口鼓）夫人，公子别有所怀，恐怕说去说来难合意。

柳　母 （口鼓）柳家只余一点脉，香烟续后赖痴儿，我已托媒婆为他寻求佳侣。相得好女，我便先下聘。（介）他难再推辞！

［冲头，媒婆上。

媒　婆 拜见夫人！

（白榄） 有好女，有好女！定合夫人公子意。

柳　母 （接）问媒婆，你今天又介绍谁家女？

媒　婆 （竖起大拇指） 保证你满意！

（口鼓）洞庭湖边最近撑来一只小艇仔，船里住着个红面大汉，带着个娇娇滴滴侄女儿。先讲这个红面大汉真会替人办好事。谁家田地患涝他有办法替人排涝，谁家田地闹旱，他有办法一阵间就淙淙流水，田野润滋滋。

福　叔 （口鼓）喂喂喂！我家夫人是要娶媳妇，不是要请人家整治田地。

媒　婆 （口鼓）做媒婆总系先讲人家的家世，再讲落去至轮到他的侄女儿。提起这个渔家女真是既勤劳又美丽，她织得一手好渔网，一网就一万几千条鱼！

福　叔 喂喂喂，我家公子又不是开鱼栏的，要食也食不得许多啊！

媒　婆 你想食一条都没有，她网来玩，全部又放生！

福　书 啊……

媒　婆 （口鼓）她绝好才情，既会吟诗，又会作对，跑遍湘江也无此美人儿！

柳　母　真嘅？

（口鼓）我正想揾一个既有才华，又勤劳的媳妇助我持家。照你讲来，正合我意。不过媒人多大话，又怕你会把人欺。

媒　婆　没有介绍错呀！

（唱滚花）她的老叔台，到处放声气。

我才敢登门告知你，

我七手八脚，还好弄来她的亲笔诗词。

我唔识字都话佢写得一手好字！（递笺纸）

柳　母　拿来一看！（惊喜介）好呀！

（唱快中板）

生花妙笔绝妙好辞，

渔家有此多才女！

福　叔　看笺也啧啧称着好字好字，看来这次公子也要合意了。

柳　母　（唱滚花）福叔拿此诗笺给公子看，

媒婆你带我去看看那位渔家女儿！

[媒婆领柳母出。福叔入书楼。下介。

[落幕。

第六场　花好月圆

[数日后。

[柳毅楼房，新房景。窗外碧天朗月。远望波光滟滟渔火二三。房内衣边床帐、妆台、凤烛高烧。

[龙女、柳毅、福叔、钱塘君、锦鳞、柳母、四宫女。

[小曲柳青娘起幕。

龙　女　（起幕，倚窗外望，转身理云鬓，看凤烛，心情愉快）

（唱长句滚花）

打渔船，打渔船，

不网鱼儿把柳缠。

情天为我行方便，

巧结人间并蒂莲。

此夜摇红烛照新人面，

柳郎一望……

（秃头转小曲红绣鞋）

一定睁开双眼睛不稍转，

这新妇，怎么这样像龙女。

心里顿起疑团，

高一看，低一看，

欲语又无言。

（秃头转滚花下句）

我暂不道破哑谜，

且让他胡猜一遍。

[内场帅牌，送客介。

龙　女（望门外）

（唱滚花）酒阑客散郎将至，

我且低眉垂日倚妆前。（坐介）

[河调慢板板面。福叔提灯笼引柳毅上介。

福　叔 公子呀！今天是你大喜日子呀！怎能走起路来垂头丧气的呢？应挺起胸膛走大步些，爽一些才是。

[柳挺起走几步。

福　叔 这样才是。

柳　毅（唱慢板）不做龙宫婿，转配渔家女。

湖下有知，宁不肝肠寸断。

心上永难忘，三娘情义重，

纵是横挥慧剑，仍感藕断丝连，

自解实无谋，唯有强从慈母命，

非我移情别恋。

福　叔　公子，事已至此，你就不该胡思乱想咯，何况新妇才德俱优，所结姻缘，堪称佳偶呢！如今房中坐的就是你妻，你就不能令她有丝毫怨意，使君有妇，琴瑟和谐，湖下有知，亦不怪你啊！

柳　毅　（点头，叹息）

（唱滚花）水乡深处已有一个愁思妇，

就难再令岸边渔女抱愁眠。

何堪再摘黄台瓜，

一再误人罪非浅！

［南华山谱子。

福　叔　三娘固情重，慈母亦恩隆。公子既已孝义名闻，但望莫拂亲心。

柳　毅　福叔之言有理，下去吧！

福　叔　公子啊！莫误良宵，老奴告退！

［福叔携灯笼下。

［柳毅整观理装举步入房。龙女低头斜目视毅。

柳　毅　（遥遥作礼）娘子有礼！

龙　女　（掩面欠身，低声还礼）柳郎有礼！

［二人坐下无言。静场。

［刘毅对龙女还未有所觉，一望摇红烛，有感于怀，竟起立走向窗前，眺望洞庭。

［龙女知其意，故意剪烛，使灯花明亮，婷婷起立，借着烛光，柔叫一声。

龙　女　柳郎请！

柳　毅　娘子请！

［重一槌柳毅惊异，急转身，慢掷槌注目龙女，龙女复急转面低头，以扇掩面。

柳　毅　（闻声。望形）

（白榄）　她虽低头，垂粉面，

但声音形态不难辨，

何以眼前人，若三娘活现。（欲上前看，恐泄轻狂）

龙　女（旁暗笑）

（白榄）看他意痴痴，呆态现，

欲揭我庐山又不便，

好！我且吓你一惊，同你打个照面。

柳郎请坐！

柳　毅　娘子请！（重槌不自禁地）三……

龙　女　柳郎，三什么呀？

柳　毅　三鼓已敲人寂静，劳妻久候意难安。

龙　女　柳郎多饮三杯酒，二更未打说三更。

柳　毅　哦，原来未打二更呀！是酒多了。（擗槌团团转，呆望龙女）

龙　女（口鼓）柳郎，何以你似醉如痴，密视奴奴之面？

柳　毅　这个！（口鼓）因为妻你花容月貌，十足似……（一槌）

龙　女　我似什么呢？

柳　毅（口鼓）似世外神仙！

龙　女　神仙？（口鼓）蒲柳之姿，何敢与仙姬争艳。

柳　毅（口鼓）你当之无愧，因你（一槌，欲言）唉，仙即是仙。

龙　女　仙！

（起唱下西歧）

茫茫玄天，其中多仙，

有地仙与天仙，

江河亦有仙。

四海遨游人称羡，

我属哪一门类仙眷？

请你明言。

柳　毅（接唱）我甚难为你即解说，

只觉玄之又玄，

你是龙……（一槌）

龙　女（接唱）　我未聋，我的耳尚健！

耳能辨八音。

柳　毅　哎呀！

（接唱）　秘不可宣，

一揭当堂便见酸。

［过西皮短序。

龙　女　我正欲请教柳郎！我是似哪类神仙，你忽然指住我，说我是“聋”，我的耳不是聋的。

柳　毅（叹）我不是说你耳聋，我是说你姓龙的龙。

龙　女　我是姓卢呀！年庚八字，写得清清楚楚，才入你门！

柳　毅　我是知你姓卢。

龙　女　因何又说我姓龙？

柳　毅（窘）哎！赞美一个人，往往是以龙比喻的。

龙　女　怎么见得？

柳　以　多呢！多呢！那，龙行虎步呀，矫若游龙呀，龙头凤尾呀，龙眉凤目呀，龙精虎猛呀，还有……龙马精神呀！

龙　女　你真会说呀。

（起西皮尺字序，唱西皮下句）

奴虽姿色有几分，未敢与仙娥斗艳。

你不该说奴，是天仙幻变。

莫非君曾为刘阮，

入天台，遇天仙？

解不了仙缘，

所以出言便说仙。

柳　毅　非也！非也！

（唱减字芙蓉）

柳生福分薄，难望结仙缘。

说你似神仙，因为你似仙容貌艳。

更因我曾见过……

龙　女　见过乜嘢呢？

柳　毅　见过……

（接唱）　见过市上画肆的画中仙。

（唱滚花）讲到我舌燥唇焦，

你无谓再问长问短。

龙　女（接唱）　柳郎未识我庐山面，

诸多规避不敢言。

聊效当日献酒在龙宫，

把那隐情若现。

柳郎，你今宵款客，一定多饮几杯，待奴奉上清茶，为郎解渴啊！

柳　毅　如此说，有劳娘子！

龙　女（唱柳摇金）

感君赞奴貌似仙，

柳　毅（接唱）　情天方便结姻缘。

龙　女（接唱）　不弃寒微高风见，

柳　毅（接唱）　心爱妻有德有才勤又俭。

龙　女（接唱）　我忙献浓茗谢情专，

君休笑我手粗贱。（音乐过门）

柳　毅（接唱）　巧手啊，懂结网儿识诗赋，

低嫁寒儒我惭愧莫能宣。

龙　女（接唱）　君正是我师贤，好良伴，

请勤护爱呢只餐风宿雪没舵船。

柳　毅（接杯。重一槌）

（唱长句滚花）

生疑念，生疑念，

此身如在龙宫殿，
与龙君欢宴饮琼筵，
公主深情将酒献。
点解此情此景，
今夜如在目前。
莫非你就是龙女三娘，
与我谐美眷。

龙　女　龙女三娘？

柳　毅　……三娘，三娘……

龙　女　哪一个龙女三娘？

柳　毅　（语塞）……

龙　女　哦，你不说我也知呀。

（唱平湖秋月）

我未遗忘市上村姑竟传言，
争相说你入过京都去求名，
不料未进场试便折转，
转返故园，
终日情怀落索，
愁城闷困，
对窗凝看天边远，
京都应试曾何遇，
夫君呀，是否有一段未了缘？

柳　毅（接唱）谁曾见！毋妄断。
我爱湖山云深水远！
推窗作赋平常事，
观星望月至得好句妙联。

龙　女（接唱）此事有邻人看见私语君你情性俱改变，
夫妻相栖相守更应相助，有事郎君休将妻欺骗。

柳　毅（接唱）　我心中羞愧未敢多言，
谅我胡言一片，
更谅我一生正直行为并无不检。

龙　女（接唱）　龙家、龙女、龙姓！
出自你口中说明了夫君西去有一段情缘。

柳　毅　什么情缘呀，泛泛之交而矣！

龙　女　泛泛之交？柳郎说完三更说神仙，说完神仙又说龙，忽又说出个龙女三娘，现又不言不语，啊啊啊！人说柳毅磊落光明，原来是道听途说啊！

柳　毅　说之容易，但不许你有丝毫妒意啊！

龙　女　直说无妨。

柳　毅　娘子请听！

（唱长句二黄）

今春赴试入秦川，
有女牧羊啼满面，
餐风宿雪景况堪怜。

（反线小曲牧羊哀）

原来她，是水中仙，
是洞庭龙三公主，
痛当年错配姻缘。
遇人不淑身被贬，
有家难返泪如泉。
将成白骨葬冰河，
真是闻之落泪见者心酸，
我柳毅伸张正义，
愿为青鸟代把书传。
敲社橘，临深渊，
令到龙女三娘骨肉团圆。

（续唱长句二黄）

当日贤主高情张盛宴，

水晶宫内，鼓乐喧天。

那个龙女三娘，

还重向我含情将酒献。

龙　女　个个龙女三娘献完杯酒，后来又怎样呢？

柳　毅　（唱红豆子）

佢王叔，心意专，

借酒为媒，逼婚眷。

唯独我有苦衷，推却良缘！

龙　女　柳郎有何苦衷？

柳　毅　（唱减字芙蓉）

我怜她遭凌辱，才有仗义把书传。

若与她结婚盟，于我义行多亏损。

龙　女　（接唱）　君心何太忍，知否苦煞了婵娟。

柳　毅　（唱滚花）她有义，我又岂无情。

其实我暮想朝思，

都是把伊人眷念。

龙　女　原来你仲想住佢㗎！哎呀苦呀！

（一槌转身，假哭，以泪点面）

（半句沉花转唱戏皇叔）

卢氏女，卢氏女，

长夜抱愁眠！

夫对我情爱不专！

（哭相思）奴命苦！

柳　毅　（唱沉腔滚花）

哎也也，柳毅深悔失言。

（向龙女频频作揖）娘子！娘子！幸勿见怪！

龙　女　（暗窥，窃笑，上前）柳郎，我是与你开玩笑呀！

（唱反线中板）

柳垂丝，无错系小渔船，
把一水春光独占。
碧波深处，愁思妇，
不再泪向水晶帘。
早划破洞庭天，
踏红尘，与你同谐美眷。
摇红烛下，这个渔家女，
正是你心底情鸳！

（转滚花）君呀你细看此玉环，
便知我庐山真面。（出玉环示柳毅）

柳　毅（一槌，大喜）啊！三娘，原来真是你！

（唱快滚花）

妻呀，你果真是洞庭龙女，
爱我都可谓情比金坚！
今日玉钗正好配玉环，
不负当年爱念。

［取玉钗相示，钗环合。

龙　女（唱汉宫秋月）

朝盼暮盼效那双飞燕，
乃湾小舟一只为我牵丝线，
欣庆不负所求，船共柳牵缠，
望君你休嫌，我是个龙类变。

柳　毅（接唱）　岂有此念，
只知有妇真心相爱，
貌美又贤良胜过天仙，
两家爱重情专情爱不变，

二　人（合唱）　两夫妻相亲相爱到万年。

福　叔（冲头，内场叫："公子"出）这是什么规矩？三更半夜，女家派这么多人来闹新房！

柳　毅（已出）福叔，大喜事！.

（唱快滚花）

渔家女，就是龙公主，

快迎贵客莫迟延！

锦　鳞（内叫）公主！姑爷！

[大笛送子。

[锦鳞领众仙女入，天幕幻灯，五彩缤纷，显得楼上新房更加绚丽。

[钱塘君彬彬有礼地从房外陪着笑口吟吟的柳母上。

龙　女（作礼）婆婆！

柳　母（还礼）好媳妇！

柳　毅（作礼）王叔！

钱塘君（大笑，执手）好侄婿！不骂火龙了？

柳　毅（长揖）谢大媒！

钱塘君（向柳母）老亲家！不怪我等弄玄虚吧！

柳　母（连声）巧姻缘！美姻缘！……

钱塘君 哈哈！宫女们，献奇珍，闹洞房！

众宫女 拜见姑爷！

（舞蹈。齐唱"到春来"）

湖光美滟，江柳情系小渔船！

有情人，偿素愿！

金歌满洞庭，

良辰美景，花好月圆！

海龙王，有奇珍，

彩绢碧玉，夜光杯，

明珠千串，来赠献，

还有鸳鸯一对赠给有情鸾！

福寿连绵乐无边!

[众官女纷献宝物。

[柳母、福叔应接不暇。

[众欢笑，亮相。

[房内、房外湖光山色，五彩缤纷。

[剧终。

（剧本版本:《广东粤剧院演出剧本选集》(第二集))

·粤剧卷·

昭君出塞

原作：马师曾

整理：杨子静

人 物 表

王昭君	韩 昌
汉 兵	汉宫女
宫 监	旗 牌
舆 夫	马 童
呼韩邪	胡 将
胡 兵	胡 女

[大笛“牌子”头，幕启。

[撞点，四汉兵捧酒果引韩昌持节上。

韩 昌 （唱中板）国事蜩螗真可叹，

天下苍生水火间，

不见朝臣忧国事，

却教红粉去和番。

下官，黄门侍郎韩昌，只为匈奴势盛，汉主昏庸，敢信奸佞之言，遣昭君和戎出塞。圣旨传下，命我改姓更名，封为国舅，（羞介）护送贵人上路。来到长亭，一同恭候。

[“阴告”牌子。四宫女、二宫监、二旗牌上，肃立。

[王昭君乘车上。

王昭君 （唱慢滚花）

含泪辞朝羞打扮，

伤心保国仗红颜。

车中坐，断肠人，

谁知我中情悲怛。

韩　昌　臣韩昌，叩见贵人。

王昭君　御弟平身。

韩　昌　启禀贵人，文武官员长亭送驾。

［内场声：“送驾”！

王昭君　（略搴帘一看，怫然）不用了！

韩　昌　（传语）不用了。

［撞点。王昭君下车。

王昭君　（唱滚花）眼见文官济济中何用，

武将森森不自惭。

回去吧！

［内场声：“臣等告辞”。

韩　昌　臣等敬备酒果，为贵人饯行。

王昭君　（续唱）　几盆酒果遣送了王嫱，

悲难下咽。

韩　昌　贵人！（唱滚花）

日色昏黄天欲晚，

恕臣促驾路漫漫。

王昭君　（接唱）　不堪回首望长安，

一去穷荒何日返。

韩　昌　登程！

［王昭君上车，起行，圆台。

旗　牌　启禀国舅，来此已是雁门关，前路崎岖，銮舆不便，请贵人更马。

韩　昌　候着！启禀贵人，来此已是雁门关，前面山路崎岖，銮舆不便。

王昭君　吩咐备马侍候。

［王昭君下。宫女等随下。

韩　昌　备马侍候！（下）

［马童上，备马，试马。韩昌暗上。

韩　昌（念）　人间小别也凄惶，
何况长辞父母邦？
流水有情亦呜咽，
问谁千里念王嫱！
有请贵人。

［王昭君改胡装上，宫女等随上。

王昭君（诗白）　昭君见玉鞍，
泪尽泣红血；
今日汉宫人，
明朝胡地妾。

韩　昌　贵人上马。

［段头锣鼓上马。长槌由慢至快，打马圆台。

王昭君　御弟，来此又是哪里？

韩　昌　来此乃是分关。

王昭君　乃是分关么？
（唱朦胧）胡尘卷地雾弥漫，
恨不似天际南归雁。
听说到分关，到分关，
教王嫱苦无言，
血泪洒关山！

［马嘶。

王昭君　御弟，这马儿为何不走？

韩　昌　加鞭！

王昭君（加鞭介）加鞭，马也不前。

韩　昌　啊！有道是“南马不过北关”，故而不走。

王昭君　唉！漫说人有思乡之念，这马儿啊，它也有恋国之情。（哭）

众宫女　贵人珍重！

王昭君 （唱滚花）几番勒马回头望，

锦绣江山再见难。

聊借一曲琵琶，

诉我无穷伤感。

［宫女递过琵琶。王昭君抱弄琵琶。

王昭君 （唱子规啼）

我今独抱琵琶望，

尽把哀音诉，

叹息别故乡，

悲歌一曲寄声入汉邦。

话短却情长，

家国最难忘，

悲复怆。

此身入朔方，

唉，悲声低诉汉女念汉邦。

（转乙反二黄）

一回头处一心伤，

身在胡边心在汉。

只有那彤云白雪，

比得我皎洁心肠。

此后君等莫朝关外看，

白云浮恨影，

黄土竟埋香。

莫问王嫱生死况，

最是耐人凭吊，

就是塞外一抹斜阳。

怕听那鸴鸟悲鸣，（鸟叫声）

一笛胡笳掩却了琵琶声浪。

（转塞外吟）

一阵阵胡笳声响，

一缕缕荒烟迷惘，

伤心不忍回头望，

惊心不敢向前往，

马上凄凉，

马下凄凉，

烦把哀音寄我爹娘。

莫惜王嫱，

莫挂王嫱。

（转乙反中板）

来报劬劳恩，

未了心头愿，

谁知我思故国怨君王。

手抱琵琶泣不成声，

难把哀弦震响。

今日去天涯，

他朝倩谁收我白骨，

怕难似苏武还乡。

寄语我双亲，

莫垂老泪望天涯，

当少把我王嫱生养。

寄语汉宫廷，

拜上贤皇帝，

（转正线二黄）

此后莫再挑民女误了蚕桑。

应该爱惜黎民，

顾念民生痛痒。（拉腔，弦断）

韩　昌　贵人，弦断了。

王昭君　弦断了！故国的缘也断了！

［内场声：“大王驾到。”

［王昭君难过地将琵琶交与宫女。

［奏曲牌，番兵、番将、呼韩邪上。

韩　昌　相迎。

呼韩邪　国舅爷，孤家带了人马，前来迎接娘娘啊！

韩　昌　请问大王，何时起程？

呼韩邪　立刻起程。

王昭君　立刻起程么？

（唱二流）回首江山徒惜别，

梦魂难望到家乡。

待王嫱跪尘埃，

拜谢爹娘教养。

拜别了汉家姐妹，

拜别了护送官韩昌。

忽听到一阵阵胡笳，

（转二黄滚花）

不由人心弦震荡！

（转煞板）王昭君心惶意乱，

前路茫茫。

韩　昌　（领众同说）千里送君……（拱手）

呼韩邪　（领众同说）终须一别！（拱手）

（唱秃头滚花）

娘娘与孤登程，

休要多思多想。

韩　昌　娘娘珍重，臣等告辞。（下）

呼韩邪　娘娘，待孤家亲自执鞭，请娘娘上马。——趱程！

［天连朔漠景。

［快“排对对”牌子呼韩邪、王昭君等行进。

王昭君 请问大王，此处是什么所在？

呼韩邪 前面就是孤家国邦所在。——娘娘，时候不早，待孤家与你马上加鞭。

［呼韩邪一拨马头，同转身亮架。

合　唱 （唱手托）一派的绝塞风光，

浑不似华夏景象，

风乍起——（风号云飞）

日色黯不光。

［音乐，风沙大作，呼韩邪脱斗篷为昭君遮挡风沙，舞蹈，风沙渐过。

［王昭君饮泣，暗相思。

（续唱） 风过处黄沙盖原壤，

野茫茫草低见牛羊，

悲身世漂泊寄他邦。（饮泣，暗相思）

呼韩邪 （唱滚花）娘娘何须悲怆，

有道是“日久他乡即故乡”。

况如今塞北有江南，

请娘娘远看。（指顾）

王昭君 （远眺，惊异）啊？！

（唱滚花）何故眼前忽现我家乡。

呼韩邪 娘娘啊，孤家知你生长南郡，家在秭归，故而命人图写山川，建成村落，让你闲来游览，稍解乡思。

王昭君 哦！（礼谢）大王用心，昭君鸣感。——只是啊，如今家乡在眼，苦恨翻添。

呼韩邪 娘娘恨的什么？

王昭君 （唱北上小楼）

恨奸佞，

他暗中伤，

害我掖庭冷处十年长；

纵此际家乡在望，

不见爷娘兄弟行。

怕只怕这一生不得见，

王嫱能不断柔肠？！

［昭君气倒，呼韩邪忙扶持。

呼韩邪 娘娘！（命众）快拿酒来。——娘娘苏醒。

［阴锣，昭君醒来，羞在呼韩邪怀抱，即离开。

王昭君 （唱滚花）猛醒来羞不迭，

感他呵护在旁。

呼韩邪 娘娘！（接酒敬奉）

（唱滚花）请用这美酒葡萄，

祝愿你安然无恙。

［王昭君欲接，踌躇再三终于低首默然。

呼韩邪 （婉劝）娘娘啊！从前委曲，又何须耿耿于怀。你看着塞上梅林："不是一番寒彻骨，哪得梅花分外香"呢！娘娘且听孤相劝。

（唱古老中板）

已往折磨当从佳处想，

安知不是天公暗主张。

成就你我良缘留塞上，

同掌千里江山日富强。

王昭君 这个……

呼韩邪 （劝酒殷勤，唱滚花）

孤的心意注杯中，

望娘娘开怀放量。

（幕后合唱）

果然磊落真男子，

不愧纵横北国王。

夫妇深情一杯酒，（接杯）

汉胡相好万年长。

[王昭君饮了半杯，一想，还敬给呼韩邪，呼韩邪接过，感慰不胜，笑望王昭君，一饮而尽。

[幕后，匈奴百姓欢呼，击钱鼓。

（合唱新曲）

香车宝马，迎来了她。

她洒雨露，润一望无垠的牧草，

她播云霞，给千篷万帐送光华。

王昭君 大王，百姓高呼，是何意思？

呼韩邪 哦，我匈奴游牧为主，把水草看成珠宝，他们称你是上邦天使，贤慧娘娘，异口同声，求你指点个水草方向。

王昭君 昭君只是个乡间女子。（一笑逊谢）

呼韩邪 匈奴习俗如此，娘娘尊重为宜。——弓箭拿来！——就请开弓。

王昭君 好吧！（接弓，引满不发，向天而誓，念）

答谢生民望，引满向青云。

苍天鉴我心，箭到泉水喷。

[雁儿落，车身射箭，箭落远处土墩后，百姓欢呼，一股泉水飞迸，散为霞绮，胡乐起。

[二胡女肩着有耳水瓶，二胡女高捧葡萄篮子上，与四胡兵围绕王、后而舞，然后送王、后并马携手而下。

[幕闭。

[剧终。

（剧本版本：红线女艺术中心提供）

三件宝

（根据陆云飞口述故事编撰）

编剧：陈冠卿　陈晃宫　刘汉鼐

人　物　表

钱毕仁	赖　氏
韩　义	钱素梅
钱金菊	钱玉兰
黄家富	白生财
冯　桂	钱　七
秋　儿	苗穿石
两丫鬟	四家丁
四贺客	

第一场　祝　寿

［某朝代腊月中旬某日下午。

［财主佬钱毕仁家，寿堂。

［奏撞点锣鼓。幕启。

［钱七、两丫鬟上。摆设堂上各物，分别站列。钱毕仁上。

钱毕仁　（唱中板）有利可图摊大手，

算盘一拨鬼神愁。

今天是我梅花寿，

亲朋戚友礼相投。

多谢一声，全盘接受。

［奏士工相思。进堂，端端正正坐下。

［秋儿扶赖氏从内堂出拜介。

钱毕仁 （接唱） 满堂吉庆，喜上心头。

老汉钱毕仁。

赖　氏 老身钱门赖氏。

钱　七 我叫钱七。

秋　儿 奴婢秋儿。

钱毕仁 夫人，寿辰礼物如山积，鸡鸡鸭鸭多到极，做多几次又何妨，好过放债收利息。

赖　氏 今年格外多亲戚，何以酒菜完全无一席？

钱毕仁 话你妇道人家无见识，观音怎请罗汉食，做人悭得就要悭，大饮大食最无益。

赖　氏 今天老爷红日当头，老爷请上，受老身拜贺。

钱毕仁 老夫老妻，随便得啰！

［奏“帅牌”。赖氏、钱七、秋儿及两丫鬟依次叩拜介。

［内场家丁声：“大姑爷、大小姐，二姑爷、二小姐到！”

钱毕仁 他们来啦！请请请。

钱　七 （叫白）老爷有请大姑爷、大小姐，二姑爷、二小姐进寿堂。

［奏“地锦”。黄家富、钱金菊、白生财、钱玉兰上。

钱毕仁 你们来啦！坐坐坐。

黄家富 恭喜岳丈，今日乃寿诞之期，小婿送来烧鸭两只，腊肠一包，绸缎数幅，京果一盒，请岳丈大人笑纳。

白生财 恭喜岳丈，今日乃寿诞之期，小婿送来金寿桃两颗，金寿星公一个，酥饼一盒，香茗一包，为岳丈大人上寿。

钱毕仁 两位贤婿太客气了，不过自己人不应推三让四，钱七，全盘收下。

黄家富 岳丈

白生财 岳母

钱金菊 爹爹

钱玉兰 娘亲

请上，受 小婿／女儿 叩拜。

［奏“帅牌”，叩拜介。

［四贺客上。献礼物。

贺客甲 恭喜钱翁，贺喜钱翁，今天做其寿星公。

贺客乙 钱翁寿诞，也不通知一声，不是这位兄台照会，小弟错过一餐了。

钱毕仁 承蒙各位送来厚礼，更亲临祝贺。真是愧不敢当，万分感激。本当聘请名厨，巧制熊掌驼峰，山珍海味，大摆筵席，与诸位共醉一觞。

贺客丙 有此盛会，不可多得，多谢多谢。

贺客丁 钱翁不惜巨资，盛筵招待，未免太破费了。

钱毕仁 嗯，我也觉得破费，不独破费，而且大大不孝啊！我想今天生日，正是母难之期，当母亲生我之时，与阎罗王仅隔一纸，我怎能大饮大食，忘记亲恩呢？我真不孝！（哭）我今日要食斋一天，以表孝心。

众贺客 （失望）食斋？

贺客甲 钱翁孝思不匮，钦佩钦佩，（对众）食斋也不错呀！有斋烧鹅、斋烧鸭、斋扣肉、斋……

钱毕仁 食斋本来是好事，惟是想起母难深重，食斋亦不能表我孝思，我还是绝食一天，以志不忘。今天饮碗清水算了，我对不起娘亲，我万分不孝，万分不孝！（放声大哭）

［众贺客面面相觑，败兴辞退。

［钱毕仁仍是涕泪交流。

钱　七 老爷，走光了。

钱毕仁 （精神一振）钱七，关大门。

［钱七应声下。

黄家富
白生财 我们也走吧！

钱毕仁 （阻拦）唥！母难还母难，应悭就要悭，我不哭几哭，就蚀（白贴之意）一大餐。你们可不同呀！我已劏（“宰”意）了一只肥鸡，弄了几个小菜招待你们。

黄家富
白生财 多谢岳丈另眼相看。

钱毕仁　自己人嘛，只要你们多些孝敬老人家就好了。人来摆酒。

［丫鬟斟酒上菜。

［各人入座。奏“帅牌”饮酒。

钱金菊　阿爹，因何不见三姐素梅和妹夫韩义来祝寿呢？

钱玉兰　来得这样容易么？一来无钱送礼，二来衣衫褴褛，所谓手长衫袖短，无衣懒出门。

钱毕仁　素梅这个衰（“没出息”之意）女，不要提她了。生来周身贱骨头，偏爱韩义这个烂泥头，试问穷鬼书生怎会有出头，管教一生挨饿勒实（“紧”意）裤头，他们不来向我祝寿叩头，我倒一身安乐，免得见了皱眉头。

赖　氏　看你呀，不分皂白，开口就骂素梅贱骨头，既不喜欢韩家，当初你何以又答应韩家亲事？

钱毕仁　当初我还未发达，韩家亦未破落嘛，总之人穷就得人憎！

赖　氏　总算是自己骨肉，叫他们来吃一餐饭也好。

钱毕仁　不必啰！

［钱七“冲头”上。

钱　七　禀上老爷，韩义……三姑爷、三小姐来了。

钱毕仁　就说就到真头痛，叫他们进来。

钱　七　（回头）进来呀！

［双槌。韩义、钱素梅挽礼盒上。

钱素梅　礼薄怕人讥讽。

韩　义　人穷志气不穷。（进寿堂）

钱素梅　拜见爹爹娘亲。

韩　义　拜见外父外母。

钱素梅
韩　义　（复转身作礼）拜见大姐夫/衿兄，大家姐，二姐夫/衿兄，二家姐！

钱毕仁　唔，你们这个时候才来，谅必用过晚饭了。

钱素梅　韩义街头卖字，回家不久，因此还未用膳。

钱毕仁　未食饭来做什么？

韩　义（唱三脚凳）

　　恭喜外父，红日当头。

　　谨具薄仪，为外父祝寿。

钱毕仁 送什么来？

韩　义（续唱） 是一件蒸品，

　　新鲜好入喉。（唱滚花）

　　略表子婿孝心，

　　外父莫嫌粗陋。

　　请外父笑纳。（献上）

钱毕仁 看看什么"精"品？（揭开，愕然）啊！一底（"一盘"意）松糕。

韩　义 是松糕。

钱毕仁 又说是"精"品？

韩　义 松糕是蒸（谐音"精"）的。

钱毕仁 怎见得新鲜好入喉？

韩　义 刚刚蒸好，又松又软，足有二寸厚呀，外父。

钱毕仁（气极，念白榄）羞不羞？羞不羞？礼薄还将架子兜，你两位衿兄，礼物多丰厚。你竟以松糕来祝寿，不怕外父嬲。

黄家富（接念） 物似主人形！

白生财（接念） 面皮与松糕一样厚。

钱金菊（接念） 贱物岂是人所食！

钱玉兰（接念） 最好拿去喂猪牛。

韩　义 外父呀，（唱滚花）

　　一底松糕来不易，

　　几多血汗滴田头。

　　他年韩义运亨通，

　　岂乏奇珍来上寿。

钱毕仁（冷笑，唱滚花）

　　穷鬼书生能发达？

老鼠会拖大黄牛。
阿梅做着韩义妻，
今世今生将难受。

钱素梅 素梅不以为苦。（唱减字芙蓉）

所谓知足者贫亦乐，
不知足者富亦忧。
韩义每日去卖文，
我在家中常刺绣。
公一份时婆一份，
吃穿不用担愁。（转滚花）
虽是淡饭清茶，
犹幸夫妻情厚。

赖　氏 阿梅！（唱花鼓芙蓉）

你脾气不改，
依然这么硬口，
你纵然吃得苦，
为母替你担忧。

（转念白榄）韩义呀韩义，见了你就眉头皱。一股寒酸气，何日才有出头。男人大丈夫，莫将妻饿瘦，莫将妻饿瘦。

韩　义 外母！（唱梆子中板）请安心。

勿愁我夫妻两口，
有柴米之忧。
总有一天，
我平步青云，身披锦绣。
常言道，将相本无种，
我未必一世卖字街头。
说到素梅，
自入我家，真是常开笑口。

告诉外母知，

你快有外孙抱，

大概在明岁初秋。

[钱素梅微羞，众愕然露妒意。

韩　义（得意地，唱滚花）

那时定请外父外母六人，

诸位衿兄大姐，

到我家中饮杯喜酒。

钱毕仁 素梅有了？（向赖氏）夫人，不孝有三，无后为大，你我年已半百，子嗣犹虚，我想……

赖　氏 想想想，想什么？不准想！

钱毕仁 这……我想……一定是祖坟风水不佳。唔。来朝要请个风水先生看看。

黄家富 岳父，闻得风水先生苗穿石眼力非凡。

白生财 何止瞄穿石，还可看穿天！

韩　义 积善之家有余庆，求子何必问堪舆。

钱毕仁（怒）不要得意。（唱滚花）

养活老婆都不易，

多添一口你更担忧。

连你骨头都啃光，

你就怨做错老窦。（即父亲）

韩　义 外父！文章盖世，夫子亦厄于蔡陈；武略超群，太公曾钓于渭水。小婿一时落魄，何足为奇，将见草履麻鞋，换上紫衣金带。

钱毕仁 换换换，换你底松糕吧！

[众冷笑，钱素梅忿极欲言。

赖　氏 算了，算了。饮酒吧！（唱滚花）

酒菜冷了不好入喉，

韩义，素梅！坐下饮杯美酒。

秋儿，摆多两个位。

[秋儿端杯斟酒。

钱玉兰
钱金菊 爹爹、娘亲请！
钱素梅

钱毕仁 随便得啦！

赖 氏

［奏“快琴音”，众饮食。

［冯桂匆匆上，跪向钱毕仁身前。

冯 桂 （口鼓）老爷！我家老母病在垂危，求你借二两银救一救。不借就会死的……老爷。

钱毕仁 （口鼓）你死呀！你家死人你家事，不应在我大喜日子，叩此死人头。

赖 氏 大吉利市。

冯 桂 （口鼓）老爷，念我替你做了半世长工，看着你由几十亩田，转眼变成千百亩。

钱毕仁 （口鼓）混账！我有万顷良田是我的福。实在养你这奴才冯桂，累我少养了一条牛。赶出去！

钱素梅 （半句口鼓）阿爹，做做好事！

韩 义 （半句口鼓）不能见危不救。

钱毕仁 （口鼓）你有钱你就周济他。遇事无我十分益，半个铜钱不外流。

冯 桂 老爷，我照纳利息吧！

钱毕仁 （唱滚花）你有何本事还本息，
只能一辈子为马为牛。
以前欠债未清，
亏你还敢开口。

赶出去！

［钱七逐冯桂下。

钱毕仁 （恼）向我借钱，真大想头！

赖 氏 不必生气了，饮过杯吧。

黄家富
白生财 叨扰已久，小婿告辞。

钱　七 外边下雪哩！姑爷。

钱毕仁 下雪吗？女婿不比别人，不必走了。钱七，带大姑爷、大小姐往东厢安歇，二姑爷、二小姐往西厢安歇。

［钱七领黄家富、钱金菊、白生财、钱玉兰等下。

钱毕仁 （望着韩义）韩义，夜了。

韩　义 小婿告辞。

［韩义携钱素梅欲行。

秋　儿 （白榄）不能走！不能走！风雪漫天封路口。归去路遥遥，又是初更后。老爷与夫人，要把姑爷、小姐留。

赖　氏 （一想，白榄）素梅身有孕，确难将路走。不留他两人住一宵，街坊邻里又多口。明朝再走吧！

［钱七复上。

钱毕仁 留就留啰！钱七！你开后花园最通爽那个房间给他们住吧！

［钱七领韩义、钱素梅下。

钱毕仁 （唱滚花）你们把所有礼物，
　　　　捧进后楼。

［幕闭。

第二场　宝　袍

［第一场之当晚。

［钱家后花园，破柴房。

［奏“银台上”头。幕启。

韩　义 （唱七字中板）
　　　　阵阵朔风敲窗户，
　　　　飘飘白雪拥寒庐。

蛰处柴房遭欺负，

不忍低头是丈夫。

（即景吟诗往来踱步。转柳青娘，吟哦）

漫天风与雪，

遮断银河月，

问雪几时晴，

好将丹桂折。

（摇首）不好不好，待雪晴方能折桂，太无志气，要改要改，尾两句要改！

（吟哦） 漫天风与雪，

遮断银河月，

我有上云梯，

桂枝随手折。

（喜）佳句佳句，这才有丈夫气概！（风卷进房，打个寒噤，愤懑）风雪呀风雪，任你来磨折，韩义不愁寒，未肯因人热。（嘘嘘呼冷）

钱素梅 （起坐）夫君不畏寒，因何呼“嘘嘘”！

韩　义 你又醒来了。

钱素梅 秀才，被你吟诗吟醒我了。（唱长句二黄）

且看夜冷风高，

你尚摇头摆脑，

浅吟低唱乐陶陶。

被薄衣单今晚如何度？

你看风如利箭，雪似钢刀。（序）

你珍重才好。

（将被加在韩义身上）

只怨老父偏心，

不该欺贫重富。

韩　义 （又将被加在钱素梅身上，唱小红灯）

你莫为我烦恼，

我人穷志气豪，
两餐虽不保，
不过暂时受下苦，
韩义有才见识高，
你父亲脑筋太糊涂，
他哪里想得到，
有日寒酸当尽扫。（唱长句滚花）
龙虎榜，登上我名号，
门前打响头锣送喜报，
我脱却青衫换紫袍，
万人争看贵人和命妇，
外父定来祝贺，拜倒于途。

那时嘛……

钱素梅 那时又怎样呢?

韩　义 （唱滚花）那时我昂昂然拂袖而行，
掉头不顾。

（作出门状，一阵风来，打了一个寒噤）

钱素梅 （急将被加在韩义身上）快披上吧！不要冷着。

韩　义 （推开）我不觉冷！（唱减字芙蓉）
我身体素来结实，
似山上棵老松。

（作态表示坚强，窗外一阵风来，当堂发抖）

钱素梅 看你，发抖了。

韩　义 （续唱） 松树被风吹，
当然会摆动。（强作支持）

钱素梅 看你冷得面色发青了。

韩　义 青才好。（续唱）
松树不怕冷，越冷越青葱。

钱素梅 看你竖起汗毛了。

韩　义 （续唱） 光滑就不是松皮，

这些道理谁都懂。

钱素梅 何以你这样瑟缩呢？

韩　义 （续唱） 这是苍松古劲态，

与瑟缩绝不同。（转爽中板）

总之风来当扇频摇动，

雪当棉花盖几重。（转滚花）

你就与我不同，

应把身躯保重。

你先去睡吧！

钱素梅 你呢？

韩　义 古人爱月夜眠迟，我韩义爱雪夜眠迟，我不睡，你放心睡吧，

钱素梅 我眠君坐，我暖君寒，心实难安。

韩　义 我欲稍待片时，才来入睡，妻你不要固执，先顾腹中小儿郎。

钱素梅 （唱滚花）夫郎情殷意重，

为妻只有依从。

你莫寒宵久坐损精神，

明早还要街头走动。

[钱素梅睡，韩义为她盖被，一阵风来，韩义觉冷。

韩　义 （唱长句滚花）

真可恶，

你个顶头风，

专向穷人逞威风，

见我衣衫单薄便来戏弄，

冷得我当堂变成一只大虾公，

顾得窗来门又动，

顾得西时又顾不得东。（风动门）

风呀风，请勿进房来，

韩义将你送。

（挥手推门）送客！（找东西顶门，见石磨，移动了几下，浑身发热，有所悟）我再把石磨举几下，岂不胜于穿上一件棉袄么？就是这个主意。（托起石磨，上下举动，最后把门顶住）风大哥，这回不由你做主了。（满头大汗，喘不过气来，坐在床边，顺手拿起葵扇扇起来）

[快五槌。钱七持灯笼引钱毕仁上。四处查看。

钱毕仁 （唱滚花）园中似有人走动，

惹起我疑惑重重。

有道“贫穷起盗心”，

留个韩义在家，

累我今宵难入梦。

日防夜防，家贼难防。宁可不睡，步步提防。钱七与我上前一看！

[钱七示意不可声张，钱毕仁窗外窥视，见韩义摇扇取凉，大为惊异。

钱毕仁 奇怪，我穿这么多衣裳还觉冷，看他衣衫单薄却在那里扇扇……

[钱七示意钱毕仁上前敲门。

钱毕仁 开门。

韩　义 谁呀？

钱　七 老爷来了，快开门。

韩　义 （开门迎入）外父深夜到来，有何要事？

钱毕仁 近来盗贼猖獗，官府有命严加防范呀！……喂，你不觉冷吗？

韩　义 （气恼）我不冷，我全身发滚。

钱毕仁 奇了，我内穿棉袄，外罩皮袍还觉冷，你衣裳单薄，反而全身发滚，还扇着扇？

韩　义 （生气）外父，有道烂船还有三斤钉，我今晚若不穿上这件火袍，早已冷毙多时了。

钱毕仁 （旁白）火袍？这件火袍真有用，穿来不怕雪和风，老人财多身子弱，有它还胜烘火笼。

钱　七　老爷行路似虾公，穿起皮袍还怕风。若然有了这件宝，虾公也变一条龙。

钱毕仁　（上前）贤婿，你有这件火袍我就安心了。

韩　义　此话怎解？

钱毕仁　（唱减字芙蓉）

只因漫天风雪大，

才留你在家中。

我彻夜不能眠，

怕你夫妻同受冻。

所以亲自来探望，

冒着雪和风。

韩　义　啊！外父为了我，连防贼也忘记了。

钱毕仁　（尴尬地）这……这当然啦！（唱滚花）

有道女婿是半子之亲，

冷坏你夫妻，叫我怎不心痛。

贤婿，我有一件事情想和你商量，不过难于启齿，你是个聪明人，不说你也明白，我想……

韩　义　你想什么？

钱　七　老爷，这有什么相干，份属翁婿，直说无妨。

钱毕仁　我想……（唱秃头二黄慢板）

我想求女婿，

出让这件火袍。

我们翁婿至亲，

谅你定能做得到。

韩　义　这个？（接唱）

原来外父，想买此袍。

恕难转让别人，

此乃传家之宝。（序）

卖了何颜对宗祖。

钱毕仁 贤婿！（口鼓）怎会对不住宗祖，我非外人，是你外父。我给你白银五两，你可以再造过一件袍。

韩　义 （摇头）外父！（口鼓）三代留传，只得这件宝。随便出卖，人家怪我太糊涂。

钱毕仁 不会的。你后生，我年老，你卖件火袍给外父，人家只有说你好。

韩　义 不能呀！外父。

钱毕仁 外父开口都不能？（哭丧着脸）贤婿！（喊口腔）好心啦！好心啦！可怜我气衰血渐枯，一番北风就患疴肚，日夜不离个药煲，贤婿做下好心，让件火袍给外父。

韩　义 待我想想。（旁白榄）我不过随口说几句，他当真信是宝。何不顺水推舟答应他，有钱赠些冯桂医老母。（欲上前，一槌，却步）不能呀，不能呀！

（唱滚花）宝非真宝，袍非宝袍，

他日识破之时，如何是好？

钱毕仁 贤婿，答应我吧！

韩　义 难呀，外父。

钱毕仁 添够十两。

韩　义 十两都难呀！

[钱素梅被吵醒。

钱毕仁 （有些生气）你当真不答应？

韩　义 我实在无法答应。

钱毕仁 你太绝情了。（唱滚花）

你做初一我做十五，

你再不答应，

我就动手脱去你件袍。

我要你件袍好应该，

鬼叫你是女婿我是外父。

[钱毕仁动手欲脱。先锋钹。

钱素梅 （刚醒，不知实情，上前阻拦）爹！（唱滚花）

因何动手，脱我夫婿件袍。

他全靠此袍，免受风寒之苦。

钱毕仁 我就是要他这件袍。（唱滚花）

乖女快劝你丈夫，

割爱让袍给外父。

钱素梅 叫他让袍？阿爹，你太过分啦！

钱毕仁 他不卖才过分哩！乖女，你体谅阿爹几十岁人了。

钱素梅 你要了件袍，岂不冷坏他。

钱毕仁 嗯！你只担心丈夫冷坏，就不顾父亲冷坏了。难怪人家说："嫁出女，泼出水。"你只顾两公婆齐全，就不顾外家死绝了。

钱素梅 阿爹，你看这件……

钱毕仁 他这件火袍我不是白要的，我愿给他白银十两，作为补偿。

钱素梅 （愕然）究竟……

钱毕仁 究竟还是让给我好。（强钱素梅上前劝夫）

钱素梅 （对韩义）这是怎么一回事啊！

韩　义 （拉开钱素梅，另场）我举石取暖，信口说是身有火袍，你父信以为真，强我出让，我本欲顺水推舟，好助冯桂医母，又怕……（指袍）

钱毕仁 （急接）怕什么，袍是一定要让给我的了。钱七，快取十两银来！

［钱七奉银。

韩　义 外父，你一定要吗？好啦！（唱滚花）

丈人识宝，小婿何惜此袍。

韩义家穷，顾不得列宗列祖。

（初犹豫，后决意）好！卖给你。（脱衣，有寒意，急将衣蔽体，摇头）外父，我脱了火袍给你，轮到我冷了。

钱素梅 真的，没有袍穿，容易冷坏。

钱　七 姑爷，后生细仔怕什么？看我钱七！（拍胸膛）下大雪，刮大风，还冲冻水凉。

韩　义 我不同你，你不怕冷我怕冷。

钱　七 怕冷怎么出来"捞"（"混"意）？学我钱七，穿一件单衫，跑几十里路，帮老爷收租。

钱毕仁 钱七你不怕冷？

钱　七　不怕。

钱毕仁　你不怕冷，就脱你件袍给他吧！

钱　七　（一缩头）老爷，我怕冷。

钱毕仁　是你自己说不怕冷的，快脱快脱。

［钱七无奈，脱衣，缩为一团。

［韩义毅然脱去长袍，钱素梅急将外衣披在韩义身上。

钱毕仁　（给韩义银，接袍，大喜，唱滚花）

女儿女婿都孝顺，

知吾年老乐相扶。

钱七！快带姑爷小姐搬进上房，

等到明朝再就道。

韩　义　（双关地，唱快中板）

殷勤留宿见情高。（转滚花）

外父盛情，容图后报。（散更）

天已微明，我们就此回家，小婿告辞。

钱毕仁　钱七开门。

［钱七连打喷嚏引二人下。

钱毕仁　一个人行起运来，真是有头有路，有此宝袍，以后落大雪、刮大风都不怕，先试试看。（抖袍掩鼻）起晒镜面（垢迹斑斑之意），一股酸气，怎能穿上呀！（唱滚花）

将它洗净藏高阁，

择定良辰吉日我就试火袍。

［幕闭。

第三场　试　袍

［十日后。

［小山岗，田野。

［幕启：奏“三宝佛”小调，风水先生苗穿石跛着脚，一步一拐，左张右望，作看风水状上。

［钱毕仁披着一件长皮袍，蹒跚上。

［钱七肩挂包袱，跟着钱毕仁身后上。

钱毕仁 （唱八板头）

周身外父相，

老是无儿养，

枉我大米满仓，

一朝病魔降，

阎罗王诏往，

身后便感孤寒。

先生。（唱滚花）

看过了我家祖坟，

你觉得风水怎样？

苗穿石 （拈着几条稀疏的胡子，白榄）

好地方！好地方！财帛星君照远方，可惜只旺财。人丁并不旺，因为山坟刚对正，前面玉女岗。

钱毕仁 玉女岗？

苗穿石 玉者育也，岗称玉女，顾名思义，是只育女而不生男矣！再者我细观天象，坟上刚对正九天玄女娘娘星位，玄女乃旺女之星，九者九也，员外不生九个女，奇哉怪也！

钱毕仁 掹命么？生九个，（白榄）原来祖坟对正玉女岗，又被玄女娘娘骑在头壳上，阴气如此重，怪不得连生三个姑娘。好在老婆身子差，生到素梅就无生养。先生有何好办法？叫我老婆快弄璋。

苗穿石 （唱滚花）归园杞菊无济事，

参茸炖品不过是一啖热辣汤。

风水乃是福之源，

欲想生男把祖坟迁葬。

钱毕仁 把祖坟迁葬？（摇头）怕一迁葬，变了丁旺财不旺，那时反为不美。

苗穿石 员外放心，非有吉地，也不敢叫员外移动祖坟。

钱毕仁 吉地在哪里？

苗穿石 （遥指远处）那边吉地，对正文昌，文昌主生贵子，一定丁财两旺，福禄齐全。

钱毕仁 （喜）真的？

苗穿石 我苗穿石半世看风水，从未欺骗过人，不然哪有“瞄穿石”这个雅号。

钱毕仁 好极好极，我完全相信。我告诉你，财嘛！我好比韩信将兵，多多益善；丁呢？三个男丁够啦！一个做文官，一个当武将，一个在家里帮我看当铺，管田庄；寿呢？九十八岁，命也差不多了。

苗穿石 有有有，一定有！员外那块吉地，前对东海，后靠南山，左青龙，右白虎，祖坟迁葬后，定然从心所欲，如意吉祥！但是，迟行一步就会被南村马员外抢先了。

钱毕仁 （惊）真的，哎吔！

（快白榄）快去觅地方，把祖坟迁葬。

苗穿石 （白榄）要考定经纬，太阴对正太阳。最紧要寻龙，照罗庚方向。乱葬乱迁能发达？风水先生要改行。

钱毕仁 那么，快去寻龙！

苗穿石 员外，我未吃饭。

钱毕仁 加送步金，去啰去啰！

苗穿石 员外随我来。

[起风。

苗穿石 （觉冷）哝，员外，天气变了。

钱毕仁 不妨！快走！迟一步被马家抢去吉地了。

[风愈大。

苗穿石 （颤抖）员外，太冷了，改日天气晴和再来吧！

钱毕仁 打铁趁热！

苗穿石 员外，你热我不热，你有皮袍我没有，改日再来。

（转身欲下）

钱毕仁 喂喂喂！不要走。（望见钱七背上包袱）我宁愿借我这件袍给你。钱七，打开火袍！

苗穿石 （怀疑地）借袍给我？你呢！

钱毕仁 你为得我，我亦为得你，我不要紧。（脱袍给苗穿石）

［钱七把轻飘飘的“火袍”披在钱毕仁身上。

钱毕仁 （心理作用）初次穿上，浑身发热。宝即是宝。

苗穿石 去啰！

钱毕仁 去啰！（唱赛龙夺锦）

火袍障身，暖洋洋，
哪管刮风，
哪管降霜，
永不愁冷，
永不冻僵，
好一件火袍堪赞赏。

［苗穿石在前，钱毕仁居中，钱七居后，一起走着。

［风雪愈大，叻叻鼓，苗穿石走远了。

［钱毕仁渐觉寒冷，缩作一团。

钱　七 觉得怎样？老爷。

钱毕仁 （颤抖）冷！冷！

钱　七 穿上火袍还觉冷？

钱毕仁 （摇头）顶不住，一点暖气都没有！呵唷，冷，冷，钱七揽实我！

钱　七 哦！（紧紧搂抱钱毕仁）

钱毕仁 用力啦！

钱　七 哦！（力箍钱毕仁）老爷，你口唇黑了，面色变了。唔……我好像抱着块冰。

钱毕仁 冰！（战慄着，望袍，醒觉，大怒，唱滚花）

何尝有一点火气，
披上如盖冰霜。

韩义奴才，敢以假袍欺岳丈。

找韩义去！（欲走，抬头不动，急）追先生回来，索回皮袍！

钱　七　先生去远了，人影都不见。

钱毕仁　（唱快滚花）

找韩义算账，捉他上公堂。

我不能走了……钱七背我！

[钱七背起钱毕仁便跑，叻叻鼓。风雪愈大。

钱毕仁　（喘着气在钱七背上）阿七，你真听话，你好好服侍老爷，我将来一定把秋儿嫁给你。

钱　七　（大喜过望）是吗？多谢老爷！（想叩谢，手一松把钱毕仁抛落地上）

[钱毕仁四脚朝天，呼痛。

[钱七急扶，大风起。

[幕闭。

第四场　宝　煲

[与上场同日中午。

[韩义家。

[奏柳底莺一句，幕启。

[奏西皮序。

[钱素梅拿着一捆柴上。

钱素梅　（唱西皮）我夫圩场摆字摊，

风凄凄，依然是夹衫，

为求两餐，急景残年，

穷人度日艰！

岁暮严寒，我夫还要长街奔走，我素梅人在家里，心念夫郎，因此把纺织所得，买来猪脚一对，美酒半壶，好待我夫回来，相对共饮，正是清茶淡饭多

恩爱，不信贫贱夫妻百事哀。（下）

［韩义一手拿布招牌，一手挽猪脚一对上。

韩　义　（唱西皮连序）

岁晚挥春生意好，
写到几乎手也僵，
买来猪脚一双，
足有一斤重量，
可惜全无佳酿，
走忙忙，归家去，
是炒？是炖？还是卤？
请教妻房。

（奏旱天雪，衬白）我妻她见了猪脚，定然欢喜，何不要她猜猜，开开玩笑。（用招牌遮住猪脚，入门）

［钱素梅由内上。

钱素梅　啊！夫郎回来了么。

韩　义　回来了。

钱素梅　漫天风雪，见你衣衫单薄，为妻心里不安，你快把招牌放下，到厨中烘火取暖吧！

韩　义　我不觉冷，无须烘火了。

钱素梅　今天生意如何？

韩　义　挨年近晚，生意兴旺，买得一些食物，与你一同度岁。你猜猜是什么东西？

钱素梅　待为妻猜来。蒲团打坐……

韩　义　咸煎饼？不是。

钱素梅　交拜天地？

韩　义　油炸脍？不是。

钱素梅　这也不是，那也不是，慢说为妻愚蠢，就是夫郎聪慧，你也猜不到我买什么给你吃。

韩　义　除非不猜。一猜便中。观音手指？

钱素梅 番薯仔？不是。

韩　义 那就是杨枝甘露？

钱素梅 野菜煲粥？也不是。

韩　义 这也不是，那也不是，不要猜来猜去，总之我买的堪称一枝独秀。

钱素梅 为妻买的就不能并驾齐驱么？

韩　义 当然啦！我的好食！

钱素梅 我的有益！

韩　义 我的能下酒。

钱素梅 我的补脚力。

韩　义 （拿出猪脚）你好得过猪脚？（放在桌上）

钱素梅 这真凑巧。

韩　义 莫非你买的也是猪脚？

钱素梅 正是，快煲熟了。

韩　义 待我一看。（奏冲头，入内复出）好香！好香！不弹此调久矣！（唱滚花）

一煲猪脚，足庆除旧更新。

（忽有所悟）嗯！家里未有余资，猪脚何来将妻问。

钱素梅 （唱中板）日夜里纺织勤。

积有余资防手窘，

免逢逆境靠无人。

今天除夕良宵近，

迎新除旧庆芳辰。（转滚花）

我已备美酒佳肴，

候夫你归来共饮。

韩　义 （接唱）　三姐真是，先得我心。

一阵阵饥腹雷鸣，

待我拿来饱餐一顿。

［钱素梅欲下。钱七背钱毕仁跄踉地上。入门。

韩　义 什么事？外父。

钱　七　快拿杯热茶来吧！老爷几乎冷死了。

［韩义取茶给钱毕仁。

钱毕仁　（唱连环西皮）

真真可恶，真真可恶！

破衣冒称火袍，几乎冷死岳父。

韩　义　（唱沉腔滚花）

少安毋躁。

钱毕仁　（唱反线芙蓉中板）

以为你件火袍真有宝，

穿起犹胜烘火炉。

谁知衣薄难挡狂风暴，

几乎冷死外父在中途。（转滚花）

你骗去我十两白银，

我要追还这笔数。（脱袍）

交还你，还钱来！

韩　义　（接袍）外父！（唱滚花）

十两白银事小，

不能冤枉我件袍。

你亦亲眼见到我取扇纳凉，

怎能说袍不是宝。

钱毕仁　宝宝宝，此袍确有"补"（谐音"宝"）！烂衫当火袍，冷到我口唇似乌枣，一点宝气都无。

韩　义　外父……

钱毕仁　鬼是你外父，衰仔！

钱素梅　阿爹！（唱滚花）

是你甘心情愿求相让，

不是韩义骗你买此袍。

阿爹穿起火不生，

怕是无福消受这件宝。

钱毕仁 胡说！分明夫妻串通，冒宝行骗，如不还钱，送官究治。

韩 义 且慢！此袍三代祖传，穿起便暖，何以说不能御寒，外父有无糟蹋这件宝？

钱毕仁 你外父珍之重之，藏之高阁，择定今天良辰吉日，才来穿着。你看，洗得它何等干净！

韩 义 （看袍，机智地）你将它洗过吗？

钱毕仁 这样肮脏，不洗哪能穿上！

韩 义 （顿足）糟啦！（唱有序中板）

袍是有名唤火袍，

水能尅火外父应知道。

一经用水洗，火气就全无。

当晚仓促间，

我竟忘嘱咐，忘嘱咐，

今把火袍糟蹋，

心似割了千万刀。（唱滚花）

韩义对不起列祖列宗，

更对不起这件宝。（唱叫相思）

罢了，我的宝袍呀，祖宗呀！

钱毕仁 （惊愕地）素梅，他的话是真的吗？

钱素梅 是呀！他一向不许我用水洗，所以火袍一直未下过水的。

钱毕仁 （恨）因何不早告我？（唱沉腔滚花）

哎吔吔，我洗错了火袍。

天寒地冻我怎归家？阿义快拿件棉衣来！

韩 义 仅得此袍，哪有棉衣。

钱毕仁 没有棉衣，棉胎亦好，给我卷着回家。

韩 义 棉胎也没有一张好的。

钱毕仁 衰仔！牛高马大出来“捞”，棉胎也“捞”不到一张，十两银呢？

韩　义　送……送入肚里去了。

钱毕仁　嘿，竟学人大饮大食呀？写字有入息呀？

韩　义　哪有许多生意，外父你又不帮衬？

钱毕仁　帮衬你？连外父都映衰呀。你又不帮衬我间当铺？

韩　义　我没有东西好当。

钱毕仁　什么都没有？

韩　义　没有。

钱毕仁　不管你有没有，（唱滚花）

　　　　就追回十两白银，

　　　　连同利息一起计数。

钱七，拿算盘来。（钱七把挂在腰间的算盘递给他）七得个七，逢三进一，上梁加一粒，下梁加两粒，一粒又一粒，见五就进一，你借了十日，连本带利二十一两七钱七。还钱！

钱素梅　阿爹，当晚你说过什么应该记得，定要韩义转让火袍哀声求乞，他不答应你就将我罚，才有劝说我夫割让传家宝物。你今毁坏火袍乃是自己疏忽，还说我夫骗你未免太过冤屈！

钱毕仁　你个衰女手指拗出不拗入，被你激到我气咳！还钱！

韩　义　没有钱。

钱毕仁　（气得跳了起来，突然看见桌上猪脚）没有钱？没钱怎会吃起猪脚！衰仔，怪不得你穷，大饮大食！好，我现在又冷又饿，你就先煲猪脚给我食。

钱素梅　煲猪脚，几时才得熟呀！

钱毕仁　没得说，加猛火好了，不然叫我怎回家！（坐下不走）

韩　义　（拉钱素梅旁白）厨中已有猪脚一煲，让他吃了好快走，免得在此苦苦纠缠。（耳语）

钱毕仁　（气）哦！弄多少东西招待外父都要商量一番呀？快去煲！

韩　义　好吧！（对钱素梅）开台啦！（拿猪脚下）

钱毕仁　加猛火呀！我肚饿了。（边说边要随着韩义入厨房）

钱素梅　（急拦）噢！厨房浅窄，阿爹不要进内。

钱毕仁 煲猪脚也要有方法，我入去教他。

[奏叻叻鼓。韩义捧瓦煲上。把煲放桌上，撩开盖，热气腾腾。

钱毕仁 这样快？想吃疴我吗？（一摸烫手）哗！

韩　义 （送来碗筷）请外父受用。

钱毕仁 （尝了一块，惊异）好腍（烂熟意）好香呀！（唱滚花）

何以入厨片刻，

便捧出炖烂猪脚一大煲。

有何妙法烹调，

教你外父多好。

钱素梅 有什么烹调妙法，实在沙煲有……

韩　义 （急止之）有什么？加猛火罢了！（牵开钱素梅，另场）勿乱说，被他识破，连那副猪脚也给他吃掉。

钱毕仁 （怀疑）又商量什么？唔！（唱滚花）

任你如何加猛火，

亦难以一煮便出炉。

素梅你刚才说沙煲有……沙煲有……

（想。奏锣鼓，哑关目做手。想起夫妻密语，入厨被阻，互递眼色，今又窃窃私语，突然转身望望沙煲，再望望韩义、钱素梅，点首）唔！我明白了。（唱滚花）

莫非沙煲有宝？（一槌）

韩　义 沙煲哪有宝？外父发宝寒！

钱毕仁 不要骗我啦！眼见你拿猪脚入厨，很快就煮得又腍又香，我问你有何妙法烹调，你两个又挤眉弄眼，迟疑不肯实告，何况我刚才想入厨，又被素梅拉住。唔，怕我发觉沙煲有宝吗？是吗？沙煲有宝是吗？沙煲有宝是吗？

韩　义 （啼笑皆非，无可奈何地）外父，你说沙煲有宝，就有宝吧！

钱毕仁 （得意地）你外父双眼可厉害？一看便知沙煲有宝。阿义，这个沙煲，宝在哪里？怎样使用？

韩　义 （开始淡然，继而被迫砌词搪塞）此乃传家第二宝，没什么，只不过……点着一支香，在煲底燂三燂（“熏”意），念几句：“一燂滚，二燂熟，三燂口有福。食得！”就什么肉都又脍又香了。

钱毕仁 乖女，真的吗？

［钱素梅迟疑，点了点头。

钱毕仁 你放心吧！我不会对外人说的。（唱减字芙蓉）

贤婿穷得真有福，
有此宝沙煲。
想我一日食五餐，
另炖参茸将身补。
你外母更多病痛，
长年不离了药煲。

（对钱七）阿七，我们平日煲药，少也要用二斤五两柴，可它……只不过用一支香燂三燂就得啦。（唱滚花）

悭柴悭火省工夫，
有此宝煲千万个好。

阿义，煲是好极了，只是可惜！

韩　义 可惜什么？

钱毕仁 可惜这个宝煲落在你们手上，你们又少东西煲来吃，真是糟蹋这件宝了。不如这样，我给回你多少钱，卖此宝煲给我吧？

韩　义 卖给你？我不敢做主。问三姐吧！

钱毕仁 乖女，怎样？

钱素梅 阿爹，我们夫妇安闲过日，都是赖此沙煲。它不只节省许多柴薪，还能为我空出很多时间，多织几尺布。一旦卖了，诸多不便。这沙煲不能卖呀！

钱毕仁 （白榄）虽有宝，虽有宝，奈何你家境并非好，夫妇终日忙，生活一样苦，不如卖了此沙煲，换取白米肥肴医脏腑。

韩　义 （白榄）外父说来虽有理，无奈此乃传家宝。一误于前今再误，教我如何对祖宗！

钱毕仁 说什么祖宗祖宗，我说真金白银最好。你肯出卖此煲，抹去以前欠数。补你二两白银，可谓天公地道！

韩　义　不能呀。外父！

钱毕仁　嫌少就三两。

钱素梅　阿爹，卖不得的呀！

钱毕仁　（瞪眼）你不出声我不会说你是哑巴！贤婿，补够四两好吗？五两，六两，七两，八两，九两，十两！

韩　义　（还是摇头）……

钱毕仁　贤婿，我糟蹋了一件，就希望得回另一件。我真……（哭腔）你就好心啦！好心啦！可怜我气衰血又枯，时时都要将身补，日日不离个药煲，你做下好心，就卖个沙煲给外父。

韩　义　（拉钱素梅到另场，唱滚花）

你父贪婪成性，唯利是图。

不大诫，也小惩，

聊为穷人将气吐。

钱素梅　（接唱）　只怕将来识破，

又来吵吵嘈嘈。

迫你加倍还钱，

问你如何应付？

钱毕仁　商量妥了吗？老实说，沙煲我一定要！一定要！（作捧煲走状）

韩　义　（顿足）好吧！（唱快中板）

朝朝暮暮叹辛劳，

四壁萧条空有宝，

不如卖了此沙煲。（唱滚花）

卖仔摸摸头，

外父即带回家，小婿不愿再睹。（转身）

钱毕仁　（大喜，唱滚花）

贤婿性情爽快，

堪称大丈夫。

钱七快取十两银来，（钱七数银）

唏。不要慢慢数。

（一手夺过银子交给钱素梅）真是乖女啰！（捧煲喜极，即命钱七拿出包袱，亲自将煲包好捧着）好好好！（唱快中板）

今天庆得宝沙煲，

福有攸归天有数，

自问福泽比天高。（唱滚花）

天寒地冻最好回家打边炉。

钱七引路！（出门回步）这回要问清楚了，刚才你说点支香，念几句什么经？

韩　义　呃……（思索了好一会，边想边说）点着一支香，在煲底燂三燂，边燂边念："一燂滚，二燂熟，三燂……（忘记了，望望钱素梅，钱素梅指一指嘴巴）是是是，三燂口有福。食得！"

［钱毕仁大喜，慎重捧煲，边行边念，与钱七下。

韩　义　三姐，外父用十两银买了我们的旧沙煲。这……

钱素梅　（执韩义手）夫呀！我父回家打边炉，定然动用此沙煲，发觉沙煲不是宝，又来吵闹怎样好？

韩　义　是呀，怎办？

［二人正想计，冯桂上。几与韩义相碰。

冯　桂　韩义，什么事情这样焦急？

韩　义　唉！不就是卖袍这件事。

冯　桂　提起卖袍的事，还应该多谢你的帮忙呢！

韩　义　这不用客气了！（口鼓）刚才我外父登门，责备袍不是宝。

冯　桂　（急）那你怎样？

韩　义　（口鼓）我急中生智把他应付过去，不料他发觉我买了一副猪脚，便喊饥喊饿，要我立即来煲。

冯　桂　开胃！

韩　义　（口鼓）谁料我妻今晨也买了一副猪脚回家，而且已经煲好。

冯　桂　真巧！

韩　义　（口鼓）为免外父在我家中嘈吵，早些让他离去，我便挽猪脚入厨，随着捧出炖猪脚一大煲。

冯　桂　干脆！

韩　义　坏就坏在这里！（口鼓）外父见猪脚熟得这么快，一口咬定沙煲是宝。出价白银十两，强行买去我这个旧沙煲。

冯　桂　活该活该！

韩　义　唉，我正担心哩！他说回家打边炉！如发觉沙煲不是宝，定来吵闹，那时我夫妻难以应付了。

冯　桂　这个……有办法！（唱滚花）

闯进他家里，
打烂那沙煲。
打烂了沙煲，
谁敢说沙煲不是宝。

韩　义　你想得到，沙煲烂了，他说是假，我说是真，口说无凭，谁敢断定？

冯　桂　（毫不迟疑地）去！我马上去一拳打烂它！（转身想走）

钱素梅　桂哥！你打烂沙煲，我阿爹肯放过你吗？

韩　义　真的！你不能去。

冯　桂　难道怕他打死我吗？

韩　义　还是想个万全之策较好。

［三人同想办法。

韩　义　有了。（向冯桂耳语，做手势）

冯　桂　真是好计！（兴冲冲下）

韩　义　我的计好不好？

钱素梅　你不告诉我，我怎知道？

［韩义向钱素梅耳语，做手势。

钱素梅　（笑）好计，好计！只不过……你不怕我阿爹又眼见心谋吗？

韩　义　怕什么？（唱滚花）

随机应变，我还有一着棋高。

[幕闭。

第五场　宝　棍

[紧接上场。

[钱家花厅。正中摆着桌子。

[王祥哭灵引子，幕启。

[钱毕仁捧着簪花挂红的沙煲，如获至宝地上。

钱毕仁 （唱宝煲曲）

喜得宝沙煲！

神煲！妙煲！怪煲！

铁拐李个大葫芦亦拜倒。（序）

问谁户，有此煲，

值得簪花挂红，捧到高高。（序）

唉吔！

好沙煲，要紧抱，不可跌倒，

藏好，藏好奇宝，

落地开花个阵时，

我愿相随入土啊！（序）

不少钱才买得此奇宝，

今天就要试沙煲，

生菜鲩鱼都切好，

乱说不祥之语，我太糊涂。（拉腔）

请进花厅啦！

我件心爱宝。

（奏合尺相思，谨慎地捧煲入，放在食桌正中小架上，抹了一把汗）吓！沙煲呀沙煲！（口鼓）我为你忍痛刺一刀，不惜挥金如土。我对你非常珍爱，惟恐你碰损分毫。今晚主人准备佳肴，享受你这件奇珍异宝。望你宝光大发，吃到我不肯收煲。腹似雷鸣应进食。（向内）钱七！猪、牛、鱼肉统统搬来。

［钱七内应声："来"，领四家丁捧菜上。

钱　七　（白榄）一盘菜，四盘肉，切成薄片刀法熟，捧来给老爷，摆其生锅局。

钱毕仁　（白榄）小心摆桌上，不用太忙促。碰损了沙煲，人命贱过畜！

四家丁　知道。（小心翼翼把菜和肉放在桌上）

［黄家富、白生财上。

黄家富
白生财　（作揖）岳父，小婿到这附近收债，顺道前来探望。

钱毕仁　（挥手）吁！吁！离开一点。

黄家富　哦！岳父，原来在此打边炉。咴！怎的把沙煲簪起花挂起红来了！

白生财　真奇怪！

钱毕仁　年轻人少见多怪！告诉你，此乃宝煲。

黄家富　哪里来的？

钱毕仁　莫问出处。

白生财　宝在哪里？

饯毕仁　妙不可言。两位贤婿，来得正好，坐下等食吧！钱七，加多两个位。

钱　七　（转喝家丁）加多两个位！

黄家富
白生财　看看岳父弄什么把戏？

［家丁添杯筷。

钱毕仁　（挥手）你们下去！

［四家丁"诺""诺"退下。

黄家富
白生财　岳父，怎样吃法？

钱毕仁　犀利（"厉害"意）！一阵你就知。钱七，点着一支香，舀一壳水来。

［钱七应声下。小锣，入内取香一支，舀水一壳上。

钱　七　老爷，香点着了，水也取来了。

钱毕仁　拿来！（揭起煲盖，注水于煲，接过香）

黄家富
白生财　一支香就打得边炉？

钱毕仁　看吧！（指香向沙煲一拱手）沙煲呀沙煲，肉已安排，香已点着，主人动用你之前，应该提你几句。记得古人有篇《陋室铭》，现在我为你做首《沙煲赞》（摇头晃脑地念）煲不在新，有宝则名；火不在多，有香则灵；沙煲状元，为我而兴。台前肥鸡肉，不用炉来蒸，谈笑落鲮鱼，食来甜又清。可以炖肥肴，送（“下酒”意）“双蒸”，无霹雳之乱耳，无柴火之劳形。老子炼丹炉，观音净水瓶，毕仁云，全不及你。落肉！（奏合尺相思。先向沙煲一揖，左手执煲盖，右手举筷夹肉落煲，复盖上煲盖，唱，手托）

沙煲里，肉冻水似冰，
香一到，能跳又能泳，
待我念几句经。

（用香燂煲底，白榄）一燂滚，二燂熟，三燂口有福。食得！（揭盖）

黄家富　这么快就能吃？

白生财　汤还未滚，岳父。

钱毕仁　（蛮有把握地先呷一口酒）此宝煲也，看似未滚，实则滚矣！饮吧！

黄家富
白生财　岳父请！（饮酒）

钱毕仁　起筷啦！

黄家富　（举筷望煲）菜肉还没变色呀！岳父。

钱毕仁　虽未变色，其实已熟了，还不起筷？

［翁婿三人夹肉入口，咀嚼，急呕吐。

钱毕仁　怎样？

黄家富　（咧着嘴）未熟！

白生财　生的。

钱毕仁　奇怪！想是念经念得少了，待我念多几遍。（取香快念）一燂滚，二燂熟，三燂口有福！（反复再念）这回得了。起筷！

黄家富
白生财 （迟疑望煲）得了么？

钱毕仁 得啦！得啦！

［翁婿三人举筷夹肉，黄家富、白生财略嚼觉生，互打眼色，背着钱毕仁暗地吐了出来。

钱毕仁 （未食先问）好味吗？

黄家富 其味无穷！

白生财 与别不同。

钱毕仁 （得意地回头向钱七）阿七，见你为人不错，赏一件给你吃。（放肉入钱七口中）

［钱七咀嚼作呕。

钱毕仁 怎么呕了？

钱　七 老爷，生的。

钱毕仁 奴才舌贱，不会享福。（自夹肉吃，急呕吐）怎么我吃的是生的，你们吃的却是其味无穷，与别不同。

黄家富
白生财 岳父请看，其实也是生的。（指地上生肉）

钱　七 （指煲内）确是生的。你看，水汪汪呀！老爷。

钱毕仁 （仍不信，举筷夹肉细视，嗅之，探手入煲内，觉水仍冷，唱滚花）

沙煲到我手，
因何会失灵？（迫视钱七）
奴才可有偷换沙煲？
有就快些招认。

钱　七 （忙辩）老爷，哪有这回事呢？沙煲是你亲手捧归，亲手簪花挂红，亲手捧进花厅，亲自装上清水，奴才怎能偷换呢！

钱毕仁 （望着黄家富、白生财）没有偷换！你两个几时来的？

黄家富
白生财 刚刚到的。

钱毕仁 到得这么巧，见过我的沙煲没有？

黄家富 几曾见过你件宝贝！

白生财 现在才见。

钱毕仁 （恍然顿足）啊唷！（唱快滚花）

韩义夫妻好胆量，
对老人家不尊诚，
钱七，把他夫妻拿来，
打到神魂不定。

黄家富
白生财 原来是韩义的，哪有好东西。

［钱七欲下，冯桂慌张地上。

冯　桂 （跪下）老爷，（口鼓）我家孩子病危，求你借一两白银请大夫医病。

钱毕仁 （喝斥）走走走，（口鼓）老爷心中正有事，哪管你全家死清。

冯　桂 （叩头）救命呀！老爷。

钱毕仁 将他打出去。

冯　桂 （连忙站起，唱快滚花）

老爷，
冯桂无门可借，
才向你开声。
望你做做好心，
救我孩儿性命。

钱毕仁 （怒）打出去！

［钱七追打冯桂。冯桂绕桌而走，故意碰倒沙煲，沙煲落地破碎，冯桂假作情急，惊叫一声，倒地昏迷。

钱毕仁 （大怒）打打打！

钱　七 （欲打，见冯桂昏迷，误以为死）老爷不好，冯桂惊慌过度，气绝身亡！

钱毕仁 冯桂气绝身亡？哎吔！不好了。（唱滚花）

冯桂死在家门内，
小事变作大事情。
万一告我到公堂，
破财未必能抵命。

弄出人命，如何是好，

黄家富
白生财 （见势不妙）岳父，对不起，小婿有事告辞。

钱毕仁 （拦阻）有得吃就留在这里，闹出人命就想脱身，哪有这么容易？我是主犯，你两个最少也是帮凶，今回有边炉同打，有监同坐，有债同抵，有命同偿！

黄家富
白生财 （惊）不关我们的事！

［奏叻叻鼓。韩义腰间插棍手捧风炉上。

钱毕仁 （一见大怒）你做的好事！你做的好事！

韩　义 小婿做事，向来是有始有终，如今送风炉来了。

钱毕仁 此话怎解？

韩　义 外父，沙煲风炉是一对，有沙煲没有风炉是不行的。如今女婿我特地送风炉来。

钱毕仁 （气极）早又不送，现在沙煲打烂了，虽有风炉亦无用处，你害得我好惨呀！你看冯桂，打烂了沙煲，情急气绝，死在我家，官府闻知，定来乘机勒诈，这回我副身家……你害死我了！

韩　义 外父不用担心。（唱滚花）

冯桂既是情急气绝，
我保他不会进枉死城。
什么药物也难医，
我有办法将他打醒。

（从腰间取出棍）天灵灵，地灵灵，冤鬼难进枉死城。（连敲三下冯桂的头）

冯　桂 （一骨碌站了起来）好睡！（转向钱毕仁）老爷，你就借……

韩　义　（喝斥）嘟，打烂沙煲不追究，已成新鬼救还阳。未曾谢恩，还敢说借！走！

冯　桂　是。（会意抱头奔下）

韩　义　外父，估不到两件宝物，你都无福享受。小婿有事，就此告辞。

钱毕仁　慢！钱七斟茶。（盯着韩义的棍）

韩　义　外父，你望什么？

钱毕仁　唔！（牵开两女婿，另场白榄）刚才的情景，两眼看分明。

黄家富　（白榄）冯桂已身亡，看来难活命。

白生财　（白榄）因何将他敲三下，便跳出枉死城？

钱毕仁　（白榄）莫非此棍有神奇，功能医百病？

韩　义　（快白榄）村西有良朋，忽然患急病。我要去探望，不敢再留停。（转身便行）

钱毕仁　慢，朋友有病就去探，外父身体多病就不管了！

韩　义　说哪里话来，外亲若有三长两短，小婿也来探望的。（欲行）

钱毕仁　（喝斥）去不得！

韩　义　外父，迟去就死人呀！

钱毕仁　只顾朋友死，就不顾外父死？

韩　义　外父未死？

钱毕仁　我就死给你看。（作寻死状）

　　　　［韩义不理，转身便行。

钱毕仁　站住！看着外父死也不顾。

韩　义　外父假死罢了。

钱毕仁　真死又如何？

韩　义　鞭尸三百！

钱毕仁　就用这条棍？

韩　义　是。

钱毕仁　哎呀！三下已经龙精虎猛，三百下岂不是寿与天齐，吞得黄牛三只！

韩　义　外父废话，小婿告辞。

钱毕仁　走不得！（唱滚花）

　　　　　　留下木棍才能去，

休怪外父无情。

价值几何快开声，

我要买此棍来医病。

韩　义　我条棍怎能医病？

钱毕仁　冯桂刚才现死色，阎王已设欢迎席，不料女婿跑进来，举棍迎头击三击。死者立即庆回生，龙腾虎跃精神极。木棍明明是件宝，在我眼中难藏匿。

韩　义　要我条棍医病？你想错了。

黄家富　韩义，棍能医病，你大衿兄不惜重金购买。

白生财　你二衿兄一掷千金，毫不吝啬。

钱毕仁　上门抢生意！回家去吧！

黄家富
白生财　现在又不想走了。

［韩义欲行。

钱毕仁　慢走！你想要几多？我今回出手不会低的，十两，二十两，三十两……

［黄家富、白生财在钱毕仁身后，对韩义暗竖手指争购，被钱毕仁喝止。

韩　义　不卖不卖，不用想了。（转身欲行）

钱毕仁（苦白）贤婿，女儿都嫁给了你，一条棍都不能转让？（哭腔）你就好心啦！好心啦！可怜外父年高血气差，我怕听街边打起个副丧锣镲，当堂头痛眼花花，女婿有半子之亲，你就卖给外父啦！

韩　义　外父，此事不好自作主张，我要问问三姐。

钱毕仁　问什么？三女素来听老父话。

韩　义　她肯听父话，早就返外家了。

钱毕仁　那么她听丈夫话？

韩　义　有时也不听的，还是问一问的好。

钱毕仁　不用问了，收钱吧！（牵着不放）

［奏叻叻鼓。钱素梅上。

钱素梅（向韩义）喂！还不回去。

［先锋钹。钱毕仁执住钱素梅不放。

钱毕仁 乖女你来得正好，为父愿给三十两银，购买你家宝棍，你答应吧！

钱素梅 什么？

韩　义 （拉开钱素梅）依计行事，尚称顺利，不料救走冯桂之后，他说我这条棍是宝棍，要出三十两银买去，你道如何？

钱素梅 不要害怕，这回随机应变，就卖给他吧！（向钱毕仁）爹，你要买棍吗？

钱毕仁 是，三十两。

钱素梅 （唱秃头爽七字清中板）

白银三十两当芝麻，
宝棍一条敲几下，
犹胜请大夫吃苦茶。

宝棍之妙，难以言传，阿爹你就只顾两老齐全，不理后生死绝，不得女儿点首，宝棍休想卖出。

钱毕仁 要几多才肯卖呀，女！

钱素梅 （唱滚花）宝物无价。

钱毕仁 哪有无价之理！若嫌少就添够五十两。

钱素梅 好大个五十两。

钱毕仁 五十两不算少了，不愿就算，走吧！

钱素梅 夫郎，走！

钱毕仁 （急拦着）素梅！父母年老多病，正要这棍医治，难道这也做不到吗？若再嫌少，我就给你一百两吧！

钱素梅 不卖不卖！

钱毕仁 三女，一百两了。

[钱素梅、韩义相顾暗笑，先迟疑，后点首。

钱毕仁 （喜）愿啦愿啦！阿义愿卖啦！

钱素梅 那就卖吧！

钱毕仁 对呀，真乖女！钱七，取银来！

[钱七取银上。

钱毕仁 阿义收下吧！

[韩义反不敢接钱。

钱毕仁 想什么？（一手夺棍，把银推给韩义）过手作了。

钱素梅 爹，我夫妇若然有病，要拿棍回去打的。

钱毕仁 姑念父女翁婿之亲，你夫妇若然有病，上门打则可，拿回家去打则不可。

钱素梅 有什么不可，这条棍原来是我们的。

钱毕仁 卖了还是你们的？待我想想……这样吧！（对韩义）双方立字收执，再谈借用之事。

韩　义 翁婿至亲，何必立字！

钱毕仁 一来百两白银为数不少，二来免日后生事，一定要立字。

韩　义 请问如何立法？

钱毕仁 钱毕仁愿出白银百两，买韩义……（稍停顿）木棍一条，一经交易，双方永不追究，空口无凭，各执一纸。

钱素梅 因何不写买韩义宝棍，而写买韩义木棍？

钱毕仁 宝宝声，惹人注目，写木棍好，韩义，快立字！

韩　义 双方情愿，宝又已落人手，木就木吧！我写。

钱毕仁 一齐写。

[奏快弹竹花，双方立字据。

钱毕仁 韩义，还要打指模。

韩　义 打啦！

[双方同打指模。

钱毕仁 好啦，清清楚楚啦！

钱素梅 （假作顿足）爹，你会算，你真聪明！

钱毕仁 你阿爹素来都聪明，如今宝落我手，我不怕对你们实说。此棍既然能医百病，有人求我之时，我就开天索价，这个要十两，那个要百两，千两万两由我要，皇帝有病都要求我医！可笑韩义蠢钝如猪，笑你素梅相夫无术，该我家山有福，你夫妻永远难断穷根，回家去吧！

钱素梅 哎呀！这样不卖了。

钱毕仁 已立字据，不得反悔！

韩　义　三件宝物，只余此木，也该让他，留来享福，三姐走吧！（挽钱素梅手，捧银兴冲冲下）

钱毕仁　钱七关门！

［钱七应声下。

钱毕仁　（对棍）哈哈哈！棍！棍！我的宝棍！我的宝棍！（抱在怀里亲热）

黄家富　（口鼓）岳父，棍是被你买去了，我近来腰骨有点痛，求你将宝棍打一打。

白生财　（口鼓）我也求岳父打一打，因我近来身体虚弱，蹲得太久，一起身就觉眼花。

钱毕仁　哈哈哈，立即有生意！妙呀，妙呀！有什么东西孝敬岳父？

黄家富
白生财　翁婿之间，何必谈这些。

钱毕仁　初发市，不收钱不行，每人五两银吧！

黄家富　请大夫也用不着这么多钱。

钱毕仁　你又不想想，一打之后，永无病痛。

白生财　岳父说得是。打吧！

［冲头。赖氏追打秋儿上。

赖　氏　贱婢，叫你捶骨，你竟打瞌睡！

秋　儿　夫人，我捶了一日一夜，我眼倦！

赖　氏　敢来驳嘴驳舌，打死你！

［赖氏追打秋儿，跌倒在地，气促。秋儿早溜入内。

钱毕仁　快扶起她。

黄家富
白生财　（扶起赖氏坐下）岳母又气促了！

钱毕仁　那该怎好？（想起宝棍，忽有所悟，指赖氏）注定你有福！注定你有福！一打没气促，再打！嘻嘻！说不定明年祠堂分猪肉。（举棍欲打）

黄家富
白生财　岳父，先打我！（伸头待打）

钱毕仁　不要争！排排坐，由大至细。

[赖氏坐正中椅，黄家富、白生财分坐两边椅。

钱毕仁 （念念有词）天灵灵，地灵灵，冤鬼难进枉死城。

[钱毕仁举棍分别力击赖氏、黄家富、白生财各三下。赖氏、黄家富、白生财先后晕倒椅上。

钱毕仁 （得意地）一打就安静了，真是宝棍！

[钱七上。

钱　七 （发觉情况不妙）老爷不好，夫人晕了，姑爷也晕了！

钱毕仁 （跳起）啊！夫人！夫人！（望棍知又受骗，痛心地）棍，棍！宝棍！棍！

钱　七 老爷……

钱毕仁 什么宝棍？分明是条木棍，我打晕他们了！钱七，我不能放过韩义！同我往官衙告他一状。

钱　七 告韩义？（一望桌上字据，摇头）不能呀！这场官司打不得。

钱毕仁 为什么？

钱　七 字据明明写着买韩义木棍一条，一经交易，双方永无追究，空口无凭，各执一纸。告到官府，老爷实输。

钱毕仁 啊？！（先锋钹。看字据迁怒钱七）你这奴才因何在立据之时，不提醒我，该打！（乱棍打晕钱七，一望两望左右，气昏。唱戏妲己尾腔）唉呀呀，该打该打，真该打！（举棍乱击自己头颅，晕倒）。

[幕闭。

[剧终。

（剧本版本：《广东粤剧院演出剧本选集》第二集）

广东戏剧文库
优秀剧作选

1949-2019
粤剧卷

GUANGDONG XIJU WENKU
YOUXIU JUZUO XUAN
YUEJUJUAN

（第 2 册）

广东省艺术研究所
主编

中国戏剧出版社
CHINA THEATRE PRESS

目录

刘胡兰

（根据歌剧改编）

改　编：陈晃宫　般满桃　陈酉名　陈自强

再改编：潘邦榛　唐　峰

人 物 表

刘胡兰　　女共产党员，云周西村妇女主任，16 岁。
祖　母　　刘胡兰的祖母，60 岁左右。
母　亲　　刘胡兰的母亲，35 岁。
爱　兰　　刘胡兰的妹妹，13 岁。
王本固　　解放军十二团连长，20 多岁。
石广元　　云周西村村长兼支部书记，30 多岁。
石锦芳　　秘密党员，50 多岁。
阎　六　　民兵队长，20 多岁。
陈老汉　　贫农，50 多岁。
二　青　　青年，20 多岁。
二青嫂　　党员，20 岁。
解放军战士群众多人。
大胡子　　阎匪军连长。
石庭槐　　还乡地主、复仇队长。
石五则　　农会文书、叛徒。
金　二　　坏女人。
阎匪军、复仇队员若干。

第一场

[1946 年冬，一天早上。

[山西省文水县云周西村大庙前。

[幕启。远处有阵阵炮声，群众有的扛弹药，有的抬担架，有的送公粮，熙熙攘攘地过场。

阎　六　（扛弹药上，放下。用手巾抹汗，环望四周）

（唱爽十字清中板）

战歌壮，炮声隆，解放军奔赴前线，

后方群众热情高涨踊跃支前，

运粮食做军鞋齐把力献，

扛弹药抬担架奋勇当先。

[爱兰手拿军鞋跑步上。

阎　六　爱兰，这么早来干什么？

爱　兰　交军鞋。

阎　六　呵，完成任务了？

爱　兰　超额两双！

阎　六　超额两双，了不起，来，让我检查！

爱　兰　我姐姐早就检查过了！

阎　六　（故意地）检查过也要再检查！

爱　兰　（淘气地）查吧，我家做的鞋哪一回不合格？

阎　六　这回要求高，你知道怎样才算合格？

爱　兰　我姐姐早就说过了，鞋重一斤，底一指厚，一只底上至少要纳五百个针码，对吧？

阎　六　好，算你合格，去吧！

[两人分头下。

刘胡兰　（内唱二黄首板）

千里汾河翻腾热浪——

[刘胡兰推收鞋车上，妇女们跟着来交鞋。

刘胡兰　（唱）（新腔二流）

赶做军鞋两百双，

炕头场院摆战场，

群　众　（合唱）　炕头场院摆战场。

刘胡兰　（接唱）　日夜飞针走线忙，

眼睛熬红坚持干。

群　众　（合唱）　眼睛熬红坚持干。

二青嫂　看这一双！（接唱）

线步结实又好看。

妇女甲　看这一双！（接唱）

行军千里当平常。

群　众　（接唱）　按时按质交军鞋，

任务完成心欢畅。

刘胡兰　（接唱）　乡亲人人巧手干，

竞将心意送前方。

金　二　（手拿鞋上，流水中板）

我随大流，看方向。

支前工作紧过欠账，

足足挨了几个晚上，

总算老娘我有伎俩，

实行珍珠冚禾秆，

草草把鞋底来缝上。

妇女主任你看看，

我有急事回家往。（拉腔）

[交鞋给胡兰欲下。

刘胡兰　慢走！你这双鞋算做好了？

金　二　（故作状）唉！我已干了几个通宵，做到了有力量出力量，有信心出信心，有进步出进步啦！

刘胡兰　（发现鞋底有假）你们看这双鞋能送上前方？

妇女甲　哼！这鞋轻飘飘、软绵绵，不能收。

[众纷纷指责。

金　二　（撒赖）哎吔！你们持着人多，想吃了我。

[石五则上。

金　二　（撒赖）　农会文书你来评评理！

石五则　（滚花）　什么事情大惊小怪。

遇事要讲道理，

不要像泼妇骂街。

刘胡兰　石文书你来得好！

（中板）　金二为人思想坏，

弄虚作假立心歪，

受了批评还撒赖，

请你检查这双鞋。

石五则　（满不在乎地翻弄一下鞋）这双鞋质量是差了些。金二，以后可得要做好点呀！胡兰，这次就收了吧！

刘胡兰　不能收，这鞋内里肯定有假！

石五则　质量是差，但不会有假。

刘胡兰　石文书，我和姐妹们起早睡晚做军鞋，是好是坏，是真是假，一眼就能看清，不信，就剁开来看看！

石五则　剁开？

刘胡兰　二青嫂，拿斧来！

石五则　胡兰，这样会耽误上交时间！

刘胡兰　石文书，这样的鞋，给我们队伍穿上，能行军打仗吗？

二青嫂　对！剁开看看！

众　人　剁！

石五财　你……

[刘胡兰举起斧头，手起斧落，剁开鞋底。

[众抢看。

二青嫂　哼！鞋底都是禾草、纸碎、烂布碎。

众　人　都是假货！

刘胡兰 （愤怒地）金二！

（爽十字中板）

为支前妇女们晚睡早起，

做军鞋飞针线细致入微。

你却交坏鞋充好货花言巧语，

要花招骗群众真是狡猾狐狸！

（七字趋快）

到如今坏鞋剁开全露底，

人人恨透你所为。

你破坏支前心存歹意，

全村妇女决不依！

众　人 （接唱） 全村妇女决不依！

二青嫂 罚她做过一双！

众　人 罚她再做五双！

石五则 金二，群众意见听到了吧？拿回去重做一双！

[金二拿回鞋，丧气而又含恨地下。众大笑。

刘胡兰 我们送军鞋去！

[众下。二青嫂接过刘胡兰的车推下。

[刘胡兰正要走，石广元在内场喊："胡兰！"

[石广元与阎六上。

刘胡兰 石书记！阎大哥！

石广元 胡兰，区委对我们村的支前工作很满意，要我们继续抓好。

刘胡兰 （点头）嗯！

阎　六 十二团王连长他们已来到村口了。

石广元 是呀，我们村内参军的子弟都在十二团，今天出发路过我们村，大家可以和亲人见见面。

刘胡兰 对！我们去热烈欢迎！

阎　六 我去准备茶水！（急下）

［内场军歌声：“革命军人个个要牢记……”

［王本固与众战士上。石广元、刘胡兰热情地迎上前去。

刘胡兰 王连长!

［阎六倒一碗茶送到王本固手里。

王本固 石书记，胡兰同志，我们的主力部队开走了，你们今后的任务很艰巨呀!

石广元 是呀，估计敌人很快就会反扑过来，对文水平川解放区实行残酷扫荡!

阎　六 白匪敢来进犯，我们齐心协力把它消灭光!

石广元 我们要做好一切应急准备，坚壁清野，藏好军粮。

众　人 对！保证解放军吃饱饭打胜仗!

陈老汉 王连长，平川是十二团的老家，为什么现在要开到外地去呀?

王本固 大伯，打狗要用枣木棒，擒狼就得上山岗。毛主席命令我们打运动战，集中优势兵力，消灭敌人有生力量呀!

(追信牌子)

解放军，冲锋向远方!
有乡亲支援，更添斗志旺。
可恨敌人进攻解放区逞凶悍。
延河两岸也成了战场，
我主力部队集中西线，
肩负大家的希望。
保卫巍峨宝塔山，
保卫党中央!
尖刀插入敌胸膛，
叫它难逃覆灭可耻下场!

石广元 （二黄） 你们奔赴前方多打胜仗，
我们坚持敌后斗志坚强。

刘胡兰 （接唱） 不怕蒋阎匪帮嚣张狂妄，

众　人 （合唱） 军民团结筑成铁壁铜墙。

［内场集合号声，战士跑步过场，战士甲上。

战士甲 报告！队伍集合完毕！

[持红旗的战士舞上，众战士列队。

王本固 （快中板）战鼓频催军号响，

解放大军上战场。

长缨缚住苍龙日，

万里河山凯歌扬。

出发！

[王本固率战士下。群众依依不舍地招手送别。

刘胡兰 （招手，深情地）

（唱新曲）一道道水一道道山，

涉水翻山行路难。

亲人们出发去打仗，

但愿他们早传捷报早回还！

[幕徐徐闭。

第二场

[数天后，夜。

[云周西村村公所内。

[幕启，群众紧张地从仓库扛粮食过场。

群　众 （水仙子）心中烧起火千丈，

誓死保我家乡，

誓死保我家乡！

埋藏粮食，

定叫匪寇空扑，一切归绝望！

[刘胡兰扛粮食上，二青迎面上。

二　青 胡兰，还有没有？

刘胡兰 最后一包了！

二　青 给我（抢过扛了就走）

［陈老汉扶病上，扑倒，刘胡兰急扶住。

刘胡兰 大伯，你有病，还来干什么？

陈老汉 我要和大家一起干，完成藏粮任务，让阎匪军扑个空啊！

［阎六拍打着身上灰尘上。

阎　六 胡兰，粮食全部藏好了！

刘胡兰 好，你扶大伯回去吧。

［阎六扶老汉下。

刘胡兰 “让阎匪军扑个空”，这意义多么重大啊！

（十字中板）

蒋匪帮犯延安调兵遣将，

子弟兵齐踊跃奔赴陕北战场。

我这里平川上烈火烧得更旺，

同样保卫毛主席，保卫党中央！

［石锦芳上。

石锦芳 胡兰，粮食全部藏好了吧！

刘胡兰 全部藏好了，就怕金二这个坏女人知道藏粮地点，那就……

石锦芳 你放心，藏粮时我把她倒锁在屋里了，她什么也看不见。

刘胡兰 锦芳大爷，你想得真周到！

石锦芳 敌人开始扫荡，风声很紧，我到村外看看情况，你们要注意及时隐蔽。（下）

［内场枪声响。阎六、二青、二青嫂急上。

二青嫂 石庭槐带着阎匪军进村来了！

阎　六 这个狗地主组织了复仇队，当了复仇队长！

二青嫂 匪徒一进村就到处抓人！

二　青 我们和他拼了！

刘胡兰 二青哥，沉住气，隐蔽！（同下）

［石庭槐率复仇队员上。

石庭槐 （念）恨在心头上，恶向胆边生，还乡权在手，倒算杀仇人！

复仇队员甲 报告大爷，粮食全部给他们搬光了。

传庭槐 吓？搬光了？抓几个人来审问！

复仇队员甲 是！（下）

[复仇队员乙带金二、石锦芳上。

金　二 哎呀！原来石大爷真的回来了！我早就想出村去迎接，不知哪个该死的把我倒锁着，急得我几乎要跳墙！

石庭槐 锦芳，听说你替共产党做事，可算够胆量啊！

石锦芳 我是本村保长，人熟地熟，人家找到头上，不能不假意帮忙。

金　二 他确实不比石广元，我被关在屋里多亏他将我放。

石庭槐 那好，我回来正感人手不够，你要为我搜索公粮，如果办事有功，重重有赏！

金　二 大爷，你放心吧，一切包在我身上。（招呼石锦芳）走，我们为大爷准备落脚的地方！

[金二、石锦芳正要下，复仇队员甲押陈老汉、二青等上。

复仇队员甲 报告大爷，石广元四查无踪，阎六等人也不知去向！

石庭槐 哼，走得了尼姑，走不了庵堂！（见陈老汉）老家伙，你讲共军的粮食藏在何方？

陈老汉 粮食？早就运走了！

石庭槐 不准乱讲！我不信这么快就运走，一定有人把它埋藏！

陈老汉 那我可不知道！

石庭槐 你再不说实话，我就把你们的猪窝狗窦烧精光。

陈老汉 烧也烧不出粮食来呀！

石庭槐 烧不出来？好，放火！

[复仇队放火，二青等拦阻，石庭槐开枪恐吓，复仇队把二青绑起来。

二　青 你们凭什么绑人？快放我！

石庭槐 老子要放火，谁人敢阻挡。鬼枪不客气，十个杀五双。解回大象镇，从严来发放！走！

［复仇队员把二青等抓走，二青嫂大哭。

［石锦芳急上，扶住二青嫂。

石锦芳 二青嫂，不要哭，把仇恨一笔一笔记下来，（招呼乡亲们）快去救火！

［暗转，灯复明，仓库被烧毁大半，一处尚有余烟，墙壁倒塌。

［石五则疲惫地上。

石五则 （海南曲）探问消息到东村，

东村早被敌军占，

阎匪抓人似疯犬，

我只有忙忙回转！

［刘胡兰从仓库侧后转出。

刘胡兰 （喝问）谁？

石五则 （一惊，细看）呵！胡兰！

刘胡兰 石文书，东村的情况怎样？

石五则 （垂头丧气地）唉！想不到敌人占了东村，又烧又抢，我怕冒险，联系不上。

刘胡兰 哦？

石五则 （环视四周）哎呀，我们这里，怎么也被烧成这个样子，触目一片苍凉！

刘胡兰 （愤恨地）哼，这还不是石庭槐带着复仇队回来干的！

石五则 （惊慌地）吓？石庭槐已回来？

［石广元上，跨过破墙，插好枪。

石广元 胡兰！石五则！

刘胡兰 （兴奋地）呵，广元叔，你回来了！有没有遇到敌人？

石广元 这两天我与区武工队都在敌人中间穿插活动，听讲石庭槐回来了？

刘胡兰 嗯！又是抓人，又是放火，广元叔，斗争越来越激烈，我多么渴望得到你更多的指导呵！

石广元 区委刚刚传达了县委紧急会议的精神：敌人趁我军主力调走的时机，对我文水平川实行残酷的扫荡，地主的武装复仇队也活动猖獗，斗争的确越来越残酷。为了保存实力，组织上决定一部分干部暂时转移，留下一部分同志坚持平川工作。

石五则 （焦急地）呵！那我们这里……

石广元 由于工作需要，区妇女干事要调走，决定由胡兰你接替她的工作。

刘胡兰 （坚定地）好，我年纪不大，人地两熟，容易混过敌人耳目，留下来最适合。

石广元 这对你也是一个锻炼，（掏出几份文件）这是区妇女干事留下的有关文件，你一定要好好学习，并把它放在最安全的地方。

刘胡兰 （严肃地点头）嗯！（接过文件）

石五则 石书记，那我呢？

石广元 你的安排正在研究，你自己的意见呢？

石五则 我……我看还是避避风头好！

刘胡兰 避风头？我们都是党员，怎能像墙头小草，见风就倒！

石广元 （察觉两人不同的思想，启发地）对！

（诗白） 小草安能抗疾风，
艰难岁月显英雄，
要学革命前驱者，
坚贞气节比青松！

（新曲青松颂）

西山层层大青松，
不怕雪来不怕风。
迎风挺立多卺劲，
冰封雪压不改容。
根深常催枝叶茂，
树高早见太阳红。
为人当学青松样，
一年四季绿葱葱！

［刘胡兰听后深受鼓舞，沉思。石广元把石五则拉到一旁，做思想工作。

刘胡兰 （反线中板）

广元叔赞青松情深语重，
党关怀和鼓励暖我心胸。

教胡兰热泪盈眶心情激动，

耳边厢如听到战鼓隆隆。

（反线秋江别）

斗争中，挺起胸，屹立似青松。

不怕道路多曲折，

敢跨险阻千万重；

为炼真金好钢，

不怕烈火熊熊。

胡兰我，敢挑担子千斤重。

党指路，豪情如浪涌，青春似火红！

[石锦芳上。

石锦芳 石书记，胡兰，刚才接到通知，有一个伤员分到我们村，我们要研究照顾办法。

刘胡兰 那好办，就安排到我家去。

石五则 （唯恐安排到自己家里）对，对，你家最安全，我去通知你妈妈做好准备。

石广元 好吧，你先走吧。

[石五则下。

石广元 胡兰，看来石五则在险恶环境中，已产生害怕情绪。

刘胡兰 是呵，他与金二的关系也越来越密切。

石锦芳 他的工作一直都不积极。

石广元 唔，根据他的一向表现，组织上准备先把他转移上山，加强教育，你们的意见怎样？

刘胡兰
石锦芳 好！

石广元 胡兰，你留下来工作很多，以后有事你可和锦芳大爷多商量，他是未公开的党员同志！

刘胡兰 （崇敬地）锦芳同志。

石锦芳 胡兰！我们准备接伤员吧！

石广元 我去了。（握两人手）为党珍重！

[幕闭。

第三场

[上场之翌日早晨。

[刘胡兰家。

[幕启。场上正面左边是房门口，右边设一土炕。

[内场枪声。祖母焦急上。

祖 母 （长句滚花）

枪声紧，夜漫漫，

不知谁家骨肉又受摧残。

孙女至今还未返，

好不教人心忧烦，

万一横祸飞来叫我怎么办？

[母亲带着沉重心情上，但不能不勉强安慰祖母。

母 亲 你放心吧！

（滚花）她可能在姐妹家开会，事务纷繁。

祖 母 一个女孩子通宵达旦在外边危险啊！

（滚花） 还是替她找个婆家，

免得我心像大庙灯笼挂早挂晚。

昨晚对门大婶对我说，白魁的娘，很想和我们对个亲家，我看白魁这个人也不错，胡兰小时候不是和他很要好吗？

母 亲 婚姻大事，还是问问胡兰自己好。

祖 母 问是要问，但还是要老人家抓主意。

（滚花） 我先去大婶家里，

向她讨个年庚。

母　亲　婆婆……

祖　母　别啰唆了（出门下）

[母亲关门，想起了什么，急忙收拾炕上东西。

[阎六背王本固上，刘胡兰随上。

刘胡兰　（对阎六）你在外边警戒。

阎　六　嗯！（下）

母　亲　原来是王连长，昏过去了，马上拿水来。

[母亲扶着王本固，刘胡兰拿水灌给王喝，王稍微苏醒。

王本固　（倒板）猛冲敌阵。

（奋臂高呼）同志们冲啊！

刘胡兰　王连长，这里不是战场啊。

王本固　吓，不是战场？（睁眼，惊诧，不敢相信自己的眼睛，搓眼四望，才知真的在胡兰家中）

（滚花）　回到云周村里，

这是什么原因？

刘胡兰　王连长，你奋勇杀敌，不幸负伤，团部将你转移后方疗养。

王本固　疗养？

（快慢板）蒋匪军犯延安万人愤恨，

保卫党中央、保卫毛主席责重千钧。

指挥员作榜样冲锋陷阵，

负轻伤下火线万万不能。

（爽中板）弹雨硝烟情况紧，

重返前方杀敌人。

云周厚意铭心坎，

胡兰为我谢乡亲。（欲行，伤痛）

（滚花）　忍痛欲行，又觉筋疲力尽。

刘胡兰　王连长！你伤势不轻，转来后方疗养，是上级的决定。

王本固　这……我纵然留在后方，也不能藏在你家中。

刘胡兰 为什么？

王本固 （二黄慢板）

只为阎匪狡诈，搜索频频。

母　亲 （序）　随机应变对敌人。

王本固 （二黄慢板）

万一牵累你全家，我于心何忍？

刘胡兰 （序）　我们应该同命运！

王本国 （二黄慢板）

我是人民战士，应当保护人民。

母　亲 （序）　本是骨肉一家人。（收）

王本固 虽然是这样，还是让我走吧！（欲行）

[爱兰上，敲门。刘胡兰开门。

爱　兰 姐姐，金二来了！

刘胡兰 金二来了？（向爱兰耳语）

[爱兰会意，母亲、刘胡兰扶王本固进房。

[爱兰打开家门，然后坐在纺车前纺纱。

[金二鬼鬼祟祟上，四处张望，爱兰装作不知。

爱　兰 （唱民歌）文水平川少山岗，

两边瘦田一条江。

富人享福穷人苦，

迫着穷人去打狼。

金　二 爱兰，怎么不学你家姐唱革命歌，却唱起民歌来了？

爱　兰 （爱理不理地）喜欢唱什么就唱什么。

（续唱民歌）

狡猾狐狸嘴尖尖，

满身膻气臭熏天。

[金二意识到爱兰讥讽自己，但奈何她不得，故岔开。

金　二 爱兰，你祖母呢？

爱　兰　不在家。

（续唱民歌）

它夹着尾巴周围窜，

登门入屋把人缠。

金　二　（质问地）狐狸会把人缠的么？

爱　兰　它是狐狸精嘛！

金　二　（切齿痛恨，转念，装出笑脸）你这小鬼就是爱指冬瓜话葫芦，你祖母明明在里边，偏要骗我。（边说边向房门走去）

爱　兰　（急极不知怎么应付，大叫）阿妈！

（母亲从房内出，正与金二撞个满怀。

母　亲　（冷冷地）金二，什么事？

金　二　没什么。找老奶奶聊聊天。

母　亲　奶奶出了外边，你改天再来吧。

金　二　不，不用了，我只想跟你们说几句心里话。

母　亲　那你就说吧。

金　二　（板眼）　莫说我夸大口，

我是未卜先知，

目前时势阎军一定胜利。

打仗全凭多武器，

石庭槐的部队，定会长驻云周西。

若收藏八路伤员就会惹事，

将来受罪悔恨迟。

爱　兰　金二，你说我们收藏八路军，你发疯！走！

金　二　真是好心没得好报，我只是提醒你妈罢了。

母　亲　是呀，金二，多谢你关心，有空请来坐吧。

金　二　还有呀，还有秘密消息，你进来我告诉你吧。（自己先行入房）

[母亲、爱兰猝不及防，急忙站起，金二已掀开门帘，当门立着刘胡兰，金二失惊倒退。

刘胡兰 金二，你来干什么？

金　二 （强装笑脸）没……没什么，闲聊，闲聊。

刘胡兰 你不是说有秘密消息吗？那就对我说吧。

金　二 （强笑）哦……没有！没有！

刘胡兰 这么说？你是有意造谣生事了？

金　二 （边退边说）我不敢，不敢！我回去煮饭了。（退出门外，下）

爱　兰 （向金二身影吐一唾沫）呸！狐狸精！

刘胡兰 爱兰，马上盯着她！

爱　兰 嗯！（急下）

［母亲把门关上，王本固从房内出。

王本固 胡兰，金二是个什么人？

刘胡兰 是村里不三不四的坏女人，同地主石庭槐有勾搭。

王本固 同石庭槐有勾搭？（寻思）她这次来并非偶然呀！

（下西岐）看这情形难放心，

她屡闯房间必有因。

正是马迹蛛丝，

可能是匪军，派她暗地来查问，

我若再不转移别处去，

必会累亲人。

应当，快离开此地，

摆脱阎匪军。

感你母女多关心，

阶级感情似海深。

我走了！

［王本固坚决要走，母亲、胡兰"三拦"，王本固痛极昏倒，母亲、胡兰扶王睡炕上。

［祖母敲门，胡兰开门，祖母手拿"年庚"进屋。

祖　母 （见胡兰大喜）啊，胡兰，你可知我整夜惦记着你啊！

刘胡兰 奶奶，不要太操心，看，我长得这么高大了！

祖　母 是长大啦，刚才我跟大婶替你讨来了白魁的年庚。

刘胡兰 年庚？奶奶，谈这些做什么，我还小哩！

祖　母 看你，一会儿说自己大，一会儿又说自己小！这事我跟你妈商量过了，（回头见炕上睡着一人，吃惊）这是谁呀？

母　亲 王连长在前线负伤，转移后方疗养，胡兰接受了任务，带回家里躲藏。

祖　母 （大惊）吓？这，这，这，小小地方，怎么藏得了啊！

（石榴花）方才我，听金二讲，

村头尾，都有岗哨，

到处是匪军，

家里怎能藏？！

刘胡兰 藏不了也要藏啊！

（恋檀中板）

共产党，（工）

它为人民谋解放。（尺）

人民有了共产党，（尺）

重出生天见太阳。（士）

前方子弟兵，（尺）

浴血战匪军，（尺）

负伤返后方，（尺）

我们掩护亲人有责任，（士）

赴汤蹈火又何妨！（合）

母　亲 （接唱）山高，（工）水长，（上）

翻身不能忘记党！（拉腔）

祖　母 共产党、解放军的恩情，我不会忘记，不过，我怕……

刘胡兰 怕？

（故意给祖母难题，爽中板）

既是怕受牵连不答允，

我唯有陪同连长出村行。

（三字经）管他岗哨多，盘查紧，

刀光闪闪，杀气腾腾。

（七字） 死死生生全不问，

有什么三长两短——

奶奶呀！

（续唱） 你不用为我伤心。（拉腔）

我走了！

[刘胡兰作要走状，祖母急一手拉着。

祖　母 胡兰……

[爱兰上，敲门，母亲开门。

爱　兰 （喘着气）阎匪军来了，在前面大搜查。

刘胡兰 爱兰，再去监视！

[爱兰急下，胡兰关门。

王本固 （醒）什么事！

刘胡兰 是阎匪军进村搜查。

祖　母 （紧张）怎么办呀，

王本固 （拔枪）我冲出去！

刘胡兰 王连长，不行，冲不出去。

母　亲 快到里面藏起来！

刘胡兰 现在藏也来不及了，唯有……（对三人耳语）

母　亲 好，就这样。

王本固 （为难地）这……

祖　母 那怎么说得出口呀！

母　亲 婆婆，大家性命在你手上，你听我讲吧。

[母亲把祖母推了入房，刘胡兰安排王本固躲在炕上，然后在床前倒水撒灰。

[匪兵甲、乙上，急促敲门。

［刘胡兰坐床前，母亲开门，匪兵进屋。

匪兵甲 不要动！搜查！

母　亲 你们搜查什么？

匪兵甲 什么都搜！（回头见本固）这是什么人？

母　亲 是病人。

王本固 （故作呻吟）唉！

匪兵甲 他做什么的？

母　亲 做生意的。

匪兵甲 在哪儿做生意？

母　亲 在太原城外新南门，天成香铺。

匪兵甲 新南门？（对乙）新南门有间天成香铺吗？

匪兵乙 鬼知道！

匪兵甲 他叫什么名字，是你什么人？

母　亲 叫白魁，是我女婿，她的男人。

匪兵甲 男人？（看胡兰）说谎！她怎像个做媳妇的！

母　亲 是未过门的。我女婿家在城子村，病了没人照顾，是我把他接来住的。

［刘胡兰拿起扫把，扫地下湿灰。

匪兵乙 哎，讨厌讨厌，走吧！

［匪兵装作走的样子，突然回头，用枪指着王本固。

匪兵甲 起来！

刘胡兰 （拦着匪兵）要杀杀我！

匪兵甲 他是你什么人？（以下越问越快）

刘胡兰 我的男人。

匪兵甲 做什么的？

刘胡兰 香铺打工。

匪兵甲 在什么地方？

刘胡兰 太原新南门。

匪兵甲 叫什么名字？

刘胡兰 白魁。

匪兵甲 婆家在哪里？

刘胡兰 城子村。

匪兵甲 不对，你不老实我打死你！

[祖母大惊，从房内冲上，拦着匪兵。

祖　母 老总，你不要为难我孙女啊！

[石锦芳上，在门外窥探。

匪兵甲 老家伙，你说，他是谁？

祖　母 他，他——

匪兵甲 快说！是你什么人？

祖　母 是我孙女婿。

匪兵甲 唔——

祖　母 他有病，家里没人照料。

匪兵甲 别啰唆，出去找个人来问问。

[石锦芳机智地立即进门。

石锦芳 原来两位弟兄在这里搜查，为什么不找我带路？

匪兵甲 你是——

石锦芳 我是本村保长，石大爷的本家。

匪兵甲 哦，自己人，这就更好了，你认一认这个是老家伙的什么人？

石锦芳 （看了看）哦，是她的孙女婿。

匪兵甲 好，拉他跟着挑东西。

母　亲 他是有病的啊，大叔。

石锦芳 啊，有病吗！我们另外去找吧。

匪兵甲 哪有这样便宜的。

石锦芳 （拉开母亲，暗中拿出三块大洋，作为刘家给的，转身交给匪兵甲，低声地）你们队伍已离村，赶快归队最要紧，这一带地方很危险，两人行路要小心。

[匪兵甲、乙闻言，仓皇遁走。

祖　母 （大大松了一口气）唉！（坐下）

刘胡兰 （激动地）锦芳大爷！

石锦芳 胡兰，得想办法，马上转移！

[幕闭。

第四场

[1947 年 1 月 11 日，黄昏。

[山边林间石洞旁。

[幕启。

王本固 （内唱梆子首板）

伤势复原心舒展！

（从石洞出，警惕地四下观望，接唱梆子慢板）

养创伤藏石洞转眼多天。

全凭着乡亲们勇担风险，

斗虎狼掩护我巧作周旋。

小胡兰为我送饭疗伤情深一片，

二青嫂为我山边警戒久立风前，

喜今天抖擞精神我又快重返前线——

（散板） 耳畔忽听人声至，

待我暂且避一边。

（进石洞）

[刘胡兰、二青嫂手挽柴筐拾柴上。

刘胡兰 （二流） 上山探亲人，假作将柴捡。

二青嫂 （接唱） 不怕寒风猛，阵阵扑人前。

刘胡兰 （向后看，发现有人）二青嫂，你看！

二青嫂 （向后看）哎，金二！

刘胡兰 对！

（接唱） 恶狗一条，跟在后面。

二青嫂 （接唱） 鬼鬼祟祟，要把人缠。

胡兰，那怎么办？

刘胡兰 （一想，接唱）

我们继续捡柴，随机应变，

暂且莫进石洞，故作绕路回村。

[二青嫂点头。两人继续捡柴前行。

[金二鬼鬼祟祟跟上。

[刘胡兰与二青嫂朝回村的路走下。

金　二 （望着两人背影，悻悻地）嘿！跟到脚都跛，原来她两个真的是捡柴火！哼！刘胡兰呀，你这个死妹仔，我怎么也不会把你放过！（欲下）

[石五则慌张地溜上。

[金二见有人，忙闪过一旁，定定神看出是石五则。

金　二 （走出）石文书！

石五则 （一惊）谁？

金　二 是我呀！

石五则 （松一口气）呵！原来是你！

金　二 哎，这十几天我到处找你，你究竟去了什么地方？

石五则 （叹气，血泪花中段）

你莫提，那石广元，

迫我山上去。

说我作风不好，再整再批，

我心唔忿，偷偷逃回村里——

金　二 哦？（接唱）以后你怎样过日子？

石五则 我？我活一日来算一日啦！

金　二 （施展手段）五则，你倒想得轻松！

（减字芙蓉）

你擅自逃走下山来，

共产党定不放过你。
你当过共产党干部，
石庭槐又不是不知。

石五则 （有点慌张）这……
（減字芙蓉）
目前是进退两难，
我唯有重门紧闭。

金　二 哼！人家不会来找你？

石五则 （接唱） 形势于我很不利，
我越想越觉心虚。

金　二 （滚花） 一脚不能踏两船，
劝你从速定主意。

石五则 那，你的意思……

金　二 （低声地）石大爷要我问候你，叫你尽快给他提供一张共产党的党员名单！

石五则 （紧张地）党员名单？（犹豫）我……我不清楚！

金　二 （威吓地）不清楚？要是石大爷和国军一翻脸，哼，那时……

石五则 （害怕地）我……我……

金　二 （知石五则动摇）不用怕！
（滚花） 只要你肯出力，
石大爷定会把你提携。
来！到我家去喝杯酒再说吧！
[石五则心神不定地被金二拉着，下。
[刘胡兰、二青嫂见金二不再跟踪，折回，卸上。刚好看到石五则与金二下时的背影。

二青嫂 胡兰，那不是石五则？

刘胡兰 是呵，他怎么会下山来呢？

二青嫂 让我喊住他问问！（欲喊）

刘胡兰 （制止）慢！（指指石洞）让他先走，注意警戒！

二青嫂 （点头）好！（下）

刘胡兰 （四望无人，走到石洞口，轻声地向内喊）老王！

[王本固从石洞出，胡兰急上前扶掖。

王本固 胡兰，不用了！

刘胡兰 王连长，现在伤口怎样？

王本固 已经全好了！你看！（稳健地走几步）

刘胡兰 那太好了！快吃点东西吧！（从筐底里取出干粮给王本固）

王本固 （感激地接过干粮）乡亲们待我真好呵！

（二黄合字过序）

军与民如血肉般紧相连，
大浪冲不开，钢刀难斩断。
多感好乡亲，关照甚周全，使我早复原，
深厚情谊说不完，
似春风，吹来令我心底暖！

刘胡兰 （二黄） 军民本是一家，
互相支持同奋战。
照料伤员有责，
你不必记在心田。
只盼你早返前方，
似那雄鹰矫健，
好将敌人灭尽，
让红旗插遍万里山川！

[远方传来两声清脆枪声，两人注视。

王本固 哼！敌人又放冷枪了！

刘胡兰 是呵！阎匪面临失败，百倍疯狂，在平川上建碉堡，设岗哨，到处抓人杀人，威胁我们的党员和干部“自首”投降！

王本固 乡亲又遇害了？

刘胡兰 阎六被抓走，二青、双喜宁死不屈，惨遭枪杀！

王本固 乡亲们真可敬呵！

（回龙腔二黄）

汾河川，乃是英雄地，

英雄人民住在两岸边。

任那敌人倾尽河中水，

势难泼灭两岸怒火冲天！

不怕刀，不怕枪，

不怕棍棒皮鞭，不怕敌人凶焰。

刘胡兰 （接唱） 众乡亲，一个个，

牙关紧咬，志比钢坚！

刘胡兰
王本固 （合唱） 太行山，吕梁山，

象征两岸人民，坚强不变！（拉腔）

（大笛二流）

誓与敌人决死战，

满怀仇恨冲向前。

党中央，号令传，

子弟兵，快回转，

解放日子当不远——

（滚花） 胜利战歌响云天！

二青嫂 （上）胡兰、王连长，广元叔又回来了！

［石广元与一武工队员上。

石广元 （对武工队员）加强警戒！

［武工队员下。

刘胡兰 （惊喜地，上前与石广元握手）广元叔！
王本固 （惊喜地，上前与石广元握手）广元同志！

石广元 王连长，听说你的伤势快痊愈了？

王本固 得乡亲们精心照料，已全好了！我什么时候可返前方？

石广元 上级决定，马上转移上山，然后掩护你越过敌人封锁线回部队去！

王本固 那太好了！

石广元 你快准备一下吧！

王本固 好！（进山洞）

刘胡兰 广元叔，我们刚才发现石五则跑了回来，和金二暗中勾搭……

石广元 这我们知道了。石五则上山以后，受到组织和同志们的严肃批评，他情绪消沉，暗地逃下山来。从他过去的表现和最近的思想来看，很可能会变节投降，必须高度警惕呵！

刘胡兰 嗯！

石广元 胡兰！区里还作出了决定，你和二青嫂、王连长要一起马上转移上山。

刘胡兰
二青嫂 马上转移？

石广元 对！今夜我们就是专程来接你们的！

（中板） 蒋阎匪军，狗急跳墙，毒辣疯狂极点。

设阴谋，大屠杀，腥风吹遍平川。

敌情紧，形势急，你们非常危险。

党组织，作决定，不能再作拖延！

刘胡兰 广元叔，党组织的决定我坚决执行，但是村里的工作必须再作安排一下，同时你交给我的那份党内文件，还藏在东村妇联会主任家里，必须跟着转移，以免被敌人搜去，所以我请求再留一会。

石广元 （考虑）这……时间紧迫，处境危险，你……

刘胡兰 广元叔，你放心！

（快中板）革命何惧多艰险，

生命安危抛一边，

胡兰爱从火中炼——

石广元 （毅然地）好吧，你把工作安排好，就迅速转移。

（接唱） 明天一早，

务必赶到北齐村。

二青嫂 （不舍地）胡兰你……

刘胡兰 二青嫂，你放心，先去吧！广元叔，我先回村去了！

石广元 好，小心点！

二青嫂 胡兰，你快来，我在北齐村等你！

[刘胡兰坚毅地点点头下，石广元、二青嫂与她握手。

[幕闭。

第五场

[紧接上场、晚上。

[金二家院子，正面室外、有门、有窗。

[幕启。窗影现出金二和石五则密谈对饮。

[石庭槐像鬼影似的，带着团丁躲躲闪闪上。见窗影，喜形于色。

石庭槐 （催归词）五则今番已落圈套，

金二当真有“两度”，

官星照我步步高。

能诱就诱，能吓就吓，

不难，使他情况全吐露。

[石庭槐带团丁避向暗处。

[金二开门送石五则上。

金　二 五则，就这样答应下来算啦。

石五则 我……要考虑清楚。

金　二 嘿！恐怕石大爷没这个耐性呢！

石五则 石大爷，石大爷，这是逼我走绝路……

[石庭槐带团丁暗上，站在石五则身后。

石庭槐 （险笑）绝路，大爷给你走的是生路。

[石五则转身见庭槐大惊。

石五则 石大爷，我……我……

石庭槐 你做人很圆滑啊。我的好处，你受得舒舒服服，我的事情，你推得干干净净。哼……

石五则 石大爷，我，我不敢有意违逆你的旨意，我是……

石庭槐 （打断）你是有意还是无意，这个暂且不提。你先说说云周西村有多少共产党？

石五则 这——这我不大清楚。

石庭槐 把你知道的先说出来。

石五则 我……我不敢说。

石庭槐 你怕什么？

石五则 这……共产党是不会饶恕的。

石庭槐 呵，你就怕共产党不饶恕，却不怕石大爷发脾气？！好吧，人来，带到外边勒死！

[团丁装腔作势，石五则大惊失色。

石五则 石大爷，石大爷，请你高抬贵手，饶我一命！

石庭槐 （狞笑）只要你把党员名单开列出来，高官厚禄，一生受用不尽呀。

石五则 这……（犹豫）

石庭槐 （拔出手枪）到底说不说？

金　二 五则，那就干脆答应吧，看你有福不愿享，偏要惹灾殃。俗话讲有钱便是爹，有奶便是娘！

石庭槐 怎么样？

石五则 我……我说。

石庭槐 对，这就够朋友啦，随我来吧。

团　丁 （斥喝）走！

石庭槐 （骂团丁）混账！请！

团　丁 是。（对石五则）请！

[石五则先行，团丁随后，紧盯下。

金　二 今次大爷升官发财有得捞，

石庭槐 到时候我不会忘记你功劳。

[两人狞笑。

[幕闭。

第六场

[次日黎明前。

[刘胡兰家。

[幕启，母亲在灶边做饭，站起，拍拍烟尘。

母　亲 （西皮）　雪花舞，北风紧，

胡兰她，西山去，令人宽心！

已为她，将行装准备，

好叫她振奋精神，赶快起行。

[祖母和爱兰从房里拿着胡兰的行装衣物上。

祖　母 胡兰怎么还不回来？都快天亮了。

母　亲 胡兰要上西山了，工作安排未完，她走也走得不舒服！

爱　兰 是呵！家姐临出门时说，她有重要事情要办，办完事就会马上回来的。

祖　母 马上回来就好！

[刘胡兰抱一包文件，又疲乏又兴奋地上，推门入。

爱　兰 奶奶！你看，家姐！……（扑向胡兰）

祖　母
母　亲 胡兰！

祖　母 （埋怨地）胡兰，如今夜夜恶狗吠，日日野狼嚎，去了那么久，真叫人担心！

胡　兰 （乐观地）奶奶，现在我不是又回到你的身边了吗？

母　亲 胡兰呵，工作都安排好了？

胡　兰 （兴奋地）嗯！

（七字中板）

踏雪迎风东村往，

取来文件避过虎狼。

村里各项事情，也都安排妥当。

祖　母　那就好了。

（接唱）　我们正为你收拾行装。

雄鸡高唱天将亮；

赶快准备，愿你一路平安！

胡　兰　奶奶，我自己会！（取过行包、衣物，对母亲）妈！我马上就要到西山和广元叔他们一起战斗了，你高兴吧！

母　亲　那还用说？妈盼你快去，西山是革命的根据地呵！

胡　兰　是呵！

（长句二黄）西山遍地好阳光，

红旗漫天歌声壮，

亲爱的党组织，亲爱的同志，

在那里战斗奔忙！

胡兰多年常向往，

喜今日得偿所望，

昂首奔赴新战场！

好教我兴奋难言，

心中翻腾千尺浪。

母　亲　胡兰，来！你的头巾太旧了，把我这块新点的换给你！（替胡兰包头）

（南音散起）眼望胡兰此去，

不禁热泪盈眶，

阿妈心内，同样激动非常。

临行无物可交你，

只有这顶针一个伴行装。

这小小顶针胜过那黄金万两，

我们祖孙三代，

用了它数十年长。
如今你带它到山上，
好缝衣补物绣春光，
盼你好好干革命，永远跟着党。

胡　兰　（接过顶针，接唱）
妈，你深情嘱咐，胡兰永不忘！

爱　兰　家姐，我也有一样东西送给你！

胡　兰　你也有？

爱　兰　嗯！（从衣物里取出一包东西，解开，露出一些大红枣）你来看！

胡　兰　大红枣？

爱　兰　对，我已经给你包好了！
（跳花鼓）大红枣呀真甘香，
姐你带往西山上，
送给叔叔和阿姨，
个个亲口尝一尝！
为我告诉解放军，
早日打回平川上，
多杀狗地主，
灭尽恶豺狼！

胡　兰　阿妹，你说得真好！
（反线雁落平沙）亲人叮嘱记心上，记心上，
总会有日偿所望，
鲜花怒放，云开雾散，喜迎曙光。
胡兰此去，紧握枪杆。
永远紧跟党！
只待来年春到吕梁，
跟部队打回汾水两岸。

四　人　（合接唱）喜看红旗处处飘，

凯歌高奏震天响！

祖　母　胡兰，天快亮了，你赶早登程吧！

胡　兰　（高兴地）好（整理包袱）

［石五则上。

石五则　（念）　石庭槐的话我照办，奉命盯住刘胡兰。

［刘胡兰拿包袱开门，欲走，石五则迎上。

胡　兰　石五则？！你……（镇静地放下包袱，用眼色暗示家人返房）

石五则　是我，我从西山回来，跑得浑身大汗，口渴了，想喝杯茶。

刘胡兰　自便。

［石五则慢吞吞走近桌前倒茶。

［刘胡兰注视石五则动作。

石五则　（旁唱梆子流水）

刘胡兰整行装，

必是去吕梁山上。

刘胡兰　（接唱）　石五则突然到此，

定有祸心包藏！

石五则　（接唱）　我若迟来片刻，

后果不堪设想。

刘胡兰　（接唱）　我须通知同志，

及早防备豺狼！

（向房内）爱兰！（爱兰应声从房内出）

天亮了，还不去帮锦芳大爷扫狗屎！

爱　兰　（会意）是！（急跑下）

刘胡兰　石五则，你是什么时候回来的？

石五则　刚到，刚到。

刘胡兰　刚到？……

石五则　是刚到，石广元书记叫我回来，向你了解一些情况，准备写一份总结。

刘胡兰　总结什么？

石五则 对敌斗争情况。

刘胡兰 敌人的情况，相信你知道得比我更清楚！

石五则 不，是……是发动群众对敌斗争的情况。

刘胡兰 那好吧！等一会我叫几个人来一起谈，你先回去休息一下吧。

石五则 啊，不，不，我先听你一个人谈谈。（拿出钢笔坐下，赖着不走）

刘胡兰 （严肃地）请把组织的介绍信拿出来我看过再说。

石五则 介绍信？熟人熟面，还用什么介绍信？

刘胡兰 你的关系已转上西山，回村工作，应当有介绍信，这是原则！

石五则 哎呀，石书记可没有对我说清楚呀！

刘胡兰 （挥手）那就请走！

石五则 不，我……

刘胡兰 （命令）走！

石五则 （一步步后退）你……

[陈老汉急上，祖母、母亲从房内出。

陈老汉 胡兰，不好！大队敌人偷袭进村了！（一槌）

石五则 （语带双关）唉，可惜想逃也逃不了啦！（下）

刘胡兰 （对石背后）可耻！（对陈老汉）大伯，快叫锦芳大爷组织群众转移！

陈老汉 已经来不及了！

[石锦芳上。

石锦芳 胡兰，你赶快避开！

刘胡兰 不用管我，你快去应付。（拉住石锦芳的手）大爷，千万要提防石五则！

石锦芳 爱兰告诉我了！你……

刘胡兰 不要紧，你去吧。

[石锦芳无奈下。

[内场传来锣声，喊声："全村男女老少都到大庙前集合！"

刘胡兰 （快中板）情况突变锣声紧。

突围已是不可能。

母　亲 胡兰，快躲一躲吧！

刘胡兰 （决定地）不！

（接唱） 党的机密最要紧，

决不失陷于敌人！（拉腔）

烧！

[刘胡兰取文件，从容地在灶里烧，母亲见状，上前帮忙。

[匪军上，打门。

[幕后合唱新曲：“胡兰爱党重生命。从容不屈对匪军！”

[大胡子、石庭槐带匪军破门而入。

石庭槐 烧什么？（走近灶前，一无所获）

[刘胡兰冷笑，藐视敌人，用布拍拍衣上的烟尘。

石庭槐 哼！你好大胆！（对大胡子）长官，这个就是刘胡兰！

大胡子 （盯着刘胡兰，恶狠狠地）你就是刘胡兰？哼！绑！

[匪军要绑刘胡兰，祖母、母亲扑前欲拦。

[大胡子凶狠地把祖母踢倒地上。

[幕闭。

第七场

[当天上午。

[大庙正殿。

[幕启。大胡子猛抽纸烟，来回踱步，石庭槐缩在火盆旁边。

大胡子 （凶狠地摔掉纸烟）哼！这个黄毛丫头，竟敢在老子面前逞英雄！好！看看是你的皮肉韧还是我的皮鞭韧！（举鞭欲下）。

石庭槐 （叫住）长官，刘胡兰是初生之犊，烈性难驯，严刑敲问，不肯招供，我看还是另想办法——

大胡子 （自负地）哎！

（滚花） 生杀权操在手中，

何必去搜肠刮肚。

她若再片言不吐，

用铡刀斩掉头颅。

石庭槐 长官！（白榄）

粮食和伤员，

至今未找到，

杀了刘胡兰，

哪里弄情报？

上头若追究，

岂不更糟糕。

大胡子 这……

石庭槐 （白榄） 皮球不怕压，

越压越跳高。

改用软索缠，

引她入圈套……

大胡子 她若是不上当呢？

石庭槐 （白榄） 当堂来对质，

看她怎应付，

若是还口硬，

那时再开刀！

大胡子 （沉思）……好！

石庭槐 （向内）松绑！带刘胡兰！

[内应介，铁索声。

刘胡兰 （内唱首板）满腔愤怒！（被匪兵推上）

（快滚花）殿前一见仇人面，

心头怒火比天高！

他打一鞭，更添我，一分愤怒，

他加千杖，我脚步，扎得更牢！

刘胡兰头可断（一槌），志难摇（一槌）

火海刀山吓不倒！

大胡子 哼！你只是挨了几下皮鞭，还没尝到大刑的味道！乳臭未干敢造反，真不知地厚天高！

石庭槐 （恶意挑拨）刘胡兰，共产党早已跑光，竟然置你这无知青年于不顾。留下你在此受罪，实在无辜！

[刘胡兰不语，大胡子动火，石庭槐递眼色制止。

石庭槐 刘胡兰，把你知道的都讲出来，我包你不会再受苦。

刘胡兰 哼！我什么也不知道！

大胡子 不知道？快叫人对质，不让她诈作糊涂！

（向内）带人！

[匪军带石五则上。

大胡子 你看看他是谁？

刘胡兰 （轻蔑地）哼！

石庭槐 石文书，你劝导劝导她吧！

石五则 胡兰，我想来想去，我们只有一条路……

刘胡兰 你走的是自绝于人民的死路！

石庭槐 不，不，他走的是“自白转生”的大路，你……

大胡子 不必多讲，石五则你来对质，她是不是共产党？

石五则 我和她是同一个支部。

大胡子 是不是她带头藏军粮？

石五则 是。

大胡子 王本固是不是藏在她家？

石五则 是。

刘胡兰 （打石五则一耳光）叛徒！

（快慢板）你泄机密害同志手段卑污，

说什么你和我同一支部。

共产党岂容你可耻叛徒！

（快中板）他日东风传捷报，

天罗地网难脱逃，

罪恶桩桩从头数，

（滚花） 千刀万剐，你死有余辜！

石五则 （求救地）长官……

[大胡子一挥手，匪军带石五则下。

大胡子 哈哈！刘胡兰，石五则指证你是共产党，还有何话说？

刘胡兰 说我是共产党，我就是共产党！

大胡子 村里还有谁是共产党？

刘胡兰 不知道！

大胡子 不知道？！

石庭槐 讲出来我替你开脱，讲吧！

刘胡兰 哼……

大胡子 你不讲我也知道，

刘胡兰 知道还来问我？！

大胡子 （狼狈地）你，你，你，小小年纪难道不怕死？

刘胡兰 怕死不当共产党！

大胡子 （拍案）住口！在我的衙门，显你的威风，岂有此理！讲！军粮藏在哪里？

刘胡兰 全部送上前方！

大胡子 王本固呢？

刘胡兰 打仗上了战场！

大胡子 你们村的武工队呢？

刘胡兰 等待时机杀你们这些豺狼！

大胡子 （霸腔快二流）

臭丫头舌剑唇枪，

逼得我走投无路。

你若再执迷不悟，

打到你体无完肤。

刘胡兰 （接唱） 纵然是刀斧加身，

刘胡兰义无反顾！

大胡子 （接唱） 我杀人从不眨眼，

今日里拿你开刀！

刘胡兰 你这个刽子手！禽兽！（介）革命人民杀不尽，洪流滚滚浪头高！蒋家王朝末日到，定要算清血债，严惩你这罪恶滔天的匪徒！

大胡子 （疯狂地扑上前鞭打刘胡兰）口硬！口硬！

石庭槐 （别生奸计，拦住）唉，刘胡兰，何必拿皮肉受苦呢？算了，算了！

（长句滚花）

休动怒，休动怒，

再不问谁人藏病号，

也不管军粮有或无，

这些事你我心中都有数，

都不妨装聋作哑诈糊涂，

只要你当着众人敢自保，

从今后不替共军再效劳，

就立即恢复你人身自由，

回家中见你父母。（白）

这叫作“自白转生”，担保你不会再坐牢！

刘胡兰 叫我投降？梦想！

石庭槐 不，这是……

大胡子 不必多讲，准备铡刀！

[匪军抬出铡刀，复下。

大胡子 刘胡兰，再不老实招供，定叫你死在这铡刀之下。给你最后五分钟！（与石庭槐同下）

刘胡兰 （仿祭塔腔反线二黄）

阵阵创伤痛彻心，

面临就义忆生平，

风雨里生来战斗中长，
十六年时光虽短甘苦尽尝。
日寇铁蹄踏，
阎匪烧杀抢，
百里平川，但闻哀声四放。
冰雪压西山，乌云盖吕梁，
汾河两岸，天地暗无光。

（转正线稍快）

春雷动，红旗扬，
平川来了共产党。
打日寇，锄汉奸，
手中挥舞红缨枪。
分田地，斗豪绅，
贫农团战歌震天响。
缝寒衣，送军粮，
妇女会日夜支前忙。

（流水南音）

心花怒放我参加了党，
灯塔光芒照四方。
胡兰有党心明亮，
胡兰爱党胜爹娘。

（清唱，唱散）

夜望蓝天盼北斗——
（上板）朝迎红日想延安。（拉新腔）
胡兰永远跟着党。跟着党——
（滚花）要学那西山松柏，
铁节繁枝向太阳！

[匪军推母亲上，复退下。

母　亲　胡兰！

刘胡兰　妈！（扑向母亲）

母　亲　（鸟惊喧）唉！伤心忍见你受鞭挞，被监禁，

妈妈好似万箭穿心坎，万箭穿心坎！

你身受重创肉破血淋淋。

（乙反木鱼）

手抱着胡兰女，女你紧贴娘身，

恨我无能为力，救女你脱狼群，

你挨尽严刑我心怎忍，

能否将千般苦痛，移在你娘身？

若能代替我儿来受苦，

妈妈我刀山火海愿去行！

刘胡兰　妈，不要难过，同志们会替我报仇的！（摘下顶针）这是你给我的顶针，你把它好好保留起来吧！

母　亲　（惊惧地不接）怎么，难道真的……

刘胡兰　（指铡刀，深沉地）我随时准备牺牲！

母　亲　（强烈音乐，母亲震惊倒退，复扑前）不行，不行！你是妈的骨肉，妈不能没有你呀！

（叹板）　送顶针实指望，

你顺利转移西山上。

又谁知今日里，

你却交还原物赴刑场！

刘胡兰　（新曲）　好妈妈，且记住敌人血账，

胡兰我死得其所何用悲伤！

这顶针你把它保存手上，

就像儿跟随在妈你身旁，

儿爱它质地好坚如纯钢，

它伴着我家三代人，顶过烈日严霜！

但愿它伴随妈妈早日迎解放。
绣成那红旗千面高插在吕梁。
儿见红旗心欢畅，
长眠地下梦也香！梦也香！

母　亲　（深受鼓舞）胡兰！

刘胡兰　（替母亲戴上顶针）妈！不要在敌人面前流泪，不能向敌人吐露半点机密！

母　亲　谁是仇人我看得清，你放心吧！

刘胡兰　我的好妈妈！（亲切地依偎在母亲怀中）

[大胡子与匪军上。

大胡子　时间到了，你考虑得怎样？

刘胡兰　刘胡兰宁死不投降！

大胡子　（绝望地）啊！

[切光。

[幕闭。

第八场

[紧接前场。大庙前，大雪纷飞，北风呼啸。

[庙墙上涂着："自白转生"四个大字，下面贴着告示。

[急促的喊声："全村男女老少，都到村南大庙集合，一家只留一个人，否则按私通八路论处"。

[在紧急的锣声中幕启，群众陆续上场，石锦芳从中关照爱兰和群众。

匪兵甲　（手提铜锣，用槌子指着告示念）"自白转生！"不自白者，乱棍处死；自白不彻底者，乱棍处死；光自己自白包瞒他人者，乱棍处死！

[匪兵数人荷枪实弹，杀气腾腾，持棍冲上。

[大胡子、石庭槐上。

大胡子　铡刀侍候！

[匪兵抬铡刀从大庙内出，过场。

[阎六被五花大绑，随后推出。

大胡子 最后机会，快讲！

石庭槐 “自白转生”呀！

阎　六 呸！（唾吐石庭槐，石庭槐忙用手帕掩面）

大胡子 立即处死！

[匪兵用木棒打倒阎六，阎六挺身站起。

阎　六 （喊）打倒阎锡山！打倒反动派！（被匪兵拖下）

[群众紧握拳头，咬紧嘴唇，悲愤地低下头。

[匪兵抬铡刀上。

大胡子 提刘胡兰！

匪兵甲 提刘胡兰！

[内场传：“提刘胡兰！”

[刘胡兰上。

刘胡兰 （英雄白）雪花飞舞朔风号，

横眉冷眼对铡刀，

刀下斑斑同志血，

化成百丈黄河涛。

爱　兰 （扑向刘胡兰）姐姐！

刘胡兰 （从口袋中掏出红枣）爱兰，这红枣来不及送出去，姐姐没有做完的事，你要把它完成呀！

爱　兰 （接过红枣，越看越悲伤，扑到胡兰怀里）姐姐！

大胡子 （拉开爱兰）走开！

爱　兰 （挣扎）不准杀害我姐姐！

群　众 （愤怒地齐喊）不准枉杀好人！

大胡子 谁说她是好人？（全场寂静，对陈老汉）你说她是好人还是坏人？

陈老汉 她……

大胡子 讲！

陈老汉 她是好人，是天下最好的好人！

大胡子 再讲，我枪毙你！

陈老汉 枪毙我，也不能把是非颠倒！你们这些强盗，总有一天血债要偿还！

[大胡子举枪打陈老汉，刘胡兰抢前推枪，枪朝空放，群众涌上前去，把陈老汉拖下来。

大胡子 啊？你们要造反？来人呀！架起机枪把他们统统打死！

刘胡兰 住手！（用身体挡住机枪）要杀就杀我一个，不准伤害众人！

大胡子 好呀，刘胡兰！看你的颈硬还是我的铡刀硬！开刀！

[匪兵欲绑刘胡兰，被刘胡兰推开。

[匪兵把群众推向远处。

刘胡兰 （快二流）党人风格万年贞，

入党誓词刻骨铭，

慷慨挺身赴死日，

遥闻万里凯歌声。

乡亲父老莫悲伤，

抬头仰望西山顶，

一抹红云传喜讯，

东方喷薄日将升！

[刘胡兰甩了甩披在脸上的头发，昂首挺胸，慢慢地走到铡刀跟前。

刘胡兰 （振臂高呼）中国共产党万岁，毛主席万岁！

[刘胡兰脚踩铡刀，虎视敌人。造型。

[急切光。

尾　声

[进军号声中灯渐亮。

[王本固、石广元率解放军和民兵冲上。

[开打，擒大胡子、石庭槐。押石五则、金二上。过场。

[灯光大亮。天幕上红光万道。

毛主席题词“生的伟大，死的光荣”闪闪发光。

映照着刘胡兰英雄塑像。

[群众涌上，合唱新曲：

刘胡兰舍生忘死为革命，

千秋万代颂英名。

领袖题词传四海：

“生的伟大，死的光荣。”

[幕闭，剧终。

（剧本版本：《广东粤剧剧本选编》四）

牡丹亭

（根据明朝汤显祖原著改编）

原改编：望江南　谭青霜

再整理改编：陈冠卿

剧中人物

杜丽娘	石道姑
柳梦梅	碧云道姑
春　香	大花神
杜　宝	众男女花神
杜　母	家　院
陈最良	小　环

第一场　闺塾、闹学

[南宋某年。

[南安太守府内精雅书房，房内书桌两张。外面春光明媚，花木扶疏。

[锣鼓打引，陈最良上。

陈最良 （啥白）寒灯下苦读鹏程带，岁月蹉跎鹤发添！

（勾锣，白榄）我这个老生员，今年五十八，考报功名都不合格，考到眼又花、头又白，姜公八十遇文王，老朽几时家山发！

（咳嗽两声，勾罗续念白榄）权在太守衙，当个两宾客。教他女儿经，宣我圣贤法。可叹一肚文章，徒换两餐饭嘛！

（谐音白）自家，南安府儒生陈最良是也，一世坎坷，两年失馆，人人称我陈绝粮，近蒙杜太守见重，聘作西宾，教他女儿，学经习史，哈哈，老朽欣承捧珠之爱，荣叨琢玉之司，不免卖弄精神，才不负东翁器重啊！看日上三竿，还不见女学生进馆，也太过娇生惯养了。

（敲戒方）春香！春香！（见无人应，转而敲坐右壁上云板“当、当！”两声）

春　香　（内应）来了！

陈最良　快请小姐上学。

春　香　（内高声应）行紧来啦！

［中板锣鼓。春香捧书引杜丽娘上。

杜丽娘　（唱中板）玉镜台前书满架，

懒描眉黛帐芳华。

春　香　（接上中板）

经书满载含糊话，

白纸黑字密麻麻。

杜丽娘　（接唱）　同竭先生（介）缓步书堂下。

（扶春香进书房，作礼）先生万福！

陈最良　坐下。

春　香　春香拜见先生。

陈最良　罢了，女学生！凡为女子者，鸡初鸣，咸盥漱，栉笄问安于父母，日出之后，各供其事，如今女学生既以读书为事，须要早起，不可懒惰。

杜丽娘　是，以后不敢了。

春　香　先生，我同小姐今晚一夜不睡的了。

陈最良　因何不睡？

春　香　三更起床，四更进馆，请先生教书。

陈最良　这又太早。

春　香　你看，迟又话迟，早又话早，这就够难了！

陈最良　多嘴！女学生，昨日上的书，可曾温熟？

杜丽娘　已经温熟。

春　香　熟过酱油！

桂丽娘　（厉她一眼）请先生上书。

陈最良　今早上的是毛诗。

春　香　诗有毛的？

陈最良 （厉她一眼，低头讲解）毛诗即诗经。以其诗为毛公所传，故称毛诗。（念诗）“关关雎鸠，在河之洲，窈窕淑女，君子好逑兴也！”

杜丽娘 请先生把诗经大意，教演一番。

陈最良 关关乃鸟叫之声，雎鸠是鸟雀之名也。

春　香 先生，那个雎鸠是怎样叫的？你叫来我听听。

陈最良 呃，我如何能学鸟叫？

春　香 我看你也是学不来，我呢，不只学得来还时常和禽鸟讲话呀！

陈最良 啊？！

春　香 有小姐为证，今早我就同只老鸭讲话。它说话总是“鸭鸭！鸭鸭……鸭！”

陈最良 （笑恼不得）胡闹！——听讲下去。“关关雎鸠，在河之洲”，是说此鸟性喜幽静，时常在河之洲……

春　香 先生，你讲的我晓得了。

陈最良 你晓得什么？

春　香 不是昨日是前日，啊，不是今年是去年，我在衙门捉到只斑鸠，被小姐一放“嘟”一声，飞到何知州衙门去了，你讲的可是这个故事么？

陈最良 （不理春香）头这两句是“兴”。（去声）

春　香 飞去了，还高兴？

陈最良 （不悦）不许胡闹，兴者起也，引起下文。

春　香 下文讲什么呀？

陈最良 听讲下去——“窈窕淑女”，即是幽娴贞静的女子，“君子好逑”，是说有个君子去求她。

[轻一槌，杜丽娘有所感。

春　香 先生求她什么呀？

陈最良 好者好也。逑者求也，依注讲解，莫来缠我！

春　香 鬼来缠你！

杜丽娘 （暗责）春香！

陈最良 （借势）春香！（唱士工滚花）

你在书房伴读，

不得任意喧哗！

敢再胡缠，

是讨打！

春　香（一吐舌头，起唱爽三脚凳）

先生我想出去。

陈最良（接唱）又想往哪处磨牙？

春　香（接唱）人有“三急”你当知。

陈最良（接唱）九成是装假，（白）不准！

春　香（接唱）哎哟，“急”都不准出去，

先生要管死人家。

陈最良（无奈，唱滚花）

好啦，好啦，快去快回。

春　香（大喜，接唱滚花）

人“急”计生，

我到外边玩耍。

[春香雀跃下介。

陈最良 女学生。

杜丽娘 在。

陈最良 书就教到这里。

（秃起唱滚花）

总之经诗大意：

有风有化，

宜室宜家，

诗三百，

一言以蔽之回“思无邪”一句话！

杜丽娘 学生知道。

陈最良 女学生，重温一遍，就习字吧。（低头自看书介）

杜丽娘（暗念）……（握管沉思）

(冲头，春香走上入书房，潜步到丽娘身旁。

春　香　(情声唱流水中板)

小姐呀，小姐呀，

那边花园真幽雅，

桃红柳绿难描画，

还有两个秋千架，

不如进园去耍耍。

(包尾句腔)

莫教春去也!

陈最良　(听到了，拍案申斥)胡说!

(起唱减字芙蓉)

你不专心伴读，

反来引诱她，

读书人要头悬梁。

春　香　(接唱前腔)

要挂腊鸭你去挂!

陈最良　(接唱)　还要锥刺股。

春　香　(接唱)　怪不得你走路似弯弓虾!

陈最良　(恼火，滚花)

你教而不善的小丫头，

我手执荆条将你打!

春　香　你打我?

陈最良　非打不可。(举荆条)

春　香　你就打，打，打!

[三槌拉荆条。

杜丽娘　(喝)春香!

[春香放手，陈最良倒地。

陈最良　(反线戏妲己)

哎呀呀，气死我也！

杜丽娘 还不扶起先生。

[春香无奈扶起最良。

陈最良 告诉老爷，我要辞馆了。

杜丽娘 贱人，还不向先生跪下。

春　香 不如跪小姐吧。

杜丽娘 胡说，快跪先生。

春　香 （跪）春香跪先生。

陈最良 谁要你跪？

春　香 哪个跪你！

杜丽娘 贱人！

（滚花） 有道“一日为师，终身为父”，
你还不认错斟茶！
快递上荆条，
请先生责打。

春　香 我听小姐话。（顺从地拾荆条递上）请先生你轻轻责打吧。

陈最良 （接荆条）唔，春香倒也听话，下次可还敢？

春　香 下次必敢！

陈最良 （举荆条）啊？

春　香 我是说，下次不敢！

陈最良 好吧，看在女学生面上，且饶你一次，起来吧。

杜丽娘 春香快谢先生。

春　香 谢先生！

杜丽娘 春香。

（滚花） 以后不准你把花园路踏，
不准你把秋千索拿，
只要你跟书案、守砚台，
伴读之乎者也！

[冲头。小环上。

小　环　老爷请先生，来书房叙话。

陈最良　知道了，春香，小姐完了功课，方可回衙。

杜丽娘　春香，送先生出去。

春　香　是，春香送先生。

陈最良　春香你好顽皮呀。

春　香　先生好行。

陈最良　（没发觉，摇头叹息）唯女子与小人难养也。

[陈最良踱步与小环下介。

春　香　（指背骂）老古董！……

杜丽娘　春香，你方才说的大花园在哪里？

春　香　小姐你做功课吧。

（滚花）　以后我不敢把花园路踏，

不敢把秋千索拿，

只可跟书案、守砚台，

伴读之乎者也！

杜丽娘　这丫头牙尖嘴利，春香，那花园到底在哪里？

春　香　（指）那不是大花园么？

杜丽娘　可有什么景致？

春　香　景致么，亭台六七座？秋千一两架。还有流觞曲水，太湖山石，名花异草，委实华丽。

杜丽娘　哦，原来有这一个所在，我倒不知道（欣喜）。

春　香　小姐，去玩咯。

杜丽娘　（滚花）　春香呀，

既有名园休辜负，

你伴我尽情游玩始回衙！

（白）春香引路。

春　香　随我来！

[丽娘，春香，锣鼓入场。

[落幕。

第二场　游园惊梦

[南安太守府中的一所幽雅庭园，正是春光明媚，百花盛开的时候，可惜无人赏玩，有点儿“好花空自艳，春色为谁妍”之感，在丹青剥落的牡丹亭畔，植有梅柳。

[幕内横箫吹奏，起幕。

[打引，春香引杜丽娘上。

杜丽娘 （诗白）　一生爱好是天然

却锁深闺年复年。

不是春香提挈我，

丽娘哪便晓游园。

春　香 （白）小姐，我们快去吧。

[进园内。

杜丽娘 （白）不到园林，怎知春色如许呀！

（士工慢板）

原来是姹紫嫣红开遍，

似这般都付与断井颓垣。

（清唱）　良辰美景奈何天，

赏心乐事谁家院？

（入乐）　朝飞暮卷，云霞翠轩，

雨丝风片，烟波画船，

锦屏人，忒看的这韶光贱。

春　香 （白）小姐，你看这青山……

杜丽娘 （小曲）　遍青山，啼红了杜鹃。

春　香　（白）还有荼薇架。

杜丽娘　（小曲）　荼薇外烟丝醉软。

春　香　小姐呀，是花都开了，那牡丹还早。

杜丽娘　（小曲）　牡丹虽好他春归怎占得先。（鸟声）

春　香　（白）小姐你看，莺莺燕燕。

杜丽娘　（续唱）　闲凝眄，生生燕语明如剪，

呖呖莺歌溜得圆。

（解心腔）纷飞花絮，年华恨短，

催花御史，未解人忧煎，

春色撩人阶前自遣。（腔）

春　香　（白）好一座大花园，观之实不厌。小姐玩赏已多时，不宜再留恋。

杜丽娘　（白）不宜留恋吗？

（滚花下句）

一念到兰闺寂寞，

我便更恋此庭园。

春香呀！我怎得长作勾留……

春　香　（白）小姐，不若我先行回去，若果老爷夫人问起……

（接滚花）我便通知你回房转。

（白）小姐，你若是游倦之时，就在这牡丹亭畔，芍药栏前，暂作将息，使奴婢易于寻你。（春香去了）

杜丽娘　（左瞧右望，低首沉吟，白）真是春色恼人抛不得，红颜易老信非虚呀！想我杜丽娘，生于宦族，长在名门，年已及笄，仍未婚配，真是虚度青春。枉我杜丽娘有颜色如花，又怎奈命如一叶呢！

（凤凰台）绿瘦红肥映眼鲜，

只有这春三二月天，

愁呀愁，愁的是似水流年，

我这里暗自哀怜，

在名门没良缘，

枉有如花美眷。

青春抛得远，

心有啼红愿，

我不住柔肠转，

教人闷恹恹。

我问苍天，知心在哪边？

我愿效莺莺和韩氏……（一槌，介）

但是一思量处，不禁羞上眉尖。

融融春意醉人魂。

（白）春香，春香！（想起春香已回去）

（续唱） 且在芍药栏前舒体倦。（芍药栏前坐下，渐入睡介）

[众花神上。

花 神 （诗白） 催花御史惜花天，检点春光又一年；

蘸客伤心红雨下，勾人悬梦踩云牵。

（白）吾乃南安府后花园花神是也，今有杜丽娘小姐游春伤感，致使秀才柳梦梅入梦，吾神专管惜玉惜香，正宜保护于他，众花神请呀！

众花神 （新曲） 好景艳阳天，

万紫千红尽开遍，

为佳人才子谐缱绻，

梦中儿有十分欢忭。

[众花神引柳梦梅上。众花神下。

柳梦梅 （新曲） 一霎魂飞万里天，

身轻似燕入桃源。

[略寻觅即见杜丽娘，丽娘冉冉而起，四目相视。丽娘含羞走开，梦梅跟上。

柳梦梅 （续唱） 怯怯相逢娇面，

飘飘下拜妆前。

我似人间刘阮，

她是天上神仙。

一路落花随水转，

多情天方便，

小姐却怎不开言？小姐呀！

莫负它春色满园群芳开遍。

杜丽娘 （接唱） 是哪处与他曾一面意惹情牵，

怎不羞惭惊颤。

柳梦梅 （上前欲言又止，递上柳枝，白）小生适才在园中折得垂柳一枝，小姐，素知你淹通史书，还求题诗一首，以赏此柳枝何如？

杜丽娘 （惊喜）叫我题诗呀？（欲言又止，另场白）这生素昧平生，却又因何会到此。

柳梦梅 （白）小姐！

（长句二黄）

你在花间自怜，我在芸窗思念，

则为你如花美眷，似水流年，

动我一点痴心，蓦地来会面，

两下相逢有幸，怎不相爱相怜。

趁此大好春光，且效那双飞紫燕。（拉教子腔，牵丽娘袂而行）

杜丽娘 （羞避，悄问白）到哪里而去？

柳梦梅 （减字芙蓉）

转过这湖山石畔，

绕过那芍药栏前。

杜丽娘 （羞怯）……

柳梦梅 （续唱） 与你悄声儿，倾诉平生愿。

道不尽相思话，效那蝴蝶舞蹁跹。（与丽娘共舞介）

[丽娘脚下一滑，梦梅上前相扶，丽娘含羞取柳梦梅手中柳枝急下。

[梦梅追入场。

[音乐。大花神引众花神上。

众花神 （新曲） 湖山畔云缠雨绵，

雕栏外锦簇翠屏，

惹下蜂愁蝶恋，

三生石上缘，

都因梦幻，一枕华胥两下遂然。

大花神 （白）众花神，且看他两人，梦酣春透，怎可流连，且抛纛花瓣来惊醒于他。（落花）吾神去也！

[与众花神下。

[柳梦梅、杜丽娘相随舞蹈上。

杜丽娘 （骂玉郎）蝶双飞，舞蹁跹，桃李吐芳鲜。

柳梦梅 （接唱） 情意缠绵，我我卿卿，双双共谐美眷，

同订三生石上缘。

杜丽娘 （接唱） 趁春风，跨凤上白云端，

愿檀郎恩义比金坚。

柳梦梅 （接唱） 死生相依恋，

笑向苍天誓过，愿长作并头莲。

[配音乐。落花如雨。

柳梦梅 （惊觉，白）小姐请将息片时，小生去也。（下）

[杜丽娘如前坐下。春香上。

春　香 （白）小姐，小姐！

杜丽娘 （白）秀……

春　香 （白）绣什么？哦！莫非问我春香绣被可曾香薰暖？

杜丽娘 （白）困春心，游赏倦，也不索香薰绣被眠。天啊！有心情，那梦儿还去不远。

春　香 小姐，什么香梦啊？

杜丽娘 （滚花） 旧梦难寻春去也，

此后凄凉妆阁，

也则是楼上花枝照独眠。

春　香 （白）我们回去吧！

[落幕。

第三场　写真、闹殇

[半年后。

[幽静闺房，中设镜台，侧设床帐。

[开边起幕。

[丽娘卧帐内，杜母愁坐榻前。小环侍侧。

[打引，杜宝恼怒地上。

杜　宝　（呛白）案牍劳人添白发，掌珠怯病欠金丹！（入内介）

杜　母　老爷回来了。

杜　宝　夫人，女儿病体如何？

杜　母　（口鼓）方才服药安眠，切勿将她惊醒。

杜　宝　到底患何疾病？

杜　母　（叹息，口鼓）哎，半年来都是长眠短起，如啼似笑，有影无形。

杜　宝　她——到过什么地方？

杜　母　（口鼓）自那日独赏庭园，归来便恹恹得病。

杜　宝　这个……（口鼓）定有蹊跷在内，我要问个分明。（叫）春香！

春　香　（内应上）拜见老爷，（转身叫）夫人！

杜　宝　春香！命你服侍小姐，何以你让她独自游园？

春　香　（接口鼓）不是独自游园，有我春香带领。

杜　宝　（口鼓）带得好啊！她到后园何事你一定知情。

春　香　（口鼓）……游园嘛，当然是观花、赏景。

杜　宝　（口鼓）还有其他隐事，若然不讲，家法无情。

春　香　（吓退了）……

杜　母　（暗止杜宝勿躁）春香，快讲吧，小姐得病，与游园有关，你何所见闻？快讲。

春　香　这……（口鼓）夫人，奴婢委实无所见闻，只是小姐对我说过，曾遇见一位年少书生闯进院来，手弄柳枝，求小姐题咏。（旬）后来又与小姐在牡丹亭前，梅花树下……

杜　宝　（急问）梅花树下怎么样？

春　香　（续口鼓）这就绝不知情。

杜　宝　（大怒）呸！（一掌打去，春香跪地）

（起唱连环西皮）

小妖精！小妖精，

吞吐其词，

一定行为不正！（欲再打介）

春　香　（沉腔滚花）

哎呀呀，

小姐梦中情景，

奴婢哪得知情！

杜　宝　（释香）哦，原来是女儿发梦！

杜　母　（疑虑）老爷，

（滚花）　想是女儿运蹇时衰，

触犯了柳精花圣！

杜　宝　（怫然责母）呸！

（滚花）　皆由慈母疏防范，

枉请先生教读经！（对春香）

（丽娘扶病，开帐窥听）都是你这贱丫头，惹祸端，合鞭笞示儆，（白）看打！

杜丽娘　爷——娘——！

[先锋钵，丽娘踉跄出帐，欲护春香，不支欲倒。

[杜母、春香、小环，急扶丽娘坐下。

杜　宝　（叹气）哎，真乃家门不幸！

杜　母　（口鼓）可怜你入睡方宁，又被那奴才惊醒。

杜丽娘　（口鼓）春香无过，求老父息了雷霆。

杜　宝　（口鼓）为父责问春香也是为女儿，须知却病祛邪，莫如修身养性。

杜丽娘 （长叹口鼓）自料沉疴莫起，养育恩难报，但有一宗心事，伏乞二老哀矜！

杜　宝 （口鼓）只要无损于名教，无碍于家声，为父定如所请。

杜　母 （口鼓）女儿有何心事，不怕言明。

杜丽娘 （叹一声，起唱慢滚花）

女儿染下膏肓病，
纵有九还丹药也无灵！
女儿死后乞葬在后花园，
与一树寒梅日夕相依形影！（身体不支，春香上扶）

杜　母 （恼怒，拂袖，口鼓）语贵吉祥休乱说。

杜丽娘 （失望，哀鸣，口鼓）此情不遂目——难——瞑！（吐血介）

[柱母、春香、小环，惊慌急扶持埋床坐下。

[杜宝仰天长叹。

[内场白　“圣旨下”！

[家院急上。

家　院 禀老爷，钦使到来，朝命高升，快请出堂接旨。

杜　宝 这个……夫人，你也是诰命之身，随我更衣出堂。

杜　母 （望女儿，心惶急）唉，这便怎好，春香你好生服侍小姐！

杜　宝 但愿新恩能冲喜。

杜　母 女儿病体复安康！

[杜宝、家院、杜母、小环下介。

春　香 （向丽娘解慰）小姐，你保重啊！看你寝食悠悠，敢为春伤，皆是游园而起。（内疚地）这都是我——

杜丽娘 这都是，我丽娘——

（乙反减字芙蓉）

甘自情牵春梦客，
魂向柳林飘！

春　香 （接唱）　一梦苦相思，
此情人间少！

杜丽娘 （接唱）　根苗托盘石，

松柏志难摇！

愿求梅影吊孤坟，

（转唱乙反滚花）

非我蚕蛾丝自绕！

春　香　（哀叹木鱼）

明月为谁照，

好花为谁娇？

恨我难寻一语点活小姐心苗。

小姐呀！

你要保重身躯，

摆脱病魔缠扰。

莫冷寒侵弱骨，

休再泪向冰绡。

看你玉貌丰肌近来消瘦了！

若再多愁善感，

只怕十分容貌不上九分瞧！

杜丽娘　（一槌，白）十分容貌不上九分瞧！

（音乐对镜自照，沉腔滚花）

哎呀呀！

往日轻盈冶艳，

今日黯淡萧条！

（秃转慢七字清中板）

心目摇摇灵魂如出窍，

一旦无常百体消，

叫春香，快备素绢丹青——

（转滚花）我要描容写照！

春　香　小姐，你又何必再劳神呢？

杜丽娘　春香，我只愿今日花容仍未尽萎，若不趁此时自行描画，留在人间，身死之后又有谁知我西蜀杜丽娘生前模样呢？春香，素绢丹青取来。

春　香　（掩泪，应）哦！

［音乐，春香取绢笔铺陈介。

春　香　小姐！（示意画具齐备）

杜丽娘　扶我端坐！

春　香　（应）哦！（扶介）

［乐起排子头。

杜丽娘　（唱银台上新腔）

强撑起，瘦纤腰，

倚妆台，把容描。（起反线二黄慢板板面）

（浪里白）正是三分春色描来易，

一段伤心画出难呀！

（反线二黄慢板）

对菱花挥彤管不禁热泪飘飘（句）。

镜中人，病伤春，无复当年窈窕（句），

非蔡女思乡忆反朝，

非白头卓氏怨琴挑，

非秦娥，伤别霸陵桥，

非陈后长门悲寂寥，

是西蜀杜丽娘啊！

（腔过门）一梦莺情蝶意，

惹得骨立形销！（句）

什么玉树丰标，（序）

什么风流才调，（序）

已是雾蒙花，

去掩月，

一屏镜，

九重霄，

只可闭目寻思，

追写旧时色笑！（句）

（拉腔，过序，闭目复开目，对镜顾盼介。转略快过门，奋笔描画，续唱）

点樱唇，勾粉面，

杏眼桃腮着意描，

夙发雾鬓，拖曳着啊——（过门）

轻盈盈娜楚宫腰！（句）

（反线秋江别）

微微秋波送，

双颊晕红潮。

盈盈娇体怯，

手弄青梅条，

似喜还嗔轻浅笑！

丹青妙，

似嫦娥下界玉女下琼瑶！（音乐包尾序，费力地停笔）

春　香　小姐，你这幅真容，真是呼之欲出，惹人怜爱啊！

杜丽娘　（短叹一声，起唱长句合尺滚花）

千样娇，百样娇，

石火艳光转眼消，

高山流水知音杳，

勾成玉貌有谁瞧？

何处觅赵颜，

把画里真真叫？！（对真，掩泪介）

春　香　小姐，莫伤感了，歇息去吧！

杜丽娘　（摇头）春香，偶成一诗，暗藏春色，我要题于帧首。

春　香　小姐题诗？

杜丽娘　移砚来！

［春香递笔移砚。

[杜丽娟接笔题诗，手托。

春　香　小姐……（近前看诗）

杜丽娘　（吟）　近睹分明似俨然，

远观自在若飞仙，

他年得傍蟾宫客，

不在梅边在柳边。

春　香　不在梅边在柳边！看诗中意，小姐他年所偶，不是姓梅，就是姓柳么？

杜丽娘　（苦笑）说“他年”不如改“他生”啊！（自知不起，慢起二流上字过门）

（唱二流）但有荒冢白杨啼杜字，

那得蟾宫贵客傍云霄。

闺中侣，有春香，常将我叫，（春香哭叫一声“小姐”）

月落乌啼惊噩梦，

清明寒食泪儿飘！

（白）爹娘啊！（跪下，过锣古序）恕女儿，孝顺无终，难以再承欢笑！劬劳恩，来世报，永诀今朝！（身子倒下介）

春　香　（含泪相扶）小姐，你不能丢下春香啊。

杜丽娘　（悠悠复醒，对春香含笑，口鼓）

春香，你是我闺中知己，

今有一事相烦，你休忘了。

这幅遗容，因题诗帧首，

外观不雅，

他日葬我之后，

你可装在紫檀匣内，

藏于太湖石底。（介）

希望那梦中情侣，

再来慰我寂寥！

[杜丽娘取画交春香，春香含泪接过。

杜丽娘　谨记莫忘！

[音乐大鼓一声，杜丽娘死。

春　香　（哭叫）小姐！小姐！老爷夫人快来啊！

[杜宝、杜母扶小环慌急上。（先锋钵）

[“哭双思”叫女儿！女儿！

杜　母　（哀泣。扶帏凄唱“輓歌”洞箫胡琴伴奏）

女呀！往日你绕娘身百千遭，

今日为娘在你身边绕呀！

女呀！女呀！

你忍心抛爷撇母痛煞我，（一槌）

肝肠做了百寸焦！女呀！

[春香、小环，哀哭叫“小姐”！

杜　宝　（长叹一声）夫人保重，女儿身后事要紧。

杜　母　（挥泪）相公，如何是好？

杜　宝　身后事要人照料，春香，快把凶讯告与陈斋长知道，说我有急事相邀！

[春香急下引陈最良上。

陈最良　拜见老公相、夫人！（看房中情景，知事不好）

杜　宝　小女已长谢先生了。

[陈最良泪下。

杜　宝　陈先生，金寇南侵，学生奉皇圣旨，封为安抚使，镇守淮阳，即日便要起程，只因小女新丧，敢烦先生代营后事。

陈最良　（长揖）最良情愿效劳。

杜　宝　小女遗言，就葬在后园梅树下，又恐不便后宫居住，当吩咐割取后园，起座梅花道观，安置小女神位，请一道姑焚修看守，再拨陋宅院田二顷，充作香火之资，就烦先生掌管。

陈最良　最良幸免失所，敢不尽心！

杜　宝　陈先生！

（滚花）　未敢苛求勤照料，

但望按时祭扫，

一碗饭儿浇！

杜　母　（对帐哀叫）女儿！

[众悲泣，叹息。

[落幕。

第四场　游园、拾画

[三年后

[南安府后花园一角—梅花观

[石道姑、碧云道姑、柳梦梅

[二幕代景。

[静场小锣打引石道姑摇尘尾牵两小道姑上。

石道姑　（白）　几年红粉委黄泥，
十二峰头月欲低，
每见后墙花树色，
心难平静暗悲凄！

（白）　贫道石道姑是也。
自杜丽娘去世，
太守升迁，
老身看守坟奄，
转眼时光三载。
去年来了岭南柳公子，西房寄宿。
病已初痊，意欲游园遣兴，
我想附近并无名胜地，
只有观后人花园，
何不领他一游，
偿其心愿呢？（介）

唉，可恼陈斋长只顾收取祭租，经常出外，
老身又因盂兰节近，
法事缠身，游园之事，谁人领啊？
（搽槌）有了，新近来了碧云道姑，游方至此，
年纪虽轻，为人却有些侠气，
还学得五雷神法，可以治鬼辟邪。
贫道何不托她带领相公游园啊！
有此徒儿，请你碧云师姐！

碧云道姑 （内白）来了！

[七槌头，碧云道姑丰神清洒，背带桃木剑。手摇尘尾上。

碧云道姑 （快中板）

命无华盖女方士，
头戴星冠弃绣襦，
尘念未清藏侠气，
妖魔来犯振神雷，
道长传呼往堂去！

（白）参见道长！

石道姑 道友免礼。

（口鼓）今有一事相烦！

碧云道姑 （接口鼓）

不知有何指示？

石道姑 （口鼓）西房岭南秀才，

雅爱亭榭荷池，
他年少志诚，
乃读书君子，
诚恐盂兰节近，
后园不清净，
劳你领他进去游赏片时。

碧云道姑 碧云愿效微劳。

石道姑 （滚花）老身后堂作法事。

碧云道姑 （接唱，滚花）

碧云领路赏秋池。

石道姑 有劳道友。

碧云道姑 当即前往！

[暗转。起沉腔首板锣鼓，展二幕。

[景：大致与第二场“惊梦”相同，但园中景物衰颓，花悲柳暗，寒梅树下有孤坟，一角牌上写“杜丽娘之墓”，但坟碑已为草木所掩，一下不易看见。

柳梦梅 （内唱，沉腔首板）

秋光初展。（起士字二黄慢板序）

（碧云道姑摇尘拂引柳梦梅上）

柳梦梅 （唱小曲踏月行）

踏名园、踏名园，

试期尚远且自寻消遣，

莫教花愁蝶怨，

不见骚客把词填！（过序）

碧云道姑 （接唱）画廊花影艳，

步出篱门池阁现，

宛似踏入另外一重天！

菊柳迎人鸟惊喧，

这座名园，景物见！（过序）

柳梦梅 （接唱）感谢仙姑，

领我游园，

真是眼福不浅！（过序）

碧云道姑 （接唱）绕过假山去，

走过牡丹亭，

更是飞花片片！

[强音乐过门，两人进入另一天地。

[音乐大鼓一槌。

柳梦梅　（惊讶）呀！我到过！

碧云道姑　相公何时到过？

柳梦梅　唔！几年前我到过。

碧云道姑　相公家居何处？

柳梦梅　广州。

碧云道姑　相公曾到南安？

柳梦梅　南安却是初到。

碧云道姑　却又来了，相公家住广州，今才初到南安，怎会到过此园？

柳梦梅　（依稀地）是梦吗？但我确似曾到过！

碧云道姑　（微笑）原来是似曾——

（起唱减字芙蓉）

天涯何处无芳草，

到处荷塘一样鲜。

柳梦梅　（接唱）此园不陌生，

我摆弄柳枝来访艳。

碧云道姑　（接唱）相公白天发梦呓。

柳梦梅　梦（接唱，木语地）

是有一段梦中缘！（四顾茫然，低头冥思）

碧云道姑　（滚花）相公如觉不舒，

可到芍药栏前舒体倦。

柳梦梅　（一槌）芍药栏？（先锋钵，走近芍药栏前冥思、苦想、寻枝，绕石台行，团团转）

碧云道姑　（关心地）相公……

柳梦梅　（寻思不语）……

碧云道姑　（再叫）相公！

柳梦梅　（惊应）哦！仙姑！

碧云道姑　相公精神恍惚？

柳梦梅　小生精神奕奕。

碧云道姑　相公着邪了么？

柳梦梅　小生心正无邪。

碧云道姑　方今盂兰节近，恐怕有邪意作祟。

柳梦梅　读书君子，邪魔难近。

碧云道姑　说句不中听的话，不要被鬼所迷。

柳梦梅　小生鬼打都有咁醒！

碧云道姑　贫道略懂五雷神法，为相公看个相如何？

柳梦梅　你识看相，看到够吧。（昂立）

碧云道姑　（果作平视，又绕梦梅一周）相公印堂明亮，果然无邪。

柳梦梅　（一笑自负地）是吗？正可压邪？

碧云道姑　哦！——（忽作遐思，另场七字清中板）

风度翩翩美少年，

记得师尊说我尘缘未断，

许我游戏人间觅夙缘。

（滚花）何不稍试其情，

看他作何想念！

（白）柳相公，你看画栋雕梁，

柳梦梅　（叹）粉墙皆褪色了！

碧云道姑　池塘花影，

柳梦梅　已非百卉争妍了！

碧云道姑　鸟语枝头，

柳梦梅　莺啼蝶怨！

碧云道姑　还有无边春色，

柳梦梅　都成过眼云烟！

碧云道姑　岂不闻有缘千里来相见？

柳梦梅 无缘见面亦枉然！

碧云道姑 （逼一步）看相公，是个多情人啊！

柳梦梅 （知姑意）小生是个读书人！姑姑是个修道人！

碧云道姑 （身靠近）荒径悄无人，东风洽与周郎便！

柳梦梅 （闻语，大受刺激）你，你你你！（顿足）哎！小生有愁莫解，仙姑幸勿胡缠！

碧云道姑 相公别有怀抱么？

柳梦梅 （懊恼，滚花）

毋劳仙姑引路，
让我独赏亭园！
盂兰节近为谋多，仙姑请便！

碧云道姑 （先锋钵，一跳走开，心仪其人）

好个柳梦梅！
果是志诚君子，
我枉用情了，
看他神态言谈，
莫非另有隐衷不成？
我且退一旁，窥其举止，
倘真有邪魔作祟，
吾当仗义扶危，
也算尽护送之情！

相公，不要贫道相陪么？

柳梦梅 （拱手）仙姑请便！

碧云道姑 如逢怪异，可叫碧云！

柳梦梅 谢垂顾！

碧云道姑 如此请。

（四鼓头完日下介）

柳梦梅 （自疚地）唉，年少出家，也确可怜。她知惭引退，还念我安危，我刚才说话太重了，回去还当谢过。（四顾）唉，此园确曾到过，因何转眼之间，如此冷落呀！

（起唱散板，再举步，踏芳园。尺腔，起乐，边走边唱小曲杨翠喜）

秋光未老正初展，
何事满阶落叶无人扫，
花色幽暗蔓藤牵！
花儿倒塌下半边！
啊！亭榭已栖鸟雀，鸟惊喧！
金粉画屏已断，
拂柳前行步桥边，
啊，阴森一片，
池畔蔓草向着庭前发，
几把玉阶占！

（食占字起合字二黄长序）

（浪里白）

一个梅花观，
女冠之流，
怎看管得这广大花园啊！
好疑惑也！
便是这池馆呀！

（起唱长句二黄）

流水涓涓，
飞花片片，
清幽不让武陵源。
只惜水阁摧残花影乱，
往日娇红嫩白，
都变成蔓草荒烟，
看这边，（序）

挂着个冷秋千，（序）

唉呀！有裙拖半片！

（不禁唏嘘，沉腔散板）

再回望——（腔）（复步行）

牡丹亭畔，

芍药栏前！

（合腔，快流水合长芙蓉腔）

我确曾，

身入天台为刘阮，

有美人，

与吾相会在亭园，

月缔花姻，

多情押下同心券，

今回顾，

一枕华眉两遽然！

（转慢）景物依稀，

我再细观一遍。

（腔，音乐一槌，白）

啊！寒梅树下有孤坟！

（先锋钵，趋前读墓碑）

杜丽娘之墓！（双，鼻酸介）啊呀！

（秃头爽唱，至春来）

冷清清，

一座女儿坟，

设在草萋萋，

冷冰冰，

如此荒庭园，

有香几炷伴黄钱，

和着蝶儿飞！

令我肠为之断！

（快二流）

满庭秋叶，

伴女儿眠！

料想芳魂，

宵宵凄怨，

西风残照，

（合尺滚花）

举目凄然，（掩袖欲哭介，对墓碑）

墓中人呀墓中人，

你可怜呀。（挥泪，转身，望介）

好一座太湖石（窥介）呀，

里边有个小匣！

（有所发现）呀！匣中何物，似是一轴画卷！（急展视）原来是一幅观音喜相！善哉，善哉！石中藏此，必非凡物，待小生捧回书房，顶礼供奉，强如埋在土中。时将入暮，吾当归去！

（抱画匣，快士工滚花）

观音善相园中现，

携归供奉表诚虔！（抱匣下介）

［快水波浪。

碧云道姑 （袖剑上，白）且住，细看柳生举止，有异常人，方才又见他袖藏一物，回房而去，却是为何？（掷槌）唉呀！（介）其中必有缘故，待今晚功课完毕到西房一看，走，走，走。

［碧云见夜色苍茫，磷火磷磷。舞剑下介。

［落幕。

第五场　叫画、魂会

[当晚。黄昏—深夜。

[梅花观内小幽斋。窗明几净，窗外冷月当空，什边小回廊，有几朵花枝摇曳，房内衣边屏挂着杜丽娘真容，前设小香案，案上横放着紫檀匣，边有香花一瓶。

[小调荫华山，起幕。

柳梦梅　（捧炉烟上，虔诚地置于案上，白）闲游后园，拾得一轴小画，似是观音大士，将它挂起，炉烟上过，瞻拜一番呀（对画啧啧称赞），真好观音喜相！（双句，顶礼介）菩萨在上，弟子稽——（仰首细望画家，起疑介）

（五槌，滚花）

若是南海普陀观世音，
怎的威光不上莲花坐？（合什作架）
看她独立亭亭梅柳下，
湘裙露出小凌波。（效态作架）

（白）是观音，又怎会有小脚儿，还穿上一对小花鞋！

（续唱滚花）

莫不是广寒宫里小嫦娥，

（一槌，白）是嫦娥，更应顶礼了！

（端拜介，续唱滚花）

因何不见丹桂飘香，祥云半朵？

（白）既不是观音，又不是嫦娥，人间那得有此？

（续唱滚花）

我又觉得似曾相识，

（轻一槌，忙摇头白）痴也，痴也！

（续唱滚花）

想落不过是一梦南柯，

定是画工不知在何处临摹?

(细观，摇头，白) 意态天然，呼之欲出，画工临摹难有此，莫不是美人自手把容描。

(续唱滚花)

这个哑谜难猜破。

(掷槌白) 且住，细观帧首之上，有小字数行，(看介) 原来是七言一首。

(念介) “近睹分明似俨然，

远观自在若飞仙。

他年得傍蟾宫客，

不在梅边在柳边。”

呀! 此乃人间女子行乐图也。

读其诗，观其画，

足证美人亲手把容描矣!

何言“不在梅边在柳边”呢?

奇哉怪哉呀。

梅边柳边，

想天下姓梅之人甚多，

姓柳之人亦不少，

偏偏小生叫作柳梦梅，

看将起来，

梅边我有份，

柳边我亦有份，

我柳梦梅占双份!

(得意地清唱)

美人诗意密密牵缠我!

(起西皮合字过序，唱西皮)

看她眼儿轻送秋波!

鬓钗飘然欲坠，

手执青梅，
轻盈婀娜，
似乎春心一颗，
有愁许多，
娇怯欲言，
只少口气呵！
（收掘，白）小娘子画似崔莺莺诗如苏蕙，
行书逼真卫夫人，
小生虽则典雅，
怎能与他一样，
骞地相逢，
不免步韵一首！
（手托，趋前，握管题诗帧首之傍，读诗介）
“丹青妙处却天然，
不是天仙即地仙。
欲傍蟾宫人近远，
恰些春在柳梅边，
岭南柳梦梅。”
（滚花下句）
秀入江山人唱和，
美人休怪我事多！（再端详画像）
细看画中人，
又确似我梦中人，
可谓奇逢奇遇，
又是奇缘啊，
我何不学唐朝赵颜一样，
叫画里真真下来，
待我狠狠叫她几声，

（叫）美人！美人！姐姐！姐姐！

（叹息，唱滚花）

真真不肯下堂来。

有影无形看煞我！

（白）唉，梦梅孤单在此，少不得将小娘子画像，早晚玩之拜之叫之赞之呀！天晚矣，点着灯儿再叫啊！

[起南音序。

（梦梅入内取灯上，放香案上，轻抹炉烟，对画凝神，轻叹一声）

（起唱南音）

沉寂夜，不见动凌波，

只是含愁欲语锁双蛾。

姐呀，你自把春容描画妥，

寻梅问柳隐情多，

前世今生必有一段兰因絮果，

才有诗明素志，

（转唱二黄下句）

情托云罗！

不在梅边在柳边，

以此傍柳绮梅，

似有千丈丝罗缠绕我，（介）

果有夙世奇缘，

青衫得作蟾宫客，

便可飘然下降，

非我着了情魔。（句）

（散包序唱）

姐莫将人躲！

（尺腔，叹息一声，起唱反线叹颜回）

唉，顽石有知亦点破，

缘何打不动嫦娥！

迟迟不肯下银河，

杜鹃叫凄楚。

寒生叫凄楚。

凄风呜咽自窗过，

昏灯盏照住我，

愈感愁多，愈感愁多，

悄向真真啼血连呼百遍，

姐你知道么？（拉腔）

（秃头唱反线二黄）

有栖鸦，檐前，似来嘲弄我，

难充饥，如画饼，

分明探月秋河。

凄凉夜，柳梦梅，云房闷坐。

（拉腔，合尺滚花下句）

姐若娇羞难近我，

香魂入梦共厮磨！

（起，以手支颐，叫“美人姐姐”，靠桌，朦胧入睡介）

[阴锣，风起，音乐引。

杜丽娘 （俏步上，作旋舞，亮相。起唱长句乙反首板）

夜茕茕，

墓门人静，

孤冷冷，

对月中庭，

游魂渺渺，

踏进西廊径！

（音乐过门，丽娘俏步。风动帝铃，几声钟声之音，起唱小曲风动铃）

风动铃，

冥角响咚叮，

声凄切，

断鼓零钟金字经，

三年倾耳听，

愈听愈伤情，

冷冷冥冥花弄影，

凄凄楚楚叶飘零。

如凭吊昔日太守衙中千金女，

今日水流花榭悄无声！

唉呀！——（乙反静场长句滚花）

梅花观，诵什么金刚经，

勾魂册，没有我丽娘名，

一不愿飞升天界为仙圣，

二不愿托生尘世换门庭，

怨女只求圆梦境，

芍药栏前一段情！

（乙反中板）

唉，梅卿柳卿，

寄望成虚，

空自盼他三年整，

花亭水亭，

都荒废尽不堪回首牡丹亭，

问一声，梦中人，

何日重来寻梦境，

知否墓中人，怀念你！

（转唱乙反二王）

孤魂夜夜梦难成，

艳魄无依，（序）

芳魂无主。（序）

月下徘徊，

伴我者是不灭不明身后影！（拉腔）

（白）杜丽娘好苦啊！

（乙反沉花）

怀往事，倍伤情！

[悲沉音乐。

柳梦梅 （梦呓白）美人姐姐……

杜丽娘 （惊起）呀！

（快乙反二流）

谁叫也？

他叫谁？

不由我不听。

[内又叫“美人姐姐”。介。

杜丽娘 原来声由房发，悲叫姐姐连声。

（急切地唱）

为什么？为什么？

叫不出你可人儿的姓和名？

不叫姓名谁来应？

（自苦介，转正线稍慢二流）

怎得有个人，来叫唤？

（煞板） 叫唤丽娘姐姐一声！

（白）房内人叫得情凄切，待我上前一看。（在门外偷窥介）。

柳梦梅 （梦中唱追信头）

姐姐怎不应我一声。

杜丽娘 （惊异）房内书生，到底是谁，是我梦中情人不成？我进房内一看！（飘身入房，见柳）啊！此书生非常面善。（见画介）画中人像，已是我亲手描画的真容！（一槌，望帧首）哦！上面还多了七言一首。

（先锋钵，趋前近看，念诗）

“丹青妙处却天然，
不是天仙即地仙。
欲傍蟾宫人近远，
恰些春在柳梅边。
岭南柳梦梅。”（双）

（喜极，快中板）

三生石上良缘证，
重续当年未了情。
梅柳正符名与姓，
眼前君子更认得分明！
趁此良宵圆梦境。（先锋钵，上前欲拂醒梦梅）
且住，不能造次，
这会使他吓坏，
如何是好？

柳梦梅 （梦白） 他年得傍蟾宫客，
不在梅边在柳边，
蟾宫客就在你身边呀，
姐姐！

杜丽娘 （毅白快花）

欲傍蟾宫人已近，
何妨吐露我真情！

（白）还当先试其情，秀才醒来！（以袖拂之）

柳梦梅 （开边，醒见丽娘，惊异欲前，一槌又退后介）……

杜丽娘 （含笑敛衽）相公万福！

柳梦梅 （惶惑地）娘子是谁？寅夜至此。

杜丽娘 相公请猜猜？

柳梦梅 （惊疑）难猜呀！

杜丽娘 何妨猜猜。

柳梦梅 猜猜！（惊其艳，随口应介）

（木鱼） 织女降临尘世？

杜丽娘 （白）织女自有牛郎配！

柳梦梅 （唱） 天女夜入人家？

杜丽娘 （白）相公不是病维摩！

柳梦梅 （唱） 不就是仙洞飞来萼绿华？

杜丽娘 （白）奴奴不是神仙，相公勿向天处猜！

柳梦梅 （白）不从天处猜，就从地处猜吧！

（唱） 邻家女儿夜行独也！

杜丽娘 （白）不差不差，奴奴确是邻庭女儿，去此不远，又确是夜行无烛，因何过访呢？

柳梦梅 求灯照路返夫家！（一槌）

杜丽娘 （有感地）返夫家？

柳梦梅 （白）台上有烛，请取去用。

杜丽娘 （白）但我不想要烛。

柳梦梅 （白）这就难猜了！

杜丽娘 （唱） 何不猜有女怀春慕君人俊雅？

柳梦梅 （拱手）不敢如此！

杜丽娘 （唱） 何不猜东邻西子欲想侍汤茶？

柳梦梅 （惶谢）更不敢！

杜丽娘 （唱） 记否曾随蝶梦迷花下？

柳梦梅 （白）蝶梦？当年似有这个梦而已！

杜丽娘 （白）难怪相公！

（唱） 但你如今醒也叫她。

梦也叫她！（一槌）

柳梦梅 哦！（注意丽娘了）

杜丽娘 （白）相公为此不速之客而惊呆，还是一时看不真呢？

（唱）　　何不举灯照照身前人与画？

柳梦梅　（猛醒，趋案，举灯，看丽娘，又看画像，惊喜介白）啊！你！

（喜极欲狂，沉花下句）

哎呀呀！果然叫得仙姬降彩霞！

（起唱略爽中板）

为姐春容欢乐寡，

为姐青丝系素麻，

故难认真人与画，

几乎怠慢女仙家。

（白）客旅萧条，幽有简陋。

（滚花上句）

画里真真下堂来，

恕我失迎请坐下。

（白）仙姬请坐！（让坐介）

杜丽娘　相公！（起的的唱小曲采花词）

你口口声声呼仙家，

眼儿里只这一幅画！

缘何忘了花间情话？（过序作当年梦会时羞怯情态）

岂是水中月，雾里花！（序）

君能复温当年梦，

就不枉到太守衙。

[仰面让梦梅看清楚介。

柳梦梅　（认真地再看丽娘，十分惊异地）难道眼前人，不只是画中人，而且又是梦中人？

杜丽娘　（微笑，唱二黄）

君言非谬，

一双俊眼未昏花，

惜还未晓画中人，

是我自把春容描画。

柳梦梅 （又惊奇，又艳羡地接唱二黄）

原来梦中情侣，

有此绝世才华，

今夕又重逢，

真是千古风流佳话！

杜丽娘 （叹息）佳话？已成千古伤心话了！

柳梦梅 此话怎解？

杜丽娘 请问相公，有女一梦成痴，慕君如此，君你将如之何呢？

柳梦梅 （感动）是真情种，况复才气纵横，梦寐以求，有诗明志！（指帧首）

杜丽娘 （感注，乙反减字芙蓉）

相公情如许，

使我泪如麻，

又怕有愿未能偿，

中途生变化！

柳梦梅 此话怎解？

杜丽娘 （接唱） 怕的相公嫌弃我！

柳梦梅 怎会呢？

杜丽娘 （续唱） 因我。

柳梦梅 因什么？

杜丽娘 （续唱） 因我已无家！

柳梦梅 无家？姐姐刚才不是说过邻家女儿，离此不远吗？

杜丽娘 （惨然）是邻家，不过归去实凄凉啊！

（乙反滚花）

我怕回这个家，

只可夜夜徘徊明月下？

柳梦梅 夜夜徘徊明月下？

（起唱反线中板）

莫非你，遭夫遗弃，

早已无家？
还是你爹娘怪你思春，
将你时常打骂？
一梦成痴，竟为世弃，
怨句暴雨摧花！
姐呀梅边柳边，
正合所期，
不枉我园中拾画，
梦中缘，当再续，
毋负秋月映窗纱。

（滚花） 蟾宫客，
就在姐身边，
我俩挑灯夜话！

杜丽娘 秀才，你不嫌我是私奔之女！

柳梦梅 小生绝无此意。

杜丽娘 不怕我是树妖花魂？

柳梦梅 有妻如此幸甚。

杜丽娘 相公真愿与我结成夫妻么？

柳梦梅 求之不得，三生有幸！

杜丽娘 又怕言而无信。

柳梦梅 可向皇天三叩首（捻香）皇天在上，柳梦梅若与姐姐结夫妻，生则同衾，死则同穴，口不齐心，寿同香灭！（一槌）

杜丽娘 谢郎君！（跪下）

柳梦梅 （急扶）娘子不须如此。

杜丽娘 柳郎呀！

（快滚花）问郎可识南安杜太守？

柳梦梅 （接唱滚花）

三年前他官居在此衙。

杜丽娘 （唱滚花）奴奴就是他的女儿。

柳梦梅 哦！（接唱滚花）

何以你独留此间不随车驾？

杜丽娘 （惨白）去不得啊！

柳梦梅 却是为何？父母遗弃你么？

杜丽娘 （起唱爽中板）

唉！三年前，游园去，

赏柳观花，

梦郎君，执柳而来，

与我缠绵花下，

醒来苦相思，成重病，

命如一缕残霞。

人强起，对菱花，

自把春容描画，

嘱侍儿，藏匣湖山里，

静候拾翠人拿。

（滚花） 痴情杜丽娘，

早已归泉下。

柳梦梅 你已归泉下？你成个人活生生地站在我身边呀。

杜丽娘 郎君当忆园中墓！

柳梦梅 （猛想起园中墓）呀，然则你是——

杜丽娘 唉！……（退后几步无语）

柳梦梅 妻呀！（先锋钵，趋前抚慰）

（念白） 多年一梦竟成痴，

痛写丹情寄恨词，

卿卿为我埋黄土，

梦梅闻语惨然悲！

杜丽娘 （念白） 泉下长眠梦不成，

寻君无计独飘零。
春风恰与孤魂便，
重见郎君叙旧情。

柳梦梅 （感愤，念白）
卿情不可灭，
郎情不可绝，
梦梅不背盟，
生死双飞蝶！

杜丽娘 （念白）命纵如灯灭，
其志不可夺。
乘夜启香棺，
生机还未绝！

柳梦梅 妻有回生之望？

杜丽娘 丽娘为郎而死，为郎而生！虽归黄土，未终阳寿。君你乘夜发冢开棺，我便可回生来就。但有一件，切勿损我花容，君如有误，丽娘含恨九泉！

柳梦梅 当真？（介）果然！（介，快滚花）
梦梅闻言怒放心花，
发冢开棺星月下！

碧云道姑 （内白）好胆！（仗剑奔上，作势，包槌滚花）
死者速归黄土，
生者另结情芽！
艳鬼敢不从，
五雷将你打！（举手作势，天际一道亮光，雷声隐隐）

柳梦梅 （大惊，跪下）仙姑慈悲为本。

杜丽娘 （虽跪，不屈）丽娘宁死不从！

碧云道姑 （收雷，爽朗地，大笑）哈哈！你这多情艳鬼，都起来。
（滚花）可知午夜盗棺该问斩！（一槌）
俊秀才有何力量把锄拿！

贫道成全你俩人，

今晚亲出马！

柳梦梅 原来仙姑捉弄人呀，请问计将安出！

杜丽娘 难忘再生之恩。

碧云道姑 发冢开棺，一要在天明前得手，二不能有损小姐花容，柳相公带头开冢表忠诚，杜小姐坟边等候魂入窍，贫道在旁暗中帮忙一臂！去吧！

柳梦梅
杜丽娘 （同拜揖）谢仙姑！

[柳梦梅、杜丽娘双双下介。

碧云道姑 （滚花下句）

强压凡心成全人好事，

教它满园花雨漫天霞！

（白）花神何在？

[碧云举剑向空。

[一阵紫电霞光，风雷隐隐。

[暗转变景，漫天花雨。

[音乐急转。

[落幕。

第六场　掘坟圆梦

[深夜。

[荒园，杜丽娘墓地，景与第四场大致相同，只角度改变，突出“杜丽娘之墓”。

[紧接上场开幕音乐。

[漫天花雨。

[大花神领众男女花神上，舞花耍带起舞。

（齐唱反线雁落平沙，行板要爽快）

帮忙一臂劈香坟。

众花神，

花枝招展到花荫！

莺歌蝶舞同称庆，

死者回生！

银月也欢欣，

天花飞舞闹纷纷！

［天空上花雨飘飘。

［柳梦梅急步上介。

柳梦梅 （接唱雁落平沙）

急切切，

盼娇妻得生，

舞弄银锄偷掘坟，

趁着云间月未暗！

乘夜发香棺，

甘犯禁！

［相思锣鼓，乐序如前，柳梦梅掘坟，包锣鼓散槌，渐渐力弱气喘，捶臂捶腰。

柳梦梅 泥土这么硬啊！（奋力再锄）

［众花神暗笑，开位。

众花神 （续唱前曲回头曲段）

瘦削书生，

如何开得坟！

锄土力困，

同伴快搬土，

收石硬！

［众舞蹈作法，虚向空中抛土。

［碧云道姑站高处作法介。

［一阵亮光杜丽娘墓碑飞去，坟冢亦开。

柳梦梅 （大喜）见棺了！哦，钉头绣断，不要损了花容！（开棺介）

碧云道姑 （白）花神们，百花护体！

［众花神抛花，五彩缤纷。

［音乐大笛排子头。

柳梦梅 （喜叫）丽娘！

［音乐四鼓头，杜丽娘从花间里跳出。

柳梦梅 （上扶）丽娘、爱妻！

杜丽娘 柳郎，是梦吗？

柳梦梅 贤妻一睡三年，庆回生了！

杜丽娘 （欢欣。滚花）

回生再续前欢梦，
不枉三年盼望君，
夫妻何处行，
前途君要问！

柳梦梅 （滚花）为夫正欲赴试临安去，
顺献平戎十奏御金人！
更上淮阳一访你双亲，
把事情细禀！

杜丽娘 （半口鼓）此事骇人听闻！

柳梦梅 （接口鼓）好事有谁作梗？

杜丽娘 （半口鼓）防我爹娘不谅。

柳梦梅 （接口鼓）梦梅据理力争。

碧云道姑 （上前）其志可嘉，贫道送你夫妻一程！

杜丽娘 好呀！（滚花）

情坚哪怕星河暗，

柳梦梅 （接唱滚花）

比翼双飞破雾行！

[群花起舞，五彩缤纷。

众花神 （齐唱玉美人）

百花舞园林！（双）

满眼春光香雾喷！

燕燕莺莺也欢欣，

同来庆祝花月盟！

美景良辰，

明月笑偷窥，

一对有情人！

[柳梦梅、杜丽娘集在花神中起舞！扎架亮相，碧云道姑飘然引退。

[群花起舞，彩霞满天。

[快音乐奏尾声。

[落幕。

[剧终。

（剧本版本：广东粤剧院提供）

·粤剧卷·

刁蛮公主戆驸马

（根据马师曾原著整理）

整理：红线女　秦中英

人 物 表

凤霞公主	孟飞雄
皇　帝	添　福
喜　鸾	喜　燕
易小秋	皇　后
了空禅师	西戎使臣
北狄使臣	四武士
四朝臣	四礼宾
四戎将	北狄将
四太监	四宫女
四小僧	知客僧

第一场　五凤楼前风波起

[五凤楼楼前官道，远景御苑，花木茏葱，殿阁巍峨。

合唱曲　　隔林莺声巧，影水柳色新。

雨露无私被，天地尽含春。

[合唱曲声中幕徐徐启。

[喜鸾焦急上。

喜　鸾　（白榄）　仙姬美颜容，不及我公主俏；

天孙势喧赫，不及我公主骄。

比干七窍心，我公主多一窍；

道蕴才高绝，我公主更高超。

娘爱到了不得，爹纵到不得了。

一语起刁蛮，六宫齐惊跳。

如今正生气，不睬又不瞧。

找些什么话题，逗得公主佢欢笑？（焦急沉吟思索）

[添福喜笑上。

添　福　（二流板，头两句自由板）

呵呵！呵呵！呵呵！呵呵！

今年笑话多，咦！喜鸾你为什么？

好似癫，又好似傻！

喜　鸾　（前腔）　人家焦急你扮傻！（合）

添　福　（前腔）　我唔系傻，（双句）

见到两盘开心果。（上）

喜　鸾　开心果？巧极了，公主生气，我正愁无法逗她开心？什么开心果？你快说！

添　福　（前腔）　今朝我……金水桥边行过。

见使臣两个，西戎一个，

北狄一个，准备进宫朝贺。（士）

一个跛，佢一个驼。（尺）

喜　鸾　切！一个跛脚，一个驼背，有何好笑？

添　福　（前腔）　公主是我抚育长成。（合）

她的性情，我岂不清楚。（上）

（耳语，指手画脚）如此这般，公主定然欢笑！

喜　鸾　公公啊，又怕通政使大人，不肯通过。

添　福　你话是公主旨意，他岂有不依！

喜　鸾　公公啊，又怎能引得公主，亲上那五凤楼呢？

添　福　唔怕，添福自有办法！快去知会通政使，及早安排。

喜　鸾　如此说，公公伺候公主！

[添福、喜鸾分边下。

（雨打芭蕉中段，反……工六合）

公　主　（内场唱）你罪不可饶——

［合合士上合，的的鼓，添福退步上，一路摆手作揖阻挡公主，公主骄纵地迫退添福。

添　福　公主，御园宫道，今天，你——不能去呀！

公　主　有哪里我不能去！

（前曲）　我嘅年龄已经不小，你一点不知分晓。

看芳林群蝶绕，碧水池，假山倒照。

胜过图画里彩笔描。

（指令添福）站着！（向内）

［叻叻鼓，喜燕领四宫女上。

喜　燕　侍候公主！

公　主　快随哀家御园玩耍！

添　福　公主，御园玩耍，倒还罢了，切不可登上那五凤楼。

公　主　此话怎解？

添　福　因为五凤楼下面是上朝御道！

公　主　上朝御道又如何？

添　福　你係公主，是玉叶金枝，切不可抛头露面！

公　主　你说是哀家颜容丑陋，见不得人？

添　福　岂敢岂敢。公主你是花容月貌。

公　主　哼！花月又怎能与我相比？就算能够相比，岂不闻：好花香十里，明月照九州。我如花月貌，正合上重楼啦！

添　福　公主。唉，老奴讲不过你——

公　主　咁你认输了么？

添　福　老奴与公主说话，有几时赢过？

公　主　（得意哈笑）甘等哀家教你赢翻一次啦。你可以话——月照清晖花吐芳，诗人正在斗佳章。只妨公主登楼去，群花失色月无光。——本公主就不忍登楼啦！

添　福　（另场）我就怕你不登楼！

公　主　点呀，会不会讲呀？

添　福　会……只妨公主登楼去，群花失色月无光。那——公主就不敢登楼啦！

公　主　边个话不敢登楼呀，我话不忍登楼！

添　福　不敢也好，不忍也罢。公主就是不要登上五凤楼！

公　主　笑话！本公主五岁上金銮，六岁驰骏马，七岁学打围，八岁巡天下。登上五凤楼又有什么可怕！

（续唱雨打芭蕉中段）

乘春风，彩云飘，

登高远眺，临风笑，

身比不羁鸟。

挽下长虹当彩桥。

［音乐声，喜燕四宫女随公主登五凤楼。

［添福关目暗笑，得意。

［帅牌。

［公主望见哈笑。

公　主　（哈笑，齐口板）

笑、笑、笑，这边真好笑。

那、那、那，那边更妙，

几只禽渠跛跛跳，

一排虾米弯弯腰。哈、哈、哈……

［公主，宫女齐大笑。

跛　使　（大怒，快五槌滚花）

一国使臣，

供她取笑。

此仇不报，

恨怎能消？

回国起兵，

下战表。

[两使愤然急下，四礼宾随下。

小　秋　不好，笑出个大祸来了！

添　福　添福始料所不及，如何是好？

[公主、喜燕、四宫女已下楼。

公　主　什么如何是好呢？

小　秋　拜见公主！方才北戎大将说道，我们戏弄外邦使臣，回去兴师问罪。主上知情，下官怎能担当得起？

公　主　乜嘢担当不起啊？其实他们派的阿跛阿驼来做使臣，首先就是欺藐我邦家，是么？

[分问众人，各唯唯称是。

（滚花）　天大事，

自有本公主一肩挑。

摆驾回宫。

[幕闭。

第二场　四邻应以和为贵

[金殿。

[钟鼓音乐声，启幕。

[排朝，四朝臣上。

四　臣　（中板）　朝有英才国有幸，

喜将捷报奏明君。

（同背台）有请主上！

[音乐声，四太监、四宫女、皇帝上。

皇　帝　众卿催孤临朝，有何本章上奏？

朝臣甲　臣奏主上，西戎北狄，兵犯三关，元帅孟飞雄，破敌擒将，报捷回朝，现在午门候旨！

皇　帝　传旨，孟飞雄上殿！

［太监照传，内场照传。

（大首板，孟飞雄内唱）肃整朝纲兴国运。

［七槌头，孟飞雄上。

飞　雄　（中板）　将军百战靖边尘，

征袍未洗风沙印，

虎将丹墀面圣君，

越礼妄臣应将罪问。

臣，三关主帅孟飞雄见驾，愿吾皇万岁，万万岁！

皇　帝　平身赐座！

飞　雄　谢坐！

皇　帝　孟元帅，方才兵部奏本，爱卿破敌擒将，保国安邦，功劳不少，快些上前听封！

飞　雄　且慢，主上！为社稷，执干戈是武臣本分，臣今番回朝面主，非为邀叙功勋，只因朝中人玩忽职守，致招外衅。

皇　帝　是哪一个？

飞　雄　就是通政易小秋（一槌）戏弄西戎、北狄两邦使臣。

皇　帝　易小秋这般无礼么？

（滚花）　人无仪礼，

何以守行安身，

国无礼仪，

怎样翕和远近。

传旨，易小秋上殿。

［太监照宣。

［快双槌，易小秋上。

小　秋　（念白）　因笑成祸，

举足惊心。

臣通政使易小秋见驾，万岁，万万岁！

皇　帝　免，通政使，何以戏弄外邦使臣，致招边衅？

小　秋　臣自知有罪，不过——乃奉公主旨意而行。

皇　帝　是公主旨意么——孟元帅，这就难办啦！

飞　雄　主上！既是责有所归，又何难审问？

皇　帝　孟元帅有所不知！这位刁蛮公主就是父王母后都怕她两三分。

飞　雄　主上！

（手托）　居家论骨肉恩，

掌国唯法是问，

王子犯法，罪与民相等。

皇　帝　话虽如此，到底金枝玉叶，岂可殿前对案，免了就罢！

飞　雄　徇私毁法，将士离心，臣这个元帅当不下去了。

皇　帝　这——

（前曲）　只怪平日将女儿放任，

孤王御审实难行，

要审呀，就由卿去审！

飞　雄　有道明君！（小开门，埋位）通政使，暂且回避，公主上殿。

[易小秋下，太监照传，内场照传。

（打扫街引子，凤霞公主内唱）

公　主　不图急雨惊春燕，

自有和风静秋云。

[音乐声，喜鸾、喜燕引凤霞公主上。

公　主　参见父王，万岁，万万岁！

皇　帝　王儿平身！

公　主　谢坐！

皇　帝　王儿啊，皇宫御园，多少游玩之地，五音百戏，多少耍乐之方，你偏要玩弄外邦使臣，致有西戎北狄兴兵犯境，幸得元帅，破敌擒将保国安邦，如今孟元帅回朝，要将王儿你审问啊！

公　主　哈哈！元帅孟飞雄，要审问哀家？

皇　帝　这又难怪呢，论起国法，王儿你应该……

公　主　如何？

皇　帝　应该受审。

公　主　哈哈，哀家受奉承、受夸奖、受称赞就多了，从来却未曾试过受审！如今试下都无妨。（开位关目）你就係孟飞雄，要审哀家？

飞　雄　请恕孟飞雄，执行国法！

公　主　执行国法？你的国法，系讲横蛮啊抑或讲道理？

飞　雄　当然讲道理！

公　主　那又有何道理，要审哀家？

飞　雄　好，听了！

（慢板）　公主不该，
五凤楼头，
嘻哈大笑，
戏弄外邦使臣。

公　主（前腔）　哀家还估道，
有什么大事情，
值得你个三关元戎，
仗起虎威，
亲来审问。

飞　雄（楔白）　这你还说是小事情？

公　主（前腔）　请问元帅，
你今年贵庚？

飞　雄（楔白）　你问这作甚？

公　主（楔白）　哀家问得，当然有道理啦。

飞　雄（楔白）　臣虚度二十六岁！

公　主（前腔）　二十六嘅年岁月，
请问元帅又笑过未曾？

飞　雄（楔白）　笑过又怎样？未笑过又如何？

公　主　（楔白）　《吕览》有云，人所以异于禽兽者，一有智慧，

二有感情。所谓感情，喜怒哀乐。

（前腔）　元帅你若未曾笑过，

只能算你一半系人。

因为你破敌有智谋，

可惜你做人无情感。

飞　雄　这个……孟飞雄当然笑过！

公　主　是如何笑法呢？

飞　雄　得意之时，会心浅笑；欢乐之时，嘻哈大笑。

公　主　（前腔）　你既然曾经笑嘻哈，

点解你又话哈笑却要受审。

你的无私国法，

该先向自己执行。

飞　雄　飞雄之笑，点同公主之笑呢？

（滚花）　公主之笑辱邻邦，

招来战火连天震。

公　主　呵！你话边关战祸，是哀家招来？

飞　雄　正是！

公　主　孟飞雄，你有证据至好讲呀！

飞　雄　当然有啦。（向武士）带两俘将！

[两武士领命下，带西戎、北狄两俘将上。

两　将　外臣拜见天子万岁，参见孟元戎。

飞　雄　罢了，你们说道，为何兴兵，犯我国邦？快从实招来。

两　将　只因你国，不尊重邦交，用跛驼之人为陪客，公主在五凤楼上，嘻哈大笑，使臣受辱，故而问罪兴师。

飞　雄　公主听到未啊？

公　主　听得好清楚，但分明恶人先告状。

（梆子中板）

若是邻邦须尊重，
就不该派的阿跛阿驼，
来做出使大臣。
你若要人尊重，
首先尊重人，
什么受辱蒙羞，
全是他自己招引，
他用阿跛阿驼做使臣，
我用阿跛阿驼为陪客之嘛，
不过礼尚往来，
他却小题大做，
兴师动众把我来侵。

（趋快）分明有心，预谋挑衅，
如今兵败，主将被擒，
固然是，
我邦元帅英雄，三军勇敢。
岂不因，
他们无义之战，不得人心，

（滚花）谁是谁非，
请付朝堂公论。

甲　臣　主上，公主之言，在情在理！

乙　臣　西戎、北狄，早有阴谋。

丙　臣　即使并无公主之笑，亦必另寻借口兴兵。

丁　臣　如今还以牙眼，正好扬我国威！

公　主　两位将军，你道如何？

两　将　公主高论，外臣心服了！

公　主　那就归报你主，邻国相交，以和为贵，此后应该互相尊重，再不可涂炭生灵！

两　将　敢不从命!

公　主　下去。

[两俘将下。

公　主　孟飞雄，还说哀家招来战祸么?

飞　雄　这……

(水波浪，滚花)

她，她，她，

此事分明是无理，

经她宏词巧辩，

果然又是道理层层。

好个伶俐聪明……(音乐声，偷窥赞赏)

公　主　(楔白)　孟飞雄，你道如何?

飞　雄　(前腔)　此案不必再审，

(白)万岁，臣拜辞——

公　主　慢着!

(跳花鼓)你咁快就想抽身，

这案子还须再审啵。

飞　雄　(楔白)　公主已经无罪，还审什么?

公　主　(前腔)　哀家试过受审啫，

还未试过审人。

(白)呢次系我审你啵。

飞　雄　(气恼)孟飞雄所犯何罪，要在朝受审!

皇　帝　王儿，这等事不能开玩笑。

公　主　臣儿我乜嘢开玩笑啫。父王，臣儿执行国法。

皇　帝　执行国法，也审不到孟卿身上!

公　主　他审我又得咩?

(前腔)　父王你今番——

真系偏心得很。(撒娇)

飞　雄　也罢，孟飞雄若然有罪，甘愿受审。

公　主　父王，是他自己情愿的！

（前腔）　且看我殿前高坐，

把你罪名审问。

（埋位）　开堂侍候。

孟飞雄，你知罪么？

飞　雄　臣，倒想知道。

公　主　你就听着。

（雁落平沙爽唱）

方才哀家，

应宣临殿，

两家谋面，

你金交椅，坐得安稳，

不参不拜又不朝，

失尊卑之礼，你负国厚恩。

飞　雄　这——臣一时疏忽之罪，向公主赔还大礼。（下拜）万岁，臣拜辞！

公　主　慢，走得咁易呀！

（减字芙蓉下句长序）

方才系小过失，

哀家都大量容人。

还有别样罪名，

必须从严审问。

飞　雄　（气恼，楔白）还要从严审问……

公　主　（楔白）　你系有罪啵！

飞　雄　（前腔）　指挥千军万马从未扎手，

对着刁蛮帝女就恶甩身。

（滚花）　自问并无甚罪名，

何妨公主从严审。

公 主 你听住!

（白榄） 有罪不举为包庇，

包庇同罪，不论私亲。

非罪妄举为诬告，

诬告反坐系律有明文，

元帅仗虎威，

亲把哀家审。

两般大罪过，

证实是不真。

依律应反坐，

你是诬告人。（包槌）

飞 雄 （的的撑，快五槌滚花）

真系有口难分辩，

公 主 （前腔） 原来审人系咁开心。

皇 帝 （前腔） 王儿不要再胡为。

公 主 （前腔） 按罪量刑，

请父王定论。

皇 帝 请父王来定论——父王要将孟元帅——封赏。

飞 雄 你听见么？系封赏!

公 主 父王你好糊涂呀！要赏的是我，要罚的是佢——

皇 帝 孟元帅破敌擒将，保国安邦，有天大的功劳。

公 主 笑话，他不过倚仗几分武力，俘得两员敌将归来，未必便定能长消边衅。岂及得王儿我一番道理，说得两邻将心服，可以边境长安，兵书有云，不善战者服人以力，善战者是服人之心。

[群臣赞赏欢乐，齐呼：有理，公主该赏!

皇 帝 看来要先赏王儿了。

公 主 当然先赏王儿我啦!

皇 帝 也罢。王儿你要赏赐什么，快说上来，快对父王讲。

公　主　（关目）父王我要请母后上殿，臣儿才讲。

皇　帝　（关目会意）好，传旨，御妻上殿！

［太监照传，内场照传：有请皇后上殿。

［打引，皇后上。

皇　后　臣妾见驾，我王万岁，万万岁！

皇　帝　平身，赐座！

皇　后　谢！

公　主　参见母后！

皇　后　王儿免礼！

皇　帝　王儿快告诉母后，要赏什么？

皇　后　王儿要赏赐什么，告知父王就是！

公　主　王儿就是要话俾母后知。（关目耳语）

皇　后　（关目喜笑）母后为你做主……

［公主羞笑，急下，喜鸾、喜燕随下。

皇　帝　（同时开位）梓童，王儿要赏赐什么？

皇　后　王儿说要赏赐——（耳语）

皇　帝　（欣喜）好呀！孟卿家！

飞　雄　臣——

皇　帝　（滚花）　爱卿安邦破敌，
立下不世功勋，
又是年少英才，
应受王恩世荫，
孤欲招卿为驸马，
与公主即日成亲。

飞　雄　这……
（滚花）　圣主深恩臣铭感，
只防德薄，难侍贵人。
主上许我一言，臣才应允。

皇　帝　卿且道来!

飞　雄　（前腔）　公主若能恪守妇道，

相敬如宾。

皇　帝　邻国都尚且要以和为贵，夫妻之间当然要以和为贵啦!

飞　雄　如此说，孟飞雄拜见岳王岳母！！

帝　后　好驸马!

飞　雄　好岳王！好岳母!

众　臣　恭喜，驸马爷。哈哈哈。

[欢笑声中，闭幕。

第三场　三步一拜进洞房

[驸马府，华丽厅堂，有孟家祖先灵位。

[开边启幕。

[音乐声，甲乙侍从上。

甲　侍　（白榄）　摆喜酒，

乙　侍　（白榄）　摆喜酒。

甲　侍　（白榄）　画烛明，

乙　侍　（白榄）　笙箫奏。

甲　侍　（白榄）　张云屏，

乙　侍　（白榄）　铺锦绣。

甲　侍　（白榄）　接天书，

乙　侍　（白榄）　迎亲友。

甲　侍　（白榄）　喜看柱石臣，

乙　侍　（白榄）　沐恩大地厚。

甲　侍　（白榄）　攀得瑶台花，

乙　侍　（白榄）　结来鸾凤偶。

甲　侍　（白榄）　良缘欣百载，

乙　侍　（白榄）　佳话著千秋。

甲　侍　（白榄）　车马快临门，

乙　侍　（白榄）　堂前同恭候。

[内场叫：宾客到！

甲　侍　（向内）禀驸马爷，宾客到！

（孟飞雄内场白）出迎！

[小开门，四朝臣，两侍从引孟飞雄分边上，相迎。

飞　雄　列公亲临，担待不起。

四　臣　驸马佳期，理当奉贺。

飞　雄　后堂设宴。请！

四　臣　请！（同坐）

[冲头，添福上。

添　福　拜见驸马爷！

飞　雄　罢了！

添　福　鸳鸯福禄，鸾凤和鸣。公主驾到，驸马跪迎。

[四臣关目作态。

飞　雄　你讲什么？

添　福　（略高声）公主驾到，驸马跪迎。

[四臣小哗。

飞　雄　这……这是谁人讲的话？

添　福　难道添福有此斗胆？这是公主命令。（重槌，下）

[四臣大哗。

飞　雄　（水波浪，滚花）

公主卖弄威仪，

不放丈夫在眼，

要我堂前跪接，

分明是有意刁难。

若不把她，

威风杀减，

百年恩爱，

都是空谈。

夸啦啦！

请出先王所赐黄金锏。

[冲头下，侍从端椅，冲头捧金锏复上。

飞　雄　（续唱）　且看山高还有更高山。

[开边座椅。

[一锭金，四宫女宫灯銮舆，添福、喜鸾、喜燕引公主上。

添　福　（趋前，关目示意，低声）驸马，公主驾到，赶快跪迎。

飞　雄　敢烦公公，回禀公主，凤驾临门，理应迎接。唯是份属夫妻，应该互相尊重，不跪就罢！

添　福　回禀公主：驸马言道，凤驾临门，理应迎接。唯是份属夫妻，应该要互相尊敬，不跪就罢！

公　主　胡说。你告知驸马，君臣乃五伦之首，倘若他十八代祖宗尚在人间，一样也要出门跪接。以后百年偕老，驸马每日见到哀家首先就是要下跪叩头。

添　福　啊呦，叽叽喳喳！搞到我添福都糊涂了。驸马呀驸马！公主说道，君臣乃五伦之首，倘若驸马十八代祖宗尚在人间，一样要出门跪接。以后百年偕老，你每天见到公主都要下跪叩头呐！

飞　雄　闪开！

（中板）　虎跃沙场威风猛，

妻前常跪有何颜？

新妇初归不能纵惯，

我要比刁蛮公主更刁蛮。

公主听着，先王所赐黄金锏，皇皇国法，你必须先下銮舆。在我跟前下跪，如若不从，抬头看看这是什么东西？

公　主　（水波浪，滚花）

可恨驸马，
请出先王所赐黄金锏，
要哀家下跪，有意为难。
叫宫娥，凤辇鸾车，
回——宫——驾——返。

飞　雄　慢着！
（滚花）只怕你要来容易，
要去就难。
我与你拜过天地君亲，
礼成奠雁。
岂有临门新妇，
又把彩轿抬还。
我要你三步一拜，
拜进府堂。（一槌）
否则黄金锏当头就拌！

公　主　添福，你看驸马恶到老虎仔咁，佢，我、我唔嫁了！

添　福　公主，你嫁到一半又唔嫁，点得呀？

公　主　唔得唔得，你叫话点至得？

添　福　（赔笑关目）公主你咁——（做手势示意跪）

飞　雄　你跪也不跪！（举锏示威）

添　福　（忙赔笑）跪……公主，驸马拿的是先王的金锏，当跪先王支金锏唔系得啰。

飞　雄　（走马）一于快的跪下先（序）

公　主　（前曲）我跪来跪去，
怕乜嘢跪啫，
当跪御赐金锏啫。（序，负气跪下）

飞　雄　（前曲）低头屈膝再不许多说话。（序）
跪！

添　福　公主你无事啊嘛！

飞　雄　（前曲）　快跪正我跟前，
　　　　　　　　不从命，连凤冠都打烂。（序）

公　主　（前曲）　要贵人来跪你，
　　　　　　　　我怕你唔受惯。

飞　雄　我受得有余。

公　主　（前曲）　要贵人来跪你，
　　　　　　　　我怕你难负上千斤担！

飞　雄　（前曲）　入我门来，下拜，
　　　　　　　　于妇道才娴。（序）

公　主　（前曲）　点解要跪咁耐。

飞　雄　（前曲）　再跪一息间。（序）

公　主　（前曲）　你自恃不自惭。
　　　　　　　　我返宫闱，奏明皇上，
　　　　　　　　我当你作反办。（欲行介）

飞　雄　（前曲）　你欲归也难。
　　　　　　　　听我话而办，
　　　　　　　　遵我命令而办。
　　　　　　　　你休再强硬，
　　　　　　　　你休再迟慢。
　　　　　　　　否则金锏无情，
　　　　　　　　你后悔就难。

　　　　好啦，起来啦。记得，三步一跪，一叩首，第一步，喂，乜咁大步喋。

添　福　啊，呢的系我地公主的金銮步，系咁大步。

飞　雄　什么金銮步，贵为公主应该是金莲步，吾算数，从头来过。一步，二步，三步，跪，一叩首，起身啦。一步，二步，公主，跪，一叩首。好响亮，起身！一步，二步，三步，哈哈哈……

　　　　[音乐续奏，飞雄数一二三，照做。

　　　　[公主气恼下，添福、喜鸾、喜燕、宫女同下。

四　臣　驸马果然威风，制服刁蛮公主。（笑）

飞　雄　列公包涵，包涵！后堂设宴，请！

（花一旬）你刁蛮公主，

我呢个驸马比你更刁蛮！

[侍从摆宴，众人礼让。

[帅牌，幕闭。

第四场　两不相让难成礼

[驸马府，新房。

[落更启幕。

[快首板，凤霞公主内唱。

怎能消得心头气。

[冲头，凤霞公主上，喜鸾、喜燕、四宫女随上。

众　人　（环跪下礼）侍候公主！

公　主　（滚花）　谁要你们好礼仪，

走，走，走！

[喜鸾、喜燕，四宫女急下。

公　主　（越想越气，孔雀开屏中段）

他恃金锏声势，

迫我拜又跪，

在大臣面前落尽了威。

枉称爹宠娘爱金娇玉贵，

（失声痛哭，一槌止哭关目）唉，我为什么哭呢？我真是不用哭呀！我堂堂公主，敌不过你个小元帅吗！

（前曲）　待你筵席散进罗帷，

我要从中巧用计，

房门（双）紧闭，（双）

你不低头赔罪，

休想我认夫婿！

[二更，宫女提灯引孟飞雄上。

飞　雄　（微带醉意）大登科金榜题名，小登科洞房花烛。费了许多功夫才把公主制服。哈哈，正是天台好友如相问，笑指温柔是我乡呀！下去！

[宫女下。

飞　雄　待我进房，先行个夫妻之礼至得！（一槌碰头）咦，莫非今日多饮几杯眼昏花，错认门口？（关目）没错到。（推门不开）是了，定是公主今日受了委屈，气在心头，故意闭门相拒——份属夫妻，赔个小心就是。（柔声）公主开门啦！公主，请开门啦！（三叫大声）

公　主　谁人大呼小叫？

飞　雄　是我呀。

公　主　你是哪个？

飞　雄　我是三关主帅，当朝驸马，你的丈夫孟飞雄啰！开门啦！

公　主　（讥笑。沉醉东风）

好个坐镇三关大元帅，

真够声威。

怎么会一小门都不能开，

求人下气，这般厚面皮。

飞　雄　（前曲）公主再勿为难，

应念下好夫妻。

公　主　（前曲）不必枉花心机，

不必枉费言语。

飞　雄　（前曲）夫妻份应和好，无谓斗气。

公　主　（前曲）哀家为什么要同人斗气，

我实在开心笑微微。

飞　雄　（前曲）你就开心笑微微，

可怜丈夫鹄立门前，

独徘徊，叹孤凄。

公　主（前曲）真蠢呀，你不会走返归。

飞　雄（前曲）今晚合欢成大礼，

春宵一刻万金贵，

请开门，待夫入去。

公　主（前曲）你想开门，都可以，

先要在门外下跪，

讲过几声低威，

本公主若欢喜，

开恩宽恕，减你嘅罪，

否则你今生今世，

休想入芳帏，称夫妻。

飞　雄　要我在门外下跪？

公　主　只不过是礼尚往来，对你已经是从轻发落了。

飞　雄（长句二黄）

好夫妻，变了斗气夫妻。

今晚未入温柔乡，我先临荆棘地。

公　主（前曲）都是你自招其咎，

你怨得了谁？

飞　雄（前曲）今夜花烛良宵，

应该是柔情蜜意。

公　主（前曲）刚才在于门前相会，

怎不听见你这动听言语？（快三叮）

你迫我拜来迫我跪，

又嫌快步又嫌迟，

哪里有半点夫妻情和意？

想起就心头火上，

该罚你跪烂地皮。（旬）

飞　雄　这……（滚花）

想起今天所为，

确是我有些不对。

（沉吟自语）当时只想制服个刁蛮公主，想不到大伤夫妻感情。难怪公主气恼！也罢！份属夫妻，还是要赔个不是。公主，今天是我一时之错，望你海量汪涵，开了房门，待我入去赔个不是——

公　主　赔个不是啦，就算了啦。罚你跪在门外，叩三个响头！

飞　雄　公主，我在外边叩三个响头，你都看不到呀！

公　主　那——我可以叫齐喜鸾、喜燕，侍女、宫娥，出来看住，做个见证人。

飞　雄　你太把丈夫欺负了。

公　主　反说我欺负你，都是你先欺负人！如果你不认罪叩头，我见你一日欺你一日，见你一年欺你一年，见你一世欺你一世！

飞　雄　老公被老婆欺得多，会变傻的，你嫁个傻丈夫有何乐趣？

公　主　我真是不信呀，老公被老婆欺负会变傻？那么全街男人都是傻的啦！不跪不叩，休想我开门。你要想清楚。

（唱前腔）你想到天光，

再讲都也未迟。

飞　雄　（平湖秋月头段）

真系奇奇奇。

公主说道天光，

再讲都也未迟。

今晚正是新婚快乐时。

本是凤琴奏绿漪，

变了鸳鸯隔樊篱，

玉楼人醉，夜凉如水，

转眼又鱼更三鼓矣。

（音乐续奏中段。飞雄楔白，做假动作。公主在房内倾听，关目，知道飞雄是弄假，不理会）公主，我知错了，开门啦。

飞　雄　公主，我跪了，开门啦！我叩头了，开门啦！

（尾段）　高声，低声，轻声也不济事。

对着皇帝金枝女，

吓不倒又说不来，

真是无谋可对。

枉我读遍七经八史，

学冠文林，畅晓兵机，

难分，难解，难理。

今晚注定，要书斋长守，

孤单单似旧阵时。

[叹气。下。

[静场，打三更。

公　主　（焦躁难安，慢五槌滚花）

良宵苦短，更鼓频催，

难道真是要等到天光？

哎呀，为什么门外人，不言不语？（倾耳）

（关目做手，静静开门张望）

你说他几无心肝呢？一声不响就走了，剩下我孤单单，一个人在房间……（气恼，关门，坐下，音乐声。孟飞雄拿被单夹草席上）

飞　雄　公主叫我等到天光再讲，并未叫我走，“等到天光再讲”。即是还有得商量！唉，今日确是我一时火起，太伤公主尊严。如果我独自离开，让她孤单长夜，这未免太过狠心。也罢，古道诚能动人，何况女人都是心肠软的。今晚我就在门外，陪她一夜，床就安在这里吧。正是为表我心诚，实行苦肉计啦！

[云云。铺席，拥单被坐地上。

[打四更，风声，两人同感冷。

公　主　（反线乌惊喧）

更鼓四响，玉漏频移，

他不肯低首服气，
我又不甘心吃亏了事，
好事变了苦事。
开心翻作愁眉，
一腔恨怨诉向谁？
负了红金双喜字，
负了龙凤烛映罗帏。
冷落了鸳鸯被啰。
双亲爱我胜掌珠，
一呼千应孰敢抗违。
他狠心作福作威，
让我百样难为。
他忍心撒手便走，
剩我独守罗闱。

飞　雄（前曲）呢个丈夫还不如你，
只得一床单秋被，
一张草席在房前陪着你。
一边飒飒北风吹，
一边阵阵寒流至。
偏偏天公今晚似是，
似是有心令我、令我难为。
可怜我张床兜正北风尾。
蟋蟀声声身边起。
新婚之夜，
竟与寒虫为伴侣。
确受罪，
枉称御香染罗襦，
有凤来仪。

花开难并蒂，

鸳鸯不双飞。

说什么福气，

称什么唱随。

天天闹呀、闹呀无尽止，

斗呀了无期。

两夫妻，纵是白首偕老又何如?

［深叹，打“乞嚏”！

公　主　咦！哪个这么大胆，在我房门外打乞嚏？（关目做手开门窥望，惊羞。急关门）看下至得！哎呀，明明看见他走了，怎知他，好似个公公咁坐在门外。想他还是多情多义的。（风声，同觉冷，飞雄乞嚏）唉，我听人讲，半夜翻风冷彻骨，冷坏了他，如何是好？还是开门给他才行。（关目做手开门）唔。如果我开了门让他入来，不是有失公主的身份？（关目思索计）有了，我可以静静拉开门闩，他抵冷不住，就会拍门啦，叫门啦，拍下拍下，道门就拍开了。又不是我开给他的，咁样又不失我公主的身份。（做手拉开门闩，音乐衬声）唉呀，两家见面不好意思，待我躲避为宜。（躲入大帐）

飞　雄　咦，好似有开门声噃。（倾听）为何又无动静呢？（轻轻推门，应手略开）原来公主静静地，拉开了门闩。（得意状）哈哈！不怕你刁蛮，到底要下气。好，待我肃整衣冠，洞房去也。（欲推门又止）咪住！我堂堂驸马，怎好自己推门进洞房。唔！公主拉得门闩，一定会开得房门，开得房门，最后一定要请我入房。好，我一于等请。

公　主　吓！为何还不见他进来呢？唔！一定是抵冷不住？自己走了。

（开门出望，飞雄从公主身后进房。端坐椅上）

（公主两望不见，焦急生气）

唉！真是天大傻人，走了，抵冷不住就拍门叫我啦！走了都有！

（回身进房，关目惊喜趋前，随即又矜持起来。背身作生气状，静场片刻，偷望，真恼）哎呀！低得佢本公主开门放你入来，你唔该无声，多谢无句，还大模斯样，真是气得我！（静场片刻，偷望。关目，怀疑）哎，他曾经说过，老公被老婆欺得多会变傻，莫非是被我欺傻了。是了，是了，方才他在门外，好似个“公公”咁坐在地上，一声不响，现在静静进房，又咁坐椅上，一声不响，真的傻了！（焦急，沉吟关目）不怕，待我唱支歌仔，激他一下。若他并非是真傻，自然会开声。

（自由板起南音）

麻雀仔，担树枝，
担上南山接阿姨。
遥望江心有只孖舲艇仔，
艇上有个渔郎，
是个蠢东西。
有顺风，你应驶悝，
点解你傻头又傻脑，
系处皱起双眉。

飞　雄　哈哈，唱歌仔，我都会唱。

（前腔）　麻雀仔，嘴吱吱。
不是渔郎蠢钝，
不知天时。
虽是春风有意，
不把兰舟拒，
又怕秋云易变，
到底路崎岖。
劝你有风不宜驶尽悝，
收帆好趁顺风时。

公　主　啊！不是傻……春风有意……哎呀，即是说我自己开门，让他入来，你说他多没良心呢？人家开门放他入房，连多谢都没声，反在此自鸣得意。你就想我趁顺风收帆啦。本公主没那么容易低头罢手的！（气恼，坐椅上）

飞　雄　（关目做手，捧茶上前）公主请茶。生气了一晚，该口渴了，饮杯茶啦！

公　主　谁要我成晚生气？饮杯茶啦，这就算啦！

飞　雄　公主！食粒糖莲子啦，好甜的！

公　主　甜就甜了，可惜没心肝呢！

飞　雄　公主！食粒糖金橘啦，又甜又下气！

公　主　（盛恼）你就想我下气啦！

［飞雄无计可想。

［静场散更，鸡啼声。

飞　雄　天光了。（生气）公主！我劝你有风不要驶尽帆。只怕为丈夫发起火来，由不得你做斗气夫妻。

公　主　吓吓，在本公主面前，几时轮到你大声讲话。你不配同我斗气，我何曾与你做过夫妻？

飞　雄　你，不与我做夫妻，怎么又会开门放我入洞房？

公　主　你自己不知丑走入来，谁个开门放你！

飞　雄　就是你开门——

公　主　你走出去！你走，你走！

［同时，添福、喜鸾、喜燕上。

三　人　（同时）恭喜公主！恭喜驸马！

公　主　谁要你恭喜，我没有这样的驸马爷！

飞　雄　（快中板）丈夫岂会受人欺，

驸马尊荣我当不起。

公　主　你走！

添　福　（拦着）驸马。（滚花）

夫妻斗气平常事，

婚姻怎可作儿戏。

我来劝劝驸马爷，

你们两个劝公主。

［云云，添福劝得孟飞雄坐下，公主又起身，喜鸾、喜燕劝得公主坐下，孟飞雄又起身，重复多次。

一个火上头，

一个心有气，

平得波来浪又起。

（关目） 且看金杯银盏尚整齐，

牙床端放着鸳鸯被，

看来都系枉烧凤烛，

好梦成虚。（旬）

好公主——

好驸马爷，

你们两个打的什么主意？

公 主 他不走，我走。

飞 雄 好，我走！

[齐欲出门，内场叫白：驾到！

[音乐声，四宫女、四太监、皇帝、皇后上。

飞 雄 皇上驾到！

公 主 父王，母后！（纠缠撒娇）

皇 帝 呵呵！你看王儿欢喜到——

公 主 欢喜欢喜，激气到我死就真！

皇 后 （对添福、喜鸾、喜燕）你们谁个大胆，敢惹公主激气？

公 主 完全不关他们之事，一日都是这个孟飞雄！

（鸳鸯戏水）

他强迫我拜，

又强迫我跪，

百般欺侮王儿。

举起先王赐金锏，

威风得意，

喝一声，要我低头一次。

皇 后 驸马爷，你用先王金锏，迫公主下拜，那就是你不对了。

飞 雄 （前曲） 实在是她，

先要我跪。

新婚燕尔，

不许我进新房去。

皇 帝 王儿，夫妻和顺，家道始成，你如此折磨驸马，就是你不对了。

公 主 父王！你时时都说，有国然后有家，当然要他先拜我。折磨人者即要受磨折，父王你帮他不帮我。（哭）

皇 帝 （急抚慰）父王帮你——

[公主坐椅上，气。

皇 帝 （关目趋前赔笑）驸马，有时夫妻之间是这样的，好似岳王对母后……待妻子总要用点温柔，卖下小心，赔个不是——

飞 雄 主上，臣温柔也用过，小心也卖过，不是也赔过，她——（顿足气恼）

皇 帝 （关目赔笑）嘻嘻！看在岳王分上，辛苦点，再上前做多一次。

飞 雄 做得这样辛苦，无老婆就罢！

公 主 父王佢连皇帝说话都不听，你话佢几大胆！仲话无老婆就罢。你罚他去做和尚啦！

皇 帝 罚驸马去做和尚——

公 主 目无君上，死有余辜。罚做和尚，便宜他了。父王快下圣旨啦！

[皇帝迟疑，皇后关目示意！

皇 帝 好呀！大胆孟飞雄，目无君上，死有余辜。顺公主之情，罚去承恩寺，落发为僧！

飞 雄 落发为僧么？

（水波浪，滚花）

百战功勋尘与土，

岂惜三千烦恼丝。

红鱼青罄伴终身，

除却乌纱，还圣主。

[开边，跪献乌纱。

添 福 主上，驸马出家，凭谁保国？

公 主 老奴才，重赏之下，必有勇夫。父王，难道就只有他会打仗？

喜　鸾　公主想真才好呀！驸马做了和尚，你就没有丈夫啦！

公　主　多事，没有丈夫，我更自由自在。

皇　帝　也罢。（取过孟飞雄手上纱帽，交添福放在桌上）将孟飞雄押到承恩寺，交了空住持，赐他金刀银剪，午时三刻，落发为僧！

［两太监领旨，带孟飞雄下。

皇　后　（做嘻笑状）好啦，驸马去当和尚，以后再无人敢惹王儿生气了。

皇　帝　父王、母后都安乐啦！回宫饮酒。

［关目示意，皇帝、皇后、宫女太监同下。

添　福　（关目作状，故意地）孟飞雄呀孟飞雄，你都可算不知天高地厚，敢惹公主生气，抵你去当和尚啰！呵！

公　主　（作气）哪个同你讲？老糊涂，滚下去！

添　福　是！我滚下去！（下）

［静场片刻。

喜　鸾　（明对喜燕，暗挑公主）驸马都去当和尚了，这合欢杯、龙凤烛，还要来做什么。

喜　燕　我们搬走——

公　主　（生气）多事，下去！

喜鸾、喜燕　知道。

［喜鸾、喜燕遵命，同下。

［音乐声，公主静坐无聊，徘徊苦闷，顾盼伤情。

公　主　合欢杯……龙凤烛……驸马爷……（拿起桌上纱帽，抚弄沉思，想起驸马许多体贴，奉茶……糖莲子……糖金橘……一件件地照样做作，无限神往。再拿起纱帽，物在人往，悲从中来，哀叫）驸马爷……

［两宫女引皇后先后上。

皇　后　（从后叫）王儿——

公　主　（失惊，急趋前，痛悔交集）母后——（悲哭）

皇　后　（抚慰）王儿且放宽心，母后为你做主……（耳语）

公　主　（如梦惊觉，张望焦急）如今什么时候了？

皇　后　快到午时啦。

公　主　快到午时啦！

[公主吃惊急下。

皇　后　（失笑，滚花）

幸得娘亲能解儿心意，

早遣添福见住持。

[闭幕。

第五场　一团和气好夫妻

[大雄宝殿。

[七星锣鼓，戒定真香，鱼磬声中幕徐徐启。

[了空引四小僧分捧金刀银剪、承发盘、袈裟、度牒上，圆台。

合　唱　西天灵山有如来，

坐莲台，顶华盖，

波罗蜜多，

救众生，离苦海。

南无阿弥陀。

了　空　（念白）大道有岸，佛法无边。

花花世界，寂寂梵天。

[知客僧上。

知　客　禀禅师，午时已到！

了　空　善哉，宣法旨，孟飞雄上殿！

知　客　遵法旨。禅师法旨，孟飞雄上殿！

[皈依佛引子，孟飞雄上。

飞　雄　（念白）拗莲作寸丝难绝，

捣麝成尘香不灭。

菩提有树岂无根，

明镜生尘应历劫。

参见禅师。

了　空　善哉!

(念白)　我佛慈悲，君离孽海。

皈依三宝，顶礼莲台。

飞　雄　遵法旨!（跪下）

了　空　(持金刀，拉山舞蹈）待为师金刀受戒。

[举刀欲剃，内场高叫：慢动手!

[添福气喘喘急上。

添　福　禅师慢动戒刀!

了　空　阿弥陀佛!

添　福　(与了空耳语）禅师谨记得来!（急下）

了　空　恭喜驸马，贺喜驸马。(扶起飞雄）

飞　雄　禅师，我如今是你徒儿。

了　空　驸马，还是驸马。

飞　雄　出家人不恋荣华富贵。

了　空　你纵不恋富贵荣华，应念江山社稷。

飞　雄　禅师呀!

(二黄爽唱)

若说锦绣江山，有谁不爱。

难负君亲恩重，师友栽培。

无奈公主刁蛮，

怎能终身忍耐。

若要我再为驸马，

宁愿一世拜如来。

了　空　(呵呵大笑)

驸马你啊——

制得了万马千军，

制不了区区阃内。

飞　雄　禅师，治军又怎同治妻呢，治军有法可循——治妻无理可讲！

了　空　事虽不同，情则一也！佛说阿兰，遭大苦大难，才彻大悟。兵书亦云：置之死地而后生！

飞　雄　禅师，弟子愚蒙，望禅师赐教！（下拜）

了　空　（急让）阿弥陀佛！（微叹，耳语）如此这般，定如君愿！

飞　雄　（大喜）禅师大德难忘。（再拜）

[内场声：公主驾到！

了　空　出家人不敢奉王礼，钟鼓相迎！

[撞钟击鼓，奏梵曲快奏。

[了空向各人示意，领众绕着香案行圆台，一路唱梵曲，孟飞雄乘机卸下。知客僧跪在正中蒲团，四小僧分边立，如前落发仪式。了空背台，举刀作落发状，先不要给观众看破。这时候，持承发盘的小僧盘上已有一束头发，了空作落完最后一绺头发，放在盘上时，公主上，添福、喜鸾、喜燕随上。

[钟鼓音乐断收。

公　主　（望见，大惊，急趋前）老和尚你做什么？

了　空　替小徒孟飞雄金刀受戒。

公　主　（望盘上落发，从背后望跪在蒲团上知客僧的光头，伤心气恼，指骂了空）驸马爷！我把你个秃驴呀！

（二黄爽唱）

说什么圣旨难违，

分明有心将人害。

欺我凤霞公主，

杀不得你这个老奴才。

快还我驸马青丝。（一槌）

了　空　（嘻笑）公主何须着急呢，头发剃光了，好快就长番长啦！

公　主　……要几耐？

了　空　（滚花）早则三年，迟则五载。

添　福　（同失笑）要三年五载，个仔都会读吔吔咯！

公　主　（快五槌滚花）

　　　　　　落发金刀由你举。

　　　　　　驸马青丝要你赔、赔、赔！

了　空　（滚花）　金刀赐自君王，

　　　　　　难由贫僧主宰。

公　主　我去找父王。

　　　　［内场叫：皇上驾到！

了　空　众徒儿回避！

公　主　徒儿？

　　　　［四小僧掩护知客僧下。

　　　　［公主看出了知客僧破绽，嗔恼，暗失笑，有主意。

　　　　［同时和了空等亲近，四太监、四宫女、皇帝、皇后上。

公　主　（持发一束趋前）父王，母后，驸马青丝，已被那秃驴剃光了。

皇　帝　唉！出家容易归家难，这次连皇帝都难作主宰。至少要青丝重长，才可把驸马招回。

皇　后　唉！几时才长得长头发呀？

添　福　（暗向皇帝弄眉示意）禅师说三年五载！

公　主　（故意作恼）父王，你下圣旨，要那老和尚立即替驸马种回头发啦！

皇　帝　（呵笑）你估系种花咩？头发削了下来，又怎能种返上去？

皇　后　都怪王儿任性，驸马少年任性，夫妻斗气！

了　空　公主！夫妻若能相亲相敬，佛爷一定大发慈悲！

公　主　佛爷一定大发慈悲，你……（作点羞笑）你求佛爷帮个忙吧！

了　空　（呵笑）众徒儿礼佛！

　　　　［钟鼓音乐声，知客僧领戴上僧帽的孟飞雄、四小僧上。

飞　雄　阿弥陀佛！（合十低头）

公　主　父王，母后，王儿现在我求佛爷啦！（一手取下孟飞雄的僧帽，满头秀发仍在）

[皇帝忙示意，众人分边急下。

[静场片刻。

公　主　驸马，快与哀家回去吧！

飞　雄　小僧出家是公主旨意，怎好回去呀？

公　主　（慢板）　非是哀家无礼，

都是你将人欺负，

当着满朝文武，

迫我跪拜进门来。

[撞钟击鼓。

飞　雄　（慢板）　都怪你恃公主威仪，

命添福传口谕，

要我把銮舆跪接，

还牵上我祖宗十八代。

公　主　（接唱）　人家爱护你暗下开绣房。

飞　雄　（接唱）　人家爱护你，情愿门外受冷。

公　主　（接唱）　人家都劝你有顺风应驶悝。

飞　雄　（接唱）　人家奉茶递果还尽那好意相赔。

（公主、驸马共同关目做手，接娱乐升平曲）

公　主　驸马呀！

（娱乐升平中段）

事经过去，（双句）

大家都想开，

大家都有不该。

飞　雄　（前曲）　尽是我不该，

万念已俱灰，

愿禅堂诵法，

身永寄红尘外。

公　主（嗔笑，前曲）

君秀发仍在，

寸丝在，寸心在，

装什么假痴呆。

（楔白）驸马，回府吧！

飞　雄（前曲）只怕未入房内，

先要罚跪门外。

公　主（前曲）你金锏高举迎门待。

飞　雄（前曲）你金刀迫喝禅房会。

公　主（前曲）我已后悔，

飞　雄（前曲）我也后悔。

公　主（前曲）大家有错，

飞　雄（前曲）大家有错。

合　唱（前曲）各罚饮三杯。（同关目欢笑）

公　主（前曲）将心与君印心内。

飞　雄（前曲）两心相爱，与天地健在。

合　唱（前曲）偷偷望，

夫君
公主 越可爱。

风波后，

喜见慈航破浪来。

公　主（前曲）携手回銮进凤台。（趋前）

飞　雄　公主，佛爷睁大眼看住我地呀！

［众人先卸上。

了　空（呵笑）佛祖慈悲，不怪，不怪！

皇　后　老和尚，休要多管闲事啦！

公　主　快拜见岳王母后！

飞　雄　孟飞雄拜见岳王母后！

［两人同拜：拜见岳王，母后！

皇　帝
皇　后　好驸马！好王儿！

齐　唱（煞板）　从今后，夫妻和顺，

桂子结三秋。

“含笑”四时开。

［全剧终。

（剧本版本：红线女艺术中心提供，《红线女演出剧本选集》）

寸金桥

广东省湛江专区 戏曲研究会
粤西粤剧团 集体创作

执笔：熊夏武　何锡洪　赵文龙　黎仕权

人　物　表

陈耀邦　　半渔半农、三点会大哥、后为义勇哨长，30 岁

张拿海　　半渔半农、陈耀邦师弟、后为义勇哨长，22 岁

王瑞兰　　陈耀邦妻，28 岁

吴凤英　　女，18 岁

吴小强　　吴凤英弟弟，13 岁

李钟珏　　遂溪知县，46 岁

熊全萼　　前任遂溪知县，40 岁

吴绢堂　　南柳村公局长、义勇团长

陈敬五　　赤坎公局长、大汉奸

苏元春　　广西提督、钦差广州湾勘界大臣，50 多岁

周道台　　雷琼道道台

陈镇台　　雷州总兵

高礼睿　　法军司令

甘斯乐　　法军驻安南领事

龙　基　　法国水师四画官（统带）

李钟珏侍卫一人、义勇探子一人、乡民若干人

义勇若干人、义勇营官六人、清兵若干人

李钟珏亲兵若干人、局丁二人、中军一人

法军副官一人、法兵若干人

第一场　登　陆

［1898年4月22日（清光绪二十四年戊戌，闰三月初二日）近午时分。

［遂溪县海头村边（即今湛江市海滨公园附近）。舞台上有一座行将倒塌的炮台，几尊破烂的铁炮，一柱旗杆。炮台附近，一座破烂的营房，门口斜吊着一块破烂的木牌，上书："雷州道海头汛营房"。

［象征着暴风雨即将到来的前奏曲。曲终，幕启。

［野兽般叫嚣的汽笛声长鸣。

［乡民甲、乙上。

乡民甲　（滚花）　汽笛声声，惊飞了港湾海燕。

乡民乙　（接唱）　浓烟滚滚，弥漫了碧海晴天。

乡民甲
乡民乙　（合唱）　莫非是法国兵船，
又驶进雷州海面？（四边察看）

［又是一声汽笛长鸣。吴凤英、王瑞兰及男女乡民自四面八方上。

众　人　什么事？什么事？

乡民甲　（口鼓）众乡亲，隐约有五只铁船，在那边港口出现！

吴凤英　（口鼓）众乡亲，耀邦大哥讲过，朝廷要把广州湾割与法国，我看来的一定是法国兵船。

乡民乙　（口鼓）瑞兰大嫂，快找你耀邦大哥到来，看他准备如何应变。

王瑞兰　（口鼓）耀邦已去联络各地三点会的头人，可能就快回村了。

众　人　快快派人找他回来！

乡民丙　呵！大哥来了。（向远处叫）耀邦大哥！

陈耀邦　（内白）来了！

（腰悬箭囊上，唱快中板）

法寇欲占我家园，

朝廷有兵不抗战，

岂容国土荡狼烟！

（滚花）　叫周青！

乡民丙 有！

陈耀邦 （接唱） 传我令箭召集众头人，
赤泥岭上谋应变。

乡民丙 领命！（接令箭下）

[海面上传来了枪响。

乡民甲 （白榄） 真凶险，真凶险，
兵船开枪打渔船。

吴凤英 （白榄） 拿海与小强，
捕鱼未回转。
强弟年纪幼，
我心如蚂蚁锅上煎。

王瑞兰 （白榄） 拿海做事素机警，
凤英何用锁眉尖？

[枪声更密。

乡民乙 哎哟，有人中弹跌下海里去了！

陈耀邦 （快中板）法寇无故生祸端，
立即救人莫迟缓。（解下箭囊给王瑞兰，欲下）

妇女甲 （拦住陈耀邦去路，快中板）
你有儿有妻在眼前，
炮火无情休冒险。

王瑞兰 （接唱） 休将他阻延。

乡民甲 （滚花） 何惧炮火伤人，

陈耀邦 （接唱） 先救弟兄脱险。（与乡民甲跳下海里）

[众人屏息注视着渔船那边。凤英紧张地靠着王瑞兰。

王瑞兰 凤英，你放心。你看他们游得多么快。

众　人 哟！大浪卷没他们了！……兵船又向他们两人开枪了！

[突然响起了轰隆的炮声。

王瑞兰
吴凤英 （同时呼叫）耀邦！拿海！

乡民乙 ……唉哟！他们还向兵船那边游去！

［炮声过后，众人渐渐平静下来。

众　人 救上来了，救上来了！……

妇女甲 谢天谢地，谢天谢地！

［乡民甲、张拿海上。陈耀邦抱着奄奄一息的吴小强上。

吴凤英 拿海……啊！小强！

张拿海 凤英！

（唱回龙腔二黄）

师父临亡托我把小强抚养，

（左撇慢板）

可恨法军残暴，

无辜杀害小强！

（七字清中板）

倘若小强不幸命丧，

拿海对不起你爹娘。

吴凤英 （接唱） 强弟身上受伤创，

好教为姐痛断肠。

（滚花） 姐姐当为你报仇，

强弟醒来把话讲。

小　强 （勉强地睁开眼睛）表哥……姐姐……报仇啊！（死去）

吴凤英 小强，小强！（抚尸痛哭）

众　人 小强，小强……

［陈耀邦将小强安放在一边。众哀悼流涕，悲愤交加。

耀　邦
张拿海 （滚花） 记下敌人这笔账——

陈耀邦 （从箭囊抽出一箭，愤然折断。接唱）

折箭为誓，

血债血偿。

[传来喝道声："夫人到！"

张拿海
吴凤英 （接唱） 我要质问狗官怎样惩凶！（欲下）

陈耀邦 （接唱） 看我眼色行事休乱闯。

[陈敬五内白："好胆！"与熊全萼、局丁甲上。

[四清兵随上。

张拿海 我们要告状！

众　人 我们要告状！

陈敬五 （口鼓）本局长与熊大人要在此处迎接法国洋大人，快说你们要告谁的状！

众　人 我们告你！

陈敬五 告我？

张拿海 （口鼓）告你引狼入室，出卖家乡！

熊全萼 租借广州湾与友邦趸煤停船，乃系朝廷为了和睦邦交。

众　人 为什么任法国鬼炮轰我们？

熊全萼 这个……

陈敬五 放礼炮，乃洋人规矩，表示与我们和好。

陈耀邦 和好？

熊全萼 和好。

陈耀邦 礼炮？

陈敬五 礼炮。

陈耀邦 好一个礼炮，好一个和好，你来看。

众　人 （十字清中板）

你看看、你看看这血迹未干，

是谁人、是谁人制造这桩血案？

是法寇、是法寇害他饮弹身亡！

（滚花） 你为民父母官，试问如何发放？

熊全萼 这个……

陈敬五 （快中板）分明滋事太猖狂，

大人下令将他绑。

熊全萼 （快中板）竟然质问县正堂，

（滚花） 叫衙差——

立即把刁民驱赶。

[众清兵按刀上前，步步逼近。

吴凤英
张拿海 我跟你拼命！

[众人复逼上。

陈敬五 （口鼓）你俩一定是勾通三点会会匪，有意同官绅对抗。洋大人快要登陆，还不替我快滚？左右准备开枪！

[清兵刀出鞘，局丁甲、乙弹上膛。众人在陈耀邦示意下压抑着愤怒下。

熊全萼 可知为首者何人？

陈敬五 陈耀邦。

熊全萼 陈耀邦？

陈敬五 查得此人是三点会的首领，若不除去，恐成后患。

[内声："洋大人到！"

[熊全萼等急忙肃立一旁迎接。法兵、法军副官、龙基上。

陈敬五 鄙人是赤坎公局长陈敬五，相信施克牧师早已经……

龙　基 （高傲地）他是谁？

陈敬五 回洋大人，这是敝邑知县，熊老爷熊全萼。

熊全萼 （趋前下礼）能在敝邑迎接友邦统领，荣幸之至，荣幸之至。

[龙基不答，拿望远镜环视四周，敲敲身旁的烂炮，转动一下"雷州道海头汛营房"的木牌，面有愠色。

[熊全萼急忙向局丁甲示意。局丁甲忙把木牌抛下海里。

龙　基 副官先生，立即升起我大法国国旗。

副　官 是，立即升起我大法国国旗。

[两法兵升旗。

龙　基 副官先生，记录电文，立即致电巴黎告捷！

副　官 是，记录电文，立即致电巴黎告捷。

龙　基　我于今天——一八九八年四月二十二日，在广州湾之东南南方，一个被放弃的炮台上，升起了法国国旗。军队登陆之时，鸣放礼炮二十一响，邻近乡镇居民，表示欢迎——

[语音未落，突然飞来一箭，正中旗绳。侵略者的旗帜颓然坠地。

龙　基　（拾起飞箭附来的警告信，念）

“中华国土，

不容侵犯。

法国鬼子，

立即滚蛋。

三点会”

三点会！

[侵略者、汉奸们被惊呆了。

[幕急落。

第二场　毁　村

[1898 年 11 月（光绪二十四年十月）某日的黄昏。

[遂溪县南柳村吴氏宗嗣门前。

[幕启：内场人声嘈杂。吴凤英冲到祠堂前，愤怒地敲钟。

[乡民惊慌地上。

乡民甲　什么事？什么事？

乡民乙　喂，凤英，你疯了吗？为什么乱敲族钟！

吴凤英　大家看！（用手指向右边）

[乡民拥向右边，顿时沉静下来。低沉的音乐，引出另一群乡民，其中两个男子抬着一具女尸，缓缓地过场。跟在女尸后面的妇女甲哭泣着，另一个男子吴大成也流着泪。尸体过场后，妇女甲和一小部分乡民随下。

乡民甲　大成哥，你阿妹……

吴大成 （口鼓）这是万恶法国兵，干下来的血案。他强奸不遂，向我秀妹开枪！

［众人悲愤，叹息。

吴凤英 （快中板）你俩都是男子汉，
谁愿姊妹受辱于豺狼。
（滚花） 直捣法营追偿血账！
有胆量的随我来！

吴大成 好！

［吴凤英、吴大成与部分乡民欲下。吴缉堂上。

吴缉堂 干什么？你们乱敲族钟干什么？

［众人闻声静了下来。

王瑞兰 （滚花） 法国鬼子无人道，
害死阿秀小姑娘。

吴凤英 （滚花） 以血还血牙还牙，
不能苟安再忍让。

众　人 堂叔，要替阿秀报仇！

吴缉堂 （龙舟） 万不能轻举妄动，
否则会祸及全乡。
鸡蛋焉可碰硬石，
刀棒怎能比洋枪。
围攻法营那一仗，
怎会伤了人命？
（二黄慢板）
皆因缺乏洋枪！
大家要雪恨报仇，
还要三思为上。

［陈敬五领局丁甲、乙上。

陈敬五 啊，吴局长，缉堂兄。

吴缉堂 （口鼓）陈局长到来，有何公干？

陈敬五 （口鼓）无事不登三宝殿。人来，拿甘结给吴局长一看便知其详。

众　人 甘结？

吴缉堂 （念甘结）“为出具甘结事，自大法国水师登陆半年以来，海头、霞出、南柳、洪屋等二十七村乡民，因受歹人唆摆，与大法国为敌。曾围攻大法国营房，殴毙大法国官兵，继又断供蔬菜肉食。此等行为，自知不合，令愿痛改前非，特向大法国水师提督麾下出具甘结，此后如有再犯，愿受严厉处罚。具甘结人某某村某某族族长某某。”

众　人 这是什么甘结！

陈敬五 众乡亲！

（板眼）　签了甘结，可保平安，
不签甘结，家破人亡。
因为你南柳带头与法军对抗，
法军本欲将南柳烧清光，
幸得我再三劝阻，
法军才不咎既往。
若是不签甘结，
我亦无法帮忙。

吴缉堂 （犹疑地）这个……

王瑞兰 （口鼓）缉堂叔，这张甘结分明要我们做奴隶，千万不要上当。

吴缉堂 这个……

吴凤英 （口鼓）签了甘结，对不起列祖列宗，千年万代臭名传扬。

陈敬五 （口鼓）缉堂兄，你是一族之长，这张甘结，你打算怎样？

吴缉堂 （口鼓）这个……出具甘结要征得众人同意，我，我实在没有主张。（把甘结交回陈敬五，下）

陈敬五 哦哦哦！

（滚花）　法国人枪弹大炮，
不似我这样善良。
倘若龙基先生到来，

南柳难免要火葬。

你们签不签？

[内声“好胆！”陈耀邦、张拿海上。

陈耀邦 众乡亲！

（十字清中板）

签甘结好一比卖身一样，

签甘结好一比代罪羔羊；

签甘结对不起祖宗乡党，

签甘结对不起阿秀、小强。

对豺狼只能打不能忍让！

张拿海 （快中板）不能与虎睡一床，

与虎谋皮徒梦想，

签了甘结便是投降。

一不做二不休，

先把汉奸捆绑。

[群众将陈敬五团团围住。

[传来枪声。法兵、副官、龙基上。众怒退一角。

龙　基 啊啊，原来这么热闹！亲爱的先生们，大法国水师四画官龙基向列位致以衷心的敬礼。

陈敬五 （口鼓）禀龙基先生，乡民拒绝出具甘结，鄙人险些受绑。

龙　基 （口鼓）这简直是侮辱我大法国，谁人敢这样嚣张？

陈敬五 就是他！

龙　基 他是谁？

陈敬五 就是我跟你说过的陈耀邦。

龙　基 （口鼓）原来这位就是陈耀邦先生，久仰久仰。

（假意欲与陈耀邦握手）

陈耀邦 我们可以签甘结——

众　人 （惊异）啊！

陈耀邦 只要你们立即离开广州湾！

陈敬五 （口鼓）龙基先生，有道“树倒猢狲散，擒贼先擒王”。

龙　基 陈先生，恐怕你误会我们的来意了。自由、平等、博爱，一向是我大法国的主张，但是，你们不愿出具甘结，我们享用租借地就得不到保障，那么，陈先生，我对你就不能客气了。人来，绑起这个陈耀邦！

［搏斗。陈耀邦被擒。张拿海中弹受伤。

王瑞兰 耀邦！

吴凤英 拿海！

张拿海 先救大哥，先救大哥！

［张拿海欲起身，不支又倒下。吴凤英把张拿海扶起。

龙　基 （滚花） 你们到底答应不答应？

签了甘结便释放陈耀邦。

［众不语，犹豫。

龙　基 呵呵，中国人都变成聋子哑子了吗！

（接唱） 再不答应我便先杀陈耀邦，

看看谁人学他榜样！

乡民甲 拿海，不能让他杀耀邦呵！

乡民乙 拿海，不如签了甘结，救了耀邦再作打算吧。

［众人焦急不安。

王瑞兰 （沉花） 拿海弟，我，我，

我五内彷徨。

张拿海 （快中板）先救大哥方为上，

但他脾性素刚强，

视死如归一名硬汉，

怎愿签甘结向敌投降？

（滚花） 左右为难无计想。（拉腔）

陈耀邦 众乡亲！

（中板） 乡亲忧虑我危亡，

待我情深如海洋，
可是不能为我变节投降。
怕死贪生非好汉，
临危不屈是忠良。
（三字经）好贤妻，勿悲怆；
拿海弟，要坚强。
重重仇恨记心上，
张吾弓矢灭豺狼。
众乡亲！

龙　基　不要让他说下去。

[两法兵上前欲制止。

陈耀邦　（口鼓）众乡亲，敌人的锁链已架在我们身上，我们要举起战刀，挽救国土沦亡。

龙　基　押他回营！

[法兵欲押陈耀邦下。张拿海扑前，伤痛不支倒地。吴凤英与王瑞兰扑前，被法兵弹压住。陈耀邦被绑下。

王瑞兰　耀邦！（哭不成声）

龙　基　（白榄）　我们暂时看管陈耀邦，
签了甘结便将他释放，
而且保护你们村庄，
每村还发白银五百两。
若不知死活，
先杀陈耀邦；
再不签甘结，
烧毁你村庄。

众　人　烧村，烧村？

张拿海　烧村也不签！

众　人　不签！

（括地风）拼烧村决不签甘结投降，

拼性命家可破头可掷，

志不可降，

誓保家乡。

龙　基　好吧！传令下去，先烧南柳。

副　官　烧村！

［内声“烧村！”陈敬五引法兵下，群众欲扑出救火，但均被法兵拦住。火光四起。

众　人　（诛奴儿）四面火光，哀我家乡，

田园尽毁，家破人亡。

重重仇恨似海洋。

血债血债，

血债定要血来偿！

［陈敬五与法兵复上，向龙基示意撤退。

龙　基　中国人听着：三天之内，再不签甘结，你们休想再见陈耀邦！（对副官）传令退兵。（下）

［副官、陈敬五、局丁、法兵随下。众人欲冲上与法兵搏斗，忽传来喊救命之声，众人又分头奔下。

［侍卫引李钟珏坐轿上。

李钟珏　（梆子中板）

为官本应解民困，

廉洁不阿是吾心。

本官遂溪知县李钟珏，到任七天，闻得海头二十七村乡民，常与法兵冲突，因此先来南柳查察。亲兵，可曾到了南柳？

侍　卫　启禀大人，已到南柳，只见熊熊烈火，烧着民房。

李钟珏　啊！熊熊烈火，烧着民房？快些与爷下轿。（下轿）

（滚花）　亲兵火速进村，

救火最要紧。

侍　卫　知道。（带亲兵入村）

李钟珏　（滚花）　只见民房倒塌，
有若地裂天崩。
莫非法兵逞凶，
又来借端启衅？

［侍卫领吴缉堂及群众上。

侍　卫　启禀大人，南柳村民告状。

李钟珏　下跪者是谁？

吴缉堂　南柳公局长吴缉堂。

李钟珏　吴局长，快些起来讲话。

吴缉堂　（口鼓）知县大人，法兵烧我楼房，我已忍无可忍，还望大人做主，设法抵抗法人。

李钟珏　抗法？

众　人　（白榄）　无可忍，
无可忍，
我们立决心，
誓死抗法人！

李钟珏　大家都要抗法？

众　人　抗法！抗法！

李钟珏　（滚花）　村民咬牙切齿，
誓死要抗法人。
顺得民来又逆君，
朝廷定必严责问；
遵得朝廷旨谕，
我又怎样为民？
事情重大应审慎……（拉腔）

众　人　大人，抗法，抗法，抗法呀！

李钟珏　（快中板）有何良策安民心？

（滚花） 法军退上兵船，

或可停息兵衅。

众　人 大人……

李钟珏 众乡民，待我先过法营去理论，你们切勿惹纷争。人来，打道！

[李钟珏与亲兵下。众人彷徨地望着被毁的村庄。张拿海与一部分群众扶老携幼上。

王瑞兰 家乡被毁，耀邦被擒，怎打算啊？怎打算啊？

张拿海 我们有雷州几百万穷苦弟兄，一定能够救出耀邦哥。南柳被毁了，我们可以迁去黄略。总有一天收复南柳，重建家园！

[众人望着被烧的村庄，悲愤交集。

[幕落。

第三场　过　营

[紧接上场的翌日。

[遂溪县海头村法军营房。

[幕启，龙基与副官正在观看地图，两法兵分站两旁侍卫。

[内声："新任遂溪知县李钟珏到！"

龙　基 随我出迎。

[侍卫上，李钟珏随上。龙基率副官迎入。

龙　基 （口鼓）为了替新任知县洗尘，待我把薄酒敬上。

李钟珏 （口鼓）敝县未尽地主之谊，反蒙盛筵招待，于礼不当。

龙　基 请！

李钟珏 请！

[帅牌，酒过一巡。

李钟珏 （中板） 敝县理事在衙堂，

忽然亲兵来报上，

说道贵军烧了百姓村庄——

陈耀邦 （滚花）

（中板） 就是你们，

毁我田园，

奸我姊妹，

杀我同胞，

我们才举刀反抗。

大好中华，

闯进了野心强盗，

我们岂肯坐以待亡！

（滚花） 你们野蛮强盗想保狗命安全，

除非离开我国海岸！

龙　基 你们中国人才是强盗，没有文化的野蛮民族。（拔枪）

[李钟珏以身挡着陈耀邦。

李钟珏 陈耀邦，中华是礼仪之邦，你不应骂人野蛮，骂人是强盗呀。

陈耀邦 （中板） 南柳被烧已成瓦砾场，

你不替黎民来着想，

竟甘认贼作爹娘。

（滚花） 你当的是什么父母官？

卖国之徒不配同我讲。

李钟珏 大胆陈耀邦，竟敢辱骂本官。人来，押他回衙。

龙　基 李知县，你要将他——

李钟珏 统带大人，他竟然辱骂本官，你让我带他回去，依法严办，以泄我心中之愤。

龙　基 好，既然贵县要求，就将他交给你严办。

李钟珏 人来，押他回衙。

[侍卫带陈耀邦下。

李钟珏 这个陈耀邦如此强硬，贵统带是怎样擒他回来的？

龙　基 这全靠赤坎公局长陈敬五。

李钟珏 陈局长，陈敬五！

龙　基 对，你们中国官员中，陈敬五是一个不可多得的人才，贵县应该将他提拔提拔。

李钟珏 敝县自有主意。

龙　基 贵县光临，究竟还有什么事？

李钟珏 贵统带，

（滚花）　自从贵军登陆后，

与村民不断争持。

今天特来请贵国撤兵，

租界议成，方上岸驻。

龙　基 贵县要我法国撤兵？

（滚花）　我是奉命登陆，

怎能擅自撤离？

为免双方冲突起来，

可命土人迁往别处。

李钟珏 （滚花）　你是宾来我是主，

喧宾夺主有失邦交礼仪。

龙　基 （滚花）　既然你是主来我是宾，

以礼待宾方合理。

[侍卫上。

侍　卫 启禀大人，陈耀邦已交亲兵押回衙内。

李钟珏 小心侍候。

侍　卫 知道。

龙　基 （口鼓）请问贵县，你说要严惩陈耀邦，我倒想知道你怎样将他惩治？

李钟珏 （口鼓）这个……然则贵统带又以为怎样惩治才适宜？

龙　基 （口鼓）“枭首示众，以儆效尤”，这是你们中国的一句古语，难道你已经忘记？

李钟珏 （口鼓）不能！我若将陈耀邦这样判决，当地黎民也会论是非。

龙　基　（口鼓）带头围攻我大法国兵营，难道不应制处死罪？

李钟珏　（口鼓）贵统带，敝县有所不明，倒也要请问一句，以解我狐疑。

龙　基　什么？

李钟珏　（口鼓）贵营副官在志满圩强奸我国妇女，贵统带又打算如何处理？

龙　基　这个……

李钟珏　（口鼓）还有，贵国官兵烧南柳，屠杀百姓，贵统带又是怎样把军纪维持？

龙　基　（口鼓）什么，你你你这是什么用意？

李钟珏　（口鼓）按照我们中国的古话，也要“枭首示众”，绝不能包庇徇私！

龙　基　哦哦哦！

（滚花）　竟来质问本统带，

不知死活的狗东西。

可知道这儿是大法国兵营——

李钟珏　（接唱）　你也该知道这儿还是大清土地。

龙　基　（接唱）　难道你不怕死？

李钟珏　怕死？

（接唱）　来者不怕，

怕者不来！

龙　基　（接唱）　你莫以为大法国可欺！

李钟珏　（接唱）　我是来同你讲道理。

龙　基　（接唱）　对待野蛮民族用不着讲道理。

李钟珏　（接唱）　恃强侵占人家土地，

论到野蛮二字，正是你法兰西！

龙　基　你竟敢侮辱我大法国！

李钟珏　你首先侮辱我中华民族！

龙　基　你侮辱我大法国！

李钟珏　你侮辱我中华民族！

龙　基　（快中板）无礼辱骂本统带，

还来侮辱法兰西。

（滚花） 人来，把他绑起！

[侍卫与法兵刀枪相对。

李钟珏 （三搭箭）哈哈哈——

龙　基 还来嘻哈大笑，难道你真不怕死？

李钟珏 （滚花） 李钟珏若然怕死，

就不会闯进你营来。

你今日若不撤兵，

发生事情恕我难制止。

龙　基 还来恐吓，我看你……（拔枪）

副　官 统带先生，司令官也曾……（示意不可妄动）

龙　基 人来，毁碎他的轿衣，打跑他的轿夫！

[一法兵下。

[内毁轿声、打跑轿夫声交集。

李钟珏 （快中板）忽闻营外毁轿衣，

受辱法营心永记，

私仇公恨两俱齐。

（滚花） 转过头来高声骂，

把你个强盗骂一句——

龙　基 人来，赶他下去！

[法兵欲动，侍卫拔刀制止。

李钟珏 （煞板） 可知道——

中华民族不可欺！

[幕落。

第四场　盟　志

[第三场当天的黄昏。

[遂溪县衙内李钟珏的书斋。

李钟珏　（内首板）受辱归来心焦虑。

［幕启：李钟珏自外上，心情焦躁，来回踱步。

［侍卫自李钟珏来路上。

侍　卫　（口鼓）小的按照大人吩咐，（指书斋外边的亭子）已把破轿放在亭子里。

李钟珏　（心事重重，漫应）唔。

侍　卫　（口鼓）请恕小的多嘴，大人把那顶破烂官轿放置在园亭之内，人来人往，岂不是有失官家威仪?

李钟珏　有失官家威仪?

（中板）　我正想人人看见破轿儿，

这不但钟珏一人蒙羞耻，

而且是中华民族受凌欺!

（滚花）　快些带上陈耀邦。

侍　卫　遵命。（下）

李钟珏　（接唱）　一念到国难民艰心碎矣!

（踱到门前，转梆子快板）

看轿儿，心凄痛，

锦绣山河令破碎，

恰如亭里破轿儿。

恨我李钟珏，

无兵又无权，

一非朝廷重臣，

二非封疆大吏。

法人野心如狼子，

百姓无辜受煎熬，

我却无谋除外患，

只能坐看国土陷法夷。

正是“山河自古无穷事，

谁料如今袖手看”。

怎不教人心焦虑！（拉腔）

[侍卫带陈耀邦自左边上。

陈耀邦 （唱滚花）抗法保家反招罪，

竟陷官狱作囚徒！

茫茫南海浪滔滔，

难洗耀邦心头怒。（进）

侍　卫 禀报大人，陈耀邦带到。

李钟珏 呵，陈耀邦，你来了？

陈耀邦 （滚花） 俺犯的是抗法保家罪，

无须多问请开刀。

李钟珏 （忍住，转对侍卫）与爷拿酒来。

侍　卫 遵命。（下）

李钟珏 待爷与你松绑。（与陈耀邦松绑）

陈耀邦 （旁唱滚花）

好一比丈八金刚，

摸不着头脑。

因何他不砍不杀？

莫非他另有所图？

定然是笑里藏刀，

骗耀邦入其圈套！

[侍卫持酒上。李钟珏趋前斟酒。

李钟珏 （滚花） 俺重你敢抗强暴，

特敬你美酒醇醪。

陈耀邦 （滚花） 休对俺出乖露丑！（趋前把酒杯一推落地）

李钟珏 （接唱） 难道怕酒中有毒？

真是好人不得好报！

陈耀邦 （包槌白榄）

你们这种酒，
比毒药还毒。
若是喝毒药，
顶多归黄土；
喝了这种酒，
教人忘祖宗，
教人忘天性，
教人忘节操。
请问你在法营喝一盅，
洋人赏你多少金元宝？

李钟珏 陈耀邦！

侍　卫 （同时口鼓）住口！大人今天痛斥那法酋，才被龙基百般欺侮。你看园里那顶破官轿（拉陈耀邦至门前观看），这就是法寇赏给大人的酬劳！

陈耀邦 （看了轿子，转回头，严肃地看着李钟珏）哦……

李钟珏 （口鼓）陈耀邦，我现在释放你回家。刚才我不过想劝你不要跟法人轻自动武，须知洋枪厉害，没有万全之策，切勿走险途。

陈耀邦 轻自动武，勿走险途？
（反线中板）

老大人，
天下太平谁不愿，
谁愿打仗拼枪刀！
法寇登陆半年来，
占我田地筑军营，
霸我东海州岛。
俺耀邦，
离开江海无生计，
离开田地指靠全无。
到如今，

南柳被烧无家归，

衣食住行逢绝路。

若非是，

执戈动武抗法寇，

难道甘做亡国奴？

李钟珏 这个……

陈耀邦 （滚花） 大人既是中国人，

国恨家仇报不报？

李钟珏 这个……

陈耀邦 （接唱） 我们曾请前任知县解民困——

但是熊全萼他不但不做主，还把告状人打了一顿！

（接唱） 大人你新来上任，

难道也是依样画葫芦？

李钟珏 这个……

陈耀邦 （接唱） 有道“千里求官只为财”，

难怪大人不理民疾苦！

李钟珏 陈耀邦！

（十字清中板）

李钟珏并非是势利之徒，

俺只知为官者民之父母，

俺只知解民困不畏辛劳！

因此俺要法军离我国土，

谁知道受凌辱险作囚徒。

俺今天才看清法军肺腑，

不由不忧国恨筹措良图。

陈耀邦 （接唱） 好一个为官者民之父母，

好一个解民困不畏险途。

李大人这番话说得真好，

俺真想借你酒敬你醇醪。（斟酒）

李钟珏 （接唱） 你还没领我情理当补数。（斟酒）

陈耀邦 （接唱） 倒不如互敬酒共醉醇醪。

[相互换酒。

李钟珏
陈耀邦 （举杯同唱）俺高兴既激愤心又烦躁，

陈耀邦 说这话令俺糊涂，

老大人能不能袒胸怀剖心相告？（拉腔，放下酒杯）

李钟珏 （七字清中板）

俺高兴结识一位大英豪。

陈耀邦 （接唱） 俺高兴大人不愧民父母，

俺激愤洋人毁我好田庐。

李钟珏 （接唱） 俺激愤洋人夺我好国土，

陈耀邦 （接唱） 俺激愤百姓抗法称匪徒。

（试探地，唱三字经）

俺心烦，俺焦躁，（拉腔）

只为抗法没良图。

（转七字清）

大人刚才说筹措，

定然有策逐法虏。

还望明告耀邦，

解我心头烦躁。

李钟珏 （滚花） 俺心烦，正是难筹抗法计！

陈耀邦 （接唱） 豺狼闯入室，

只能举战刀。

李钟珏 哦，难道除了打……

陈耀邦 （接唱） 人不打虎虎伤人，

古来已常道。

除了执戈战外寇，
别无他法复国土。
有道“一寸山河一寸金”——

我们耕田的没有田地，打鱼的不能出海，试问怎能过活啊？大人！

（接唱）百姓宁掷头颅，誓争寸土！

李钟珏（接唱）好一个“誓争寸土，宁掷头颅”！
好一个“一寸山河一寸金”——
（沉腔）但、但、但……（沉吟）
但凭刀棒对洋枪，
又怕百姓难应付。

陈耀邦（慢板）当年黑旗军，
可说无枪炮，
在那谅山一战，
杀得法寇败逃。
想当年三元里抗英，
也是刀棒对洋枪，
打得英军叫苦。
前人能做到，
我们怎不能？
只要大人肯抗法，
只要万众举枪刀，
（转滚花）定能驱逐野心狼，
定能保卫雷州半岛。

李钟珏（口鼓）陈耀邦，我感谢你今天对我说的一番话，但是朝廷……唉，真是有心难做到了。

陈耀邦（口鼓）大人，不是听说各省筹办团练，以便维持地方，对付匪徒吗？

李钟珏 你的意思……

陈耀邦（口鼓）办一个团练抗法寇！

李钟珏 （口鼓）真是一言惊醒梦中人，你这个“抗法团练”解尽我心头烦恼，真不枉我今天结识你这个大英豪！

[两人同声发笑。

陈耀邦
李钟珏 （同唱快中板）

以为你是一懦 / 武夫，
原来十步之内有芳草。
为表耀邦 / 钟珏重英豪 ——

（取酒。转滚花）

请于此杯成友好。
请！

[酒过一巡。

陈耀邦 大人！

（三脚凳）留下汉奸陈敬五，
后祸必定无穷。
有道家贼难防，
应当斩奸示众。

李钟珏 （接唱） 人人欲诛卖国贼，
钟珏亦想除害虫。
唯是敬五这汉奸，
是一个官绅拔贡。
若要斩他示众，
须得知府赞同，
首先参革他功名，
恐怕知府不准动。

陈耀邦 （合尺花）就让他逍遥法外？
一任他作浪兴风？

李钟珏 （合尺花）纵奸贼，我不为 ——

陈耀邦 那么，大人你说怎办？

李钟珏 （接唱） 除非是暗中行动。（示意暗杀）

陈耀邦 暗杀？

（滚花） 他说要暗杀汉奸陈敬五，

显然是前怕虎来后怕龙。

何不将计就计，

把他“逼上梁山”，

免他抗法又惶恐。（转对李钟珏）

大人叫暗中行动，

我可设法除掉这帮凶。

李钟珏 （接唱） 未到其时且勿动，

我们是笼中捉兔，

反正他在我掌中。

[两人会心而笑。

[幕急落。

第五场 誓 师

[1899 年 8 月 9 日（清光绪二十五年七月初四日），早晨。

[遂溪县黄略乡赤坭岭。岭上新搭一座点将台。

[幕启：螺角声、军号声、战鼓声隐约传来，由远而近。旗手挥舞义旗上。旗上书“寸土必争”字样。六路营官上。义勇举旗随上。营旗上分别书“黄略”“文卓”“麻章”“志满”“仲火”“坪石”等乡名。吴缉堂上。义勇举团旗随上。旗上书“遂溪县团练总局”字样。

众营官 参见团总。

吴缉堂 列位营官请了。经蒙县长恩准，组成团练。总局设于黄略，各营分设各乡，共抗法人，保卫乡土。今日我等齐集赤坭岭上，盟志誓师。各营义勇，可曾到齐？

众营官　已到多时。

吴缉堂　好呵，已经到齐，待我宣读规章。（步上将台）“我等团练，必须勤加操练：每月初二、十六，齐集黄略头、二层案会操。日夜分班巡哨。敌人进犯，务须坚决抵御。如因战受伤者，由军医诊治；因伤残废者，由公赡养其终身；抗敌牺牲者，均入祖祠受享；如有遗孤，由合族抚养；英勇杀敌者，论功行赏。”以上规章，各营是否赞同？

众营官　赞同！

吴缉堂　好啊，既然赞同，凡我团练，务须遵守不渝。

众营官　遵令。（摇旗呐喊）

［内声：“知县大人到！”

吴缉堂　知县大人到，各营官随我出迎。

［侍卫、李钟珏先后上。李钟珏步上将台，纵目四望。

［螺角声、欢呼声、战鼓声齐鸣。

李钟珏　（萧萧班马鸣）

一排排一排排刀光耀眼，
一阵阵一阵阵人声呐喊，
一个个一个个斗志强顽，
一声声一声声螺角响云间！
旗飘荡，遍野漫山，
卫乡土，歃血誓盟。

［众人遥旗呐喊。

李钟珏　（快中板）万人誓师枕戈待旦，
赤坭岭上气壮河山。
（滚花）　上下一心保中华，
哪怕法人侵犯！

［螺角声、欢呼声、战鼓声齐鸣。

李钟珏　各营官兵，各乡百姓，你等组成团练，旨在自卫。今后务须严守界线，法人如不进犯，不能擅启衅端；彼若来犯，定当竭力抵御。至于租界界址，朝廷正与法方商议……

[传来一片嘈杂声。王瑞兰、吴凤英执刀上。

王瑞兰
吴凤英 启禀大人，汉奸带到。

[陈耀邦、张拿海、乡民甲、乡民乙等押陈敬五上。

李钟珏 下跪者——

张拿海 大汉奸陈敬五。

李钟珏 （愕然）陈敬五？……陈耀邦，本官叫你……你为何把陈敬五带来此间？

陈耀邦 （滚花） 陈敬五通敌卖国，
引狼入室为祸民间。
乡民要斩他祭旗，
请大人秉公严办。

李钟珏 这个……

陈敬五 （口鼓）陈耀邦绑劫官绅，分明蓄意造反。全无罪证，说什么通敌卖国，显然是设下陷坑。

张拿海 （左撇慢板）
陈敬五，
引法兵登陆，
践踏广州湾。
你这大汉奸，
引导法兵烧南柳，
殃及百姓妻离子散。

陈敬五 （滚花） 我到南柳是捉盗匪，
法人烧村与我何关？

王瑞兰 （快二流）是谁献计拘我丈夫？
就是你为虎作伥。
百般阻挠组成团练，

只为你受贿银元三万。

吴凤英 （接唱） 想起小强中敌弹，

想起阿秀受摧残，

恨不能食你肉寝你皮，

恨不能将你千刀万斩。

陈耀邦 （快中板）他一双污手血斑斑，

大人你姑息养奸贻后患，

要排外寇，先除内奸。

众　人 （三字经）斩斩斩，大坏蛋！

杀杀杀，狗汉奸！（蜂拥上前）

陈耀邦 且慢！

（滚花） 伸张正义顷刻间，

但须大人下令斩。

李钟珏 下令斩？……

陈敬五 （口鼓）大人，这里非是公堂，你不能随便判斩。我虽不是朝廷命官，也是一员贡生。未经申禀道台参革我功名，就不能轻判我是罪犯。此乃朝廷律例，大人勿作等闲！

众　人 （鼓噪）斩呵！

李钟珏 （滚花） 不杀他，难平息乡民义愤；

若杀他，又碍于律例如山。

陈耀邦，太鲁莽，

不知道世道艰难，

迫俺当众下令斩。

陈敬五，该万死，

怕的是投鼠忌器，

才嘱他暗里除奸。

唉唉唉！真令我左右为难，

难难难！叫本官如何处办？

张拿海 （口鼓）大人，你不敢下令斩奸，难道是给法人吓破了胆？

吴缉堂 （口鼓）大人，陈敬五与周道台有师生之谊，你还须权衡轻重，休要自取麻烦。

吴凤英 （口鼓）大人，你不立即把他明正典刑，难道要养虎为患？

陈敬五 （口鼓）大人，你若杀我，法人定然照会总理衙门，只怕与你前程有关。

众　人 杀呵！

李钟珏 （滚花）　又只见群情汹涌，

俺怎能姑息养奸。

事到临头岂容迟慢？

今日好一比船儿顺水下急滩！

咬紧牙关——

陈敬五 大人，小心你前程！

众　人 杀呵！

李钟珏 （接唱）　俺拼却了前程，

人来将他斩！

[张拿海押陈敬五下。内鸣炮行刑。众人欢呼。

[张拿海上。

李钟珏 各营官兵，各乡百姓，汉奸已经正法，立即盟志誓师。

[众人下跪。

吴缉堂 跪在尘埃上，一同叩三光，同心将法抗，誓保我家邦。

众　人 心不变，志不降，违誓者，乱箭亡！（起立欢呼，金鼓齐鸣）

陈耀邦 （口鼓）大人，团总，何不到赤坎游刀示威，警告法寇，不得前来侵犯。

众　人 我等赞同。

吴缉堂 （口鼓）还要请示大人才行。

李钟珏 好呵！

（快中板）义旗高举，

列队起行。

[众人列队，欢呼。

[幕落。

第六场　迫　界

[1899年10月（光绪二十五年九月）中旬。

[遂溪县赤坎，议界钦差苏元春的行台。

[幕启。内声："众大人到！"熊全萼自内厅出迎。周道台、陈镇台、李钟珏自外上。

熊全萼　（对周、陈）奉钦差大臣之命，迎接两位大人。

陈镇台　这位是……

周道台　（口鼓）这位是苏钦差的幕僚熊全萼。

李钟珏　（接念）全萼兄是前任遂溪知县。

陈镇台　啊……幸会幸会。

熊全萼　（口鼓）岂敢，岂敢。李知县，钦差大人不打算邀请贵县参与划界，你可以回衙公干，听候呼传。

陈镇台　（口鼓）中法划界会议，与遂溪有直接关系，何以苏钦差不邀请李知县？

熊全萼　李知县嘛……

中　军　（匆匆上，口鼓）启禀列位大人，迎接法军司令的轿马，已经回到衙前。

周道台　全萼兄，快请钦差大人出迎。

中　军　禀大人，法军司令和安南领事不用我们的轿马，乃是乘他们的兵船而来！

李钟珏　乘兵船而来？……列位大人！

（念）　议界并非是作战，
　　法方却要乘兵船；
　　显然迫我城下盟，
　　虎狼之心人共见。

熊全萼　（念）　法人素来讲体面，

何用多疑生事端。

我看他们乘兵船，

只因乘轿不方便。

陈镇台 （念） 兵法有云，有备无患。

李钟珏 （念） 本官告退，防范未然。（与中军同下）

熊全萼 （对内厅）有请钦差大人！

[苏元春自内厅上。

周道臺
陈镇臺 参见钦差大人。

苏元春 （口鼓）列位请。今天与法方商订界约，未知两位有何主意？

周道台 但凭大人主意。

陈镇台 （口鼓）以卑职愚见，这次定不能忍让，应与法方竭力争持。

苏元春 不能意气用事啊！

（中板） 方今时局艰难，

内乱频仍，

外务日棘，

国祚衰微。

我等必须上下一心，

善体朝廷和议之意。

敦睦邦交，

以和为贵，

借此剪平内乱，

根除叛逆，

以保社稷之基。

（转滚花）与法方议界之时，

望两位勿违圣意。

[远处传来汽笛声。

[内声："法军司令、安南领事驾到！"

苏元春 熊兄准备议界图。两位随我出迎。

[龙基、甘斯乐、高礼睿上。

苏元春 贵司令与领事先生驾临，有失远迎，抱歉之至。

甘斯乐 老朋友，何必客气。这两位……

苏元春 这位是雷琼道周道台，这位是雷州总兵陈镇台。

高礼睿 很好，很好。苏将军，为什么不见那位李知县呢？

苏元春 李知县做事糊涂，怕他在此有失礼仪。

高礼睿 那真是遗憾，遗憾！

甘斯乐 对啊！我和高礼睿将军，都非常希望能会见这位李知县。

高礼睿 那位李知县，他对我大法国的敌对行为，可算是非常愚蠢的。但是，他那种“过人胆量”，却又是非常令人，令人……

甘斯乐 令人敬佩之至。

苏元春 为表和议诚意，我已申禀朝廷把他官职革除。

陈镇台 啊！

甘斯乐 （唱滚花）苏将军一贯致力法中交谊，
划界约，定有进一步的表示。

苏元春 贵国对租界的意见如何？

甘斯乐 （唱滚花）我俩的意见，
还是要坚持，
除了东海与硇洲岛——
租借范围，（指地图）陆地从海头起，这一边包括霞山、赤坎、麻章、黄略……
（接唱） 直到万年桥为止。

陈镇台 （愤然）什么？

高礼睿 苏将军，
（唱滚花）你的答复定使人满意，
快些肯定不要犹疑。

苏元春 （沉吟地目视周、陈两人，唱滚花）
两位主意如何？

周道台 （接唱） 但凭大人主意。

[远处响起了轰隆的炮声。苏元春等惊起。

苏元春 （口鼓）甘斯乐先生，外面发生什么事?

高礼睿 （口鼓）这是我方兵舰在进行军事演习，请勿惊疑。

甘斯乐 （口鼓）我军鸣炮，是为了表示尊敬三位先生，预祝划界达成协议。

陈镇台 （口鼓）如此说，贵国的“隆情厚意”，真令人感激无词!

高礼睿 （口鼓）很好，很好。那我们继续谈判划界大事。

周道台 但凭大人主意。

陈镇台 我不同意。

高礼睿 你不同意?

陈镇台 （口鼓）刚才领事先生提出之租界，看来未免太少，何不包括云南、广东、广西!

高礼睿 （口鼓）你，你，你说什么?

陈镇台 （口鼓）你们既是为着趸煤停船，黄略又不靠海，要黄略是何用意?

高礼睿 （口鼓）为保障我租借地安全，黄略一定要划入租界范围。

陈镇台 （口鼓）难道我内陆安全就不须保障?你们若要安全，最好滚回你们老家去。

高礼睿 （口鼓）你……你这是什么意思?你简直是破坏法中交谊。

陈镇台 （口鼓）好吧，那就只割海头一地。

甘斯乐 （口鼓）胡说!这是我国军事当局的决定，所提租界范围，绝不能更移。

陈镇台 （口鼓）假如大清国坚决拒绝，你们又如何处置?

高礼睿 （口鼓）那我们就采取必要而有效的措施。

陈镇台 （口鼓）什么有效措施，我倒要领教一二。

[大炮声。

高礼睿 （口鼓）请听，就是类乎这样的措施。

陈镇台 原来是大炮。

高礼睿 对!威力强大的大炮、兵舰，战无不胜的洋枪队。

陈镇台 哈哈……

（芙蓉中板）

大炮和兵舰，

又能吓倒谁？

自你军入侵，

败仗多少次？

给一个遂溪小邑，

弄得你力尽筋疲。

（转滚花）凭武力租借地方，

与强盗抢劫何异？

高礼睿 苏将军！

（滚花） 诽谤我国际声誉，

我抗议这种行为。

龙基先生，

快些依计行事。

龙　基 是。（向外一招手，副官与一法兵上）

苏元春 高礼睿将军，这……用不着这样吧？

高礼睿 押他到兵舰上去。

［苏元春焦急为难。周道台惊恐发抖。在炮声中，龙基与法兵押陈镇台下。

甘斯乐 我们继续划界的谈判，希望两位小心考虑。

周道台 但，但凭大人主意。

高礼睿 还是那一句老话。

苏元春 周大人，看你精神欠佳，下去休息也罢。

［周道台如释重负，仓皇下。

甘斯乐 苏将军，请勿误会……

苏元春 甘斯乐先生，你我是老朋友。以前割让安南，你也素知我宗旨。

高礼睿 前事又何必多说。

甘斯乐 提督先生，苏将军的话，应该耐心倾听。

苏元春 （滚花） 刚才贵国所提界址，

与我意见没分歧。

唯是黄略乃富庶之区，
又是廉江、遂溪咽喉之地。
若然将它划入租界，
恐怕当地官民不肯遵依。

甘斯乐 （滚花） 黄略是会匪之窝，
难道你不明贵国朝廷旨意？

苏元春 （滚花） 贵军若能占黄略，
租界划定没问题。
生米成饭木成舟，
当地官民难反对。

甘斯乐 苏将军，
（滚花） 援助贵国平内乱，
大法国义不容辞。
你们朝廷有句话：
“宁与友邦，勿与家奴”，
真是表达得淋漓尽致。
哈哈……

高礼睿 对啊！这是一句非常聪明的话。哈哈……

苏元春 （装模作样，口鼓）如果贵军不能攻克黄略，那时租界只能划到赤坎桥为止。

高礼睿 （口鼓）这个自然。没有攻不破的堡垒，打不下的城池。

甘斯乐 （口鼓）不过，苏将军，我军为你剿盗匪，你也应帮助我军完成这件大事。

苏元春 （口鼓）全萼兄，你把那个绅士的情形，向两位先生告知。

熊全萼 （白榄） 有个绅士吴缉堂，
遂溪团练当头子，
为人怕事贪小利，
不像钟珏这般痴。
我若前去说服他，
他定听从苏钦差指示。

那时贵军攻黄略，

胜利定可期。

高礼睿 很好，很好！苏将军，那我们一言为定。

苏元春 一言为定。

[内场汽笛长鸣。

苏元春 又发生什么事？

中　军 （匆匆上）禀钦差大人，陈镇台被绑在兵舰烟筒上。

苏元春 啊！……

李钟珏 （内白）好胆！（上，口鼓）高礼睿、甘斯乐，你们把陈镇台绑上烟筒，分明有心挑衅。若要两国和睦，首先撤退兵舰，立即下令放人。

高礼睿
甘斯乐 你是谁？

李钟珏 遂溪知县李钟珏。

高礼睿
甘斯乐 （意料不到地）李钟珏？

苏元春 （口鼓）李知县，议界及陈镇台之事，不容你过问，快些回衙办事，休要在此开罪法国使臣。

李钟珏 （口鼓）苏大人，你既然秉承王命而来，就不该任法人把大清国体侮辱殆尽。陈镇台纵然是犯了弥天大罪，也只应拿回朝廷处审，不应将他交与法人。

苏元春 （口鼓）李钟珏，你竟敢教训本钦差，可谓胆大得很！

李钟珏 （口鼓）你既然身为钦差，这一次到来，乘的却是法国兵舰。到来海头以后，住在法营，食在法营，办公事也在法营。今日眼看陈镇台受辱，你又完全不理。试问这等做法，与法国官员何异？这等做法，又算得什么钦差大臣！

苏元春 你，你……（气结而坐）

高礼睿 （口鼓）李钟珏，你要我军放人，这个容易得很，只要知县先生你答允，做陈镇台的替身。

李钟珏 （三字经）你阴谋，虽毒狠，

吓不倒，中国人。

（滚花） 若不释放镇台，
立即撤退兵舰，
休想离开赤坎！

甘斯乐 （滚花） 恐吓、侮辱大国使臣，
苏将军，
你要立即将他参官查问。

李钟珏 （滚花） 本官不怕参官查问，
犹之乎中华百姓，不怕贵国之开花大炮。
休来恐吓李某人！

高礼睿 （滚花） 用不着参他的官，
待我来将他教训。（对外）
龙基先生。

李钟珏 （三搭箭）哈哈……

高礼睿 副官先生。

李钟珏 哈哈哈……

高礼睿 卫兵！（均没应声，大为诧异）

李钟珏 哈哈……高礼睿将军，待我替你召人来吧！（对外招手）耀邦、拿海快把龙基带上。

[陈耀邦、张拿海押龙基上。

高礼睿 （见状惊慌地唱沉花）
哎哟哟，上帝保佑你忠实奴仆，
不要受辱于中国人。

甘斯乐 （滚花） 你们囚禁大法国使臣，
小心我国兴兵雪恨。

陈耀邦 （快中板）不识什么法国使臣，

张拿海 （接唱） 只知报仇和雪恨。

陈耀邦 （接唱） 熊熊烈火已焚心，

张拿海
陈耀邦 （滚花） 哗啦啦，凭这钢刀来泄愤！

［张拿海等举刀欲杀，李钟珏拦阻。

李钟珏 （减字芙蓉）

若不撤退兵舰，

怕你寸步难行；

若不释放镇台，

怕你难逃劫运。

甘斯乐 苏将军！

（滚花） 我们身上损失一根毛，

你要负起全部责任！

苏元春 （口鼓）李知县，你纵容刁民，破坏邦交，私斩官绅，我仍未将你拿问。今日竟敢带领刁民，执刀闯进行台，威胁法国大使，还想行刺钦差大臣吗？

李钟珏 这个……

张拿海 （快中板）说什么行刺钦差大臣，

陈耀邦 （接唱） 引狼入室良心丧尽，

张拿海 （接唱） 狼狈为奸害黎民。

陈耀邦 （滚花） 先杀尽法国豺狼，

为乡民报仇雪恨！（与拿海又欲刺杀）

李钟珏 （口鼓）苏大人，你若包庇法人，乡民更加愤恨。倘若弄成事变，恕我劝阻无能。

苏元春 （滚花） 哎哟哟，哎哟哟，

进退两难怎么办？

钦差受辱羞煞人。

尊声高礼睿将军，

事到如今且应允。

高礼睿 龙基！

（滚花） 去，去，去，去把兵舰撤退，

快，快，快，快些传令放人。

李钟珏 且慢！耀邦、拿海，你们与龙基一同前去，还须一道回来。

[陈耀邦、张拿海押龙基下。

甘斯乐 （口鼓）李知县，今天你对我们的盛情，我们永远记在心坎。

李钟珏 （口鼓）岂敢！岂敢！如蒙不弃，本官以后还想请教两位先生。

苏元春 （口鼓）李知县，你真不愧父母之官，教得属下子民如此守己安分！

李钟珏 （口鼓）卑职只求问心无愧，何计及斧钺临身！

[陈耀邦、张拿海押龙基上。

陈耀邦 启禀大人，陈镇台已回衙养伤，法国兵船也已退出赤坎海面。

李钟珏 两位先生，你们可以回去了。

张拿海 且慢！不能放虎归山，我们要报仇！

李钟珏 两国相争，不斩来使，让他们回去吧！

甘斯乐 我国兵船已退，卫兵被擒，叫我们怎样回去呢？

李钟珏 我国向来宽宏大量，已准备轿一乘、马一匹，送两位先生。

龙　基 李知县，那，那么我呢？

李钟珏 你嘛？你只配在两位先生的轿前马后，徒步而行。

[龙基气极。

[幕落。

第七场　鏖　战

[1899年11月16日（光绪二十五年十月十四日）入夜。

[遂溪县黄略村前，团练总局附近。

[幕启，枪炮声、喊杀声大作。

[李钟珏、王瑞兰、吴凤英上。

李钟珏 （唱快二流）

只见那义旗招展，

头层案尘土飞扬。

王瑞兰 （接唱）众义勇越战越强，

看他们何等勇悍。

吴凤英 （接唱） 骤然间阵脚大乱，

莫不是攻来了法国豺狼？

李钟珏 （接唱） 义勇们浴血疆场，

待我们亲临城上。

［乡民甲扶张拿海上。

吴凤英 （口鼓）啊，拿海，你，你怎会伤了臂膀啊？

张拿海 （口鼓）我与法寇搏斗，不幸中弹负伤。可恨团总吴绢堂畏敌逃亡，致使法寇乘虚攻上。

李钟珏 什么？吴缉堂畏敌逃亡？

乡民甲 （口鼓）这是他在匆忙之中丢下的宝剑。

张拿海 （口鼓）听说他逃往廉江。

李钟珏 （口鼓）王勇，速与我命人追捕吴缉堂回来，若他拒不回来，把吴辑堂人头带上。

乡民甲 领命！（下）

探　子 （上）大人！不好！法军攻陷头层案！

李钟珏 （口鼓）立即点燃烽火台，调集各营前来援救黄略乡。

探　子 领命。（下）

张拿海 （同时）随我来坚守二层案。（欲下）

李钟珏 且慢。

（滚花） 你浴血苦战受伤创，

且先疗养在营房。

吴凤英 （接唱） 我代你执刀上战场。

王瑞兰 （接唱） 你且宽心疗伤候胜仗。

［烽火台发出求救讯号，烽火映红半边天。

张拿海 （接唱） 马革裹尸何足惜，

杀罢法寇再疗伤。

当前大敌已临门，

我要死守二层案。

随我来！（下）

[吴凤英、王瑞兰随下。

[李钟珏欲下，探子上。

探　子　大人，不好，探得苏元春，曾派熊全萼命令各营官，各营守各营，不得离开本乡，因此无人前来援救。

李钟珏　什么？苏元春曾派熊全萼，命令各营守备营，不得离开本乡？

侍　卫　（上）启禀大人，小的奉命往见何参将，他言道已奉苏元春之命，坚守廉江县城，因此不能派兵前来。

李钟珏　我把你这个苏元春，你这个卖国贼！你千方百计，想让法寇攻陷黄略，我看不是这般容易！

（快中板）传令百姓都上战场，

誓死坚守二层案，

不让法寇进我村庄。

（滚花）　战至一兵一卒，

也要寸土不让。

侍　卫　领命。大人有命，全营义勇，全村百姓，死守二层案。

陈耀邦　（内白）且慢！（上，口鼓）大人，你刚才传令死守，依耀邦之见，还是撤退为上。

李钟珏　（口鼓）撤退？国土岂能让外寇，誓与黄略共存亡。

陈耀邦　（口鼓）目前我弱敌强，不能冒险蛮干。应速撤退老弱妇孺，由我率领青壮义勇，继续坚守，与法寇奋战一场。另外请大人亲往各营调集义勇，分兵包围法军，打一场里应外合的胜仗。

李钟珏　（口鼓）各营营官已遵苏元春之命，恐怕难调救兵，只能独力抗虎狼。

陈耀邦　（口鼓）常言“不怕官，最怕管”，大人若能亲自前往调救兵，各营营官未必敢违抗。

李钟珏　（口鼓）如此说，催调救兵还有望？“里应外合”尚可挽危亡？

[熊全萼骑马与清兵甲、乙自李钟珏来路上。

熊全萼　大令下。

李钟珏 何令？

熊全萼 钦差大臣苏元春令：“查遂溪知县李钟珏，纵容刁民，私斩官绅，破坏邦交，有负朝廷信任。今蒙朝廷准奏，参去李钟珏官职，令其刻日回京议处，并此谕示各营，切切此令。”

陈耀邦 （滚花） 敌寇临门复下参官令，
分明资敌迫我降。
家仇国恨恨填膺，
难抑怒火三千丈。（按刀上前怒视熊全萼）

李钟珏 陈哨长，参官革职，已在意料之中，你勿为我一人而受株连。

熊全萼 立即执行君命，随我回京议处！

李钟珏 熊同僚！

熊全萼 违抗君命，九族当诛！

李钟珏 （滚花） 此刻若然受命去，
定教义勇心彷徨。
若然逆命九族受株连，
正是君命皇皇难违抗！（拉腔顿足）

陈耀邦 （接唱） 此刻大人撒手去，
军心动乱你怎心安？
敌寇不灭恨悠长，
国土沦亡你怎忍看？

李钟珏 这个……
（快中板）但求殉国在边防，
何虑九族蒙冤枉，
何虑尸首两分张！
（滚花） 抛纱帽，弃官袍——（抛与熊全萼）
烦你见了国贼元春代我讲——

熊全萼 不能如此交卸，还须回京议处。

李钟珏 （煞板） 你就说钟珏逆命，
他已经战死沙场！

熊全萼 啊!

陈耀邦 (滚花) 大人他丹心碧血热人肠,

俺这里挥刀解恨惩奸党。(举刀)

[熊全萼及清兵吓得跑下。

李钟珏 (清歌) 守土忠臣招罪状,

卖国权奸踞朝堂。

朝廷昏暗无天日,

常使英雄心胆寒。

陈耀邦 (口鼓)大人快些把路赶,速调救兵解危亡!

李钟珏 (血泪花)若然像往常,

调兵尚有望。

如今参官众皆知,

无权调兵保家乡。

说什么独力难抵抗,

拼却热血洒乡邦。

陈耀邦 (长句二黄)

你为民弃官民敬仰,

民心可战志不降。

纵然营官不肯发兵将,

难阻义勇奔战场。

(合尺花)机不可失事燃眉,

赢得时间赢胜仗。

李钟珏 赢得时间赢胜仗?

探 子 (上)大人!不好了,二层案危在顷刻。

李钟珏 二层案危在顷刻?再探!

探 子 领命。(下)

陈耀邦 (焦急,口鼓)大人诚恐调兵难,我叫拿海携吾令箭随你往。弟兄若见我令箭,定然驰救黄略乡。

李钟珏　（口鼓）凭你令箭，定可调兵？……我明白你了，好耀邦，好哨长！……既然如此，何不由你前往调救兵，留我抵御法寇保护村庄？

陈耀邦　（口鼓）令箭可调救兵，大人又素孚众望。大人前去，一来援兵众多，二来三军有主，那时里应外合，一举可歼法国狼。

李钟珏　（激动地，口鼓）好哨长，好耀邦！我知你爱我钟珏，才会争往死里闯。我亦知孤军陷敌难免受伤亡，教钟珏怎忍英雄侠骨泉下葬！誓与你一同赴难共生死，让拿海单骑求援复国疆。

陈耀邦　（豪爽地）哈哈……大人！

（秋水龙吟）

英雄之血不会流冤枉，
只要乡民免遭屠杀，
赢得时间引敌入罗网，
取得救兵困敌黄略乡，
一举灭寇万众志昂扬，
纵然伤亡换来国土重光，
何况死里还有求生望。

（反线中板）

好大人！
勿念耀邦放心去，
归来与你祝捷举金觞。
陈耀邦，
还要收拾旧山河，
把那妖魔全扫荡！
陈耀邦，
还要与民兴国运，
目睹国富与民强！

（滚花）　我虽入死犹念生，
大人重我当即请兵往。

[炮声中，一群老弱妇孺上。吴凤英、王瑞兰、张拿海等随上。

张拿海 拿海罪该万死，被法军攻陷二层案。

[全场呆立顷刻。

李钟珏 （哭尸） 恨国贼勾引豺狼，
恨圣上苟安忍让，
方弄到被法贼侵入村乡，
怎忍受，那尸横遍地？
怎忍睹，血染此乡邦！
我誓要沥血请兵火速上战场。
陈耀邦，陈哨长！
李钟珏今天，
感谢你赤胆忠肝！

陈耀邦 大人！

[炮声更烈。陈耀邦站上高处眺望。

陈耀邦 众乡亲，现在情势危急，王勇、周青，傅令义勇，分头坚守。拿海带我令箭，护送大人到各营，调集弟兄围歼法兵。瑞兰、凤英带领老弱妇孺，立即撤离家乡！

众　人 撤离家乡？……我等誓与乡土共存亡！

张拿海 应该留我殿后——

陈耀邦 箭令不得违抗！

[炮声中，探子负伤上。

探　子 法军已离村头不远！

陈耀邦 （焦急）撤退，撤退，撤退！

众　人 （互相叫头白）乡亲保重！（除殿后者外，其余洒泪下）

王瑞兰 （止步）耀邦！……

陈耀邦 瑞兰……听我说，快些带领乡亲撤退，好好保护老弱妇孺……

王瑞兰 明天是孩子的生日，你，你要保重啊！（忍泪下）

[炮声更密集。

陈耀邦 众弟兄，法军迫近门前，乡亲未离村上，要靠我们殿后，唯是我弱敌强，若然陈上难抵抗——

众义勇 （英雄白）村头死守抗虎狼！

陈耀邦 （英雄白）若然守村也难挡？

众义勇 （英雄白）街头巷尾战一场！

陈耀邦 （英雄白）若然巷战也难挡？

众义勇 （英雄白）短兵相接拼刀枪！

陈耀邦 （英雄白）若然肉搏也难挡？

众义勇 （英雄白）宁死不屈，誓死不降！

[敌人炮弹在村头附近爆炸，陈耀邦等急忙布阵，向敌人开炮还击。有顷，法方冲锋声顿止。

陈耀邦 哈哈哈！

（快中板）开山大炮威力强，

法寇障前被扫荡。

[法军冲上，开打。部分义勇与敌扭打下。

部分义勇与敌同归于尽。

[陈耀邦中弹晕厥。

[法军副官引另一批法兵追过场。

[龙基、局丁甲、法兵上，发现正苏醒过来的陈耀邦。

龙　基 绑！

[法兵捆绑陈耀邦。

龙　基 陈耀邦，想不到我们又在这里相见。我知土人对你非常敬仰，假如你答应出面维持这个地方，保障我们和平享用租借地，那么，我便释放你。

陈耀邦 哈哈哈！

（快中板）我空拳赤手站在你身旁，

受伤被擒难反抗，

还来求我保护你平安。

（滚花）　看来好像是你劝我降，

其实是你向我来求降。

你若然还霸占中华国疆，

你休想平安无恙。

副　官　（上）报告，土人退入巷中顽抗，一时难于攻下。

龙　基　与我拼刺刀！

副　官　是，拼刺刀！（下）

陈耀邦　哈哈哈！

龙　基　（口鼓）陈耀邦，你如果向土人下令停止巷战，我可以举荐你做赤坎公局长。

陈耀邦　（口鼓）宁死不屈，誓死不降！

龙　基　（口鼓）人来，把他绑在旗杆上。

[法兵欲动手。

陈耀邦　滚开！（毅然踏上台阶）

龙　基　（口鼓）你如不立即下令停止巷战，我便马上开枪。

副　官　（上）报告，土人凶悍，肉搏不能取胜，街头陈地，仍未攻下。

龙　基　你不知道，攻不下黄略，界址就要退到赤坎桥吗？与我硬拼！

副　官　是，硬拼！（下）

龙　基　陈耀邦，再过一分钟，你不下令停战，我便开枪了！

陈耀邦　（水仙子）决不低首投降，

来吧，任你开枪！

来吧，任你开枪！

睁开你眼睛，

看一看真正的中国人是怎么样！

[枪声、喊杀声大作。

副　官　（上）报告，各路团练，齐集反攻，势不可当！

龙　基　混账东西，马上随我把陈地抢回来！（慌忙中向陈耀邦开了一枪，引众法兵下）

[枪声、喊杀声越来越近。

[陈耀邦苏醒过来，挣脱绳子。

[龙基逃上，被陈耀邦踢去手枪。两人开打，龙基负伤逃走。陈耀邦力尽晕厥。

[枪声、喊杀声。

[法兵逃过场。

[李钟珏、张拿海、王瑞兰、吴凤英、各义勇等高举各营营旗追杀上，发现陈耀邦，急忙将他救醒。

陈耀邦 啊，拿海、瑞兰，你们回来了！

张拿海 我们回来了！

李钟珏 陈哨长，黄略又重归中华国土了！

陈耀邦 （这时才发现李钟珏）啊，大人——（欲跪）

[李钟珏急忙扶起陈耀邦。

张拿海 师兄，神弓在此，拿海催救来迟，累及大哥了。

陈耀邦 （念） 正是一息尚存犹抵抗，

虽死犹生也荣光。

一把神弓交你来执掌，

愿继愚兄遗志再图强！

大人，众乡亲，有道寸土寸金，独惜我壮志未酬身先丧，但愿得赤坎桥畔作坟场，让我在天之灵，得见国运兴隆，国土重光……（死去）

张拿海 （同白）大哥！耀邦！

[王瑞兰跌地、绞纱、甩水发跪至耀邦尸旁，饮泣。

众　人 耀邦！师兄！大哥！

李钟珏 陈哨长，后人定必继你遗志，更不会忘记你的。

[李钟珏取义旗覆盖陈耀邦尸体，异常悲痛，欲跪下，张拿海扶起。

众　人 （合唱） 雷州英烈陈耀邦，

丹心碧血热人肠。

烈士灵前再盟誓，

宁断头颅卫国疆。

[灯光暗转，现野外。龙基、副官上，复逃下。张拿海等追法军上，开打，法军放下。众追下。

[暗转。

[落幕。

尾声　立　桥

[紧接上场。

[赤坎埠赤坎桥头。

[幕启，法军在冲杀声中越桥而逃。

[龙基负伤上。

龙　基　（滚花）　战败回营，

来到赤坎。

赤坎桥！赤坎桥！

租界范围成定局，

麻章、黄略属华人！

提督定必发雷霆，

龙基难免被监禁！

[内喊杀声连天。龙基慌忙越桥逃下。李钟珏、张拿海、王瑞兰、吴凤英及众义勇、众多民上。

众　人　（滚花）　追追追，

追过赤坎，

追过霞山，

追过海头，

追得他无地藏身！

赶赶赶，

把法寇赶出广州湾，

把河山重新整顿。（欲追下）

[内声："圣旨下！"苏元春、熊全萼领清兵上。

苏元春　圣旨下！

李钟珏　领旨。（跪下）

苏元春　（读旨）"据钦差广州湾勘界大臣苏元春电奏：查大清国在广州湾租与大法国

之界址，业经双方勘定，西南至赤坎桥为界，海头、赤坎属法，麻章、黄略属华，遂溪县团练理应解散。准予所奏。着令苏元春立即解散遂溪县团练，收缴枪支武器。切切此谕。”

[众鼓噪。

众　人　（三字经）我们要报仇，

我们要雪恨！

上缴武器，万万不能。

（滚花）　追追追，直捣法营，

报却国仇家恨！

[众人冲至桥头。苏元春、熊全萼领清兵急退。

李钟珏　众乡亲，朝廷原将黄略、麻章让与法人，是陈耀邦他们以血肉之躯，争回这三十余里国土。我等未亡之人，应要继承先烈们寸土必争之志，继续积聚力量，等待时机，誓要越过这一座赤坎桥，夺回中华一山一水、一草一木，以慰陈耀邦等在天之灵。

张拿海　对，众兄弟，从今以后，这一座赤坎桥，就改叫寸金桥！

众　人　寸金桥，寸金桥！好！

（唱）　寸土寸金，

寸土寸金！

一寸山河一寸金。

寸土必争，

寸土必争！

[落幕。

[剧终。

（剧本版本：湛江市艺术研究室提供）

红花岗

编撰：广州市三轮车工会第十分站粤剧组

改编：杨子静　范敏

人　物　表

张　胜　　人力车工人，广州工人赤卫军中队长，30 多岁

阿　金　　人力车工人，工人赤卫军队员

阿　根　　人力车工人，工人赤卫军队员

华　叔　　海员老工人，工人赤卫军联队长，45 岁

周　英　　地下党员，伪保安大队部秘书，20 多岁

张大嫂　　张胜妻，近 30 岁

张　母　　张胜母亲，60 多岁

尤大姐　　革命烈士家属，工人赤卫军队员，45 岁

黄　雄　　起义人员，伪保安大队小队长

李　万　　起义人员，伪保安大队小队长

张　斌　　张胜之子

马　弁

工人赤卫军战士、群　众、少先队员

特　务、伪侦缉、伪警兵、伪保安大队大队长

伪军官、伪保安队士兵、伪保安大队新任大队长

国民党省党部方委员

第一场

[1927 年 12 月 10 日，午后。

[广州小北马路口，近越秀山脚。

[音乐声中幕启。

[北风呼呼，天阴微雨，景象萧条。一架下了篷的手车（即人力车）停在路边，坐处挂上油布。

[水底鱼。一群特务恶狠狠地押群众过场，充满着白色恐怖。

[云云锣鼓。张胜头戴竹帽，身披油布，蹲在手车旁，时而站立张望，心中焦急愤怒。

张　胜　（唱中板）骂一声蒋介石心肠毒狠，
霎时间遍中国满布乌云。
张发奎来广州破坏我们工运，
封工会，阴谋毒辣残杀人民。
激起了众工人心头愤恨，
党领导工人群众一起斗争。
组织起赤卫军人心振奋，（转滚花）
且等待时机到杀绝那敌人。

[云云。手车工人阿根、阿金挟着车垫，披着油布上。

阿　金　胜哥，你还未收工？

张　胜　（细声地）我另有任务。

阿　根　（四顾无人）胜哥，近日那班家伙好紧张，铁甲车成日出动。随时随地戒严，看来我们不能再等待了。

阿　金　胜哥，究竟组织有没有内定起义日期呢？

张　胜　日期，我看今晚开会便会决定，你们接到通知没有？

阿　根
阿　金　收到通知了。

张　胜　你们早些吃饭，预备去开会吧。

[阿根、阿金点头忙下。

[大云云，华叔披雨衣上。

华　叔　张胜！

张　胜　华叔！任务如何？

华　叔　（唱长句滚花）

当前任务，是运“寿桃”。

张　胜　又得到手榴弹！

华　叔　（接唱）　一会儿有位姑娘来到，装束时髦，

她手挽皮箱，你便上前通暗号，

她叫车去西濠口，还价二毫。

这个就是自己人，她还说要经过南关戏院，（续唱）

你便将皮箱放入车中，外遮油布，

立即运回家里，路上注意奸徒。

倘发觉有人跟踪，你便多转几条马路。

张　胜　（唱滚花）定当小心接运这一箱“寿桃”。

不是我张胜自夸，必定完成任务。

华　叔　我相信你定能完成任务，我先走了。

张　胜　华叔呀，我们天天做准备工作，究竟何时起义呢？方才有同志心急问我，希望你讲给我知道。

华　叔　张胜，有个秘密消息告诉你，张太雷同志到了广州，已有一个多月，正在策划起义事情，日期快要决定。你们等待上级命令，千万不要焦急。记住记住，今晚再见。（下）

张　胜　（唱长句滚花）

动刀枪，敲战鼓，

明日红旗到处齐飞舞，

广州城内一片胜利欢呼。

掇起心肝，迎接当前任务。

［云云锣鼓，张胜四处张望，仍不见人，复蹲在车旁等候。

［云云，周英手挽皮箱上，盯着张胜的车号。

周　英　车仔呀！

张　胜　（端详周英一会）姑娘，往哪里去？

周　英　去西濠口。多少钱？

张　胜　四毫子。

周　英　二毫子去吗?

张　胜　四毫子。

周　英　好，四毫就四毫，我要经过南关戏院。

[张胜四望无人，急接过皮箱，拉开油布，放进车内。

[周英急从原路下。

[张胜拉车起行，远远听得行刑的号声。

张　胜　（愤怒）哼！反动派又拉人去打靶，我们工人群众千千万万，看你杀不杀得完！

[张胜正要拉车走，伪侦缉从后走上。

侦　缉　（喝住）车！

张　胜　（被迫停步）先生，我要收工了，请坐别一部车子。（欲行，被拉住）

侦　缉　（念白榄）老爷要坐车，谁敢说不拉，
可知我是什么人，
难道你不想捞世界！

张　胜　（接念）　拉不拉，我有自由权。

侦　缉　（接念）　呀，你个胆真大。
哼！看你这情形，一定有古怪。
我要检查你部车！

张　胜　（接念）　我并无藏私和夹带。
你是什么人，敢来耍无赖?

侦　缉　（接念）　我是侦缉老爷，
快把你眼睛睁大！
停下！

[张胜惶急，用力拉车欲走，伪侦缉拖住不放，正要掀开油布。

[周英暗中关注张胜，见状，情急智生，忙上前拖开伪侦缉，张胜乘机拉车跑下。

侦　缉　周秘书，有什么新情况呀?

周　英　（唱三脚凳）

刚才接到密令，探听得新的敌情。

共产党活动甚紧张，有偷运军火行径。

外勤要加倍注意，随时报告情形。（转滚花）

大队长命我紧急通知……

侦　缉　（接唱）　哦，早已传达过一番，何必又重复这密令？

周　英　（口鼓）大队长已传达过，如今再作通知，正说明了情报的重要性。好啦，不妨碍你执行任务，我还有别样事情。（一笑而下）

侦　缉　又传达，又通知，真是大惊小怪！（回头不见张胜的车子）糟糕！畀那衰仔走了。方才那部车子确有嫌疑，可惜未曾一搜。（忽然想起）啊，记得他的车牌是"三〇〇一"。（有把握地，唱滚花）自古道"捉猪问递脚"，追寻线索便可查明。（得意地下）

[幕落。

第二场

[同日下午六时左右。

[张胜的家，贫民窟。

张大嫂　（内唱倒板）

穷人受贱！

[幕启。张大嫂背着婴儿，忧郁地哄着。出门张望，复入，叹气。

张大嫂　（唱长句二黄）

真是穷富隔重天，世道几时得改变？

捱尽那咸酸苦辣，顾不了柴米油盐。

难怪手作穷人，不断罢工和请愿，

但听到枪声号响，我又不禁心似油煎。（转二黄滚花）

眼前乌天黑地乱糟糟，好景难得见。

[儿啼，忙解下。

[暗奏哭相思。张母挟破衣一件，颓丧地上，入门。

张　母　（唱相思尾腔）

家嫂，又是空行一遍。（念白榄）

当铺佬，心肠劣，

九出十三归，榨尽穷人血，

剩得件土布衫，当两毫子，

他还怕将本蚀。

唉！你说世界几艰难，

正是“米贵兼闰月”，

穷人定命绝。

张大嫂　奶奶，（唱滚花）

苦尽甘来终有日，拨开云雾见青天。

望胜哥拉得三几头车，籴米买柴就有钱。

张　母　（接唱）阿胜近来忘饥失食，成日奔波在外边。

如今还未见收工，时钟已敲过六点。

张大嫂　奶奶，还有米碎半筒，你煮粥吃吧，我等胜哥回来再算。

张　母　我饿一两餐不要紧，你一个人吃两个人饱，先要顾住个孙。

张大嫂　天寒地冻，你老人家先吃吧。

张　母　还是喂孙儿要紧！

[尤大姐上，入门。

尤大姐　大妈，大嫂！

张　母　啊，尤大姐！近日不见你来，我两婆媳挂着你呀。

尤大姐　大妈，我近来找到散工做啦！

张　母　恭喜你了，做什么散工呀？

尤大姐　我去做亲家郎（即运嫁妆、担仪仗的力夫），同人担伞灯、抬亭，不过是餐粥餐饭。

张大嫂　唉！现在博得餐粥餐饭，就算走运了，尤大姐。

尤大姐 吞口水养命罢了！（四顾）张大哥还未收工吗？

张　母 如今他都无时无候。（悄问）尤大姐，听说外边日日还是……（作反绑被害状）

尤大姐 （点头）唉！不要提了。（唱长句滚花）

穷人命，苦黄连，

既是出头拼死，怕他杀也杀不完，

今日眼见街头又拉一串，

有些临死，一路上唱歌宣传。

张　母 啧啧！……

张大嫂 （接唱）迫到无路可行，难怪穷人要把天翻转。

张　母 哎呀！话不要乱讲呀。（自语地，接唱）

我真担心阿胜——

唉！正是“养儿一百岁，长忧九十年”。

家嫂呀，宁可怨命挨穷，勒实裤头就算。

尤大姐 啊！张大嫂，你们吃过晚饭没有？

张大嫂 阿胜哥他还未……

尤大姐 啊！（从袋里摸出几毫子）大妈，我今日赚到几毫子，大嫂你拈去籴米吧。

张大嫂 （想想，摇头，唱十月怀胎）

我实在不敢拈，你这穷人辛苦钱，

你是个寡妇，怎好要你关顾，

多谢你时时好心一片。

尤大姐 （唱快滚花）

唏！甘苦同当穷义气，二三毫子算什么钱。

彼此自己人，客气就反为不赏脸。

张　母 （口鼓）既然尤大姐一片好心，就算暂时借转。等一会阿胜回来还给你……

尤大姐 （口鼓）无所谓还不还哪，大嫂，快籴米回来顾眼前。（抱过婴儿）

张　母 我生火，家嫂你去吧！

[张母与尤大姐入厨，下。

[张大嫂出门，伪侦缉便衣上，打个照面，大嫂临下场时，见有人在门外张望，怀疑，下。

[伪侦缉暗示找对了门路，敲门。

[张母上，开门。

侦　缉　借问一声，张胜在家吗？

张　母　阿胜未收工，你找他有什么事？

侦　缉　……没什么，大家工友，想来问问开会的事情。

张　母　开会，开什么会？

侦　缉　罢工呀，游行呀，请愿呀……打倒国民党那些会呀！

张　母　我阿胜没有这些事。先生你贵姓，你有什么话留下呢？

侦　缉　我，我过几天再来找他，我走啦，伯母。

[张母喃喃自语，入厨。伪侦缉在后暗骂。

侦　缉　哼！这个老虔婆，口风真密实，好，先回大队部报告，谅你张胜飞不上天！（下）

[冲头，张胜托皮箱急上，入门，把皮箱隐藏好，尤大姐持灯上。

尤大姐　啊！张大哥你回来了。

张　胜　是呀，尤大姐你来了。

尤大姐　唉！齐黑才收工，难为大妈挂你。

张　胜　我阿妈呢？

尤大姐　大妈在厨房，大嫂去籴米。

张　胜　（想起袋中大洋）啊，尤大姐，你来得正好。（交银元）

尤大姐　两个大洋！做什么的？

张　胜　（唱减字芙蓉）

自从南哥被害身亡，你就时时挨苦困。

南哥生前的好友，个个对你好关心。

托我问候你一声，托我送来两枚大银。

此后你少担忧虑，工会就即是亲人。

尤大姐　（接银元感触，唱沉腔滚花）

酸一阵来甜一阵，不禁泪落纷纷。

张　胜　尤大姐，天不会永远黑下去的。

尤大姐　想起炳南，我……

张　胜　阿南哥在“四・一五”，被白匪屠杀，我们工人兄弟是永远记住的！

尤大姐　我也是永远记住的！（念）

　　我要做朵火，点着大红灯，

　　黑暗都消尽，光明永照临！

张　胜　好呀！“我要做朵火，点着大红灯，黑暗都消尽，光明永照临！”尤大姐，这几句话，你在哪里听来的？

尤大姐　这四句话，是炳南生前常常对我讲的。炳南一世人只照过一次相，他拿回来就把这四句话题上去。（掏出照片）你看！

张　胜　（对照片轻叫）炳南哥！

尤大姐　你看他！（唱中板）

　　他双眼怒睁睁，

　　似有十冤九仇，对着那敌人痛恨。

　　你看他拳头抓紧，

　　要打个天溶地烂，救出我苦难穷人。（转七字清）

　　今日我伤心，非为再难亲近。

　　只恨国民党，偏要害好人。

　　日里思量心中火滚，

　　夜里思量满眼泪痕。

　　何日得消仇与恨，除黑暗！

　　好叫炳南瞑目泉下喜笑吟吟，

　　我可以告慰亡魂。

[音乐，两人沉痛无言。

张　胜　尤大姐，炳南哥的仇恨也就是大家的仇恨，血债迟早是要用血还的！

尤大姐　几时才见得到呢？

张　胜　有些事情就好像鸡蛋孵鸡仔，什么时候脱壳，你和我都不会知道的，只要我们千千万万穷人都起来奋斗，报仇的日子就会来得更快！

尤大姐　张大哥，我想跟你们一起，有什么工作就交给我做吧！

张　胜　你……

尤大姐　你不要以为我是个女人，我有气有力，你叫我做什么，我就做什么。

张　胜　唔，我看你十足似炳南生前一样！

尤大姐　哦，你答应我了！

［张母从厨房出来，张胜忙把话岔开。

张　胜　钱，你先收起来吧。

张　母　阿胜，你回来了。——尤大姐，钱，你收回去吧，阿胜穷是穷，素来桥还桥，路还路。

尤大姐　（解释）大妈，这不是……（见张胜眼色，住口）

张　胜　啊，阿妈，——你最喜欢吃的柿饼。（边说边掏出柿饼一小包）

张　母　唉！又为我使钱做什么呢？留给阿斌戒奶炖饭吃吧。

张　胜　阿妈，你老人家有就吃吧，你忧阿斌没得吃？将来好世界！

尤大姐　是呀，将来好世界哪！大妈。

张　母　是……不过……（亲切吐心事）唉，阿胜呀！（唱三脚凳）

怪不得人家说，老来不死累亲人。
累你拉车搏两餐，时时挨那巡警棍。
冬天又熬更抵夜，夏天又日晒雨淋。（暗揩泪）
如今世界只有强权，真是想忍都难忍。
阿妈怕你无端惹祸，今日坏人偏会害好人。（转唱滚花）
得食不肥安乐肥，但得心宽，阿妈宁愿手紧。

张　胜　（接唱）阿妈你何须多虑，我总会带眼识人。

尤大姐　大妈！（接唱）

胜哥为人有见识，做事有分寸。

张　母　我亦知道。不过，做老母总是担心的。啊！方才又有人找你呀。

张　胜　找我？

张　母　还问长问短，问得我一头雾水。

张　胜　他叫什么名字？

张　母　问他，他又不讲。

张　胜　（力持镇静，慰母）哦，我知道了。妈，你煮饭吧。

张　母　（自语）煮饭？米还在米铺！（摇头入厨）

［张胜考虑应急，连忙取出皮箱要走，转念，放下。尤大姐惊异。

尤大姐　张大哥，你……

张　胜　尤大姐，我想你帮我做点事。

尤大姐　什么事呢？

张　胜　把这个皮箱拿到你家中藏好。

尤大姐　里面是——

张　胜　送给汪精卫的礼物！

尤大姐　（想想，恍然）哦！我明白了。（提箱就走）

张　胜　（指她走后门）要谨慎！

尤大姐　你放心。（急向后门下）

张　胜　（稍宽心，唱滚花）

一箱手榴弹，犹如我命根。

赤卫军，今晚要光复广州齐上阵。

［冲头，华叔上，张胜迎上。

张　胜　啊！华叔！

华　叔　那一箱“寿桃”怎样？

张　胜　你放心，转移好了，在尤大姐家，因为方才有个可疑的人来找我。

华　叔　你要小心提防。你那里情况怎样？

张　胜　工人情绪非常高涨，大家都想知道几时起义。

华　叔　总指挥部张太雷同志命令：决定今晚十二点钟起义，这次起义，先由叶剑英同志率领教导团发难，但听三声炮响，全面响应。我们海员工人和手车工人编成第一联队攻打保安大队，你要准备行动，今晚见。（下）

［冲头，伪保安小队长黄雄、李万走上。

黄　雄　（口鼓）张大哥，方才我在队部得知，不久便派人到来捉你。风头火势，你要暂避为宜。

张　胜　派人捉我？（激愤地）

李　万　事情紧迫，请你立即躲避。

张　胜　好，我有办法。

黄　雄　你要马上离开，我们先走了。

[冲头，伪侦缉率领四警兵上，黄、李正欲出门，一见警兵，缩回，急由后门走出，张胜要走已来不及；被伪侦缉拔枪指住。

侦　缉　不要动！举手，你便是张胜吗？锁！

[警兵上前，给张胜喝退。

张　胜　我犯了什么罪？

[张大嫂拿着一纸袋米和一些咸鱼、青菜上，见状扑向张胜。

侦　缉　你犯了什么罪，你自己知道。哼！三〇〇一号，我找你够找得辛苦了。（令警兵）搜！

[警兵分头搜索下，复上，推出张母。

警　兵　报告，搜不到。

侦　缉　张胜！一箱手榴弹放在哪里？（见张胜不应）哼！带返大队部！

[警兵给张胜上手镣。

张　母　（狂怒）你拉我的儿子，我要跟你拼命！

[张母上前扯住不放，被推倒，张大嫂急扶起。

张　胜　妈，你不必担心，我天亮就回来啦！

[幕急落。

第三场

[紧接前场，夜。

[广州伪保安大队部楼上，大队长办公室。

[幕启。周英挟雨伞上，略带紧张，解围巾，放伞，到桌前翻阅公文。

[伪侦缉内场喊“报告”，周英应“进来”。伪侦缉上。

侦　缉　周秘书，大队长在家吗？

周　英　还未回来，有什么事？

侦　缉　（念白榄）手榴弹一案，找到了苗头！

捉到人犯押回来，难为我奔走。

周　英　（接念）　捉到哪一个？

侦　缉　此人大有来头。（唱送情郎）

这犯人，叫张胜，是手车工会的共产党徒。

平日搞风搞雨十分可恶，

全靠我精明将他缉捕。

周　英　（接唱）　你曾否掌握实据真凭？

他曾否把真情一一吐露？

侦　缉　他不肯招认，我亦未落盐醋。少时重刑拷问，还怕他含糊。

周　英　哦，恭喜你升官发财咯！不过，既是重犯，暂时不要将他难为……

侦　缉　当然！我当他是衣食父母。

周　英　大队长回来，我会报告你的大大功劳。

侦　缉　好，我在下面等。敬礼！（得意地下）

[快西皮板面。周英紧张焦急着。

周　英　手车工会，张胜？莫非就是……（唱快西皮）

为同志，暗担忧，

他今时落敌手，要营谋来解救。

面对紧急关头，必须善为战斗。

[快过门，大队长满肚疑难，怀惭带怒地冲上，颓坐沙发上，喘气。

周　英　（接唱）　眼见大队长，他带羞带恼，

所为何由，教我猜疑不透。

[快过门，周英取公文一叠，上前。

周　英　大队长，好多公事呀。

大队长　（丧气摆手，不顾）不看，不看！

周　英　大队长，好多电话打来呀。

大队长 不听，不听！

周　英 大队长，方才刘侦缉报告，抓到一个犯人。

大队长 不管不管！

周　英 到底为的什么呀，大队长？

大队长 唉，还大队长，大队长，冇得捞啦！

周　英 呀！

大队长 撤差啦！

周　英 撤差？

大队长 （有气无力地）差不多。

周　英 （接唱）　大队长，你的后台有势力，

撤差所为何由？

大队长 （唱爽中板）

只为我负责保安，

却不料近来难保自己的老虎窦。

公安局的军械库，

近日点查军械，发觉不少被人偷。

失去步枪，失去“七九”，

失去手榴弹，好似公案无头。（转七字清）

朱局长方才穷追究。

无言可对，骂得我狗血淋头。

周　英 大队长！（唱滚花）

失军火错处，岂能要你一人担受。

大队长 唉！这叫作“斧头打凿凿打木”——张发奎司令骂朱晖日局长，朱晖日局长就骂我，这叫作层层节制，级级服从！

周　英 哦！怕什么，到底是官官相卫。

大队长 不过也难讲，有时连左手也信不过右手。

（悄告）你知道吗？连我们的教导团都靠不住，日内就要解散了……

[电话铃响。周英接听后告诉大队长，大队长不愿听。

周　英　是朱局长找你！

大队长　（慌忙接听）是——哦——唔——呀！（暗向周英）喂，我们抓到个重犯吗？

周　英　方才不是告诉你了。

大队长　（忙对电话讲）是，抓到一个重犯。（又问周英）是叫张胜吗？（见周英点头）是，张胜。——吓，审问过没有？（见周英摇头，急得搔首，扯谎）呃……我正在审问，审问。——重要，重要。——是，是。一定要水落石出，一定要水落石出……（放下听筒，对周英得意地）得啦！抓到人，破得案，说不定我就因祸得福。（高叫）刘侦缉！

[伪侦缉内应“有”，连忙奔上，敬礼。

大队长　快把张胜带上！

张　胜　（内唱快首板）

坚持战斗！

[雁儿落，两队兵推押张胜上，张胜倔强地挣脱，昂然屹立。

侦　缉　报告大队长，张胜带到。

大队长　（上前端详，冷笑）张胜！你是共产党员，共党活动情形，我早知通透。

张　胜　哦，看来大队长早已与共产党有交游。

大队长　混账！（唱滚花）

国共永难合作，你对共产党死心塌地为何由？

有饭食，有车拉，国民党对你恩高义厚。

闹风潮，搞工运，你偏要替人出头。

我问你，手榴弹一箱送往何方，谁交你手？

张　胜　手榴弹？哈哈哈！……（唱霸腔芙蓉中板）

真是令人好笑，又令人恼。

我日日接客拉车，七十二行都有。

皮箱行李时常载，怎知有无手榴弹，

你问得太没理由。（转滚花）

什么叫搞工运，闹风潮，

工人就一定是帮工友。

大队长 张胜！（唱恨填胸）

你今天已经失手，

想生想死早开口。（念白榄）

快洗心，快自首，

有官做，有厚酬。（接唱）

好趁顺水推舟。

张　胜 （笑，唱霸腔快中板）

张胜生来硬骨头，

厚禄高官全不受。

恩是恩来仇是仇。（转滚花）

我是马路上手车夫，结交的无非是穷朋友。

大队长 （冷笑）张胜！（接唱）

一切难逃我眼，

今日小北路上，早已暴露阴谋。

周　英 （忙上前，关目）张胜！（接唱）

莫当我们无实据真凭，性命随时在我手。（双关）

大队长 （狠狠握拳）对哪！

张　胜 嘿嘿！

大队长 （怒喝）笑什么？

张　胜 （蔑视地笑）嘿嘿！（口鼓）来到官厅你口大我口细，难同你斗。要辨是非，分道理，就请到十字街头。

大队长 （震怒）可恶！（唱快中板）

阳关大道你不投。

死到临头还驳口，

要命何须问理由。（转滚花）

毒刑侍候！

侦　缉 毒刑侍候！

周　英　张胜！（看看表）现在是十一时五十五分，容你五分钟考虑，一到十二时，我们就要动手。（双关）

大队长　留你五分钟性命，哼！一阵有戏你看！

张　胜　（笑）哈哈……

大队长　（怒吼）人来！

[黄雄、李万凶模恶样地急上，敬礼。

大队长　你们一天到晚哪里去了？

黄　雄　报告大队长，我们值班之后，到海珠戏院看戏。

大队长　（口鼓）饭桶！共产党的风声越来越紧张，还敢擅离职守。来，拉他进去打，问他要共产党还是要人头。

[黄雄、李万故意作威作福，雁儿落，推张胜下。

[动刑声，同时三声炮响，一片枪声，大队长惊疑，到小露台向下看。

[伪军官仓皇奔上。

伪军官　大队长不好！

大队长　什么事？

伪军官　教导团兵变，联合工人百姓围攻对面公安局，大队长定夺。

大队长　呀！教导团兵变？（惊慌失措）

侦　缉　大队长，马上集队，马上集队。

[大队长率侦缉、伪军官下。

[周英瞻前顾后，招出黄雄、李万引张胜上。张胜已释绑。

周　英　啊，张大哥！（握手）黄雄同志、李万同志，大队部的兄弟们都准备好了吗？

黄　雄
李　万　都布置好了。

张　胜　外面情况怎样？

[密集枪声。

周　英　你听，好消息！（唱快滚花）

依时武装起义，开始震动广州。

张　胜　（接唱）　我们策应乘机，立即参加战斗。

众　人　马上行动！

［周英取出红带，各人迅速系上。

［大队长急上，黄雄拔枪。

黄　雄　举手！

大队长　（大惊，强作镇静）我是大队长，你，你想造反吗？

周　英　住口！

［大队长突然要跳出露台，张胜、李万急拦，缴了手枪，并加捆绑。

周　英　听我命令：继续执行大队长任务，集合全体官兵！叫！快叫！

［大队长被威胁，站近露台，向外喊口令。

大队长　全体官兵集合！

［内场哨子声、人声。

周　英　叫搭枪架！

大队长　（叫口令）搭枪架！

周　英　叫退后二十步！

［内场人声哗噪。

周　英　快叫！

大队长　（无奈，再叫）向后转，向前二十步走。

周　英　（对黄雄、李万）快去发动兄弟们一起缴枪！

［内场人声哗噪，黄雄、李万急下。

［张胜接枪监视大队长。

周　英　（走出露台）各位兄弟！共产党领导我们起来革命，外面枪声就是教导团、警卫团和工人一同起义，我们的士兵都是穷人出身，快站到工人农民的旗帜下，为工农民主政府而斗争，不愿参加的可以自由回家，愿意参加革命的，快拿起武器来，配合赤卫军消灭反动派！

［大队长乘此时欲逃跑，张胜即开枪，大队长倒地。

黄　雄　张胜同志！华叔已率领同志们攻入公安局，打开监仓，放出难友，现在下面正进行缴械工作。

［华叔上。

华　叔　同志们！我们胜利了！

众　人　胜利了！

华　叔　同志们！我带来一个好消息！在中国共产党领导下，广东工农民主政府今天正式成立了。同志们！从今天起，我们劳动人民有了自己的政权，我们政府的代理主席，就是领导我们起义的张太雷同志。

周　英　同志们！继续战斗，消灭反动派！

众　人　继续战斗，消灭反动派！

[周英随手扬起一面红旗。众人欢呼，举枪、扎架。

[落幕。

第四场

[翌日下午。

[广州市永汉路与大南路交汇点，现在是工人赤卫军与白匪军作战的阵地。筑起沙包、障碍物，上有红布横额，写着“消灭白匪军，保卫工农民主政府！”另有工人赤卫军红旗一面。

[在枪声中幕启。工人赤卫军的战士们向敌人射击。张胜掌握机关枪，尤大姐来回运送子弹，照顾各人。

众　人　（唱合唱曲）

手榴弹，机关枪，
杀到敌人心胆寒，
杀他十个当五双。

张　胜　（接唱）　蒋介石，吃人狼，
汪精卫，黑心肝，
四月十五逞疯狂，
白骨如山血满江。

尤大姐　（接唱）　难道穷人是砧板肉，
难道穷人注定要受灾殃？

众　人　（接唱）　穷人不是砧板肉？
穷人不再受灾殃；
一朝烧起仇恨火，
千年血债要清偿。

张　胜　（接唱）　我们有了共产党，
越战越勇越坚强。

众　人　（接唱）　要把豺狼一扫光，
红色广州放光芒。

［一阵强烈火力，击退了白匪军的进攻，众人大笑。

尤大姐　（对敌喊话，唱荡舟）
你们无田地，有妻儿，
替匪官打仗没便宜，
赶快转机跟我起义，莫迟疑，
缴枪不杀你，快投降竖白旗。

众　人　尤大姐，唱得好！

尤大姐　同志们！你们打得更好！

张　胜　同志们！（唱花鼓芙蓉）
看我工人赤卫军，打得匪兵落花流水。
敌人若要顽抗，坚决消灭不留余地。

［众人大笑，尤大姐下，提一桶茶水上。

尤大姐　同志们！有茶水饮呀！（舀茶分送）

黄　雄　（口鼓）渴时一滴如甘露，同志们！大家多谢尤大姐。

众　人　（口鼓）多谢尤大姐，不辞劳苦送茶来。

尤大姐　（连忙摆手，口鼓）茶水是对面横巷一位老太太送来，不关我事。

张　胜　（口鼓）我们要多多消灭白狗，报答老百姓情谊。

［一阵枪声。

［张大嫂送粥到来，中途中弹受重伤。尤大姐忙扶她坐下。

尤大姐　张大嫂！你……

张大嫂　（勉强支持，唱长句滚花）

我送稀粥，来阵地，

半路忽然遭白匪，

我身上中弹强支持，

伤重垂危难医理，

你们无须救我，打仗更要用心机。

张　胜　阿珍！

张大嫂　（唱滚花）胜哥你要安慰奶奶，用心抚养斌儿，

此后爹是你，娘也是你。

张　胜　你放心，你还有什么话要讲？

张大嫂　胜哥，你不要顾我，你快去杀敌人，你要为我报仇，为穷人雪恨！……（死去）

［张胜悲愤起立，众人注视默哀。

［尤大姐背尸下。

［敌人枪声又起，张胜赶回机枪岗位，赤卫军举枪奋击。

［外边有人到来。

黄　雄　口令！

周　英　（内应）光复！

黄　雄　广州！（对众）自己人。

［周英上，从沙包跳下。

众　人　周英同志！

张　胜　情况怎样？

周　英　上级有令，马上撤退。

众　人　撤退！为什么？

张　胜　是不是张太雷同志下的命令？

周　英　（流泪，口鼓）张太雷同志，已遭不幸。今早在惠爱路遭到敌人袭击，为革命壮烈牺牲！

［强烈音乐，众人震动，悲愤，半晌说不出话来。

张　胜　（沉痛，口鼓）张太雷同志，你没有死，你永远活在人民的心坎。我不退，我坚决不退，我要为张太雷同志报仇雪恨！杀尽万恶敌人！

众　人　我们坚决不退，为张太雷同志报仇！

周　英　（口鼓）张大哥，同志们！现在白匪张发奎、李福林，勾结帝国主义军队，反扑入城，情况万分吃紧。外国军舰掩护匪军在南堤登陆，我四面受敌，要立刻撤退，不能稍误时辰。

张　胜　（口鼓）工人赤卫军，斗志坚强，能把阵地守稳！

周　英　（口鼓）张胜同志，撤退是党的决定，我们要坚决执行。

张　胜　（想想）对！（转向大家）现在立刻撤退，由黄雄同志率领，从沙河撤退，由我担任掩护。

黄　雄　张大哥，让我担任掩护。

张　胜　不用多言，赶快撤退。同志们再见！

[黄雄指挥众人下。场上留下张胜、周英。

[敌人枪声猛烈，加上炮声。

张　胜　白狗你来吧！让你看看我们工人赤卫军是什么样的人。（搬机枪痛击敌人）

[敌人炮火集中轰阵地，红旗将倒。

周　英　（抢上，拿起红旗，唱红旗歌）

广州，广州起义红旗飘，
大南路上逞英豪，
赤卫队，志气高，
勇杀敌人，热血滔滔！热血滔滔！

（中弹，高呼）中国共产党万岁！（死去）

张　胜　小周，小周！（接红旗，唱快二流）

恨只恨，敌人残暴，
英雄洒热血，壮士掷头颅。
立下决心，誓将仇报！
珠江河畔，翻腾革命波涛，
广州城上，红旗永远不倒！

[音乐转沉痛，张胜以红旗覆周英。

张　胜　周英同志！你是党的好女儿，后世子孙，将永远学习你的榜样！

[尤大姐上。

张　胜　尤大姐，你还不走？快些赶上撤退队伍。

尤大姐　我不走，我哪儿也不去，在这个世界上我已无家可归，我就留在这里，要死一齐死，要生一齐生！

张　胜　我们不能死，我们要顽强生存下去！现在给你一个重要任务。（掏出文件）这是我们工会的组织名单和党的重要文件，你带着冲出去找华叔，找到党，党就是你的家。

尤大姐　我一定完成任务！（唱快中板）

眼前忍痛撤出战场。（滚花）

一有转机，你快退下来，把大队追上。

张　胜　路上小心，好好保重！

[尤大姐跑下，枪炮声大作。两面敌人喊："缴枪！"

[张胜机枪已坏，拿出手榴弹。

张　胜　有胆你就来吧！我一个够本，两个有利。

[台左伪兵上，被张胜扔手榴弹炸倒。台左另一伪兵开枪打中张胜，张胜这时已经没有手榴弹了。

[四面敌人呼喊："缴枪投降！"

张　胜　呸！（唱滚花）

革命到底，宁死不降！（高举红旗屹立）

[幕急落。

第五场

[紧接前场，下午。

[张胜的家，贴上"打倒万恶的刽子手蒋介石、汪精卫！"及"农民耕有田，

工人食有米。”两张新标语。

[幕启。外面疏落枪声。张母抱着小孙，来回踱步，心里又喜欢，又焦急。

张　母　（念白榄）天眼开，时势变，

阿胜从今得露头，工农政府真出现。

穷人闹翻天，好日子有得见。（小孙啼哭）

阿斌仔，好乖孙，

你哭到阿嫲心乱乱。

阿妈送粥就归来，阿爹不久亦回转。

一家几口乐融融，三代同堂舒笑脸。

从今不受王法管，千年枷锁一朝断。

[尤大姐急上，入门。

张　母　尤大姐你回来了！快坐下饮杯茶吧！

尤大姐　大妈，你快跟我离开，避过眼前危险。

张　母　消息怎样？家嫂她还在外边哪。

尤大姐　大嫂……她……

张　母　她什么？

尤大姐　她……

张　母　（唱快滚花）

她送粥到阵前，

可曾见到阿胜面？

她几时才回返，因何一去大半天？

是福是祸要讲明，你不要遮遮掩掩。

尤大姐　（接唱）　大南路一场血战，大嫂流血牺牲在阵前。

[张母惊愕，流泪，尤大姐忙接抱婴儿，扶她坐下。

张　母　（唱乙反滚花）

恨国民党万恶匪帮，个个兽心人面。

[张母欲冲出门，尤大姐急拦。

尤大姐　你去哪里？

张　母　去找阿胜。

尤大姐　大妈，你去不得，一出去就有危险。

张　母　我不怕，哪管他枪林弹雨，炮火连天。

尤大姐　你不能去！

张　母　我一定要去！

尤大姐　大妈！（唱流水南音）

事到头来难遮掩，
话出伤心也要直言。
胜哥英勇临前线，
果然一个可当千。
被敌包围还苦战。

张　母　啊，阿胜被包围！如今呢？

尤大姐　（接慢唱）生死不明联络断。

[张母晕倒，缓缓醒来。

张　母　（唱沉腔乙反滚花）

魂离魄散，地转天旋。
我……拼了老命一条……（冲出门）

尤大姐　（急拦，接唱）

还要从长打算。

[张母不听，尤大姐一拦再拦。

尤大姐　大妈！白狗凶残，杀害革命家属不分老幼，要顾你自己，也要顾你个孙。

[张母痛定思痛，接抱孙儿，突然哀叫。

张　母　阿斌呀，阿斌！（音乐，念）

今日你是无母之儿，孤苦伶仃真可怜。
我是无儿之母，半支残烛在风前。
两婆孙，苦竹苦笋根难断，
两婆孙，白发黄毛怎雪冤？
阿斌呀！你有日长大成人，

要记住今天惨变。

要报却穷人仇恨，好叫阿嫲闭眼在黄泉。（快念）

回头向大姐求怜念，

年迈之人跪在面前。（跪）

张家血脉留一线，

望你把我孙儿搭救出生天。

尤大姐　（接抱，扶起）大妈，快同我一起走吧！

张　母　（接念）　我，我保命逃生亦难走远。

就借一张铰剪——（取剪刀）

[尤大姐怕她寻短见，要夺剪刀，张母避开。

张　母　我，我要拼命！（对剪刀，接念）

恶鬼登门，还靠你，消我心头恨一团。

尤大姐　大妈，听我劝，跟我走吧！

[远处狗吠声，尤大姐惊慌。

尤大姐　（唱快滚花）

狗吠定然白匪到，立刻逃走莫迟延。

[牵张母走，张母挣脱。外面人声，张母强推尤大姐从后门下。

[伪侦缉率两队兵冲上，入门，见张母屹立怒视，不敢造次，暗示队兵，分头搜查，戒备。

侦　缉　（口鼓）老虔婆！我来问你，有哪个红带友躲在里面？

张　母　（瞪眼不答）……

侦　缉　（口鼓）哼！你儿子已被我们俘虏，快交出尤大姐——女赤卫队员。

张　母　（震惊）呀！

[队兵甲复上。

队兵甲　报告，里边没有人。

侦　缉　（口鼓）还有你的手抱孙儿，为何不见？

张　母　（冲前）老骨头倒有一把！

侦　缉　（口鼓）还要交出你个孙！（念白榄）

我要你两婆孙，跟我返公安局。

你如果不交人，就人熟它（指枪）不熟。

张　母　（愤恨如狂，接念）

我怕你支枪，早就不在屋。

你班野豺狼，害我家散人亡真狠毒。

我要寝你皮，我要食你肉！

[张母抽剪刀刺伪侦缉，被打跌地上，张母奋起咬伪侦缉，被踢倒；伪侦缉开枪打死张母。

[队兵乙自后门上。

队兵乙　报告！后街有个女人，手抱小孩，向北逃走。

侦　缉　一定是尤大姐。追！

[队兵、伪侦缉向后门跑下。

[幕落。

第六场

[当日黄昏至夜晚。

[红花岗上，红棉树一棵，枝叶零落。

[北上小楼牌子，幕启。新任大队长、伪侦缉率领队兵持步枪、重机枪跑步上。

大队长　迅速准备，加强警戒！

[伪侦缉部署队兵警戒，架好机枪。

侦　缉　报告大队长，准备完毕。

大队长　押上！

[伪侦缉示意队兵押革命者上。

[《国际歌》声由远而近，伪官兵紧张。

[张胜、黄雄等革命同志被捆绑上。

大队长 （喝）不准唱！不准唱！

[张胜等续唱不停，向台左下。

大队长 （怒喝）不准唱！（唱滚花）

你这班共产党徒，真是至死不变。

临刑之际，还唱什么“奋勇向前”。

红花岗是杀人场，要唱就到阎王殿。（下令）

准备！

侦　缉 大队长！（念白榄）

省党部方委员，曾经有指点，

他说擒贼要擒王，用硬不用软。

这班红带友，张胜是手车工会的委员。

又是赤卫军队长，共产党情形他知全面。

若将他利用，连底都可以揭穿。

杀绝共党红军，要凭他做引线。（耳语）

大队长 好，在此生死关头，给他一个最后机会。押张胜出来！

侦　缉 是！（下）

[张胜被押上，摆脱伪侦缉。

大队长 张胜！蝼蚁尚贪生，难道你竟绝无求生之念？

张　胜 （不屑地）不想生存就不搞革命，搞革命为了好好生存。

大队长 唔！到底识趣。（对伪侦缉）来！指给他一条生路。

侦　缉 是！（唱长句滚花）

老张呀，你要听良言，

人生如梦不过几十年，

英雄不吃眼前亏，凡事要通权达变，

眼前摆着荣华富贵，何必死走共产党那一边。

说什么人死留名，怎似得生前贵显。

张　胜 哼！

大队长 （接唱） 大丈夫不可一日无权，

小丈夫不可一日无钱，

争名夺利难怪各找机缘，

不过路不通行就要转，

顺风使帆远胜逆水撑船，

降汉不降曹，关公义气何曾损？

今日你悬崖勒马，明日又何只做工会委员。

只要你肯回头，一切罪名都赦免。

我大队长就是识得时务，所以如今才做大官。须知道一着之差，终身饮恨！

张　胜 我正是恨！恨当初放过了你这个白狗！

大队长 岂有此理！（对伪侦缉）准备！

侦　缉 （传令）准备！

大队长 我要杀人！拿酒来！

［伪侦缉忙递酒，内场汽车声，一马弁冲上。

马　弁 方委员到！

大队长 （叫口令）通通有，立正！

［方委员上，大队长敬礼。

方委员 事情如何？张胜是否就范？

大队长 报告方委员，张胜不怕死。（见伪侦缉暗示他说错了）啊，张胜就在这里。

［方委员脱手套要上前握手，发现张胜被绑。

方委员 谁叫你将他捆绑？本党一向宽大为怀，仁爱为本。解开！

［伪侦缉忙上前替张胜松绑。

方委员 你们的暴动，已经完全失败了！你们的牺牲，又为了什么呢？

张　胜 为了全中国千千万万的劳苦大众，解放翻身！

方委员 好呀，你们的目的正是我们党国一贯的主张！所谓曲达直达，殊途不妨同归。

张　胜 胡说！国民党叛变革命，"四·一二""四·一五"大屠杀，青天白日旗已成为白色恐怖、青面獠牙的标志。只有中国共产党才是中国革命真正领导者，永远是人民的希望，红白分明，不容混乱。

方委员 你也太执迷不悟了！须知共产主义不适合于中国国情，你们受人欺骗，误入歧途，实为可惜！在此最后关头，应该悔改自新，追随我们从事国民革命。本党一向重视工农，你自新之后，依然可以做工会委员，依然是工人领袖，所谓悬崖勒马，此其时矣！何去何从，当机立断！

张　胜 （冷笑，唱快中板）

任你威逼利诱也枉然，
我视死如归心不变，
坚贞气节与日月长存。（转霸腔滚花）
革命一定成功，留待后人实现。（转霸腔慢板）
当初共产党，领导大革命，
北上扫除军阀，外抗强权。
可恨蒋介石、汪精卫，布下残酷阴谋，中途叛变。
反动派，勾结帝国主义，把人民屠杀，罪大弥天。（转快中板）
今日在广州，高举红旗，烧起冲天火焰。
张发奎，福林李贼，已经吓作一团。
可恨他，勾结外国兵船，驶入珠江河面。
杀人民，丧权卖国，遗臭万年！

大队长
方委员 （怒不可遏）住口！你不要命了！

张　胜 （接唱七字清）

今日被擒头可断，
浩然之气永留存。
岗上红花鲜血染，
今年开罢有明年。
水长流，难割断，
共产党，杀不完！
革命根芽留一点，
星星之火可燎原。

霹雳一声如雷电，

红旗插上白云端。（转滚花）

重重血债永难忘，有日条条都清算。

[方委员命大队长开枪，张胜中弹不倒。

张　胜　你们这些反动派！卖国贼！人民永远不会饶恕你们的！

[伪侦缉与马弁开枪。

张　胜　（高呼）中国共产党万岁！（幕后革命者齐应）中国共产党万岁！（死）

大队长　（暴跳狂叫）通通杀！通通杀！

[机枪扫射中，就义同志内呼“打倒国民党！打倒蒋介石！”

[暗转，夜景，月黑风高。

[叹五更牌子头。华叔领李万、阿金、阿根、赤卫军甲上，同作摸索舞蹈，扎架。

华　叔　（唱叹五更头段）

恨白匪罪恶昭彰，

痛我同志就义身亡，

风高月黑，偷到红花岗，

触目惨伤，仇深恨重永难忘。

同志们！党派我们来安葬先烈，救出虎口余生，必须仔细找寻，小心防备！

[叹五更第二段。同志们四下寻觅，舞蹈。

华　叔　（发现张胜）同志们，张胜在此！

[众人齐上前，见已死去，哀悼。华叔发觉步声。

华　叔　同志们！有人前来，快些隐蔽！

[众下。

[尤大姐抱张斌，背包袱上。

尤大姐　（唱快二流）

山岗上一片荒凉，

但听松涛怒响，

似赞颂那英雄好汉，

似哀悼那烈魄忠魂。

恨匪军人性全无，

数不尽阴谋罪状。

终须有日，血债血偿。（转手托牌子）

今晚我踏遍荒岗，

心里怀着热望，

愿他父子会见我始心安。

[华叔等暗上窥察，尤大姐认出华叔。

华　叔　啊！可是尤大姐？我叫你远走东江，因何又来到红花岗上？

尤大姐　华叔，我一来带斌仔送终尽孝，二来为偷祭烈士身亡。

华　叔　哎呀，尤大姐你好冒险呀！

尤大姐　华叔，张胜曾将文件嘱我交给你。（掏出文件，交华叔收藏好）他的尸骸在于何处？

华　叔　就在此间。

尤大姐　（跪前，哭相思，唱爽乙反二黄）

痛惜你牺牲性命，未得歼尽虎狼。

匪军残害你家，结下了深仇万丈。

可叹你年高慈母，今日愤恨如狂。

遗下年幼孤儿，我尽力把他抚养。

特地偷来哭祭，望鉴我一点心肠。（转二黄滚花）

胜哥呀！英雄树下息英魂，

谁及你封岗大葬！

华　叔　尤大姐！（接唱）

你还了一番心愿，不能留在此山岗。

要速去东江，听我把机宜再讲。（口鼓）

你连夜走向东江，去到海陆丰，必须依靠党。每到一处站头就找“大叔”，你说我要送红鸡蛋与曾叔，打哪条路去，那时定有人为你帮忙。你到埗时将孤儿交给党人，你们生活有保障。（随取张胜尸体的红布系在斌仔身上）你要好好继承父亲遗志，投身革命，准备上战场。

[尤大姐即背斌仔急速下场。

[伪大队长、侦缉从另一方上。

侦　缉　（喝）举手！

华　叔　自己人，不要误会！

大队长
侦　缉　有何凭证？

华　叔　手折在此。

侦　缉　看过！（上前验手折）

[华叔踢去伪侦缉的枪，拔枪打死伪大队长。

[李万等冲上，与华叔合力向侦缉及队兵搏斗，最后将敌人全部歼灭。

[李万扶黄雄上。

李　万　黄雄同志还未命丧。

[黄雄醒来叫“华叔”。

华　叔　（大喜，口鼓）黄雄同志，今日能将你救活，不枉我冒险一场。还有个好消息，毛泽东同志率领湖南秋收起义队伍，进军井冈山上。

[众人欣然相告。

华　叔　党的指示，我们要马上转移到农村，建立革命根据地，中国不久便普照太阳。登程。

[众人向先烈致敬。

[音乐引子。暗转，一幅庄严美丽的二道幕，上面绣着毛主席像和毛主席在《论联合政府》中的一段话：

“中国共产党和中国人民并没有被吓倒，被征服，被杀绝。他们从地下爬起来，揩干净身上的血迹，掩埋好同伴的尸首，他们又继续战斗了。……”

——毛泽东

[音乐声中幕缓缓落。

第七场

[1958 年春天的早晨。

[广州起义烈士陵园（原红花岗旧址）。

（幕后齐唱）

红花岗上英雄血，
英雄鲜血染红棉，
红棉本是英雄树，
红花插上白云天。
红旗处处迎风展，
歌声响彻珠江边，
珠江滚滚长流水，
人民饮水要思源。

[奏耍孩儿，幕启。一群少先队员持鲜花欢乐地舞蹈上。

少先队员 （接唱）

共产党带来好日子，
六亿人民喜欢天，
齐心歌唱共产党，
带来幸福万万年。

[撞点锣鼓，张斌、尤大姐（全国妇联委员）同上。

张　斌 （唱长句二流）

英风犹在，浩气长存，
纪念起义英雄功一段，
红花岗畔新建烈士陵园，
我为吊先人，归心似箭，
昨晚自北京回穗，今日瞻拜陵前。

和暖太阳光，园林都照遍，

花木亭台，春色点染。

规模壮丽，气象庄严。

革命战斗精神，真个可歌可传。

尤大姐 说得对！（唱爽二黄）

今日重临旧地，顿觉百感交添。

哀悼当日战友牺牲，景仰前人音容宛现。（转二黄滚花）

喜看老了英雄树，喷火开花分外鲜。

苦去甘来三十年，记不尽南征北战。

[奏银河会，尤大姐缓步到红棉树下盘桓，坐下缅怀过去。

张　斌 （上前体贴地问，口鼓）阿妈，由北京坐几十个钟头火车，昨晚才到达广州，今朝你又要绝早到来，现时是否觉得精神疲倦呀？

尤大姐 （提起精神，接念）今天的日子，哪有疲倦之理，其实昨晚就想赶来此处，以致兴奋得整夜未眠。

张　斌 阿妈，我昨晚也激动得睡不着呀！（唱中板）

想当年，广州起义，赤卫军热火一团。

随着教导团，战斗几小时，把公安局完全攻占。

共产党，领导成立工农民主政府，闹个覆地翻天。

（转滚花）新社会，奠基人，子子孙孙当纪念。

阿妈，你常常提起的英雄树，又在哪处呢？

尤大姐 （唱长句滚花）

忆当年，退兵战，

你父单身殿后，使同志撤退安全，

身受重伤仍苦战，

他还临刑骂贼，大义凛然，

那时我与你寻觅他遗骸，就在此树旁发现。

昔日英雄流血地，今日红花开放丽南天。

张　斌　原来这就是我父亲牺牲之地吗？（唱长句滚花）

红花岗，花开遍，

都是英雄鲜血染。

爹爹从容就义三十年，

我年幼难记爹颜面，

英雄气概如在眼前。

对着木棉追怀纪念，

革命花结成幸福果，

爹你当年遗志，已实现在今天。

［华叔、黄雄、李万上。

尤大姐　（唱滚花）昨晚打电话到省委约华叔，

为何尚未见他与起义同志来相见？

华　叔　（认出尤大姐，口鼓）起义同志一讲就到，我是谁人，请你细加分辨。我们当年的尤大姐呀，今天的全国妇联委员！

尤大姐　（细认华叔，惊喜，口鼓）啊！原来华叔到了！隔别多年，看来越老越壮健。（指张斌）这个就是张胜之子张斌，日前方从朝鲜凯旋。

华　叔　哦！好一位抗美援朝英雄张世侄！（与张斌握手）

张　斌　好一位革命老前辈华叔！

华　叔　尤大姐，其实你不介绍我都认得，他同张胜一样的轩昂。

黄　雄　虎父出虎子！尤大姐，你只记得华叔，可还记得我黄雄呀？

李　万　还有我李万呢？

尤大姐　啊！黄雄同志，李万同志！（与黄雄、李万握手）

华　叔　张世侄，黄雄、李万两位老同志也是你父亲生前好友，同是起义勇将一员。

［张斌与黄雄、李万握手。

华　叔　张胜有子成材，尤大姐你功劳不浅。

尤大姐　不敢当，不敢当，我们都是党培养出来的。

华　叔　讲得对，讲得对，我们能有今天，也应感谢烈士们伟大的牺牲精神。

［少先队员们已预早暗上，听见他们是起义英雄，十分高兴。

少先队员 （口鼓）首长同志！你们是广州起义英雄，请把光荣事迹向我们讲一遍。

华　叔 （口鼓）光荣事迹，真是一言难尽，我倒先有一句话，要告诉你们青少年。

少先队员 好好，请首长指示。

华　叔 （唱反线芙蓉中板）

此处陵园地下，有烈士长眠。

他们为革命尽忠头可断。

换来后代幸福万年。（转滚花）

愿你们接过红旗，继承革命先烈的崇高志愿。

尤大姐 （唱爽梆子慢板）

建设共产主义，责任在青年，

应把红旗接过，奋勇向前。

前人真伟大，后代更英雄，

无愧前人，愿你等互相劝勉。

少先队员 我们要学习先烈的崇高精神，完成革命伟大事业！向首长敬礼！

[大相思锣鼓。少先队员向四人敬礼、献花，穿三角，扎架，一片欢娱热闹气氛。送子牌子，尾声。

[落幕。

[剧终。

（剧本版本：《广东粤剧院演出剧本选集》第四集）

焚香记

（参考川剧及田汉《情探》编写）

改编：杨子静

人　物　表

焦桂英	王　魁
小　菊	彩　屏
翠　云	王　忠
韩丞相	榜　跟
探　花	家　院
随　从	长　差

第一场　庙　遇

[海神庙前廊，展挂着若干卖字的条幅。

[隆冬。

[王魁从庙内上。

王　魁　（唱新曲）

风飘瓦，雪转蓬，
落魄栖留古庙中，
功名不遂归无计，
卖字为生叹道穷。

[呵手磨墨抻纸。

手僵冻，墨未溶，
饥肠辘辘转，
才气中何用。

天公，天公！

何日惊雷起蛰龙。

[一阵风来，王魁趔趄，瑟缩地坐到火塘旁拨灰。炉冷无温。渐渐瞌睡。

[小菊提香篮上。

小　菊　（唱滚花）夜夜笙歌筵席上，

年年车马送迎忙，

好山好水难得看，（介）

难得看，这粉搓玉琢雪莱阳。

啊，到了。姐姐，海神庙到了，请下车吧。

[焦桂英上。

焦桂英　（唱七字清）

当日神前许下平安愿，

今朝来谢神恩结善缘。

一路冒雪冲寒重裘不暖。

小　菊　姐姐随我来。

[小菊引焦桂英进入庙廊，见字幅。

焦桂英　（续唱）　又只见书画琳琅分外妍。

小　菊　姐姐，这些字写得好吗？

焦桂英　嗯！

小　菊　缭缭绕绕，好在哪里？

焦桂英　（唱长句滚花）

笔刚健，势连绵，

似美女簪花，似力士挥拳，

未晓谁人来点染，

定然高手得真传，

教人钦羡。

小　菊　呃！（唱滚花）

什么高手，就在身边。

是个卖字寒生，冷得浑身打颤。

焦桂英 唉唉，可叹！（唱梆子慢板）

一领蓝衫掩傲骨，

十分无奈藉愁眠；

想必他时运不济悲落第，

恰似我飞花飘絮送流年。

小　菊 姐姐！（唱滚花）

这里当风，快进庙中神殿。

[桂英频频回首，同进大殿。

[王忠一手挽字联，一手捧粥碗上。

王　忠 （念）　长街呼卖字，

终日苦奔驰。

少爷！（唤醒）少爷！

王　魁 啊，王忠，你回来了。字画可曾卖掉？

王　忠 一幅也卖不去。少爷，你这里呢？

王　魁 （摇头）……（站立不稳）

王　忠 哎呀，少爷你怎么了？这里有冷粥。

王　魁 字画不曾卖，冷粥从何来？

王　忠 是……是我把少爷的蓝衫典当了些钱。

王　魁 嘿，分明哄我。那件蓝衫，不是前天被客店赶出来的时候，扣下抵作房金了么？

王　忠 这……

王　魁 这半碗粥，到底是哪里来的？

王　忠 少爷两天没米到肚，我心不忍，所以就……求人周济。

王　魁 唗！你少爷一时落魄，究竟是官宦出身，谁叫你沿街乞讨。

王　忠 人，总不能眼白白饿死他乡呀！

王　魁 “君子不食嗟来之食！”（指碗，摇摇欲坠）

王　忠 少爷，看你快饿晕了，还是食些冷粥吧。（见王魁饿晕）

哎呀，少爷，少爷！

[焦桂英扶着小菊上。

焦桂英 （念） 拜罢神灵还了愿，

小　菊 （念） 悲声一片耳边传。

焦桂英 哦，那边有人啼哭，快去问过情由。

小　菊 是。（上前）请问老人家，因何悲痛？

正　忠 唉，大姐呀！（唱北上小楼）

是这位，少东家，

快成饿殍仗谁怜。

小　菊 你们何以弄到如此地步？

正　忠 哎！（续唱）

这一科，他落第，

流离异地命难存。

小　菊 哎呀，姐姐，那书生昏迷过去了。

王　忠 少爷醒来，少爷醒来！

焦桂英 冰天雪地，四下无人，这便如何是好？

小　菊 姐姐，若不救他一救，只怕就要一命归西。

焦桂英 （下决心）小菊，把那书生扶上车去。

小　菊 扶他上车？

焦桂英 接回家去。

小　菊 这……只怕有些不便。

焦桂英 呃！救人一命，胜造七级浮屠，说什么便与不便。

小　菊 （对王忠）来，老人家，快把相公扶上车去。

王　忠 请问大姐，你家小姐是谁？

小　菊 她，就是这莱阳城中赫赫有名的歌妓，焦桂英。

王　忠 啊！（跪拜）活菩萨！

焦桂英 （对小菊）打车来！

[幕闭。

第二场　钟　情

[青楼上的花厅，格调高雅。

[春夜，华灯初上。

[音乐幕启。小菊坐在桌旁灯下练字。

[彩屏、翠云上。

翠　云　（念）　桂英心地最纯良，
一片真情付个郎；

彩　屏　（念）　却怕落花有意随流水，
流水无情下夕阳。

[同进厅内。

翠　云　（轻叫）小菊——小菊！

彩　屏　入了迷了，不要叫她。（走近，高叫）喂！

小　菊　（感觉）啊！原来是屏姑娘、云姑娘。

翠　云　（取看新写的字）哎呀，练得一手好字。

彩　屏　这叫“近朱者赤”嘛，又多了一个扫眉才子。（对菊）你也赶科场么？

小　菊　两位取笑了。

翠　云　你桂英姐呢？

小　菊　在里边裁剪春衫。

翠　云　谁的春衫？

彩　屏　你呀，多此一问，自然是她“王郎”的嘛。

小　菊　两位乘夜到来，找姐姐有事吧？

彩　屏　（对云）你看，往日的金兰结义，人家都全忘了！

翠　云　小菊，今天是什么日子，知道吗？

小　菊　（想想，摇头）不知道。

翠　云　这就难怪备好酒菜，等极桂英都不来。

彩　屏　不行，要找桂英出来，罚她一罚！（边行边说）罚她一罚！

[刚巧桂英持工夫箩，内盛刀尺、新衣自内上，与彩屏碰面。

焦桂英 罚我什么呀，彩屏姐？

彩　屏 桂英呀！（唱十字中板）

记当年十姐妹金兰结义，

三月三今天乃结拜之期。

焦桂英 （忆起）哦！

彩　屏 （带恼）哦！（续唱）

两年来你伴王魁十分恩义，

姐妹情抛脑后忘了前时。

翠　云 （接唱） 枉了她庆良辰一番布置，

以为你定然来畅叙情谊。

彩　屏 怎知道——（续唱）

白昼你不来，

下午你不至，

黄昏不见影，

姐妹觉离奇。

才有登门来看你，谁知你，

却为郎忙着制新衣，余事不知。

[举手作打状，桂英以扇一挡，扇落地上。

翠　云 （忙代拾）桂英，当心把玉扇坠颠碎了，咦！玉扇坠怎么没有了？（代找）

彩　屏 （有气）你呀，还巴结她！

翠　云 不，扇坠是桂英父亲的遗物，不可损失。

小　菊 损不了，失不去的……

[桂英以目示意住口。

彩　屏 啊！定是送给王郎了，真是一片痴心。桂英呀！（音乐衬白榄）

当年十姐妹，曾结金兰义，

如今嗟零落，剩下几相知？

同是歧路人，关心才劝你，

情痴原可贵，却怕“人心隔肚皮”。

焦桂英 不，不会的！（唱白榄）

他曾矢誓酬知己，

我信交飞不仳离。

翠　云 桂英……（终于改口）哎，但祝你——（唱白榄）

白头偕老情如玉，

绿叶成荫子满枝。

[王魁内场朗读声，焦桂英郑重起来。

焦桂英 （小声地）啊，他醒来温习了，我们到里边倾心事。

彩　屏 不，我们通气，人家要“红袖添香夜读书”。

焦桂英 你呀！果然是——

彩　屏 （自诩）一张利嘴。翠云，我们回去——

焦桂英 何必着急呢？

彩　屏
翠　云 （同回顾）好让你“秤不离砣乐唱随”。

[彩屏故意纵笑，牵翠云下。

焦桂英 小菊，姐夫的莲子羹煮好了吧？

小　菊 哎呀，你不提，我都忘记了。（急下）

[桂英坐下在量衣，补些针线。

王　魁 （内唱武西厢引子）

乐对古圣贤。（持卷上）

（秋江别中段）

熟读书千卷，佳思涌如泉，

名场堪一战，今科要夺状元，

遂我平生冲霄愿。

占鳌头，御前挂彩簪花醉琼筵。

[进厅内，桂英起迎。

焦桂英 王郎！

王　魁　娘子，这般时候，还不休息？

焦桂英　还有些针头线尾。

王　魁　什么针线？

焦桂英　为你赶制春衣。来，快试一试。

［音乐，桂英捧镜，王魁试衣，顾盼自得。

王　魁　好呀，果然量体裁衣。（长句二黄）

一针一线总情牵，
多艺多才堪赞羡，
王魁何幸伴妆前，
两载关怀嘘寒问暖，
一衣在体如沐春暄，
却自愧无能未报得恩情半点。

焦桂英　（接唱二黄）

说什么酬恩报德，
所贵者义重情坚。

王　魁　（接唱）　披上你手制新衣，
涌起我诗情一片。

焦桂英　什么的诗句？

王　魁　就是那千秋传诵的唐诗——（念诗）

慈母手中线，
游子身上衣，
临行密密缝，
意恐迟迟归，
谁言寸草心，
报得三春晖。

焦桂英　王郎，言重了！（唱红豆子）

慈母之心比桂英，
桂英如何不腼腆？

夫妻如鱼水，

贫贱爱不迁，

愿得举案齐眉度百年。

王　魁　（揖谢）义当如此。

[一阵夜风吹动帘幕，王魁打个寒噤。

王　魁　啊，正是“一年容易又秋风”。（寒噤）

焦桂英　夜凉如水，快添衣吧。（忙给王披衣）

王　魁　（感谢，亲切地问）昨天是我们两年前定情之日，我填词一首，请你谱曲，谱好了吗？

焦桂英　谱是谱好了，只怕未必中听。

王　魁　一定声情并茂。来，待我抱琴来。（即取壁上锦瑟或琵琶，放置桌上施礼）桂英，有请！

焦桂英　夜深人静，怎么好唱曲呢？

王　魁　浅弹低唱不妨。再请！

[桂英调琴起引子。

焦桂英　（弹唱红烛泪）

生平志愿欲凌烟，

雪案萤窗勤笔砚；

闺中友情比金石坚，

伴读添香双修慧福教人羡。

[音乐依谱演奏。

王　魁　（拈诗自赏，朗诵）

记当初遭风雪冷倒在海神殿，

多亏你青眼频加情缱绻；

赴春闱倘若我文章中选，

当报卿卿恩万千。

焦桂英　（续唱）　早向莱阳送喜笺，

好准备白马银鞍接彩鸾。

王　魁　妙呀！（快中板）

歌喉好似珍珠串，
为我心声细细传。
此生得你如花眷，
只羡鸳鸯不羡仙。

[以指一扫琴弦，铮铮可听，疏狂地倚傍桂英。

[有顷，小菊上。

焦桂英 啊，小菊上楼来了。（避开）

小　菊 姐姐，刘三公子要见姐夫。

王　魁 啊，同窗夜访？

焦桂英 必有要事。

小　菊 听说，（对王）今科上京赴考，明天便要登程。

王　魁 什么！（犹豫）明日应试登程？

焦桂英 正好结伴同行呀，不愁寂寞。（对小菊）请刘公子稍等，说姐夫就来。

小　菊 是。（急下）

王　魁 呃！（拦阻小菊不及）哎，桂英呀，此去匆匆，叫我怎么舍得离开你！

焦桂英 王郎，前程为重。

王　魁 （欲再有言，给桂英婉劝住）哎！

[内场男声："王兄，快来！"

王　魁 啊！来了！（无奈忙下）（小菊同时复上）

焦桂英 小菊，随我收拾行装去！（同下介）

[幕闭。

第三场　饯　别

[海神庙前，台左山门牌坊，正面海景。

[前场之翌日。

[王忠背包裹，牵马上。过场。

[王魁、焦桂英、小菊（提食盒）上。

焦桂英 （梆子慢板）

送王郎赴京师离愁黯黯，

王　魁 （接唱） 近离亭嗟分袂不禁销魂。

焦桂英 （接唱） 但愿郎此一去探骊夺锦，

王　魁 （接唱） 愿苍天怜苦志得宴琼林。

娘子，已到了十里长亭，娘子有言，请当面嘱咐。

焦桂英 王郎呀，你我患难相逢，两年共处，今朝一别，话有万千，却不知从何说起——小菊，斟酒来。

[斟酒、敬酒。

焦桂英 郎君满饮此杯。

王　魁 多谢了。（一饮而尽）娘子呀！（唱乙反清歌）

本待白头相守莱阳郡，

无奈功名二字惯磨人，

此一去鱼雁难凭疏音问，

桂英你且舒怀抱候佳音。（转寡妇诉冤）

寂寞春闺休惹恨，

焦桂英 （接唱） 萧条旅况念行人，

水驿山程晓行夜宿须谨慎，

饱暖饥寒无人料理自当心。

王　魁 （叹息，接唱）

却怕功名自古关天运，

今科不中又沉沦。

焦桂英 （接唱） 你便买棹早返家行。

[王忠上。

王　忠 时候不早了，相公准备登程。

焦桂英 王郎！

王　魁 娘子！（乙反滚花）

临歧分袂悲难禁，

焦桂英 （接唱） 挽袖牵衣泪满襟。（落叹板腔）

王　魁 （楔白）还有什么叮咛，你就多讲几句。

焦桂英 （续唱叹板）

你我同命贴心相倚凭，

怜我自小无亲难里人。（转乙反七字清）

郎若此行得志身披锦，

都市繁华莫醉心。

王　魁 （接唱） 风光好是莱阳郡，

摘得宫花定献细君。

王　忠 （又来催促）少爷！

王　魁 知道了。

[音乐声中，二人依依不舍。

王　魁 娘子！

焦桂英 啊，王郎，那玉扇坠你可藏好了？

王　魁 （取出扇坠）喏，娘子你看！

焦桂英 （感佩地）王郎呀！（音乐衬念）

家传玉扇坠，赠郎佩在身，

长愿人如玉，坚洁不生尘。

王　魁 （接念） 我妻情义重，人亲物亦亲。

[海神庙钟声频响。

二　人 （同念）耳畔钟声响，诚心叩海神。

[二人参拜。

焦桂英 王郎，可还记得，你我邂逅相逢，就在庙里，海神爷算得是我们的月老，今天就请海神爷为我们作证吧。

王　魁 说得有理，海神呀！（跪告，唱秋江别尾段）

当初我落拓无依，

多感你为牵红丝，

王某与桂英终始不相违，

若是情爱有跷蹊，

死便剥去了人皮。

焦桂英 （掩其口）王郎，何须发此重誓。

王　魁 表我衷心。

焦桂英 跪告海神爷呀！（唱反线二黄板面）

望海神垂意，

俯听信女词。

保佑我郎上京师，

身跻凤凰池。

贞心比金石，

恩爱百年期，

神鉴我夫妻志。

王　魁 娘子请起。

[内场王忠喊声：少爷，起行咯！

焦桂英 啊！（唱反线二黄）

听说起客去人离心如刀刺，

王　魁 （接唱） 劝贤妻休落泪且抑哀思。

焦桂英 （接唱） 挽手儿送郎君侬心碎矣，

王　魁 （接唱） 念今宵人独自足重难移。

[马嘶，同惊觉。

王　魁 娘子，我要起行了！

焦桂英 （接唱）无奈何道一声“前程万里”！（拉腔）

[王忠牵马上。

王　魁 娘子，我去了。

焦桂英 王郎，一路小心。

王　魁 娘子，千万珍重！

[起音乐，二人抱持不舍，王忠递上马鞭，王魁无奈接过。

王　魁　娘子，你要保重了！（挥鞭，王忠随下）

［合唱声中，桂英送，慢慢移位，终伏小菊肩上而泣。

内　场　（合唱）　芳草如丝，

征途万里，

去时何疾返时迟，

叹人生偏有这死别生离！

［幕闭。

第四场　移　情

［丞相府堂。

［春末夏初。

［二道幕前。

王　魁　（内唱首板）适才间赴过了琼林宴。

［敲头锣过场。大撞点，随从人等簇拥探花、榜眼、状元王魁乘马夸官同上。

王　魁　（唱点翰中板）

一朵宫花插帽檐。

金榜题名谁不羡，

万人空巷看抡元。

这也是苍天遂人愿，

三　人　（同唱）　不枉十载寒窗铁砚穿。

［三人打马下，随从等随下。

［双飞蝴蝶牌子头，开二幕。打引，韩丞相、家院上。

韩　相　（念引）　辅弼朝廷官声显，

恢宏相业美名传。

本相韩承龙，当朝一品，位列三台，有女年已及笄，未曾婚配，闻得今科状元王魁，品貌出众，曾托他座师为媒，尚未回报。打听着。

[快地锦，家院上。

家　院　启禀相爷，新科状元参府。

韩　相　有请。

[小开门，王魁上，韩相出迎，王趋前为礼。

[韩迎入，家院下。

王　魁　阁师请升，受晚生一拜。

韩　相　看座！

王　魁　谢座。

韩　相　老夫昨觐龙颜，称道状元公才华富有，果然高致，眼看十三科老前辈都被状元公压了。

王　魁　阁师盛奖。

韩　相　可曾见过尊师？

王　魁　见过恩师了。

韩　相　老夫向贵座师商谈之事，曾否告知贵人？

王　魁　（不安）都……都说过了。

韩　相　好啊！既如此，洞房花烛，就趁这登科之日。如何？

王　魁　这个……

[家院上。

家　院　启禀相爷，新科榜眼、探花参府。

韩　相　啊，贵人速做准备，老夫去去就来。（下）

家　院　状元公，相府婚事，你若应承，不少荣华富贵呀！（下）

[王魁踌躇不安。

王　魁　（唱滚花）丞相有意招亲，
　　　　奈我无缘消受。
　　　　只为盟言在耳，
　　　　怎好另赋河洲。
　　　　但念丞相他——（转唱走马）
　　　　显赫声势是皇舅，

试问谁敢不低头，
拒婚两字伏隐忧，
加官晋爵谁援手，
岂非轻把前程付水流？（拉二流腔转长句二流）
况闻相府千金，
生得花容月貌，
才高咏絮性温柔，
好配状元成佳偶。（上）
看起来合把丝鞭接受，（士）
笙箫引入凤凰楼。（尺）

答应，应该答应！（隐隐传来钟声）不，不能答应。
（唱二黄滚花）

猛听得钟声悠悠，
忆起了神前赌咒。
况当年全赖桂英搭救，
常言饮水要思源头。
理当推却相爷，
怎把衷情直剖？

[踌躇，束光笼照王魁，台左暗现出榜眼。

榜　眼　（慢白榄）王魁呀王魁，何用瞻前顾后。
说什么神前咒，说什么恩作仇。
你本是天上文曲星，
桂英乃陌路章台柳！（渐隐去）

王　魁　（沉吟，暗念）天上文曲星，陌路章台柳？！

[台左暗现出探花。

探　花　（慢白榄）劝年兄，休回首，
知她去年花，
今落谁家手？

从来又哪有，

状元及第配青楼。（渐隐去）

内 场 （同唱） 从来又哪有，状元及第配青楼。

[隐约间，四围嘲笑，王魁苦恼不安。

王 魁 是呀！（低唱叹颜回尾段）

青楼妓女实非偶，

谁人真肯共白头，

更何堪与状元俦。

我便该放手，免悠悠众口，（转慢）

笑俺失计不早把身抽。

[地锦，韩丞相上，家院随上。

韩 相 状元公，意下如何？

王 魁 阁师！（唱滚花）

适才未敢高攀，只为自惭鄙陋。

韩 相 不用过谦，答应的好。（接唱）

有道得时则驾，莫负文采风流。

王 魁 （接唱） 只是来得匆忙，聘物无从措手。

韩 相 （接唱） 寸丝可以为聘——（指扇坠）玉佩好订鸾俦。

王 魁 如此说，“长者命不敢辞”，（跪献扇坠）

拜上泰山北斗。

韩 相 （扶起）好贤婿！

王 魁 好岳丈！

韩 相 （笑）后堂共进一瓯。

[幕闭。

第五场　修　书

［相府，王魁书房。

［前场后几个月。

［幕启，京小锣，王忠上。

王　忠　（念）　相公平地一声雷，

出入豪门驷马车。

［进书房，不见王魁，一片沉寂，续念。

绣帘不卷炉香冷，

蛛网尘封满架书。

［奏二黄士字过板，王魁持家书背手上。

王　魁　（过板第三句起唱）

家书万里投寄入丞相韩家，

故园花柳露根芽，

霎时心绪乱如麻。

唉，省得招惹麻烦闺房避过小姐她，

潜读这书中话。

［暗奏“上云梯”，王魁进房。

王　忠　啊，状元公回来了。（王凝思未觉）老奴叩见。

王　魁　哎，罢了！（愁叹）

王　忠　状元公，你大登科金榜题名，小登科洞房花烛，何事今日焦——

王　魁　（一惊）焦，（掷槌，张望）焦什么？

王　忠　焦虑起来呢？

王　魁　唉！（把信一拍）

王　忠　状元公，这是……

王　魁　家书。

王　忠　啊！大娘有书来了？——她可安好？

王　魁　我，信还未看哪。

王　忠　有道是“家书抵万金”，状元公，就算平安二字也值千金哩，快看！

[音乐结束，王魁无奈地看信。

王　魁　（念信）　别来一日九回肠，
　　　　　　　　但觉春衣带系长；
　　　　　　　　每恼莺啼惊妾梦，
　　　　　　　　醒来依旧守空房。

王　忠　状元公，大娘她——

王　魁　倒还安好。

王　忠　如此谢天谢地。——还有呢？

王　魁　（续念）　临别叮咛在绿窗，
　　　　　　　　如何音讯不还乡，
　　　　　　　　也知京国花如锦，
　　　　　　　　莫负庭梅冷更香。

王　忠　（不解）状元公，这里杏花都开过了，怎么大娘还提到寒梅？

王　魁　呃……是个比喻。

王　忠　哦……还有下文吧？

王　魁　下文？（唱三脚凳）
　　　　　　　　大娘书信到京华，
　　　　　　　　无非都是家常话，
　　　　　　　　问我功名可遂意，
　　　　　　　　问我何时得见她。

王　忠　啊，大娘还不知道你高中哩。

王　魁　她当然料不到——（唱秃头滚花）
　　　　　　　　天生富贵原非假。

王　忠　是呀，状元公平步青云，总算不负大娘搭救之恩，临行之托了。

王　魁　这个……（另场唱送情郎）

听其言，动我心魄，

若非桂英恩义怎到得京华，

还记南浦分别她泪飘洒——（转流水南音）

她牵衣致嘱衷肠话，

她说纵隔天涯爱不差，

她说怜才非望香车宝马，

她说情真甘食那淡饭清茶。（转二黄）

也曾共对海神誓不重婚别嫁。

怎奈她她她——（暗唱滚花）

烟花到底是烟花。

王　忠　状元公，不能这等讲！（唱滚花）

大娘念你你要念她，

及早回家省得牵挂。

王　魁　回家？（想）回不得！

王　忠　既是不便抽身，何不把大娘接到京城共享荣华，同受富贵？

王　魁　接来么？（想）不能接她，不能接她。

王　忠　既不回家，又不接她，论情嘛，也该安慰大娘，及早回她一信呀。

王　魁　这个……是呀，我该及早回她一信！

王　忠　（欣喜）如此，请相公挥毫，待老奴溶墨。

[快奏音乐，王忠磨墨，王魁筹思。

王　魁　也罢！（唱快滚花）

快准备纹银二百两送与焦家。

王　忠　立刻起程么？

王　魁　（滚花）　吩咐长差，整装备马。

王　忠　（高兴地）知道。（赶忙下）

王　魁　（滚花）　这也是万分无奈，

说不得一念之差。

（就位，提笔，抻纸，反线七字清）

提笔修书难讲话，

王魁无意弃焦娃。

无奈头顶泰山高可怕，

我是竹林嫩笋恰标芽。

说负心，负心也罢，

却原是你命蹇时差。

一纸休书——一纸休书忙写下。

[写罢，丢笔。王忠抱银上。

王　忠　状元公，银两已经准备，长差外边伺候。

王　魁　（交信）书函在此，叫他带到莱阳。（王忠接信欲下）转来，你对下书人说，此信送到莱阳焦家庄，交与桂英大娘，不准吃她一口茶，喝她一杯酒，不要进门，送到便走。记得来！（拂袖下）

王　忠　（不解，边行边念）相公吩咐，不准吃她一口茶，喝她一杯酒，不要进门，送到便走？（似乎大悟）哦，是了！

（唱滚花）状元公保全体面，

怕人知道配烟花。（摇头下）

[幕闭。

第六场　打　神

[海神庙殿堂。

[秋深。

[幕启，奏担梯望月。小菊从庙内提拜盒、香烛出，拂拭神案，摆设供品，点燃香烛，重入扶桂英穿斗篷风帽上。

焦桂英　（乐声衬念）

秋水伊人劳梦想，

海神殿上爇心香。

小　菊　姐姐，拈香祷告吧。（递香一炷）

焦桂英　（唱乙反西皮）

一炷香祝夫君身强志壮，（过门）

灾星降犯个郎——

奴愿一身当。（介）

二炷香愿他功名如所望，

高中状元前程无量。（介）

三炷香纵是王郎落第，

教他早返莱阳。

［彩屏内场连叫“桂英”，引长差上。

焦桂英　（迎上）彩屏姐，有什么事？

彩　屏　恭喜妹妹，妹夫高中状元了！

焦桂英　啊！真的？

彩　屏　喏，是我把长差引来，早给你报喜呀。

焦桂英　（喜）啊！他真的高中了！

长　差　今有书信一封，押书银二百两，请收下吧。

小　菊　（接过）是状元公派你来接姐姐上京吗？

长　差　呃……看信就知道了。

焦桂英　（想拆信）啊，差大哥一路辛苦，彩屏姐烦你招呼他歇息去。

长　差　不用了，小人有事在身，不敢多留。

彩　屏　回我们家喝杯茶吧？

长　差　多谢多谢，告退告退。（下）

小　菊　姐姐，快念喜信。

焦桂英　忙什么？

彩　屏　状元公给状元婆的信，我们怎么好听呢，还是早给她准备行装，让她会“王郎”去。

小　菊　姐姐你……

焦桂英 为姐谢过海神即刻就回。

[彩屏牵小菊下。

焦桂英 （踌躇后看信封念）王魁书上桂姐妆次。（蹙额，觉得有异）桂姐？！（忙拆信看，手颤，念信）

比翼连枝愿已乖，

休将薄幸怨王魁；

只因憔悴章台柳，

怎向琼楼玉宇栽。（掷槌，介）

南去北来休便休，

水流东海不回头，

京中相府成佳偶，

贫贱夫妻一笔勾。

[木然望着远处，自语复念后两句诗，猝然苦恨交迸。

王魁！贼子！你好，你——好——！

[愤怒地去帽，抛斗篷。

[隐隐婚礼乐声，遥闻“一拜天地，二拜高堂，夫妻对拜，送入洞房”的赞礼声。

焦桂英 天呀！（唱散板）

心头怨气冲天地！

[圆台，眺向海神。

（悲叫头）罢了海神爷，海神爷呀！当日王魁上京，曾在神前立誓，说过男不重婚，女不别嫁。今日王魁身荣，竟然休弃桂英，海神你，岂不知情？海神你，为何不报呀？！（唱长句二黄）

说什么天眼昭昭，

说什么神恩普照，

何以王魁薄幸偏荣耀，

我桂英情重却身堕奈何桥。（拉腔转二黄板面）

当日神前一炷香两家立誓条，

他说到老不相分，我说黄泉情未了，
他说中途若负阿娇天理也难饶，
我说信难饶，
岂料言犹在耳他得志便身骄，
盟誓都不要。(转二黄)
害得我烟花女，
惨似到死春蚕解不开魂缠梦绕。(转饿马摇铃)
忆当初风雪日，
我驱车上庙了愿把香烧，
见他处境飘摇，
应试落第无聊客心焦。
我念他漂泊异乡心里茁爱苗，
与他共渡鹊桥，
一点情真非为恋他俏，
喜得终身相依有良人，
亲送他上京去求名博展翅扶摇。(转反线中板)
岂料他姓名标，
博得状元高第，
狠心便把旧爱一笔勾销。
招赘在相府中，
珠围翠绕绿衣郎，
他只见新人欢笑。
一纸休书染遍我断肠红泪，(转乙反二黄)
海神爷你怎也冷眼都不瞧。
天高渺渺诉无门，
莫不是人间你管不了？！

海神爷，海神爷，我对你哭诉千番，你竟片言不答，难道你聋了不成？哑了不成？一哎！(唱快二流)

骂一声，

海神爷呀，

你装聋作哑，

不理人间是非。

说什么正直无私，

怒冲冲，我要打打打过你！

[打神，见判官。

啊，你是判官爷爷。（唱二黄滚花）

只见判官在此，

他为我怒目睁眉。

不若待我诉说冤情，

求他作主。

判官爷爷！（念）

王魁做事伤天理，

抛弃桂英你也知。

烦向海神传一语，

勾拿贼子莫延迟。（介）

哎！

海神不理事，

你也把奴欺。

有冤无处诉，

枉自敬神祇。（续唱）

你享什么祭祀，

你判什么是非。

怒上心来，

把你威仪扫地。

[冲前，取过判官手上的笔，拗折。神思错乱地把皂隶像看成王魁。

哎呀，原来是王魁，王郎你回来了？好啊！

（唱乙反长句滚花）

卜归期，盼归期，

不图相会在今时，

你不负奴奴又何尝负你，

辛酸情事今也再休提。（转二黄）

得见郎君散尽了愁怀闷气，

此后生生世世与你鱼水相依。

可知我心中——（转滚花）

只有一个你你你！

[上前执手，发觉皂隶持着铁链，骇退。续唱。

又只见一条锁链他手中持。

王魁你负我桂英犹未止，

如今又来锁我赴阴司。

你既是绝情——

桂英只有拼死对你！

[愤怒上前推倒皂隶，桂英昏厥。

（阴告） 万缕恨，（开边，醒，雁叫）

醒来但听得天际雁声悲切，

雁离群夜茫茫叹孤飞，

它惊弓中矢呼天抢地。

[相思锣鼓。挣扎而起，接唱尾段。

哎呀，王魁贼子！

你此际绣帏成双对，

只可怜奴半生不死，

双挥血泪。

泪眼模糊问苍天，

焦桂英到底有甚罪？！

王魁，贼子，你，你，你休得意！（快中板）

王魁纵有皇恩庇，

桂英含恨誓争持；

生前无地平冤气，

死作鬼雄辩是非！

王魁，我桂英来了！

[雁儿落解带，踩带，奔入自缢。

[幕闭。

第七场　情　探

[韩相府王魁书房。

[深秋。

[幕启，短河调慢板面，王魁上。

王　魁 （唱河调慢板）

说不尽水晶帘下脂香粉腻，

效古人风流韵事巧画蛾眉。

喜今宵映楼台月明如水，

[风飘桐叶落。

听秋声思往事不禁神驰。

想我王魁，入赘相府以来，小姐待我十分恩爱，年华如水，不觉又是深秋，回想在莱阳时节，曾与我桂英妻……（忽觉失言，顾盼无人，心安）在月下桐荫，浅斟低唱，如今都成陈迹了。

[起更鼓。

（唱寄生草）

远外寒更频入耳，

中天月色转迷离。

愁无那前事怕寻思，

辜负那烟花弱女一片情谊。
骨化形销她难解冤气，
暗恨王郎无信义，（转慢）
岂知我不得已。（稍顷）
桂英啊，往事如烟毋庸记，
但望早教芳魂冉冉赴瑶池。

是呀，待下官明日暗请高僧，桂英多念几卷经文就是。

[阴锣，一阵风声，窗开帘动。

啊，那边庭园树下，是谁来了？（张望）原来是树影。

（咳嗽，强自镇定。唱七字清中板）

我是天子门生相爷半子，
断无妖魅敢相欺。
剔银灯——但观书史。

[远远传来桂英旧曲声。

（唱滚花）啊！何来旧曲声声恰似伊。

[王魁惊怯，关房门。续唱。

忙卸冠袍——早寻梦寐。

[放冠袍在桌，急归帐，灯转暗。

焦桂英 （内唱牌子头）

带恨衔哀！（大冲头上，唱散板）
衔哀带恨进园来，
哪怕侯门深似海。

（欲进内，忽又迟疑，自语）慢着！（唱长句滚花）

意徘徊，权忍耐，
或者他天良未泯情还在，
楚襄犹自梦阳台，
倒教我一时无主宰，

回肠百结触目生哀。（旬）

我且试探于他——（拂袖，门“呀”声而开）

飘身闪入书房内。

[阴锣，车身舞袖进房。

[王魁在帐内一声叹息，桂英闪避。背立一旁。

王　魁　（掀帐，念）睡定又还起，思绪解不开。（骤见桂英背影）谁？

焦桂英　我。

王　魁　你是谁？

焦桂英　奴家。

王　魁　奴家？

焦桂英　焦桂英！（照面）

王　魁　（大惊）哎呀！（唱快木鱼）

你你你是人是鬼，是福是灾？

焦桂英　（接唱）　桂英还在，休听凶讯传来。

王　魁　啊！（自语）难道传闻失实？（接唱）

看她音容犹未改，一点猩红尚印腮。

桂　英　（接唱）　看他怎样把奴看待。

王　魁　（接唱）　千山万水，试问你怎得到来？

焦桂英　状元公，千里迢迢，你来得，我就来不得么。奴家之事，暂且不谈，待我先向状元公贺喜。

王　魁　不必了。

焦桂英　请问状元公身体可好？

王　魁　我身体有何不好？

焦桂英　状元公，真是贵人多忘事了。记否当年，你在庙中冷倒，得我相救回家，结果染下一场寒病。奴在神前许愿，保佑郎君安好，奴愿减十年之寿。幸而药到病除。此事，郎君可还记得？

王　魁　记得又如何？

焦桂英　记得就好，奴就是怕相公旧病复发，侍奉无人，故而将药方送来与你呀。（交方）

王　魁　这个……（唱杨翠喜）

忍抛旧情爱，贪把牡丹栽，
谁料桂英重义前情在，
奔波千里来团聚，
本该相认以好言对待，

[欲前又止者再。

唉！还是认不得！（续唱）
万一韩家执罪便惹祸灾，
乌纱不保前程有碍，
一树寒梅势难任我采，
天公当知我负心也是无可奈，（对焦）
这药方一纸何用你送来。（掷方）

我不病了，病了也有人侍候。

焦桂英　原来状元公侍奉有人，就是奴家之幸了。但不知侍奉状元公的是何等样人？

王　魁　她，就是一品当朝韩丞相的千金小姐。

焦桂英　哦，相府千金！如此说，该向状元公贺喜了——敢问状元公，是否当今万岁爷，只知有王魁，不知有百姓，只管你一人婚姻，不管天下人祸福呢？

王　魁　这个……哎呀，好厉害！听她言似要告我休妻再娶了。谅她女流，也难本官不倒。（对焦）这万岁爷爱管状元宰相两家的婚姻。

焦桂英　如此更可喜了。状元公，我想见一见好福好命的状元夫人，想听一听她奉旨成婚后的教训。

王　魁　不必了。前者纹银二百两，书信一封，送到莱阳，就是成婚后的教训了。

焦桂英　多谢状元公费心！但不知教训二字，做何解释呢？

王　魁　你回去自然明白。

焦桂英　回去？我回去做什么？

王　魁　你不回去又做什么？

焦桂英　状元公，自从与君分别，我桂英嘛，唉！（唱乙反南音）

梨花落，杏花开，

夜夜思君和露立苍苔，
到闷来辗转书斋外，
人去楼空我怕把户打开，
怕见留下衣衿宛似郎君在，
却又人何在，
只落得望穿秋水不见家书来。

王　魁　事如春梦了无痕。

焦桂英　我却身似秋云无着处。郎君啊，记得四月初旬，算来春闱放榜，那时奴又到海神庙祷告，我说海神呀！

（唱流水南音）

你保佑我郎文章惊海内，
莫使他功名事业展不开，
神灵鉴我情如海，情如海，
果然是马头喝道我这位状元来。

王　魁　我那文章，得心应手，这状元及第，又岂靠神恩。

焦桂英　也须凭人力吧？

王　魁　过去之事，休要重提。

焦桂英　好，就说如今。

王　魁　如今怎样？

焦桂英　我桂英举目无亲吊影哀，关山千里觅君来，君既宠新欢无可奈，但愿绿杨宜作两家栽——容我作个偏房吧？

（唱秃头滚花）

眼前明月入君怀，
君呀，幸勿绝情推出纱窗外。

王　魁　这个……哎，“压妻为妾”这四字罪不轻呀。

（唱乱弹中板板面）

恕难再，续前爱，

相国闻之怎生掩盖，

谅我悔不来。

焦桂英 哦，你说为势所迫，事无可奈，如此，容我府内栖身为奴作婢，又怎样呢？

王　魁 为奴作婢，也使不得。桂英，你还是快回去吧。

焦桂英 若是不回呢？

王　魁 就要问你一个“擅闯相府，冒认官亲”之罪。

焦桂英 哦，如此说，恩义无存？

王　魁 势难复合！

焦桂英 ——也罢！记得定情之日，我有玉扇坠一枚，相赠予你，如今那玉扇坠呢？

王　魁 玉扇坠么！——已失去了。

焦桂英 失去了？（逼视）

王　魁 若要讨回，与你另买一枚就是。

焦桂英 （气极）王郎，你也知道，玉扇坠是我爹爹遗物，为爱王郎情重，相送随身，永为纪念，不想如今，你……

王　魁 不必多言，赔你五十两银，快回家去！

焦桂英 我——（哭）已是无家可归了。

王　魁 如此，赠你黄金十锭，重张艳帜，再着歌衫去罢。

焦桂英 （火）怎么，到了此时，你还要我焦桂英再落风尘，重沦苦海，你——（逼上去）你还有没有人心！

王　魁 好了，好了，今生算我负情，来世再修缘分。

焦桂英 我，被你害了今生，还能信诸来世？

王　魁 我愿矢天誓日……

焦桂英 呸！（唱乱弹二流）

一听誓盟心火起，

又来信口吐浮词，

可怜害得我今如此！

你看我！（变脸容）

王　魁 （惊退扎架，接唱）

何处妖魔把伎俩施，

我是文魁谁敢动毫厘，

知机速退回蒿里！

焦桂英 （唱尾腔）侬决意誓不饶恕你！

王　魁 （退到床边，拔剑）焦桂英，若再刁难，我就要你的命！

焦桂英 （冷笑）嘿嘿，我桂英有几多条命让你要呀！

王　魁 焦桂英，看剑！

[王魁扑向左边，一个桂英隐现，王魁扑向右边，又一个桂英隐现，最后帐中闪出原来的桂英。王魁冲刺不着，被活捉，跪倒，被扯下场。

[幕闭，剧终。

（剧本版本：《广东粤剧院演出剧本选集》第二集）

·粤剧卷·

红梅记

（根据同名古典戏曲，参考各家版本改编）

改编：陈冠卿

人　物　表

李慧娘	船　家
裴舜卿	贾似道
霞　英	贾　化
郭稚恭	廖　寅
李子春	四校尉
土　地	四家丁
四姬妾	四舟子
四丫头	

第一场　赠　梅

[初春。

[李家花园，春光明媚，梅花盛开，衣边红楼，正什边短墙。

[小锣头，起幕。

[贵妃醉酒序，李慧娘、霞英从衣边上。

李慧娘 （唱贵妃醉酒）

寻梅穿花径，雨初晴！

景物分外明媚，

院里阵阵幽香放，芳满庭！

余性独爱红梅，梅幽静！

（滚花）　千红万紫笑迎春，

傲雪欺霜梅独胜。

万点梅花相倚傍，

嫣红一片巧装成。

此身如在画屏中——

霞　英　（接唱）小姐呀，何不折取一枝供题咏。

李慧娘　折梅？

霞　英　我为小姐折来。（士工相思，转身攀梅笑指一枝）小姐，这枝好吗？

李慧娘　（含笑摇头）这枝只合插花瓶。

霞　英　（又指另一枝）这枝当合意了？

李慧娘　（又摇头）叶大枝粗韵欠清！

霞　英　这不合，那不合，那一枝才合呀小姐？

李慧娘　（不自觉地，临池顾影摸鬓边介）

霞　英　（解意）哦！小姐临池而顾影，口里无声胜有声。（急折一枝梅，趋前白）就折这枝奉小姐！

李慧娘　（见梅喜爱）这枝很好。

霞　英　（得意）奴婢素是知小姐意的，来来来，待我把这枝红梅，插上小姐鬓边呀。

[断头锣鼓，弄梅，舞唱朦胧。

红梅一枝艳盈盈，

梅添上小姐鬓，

人越见其美，玉立婷婷，

请折腰略略低臻首，

略略俯过来，

看红梅与玉貌互相辉映。（把梅插上李慧娘鬓边介）

[排子，锣鼓音乐。

李慧娘　（笑就霞英，插上梅后，临池顾影，接唱朦胧）

临池低首一顾影，动幽情！

梅花呀你逢春呀。

花儿茂盛，

春去后，爱梅人，

要寻梅，梅已凋零！

霞　英　小姐伤梅了。

李慧娘　梅花虽可爱，春去便凋零。

霞　英　春去虽凋零。逢冬又再生呀小姐，我看梅不以此而自悲，反而发笑呢。

李慧娘　梅花笑什么？

霞　英　梅笑爱梅人，将花来插鬓，不知谁家子，怜惜爱梅人！

李慧娘　胡说！

霞　英　不是胡说是实说，小姐百美俱全只一缺！

李慧娘　缺什么？

霞　英　缺缺缺，裙边蝶。

李慧娘　（的的撑，唱七字清中板）

思量身世暗伤情，

粉蝶双双穿柳径，

叹奴夜夜叹孤零。

（转三字经）

老娘亲，常抱病，

还未解，女儿情。

（转滚花）问何日得配才郎，

莫教奴寒灯吊影！

霞　英　奴婢讨打，令小姐伤情呀。

李慧娘　（滚花）　扶我到东篱游玩，

霞　英　（接唱）　那边厢柳暗花明。

［李慧娘、霞英入场介。

裴舜卿　（满怀忧忿，上唱长句二流）

万紫竞芳菲，湖山多美景，

江南花草百般情，

骚客逢春本该游兴盛，

怎奈我无心赏玩，意绪难宁。（合）
都为小朝廷，殊非安定，
内有权奸操国政，
不管胡骑南下喋血边城。
怀国恨，愤难平，
我要上表诛除奸佞。（拉腔）

（合尺滚花下句）

连日搜罗老贼卖国赃和证，
食难下咽梦难成，
春风吹绿小江南，
无意游春寻胜境。

贾似道，老奸贼呀！不怕你独手遮天，满朝党羽，裴舜卿要奏你一本，方快人心也！唉，圣上昏迷江左，宠信权奸此篇劾奸表文，不能大意，郭稚恭满腔热血，忧怀国恨，何不找他商量商量，所谓一人计短，二人计长也！我好比屈大夫满腹牢骚无处诉，行吟泽畔泪千行！

[云云锣鼓，裴生缓步而行，举目浏览。

裴舜卿 好座梅园！梅花高洁，傲雪欺霜，何不折取一枝，归奉案头，助我文思，振我神笔呢！

（转唱士工滚花）

园内娇红嫩白，
吹来阵阵芳馨，
墙也不高，
梅正迎人弄影。

[乐奏柳青娘。

[裴舜卿攀墙欲折梅，见无当意者，不自觉跨墙入，坐墙头，欲折梅介。

霞　英 （上，惊叫）贼呀！

[裴舜卿吃惊。先锋钹，踉跄坠入园内。

[李慧娘随着闻声上介。一槌。

霞　英　有贼进园，快叫人来。

裴舜卿　慢，我不是贼。

霞　英　不是贼，却来偷梅？

裴舜卿　不是偷梅是折梅。

霞　英　折梅不算偷吗？

裴舜卿　折、折、折而已！

霞　英　折就是偷，好大胆子，你是何人？

裴舜卿　（惶然应白）裴舜卿！

霞　英　叫何名字？

裴舜卿　太学生员。

霞　英　问非所答，显见情虚，小姐你话应如何发落？

李慧娘　这个……（介）（见其年少翩翩，低头不语。）

霞　英　贼不可饶，还是叫人来。（作势欲行）

裴舜卿　（惊）小姐！

李慧娘　（亦目止之）……

霞　英　小姐，骂他！骂他！

李慧娘　（唱木鱼）

红梅幽静，玉洁冰清，

跳墙攀折见高情！

霞　英　不责之而反赞之！

李慧娘　（续唱）　君子爱梅成癖性，

折枝归去不必惊。

霞　英　（努嘴）哦！折啦折啦，叫你折呀！

裴舜卿　（尴尬长揖，接唱乙反木鱼）

梅主高情不敢领，

但求饶我。

（转唱二黄）

擅自闯进梅庭，不敢妄取一枝，

有辱红梅，高洁性。

霞　英　奇了！（三脚凳）

偷梅却有胆，叫你折梅不领情。

然则进园来，观花还是赏景。

抑或醉翁之意不在酒，

在乎窥处子于深庭。

（滚花）　若不明白讲来，

小姐呀，以杖叩其胫！

裴舜卿　姑娘慎言，小生光明正大。

霞　英　好个光明正大，光天化日，明目张胆，坐正墙头，睁大双眼望小姐。

裴舜卿　（勃然变色，起唱反线中板）

我岂同，那些登徒浪子，

窥人闺女卖风情。

我更不同，那些无耻仕人，

满腹藏污充贤圣。

我更不同，那些醉生梦死，

高居廊庙贼公卿。

（转爽七字清）

南渡君臣惜生命，

不知大厦已危倾，

贼相嬉游于葛岭，

舜卿要作不平鸣。

（滚花）　折梅归去是欲助文思，

痛陈时弊诛奸佞。

[重槌，音乐。

李慧娘　诛奸佞？

裴舜卿　（慷慨）祸国殃民贾似道，欺公枉法罪非轻，不灭奸臣难保国，吾将上表奏朝廷。（慷慨昂立介）

李慧娘 （重一槌，倾慕其人，另场唱南音短序）

春风下降小芳庭。

（南音） 扳梅客，骨格比梅清。

相逢梅下慰平生。

看他昂立梅边梅失其秀挺，

不由梅主暗心倾，

梅花有幸，得遇林和靖，

怎奈红梅难作主，

未敢吐梅情。（拉腔低首介）

裴舜卿 误闯香居，伏祈原宥，小生告辞！

霞　英 （知李慧娘倾心爱裴，急阻）相公不要梅了？

裴舜卿 不敢妄折。

李慧娘 相公！

（起唱雨打芭蕉）

岂可无梅达雅情，

既欲扳梅，

又何妨折枝梅，

红梅芳馨，

添君逸兴，

更助那文思，

诛邪匡正，

毋劳贵手抬，

亲扳一枝以示敬。

裴舜卿 岂可劳动小姐。（乐续奏此曲谱）

霞　英 （牵开李慧娘）小姐！（暗示，接唱）

有风当驶，

不须另折梅。

（指李慧娘鬓边梅介）

[过序。

李慧娘 （唱） 带羞除，
鬓边梅。

霞　英 （早代接过梅，对裴唱）
幽香一缕，
梅，有的是现成。（一槌，扬鬓边梅）
长情小姐以鬓上红梅相敬。（一槌，纳裴手介）

裴舜卿 （愕然接唱）
梅属卿，梅属卿，
却送给舜卿，
教我怎报卿，深感铭。

霞　英 （故意大声）相公你可以走喇，免家中娘子盼望？

裴舜卿 姑娘真会取笑，我家中哪有娘子？

霞　英 没有娘子就好谈，我家小姐名叫李慧娘，是已故李御史之女，家中只有一母，小姐今年十九岁，尚未嫁人。

裴舜卿 这个！……

霞　英 何必这个那个，相公聪明人呀。

裴舜卿 （滚花） 小姐以鬓边梅赠，
分明对我生情。
小生也不是木头人，
心正愁思不知如何回敬。

霞　英 她赠你梅花，你赠她一物，明日命媒说亲，便是大大的回敬了！

裴舜卿 好呀！（唱爽七字清中板）
余非木偶不通情，
姐赠红梅情意盛，
吾将玉珮报卿卿。
（转唱滚花）
白玉红梅盟心共证。

[交玉与英介。

霞　英　（雀跃）小姐！相公有回敬了！

李慧娘　（喜接着低头介）……

裴舜卿　（远远长揖）小姐！一待劾奸表文书就，自当命媒拜谒令高堂，小姐请呀！

（下介）

霞　英　相公，好行！

[裴舜卿下。

李慧娘　（望玉珮）白玉红梅！

霞　英　真好名堂！

李慧娘　好块玉珮。

霞　英　在小姐手里，

李慧娘　鬓边梅呢？

霞　英　人家带走了。

李慧娘　真好梅花，霞英（翘足欲望裴）

（滚花）　随我登楼游玩，

那边厢柳媚花明！

[霞英会意，笑扶慧娘下介。

[贾似道微服带贾化上。

贾似道　（快中板）充耳不闻刀兵事，

私行为访美人儿，

三十六房不称意，

枉居相位权重一时。

（转滚花）贾化与爷，留心沿途美女。

贾　化　知道。（抬头望见李慧娘，急告知似道看楼上）

[弹竹花音乐。

贾似道　（看见，大喜）好一个美貌佳人，嘿嘿嘿……

贾　化　哈哈哈……

[李慧娘、霞英闻声，转面一看，慌忙下楼去了。

贾似道　（口鼓）果然貌赛天仙，这是谁家娘子？

贾　化　（口鼓）已故李御史之女李慧娘，端庄秀丽谁个不知。

贾似道　好个端庄秀丽，嘿嘿嘿……

贾　化　哈哈哈……

贾似道　贾化！

贾　化　相爷！

贾似道　（口鼓）随带花红彩礼，去到她家，就说相爷要娶慧娘做三十七房妾侍，若不应允，与爷强抢回归！

贾　化　此事包在小人身上！

贾似道　（唱滚花下句）

　　事情速办莫延迟。

（白）与爷回府嘿嘿嘿！

[同下。

[落幕。

第二场　游　湖

[数日后。

[西湖。湖光艳艳，清波荡荡，堤柳摇曳。

[裴舜卿内唱沉腔首板：山河非旧！（士腔）

[幕启。

[奏湖上悲歌序，舟子划船载裴舜卿、郭稚恭、李子春三人上介。

裴舜卿　（唱湖上悲歌）

　　北地胡儿兵入寇，
　　烽烟四起国人愁。
　　抚膺悲痛，江山非旧，
　　铁马横行三江口！
　　大丈夫，要有扭转乾坤之手，

当竭诚，救国家于危急之秋。

一点孤忠，景仰岳统制，

哪怕刀斧裂我之首！

郭稚恭 舜卿，慷慨悲歌，感人肺腑呀！

李子春 舜卿，慷慨悲歌，感人腑肺呀！

郭稚恭 锦绣中原归敌有，是热心人，哪个不怆然垂涕呢？

裴舜卿 两位仁兄，我们快到灵隐寺去，痛写劾奸表文。

郭稚恭
李子春 （两人齐白）事不宜迟。

郭稚恭 （快中板）

襄樊已有破城忧，

贼相迟迟不发救，

选色徵歌作冶游。

李子春 （滚花） 劾奸贼，就是救襄樊，

郭稚恭 （接唱滚花）

贾贼不除，襄樊难守！

裴舜卿 两位贤兄高论。（滚花）

决不让奸臣当道，胡马嘶秋！

船家快桨。

舟　子 相公坐稳。

[舟子划船，音乐起。

众　人 （齐唱小曲三州令，内场和歌）

山河色变恨悠悠，

共展鸿猷，补那破碎金瓯。

坚守杭州，

攻取汴州，

再直指幽州！

驱兵黑水头！

［舟子划船载裴舜卿、郭稚恭、李子春三人入场，歌声飘荡。

［冲头甲乙两校尉分驾快船上。

甲校尉 呔！丞相游湖，船只回避。

乙校尉 呔！丞相游湖，船只莫近！

［众校尉分边喝叫下介。

［贾似道内场纵声大笑。

［笛仔六幺令。

［四丫鬟，四姬妾、众校尉、贾化、李慧娘、贾似道乘大船上，四船子摇橹。

贾似道 （左盼右顾唱滚花）

画船一串妙笙簧，

更令西湖添美秀。

痴人才说山河变，

不见湖山苍翠依旧映清流。

（转慢板）赵氏江山，贾家天下，

皇上见臣，低首，

满朝公卿谁似我潇洒风流。

绮罗香，环列身前，

看不尽环肥燕瘦。

李慧娘 （另场唱）望湖山，忍不住，热泪盈眸。

画舫中，有愁人，问郎知否？

贾似道 爱姬想什么？

李慧娘 湖光美好，看多几眼。

贾似道 哈哈，你就看到够罢，拿酒来！

（滚花） 今日尽情游玩，不醉不休。

叫左右，（介）画船开到断桥口！

［众校尉出场将船摇向介，入场仙花洞。

［“快撞点”，裴舜卿、郭稚恭、李子春的舟子上。

裴舜卿 （快中板）碧波深处荡飞舟，

懒赏湖光堤上柳。

[内场箫声。

裴舜卿 啊！鸾箫风管声呜咽，是谁家这般闲情荡画船。

郭稚恭 还有谁家，定是那“充耳不闻刀兵事，醉心但娱妇人”的蟋蟀相公贾似道！

裴舜卿 若是贾似道，我要当面问他一番。

李子春 （摇手制止）算了算了！横竖本章檄文快发出，又何必和他争吵找麻烦呢？

裴舜卿 （断然）不！

（滚花） 既是两船相近，

又岂可示弱回头。（顾舟）

船家！

（续唱） 小船开向大船走！

[李子春不安介。

[贾船上。

贾　化 （立船头喝）贾相爷官眷游湖，小船上乃是何人，敢不回避？

裴舜卿 西湖乃天下人的西湖，贾相爷游得，难道我们就游不得！

贾　化 圣上把葛岭一带赐给我家相爷，这里乃相爷禁区，不许百姓船只到此游玩。

裴舜卿 只闻湖山属天下，不闻湖山属贾家。

郭稚恭 圣上把天下交给你家贾相爷掌管，你家相爷像开绸缎店一样，零割出卖得差不多了，还敢呼呼喝喝，好个仗势欺人的狗奴才！

贾似道 （闻声，厉声）何人喧闹？

贾　化 禀报相爷，三个书生又在吵闹。

贾似道 （阴险）哈哈，老夫素来礼贤下士，他们既要在此游玩，就叫他们转船他去，不许吵闹。

贾　化 相爷恩准你们在西湖游玩，只是要转船他去，不许吵闹。

裴舜卿 俺正要与你家相爷当面说话，不向他处游玩。

贾似道 哼！他们既要相见，不见倒显得老夫心怯了。（走出船头）你等如有话讲，来日相府商谈，老夫家眷在此，多有不便。

郭稚恭 （讽刺）相爷也晓得有家眷在而感不便吗？哈哈！

裴舜卿 （口鼓）问有谁人，行同禽兽，窥人妻子，作狎邪游。多少忠良，丧在你手？

贾　似 道你骂谁？

裴舜卿 （口鼓）就是你个蟋蟀宰相，秦桧之流。

贾似道 呸！你是何人，敢辱骂老夫？

裴舜卿 太学生员裴舜卿！（重一槌）

贾似道 裴舜卿！（掷槌）

［此时，李慧娘闻声卸上暗窥听。

贾似道 素闻你颇有才名，如有话说，来日请到舍下，回船！

裴舜卿 且慢！（爽士工慢板）

国濒危，民待救，朝野哀愁。

你掌甲兵，居相位，却旁观袖手，

（转爽七字清中板）

横征暴敛霸杭州，

舞弊营私耽色酒，

殃民祸国弄阴谋。

（滚花）襄樊危急待援兵，

你高卧湖山不去救！

贾似道 乳臭小儿，懂得什么。（滚花）

（接唱）岂不闻东山丝竹一响，

肥水之血狂流！

老夫自有计退元兵，

永保山河锦绣！

裴舜卿 一派胡言！（口鼓）

当日督师汉阳，

出乖露丑，

称臣纳帮，

天下引以为羞。

弃甲曳兵西逃，

谎说凯旋高奏，

天下百姓全知晓，

不是大被蒙头！

贾似道 （霸腔沉花）

唉吔吔，疯若喘月吴牛！

（快中板）狂言犯上难原宥，

教你热血一腔付水流！

叫左右（介）

[众校尉应介。

贾似道 （叻叻鼓关目，滚花）

老夫自会收拾他们，

不屑与疯人口舌斗！

回船。

[众拥贾似道入船内，大船移动介。

裴舜卿 （逼前）你答复我！你答复我！

李子春 乱子闹了，走吧！走吧！

[重一槌，裴舜卿发现李慧娘在船边垂涕介。激情音乐。

裴舜卿 （愕然介，唱叹板）

唉吔吔！娇花落在奸人手！（士腔序）

[裴舜卿、李慧娘相望凄然。

[郭稚恭、李子春愕然。

郭恭稚
李子春 舜卿兄，怎么？

裴舜卿 （惨然唱煞白）

她！她！她！（合腔序）

李慧娘 （望湖水凄然答唱）

鱼入网——（士腔序）

（尾腔） 难以比翼同游。（上腔。指玉珮）

郭稚恭 舜卿兄，原来她就是你的——

李子春 愈发不妙！走吧！回船！回船！（催舟子回船，走吧！助摇桨介）

[三人与舟子同下。延长合音。

李慧娘 （望白）去了！

贾似道 （在身后狡白）谁去了！

李慧娘 游鱼去了！

贾似道 （一手夺过玉佩）好条游鱼，立即回府！（狞笑）

[众姬惊骇。

[落幕。

第三场　杀　妾

[当天黄昏时候。

[贾相府，半闲堂，正面台椅。

[大首板。

贾　化 （唱快中板一句）

气冲牛斗！

[贾似道火辣辣，气咻咻，腰佩剑，手持玉佩上，贾化随上。

贾似道 （唱快中板）

贱人可杀不可留。

立即升堂从严追究。（升坐）

（滚花） 未平学府礼，

先割爱姬头！

（白）贾化。

贾　化 （白）小人在！

贾似道 （白）通知各位夫人，不必进堂侍候，单传慧娘进见。

贾　化 （白）领命！（跳出台口向衣边白）吠！相爷有命，各位夫人不必进堂侍候，单传慧娘进见。

（摸颈，吐舌，缩膊、急脚下什边）

李慧娘 （什边上唱滚花）

湖上春光愁泄漏，

乍闻呼唤更添愁。

为裴郎，

应对要小心，

免遭毒手！（入内，强作礼）

（白）参见相爷。

贾似道 （白）慧娘，今日游湖快乐否?

李慧娘 （婉转接白）湖光美好乐悠悠。

贾似道 （冷白）底事观鱼眉锁皱?

李慧娘 （接白）观鱼乃是动乡愁。

贾似道 （怒白）胡说!

（滚花） 借鱼比喻，

分明另有原因。

玉佩何来，

快把真情直剖。（把玉佩一扬）

李慧娘 （滚花） 玉佩是娘亲所赐，

佩带已有十余秋。

见玉佩便思亲，

因而看不释手。（伸手欲索）

贾似道 呸！（梆子慢板下句）

巧语花言难狡辩，

窃慕风流，

暗与隔船人，

通眉语，

泪沾襟袖。

李慧娘 （接唱慢板）

临流嗟叹，

是思亲，

不禁热泪盈眸！

生员骂相在船头，

谁不惊惶回首。

贾似道 （白）贱人！（快中板）

船中姬妾尽低头，

独你凭栏频仰首，

手摇玉佩泪双流。

必有隐情难宣于口。

怪不得你，

府中平日，

常摇玉佩，

默默含愁。（快拼句）

李慧娘 （接唱）疑雨疑云莫须有，

怪人怪得没来由，

偶尔一窥成罪咎，

说什么宽宏大量，

相爷腹内可行舟。（合前快拼句唱法）

贾似道 （白）呸！（锣鼓开位，快中板）

莫问私情无与有，

裴生与我不同谋，

流泪一窥都有咎，

是嘉其志慕风流。

（三字经）我家规，你不守。

通情愫，在船头。

（滚花）辱我体面，（槌）

败我门风，（槌）

贱人知罪否？（三批介）

李慧娘 （快水波浪，愤恨，快唱长句滚花）

你居相位，尚嬉游，

贪花闹酒慕温柔，

不上沙场驱敌寇，

深宵派使入红楼，

强令红颜随皓首，

青春辜负恨悠悠。

你既误国，（一槌）

又害民，（一槌）

反问一声你知罪否？（介）

贾似道 （白）可怒也！（快点）

不知大祸已临头，

要警淫娃施辣手。

（先锋钹，拔剑刺慧娘，大鼓一槌）

李慧娘 （负剑，怒目，白）

老贼你杀我，你杀我！

（痛极，切齿，战指，恨恨地唱）

（上） 生纵不能裂你首，（士）

死为厉鬼报冤仇。（合）

贾似道 （唱） 余先裂你之首！

[先锋钹，三搭箭，执李慧娘，以剑架入李慧娘颈，推入衣边刺杀介。

[内场大鼓一声，李慧娘死介。

贾　化 （刚刚跑上，见李慧娘死状，惊叫）哎呀……

贾似道 （喝白）奴才！

贾　化 （直起腰，震白）小人不敢！

贾似道 把慧娘尸首，埋在牡丹花下，首级放在金匣之内，捧上来。

贾　化　是是是！（云云锣鼓入衣边，发着抖捧金匣上）相……相爷！

贾似道　放在那边。

贾　化　（顺着似道所指之处放金匣）是！

贾似道　贾化！

贾　化　（吓了一跳，转过身来，）相……爷！

贾似道　呼唤众位奶奶，出来见我！

贾　化　领命。（向台右下，内白：吠！相爷吩咐，各家奶奶来见。叻叻鼓。众姬妾，战战兢兢，互相顾盼，惊怯怯地分边上）

众姬妾　参见相爷！

贾似道　罢了！（介）现在有一种稀奇之物，要你们看过。

众姬妾　什么稀奇之物？

贾似道　慧娘喜爱美貌少年，我已替她纳聘了。

众姬妾　啊！

贾似道　礼物就在这金匣之内，你们去看。

众姬妾　（战战兢兢，云云锣鼓，去到金匣前揭开，一看，大放悲声，齐跪向前）唉也！（叫相思）

唉唉罢了慧娘，妹妹，慧娘呀！

贾似道　（气得要命，喝）呸！

［众姬妾吓得连忙擦泪站起，五槌锣鼓。低头侍立。

贾似道　（滚花）　此后谁个慕风流，贪少艾，

与慧娘地府同游！（包槌）

众姬妾　我们不敢。

贾似道　下去也吧！

众姬妾　遵命！（步怯怯转身抹泪下介）

贾似道　（一槌望玉佩。吃吃奸笑介）贾化过来。

贾　化　小人在。

贾似道　（口鼓）命一心腹丫鬟，拿此玉佩，往见裴舜卿，说李慧娘有心事痛陈，约他今夜到府后花园叙首。

贾　化　（茫然）相爷？

贾似道　（口鼓）明刀明枪杀他，学府诸生又怪我，我要裴生小子死得人不知鬼不觉，今晚夜罗网自投。

贾　化　相爷好计！

贾似道　去！（交玉佩）哈哈哈！

[幕落。

第四场　鬼　怨

[深夜。

[相府花园，星月惨淡，银汉无光，寒林萧索天地苍茫。

[悲凉音乐，起幕。

[风悲，鹃啼。

[转起乙反首板。

[青鳞闪闪，寒虫悲叫。

李慧娘　（内唱）　怨气腾腾三千丈！

（重力奏音乐锣鼓）

李慧娘　（身穿素衣，一股旋风，一扫而上）

[音乐续奏。

（慧娘飘身旋舞。仰首望空唱三叠雨霖铃）

谁怜怨妇命夭殇！

谁怜怨妇命夭殇！

谁怜怨妇命夭殇！

命苦李慧娘，

有泪血一眶，恨怨一腔，

此身已入鬼乡！

（慢起竹提调二黄序，竹提琴古筝领奏）

[李慧娘幽幽地唱，边唱边慢慢移动脚步。

李慧娘 （竹提调二黄）

哀慧娘，刀下丧，

冤如海，恨茫茫。

身似断线风筝无倚傍

飘飘荡荡独彷徨，

风露冷，月星寒，幽魂脉脉悲泉壤，

说不尽一腔愁愤，万种凄凉！

不见攀梅客，跳粉墙。

但见鬼火燐燐，与几声杜鹃啼唱！

一声何满泪千行，

人向牡丹花下葬，

西湖一面成永诀。

人间地府两参商。

（吊慢） 苦命慧娘！

[垂首啜泣，内奏石榴花。

这边厢缕缕笙歌深夜响，

我这边声声鬼哭痛肝肠。

（竹提调慢中板）

谁令我，花下有盟，难谐凤唱？

谁令我，青春年少，饮恨而亡？

（快） 就是这辣手蛇心贼宰相，

就是这草菅人命活阎王。

（慢） 临安城人比鬼惨，阳世阴曹无两样，

临安城，帝主偏安，权臣祸国，临安其实不安。

我李慧娘，身虽丧，精灵未丧！唉！

（小曲寒宵吊影）

身居鬼乡，旧居未忘。

家有萱亲，闻儿身丧，

那有不随儿地下，

念到此，更断肠！

我郎忠义肝肠，挺身骂权相，贼岂相容，他身可安？

（起快西皮）

害我者，是贾平章，似海深仇，难轻放。

做鬼也要报仇雪恨，裂彼胸膛。

（排子头）飘身，闯进半闲堂！

［强快奏，风起。

［李慧娘被风吹退介。乐起。

李慧娘 （沉腔滚花）

哎呀呀！风猛娇无力，

越不过园墙！

［裴舜卿内场恨恨地叫：贾似道！你这老奸贼！

李慧娘 （一跃而起，秃头唱快中板）

园林深处悲声放，

孤灯寂寂照芸房。

听悲声知是裴郎遭罗网，

老贼阴谋害善良。

（转三字经）

生前未聚，红绢帐，

死后也要，会裴郎。（先锋钹趋前，却步，愁苦）

恨只恨，阴阳难合鸿沟挡！（士腔）

（低滚花）咫尺天涯各一方！（合）

（叫相思）裴郎！裴郎！裴郎！

［音乐，古筝独奏悲秋。

俯首抽泣萎在一隅。

土　地 （开边上，笑眯眯，低声叫）慧娘！慧娘！

李慧娘 （猛惊，见土地笑容可掬，感到他是善良之神）

土　地　（白）慧娘！（士工滚花）

李慧娘不要太伤心，老汉有言对你讲。

九天玄女怜念你，叫我土地帮你忙，

天灵灵，地灵灵，空中一望！

[空中一缕火光坠下，土地手拿招扇。

（接唱滚花下句）

飞下阴阳扇，赠给李慧娘。（士工相思）

[打开扇的阳面，登时红光闪闪，阴面向外，绿光闪闪。

[李慧娘惊异介。

土　地　（白）这把扇儿休小看，它是护身法宝，阳变阴来阴变阳，我今交给你带身上，快到花园会爱郎。

李慧娘　（大喜，接着，快中板）

舒开笑脸愁怀放，

深情厚义永难忘。

拜别爷爷花间往！

[将扇翻弄，灯光随之明暗，大喜，飘然而下。

土　地　（白）哈哈！（滚花下句）

我老汉又做了好事一场。（飘然而下）

[幕落。

第五场　谋　杀

[深夜。

[二幕。

[排子头。

廖　寅　（执刀上，念白）

手举钢刀头落地，

眼明手快胜专诸呀也!

（滚花） 一把钢刀丞相赐，

三更要把裴生诛。

快步如飞花园去。（叻叻鼓圆台）

廖某只知求重赏，

那管刀下鬼含悲。（挥刀下介）

[幕落。

第六场 幽 会

[深夜。

[园中石室，桌上残灯一盏，石墙高处有小窗，窗外天昏黑。

[音乐起幕，琵琶独奏。

裴舜卿 （困处室中，焦急悲愤，来回踱步，望望墙上窗，又望一望紧闭的室门，再望一望手上的玉佩。（反线二黄序）

已是樊笼鸟，

展翅扑飞难，

室门打不开，

窗高欲跳难。

夜色残，

此身已作刀下囚，

难度过今晚，

此情此景，

梦耶非耶，

天台未入陷重关，

守约进园难逢厄难。

（白）李慧娘，这是怎么一回事呀?

（长句二黄）

你可弦向别人弹，

你可变节事权奸，

竟以玉佩相邀引我来就范，

不合串通老贼弄机关，

叹我不知其诈，

身陷虎穴龙潭。

（拉合字过短序唱二黄上句）

裴舜卿，

在囚笼，

心情惨淡。

（水仙子尾段低奏无限句）

[玩摸手中玉佩作沉思介。

（诗白） 飞花飘渺落尘寰，

薄命难留绣阁间，

贾贼欺人经已惯，

忘情未必是红颜。

（稍停，追忆往事介，诗白）

折赠红梅不等闲，

几回低首独凭栏，

无端一阵急风雨，

那不花残月又残。

（白）前日西湖泛棹，两下相逢，慧娘她呀！

（秃头起唱反线雁落平沙）

凄然相对，靠窗而站，

格于防范，偷偷饮泣绿波间，

指几指玉佩，难通片语花容惨！

仇恨压春山，一汪泪眼，

一顾一盼，向我倾诉，

身已是囚鸾展翅难，两下从此折散，

湖上泛舟，所处境况实可叹。

（白）慧娘好比笼中鸟，网中鱼，不会加害我呀！

（转流水南音）

此日裴郎身被陷，慧娘未必暗藏奸，

玉佩一方落入奸人眼，设谋坑害亦非难。

想到此情惊破胆，我为伊人把惊担，

老贼杀人不眨眼，慧娘弱妇，

（转二黄下句）

希图免祸殊难。

（转快二黄）

身被囚，

心念慧娘，

愁思无限。

（白）慧娘必无辜。

[鼓雷风起，园中竹林沙沙响介。

（二流下句）

园中悲风阵阵，月暗星残。

一室凄凉，只孤灯一盏。

西窗外竹林影动，

疑是凶徒到此间。

老贼你丧心病狂，

（滚花） 敢命人来将我犯？！（收掘）

（白）我把你个贾似道，你个老奸贼，你祸国殃民，罪大恶极，恣行不法，把我羁囚，想我乃太学生员，岂是任人欺负，有日伏阙上书，定把你罪名历数呀！

（合尺滚花下句）

就是骂贼而死，

也留正气在人间！

（白）风透门窗，夜寒阵阵，坐而待毙，岂大丈夫之所为，我要精神抖擞，好来骂奸！

（坐下支腮白）慧娘呀！玉佩相邀，其中定有故。可知裴生为你，添上无限哀思！（阴锣朦胧入寐介）

[排子头锣鼓，乙反北上小楼。

李慧娘 （上唱小曲夜亡词）

幽魂不肯随风散，

宝扇生光把路探。

藤萝缠树树缠藤，

死也相依不离散。

隐听悲声阵阵，

知是我裴郎悲喊，

好郎君闯进了刀山，

你定是遭那奸贼诬陷，

我应来看一看，

行行复行行，

冲破阴阳界限！

[音乐，叻叻鼓趋步门前，便欲以扇划门闯进，一槌急缩手。

（白）且住，我若把惨遇明言，裴郎定必悲痛，我应扮作常人无异，才好与郎相见。

（望扇白）妙呀！土地爷爷，赐我阴阳宝扇，其中玄妙，正是运用之时。（把扇一抖，红光招展，露笑容，理云鬓，走俏步，相思锣鼓，到门前，将扇一指，暗开门，门开，飘身而入，白）裴郎睡了，裴郎醒来，裴郎醒来！（扇轻拍之）

裴舜卿 （子规啼引子，醒介，发现李慧娘，喜叫白）慧娘！想得你好苦啊！（先锋钹，趋前欲抱，有所感触，徐徐倒退，叹息）

李慧娘 （口鼓）裴郎，今宵相见意当欢，因何见慧娘而情冷淡。

裴舜卿 （口鼓）你无恙！慧娘还在人世，深夜仍能到此间？

李慧娘 （悄然，白）我无恙！我是知君身被囚，深夜特来将你探。

裴舜卿 （口鼓）来得这么容易呀！如今一切都明白，幸毋再度把人坑。

李慧娘 （一槌，白）裴郎你意所何指？

裴舜卿 （慨叹减字芙蓉）

春光如泄露，
你我欲生难。
如今只把我羁囚，
你却逍遥无忌惮。
分明欲博专房宠，
同谋设陷坑。

（滚花） 计确高明更难防范。

（白）请看玉佩。

李慧娘 （惊愕白）郎君因何有此？

裴舜卿 （白）讨老贼之欢，命家人持玉佩，诱我进府囚禁，打得好主意。

李慧娘 （重一槌，沉腔滚花下句）

哎呀呀！老贼你计确凶残！

（另场唱快二流）

横钢刀（六），
不惜花愁玉惨（工）。
还要我（工），
死留恶誉在人间（尺）。
怨气一腔（合），

（唱滚花）永难消散（上）。（切齿顿足）

裴舜卿 （白）良心有愧！

李慧娘 （叹息，白）裴郎呀！（乙反中板下句）

白玉红梅，

花前明誓，
永留心上不凋残。
慧娘自入笼中，
几回肠断楼头，
红泪丝丝迷两眼，
欲见裴郎难会见，
空题红叶，倚楼栏，
那日泛西湖，
两船相近不相亲，
此情此景多痛惨，
君是隔船人，
当知其苦况，
更知我处境之难。

（正线乙反滚花上句）

是老贼（介）利用此玉佩一方（介），
把君坑陷。（顿足介）

裴舜卿 是老贼利用此玉佩一方，把我坑陷？哼！你不告他，他焉知此物！

李慧娘 （白）他哪有不知呢，正如裴郎所说，湖上春光泄露，老贼把玉佩夺了！

裴舜卿 （白）老贼把玉佩夺了？（另场起银台上）

游湖境况记心间，
伊人独倚船栏。
拈玉佩，弄数番，
愁绪满怀多惨淡。
湖上情，贼倘觉察，
哪有不凭玉佩，
欺心设计来将我陷！

李慧娘 （上前白）裴郎！

（长句滚花下句）

郎此日，身遭难，

都是贼臣将计陷，

君毋因此罪红颜，

君呀你在外未知奴遇惨，

那日西子湖心相见后，

半闲堂上起波澜！

裴舜卿 （白）西湖事泄，老贼定不相容，何以我被囚而卿无恙，怎不令疑惑，到底老贼如何待你？

李慧娘 （白）老贼？（愤极，滚花上句）

此仇不共戴天，

老贼手执青锋将我斩！（一槌）

裴舜卿 （白）老贼将你斩？

李慧娘 （白）多亏众家姐妹苦苦哀求，我才得存性命！

裴舜卿 （白）后来怎样？

李慧娘 老贼将我打入冷房，话从此一刀两断，是我听说你被囚在此，冒死偷来相见，估道今宵情缘能再续，不料你多疑若此把人冤！（含嗔转面介）

裴舜卿 （急谢过，沉腔滚花下句）

唉呀呀！非我多虑，是老贼凶残。

（反线中板）

花玉两情深，互换定良缘，你我情非泛泛。

恨权奸，不许梅花自作主，还施辣手把花扳。

侯门似海深，一面也无缘，怎不令郎悲叹。

西湖相见后，身遭罗网，怎不疑虑多番。

真相既明了，所有疑雨疑云自当消散。

玉梅缘，应复合，不再是阻隔重山。

（滚花上句）

卿你转过面来，恕余冒犯。（长揖介）

李慧娘 （回嗔作喜，白）谁怪你呢。

（滚花下句）

君有情来妾有义，

老贼空张罗网设刀山。

今宵你我庆重逢，

真是难分欢乐和悲惨。

（怅触所遭，抚裴肩而流泪介）（叫头）裴郎，慧娘！（园外风沙作响有脚步声）

李慧娘 （一跃而起，白）裴郎不好，园外风沙大响，有脚步之声，老贼派人来要将郎谋杀了。

裴舜卿 （白）大丈夫身陷魔阱，有死而矣，难施笔伐，当用口诛！

李慧娘 （白）郎呀！元兵犯境，老贼横行，国事为重，犯不着以颈血吻屠刀也，慧娘救君出去。

裴舜卿 （白）你弱质纤纤，如何救我，你去吧！

李慧娘 （快滚花）熟悉园中路，今宵救你出龙潭。（执舜卿手出门）

[廖寅此时一手执火把，一手执刀腾步上，见有人自室出，大喝一声。

廖　寅 （白）看刀！（钢刀落）

李慧娘 （白）慢来！（宝扇挥）

[李慧娘护住舜卿，举扇以阴面向外一搧，大鼓阴锣。

[廖寅打一寒噤，倒退数步。

[李慧娘趁机执起舜卿飞步入衣边下。

廖　寅 （白）何来冷风？搜！（入室搜索不见人，白）室中无人，追！（冲头追入衣边）

[落幕。

第七场　放　裴

[紧接上场。

[黑夜花园。

[大笛排子头北上小楼。

[李慧娘携裴生手，走步上。

裴舜卿 （唱快二流）

躲过了恶贼钢刀，踏上了荒园曲径，

李慧娘 （接唱） 哪怕是刀山火海，脚下似点水蜻蜓！

裴舜卿 （接唱） 路径难行，赖卿照应！

[内场光火，廖寅大喝一声。

裴舜卿 慧娘不好，恶汉又来了！

李慧娘 （唱合尺快滚花下句）

我郎休惧，慧娘有法退追兵！

廖　寅 （咆哮白）哪里走？

[人随声至，疾如风雨，举刀猛向裴砍下。

[李慧娘迎上一搧，绿光。

[裴舜卿随即闪过刀锋。

[李慧娘再搧，绿光，怒目瞪廖。

[廖寅重槌锣鼓，退步发狠，横刀自卫，乱劈乱扫。

李慧娘 （唱合尺滚花）

园内喊杀声声，

裴郎惊魂不定。

老贼凶残频加害，

此仇此恨永难平。

[廖寅复冲来，展开搏斗，扇子时阳时阴，李慧娘时隐时现。

[廖寅乏力，最后被李慧娘搧倒，踉跄入场。

[李慧娘携裴生旋舞圆台。

[裴生惊魂稍定。

李慧娘 （白）郎呀！（手托二段）

早击退贼追兵，

君也离开陷阱，

别矣，鸳侣梦化烟轻。

裴舜卿 （接唱） 方庆鸾凤两重叙，

因何又各奔前程，

什么意？问句卿卿？

李慧娘 （乙反快滚花下句）

薄命难和君作伴，

此身经已丧幽冥。（包一槌）

裴舜卿 （急白）此话何意？

李慧娘 （白）那日游罢西湖，老贼已把我一刀两段，君所见者，已是非人，我郎不信，唉！

（续滚花）看我颈上剑痕，

便知我是鬼非人早丧命！

（开边张扇，现惨绿光示剑痕，随即掩面啜泣介）

裴舜卿 （惊倒地，绞纱而起，甩水发，膝行而前，白）哎呀呀！慧娘，爱卿呀！（真乙反西皮，连序下句唱）

身虽死，心决贞，

多情是爱卿，为郎身作鬼，

做鬼也不昧本性，与裴郎相依为命，

有此幽灵知已，当相依不离形影，

愿永随卿卿，花下约，未忘情，同把归鞭整。

李慧娘 （唱乙反二流）

已断头，

空余魂一缕，

难以再续前情，

缘尽于斯，

来世再将缘订。

郎呀！（口鼓）国有权奸，赖君扶危诛佞，君你正当年少，前途未艾方兴，此后厉鬼孤魂，飘摇无定，勿以慧娘为念，郎君珍重前程。

裴舜卿 （快合尺滚花下句）

忍便舍卿而去！

李慧娘 （接滚花下句）

慧娘送君一程。

[笛子领奏，乙反俺六国。

[李慧娘舞扇送裴舜卿下介。

[落幕。

第八场 鬼 辩

[接上场。

[贾相府。

[开边起幕，二幕景。

[长锣鼓，廖寅慌张失措上。

廖 寅 （白）有请相爷，有请相爷！

[冲头，贾似道由台左上，贾化随上。

贾似道 （白）事情办得怎样？

廖 寅 （锣鼓白）相爷不好，方才我去到花园，看见裴生一刀劈去，不料闪出一个红衣妇人，将我打翻在地，就把裴生拉拉拉扯，带他逃跑出去了。

贾似道 （白）啊！裴生逃跑了？（介）没用奴才，坏了大事，下去！

贾 化 （夺过廖刀，白）下去！

廖 寅 （白）啊！（神经错乱，抱头转了个圈，下介）

贾似道 （白）是哪房贱人放了裴生，这还了得！（介）贾化！

贾 化 （白）有！

贾似道 传话下去，哪个贱人，放了裴生，从实招来！

贾 化 （白）领命！（出外，向内场）呔！相爷传话，哪个贱人，放了裴生，从实招来。

[众姬妾内白：我们不敢。

贾　化　（进内白）禀相爷，她们不敢，（一槌）啊，她们说道我们不敢！

贾似道　（白）再去传话，若不从实招来，一个二个，吊在回廊，皮鞭拷打！

贾　化　（出外，白）呔！相爷言道，若不从实招来一个二个，吊在回廊，皮鞭拷打。

[李慧娘内白：慢着，是我手放！

贾　化　（入内，白）相爷，是我手放！

贾似道　（白）是你这个奴才手放？

贾　化　（白）相爷，不是啊，是她说道：是我手放。

贾似道　（白）报上名来。

贾　化　（出叫）报上名来！

李慧娘　（内白）李—慧—娘！

贾　化　（白）唉呀！我的妈呀！（吓得跪进）相……爷……她自称李慧娘……（槌）

[风起，灯绿，贾似道打个寒噤。

贾似道　（白）贱人好胆！

（滚花）　烈鬼敢将贼子放，
　　　　　还来作祟太猖狂！
　　　　　贾化……（一槌）

贾　化　（应白）有。

贾似道　（续唱）　吩咐校尉家丁，
　　　　　点起火把灯笼，
　　　　　照得满堂明亮，
　　　　　贾相爷，审烈鬼，
　　　　　要她永远不还阳。（下）

贾　化　（白）领命！（战栗地）呔！相爷吩咐，家丁校尉，点起火把灯笼，堂上会齐。

[内场吆喝一声。

贾似道　（白）升堂！（下介）

[大笛小开门，擂大鼓。

[森严锣鼓介，八校尉各执火把钢刀，一对对气昂昂地上。

[贾似道身着相衣、相帽上，贾化跟随出入。

贾似道 （念白）半闲堂中杀气旺，老夫好比活阎王。

[阴锣，撒火粉，李慧娘扇上，扎架，以手指贾似道。

贾似道 （感到阴森森，毛骨悚然，但看不见什么，惶恐白）贾化！

贾　化 （白）有！

贾似道 （白）传李慧娘！

贾　化 （白）传李慧娘！

李慧娘 （白）早就来了。

[扇打贾化，贾化寒噤。

[似道与众同视李慧娘发声处。

贾似道 （白）你……你哪里而来？

李慧娘 （白）来处而来！（飘忽）

贾似道 （向李慧娘发声处，白）你……哪里而去？

李慧娘 （白）去路而去！（飘忽）

贾似道 （又向李慧娘发声处，白）贱人你好大胆，好呀大胆！

（唱恨填胸）

　　　　阴间鬼，好嚣张，

（白榄）　身作鬼，还放荡，

　　　　离地府，会情郎。

（续唱）　死不流芳！

[示意众校尉上前，却被阴阳扇扇开。

李慧娘 （愤怒，白）贾似道，老贼呀！（四鼓头扎架，以手指似道，出一把火，即起梆子慢板上句）

　　　　一剑仇，永难忘，慧娘要惩奸相，

[扇打贾似道，红光绿光，阴阳两用。校尉难近，李慧娘踞坐，贾似道挥剑扑空。众人乱作一团。

李慧娘 （续唱梆子慢板下句）

　　　　展凌光，挟雷霆，

　　　　要你把命来偿。

贾似道 （滚花） 老夫堂堂一宰相，

何惧阴间李慧娘！

[疯狂扑上，欲争相座，被李慧娘打翻。

[众校尉家丁挥刀向李慧娘砍去。

[水仙子，李慧娘闹堂，校尉家丁互相揪打，桌椅掀翻，贾似道倒在贾化身上喘息。李慧娘上前一根根地拔贾似道发须。贾似道喔喔怪叫，相冠落地，玉带离身，宝剑脱手，袍履歪斜。

李慧娘 （立案上）哈哈！（快中板）

老贼受罚魂魄丧，

满身死罪命不长，

看我慧娘升天上。

（滚花） 飞云掣电，任翱翔！

[贾似道、校尉欲上。被李慧娘之阴阳宝扇一搧，纷纷倒地。

[李慧娘舞扇腾身，冉冉腾空去介。

[幕落。

[剧终。

（剧本版本：《广东粤剧院演出剧本选集》第三集）

三脱状元袍

编剧：陈自强

人　物　表

赵天颖　　　张梦觉

李春娥　　　宋　皇

十二娘　　　贾　化

彩　儿　　　马知府

贾常侍　　　李抛哥

桂花公主　　白悲过

老管家、众内侍、中军、旗牌

众宫女、差役、刽子手等

序　幕

[雁儿落，起幕——二幕前。

[恐怖锣鼓。贾化太监打扮上，两边窥视之后，向内场三击掌。

[火爆头，贾常侍上，向贾化做手介。

[贾化利索地脱掉太监袍（内着猎装），呈上一红包裹。

[贾常侍忙解包裹，露出一座小巧玲珑的飞彩五连环。

贾常侍　（悄声地）玉——连——环！

贾　化　（得意忘形）哈哈，玉连环！

[贾常侍忙掩其口，造型，切光。

第一场　天　灾

[状元店铺面，陈设简陋，状元店招牌破旧不堪。

[小锣相思，店家十二娘从店内上。

十二娘 （板眼）开客店，在城边，

经营惨淡不堪言。

别家顾客如云，生意如轮转，

我店客房冷落，老鼠翻天。

墙塌瓦穿无钱修检，

只有萧条买卖，（转二流）

老本也蚀完。

一方烂招牌，写着“状元店”，

状元店，我这间状元店。

何曾出过一位状元。

莫非系我店住衰人，

还是读书人文章贱？

（腔收，音乐，浪里白）唉，怨也无用，先顾饭碗要紧。

（出门四顾）……啊，客官，里边有上房，投店请进！……嘻嘻，大叔大叔，是否找店投宿？状元店招呼周到，茶水充足，保君满意，住得舒服。房租相宜，标明价目。喂喂，大叔大叔！……（作追逐招揽，下介）

[牌子头音乐奏叹颜回一句，赵天颖上。

赵天颖 （唱叹颜回）

清贫秀才赵天颖，

立下了宏愿，

一心只望跳龙门，

抱负冲霄志，

读书破万卷。

（白）想我赵天颖，今春来京，一心科场应取，又谁知——

（续唱） 又谁知沿途客舍中，

身躯偏遇那病魔染。

叹寒儒出路半朝难，

羁旅路遥少盘缠。

付得了诊金，

偿还不了旅租钱，

东家清债复把西家欠。

手中只有文房四宝全，

怎把债来填，

多羞愧破帽遮颜暗悲酸。

[小锣相思，圆场，欲进店，十二娘从另一边上，误认天颖投店，忙上前招呼介。

十二娘 嘻嘻，客官投店，请进，请进！

赵天颖 （不知所措）……十二娘。

十二娘 （看清楚）原来系你？！（一步跨在门槛上，不让赵进）秀才，出门借贷如何？

赵天颖 唉！举目无亲，借贷无门……

十二娘 啊！（唱滚花）

你是读书人，明道理，

应知杀人填命，欠债还钱。

大旱三年也有落雨时，

你怎能不付分文长拖欠？

赵天颖 （重一槌）也罢！（快中板）

声声催逼愧在人前，

长作拖延自惭理短，

欠债还债复何言。（滚花）

叫店家，进店内，

烦拿过纸笔墨砚。

十二娘 要纸笔墨砚，写状告我逼你还钱么？

赵天颖 （煞板） 修书回乡，变卖祖田。

十二娘 （开颜） 着咯！所以话穷则变，变则通哩！请进啦，秀才！（一把拉天颖进内，云云，至桌前磨墨，边磨边说）秀才要卖多少田地？

赵天颖 山上半亩，山下半亩。

十二娘 （包槌）吓？山上半亩山下半亩，只得一亩地呀？

（墨条落砚中，墨汁溅面介）

赵天颖 尚有破屋一间兮，可以卖其一半也！

十二娘 （没好气）半桶水救火，好过冇啦！（音乐）

赵天颖 （刚提起笔，有所思，停笔）……我想起来了。

十二娘 你想起什么来了？

赵天颖 小生今日，在长街耳闻目睹，听说宋皇公主，失去宝玉连环，官差四出，满城风雨，真堪叹呀！——（新曲玉连环）

失去了玩物一件，出动了兵马万千，

乱糟糟满城起风雨，铁蹄下人命如蚁贱！

十二娘 唉，秀才，少管闲事入正题啦！（把笔举到赵面前）

赵天颖 啊……（提笔复写）

[西皮板面，李春娥携采儿上。

李春娥 （西皮） 离故乡，

走京都，

访寻夫婿，

何惧途长路远。

彩　儿 （白榄）妈，彩儿我，脚痛酸，日日从朝走到黑，因何还未见爹爹面？

李春娥 彩儿你看。

（西皮） 看前边，高城一道，帝京在目前。（音乐不断）

彩　儿 （喜白）啊，原来爹爹就在这个京城。

李春娥 就住在城郊状元店中。

十二娘 （有所觉，出外）啊，大婶万福，你是否找店投宿？状元店招呼周到，茶水充足……

彩　儿 你这间就是状元店？

十二娘 对对对！房租相宜，标明价目……

李春娥 请问一声，可有一位赵秀才，在此店中居住？

［天颖闻声而出。

十二娘 赵秀才？

赵天颖 （见状惊异，快搥槌）春娥！

李春娥 天颖！

彩　儿 爹爹！（先锋钹，扑上前）

赵天颖 店外风寒，快快进内再说。

［五槌，众人进店介。

赵天颖 （唱滚花）因甚千里赴京来，不畏旅途多辗转？

李春娥 （爽中板）未开言，先哽咽，禁不住泪落君前。

在乡间，虽辛劳，淡饭粗衣得饱暖，

又谁知，一场天灾洪水降，淹没了庐舍田园，

（转滚花）犹幸得贱命生还——

赵天颖 （茫然地）啊，家中一切……

李春娥 （指手中包袱，唱半句）

仅存此破衣两件。

赵天颖 （重一槌，唱沉腔滚花）

苦煞未脱狼追虎又至，

连天风浪翻破船！

（滚花）　天要杀人不用刀！——（把手上信纸撕成碎片）

十二娘 （随手抓着一片碎片，接着唱）

我的饭账房租成雪片！

（颓然地）秀才，你当灾，我破财，如今怎办？

赵天颖 十二娘，（顺三槌，木鱼）

小生遭际，灾难多端，

店东莫怨，听我肺腑之言。

赵某虽穷志不短，

胸中抱负薄云天。

（二黄） 屈指科期时不远，才华展，

应信青云有路，锦衣罗盖到门前。

十二娘 （序） 发梦都想中状元！

赵天颖 （唱） 那时酬报十二娘，当十倍偿还今日欠。

十二娘 （越听越火，唱序）

财星不照状元店。

（白）皇天在上，十二娘在下，穷秀才有得高中，雷公隆隆……

彩　儿 （也忍不住，质问）隆隆隆劈什么？

十二娘 劈我脚趾公！

彩　儿 哼，爹爹！（唱二黄）

店婆娘欺人太甚，彩儿我宁可睡街边！

十二娘 （序） 这个丫头比我更嘴尖！

李春娥 彩儿！店主人！（秋江别中段）

怜我家遇难遭此变，拖欠你生意本钱，

今日里暂借宿宝店，望大娘施恩见怜，

帮店中浆洗缝补换些活命钱，

我夫妻知恩义，巍巍大德记千年。

彩　儿 （稚气地）爹！（唱合尺滚花）

你常说人穷志不穷，

马上离开这状元店！

赵天颖
李春娥 彩儿！（同向十二娘赔礼介）

十二娘 （唱滚花）神前枯桔干水蔗，

榨来榨去也不甜，

横竖房空积灰尘，（苏锣）

卖个人情积点善。

（板起面孔，小锣白）赵秀才，想我十二娘做人，素来慈善为本，所欠房租权且记下，你家人既然来到，也权且住下，但我先此声明——（秃头滚花）

你等穷极都是客，

房租双计有言在先。

李春娥 这个自然。

十二娘 执齐行李，随我内进。

[云云，天颖感慨万千。

赵天颖 （自语地）我又想起来了！

十二娘 （止步）你又想起什么来了？

赵天颖 杜工部有诗云：安得广厦千万间，大庇天下寒士尽欢颜——小生有出头之日，在此城边，也设数间状元店，好庇几个穷生寒士。

十二娘 你开状元店，收不收钱？

赵天颖 方便寒士，分文不收。

十二娘 你不是和我抢生意？吓！

赵天颖 （拉天颖）走吧！走吧！

[暗灯——闭二幕。

第二场　一　脱

[御园，二幕前。

[耍孩儿，四宫女捧酒具过场，甲、乙内侍上。

内侍甲 御园设御宴，

内侍乙 宫花簪状元。

[大地锦，贾常侍上，内侍参见介。

贾常侍 酒筵可曾排好？

内侍甲 也曾排好。

贾常侍 吩咐传皇上口谕，新科贵人赵天颖，入宫簪花，御园候旨。

[内侍甲领命下。冲头，宫女甲慌忙上。

贾常侍 何事匆忙？

宫女甲 启禀贾公公，奴婢御园摆宴，公主大发雷霆之怒。

贾常侍 （暗笑）呵呵！你等随俺来！（与众下）

[首板锣鼓开二幕——御园。

公　主 （内唱首板）凭遍十二栏杆怒未减！

[爽纽丝，两宫女随公主上。

公　主 （胡姬怨）金屋、朱阁，火树银花不堪赞，

珍珠、翡翠，堆叠成山观赏懒。

最是心焦，失去了玉连环。

愁愁、怒怒、闷闷、烦烦，

钦犯拿着了，要千刀万斩！

[内白："圣上驾到。"

[帅牌，二宫女、二内侍随宋皇上。

公　主 （撒娇地）父皇！

（哭相思）父皇赔我玉连环！

宋　皇 （疼爱地唱木鱼）

玉连环是你心肝宝贝，

你是孤皇宝贝心肝。

皇儿愁闷，孤也担烦。

公　主 烦烦。（唱）

父皇宴乐御园，

却不替我捉拿钦犯。

宋　皇 捉！孤皇已命人查办此案了。

（唱）　今日御园摆宴，为状元新贵把宫花簪。

也好替皇儿，把佳婿来择拣。

公　主　父皇，我不嫁！

（唱）　不寻回宝物，

我宁愿深宫独守，

老却朱颜。

宋　皇　啊，不寻回宝物，宁愿老却朱颜？皇儿呀，你今年三十四岁，三年出个状元，那时选婿你三十七咯！

公　主　哼！（青梅竹马）

娇娇金枝玉叶女，

要挑驸马有千千万，

三十七岁亦比花艳，

七十三岁嫁都不晚。

（二流）　新科状元才学广，命他去找玉连环。

且封他一个八府巡按官。

（滚花）　也给他个三天期限。

［贾常侍与内侍甲早已卸上。

贾常侍　万岁爷，新科贵人早在御园候宣朝见。

宋　皇　与孤传见。（与公主入座介）

贾常侍　遵旨。（介）万岁有旨，新科贵人赵天颖进见。

赵天颖　（上，唱快七字清）

一朝名登龙虎榜，

寒儒得上天子堂。

玉宇琼楼无心赏，

肃整衣冠拜君皇。

（介）　臣赵天颖拜见我皇万岁、万万岁！

宋　皇　赐卿平身，人来，与孤赏赐御酒。

［贾常侍呈酒介。

赵天颖　谢万岁！

［帅牌，天颖站起向天奠酒介，宋皇示意赐座，天颖入座介。

贾常侍 （口鼓）万岁，面试新科贵人，请万岁把考题赐赏。

公　主 （口鼓）父皇，今科面试，就让皇儿一考状元郎。

宋　皇 好好好，赵卿家，御园面试，就由公主出题。

公　主 （紧接，口鼓）赵贵人，我问你——臣子食君之禄——

赵天颖 （对公主微露不满情绪，语气低沉）理应担君之忧。

公　主 （口鼓）哀家失去一件玉连环，你有何良策献上。

赵天颖 （掷槌，口鼓）

恕臣愚蒙，直言犯上——

公主若爱民如爱宝，（介）

君忧可解，国泰民安。

公　主 此话怎解？

赵天颖 （爽反线中板）

玉连环，信乃奇珍异宝，

也不过是玩物一方。

却惊动了，几许兵马闯皇都，

杀气腾腾，乱遍了长街陋巷。（新腔迭白）

有多少路人侧目！有多少怨声载道！

有多少孩提老弱，惨在那马下伤亡！

（转郁金香中段）

民有疾怨声，似江海沸腾，

臣也为君担了彷徨。

思国策，最上是民乐邦安。（序）

岂为小小玉连环，兴师犯众，

得与失，圣主明鉴，天心朗朗。

公　主 （勃怒，重一槌，霍地站起）人来摆驾回宫！

［公主拂袖下，两宫女随下，内侍乙上。

内侍乙 启禀万岁，张梦觉御史求见。

宋　皇 （含怒，以手击桌）传见！

内侍乙 万岁有旨，张御史进见！

张梦觉 （双槌，上）未能完君命，见驾暗惊心。（介）臣，张梦觉参见万岁！

宋　皇 张梦觉，孤命你查察玉连环下落，三天期限已过，事体如何？

张梦觉 启奏万岁，微臣三天昼夜，明察暗访，还是踪迹全无。

宋　皇 可怒！（滚花）

庸臣误事罪难容，革职收监。（包槌拂袖背场）

张梦觉 （趋前欲辩）万岁……

贾常侍 （拦介，接唱）

御旨岂容违抗！

张梦觉 万岁容禀！（跪，长句叹板）

乞明君，息雷霆怒，

恕微臣，有言禀上：

玉连环，失之内廷，

想森严宫禁，唯有内贼难防。（槌）

却有人，妄动禁军，满城搜索，

独不许臣踏勘进宫墙。

贾常侍 （重一槌）万岁，查勘内廷，此乃奴才职责，派兵宫外搜查，出自奴才勤王之心。万岁！（滚花）

勤王如有罪，奴才求罪降！（开边，跪介）

宋　皇 贾卿家何罪之有，平身。

赵天颖 主上！（滚花）

张大人言之有理，

宫墙失窃搜宫墙！（包槌）

贾常侍 （笑脸招赵至一旁，突变色）

（滚花）　你你你初进仕途，

劝君慎言，

莫失之卤莽。

（复和颜悦色白）赵贵人，本朝有例，新科状元初拜天子，嘉许求皇恩赐，赵贵人——

（滚花） 你大可请官求禄，衣锦还乡。

赵天颖 怎么讲？状元初拜天子，嘉许求皇赐恩么？

（爽白榄）赵天颖，拜我皇，拜我皇！（介）请皇赐隆恩——（暗槌）

宋　皇 （接念） 卿家何所望？

赵天颖 （接念） 望求赦免张御史，戴罪立功谢君皇。

宋　皇 （卓竹）张梦觉，孤再许汝三天之期，查获玉连环犹自可，若还查获不来，提头来见。

张梦觉 谢主隆恩！

宋　皇 与孤下去！

张梦觉 领旨！（对赵无限感激，下介）

［赵天颖趋前目送，感慨系之，若有所失。

宋　皇 人来，宫花侍候。

［大云云，一内侍跪呈官花，宋皇捡起官花，见赵不跪下受簪，龙颜不悦，贾常侍会意，至赵身旁。

贾常侍 （悄声地，浪里白）赵贵人，万岁赐宫花……

（赵仍沉思不闻，遂大声地）赵贵人，万岁赐簪宫花，你不下跪谢恩，等待何时？

［天颖如梦方醒，趋前欲跪，碰着贾常侍，朝笏失落地，欲拾又止……

贾常侍 启奏万岁，赵贵人无心领赏，落笏失仪。

宋　皇 （掷槌，含怒视赵，把官花扔回银盘内）人来，摆驾回宫！

［贾常侍等伴宋皇下。

赵天颖 （水波浪，拾起已断成两半的朝笏，锣鼓白）适才万岁跟前，失落朝笏，万岁不发一言，拂袖而去，这这这……

［内场白：圣旨下！

［风入松牌子，二内侍引贾常侍上。开边，天颖趋前跪介。

贾常侍 赵天颖跪接圣旨！“新科状元赵天颖，失仪落笏，冒渎天威，本当有罪，寡人爱才，免其一杀，纳下蟒袍玉带，原籍为民。”圣旨读罢，三呼谢恩！（介白）人来，将这寒生官袍剥下，赶出午门！

[救弟牌子，二内侍脱赵天颖乌纱、官袍，造型、亮相。

[切光，闭二幕。文锣重击一槌。

第三场　人　祸

[紧接上场，二幕外。

[扑灯娥，十二娘以银簪剔牙上。

十二娘　（念白榄）风急急，雪急急，

风雪交加寒入骨，

饮过两三杯淡酒，

嘻，登时手脚暖郁郁。（圆场，看介，白榄）

举目看前边，站得人密密，

待我上前看一看，

一张大红纸斗大个字黑似漆。（作上前看介，念）

钦点头名状元赵天颖！（揉眼，再念）

钦点头名状元赵天颖！（先锋钹，分开人群跳出，惊喜白）

赵秀才当真高中！赵秀才果然高中！哈哈！

（唱十八摩）

想不到，想不到，小小坑渠会翻波，

倒运书生竟登科，把高车驷马坐。

哎吔哟，哎吔哟，十二娘我笑呵呵，

今后有贵人助！

（白）当初秀才讲过，他朝有出头之日，欠债十倍还我。嘻嘻！十倍！（手舞足蹈）立即回店，向夫人报喜，走走走！（下介）

[开二幕——状元店内天阶。断井颓垣，井边有一株枯树，枝干生得奇形怪状。

[音乐配锣鼓，李春娥捧衣盆上介。

李春娥 （唱陈世美）

大雪纷纷降，

愁煞单衣冻，

一似寒蝉遇冷霜。

浣衣十指也磨烂，

怎得快捱完此残冬。

（转长句二黄）

夫婿心望受皇封，

我盼一声春雷动，

枯苗求甘露，

鱼盼化成龙，

日有所思夜来梦。（音乐、浪里白）

春娥昨晚得一梦，梦见夫婿高中荣归，

奴家喜不胜言，不知哪来一位大官，

把我夫招赘去了，春娥我呼天抢地——

（续唱二黄）

谁知醒来原是，竹篮打水一场空！

洗衣贫妇衣正单，（转滚花）

更苦风寒飞雪涌。

十二娘 （冲头上，气喘）夫人，夫……夫……夫人！

李春娥 十二娘平时叫我大嫂，今日——

十二娘 （打断）吓？我平时叫你大嫂太大胆！掌嘴！掌嘴！

李春娥 十二娘……

十二娘 十二娘我恭喜夫人！贺喜夫人！

李春娥 喜从何来？

十二娘 （唱流冰中板）

张十二，忙贺喜，夫人今日洪福至，

井边权作夫人椅，夫人在上请受礼！

[音乐不断，十二娘用袖拂井边，之后恭敬地扶春娥坐下。

十二娘 （整衣拂袖）夫人在上，受我一拜！

李春娥 （失措）唉哟！十二娘快起来！（欲站起）

十二娘 夫人你坐着听，我跪着讲！（续唱）

秀才老爷鹏展翅，金榜题名有告示。

鸡婆一样大的字！（腔收）

李春娥 （惊喜白）这么讲秀才他他他——果然高中么？！

（先锋钹，拖起十二娘）此话当真？

十二娘 （开边，扑声又跪倒于地）

皇天在上，十二娘在下，如有欺骗夫人，

雷公隆隆隆劈我十二娘。

李春娥 （扶起十二娘，唱滚花）

喜听夫郎高中，

教我顿展愁眉，

李氏一谢皇恩，

二拜天地！（开边跪下）

[十二娘也虔敬地同跪。

李春娥 哎，因何你又跪下地来？

十二娘 状元夫人跪地，我哪有站着之理！

[冲头，彩儿上，扑向春娥，哭相思介。

李春娥 彩儿，叫你去送衣服，因何啼哭而回？

彩　儿 （唱连环西皮）

真该死，真该死，

我捧衣裳，走到桥头，

被贼人抢去！

李春娥 （焦急，唱尾腔）

你你你，

还在此哭哭啼啼！

（转快滚花）

家无分文怎赔偿，

教人欲哭无泪。（欲下）

十二娘 （拦介）夫人欲往何处？

李春娥 不把衣服追回，我如何赔还人家？

十二娘 赔？（捧腹大笑）赔？哈哈哈……

李春娥 （悻悻地）哼！我失物赔不起，你还幸灾乐祸！

十二娘 （唱渔歌晚唱）

莫讲区区几套烂布衣，

就算失去几百件，亦算小事。

有谁胆敢索状元债，太过不知机，太过不识趣，

状元显贵，福禄照门楣，

千箱锦绣四季衣，红黄蓝白样样齐，一件可以顶十计。

李春娥 （转忧为喜）如此说来，我家状元赔得起？

十二娘 赵状元公赔得起有余！

彩　儿 （惊喜）妈，我爹做了大官？

十二娘 （紧接）对对对，十二娘还未拜见小姐。（拂袖上前）赵小姐在上，在下十二娘拜见——（一躬到地）

彩　儿 （手足无措，先锋钹，扑到春娥怀里，失声大叫）妈……

十二娘 （也被吓了一跳）夫人，小姐她——

李春娥 （苦笑）彩儿自出娘胎，从未被人称作小姐，更未受过人礼，因此惊怕起来。

彩　儿 （忽然想起，对十二娘）我——（唱送情郎）

你有前言，势汹汹，

说我爹高中，不再受穷，

雷公都会隆隆隆——

十二娘 （忙截）啊！我讲雷公隆隆隆——

（唱）　天也烧炮仗，祝敬状元公！

（暗云云，浪里白）秀才就快荣归，我去买埕状元红，好与状元公洗尘，洗尘。

李春娥 免了就罢。

十二娘 要买，要买，少陪了夫人！（旁白）房租十倍还清！十倍！（忙下）

李春娥 （浪里白）彩儿，你快到桥头候着，若听得鸣锣喝道之声，快回来报与为娘知道。

彩　儿 啊！（去而复返）妈，爹爹做了大官，彩儿就叫小姐，妈你就是夫人，夫人！（雀跃地下）

李春娥 （也按不住内心的喜悦）夫人？！……（凤凰台一句）

赵家寒门，一朝喜生辉！

（转爽中板）

喜夫郎，得遂平生志。

不枉他磨穿铁砚，三更灯火五更鸡。

这都是，老天不负有心人，多感神灵护庇，

这都是，赵门宗祖，有灵有性，

儿孙步步上云梯。

这都是，万岁爷爷，洪福所赐，

谢赏赐，李春娥当天再拜，

跪拜天地君亲师！（腔）

[四不正，春娥跪拜四方。风雪声。

李春娥 （起跪）好瑞雪呀！（唱仙女牧羊）

瑞雪纷纭银铺地，

夫君得志扬眉时，

衣锦荣归，喜荣归，

喜得改变旧门楣，

无用蓬门悲身世，

不用再担忧，

开门七件事，

（转三字经中板）

更要为夫郎，和乖女，

缝几件，御寒衣。（思索）

置一床，大红锦被，

吉祥如意，绣在罗帏。

乐也融融，欢天喜地！（短腔）

（小锣相思，身段，险些滑倒，先锋钹，惊，白）庭阶雪滑，险些跌下地来，跌坏奴家无关紧要，少时我夫归来，一身蟒袍玉带，头顶新乌纱，脚踏新皂靴，若是跌坏状元，我还得了么？！

（秃头，武二归家腔）

待奴细扫这庭阶地。

[小锣相思，拿扫把打扫介，扫至井边，发现盆上倒影，不觉放下扫帚，作照水身段，锣鼓做手介。

李春娥 （唱新腔流水）

容颜映落盆中水，

水中人笑我痴迷，

夫婿荣归大喜事，

似这般蓬头垢面失礼仪，

待我忙忙忙，转回房去，

（木瓜士字腔转中板）

就把清泉作镜，

摘朵野菊伴髻围，

梳洗待郎归。（拉腔，捧盘下介）

赵天颖 （内唱合尺首板）

罪出无名，

满腔怨气！

（大冲头上，羞愤交加，以袖掩首，唱叫头）

天呀！

（三槌诗白）有怨无从诉，有恨压天低，有才无处用，有苦自家知！

（锦城春）悲啼，悲啼，

我似鸿雁高飞遭箭惨坠地！

喜道十年身到凤凰池，

不枉囊萤映雪寒窗苦，

一朝得上月宫攀桂枝。

岂知风波平地起，

招置落笏失仪罪！

唉，春风暖，吹花艳，

春风恶，吹花落，

乌纱脱去依旧戴上破帽儿。

说什么文章魁首，名登金榜，都付与流水去！

感慨生悲，叹唏嘘，忍不住泪湿破罗襦。

（转反线中板）

徒负了状元才，（槌）

安邦策，胸怀万卷诗书，

自信卿相出寒门，一颗丹心，抱负凌霄志。

眼观看，青云有路，鹏飞万里，

谁料烟锁路迷。

更信道天子重贤豪，

宦门许我一翻身，

谁知翻作南柯一梦里！

到如今，大好明珠埋粪土，

说什么无双国士，

（转反线二黄）

为一方朝笏，赶下了丹墀。

怨千声，嗟万句，千嗟万怨怨苍天，

天也嫌贫折磨穷秀士！（腔）

（风雪交加，天颖瑟缩井旁，对井有感）

（新曲井中人）

井中人，添憔悴，

好一比蛟龙困在浅水池。

何日腾云冲霄去，舞云霓。

井中人，依旧落拓一布衣。

[天颖越思越愤，先锋钹，拾砖掷下井中，背场坐于井畔。

[场内马步吹音乐。

[叻叻鼓，春娥匆匆上，从赵身旁走过而不觉，向内场张望介。

李春娥 （唱五槌滚花）

吹打之声传耳畔，心喜如醉如痴。

道是夫婿归来，（小锣一笑续唱）

原来是隔邻嫁女。

（回身发现井边人，卓竹以袖遮面）请问那旁坐的，可是到来找人？

赵天颖 （站起，迟迟地）……春娥。

李春娥 （看对方）你你……（揉眼）天颖！

（先锋钹，趋前介）天颖你回来了！

赵天颖 （仍迟迟地）回来了。

李春娥 （慢卓竹，发现眼前人不是想象中的丈夫，掀起天颖衣角，从下而上凝视对方）闻说你高中了？

赵天颖 （迟迟地）——中了。

李春娥 既是中了，为何这般归来？

赵天颖 （悲惨地）妻呀！

（双星恨）我似大海一尾漏网鱼，

有命得归来天大喜。

二更天拜龙颜，

三更天脱去状元袍——

李春娥 （接唱） 这话从何讲起！——吓？！

赵天颖 （唱） 一朝志得遂，喜有幸，有幸谒君面，
御园簪花圣恩赐，
唉，只怪我，我粗心一时，
跪接天恩悔步迟，更落笏失仪。
触怒了天颜降罪，
丢乌纱脱去紫罗衣，
保住人头归见妻子。

李春娥 （锣鼓白）怎么讲？我夫一时失慎，落笏失仪，便将官革去么？（水波浪，介）夫呀！你说道落笏失仪，究竟落的是什么笏？

赵天颖 乃是一尺多长，两寸多宽的象牙朝笏。

李春娥 （掷槌） 莫非就是戏棚之上，扮官之人，
拿着见皇帝爷爷的木片不成？

赵天颖 正是！

李春娥 真是岂有此理呀！（快十字二黄）
听罢了，夫言语，不由李氏，气愤难支，
说什么，文章比米贵，
天子遇英才，如鱼得水。
为臣有过失，为君教几句，（慢一倍清唱）
不应失落一块臭象牙，
把个状元当水泼出去，（复唱原板）
不谅人有错手，马有失蹄。
如此赏罚不明，怎作人君天子！（槌）

赵天颖 （忙掩春娥口，慢唱教子腔）
唉，你莫背地骂皇帝，提防又再招来罪，
且将这笔墨袋，小心挂起。

［音乐不断，赵天颖解下笔墨袋交与春娥。

李春娥 （接袋在手，凝视，落泪，续唱）
唉，为这小小笔墨袋，我夫忘睡又挨饥，

朝朝攻读书，晚晚通宵写，

岂知写出一个“罪”，

试问还留着你有什么用处？！

[春娥高举手中袋想砸，先锋钹，天颖忙托住春娥手。

赵天颖 妻你慢动手！（恋弹中板）妻呀！

劝妻莫伤悲，莫动一时之气，

寄居他乡，一贫如洗，算只有靠双手去卖字，

这纸墨砚，便如同命根子。

若把它丢去，无以为家计，到何处要——

（一字一泪地）全家三口两餐柴共米？

[慢卓竹，春娥为天颖拭去眼泪，复背身为己拭泪。

[大冲头，十二娘欢天喜地双手捧酒埕上。

十二娘 拜见夫人，拜见赵老……（见状诧异，大掷槌，绕赵走看一圈，迟疑地白）赵状元金榜题名，因何又不穿官袍，不戴乌纱？吓？！

赵天颖 （不知如何是好）我……十二娘，我的官袍官帽，寄放在贡院里边，待等三年后再取回来。

十二娘 三年后再取……（恍然，包槌）吓，你没有做官呀？！（哭丧着脸）唉呀，我的十倍房租呀！

[以手捧头，酒埕落地开花……

[幕急下。

第四场 赠 银

[紧接上场。

[城郊桥头，桥边设石桌椅。

[牌子头。小锣急急锋，李抛哥上，身段介。

李抛哥 （载歌载舞唱披星）

京中，谁不知李抛哥，
论本事，偷拐骗谁及我？
绝招是：敲诈和扮傻，
跳梁飞窗，弟兄众口称一哥，
闯了祸，刀山火海也能过。

（念缩头龟白榄）

昨晚在赌场，输得两眼都出火。
今日两袋无个钱，又饿得肚起火，
先找二两银，医我肚中饿。
看谁好运气，撞着我李抛哥，
李——抛哥！（小锣介下）

[慢滚花锣鼓，天颖持“笔墨生涯”布招牌，背笔墨袋上。

赵天颖 （唱滚花）谁识此倒运状元，为谋生计，
长街之上，煮字疗饥。
寒窗陋巷无有富书生，
孔孟圣门尽是穷徒弟。

（至石阶前入坐介，唱滚花）

就在桥头设档，且观生意何如。

[小锣，白悲过背四把扇子上。

白悲过 在下白悲过，张姣姣要我题诗，李娇娇要我赠句。唉！谁知我未出娘胎怕读书，倒吊起来无滴墨。（小锣）今日来到长街，寻个卖字之人——（见赵）喂，写字先生，你会作诗题句么？

赵天颖 （刚摆好档口，起坐施礼）仁兄有礼，若论诗功夫，鄙人略懂一二。

白悲过 这里有扇子数把，与我各题诗一首。

赵天颖 （接扇）请问以何为题？

白悲过 一不要孟子云，二不要孔子说，只要风花和雪月。还要写上我的姓名。

赵天颖 还未请教？

白悲过 白悲过！（念成“白鼻哥”）

赵天颖 （小锣，奇异地自语）白鼻哥？

白悲过 哇！什么白鼻哥，悲伤之悲，过失之过！

［音乐。天颖写介，写毕递与白悲过看介。

白悲过 （倒过来看，故作赏识）好，写得好！

赵天颖 倒转来看了。

白悲过 ……哎，我的名字呢？（从扇上寻介）

赵天颖 （指扇下端）仁兄大名在此。

白悲过 哦，（取银）白银二两，若得佳人叫我做白才子，他日再来帮衬。（匆匆下介）

赵天颖 （目送浪子，摇头苦笑）这二两银子，数目倒也不少。少时回店，一两还给十二娘，一两与我妻买柴籴米。

（滚花） 今天字档初开，还算吉利。

只堪叹紫霜毫，乌龙墨，拈来作风月之词！

［撞点锣鼓，摆手入座，拿起书卷阅读介，与此同时，张梦觉员外打扮上。

张梦觉 （中板） 御史民装来打扮，为寻御宝玉连环。

为此宝，俺不思茶和饭，

为此宝，俺提着头颅东奔西走如闯鬼门关。

（转三字）时限三天，日已去其半，

破案无门路，好比登天难，（原腔）

哎呀难难难，唯有仰天长叹！

（腔收，暗叫头）天呀苍天！

［梦觉唱三字时李抛哥卸上暗盯着梦觉。

李抛哥 （至张身后，摸其腰包，见张回转头来，即随机应变）哦，我总算找到你了！

（滚花） 昨日赌场上，你欠我白银二两未清还。

识趣者快拿来，我要等钱开饭。

［先锋钹，李抛哥欲打张梦觉，赵天颖趋上前拦介。

张梦觉 （诧异介，唱滚花）

我与你素无谋面，说什么债项付还？

拿着菩萨当无常，老弟识人须带眼！

李抛哥 呸！（快滚花）

居然赖账，火上心间。

若再不还，拳头无眼。

赵天颖 长街动武，成何体统？

李抛哥 他欠债不还。

张梦觉 他无端勒索。（二人争执介）

赵天颖 慢！（对李）你说他欠债不还，请问有何凭据？

李抛哥 赌场上讲义气，何用什么凭据！

赵天颖 不问凭据，也问姓名。

张梦觉 对，你可知老夫姓名？

李抛哥 （掷槌结舌，打量天颖介）喂！（念白榄）

同是走江湖，同食江湖饭。莫管闲人事，各路各人行！

赵天颖 （接念） 路见不平担扛铲，劝君听告诫，莫再逞强蛮。

李抛哥 （快念） 小子骂老爷，果然好大胆，你打烂我饭碗，我打你一大餐！

[李抛哥欲打天颖，梦觉从中拦介。

张梦觉 算了，我给。（另场口鼓）小不忍则乱大谋，二两白银当作阴消阳散。（取银，囊空）哦，出门匆匆未有带便银俩——

李抛哥 （口鼓）无所谓，赌场有规例，无银便剥衫！（动手）

赵天颖 （按捺不住，怒斥）住手！

（唱快中板）

世风日下教化难！

（转滚花）老先生，这里有二两白银，

且将那歹徒遣散。

张梦觉 （感激地）仁兄你——（伸手欲接银）

李抛哥 （一手把银夺去）都算你知情识趣，若迟一刻，要你坐监！（扬长而去）

张梦觉 （感叹地）无赖之徒，令人憎恨，仁兄仗义，还未请教高姓大名？

赵天颖 寒生赵天颖。

张梦觉 （掷槌，认清对方）仁兄莫非是落笏失仪的赵贵人不成？！

赵天颖 （感叹地）老先生此事休提罢了！

张梦觉 （无限感激）赵仁兄，我的大恩人……

赵天颖 哎，区区财物，何足挂齿。

张梦觉 赵贵人，现居何处？

赵天颖 （自惭地）落难状元，寄居状元店。

张梦觉 赵恩公何须感叹唏嘘，塞翁失马，焉知非福呀！

（滚花） 羡你逍遥身在野，

未知做官容易伴君难。

那一宗无头公案玉连环——

（自知失言）赵仁兄，唯叹相逢恨晚。

（满怀心事欲言又止）……请呀！（下介）

赵天颖 请！这位老先生，分明是宦海中人，嗟叹官场多变，才有此满腹牢骚。（五槌锣鼓，拈书有感，唱滚花）

世人只道书中自有荣和贵，

谁知书中还有险和艰。

[闭二幕。

[二幕前。

[七槌贾化上，粗莽之夫，商人打扮。

贾　化 （快中板）不习文来不习武。

攀权附势有功夫！

（顺三槌）某，贾常侍第九干儿子贾化是也。只因我家干爹，暗通金国，探知金主，欲得我朝异宝玉连环，干爹为博金主欢心，日前命我窃来此宝，今日命我乔装商人，将玉连环带出关，献与金主，俺乔装已完，堂前有请干爹。

[地锦，贾常侍上，手拿一红包裹，内藏密札一封。

贾　化 孩儿参见干爹！

贾常侍 儿呀，为父交你御宝玉连环，内藏一封密札，（出示密札）连夜送出边关，途中须小心行事。

贾　化 孩儿遵命！（下介）

贾常侍 正是：为保今生长富贵，何妨一脚踏两船。（下介）

[二幕启。

第五场 酬 金

[紧接上场。

[状元店（与第一场同）。

[静悄悄，音乐，安乐椅放置台中，十二娘睡在椅上，有顷，十二娘骤然坐起，长叹一声，音乐收。

十二娘 （对天）状元店呀状元店，真是铁树开花，豆豉爆芽——状元店出了个大状元！我欢天喜地，喜地欢天，买了一埕状元红，我步步尺七接状元——

（秃头滚花）

接状元，接状元，

唉，谁知接个"撞扁"！

（白）听穷秀才说，跌了块牙笏，就将官袍脱，皇帝呀皇帝，秀才欠债我都有三限，你这样做法就太过绝！（睡倒椅上）

彩　儿 （背一捆柴上，唱眉芜歌）

彩儿我，上山岗，

北风哀哀叫，伴我打柴忙。

富家小姐荒郊赏雪着艳装，

天寒地冻，却赞赏"好个雪香"，

风刀割，衣衫薄，穷孩儿，只等盼，

大雪早收出太阳！

[音乐。彩儿进店介。

十二娘 彩儿，冰天雪地，还去打柴？

彩　儿 爹爹长街卖字，亲娘与人洗衣，彩儿我，也不能张口吃闲饭。

十二娘 （怜恤地）这个女，一副牛脾性，做人倒生性。彩儿过来，（掏钱）赏你两个铜钱，买饼食啦。

彩　儿　多谢十二娘。（不接）

十二娘　哎，因何不接？

彩　儿　阿爹常教彩儿，为人莫贪。

十二娘　唉，父女一担担，十二娘悭番！（把钱塞回腰间）

[地锦，天颖上，进店。

彩　儿　爹爹回来了！（替天颖接过笔墨袋，卸下）

十二娘　（减字芙蓉）

秀才今天新开档，

料必顾客多如云。

赵天颖　开头倒也不错。

（接唱）　纸笔墨砚刚摆开，便喜得有人来帮衬，

诗句写成四把扇，润笔金是二两银。（音乐不断）

十二娘　哗！几笔就赚二两银，我们做生意博万利都要一本。你们读书人却无本生利，好啦秀才！（接唱）

相信唔使我开声，

也应劈开分两份。

赵天颖　（为难地唱）

我有下情还未说——

十二娘　（截白）　我知你一家三口要食饭，

十二娘通情达理，

二一添作五就是了！（向赵伸手）

赵天颖　（续唱）　银两已不在我身。（包槌）

十二娘　（火了）喂喂喂！（秃头滚花）

君子讲话牙齿当金，

你真个秀才念诗——贪过口瘾！

赵天颖　十二娘请听呀！（牌子代诉）

十二娘　（先锋钹，执赵）吓？三唔识七，白白将二两银送给人？！

（反线戏妲己尾）

唉吔吔，

（一口气唱）

死读书读死书不懂做人！

（快七字清）

食餐忧餐穷光棍，还讲义气又赠银。

（滚花）百无一用，就是你们读书人！

赵天颖 非也！（接唱）

见义勇为，

才是读书之人好德行。

十二娘 （唱霸腔快滚花）

你千不该，万不着，

拖欠我房租去做善人。

你义气便忘记还我钱财，

我火滚就要你无床目训！

［十二娘怒冲冲下介，大冲头，十二娘拿包袱上，春娥随上。

李春娥 （惶惑地）十二娘，你把我包袱拿出房来，是何道理？

十二娘 哼！你丈夫做的好事！穷秀才，接住你副身家！

（把包袱抛向赵）从今晚起，我要你住柴房！（槌）住柴房，够舒服，现金一钱八，赊账三钱六！

李春娥 （卓竹，莫名所以，上前接过包袱）天颖，到底从何说起？

赵天颖 （心安理得，唱滚花）

你夫仗义赠银做好事，

一时激怒店主人，

妻呀！住柴房便住柴房，且效勾践卧薪，承受先贤教训。

［地锦，老管家手拿一红布包裹上，进店。

老管家 请问状元店里，可有一位赵天颖相公？

赵天颖 小生正是赵天颖。

老管家 （打量赵，盘问）敢问赵相公，你今天在长街之上，赠了别人多少银两？

赵天颖 白银二两。

老管家 （忙施礼）赵相公有礼！我家老爷，多蒙相公仗义疏财，解了危难，今命奴才，送上黄金五十两，请赵相公笑纳笑纳。（奉银与赵）

赵天颖 哎，解人之困，义所应当，这金钱——（以手却之）

老管家 赵相公，礼金你若不收，奴才便长跪不起。（欲跪，开边）

十二娘 （忙上前接过）这金钱赵相公领受，领受！

老管家 时光不早，奴才就此告辞。（下介）

［十二娘手捧黄金，呆若木鸡……

李春娥 （更莫名其妙）黄金五十两？天颖，这事又从何说起？（把包袱放在桌上）

十二娘 （定神，忙把黄金交到春娥手，笑容可掬）大嫂，这件事我讲过你知！

（雨打芭蕉）

皆因你家好秀才，为人好德行，仗义疏财助人。

纵贫寒，亦赠银解人危困。

今番得了五十两金得好报，招财神！

常道善心必有善财报，——

哦，今天方信此话真！

（浪里白）二两白银，赚来五十两黄金，大嫂，我十二娘会睇相，看掌纹，你睇：赵相公印堂乌云今散，光彩照人。从明朝起，哦！应该讲从今晚起就行好运！今晚就行好运！

李春娥 （唱前曲）喜得夫君穷途遇贵人，

这金钱，好比旱苗及时遇雨淋，

不用再长挨饥寒。相报感恩深。

理应上门还谢去——

赵天颖 （接唱） 天颖助人非望报，

更不愿为财物去谢人。

李春娥 （接唱） 修一封答谢信，也算表寸心。

十二娘 （口若悬河）大嫂讲得对，不去面谢，也应通个书函，现在时已入黑，不便找寻，相公今晚修书，明朝由我带去……

李春娥 十二娘，先付你二两黄金，多多少少，日后再算。

十二娘 （忙接银）夫人你何须着急。赵相公，你先前住的房间实在太细，我已打扫好一间上房，两张大床，三人够住，四面临窗！（小锣，一手拿起包袱）行李也早为你收拾好了，相公，夫人，小姐请！（一躬到地）

[天颖、春娥无言一笑，同下介。

[闭二幕。

[雁儿落，李抛哥手执一红包裹狼狈过场，矮子功下。紧接，四家将提灯引贾化戎装佩剑上。

贾　化 且住！俺携带宝玉连环，待夜赶出边关，只怪我贪杯好酒，酒楼之上，失去奇宝！今晚带齐家将，四处搜查，搜！（与众人下介）

李抛哥 （水波浪，上介）且住！刚才酒楼买醉，是我眼利手灵，盗来一件玉器，正想脱手出卖，谁知官兵四出，搜索甚严，这是何故？！（掷槌）若因小玉器，被人擒住，岂不大大无辜！（水波浪，抬头念招牌）状元店！（双）躲进状元店，正好避风头。

[从二幕中间内入，复伸头窥视……鼓打二更。

[切光，开二幕。

第六场　失　金

[紧接上场。

[客房、桌上有台灯。

[音乐，春娥坐桌前，在玩赏黄金。

李春娥 （月下飞鸢）

黄金，像灯，似火，闪闪照眼亮。

照得人心暖，照得店生光。

我几番开口问心费思量——

你可以换得几多担柴？可换得几多石粮？（音乐，作数金介）

——一五、一十，十五…… 四十五、四十八——咦？（重数，不安地唱送情郎）

确离奇，费猜想，

五十两之数未遗忘。

来去数了有几趟，为什么偏偏差二两？！

（音乐，思索介，续唱）

莫非回房时失落在走廊，持灯出外仔细看。

[云云，春娥拿灯出门细找，李抛哥越墙而进，摸黑欲窃取黄金，春娥回身照地，李抛哥跃身上柜，再从柜顶飞上正梁，隐去。天颖与彩儿从外间上场。

李春娥 天颖，快快进房说话。（三人进房介）

赵天颖 何事大惊小怪？

李春娥 一包黄金，无端少了二两！

赵天颖 （不以为然地）可有数个清楚？

李春娥 也曾数了几遍。

赵天颖 一共多少？

李春娥 只得四十八两！

赵天颖 （失笑，秃头滚花）

你忘记在于店前，支付店主人那二两！

李春娥 （醒悟）——唉吔！我老糊涂咯！

赵天颖 （痛惜地）妻你不是老糊涂，是穷到糊涂了！

彩　儿 爹！娘亲系饿到糊涂！

[三人互望，骤然纵声大笑。天颖坐到一旁。

彩　儿 娘亲，你为什么哭了？！

李春娥 （哽咽，抹泪）笑泪——唉！

（秃头爽唱梆子慢板）

冬去春来数载长，锁住双眉过日辰，

似这般合家齐欢笑，就数今晚第一场。

赵家去灾星，从今福泽降，

（楔白："女呀"）

明朝与彩儿往市场上——（小锣）

彩　儿　娘，今晚你讲过多少次咯！（秃头唱红绣鞋）

一清早赶到市场上，

先买冬衣冬被，

买猪肉，买酒菜柴和米——

李春娥　（唱）　先买个大慈大悲观音像。（直转慢板）

更要买还愿酬神香。（转滚花）

你爹爹穷途遇贵人，应叩谢神恩广。

[二更鼓。

赵天颖　时已二更，你与女儿早些安睡，我还要夜读片时。

李春娥　黄金如何处置？

赵天颖　（若有所思，口鼓）这黄金应好好收藏，因刚才在店前，又遇上诈骗钱财那个无赖汉。

李春娥　（先锋钹，执赵，口鼓）那无赖汉现在何处？

赵天颖　（口鼓）正投宿在下房。

李春娥　（惊叫）唉吔！

（快滚花）与贼同屋甚过虎狼。

叫彩儿，快把门窗关上。

[快云云，彩儿忙把门、窗关上，与此同时，春娥手忙脚乱把黄金包好，欲放置柜里。

李春娥　（自语地）这大柜没锁，不能放！……放到床头更稳妥！彩儿快跟我来！（一手拖彩儿，欲下，复回）不妥，不妥，一床蚊帐，也非铁壁铜墙！（把彩儿当作天颖）天颖，你——你藏好它吧！（把金塞到彩儿手。）

彩　儿　娘亲，我系彩儿呀！

赵天颖　（见状忍俊不禁）哈哈！（唱减字芙蓉）

看你母儿惊惶态——

李春娥 （接） 我似觉贼人已在房！

赵天颖 （接） 谈虎色变，草木皆兵——

彩　儿 （半句滚花）

爹！娘双手冻到冰一样！（暗云云）

李春娥 天颖，你是男人，这包金还是你收藏好。（把金交赵）

赵天颖 （笑接）提防万一便了，时光不早，且先歇息。

李春娥 （挽彩儿手，边行边说）你阿爹未讲有贼，你娘眉开眼笑；一讲有贼，为娘便心惊肉跳。（边说边下介）

赵天颖 （唱滚花）当此更深人静，

最宜灯下诵华章。

[音乐。赵挑灯坐读介，三更鼓响，赵不觉伏下入睡，手肘压着包裹。

[李抛哥从梁上跳下，见状思计，解下腰间包裹，密札失落地上，不觉，拔下头发搔赵耳，乘赵转动之际窃去其金，放下玉连环，越窗而走。

[场内人声呐喊，长锣鼓，十二娘领贾化、众家将提灯上。

贾　化 店婆娘，这店中住有何人？

十二娘 禀大人，这间房，就住着赵秀才一家三口人。

贾　化 叫门！

十二娘 （拍门介）赵相公！赵相公！

[水贾化一掌推开十二娘，踢开房门，众人冲入房内，天颖惊醒，忙把包裹藏入里袖。

贾　化 人来与爷搜过！

[众家将踢翻椅子，一家将冲入内搜介，其余打开柜门，把被、衫拿出丢在地上。春娥、彩儿卸上介。

一家将 影迹全无！

贾　化 搜身！（众家将欲搜赵身）

[众搜赵身，搜出包裹呈上贾化，贾化解看，见宝惊喜。

赵天颖 （见物大惊）玉连环！

贾　化 住口！人来带走！

[众押天颖下介，先锋钹，春娥扑出房门扯贾衣介。

李春娥　大人，我丈夫犯了何罪？

贾　化　钦犯！（踢倒春娥，下介）

李春娥　天颖！（冲头，拉彩儿追下介）

十二娘　喂！你凭什么乱拉人？要打烂我店的东西？

贾　化　凭什么？就凭我是官兵！（打了十二娘一巴掌，下介）

[十二娘被打得晕头转向跌倒在地。

十二娘　官兵？官兵打人呀！官兵、官兵，其实是强盗！（边说边把踢翻的椅子搬起，发现地上的密札，随手执起）信？哦！这封信一定是赵相公写给那位赠金的张员外。唉！张员外你包金害死人了！

[切光，闭二幕。

第七场　二　脱

[紧接上场，深夜。

[马知府后堂。二幕前。

[雁儿落，甲乙家将各执夹棍、皮鞭上。

家　将　有请马大人！

马知府　（叻叻鼓上）穷秀才招也不招？

家　将　启禀大人！小刑数下，赵天颖他死口不招！

马知府　小刑不招，大刑伺候！

家　将　（示夹棍）大刑准备多时！

门　子　（匆忙卸上）启禀大人，贾公公到！

[快地锦，二家将提灯笼引贾常侍匆匆上。

马知府　参见干爹！

贾常侍　事体如何？

马知府　照干爹吩咐，小刑威吓，可恨贼子死口不招！

贾常侍 贼子叫何名字？

马知府 赵天颖。

贾常侍 赵天——（大惊）吓！莫非失仪落笏那个赵天颖不成？！

马知府 正是那个倒运状元！

贾常侍 （惊惶，扑灯蛾）密札落在此人手上，咱煞费思量，费——思——量！（两槌，包槌滚花）

收起我亲笔信，

只交出玉连环，

俺命要牵在他手上。

莫非这寒生，穷凶极恶，

今天回敬俺一回马枪？！

一封书，吊着俺人头，

这书生心狠手毒——与俺一样。

（音乐，徘徊，自语）倒运状元——状元……有了！（前曲）

状元两字为钓饵，

好来收拾这个倒运状元郎！

（对马）附耳上来！（与马耳语）

马知府 干爹好计！

贾常侍 我儿依计行事，随俺来！（众人随下）

[一下文锣，二幕开——知府后堂，灯影暗淡，阴森得可怕，正中桌上竖起圣旨，两边分放着一顶乌纱和一叠官袍。

[音乐，节奏急骤，情绪愤激。

赵天颖 （内场散板一句）

无风又起三尺浪！

[扭丝配击乐，两家将押天颖上，水发勒。鱼尾群，披枷锁。

赵天颖 （爽唱走马中段配击乐）

究竟我又犯了何罪状？

百般莫辩，也不容辩，

妄施刑杖弄成这副模样，

披枷戴锁，又成为代罪羊！

[内场喝白：呔！贾公公到！

两家将 （呵斥）跪下！（不由分说按赵跪下）

[天颖威武不能屈，昂然站起。

[内场喊虎威——武！

[虎威声中，四衙役、两家将跑上，开行，垂首肃立。

[反线慢奏帅牌，马知府迎贾常侍上。

贾常侍 （入座）马知府，闻说你捉了一名钦犯，姓赵名天颖。此人现在何处？

马知府 禀公公，这就是犯人赵天颖。

贾常侍 （开位，见赵，故作大惊，快擲槌）唉吔，原来真是赵贵人！马知府！

（爽滚花）新科状元蟾宫客，何弄至铁锁郎当！

折磨坏了天子门生，此罪你可担当得上！

马知府 （假惺惺）下官知罪，下官知罪。

贾常侍 （拿起圣旨）赵贵人，我找得你好苦呀——圣旨下！

[全场人跪。

贾常侍 （念）“新科状元赵天颖失仪落笏，原已被贬为民。贾常侍为国怜才，求情保本，恳切陈词，朕准所奏，赐还赵天颖纱帽官袍，复其状元名位。”圣旨读罢，三呼谢恩。

[牌子，众人起立，唯见赵仍呆跪不起。

贾常侍 人来，与赵贵人除去枷锁——（秃头滚花）

更衣侍候状元郎！

[大开门，众家将不由分说扶起天颖，与其穿戴之后，马知府示意，众家将、衙役退下介。

赵天颖 （如坠云雾中，慢唱正线走马中段）

莫非我在梦里游荡？或到奈何桥上，

听判官言虚妄，他把鬼话讲？

阴间封我作头名状元郎？

[鼓响四更，天颖如梦初醒。

赵天颖 （秃头鼓腔七字清）

三更捉人四更放，

走出了阎王殿，登上天子堂。

（原板新腔）

官袍盖在囚衣上，

官官贼贼一身当。

一本糊涂公案，我这个头名状元郎，

棍棒交加打上龙虎榜！——真奇罕！

（序，七字清）

昨日这玉带蓝袍映眼亮，

今日这蓝袍玉带闪寒光。

（转三字经）

只怕这官袍，好比烟云荡，

罡风起，未知吹去何方？（静收）

马知府 赵贵人，送回你蟒袍玉带，还不上前谢恩。

赵天颖 （原板新腔）

谢过呀万岁爷，皇呀皇恩浩荡；

遥拜当天，诚恐诚惶。（腔）

贾常侍 赵贵人请坐。（与赵分边同坐介）

马知府 贵人，刚才冒渎诸多，下官知罪。

赵天颖 既属误会，赵某心不记怨就是。

贾常侍 心不记怨，赵贵人讲得好呀。

赵天颖 （淡淡地）也谢过贾公公保本之恩。（欠身）

贾常侍 贵人礼重了，礼重了！（卓竹，对马示意）

马知府 咦咦，赵贵人（唱滚花上句）

怨不可记，恩不可忘，

今日唯有恩于贵人——

咦咦，恕下官出言谬妄。

赵天颖 （憨直地）今日谁个有恩于我？

马知府 （紧接）对！怨不可记，恩不可忘，你那位恩人，官不论，禄不论，单要贵人手上一——封——信。

[下面一段戏，因各怀心事，成了误会巧合。

赵天颖 一封信？——啊，我想起来了！

（爽长句二黄）

若说义厚恩深，此话失之过当。

我敬此公耿直，厚道善良。

送炭雪中堪赞赏，我欲修书柬，酬答对方（句）。

贾常侍 （大喜过望，趋前，唱序）通情达理世无双！

赵天颖 （二黄） 只可惜投递无门，

好不教人怅惘，

贾常侍 （唱序） 当面赐还更稳当。（暗槌）

赵天颖 （有点糊涂了）当面赐还？

贾常侍 对！一封信呀！

赵天颖 信？（秃头滚花）

只怪我疏忽未请教，

只听管家说道他姓张。

贾常侍 （旁白）姓张？——吓，莫非他要把咱家密札，送与那张梦觉小子？（暗快掷槌，转对赵阴森森地）赵贵人，既未送出——

（滚花） 那书信又在何方？（暗槌）

赵天颖 信？哈哈！（便唱）

只字也未曾写上。

[重一槌，常侍仍误认对方在愚弄自己，怒不可遏，大掷槌，推磨，天颖惶惑不安……

贾常侍 （口鼓）赵天颖，劝你得些好意须回手，莫与咱家对抗，今晚若不交还密札，不是我死便是你亡。

赵天颖 贾公公此话从何说起？

贾常侍 人来，传贾化！

马知府 贾化上堂！

贾　化 参见干爹！

贾常侍 贾化，那旁坐着新科贵人，你且上前报个名去。

贾　化 遵命，（耀武扬威）俺！当今宋皇御前常侍心腹爱将第九干儿子贾化是也！（四家将卸上）

贾常侍 奴才跪下！

［贾化霍地跪下。

（笑得可怕）带我密札送出边关可是你？

贾　化 （惊慌）正——正是。

贾常侍 途中贪杯，失去密札可是你？

贾　化 孩儿知罪。

贾常侍 人来，推出斩——（挥手）

贾　化 （抛盔甩发，身段跌地）干爹饶命！

［两家将押贾化，贾化边呼叫边下。

［急三枪长锣鼓，一家将捧贾化人头上，跪呈。

贾常侍 寒生！（快白榄）失我密札刀下丧，偷我密札命来偿，抬眼看人头，你一条性命在吾掌！

赵天颖 冤枉，（快白榄）人命贱如泥，三字成冤案，为分清皂白，五更上殿面君王。

贾常侍 上殿？哈哈！人来，把他官袍玉带扯下来！

［水仙子，众家将与天颖脱袍介。

贾常侍 （先锋钹，执赵，口鼓）寒生！知机者快将密札交还俺手上。

赵天颖 （口鼓）阉奴！你假公济私，假仁假义，假传圣旨，应信人间有剑伏虎狼。

贾常侍 可怒！（快滚花）

打入死牢内，

明日斩首法场！

［牌子一句，一家将为天颖重上了锁。亮相，切光。

[闭二幕。

[翌日。

[状元店门前，幕前贴上封条。

[张梦觉乔装年轻相士，手拿一活神仙布条上。

张梦觉 占卦算命！……（唱寻针）

闻报昨晚状元店，

捉了一书生。

追问，不知起因，

此事蹊跷可疑甚，（慢收）

暗盘查，扮作算命人。

[王祥哭灵序，十二娘哭着上。

十二娘 （唱） 哭一声，封了店门，

分明打烂我这只米饭碗。

好叫我十二娘泪落倾盆！（索性坐在地上）

张梦觉 （看封条）大嫂，这状元店因何被封？

十二娘 （从地上爬起，诉苦地）睇相先生，你看看我是不是生成个倒霉相？赵秀才无端惹官非，官差拉人兼封屋。

张梦觉 赵秀才？

十二娘 就是那个倒运状元。

张梦觉 （紧接）他犯了什么官非？

十二娘 差人搜店，搜出一包黄金，便把他拉到公堂！

张梦觉 （脱口而出）唉吔张梦觉，你五十两黄金，害苦了赵秀才！

十二娘 对！那包黄金，系一位姓张的老爷送给秀才的！（忽然想起）唉，因何你知道得咁清楚？

张梦觉 吓！我——我是活神仙嘛！（指布招牌）

十二娘 啊对！活神仙呀，秀才是个好人，那包黄金的确是那位张老爷送的！（从袖内取出密札）你睇，赵秀才昨晚还写信回张老爷致谢，连信封都未写上，就被差人拉走……

张梦觉 （顺手接信，拆取第二个信封）——呈大金国……

（大惊，水波浪，至一旁取出信笺念介）“金主思宋室，效力不畏难，为表奴才意，献上玉连环。贾常侍……”

（大喜过望，先锋钹，执十二娘手）此信你从何得来？

十二娘 （紧接）赵秀才房中所得。

张梦觉 （紧接）被拉之前他有何吩咐？

十二娘 他说有信要送张老爷，只恨投递无门路。

张梦觉 好呀！（顺三槌）秀才真智勇，阉奴死日来，赵恩公，张梦觉救你来了。（欲下）

十二娘 （先锋钹，扯住张）活神仙，真系请你同我看个相……

张梦觉 好相，好相，我要你店门今日，重新开张。（把活神仙招牌塞到十二娘手，忙下）

十二娘 （对招牌，苦着脸）活神仙呀活神仙，官役无端封客店，店主今后睡街边！

[切光，开二幕。

第八场　三　脱

[当天下午。

[法场。

[击乐配昭君怨引子，情绪悲愤、激烈，风雪声中开二幕。

[梦幻：天颖坐在刑台上，彩儿跪在台中。

彩　儿 爹爹！

赵天颖 彩儿！

彩　儿 爹爹！（叻叻鼓，跪行身段，先锋钹，扑上刑台，悲愤欲绝，唱悲秋）

哭爹爹，屡遭屈害，

一天风雪似落泪珠，

天也为我爹悲哀。

爹呀我愿为你消灾上断头台。

（乙反南音）

爹呀要多少钱财，

才能将你一命买？

彩儿我不辞劳累——

（抛舟腔，转冰云腔）

彩儿我不辞劳累，

愿为爹斩尽千山柴！

倘若是千担山柴，还不了爹一命债，

就把我彩儿来卖，摆在长街。

（转悲秋）彩儿我会当街叫：

“请做做好心将女买！

得还我爹一命债，

做牛做马功夫我能捱……”

赵天颖 （心如刀割，与彩儿擦泪）彩儿，我的好乖女。

［昭君怨序，暗开边。切光，彩儿隐去。

［灯复亮。两刽子手背场站刑台下。春娥跪在天颖身旁，十二娘挽着一个竹篮站在天颖身后。

李春娥 天颖，你醒一醒！

十二娘 秀才，我等送饭来了！

赵天颖 （柳底莺头，梦中惊醒）彩儿，乖儿……

李春娥 天颖，我是春娥呀……

［音乐起降B调红烛泪引子。

赵天颖 （哀伤地）春娥，十二娘……彩儿呢？

十二娘 秀才，是我把彩儿留在隔邻家里，唉，这样的地方，怎忍心带她来呢？

李春娥 天颖！（红烛泪）

山愁水咽云惨惨，

万劫千灾临大恨。

夫君遭何罪，换了此囚衫？！

插斩签，忍看一夜间，两鬓染成斑。

赵天颖 （唱） 坐了半宵监，一双眼未稍瞌，

却做了钦犯。

仰首问天不知为何刑场处斩。

这世上申冤难，只有求敲鬼门关，

捧着头颅告到阴间，

只恨抛我儿和妻在世度日苦，抱憾漫漫！

（序，浪里白）啊！还有十二娘，赵某拖累诸多，今日更患难见真情，赵某此生无报，唯望来世酬恩……

十二娘 （拭泪）秀才，不要再讲些心酸话了！

（唱） 一场主客情双关，莫弃一碗茶淘饭，

敬你一家忠厚，怜你遭遇凄惨。

且安心，今后两家有粥同食粥，有饭共尝饭。

赵天颖
李春娥 （浪里白）十二娘在上，请受我夫妻一礼！（同跪）

[十二娘也慌忙跪下，与春娥将天颖扶起复坐。

李春娥 （边与天颖梳整乱发边唱）

与夫君，抱恨生死别。

泉台难觅痛分顷刻间，

望尽诉遗言，夫呀惊心时有限。

赵天颖 （唱） 说遗言，血泪洒黄沙，

望脱下丧衣更换嫁衣衫，

休守节，坟头悲新鬼，

快另嫁夫婿相依过此生。

李春娥 （悲痛欲绝）天颖你何出此言！（音乐）

赵天颖 此乃我肺腑之言，

一件官袍，两番穿脱，

官场宦海，苍狗白云，
最怕刀下头落，
又来个圣旨皇皇，
说什么错斩状元头！
那时冤鬼有功，妻子得荫，
送你一个贞节牌坊，
春娥呀——

（转乙反长句滚花）

那时节，那时节，
一块石头，两字贞节，
一肩担着虚名，半生凄凉岁月，
莫让我生前累你，死后也不得开脱；
倒不若嫁个渔父樵夫，淡饭清茶，
也有点人间温热！（旬）

［冲头，两家将引马知府匆匆上。

马知府 呔！斩决犯人时辰已到，人来，把两个婆娘赶走！

［三搭箭，两刀斧手扯春娥身段介，春娥、十二娘被赶下。

马知府 人来动刑！

赵天颖 慢！（口鼓）国有法，刑有章，你不宣罪名，我死难闭眼。

马知府 哼，要得死者都闭眼，当官容易升官难咯！人来开刀！

［雁儿落，两刽子执赵，一滚三标身段介。

张梦觉 （内喊）刀下留人！刀下留人！圣旨下！

［朱奴儿，四禁军、中军、旗牌各捧剑印、官袍、纱帽，梦觉捧旨上。

张梦觉 圣旨，下跪！

［两刽子手与马知府同跪，天颖仍茫然站着。

（念）开读召曰：“查悉阉奴贾贼，窃去宝玉连环，通番卖国。幸得赵氏天颖，暗献其通番密札，宁死不屈，揭奸有功。朕赐回状元名位，加封一品大忠大勇侯。”圣旨读罢，三呼谢恩！——人来！快与忠勇侯除去枷锁，锁上知府打下死牢。

[两刽子手为天颖开枷，锁上马知府，拉马下介，天颖懵然坐在台阶上。

[叻叻鼓，两宫女上。

两宫女 启禀张大人，公主驾到，要亲见赵忠勇侯。

张梦觉 人来！你等搀扶贵人，到那边接官亭内，更衣侍候。

[管弦乐奏得胜令，气势庄严，肃穆。天颖仍呆坐阶前。

中　军 （趋前、躬身）请忠勇侯起驾更衣。

[两宫女上前参扶天颖下介，中军捧官服随下。

[鼓乐声中，紧接着，老太监捧圣旨上，大宫女捧团龙椅垫上，两宫女伴公主（一车夫推车）上，公主下车。

张梦觉 参见公主。

公　主 赵贵人呢?

张梦觉 赵贵人接宫亭内，更衣候见。

公　主 赵贵人呀！（唱无锡景）

你失仪落笏，削职为民，

不减大勇和大智。

你对哀家赤心一片绝世奇，真忠义。

替我去找玉连环，万死不辞。

我此番，替父皇，冒雪驾临亲抚慰。

[中军卸上。

中　军 吠！忠勇侯更衣已完，两旁肃立恭迎！

[全场肃静。各人正冠整衣，全场人等庄严齐唱新曲《忠勇侯》——

全　体 （唱） 忠勇侯，忠勇侯，勤王业绩，

永铸千秋，大忠大勇，永颂千秋！

[歌声起时，天颖身穿官袍上，恰似一梦游患者，看看身上官袍，看看两边侍从，正欲回身走去，两宫女上，拦路跪迎……（歌声止）

张梦觉 赵贵人受惊了！

公　主 人来！赐贵人坐上龙团锦墩！

[大宫女把龙团锦墩端至台中，两宫女扶天颖坐。

公　主　赵贵人，（秃头爽唱春风得意）

你有功，替宋室把恶患除。

似这般大忠和大勇，堪称国士，有口皆碑。

可敬卿家你，为了哀家玉连环，

你面斥豺狼凛义严词。（流水南音）

你保国忠君，有浩然之气，顶天立地泰山低！

利诱、极刑难动忠贞志，当今栋梁，千古名垂。

[音乐。

赵天颖　（浪里白）我，我成了当…… 当今栋梁，千古名垂？

张梦觉　赵贵人，（唱春风得意）

你手执贼党一封通番信，状元才智，

剑胆英毅，冷眼看乱臣贼子。

扣着那卖国通番信，斥奸、戏奸，

真忠勇，视死如归。（流水南音）

贵人重义轻生死，寒梅傲骨耐雪欺。

公　主　（唱）　可喜杀人场变封官地！——

赵天颖　封官？（唱春风得意）

钦犯弥天罪，头颅快滚地，却骤然又作朱紫贵！

更是奇奇奇，什么栋梁？剑胆？不怕死？

一串串，大忠大义词，挂满我头上与衿裨。

（流水南音）

忙下礼，拜张御史，

我本无罪一寒儒。

这官袍穿起第三次，

莫非寒生今日又惹官非？（静收）

张梦觉　非也，赵贵人你晋爵加官了！

赵天颖　（仍迷惘地）官？加什么官？

张梦觉 （春风得意）

喜得圣恩赐，

赐还你头名状元郎，

官封一品多尊贵，

大忠大勇侯——（暗槌）

赵天颖 （如梦初醒）吓？大忠大勇侯？

公　主 （矜持地）赵贵人，我父皇对你还有封赐呀。（向老太监挥手示意）

太　监 圣旨下跪！（除公主一人，全场下跪，念）状元凌霄志，堪攀月桂枝，除却阉奴日，封招驸马时！

[天颖跌下地来。

众　人 （春风得意尾腔）

喜加喜，恭喜驸马爷，

龙凤配，好佳期。

赵天颖 （先锋钹，从地上爬起，执梦觉，快白榄）

问声张大人，张某何事受皇封？受皇封？

张梦觉 有功！（接念）贵人献上通番信，诛了贼党立奇功！

赵天颖 奇功？（接念）身仍在，梦魂中，杀头，受封，密札一封，赵某并无献密札，不敢妄邀功。（先锋钹，除了官袍）

张梦觉 赵贵人，你真是贵人善忘，是你嘱咐状元店主人，把密札交与卑职，难道忘了不成？

赵天颖 吓？是我嘱咐店家，将密札交与大人？呀！我又想起来了，（揿槌）十二娘……十二娘！（冲头，下介）

公　主 张卿家，赵贵人匆忙何去？

张梦觉 启禀公主，我看赵贵人神态有异。中军过来，追上前去好好侍候贵人。

中　军 领命！（与两禁军同下介）

公　主 张梦觉，哀家驸马有个三长两短，唯你是问！

中　军 （冲头上）启禀公主，忠勇侯言道，无功不受禄，因此把官袍脱去，让与别人。

公　主　他他他，他把官袍让与谁人？

[音乐快奏小桃红，十二娘穿官袍，衣不称身，边行边自我打量，忍不住哈哈大笑。

公　主　（快掷槌）你——你是谁人？

十二娘　赵秀才说我交了密札立了大功，状元店主人是也。

公　主　你——

十二娘　大姐，信不信由得你，今朝有个看相先生，说我生得一副好相，十二娘，十二娘，过下官瘾够排场！

公　主　唉呀我的赵贵人驸马爷呀！

十二娘　赵贵人驸马爷？呸！人家赵秀才有妻有女。

（唱滚花）秀才合家回乡里，

　　　　脚似穿梭尚嫌迟。

公　主　吓？！

[幕落。

[全剧终。

（剧本版本：《广东粤剧剧本选编》二）

广东戏剧文库

优秀剧作选

1949-2019

粤剧卷

GUANGDONG XIJU WENKU
YOUXIU JUZUO XUAN
YUEJUJUAN

（第3册）

广东省艺术研究所
主编

中国戏剧出版社
CHINA THEATRE PRESS

目录

·粤剧卷·

李香君

（根据孔尚任《桃花扇》改编）

改编：莫汝城

人　物　表

李香君　　秦淮歌妓。

李贞丽　　秦淮名妓，香君养母。

小　红　　贞丽使女。

郑妥娘　　秦淮名妓。

卞玉京　　秦淮名妓，后修道。

苏昆生　　昆曲名师，香君师傅。

侯朝宗　　贵家公子，复社四公子之一。

陈定生　　复社四公子之一。

吴次尾　　复社五秀才之一。

马士英　　凤阳总督，后为南明丞相。

杨龙友　　罢职知县，后任主事，马士英妹夫，画家。

阮大铖　　魏党余孽，词曲名家。

阮　升　　阮大铖家人。

众秀才

众家人

众校尉、侍卫

众侍女

第一场　殴　阮

[明崇祯末年农历三月。

[南京文庙前。

［幕启。庙内丁祭正在进行，庄严肃穆的乐声中，传出赞礼声：

——俯伏！兴！

——俯伏！兴！

——俯伏！兴！

［突然人声嘈杂："打阮胡子！""打阮贼！"

阮大铖 （内唱快首板）

猖獗狂生，疾呼殴老阮！（奔上）

（唱滚花）叹我一朝失势，似虎落平原。

有日牙爪重生，扑灭狂徒消恨怨！

吴次尾 （内喊）阮贼哪里走！（急上截住）阮胡子，老奸贼！

（唱滚花）谁许你进来祭祀，亵渎圣贤。

［侯朝宗、陈定生，众书生上。杨龙友随上。

侯朝宗 （接唱） 不许你文庙招摇，玷污盛典。

众书生 魏党余孽，竟来拜祭文庙。呸！

阮大铖 众位众位，我阮大铖堂堂进士，表表名家，也曾读书破万卷。有何罪过，竟不许拜圣贤？

陈定生 住口，你的罪过朝野皆知，蒙面丧心还敢强辩？

众书生 还敢强辩？（重复几遍）

阮大铖 众位众位，请让我表明心迹，免蒙不白之冤。

侯朝宗 阮大铖，你的心迹我们替你说。

众书生 把奸贼的面皮剥下来！

侯朝宗 （唱滚花）你趋炎附势，投靠阉宦魏忠贤。

众书生 （重唱） 投靠魏忠贤！

吴次尾 （唱滚花）狐假虎威，到处害人施暗箭。

众书生 （重唱） 害人施暗箭！

陈定生 （唱滚花）吮痈尝粪，行径无耻无廉。

众书生 （重唱） 无耻无廉。

侯朝宗 （唱快中板）

当日在朝权飞烈焰，

干儿干父势大欺天。

众书生 （唱三字经）

多少忠良，遭你暗算，

大兴冤狱，陷害时贤。

吴次尾 （振臂，滚花）

要与东林前辈报仇冤——

众书生 （接唱） 当日罪行今日算！

打！—

[众人围殴阮大铖。

[杨龙友在人丛中走出来。

杨龙友 慢动手，诸位慢动手。

吴次尾 龙友兄，难道要为阮胡子打抱不平吗？

杨龙友 非也，诸位伸张正气，大快人心，兄弟本不应解劝。只是秀才打架，总觉有失观瞻。

众书生 乱臣贼子，人人得而诛之！

杨龙友 不过在孔夫子庙前打死了人，实在有些不便。有道君子不为已甚，不妨予以自新之路。（对为首三人）三位可以为然？

侯朝宗 好吧！念在龙友兄讲情，让他滚吧！

杨龙友 阮兄上前，重见一礼。

[阮大铖无奈，向三人下礼。

吴次尾
陈定生 （转身不受）滚！

杨龙友 走吧！

众书生 滚！

[阮大铖抱头鼠窜，众书生唾之。

杨龙友 （唱滚花）

阮大铖也算当今才子，一时失足亦可怜。

陈定生 有什么可怜？（接唱）

都为奸贼弄权，国事才弄到如斯混乱。

杨龙友 （有意转移话头）啊，是了。（唱三脚凳）

陈兄提到国事，近日消息流传：

李闯逼近京师，关东将有大变。

清兵屯聚关外，有意再犯中原。

侯朝宗 （接唱） 大局已如斯，教人空愤怨。

吴次尾 （接唱） 恨我手无三尺剑，（转滚花）

但将热泪洒南天！

杨龙友 好了！好了（滚花）

如此大好春光，暂释家国之念，

同到秦淮河上，且作半日流连。

闻得侯兄前日访秦淮，可曾得与李香君相见？

侯朝宗 唉！“系春心情短柳丝长，隔花阴人远天涯近”。

杨龙友 侯兄当世才子，哪能不会会这绝代佳人。兄弟今天为你牵红线。

侯朝宗 （意动）这……

吴次尾 （以目阻之）侯社兄……

杨龙友 （知趣地）啊！想必列位社中有事，兄弟告退。朝宗兄，我们此约改在后天。

[杨龙友下。

吴次尾 侯社兄，落水狗虽已打跑，须防它回头伤人。

众书生 吴社兄，我们宣扬奸贼罪状，决不让他抬头。

吴次尾 好。（唱滚花）

同到明伦堂聚会，声讨阮贼，传檄飞笺。

走！

[幕闭。

第二场 题 扇

[次日晚上，二幕前，阮大铖家门外。

[阮大铖亲提灯笼送杨龙友上。

阮大铖 （念） 平生知己唯龙友。

杨龙友 （念） 定为兄台解隐忧。

阮大铖 龙友兄，大铖当日错叩权门，致令终身无由自赎，如今天下能救我者，只你一人，方才所说之事，多多拜托，多多拜托。

杨龙友 阮兄放心，一为你与复社诸生和解；二为玉成侯生好事，小弟哪有不竭力尽心之理？

阮大铖 这里千金，由你安排，我立等佳音。

杨龙友 包在我身上，包在我身上。

[阮大铖三拜送杨龙友下。

阮大铖 侯朝宗啊侯朝宗，只要你用了我阮大铖的钱，我便说你投了我阮大铖的党，让你复社中人自相攻击，我再来收拾你们。正是：

忍抛金弹打黄雀，

准备丝纶钓海鳌。

哼哼！（下）

[开二幕。次日。

[秦淮河李贞丽家。

[厅堂上空无一人。楼上传来李香君唱《牡丹亭》的歌声：

——良辰美景奈何天，

赏心乐事谁家院。

[在歌声中，杨龙友引侯朝宗上静听。

[李香君唱毕，苏昆生声：

——对，就是这样唱。

侯朝宗 唱得好！（唱中板）

凤管鸾笙云里响，
莺声燕语乱人肠，
一曲游园称绝唱。

[苏昆生上。

苏昆生 原来杨老爷，老汉有礼。

杨龙友 苏师傅，这曲拍得真好，我们欣赏许久了。

苏昆生 献丑，献丑，还请方家指教。

杨龙友 啊啊啊，我先来引荐引荐。这位是河南侯朝宗侯公子。

苏昆生 啊！原来就是侯公子，久仰久仰。

杨龙友 这位是当代昆曲名师苏昆生。

侯朝宗 可是阮大铖家中词曲教习苏昆生老师傅？

杨龙友 苏师傅已经离开阮家，现在专教香君。

苏昆生 老汉当日不知阮贼原是魏党，错在他家中教戏，后来得知阮贼罪状，老汉就不别而行，宁愿饿死在街头，也不吃阮家茶饭。

侯朝宗 可敬，可敬。（唱滚花）

苏师傅好比峥嵘老柏傲雪欺霜。

苏昆生 不敢，不敢。（接唱）

难得公子今日到秦淮……

杨龙友 （接唱） 公子专程把香君探访。

苏昆生 好极，好极。（向内叫）贞娘，杨老爷和侯公子来了。

[李贞丽、卞玉京、郑妥娘上。

李贞丽 啊，杨老爷大驾光临，失迎失迎。

杨龙友 常来常往，就如自己人一样，何必客气。

李贞丽 啊，杨老爷，这位儒雅风流的公子是……

杨龙友 来来，这位就是四海闻名的侯朝宗侯公子。这就是香君养娘，秦淮河鼎鼎大名的李贞丽。

侯朝宗 贞娘艳帜高张，芳名久仰。

李贞丽 公子士林雅望，寒舍增光。

杨龙友 这是超尘脱俗的卞玉京。

侯朝宗 不愧玉京仙子。

杨龙友 喏喏喏，还有她，她就是最快活逍遥，十分妥当那个郑妥娘。

郑妥娘 哟，叫我老妥不就行了，还加那么多高帽干什么？（大笑）

李贞丽 侯公子、杨老爷请坐。（向内叫）小红，客人来了，快快奉茶。

[龙友、朝宗坐，小红捧茶上，放桌上。

杨龙友 香君为何不见？

李贞丽 小红，为何你姐姐还不下楼？

小　红 妈妈，姐姐在楼上哭哩。

李贞丽 好端端的为什么哭起来？我去看看。

郑妥娘 贞姐，不用看了，我全都知道。

（唱三脚凳）

香君十七岁，已是大姑娘。

春色正撩人，怎不添惆怅，

女大当思嫁，枉你作老娘。（滚花）

不若找个郎君早日上头，免她胡思乱想。

李贞丽 你这个做阿姨的，总不正经。

郑妥娘 你不信我去看看，小红随我来。

[郑妥娘与小红下。

苏昆生 她就像开笼喜鹊。

侯朝宗 可算得谈笑风生。

杨龙友 风月场中也要有她才热闹。

苏昆生 侯公子，近日中原消息如何呢？闻得百姓顶礼焚香迎李闯。看来……

杨龙友 苏师傅，秦淮只算风月账，休谈国事惹愁肠。哈哈哈哈。

[郑妥娘内场哈哈大笑，拿一本书上。

郑妥娘 （念白榄）你道香君啼哭因何事？

原来是读《精忠记》。

读到岳老爷归天，

眼泪就流不止。

李贞丽 （接念） 替古人担忧，真是个傻女。

郑妥娘 （接念） 你看书中写到岳飞，

她用红圈来圈住，

书中秦桧臭名，

都用香火烧去。（指给大家看）

杨龙友 （接书看）这个倒霉的秦桧，果然被烧得焦头烂额。（大笑，把书递给苏昆生）

苏昆生 （看书，续念白榄）

了不起，了不起！

有心胸，有志气。

秦桧这样的奸贼，

人人得而诛之。

侯朝宗 难得，难得。（唱滚花）

一团烈火烧奸佞，

满腔热泪悼忠良。

师傅有此亮节高风，

徒弟才有此胸襟志向。

杨龙友 哈哈，朝宗兄还未见香君一面，就已倾慕若此，贞娘还是快请香君下楼吧。

[李贞丽答应着正欲上楼，小红上。

小　红 妈妈，姐姐下楼了。

李贞丽 啊！香君下楼了！

杨龙友 啊！香君下楼了！

[李香君上。

李香君 （念引） 泪痕尚湿春衫袖，

万唤千呼懒下楼。

卞玉京 香君！

李香君 玉姨！

卞玉京 香君不要哭。（抽咽）

郑妥娘 你叫人不要哭，自己先别哭嘛！

苏昆生 香君，你过来。

李香君 师傅。

苏昆生 香君，对书中的好人要学，不要哭。

[把书交给香君，香君接书抽咽。

郑妥娘 （把书抢过来）拿来吧！看你又哭了。

李贞丽 香君，过来见过侯公子。

李香君 （略一敛衽）公子有礼。

杨龙友 香君，你道他是谁人？他就是我常提起的复社公子班头，当代文章魁首，河南商丘侯朝宗侯公子啊！

李香君 （惊讶，偷窥一眼，重行深深施礼）侯公子万福。

侯朝宗 小生有礼了。（二人相视）

[郑妥娘、卞玉京二人过位侧身窥看。

杨龙友 这就对了。香君你看……

[香君含羞低头。

杨龙友 （过位）侯兄你看……

侯朝宗 （唱二黄）果真是风姿绝代，
纤小温柔。
枉自负倜傥风流，
此际自惭鄙陋。

杨龙友 侯兄何必过谦呢！（唱二黄滚花）
一个文章魁首，
一个脂粉班头。
相见岂可无诗——
贞娘你说，该不该请公子题诗一首。

李贞丽 好啊！

郑妥娘 小红快拿诗笺来。（小红欲下）

[香君含羞，不自觉地开扇掩面。

侯朝宗 且慢！

郑妥娘 啊！慢着！（小红停步）

侯朝宗 香君手上白牙纸扇素朴无华，不嫌唐突，小生就在扇上题诗一首。

杨龙友 扇上题诗，这就更妙。快拿笔砚。

[小红捧笔砚复上。

小　红 笔砚来了。

郑妥娘 好好好，我来捧砚。（过位端砚）

杨龙友 这砚是香君捧的，你老妥啊！这回就不妥了。（在她耳边说了几句）

郑妥娘 哎哟，杨老爷真会做人。（忙把砚交给香君）你捧，你捧。（对香君耳语，又取了香君手中的扇交给侯生）请公子题诗。

侯朝宗 （接扇，拈笔，唱中板）

虽则秦淮姐妹尽风流，
哪及香君一枝独秀，
正似春风桃李艳丽无俦。（滚花）
就以此意为诗——（掭墨，写毕）
一挥而就。

杨龙友 （接扇，念诗）

夹道朱楼一径斜，
王孙初御富平车，
青溪尽是辛夷树，
不及东风桃李花。

好诗，好诗！（欲交扇给香君，一想，先交回侯生，示意交给香君）

侯朝宗 香君，小生献丑了。

[香君下礼，接扇，欣赏，幻想，羞涩。

杨龙友 公子既已题诗，理合香君敬酒。

侯朝宗 不必，不必。

杨龙友 哦，我明白了，侯兄是要一访香君妆楼。不过这就要看香君的意思了。香君楼门从未许客人轻叩。（向贞丽示意）

李贞丽 香君，请侯公子上楼待茶好吗？

侯朝宗 小生哪敢冒昧？

李香君 （腼腆地）侯公子请！

郑妥娘 香君，这回不哭了吧？

[香君羞涩与朝宗同下。

[杨龙友与郑妥娘相视大笑。

杨龙友 你这个老妥啊！真是……（笑得说不出话）

郑妥娘 你这个杨老爷啊，我看你今天是来做媒的。

杨龙友 对了，对了，正是，正是。贞娘！

（唱滚花）你看香君公子两人意合情投，

我已准备千金撮合这宗佳偶。

苏昆生 好事，好事。

李贞丽 这件事我们进去细谈吧！

杨龙友 好，好。我先和苏师傅说句话，你们先行一步。

李贞丽 如此失陪了。

[贞丽、妥娘、玉京同下。

苏昆生 杨老爷有什么吩咐？

杨龙友 这里五十两白银，请苏师傅笑纳。

苏昆生 这是为何？

杨龙友 你从阮家出来之后，景况艰难，这不过是朋友相助之意。

苏昆生 如此，未免受之有愧。

杨龙友 可是却之不恭啊！（笑着让苏昆生收下）（唱滚花）

同去商量喜事，

让香君早日上头。

苏昆生 杨老爷请！（同下）

[幕闭。

第三场 却 奁

[次晨，香君妆楼。

[幕启时小红在整理妆台。

小　红 请姐姐梳妆，

[梆子慢板长序，李香君上。

李香君 （唱梆子慢板）

洞房昨夜灯如昼，
羡郎文采与风流，
凭借这一刻春宵，
成就了百年佳偶。

[长过门中，侯朝宗悄悄上。

李香君 （续唱） 人前强敛嫣然口，
浓情蜜意隐心头，
眉梢却把春光漏，
教人对镜也含羞。

[在镜中发现侯朝宗。

侯朝宗 （接唱） 晨妆对雾鬓星眸，
夜读有添香红袖，
不羡那万户封侯，
但愿得百年聚首。

李香君 （唱柳摇金）

喜得百年聚首。
香君青楼弱女感君不弃订白头。

侯朝宗 （接唱） 我漂泊南来喜得佳偶，
愿此身永伴红颜右。

李香君 （接唱） 君有雄才大志早已名满南州。

当展翅似大鹏冲霄汉，

莫恋柔情作寒鸟恋林丘。

侯朝宗 （接唱） 纵使飞腾亦和你双飞比翼共翱翔。

[两人同照镜。

[李贞丽上，见状，咳嗽一声。

李香君 妈妈早。

侯朝宗 贞娘早。

李贞丽 祝你们白头偕老。杨老爷一早就来看你们了。

侯朝宗 啊！快请。

李贞丽 杨老爷请上楼吧！

[杨龙友上。

杨龙友 朝宗兄，恭喜，恭喜。

侯朝宗 龙友兄，多谢成全。

杨龙友 香君，我这个媒做得不错吧？

[香君含羞不语。

侯朝宗 龙友兄！（唱滚花）

我与香君山盟海誓一定偕老白头。

多感仁兄助我妆奁玉成佳偶。

李香君 啊！这妆奁衣物全是杨老爷馈赠吗？

李贞丽 是啊！香君，你要重重答谢杨老爷才是。

侯朝宗 真是理该重谢。

杨龙友 侯兄何必如此认真呢？（唱滚花）

看花载酒寻常事，

得风流处且风流。

侯朝宗 （接唱） 近日才订文字之交，

总觉承情太厚。

李香君 杨老爷。（长句滚花）

你与侯郎，原非故旧，

不过文字往还相交未久，
你也是江湖落拓宦海沉浮，
作客南京非富有，
何来许多金帛助友备缠头？

杨龙友 这个……嘿嘿……（冷笑）

李贞丽 （悄悄地）香君，这些事你何必问他！

李香君 （续唱滚花）

理该问明，好图报于日后。

杨龙友 图报嘛，自有侯公子担待。

侯朝宗 如此盛情，小弟如何担待得起。

杨龙友 既蒙问及，小弟只得实告了！（唱荡舟）

我原是，作奔走，
居中牵引为人谋，
此乃尊翁一位朋友，
当代名流，
以千金来助你，
好意成全结好逑。

侯朝宗 这到底是谁人？

杨龙友 此人就是……阮大铖。

侯朝宗
李香君 是阮大铖么？

侯朝宗 杨兄。（即起爽中板）

想那阮大铖，虽是朝宗年伯，彼此清浊不同流。
家父与朝宗，平日鄙弃其人，绝之已久。
我是复社中人，他身为魏党，更已结下冤仇。

（转滚花）此番无故用情，令人解不透。

杨龙友 只因阮大铖他有一番苦衷。（念白榄）

他近日闭门思过，欲求依附清流。

可惜复社诸君，未肯将他恕宥。
那天庙前受辱，对我涕泪交流，
他说向善无门，求你将他挽救。

侯朝宗 原来如此……（沉思良久）阮大铖倘若诚心悔过，我本可以原谅，这些财物，我陆续还他便了。

杨龙友 这也不必归还，阮兄之意，只望你能在朋友面前疏通一二。

侯朝宗 （吞吞吐吐）这疏通一二未尝不可，只是……

李香君 侯郎此言差矣！阮大铖趋附权奸，廉耻丧尽，妇人女子无不唾骂，侯郎倘若为他说项，将自处于何地呢？

侯朝宗 这个……

杨龙友 （正色）香君，这是我们读书人之事，你不要多管！

[苏昆生静上，见状旁听。

李香君 我青楼歌妓，不能管你们读书人的事吗？（唱反线中板）

莫说堕烟花，
便是身为下贱，
几许身居廊庙却是软骨头。
我虽未礼拜圣贤，
还知爱慕忠良，
痛绝权奸走狗。
身是飞絮落花身，
心非落花飞絮，
不肯逐浪沉浮。
今日阮大铖，
垂下钓饵鱼钩——

（即转爽七字清）

欺我侯郎人忠厚，
欺我香君是女流。

竟用千金行利诱，

要把你半生操守付东流。

侯朝宗 杨兄，这些妆奁我实在不该领受。

杨龙友 何必如此认真呢？人家是诚心馈赠，何况又木已成舟。

侯朝宗 木已成舟？……

李香君 侯郎不用为难，这几件钗钏衣裙，原不在我香君眼里。

（唱快中板）

裙布钗荆甘素守，

花钱粉钞耻贪求。

体有芳香，何用饰金绣，

鬓无污垢，何用玉搔头，

奸贼妆奁奴不受，

嫌它熏臭我妆楼。（转滚花）

摘珠翠——脱绮罗——

千两白银全部退回阮某。

李贞丽 你疯了，你哪有这许多银子赔还别人？

李香君 （唱滚花）哪怕沿街卖唱，

舍我一串歌喉。

杨龙友 这算什么？真岂有此理！朝宗兄，香君也太放肆了。奉劝你为人处世也不可过于偏激。

侯朝宗 （唱滚花）泾清渭浊不同流，

决不结交阮某。

苏昆生 香君，你做得好。（拿银两放回杨龙友面前）杨老爷，这是不义之财，老汉饿死也不用这些臭钱。

杨龙友 （回顾）这这这……这是从何说起呢，你们太不近人情，太不近人情了！

（快滚花）多情却被无情恼，

好心一片反蒙羞！

（欲下，复回，拿回苏昆生放下的银子）你们太对不起人了！（下）

李贞丽 （抱歉地）杨老爷，杨老爷！（追下）

苏昆生 香君，你有志气，有见识。

李香君 师傅！（深感师傅对自己的支持，激动得含泪说不出话来）

[李贞丽复上。

李贞丽 香君，你得罪人了！苏师傅，这件事怎样收场呢？

苏昆生 这就是最好的收场。来，我们替香君把这些东西送回去！

[苏昆生把衣物塞在李贞丽手中。

[李贞丽无可奈何，与苏昆生同下。

侯朝宗 （深情地走近李香君，滚花）

贤哉香君，

真是我闺中贵友。

李香君 （接唱） 侯郎你交游不慎，

堕此奸谋。

[小红上。

小　红 下面来了陈、吴两位相公。

侯朝宗 定是次尾、定生，快请。

小　红 有请！

[吴次尾、陈定生快步上。

陈定生 啊！原来你果然在此。

吴次尾 （严正地）侯社兄，你到底弄出什么事来？

侯朝宗 我出了事？

吴次尾 （唱三脚凳）

有人写白抄，贴满大街小巷，

茶寮和酒肆，到处已传扬。

说你用了阮贼钱，投了阮贼党，

如今社中朋友，会集明伦堂。（滚花）

要你马上去见众人弄清真相。

侯朝宗 （大惊）啊……

李香君 你看，怎么办？

陈定生 真有此事？

侯朝宗 （唱滚花）是奸人有意中伤，

不过小弟也粗心失当。

陈定生 此话怎讲？

侯朝宗 阮贼托龙友送我妆奁，求我在朋友面前替他说项。

吴次尾 你又如何回答呢？

侯朝宗 此事激起香君义愤，已把妆奁退返，杨龙友落得个尴尬下场。

吴次尾 啊！原来如此！（凝视香君）可敬啊！可敬！

（唱滚花）人情世态多浅薄，

怎知凛然大义在平康。

今后该以“社嫂”尊称，

以表我们敬仰。

［向李香君深深一揖。

李香君 不敢！（还礼）吴相公！（唱滚花）

世路崎岖多陷阱，

尚求看顾我侯郎。

侯朝宗 香君，我去了！

吴次尾 社嫂，我们告辞了！

李香君 请。

［幕闭。

第四场　辞　院

［数月后。

［二幕前——南京街头，

［四侍卫拥马士英、阮大铖、杨龙友上。

马士英 （唱中板）中兴天子隆恩降，

封为首相掌朝纲。

半壁河山，太平景象。

杨龙友 （接唱） 弦歌夜夜，

阮大铖 （接唱） 国泰民安。

[内场擂鼓，喧闹声。一校尉上。

校　尉 启禀相爷，复社秀才来势汹汹，说相爷起用魏党，不抗清兵，要与相爷辩理。

马士英 复社狂生竟敢造反，传命锦衣校尉与我打散。

[校尉领命下。

阮大铖 相爷，卑职曾编《蝗蝻录》一本，乱党姓名尽列册中，请相爷按册捉拿。（从袖里取出册子呈上）

马士英 （接看）好极了，老弟功劳不少，就命你先把侯朝宗、吴次尾、陈定生逮捕。

阮大铖 卑职遵命。（下）

马士英 打道回府。（与侍卫下）

杨龙友 （留场）且住，看阮大铖所为，未免太甚，倘日后别人说我是阮某帮凶，我又何以自处呢？（略想）有了，不若派人通知侯生，叫他们迅速逃走，如此两不得罪，岂不是好。正是：

人生处乱世，

八面要玲珑。（下）

[开二幕。当夜，李贞丽家。

侯朝宗 （内场唱快首板）

眼看金陵王气尽！（急上）

香君，香君！

[李香君上。

李香君 侯郎，为何今夜回来这般气恼？

侯朝宗 （唱快中板）

福王登位用奸臣，

复社诸生动公愤，

反遭毒打气难伸。（转滚花）

马阮当权，大局不堪再问。

[李贞丽上。

李贞丽 公子，外面风声不好，南京城到处捉拿复社秀才。

[苏昆生急上。

苏昆生 公子不好，杨龙友对我说，阮大铖派兵来捉你了。

李香君 （怀疑地）杨龙友的话…

苏昆生 此人八面玲珑，为了人情留一线，日后好相见，这一回说的像是真话。

侯朝宗 （手足无措）这……这……

李贞丽 这如何是好？

李香君 师傅，你看怎办好？

苏昆生 公子，只有暂避锋芒，及早高飞远遁。

侯朝宗 烽烟家万里，何处可投奔！

苏昆生 史可法在扬州，督管江北四镇，公子投他帐下，也好效力抗清军。

侯朝宗 投史公帐下？……只是怎带香君？江北狼烟滚滚。

李香君 公子安危要紧，无须牵挂香君，不如连夜渡江，眼看缇骑已近。

李贞丽 我去为公子雇船。

苏昆生 慢！你先找一套商人衣服，让公子打扮乔装；香君替公子把行囊准备；老汉替公子雇船。

[三人即分头下。

[起音乐，侯朝宗徘徊叹息。

侯朝宗 （念诗） 人生聚散事难论。
酒尽歌终被尚温，
春色满楼犹似梦，
秋风一霎暗销魂。

[李香君提包袱上。

李香君 侯郎！

侯朝宗 香君啊！（唱叹颜回）
离合聚散但觉只一瞬，

似悠悠春梦无凭，
教我如何不断魂。
看南京日曛曛，
叹王陵气黯黯，
萧萧北马渡关津，
风飘笳角月色昏。
悲国土沉沦，
恨误国权臣。
更哪堪一阵横来秋风雨，
迫人两处分。

李香君 （唱二黄）今夜秋风秋雨，
送别远行人。
别离情，家国感，
添我千愁万恨。
（教子腔）万缕离情别意，
无奈欲诉难尽。
君你肩挑家国任。
须当爱惜有为身。
此后烽烟戎马中，
但望侯郎能自珍。
怀抱丹心，平靖妖氛兴国运。
君有雄才大志，当思振奋。

侯朝宗 （唱反线中板）
感谢香君，临别谆谆勉励，
何幸得一知己在风尘。
我出身在名门，平日师友相期，
以天下兴亡为己任。

大丈夫，为救万民延国脉，更何惜此一身。

（反线七字清）

北望关山金鼓震，

誓随师旅扫胡尘。

（即转乱弹中板）

望香君，休负朝宗一片心，

大局略能安稳，

定来救你脱风尘。（过序）

[在侯朝宗唱时，李贞丽抱包袱与苏昆生静上。

李贞丽 公子，船已雇好，快些动身也罢。

李香君 （续唱乱弹中板）

从今香君，

明月楼边，

独守黄昏。

笙箫收起抛绣裙，

朝朝楼上盼夫君。

[内场人声喧闹。

苏昆生 外边喧闹，定是官兵，公子快走吧！

侯朝宗 贞娘，苏师傅，小生告别了，但求多多照顾香君。

李贞丽
苏昆生 公子请放心，快走吧！

[苏昆生拉着侯朝宗欲下。

[内场擂鼓，人声大作。

苏昆生 且慢，官兵已到门前，快从后门而走。贞娘，先替公子换衣服！

[香君替侯脱下衣帽，贞丽手忙脚乱解不开包袱，苏昆生脱下自己的外衣披在朝宗身上，替他戴上草帽。

[内场又一阵喧闹声，苏急拉朝宗下。

侯朝宗 （回头）香君，千万珍重。（下）

李香君 （向内）侯郎，我一定等你回来。

[李香君哭，晕眩。香贞丽急扶住。

[幕闭。

第五场　寄　扇

[第二年冬天，在香君妆楼。

[幕启。李贞丽上。

李贞丽 （唱长句滚花）

侯生避祸，远走维扬，
杳无音信将有两年长，
香君日夕楼头望，
忧思成病卧兰房，
更是冷落门庭，
车马不见常来往。

[小红上。

小　红 妈妈，杨老爷来了。

[杨龙友上。

李贞丽 杨老爷请坐，小红奉茶。何以杨老爷许久都不来看望我们？

杨龙友 （减字芙蓉）

那次香君发脾气，
我已弄到面目无光。
何颜再到媚香楼……

李贞丽 （接唱） 你是大人自有大量。（不断过序衬念白）

侯公子能脱难，多蒙你通消息。
对于这件事，香君非常感激，
本该出来拜谢，可惜病中无力。

杨龙友 啊，香君病了？……贞娘！（续唱）

又有一件事，

要与你商量。（过序）

李贞丽 杨老爷有何贵干呢？

杨龙友 （唱滚花）我亦知道为难，

不过奉命到来难推搪。

李贞丽 杨老爷到青楼走动也要奉命吗？

杨龙友 贞娘有所不知，只因马相爷要买香君送与漕抚田仰。命我送三百两银来行聘，即日催妆。

李贞丽 （一惊）嗄！要香君嫁田仰？

[小红惊闻此语急入房。

杨龙友 唉！如今马士英、阮大铖得势，侯生不能再返南京，难道要香君等他一世？况且嫁与田仰也不为辱没。

李贞丽 我怕香君不会答允。

杨龙友 你身为养母，也作得主啊！

李贞丽 （唱滚花）她不愿时我难勉强，

杨老爷也知她素性刚强。

杨龙友 你劝劝她嘛！

李贞丽 （续唱） 不若杨老爷去劝劝香君……

杨龙友 这……不必，不必！（接唱）

你且去问一声，

我好回复马丞相。

李贞丽 如果香君不肯，马相爷会放过我们吗？

杨龙友 是呀！难就难在这里。

[小红上。

小　红 妈妈，姐姐说有几句话写在纸上回复杨老爷。

李贞丽 （看过，转交杨龙友）杨老爷你看。

杨龙友 （接过看，念）

蜂媒蝶使闹纷纷，

阑入红窗扰梦魂。

一点芳心采不去，

凌霜傲雪候东君。

如此看来，香君是立志为侯生守节了。却也难得，难得。

李贞丽 望杨老爷在相爷面前多讲几句好话。

杨龙友 看着办吧！（起身要走）

[郑妥娘、卞玉京上。

郑妥娘 哎哟，杨老爷，今天是什么风把你吹来啦！

杨龙友 什么风都没有。（匆匆下。小红随下）

郑妥娘 贞姐，杨龙友满面不高兴，又出什么事？

李贞丽 唉！马相爷要买香君送给田仰。

郑妥娘 来头好大呀，你有没有答应？

李贞丽 （摇头）香君不肯。

郑妥娘 好，果然有志气！

卞玉京 唉！香君真是命苦，只怕……

李贞丽 杨老爷愿去讲情，大概不至于怎样。

郑妥娘 杨龙友人前一套，人后一套，怎猜得透这些老爷们的心肝？

卞玉京 （唱滚花）但得无灾无难，

我愿拜佛烧香。

早想削发修行，

了却此生孽障。

郑妥娘 看你，做了十年妓女还想做尼姑，哪一碗饭都是不容易吃的！

[楼下喧闹声："快把李香君叫出来，跟我们走！"

[小红惊惶地奔上。

小　红 妈妈不好，楼下来了一帮人要抢姐姐。

郑妥娘 让我去看看。（欲下楼）

[家丁甲迎面上，把妥娘推了一把。

家丁甲 你们谁是李香君！（众惊惶）

李贞丽 （赔笑）大爷，请坐。有话慢慢说。

家丁甲 有什么可说的，相爷派我来接李香君。谁是李香君就跟我走！

郑妥娘 哎哟，你是来接人还是来抢人的？

家丁甲 接也是一样，抢也是一样，反正得走！

（一招手，四家丁欲上楼）

郑妥娘 不许动！

家丁甲 不许动？（看妥娘）嘻嘻，我偏……

[家丁甲欲调戏妥娘，被妥娘打了一个耳光。

家丁甲 啊！臭婆娘敢打人？人来，统统绑起来拉走。

[杨龙友急上。

杨龙友 慢着，慢着，你们做什么？

家丁甲 杨老爷，我们是来接李香君的。

杨龙友 这也要客气点嘛，这个地方也能放肆的吗？

家丁甲 相爷等我们回去复命。

杨龙友 好吧！你们下去等一等。

[家丁甲与四家丁下。

李贞丽 杨老爷，你救救我母女俩吧！

郑妥娘 杨老爷，你是怎样去讲情的？

杨龙友 只因当日却奁一事，阮大铖记恨在心，我向相爷求情，他却在旁煽火。惹得相爷大怒，派遣家人，登门强娶。事到如今，只有劝香君从命，做个顺水人情就是了。

郑妥娘 那些老爷们，吃了朝廷俸禄，没事做就找我们来开心。哼！

[楼下喧闹声："快送人，快送人！"

李贞丽 （手足无措在杨面前跪下）杨老爷……

[李香君上。

杨龙友 哎，你求我有什么用呢！（走开）

李香君 妈妈，我们要下跪叩头，犯了什么罪？

李贞丽 香君，事已至此，你说怎么办呢？

李香君 女儿死也要等侯公子回来。

杨龙友 唉！香君，你与侯生又不是结发夫妻。你虽守志不渝，只怕他认作行云流水，岂不负你大好青春。

李香君 （取出扇子）杨老爷，这是什么？

杨龙友 哎，过去的事还提它做什么？（一旁坐下）

李香君 （跟着过去）杨老爷，你大概已经忘记了，我香君却时刻带在身边，记在心头（唱双星恨第二段）

当初香君配公子哪一个行媒问聘？
多亏你牵赤绳，
使我得与侯郎结双星。

[杨搬凳避开，香君跟过去。

李香君 （续唱） 这扇上永留着一首诗可以作证。
怎知道你到了今天竟然——
为了讨好与逢迎，
又把香君送人情。
莫说烟花女无志行，
保得我身玉洁冰清，
纵然是死倒觉轻。

杨龙友 哎！哎！你怨我有什么用？

[楼下家丁捶桌大骂：“再不下楼就把全家带走！”

李贞丽 香君呀！这怎么办呢？

李香君 妈妈呀，田仰与阮大铖同是魏党。当日阮贼妆奁我尚不受，难道今天我倒嫁与田贼不成！

李贞丽 香君，妈妈不是逼你，只是鸡蛋怎碰得过石头呢？

[楼下又大闹：“再不下楼，我们放火了！”

[重锣鼓，众人大惊失色。

李贞丽 怎么办？

杨龙友 你看怎么办？

［楼下连续喧闹，并有摔碎东西的声音。

李香君 罢了！（唱乙反快中板）

恶奴仗势闹门庭，

欺我烟花人薄命，

教人切齿恨难平。（转滚花）

为保无瑕白玉身，

拼舍一缕游丝命！

［李香君向柱子闯过去，众人阻拦。李额碰柱上，鲜血飞溅。手中扇掉落在地上，溅上血迹。众急扶香君进房内。

［李贞丽哭着与郑妥娘复上。

郑妥娘 杨老爷，人都已经半死了，还要去吗？

［家丁甲带一件红披，上。

家丁甲 杨老爷，人再不去，我们无法回复相爷了。

杨龙友 你再等候片刻。

［家丁甲摔下红披，下。

李贞丽 杨老爷，马丞相是你大舅爷，你再去讲个情吧！

杨龙友 （惹起牢骚）哎！如果他看重我这个妹夫，我就不会做来做去只是个六品主事啰！（一转念）啊！贞娘你看，是不是找一个人冒名顶替呢？

李贞丽 这个时候哪里去找呢？

杨龙友 （思索片刻）有了！你虽然三十出头，看来只有二十多岁……

李贞丽 （大惊）这不是开玩笑么？

杨龙友 （正色）不是开玩笑，要救目前之急，主意只有打在你身上。

郑妥娘 不害羞！亏你做老爷的想出这个好办法。

杨龙友 除此之外，毫无办法。

郑妥娘 （激愤）好吧！把我们姐妹一齐绑去吧！（冲向杨）

李贞丽 （拦住）我看没有别的路可以走了，要死就我去死吧！杨老爷，我去！

杨龙友 好，你算帮了我的忙，非常感谢，请你马上打扮打扮。

李贞丽 妥娘，为什么我们的命这样苦呢？（哭）

杨龙友 （递过红披）贞娘，真对不起，请梳妆吧！

李贞丽 妥娘，好姐妹，香君拜托你关照了。

[郑妥娘含泪点头扶住，起乙反乱弹板面。

[李贞丽移步到梳台，开镜梳头。

李贞丽 （唱乙反乱弹慢板）

薄命更苦命，

千般悲痛只能强吞声。

忍泪开妆镜，

腮边只觉泪雨难晴。（转乙反减字芙蓉）

生离如死别，难忘姐妹情，

此去入田家，吉凶难料定。

髻乱如心乱，脂凝是血凝。（乙反滚花）

千灾百难我代香君，

低声饮泣把容妆整。

[郑妥娘为李贞丽穿衣。

杨龙友 下面听着，香君下楼了，奏乐。

[起八音吹打。

李贞丽 妥娘，我去了。（移近房门）香君，妈妈去了！

[香君从房内跑出，玉京、小红随上。

李香君 妈妈！（冲前，晕眩）

[贞丽示意众人代为照顾，转身下楼，妥娘送下。

李香君 （挣扎着）妈——妈！（晕去）

[玉京、小红扶香君回房。

[吹打声渐去渐远。起音乐。

杨龙友 香君保贞守志，碎首淋漓；贞娘为女舍身，凄然远去。此情此景，令人感慨系之。（发现香君掉在地上的扇子，拾起）这本是侯生与香君定情的诗扇，如今被血染污了。（忽然有所感触）啊！几点血痕红艳非常，待我添些枝叶，画成一枝桃花，以为薄命佳人写照。（画毕，唱滚花）

烈女丹霞留素扇，

艺林佳话寄丹青。

（向房门）香君，望你多多珍重，告辞！（下）

[暗转夜景。楼上残灯如豆，窗外冷月如霜。

李香君 （内唱二黄首板）

思缥缈，梦迢遥，空楼静俏，风寒料峭。（上）

（长句二黄慢板）

暮暮朝朝，凭栏凝眺，

但见冻云残雪阻长桥，

烽火弥天鸿雁杳，

愁对残山剩水怕听玉笛琼箫。

终岁伴我空楼唯冷月，

夜夜君眠斗帐听寒刁，

凤泊鸾飘，只为奸贼弄权倾社庙。

（转南音）望断盈盈秋水，

瘦损娜娜宫腰，

夜夜枕边红泪泛春潮，

楼门紧闭不许风情扰，

待得侯郎归日再度花朝。（转乙反）

怎奈马阮差人似狼嗥虎啸，

欺我烟花弱女薄命飘摇。（拉腔催快）

迫我另抱琵琶弹别调，

倚仗相府威权气势骄，

养母哀怜代替奴上轿，（吊慢）

又怕奸人晓，

含悲掩面未敢转头瞧。

（转乙反中板）

保得白玉身，毁却如花貌，血痕一缕在眉梢，

镜里朱霞残照，

点点绯红留扇上，偏有个闲情写意，

添上枝叶夭夭。

这桃花，似我伤情，朵朵春风懒笑，

这桃花，如人薄命。

（即转二黄）

片片流水愁漂。

桃花薄命，扇底飘零，恰似为奴写照。

（二黄滚花）

一帧薄命桃花照，

万里江河血泪潮。

[苏昆生上，音乐效果直至幕闭。

苏昆生 香——君！

李香君 师——傅！（扑向师傅恸哭）

苏昆生 香君，你的遭遇我已尽知，苦命的香君，你千万不要糊涂！

李香君 师傅，香君明白。只是公子音讯全无，使我愁怀难解。

苏昆生 香君，不若老汉替你带个信吧！

李香君 师傅带信？

苏昆生 老汉骨头尚硬，还可奔波，久历江湖，决不误事，你就快快修书吧！

李香君 只是千言万语，从何说起呢？……师傅，香君千愁万苦，尽在扇头，就烦师傅带与侯郎吧！（用手帕把扇包好）

苏昆生 （接扇）我一定亲自送到扬州，倘公子不在扬州，就是天涯海角，我也要亲手交到。

李香君 师傅的恩情，我来生再报了！（跪）

[幕闭。

第六场　骂　筵

[次年初春。

[南京赏心亭，白雪皑皑，梅花初放。

［幕启时，有卫士两人在亭子左右站立。

［侍卫上。阮大铖引马士英、杨龙友上。

马士英 好雪景啊！（唱滚花）

遍地玉裹银装，寒梅雪拥，

亭上围炉煮酒，其乐融融。

阮大铖 （接唱） 卑职调集秦淮歌妓到筵前，

把酒拂弦来侍奉。

杨龙友 今日阮兄宴请相爷，还有歌女助兴吗？

马士英 大铖会办事，很好，很好！

阮大铖 人来，先把最有名的几个歌女带上。

［阮升带郑妥娘、卞玉京、李香君上。

阮　升 禀相爷，歌女带到。

阮大铖 你们几个，在相爷面前报上名来。

郑妥娘 郑妥娘。

卞玉京 卞玉京。

李香君 （不语）……

马士英 你叫什么名字，为何不讲？

杨龙友 （急应）啊啊，她叫李贞丽。（向香君示意）

马士英 哦，李贞丽，只怕丽而未必贞也。

阮大铖 妙极，妙极，哈哈哈！

杨龙友 （尴尬地赔笑）哈哈哈！

马士英 此女倒生得齐整。

阮大铖 （会意）人来，单留李贞丽一人，其余带下，等候传呼。

［阮升带郑妥娘、卞玉京下。

阮大铖 李贞丽，你唱一支曲来与相爷侑酒。

家　人 （递过一只琵琶）接琵琶！

李香君 （摇头不接）……

阮大铖 为何不接？

李香君 不会唱曲！

马上英 不会唱曲，怎称名妓？

李香君 本来不是名妓。

阮大铖 岂有此理！人人知道秦淮河李贞丽唱曲有名，如今推托不唱，胆敢违抗相爷不成？

杨龙友 贞丽姑娘，相爷有命，你还是唱的好。（频频打眼色示意）

李香君 这个……（旁唱滚花）

仇人就在亭中坐，我咬牙切齿恨重重。

且做个女祢衡，击鼓骂奸，看他懂不懂。

启禀相爷，小女子唱是会唱，只是有满怀心事唱不出来。

马士英 你有什么心事，容你诉来。

李香君 多谢相爷，还请赐座。

马士英 龙友弟，赐她一座。

杨龙友 （四顾无凳，只好把自己的凳子搬下来，走近香君身边，悄悄地）千万莫把真相揭开，你我都有不便。（复回亭上站立）

[李香君接过琵琴，慢慢坐下，拨弄三通，声情激越，裂帛穿云。亭上马阮相顾失色。

李香君 （唱诉冤）我有恨，恨满胸，

几番要向人前控，

我恨贼，贼逞凶，

夫妻拆散尚留余痛。

又将我向牢笼送，

痛把头颅碰，鲜血涌。

杨龙友 （着急）李贞丽，今日相爷在此饮酒作乐，你就不要诉冤了！

马士英 让她诉，让她诉。听听娼女心事正好下酒。

杨龙友 李贞丽，在相爷面前，你要挑好的唱来。

李香君 我自然是挑最好的才唱。（唱仿诉冤新曲）

南朝半壁守江东，

北复中原盼列公。

居官贪贵宠，歌舞选声容，

三字狱，起多宗，

后庭花，添数种。

江山断送，胡马嘶风。

误国元凶，魏家孽种。

马士英 住口！撤座！

[仆从推开香君，拿走凳子。

马士英 （唱滚花）烟花残妇骂尽衮衮诸公，

本相跟前也敢如斯放纵！

李香君 （唱快二流）

苍生黎庶，谁不骂误国元凶，

刀斧加身，也敢把权奸指控。

阮大铖 （冲下亭，把香君踢倒，续唱）

公然造反，罪大难容！

人来，将贱妇丢在雪中冻死！

李香君 （续唱二流）

冰肌雪肠原自同，

铁心石骨何愁冻。

阮大铖 （咆哮）打！

[众仆从拷打香君。郑妥娘、卞玉京冲上呼救，被恶仆推开，再冲前把香君扶住。

李香君 （唱二黄滚花）

飘去了冤魂一缕，

吐不尽鹃血满胸。

侯郎！妈妈！（倒地）

郑妥娘
卞玉京 香……

仆　从　禀老爷，李贞丽晕去！

阮大铖　拖了下去。

[仆从押三人下。

[校尉内喊："报！"急上。

校　尉　禀相爷，大事不好，扬州城破，清兵逼近南京，请相爷定夺。

马士英　这个吗？……这，这如何是好？

阮大铖　相爷，南京旦夕不保，为今之计，降志辱身也顾不得了。

马士英　投降吗？……

阮大铖　要保身家性命，只有献城。

马士英　（点头）嗯！马上回府。

[众急下。

杨龙友　（留场）哎呀不好，相爷与阮兄献城降清，我将如何自处呢？（思索片刻）先逃出城外，再作道理。（急下）

[幕闭。

第七场　掷　扇

[一年后的春天。

[二幕前，苏昆生背包袱上。

苏昆生　（念诗）　满面风霜鬓似丝，

江山入眼尽疮痍。

建业城头啼夜鬼，

维扬井底贮秋尸。

老汉替香君寄扇，一载奔波。眼见血染扬州，又报南京弃守，国破家亡，看不尽白骨青灰，洒不尽兴亡之泪！（叹息良久）日前回到南京，香君不明下落，经我多方探听，闻得卞玉京在葆真庵里出家。待我先找玉京，打听香君下落便了。正是：

故旧飘零尽，青山似去年！（下）

[开二幕，南京城外葆真庵。

[卞玉京道装上。

卞玉京 （唱朦胧）红鱼青磬念弥陀，

但只愿修个来世无劫难无折磨。

历尽了风波，

受尽了苦楚，

弃红尘，弃红尘修成正果。

[玉京坐下念经，郑妥娘静上，一手抢去木鱼。

郑妥娘 （仿唱朦胧，不用伴奏）

你日又波波波，

夜又么么么，

南无，阿弥陀，阿弥陀，

——佛都发火。

卞玉京 你专门冲乱经文，要打落地狱呀，老妥。（又低眉念经）

郑妥娘 还念？还念！连正经事都忘记了，偏记得向泥菩萨南无。

卞玉京 你有什么正经事呀？

郑妥娘 你忘了！今天是香君生日。

卞玉京 啊！真是！我们进去向她祝贺。

郑妥娘 不如叫她出来散散闷吧．（向内）香君，你出来！

[李香君上。

李香君 （念诗） 心慕秋江风雨燕，

人似春山血泪鹃。

郑妥娘
卞玉京 （扶她坐下）香君，今天是你的好日子，妥／玉姨向你祝贺。

李香君 香君愁病交缠，还有何喜可贺呢！（黯然，咳嗽）

[小红急上。

小　红 姐姐，苏师傅来了。

李香君 苏师傅？（起身欲奔出迎接）

[苏昆生上，与香君拥抱，相看。

苏昆生 香君，我总算把你找到了！

[香君扶苏坐下，自己跪在跟前。

李香君 （唱滚花）师傅你风霜满面，为我受尽颠连。

苏昆生 （接唱） 犹幸得与公子相逢，亲手交上了桃花扇。

李香君 侯郎收到桃花扇了么？

苏昆生 公子见扇涕泪交流，几回肠断。他说时局稍安便来接你……

郑妥娘 我说过，侯公子一定会来接你的。

苏昆生 唉！扬州陷落，史阁部殉难，清兵屠城十日，令人伤心惨目，怒发冲冠！

众　人 （默然）……

郑妥娘 苏师傅，你沿路可有听到我们熟人的消息？

苏昆生 有呀！当年文庙痛打阮大铖，曾经称香君为"社嫂"的吴次尾相公，你们可还记得？

李香君 吴次尾相公，记得。他是侯郎好友，一位疾恶如仇，非常严正的老先生。

苏昆生 吴次尾相公号召门生故旧，在池州起义抗清，曾经一度收复建德、东流几个县，后来壮烈牺牲了！（略停）现在义军到处风起云涌，与清兵誓死周旋。

李香君 （唱爽中板）

可敬吴相公，生死光明磊落，朗如日月高悬。

他与侯郎，平日道义相交，以气节情操相劝勉。

更喜今天，到处义旗高举，足见正气犹存。

（转滚花）想我侯郎决不后人，定有一番筹算。

（眼睛里闪耀着希望的光彩）

众　人 侯公子一定会有所作为的。（扶香君坐下）

[侯朝宗披斗篷上。

侯朝宗 香君！

众　人 侯公子！

李香君 侯郎！（惊起）

侯朝宗 香君！（两人凝视，抱头痛哭，衬音乐）

李香君　（唱二黄滚花）

仿佛迷离一梦，侯郎在我面前。

侯朝宗　（接唱）　不是梦里相逢，你看这桃花扇。

李香君　真是侯郎回来了！（与侯抱头痛哭，唱昭君怨）

记得月下柳荫午夜送君船。

此后银河渺渺互隔万里天。

烽烟四起与君音讯难传。

侯朝宗　（接唱）　我接到香君寄扇，

只见斑斑血染，我似心穿百箭，

刀兵阻隔未得早相见更肠欲断。

李香君　（接唱）　今天得再见，已经沧桑惨变，

遍山啼血鹃。

侯朝宗　（接唱）　喜得四境渐安稍见停战乱，

走遍千山万水找到此庵前。

李香君　（接唱）　我是破巢燕，身经大变，

一庵栖寄已足愿。

侯朝宗　（接唱）　知你磨难全历遍，且莫嗟怨，

已经备下香车接你共返家园，

再续秦淮未了缘，

此后长日两依恋。

李香君　（摇头叹息，接唱）

人生何处有桃源？

四方尽野烟。

郑妥娘　香君不要伤心了，有情有义的侯公子来接你回家，你应该高兴。

侯朝宗　是啊！苏师傅、妥娘、玉京，一别三年，沧桑大变，我们居然还能见面，真是难得呀！

苏昆生　真不容易呀！

侯朝宗　如今大局已定，可以乐业安居。各位若是不嫌，就同到我家中去吧！（见香君咳嗽，脱下斗篷为香君披上）

郑妥娘 （见侯内着清装）侯公子，你做官了？

苏昆生 吓！

[香君发觉，惊、愤、悲，浑身战抖，掉头不顾。

侯朝宗 我……我不过中了一个小小的副榜，你们……香君……

李香君 你，你……我一切都明白了！（扔开斗篷，全部希望一时幻灭）

侯朝宗 香君，我也是逼于无奈！（唱二黄滚花）

眼看舆图换稿，书生无力回天。

李香君 无力回天就要投降吗？史可法阁部他是怎么样？吴次尾相公他又是怎么样？

侯朝宗 （羞惭地续唱）

自惭力绌才疏，难率义军奋战。

李香君 （唱快二流）

你不能举义旗救民抗暴，
便应该隐名姓终老林泉。
史阁部尸骨尚未寒，
众义军浴血犹苦战。
变节事仇图富贵，
气节原来不值钱！（坠慢转乙反）
你我从今是路人，（转乙反滚花）
什么旧义前情，
从此一刀两断，一刀两断！

[香君愤然把桃花扇掷在地上，晕厥。

众　人 香君，香君！

[侯朝宗欲上前扶，苏昆生把他拦开。

李香君 （悠然复醒）苏师傅、妥姨、玉姨、小红，我对得起你们，我对得起妈妈。

[重锣鼓，香君瞑目而逝。

众　人 香君，香君！（哭）

苏昆生 （把侯朝宗推开）侯大人，现在你可以走了，我们高攀不上。（指门口）走！

[幕闭·剧终。

（剧本版本：《广东粤剧院演出剧本选集》第一集）

·粤剧卷·

江　姐

（根据同名歌剧改编）

改编：莫汝城　潘邦榛　陈冕宫

人　物　表

江　姐	华　为
孙明霞	双枪老太婆
蓝洪顺	杨二嫂
老　陈	游击队员们
小　张	小　华
众难友	码头工人们
报　童	看守甲
沈养斋	甫志高
魏吉伯	敌警察局长
唐贵山	江对章
乡　丁	敌警察数人
敌特务	小　贩
敌看守数人	

时间：一九四八年春至一九四九年冬

地点：四川

第一场

[重庆，朝阳门码头。

[黎明之前。

[合唱曲中幕启。

[几个码头工人搬运有 U.S.A. 字样的箱子过场。

[幕后合唱：（新曲）

乌云滚滚盖长江，
浓雾重重漫四方，
嘿哟嘿……
船夫挥动桡和桨，
拨开云雾见太阳。
嘿哟嘿……

[报童和小贩在码头上叫卖着。

报　童　卖报！卖报！卖《大公报》《时报》《新民报》《中央日报》！……

小　贩　炒米糖开水！……

[一码头工人扛着箱子上，擦肩走过报童时，与他耳语，然后走下。

报　童　看报！看今天重要新闻："刘戡军长为党国捐躯！""蒋委员长沉痛吊唁西北阵亡将士！"……

小　贩　炒米糖开水！……

[特务唐贵山走上。

报　童　卖报！卖《中央日报》……（下）

[唐贵山与小贩交换了一下目光，正要走开，魏吉伯上。

[魏吉伯扫视了一下四周，唐贵山凑上前。

魏吉伯　近来共产党活动频繁，据可靠情报。（低语）……严密监视！……今天沈区长可能要来亲自检查，加倍小心！

[远处砰砰两枪，并传来喊声："壮丁逃跑了！""有人跳水啦！"

[魏吉伯一愣，急奔下。唐贵山一挥手，小贩下。

[一个中年妇女挟着个包袱匆匆上。

妇　女　（对唐贵山）先生，船还赶得上吗？

唐贵山　（劈手一把夺过包袱，检查了一下，扔还给她，一扬下巴）去去去！

[妇女惶恐地走下，唐贵山巡视了一下四周，走下码头。报童走上。

报 童 卖报——卖《大公报》！

[华为提行李上。报童走上前。

华 为 （买了一份）江姐来了！（在一旁看报）

江 姐 （内唱散板）看长江——

[报童一旁警戒。

[音乐声中，江姐上。

江 姐 （唱爽十字中板）

看长江战歌掀起千层浪，
望山城红灯闪闪雾茫茫。
一颗心似江水奔腾激荡，
乘江风破浓雾飞向远方。

（转七字清）

飞向华蓥山，飞向青松岗上，
告别雾重庆，奔赴新战场。
带去山城星星火，
让川北遍地腾烈焰，满天闪红光。

[华为提行李走下码头。孙明霞上。

孙明霞 江姐，甫志高把箱子送来了吗？

江 姐 还没来，箱子是按照我说的那样包装的吗？

孙明霞 是，省委的指示和文件都放在……（做一个手势示意，又拿出一串钥匙）这是箱子的钥匙。

江 姐 （接过钥匙）嗯！

[远处传来卖报声，汽笛声。

[二人兴奋地走向江边。

孙明霞 江姐呀！

（唱二黄）祝你似红梅傲雪霜，
祝你似飞舟破风浪，
更盼华蓥山捷报，早日传扬。

江　姐　（接唱）　去年送别老彭，在这码头之上。

孙明霞　（接唱）　今日明霞送你，奔赴战场。

你见老彭多致意，说战友在山城，常将他想望。

江　姐　（接唱）　同志们深情厚谊，更比水远山长。

（二黄滚花）

眼看这蜀水巴山，行将解放，

战友们会师重庆再欢聚一堂。

[华为上。

华　为　表姐，行李送上船了，特务检查得很严。

孙明霞　箱子还没有送来，怎么办？

[报童上。

报　童　看报，看《中央日报》。

江　姐　这里不能久留，（对孙明霞）明霞，你回去吧，我们送你。

[三人走下。小贩上。

小　贩　（盯着三人走去的方向，要跟踪而去）炒米糖开水！

报　童　（上前，叫住小贩）炒米糖开水，来一碗！

[小贩无奈，蹲下，倒水，但仍在盯着那个方向。

报　童　哎，好多钱一碗哟？

小　贩　（气恼地）五十万！

报　童　怎么又涨了？昨天才三十万嘛！算了，吃不起！（径自走去）

小　贩　你！（回头再盯时，"目标"早已消失，气急败坏地泼掉碗里的开水，转身一望，突然发现了什么，又转身蹲下，大叫）开水，炒米糖！

[唐贵山上。也向那个方向望去——只见甫志高身穿西装，肩扛皮箱匆匆走上，唐贵山冷冷地观察着。

[甫志高放下箱子，四望，似在等人。

[报童急走上前。

报　童　先生，《中央日报》！

[甫志高猛然惊觉，提起箱子，欲下码头，唐贵山早笑哈哈地拦住去路。

唐贵山　喂，先生上船？

甫志高　我是送人的。

唐贵山　箱子装着什么东西？

甫志高　干什么？

唐贵山　检查！

[报童见势不妙，急喊着“《中央日报》！”奔下。

甫志高　检查？有水上稽查处，也轮不到你！

唐贵山　我？嘿……（露出一“派司”）

甫志高　噢，原来是二处的……不是外人，你们刘科长兄弟认识。哈哈……箱子里不过是日用衣物，何必在这儿耽搁时间呢？

唐贵山　是呀！何必在这儿耽搁时间呢？

[江姐走上，华为跟在后面。

甫志高　怎么？不留点面子？

唐贵山　好说！

甫志高　那你的意思是——

唐贵山　打开看看，过过手续！

甫志高　一定要检查？

唐贵山　一定要检查！

[江姐一抬手，将一串钥匙啪的一声扔在箱子上。唐贵山一愣。

江　姐　打开吧。

唐贵山　这……

甫志高　快打开嘛！

唐贵山　（眼珠一转）嘿嘿……是得打开！（打开箱子，翻出一封信，忙观看。念信）“西南长官公署副官处张”……哦，你是张处长的……

[汽笛声。

甫志高　快检查嘛，要开船了！

唐贵山　嘿嘿……（盖上箱子，交还钥匙）对不起！小姐，例行公事。

[小贩悄悄溜下。

甫志高 呵，想不到，二处还有像你这样不够朋友的人！

江　姐 好啦好啦！忙你的公事去吧。

唐贵山 对不起，小姐，我给你送上船去？

江　姐 麻烦你了。（向华为）表弟，领他去。

唐贵山 小姐，往后遇事，您多关照。

[唐贵山提箱子下，华为随下。

甫志高 江姐……

江　姐 甫志高，你为什么不找个人帮你拿东西呀？

甫志高 箱子不太重，艰苦点也是应该的，而且，自己搬，不是更安全些？……

江　姐 你不想想，在这种地方，哪有穿西装的人自己扛箱子的？

甫志高 呵！对对对……

江　姐 处处都要留心呐！

甫志高 是呵是呵，江姐，这次你带着省委这件重要的任务去川北……（见江姐示意，才意识到此处不便说这些话，忙改口）呵，江姐，你此一去，可真叫我羡慕呵！

（唱三脚凳）

老甫恨不能，随你到沙场上，

留在山城里，也要大干一场。

（转跳花鼓）

种下牡丹花，满城怒放，

枝枝红艳艳，焕发奇香。

单等大好春光，从天而降。

接你凯旋归重庆，我用牡丹搭牌坊。

江　姐 甫志高呀，牡丹艳丽花不长，经不起酷暑与寒霜啊！……

（汽笛响）好，我该上船了……

甫志高 我送你。

[二人走下。

[唐贵山上，望着他们的背影。

[小贩奔上，向唐贵山作一手势，二人惊望，见魏吉伯率领二特务陪沈养斋上。

唐贵山 （上前）区座，您……

[魏吉伯一摆手，打断唐贵山的话。

[汽笛又响，轮船驶去。

沈养斋 （盯着船去的方向，良久，叹了口气）唉！……

（唱散板）局势如麻乱纷纷，

长空阵阵起红云，

漫山野草难斩尽，

叫人触目又惊心。

（上板） 我怀疑江上的每一条船，

我怀疑船上的每一个人。

漫江撒下天罗网，

海底要捞绣花针。

魏吉伯 报告吧！

唐贵山 是！都检查过了，刚才还差点儿出了岔子……

沈养斋 唔？

唐贵山 哦，是长官公署副官处的家眷。还有个穿西装的，给她打皮箱……

沈养斋 穿西装，打皮箱？是她什么人？

唐贵山 看样子是她……

沈养斋 跟他说了些什么话？

唐贵山 好像说……

沈养斋 看样子？！好像说？！废物！

[沈养斋扬手打了唐贵山一个嘴巴。

[甫志高上。众特务立即各自装出另一副面孔，暗暗避开。

[甫志高和沈养斋二人目光碰在一起，甫志高不觉打了个寒噤，转身忐忑不安地走下。

[沈养斋冷冷地观察着甫志高的背影，掏出打火机点烟。

唐贵山 （忽然想起）是他！就是他！

沈养斋 唔！（噗地一口吹灭了打火机）

[众特务齐盯着甫志高去的方向。

[幕闭。

第二场

[川北某县，城门附近。

[细雨蒙蒙的早晨。

[幕启。

江　姐 （内唱首板）

冲破层层封锁网。

[华为上，察看情况，引上江姐同亮相。

江　姐 （滚花） 凌空展翅任飞翔。

华　为 （梆子慢板）

华蓥山上莽苍苍，翠柏青松遍山冈，

山风呼啸卷松涛，好一派雄伟气象。

江　姐 （接唱） 当年红军闹革命，青松林内红旗扬，

扎起松枝作火把，熊熊烈焰照四方。

华　为 （中板） 远看高山隐约红星亮，

仿佛妈妈召唤响耳旁。

江　姐 你妈妈，双枪老太婆……

华　为 是啊！（接唱）

多少年她跟着红军闹革命，

到如今双枪紧握鬓如霜。

江　姐 回到妈妈身边了，看你多高兴！

[二人坐在一棵树下。

华　为 江姐，你不也一样吗？和老彭分别一年了，这回又到一起工作，你不高兴？

江 姐　小声点！

华 为　哎，说真的，江姐，我还没见过我这位——姐夫哟，他是个什么样呀？

江 姐　他呀，叫我怎么说呢？……

华 为　（念韵白）听说他身材魁梧，浓眉大眼，纵横川北，威震剑南。凭着三支鸟枪，五颗手榴弹，几百人马就拉队上山。

江 姐　咳，他还不是和我们一样，是一个普通的革命者……

[突然传来当当的锣声。

[江姐、华为站起。

[传来乡丁喊声："鸣锣通知，鸣锣通知：县警察局告示，命令各乡、保、甲，都要挨户来看，不来看者就有通匪嫌疑，一律严惩不贷，鸣锣通知！……"

[华为一怔，欲上前察看，江姐拦住。

华 为　江姐，我去看看！

江 姐　不，你先去一号联络站，把关系接上。

华 为　好。（将布包交江姐，下）

[江姐正欲上前，乡丁又敲锣奔上。

乡 丁　（敲锣）鸣锣通知……

[敌警察局长率警察上。

敌警察局长　算了！饭桶，老子不来，你不打锣；老子一到，你就喊丧！滚蛋！

乡 丁　是，局长！（跑下）

敌警察局长　（对江姐）……嗯？干什么的？

敌警察　说！我们局长问你话呐！

江 姐　进城。

敌警察局长　搜！

敌警察　是！（搜查江姐手中布包，雨伞）报告局长，净是些书。

敌警察局长　你进城找哪个？

江 姐　县立女中吴校长。

敌警察局长　吴校长？……噢，你是个教书的，老师，（挥手示意警察将雨伞、布包还给江姐）喂，如今正在闹匪患，你单身出外有危险，眼前就有证据在，你往那边看。

江　姐　雾茫茫，遮断高山。

敌警察局长　唔，你往那高处看。

江　姐　雨蒙蒙，不见青天。

敌警察局长　哎，你再到这里来看！城墙上，木笼高悬，那就是有名的共产党华蓥山纵队政委彭松涛！

江　姐　（一怔）彭松涛？！不知道……

敌警察局长　不知道，你自己去看！（率警察下）

［杨二嫂哭泣着上，乡丁返回。

乡　丁　杨二嫂，看到没有？共产党的人头！

杨二嫂　（闻声擦去泪）有阴功哟！你驳长条命等啦。总有一天……小心你们的死人头！

乡　丁　你！小心戴红帽子！（下）

杨二嫂　（对乡丁背影）你莫凶，你们凶不到多久了！（欲下，悲愤难止，回身望着城墙）老彭！我们老百姓忘不了你呀，彭政委！……（哭着跑下）

江　姐　（震惊，定睛望去，大恸）老彭！……

［幕后合唱：（乙反散板）

天昏昏，野茫茫，

高山古城暗悲伤！暗悲伤！

江　姐　（唱乙反首板）

寒风卷扑面来冰霜乍降。

（乙反中板）

我此心如刀绞痛断肝肠。

实只望欣喜满怀，相见在华蓥山上，

谁知你壮烈牺牲，一腔热血洒疆场。

（乙反二黄慢板）

叫一声，亲爱的老彭，重担千斤，还在你肩膀。

哭一句，亲爱的战友，你今在何方？你今在何方？

（流水南音）

曾记得长江岸边高山上，

红旗下是你介绍我入党；

曾记得罢工怒潮卷巨浪，

浪涛中你昂首挺立最前方。

你曾说华蓥山下凯歌起，

燃起那燎原烈火迎曙光；（拉腔）

（快二黄）你曾说，坚持战斗，直到五洲四海全都解放。

革命者，笑迎风暴，要紧握手中枪。

你的话，依然在我耳边回响！

（快二流）一字字一句句从未遗忘。

这一回千里迢迢川北来，

带来了多少任务和希望；

只说是并肩战斗迎解放，

谁知你壮志未酬身先亡！

[风声，锣声。江姐镇静下来，警觉到自己的处境。

江　姐　（唱快中板）

朔风怒号锣声响，

敌人就在我身旁。

怒火烧干眼中泪，

革命到底志如钢。

血海深仇记心上。

（滚花）　昂起头挺起胸，奔向战场！

[华为上，游击队员老陈随上。

华　为　江姐，山上派人接我们来了！……你怎么啦？

江　姐　没有什么。好，上山！

[老陈下。华为随下。

[江姐回头望了望，转身大步走下。

[幕闭。

第三场

[华蓥山上，东海寺后院。

[上午。

[幕启。女游击队员小华在门口守卫。蓝洪顺内白：“老彭呀！”上。

蓝洪顺 （萧萧班马鸣头段）

　　华蓥山上松涛吼，

　　万重云雾压心头。

　　敌人未灭失战友，

　　旧恨未消添新仇！

（霸腔中板）

　　一腔怒火冲牛斗，

　　男儿有泪不轻流，

　　高举钢刀挥铁手，

　　革命人前仆后继，

　　拼将热血染神州！

[众游击队员拥上。

游击队员甲 蓝队长，怎么还不去请战呀？

游击队员乙 同志们心都快炸了。

蓝洪顺 好！走！（欲率众前去，突止步）

[双枪老太婆上。

双枪老太婆 （霸腔散板）

　　热血染红满天云。

（霸腔慢板）

　　革命人，永青春，老彭他，英灵在，

好比苍松翠柏，挺立在山林。

（转古腔中板）

风卷松涛大地震，

壮怀激烈撼人心。

铁流滚滚流不尽，

革命自有后继人！

蓝洪顺 司令员！

众 人 司令员！

双枪老太婆 老蓝呵！你怎么又来了！

蓝洪顺 司令员，你就下命令吧！

（快中板）

报仇杀敌倾肝胆，

蓝洪顺敢闯虎穴龙潭。

岩石可裂不可卷。

游击队员们 （接唱）钢刀能断不能弯。

双枪老太婆 （接唱）猛虎无谋井中陷。

游击队员们 （接唱）拼教血染华蓥山。

双枪老太婆 同志们！面对这豺狼横行，风雪迷漫，枪声阵阵，血迹斑斑，哪一个不想把冤仇报？！哪一个不怒火烧心间？！

蓝洪顺 好！走！

双枪老太婆 站住！可是，老蓝同志，暴躁莽撞有何用，轻举妄动杀敌难。同志们，我问你们，要是彭政委在，他会同意我们现在去打县城吗？

蓝洪顺 彭政委他——

双枪老太婆 他会同意我们就这样去硬拼硬闯吗？

蓝洪顺 他！他……牺牲了呀！

双枪老太婆 不！他永远活在我们心上！同志们，重庆派来的人马上就要到了，他一定会带来上级党的指示。我们不光要看到华蓥山，还要看到全国的形势呀！……

[老陈上。

老　陈　司令员，重庆来的人到了!

双枪老太婆　是谁?

老　陈　江姐!

双枪老太婆　哦!江雪琴同志来啦!

游击队员们　江姐到了？！

双枪老太婆　同志们，江姐她十里风尘，一路辛苦，来到这里，我们要很好地体谅她的心情。关于彭政委牺牲的事……你们先回去。

游击队员们　是!（下）

双枪老太婆　老蓝，你留下。

[蓝洪顺止步。

[华为上。

华　为　蓝大叔!妈!江姐来了，你看——

[江姐上。

华　为　妈，这是江姐，江雪琴同志。

江　姐　司令员。

双枪老太婆　雪琴同志，可把你们盼来了!一路上辛苦了吧?

蓝洪顺　快坐下歇一歇!

双枪老太婆　他叫蓝洪顺，是我们纵队二支队支队长，人家都叫他蓝胡子。

江　姐　老蓝同志!

蓝洪顺　江姐，你快请坐嘛!……

华　为　嘿!又到华蓥山。这空气好新鲜呐!

双枪老太婆　可斗争是很残酷，你要经得住呵!

华　为　妈，您放心吧。这一路上，我想了很多，来的时候，我们经过了县城……

双枪老太婆　怎么?你们进了城?

华　为　没有。

双枪老太婆　哦……

华　为　路上听说有同志牺牲……

双枪老太婆　（忙打断他的话）华为呀，一路上你没把江姐照顾好吧？

江　姐　他照顾得很好。

［华为还欲说什么，被双枪老太婆打断。

双枪老太婆　华为啊，快跟你蓝大叔把东西安置一下。

蓝洪顺　走吧。（领华为下）

江　姐　我把情况汇报一下……

双枪老太婆　不忙，不忙嘛，小华，倒茶呀！

小　华　哎。（上前倒茶，与江姐目光一碰，勉强地笑了笑。倒茶后，退到一边，偷偷擦泪）

［双枪老太婆发现小华在擦泪，看了她一眼，小华低头走下。

双枪老太婆　（上前）这几天，敌人封锁得紧，路上很不好走哇，我也没下山去接你们，怎么样，一路上你们没碰到什么……意外的事吧！（看到江姐神色有点不对）啊，你身体不舒服？

江　姐　不！我身体很好，我请求马上参加战斗！我不能……

双枪老太婆　是呀，是呀，应该用战斗来……

［二人四目相对，又同时闪开。

［静场。

双枪老太婆　（旁唱滚花）

她满怀欢欣初到来，

怎把这噩耗来经受！

江　姐　（接唱）

老妈妈待我情谊厚，

伤心事几回咽下喉。

双枪老太婆　（唱芙蓉中板）

一定要为江姐分担悲与忧，

江　姐　（接唱）万不能再给她增添苦和愁。

双枪老太婆　（接唱）一颗心好似箭穿透，

江　姐　（接唱）千滴泪偷往肚里流。

江　姐
双枪老太婆　（二重唱）强颜欢笑对战友，
且将悲痛藏心头。

双枪老太婆　江姐……

江　姐　司令员，我把情况汇报一下。

双枪老太婆　不，先喝茶。

江　姐　这次省委在重庆召开了会议，传达了中央的指示。

双枪老太婆　中央的指示！……

江　姐　党中央指出：目前的形势已经到了一个历史的转折点，这是一个伟大的转变，它必然要走向全国的胜利！根据中央的精神，省委对于华蓥山地区的武装斗争也作出了决定（低语）……

[华为匆匆奔上，蓝洪顺紧追上。

华　为　妈，怎么？老彭他……

蓝洪顺　华为，唉！

双枪老太婆　（欲制止华为说下去）华为，你真不懂事！

江　姐　司令员，不怪他，他不知道哇。

双枪老太婆　你——？

江　姐　我已经看见了！

蓝洪顺　江姐，我……咳！（冲下）

江　姐　（对华为）一路上，我没有告诉你，因为我不愿意让你也……

华　为　江姐！妈！（哭着跑下）

江　姐　（对双枪老太婆）我知道，同志们怕我难受，我知道你……

双枪老太婆　本来想过几天再告诉你……

江　姐　司令员！

双枪老太婆　雪琴！

江　姐　妈妈！（扑在双枪老太婆怀中）

双枪老太婆　孩子呵！

（唱霸腔回龙二黄）

千重恨，万重苦，莫压在心头，

当着亲人面，有泪尽情流。

我和你，献身革命上征途，

死别生离同经受，

应像那，山上青松枝干硬，

风吹雨打不低头。

且把悲痛仇恨，化为满腔热火，

踏着先烈足迹，阔步朝前走。（拉腔）

［小华拿一面红旗上，交与双枪老太婆。

双枪老太婆　这是彭松涛同志留下的遗物。

江　姐　（接过红旗。转二流）

接过红旗捧在手，

妈妈说话记心头。

遥对长空告战友，

青山不改水长流。

记住旗上亲人血，

抖擞精神来战斗，

前仆后继干革命，

赤心耿耿照千秋！

［此时，蓝洪顺、华为、游击队员们走上。

江　姐　司令员，请把我派到战斗的岗位上去吧！

游击队员们　为老彭报仇！为江姐雪恨！

蓝洪顺　司令员！只待一声令，挥刀杀仇人！你就下命令吧！

游击队员们　下命令吧！

江　姐　同志们！

（爽十字中板）

亲人爱阶级情我长留心坎，

为报仇去硬拼却万万不能。

越是急越是恨越要沉稳，

思良策讨血债杀尽敌人！

双枪老太婆 同志们，江姐给我们带来了省委的重要指示，目前的形势已经到了一个历史的转折点。

江　姐 同志们，我人民解放军粉碎了蒋介石的进攻之后，现已开始了全面反攻，我们的胜利就要到来！同志们，党中央毛主席发出了指示！……

蓝洪顺 党中央！毛主席！

江　姐 毛主席指示我们，要发动群众，抗丁抗粮，加强人民武装发展游击战争，配合解放大军，打倒蒋介石！解放全中国！

游击队员们 好哇！打倒蒋介石！解放全中国！

（唱快中板）

战鼓轰天惊雷滚，

华蓥山上涌风云！

[众亮相，幕闭。

第四场

[川北某县城郊。大石桥边“小店”边有一棵大黄桷树，树上贴着告示。

[中午。

[音乐声中幕启。

[乡丁在桥头巡哨。蓝洪顺在店里喝酒。乡丁盯着蓝洪顺的酒，口涎直流。

乡　丁 （走下桥头）杨二嫂！杨二嫂……

杨二嫂 （从室内走上）清明已过，还有鬼叫？！

乡　丁 来一壶！

杨二嫂 多少？

乡　丁 二两。

杨二嫂 （伸手）拿来！

乡 丁 钱？（作忘记带来状）赊住。

杨二嫂 新数连旧数，写满了牛皮簿！

乡 丁 嘿！熟客仔，没问题。

杨二嫂 要白食，没交易！

乡 丁 喂！今天欠你“湿柴”，明天还你光洋。再说，你巴结上我，有你的好处。

杨二嫂 谁个稀罕你的好处。

乡 丁 哼，等老子发了财，你想高攀也高攀不上啦！

杨二嫂 咳嗤！（唱石榴花）

茄子开花似灯笼，
你们发财我们穷；
铜盘虽烂斤两重，
我们人穷志不穷！

乡 丁 喂喂，（念白榄）

说话小心点，难道你不怕……

杨二嫂 （接念） 我不怕。（锣鼓）

胆大敢骑烈性马，
胆小怕骑“伥鸡乸”。
天下穷人有志气，
手拉紧手打天下。

乡 丁 （接念） 什么话？（锣鼓）

居然想造反，老子把你抓！

蓝洪顺 算了，你把她抓走，到哪里去喝酒？

乡 丁 你不知道，她这个人……

蓝洪顺 算了，算了，坐，我请客！（对杨二嫂）加双筷子。

杨二嫂 哼！又“滚”到一餐！

乡 丁 你！……

蓝洪顺 （拉乡丁坐下）坐嘛！

[杨二嫂添上一副杯筷。

蓝洪顺　（倒酒）来来来！

乡　丁　大曲酒？！……真香。

蓝洪顺　（唱散板）大曲酒开坛喷喷香，

乡　丁　（接唱）　豆腐干夹花生味道悠悠长。

三杯到肚精神爽。

蓝洪顺　（接唱）　且把那闷气愁烦丢一旁。

乡　丁　嘻嘻……真是好酒！

蓝洪顺　来，再干一杯！

乡　丁　不行了，还要站岗！

蓝洪顺　嘿！站岗站岗，路边一躺，有事望两望，无事扯鼻鼾！

乡　丁　哎！今天可不行啊！

蓝洪顺　没事，一不过军车，二不送壮丁，有什么大不了的事？来，饮！

乡　丁　唉！就是要过军车呀！三车军火。

蓝洪顺　三车军火？你别骗我！

乡　丁　真的，围剿华蓥山，今天运军火，下午二时半，准时要经过。

蓝洪顺　喂，莫谈国事免惹祸。

乡　丁　嘿，酒杯兄弟，信得过。

蓝洪顺　华蓥山游击队挺厉害的吗？

乡　丁　嘿嘿，提起双枪老太婆，谁不害怕，前时有个彭松涛，现在又出了个江队长，总之搞到我们吃不好饭，睡不好觉。

蓝洪顺　哦！这么厉害！

乡　丁　不信，你看这告示！

蓝洪顺　（走至树下，念告示）“悬赏捉拿江队长……”

乡　丁　通风报信赏大洋五百；打死就是一千；抓住活的，赏现洋两千块！

蓝洪顺　嗬！那个江队长是个什么样儿？

乡　丁　什么样儿？连警察局长也是盲摸摸。其实依我看呀，老太婆就是江队长，江队长就是老太婆，一个人。

蓝洪顺 哦!

[小华、江姐、华为、小张、老陈等游击队员们暗藏武器改装陆续上场。

乡 丁 (忙上前拦住)站住!哪儿来的。

小 华 余家场。

乡 丁 到哪儿去?

小 华 进城。

乡 丁 进城?不行!这条路戒严了!

小 华 连路都不让走了!

乡 丁 不让走就是不让走嘛,你想干什么?!

江 姐 那我们就在这儿歇会儿吧。

[游击队员们停下。杨二嫂上前招呼。

杨二嫂 哎!你这位大姐要吃什么?来碗加蛋糯米酒糟好吗?

[乡丁又上桥头巡哨。

小 华 来碗开水。

杨二嫂 啊!

华 为 怎么老是戒严!什么时候才让走呀?

蓝洪顺 小伙子,歇会儿吧!下午二时半要过军车!

乡 丁 咳!你——

杨二嫂 唉吔,你们怕是没走过这地方了!前两天呀,凡长胡子的,就像他这样的(指蓝洪顺)都不敢出门啊!

蓝洪顺 为什么?

杨二嫂 听说县里要抓个蓝胡子,唉吔!把所有赶圩的胡子老汉都抓完了!白胡子、黑胡子、花白胡子,什么胡子都抓,就是没抓到那个蓝胡子,而是一个姓蓝的胡子共产党。

蓝洪顺 我说嘛,哪有人长蓝胡子的,又不是唱戏。

杨二嫂 你们住在余家场,看见共产党吗?

小 华 余家场倒闹得厉害!有钱人家吓破胆,县里又不派兵……

杨二嫂 县里?他们泥菩萨过河——自身难保。

（唱西皮）共产党里能人多，
有个双枪老太婆，
双手打枪百发百中，
要打你的下巴，
不会打错你鼻哥。

蓝洪顺 嗬！那么厉害！

杨二嫂 （续唱西皮）
这一阵又出了一个江队长，
抗丁抗税又抗粮，闹得更红火。
县城的警察局长，胆都吓破。
公堂也不敢坐，要他们夜夜打烂铜锣。

乡 丁 （从桥上走下来）杨二嫂，你在乱讲，游击队那个彭政委还不是给我们杀了吗？！

杨二嫂 哎……人家彭政委是星宿下凡！天上的星宿哪能久住人间。
（唱四不正）
三月十五晚天色变，
闪闪电光雨连绵。
城上人头都不见，
都说华蓥山上出了神仙！

乡 丁 别吹牛了，你见过吗？

杨二嫂 见过的人多啦！穷人见了消灾免祸，你这号人见了一世折堕！

乡 丁 哼！就听你一个人叽叽喳喳，我看你简直像个共产党！

杨二嫂 这就奇怪了，未必连话也不许人家讲，哼！你有火焰山，我有芭蕉扇，各人头上一方天，你要点就点！
[远处汽车声。

华 为 喂，汽车来了。

乡 丁 糟了，军车来了。（跑下）

小 华 二嫂，今天我们借你这个地方（附耳低语）。

杨二嫂 啊？……噢！

小 华 帮个忙吧！

杨二嫂 做得！做得！

[小华、杨二嫂下。

蓝洪顺 同志们，准备战斗！

[游击队员们拿出武器，埋伏在桥两侧。

[汽车声上。

华 为 车停了！

蓝洪顺 停了！车在哪儿停，就在哪儿打！

江 姐 这里离城很近，我们要争取不放一枪。

华 为 那边来了一个人，是个当官的模样。

江 姐 我来对付，你们隐蔽两旁。

蓝洪顺 同志们，隐蔽！（率众分头下）

[场上只留江姐，像过路人的样子坐下喝茶。

[传来唐贵山的声音："就在那边停住，不准下车……"

唐贵山 （骂着走上）把闲人都给我赶开！混蛋！出了事枪毙了你！

（焦急地摘下帽子擦汗）（唱恨填胸）

当差当得我好辛苦！（双句）

（念白榄）押军火，走长途，

太阳晒得我心焦躁，

在重庆没把戏唱好，

罚到川北来跑龙套。

盼只盼早灭游击队，

唐贵山我戴罪立功劳！

（续唱尾腔）立功劳。

[小华自室内出，收拾茶具。唐贵山走过来。

唐贵山 来碗糯米甜酒糟。

小 华 好！（下）

唐贵山 （扭头忽然见到江姐）戒严了，你怎么还不走！

江　姐 （未理）……

唐贵山 听见没有？这里不准停留，都得给我走！

江　姐 （放下茶碗）要是不走呢？

唐贵山 不走？哦？我们好像在哪儿见过呀？

江　姐 怎么？不认识了？

唐贵山 啊！西南长官公署副官处的小姐！哈哈，朝天门码头一别，想不到今日在此地相逢啦！哈哈……这一回又是什么联络任务啊？……说吧！说出来我给你立功请赏！

江　姐 你倒挺大方啊！

唐贵山 大方？哼！上回在朝天门码头，就是因为我太大方，棋差一步，弄到丢官卸职，幸亏天无绝人之路，该我唐贵山时来运到……（掏出手枪）说！你们的老太婆、江队长，现在在什么地方？

江　姐 （一笑）就在这里。

唐贵山 （一惊）来干什么？

江　姐 来接收你这批军火！

唐贵山 什么？！好大的口气。

［小华端一碗开水上。

小　华 先生，滚水！

［唐贵山伸手来接碗，小华将碗一泼，烫得唐贵山怪叫了一声。与此同时，旁边闪出警卫员小张，劈手夺过了唐贵山的枪。唐贵山想抵抗，被小张一拳打个滚儿。

唐贵山 哎哟！……

小　张
小　华 （用枪逼住唐贵山）不许动！

唐贵山 哈哈……（撕开上衣，虚张声势，拍着胸脯）照这儿打吧！你们也不想一想；四周围都是我的人，一响枪，还跑得了你们？　（突然大叫）来人！

［蓝洪顺、华为等人从四周逼上。

［唐贵山大惊，失魂落魄地呆在一旁。

江　姐　说吧，你来干什么？

唐贵山　我……

蓝洪顺　说！

唐贵山　是！押送军火。

江　姐　几车？

唐贵山　三车。

蓝洪顺　嗯？

唐贵山　是三车呀？

［江姐与蓝洪顺交换眼色，彼此会意。

江　姐　多少人押送？

唐贵山　四个人。

江　姐　什么？

蓝洪顺　你不说实话，我就……

唐贵山　报告，没敢说假话呀，是每车四个人，加上两个司机，除我之外，一共三六一十八个人。

江　姐　还有什么？

唐贵山　没有了……

蓝洪顺　胡说！

唐贵山　啊，沿途还有乡丁放哨。

蓝洪顺　押起来！

［华为押唐贵山至一边。

江　姐　老蓝，根据现在的情况，我看还是按照司令员指示的第二个作战方案执行，你带同志们迂回到那边小树林去！记住，最好不要放枪。

蓝洪顺　好。同志们，跟我来！（率众下）

江　姐　叫他喊话！

华　为　（对唐贵山）站住！叫他们下车集合！

江　姐　到小树林集合！

唐贵山 是……

华　为 走。（推唐贵山走上桥头）说！

唐贵山 （对远处喊）李德贵！叫他们下车，到小树林集合！

［幕后有人应声。

［少顷，幕后传来喧哗声："不许动！缴枪不杀！"……

［锣鼓声中蓝洪顺上。

蓝洪顺 江姐，已全部缴械！

［唐贵山大惊。

江　姐 好！（唱快中板）

多亏了运输大队长，

送来武器三车厢，

立即押运回山上——

［突然传来一声枪响，一游击队员甲跑上。

江　姐 （接唱）为何打了一声枪？

队员甲 报告，有个家伙想逃跑。

江　姐 同志们，迅速转移！老蓝，你们支队押送，原车开走，我们在后掩护。

蓝洪顺 好。（率游击队由桥头下）

［内场汽车驶去声。

［杨二嫂自室内出。

江　姐 二嫂，今天打搅你了。等会儿我们走后，你也去找个地方避开一下吧。

小　华 二嫂，茶钱。

杨二嫂 不用了，不用了，你们这么快走，不再坐一会儿？你们慢走啊！

［警卫员小张押唐贵山下。江姐、小华同下，华为走在最后，临走把一张纸条钉在"悬赏捉拿江队长"的告示上。

杨二嫂 （目送他们远去。唱中板）

人话孙悟空有七十二般变化，

我说是他们本领更堪夸！

盼只盼有朝一日翻天下，

那时呀，（腔）

春临大地，日照山里人家。（收拾碗筷进入室内）

［少顷，乡丁领敌警察和警察局长悄悄摸上。

敌警察局长　（低声催促）快！上！

［敌警察硬着头皮冲进屋去。少顷，押杨二嫂出。

敌警察　报告局长，就她一个。

敌警察局长　啊？（对乡丁）张老么！

乡　丁　有！

敌警察局长　那游击队呢？

乡　丁　这，怎么都跑了呀！

敌警察局长　（对杨二嫂）游击队跑哪里去了？

杨二嫂　我怎么晓得呀！

敌警察局长　（指挥警察）顺这条路，给我追。

［二警察下。

敌警察局长　（回头对幕后）方殿彪，带人顺小路追！

［幕后有人应声："是！"

敌警察局长　（回头望着乡丁）过来，混蛋，人都跑了，你才来报告。（一记耳光，见杨二嫂要走）站住！

杨二嫂　干什么？

敌警察局长　干什么？我问你，来了游击队，怎么不报告！

杨二嫂　我晓得哪个是游击队呀！

敌警察局长　说！都有谁到你这来喝茶？

杨二嫂　那就是多得很！（念韵白）有大人、细路、姑娘、媳妇（念"新抱"），有长胡须，有包头布，哦，还有你们那个唐副官刚才来到。

敌警察局长　哼！我看你就是共产党！

杨二嫂　哟！你不讲理呀！

敌警察局长　哪有那么多理跟你讲！押起来带走。

杨二嫂　你正式是个"猪榹木虱唔臭人味"，抓不到游击队拿老百姓出气，你这

个斩头鬼，等着有人收拾你……（一路骂着被押下）

[警察局长大怒，欲追下，忽见树上纸条，忙撕下观看。

敌警察局长 （念纸条）“要问军火去何方，上山来找江队长！”……又是江队长！那一回谢家湾聚众闹事，抗丁抗粮，是江队长；上个月劫走壮丁，大闹余家场，也是江队长；现今军火被劫，头头又是江队长！江队长！到处都是江队长……

[敌警察跑上。

敌警察 报告局长，江队长被我们抓到了！

敌警察局长 什么？

敌警察 我们抓到了江队长。

敌警察局长 这么快，我不信！

敌警察 千真万确，连他自己都承认是江队长。

敌警察局长 咦！这才奇怪！

（唱滚花）

红光照我天灵盖，

眼看升官又发财，

好比打天九摸到天牌真好彩，

江队长居然被抓来！

哈哈哈……我说嘛，一个小小的江队长，还能跳得出我手掌心？唔！今天我倒要看看他是三头六臂，还是铁打的金刚！给我押上来！

敌警察 是！（下，押江对章上）

敌警察局长 喂！你是谁？

江对章 江、江对章。

敌警察局长 唔！江队长，多大岁数？

江对章 去，去年花甲齐头，六十一了。

敌警察局长 几时入党？

江对章 入党？何时入党？哦！是那个民、民国二十五年。

敌警察局长 介绍人是谁？

江对章 是那个龙、龙头大爷王九龄，他……

敌警察局长 有何活动？

江对章 什么？

敌警察局长 活动。

江对章 没有什么活动呀……

敌警察局长 放屁！今天不老实招供，我就枪毙了你！

江对章 哎呀，当真没什么活动呀，都是王大爷害死人，他、他说参加了好，人多势力大，又说中央军部入川了，还是参加了好，我听王大爷的话，后来我就参、参加了。

敌警察局长 你到底参加的什么党啊？

江对章 我也搞不清楚啊！听王大爷说的，叫什么乌龟"括民党"嘛。

敌警察局长 啊？你原来不是江队长。

江对章 我是江对章呀，江山的江，冤家对头的对，签名盖章的章呀！

敌警察局长 呸！（急得两头跳）

（唱流水中板）

错了错了搞错了！
一肚子高兴全报销，
捞到个大草包庸人自扰，
当堂头昏脑涨发高烧！（腔）

[警察局长正气急败坏，忽传来汽车声。

敌警察 （对汽车方向）站住！站住！

魏吉伯 （气冲冲上）混蛋！没长眼睛？！

[沈养斋上。

沈养斋 怎么？谁拦住我的车呀？

敌警察局长 （大惊，忙上前）区座！电报上不是说明天才莅临本县么？

沈养斋 愚蠢！

敌警察局长 是！

沈养斋 你们在这儿干什么？

敌警察局长 报告区座，部下在这里抓游击队的江队长……

沈养斋 唔?

敌警察局长 刚才他们在这里劫走了我们三车军火……

沈养斋 什么?！这里离城多远?

敌警察局长 八里多路……

沈养斋 嘿嘿！（唱河调中板）

离城八里不是百里，

游击队居然剃眼眉，

可见你工作成绩是怎样子！

我这三车军火运来何用你可知?

敌警察局长 是围、围剿华蓥山游击队！

沈养斋 好啊，这不等于送给人家一座军火库啦！

敌警察局长 是，部下一步来迟。

沈养斋 真是呀，不到下面，不知流弊之多；不出华堂，不知形势之危呀！（忽然发现江对章）唔?你是干什么的。

江对章 回禀官长，我就是他们抓来的江对章呀。

沈养斋 什么?这就是你抓来的江队长?！荒唐！直到如今连江队长是男是女都还搞不清楚，废物！

[魏吉伯扬手打了警察局长一耳光。

沈养斋 唉！遗憾呵！我们这里像你这样的人太多了，而共产党里像甫志高那样的人又太少了！

魏吉伯 押下去，（警察局长还想说什么）下去！

[警察局长和江对章被押下。

江对章 （连呼）冤枉！我是国民党呀，冤枉！……（下）

魏吉伯 区座，这个老头儿……?

沈养斋 当共产党抓来的嘛，当共产党处理！

魏吉伯 是。

沈养斋 甫志高呢?

魏吉伯 还在车上。

沈养斋 这里离城很近，甫志高应该和我们单独行动。叫他来。

魏吉伯 是。甫先生！

甫志高 （上）区座，你叫我？

沈养斋 甫先生，你应该开始行动了。

甫志高 是，这一带地形我熟识，我陪区座进城。

沈养斋 不，你应该单独行动。

甫志高 区座，就我一个人……

沈养斋 魏处长。（唱滚花）

你协助甫先生，行动必须加紧。

魏吉伯 是。

沈养斋 记住。（续唱）

不计任何代价，

一定要抓到江——雪——琴！

[切光。幕急下。

第五场

[川北某县城郊，“联络站”——小镇口一农舍，屋外有树，屋后有山坡。窗台上摆着一盆作暗号用的红辣椒。

[下午。

[幕启。蓝洪顺背背兜上。

蓝洪顺 （唱中板）联络站安全暗号依然在，

红辣椒端端正正摆窗台。

我假作穿街过巷卖青菜，

到镇口喜同战友聚会来。

有青菜卖——卖青菜啰！

[蓝洪顺四顾无人，进屋。江姐从室内出。

江　姐　噢，老蓝！（接过背兜放下）你们那里群众骨干分子会开得好吧？

蓝洪顺　好！江姐，上回大石桥打劫，三车军火，对群众影响可不少哇！有同志提出来，要求摆开阵势，打个大仗！

江　姐　摆开阵势，打大仗！老蓝，你的意见呢？

蓝洪顺　我呀（憨笑）嘿嘿……三天不打仗，心里就憋得慌！

江　姐　老蓝呀！

（念韵白）任务繁多分急缓，

要眼观全局作安排，

当前应继续分赴农村去，

把抗粮运动向四面推开，

且看万杆红旗飞抵剑门外，

准备迎接大军进川来。

蓝洪顺　对！

江　姐　那你就——

蓝洪顺　那我就再憋会儿呗！嘿嘿……嗯，华为呢？

江　姐　重庆要派人来，华为接人去了。

[小华急上。

小　华　蓝大叔！江姐，我在路口望了很久，还是不见华为回来。

江　姐　按预定计划，该回来了！……不会是出了什么问题吧？……

蓝洪顺　我进城去看看！

江　姐　不！这样吧，（拿出一份文件）为了预防万一，你带着这文件到紫竹林等我，我在这再等等华为。

蓝洪顺　（接过文件）好！（欲下）

江　姐　（叫住）要是天黑以前我们还没到，你就直接上山，不要再等。

蓝洪顺　哎。

江　姐　这份文件很重要，它关系到组织和同志们的安全，路上千万要小心！

蓝洪顺　嗯，这一带我常来常往，你放心吧！（出门）紫竹林等你！（下）

江　姐　（拿出字条）小华，把暗号撤掉！

［江姐烧文件，小华走向窗台欲撤暗号，忽看见华为从山坡上下来。

小　华　（高兴地对室内）江姐，华为回来了！

［华为进屋。

江　姐　重庆的同志来了吧？

华　为　来了。

江　姐　孙明霞呢？

华　为　市委派老萧同志来，重庆出了问题，孙明霞被捕了！

江　姐　孙明霞？！被捕了？！

华　为　听老萧同志的口气，好像是党内出了叛徒！

江　姐　出了叛徒？！……老萧同志呢？

华　为　在那边小树林里。

江　姐　哦？

华　为　出城的时候，城里正在清查户口，城门口设了好几道关卡，盘查得很严，所以耽搁了时间。

江　姐　这一定和重庆出事有关！

华　为　还有，回来的路上也发现几个形迹可疑的人，所以没让老萧同志来这里。

江　姐　你做得对！这个联络站不能用了，我们马上转移，小华，把暗号撤掉！

小　华　是！（撤去红辣椒）

［江姐、华为、小华收拾东西。

江　姐　华为，你先送老萧同志上山，快走！

［华为下。甫志高奔上。

甫志高　江姐，我找了你好久哇！

江　姐　甫志高？！你怎么来了？

甫志高　（望着华为远去的背影）……啊？

［小华在屋外查看四周动静。

甫志高　给你们送电台来了，还有一台发电机！哎呀！这一路哇，情况非常紧张！不提了，我们走吧！……啊，是老许同志亲自派我来的。原计划不是让孙明霞来嘛，她病了。

江　姐　孙明霞病了？！

甫志高　对！她病了！

（唱减字芙蓉）

孙明霞病卧在床，

这个任务就交给了我，

江　姐　噢，老许同志有信给我吗？

甫志高　（接唱）　他叫我口头汇报，

怕路上会出风波。

江　姐　重庆最近情况如何？

甫志高　（接唱）　工学商联合斗争，

重庆城遍地烈火！

江　姐　最近有同志被捕吗？

甫志高　没有，没有呀！

（接唱）　同志们隐蔽得好，

反动派枉设网罗！

江　姐　你怎么知道这个地方？

甫志高　（接唱）　这个地方我原本不知，

是老许亲口告诉我。（慢收）

江　姐　噢……

［甫志高低头喝茶。

江　姐　（旁唱长句滚花）

细思量：为什么——

他言语差错这样多？

孙明霞不幸遭逮捕，

他却说卧病在床受折磨；

这地点我们还未上报过，

他却说老许知道，

分明是信口开河。(句)

看来他，他他他是毒蛇，

妄想幻化人形迷惑我。

[小华进屋掏枪欲打甫志高，被江姐制止。

江　姐　你还没吃饭吧？小华屋里做饭去！

小　华　哎。(进室内)

甫志高　不不不，工作要紧呐，江姐还是先……

江　姐　先坐一坐，等会儿老太婆要来呢！……

甫志高　啊啊，也好，也好。……

[屋外，特务们鬼鬼祟祟上，江姐打开镜匣假意梳头。

魏吉伯　(低声对一特务)快把我们的人都调来！这儿有大鱼！

[特务应声下，魏吉伯又闪身屋后。

甫志高　(旁唱梆子流水)为什么她梳头窗下坐？

江　姐　(接唱)　镜子里看见屋外有恶魔！

甫志高　(接唱)　谢天谢地，我运气真不错，

江　姐　(接唱)　万丈怒火燃烧在心窝！

甫志高　(接唱)　她神色安稳难捉摸，

江　姐　(接唱)　他狡诈阴险诡计多。

甫志高　(接唱)　且把她当鱼饵诱擒另一个，

江　姐　(接唱)　可笑他利令智昏暗算老太婆。

甫志高　(接唱)　看住她，静候飞蛾来扑火，

江　姐　(接唱)　拖住他，免得战友遇风波！

[屋外，蓝洪顺上，走至树后。

蓝洪顺　(唱快中板)

紫竹林中长等候，

不见战友我转回头。

惊看辣椒已撤掉，

此地危险不可留。

江姐是否已撤走？……

不弄个明白不甘休！

有青菜卖！卖青菜啰！

［江姐一惊，甫志高一愣。

江　姐　（旁唱恋弹中板）

为什么？（工）——

暗号撤除他还不走？　（尺）

甫志高　（接唱）　为什么她沉吟这样久。（尺）

蓝洪顺　（接唱）　为什么一点声音也没有？　（士）

江　姐
蓝洪顺　（接唱）　真叫我为他/她担忧。（尺）

蓝洪顺　（接唱）　莫非江姐遭毒手？

甫志高　（接唱）　莫非她想逃走？

江　姐　（接唱）　形势急似火上加油。

蓝洪顺　（接唱）　我打开突破口，

甫志高　（接唱）　我撒下钓鱼钩，

江　姐　（接唱）　我要粉碎这阴谋。（士）

江　姐
蓝洪顺　（接唱）　还需要当机立断想计谋！　（合）
甫志高

蓝洪顺　（接唱）　我必须闯进去！

江　姐　（接唱）　你应当赶快走！

甫志高　（接唱）　我不能再等候！

江　姐　　　　　　我要救战友！

蓝洪顺　（接唱）　我要救战友！　（上）

甫志高　　　　　　我要先下手！

江　姐　（长过门，续唱）

老蓝若是落虎口，

文件机密会泄露！（拉腔至“合”收）

[小华自室内出。

小 华 江姐，我们被包围了！

甫志高 嘿嘿……走吧！

江 姐 甫志高！你这叛徒！

甫志高 （大惊）怎么？！

[屋外，蓝洪顺一惊。

甫志高 你（逼上前）江雪琴！

[蓝洪顺欲冲入。

江 姐 走开！不许靠近我！我叫你走开！

[江姐抓起那盆红辣椒，借作打甫志高，甫志高弯腰一躲，花盆直扔出窗外。

[蓝洪顺一愣，特务甲上前抓蓝洪顺，蓝洪顺将特务甲打倒，拔刀欲砍——

小 华 （隔窗大喊）大叔！快走！

[蓝洪顺猛地意识到身带文件，顿足急转身奔下。

[特务甲爬起来便追，小华隔窗一枪把特务甲打死。

[特务乙由室内跳出，打了小华一枪。

[江姐逼住甫志高，扬手打了他两耳光。

[甫志高退后，掏枪，小华踉跄上前，护住江姐，尽最后力量，打了甫志高一枪，甫志高被击倒。

众特务 不许动！

小 华 叛徒！……（力不支，欲倒，江姐扶住）……江姐……

江 姐 小华！

[小华倒在椅上死去。

[魏吉伯率众特务一齐涌上，逼住江姐。

[江姐哀悼地望着小华，然后抬头，怒视魏吉伯等。

[甫志高扶着受伤右臂缓缓爬起。

[江姐鄙视地对众特务。

魏吉伯 走！

[灯暗。幕闭。

第六场

[重庆，“中美合作所”渣滓洞集中营审讯室。

[夜。音乐声中幕启。

[敌看守二名当门而立，魏吉伯焦躁异常，坐立不安。

[幕后传来一声口令，“立正”，沈养斋上。

沈养斋 （念）审讯江雪琴，策略靠攻心。（一槌锣鼓，脱下帽子、手套扔在桌上）

敌看守 请甫专员……

沈养斋 吉伯，你们连续审讯，一无所得。相反，人家绝食、抗议、斗争，搞得我们手足无措，堂堂中美合作所成何样子？

魏吉伯 部下办事不力。

沈养斋 很不力，今天晚上再搞不到重庆共产党地下组织名单，对美国顾问，对总裁，确是不好交代！

魏吉伯 是！

[甫志高上。

甫志高 区座，你叫我……

沈养斋 唔？哼！……（走进内室）

[甫志高惶恐地拿起桌上的帽子、手套随入。

[幕后声：“江小姐，请！”

[敌看守押江姐上。

江　姐 （唱中板）长夜将明风更紧，
残冬欲尽雪更寒。
风紧雪寒战歌响，
红梅含笑接春光。

魏吉伯 江雪琴，你想得怎样了，（见江姐不理）哼！这是中美合作所，只有进来门，没有出去路，除非交出你们地下组织名单……

江 姐 你们需要的，我全知道。

魏吉伯 噢？

江 姐 上级的姓名我知道。

魏吉伯 嗯！

江 姐 下级的姓名我也知道。

魏吉伯 好！

江 姐 但这是我们共产党的秘密。从我口里，你们半点材料也得不到。

魏吉伯 你！……老实告诉你，你们的组织，全在我们掌握之中！

江 姐 那你又何必来问我呢？

魏吉伯 这……

江 姐 嘿嘿，还是把你的后台老板请出来吧！

魏吉伯 （恼羞成怒）准备老虎凳！

[沈养斋哈哈大笑着从内室走出，甫志高随上。

沈养斋 哈哈，江小姐真是有胆有识，令人钦佩呀！（挥手令看守下）不过，江小姐总应该考虑一下目前的处境啊！

江 姐 （念口鼓）目前的处境，就是蒋家王朝将被人民埋葬。辽沈、淮海、平津三大战役，你们老本都已输光！

沈养斋 （接念）不要忘记，还有一条扬子江。

江 姐 （接念）以为长江天险，能挽救你们的覆亡，不过痴心妄想。我们一定要解放全中国，雄师百万马上就要渡长江！

沈养斋 这……哎！我们何必绕那么大的圈子呢？甫先生，可以谈谈你的见解嘛！

甫志高 我？啊……江雪琴呀！（唱板眼）

你似扁舟一叶过大江，
怎奈狂风恶浪夜茫茫。
今日身在监牢披枷锁，
未知何年何月出铁窗？

有道识时务者英雄汉，

何苦轻抛生命逞刚强？　（过序衬白榄）

倒不如——

激流猛转舵，悬崖紧收缰，

干戈化玉帛，委曲求平安。（续唱）

背后还有一条路宽广，

无边苦海回头是岸。

江　姐　无耻！（唱快慢板）

苟且偷生出卖灵魂叛徒丑相，

在我面前摇头摆脑作势装腔。

你眼前黑夜茫茫狂风卷恶浪，

我看到朝霞喷薄红日出东方。

（快十字清）

为实现共产主义崇高理想，

抛头颅洒热血视作寻常。

钻狗洞陷泥坑就是你的路途“宽广”，

千万年人痛骂，痛骂你这——

（稍快）　狗洞残渣，奴才模样，

豺狼本性，蛇蝎心肠！

沈养斋　江小姐，未免太过分了吧。今天我你之间是审讯与被审讯的关系。

江　姐　不对，我你之间是革命与反革命的关系，是你死我活的阶级斗争。

沈养斋　开口阶级斗争，闭口武装暴动，你们那一套阶级斗争学说，早已陈腐不堪。马克思死了多少年啦？列宁死了多少年啦？

江　姐　还有斯大林，还有毛泽东，听到他们的名字，你们就浑身发抖，胆战心惊。无产阶级的革命学说，与天地共存永世长青。用马列主义武装的革命人民，要把你们这些反动派消灭干净！

沈养斋　你说什么？

江　姐　我说，要消灭一切反动派，包括你们这群美帝国主义豢养的走狗！

魏吉伯　江雪琴，你放……

沈养斋　你们都出去！

[魏吉伯、甫志高退下。

沈养斋　江小姐，不要意气用事，事到如今，应该回头为自己想想了，据我所知，你从小失去父母，现在又失去丈夫，剩下一个孩子，是否又会成为孤儿，就在你一转念之间了。唉！四十年来，沈某也是尝尽辛酸，饱经忧患啊！

（唱梆子流水）

我也有妻室儿女父母家庭，
我也曾沧桑历尽湖海飘零。
有道是相惜惺惺相怜同病，
对你这凄凉身世极表同情。

（转古老中板）

叹人生逝水年华犹如梦境！
有几回清风明月富贵尊荣？
绝不该葬送青春枉丢性命，
珍惜你花红柳绿锦绣前程。（拉腔）

江　姐　（冷笑）……

沈养斋　你笑什么？

江　姐　哈哈，我笑你们这些可怜虫，把荒淫无耻作明月，醉生梦死当清风；我笑你们这些刽子手，无法理解共产党人坚强意志伟大雄心。任凭你花言巧语全无用，好比是撼树蚍蜉白费工！

沈养斋　唉！共产党人啊，是呀，共产党人也是人，我们还是可以找到共同语言的。

江　姐　革命者与反革命者没有共同语言！

沈养斋　不，比如说，人情、博爱、幸福、和平，都是人类共同需要的。战争总不是好东西，社会有问题，国家有缺点，尽可以协商改良嘛，何必武装暴动，血影刀光，弄到百姓妻离子散家破人亡呢？

江　姐　（念口鼓）胡说！正是你们害得百姓家破人亡，妻离子散。正是你们投靠美帝，出卖祖国河山。正是你们挑起内战，屠杀人民千千万。你们满口人情、博爱、和平、幸福，两手却是血迹斑斑！

沈养斋 江雪琴，别忘了你是在什么地方。

[沈养斋按电铃，行刑室大门洞开，门内炉火熊熊，刑具高悬，特务狰狞……

沈养斋 你还是再冷静想一想！（走进内室）

[行刑室大门自动关闭。

[音乐起反线二黄板面。江姐环视室内镇静自若。

江 姐 （唱祭塔腔反线二黄慢板）

春蚕到死丝不断，

留赠他人得温暖。

采得百花成甘露，蜂儿酿蜜，但求世上永香甜。

谁不盼：锦绣山河，浩荡东风频送暖。

怎忍看：难明长夜，人民日月不团圆。

正为了，大地春回，万户千家开笑脸。

甘愿把，满腔热血，洒向青山染杜鹃。（拉腔）

（转正线快二黄）

要粉碎旧世界，一切镣铐锁链，

为工农求解放，迎来幸福明天。

（吊慢） 江雪琴，为革命，愿把我青春贡献。

（转教子腔）

哪怕野兽嚎叫，

哪怕刑具高悬。

敢上刀山经考验，

敢下火海受熬煎。

革命丹心红似火，

战斗豪情如浪卷。

迎着硝烟冲向前，

监狱刑场是我的火线！

（转乱弹二流）

骨可成灰头可断，

头颅掷碎气长存，

心如日月照山川。

待到三山倒地红旗展，（拉高腔）

工农大众掌政权，

千树繁花春吐艳。

（尾腔）　我含笑看，祖国万山红遍。

[沈养斋、魏吉伯上。

沈养斋　江雪琴，不要执迷不悟，生命只有一次。

江　姐　如果有千次万次，我也要毫无保留献给我们的党。

沈养斋　我可以叫你一世坐牢房！

江　姐　为了免除下一代的苦难，我愿把牢底坐穿。

沈养斋　我可以叫你死！（开牢门）

江　姐　一死有何难，到处是青山，为党能舍己，热血换新天！

沈养斋　江雪琴！（念扑灯蛾）

难道我一个女人制服不了？

管叫你金刚罗汉魄散魂销！

我有美式刑具四十八套，

要你低头屈膝向我求饶。

江　姐　（唱快中板）

任凭你张牙舞爪嘶声叫，

江雪琴泰山屹立不动摇。

不管你搬来刑具多和少，

革命者，不怕毒刑拷打烈火烧！

沈养斋　来人！

[敌看守应声上。

沈养斋　（唱滚花）你可知道渣滓洞杀人有多少？

江　姐　（接唱）　共产党人顶天立地，至死不弯腰！

沈养斋　来！将她十个指头，都钉上竹签。

[江姐昂然举步向前，众敌人惊惶后退。

[音乐起。幕闭。

第七场

[重庆歌乐山。中美合作所，渣滓洞集中营，女牢。

[黎明前。

[幕后唱新曲：

风萧萧，夜漫漫，

黑牢铁窗起狂澜，

忽闻天外春雷响，

喜迎红日出东山。

[歌声中幕启：孙明霞、杨二嫂、难友甲（女学生）、难友乙（女工）与江姐囚居一室。

[几个看守搬运东西过场。

难友甲　这几天，敌人一直在搬运东西。

孙明霞　看样子，敌人要逃跑了！

难友乙　天，就要亮了！

杨二嫂　国民党垮台了！

[看守们大声吆喝："快走，快走！"押着几个男难友从铁栏外过场。

孙明霞　江姐，敌人要进行屠杀了！

江　姐　（点头，念韵白）敌人已到山穷水尽，毒蛇临死还会咬人。越狱斗争，这场考验更严峻。剩下一人，也要冲破囚牢接大军。烈焰腾腾，要烧魔窟成灰烬，我们也在，烈火热血中永生！

众难友　（合念）我们也在，烈火热血中永生！

[梆子声。伙夫提两个桶上，开牢门，提一个桶进牢房，向孙明霞做一手势。出牢门，提另一个桶下。

孙明霞 （从桶内取出一纸条）江姐，信！

江　姐 （接过信，看）同志们，支部已经同狱外党组织取得联系，现在解放军先头部队和华蓥山游击队，正兵分两路，直插歌乐山！支部通知我们，只等解放军一到，各牢房一齐动手，里应外合，砸碎这中美合作所。

孙明霞 解放军，游击队快来了吧？！

[炮声。

难友甲 炮声！

孙明霞 我们的炮声！

江　姐 （翻看纸条背面，激动地）同志们，天大的好消息！

众难友 （又围拢来）江姐！

江　姐 （念）十月一日，今年十月一日，毛主席在北京天安门上，向全世界宣布：中华人民共和国成立了！

众难友 中华人民共和国？！……我们自己的国家成立了！……

江　姐 （接念）全世界劳动人民欢欣鼓舞，新中国屹立在世界的东方！中华人民共和国国旗，五星红旗，飘扬在天安门上！

众难友 五星红旗！……

孙明霞 杨二嫂，你听见了吗？中国人民翻身了，当家作主了！

杨二嫂 我心头的话，多得很哪！……说不出来呀……

江　姐 同志们，战友们！让我们在这黑牢铁窗之下，向新中国致敬；为我们的新中国欢呼！

[《义勇军进行曲》的音乐声中，众一同小声地欢呼：“中华人民共和国万岁！”“中国共产党万岁！”“毛主席万岁！”……

江　姐 同志们，我这里有一面红旗，它是一个烈士的遗物，我们就用它来绣一面五星红旗！

[众撕开被面，拿出红旗，刚要绣——

[梆子声。魏吉伯上。

魏吉伯 江雪琴，准备转移！

众难友 转移？！

[伙夫上。

魏吉伯 干什么？

伙　夫 （指室内桶）唔！

魏吉伯 快！（下）

伙　夫 （进女牢）沈养斋到渣滓洞来了！说立刻就要……

孙明霞 快说嘛，就要怎样？

伙　夫 就要对江姐下毒手！

众难友 什么？！

伙　夫 我建议，提前越狱！

江　姐 不，不能因我一人，打乱整个越狱计划，我个人安危事小，同志们越狱事大！

伙　夫 那你……

江　姐 不要管我，你快去执行你的任务。

伙　夫 ……是！（提桶下）

孙明霞 江姐，我们不能没有你啊！

众难友 江姐！

江　姐 同志们来！来！绣我们新中国的国旗！（江姐领众绣旗。江姐领唱，众合唱梆子慢板）

线儿长，针儿密，含着热泪绣红旗。
点点泪珠随线走，满怀喜悦引针飞，
一线线，一针针，绣出人民新天地。
千分情，万分爱，绣作金星颗颗，闪闪放光辉。
面对刀丛色不变，手捧红旗心跳急，
盼了多少春秋，终于盼到你！

[她们沉浸在激情的海洋里。

[沈养斋率看守们上，正欲开牢门，魏吉伯奔上。

魏吉伯 区座，歌乐山附近，发现华蓥山游击队！

沈养斋 镇静！

[炮声。

沈养斋 （惊恐，但又强作镇静）在这种时候，特别需要的是镇静！

魏吉伯 是！局本部来电话说，飞机准备好了，已经派出特遣行动队，护送你到沙坪坝飞机场！

沈养斋 （点头）嗯！

魏吉伯 还有，甫志高追到这里来，一再纠缠，要求我们带他去台湾！

沈养斋 带他去台湾？（摇头）他的作用已经完了！

魏吉伯 那就干脆把他……

沈养斋 用不着嘛，把他留给共产党去杀！

魏吉伯 如果……

沈养斋 如果共产党不杀这个人，那就会在他们内部产生搞不清的矛盾。

魏吉伯 我是说，如果共产党没有发现他这段历史……

沈养斋 那好嘛，将来反攻大陆，他对我们就很有用处。

[甫志高奔上。

甫志高 沈区长，你们不能丢下我不管呐，我为你们奔走，供你们驱使，替你们效力，我为你们付出了我的一切呀！

沈养斋 保全你的性命，你也没有亏本呀！现在，你应该服从决定，云贵川康，任你潜伏。后会有期！

甫志高 沈区长！（跪下）我求求你，带我走吧！沈区长……（抱住沈养斋的腿）

沈养斋 滚！（一脚将甫志高踢开）

甫志高 怎么？你们不能把我一脚踢开呀！……（爬行向前）沈区长！……

[沈养斋向魏吉伯使一眼色，魏吉伯捉着甫的领子拉下。

沈养斋 （拍打裤子）这条狗。

[魏吉伯返回。

沈养斋 局本部特遣行动队一到，立即出发！

[沈养斋一摆手，看守开牢门，沈进牢内。

沈养斋 江小姐，又是许久未见了，今天我特地带来一个好消息：时局的发展正如江小姐所预料的那样，大局已定，共军已经入川，重庆危在旦夕！

江　姐 这是历史发展的必然规律！

［炮声巨响，沈养斋惊惶万状。

江　姐 你害怕了！

沈养斋 这，我不否认面临的现实，不过，我要坦白告诉你，你已经看不到自己的胜利了，遗憾呐！遗憾得很呐！不知此时此地，江小姐是怎样的心情？

江　姐 回忆走过的道路，我感到无比的自豪，看到全国的胜利，我感到无穷的力量，能把生命献给无产阶级的革命事业，我感到无上的光荣！我倒想问问你，此时此地，你的心情又是如何呢？你们已经到了山穷水尽、土崩瓦解的王朝末日！你逃不了历史的惩罚和人民的审判！

沈养斋 ……好！那就请吧！（命令魏吉伯）送佛送到西天！（出牢门下）

魏吉伯 （向内场）行刑队准备！（下）

［内场连续传呼："行刑队准备！""行刑队准备！"

［音乐起。众难友悲痛万分。

江　姐 明霞，你看我头上还有乱发吗？

［孙明霞止住悲痛昂起了头。

江　姐 （拿起红旗，交与孙明霞）等重庆解放了，把它交给党。

孙明霞 （接过红旗，眼泪又夺眶而出）……

江　姐 （拿过一个布包）二嫂，这几件衣服，你留着用吧！

杨二嫂 江姐！……

众难友 （哭着跪上前）江姐！

江　姐 同志们啊！（唱困谷口第二段）

不要用哭声道别，
莫让那眼泪轻抛。
黎明前，身死去，
我能为党献身多荣耀。
面对着刑场，脸不变色心不跳。

举头一声长啸，狂飙降九霄，

红霞满天将我照，

胸内有，万杆红旗飘，

万杆红旗飘！

（反线梆子慢板）

到明天山城解放红日高照，

雾重庆阳光灿烂云散烟消。

战友们请代我向党把深情表，

（静唱）　江雪琴永远和党心一条。

（流水南音）

到明天家乡解放红日高照，

巴山蜀水更多娇。

祝愿同志们身体永康健，

为祖国繁荣昌盛早架金桥。

（二黄）　到明天，全国解放红日高照，

请代我，来照料遗下的幼苗。

告诉他，先辈们艰苦的斗争决不能忘掉！

（二黄滚花）

莫辜负人民哺育，党的心血灌浇。

魏吉伯　（带行刑队上）江雪琴，走！

众难友　（扑向铁栏，悲愤地高喊）不许杀害江姐！抗议法西斯暴行！打倒国民党！

[魏吉伯一摆手，行刑队围住牢房，枪口对着众难友。

[炮响。

江　姐　同志们！（唱困谷口尾段）

耳边风雷震响报春到，

眼前云水激荡卷怒潮。

一人倒下去，

千万人奋起，

燎原烈火照天烧！

[江姐大义凛然地向外走去。

[魏吉伯一摆手，行刑队押江姐下。

[众难友怒不可遏，摇撼铁柱，男牢女牢一片吼声。

[连续不断的炮声。

[魏吉伯胆怯，正欲逃下。忽听汽车急刹车声，急骤的梆子声。

魏吉伯 （向内喝问）什么人？

伙　夫 （跑上）局本部特遣行动队到！

[蓝洪顺、华为等化装国民党官兵上。

魏吉伯 谁派你们来的？

蓝洪顺 废话！早有电话通知你们了！

魏吉伯 手令？

蓝洪顺 （出示公文）……

魏吉伯 你们几点钟出发？

蓝洪顺 凌晨一点。

魏吉伯 现在什么时候？

蓝洪顺 快天亮了。

魏吉伯 一个小时的路程，为什么现在才到？

蓝洪顺 共军先头部队，已经插入市区，工人学生，纷起响应，一路多障碍，险些赶不来！

魏吉伯 嗯！（掂量着公文，慢慢地）本是派你们，护送沈区长，（突然厉声）是何缘故，跑到牢房？

蓝洪顺 情况变了！整个渣滓洞都交给我们了！（对华为等）接收！

魏吉伯 慢！我先报告沈区长。（匆匆下）

蓝洪顺 （示意）动手！

[华为与一游击队员即向刑场奔下。

[伙夫打开牢房，放出众难友。

杨二嫂 （认出蓝洪顺）蓝队长！

[华为等簇拥着江姐上。蓝洪顺迎上，热烈握手。

江　姐　同志们，天亮了！

[炮弹爆炸声如春雷震响，天幕闪亮，暗转——

[冲锋号声、炮声、枪声大作，硝烟弥漫，火光闪闪。

[伙夫引双枪老太婆、解放军干部、战士、游击队员冲锋过场。

[众难友冲杀过场。孙明霞帮一男难友砸手镣，敌兵上，男难友以手镣作武器与敌搏斗，生擒敌兵。

[魏吉伯与二看守逃跑，遇蓝洪顺，蓝先击毙一看守，再与魏吉伯等拼刺刀，刺死魏，擒看守下。

[解放军战士与敌兵展开激战，双枪老太婆上，双枪并举，弹无虚发，接连击毙数敌。

[甫志高慌忙逃窜，遇双枪老太婆，转身向山边逃跑，老太婆双枪击毙甫志高。

[蓝洪顺、华为、孙明霞、杨二嫂等陪同江姐上，遇老太婆相见，热烈握手。

[伙夫领路，解放军干部、战士押沈养斋过场。

[欢呼声中，灯光大亮，彩霞满天。

[江姐从孙明霞手中捧过红旗，献给老太婆；老太婆转交给解放军干部。一战士即打起这面红旗。

[江姐、老太婆、蓝洪顺、华为等上红岩，部分游击队员与难友们站红岩下。

[解放军干部率战士和游击队员继续进军——造型。

[幕闭，剧终。

（剧本版本：《广东粤剧院剧本选编》四）

·粤剧卷·

秦香莲

（根据传统剧目改编）

改编：杨子静　林仙根　何剑秋

人 物 表

秦香莲　　陈世美之妻

冬　哥　　秦香莲之子

春　妹　　秦香莲之女

张三阳　　客店主人

陈世美　　状元、驸马

王延龄　　老丞相

包　拯　　开封府包青天

赵　炳　　大司马

韩　琪　　驸马府侍卫

刘　廷　　驸马府门官

包　拯　　开封府尹

王　朝、马　汉、张　龙、赵　虎

王　忠、赵　义、皇　姑、国　太

太　监、校　尉、四朝臣等

第一场

[客店。

[小锣。张三阳持帚上。

张三阳　（急口令）在京城，十五载，开间小客店，和气自生财，连朝风雨多，行人少出外，今日天晴朗，打扫客房待客来。

［秦香莲携冬哥、春妹上。

秦香莲 （唱滚花）

水驿山程行旅苦，为寻夫婿到京都。

且住，为寻夫婿，来到京城，人海茫茫，不知如何探问。（介）前有店房一所，何不安歇一宵，再访夫君下落。就是这个主意。（入店）

张三阳 大嫂，可是投店？

秦香莲 正是投店。

张三阳 后院房间，倒也干净。大嫂，听你口音，好像湖广声谈。

秦香莲 正是湖广均州人氏。

张三阳 哦，原来是乡亲，失敬失敬。请问大嫂，贵姓名？

秦香莲 秦香莲。老伯你呢？

张三阳 张三阳。

秦香莲 原来是张伯伯，有礼了。

张三阳 不敢当。请问大嫂，你从湖广到京，有何贵干？

秦香莲 寻访夫君。

张三阳 你丈夫做何生理，姓甚名谁？

秦香莲 我夫攻读诗书，前年进京赴考，名唤陈世美，

张三阳 啊，陈世美，（打量秦香莲）

（另场唱滚花）

陈世美前年进京，曾到我店中光顾。

得中状元招驸马，如何说是佢亲夫。

若非假冒官亲，便是同名共号。

好，待我盘问一番。

大嫂，你夫陈世美，今年多大岁数？

秦香莲 三十二岁。

张三阳 何故身穿孝服？

秦香莲 因为死去翁姑。

张三阳 两个孩子是何人？

秦香莲 陈世美是他们生身之父。

张三阳 哦，原来陈夫人到此。

秦香莲 莫非张伯伯，认识我丈夫？

张三阳 当然识啦，陈相公前年来京，在我店中居住。他已高中状元啦！

秦香莲 啊，高中状元！——谢天谢地。

张三阳 大嫂，不过……

秦香莲 不过什么？

张三阳 唉，不问就罢。

秦香莲 张伯伯，有话但说不妨。

张三阳 大嫂呀，你丈夫已被国太宣进宫中，招为驸马了。

秦香莲 吓，宣进宫中，招为驸马么？（难过，背场）

张三阳 （后悔，自语）张三阳，你老糊涂了！这等事情，怎么讲得，人家听到，哪有不伤心的啊！唉！（打头壳）

秦香莲 张伯伯啊！

（唱滚花）我是到得来，回不去，还须一见我夫。

张三阳 夫人，想你们结发夫妻，有儿有女，进宫相见，谅也不妨。

秦香莲 怎奈人地生疏，不知门路。

张三阳 这个……也罢，老汉这里，就当个引路之人。

秦香莲 如此感恩不尽。（施礼）

冬　哥
春　妹 阿妈，好肚饿呀！

张三阳 哦，原来你们还未用膳，待老汉进厨，生火弄饭。

秦香莲 （对儿女）快谢公公！

冬　哥
春　妹 谢公公。

张三阳 随我来。

[张三阳牵冬哥、春妹，引秦香莲同下。

[幕闭。

第二场

[沐慈宫。

刘　廷　（双槌上，念）驸马寿旦日，把守在宫门。（坐下）

秦香莲　（内声）引路呀！

[张三阳引秦香莲、冬哥、春妹上。

秦香莲　（唱快滚花）

六街三市无心看，

但愿此行得见郎。

张三阳　夫人，沐慈宫到了。

秦香莲　敢烦通报，说道驸马乡亲来拜访。

张三阳　何不说是夫人到呢?

秦香莲　有些不便，且说是驸马同乡。

张三阳　（点头）夫人心细如尘，待我上前照讲。（揖刘）

门官老爷，有礼。

刘　延　嗯!

张三阳　（赔笑）张三阳有事，烦报驸马知详。

刘　廷　什么事?

张三阳　今有驸马乡亲来拜访。

刘　廷　站过一边！（向内）启禀驸马，（内应“何事”）有人求见，说是驸马同乡。

陈世美　（内声）对他传知：本宫昔日，未受过乡里杯水之情，念他千里而来，赏饭一餐，不必进见。

刘　廷　遵命。（对秦香莲）呔！驸马言道，从未受过乡里杯水之情，赏饭一餐，不必进见。

秦香莲　吓！不必进见。（擲槌）好一个当今驸马，身进宫廷，世故乡情都不要了?

张三阳　夫人呀。

（唱滚花）

看来若要进宫，唯有讲明真相。

秦香莲 这个，（摇手）

（接唱） 你且说是冬哥之母，春妹之娘。

有心者自明，无须直讲。

张三阳 夫人果然体贴，待我再次上前。（上前）门官老爷。

刘　廷 呸！方才回绝于你，还来啰，与我爬走！

张三阳 （惊退）夫人，这些门官土地，非你亲自出面不行。（站开）

秦香莲 哎！迫于无奈——

（秃头唱滚花）

上前而去，步步惊惶。

门官爷爷，有礼了。

刘　廷 施礼何来？

秦香莲 再烦通报，说求见的并非平常乡党。乃是冬哥之母，春妹之娘。

刘　廷 站过一边——有请驸马。

陈世美 （打引上，念）文章有价题金榜，天子怜才认舅郎——（对刘廷）相请有何事干？

刘　廷 来人一定要见，说是冬哥之母，春妹之娘。

陈世美 吓！是她？

（唱可怜我）

猛听得我妻她到京师探望，

顿觉踌躇自思想，（介）

要断恩情赶返乡。

刘廷过来，赶快传言将驾挡。不管什么冬哥之母、春妹之娘。念她远道而来，赐她纹银十两。再赠衣裳三套，叫她马上回乡。（刘廷应命欲行）转来！若再蛮缠，将她驱赶。不许再来通报……

刘　廷 是，遵命出堂。

[陈世美拂袖下。刘廷取银两衣裳出门。

刘　廷 妇人听着：驸马言道，不管什么冬哥之母，春妹之娘。念你远道而来，赏你衣服三套，纹银十两。拿去，拿去！（交银物后迫走）

秦香莲 （水波浪，母子关目一回）哎，门官爷爷，想我千里而来，岂为银两衣服，请你收回。（交回）

刘　廷 不要就算。（捧衣银下，复上）

张三阳 （急劝）夫人呀，看来驸马酒多，听不明白，还须讲明，方能相见。

秦香莲 （想想）既如此说，讲明就是——门官爷爷，你可知我是何人？

刘　廷 我哪里晓得！

秦香莲 我乃是，你家驸马原配夫人。

刘　廷 啊！（转想不信）

（白榄）　猫有形，虎有相，

若是驸马原配，哪会如此贫寒。

不坐轿来便坐车，何至狼狈成这样。

冒认官亲一大罪，劝你快回乡！（一批两批）

秦香莲 （水波浪，唱滚花）

自顾褴褛衣裳，难怪他眼生顶上。

冬　哥
春　妹 阿妈，那门官凶神恶煞，不如走吧。

秦香莲 儿呀！

（续唱）　娘心千回万转，实只为你兄妹一双。

张三阳 怎么好呢？夫人。

秦香莲 （继唱）　低下头来忙思想。（介）

霎时有计，管叫他另眼相看。

门官爷爷，你当真不与我通传？

刘　廷 决不通传！

秦香莲 也罢，我来问你一声，你家驸马爷初一十五，可有上庙进香呀？

刘　廷 当然有啦。

秦香莲 那你就打醒主意！

（白榄）　驸马去烧香、銮舆经路上。

我守候在一旁，拉住他轿扛。

夫妻重相会，道过了家常。

提到你这门官，说话好丑都凭我讲。

你今时不顺我，递日门官也没得当。

——我走！（欲行）

刘　廷　慢走！（另场）讲来在理，若然她真是驸马原配，挡驾之罪，如何担当得起，（想想）唔，有了，今天乃是驸马寿辰，待我试她一试。（上前）你既是驸马原配，可知今天，是驸马的什么日子？

秦香莲　常言道小儿无诈，冬哥春妹你们代讲。

冬　哥
春　妹　今天乃是我爹生辰。

刘　廷　啊，原来真是夫人，适才不知，死罪死罪。（跪下）

秦香莲　不知者不罪，快快起来。

刘　廷　夫人海量。（起）

秦香莲　快些与我通报。

刘　廷　小人不敢。方才驸马有言，不准再三通报，若放夫人进去，驸马必然降罪。要进宫么，除非是……

秦香莲　除非是什么？

刘　廷　除非是舍下半幅罗裙。

秦香莲　要来何用？

刘　廷　驸马执罪，小人有话好讲。

秦香莲　哦，我又明白了！

（唱十字清中板）

他怕驸马爷责罚他不遵上命。

才有借罗裙为物证说我擅闯宫廷，

尊一声张伯伯门前暂听。（拉腔）

张三阳　告退。（下）

秦香莲　（续唱）　叫冬哥和春妹跟进内廷。

无奈何撕罗裙良谋来定。（撕裙）

（煞板） 但只愿儿的父不悖亲情。

[秦香莲交过碎裙，刘廷假追，一起园台进宫。

刘　廷 女人哪里走，哪里走！

[陈世美同时上，见面，欲走不及。

秦香莲 （上前牵袂）夫呀！

[陈世美猝然踢倒香莲，晕厥在地，儿女急扶。

陈世美 呔，刘廷斗胆，因何放进妇人！

刘　廷 （白榄） 驸马你要听，妇人闯宫廷，

她往里边闯，我向外边迎，

拉又拉不住，扯又扯不赢。

扯破她罗裙，驸马看分明。（示碎裙）

陈世美 （掷槌） 若非扯碎罗裙，难饶你命，与我滚！

刘　廷 （出门，抹汗）好采数！（急下）

陈世美 （水波浪，看顾秦香莲母子，唱玉带左滚花）

此景此情动我心恻隐，

念她出于无奈上京行，

本当上前一叙夫妻情分，（介）

哎呀，却怕天子闻知罪欺君。

贫妇人苏醒。（坐正面）

秦香莲 （哭尸头醒来）

郎呀，为妻万水千山，来京访你，

闻说你科场得意，

高中状元，

特来与郎你道喜罢郎呀。

陈世美 呸！大胆妇人，谁个是你夫，哪个是你郎，冒认官亲，该当何罪，快快爬走也罢！

秦香莲 吓，叫我爬走么！（水波浪）

郎呀，我是你妻香莲秦氏，

难道你醉眼昏花不成？

陈世美 贫妇人！（低声）本宫哪有不知，唯是你你你，到来则甚？！

秦香莲 郎呀，自你离家三载，音信全无，为妻日夕挂心，儿女时常思念，才有千里迢迢，访寻郎你，你却说我来得不是，此话什么意思呢？

陈世美 想我也曾命人，赠你银两衣服，你就该离京回去，因何偏要闯进宫来。

秦香莲 （南音板面，白）

郎呀，我母子千里而来，
岂为银两衣服，
你一不问父母安康；
二不问家乡景况，
但叫我离京快走，
郎你是什么心肠？

（唱苦喉南音）

忍泪含悲叫句我的良人，
你不舍一旦身荣忘本分，
不念二老劬劳养育恩，
你可知湖广频年遭饥馑，
交煎水旱遍地流民。
公婆饿死无钱殓殡，
（转流水）无奈剪断青丝卖与人，
换来一张芦席安灵寝，
挖坟破土十指痛归心。
父母生不养时死不葬，
试问郎你怎为人，怎为人。（拉腔）

陈世美 （有意，暗哭相思，唱长句苦喉二黄）

听到饿死双亲，
身后无棺殓殡，
我未封抔土一招魂，

二老黄泉应有恨，

恨生男无用不及媳妇贤能，

好叫我羞愧无言，

（转正线滚花）

结发妻深情可感。

（叫相思）香莲，罢了我的……（大擗槌，看袍带）

哎呀，认不得呀！（水波浪）

（唱滚花）想到御前恩宠，

要割眼底情亲。

贫妇人走来，你且抬头一看，这沐慈宫乃国太手书，君王赐第，谁人擅闯，王法无亲！

秦香莲 夫呀，我是你结发之妻，因何论起王法来了。有道是贫贱之交不可忘；糟糠之妻不下堂，劝郎休把王法讲，听我香莲重话旧家常。

（唱合尺滚花）

心悲痛泪沾衣，（拉腔）

（转反线二黄）

劝夫君你莫要忘了前时。

想当年奴织布陪郎夜攻书史，

望夫你蟾宫折桂金榜名题。

你说过患难夫妻恩情可贵，

你说过功名得遂不弃为妻。

（转正线）谁知你一旦身荣全忘信誓，（拉腔）

（唱滚花）施威作福对我把王法来提。

陈世美 （快打慢唱二流）

秦香莲，提起那前情旧义，

字字如芒刺背，教我欲辩无词。

人说骨肉亲情，连枝同气，

怜她离乡别井，失靠无依。

口问心来，认妻为是。（大擲槌，寻思）

认不得，万万认不得呀！

（唱快合尺滚花）

难舍龙楼凤阙，难舍紫带金鱼。

难舍驸马恩荣，难舍宫主娇媚。

妇人走来，

（唱弹烛花）

你快些，归乡里，

百两金，多赏赐，

你不要说我绝情谊，

（慢唱） 今生休再望京师，

快去，快去！

秦香莲 吓！当真不认么？（水波浪）夫呀，想我关山跋涉来寻你，你竟无情不认妻。不认妻来应认子，常言虎毒不伤儿。叫句冬哥和春妹，（慢）哀告爹爹认亲儿罢儿呀。（奏音乐）

冬　哥 爹爹呀，人家说“有爷有乸（娘）是珍珠仔”。

春　妹 爹爹呀，我兄妹“无爷靠乸（娘）好悲凄”。

秦香莲 夫呀，有道是“父母爱子之心，无所不至”。

陈世美 （重一槌，大云云，扶起儿女，分抱，收云云，起叫相思）冬哥！

冬　哥 爹爹！

陈世美 春妹！

春　妹 爹爹！

秦香莲 夫呀，但望天伦重叙，甘愿守志乡居。

［陈世美左顾右看着儿女，有顷，景阳钟响。

陈世美 （惊觉）景阳钟响，莫非主上赐宴而来？（先锋钹，推开儿女厉声）贫妇人，劝你快快离开，如若不然，你来看，（指壁上剑）尚方宝剑，于你不利。

秦香莲 尚方宝剑，于我不利么！（看剑，擲槌）哼，我想尚方宝剑，不斩无罪之人。

陈世美 你闯进宫门，无理取闹，辱骂朝官，便斩得有余。

秦香莲 陈世美，以我看来，你自享荣华，忘却父母，乖离骨肉，舍割亲儿；别恋金枝，把发妻抛弃。三宗大罪，才是斩得有余。

（唱快二黄）

狠心人薄倖无情摒妻弃子。

说什么高才美德你枉读诗书。

怒气难消将你冠袍扯碎。（拉工腔）

[陈世美被骂得狼狈退避，扯袍之际恼羞成怒。扔香莲转身，踢倒在地，昏厥，儿女哭叫。

陈世美 （踌躇、恼恨，唱新腔恋檀郎二流）

恨只恨香莲秦氏，

闯宫来利口辩词，

迫得本宫转圜无地。

我本待借青锋利，

收拾了这心中刺，

却恐妨儿女悲啼反为不美。

问如今该怎么摆脱祸基？

怎解救这祸在燃眉，

要当机立断来处置。（介）

有了！

（续唱尾腔）

趁时机，赶走她母子，

才可以一生安处凤凰池。

校尉哪里！

[开边，四校尉上。

校　尉 呼唤出堂，有何差遣？

陈世美 把这疯癫妇人，扯出宫去！（拂袖下）

[校尉应命，扯秦香莲母子出宫外。校尉下。

[二幕闭。张三阳二幕外上。

张三阳 夫人醒来。

冬　哥
春　妹 妈呀!

秦香莲 (苏醒)哎呀,张伯伯呀,鄙夫不认我们,求收无地了!

张三阳 两次三番不肯接见,就知他是无义之人!

秦香莲 事到如今,如何是好?

张三阳 他既不仁,我就不义,何不走到长街,求人写下状词,告他一状。

秦香莲 告他一状?——也罢,敢烦张伯伯带路。

张三阳 随我而来。

[扶秦香莲地锦圆台,冬哥、春妹相随。

张三阳 (向内)先生,烦你替我写张状纸。

内　声 状告谁人?

张三阳 状告当今驸马陈世美。

内　声 这张状纸,我不敢写。

张三阳 给你双倍笔金。

内　声 小民惹他不起。

张三阳 你不写,我另找别人。

内　声 谁都不敢替你写的。

张三阳 夫人,状纸无人敢写。

秦香莲 如之奈何呢,(锣声)

张三阳 啊!夫人啊,那边鸣锣开道,定有大官经过,待我上前问来。(向内)借问一声,哪位大人经过?

内　声 三朝元老王丞相。

张三阳 啊,夫人,好啦,三朝元老王丞相经过,快快拦路呼冤。

秦香莲 怎奈无有状词。

张三阳 这也不妨,就用白纸一张,顶在头上,拦舆告状,王丞相定然动问,你再口诉得来。

秦香莲　多蒙指教，路旁等候。（同下）

[开二幕即接第三场。

第三场

[路上。

[大撞点。二幕启，丞相王延龄坐轿、旗牌王忠捧礼物上。

王延龄　（唱中板）一片忠心将国保，

三朝元老位崇高，

驸马寿辰忙过府。

[大司马赵炳坐轿，旗牌赵义同上，相遇。

王延龄
赵　炳　（同唱）同僚相遇在中途。

旗牌过来，看看是哪位大人。

[两旗牌上前相见，"哦，是你！"回报。

赵　义
王　忠　启禀大人，来的是王丞相
赵司马。

[王延龄、赵炳忙吩咐下轿，相见。

赵　炳　王老哥，你去拜会谁人，礼物如此丰富？

王延龄　今天是陈驸马生日。

赵　炳　哎！我们是三朝元老，何用对他打招呼。

王延龄　他是国戚王亲，贺他为好。

赵　炳　贺他为好？

王延龄　贺他为好。

赵　炳　如此一同去，只是礼物全无。

王延龄　哎！所谓礼无穷尽，只要人到意到。

赵　炳　好个礼无穷尽，旗牌过来，准备白银五两，手帕一条，冰扇一把。（旗牌领命

下，复上）

王延龄
赵　炳　立刻登途。

［帅牌圆台。内场叫苦，秦香莲母子上。

王　忠　启禀大人，有妇人挡道。

王延龄
赵　炳　有妇人挡道？（掷槌）列开。（下轿坐下）带上。

［旗牌带秦香莲。

王延龄　妇人姓甚名谁，因何挡道？

秦香莲　秦香莲冤情满腹，不禁哀号。

赵　炳　哎！州有州官，县有县衙，有冤就到衙门去告。

秦香莲　别处衙门告不得，万望昭苏。

王延龄　可有状词？

秦香莲　（迟疑）倒有状纸。

王延龄　呈来一观。（旗牌接呈，掷槌）赵司马，老夫年纪老迈，还是你看好。

赵　炳　（为难）王老哥，小弟倒吊无点墨。

王延龄　别张状词你看不懂，这张状纸并无者也之乎。

赵　炳　（接状左看右看，掷槌）妇人走来，白纸一张，未有只字，所告何事呀吓？

秦香莲　启禀大人，“十字街头无代笔，一张白纸告穿天”。

赵　炳　吓！你要告青天，（介）哎，天大地大，告天何来？

秦香莲　大人，我非是告青天，乃是告穿天。

王延龄　告穿天？（写介）天字出头，分明是个“夫”字呀！赵司马。

赵　炳　哦！告你丈夫。哎，夫妻床头打，床尾和，何必小题大做。去去去！

王延龄　赵司马，何不让她讲个明白？

赵　炳　好呀！讲个明白，休要含糊。

秦香莲　民妇秦香莲告禀。

（唱不认妻）

别乡里，携子女，

来访陈郎他却不认妻，

深居宫院做了皇家贵婿，

我哭诉无门才有惊动两位。

王延龄　吓，妇人言道，驸马爷是你家丈夫？

秦香莲　正是结发夫妻。

赵　炳　却又来，既是结发夫妻，哪有不相认的道理？驸马说过并无原配妻子，莫非你冒认官亲？

王延龄　赵司马，我看这个妇人，语苦情真，谅非撞骗，何不这样……

赵　炳　怎样？

王延龄　当街理案，时地不宜，何不带到东岳庙中，问个明白。

赵　炳　着呀，问得真情，老夫自有道理！（摩拳擦掌）

王延龄　呃！（笑止赵炳暴躁）有此妇人起来。

秦香莲　谢大人。

王延龄　且到岳庙那边，听候问话。

秦香莲　遵命。（下）

王延龄　打道。（同下）

［幕闭。

第四场

［寿堂。

［奏百花亭闹酒。三宫女企幕，甲太监、乙太监分上，见面分下。陈世美、二太监同上。

陈世美　华堂开寿筵，宫门车马喧。（入座）

［头锣五响。内声："文武百官到。"

陈世美　动乐相迎。

［小开门。二太监出迎，四朝臣上，拜完下，响头锣，内声"王丞相、赵司马到"。

太　监　（跪禀）启禀驸马，王、赵两位大人到。

陈世美　恭迎。

［大开门。王忠、赵义捧礼单上。赵炳、王延龄上。陈世美接进分坐。

陈世美　两位大人驾到，本宫失迎，尚祈见谅。

王延龄
赵　炳　岂敢。拜寿来迟，还求莫怪。人来，礼物呈上。

陈世美　慢慢。两位高情，受之有愧。

赵　炳　啊！莫非嫌我礼薄不成？

陈世美　赵司马哪里话来，本宫拜领就是。

［王忠、赵义呈上礼物。太监收下。

王延龄　今天驸马红日当头，受老夫一拜。

陈世美　晚辈担当不起。

王延龄
赵　炳　当得有余。

陈世美　担当不起。

赵　炳　如此说，恕老夫不恭了。（同坐下）

王延龄　陈驸马！老夫善忘，不知贵乡何处？

陈世美　湖广均州。

王延龄　湖广均州。但不知贵乡出些什么人物？

陈世美　读书之人，十有八九。

王延龄　可谓礼义之乡。

陈世美　都算得礼义之乡。

赵　炳　礼义之乡，才出驸马这种礼义之人。

［三人同笑。

陈世美　但不知王丞相贵乡何处？

王延龄　老夫原籍山东。

陈世美　赵司马呢？

赵　炳　我与王老哥相对门。

陈世美 看将起来，是街坊邻里咯。

赵　炳 呃！老夫山西，王老哥山东，东西相对门呀。

陈世美 怪不得话山东宰相山西将。

王延龄
赵　炳 驸马过奖。

陈世美 今天贱降，薄酌侯光。内侍，酒筵侍候。

赵　炳 慢慢，老夫不便饮酒。

陈世美 何以呢？

赵　炳 王老哥是文官，饮醉就睡大觉。我是武将，多饮几杯，恐怕出言得罪驸马，老夫告辞。

陈世美 赵司马！你是三朝元老，纵有言语冲撞，本宫嘛……不敢见怪。

王延龄 驸马定然不怪。

赵　炳 驸马不怪，老夫叨扰。

陈世美 人来摆酒。

[一定金定席。王延龄、赵炳同就位。

赵　炳 （擲槌）驸马！今日三人会宴，因何只得两个座位呀？

陈世美 两位元老当前，晚辈哪有座位呢？

赵　炳 有道是“主不饮客不尝”，人来，多设驸马一个座位。

[太监再捧酒杯上。三人齐坐，“帅牌”，饮酒。

赵　炳 驸马今日寿筵，可惜有酒无歌。

王延龄 驸马爷！寡酒无欢，未为高兴。

陈世美 既是两位大人喜欢。叫出教坊子弟，演唱一番，如何？

赵　炳 演唱戏文，听来吵耳。刚才我在大街经过，有一弹唱妇人，唱的是村歌土调，非常动听，何不这样……

陈世美 怎样？

赵　炳 命人招她到来，筵前歌唱。

陈世美 村歌土调，浊耳难听，不叫就罢。

王延龄 啊！驸马来京三载，便觉得村歌土调，浊耳难听——

赵　炳　难登大雅之堂是么？

陈世美　好！既然两位大人喜爱，这有何难。人来！前去长街，叫一个弹唱妇人到来。

［太监应命欲行。

赵　炳　慢慢。他们事忙，待我命人前去叫就是。

陈世美　（欲拦）

王延龄　王忠！快去找那个弹唱妇人到来。

［王忠会意下。

［三人同白：“请酒。”再向内作状：“列位大人请酒。”内应：“请。”

［“帅牌”，三人同饮。王忠带秦香莲上，秦香莲与陈世美关目。

陈世美　来人！赶！

赵　炳　唏！驸马何以将她驱逐？

陈世美　你看她衣衫褴褛，哪里是弹唱之人，因此将她赶。

赵　炳　慢慢。我们叫她弹唱，又不是与你捧酒称觞，管她衣衫褴褛不褴褛。

王延龄　是呀！弹唱妇人，当然不及你宫中的娇娥美女。驸马若然怜悯于她，唱完就多多打赏吧。

陈世美　好，多多打赏，弹唱妇人，你可晓春秋列国？

秦香莲　不晓。

陈世美　可晓两汉隋唐？

秦香莲　不懂。

陈世美　呸！一不晓春秋列国；二不懂两汉隋唐，还有什么好唱。来人赶！

王延龄　慢。弹唱妇人，只晓唱悲欢离合，怎比得驸马博古通今呀。

赵　炳　对呀！慢说贫穷村妇，连老夫也不熟那春秋列国，两汉隋唐。驸马赏面，就由她唱一唱吧。

陈世美　既如此说，且问她晓唱什么？

赵　炳　弹唱妇人，你最首本唱什么？

秦香莲　手抱琵琶，只能诉本身之苦，

赵　炳　好呀！老夫逢苦都中意：苦茶中意饮；苦差中意当；苦事中意理；苦情中意听。王老哥你呢？

王延龄 中意中意，驸马你呢？

陈世美 本宫都……都中意。

王延龄
赵　炳 都，都中意。

陈世美 人来，带她廊下去唱。

王延龄 叫她堂上唱好。

陈世美 廊下唱好。

王延龄 堂上唱好。

陈世美 廊下唱好。（不满状）

王延龄 （关目。与赵开位作行状）老夫告辞。

陈世美 王丞相，因何告辞？

王延龄 我几十岁人，眼又蒙，耳又聋，你叫她廊下去唱，我听又听不真，看又看不清，毫无意思。

赵　炳 王老哥，不如带回府上去唱，告辞告辞！

陈世美 这又何必呢，就命她堂上唱。

王延龄 呵！堂上唱。

赵　炳 是呀。叫她堂上唱，琵琶校得高高，村歌唱得好好，我们坐在这里，就听得清楚啦。

陈世美 这个妇人，肮脏臭气，我们坐在席上听好。

赵　炳 这里听好。

陈世美 席上听好。

赵　炳 （与王关目）老夫告辞。

陈世美 （无奈）好，好，就在这里听，来人端椅子。

[太监端三张椅在台中。三人坐下。

赵　炳 妇人，你一五一十，唱上来啦。

秦香莲 大人听呀。

（唱合尺滚花）

手抱琵琶悲中起。

陈世美 来！赏她五钱银，打发她回去。

王延龄 陈驸马，她唱得非常动听，曲还未唱完，因何打发她走？

陈世美 王丞相！本宫今日寿诞之期，她不该放声悲哭，故而打发她回去。

赵　炳 慢。你拜寿是喜庆，她唱曲是苦情，当然要哭咯。

陈世美 不哭不行？

王延龄
赵　炳 不哭不行。

陈世美 一定要哭？

王延龄
赵　炳 一定要哭。

陈世美 一定要哭——就由她哭罢。

王延龄 你唱上来。

赵　炳 你唱下去。

秦香莲 再听呀。

(起唱不认妻)

别乡里，寻夫婿，

提女携儿上京师，

一心为访夫郎面，

辗转流离——

(转西边) 熬尽寒饥。

奴本是，家乡千里，湖广均州人氏。

赵　炳 来来来，多摆一个座位。

陈世美 做什么？

赵　炳 驸马你听到吗？这个妇人，是湖广均州人氏，驸马你又是湖广均州人氏，是你乡亲，应该请饮寿酒，来，加个座位。

陈世美 唏！本宫乡亲众多，请不了许多。

王延龄 赵老哥！驸马说乡亲众多，请不了几个。

赵　炳 妇人，整定你没采数，唱落去啦！

秦香莲　再听呀！

（唱乙反西皮）

又谁知事出人意，空到京师。

夫在筵前妻卖唱，忍蒙羞耻。

赵　炳　王老哥，你听到吗？妇人说夫在筵前妻卖唱，你晓得是什么意思？

王延龄　老夫不晓。看来妇人所唱，大有文章。

赵　炳　文章我就不懂，曲词却解得通。她说夫在筵前妻卖唱，分明指满堂宾客，有一个是她的丈夫，谁个是她的丈夫呢！……既非是王老哥你？

王延龄　又不是赵司马你。（二人暗示）

赵　炳　啊！莫非是（指驸马）……

陈世美　唏！本宫之妻，堂堂公主，在宫闱纳福，哪个不知，赵司马，休开玩笑，庄重些好。

王延龄　赵老哥，谁人不知，驸马之妻，就是公主，你要庄重些好。

赵　炳　（向内）列位大人，你们哪位是妇人的丈夫，出来相认啦，（内齐笑）

王延龄　满堂宾客，无人肯认。依我看来，没有她丈夫犹自可，若有她丈夫在此，我把他好有一比。

赵　炳　好比什么？

王延龄　好比墨鱼食了墨——黑心肝时黑五脏。

赵　炳　没有她丈夫犹自可，若有她丈夫在此，我把他好有一比。

陈世美　好比何来？

赵　炳　好比乌龟食秤砣——铁心肠的王八。

陈世美　本宫把她也好有一比。

王延龄
赵　炳　好比什么？

陈世美　好比，好比，（望秦香莲一眼）岂有此理！

王延龄　哈哈哈！岂有此理。

赵　炳　你就将那“岂有此理”唱上来吧！

秦香莲　再听呀。

（唱石榴花中段）

爹娘死去夫不理，

贪荣贵把妻抛弃，

忍教骨肉流离。

（转乙反恋檀郎）

诉不尽腹中事，忍不住腮边泪呀泪沾衣，

枉费万千口舌反触怒那薄情男儿，

切齿骂鄙夫，弃妻又弃儿，狠心陈世美！

赵　炳　秃！乱认陈世美是你夫。冒犯驸马尊名，该打八十！

陈世美　来来来！打。

赵　炳　慢。她虽然该打，老夫叫她来唱，本该替她四十。王老哥，你说公道不公道？

王延龄　老夫叫她来，老夫也该替她四十，来！板子拿来。

赵　炳　打老夫，打老夫。

陈世美　慢。普天之下，同名共姓者多，权且饶她一次，

王延龄
赵　炳　饶她一次。

王延龄　果然宽宏大量，该招驸马。

赵　炳　该点状元。妇人，你湖广均州府，有几个陈世美呀？

秦香莲　这个……（陈世美摆手暗示勿说）

赵　炳　呵！你叫她不要说呀？

王延龄　不是，驸马说湖广均州府，有五个陈世美。

赵　炳　妇人，五个也好，十个也好，都唱上来。

秦香莲　听呀。（唱苦喉南音）

郎去后，大旱天，

翁姑饿死，殓殡无钱，

无奈我把我把青丝剪，

换来芦席，执葬在山边，

千里寻夫不避山高水险，
儿啼女唤一路乞食求援，
赶到京城喜与夫郎相见，
谁料郎心变，
他只顾新人欢笑，抛弃这个秦氏香莲。

赵　炳　王老哥！这个妇人，可怜可敬，她卖发葬翁姑，荒年养儿女，长途乞食，千里寻夫，不知她的丈夫听到此情，心中有何感想呢？

王延龄　赵老哥！铁石人闻也断肠啊！今日我听到此情，实为官场中人可叹。

赵　炳　可叹什么？

王延龄　他得中状元，不认妻子，若然做到宰相，连祖宗也不要咯。驸马！这话对不对呀？

陈世美　吓！对对对。

赵　炳　哦！对对对，妇人你唱下去。

秦香莲　心烦意乱，歌不成声。

王延龄　想必她有苦难言。王忠，带她廊下歇息。

王　忠　随我来。

秦香莲　谢相爷。（随王忠下）

王延龄　陈驸马！这妇人十分凄惨，她丈夫听闻，料必回心转意，与她相认。驸马，若然是你，你又认她不认呢？

陈世美　唏！本宫并无此事。

赵　炳　陈驸马！你无此事，难道此事落在我两人头上不成！你快快……

王延龄　（把话岔开）慢！驸马，酒筵冷了，可令人撤席。

陈世美　内侍，撤席。（太监捡拾酒具下）

王延龄　（与赵关目）陈驸马！

（唱滚花）这妇人定是官宦之亲，你可知是谁家宝眷？

陈世美　本宫一概不知。

赵　炳　你不知我知。

（唱半句滚花）

她一定是你……

王延龄 （截住，接唱半句）

你不用躁暴声喧，

陈驸马，她一定是你……

陈世美 （唱秃头滚花）

你们酒气熏天，出言失检。

赵　炳 怎么，说我们酒醉糊涂？

（接唱） 你才是寸心凌乱。

王延龄 （接半句）我这里一目了然。

陈世美 王丞相！

（接唱） 你说哪里话来……

王延龄 （接半句）请听良言相劝。

陈驸马，想她母子三人，千里访寻于你，你纵不念结发恩情，也应念儿女孤苦，来来来，快些相认也罢。

陈世美 （怒拂王延龄）王相爷！

（唱七字清中板）

你不该借酒出谰言，

教我白圭蒙受青蝇玷，

自问衾影无惭可对天，

当日戴宫花、朝圣殿，

皇恩重，赐良缘，

共那玉叶金枝成美眷，

何来贫妇与我有渊源。

（转滚花）须知王法森严，应顾本宫体面。

赵　炳 驸马，你——（先锋钹。欲发牢骚）

王延龄 （拦住，对美柔声）。陈驸马，你不肯认妻，老夫心中明白：一来是怕万岁知闻，就有欺君之罪。二来是怕与我门生包拯，前者打赌过来。哎，这又何妨呢，你只管将她母子相认，待等包拯陈州放粮回来，老夫与你两人和解，同到金銮上本万岁，若还降罪，我与赵司马拼着前程，担待担待就是。

陈世美 （掷槌）哼！如此讲来，本宫这里也明白了。

王延龄 明白什么？

陈世美 分明是你与包拯，定下诡计，加害本宫。

王延龄 （重掷槌唱滚花）

老夫好心好意，成全你夫妻团圆。

赵　炳 （接唱）你却不纳忠言，一味诸多巧辩。

陈世美 本宫并无此事，不用絮絮叨叨。

王延龄 陈驸马！你要三思才好，

赵　炳 陈世美！到底认也不认？

陈世美 呸！要认就你们去认罢。

王延龄
赵　炳 我们认她何来？

陈世美 你们将她认下，带回府中，烦闷之时，叫她唱一段村歌土调，与你们散闷，何乐不为，人来送客。

（先下）

赵　炳 把你个短命种！

王延龄 （唱快中板）

你忘恩负义罪弥天。

怒气难消回府转。

秦香莲。

秦香莲 （走上，接唱）

相爷呼唤有何言？

赵　炳 秦香莲，我们劝他不来，现有白银十两，你拿去作为使用，前去告他一状。

（赠银）

秦香莲 叫小妇人何处去告呢？

王延龄 秦香莲，我来教你，想我门生包拯，不日回京，如今写状不及，赠你纸扇一把，你顶在头上，挡道鸣冤，包拯见扇，一告就准，快快去吧！

秦香莲 谢过相爷，大司马。（下）

王延龄 正是：口似蜜糖心似刀，犹如狼虎未长毛。

赵　炳 结发妻儿也不认，无义之人切莫交。

王延龄 打轿。

王　忠 知道了。（出门打轿，王延龄出门上轿下）

赵　炳 （出门，转头）陈世美，此事断不干休，好好打醒你的主意。（出门上轿下）

甲太监 有请驸马。

陈世美 （上）众位大人，可曾散去？

甲太监 也曾散去。

陈世美 临行之时，王、赵两位大人有何话讲？

甲太监 他叫驸马打醒主意，他叫秦氏投告包公。

陈世美 吓！这么讲？（掷头）来，快去店房，将均州母子赶出京城西门之外。

甲太监 知道了。（下）

陈世美 不好，倘若秦香莲告准包拯，本宫有些不便啊。（想）

甲太监 （冲冲头上）已将她母子三人，赶出西门去了。

陈世美 如此传命韩琪出来。

甲太监 （传命）韩琪出来。

韩　琪 （双槌上）闻听驸马唤，举步上堂前。（入见）参见驸马。

陈世美 一旁站立。韩琪，你自入宫以来，本宫待你怎样？

韩　琪 恩重如山。

陈世美 既知恩重，本宫有一为难之事，命你去办，事成之后，重重有赏。

韩　琪 不知驸马有何差委？

陈世美 现有均州母子三人，已出西门而去，赐你钢刀一把追上前途，将她处置。

韩　琪 这个……

陈世美 哦哦哦，莫非抗命不遵？

韩　琪 愿往不辞。

陈世美 这样才是。内侍，取过钢刀侍候。

[太监领命下。

韩　琪　请问驸马，到底与那均州母子，有甚冤仇？

陈世美　这个……（搠槌）韩琪呀！

（唱朦胧牌子，对舞）

韩琪休要问缘由，

自古道关羽还有死对头，

不灭这三口，后患堪忧，

你但学那豫让报主仇——

不惜血洒荒丘。（太监上，接刀，授刀）

韩　琪　领命。（欲下）

陈世美　转来！

（低唱快中板）

守口如瓶休泄漏，

常言六耳不同谋。

归来呈上这刀一口，

要见刀锋鲜血留。

速去速回——

韩　琪　（接唱）　迈步走！（下）

陈世美　（接唱）　不是冤家不聚头。（背手，身形下）

[幕闭。

第五场

[当天晚上。

[二幕前，西门外路上转三官堂。

秦香莲　（内唱银台上引子）

路茫茫，哪里可安身？（携子女上）

（续唱） 咬牙恨那负义人太狠心，
将我们逐出了京师，
携儿带女、身疲力尽，
月沉沉天暗暗，冤向谁申？

韩　琪（内喊） 哪里走！

秦香莲（续唱） 竟有人追赶到此。
寒光闪烁似手执利刃。

[急带儿女逃下。

[韩琪急上。

韩　琪（唱快中板）
钢刀手上寒光喷，
追踪来杀驸马仇人，
已见前头人影近。（追下）

[二幕开，三官堂。

[秦香莲携子女奔上。

秦香莲（唱快滚花）
持刀追赶是何因？
母子三人，庙中藏隐。（入庙关门）

[罗边花，韩琪追上寻找。

韩　琪（唱滚花）因何不见母子三人？
路口三岔无人可问。（寻足迹，抬头）
三官堂，三官堂！
（续唱） 定然庙内暗藏身，
这回谅你难逃遁。

[拍门不开，破门入庙，冲杀。

秦香莲（跪下，唱沉腔滚花）
大爷何故，追杀苦难之人。
（白榄） 想我与大爷，无仇又无恨。

大爷要杀我，请说白原因。

韩　琪　（接念）　原因？……

（旁念）　杀她是何因，驸马不许问。

（向秦）　先问你身世，再告你原因。

秦香莲　请听呀！

（唱快中板）

秦氏香莲忙告禀，

本是湖广均州人。

配夫世美同州郡，

当朝驸马身姓陈。

韩　琪　住口！若是驸马发妻，因何这般模样？从实讲来。

秦香莲　再听呀！

（唱快中板）

他荣华坐享居宫禁，

饿死爹娘作不闻。

我千里寻夫夫不认，

被逐离京难里人！

韩　琪　这个吗？

（旁唱滚花）

估道驸马与她有仇恨，

原来杀妻灭子立歪心，

听她身世言来情可悯。

秦香莲　（接唱）　请问大爷名姓，杀我又是何因？

韩　琪　（接唱）　你夫驸马爷，命俺韩琪把你们手刃！

秦香莲　（唱秋江别中板）

心悲愤，贼子狠心，

请好汉，放我逃生，

怜我母子难中人，

莫使含恨不伸作异地冤魂。（下跪）

韩　琪　（唱霸腔芙蓉中板）

怜她冤苦比海还深，

虽有快刀杀之不忍。

放她远去刀下留人。

（转滚花）你母子三人，快高飞远引。

秦香莲　谢大爷！（急携儿女出门）

韩　琪　转来！

秦香莲　大爷莫非有追悔之心？

韩　琪　我实在有难言之隐！

秦香莲　大爷放我有何难处？

韩　琪　只为你夫驸马，刀锋要验血痕！

秦香莲　验血痕吗？……

（唱快中板）

他刀头见血始为凭，

我路到山穷和水尽，

大爷要杀杀我一人。

（转滚花）放我儿女逃生，我死而无憾。

[散发，跪下引颈待杀。

韩　琪　（唱戏妲己尾腔）

举钢刀，好叫韩琪心不忍。（锣鼓做手）

唉，罢了！

（唱滚花）愿抛一命，搭救三人。（对秦）

赠你盘缠……（赠银，佯指门外）

有人来！

[秦香莲急出门窥看。

韩　琪　（续唱）……引刀自刎！（自刎死去）

秦香莲　（回头扑向死者，哭相思）

大爷呀！

（转快中板）

此生誓死报恩人，

你仗义救人甘自刎，

我到开封府上把冤申！

[拾起钢刀与儿女下。

[幕落。

第六场

[次日。

[城外官道。

包　拯　（内唱大首板）

端坐舆中逍遥就道。

[包拯与王朝、马汉、张龙、赵虎、四军汉上。

包　拯　（唱中板）已完王事返京都。

老夫包拯，奉旨陈州放粮，公务已完，回朝复旨，众左右，与爷打道！

（唱滚花）已近京城快些赶路。

[秦香莲携儿女拦舆跪下。

秦香莲　冤枉啊！

包　拯　（续唱）　为何人马停滞中途？

王　朝　启禀相爷，妇人拦舆喊冤。

包　拯　下轿——把妇人带上。

[秦香莲母子上前跪下。

包　拯　下跪妇人，可有状词。

秦香莲　未有状词，现有王丞相冰扇一把，请大人一观。

包　拯　呈上来。

［王朝取扇呈上。

包　拯　（看过）果是恩师冰扇，何故落在妇人手中呢？

（思索）其中定有缘故。小妇人，你有什么冤情，快些讲来。

秦香莲　大人容禀呀。

（唱爽梆子慢板）

蒙冤妇秦香莲，状告奴夫陈世美。

包　拯　告你大陈世美，是哪一个陈世美呀？

秦香莲　就是头名状元，当今驸马。

包　拯　你告的是当今驸马？告他何罪？

秦香莲　大人再听呀！

（续唱）　享尊荣忘父母，三载断绝音书，

家贫困遭荒年，可叹翁姑饿死，

到京师寻夫婿，他却不认妻儿。

（转中板）王相爷苦心曾劝谕，

他执迷不悟性难移。

王相爷，持正义，

白纸扇，代状词。

教我包相跟前分道理。

狠心陈世美，杀妻灭子派遣韩琪。

包　拯　你说驸马命韩琪杀你母子，有何证据，

秦香莲　韩琪怜我母子含冤，不忍下手，刀头无血，难于复命，现在三官堂内，自刎身亡，有他钢刀为据。

包　拯　来人，到三官堂内，检看明白。钢刀呈我一观。

［马汉下场。王朝取刀呈上。

包　拯　（接刀细看）沐慈宫制，沐慈宫制！

［马汉持刀鞘复上。

马　汉　启禀相爷，三官堂内，验明韩琪尸首，腰间刀鞘，已经带来。

包　拯　可恨呀！

（唱包槌滚花）

当朝驸马，头名状元，竟是不忠不义。

蒙骗君王，杀妻灭子，件件罪不容诛！

秦香莲，你写下状词，本相秉公办理。

秦香莲 禀告相爷，状告当朝驸马，无人敢写。

包　拯 无人敢写吗？赵虎过来，你带妇人，找代书人写状。谁人不写，带到开封。

赵　虎 从命，妇人随俺来。（带秦香莲母子下）

包　拯 王朝，拿爷名帖，前去沐慈宫，请驸马过衙一叙。

王　朝 从命。（下）

包　拯 马汉，你去晓谕地方官员，先用芦席掩盖韩琪尸首，候命埋葬。

马　汉 从命。（下）

包　拯 人来打道回衙。（上轿）

（唱滚花）决不趋炎附势，才叫铁面无私。（下）

［幕闭。

第七场

［紧接上场。

［开封府衙堂。

［“帅牌”，包拯、张龙、赵虎、四军汉上。

包　拯 （念）未去朝天子，先断此官司。

［马汉带秦香莲上。

秦香莲 叩见相爷。

包　拯 状词可曾写好。

秦香莲 也曾写好。

［马汉取状词呈堂。

包　拯 （看状）写得明白，你且下堂候讯。

秦香莲 谢相爷。(出门，喜慰地)相爷准了状词，香莲冤情得白了!(下)

[王朝上。

王　朝 启禀相爷，陈驸马到。

包　拯 嗯!与爷出迎。

[小开门，太监捧剑随陈世美上，包拯迎接各就位坐下。

包　拯 驸马驾到，有失远迎，还请恕罪。

陈世美 岂敢!明公有名帖相邀，不知有何见教?

包　拯 驸马爷，相邀过衙，非为别事，西门之外，出了一桩人命官司，死者韩琪，可是贵府中人?

陈世美 韩琪死去?死者韩琪，正是本宫侍卫，他被何人所害，明公可曾把凶手擒拿?

包　拯 有关人等，也曾拿获，故而相请驸马过衙，一同审问。

陈世美 本该一同审问。

包　拯 人来，把妇人带上。

马　汉 遵命!

[马汉下，带秦香莲复上。

秦香莲 参见相爷，

陈世美 (见秦香莲，惊诧)贱人!(拔剑欲刺杀秦香莲)

包　拯 (拦住)驸马爷，带上妇人，不曾审问，拔剑杀她，是何原故?

陈世美 既是凶手，杀了也罢!

包　拯 案情未白，难以定刑，驸马爷大魁天下，难道尚不明国法不成?

陈世美 这个……本宫莽撞了。

包　拯 哈哈，莽撞了!(示意秦香莲暂退)

[秦香莲退下。

包　拯 驸马爷，这个妇人，你可认识?

陈世美 这等贫妇，并不认识。

包　拯 你不认识?驸马爷!

(唱滚花)这妇人，千里迢迢，都为找寻夫婿。

她为你，养亲教子，三载受尽孤凄。

陈世美 （接唱） 明公语出无端，我实不明原委。

包　拯 妇人是你发妻，驸马何须隐讳。今日回心转意，须知事尚可为。

陈世美 明公节外生枝，本宫多留无谓。内侍打轿！

包　拯 且慢！驸马意欲何往？

陈世美 回宫而去。

包　拯 陈驸马，只怕你府衙易进，宫院难归。

（唱滚花）俺包拯，与驸马，把旧事重提。

大比年，开科选，你状元及第。

欺君王，蒙国太，说未有娶妻。

今日里，这罪名，你难于推诿。

陈世美 包相出言须仔细。本宫哪里有前妻。休听贫妇谎言受她蒙蔽。

包　拯 现有状词告你，人证俱齐。（打开状词）

陈世美 拿来我看。（欲夺）

包　拯 且慢！（读）

上写着秦香莲年三十二岁，

状告当今驸马陈世美。

罔上欺君，杀妻灭子，

良心丧尽，依法当诛。

陈世美 （震惊，但仍有所恃地）包拯！

（唱滚花）既是有人告到开封，

何以你不升堂审理。

包　拯 （接唱） 要我升堂审理非难事，

怕你大祸临头悔恨迟。

陈世美 （接唱） 人说你铁面无私，

只怕难把本宫处置。

包　拯 王朝、马汉，击鼓升堂。

[高边锣，开堂。包拯坐堂，撤去陈世美座椅。

包　拯　带秦香莲母子。

[秦香莲、冬哥、春妹同上。

秦香莲　参见相爷。

包　拯　秦香莲，那旁站的陈世美，你告他何罪，逐件说来！

陈世美　本宫有何罪过，谅你也说不出来！

秦香莲　陈世美，你听着：第一罪，停妻再娶，蒙骗朝廷。第二罪，自享荣华，饿死父母。第三罪，杀妻灭子，逼死韩琪。

（唱快二黄）

你你你，不忠不孝，不仁不义，把诗书枉读。

身犯了，弥天罪，我敢对证公堂。

开封府，包相爷，决不轻于饶放。（拉腔）

陈世美　（震惊，恼怒）好大胆！

（唱快中板）

何来贱妇太疯狂！

胡言乱语公堂上，

敢将驸马认夫郎。

（转滚花）犯上之人杀之不枉！

[陈世美上前踢倒秦香莲，取剑欲杀。

包　拯　住手！

（唱滚花）开封府开堂审案，岂容你扰乱公堂。

你派遣韩琪行凶，快向我招承罪状。

陈世美　无据无凭，不能定案。

包　拯　有你杀人刀在此！

[王朝取刀示陈世美，

陈世美　有刀无鞘，未算实据真赃。

包　拯　刀鞘呈堂。

[马汉取刀鞘上，把刀套进鞘内。

陈世美　不好了！

（唱滚花）钢刀对鞘，洗脱无方。

及早抽身，免罹法网。（欲走）

包　拯　陈世美哪里去？

陈世美　（续唱）　本宫有本，奏上君王。

包　拯　（接唱）　开封府有人告你一状。

先打官司，后上朝堂。

陈世美　（接唱）　纵使有人告我一状。

你奈何我这当朝驸马，

太后东床？

包　拯　（接唱）　慢说驸马东床，

就算龙子龙孙也难饶放。

开封府内清风铡，

奸臣贼子谁不胆裂心寒。

刽子手……

[四刽子手上。太监急回宫报讯，下，

包　拯　（续唱）　摘乌纱——（刽子手摘陈纱帽）

脱蟒袍——（刽子手脱陈袍服）

将他捆绑！（刽子手绑陈世美）

包　拯　陈驸马！

陈世美　包明公！

包　拯　陈世美！

陈世美　黑炭头！

包　拯　呸！

（唱滚花）先铡这无情贼子，后奏朝堂。

[四刽子手把陈世美举起，抬下。

[闭二幕。

[披星头，大相思锣鼓，太监、四宫女推车。

皇姑坐车上。

皇　姑　（唱五更头之二更）

闻报道，驸马竟被锁禁！

怎不教我又惊又忧又愤，

忙摆驾，去查问，

恨只恨贱妇人状告王亲！

包拯秉性梗，驸马怎脱身？

哀家心里如焚。

[开二幕。

皇　姑　（续唱五更头之散板）

赶到开封，快传口谕，

传来包拯接贵人！

[王朝、马汉暗上。

太　监　皇姑驾到！

王　朝　（向内）启禀相爷，皇姑驾到。

[包拯上。

包　拯　（唱中板）皇姑驾临开封府，

此来当为索丈夫。

以礼相迎忙举步，（出门）

微臣包拯叩见皇姑。

皇　姑　包卿平身。

包　拯　谢皇姑。请问皇姑，驾临开封，有何见谕？

皇　姑　驸马过府，许久未回，可在衙中？

包　拯　衙中并无驸马，倒有一个犯官。

皇　姑　犯官何人？现在何处？

包　拯　（唱滚花）陈世美触犯刑章，

现在牢中囚禁。

皇　姑　（唱三脚凳）

他触犯何条令，

竟牢中作犯人。

驸马身是王亲，

处置例应减等。

包　拯（接唱）他身犯滔天罪，

微臣依法执行。

皇　姑（唱滚花）原告是谁人！

待哀家来盘问。

包　拯　把原告传来！

[秦香莲上。

秦香莲　相爷传呼，有何吩咐？

包　拯　銮舆之上，乃是皇姑，你只管上前，有问有答，不须害怕。（下）

秦香莲（唱中板）听相爷，对我香莲言道，皇姑驾到衙前。

那一边，站列太监宫娥摆出威风八面。

銮舆内，一位贵人端坐。身上锦簇花团，

她好比牡丹花，我好比雪里梅，一样世情分冷暖。

她享尽人间福，我受尽人间苦，两人身世隔天渊。

（转三脚凳）

她粉面带寒霜，柳眉添气焰。

我心头存正气，冷眼对威严。

不跪又不参。

（转滚花）当作视而不见。

皇　姑（把秦香莲上下打量，唱了缘曲）

见那边，有一妇，

衣衫破损，寒酸！寒酸！

来者定必，贱妇香莲。

（转唱木鱼）

看她风尘满面，枉她走遍山川，

我明知故问，喂！谁个站在跟前？

秦香莲（接唱）秦氏香莲家住均州龙门县，

配夫陈世美……

皇　姑（接唱）……你分明大发疯癫。

冒认驸马前妻居心不善！

秦香莲（接唱）我与他生下一男一女，

结亲整有十年。

皇　姑（接唱）你嘴利如刀，诸多狡辩，

见了哀家不跪，可识卑与尊？

秦香莲（接唱）若论国法我本应向你来叩见。

若提家法你向奴参拜理当然。

皇　姑（一怔）呸！

（唱爽梆子慢板）

皇家公主，金枝玉叶，

我岂能被你用家法纠缠。

秦香莲（接唱）先娶为正，后娶为偏，

你应下銮舆与大娘相见。

皇　姑可恼也！

（唱快中板）

刁蛮贱妇发狂言！

敢与哀家争长短，

心头难忍气冲天。

（转滚花）叫宫女，痛打贱人手莫软！

[包拯急上拦住。

包　拯（唱滚花）皇姑何故殴打原告之人？

皇　姑（接唱）贱人与我将大小论，

包　拯（接唱）尊卑有别大小该分。

皇　姑呸！

（接唱）我偏要打这贱人——

包　拯（接唱）包拯不能答允。

皇　姑　（接唱）　要打要打定要打——

包　拯　（接唱）　不能不能万不能！

皇　姑　可恨呀！

（唱快中板）

包拯藐视哀家甚，

回宫请出老娘亲。

你等着！

（转滚花）国太亲临，看你如何面禀。

[皇姑含愤与宫娥太监下。

包　拯　（唱滚花）就是宋皇驾到，我也据理力争。

[闭二幕。

[国太、皇姑同坐銮舆与宫娥、太监上。

国　太　（唱快滚花）

女儿后宫将事禀，哀家听了暗心惊。

摆驾开封，要向包爱卿追问。

[开二幕。王朝、马汉暗上。

太　监　国太驾到，

王　朝　启禀相爷，国太驾到。

[小开门，包拯上，迎国太、皇姑坐下。

包　拯　臣包拯接驾来迟，望国太恕罪。

国　太　包爱卿平身。

包　拯　谢国太。请问国太，驾临开府，有何懿旨？

国　太　驸马身犯何罪？罪犯哪条？为何囚禁牢中？

包　拯　他杀妻灭子心肠狠。停妻再娶罪欺君。香莲来把冤情禀。

国　太　大胆！庶民哪得告王亲！

包　拯　国太，王子犯法，与庶民同罪，不得妄图侥幸。

国　太　你先传来原告，哀家要看她是何等样人！

包　拯　传原告上堂。

[秦香莲携子女上。

秦香莲 参见相爷。

包　拯 国太驾临将你盘问，真情实告说话当心。(下)

秦香莲 (唱快中板)

国太皇姑含怒愤，

香莲心内自沉吟。

看她如何来发问。(上前跪下)

香莲叩见国太贵人。

国　太 你就是秦香莲？告驸马的就是你？

秦香莲 正是。求国太申冤！

国　太 好大胆！

(唱快中板)

贱妇刁蛮真可恨，

砌词诬陷告王亲。

(转滚花)内侍们，先抢去她儿女一双再来理论。

(太监抓冬哥、春妹下场。

秦香莲 (唱滚花)幼儿何罪，不应夺我亲生。

国　太 要救儿女一双，先把一件事情答允。

皇　姑 你撤回原告，我还你亲生。

秦香莲 这个嘛？……

(念)　夫妻拆散留余恨，

又施辣手夺亲生。

虎狼不及皇家狠，

教我呼天不应地不闻！

[王朝示意击堂鼓。

秦香莲 (唱滚花)击鼓鸣冤，解我心头怨愤。

[秦香莲击堂鼓。

[高边锣，包拯、王朝、马汉、张龙、赵虎、四军汉上。

包　拯　（接唱）香莲击鼓是何因？

秦香莲　相爷请听呀！

（唱快慢板）

老国太抢亲儿心肠太狠！（收）

[内场冬哥、春妹叫喊声。

包　拯　果有小儿哭声，王朝，快去查明。

[王朝下，带冬哥、春妹复上。

包　拯　老国太，分骨肉，夺幼儿，论理论情，未昭公允。

皇　姑　母后，他抗皇姑，囚驸马，不恭不顺，哪算忠臣？

国　太　包拯，哀家亲到讲情，你还不答允，你敢抗违懿旨，就是欺君！

包　拯　（旁唱大滚花）

国太翻脸，严词责令放人。

这件官司，教我如何审问？

王朝，将我三百俸银，拿来堂上。

[王朝下，捧银复上。

包　拯　秦香莲！

（唱滚花）你回乡勤耕种，我俸你三百俸银。

教儿女读诗书，莫向官场求封荫。

你丈夫贪荣禄，才令骨肉永相分。

秦香莲　（接过银子）相爷……

包　拯　（续唱）　罢罢罢！

这件官司，

你莫来追问。

秦香莲　人说包相铁面无私，忠心耿耿。原来一样官官相卫，趋奉贵人。香莲今日有恨难伸，苍天不悯，何尝稀罕，三百纹银！（掷银，携儿女欲出门）

包　拯　香莲转来！

（唱滚花）她说官官相卫，使我有愧于心。

本该铡了陈世美——

皇　姑（接唱） 你敢与皇家来作梗？

包　拯（续唱） 若然不铡陈世美——

秦香莲（接唱） 香莲冤堕海千寻！

包　拯（唱快滚花）

眼见黎庶蒙冤能无义愤。

拼把乌纱抛却依律执行。

剑子手，把陈世美放在铡中，候令执行！

国　太 未奏天子，谁敢行刑！

包　拯 先除贼子，再奏人君！行刑！

[大锣鼓一击，场内行刑。

[国太、皇姑目瞪口呆。

[幕闭。

[全剧完。

（剧本版本：《广东粤剧院演出剧本选集》第二集）

· 粤剧卷 ·

宝莲灯

原作：陈酉名　陈晃宫

整理：谭青霜　陈自强

人 物 表

刘彦昌

华山圣母

王桂英

沉　香

沉　香（幼年）

灵　芝

二郎神

哮天犬

秋　儿

秦官保

霹雳大仙

众天兵仙女

序　幕

[音乐，众仙女引圣母、灵芝上。

圣　母（小桃红）

厌仙居独处孤山，

远山离尘寰，

看烟河雾海深深隔绝人间，
万载千秋朝复旦。

灵　芝（接唱）离庙宇，好应该尽兴浏览，
待我轻轻拂散云和雾，
眼底尽是人间，
看绿水青山分外璀璨！

圣　母（接唱）转眼内，那雾海云山轻飘散，
见春色染江山。
依稀见绿柳拂炊烟散，
依稀听渔歌唱晚，
水乡深处渔船靠岸闲。

灵　芝（接唱）且把春光挽，好驾云霞下山。

圣　母（接唱）情难自控，芳心早已翱翔下了凡。
云伴我，清风吹趁忙下山。

[众仙女伴圣母、灵芝下场。

第一场　巡　天

[古代。

[天上，云雾之中。

[幕启。

[牌子头，哮天犬上，复入，引众天神将，伴二郎神上。

二郎神（快中板）三眼灵光威风凛凛，
金刀神犬杀气腾腾。
玉帝恩隆委重任，
敕封护法二郎神。
奉旨巡天——

（滚花） 暂离宫禁！

（口鼓） 且住，吾神此番出外，多日方回，

这华山仙境，

只得我妹妹三娘坐镇，

好不令俺放心不下。（介）

神犬过来！（介）

你不用跟随我左右，

暂且留守仙山，

不论上界神仙，凡间俗子，

谁敢乱闯禁地，

一律扑杀不饶！

（滚花） 仙山有事，速报吾神！

（白）众天将，巡天去也！

众天将 （应白）遵法旨！

[哮天犬跪送，二郎神与众天神将下。

[落幕。

第二场 仙 遇

[接上场。

[华山，圣母宫前。

[启幕。

[二流锣鼓刘彦昌上。

刘彦昌 （新腔二流）

极目远大舒，

暖风吹送我步云霓，

锦绣江山收眼底，

壮情怀胸臆如洗，
心旷神怡俗意除。
笑从前困井底，
哪晓广宇瑰丽雄奇，
怪道从古有云行千里，
胜比芸窗苦读万卷书。
看华山灵秀，
早已心往神驰，
今日有幸登临，
（滚花） 真欲凌空展翅。（上）

（白）想我刘彦昌，虽则无意功名，却是有心应考，若得青云有路，当效廉吏清官，为民为国，才不负天地生人，山川育我！（黄昏鸦噪）

（合尺滚花）
游兴未阑偏日短，（士）
归途已被暮云迷。（尺）
仙山无店宿凡夫，（合）
只好地作牙床天作被。（上）

（白）想不到我刘彦昌，也要学有巢氏穴居野处了。（用音乐衬找寻地方）圣母宫？好呀！

（爽中板）久闻圣母甚慈悲，
远近众生蒙护庇，
定能许我暂栖迟，
（滚花） 明日再寻路登山，
畅游此洞天福地。

正是：
（接唱） 山重水复疑无路，
柳暗花明又一村。（入宫下介）

[圣母与灵芝上。

灵　芝　（扑灯蛾用音乐衬着念）

真奇异，真奇异，
游兴方浓人若醉，
正宜踏月再流连，
饱览人间春色美。
何以催归竟匆匆，
我真不解娘娘意！

圣　母　（滚花）　人间纵是春色好，
可惜春意难启我心扉。（合）
人间纵有月团圆，
可惜月华空照清虚地。
回去也罢！

[灵芝不愿走，但见圣母径自前行，只得相随，圣母至宫前，突然却步。

灵　芝　知道！

圣　母　何以仙宫之地，似有凡人俗气？

灵　芝　娘娘且慢进宫，待奴婢搜查一遍。（进宫下，内场怒斥）

（内场）好大胆！好大胆！（持剑追杀刘上）

圣　母　（上前拦阻，唱沉腔滚花）

你你你，何故横眉怒目。
追杀这寒儒？

灵　芝　（爽滚花）他酣睡仙宫，有亵渎圣灵之罪！

圣　母　想是游山失落，在此权宿一宵——

刘彦昌　小生正是如此！

圣　母　饶了他吧！

灵　芝　宿殿之罪可饶，亵渎圣灵难恕——

圣　母　啊！他还干了何事？

灵　芝　（对刘彦昌）你自己招来！

刘彦昌　小生并无过犯。

灵　芝　（怒目按剑）还敢抵赖？

刘彦昌　啊！方才宝殿之中，瞻仰圣母神像，一时有感，曾在粉壁题词——

灵　芝　此罪焉能不究？（举剑）

圣　母　慢！读书之人，惯作无病呻吟，如无轻薄之言，便由他去吧！

刘彦昌　（得意地）小生是正人君子，岂会心存轻薄，何况这一首新词，乃是向圣母娘娘致意！

圣　母　（感兴趣地）既然如此，倒要领教领教。

刘彦昌　不敢不敢，请姑娘指教就是，小生献丑了！

（念词或唱卜算子）

寂寂守名山，
岁岁烟云里，
雪样聪明火样情，
貌与心同美。

圣　母　这是赞我的。

刘彦昌　（续念或唱）

雨露洒人间，
要挽春光住，
喜见山花烂漫红，
伊人独憔悴！

圣　母　（震动）喜见山花烂漫红，伊人独憔悴！（惨然）唉！

刘彦昌　（知道闯祸）啊！

灵　芝　他说的是什么意思？

圣　母　他说我向人间洒春光，自己却青春虚度！

灵　芝　狂生大胆，竟敢挑动圣母凡心，还不该杀么？杀！

刘彦昌　（躲过圣母一边）姑娘饶命！

圣　母　灵芝（灵芝走近圣母）你我刚才哪里而去？

灵　芝　到人间世上，游赏春光。

圣　母　如此说来，你我不是已动了凡心么？

灵　芝　这——（傻笑点头）

圣　母　灵芝呀！（滚花）

山花烂漫人憔悴，

那堪岁岁负春晖。

人家向我表同情——（半句）

灵　芝　我错怪人家啦！

圣　母　你不只错怪人家，更不该剑露锋芒。（续唱）

快些上前赔不是。

灵　芝　娘娘！（向彦昌）刚才诸多冒犯，灵芝向你赔还一礼！

刘彦昌　（大出意外）岂敢，岂敢，——小生几句俚词，何以竟惹得姑娘如此震动？

灵　芝　你这个书呆子啊，何不抬头细看，谁个站在你面前？

刘彦昌　（抬头细看）呀，这姑娘容貌，与殿中神像一模一样，难道是圣母娘娘显圣？

灵　芝　正是圣母娘娘在此！

刘彦昌　（大惊）啊！弟子该死！（跪）

圣　母　（热情地扶起之）君子何罪之有？

灵　芝　咳——！

圣　母　（滚花）　仙宫寂寞人孤陋，

感君错爱惠新词。

神仙心事也能猜，

信是红尘真知己。

刘彦昌　（狂态又来了）弟子不配，娘娘呀！（反线中板）

既贺娘娘恩，不责疏狂罪，

弟子更欲问一词。

方才宝殿中，拜睹圣像甚庄严，

但又似忧萦眉宇。

常言道快活神仙，

莫非神仙也有不快活，

教我心内惊疑。

圣母慈悲为怀，为百姓解难消灾，

万民常叨福庇，

恩泽沐人间，自己却难消忧恨，

（二黄）岂能说天道无亏，

若能为你解恨分忧，

弟子愿供驱使。

圣　母　（教子腔）赞君情慷慨，深恨不平事。

感君恩义，甘为我奔驰，

我愁怀如絮牵，有若春蚕自吐丝。

一丝丝，一丝丝将我系，

剪难断解不去。

刘彦昌　如此说来，真是天机难测，天意难知了！

[风乍起。

灵　芝　（减字芙蓉）

无端风乍起，片片落花飞。

春夜料峭寒，请娘娘回宫安睡！

（牵圣母白）请娘娘回宫也罢！

圣　母　灵芝，（接唱）

难舍良宵花月媚，

该知爱月夜眠迟。

灵　芝　这就奇了，刚才我请娘娘踏月夜游，娘娘屡屡催归，如今又说爱月夜眠迟？（回头看刘彦昌，恍然）哦，我明白了。

（滚花）羡煞皎雪蟾华，

深得娘娘眷注。

今晚花好月圆，你既无处栖身，娘娘也全无睡意，正好花前月下，相与谈心。（拉彦昌至圣母跟前）讲啦！刚才吟诗作词，现在怎么哑了！

刘彦昌　（反觉拘谨）姑娘。

圣　母　君子，请问家中二老可安？

刘彦昌 禀娘娘，弟子双亲早故了。

圣　母 然则——君子膝下，又有多少儿郎？

刘彦昌 禀娘娘，弟子寒窗攻读，无暇顾及议婚，故而尚无子女。

灵　芝 娘娘相公还没有——

圣　母 灵芝！（暗喜唱春风得意）

寸心泛起了微澜，
看书生人憨厚，
却一表美丰姿，
更能猜我心中秘，
情长意重赋新词，
好教神女暗惊疑。

刘彦昌 娘娘你看——（接唱）

今晚明月朗，朗明月，
洒一片清辉。

圣　母 （接唱） 记得昨夜里，也是月当空，
不及如此良宵美。

刘彦昌 （接唱） 应信明晚夜，明晚夜，
月华定比今宵美。

灵　芝 （接唱） 尽说美美美，
应对素娥互倾心底，
竟看疏星隐约近黎明，
良宵不可期。

圣　母 君子，雄鸡初叫，我与你——

刘彦昌 怎样？

圣　母 只好分手了。

刘彦昌 分手？唉！（接唱）

正欲诉知心语，
忽听娘娘话别离，
分手依依再会何期。

圣　母　（接唱）　君有诚意便可期。

刘彦昌　诚意？娘娘上界神仙，彦昌凡夫俗子，人天相隔，我纵心诚，也只怕后会无缘了！

灵　芝　有缘有缘，娘娘呀！千金易得，知己难求，莫负春色美意莫误良宵佳期。

圣　母　君子！蒙惠新词无以言谢，就以沉香宝带，回赠君子。

[两人依依惜别。

[一段仙乐式引子，内唱合唱：唔——啊——！

[落幕。

第三场　痛　别

[距上场三天后。

[洞天福地。

圣　母　（内唱）洞天福地，满眼春光！

[音乐奏月影寒梅。

刘彦昌　（杨翠喜）洞天福地里鬓影花香。

圣　母　（接唱）　迎面远山拥抱明霞照，
似轻纱掩映淡素妆，
似翩翩起舞瑶池上。

刘彦昌　（接唱）　看繁花争放斗艳吐芬芳，

圣　母　（接唱）　推锦簇绣满仙乡，

刘彦昌　（接唱）　看娘娘凝眸美影，
欣欣态痴痴看，
难道这山这水你是头回赏，
怎会今天似醉如狂。

圣　母　（接唱）　嗟往昔宫门长寂寞，
嗟水冷山寒黄叶落，

惨对愁云哪有心思看，
岂知山水也情长。
刘彦昌 （接唱） 想想想，难怪仙宫圣像脸上带忧伤，
今朝已复如花样。
圣　母 （接唱） 应谢刘郎着意为我巧梳妆。
刘彦昌 （南音） 妆浓淡，一样美无双。
天香国色，何须蝶帮忙。
不意仙苑名葩，竟向寒松傍。
圣　母 （接唱） 我爱寒松铁骨傲风霜，
新词一阕情千丈，
痴心从此付刘郎。
刘彦昌 （二黄板面）
我愿与娘娘并肩济弱锄强。
圣　母 （接唱） 这宝灯与郎共掌。
刘彦昌 （接唱） 感谢好娇妻一片热心善相夫郎。
圣　母 （接唱） 既是情意相投结生死鸳鸯，
自当妇随夫唱。
刘彦昌 （十字二黄）
提起宝莲神灯，更应谢娘娘，
为我解难消灾，迎来合欢花放。
灵　芝 （地锦上白）禀娘娘，众家姐妹到来贺喜呀！
圣　母 （白）有请！
众　仙 （合唱） 贺相公，贺娘娘，
贺相公，贺娘娘，
天上人间结鸳鸯，结鸳鸯。
今朝痛饮三杯酒，
明年再醉满月觞呀！
刘彦昌 （接唱） 多谢众位仙家隆情厚贶，
请进洞天福地。

圣　母　（接唱）　请进洞天福地畅饮百花佳酿。

［刘彦昌、圣母与众仙同下。

［恐怖锣鼓，天犬上盗宝灯。

灵　芝　（上，看见天犬盗灯与之对打，呼叫）娘娘！

圣　母　（与刘彦昌上问白）灵芝何事惊慌？

灵　芝　（白）娘娘不好，神灯被二郎天犬盗去了！

圣　母　（沉腔滚花）

唉呀呀，狠毒二郎！

灵　芝　（滚花）　你速谋应变之方，

我先往山前守望。（下介）

刘彦昌　（白）妻呀，你们等这惊慌，难道失去宝莲神灯，便有临头大祸降？

圣　母　（口鼓）罢了刘郎，夫呀！为妻炼就宝莲神灯，能放豪光万丈，所以凶神恶煞不敢欺侮三娘，如今失去神灯我便难将暴抗，二郎凶残狠毒，便要棒打鸳鸯，缘尽今生，好事难邀天谅，顷刻临头大难，夫呀（介）你快快逃亡！

刘彦昌　（快中板）夫妻同命祸福同当，

任教五雷轰顶上，

也难舍你自逃亡。

（滚花）　生既同衾，死当与妻同穴葬。（尺）

圣　母　（新腔乙反滚花）

危急矣，你快逃亡，

劝君你莫惜苦命三娘，

同衾已是无希望，

但得夫能脱险，

为妻死也心安。（合）

珍重三日情缘，

也算此生不枉。（上）

刘彦昌　（叫白）妻呀！（乙反中板）

我听妻言，如刀割，

寸寸断我柔肠。

粉壁题词，蒙见爱，

估道仙凡共庆鹊桥通。

有谁知银河翻恶浪，

空说我佛慈悲，

枉道仙家为善，

到底人间天上一样有虎狼。

（滚花） 妻呀誓与你生死不离，（介）

不如夫妻双双逃出罗网！（上）

[先锋钹，拉圣母欲下。

圣　母　（白）刘郎！

刘彦昌　（白）妻呀！

灵　芝　（乙反二流）

雷鸣电闪，天日无光，（锣鼓）

定是真君到来，凶危立降。（锣鼓音乐无限句）

圣　母　（接唱）夫你速离罗网，

刘彦昌　（接唱）我愿拼死护妻房，

圣　母　（接唱）死亦徒然，

刘彦昌　（接唱）我如失妻也无生望。（锣鼓三槌，音乐无限句）

圣　母　（白）郎快走！

刘彦昌　（白）我宁死不走！

圣　母　（白）痴郎呀！

（接唱）痴郎誓死护花娘，

他越多情心越怆。（锣鼓）

迫于无奈，狠着心肠。（锣鼓）

叫灵芝，（锣鼓）速送姑爷凡间往！

[锣鼓食住，昭君怨尾段音乐。

刘彦昌　（白）我不走！

灵　芝　（白）娘娘不好，真君围山，难以出去了！

圣　母　（白）难以出去吗？

众仙女　（内白）娘娘，我们护送姑爷来了！

圣　母　（白）多谢！（催促彦昌快走，彦昌不舍，圣母急白）快走快走！

刘彦昌　（白）娘娘！

圣　母　（白）刘郎！

［众仙子举扇砌成一簇彩云护送刘彦昌与灵芝入场。

［大擂鼓，二郎神领众天将上，大仄槌与圣母推磨介。

圣　母　（口鼓）哥哥归来，何以怒容相向？

二郎神　（口鼓）贱人，你干得好事，我要捉贼拿赃。人来四围搜过。

圣　母　（口鼓）慢！此乃为妹仙居，不许乱闯！

神　将　（口鼓）启禀真君，方才一簇彩云，驾送一个凡夫下凡而去，我们追赶不及。

二郎神　（怒白）这凡夫是谁？

圣　母　（口鼓）就是你妹夫刘彦昌！

二郎神　（戏妲己尾腔）

唉呀呀，气煞二郎！

［先锋钹，二郎欲打圣母，灵芝挽花篮上。

二郎神　（口鼓）灵芝，你不在洞中，是否送走那男子汉？

灵　芝　（口鼓）禀真君，奴婢替娘娘采花，每日习以为常。

二郎神　（白）拿来一看！（抢花篮看）

圣　母　（口鼓）慢！不可欺负灵芝，事情是我一人所干，要杀要剐任由尊便，一人做事一人当。

二郎神　（快中板）仙法家规都敢抗，

若不严治后患长。

（滚花）　众左右，押往黑风洞内禁千年，

不改凡心不释放。

圣　母　（接唱）　千年万载难改志，

坐穿牢底也不降！

二郎神 （咬牙切齿白）带走！

[落幕。

第四场　托　子

[十个月后。

[黑风洞。

[甲乙神将站幕。

甲　将 （念）守在山口道，

乙　将 （念）不敢离半步。

甲　将 （念）咦——内有小儿啼，

乙　将 （念）啊——莫非真君做舅父？

甲　将 （口鼓）唉呀呀，快向真君禀报！

乙　将 （口鼓）对对对，否则难保头颅。走、走、走！

[乙将与甲将下。

灵　芝 （入洞）有请娘娘！

圣　母 （叻叻鼓抱婴儿上）灵芝，何事惊呼？

灵　芝 娘娘不好！（昭君怨中段）

又来祸事，又来祸事，

你产子已被察知。

正飞报二郎，危极矣！

快想法救儿。

圣　母 （接唱） 我遭羁困在这岩洞里，

生也非生，死也非死，

身不自主，怎救娇儿？

灵　芝 （接唱） 唯有送回世上，

使他父子相依。

圣　母　送到人间？唉！

灵　芝　哎呀，娘娘！

圣　母　（口鼓）你看守卫森严，又怎能送得出去？

灵　芝　（口鼓）我可以假作采花，放在花篮之内，偷出重围。

圣　母　（口鼓）这……若被二郎查知，又再连累于你。

灵　芝　（口鼓）救人要紧啊！娘娘，要当机立断，切勿犹豫！

圣　母　我的好妹妹呀！（快中板）

敬谢灵芝能仗义，
不辞艰险救我儿。
母子连忙深施礼，（欲抱婴向灵芝跪）

灵　芝　（急扶，接唱）

一声珍重后会有期。

圣　母　（欲交婴儿又不舍，唱滚花）

我又难舍娇儿，
不禁心如刀刺。（上）

灵　芝　（新曲）　望你忍悲酸，保玉体，
生死关头应善处，
莫教狼虎噬娇儿，
写下书函来表记。
送他下山寻父，博取一线生机，
他日长大成人，母子定能团聚。

圣　母　（沉花）　强忍心头离别苦，
泪珠和血痛写断肠书。

（手托把婴儿交与灵芝，咬指裂裙写血书交灵芝白）灵芝，今日死别生离，你就让我多看娇儿一眼吧！

（接过婴儿）我的苦命儿呀！（浣沙溪）

叮咛泣别苦命儿，
你有万怨千仇要记心底。

指望你为母把冤雪，

你应勇毅至嘱莫忘遗。

灵　芝　娘娘！

圣　母　灵芝，我们姻缘来自沉香宝带，与刘郎誓同生死。今后就以“沉香”两字，唤我苦命娇儿吧，灵芝！（内场人声、犬吠）

灵　芝　娘娘，保重啊！（接过婴儿放在花篮，出洞欲下）

[二郎神与天将、天犬、天兵上。与灵芝相遇。

二郎神　（口鼓）灵芝，你匆匆忙忙，欲往何处？

灵　芝　（放下花篮，口鼓）正想为娘娘采花，也想抛弃这些败叶残枝！

[天犬上前嗅花篮，灵芝急行斥逐。

灵　芝　死狗！

二郎神　（口鼓）娘娘近况如何？——

灵　芝　（口鼓）唉，颜容更加憔悴。

二郎神　（口鼓）在洞中所干何事？——

灵　芝　（口鼓）日来栽花种竹，夜来赏月观书。（天犬又上前嗅花篮介，灵芝急斥介）死狗！

二郎神　（逐天犬下）下去！（天犬下介）

（口鼓）有什么奇怪声音？

灵　芝　（口鼓）虎啸狼嚎，猿啼鹤唳。

二郎神　还有！

灵　芝　（紧接）狗叫咯！

二郎神　（口鼓）呸！我问你可曾听见小儿啼？

灵　芝　有呀！……

二郎神　孽种现在何处？

灵　芝　哦，你问的是你那刚出世的外甥吧？（口鼓）当然在娘娘怀里。

二郎神　哼哼！人来，进内搜过！

灵　芝　（急拦介）慢！真君请进，灵芝带路！（携起花篮）

二郎神　哼哼！你想通风报信？

灵　芝　灵芝不敢！

二郎神　谅你不敢，滚！

灵　芝　滚就滚！（口鼓）我也不想惹事招非。（下至虎度门介）

二郎神　（突然喝止）转回！

［灵芝一怔，大掷槌，二郎神与灵芝推磨，两眼瞪着花篮。

二郎神　花篮里装的是什么？

灵　芝　（镇静地白）刚才不是说过，装的是败叶残枝。真君如不信，你看呀！

二郎神　（信以为真）下去！

灵　芝　（再逼介）你看呀！

二郎神　（不耐烦介）下去！

灵　芝　我走啦！

二郎神　（火介喝白）滚！

灵　芝　告辞！（急下介）

二郎神　众天将，进洞搜查！　（圣母迎上介）

圣　母　（口鼓）兄长到来，又因何事？

二郎神　（口鼓）我来问你，此乃神仙洞府，何以有小儿啼？

圣　母　（口鼓）为妹十月怀胎，现以呱呱坠地，瓜熟自然蒂落，何足为奇？

二郎神　可恼也！（快中板）

骂声贱人不知耻，

有污仙境辱门楣。

（滚花）　快把孽种交来，

千刀剁死！

圣　母　你……！

二郎神　不交我就搜！

圣　母　不准搜！

二郎神　定要搜！

［众将欲进洞，圣母三拦，二郎神上前扯开圣母，二神将进洞搜查，有顷复上，向二郎神禀告。

甲　将　禀真君，四处搜过，不见踪影！

二郎神　（口鼓）贱人，孽种藏在何方？

圣　母　（口鼓）娇儿么？我早已送离禁地。

二郎神　（口鼓）谁人送走？

圣　母　（口鼓）就是我女伴灵芝！

二郎神　（顿足大怒）哎呀！（滚花）

恨我枉生慧眼，

也被贱婢所愚。

怒冲冲！

把她压在华山，

使她永无出头日子。

圣　母　（先锋钹，直冲二郎神面前）我把你个杨戬！

（滚花）　既有离夫别子重重恨，

再压华山十座又何如！

二郎神　（怒白）众天将！将她押往华山。

[落幕。

第五场　肇　祸

[距前场十四年后。

[罗州街头，二幕前。

[幕启。

秦官保　（拉一学童上，念白榄）

小乖乖，听我话，

快陪我玩耍。

我做将军你做马，

我骑你背上，你在地上爬。

学　童　（挣脱）不玩！

秦官保　（怒，续念）你敢不听话，我就将你打！

学　童　不玩不玩！

秦官保　不玩就打！（把学童按倒，举拳乱打，学童哭叫）

沉　香　（见介制止）住手！（与秋儿推开秦官保）不准打人！

秦官保　你管得着吗？

秋　儿　（口鼓）就是不准你倚势欺人，称王称霸。

沉　香　（口鼓）别跟他吵架，（替学童拍去身上泥土）我们放学回家。

［学童下，沉香与秋儿欲下。

秦官保　（拦住沉香与秋儿的去路）站着！（口鼓）胆敢放走这小子，我将你兄弟打！

秋　儿　你敢！

秦官保　哼哼！（口鼓）我爹爹是堂堂太师，你爹是小小县正堂，我不止敢打你两兄弟，还敢打你爹妈！

沉　香　你……

秦官保　照打！（扑打秋儿）

［秦官保在扑打秋儿时，一个扑空便撞向石狮子上，倒地。

书　童　（内呼）公子，公子！（上，见秦官保倒地，上前一摸，大惊）啊！打死人啦！打死人啦！

［沉香与秋儿急下。

［落幕。

第六场　放　子

［紧接上场。

［罗州县衙的二堂。

［幕启。

刘彦昌 （打引上，念）

一别华山十四年，

年年怅望白云端；

宝带尚温香尚在，

血书红泪渍犹鲜。

（长句二黄）

他日对沉香，言真相，

娘娘嘱托，我又岂能忘。

宝带与共血书，交与儿细看。

他日华山救母，得见天日重光。

万载千年，

（滚花） 都总有报仇之望。

今日沉冤未雪，

令我寝食难安。

身在罗州做正堂，

心已飞临华山上。（上）

家　院 （冲头上）启禀老爷，太师差人要见。

[家将上。

家　将 （口鼓）吠！大胆罗州县正堂，纵子行凶好披猖，打死少爷秦官宝，太师传下贴一张，限你今天将子绑，押到秦府把命偿！（下）

刘彦昌 （对家院白）快把沉香、秋儿找回来。

[家院领命下介。

刘彦昌 （滚花） 晴天霹雳，意乱心慌。

我儿蹈矩循规，怎会杀人作案？

想是奸人构陷，蓄意欺压善良。

抑或另有别情，必须查明真相。（士）

[静悄悄音乐。

沉、秋 （秋儿同上，白）爹，孩儿放学回来了！

刘彦昌 今日何以迟迟放学回家？讲！

沉、秋 （戏妲己）请爹爹细听孩儿禀上！

沉　香 （金钱花）官保恃势欺同窗，

秋　儿 （接唱） 欺同窗，

沉　香 （接唱） 我兄弟拦阻推他一掌。

秋　儿 （接唱） 他追打弟兄跌倒地上。

刘彦昌 （先锋钹）当真？（沉香点头）果然？（秋儿点头）

（的的撑气极）可怒呀！

（滚花） 不知地厚与天高，竟向鬼门关上闯。（尺）

秦官宝已经丧命，你兄弟要把命偿。（上）

太师严令拿人，便要绑儿投案。（尺）

沉　香 爹，祸由我起，不关弟弟的事。

刘彦昌 是你？

秋　儿 爹，是我惹祸，不关哥哥的事！

刘彦昌 是你？

沉、秋 （争相白）是我、是我闯的祸！

刘彦昌 （滚花） 他他他，他两人争赴死，

深明大义，手足情长。（上）

叹一双苦命儿，弟爱兄怜，

竟逢祸降。不由老泪落千行，

祸已燃眉，有何计想？

沉、秋 （同白）带我去吧！爹！

沉　香 那就带我去吧！爹！

秋　儿 带我去吧！爹！

刘彦昌 （三脚凳）想来又想去，想烂我心肠，

一对小奴才，眼前冤孽障，

苦煞你自己，苦煞你爹娘。

王桂英 （卸上）老爷！（才）

刘彦昌 夫人！（伤心无语）

王桂英 （滚花） 莫不是两个奴才，出言无状？

莫不是诗书懒读，把学业抛荒？

莫不是兄弟争持，不知礼让？

刘彦昌 夫人啊！（滚花）

两个孩儿闯了祸，误伤秦家小豺狼。

太师传谕势汹汹，（交谕帖与桂英看）

逼我交儿偿血账。

王桂英 （大惊，接唱花下句，略快）

闻听娇儿闯祸，真是吓煞为娘。

不知哪个奴才，犯此弥天大案？

刘彦昌 （口鼓）方才已问过沉香，他自己承认将祸闯。

王桂英 （痛苦地）唉，沉香！（抚沉香）

刘彦昌 （口鼓）我又将秋儿过问，他说自己惹祸殃。

王桂英 （失色）啊，秋儿！（抚秋儿）老爷到底秦家死了多少个儿子？

刘彦昌 就是秦官宝一个。

王桂英 他死了一个儿子，难道要我两个儿子去偿命么？

刘彦昌 （滚花） 就是不知谁犯案，他兄弟争把祸承当。

问来问去问不明，五内如焚无计想。

王桂英 （忙扶刘彦昌坐下，接唱）

待我再来查问，先问不肖沉香。

到底闯祸是谁，不许出言欺妄。

沉　香 （秋江别中板）

官保倚势毒打同窗，

我心激愤致将祸闯。

王桂英 （接唱） 儿你怎可犯虎狼，

贻累一家祸患长。

（白榄） 须知杀人要偿命，

沉　香　（接念）　唯有把命偿。

王桂英　（接念）　你忍心舍双亲？

沉　香　（接念）　恕儿难奉养。

王桂英　（接念）　宁不爱性命？

沉　香　（接念）　为免累爹娘。

王桂英　你这奴才！（送情郎）

骂奴才太倔强，

偶疏管教便逞强，

惹得飞灾临身上，

令慈母心恸伤。（打沉香）

秋　儿　（跪前护沉香）娘，别打哥哥了。

（口鼓）闯祸是我秋儿。（半句）

王桂英　（慌乱，急拉秋儿一旁，接念口鼓）真是你犯的人命案？

秋　儿　（点头）嗯！

王桂英　（口鼓）不许你将娘欺骗，（半句）

秋　儿　（接念半句口鼓）孩儿不敢说谎。

王桂英　（快白榄）你说谎，你说谎，

小小年纪怎会把人伤？

（慢）　须知杀人要偿命，

秋　儿　（接念）　唯有将命偿。

王桂英　（接念）　你忍心舍双亲？

秋　儿　（接念）　恕儿难奉养。

王桂英　（接念）　宁不爱性命？

秋　儿　（接念）　为免累爹娘。

王桂英　（连环西皮）

真真乖张，（双句）

小小年龄，

背着爹娘招风惹浪。（重起轻落打）

沉　香　（跪前护秋儿）娘，打我吧！

秋　儿　娘，打死我吧！

王桂英　（沉腔滚花）

我我我、我的心爱——

刘彦昌　唉！

王桂英　（发觉刘彦昌注视，忙改态度，接唱）

我的不肖儿郎。

刘彦昌　（木鱼）　何必要打，打完你又心伤。

王桂英　（接唱）　有道打在儿身痛在娘。

刘彦昌　（接唱）　打去打来，也是难明真相。

王桂英　（接唱）　你是朝廷官吏，何以也查问无方？

刘彦昌　（接唱）　查问自己亲儿，

（转二黄连序）

又怎比开堂审案，

难道夹棍皮鞭加在儿身上。

王桂英　（接唱）　问不出真情实况，

空自相对凄惶，

心愈急来愈着忙。

刘彦昌　（减字芙蓉）

下官有主张，

王桂英　（接唱）　快对为妻讲。

刘彦昌　（接唱）　我把秋儿问，你去问沉香。

问罢再对口供，便可了如指掌。

王桂英　（接唱）　一人问一个，或可知其详。

昌、英　（齐念白榄）

秋儿（沉香）你过来，

快把真情讲。

今天是谁闯的祸？

沉、秋（齐念）孩儿不肖惹祸殃。

昌、英（齐念）须知杀人要偿命？

沉、秋（齐念）唯有将命偿。

昌、英（齐念）如今总算问出真情。

刘彦昌（滚花）真相如何？

王桂英（接唱）情形怎样？

刘彦昌（口鼓）秋儿说道，的确是他将祸闯。

王桂英（口鼓）这就不对了，沉香说道，的确是他惹祸殃。

刘彦昌（口鼓）一定是秋儿惹祸，因为他年幼不识想。

王桂英（口鼓）一定是沉香所干，因为他年长性刚强。

刘彦昌 看来不会是沉香！

王桂英 看来不会是秋儿！

刘彦昌 唉！到底还是不明不白！

王桂英 老爷，不如你问沉香，或者容易明白。

刘彦昌 好吧！

昌、英（齐问）秋儿（沉香），到底是谁闯祸，你不怕照真讲给阿妈（阿爹）听！

沉、秋（齐答）是孩儿闯祸！

昌、英（齐白）若然不是，就不要争住认呀！

沉、秋（齐白）的确是我……

[王桂英急掩秋儿口，被刘彦昌发现。

刘彦昌（不禁长叹）哦，夫人，不用问了。

王桂英 为什么？

刘彦昌（滚花）我看问来问去，

都是苦在沉香。

王桂英 怎见得呢？老爷！

刘彦昌（续唱）若是沉香打死人，

当送沉香进罗网。

王桂英 若是秋儿闯祸呢？

刘彦昌 （续唱） 若是秋儿闯了祸，

交案也是沉香。

王桂英 此话怎讲?

刘彦昌 （中板） 若是秋儿将祸闯，

堂前有母庇儿郎。

若是沉香将祸闯，

下官难以作偏帮。

他亲娘你知境况，

感你常怜念这苦命沉香。

（滚花） 如今大难临头，

仔呀你有娘生，

却无亲娘关痛痒。（士）

[众同悲伤，乙反哭泣相思。

刘彦昌 （哭相思）沉香命苦呀!

[起乙反中板衬白。

沉　香 爹，你不要伤心了，带我去交案啦！如果我死了，就当少养我一个吧!

王桂英 （乙反中板）

正是凄凉语语断人肠，

他虽不是我亲生，

却是我亲生抚养。

试问何堪舍却此小沉香，

唯是心爱秋儿，

爱似明珠在掌，

唉，忍教虎口送羔羊。

（乙反滚花）

唉！论情论理谁不爱亲生儿，

后母苦衷，又有谁体谅？（上）（悲伤感）

刘彦昌 （悲白）夫人，事到如今，你也不必悲痛。沉香，你快上前谢过娘亲养育之恩!

沉　香　妈！

王桂英　老爷这是何意？

刘彦昌　我要带他到秦府交案。

王桂英　那，圣母沉冤？

刘彦昌　昭雪无望！（痛哭）

秋　儿　（先锋钹）爹，你带我去啦！

沉　香　细佬，你年纪还小，还是让我去吧！记得勤力读书，孝顺爹娘，生性做人呀！

刘彦昌　沉香去吧！

王桂英　（先锋钹）沉香、老爷，你唔带得沉香去，你带秋儿去吧。

刘彦昌　（惊愕）带秋儿？

王桂英　（口鼓）若是秋儿闯祸，当然带秋儿交案，若是沉香闯祸，我、我、我、我也愿交秋儿把命偿！

[刘彦昌大出意外。

王桂英　老爷、夫呀！你曾经讲过，当日遇险华山，幸蒙圣母娘娘相救，及后与我成婚，也是遵圣母之命，如今圣母，还在难中。复仇救母，责在沉香。沉香倘有不测，救母重责谁个担当？为妻愿舍亲儿放沉香逃走，秋儿年纪尚幼，望老爷过府理论，或能免他一死，你就带秋儿去吧！

刘彦昌　夫人哪！（快中板）

深明大义好妻房，

父子双双深拜上。（锣鼓，拉沉香同跪）

王桂英　（接唱）　老爷大礼我不敢当。

（滚花）　叫句心爱沉香，

听我叮咛话讲。（上）

（乙反滚花）

喉哽咽，泪沾裳，

你将来有日会亲娘，

念我舍却亲儿将你放，

待我百年归老你就到坟场，
焚化一陌纸钱，唤一句魂来尚飨，
也不枉我眠干睡湿，
抚养你十四年长！（旬）
莫遗忘，莫遗忘，
莫忘你爱弟秋儿，
惨死在奸人手上。

[冲头，家将上。

家　将（口鼓）吠！太师有命，刘彦昌立即绑子归案，稍迟一刻，要你全家命亡。记得来！（下）

王桂英　老爷呀，时已紧迫，沉香要马上逃走，去华山救母，我去为他收拾行装去吧！

[王桂英与秋儿下。

沉　香（先锋钹）爹爹呀，娘亲言道：要我去华山救母，难道沉香还另有生身之母么？

刘彦昌　孩儿生身之母，乃是华山圣母娘娘，只因与为父相爱，被你二郎舅父，压在华山，你一看宝带血书，便能明白了。

[交宝带血书与沉香介。

沉　香（读血书）别后泪难干，天规压三娘。
有子不能养，忍痛付刘郎。
劝君择佳偶，莫教儿无娘。
复仇唯此子，血书永莫忘。（双旬）

（哭相思）娘亲呀！

王桂英（与秋儿携行囊上，唱滚花）
行装备好，赶快逃亡！（合）

[众人依依惜别。

王桂英　老爷我带沉香去了！

秋　儿　哥哥……

沉　香　弟弟……

王桂英　爹娘不在身边，此后一衣一饭，一寒一热要自知照料。走吧！

秋　儿　哥哥……

沉　香　弟弟……

王桂英　沉香走吧！弟弟不会有事的，走吧！

秋　儿　娘亲……

王桂英　秋儿……

［王桂英带沉香下介。

秋　儿　爹爹孩儿去后，你要多加保重！

刘彦昌　秋儿，请受为父一拜。

王桂英　（复上）老爷！

［家将带领两兵冲头上。

家　将　呔！大胆刘彦昌，处事确嚣张，太师下严令，令你将儿绑，绑子期限过，要你全家把命偿。

刘彦昌　休得放肆，你家秦官保，只因恃势凌人，才招致无故命丧，如今携子过府请罪。纵然惩治，也要依法刑章。秦太师倚仗淫威，遂意草菅人命，难怪罗州百姓，骂他是个世上魔王。

家　将　呀呀呸！胆敢出言辱骂太师，罪该万死，人来，将他拿下！

王桂英　慢！我儿在此，你们带去吧！

家　将　带走！

［两兵将秋儿押下介。

王桂英　（悲白）秋儿、秋儿……！（晕倒介）

刘彦昌　（呼白）夫人、夫人……

内　场　（合唱）　啊………！

［落幕。

第七场　苦　练

[距上场若干年。

[仙山。

[电闪雷鸣中起幕。

[内起路途截杀牌子一句转困谷口牌子。

沉　香　（唱困谷口）

小沉香，苦练刀枪斗强暴。（上）

阵阵春雷如金鼓。（在雷电中练武）

夏日炎炎汗洗战袍。（景变炎阳似火，继续练）

秋雨凄风。（景变秋夜雨，继续练）

冬雪裂肌肤。（景变冬雪飘飘，继续练）

百练千锤好铸金钢救慈母！

[排子衬，沉香仍在练武，突然一支冷箭飞来，沉香眼明手快接住。

灵　芝　（持弓，出现高处三搭箭）

沉　香　原来是姑姑所射，拜见灵芝姑姑！

灵　芝　果真眼明手快。

沉　香　姑姑过奖。

灵　芝　若要华山救母，还须百炼千锤。

沉　香　十八般武艺，我件件皆能。

灵　芝　好，姑姑就与你比试一看！看剑！

[沉香与灵芝练武对打。搭住同亮相。

灵　芝　好啊！（快中板）

不负沉香勤苦练，

果然滴水石能穿。

圣母有儿身手健，

他朝定可雪沉冤。

沉　香　（滚花）　恨未能为母雪沉冤，

辜负你栽培心一片。

灵　芝　（口鼓）沉香，救母须有开山斧！（指炉）

沉　香　（口鼓）铸成宝斧知何年？（焦急）

灵　芝　（口鼓）待你敢向炉中取。

沉　香　（口鼓）进炉取斧不迟延！（先锋钹，欲进炉）

灵　芝　慢！（口鼓）炉内火冲天，会将筋骨断。

沉　香　（口鼓）只要能救母，何惧烈火燃！（排子，纵身跃入炉中）

灵　芝　参见师尊！

霹　雳　灵芝，你做得好啊！（指炉）刀在石上磨，

灵　芝　人在难中炼。

霹　雳　奋身投烈火，

灵　芝　救母果心坚。

霹　雳　你有好徒儿，

灵　芝　你有好徒孙。

霹　雳　呵呵呵！（严肃地）灵芝过来！赐你宝扇一把，扇出三昧真火，助他百炼成钢。

灵　芝　遵命！

[排子头，灵芝作法，火炉更猛。

灵　芝　（叫）沉香哪里？

沉　香　（在炉内应白）来也！（从炉中跃出，舞斧）

灵　芝　好呀！

沉　香　多谢姑姑！

灵　芝　应谢霹雳大仙才是。

沉　香　多谢师公！

霹　雳　沉香呀，人斧炼成，你可随灵芝姑姑前往华山救母了。

沉　香　遵命！

灵　芝　随我来！

[同扎架造型。

[落幕。

第八场　救　母

[接前场。

[华山。

[急先锋，起幕。

[两天将把守华山，四击头，沉香上。

甲　将　呔！何方妖孽，敢犯仙山？

[沉香与两天将对打，将天将打败。

二郎神　（内场白）好大胆！好呀大胆！

[天兵、天犬、二郎神上。

二郎神　何方妖孽犯仙山，吾神不斩无名将。

沉　香　劈山救母诛无道，顶天立地小沉香！

二郎神　原来是孽种到此，杀！

沉　香　金斧霹雳劈华岳，风卷残云射天狼。

二郎神　众天将，杀！

[灵芝与天兵对打、二郎神与沉香对打、沉香与天兵对打、与天犬对打，再与二郎神对打，二郎神战败下。

二郎神　（示意天犬急白）快拿宝莲灯！（败下）

[沉香追下。

[二郎神持宝莲灯上逼灵芝上，沉香追赶上前夺过宝莲灯，将二郎神与天兵照退。

灵　芝　沉香，你生母被压在此。

沉　香　亲娘！

众仙女　娘娘！

圣　母　（内应）娇儿！

沉　香　待我斧劈华山。

[灵芝举灯照沉香，沉香举斧劈开华山。

[圣母出现，众仙女拥上。

沉　香　娘亲！

圣　母　娇儿！

[剧终。

（剧本版本：广东粤剧院提供）

·粤剧卷·

荆　轲

编剧：莫志勤　望江南　杨子静

人　物　表

荆　轲	燕太子丹	秦王嬴政
荆　妻	储　妃	樊於期
荆　母	秦舞阳	蒙　嘉
高渐离	鞠　武	夏无且
田　光	燕王喜	赵　高
夏　扶	燕臣甲	王　翦
宋　意	燕臣乙	秦武士甲
狗　屠		秦武士乙

朝臣、内侍、宫女、宿卫、宾客、士兵等

第一场　请　战

［燕王喜二十八年（公元前227年）。

［燕都蓟城内王宫偏殿。

［牌子头，起幕。冲头，燕臣仓皇上。

燕　臣　（唱快滚花）

战祸燃眉忙向君王启奏。

可恨秦王野心，

图霸天下，

吞韩灭赵，

进迫燕邦，

军情紧急，

须要奏明主上。

（续唱） 抗秦救国却怕一将难求。

有请大王。

[迭奏静悄悄，燕王持酒杯碎步上，二太监持酒壶随上。

燕　王（唱催归词）

叫内臣扶就快搀扶——

燕　臣 参见大王。

燕　王（继唱） 进宫廷你有何启奏。

燕　臣（白榄） 忙启奏，忙启奏，

秦王灭赵邦，又向我燕关入寇。

现在兵临易水北，请主上快筹谋。

燕　王（的的撑，一槌，失惊跌杯，唱沉腔滚花）

吓得我六神无主，仿似失舵孤舟。

速去再探军情，寡人慢图解救。

[燕臣领命急下。

燕　王（徘徊思索，唱慢滚花）

战战战，又怕燕邦弱小，难敌他百万貔貅。

降降降，叫我怎舍得易水燕山如锦绣。

罢罢罢，一筹莫展唯有借酒消愁。

来来来，内侍臣，快为寡人进酒。（士字腔）

[入座饮酒。

太　子（内场叫头）气坏了！

[锣边大花，燕太子丹匆忙上。

太　子（唱大滚花）

闻道秦师压境，父王束手无谋。

何忍燕国臣民沦于虎口。

岂容秦兵饮马易水滩头。

闯深宫，（一槌）见父王（一槌）速图挽救。

（入门参见）参见父王。参见父王。

燕 王 王儿平身！

太 子 谢父王。

燕 王 王儿来得正好。（口鼓）

可知秦王移师易水，欲向我燕邦入寇。

太 子 （口鼓） 臣儿正欲抗秦救国，与父王共策良谋。

燕 王 （口鼓） 我已力绌计穷，目今诸侯畏秦，不敢合纵，谁能援手？

太 子 （口鼓） 臣儿愿率举国臣民抗敌，力保金瓯。

燕 王 （唱木鱼）慎莫轻言战斗，

我燕邦贫弱武备不修。

只怨你自招其咎，与秦国为仇。

你既入质于秦，不合偷偷逃走。

樊於期叛秦有罪，你又收留在此礼义周周。

今日引起战争，实非强拳敌手。

唯有准备降旗一面竖上城楼。

太 子 （的的撑，叻叻鼓）父王，此言差矣！

（唱霸腔芙蓉中板）

知否强秦残暴，久欲兼并诸侯。

韩赵沦亡，岂是自招其咎。

我不与秦为敌，秦亦与我为仇。

说到屈辱投降，生民贱如刍狗。

记否长平坑赵卒，地惨天愁，（转七字清）

力抗秦师还有救，

若然归顺永贻羞。

易水燕山犹足守，

允宜及早厉戈矛。（滚花）

国人不可弃，（一槌）

宗庙不能忘，（一槌）

父王还要瞻前顾后。

燕　王　（慢白榄）曾想通，曾想透。

弱燕抗强秦，有如羔羊投虎口。

归降虽委曲，仍冀可封侯。

祖宗血食幸保存，富贵荣华依旧有。

我决意降秦国，王儿不用费筹谋。

太　子　（白）父王三思！（唱快中板）

父王休要立错念头。忍看江山沦敌手，

偷生人世为马为牛。（滚花）

父王纵执意降秦，臣儿决挺身战斗。

燕　王　（唱血泪花）唉！莫提抗秦，空夸海口，

儿你计虑不周。

太　子　（接唱）　儿誓血写春秋！

燕　王　（接唱）　岂能为博声名不朽，妄动干戈拼掷金瓯。

太　子　（白榄）　抗秦未必败，降秦最可忧。

那赵王肉袒愿称臣，宫室尽为秦所有。

幽禁房陵石室内，夜夜哀歌迄未休。

父王岂欲步后尘？

燕　王　（白榄）　提起此情我心颤抖，战亦难时降不易，王儿何以解吾忧？

太　子　（白榄）　秦王劳师远征，其势不能持久。

父王若不降，燕关未许叩。

臣儿自归国，矢志复秦仇。

折节事英贤，奋勉图自救。

强秦虽肆虐，合力遏狂流。

宁为玉碎不为瓦全，抗暴英名垂宇宙。

燕　王　（唱滚花）只怕你有心无力——

太　子　（接唱）　所重者破釜沉舟。

燕 王 （接唱） 若果弄到国破家亡——

太 子 （接唱） 唯有一死以殉，在父王跟前授首。

燕 王 这个……（唱接唱）

事无可奈，唯有任你决策运筹。

太 子 谢父王。

燕 王 （继唱） 从此燕国安危在你掌中，（一槌）

但望祖先有灵多庇佑。

引路回宫。（醉步下，太监扶持同下）

太 子 （水波浪介，叹息，诗白）

家国安危系一身，

忧心悄悄意如焚。

抗秦除暴平生志，

只愁无计转乾坤。

[幕闭。

第二场 荐 贤

[紧接上场。

[燕太子东宫。

太 子 （上，唱泣残红）

奈何未有青霜杀敌人，宣威易水滨，

念内无战守外无援助，好教我五内如焚。

慨昔日武备不修，致令独夫秦嬴启兵衅。

哀哀弱国邦，一一被兼并，

忍见赵继韩亡生民尽厄困。

此日我燕国，艰危实甚，料难对阵交兵刃。

要设下奇谋挟制暴秦始得挽回国运。

（圆台入门，唱二黄滚花）

嗟我苦思焦虑，尚无良策破秦军。

且阅地图，研究行军布阵。

[坐案前披阅地图。

[打引。宫女捧盘餐，引储妃上。

储　妃　（引白）郎为国忧忘寝食，劝进盘餐表寸心。（入门参见）参见殿下。

[太子专心阅地图，全然不觉。

储　妃　（再拜）参见殿下。（太子仍不觉）

储　妃　（牵衣惊醒他，然后下礼，）臣妾参见殿下！

太　子　（矍然）爱卿你来了，小王正在细看地图，研究行军布阵。你且一旁坐下！（仍掉头看地图介）

储　妃　太子！臣妾惜你为国忧劳，忘餐废寝，故而亲自调羹，与你疗饥解渴。

[宫女献上盘餐，储妃挥宫女下。

太　子　爱卿。（唱滚花）

小王实在食难下咽，有负你义重情殷。

秦国兵临易水滨，战祸燃眉心着紧。

储　妃　（唱反线中板）

恨秦王，图兼并，竟肆蚕食鲸吞。

当日妾随君，入质秦庭，忘不了前仇旧恨。

今日虎狼师，临易水，当誓保吾土吾民。

（唱滚花）未知父王有甚良谋销兵刃。

太　子　（唱沉花）恨恨恨，父王懦弱，欲订城下之盟。

（唱二黄合字过板）

他说道强秦大军虎跃龙腾，

居心灭赵吞燕势难阻禁，

念兵微将寡抵抗无能，只有称臣。

我力图抗暴秦，励军心，同抒义愤。

（唱长句二黄）

自顾此一身，兴亡肩重任，

却恨尚无良策，可以保国安民，

意欲招聘贤良匡扶国运，

曾命鞠武太傅往请田光老先生，

但不知事体如何，不禁忧思阵阵。

储　妃　（唱滚花）太子礼贤下士举国知闻。

樊於期将军尚且来归，未必田光先生不闻不问。

［冲头，鞠武上。

鞠　武　启禀太子，鞠武幸不辱命，已请得田光先生驾临，宫门候见。

太　子　（大喜）爱卿暂避，待小王亲自出迎。

［同出门外迎接介。

［小开门。田光上。太子丹等却行为导，再拜致敬，跪拂几席，尊之上坐。

太　子　（口鼓）田光先生，今日之势，燕秦不两立，闻先生智勇足备，倘能奋奇策，救燕须臾之亡，则国家幸甚。

田　光　（口鼓）鞠太傅已对臣转致，太子欲刺秦王，此实回天妙策，独惜臣年衰老，只恐力不从心。

太　子　（口鼓）度先生交游中，亦有智勇如先生少壮之时，可代先生持筹者乎？望先生力为荐引。

田　光　（口鼓）这个……臣虽交游不广，以臣所知，可用者只有一人。

太　子　（唱滚花）此人何名何姓，有甚奇能？

田　光　（接唱）　此人就是荆轲。（一槌）神勇天生，

喜怒不形，堪当大任。

太　子　（接唱）　荆轲今在何处，小王渴欲一见其人。

田　光　（唱中板）好荆轲，人皆尊号荆卿，为人任侠而勇敢。

好读书，善击剑，谋略深沉。

常醉燕市中，慷慨高歌，使人心振奋。

酒酣看剑，叹息天下无知己，空负壮志凌云。

（唱滚花）田光愧不及荆卿，为国荐贤情切恳。

太　子　（唱快中板）

荐贤自代见忠忱。

还望先生速接引，

自当设馆待嘉宾。

田　光　（唱滚花）老臣立即访荆卿，商议刺秦来宫禁。

太　子　老先生！（轻声接唱）

“事机不密则成害”，守口如瓶莫告人。

[田光闻语，凝望燕丹，觉其相信不足，欲有所言，始于一揖而去。

田　光　老臣告辞。

[幕闭。

第三场　狂　歌

[上场的当晚。

[燕市郊区酒肆，狗屠之家。

[帅牌开幕。奏音乐。

[宋意、狗屠、高渐离、夏扶，自斟自饮介。

众　人　（同唱新曲）

饮酒，饮酒，消不了忧愁，

国难时艰使英雄难受，

大丈夫要凭血泪洒神州，

大丈夫要凭血泪洒神州。

[众狂饮介。

[荆轲内唱荆轲吟新曲引子：

丈夫应有凌霄志！

众　人　（同时注视内场，望着窗口）呵！荆卿来了！

［荆轲继唱荆轲吟。

四海尘迷，五方鼎沸，风云会，尽要雄飞。

［叻叻鼓，荆轲上。

众　人　荆卿，荆卿！

荆　轲　（继唱荆轲吟第二段）

荆轲养就屠龙技，正待囊锥脱颖时。

剑铗不弹愧无知己，江湖漂泊市井追随。

逃名溷俗，纵酒忘饥。

众　人　好歌好歌！

荆　轲　过奖过奖。夏扶、宋意、高渐离，荆轲来迟，劳兄等久候，理应谢罪，罚酒一杯。

众　人　应罚一杯。

狗　屠　（送酒上）荆卿，这壶醇旧高粱，留待荆卿受用。

高渐离　再歌一曲！

荆　轲　多谢多谢！（饮酒后笑介，续唱荆轲吟第三段）

喜来时，唱几曲短长歌，

闷来时，洒几点英雄泪，（慢）

凭人拍掌，

任我舒眉。

夏　扶　（口鼓）荆卿！可恨暴秦吞并韩邦，到处杀人，

百姓伤亡惨重。

宋　意　（口鼓）那秦师覆灭赵国，坑杀赵卒数十万。

可算极恶穷凶。

高渐离　（口鼓）那暴秦移师向燕，易水燕山将受到侵凌骚动。

狗　屠　（口鼓）难道将与韩赵百姓一样，惨受残害而终。

［众人表示愤恨介。

荆　轲　（的的撑，叻叻鼓惊心关目）国不可亡，敌不可纵！

众　人　对！国不可亡，敌不可纵！

荆　轲　（唱萧萧班马鸣）

一语惊心怒满胸，

痛恨强秦逞狼凶，

他略地攻关谋一统，

残暴杀戮，（转唱反线二黄）到处鲜血流红。

家国恨，赵灭韩亡，遗下了无穷惨痛。

哀生民，心肠激烈，我拔剑舞长空！

（拉腔，黯然落泪，拔剑起舞介）

[田光在舞剑时卸上。

荆　轲　（唱反线新曲）

燕国臣民千万众，

丹心一片似火红，

不信秦嬴能吞大地，（散板）

抗敌保国……（叻叻鼓）必成功。

田　光　好歌呀！

荆　轲　（望见田光）田光先生！

田　光　荆卿！

[先锋钹，荆轲和众人出外，扶田光入内介。

[即起催归词序。

荆　轲　（与众同唱催归词）

金风吹送，酒幌飘动，

招来旧友共醉一盅。

荆　轲　（继唱）　难得会见，难得会见，快慰心中。

田　光　（接唱）　歌声慷慨，听者感动，

俱见热血满心胸，

人将共勉，人将共勉，尽力为国用。

荆　轲　田光先生，这里有高粱旧酒，敬请同醉一杯。

田　光　且慢！今晚我来，有……（掷槌）

夏　扶

宋　意　田光先生乃天下义士，此番到来必有要事磋商，我们回避一时也罢。

高渐离

［众下介。

田　光　荆卿，田光此来与你商量国事。

荆　轲　有国事商量？（介）田光先生，我与你已成知己，若有用我之处，荆轲定然不负所望。

田　光　荆卿呀！只因秦王嬴政，暴虐天下，六国人民怀恨，无可奈何。今燕丹太子虽处宫中，颇怀大志，意欲为天下除暴，故而招募勇士，西去刺秦，此正大丈夫建功立业之时也。荆卿啊！

荆　轲　（握拳凝视，愤然欲试）唔……

田　光　无奈天下之大，九州之广，勇士难得，田光垂垂老矣，雄心虽在，气力不佳，诚恐有误大事。因想生平所见，勇士莫如荆卿，故而举荐于太子。太子敬慕英贤，准备高车驷马，白璧黄金以聘，田光今日，正为引荐而来。

荆　轲　这个……田光老先生，想我荆轲，以身许天下，愿效一死，只是此身并非太子丹一人所有，岂能为了高车驷马，白璧黄金，轻许一人耶？

田　光　非也！荆卿你救民于水火，岂为太子一人，岂为燕邦一国，此所谓“以天下为已任”者也。荆卿共勉之！荆卿共勉之！

荆　轲　这个……（水波浪，唱滚花）

为家邦，来效命，荆轲已等待多时，
劳荐引，荷提携，沥胆披肝求一试。
入宫廷，见太子，谈兵议计不宜迟。
但念到年迈娘亲，（掷槌，关目，考虑）
又教我踌躇顾虑。

田　光　（掷槌）荆卿呀！

你为保燕国山河，正是英雄志士。
所恨者田光老矣，难以附骥追随。

尝闻大丈夫受命之日即忘其身，
请莫以亲老家贫为虑。
太子定然加厚待，荆卿好去勿踌躇。

荆　轲　荆轲承教。

田　光　荆卿，你此去秦邦，身蹈不测，我与你生死之交，岂能独自偷安，让你一人赴义，我誓与贤弟共同生死。

荆　轲　田光先生。

田　光　荆卿！回忆太子相送之时，嘱我勿泄机密。大丈夫顶天立地，不受人疑。负托而来，幸不辱命，田光可以死矣！

荆　轲　田老先生何出此言？

田　光　（快念）荆卿速见太子，早建奇功，
解生民于倒悬，
救国家之纷难，
社稷幸甚。
请受田光一个全礼！
［田光施礼。荆轲答拜。田光即取荆轲案上之剑。
［开边自刎而死介。
［荆轲转身见田光已死。扶他坐在椅上。绞纱，哭相思介。
［幕闭。

第四场　归　家

［接上场。
［荆轲家。
［贫家厅堂，台左有门通内室，正面墙壁有小窗。
［开边开幕。
［幕启时，奏谱子，荆母坐在案旁，对灯缝补衣服。

[荆母放下针线，出外张望，不见荆轲归来，回屋，掩门介。

荆　母　（唱长句滚花）旧衣裳，新针线，

一针针挑起我怀乡念，

一幕幕忆起了旧田园，

国破家亡归梦远，

寄居燕市十余年，

补我故国衣裳不禁肝肠辗转。

[荆妻暗上。

荆　妻　（口鼓）婆婆！时已夜深，请婆婆早些安睡。

荆　母　（口鼓）家嫂，老身未见儿归，放心不下。还须等候一时。

荆　妻　（口鼓）官人深夜不归，累婆母倚闾，媳妇亦难过意。他日夕流连燕市，狂歌纵酒，恐怕惹是招非。

荆　母　家嫂不必过虑。轲儿他——（唱滚花）

胸怀磊落，性格嵚崎。

名重江湖，人称义士。

荆　妻　（接唱）　纵使系与人无忤，也当戒落拓不羁。

望婆婆教导于他，少讲些豪情侠气。

荆　母　这个……（接唱）

老身当善为约束，这一个孝顺孩儿。

谅他不久就归家，解酒茶汤须准备。

荆　妻　媳妇从命。（下）

[打二更。

荆　母　（谱子，坐下，再补衣服。唱滚花）

但觉灯昏眼涩倦难支。

真个人老不能夸本事。

[渐觉疲倦，伏案睡着。

[大云云。荆轲持宝剑上，做手关目，表示在田光自刎的勉励下，报国志更坚决，但怕母亲知情，难免伤心，不知如何吐露介。

荆　轲　（唱滚花）曾向故人许诺，舍身力保家邦。

却怕慈母伤心，怎把真情直讲。

[云云，略作踌躇，终于意决，推门入内，掷槌，见母睡着。

荆　轲　（扑灯蛾，另场白榄）

荆轲夜归家，娘亲长盼望。

自知违孝道，问心实不安。

寒气刺肌肤，牵衣为盖上。（取衣为荆母盖上）

[荆母惊醒介。

荆　母　呵！轲儿你回来了。（口鼓）可知夜静更深，为娘盼望。

荆　轲　（口鼓）累娘亲夜难安睡，儿我问心不安。

荆　母　（口鼓）轲儿，格外迟归，究竟有何事干？

荆　轲　这个……（口鼓）孩儿适逢二三知己，高谈阔论一桩事，故而迟返家堂。

荆　母　（掷槌，口鼓）看你神色不似往常，有事应对为娘直讲。

荆　轲　（口鼓）孩儿不过酒多几盏，故而态度失常。

荆　母　轲儿啊！（唱滚花）

常言四海皆兄弟，交朋结友亦伦常。

但不应夜夜归迟。令到家人挂望。

荆　轲　（接唱）此后自当检点，母命不敢违忘。

时已夜深，有事明朝禀上。

荆　母　轲儿，你也要早些安睡。

荆　轲　孩儿知道。

[荆母下介。打三更。

[荆妻上。

荆　妻　官人回来了！

荆　轲　回来了。

荆　妻　啊，此是什么时分了？

荆　轲　呃——三更敲过了吧？

荆　妻　官人呀！（白榄）

盼望你归来，合家难入寐，

可知婆婆挂着你，黄昏望到月西移。

命我下厨备茶汤——

荆 轲 （接念） 实在有劳娘子！（下礼）

荆 妻 （淡笑） 这倒不必，官人啊！（白榄）

常言人各有志，又道秉性难移。

官人性好交游，日夕流连燕市。

不知交游者，究是哪家儿？

是否论诗书，还是谋生理？

荆 轲 这……（接念）

诗书非所重，国事正堪虞！

同人抚剑共悲歌，甘为社稷——（怀念田光）

荆 妻 官人你说什么？

荆 轲 （掩饰，唱滚花）

我说的是歌中之意，你莫猜疑。

荆 妻 官人呀！依我说：（唱滚花）

悲歌休放剑休弹，更莫贪杯逞意气。

荆 轲 我——对！（接唱）

此后荆轲辞燕市，不会夜夜归迟。

荆 妻 （惊喜）哎呀！官人，今后真不再去燕市饮酒么？

荆 轲 （半带自语）我不会再去了。

荆 妻 对呀，在家清茶淡饭，母子婆媳朝夕团聚，岂不更好呢！

荆 轲 （在沉思中）唔，但愿如此……

荆 妻 （想起）啊！茶汤想已煮好，待我捧来与官人解酒。

[荆妻下。荆轲心情激动，水波浪，拔剑介。

荆 轲 宝剑呀，田光先生！你为救燕国，劝勉荆轲，刎颈明心，竭忠尽义。你我生死之交，同以身许天下，大丈夫一言允诺，本当义无反顾，唯是我回转家内，眼见娘亲风烛残年，赖我夫妻侍奉，若把事情讲出，娘亲不免凄楚，娘子亦会悲伤。想我平日侍母尽孝，伉俪情深，教我怎样措辞，明日向娘亲与贤妻告别呢？

声　音　（田光自刎前之语）荆卿！请莫以亲老家贫为虑，速见太子，早建奇功，解生民于倒悬，救国家之纷难，社稷幸甚。请受田光一个全礼！

［荆轲下意识地——像刚才在狗屠之家面对田光那样——忽然还礼跪下，这时恰巧荆妻把茶汤捧到他的面前。

荆　妻　（愕然）官人礼重了！（亦跪下）

荆　轲　（从迷惘中清醒）啊，娘子！（挽妻同起介）

荆　妻　（发觉荆轲神色有异）官人精神恍惚，莫非心中有事？

［荆轲考虑，二人推磨——荆妻顺手置茶汤于枱上。

荆　轲　娘子呀，为夫有难决事情，你能否为我分忧一二？

荆　妻　份属夫妻，理应相助，有甚为难之事，不必隐约其词。

荆　轲　娘子呀，实不相瞒，今夜遇见了田光先生，引荐荆轲，明日进宫见燕丹太子。

荆　妻　哦！原来田光先生，引荐官人，明日去见燕丹太子？

（介）想太子重贤，聘你为卿为相，乃属喜事。愿与不愿，官人自决，何必多虑多思？

荆　轲　（执手）娘子呀，此番进宫，身膺重寄，西入秦关，把那残暴秦王，进行刺杀，（重一槌）此番一去，生死难言，教我如何向娘亲告禀呢？

荆　妻　（重一槌，叻叻鼓，惊心关目，唱沉腔滚花）

你你你，只怕未除秦政命先危。

（长句二黄）

轻身西去蹈危机，

赤手焉能成大事，

纵是天生神勇亦不宜，

可知缚虎屠龙非易事，

有若送羊入虎口落得人笑不知机，

安邦文武满朝堂，何用平民来参议。

［荆母卸上介。

荆　轲　（唱爽二黄）

可知国将危殆，何以家为？

正是一诺千金，早轻生死。

各行其是，此心坚决难移。

荆　妻　（接唱）　待我禀告婆婆，谅她亦赞同我意。（欲下介）

荆　母　（早已坐在另一边）家嫂，老身在此。

荆　妻　（发现）婆婆，刚才官人所言，婆婆可曾听到？

荆　母　并未留意，相谈何事？

荆　妻　（白）婆婆呀！（口鼓）他要冒险入秦，拼把秦王行刺。他竟全不顾虑，家中有母有妻。舍却亲娘抛了家，婆婆，你以为应去不应去？

荆　母　应去不应去？（口鼓）轲儿！如何想法，快些讲与娘知。

荆　轲　娘亲呀！（唱滚花）

心存社稷，方是大好男儿。

英勇献身，才算仁人志士。

荆　母　好志气！

荆　妻　婆婆呀！（白榄）

官人西入秦，天大危难事。

婆婆年纪老，家道又寒微。

应该在家中，同把老人奉侍。

婆婆百年归老后，尽忠报国未为迟，

重赏之下有勇夫，可以另选他人去。

荆　轲　娘子呀！到了今时，顾不得家庭两字。你来看！（先锋钹，拿起宝剑介）田光先生，借此宝剑，刎颈明心，表他救国之诚，坚我刺秦之志。难道叫俺，负了国恩，忘却道义，做个无耻之徒吗？

荆　妻　（重一槌，掷槌关目）官人呀！你只知尽忠，难道忘了尽孝吗？

荆　轲　这个！（望着娘亲，略有考虑）

荆　母　轲儿，媳妇呀！（慢板锣鼓唱二黄下句）

田光先生，真乃义友良师。

为国尽忠，博得名留青史。

（乙反木鱼）

若单念母子之情，我当然难舍儿去。

但念到燕邦危殆，挺身谁退虎狼师？

老身幸教子成材，喜他有英雄壮志。

为天下苍生除暴，捐躯报国谓之大慈。

我不舍儿子入秦，就会牺牲千万（转正线二黄）

人家儿子。

（二流） 为了国不亡、家不破，正该公而忘私。

轲儿，你决意入秦，明日速见太子。

（滚花） 娘为你把行装打叠，（低声）劝妻还要善言词。

（欲下，转头，口鼓）轲儿你行近娘旁，我要看真你这个贤孝子。

荆 轲 （跪在母前，口鼓）娘亲，孩儿明日进宫，决定行止，暂时分别，恕不能膝下长依。

荆 母 （口鼓）有媳妇在家，为娘绝不介意。儿你功成之日，便是最大孝思。（荆母下介。）

荆 轲 娘子。妈妈的话你可曾听到？

荆 妻 既是婆婆允许，官人意决，我自不应阻止了。（想起）啊，茶汤冷了，快饮吧。

荆 轲 谢娘子！（饮介）燕山之茶，可以解酒。……

荆 妻 官人！燕山之茶可以解酒，燕山之茶亦可以代酒呀！

荆 轲 （猛然想起）啊？娘子你是说——

荆 妻 （即插话）对呀！我们新婚交拜之时，那些情景你还记得么？（跪下，荆轲陪跪地上）

荆 轲 （唱合卺交杯曲）

合卺交杯，当年无钱买酒。

烹茶代酒，杯杯暖在心头。

荆　妻　（接唱）　多年来，茶淡茶浓——

荆　轲　（接唱）　美夫妻，如宾如友，

荆　妻　（接唱）　饯君行，情逾往日——

荆　轲　（接唱）　珍重此香茗一瓯。

（楔白）　娘子呀！这杯酒你饮啖。

荆　妻　（接唱）　当年花烛洞房，一床絮语长相守。

今夜临岐举案，无限深情也不敢强留。

荆　妻　（接唱）　此去咸阳，龙潭虎穴，看我施身手。

诛除暴虐，好为苍生，尽解倒悬忧。

但愿皇天庇佑我荆轲——

荆　轲　（接唱）　一旦功成归来重聚首。

二　人　（同唱）　那时燕山春茶初发，当再洗盏尝新乐唱酬。

[同饮茶。四更。

荆　轲　为夫走后，侍奉亲娘，就偏劳娘子了。

荆　妻　此乃分内之事，不用挂怀。

荆　轲　好呀！娘为我收拾行装，怕老人过于劳累，娘子前去，帮助打点打点。

荆　妻　妾身知道。（下）

[一阵狂风吹来，荆轲沉思。

[恐怖锣鼓音乐，荆妻内叫“官人”！

荆　轲　哎呀！（冲入）

[冲头，荆轲抱荆母上，荆妻随上介。

荆　轲　娘亲！

荆　妻　婆婆！

荆　母　轲儿呀！人谁无国，国重于家！（死介）

荆　轲　（呼叫）娘亲——

荆　妻　（呼叫）婆婆！

[幕闭。

第五场　晋　见

[上场之翌日。

[同第二幕第二场。

[二内侍引太子丹手持出匣匕首上。

太　子　（唱新曲）

百炼钢，一捧雪，

干将铸成能削铁，

为问何时痛饮蛟龙血？

匕首啊！你莫悲咽，我怀激烈，

愿英雄肝胆照人热，

将尔飞腾西去闹秦廷，

除暴安良成大业！

[丙内侍上。

丙内侍　启禀太子，樊於期将军求见。

太　子　呵，有请。（丙内侍下）

[快点锣鼓，樊於期上。

樊於期　（唱快中板）

我本秦邦一猛将，

无端降罪逼逃亡。

杀戮全家情惨怆，

於期誓死抗秦王。

向太子辞行——潜回乡党。

参见太子！

太　子　将军请坐。

樊於期　太子。樊某此来，不愿久坐，只欲三言两语，告别尊前。

太　子　（诧异）樊将军，何事匆匆，舍我而去？

樊於期　太子呀！（白榄）

可恨那嬴政，居心似虎狼。

杀戮我全家，不容吾漏网。

到处张皇榜，定要我身亡。

若得我头颅，千金为重赏。

（催快）　仇深与恨重，血债要清偿。

誓杀此独夫，潜返咸阳往。

太　子　将军，此事早已风闻，正为将军悲怆。你欲报仇雪恨，固属份所应当。唯是回去秦邦，何异自投罗网。

樊於期　这个（介）秦太子，那嬴政务求得我而甘心，我若长留在此，祸及燕邦。

太　子　将军呀！（唱滚花）

樊家之仇即燕邦之恨。“时日曷丧，及汝偕亡。”

望将军顺变节哀，慢把良谋细想。

樊於期　（接唱）　太子恩深义重，于期没齿难忘。（一拜）

丙内侍　（上）启禀太子，壮士荆轲求见。

太　子　荆轲来了？快传口谕，赐他衣冠进见。（丙内侍领命下）樊将军，你乃当代英豪，荆轲是燕邦俊杰，难得相遇，可愿共聚一堂呢？

樊於期　素闻荆轲大名，於期正欲一见。

太　子　如此，安排筵席，动乐相迎。（甲、乙内侍照传）

[击鼓鸣钟，燕丹与於期迎接荆轲，分位坐下。

太　子　荆卿国士无双，今日相逢，邀天之幸。

荆　轲　太子言重了！荆轲草野之士，无德无能。

太　子　这位是樊於期将军，对荆卿一向仰慕，心存好感。

樊於期　荆卿在燕邦名重，令人可敬可钦！（行礼）

荆　轲　（还礼）樊将军有礼！

[丙内侍上。

丙内侍　禀上太子，樊馆侍卫来报，追荐樊家灵台，已经摆设，请樊将军拜祭先人。

樊於期　太子呀，臣竭尽孝思，即回樊馆，荆卿，迟日再会，请恕失陪了。

荆　轲　将军请便。

［樊於期下，丙内侍随下。

太　子　荆卿呀，今日相见，快慰生平。何以田光先生不见同来呢？

荆　轲　田光先生他……（黯然泪下）

太　子　荆卿何故流泪？

荆　轲　太子啊，田光先生，表忠自刎。

太　子　啊，所因何故，处士星沉？

荆　轲　（唱追信）

老先生耿耿忠心，

身死激劝故人肩挑重任，

守口如瓶报储君，他刎颈牺牲。

太　子　（跪唱水仙子尾）

这这这都怪燕丹多心，

一声“守口”，累你牺牲。

田光先生，燕丹本意唯求保密，非是对你怀疑呀！

荆　轲　太子呀！（慢板锣鼓头，扶燕丹起立，唱爽梆子慢板）

还望节哀思，齐发愤，报答这壮烈之臣。

荆轲慕故人，承大志，誓不负先生荐引。

太　子　好呀！燕丹喜得英才，谨备薄酒一杯，聊表区区之意，人来摆酒。

［云云锣鼓甲、乙内侍卸上摆酒介，燕丹请荆轲上坐。

太　子　荆卿请酒。

荆　轲　请。

［帅牌同饮酒介。内侍摆酒后，下。

荆　轲　（白榄）酒味香，情义好，愿在筵前倾肺腑。

太子设奇谋，把强秦对付。

田老虽谈及，未尽说宏图。

我欲效微忱，愿闻其教导。

太　子　荆卿呀！（唱梆子中板）

可恨那秦邦，吞韩灭赵，有亡我燕国企图。

我欲抗秦师，奈何将寡兵微，实在不宜用武。

为了挽危亡，出奇制胜，意欲借助英豪。

荆　轲　（唱滚花）太子有甚良谋？尚祈赐告。

太　子　（即唱七字清中板）

荆卿神勇动江湖，

愿仗你西行施威武。

出使秦邦制独夫，（转滚花）

接近秦王，斩蛟刺虎。

到了那时，手执嬴政，当堂把他杀却。彼大将手握重兵，各不相让，君亡国乱，上下猜疑。我若联合楚国，共立韩赵之君，则合纵之计，可以实行，丹欲委命于卿，幸毋见却。

荆　轲　这个吗？（撞点锣鼓关目做手，表示不计利害，决意应承。唱快中板）

决心报国不辞劳。

唯是此去刺秦休草草。

兴亡成败在此一遭。

（唱滚花）望假一月时光，让我安排至好。

太　子　荆卿，时不与我了！

（唱滚花）又怕秦兵早晚渡易水，未成大事已破燕都。

我曾准备匕首一张——（出示匕首）

此匕首名徐夫人匕首，锋利非常，吹毛可断，涂上毒药，中人即死，特赠荆卿。

（续唱）　望即西行早上路。

[燕丹交付匕首。

荆　轲　好青锋！（白榄）

太子心急切，派我入秦都。

臣所以迟行，内里有缘故。

因为此行责任重，不能仓促便登途。

有三件事情，要统筹兼顾。

太　子　哪三件事呢？

荆　轲　其一，（白榄）

手刃那秦王，须找一人来相辅。

既要临危不反顾，又要刺杀显功夫。

太　子　哦，要找助手，这也不难。（白榄）

小王宾客中，秦氏舞阳最威武。

当日童年十三岁，报仇杀贼震江湖。

小王就派秦舞阳，以为荆卿辅。

荆　轲　秦舞阳？（擗槌）秦舞阳彪悍有余，沉潜不足。秦廷乃龙潭虎穴。只怕他对付不来。今有壮士盖聂，生平胆色过人，荆轲愿为荐引。

太　子　盖聂本领，小王早有所闻，奈何他行踪飘忽，一时不易寻找。荆卿，秦舞阳机智非常，艰危不避，派他为辅，料也无妨。

荆　轲　殿下志在速成，荆轲就不便多说了。

太　子　比如那第二件事，又是什么？

荆　轲　其二吗？（白榄）

还须备厚礼，孝敬那独夫。

秦王虎狠狼贪，志在开疆辟土。

请割让督亢地，由我去献地图。

太　子　割地献图？（唱滚花）

督亢平厚七百里，焉能轻易割版图。

荆　轲　（接唱）　若不献督亢地图，这匕首便难用武。

太　子　此话怎讲？

荆　轲　太子！想那秦廷法度，防治甚严，上殿之人，不得身怀武器。执戈卫士，只许站立阶前，臣此去若无一卷地图，匕首收藏何处？

太 子 啊，原来用场如此，割地献图就是。荆卿，快讲其三。

荆 轲 其三吗？……只怕讲将出来，太子不忍卒听。

太 子 荆卿但说无妨。

荆 轲 说到其三，臣要的是：樊於期将军首级！

太 子 樊将军首级？——这又何解？

荆 轲 太子呀！今者秦王，悬赏千金，购取樊将军首级。太子如欲取信于秦，莫如借将军之头，作献秦之礼，以示臣顺。

太 子 这个……（自语）不可呀，不可！

（唱可怜我）

记当初我返燕都亏他救护，

若果负情杀将军，

不义不仁会触天怒。（向荆轲一摆手）

荆 轲 太子仁慈，荆轲领会，怎奈令恩不割，大事难成！

太 子 荆卿！（继唱）

恕燕丹决不忍把将军杀戮。

荆 轲 太子呀！想樊将军，是个血性之人，深明大义，借他首级，原为刺秦，既可报他阖家之仇，又为天下万民除暴，此乃千秋不朽之业也！荆轲愿去劝说将军，料他必然不惜一死，太子三思！

太 子 这个？（大擗槌）

荆 轲 （大擗槌同时，另场）且住，看来太子，恻隐为心，难以说动。（一想）唔，俺自有主意。

太 子 荆卿且归宾馆，容小王仔细思之！

荆 轲 告退！

太 子 恭送！

[荆轲下，燕丹深思。

[幕闭。

第六场　借　级

[接上场。

[樊馆的厅堂，台右摆祭坛。

[哭亡魂牌子头，开边开幕。

[幕启时，樊於期对着祭坛，猛然转身。

樊於期　我把你个秦王，你个独夫！我樊於期当日在秦，与你对抗，遭逢降罪，逃避燕邦，幸蒙燕丹太子，将吾厚待。谁料独夫含恨，即将我全家老幼杀戮净尽。又以千金重赏，买我人头，如此戴天之仇，我樊於期焉能不报呀！（一望灵台）哎呀！（哭相思）罢了爹娘、妻呀！

[冲头荆轲上入门介。

荆　轲　（口鼓）樊将军，荆轲衔哀致诚，来向灵前叩首。

[下拜介，於期同跪还拜。

樊於期　（口鼓）谢荆卿祭吾家族，樊於期感铭心头。

荆　轲　（口鼓）将军何必言谢呢？残暴秦王杀你一家，太子痛如身受。派我入秦而去，为将军雪恨报仇。

樊於期　（口鼓）每念秦政凶残，於期痛心疾首。荆卿有何良法能为我报仇？

荆　轲　（口鼓）我不只为将军报仇，还要把燕邦挽救。更为天下苍生除暴，曾经设下良谋。这件事情，要求助于将军方能成就。

樊於期　这个……（口鼓）义之所在，不用相求。纵然碎骨粉身，决不瞻前顾后。

荆　轲　果然大义，受我一拜。（开边下拜）

樊於期　（连忙扶起，口鼓）荆卿何用礼义周周。且把真情直剖。

荆　轲　（口鼓）将军听说因由。

荆轲奉命刺秦，准备一场智斗。

那秦王多疑多忌，须防他识破机谋。

为了取信于他，要请将军帮忙，（一槌）此事碍难开口。

樊於期　荆卿！你我一见如故，有话请讲！

荆　轲　（口鼓）此事非将军不办，未可借箸代筹。

将军仗义应承，定留得声名不朽。

樊於期　声名不朽？（介）俺又明白了。（口鼓）

那秦王以千金重价购我人头。

莫非要借我人头去除桀纣？

荆　轲　正是此意。

樊於期　（大水波浪，做手介，）好呀！（口鼓）

凭君为我报深仇。

荆卿好去舒身手，

一剑出鞘定九州。

樊於期何惜微躯，就在君前授首。

（开边拔剑自刎）

[荆轲下拜。

[燕丹赶忙来到，一见大恸。

太　子　樊将军，燕丹来迟了！（扑前痛哭）

[幕闭。

第七场　壮　别

[距上场后不久。

[燕国易水之滨。

[秦舞阳、高渐离、夏扶、宋意、太子丹、储妃、荆轲、众朝臣、宾客、宫女、太监、侍卫，除荆轲、秦舞阳外，众皆衣白。

[追思头，叻叻鼓；秦舞阳鞭马上，三槌、下马追思第二句收。

秦舞阳　（唱追思）俺这里枕戈待旦，

挽救危亡把宝剑重弹。（英雄白）

昔日歼仇燕市上，谁人不识（介）俺秦舞阳。

（的的慢板）

易水滩，易水滩，今日别燕丹。（三槌，白榄）

与荆轲，入秦关，刺秦王，不怕死，不贪生。

（继唱） 俺意气纵横。

（唱快中板）

山川脉脉情无限，

励我西行去犯难。

耳边又听人声响，

且歇征鞍任马饱餐。

[高渐离击筑与宋意、夏扶上。

高渐离 （扑灯蛾）风萧萧，路漫漫，故人一去歌筵散。

送荆卿，入秦关，击筑狂歌易水滩，易水滩。

秦舞阳 （上前）原来是高兄三位。

高渐离 原来是秦舞阳好汉，受余一礼。（下礼介）

宋、夏 相逢恨晚，我们重施一礼。

秦舞阳 施礼何来？

高渐离 （口鼓）为民为国堪称赞，雪恨图存在此番。

秦舞阳 （还礼，口鼓）男儿应具真肝胆，先生礼重实羞颜。

夏　扶 （口鼓）太子与储妃到来祖饯，我们恭候在此间。

[小锣一定金。

[二朝臣、二太监、二武士捧人头盒及地图盒，六宫女捧酒具，燕丹、储妃上。

太　子 （诗白） 荆轲慷慨别燕丹，西入咸阳叩秦关。

储　妃 （诗白） 易水奔流不复返，白衣相送泪偷弹。

[众人上前参见介。

秦舞阳 （口鼓）这位是荆卿的好友高渐离，击筑人人称赞。

高渐离 （口鼓）愿借筑声壮行色，心随故友入秦关。

太　子 （口鼓）敢请先生同把盏，饯别英雄易水滩。

（白）荆卿将至，准备恭迎。

荆　轲 （内唱首板）

壮志如虹冲霄汉。

（开边鞭马上，三槌续唱易水寒快板）

敢把乾坤一肩担，管教风云变幻。（三槌）

（下马，向众拱手）

荆轲祭母别妻，故而来迟，有劳久候。

太　子　荆卿此去，再造乾坤，敬备离筵，以为祖饯。拿酒来。

荆　轲　多谢了。

太　子　（敬酒，唱易水寒新粤讴）

初进酒，壮君行，祝君勇把秦廷撼，

莫教铁骑渡燕关，君看易水滩战云弥漫，

易水滔滔阻不住秦师千万，愿君努力恤时艰。

荆　轲　（接酒）　祝燕昌盛，皇天昭昭！（向天奠酒）

储　妃　（敬酒接唱）

再进酒，壮君行，秦关百二任纵横，

旋转乾坤指顷间，早些儿去早些儿还。

荆　轲　（接酒）　效忠祖国，后土垂鉴！（向地奠酒接唱易水寒散板）

暴秦无道苍生惨，西望咸阳发冲冠。

宝剑于今能用武，青锋出匣翦凶顽。

不完大任不生还，决不使天下生灵涂炭。

（一槌的的）

高渐离　（敬酒唱易水寒粤讴）（慢）

君去后，筑弦冷，旧谱向谁弹。

愿君尽此盏，带醉下龙潭。

批龙鳞，拔龙角，摘取龙珠早日还。

救苍生，纾国难。

宋　意
夏　扶　（同敬酒）荆卿尽此盏，慷慨入秦关。祝君完大任，温酒待君还。

渐离等　（同唱）　奏凯荣归易水滩。

荆　轲　有劳了！（唱易水寒慢板）

燕市狂歌酒未阑，
壮怀激烈入秦关。
哪怕他，哪怕他，
大海里浪涌波翻，
毒龙凶猛。
俺定要，俺定要，
折角拔甲，
把龙珠探，
誓保河山。

众　人（唱）　保河山！

太　子　我们同敬秦舞阳壮士一杯。

（敬酒，接唱易水寒）

饯别英雄易水滩，
祝君奋勇济时艰，

众　人（唱）　同心协力挽狂澜。

秦舞阳　多谢了！（敬酒与荆轲，唱易水寒）

与荆卿，把酒干，
心同热，血同丹。
剑纵沉埋锷不残，
浩气长存天地间。

太　子（跪向荆轲敬酒，接唱散板）

三进酒，壮君行，离筵草草路漫漫。

储　妃（接唱）　别时容易会时难！

众　人（同唱）　问君一去几时还。

[突然，风吼云翻，寒波腾涌，景色至奇。

[荆轲拔剑起舞，高渐离击筑和歌。

荆　轲（唱新曲）

江头风怒乱云翻，裂石悲歌易水滩。

今番好施回天手，剑指西秦出燕山。

众 人 （和唱） 剑指西秦出燕山。

荆 轲 （易水寒）

风萧萧兮易水寒，

壮士一去兮不复还，不复还。

[歌声变徵，众皆黯然垂泪。

荆 轲 （持酒一饮而尽，掷杯，起强音乐，续唱）

探虎穴兮入蛟宫，

仰天吁气兮成白虹，成白虹。

众 人 （和） 成白虹。

[歌声激烈雄壮，众皆瞪目奋厉。

[荆轲仰天吁气，白虹贯日。

[强音乐加笛仔，大鼓，音乐重奏前段。

[音乐配奏，荆轲别燕丹介。

太 子 荆卿、舞阳珍重！（与众跪下）

[荆轲、舞阳别众，昂然下。

[幕闭。

第八场 刺 秦

[秦王嬴政二十年五月。

[秦国咸阳宫殿。

[碧天牌子头开幕。

[文点绛唇牌子，甲、乙朝臣、夏无且、赵高、蒙嘉同上。

蒙 嘉 列位同僚请了。

众 臣 请了。

蒙 嘉 今有燕国使臣，过邦求见，请主临朝，排班侍候。

众　臣　有请！

［内白："圣驾到！"

秦　王　（内白）摆驾！

［牌子头，开边。

［六波令牌子，四鼓头，二太监、四宫女（分拈熏炉、宫灯、御扇）伴秦王嬴政上，先锋钹迈身型至台前。

秦　王　（英雄白）五霸秦为伯，七雄我最强。（拉腔，继六波令就位介）先吞韩与赵，随将列国亡。

［众朝臣参拜已毕。

秦　王　众卿家，催孤临朝，有何本章上奏？

蒙　嘉　（白榄）臣奏上，臣奏上。（扑灯蛾锣鼓介）

王翦带领兵和将，

征讨那燕邦，燕王不敢抗。

请求为藩属，愿纳贡归降。

斩了樊於期，将首级献上。

割了督亢地，献图入我疆。

派来两使臣，午门候旨降。

秦　王　（笑介）哈哈哈！那燕王俯首归降了？

蒙　嘉　甘愿臣服。

秦　王　那樊於期首级送来了？

蒙　嘉　请主定夺。

秦　王　（三搭箭笑介，唱滚花）

亡命他邦，终不免人头奉上。

看来顺我者生，逆我者亡。

众卿家，燕国归降，须防有诈，召见使臣，须要多添侍卫。快传口谕，众武士排队阶前。

甲太监　领旨。（传谕白）呔！大王有旨，众武士阶前站列。

［单打大鼓，众武士上，参拜毕，在阶下站立。

秦 王 果然仪容肃整，气势威严。宣燕国使臣进见。

甲太监 领旨。（传宣介，白）呔！大王有旨，燕国使臣进见。

[荆轲内白：“来了！”

[锣边大滚花，荆轲捧首级（木匣），秦舞阳捧地图。

（内藏匕首）同上，四鼓头同扎架。

荆 轲 （唱霸腔包槌滚花）

面对虎狼秦，国重身轻心自壮。

不负生民望，千钧责任独担当。

妙计巧安排，一动惊雷天地晃。

[武士、郎中呼喝介。

[荆轲执舞阳手过衣边，神色自若。舞阳略露慌张。

荆 轲 （唱滚花）

入秦廷临大事，你要把仇恨全忘。

若怀忿怒之心，就会形诸面上。

（力持镇定，与舞阳行至阶上，下拜介。白）燕国使臣，朝觐上邦，愿大王万岁万岁万万岁。

秦 王 （喝）呔！燕国使臣快把姓名报上！

荆 轲 外臣正使荆轲。

秦 王 你是荆轲。

舞 阳 （有点畏惧）外臣副使秦、秦舞阳。

众 臣 来使有诈！

秦 王 呔！大胆来使，你们到来，莫非想行刺孤家吗？

荆 轲 大王，何以见得？

秦 王 你等身中定有夹带！

荆 轲 并无夹带。

秦 王 孤王要搜！

舞 阳 搜？

众 臣 搜！

秦　王　武士上前搜过！

［二武士上前搜荆轲、舞阳，并无发现介。

二武士　启禀大王，并无夹带。

秦　王　秦舞阳，你手持何物？

荆　轲　是大王千金赏购的樊於期人头。

秦　王　人头？呈孤一看。

荆　轲　遵命。

［荆轲即取过秦舞阳手中木匣。秦舞阳接过地图，神色不安。

众　臣　来使有诈！

［舞阳战栗。

秦　王　呔！秦舞阳如此慌张，定然有诈！

荆　轲　（若无其事）大王，北鄙小臣，未见过上邦真主，故而诚惶诚恐。

秦　王　呸嘍！秦舞阳奉使失仪，行藏有异，只许站在阶前。不许登临殿上，扠了下去！

［武士押舞阳下金阶。

荆　轲　大王，下邦燕国。敬献首级、地图，大王不以为礼。反而诸多疑虑，诚恐列国知闻，众皆寒心，不敢归附。

秦　王　荆轲，孤王不过试你有无奸诈，若是无诈，快把樊於期人头，呈来一看。

［太监在荆轲手中取过木匣，跪下打开，秦王看介。

秦　王　哈哈哈，我把你这樊於期，你个逆贼！试问你英雄在何处，豪杰在哪里，真令孤王可怒也！

（唱滚花）谁敢对孤王叛逆，一律要刀下身亡。

（略有怀疑介）

荆轲，你主既尽忠于秦，

何不早斩逆贼臣来献上？

荆　轲　（接唱）　樊於期四方逃窜，缉捕大费时光。

秦　王　（接唱）　为何又不进献生功？（半句）

荆　轲　（接唱，半句）

怕押解途中被他漏网。

秦 王 好！来人，将于於期人头，午门示众。

[太监捧首级开边下。

秦 王 荆轲，快呈上督亢地图，待孤一看。

荆 轲 领命。(慢板锣鼓头，下阶向什边取出地图，即起梆子慢板序，复上金殿。唱梆子慢板)

督亢地，七百里，

寡君呈献，归并秦邦。

秦 王 (接唱) 督亢地，多肥美，

你主因何轻于割让？

荆 轲 (白榄) 寡君既称降，对大王敬仰。

但求保宗庙，不敢惜地方。

上国不加兵，大王恩浩荡。

秦 王 (白榄) 好个燕王喜，知道怕孤王。

荆 轲 (白榄) 大王震天威，诸侯谁敢抗。

秦 王 (白榄) 只争迟与早，关东六国尽消亡。(介)

荆轲呀荆轲，快打开地图，待孤来细看。

荆 轲 领命。

[斑竹马牌子头段，打开地图引秦王开位看介。续第二段，秦王忘形，不觉下阶介。

秦 王 (拈图细看，口鼓) 果然是一片平原，河流通畅。

荆 轲 (口鼓) 乃兵家必争之地，险要非常。

秦 王 (口鼓) 孤王久已图谋，今日始归我掌。

荆 轲 (口鼓) 大王从心所欲，如愿以偿。

秦 王 好地方！

荆 轲 献大王。

秦 王 好地方！

荆 轲 要你命亡！

[时正图穷匕见，先锋钹，荆轲执匕首，向秦王刺杀。

[秦王避过匕首，甩袖一幅，踢开荆轲，走避，下。

[荆轲刺杀秦王不中，紧紧追下。

[殿上群臣赤手空拳，不敢接近荆轲，一片慌乱。

[四兄弟牌子，秦王狼狈上，荆轲追上，秦王绕柱而走，当荆轲接近秦王，危急之际，夏无且用药囊掷击荆轲，荆轲奋臂一挥，药囊即碎。秦王乘机走下。荆轲追下。

[众武士在阶下徘徊。

赵　高　（望介）哎呀！大王危险！（向内）王负剑！王负剑！

[秦王内白："孤家明白了！"

[雁儿落，秦王奔上，将剑拔出。荆轲随上，把他迫近，展开格斗，荆轲被秦王斩断一足，倒在什边铜柱旁，以匕首掷击秦王不中，中了铜柱，溅出火花。

[秦王冲前，再斩荆轲。荆轲大喝一声，惊退秦王。

秦　王　（神魂未定，忙呼叫）保驾！

[赵高、蒙嘉、夏无且、甲乙朝臣扶着秦王在一边台口。

[荆轲倚柱而笑。

[秦王大怒，持剑冲杀荆轲。

[荆轲受死，怒视秦王。

[秦王叻叻鼓震惊倒退，众臣搀扶。

[天地变色，白虹贯日。

内　唱　（易水寒）风萧萧兮易水寒，

　　　　　　　壮士一去兮不复还，不复还。

[剧终。

（剧本版本：《广东粤剧院演出剧本选集》第一集）

· 粤剧卷 ·

昭君公主

（根据曹禺话剧《王昭君》改编）

改编：秦中英

人 物 表

王昭君	19 岁	汉宫待诏，后为匈奴阏氏。
刘　爽	43 岁	汉元帝。
萧　育	55 岁	汉中郎将，送亲正使。
王　龙	22 岁	汉国舅，送亲侯。
孙美人	63 岁	汉宫“美人”。
盈　盈	20 岁	汉宫侍女。
戚　戚	16 岁	汉宫侍女。

汉文武大臣、黄门、武士、宫女、太监、礼官。

呼韩邪	47 岁	匈奴单于。
乌禅幕	76 岁	呼韩邪岳父，用事大臣。
温　敦	35 岁	乌禅幕子，呼韩邪妹夫，左大将。
阿婷洁	32 岁	呼韩邪妹，温敦妻。
婴　鹿	10 岁	呼韩邪子。
休　勒	40 岁	温敦帐下小当户。
拨　都	25 岁	匈奴龙廷卫士长。
玛　纳	45 岁	穷苦牧民。
小玛纳	12 岁	玛纳子。

匈奴贵族、礼官、武士、骑兵、侍女、牧民。

第一场 待 诏

[汉竟宁元年，暮春的一个清晨。

[长安，汉宫内。

[远景上林苑，郁郁葱葱，殿阁飞檐，琉璃泛彩。

[正面青石园门，双门紧闭，两边连接宫墙。

[衣边是王昭君寝室，可略见宫门，白石阶。

[什边伸出一角大水池，池上有假山。

[翠柳垂丝，繁花着锦。

[鼓乐声中，幕徐徐开。

[鼓乐声止，内场高呼："肃静！后宫肃静！匈奴大单于进宫觐见天子！后宫肃静！"

[鼓乐声大起，比前更热烈，还夹杂胡笳鼙鼓声。

[盈盈急上。先在石阶上张望，望不到，再走向门缝窥望。

戚　戚　（叫唤上）盈盈姐！

盈　盈　（喜跃）戚戚！快来看！（念白榄）

真热闹，（双句）

前队排鼙鼓，

后队列戈矛。

百伎舞鱼龙，

彩旗画虎豹。

马上坐个大单于，

眉宇轩昂好相貌。

戚　戚　（作戏）好啦！

选你到匈奴。

由你看个饱。（轻槌断收）

盈　盈　你就怕选去匈奴，我们昭君姑娘，还亲向掖庭令，自愿请行呢！

戚　戚　乱讲！掖庭令今早有消息，昭君姑娘快要晋封“美人”了！

盈　盈　人家就是不愿当汉宫“美人”，要当匈奴阏氏。

[内场琵琶声。

戚　戚　昭君姑娘来了。

盈　盈　看谁个认输！

戚　戚　好！等着！

[盈盈、戚戚站过一旁。

[王昭君内唱长相知引子：“上邪……”抱琵琶，且弹且唱，上。

昭　君　(唱长相知)

我欲与君长相知，

长命无绝衰。

戚　戚　昭君姑娘，你怎能唱这……男女情歌！掌刑太监知道了，要杀头的！

[昭君不以为然地唱着，盈盈抢过昭君手中琵琶，放到角落石台上。

盈　盈　(不解地) 昭君姑娘，你为什么偏爱唱这“长相知”？！

昭　君　(浅笑摇头) 这首歌，是我从小听母亲唱惯的！当日我未出娘胎，爹爹就到边关远戍，一去十年，杳无消息，妈妈天天盼，夜夜盼，带着我举头北望，低低地唱这“长相知”……(感慨地)

(唱长句二黄)

谁料爹爹守边四年，便在沙场饮恨。

妈妈盼郎十载，才把噩耗惊闻。

哀哀母亲，捧读遗书，痛不欲生。

遗书写道——为国捐躯，原是男儿本分，

胡汉边民都愿相和好，

不该妄生疑忌，迭起战争。

爹还说若果产下男孩，

教他紧记父亲遗训。(句)

盈　盈　(同情，失望) 可惜生下来是个女的！

戚　戚　(轻叹) 你爹爹的希望——完了！

昭　君　（有点激动）难道女子就不能学庄子说的，鹏飞冲天，扶摇九万里么？

戚　戚　（惊起）昭君姑娘，难道你真是……

昭　君　（直起滚花）

我已应君王圣诏，自请和亲。

戚　戚　（不理会这些，焦急地）昭君姑娘，你知道匈奴是什么地方，单于又是什么人。（见昭君默默摇头。更着急）

（唱滚花）人说匈奴居无家，食无粮，

到处是黄沙滚滚！

昭　君　（犹豫一下，果断地）匈奴人不是同样生活么？总比我们老死宫墙里好！

戚　戚　（唱滚花）你如今是汉宫待诏，

不久还要晋封"美人"。

昭　君　（难过，反感）美人？难道汉宫的美人还少么？

盈　盈　是呀！（张望）你看，就有一个孙美人来了！

戚　戚　（张望，失惊）孙美人是疯疯癫癫的，怎么办？

昭　君　（沉着地）好好地迎接她！

［悠扬音乐声，白发的孙美人有点老态，却又在像追逐着心头一种幻想，上。

孙美人　（唱自由板）

迎风听，天外纶音，

倚云栽，日边红杏。

昭　君　（率戚戚、盈盈下礼）迎接孙美人！

孙美人　（沉浸在美想中，旁若无人，前曲）

临流理鬓，

宫妆与日新。

［傍池照水，搔首弄姿。

戚　戚　（唱长句滚花）

真好笑，孙美人。

盈　盈　（前腔）　孙美人，是可怜人。

戚　戚　（前腔）　可笑她白发结盘鸦，红花簪雪鬓。

盈　盈（前腔）　可怜她天天严妆扮，

日日盼人君，

盼了四十多年。

（楔白）看她……还在痴想呢，（唱）

不知天颜日远，坟墓近。

[昭君同情并示意噤声。

孙美人（回顾，发现昭君等，婉约地）姑娘，来呀！（指水池）这是什么？

昭　君　是你！孙美人！

孙美人　我比花，好看吗？

盈　盈
戚　戚（抢着答）花不如你美呀。

孙美人　真的？

昭　君　她们说的是真话。（示意，盈盈、戚戚点头赞同）

孙美人（对昭君）聪明的姑娘，十几岁了？

昭　君　十九岁了！

孙美人　十九岁？你几月生的？

昭　君　五月。

孙美人　哦！那你还是我姐姐呢！你真是个好姑娘！你看！柳絮、杨花，春天真是迷人呀！

[一路轻盈地扑着空中的柳絮，下。

[昭君望着孙美人下处，哀伤，沉重，深有所思。

戚　戚　昭君姑娘！你在想什么？

昭　君（苦笑）你不是劝我等着，受封美人么？

[内场高呼："孙美人接诏！"

昭　君　是皇帝宣诏孙美人？！

戚　戚　我去告诉孙美人。（急入）

[音乐声，宫女捧红罗裳，大太监捧圣旨上。

大太监　皇上有旨，宣诏宣孙美人！

盈　盈　（天真地）老公公，当今皇上，真要个白发婆婆去伴驾么？

大太监　（呵笑）哪里是当今皇上，是先皇帝向当今万岁爷托梦，说他在陵寝寂寞，要几个美人去陪伴。万岁降旨，孙美人到陵墓里陪伴先皇……

盈　盈　（大惊）去陵墓里陪伴先皇？！

昭　君　（哀伤，悲叫）孙美人……

［孙美人由戚戚陪伴上。

孙美人　（又惊又喜）呵！望到了，望到了，万岁爷宣诏我了……

［戚戚走近盈盈，耳语，盈盈大惊。

孙美人　好姑娘！快快帮我妆扮啦！

［昭君强忍辛酸与盈盈举镜。

孙美人　鬓边花可曾齐整？

昭　君　够齐整了！

孙美人　发髻够高么？

昭　君　高得很！

孙美人　衣袖够宽了么？

昭　君　宽到拖地了！

孙美人　玉搔头呢？

［昭君忙从自己头上取下，送给美人，孙美人插戴时跌落地上，折断，仍不觉。

［盈盈、戚戚失惊，昭君关目示意，不要惊动孙美人。

孙美人　（妆扮完了，左顾右盼，得意扬扬，念白榄）

红花衬，绿花衬，
云鬓两旁彩色缤纷。
君恩似海，花也蒙幸，
快披上红罗裳，不要误了好光阴。

［昭君、盈盈、戚戚忙取过罗裳，替孙美人披上。

大太监　请孙美人登辇！

孙美人　（走向昭君，深情地）好心的姑娘，我去了，我若得了恩宠，在皇帝面前不会忘记你，我是不妒忌你的……

大太监 请美人登辇！

[昭君抑制不住悲痛，摆手命盈盈、戚戚送孙美人。

[大太监、小太监、孙美人、盈盈、戚戚同下。

[昭君凝望孙美人，无限哀痛。

[随着强烈音乐，盈盈、戚戚哭上。

盈　盈 （高叫）昭君姑娘，孙美人她……

昭　君 （失惊）她怎么样？

戚　戚 她欢喜过度，一上鸾车，就……死了！

昭　君 （强音乐声，悲叫）孙美人！（唱滚花）

今日白发美人含痴死，

又到谁是陵园白发人？

[鼓乐声起，两宫女分捧珠冠宫服，大黄门捧黄绫上。

大黄门 掖庭令奏准，王昭君贤良淑德，受封美人。

宫　女 （同跪）请王美人衣冠接封！

盈　盈 （同跪）贺喜王美

戚　戚 人！

[王昭君心事沉重，走向宫女前，凝望衣冠，并不动手。

大黄门 王美人更衣接封！

宫　女
太　监 王美人更衣接封

[王昭君毅然坚决后退。

大黄门 （疾声）王美人！（一槌，目光凌厉）

[静场片刻。

[内场高叫："圣旨下。"

[鼓乐声乍起，比前更烈，老黄门捧圣旨上，两小黄门随上。

老黄门 汉胡和好，天地同春。单于面帝求亲，良家子王昭君请行。圣上有旨，王昭君可为阏氏备选，即令陛见，接旨谢恩！

大黄门 慢着，王昭君已受封"美人"了，王美人接封！

老黄门 王昭君接旨!

大黄门 王美人接封!

老黄门 王昭君接旨!

大黄门 王美人接封!

昭　君 （拾起孙美人跌断的玉搔头，凝视）这里有过孙美人，再不会有王美人了！（走向老黄门）良家子王昭君接旨！（跪下）

[鼓乐声大作。王昭君仪态万千。

[幕徐徐闭。

第二场　和　亲

[汉建章宫便殿，香烟缭绕，金碧辉煌。

[斜摆御座。旁设锦墩。

[御座后设紫檀云母龙屏。勾起淡黄通花帐，正面一列大格通花窗。

[远望殿阁巍峨，花木葱茏，日丽风和，烟轻云淡。

[钟鼓声，音乐声，幕徐启。

[王龙、文武大臣上，排朝。

王　龙 （唱中板）上苑御筵陈宝鼎，
建章金阙启云屏，
大汉威仪须肃整，
好教戎狄仰天京。

合　唱 （前曲）　钟鼓催人，排班面圣。

[音乐声，四太监、四宫女，提灯、御扇上。汉元帝、呼韩邪同上。萧育、乌禅幕随上。

[汉元帝升坐，赐呼韩邪坐锦墩。萧育、乌禅幕礼让就班。王龙领众文武大臣朝拜。

元　帝 停乐!

王　龙　臣奏陛下，天子赐见诸侯王，礼须动乐。

元　帝　停乐！孤要与单于互谈心事，共议和亲！

萧　育　遵旨停乐！（传呼，乐止）

元　帝　呼韩邪单于！

呼韩邪　（欠身）臣——

元　帝　（唱梆子慢板）

欢叙时光短，关山道路长，

长安四十日，可有怠慢之情。

呼韩邪　（前腔）　华筵陈水陆，百戏杂鱼龙，

天子赐洪恩，臣等愧无孝敬。

萧　育　单于，老侯爷！（前腔）

谢你千匹追风马，万头卷雪羊。

乌禅幕　（前腔）　仰赖天朝敕赐，匈奴百废才兴。

王　龙　（唱滚花）既是戴德怀恩，永当束身归命。

元　帝　王龙说哪里话来！（唱三脚凳）

汉胡比兄弟，相处以真诚。

自结诺水盟，边疆常安静。

万民皆托福，百业渐繁荣。

关市通，财货盛，补长短，颂公平。

呼韩邪　（唱中板）圣谕殷殷臣拜听，

胸怀敞亮眼通明。

拜金銮，求婚聘，

双花放，万年青。

天子既曾亲答应，

早降纶音慰下情。

元　帝　（呵笑，唱滚花）

卿且放心，孤是一言九鼎。

呼韩邪　谢天子！

元　帝　萧大夫！可以传见了么？

萧　育　请旨！

元　帝　传……

萧　育　奏乐！

[内喊："奏乐！"

[音乐声。

["汉宫秋月"一句，王昭君内唱，琵琶横箫伴奏。

天阙乍放，云霞耀眼明——

[打引，王昭君盛妆上。

昭　君　（念引白）瑶阶肃穆悄无声，

云里仙音凤鸟鸣。

淡淡铅华汉家女，

山呼万岁拜御廷。

后廷王昭君见驾，万岁，万万岁！

萧　育　请贵人仰望天子！

昭　君　遵命！

[音乐声戛然而止，众目交投，元帝、单于等同时惊呆了。

[静场片刻。

元　帝　（直起唱二黄滚花）

霎时间，缤纷五彩云出岫，

呼韩邪　（前腔）眼前是，灿烂一颗启明星。

元　帝　（前腔）霎时间，玉皆失色花无颜，

呼韩邪　（前腔）眼前是，广寒闪烁嫦娥影。

萧　育　贵人朝拜单于殿下。

昭　君　单于殿下，千岁，千千岁！

乌禅幕　单于——

呼韩邪　呵……

元　帝　哈哈，平身。

昭　君　谢万岁！

萧　育　下边尚有备选美女。陛下，还要传见么？

元　帝　不……不用了！

萧　育　单于殿下呢？

呼韩邪　这……就依天子明见！

元　帝　好呵！你……你叫什么名字？

昭　君　臣刚才已启奏过，后廷王昭君！

元　帝　王昭君！为孤唱一新曲，娱悦嘉宾。

昭　君　昭君谢圣主，愿唱一曲“长相知”。

王　龙　王昭君！

[各大臣吃惊。

元　帝　（轻仄槌）一曲“长相知”？

[廷臣骚动。

昭　君　就是“长相知”！

元　帝　你且唱来！

昭　君　臣遵旨！（唱新曲长相知）

上邪！
我欲与君长相知，
长命毋绝衰。
山无陵，江水为竭，
冬雷震震，夏雨雪，
天地合，乃敢与君绝。
长相知呵长相知，不相疑。
不相疑，长相知啊！

[音乐断收，静场。满朝君臣又一次惊呆了！

王　龙　大胆！这等俚俗情歌，敢来侮慢圣听。

萧　育　王昭君呀王昭君，你太不知天高地厚，这……这要受刀斧之刑。

呼韩邪　陛下，不相疑，长相知，正是臣等所高兴。

乌禅幕 长相知，不相疑，唱出了匈奴人心愿，求陛下法外原情。

元　帝 （仄槌。关目，沉吟自语，念白榄）

王昭君，够聪明，

聪明人，多任性。

和亲大事，关系非轻，

只怕她越礼妄为，

难负起国家使命。

［冲头。旗牌持羽檄上。

老黄门 启奏陛下，鸡鹿寨十万火急，传到羽书。

元　帝 萧卿读来！

萧　育 鸡鹿寨都尉祁连将军云中太守臣陈昌等急奏：昨夜匈奴骑兵，突袭边寨，抢掠商民，焚烧关市。臣等急兵追捕，胡骑逃窜无踪。（重一槌）

呼韩邪 （大惊）这……真是晴天起黑云，陷我于大不敬。

乌禅幕 龙廷马兵，都在我儿温敦手上，又何来一股骑兵？

王　龙 分明以兵胁和亲，事如铁证。陛下，天威不可犯，罪案要查清。

［重槌。全场臣主，各自骚动。

元　帝 （的的鼓。关目，若有所思）王昭君，方才你唱……

昭　君 长相知，不相疑……

元　帝 你说什么？（一槌）

昭　君 臣该万死。（开边跪下）不相疑，才能长相知，陛下是天纵之圣。

王　龙 （怒斥）王昭君，你敢妄谈国家大事。（一槌）

昭　君 陛下，君臣相安以忠，父子相安以孝，邦国相安以诚。

［满朝臣主同舒了一气，场面顿时欢跃起来。

元　帝 王昭君平身！（赞赏）想不到王昭君，有这般见地，这般胆识，还有这般辞令。看来和亲大任，此女堪以身承。（爽朗地）呼韩邪单于！

呼韩邪 臣……（惶恐）

元　帝 千里边城，一点风波，岂足为怪。匈奴初定，两三不肖，破坏和亲，亦所难免。长相知，不相疑。朕意也是如此，卿且放心。

呼韩邪 （不胜感动，唱滚花）

山无陵，江水竭，

未尽今天圣主情，

臣心有意报天恩。（静场）

元　帝 不必介意了，且说和亲大事吧！你看王昭君，堪作阏氏否？

呼韩邪 （前腔） 固所愿求，愧不敢请。

元　帝 好呀！汉天子刘奭……

众　臣 万岁！

元　帝 封王昭君为昭君公主，佩紫绶金印，凤辇鸾旗，以国礼嫁呼韩邪单于！

昭　君 臣王昭君谢圣恩！

元　帝 中郎将萧育，持节匈奴，为送亲正使！

萧　育 臣领旨。

元　帝 国舅王龙，晋封送亲侯，为送亲副使！

王　龙 臣领旨。

元　帝 诸卿平身！

众　臣 万万岁！

呼韩邪 （唱滚花）臣等拜辞天子，

安排大礼，边关亲迎。

元　帝 恭贺单于，吉祥如意。单于阏氏，万福吉祥。

众　臣 （前腔） 汉胡和亲，邦家昌盛，

汉胡和亲，百姓安宁。

［幕闭。

第三场　出　塞

［高山积雪，矮树迎风，古道荒城，黄沙衰草。

［音乐启幕。

［大撞点，四汉兵持百足旗上。两旗牌引王龙、萧育上。

萧　育（唱长句二流）

辞凤阙，走天涯，

旗卷夕阳人驱马，

人驱马。

为了民添康乐，

何惜鬓染霜华。

王　龙（前腔）送亲侯，多声价，

保得上国名姝朝下嫁，

功劳稳在我手中拿，手中拿。

拿向麒麟阁上把真容挂。

萧　育（前腔）山远水长汉情义，

王　龙（前腔）戴德威名凤苑夸。

萧　育（前腔）邦交永固，边境长宁，

王　龙（前腔）我要学窦宪将军，

刻石在燕然山下。

［马叫声。

［南音板面，四宫女捧妆具上。盈盈、戚戚拥王昭君抱琵琶上。

昭　君（唱南音）走过了离离青草，

望不尽莽莽黄沙，

雕鞍危坐，轻拨琵琶。

记着汉宫姐妹多少叮咛话，

想到故园慈母痴立竹篱笆。

篱边野菊，上有葡萄架，

是我幼年常玩耍，

妈教我日理蚕桑夜织麻。

岂料选进深宫，复向胡边嫁，

何日见秭归春雨后，（转二黄）

遍地杜鹃花。
寄语亲娘，莫把女儿牵挂，
眼看红日无言悄悄下，
只剩得魂销紫塞，梦断京华。

[默然神伤。盈盈接过琵琶。

盈　盈　昭君公主。你是上体天心，下慰民望，今日鹏飞万里，他年功著千秋，应该欢喜才是！

昭　君　（感叹，唱阳关三弄）

我岂是辛酸泪向胡边洒，
我岂是儿女情多恋故家？
更不为千秋功过人评价，
我难答话，
只觉得马蹄声碎，心乱如麻。
大漠连衰草，
长空映雪花，
穹庐帐底人，
可亲抑可怕？
我难答话，
只觉得马蹄声碎，心乱如麻。
河枯积乱沙，
何处是爹爹当年曾饮马？
和亲担子沉沉重，我怎担下，
只觉得马蹄声碎，心乱如麻。

[内喊：“单于殿下驾到！”

[牌子，四胡婢捧服饰，四胡兵、呼韩邪同上。

[相迎，下马，致礼。

呼韩邪　匈奴单于呼韩邪，迎接大汉公主。

萧　育　禀上贵人，单于殿下，大礼亲迎。

昭　君　（趋前）单于礼重了！

呼韩邪　公主亲舍凤阁龙楼，来走沙荒草地，孤心不安，敢言礼重？

昭　君　（轻仄槌，自语）看来倒是个谦良厚道……

呼韩邪　（执鞭）公主请上马！

昭　君　昭君怎当得起。

呼韩邪　公主请。

昭　君　单于请。

［众同上马。

呼韩邪　天时不早，策马登程！

［牌子，同圆台。风声大作，呼韩邪多方维护。昭君终于跌下马来。呼韩邪急跳下马，扶起昭君。众同下马。

呼韩邪　公主，可有跌伤？

昭　君　托单于洪福，并无损伤。

呼韩邪　萧大夫，公主受惊。找个避风之地，歇息片时好么？

萧　育　单于明见。

［众人同张望。

王　龙　真是个鬼地方！一望荒烟蔓草，废垒孤坟，哪有避风之地。

盈　盈　（张望，惊呼）唉呀，白骨骷髅！

戚　戚　吓死人也！

呼韩邪　（感叹）都因民族失和，造成惨状！

昭　君　昭君先人，也是殁于边事，待我祭吊一番！

呼韩邪　（不胜伤感，唱长句滚花）

同是天覆地载，一样风雨云霞，
本是江山无意限胡华。
可悲世代相仇成劫杀，
多少人间惨痛事，错将兄弟作冤家。
今日胡汉相亲，迎来公主凤驾，
干戈好将玉帛化，枯藤衰草变桑麻。

此后高高明月照长城，
将见风光如画。

昭　君　（欣喜）此乃昭君所望也，待我吊祭忠魂！

王　龙　陈年枯骨，不知属周属秦，是胡是汉。堂堂公主，岂合妄祭孤魂！

昭　君　国舅之言差矣！昭君身为汉女，亦作胡后，凭吊国殇，有何不可！

呼韩邪　公主言之有理。孤是单于，岂无罪责。昝往思来，愿同吊祭。

昭　君　感谢单于殿下。

呼韩邪　人来备酒！

昭　君　那边一带土丘，正好登高致意！（与呼韩邪登高上土丘吊祭）

呼韩邪　（解下胡裘，披向昭君）高处风寒，公主珍重！

［幕徐徐闭。

第四场　中　计

［匈奴龙廷附近。

［远景巍峨阴山，云封雪压。黑水河蜿蜒于山谷间。近景湖边一片开阔地，野花铺锦，疏木添春。湖边可望见单于的华丽毡帐，帐后高悬大纛。

［启幕。

［急急风。阿婷洁策马上，荡子走边，扎架。

阿婷洁　（直转梆子慢板）

丰草迷羊，轻风试马，
令人心旷神怡，
丝鞭响处又到柳湖西，
远望龙廷今天，
一派欢腾喜气。（旬）
筑礼坛，陈鼓乐，
为了昭君公主，

明天晋庙吉期。(转木瓜腔中板)
愿从今，边境再无烽烟起，
牧民欢乐牛羊肥。
哥嫂同心亲政事，
我寻哥哥，贺嫂嫂，
心头畅快，马不停蹄。

[内场王昭君、盈盈、戚戚同时叫好，急上。

阿婷洁 (忙下马相迎) 嫂嫂，你到哪里去了！

昭　君 有一股牧民受劫，单于亲去安抚，我……相送一程。

阿婷洁 怎么一去就是大半天？

盈　盈 送完了，还要望呢。

阿婷洁 望什么？

戚　戚 望单于归来呀。

阿婷洁 嫂嫂真是深情。

昭　君 我正恨自己无用。

阿婷洁 嫂嫂太谦了。

昭　君 真的。(唱长句滚花)

碧云天，芳草地，
赶春风，飞良骥，
匈奴女子，不让男儿。
恨昭君，无本事，
难与单于，并驾驱驰，
眼见你马上英姿，我就羞惭无已。(句)

(楔白) 大公主，你教我驰马吧。

阿婷洁 嫂嫂要学驰马？千万不可呀。(唱滚花)

天子国舅话汉宫花，
应守天朝礼，
出门三步都要坐銮舆。

昭　君　王龙太妄自尊大。(唱滚花)

我是匈奴后，

我爱匈奴人，

要与单于共患分劳，

走遍沙荒草地。

阿婷洁　嫂嫂真好！真似玉人阏氏一样好。

昭　君　我一定尽心学好，大公主，你就教我驰马吧。

盈　盈
戚　戚　(同喜悦)大公主，教我们驰马吧。

阿婷洁　(闻有马蹄声，张望)你们看，马术高强的老师来了！

[呼韩邪、拔都挥马鞭同上，众人相迎。

呼韩邪　不必多礼了。拔都，先带卫士们回去。

[拔都领命，绑好呼韩邪坐骑，拉着自己的马下。

呼韩邪　昭君阏氏，不回去休息么？

阿婷洁　嫂嫂一直在望你归来呢。

呼韩邪　虽则春日融和，到底风沙凌厉，阏氏保重才好。

阿婷洁　嫂嫂正要学驰马呢，哥哥尽心教，嫂嫂用心学，我告辞了。(与盈盈、戚戚同下)

呼韩邪　(意外)阏氏要学驰马？

昭　君　昭君若能驰马，也可为主分劳，为民效力。

呼韩邪　昭君阏氏。(唱长句二黄)

你是汉苑明珠，

只惯绣凤描龙，研经读史，

何必飞骑跃马，望你熟虑深思。(序)

以德化民亦是好阏氏。(曲)

不若安坐龙廷，

助孤平章政事。

昭　君　单于殿下。(唱反线中板)

昔日汉宫人，今日匈奴后，
自古道入乡随俗，做事要权宜。
不走阴山，不跨瀚海，
不悉风土，不解民情，
怎可助单于，平章政事。
苦乐相分，安危与共，
艰险又何辞。（转滚花）
望殿下鉴我衷诚，全我素志。

呼韩邪 这——（无限感动，唱滚花）
你——真似我前妻玉人，
一样好阏氏，（转十字清中板）
想当年，玉人阏氏，
助我东讨西征，出生入死。
战乱平，民丰乐，
她却积劳成疾，与世长辞。
今日里，又迎来，
一位热爱草原，热爱牧民，
磊落真情的昭君公主。
不枉建章宫内，同心一曲长相知。（转滚花）
先驰马，后挽弓，就从今天学起。
你来看……（诗白）
打开双耳四蹄轻，
身高腰壮骨峋棱。
眼前道路无空阔，
身托安危共死生。

昭　君 道路无空阔，安危共死生，昭君之愿也。

呼韩邪 呼韩邪之幸也，待孤教你驰马。

［司礼官上。

司礼官 禀报单于、阏氏殿下，神师择定，明天吉日，为昭君阏氏举行晋封大典，请殿下巡视礼坛。

呼韩邪 好呀，昭君阏氏，那边人多扰攘，你又劳累半天，不若湖边休息片时，待孤看过礼坛，再来驰马。

昭　君 单于殿下，只要同心共证，不须嘉礼铺张。

呼韩邪 阏氏是汉家公主，不比寻常。况且明天晋庙大典，关系胡汉和亲。孤要对皇天后土，宗祖臣民，表单于决心，报阏氏盛德，仪礼能不倍加隆重？阏氏稍待，孤去就来。

[呼韩邪匆匆下，礼官随下。

[昭君徘徊眺望，激动欢愉。

昭　君 明天晋封大典，关系胡汉和亲，能不倍加隆重！

（唱十字清中板）

到如今，始望得天边云彩，
好单于，真不愧是命世英才。
他对汉家忠诚不改，
他为和亲盛典亲裁。
他对昭君真情挚爱，
他为牧民解难消灾。
正是可托终身，
重奠升平万代。

[盈盈、戚戚上。

盈　盈 昭君阏氏，你还在望么？

戚　戚 请回去休息吧。（与昭君同下）

[大冲头，温敦追休勒上，踢“有头鸡”，冲前欲打。

休　勒 侯爷饶命。

温　敦 你个奴才！（唱滚花）

我命你巡查鸡鹿寨，
你又来烧杀劫钱财。

如今父侯要缉凶，

你叫我如何交代。

休　勒　我一心破坏胡汉和亲，都系为着侯爷你好！

温　敦　还说为我好？

休　勒　胡汉和亲，侯爷还能掳掠汉人么？（一槌）还能抢掠牛羊财货么？（一槌）昭君公主，聪明美丽，明日晋封阏氏，单于一定言听计从。此后龙廷，还有你父子两侯爷立足之地么？（重槌）

温　敦　这……（唱十字清中板）

呼韩邪，自登大位，压得我难把头抬。

恨爹爹，老迈糊涂，甘受单于割宰。

到今日，和亲事成，兵威难逞，岂不悲哀。（转滚花）

要我温敦，低首汉廷，怎能忍耐。

休　勒　侯爷，小人有办法。（取出纸包）

温　敦　这是什么？

休　勒　毒药。（又取出尖刀）还有尖刀。

温　敦　你要杀昭君公主！

休　勒　要呼韩邪亲自杀昭君公主。（向温敦耳语）

温　敦　（大喜）好计！（念）

今日龙廷水火刀，

明日玉关焚杀劫，

你有一曲“长相知”，

我有一刀“长相绝”。

（张望）四下无人，动手“割”——

休　勒　要它自己断。

［关目，动手。

玛　纳　（内声）哪里走！

［二人失惊住手。

［冲头，玛纳追小贵族上。

温　敦　你敢作反!

玛　纳　侯爷，他是匪徒，曾在鸡鹿寨焚劫关市。

休　勒　你胡说!

玛　纳　小人认得清楚，就是他。

温　敦　焚劫关市，非同小可，本侯禀报单于。你，走罢!

玛　纳　谢侯爷。(下)

[温敦挽弓搭箭，内场惨叫。

小贵族　(下拜) 谢侯爷! 拜见爹爹!

休　勒　无用畜生，一个贱民也对付不了。

小贵族　他……成班凶神恶煞，向我围攻。

温　敦　少说废话，走!

[小贵族急下。

休　勒　侯爷，事不宜迟。

温　敦　动手? 三股缰绳，割断两股……

休　勒　待他再教驰马，一定缰断人伤。

温　敦　只要一人倒下，便可用我机谋。

[云云，割马缰毕，同下。

[盈盈、小玛纳持箭杆同时分边急上。

[相撞，盈盈呼喝。

[叻叻鼓，王昭君上。

盈　盈　小东西到来何事?

小玛纳　我有事!

昭　君　何事?

小玛纳　(哭) 我爹爹被人射死!

昭　君　凶手是谁?

小玛纳　不知道。

昭　君　你爹叫什么名字?

小玛纳　我爹叫玛纳。

昭　君　你呢？

小玛纳　小玛纳。

昭　君　你爹可与人结仇？可与人打斗？

小玛纳　（皆摇头）爹爹追赶一个焚劫关市的匪徒，不想有人从背后射来一箭，爹……爹他就被射死了。（痛哭失声）

昭　君　（接过小玛纳手中的箭，关目，沉吟唱滚花）

追赶匪徒来暗箭，

这一箭，实有可疑。

箭杆上，刻有三连环，（略沉吟）

小玛纳，知否是谁家标记。

小玛纳　不知道！

昭　君　小玛纳，我一定缉拿凶手，明正典刑。戚戚，取二十只羊，送他回去。

戚　戚　还不叩谢阏氏——

小玛纳　（意外）阏氏？

盈　盈　就是昭君阏氏。

小玛纳　（跪前，牵衣哀哭）昭君阏氏，替我报仇啊！

昭　君　（为之堕泪，扶起小玛纳）小玛纳，你家内还有何人？

小玛纳　有娘亲……祖母！

昭　君　好好回去，奉侍祖母亲娘。

小玛纳　（叩头）昭君阏氏，吉祥如意。

［戚戚引小玛纳下。

［婴鹿同时另一边上。

婴　鹿　昭君妈妈！

昭　君　婴鹿，好乖！

婴　鹿　妈妈昨天教我的书，我都念熟了。你听！“苛政猛于虎，为君要慎思。关心民疾苦，是个好单于。”

昭　君　（喜）真是聪明伶俐。婴鹿，妈妈为了要走遍草原，从今天开始，苦学驰马。

婴　鹿　妈妈要学驰马？好呀。你教我读书，我教你驰马！

昭　君　啊！你也是个小骑手？

婴　鹿　单于爹爹、阿婷洁姑姐都教过我。不信，你来看！

昭　君　小心才好。

婴　鹿　（举鞭得意，唱滚花）

　　　　　　　　看我金鞭云里响，

　　　　　　　　急风起马蹄。

　　　　［翻身上马，疾跑圆台，突然缰断人翻，昏倒。

　　　　［昭君、盈盈大惊，急扶起，叫唤。

昭　君　背返后帐！

　　　　［幕闭。

第五场　舍　身

　　　　［匈奴龙廷，宏丽的帐篷里。

　　　　［正面胡床，衣边有门口通昭君阏氏的寝室。

　　　　［紧促音乐声中启幕。

　　　　［坐幕：婴鹿斜靠在胡床上。昭君替婴鹿裹伤。盈盈、戚戚当助手。

昭　君　婴鹿，还痛么？

婴　鹿　（逞强）不痛，不痛啦！（挣扎起身，触着伤处，忍痛）我还可以驰马呀！

　　　　（下床，伤痛难支）

　　　　［盈盈、戚戚急扶。

昭　君　（爱惜）婴鹿真是了不起。听妈妈话，躺下来，创伤好了，再教妈妈驰马。

　　　　［侍女捧上汤药，半跪下礼。盈盈接过汤药。侍女下。

盈　盈　婴鹿王子，请吃药。

婴　鹿　我没有伤痛。我不吃药！

昭　君　这是妈妈从汉廷那边带来的跌打药，是太医院配制的良剂，吃了就好得快，就能教妈妈驰马了。

婴　鹿　（喜）吃了就好得快，能教妈妈驰马了？

昭　君　对！（喂毕）婴鹿真乖，不痛了吧？

婴　鹿　昭君妈妈你真好，同玉人妈妈一样好。

［挣扎下床，突然双眼一翻，昏倒。

［昭君、盈盈、戚戚急扶婴鹿卧胡床上。

戚　戚　（惊叫）啊呀，王子口流白沫了！

盈　盈　（焦急）在喘气啦。

昭　君　（有点失措，再三审视）似是中毒了。

盈　盈　快去禀报单于吧！

［叻叻鼓，阿婷洁急上，温敦随上。

阿婷洁　（张皇）昭君嫂嫂！小婴鹿伤势怎么样？

温　敦　驰马怎么会跌伤？

昭　君　大公主，温敦侯爷。请你们看，婴鹿吃了跌打药，一下变成这个样子。

阿婷洁　（趋前审视，惊呼）唉呀，小王子中毒了！

温　敦　胡说，药汤是阏氏亲奉，怎会有毒？

阿婷洁　不会看错。

昭　君　侯爷，请你看看！

温　敦　（趋前审视）唔！是中毒了。

昭　君　有什么能解救呢？

阿婷洁　你帐内那些草药呢？快快捣碎，加上人的鲜血，我去取药。（急入后帐）

昭　君　人的鲜血？侯爷！

温　敦　可以杀人取血。

昭　君　杀人取血？

［冲头，小玛纳急上，一路叫："昭君阏氏……"

温　敦　小贱种，你想死！

昭　君　侯爷，休把他吓坏。小玛纳，有何急事？

小玛纳 昭君阏氏，（喘气）我……我又看见焚劫关市的匪徒了。

昭　君 你说什么？（温敦一惊，凶相毕露）

温　敦 这是龙廷，你敢胡闹。（抓起小玛纳，抽刀欲杀）

昭　君 （带点严肃）侯爷，放开他！

温　敦 （不理会）昭君阏氏！（唱滚花）

天神恩送，

救命仙汤。

杀小玛纳，（一槌）

救小王儿，（一槌）

息却一天风浪。（举刀，小玛纳哀叫）

昭　君 （威严地）住手！（一槌）

温　敦 （带点冷笑）啊！莫非阏氏，不想救活王子？

昭　君 我不能枉杀无辜。

温　敦 那就是婴鹿该死了！（嚣张地）阏氏圣明，当知婴鹿王子，是你带他堕马受伤，又是你给他吃药昏死，如今又是你，（一槌）见死不救！（重槌）

阿婷洁 （着急）嫂嫂，药已取来，事到如今，顾不得许多了。

小玛纳 昭君阏氏！

温　敦 我的婴鹿王侄儿呀！

昭　君 （仄槌，水波浪，小玛纳哀求，唱滚花）

取血救人，未必要害人命，

小牧民，也有爹和娘。

何况小玛纳他……

关系着边关焚劫案。

（果断地）盈盈、戚戚，速送小玛纳到老侯爷处，不得有任何闪失！

阿婷洁 嫂嫂！

昭　君 快去！

［盈盈、戚戚领命，带小玛纳下。

温　敦 你做得好！（唱滚花）

小民命比王子重，

如今见尽你心肠。

休以为只手遮天，

自有人来算账！（大冲头下）

阿婷洁 嫂嫂，你做错了！（唱滚花）

他是单于单根独命，

可怜少小失去亲娘。

转眼之间命难留，

谁人对你能原谅？

昭　君 （焦急踌躇，关目有计）难求人谅，只好求神了。

阿婷洁 （意外）求神？

昭　君 昭君有术求神，要生人回避，请大公主离开！

阿婷洁 嫂嫂！

昭　君 事在燃眉，请大公主快些离开吧！

阿婷洁 但愿神灵保佑。（急下）

昭　君 （的的鼓，趋前，无限哀痛）王儿，婴鹿呀！

（唱七字清中板）

救子杀人失众望，

昭君也是慈母心肠。（转滚花）

我愿割取身上鲜红，

换取儿身无恙。

[雁儿落，取尖刀割臂。盛血，裹伤，捣草药和血灌救，叫唤。婴鹿转醒，呕吐。

婴　鹿 （低叫）妈妈！（倒在昭君怀里）

昭　君 （激动，闪泪）王儿！

婴　鹿 妈妈！（已能起坐）

[盈盈、戚戚同时上，惊喜，同趋前叫唤：“小王子。”

[昭君伤痛难支，欲倒。

[盈盈、戚戚急扶，叫唤："昭君阏氏"。

昭　君　(勉力支持) 戚戚扶我到后帐。盈盈照护王儿。

[戚戚扶昭君下。

盈　盈　王子无恙，谢天谢地！(替婴鹿拭去污秽)

[内场戚戚惊叫："盈盈姐，昭君阏氏昏倒了，快来呀！"

(大惊) 来啦！(忙扶婴鹿斜靠胡床，垫好，急下)

[叻叻鼓，呼韩邪、温敦急上。

呼韩邪　(哀叫) 婴鹿！(先锋钹，趋前)

婴　鹿　(睁眼) 爹爹！(扑向呼韩邪身上)

温　敦　(惊异) 咦，救活了？(向呼韩邪) 我离开穹庐时，阿婷洁已经捣好草药，一定是阿婷洁救活他。

呼韩邪　王儿，如何受伤中毒，你可记得？

婴　鹿　我教妈妈驰马，堕马受伤。妈妈喂我汤药，说是汉廷太医院配剂。我……一阵肚痛，什么都不知啦。

[的的鼓，呼韩邪心情沉重，紧张思索。

温　敦　(叹息，半自语) 怪不得汉人有句俗话："可怜前妻子，难测后母心。"(一槌)

呼韩邪　(瞪了温敦一眼) 温敦！

温　敦　(急谢过) 温敦该死！

[冲头，拔都持两段缰绳上。

拔　都　禀报单于，王子是断缰堕马。马缰断口，发现刀痕。

[呼韩邪持两段缰绳在审视。

温　敦　三股缰绳，割断两股。

呼韩邪　(对拔都) 你先下去，不许声张。

[拔都领命下。

呼韩邪　(沉吟) 刀割缰绳，是何用意？

温　敦　婴鹿，你差一点就做了爹爹的替死鬼啦！

呼韩邪　(瞪了温敦一眼，已经不似先前厉声了) 温敦！

[冲头，骑兵持马粪上。

骑　兵　禀上单于，紧急军报！

呼韩邪　报上来！

骑　兵　鸡鹿寨外百里，发现大队汉骑兵！

呼韩邪　有这等事？

骑　兵　这是拾来的汉军马粪。

［呼韩邪取马粪审视，掰开。

温　敦　粪中有黑豆谷米，匈奴战马，从不喂这些饲粮。

呼韩邪　（对骑兵）你先下去，不许声张。

［骑兵领命下。

呼韩邪　（沉吟）天子并无明诏，边关何来战马？

温　敦　汉军战马，已近边关，我们的战马——（望了呼韩邪一眼，语带双关）还在龙廷耍乐。

呼韩邪　（狠狠地瞪了温敦一眼）温敦！（一槌）

温　敦　（恳切地）温敦效忠单于，可以肝脑涂地。事至今日，不怕冒死直言。（激昂）昭君阏氏自到龙廷，一直谨守汉礼不苟言笑，不轻走动。为何今天，一反常态，笑笑嘻嘻，要单于教她驰马？缰绳一直完好，为何单于离开片刻，便有两股刀痕？（趋快）王子跌伤，阏氏亲喂汤药，药剂配自汉廷，何来剧毒？王子死生，危在一线，为何阏氏，竟不舍一个小牧民？为何不迟不早，鸡鹿寨外，出现汉家骑兵？（重槌，稍停，慢）温敦可以断言，今天不是王子堕马，定是单于跌伤。单于跌伤，必然中毒。（趋快）单于中毒，纵不亡身，也难出战。汉家骑兵，就杀进龙廷。（重槌）

呼韩邪　（愤恼）胡说！下去！（温敦转身欲走）转来！（语带哀伤）带婴鹿到大公主身边，嘱她用心调理。

［司礼官上。

司礼官　禀报单于，昭君阏氏晋庙吉时已到！

呼韩邪　晋庙？以后再说吧！

温　敦　（面露喜色）司礼官，单于诏示，阏氏晋庙，以后再说！

司礼官　是！（下）

呼韩邪　（忍着极大痛楚）温敦，你……带着婴鹿，去吧！

温　敦　（扑前跪）温敦以身报主，万死不辞！

[温敦扶婴鹿下。婴鹿哭喊："爹爹，我要昭君妈妈，我要……"

[呼韩邪痛苦地挥手。

[切光。

[音乐声中灯亮。王昭君持箭杆，心情沉重上。

昭　君　（唱变调驻马听）

是天降不祥？是神降灾殃？
是恶人，暗把恶语伤？
半天前，还是欣欣喜喜的筹大典，
一时间却又冰冰冷冷变主张。（转二流）
单于本是英明主，
为何这样欠思量！
莫不是汉宫龙廷同一样？
加封晋庙我原不看重，
坏了汉胡相好，我就罪难当。
这枝箭杆，（双句）
曾穿过玛纳的背上。
如今又仿似，穿透了昭君的心房。

[婴鹿呼叫着"昭君妈妈"急上。盈盈、戚戚分边同时上。

昭　君　（疼爱地）婴鹿，你身子才好，不要乱跑。

婴　鹿　爹爹叫舅舅送我到姑姐那里，我不去，我要昭君妈妈！

[拉着昭君的手臂纠缠，昭君疼痛。

婴　鹿　（吃惊地挽起昭君衣袖，见伤口，大惊）昭君妈妈，你受伤么——

盈　盈　昭君妈妈为你调药解毒，从臂上割取鲜血……

婴　鹿　我的好妈妈！（哭扑在昭君身上，随即像想起什么）我去告诉爹爹。（急下）

昭　君　婴鹿！（叫不住，对盈盈）单于已经够烦恼了，何必再令他不安？

[呼韩邪急上。

呼韩邪 昭君阏氏，是你割取身上血，救活小王儿？你为什么不早说？

昭　君 单于殿下，这有什么好说的呢，谁个母亲，不爱孩子。

呼韩邪 （像感动，又像惶惑）你……

[阿婷洁急上。

阿婷洁 （带点生气）哥哥，你为什么不依期晋庙？

呼韩邪 （一时间有口难言）我……

阿婷洁 你好糊涂呀！昭君嫂嫂，真是你的好阏氏啊！

（唱减字芙蓉，免序）

襟怀皎洁，品性温良。

盛德可以感人，温敦也极为赞赏。

呼韩邪 （更意外）吓，温敦也赞赏？

阿婷洁 对呀，温敦还叫我多与嫂嫂亲近，嫂嫂的一举一措，都要向他仔细诉说，好让他领悟天朝之风呀！

呼韩邪 （有所悟）你都向他仔细诉说了？

阿婷洁 当然啦，嫂嫂教小婴鹿读书啦，哥哥教嫂嫂驰马啦，一件不漏，都仔细诉说了。

呼韩邪 噢，怪不得他都……

阿婷洁 都只为有如此一位好阏氏啊，阿哥……（做手示意，要呼韩邪上前赔礼）

呼韩邪 （欲前又止）你……去照料婴鹿吧。

阿婷洁 （关目会意）我知道啦。（急下）

呼韩邪 （更加惶惑）温敦为什么暗里打听昭君行为，为什么对着妻子盛赞昭君，在我面前，又将她诋毁？（趋前欲语，发现昭君手上的箭杆）昭君阏氏，你这箭杆……

昭　君 这箭杆是谁人所用，殿下认得么？

呼韩邪 （接箭杆）是温敦所用。（一槌）

昭　君 （吃惊）是温敦侯爷的箭杆？

呼韩邪 箭杆上刻有三连环，正是温敦的标记。阏氏怎样得来？

昭　君 这……（念白榄。音乐衬托）

温敦执掌禁卫亲兵，

受命查缉匪徒归案。

为什么追匪徒的玛纳，
反在他暗箭下身亡。（关目思索，吊慢念）
怪不得小玛纳报匪情，
他便急举杀人刀相向，
看来都为杀人灭口。

（一槌，惊疑，气恼）

呼韩邪 （楔白）阏氏，到底这箭杆怎样得来？

昭　君 （带点坚决）不能令单于身边，留下这个豺狼。

（趋前，欲言又止，关目踌躇）不能呀，他是大公主的丈夫，单于前妻的弟弟，老侯爷的一脉单传……

呼韩邪 （着急）昭君阏氏，有什么话不好出口……

盈　盈 （忍耐不住）有什么不好出口，单于殿下，今天牧民玛纳，追赶一个焚劫关市的匪徒，突然被这枝箭射死！

呼韩邪 昭君阏氏，真的？

昭　君 真的！

呼韩邪 （大怒）温敦为什么射死追赶匪徒的牧民。为什么两面三刀，在我面前，将阏氏诋毁，待我拿他审问！（便要起行）

昭　君 慢着。殿下，温敦侯爷是单于至亲，又是龙廷大将，证据未足，怎能轻动？！

呼韩邪 这……是孤鲁莽了！

昭　君 玛纳之子也曾见过那匪徒，我已将小玛纳送到老侯爷处，老侯爷忠心耿直，自会把真相查清！

呼韩邪 昭君阏氏，你做得真好！（感愧难言，形神沮丧）

昭　君 殿下保重！（扶呼韩邪坐胡床）

呼韩邪 （感触，带点哀伤）唉，我真不明白！（唱叹板滚花）

你是与人无过，
清清白白一位汉家姑娘。
为什么初进龙廷，
便招来许多风浪？

昭　君　昭君未进龙廷，风浪就不少啦，殿下你还记得吧，当日你在建章宫求亲叙好，鸡鹿寨不是有人焚烧劫杀吗？

呼韩邪　建章宫求亲叙好，鸡鹿寨焚烧劫杀……当日害我不成，今天又来害你？（气恼难禁）

昭　君　害人者终会受到惩罚，殿下不要烦恼。（倒奶茶）

（唱古调南音板面）

奶茶香，
半盏甘泉，一片冰心，几叶龙牙，
满凝着我昭君心意。
向杯中，注来酪浆，
春花流芳，秋月流光，
汉苑名茶，龙廷甜奶，
相交水乳无间，
同与天地绵长，
深深情意，单于请领尝。

呼韩邪　（持杯凝视，无限感动）

（唱南音）皎皎白雪，凛凛寒霜，
可敬你双悬日月胸中藏。（静场，转流水板）
不管身名遭诽谤，
不疑清白受毁伤。
不置一词申冤枉，
一心只念亲胡汉，
宽宏量似海汪洋。

枉我二十年马上匈奴主，不及你十九芳春汉姑娘。这奶茶应该我敬你！（深情地把奶茶给昭君）

昭　君　（取过呼韩邪手中奶茶，带点柔媚，爽朗）

（唱流水南音）

一曲“长相知”，曾得君赞赏，
两家同奠酒，盟誓慰国殇。

三番感你将奶茶让，

是甜是苦我愿与君共尝。

长相知，才能不相疑。（同把奶茶饮下）

[温敦、阿婷洁、盈盈、戚戚急上。

[王龙急上，带醉意。

王　龙　单于，晋庙大礼不依时，你心中还有没有大汉！

昭　君　送亲侯，不得无礼。

王　龙　昭君公主，有人不但无礼，还跋扈嚣张。

[萧育上。

呼韩邪　王大人！

王　龙　什么王大人，我是天子国舅。（一槌）

萧　育　（急上前）送亲侯，说话稳重些才好！

王　龙　稳重？你就晓稳重图功，不顾天子威望。

萧　育　这是什么话？

王　龙　什么话？你若老眼未花，该见那大群战马！（一槌）

萧　育　那是单于送去长安的好马！

王　龙　老大人，你说错了，不是送去，是杀去长安。（重槌）

温　敦　（大惊，急冲前）你……你敢诬蔑我单于。（一槌）

[全场睁眼凝视王龙、温敦。二人心虚失措。

王　龙　（把心一横）诬蔑单于？是你亲口讲！

温　敦　（发狠）你只癫狗乱将人咬。

王　龙　你才是癫狗，你话呼韩邪用十万骑兵，逼娶汉公主。你话呼韩邪不准昭君守汉礼。你话呼韩邪准备精骑，杀去长安。你话战火一开，就从后策应，你……

温　敦　（魂飞魄散，疯狂冲前执王龙）你离间我君臣，污辱我英主，你……

呼韩邪　（呼喝）温敦！（一槌）

温　敦　温敦尽忠单于，委身尽命，恨不能挖出心肝。

[乌禅幕急上，两武士押捆绑着的休勒上。

乌禅幕　（气冲冲，推休勒跪）休勒，你向单于招供，谁人主使焚关市，哪个割断单于马缰，下毒王子，假报军情！

休　勒　（战栗）是……（抬头见温敦，急扑前哀叫）侯爷救命！

［温敦闪电般快，抽刀杀死休勒。

乌禅幕　（目光凌厉，夺过温敦佩剑，奉还呼韩邪）畜生！

呼韩邪　（大怒）捆起来，押下去！（挥手）

［两武士押温敦下。

阿婷洁　（惊惶伤痛）唉！太可怕了！破坏和亲的是他。害小王子的是他。害我嫂嫂的是他……是我的丈夫温敦！（欲昏倒，昭君急扶，盈盈、戚戚帮扶二人）

呼韩邪　（略思索）萧正使，我看现在可以晋庙了！

萧　育　单于明见。

呼韩邪　动乐！

［鼓乐声中幕闭。

尾声　晋　庙

［鼓乐声不断，天幕出现喷射彩霞的匈奴神庙。

［众人舞蹈上。

［盈盈、戚戚、匈奴侍女拥着盛装的王昭君上。

［两卫士随呼韩邪上。

呼韩邪　（登上土墩）匈奴第十四代单于呼韩邪，蒙天子洪恩，赐婚昭君公主。从此胡汉相亲，千秋万代。今天晋庙大典，特册封昭君公主为祥和阏氏。

昭　君　昭君谢恩！

众　人　（欢呼，拜舞）祥和阏氏千岁，千千岁！

［天幕甘泉喷射，彩云翻涌。

［众人欢呼，下拜，起舞。

［幕徐徐闭。

［剧终。

（剧本版本：《南粤剧作》1987年第1期）

·粤剧卷·

洛　神

编剧：陈冠卿

人 物 表

甄玉蝉　　甄后

曹　植　　曹操第三子，卞后出

曹　丕　　曹操长子，卞后出

曹　彰　　曹操次子，卞后出

郭　后　　曹丕妻

华　歆　　大理少卿

贾　逵　　谏议大夫

许　褚　　虎卫军统领

曹　休　　曹操族弟

司马孚　　中庶子

陈　矫　　兵部尚书

甄　逸　　隐士，玉蝉之父

银　箫　　玉蝉姐妹，宫娥

青　御　　曹植侍者

月　娥　　郭后侍儿，宫娥

丁　仪　　文史

丁　廙　　文士

临淄府吏

众浣纱女

众文武官员

众甲士、众宫女、众宫监、洛水诸女仙

第一场　求　甄

[汉末，建安十六年。

[邺郡。漳河水畔一流溪，几树垂杨，溪边竹篱围着几家房舍，远望青山隐隐，白云悠悠，是汉末军阀大混战时代，曹操统一北方后，一个较宁静幽雅之所，是甄家父女门前。

[乐前奏，起幕。

[银箫与众村女舞着各色彩纱上，起唱小曲漳河水。

银　箫　（唱，众和唱）

漳河水，水清清，
铜雀春光分外明。
不闻野老江头哭，
但闻流水作琴鸣，
村姑笑语步盈盈。
浣轻罗，舞长缨，
歌六和，庆升平。
颂魏王得政！

[乐声中。

甲村女　姐妹们浣纱去呀。

银　箫　玉蝉姐还未到呀。

乙村女　想是读了曹三公子的诗着了迷了？

丙村女　听说还编织什么玉镂金带枕。

丁村女　好名堂！不知送给谁人？

乙村女　还有谁，当然是送给曹三公子啦。

甲村女　可是，听说玉蝉姐也常读曹世子的诗呀。

银　箫　唔，世子也喜吟诗作赋，可是玉蝉姐却喜读三公子的诗赋呀。

乙村女　不只喜欢他的诗赋，还敬慕其人。

众村女 敬慕！嘻嘻，绣定枕头啦。

银 箫 玉蝉姐来了。

[乐起。

甄玉蝉 （内唱小曲诗风劲）

诗风劲！

[舞长纱，缓步上唱，众和。

春风降门庭，

琴韵出新声。

如见青骢跨银岭，

如闻大笛响平明。

音激荡，发乎情，

公子壮怀堪敬！

银 箫 玉蝉姐，又念曹三公子的诗啦？

甄玉蝉 是的，三公子有远行之意。

乙村女 远行？何处去？

甄玉蝉 曹三公子将欲从军！

甲村女 何以见得？

甄玉蝉 （滚花） 诗咏言，歌咏志，

真好一曲新声！

词写在，《白马篇》

势如拔山举鼎！

[马铃声从远而近。

甲村女 （遥指）马铃响村前，三公子来了。

曹 植 （内唱柳底莺一句）

剑空鸣，请缨不成！

[曹植带着微醉，面有愠色，扬鞭策马上，侍者青御在旁搀扶，曹植醉骑。

青 御 公子坐稳。

曹 植 下马！

[曹植下马，青御接鞭下介，众村女相随下介。

甄玉蝉 （扶介）公子酒多了！

曹　植 （慨然）玉蝉，去不成啊！

（续唱前曲）

从军不成！

我兄上表奏朝廷，

只许我习文学礼师先圣，

毋问政！

可叹！我又浪迹似浮萍，

日把松风雪浪听！

甄玉蝉 （接唱） 白马新篇，羽书急，催马劲。

公子壮志堪敬！

惟是亲兄既有令，

为弟应听命，

权顺意莫伤手足情。

文也可当甲兵，

辟邪荡奸锋何劲！

才气纵横，有谁似三公子？

多采文风陈弊政，

一样人钦敬！

曹　植 （叹息）玉蝉啊！

（唱反线中板）

中野有哀声，千树狐鼠盛。

山河到处是泥泞。

父王《龟虽寿》，情调高昂。

堪为儿，座右铭。

子建年方壮，能无千里志，

甘常抱膝听涛鸣？

（转爽反线七字清中板）

莫道漳河流水静，

四方还在动刀兵。

塞北辽东方砥定，

孙吴刘蜀尚分庭。

（正线士工滚花）

子建欲往东川见父王，

军前效命！

甄玉蝉 玉蝉壮君之志！

（长句二黄）

君志从征，沙场驰骋，

定得魏王爱重展生平。

邺郡臣民同引领，

公子西行伟业成。

曹 植 （接唱前腔）

国人期望方殷，敢不谒忠效命。

将见王骢垂杨系，村前一片凯歌声！（旬）

甄玉蝉 （接唱前腔）

浣纱畔有诗朋，静候金鞭俊影！

银 箫 （上前）是呀！

（起唱小曲月下飞鸾）

河影！月影！俏影！

更深夜静立河沿，

吟君作，歌君赋，诗兴盛。

朝思暮想春风降门庭！

曹 植 （接唱前曲）

见丽影，

读书到天明，

谢卿一片情！

（音乐过序）

银　箫　（楔白）公子将何以报？

曹　植　佳人情意，子建岂忘，早在月前……

（续唱前曲）

修书给家君细陈情，

求我甄家女，

永结知音侣，

交柯立中庭！

[银箫卸入。

谢我郎不弃此村女，

愿共拜双星。

妾立河畔盼归程，

煮定醇酒向君敬！

曹　植　（接唱前曲）

共赏月华明，

听流水响咚叮！

银　箫　（抱玉镂金带枕上，接唱前曲）

香枕已绣成，

丝丝万缕情。

藏厚意，藏厚意，

何若以此作定情！

[银箫含笑捧玉镂金带枕献上。

[曹植茫然不解，甄玉蝉微羞，暗怪银箫多事。

曹　植　玉镂金带枕？

甄玉蝉　公子！昔年魏王讨伐董卓，家父勤助有功，朝廷赐以美玉黄金，以资养老，如今家父归隐林泉，志不在此，是玉蝉常闻公子飘零湖海，枕石为床，因而以玉镂金带，编织成枕，奉赠公子。公子着枕，如玉蝉长侍身旁。

曹 植 甄小姐，金枕情深，铭存肺腑，可惜戎马倥偬，不便携带。何况嘛——

（念白） 子建今回作远征，

何堪独枕望天明，

请卿收回金带枕。

银 箫 公子有相拒之意？

曹 植 非也！（续念）

愿留他日凤鸾乘！

银 箫 （拍掌） 好个“愿留他日凤鸾乘！”

甄玉蝉 （欢然，快中板）

玉镂金带巧装成，

独枕何如双照影，

新诗同倍添情。

（滚花） 当留枕，待君归，

银 箫 （接唱滚花）

关睢同咏！

[甄逸肩杖挂药篮上。

甄 逸 三公子。

曹 植 甄老丈。

甄 逸 老汉山边采药，遥见村前一簇人马，缓缓而来。

曹 植 （口鼓）是谁带兵来此境？

甄 逸 （口鼓）日前曾经到此，为首者乃大理少卿！

曹 植 （不悦）华歆？

（快滚花）羞与刁徒为伍，愿效割席管宁！

他日再访尊后，青御速将鞭整！

老丈请！小姐请！

[青御上递马鞭，曹植接鞭之际，华歆狡笑一声，领众军上，一随从捧金盘彩礼，人马一字排开。

[曹植昂立不睬，华歆盯着玉蝉。玉蝉、银箫下介。

[甄逸上前作礼。

华　歆　（向曹植拱手）侯爷有礼！

曹　植　（勃然）谁是你侯爷？

华　歆　原来公子还未知道，世子情隆，魏王恩重，天子下诏，三公子已封为临淄侯了。

曹　植　（一惊）临淄侯？

华　歆　不错！（滚花）

魏王世子，请侯爷即日登程！

东行看日出，更添诗豪兴！

曹　植　（愤慨，快中板）

封邑临淄为何情？

我欲西行求兵柄，

却要东奔近海城。

（滚花）　亲见魏王求改令！

[曹植打马下介，青御随下。

华　歆　（冷笑一声）哈哈！你欲济方舟，恐非易事。有世子在，你难展才情，还是效屈大夫泽畔行吟吧！（目甄逸）甄老丈！

甄　逸　华大人！

华　歆　喜事临门呀！

甄　逸　不知有何喜事？

华　歆　令千金丽质天生，世子十分中意，早已申报魏王，求得你女为妇，即日纳彩成亲！

甄　逸　（大惊）　这这这，从何说起？

华大人呀！

（滚花）　我儿意属三公子，

互相酬唱暗通情。

求大理少卿求个情，

请世子收回成命！

华 歆 （快中板）当今世子位尊荣，

他年王嗣安排定，

女为妃后你拜上卿！

甄 逸 （接唱） 我女不贪宫仪盛，

村夫早已弃功名。

终老林泉求安静，

岂敢高攀入内庭。

华 歆 胡说！（接唱）

世子一心将妇聘，

你不应承也应承。

敢藏私意违君命，

是通顽弟逆亲兄！

（白）哼哼！人说三公子纵酒疏狂，目无君父，恃才傲物，有夺位之心，你父女若然抗命，何止有伤世子手足之情，而且有不臣之罪，干系非轻！

甄 逸 （大惊）这……老汉岂敢！

华 歆 谅你不敢！

（滚花） 即日送女入宫休逆命！

（白）人来！放下花红彩礼，归报世子得知！

［随军放下花红彩礼介。

甄 逸 （惊急，拖住华歆不放）大理少卿！大理少卿！……

华 歆 回城！

［马鞭一扬，推倒甄逸，率众打马下介。

甄 逸 （气结，抛须，沉腔滚花下句）

哎呀，女儿从此困愁城！

［落幕。

第二场 泪 宴

[曹丕纳甄后三天。

[魏王世子宫中。

[内场，宫中奏乐。

[月娥与众宫女上卷帘、掀幔，现出宫中花园，万紫千红。

月 娥 （念白） 世子纳来甄家女，

姑娘赢得醋酸风。

郭 后 （冲头，上）月娥，近日外边有何消息？

月 娥 闻说三公子西行被阻，含怒回城。

郭 后 是否即往临淄？

月 娥 听说要先见世子。

郭 后 来得正好。

（梆子滚花）

今日我来铺盛宴，

显我位尊德行贤。

叫他们席上笑捧杯，

腰间偷拔剑！

（白）传命庖人备宴。

月 娥 知道。

[月娥下介。

郭 后 （滚花下句）

将见琼宫翻恶浪，

玉蝉转眼变哀蝉！

[郭后下介。

[曹丕、甄玉蝉上。

[蝉后上。银箫宫娥随侍上。

曹 丕 （唱士工慢板）

牵牛织女星，不再遥相望，

底事默默无言，春山愁损？

[过序。玉蝉低头无语，无限哀愁。

曹 丕 贤后因何不语？

甄玉蝉 （接唱慢板）

是民女思魏王，

才雄志远。

赎文姬归汉土，

举国称贤。

曹 丕 哈哈！（接唱横流曲）

父王神武，德高于天，

气吞河岳，谁不称贤。

银 箫 （接唱） 世子英明，当承父志，

休教中野，泪血如泉！

曹 丕 啊！（暗怪之，接唱）

小小宫娥，嘴利牙尖，

娘娘未语，竟先开言！

甄玉蝉 （接唱） 村姑愚鲁，出言不检，

情同姐妹，望君哀怜！

曹 丕 （白）我不怪她！

（滚花） 看来日万民同唱舜尧天。

先与娘娘同庆三朝宴！

郭 后 （领月娥与众宫女、众宫监捧酒桌上）

王世子千岁！

[郭后与众女铺陈拜舞。

众 女 （同唱小曲银宫乐）

美景艳阳天，宫中陈喜宴！
歌魏王圣德，颂世子英贤。
资兼文武才情展，
潇洒风流结诗缘，
治酒庆新婚，宫中铺盛宴！

曹　丕　贤后礼重了，请卿上坐，共赏华筵！

[曹丕居中，郭、甄左右坐，甄强应酬。

[黄门官上。

黄门宫　启奏大王，三侯爷，宫门候意！

曹　丕　不往临淄，却来见我？

甄玉蝉　侯爷回来，容妾暂避。（欲退）

郭　后　（急拉）叔叔来得正好，正好行个叔嫂之礼。

曹　丕　是啊，叔嫂之礼不可无，传！

[玉蝉无奈含悲掩面。

黄门宫　三侯爷，有请！（下介）

[曹植上介。

曹　植　（滚花）　我欲西行马不前，
含怒回城闯禁殿！
（白）拜见哥哥！

曹　丕　贤弟不往临淄，滞留邺下？

曹　植　哥哥呀，愚弟以身许国，并无异志，因何未到川边，便被哥哥军马所阻？

曹　丕　贤弟啊，你文章盖世，北国闻名，封邑临淄，乃父王旨意。

曹　植　子建弃身锋刃，视死如归，求兄禀请父王，收回成命。

曹　丕　旨意已下，岂可更移？何况山东近海，政令未新，贤弟此行，不负胸中所学，你就不必推辞了。

郭　后　是呀。叔叔驰驱王事，鞍马辛劳，世子新婚，还未道贺，还不上前，见过新嫂嫂？

曹　植　新嫂嫂？

[植、甄相见。

郭　后　还不行个叔嫂之礼！

甄玉蝉　（强忍悲酸）叔侯有礼！

曹　植　嫂嫂有礼！

郭　后　叔嫂相见，应奉一杯，玉蝉贤妹，礼不可少。

曹　丕　是呀，叔叔将有远行，应敬一杯。

甄玉蝉　从命！

[乐起乙反中板。

[银箫捧金盘，玉蝉含泪斟酒，捧杯。

甄玉蝉　（唱乙反中板）

手捧金杯愁满面，

心有千言口难言。

（拉腔，含泪，奉酒介）

曹　植　（冷然望杯，接唱乙反中板）

真难料到漳河燕。

彩羽翩跹伴驾前！

（拉腔，神情冷漠介）

甄玉蝉　（接唱小曲漳水莲）

漳水有红莲，质颖神清天日见。

岂忘诗中侣，同誓交柯立庭前。

曹　植　（接唱前曲）

漳水有红莲，终出污泥染。

大树交柯成噩梦，文章不值半文钱！

（悲愤，背面介）

[内场女声合唱小曲：哎呀！相看无语泪涟涟！

郭　后　（上前唱小曲戏皇叔）

何事故，何事故，呆立默无言？

相对貌似不欢！

曹　丕（接唱前曲）

贤弟你，何事故？神态异从前！

嫂相敬，你避过不把杯拈！

曹　植　哥哥呀！

（接唱七字清中板）

兄王纳妇铺华宴，

弟郎欠贺罪难原。

未敢接杯将唇沾，

转敬哥哥表诚虔。

（径向金盘取杯转敬介）

郭　后　且慢！（接唱前腔）

嫂嫂深情将酒献。

岂能出此绝情言，

敢是君侯心有怨？

沧海曾经暗自怜！

曹　丕　这个！（接唱中板）

多才多艺称子建，

诗酒风流美誉存。

（滚花）莫非难斩旧情缘？

筵前情景眼中见！（腔收）

（白）甄娘娘，（介）尝闻娘娘与舍弟子建，结为诗中知己，不知有此事否？

甄玉蝉　臣妾居家之时，常慕三叔诗才。

曹　丕　当是敬慕其人了？

甄玉蝉　新诗到手，闲常捧诵。

曹　丕　（眼球一转）照呀！可怪华歆为媒，访闻不实。既断连理之枝，又伤我手足之情，为今之计……

郭　后　不知有何主意？

曹　丕　常闻古人有让妻美德，三弟不嫌，大可载美东归！（暗里抽剑）

郭　后　好主意！

甄玉蝉　且慢！妾已委身事君，此心不二，况有玉镂金带枕，作为陪嫁妆奁。三叔与我何干？世子莫污吾节！

（把牙一咬，脚一顿，声悲泪咽地起唱快板小曲诗情断）

诗情已断，妇节长存。
纲常应守，莫念从前。
邺下诗坛夸子建，
乐府新声赞子桓。
“短歌”一曲词婉转，
“观兵江水”志昂然。
曹家父子诗风见，
玉蝉捧诵各称贤。
今日里——（拉腔，向植）
嫂是君来，叔为臣弁。
庄严王殿，不作戏言。
命君速往临淄去，
敛君狂态，此地莫流连！

曹　植　谢嫂嫂！（悲愤，举杯，接唱前曲）

叔知嫂意，永记教言，
诗情已断，臣节应存。
毕世难忘此欢宴。

（举杯狂饮，一饮而尽）

漳河水浊，难再流连！

（白）辞别哥嫂，臣弟去也！（悲愤如狂，转身奔下介）

[甄玉蝉大受刺激，身体摇摇欲倒。

曹　丕　（转向蝉白）顽弟为人，就是如此，娘娘不要怪他。子桓敬你一杯！

（滚花下句）

美哉贤妇，恕我席上失言！

[玉蝉取过酒来一饮而尽。掷杯，倒在银箫怀里。

[郭后冷笑一声。

[落幕。

第三场 嗣 王

[魏王大殿。

[许褚、曹休，“搜宫”排场上。

曹 休 （滚花） 一纸哀音邺郡送，

许 褚 （接唱） 魏王病逝洛阳宫。

曹 休 （接唱） 诏命由丕承父统，

许 褚 （接唱） 谁人不服，

（齐唱） 试刀锋！

（白）有请大王！

[文武群臣，华歆、贾逵、陈矫、司马孚、曹休、许褚等文武官员，众宫娥、众宫监拥曹丕蟒袍、玉带、王冠上。

曹 丕 （升座，念白）

汉家如破庙，疆土属三强，

孙刘咫日下，唯魏独称皇！

众卿家，先王不幸驾崩，诏命由丕嗣位，有赖诸公辅弼，统一锦绣山河！

众文武 愿为前驱！

[黄门官上。

黄门官 启奏大王，鄢陵侯曹彰带兵闯城。

曹 丕 （一惊）带多少人来？

黄门官 带十万兵来。

曹 丕 （大惊）十万兵？

（滚花） 黄须小弟，素称勇悍，

领兵来此，莫非与孤争王！

谁可折他，免生风浪？

许 褚 （口鼓）大王勿忧，驾前有许褚大将。

曹 休 （口鼓）有曹休在，何怕曹彰！

华 歆 （口鼓）曹彰有勇无谋，此来是自投罗网。

贾 逵 （口鼓）看臣片言只语，叫他跪拜兄王！

陈 矫 （滚花） 曹彰勇猛，不可不防！

两廊埋伏甲兵，窥他意向。

曹 丕 （白）言之有理！依卿所奏。

陈 矫 （白）领旨！呔！传令两廊埋伏。

[众兵甲两边过场埋伏介。

[内场曹彰："气煞了！"

[曹彰上介。

曹 彰 （包槌滚花）

先王膝下，我独称强！

曹丕何德何能，位居吾上！

又见两廊之下埋伏刀枪！

曹彰何惧金阶闯！（车身入介）

[许褚上向彰击拳，曹彰以肘一碰，许褚略退介。

[曹休上猛然挥掌，曹彰接住一送，曹休退下。

[众军两边上示威。

曹 彰 （大嚷）大哥不仁，休怪二弟不义。（先锋钹，直逼王座）

曹 丕 （拍案）二弟意欲何为？

曹 彰 先王玺绶何在？

曹 丕 （有恃无恐举玺绶）先王玺绶在此。

曹 彰 拿来！（上前要夺）

[华歆挥众拦介。

贾 逵 诸公请退！

曹 彰 （盛气）你是何人？

贾 逵 谏议大夫贾逵。

曹 彰 有何说话？

贾 逵 敢问侯爷，驾临邺郡。是来奔丧，还是夺位？

曹 彰 这个！

贾 逵 看侯爷远离长安，带十万兵来，不是夺位，又为何来！

曹 彰 不错！想先王在日，生我兄弟四人，世子一位，曾有意立三弟子建，谁知被逸臣所阻，才立大哥，如今魏王驾崩，嗣王一位，便当另议。

贾 逵 侯爷差矣，家有兄长，如国之有君，魏王驾崩，长子便应继位，何况世子为王，非出私意。

曹 彰 正是你等谗臣谋求封妻荫子，拥立得来。

贾 逵 敢问侯爷，可知有君？

曹 彰 当然有君！

贾 逵 可知有国？

曹 彰 当然有国。

贾 逵 （正色）册立嗣王，乃汉家天子诏命。

曹 彰 有何为证？

华 歆 诏书在此！

贾 逵 还不下拜！（一指诏书）

[华歆高举诏书。

曹 彰 （戏妲己高腔）

哎呀呀，错将城闯！

（快中板）天子诏书拜魏王。

曹彰虽勇难争抗，

子建虽贤退一旁！

罢罢罢，领兵转回长安上！

（白）拜别了！

曹 丕 （发作，击案）慢走！二弟此来，可知有罪？

曹 彰 何罪之有？

曹 丕 父死不挂孝奔丧，其罪一也；远来邺郡，不入后堂见母，其罪二也；身为大将，带兵远离防地，其罪三也；无君无父，有夺位之心，其罪四也！有此，曹休叔父。

曹 休 在！

曹 丕 持孤将令，夺去曹彰兵权，速去收聚大军，坐镇长安！

曹 休 得令！

[曹休接令下介。

曹 丕 还不往后堂见母，听候发落！

曹 彰 哎，俺来错了！

（曹彰顿足下介）

[黄门官上。

黄门官 萧怀使者来报，萧怀侯曹熊畏罪，自缢身亡！

曹 丕 四弟自缢身亡？传令厚葬，追赠萧怀王！

[黄门官“得令”下介。

曹 丕 二弟已贬，四弟亦亡，三弟作何处置？

华 歆 大王，曹彰此来，重提旧事，足见临淄侯爷，素得人心，何况山东，乃富庶之地，昔年管仲，相齐称霸，不可不防！

曹 丕 （一惊）这个……

[黄门官上。

黄门官 启奏大王，临淄使者来报，侯爷自设灵祭奠，痛哭先王，闲常与丁仪兄弟饮酒吟诗，旁若无人，不肯入都朝王！

曹 丕 可怒！

（霸腔滚花）

骂声三弟太猖狂！

许将军！

许　褚　在！

曹　丕　（续滚花）带兵前去将他绑！

许　褚　得令！

［郭后内白：“且慢！”叻叻鼓上介。

郭　后　（滚花）　大王行事要参详！

曹　丕　贤后有何话说？

郭　后　大王兴师问罪，恐招不美之名，若然妄动干戈，国中恐生祸乱，不如遣一介之使，命驾临淄，三叔见之，定来朝拜。

曹　丕　不知要遣何人？

郭　后　大王爱宠，三叔诗朋，甄王娘！

曹　丕　甄王娘？

（大笑）哈哈！哈哈！哈哈哈！

（滚花）　寝息兵戎谋确上，

就令许将军护送甄王娘！

（白）退朝！

［众关目。

［落幕。

第四场　劝　归

［临淄侯府书轩，桌置古琴，壁间挂剑。

［梆子首板。

曹　植　（内唱沉腔首板）

临风雪涕！

（慢板序上唱慢板）

叶离离，枝曳曳，

飘零已惯休问转蓬危。

伤情莫过佳人弃我如违！（句）

热泪洒离觞，

满腔愁愤入东齐！

沧海起悲风！

惊闻父王去世！（句）

（音乐叫头）爹爹！父王！你功未成，身先死啊！

（唱） 拊膺痛！

（秃转中板）

骨肉相残如水火，我宝剑难挥！

曹子建，

报国有心，屡遭钳制，

赢的是，虚文一纸权领东齐！

（散唱） 今已矣！（重句），（取剑一弹“铮”然一声）

唯有弹剑高歌，抒我怀，悲乱世！

（舞剑介，收剑挂墙，走向琴桌，扫琴发声）

（叹白） 从此后，

诗酒剑琴为我伴，

休再念，

镂金枕上别人妻！

[曹植操琴介。

[丁仪、丁廙上介。

丁 仪 （击节赞赏）高雅高雅！（口鼓）

弹剑拂琴，子建兄又抒愁怀、悲末世！

曹 植 （悲愤、叹息、口鼓）愿为中林草，随火化春泥！

丁 仪 （白）君休矣！（口鼓）山东大国，黄鹄冲天非无计！

曹 植 （急止之）此非小可之志。（口鼓）历朝之乱乱于藩属，丁兄此话不应提！

丁 仪 （笑指丁廙）（口鼓）早说你这个顽弟弟就不如我呢个好哥哥，识时又识势！

罢罢罢！还是游山玩水去，白酒对黄鸡！

曹　植　好呀！（滚花）

众口铄金殊可畏，

“沛公”今日不在齐！

联袂访农夫，问禾又问黍！

[府吏上。

府　吏　侯爷！魏王派使到！

曹　植　派使到？来者何人？

府　吏　来者乃许褚大将军！身后还有许多军马！

曹　植　许褚？！

（滚花）　许褚带兵来此欲何为？

吾不欲会之，送出门去！

丁　仪　不见！

[府吏难为情地：“这……”

丁　廙　不见！

[许褚火辣辣，带两彪形大汉上，两府卒追上拦阻被打下场。

许　褚　（抱拳）侯爷，有礼！

曹　植　来此何为？

许　诺　魏王有谕，请侯爷归去。

曹　植　将在外，君命有所不受。

许　褚　侯爷不归，末将难以复命。

丁　仪　许褚，你本先王爱将，应知臣节，不能强侯爷归去。

丁　廙　想曹三公子原应立嗣，因被谗臣所阻，才被曹丕夺去，你不该见高就攀，仗势欺人，你你你，枉称当世虎将！

许　褚　此乃侯爷家事，末将管不得许多，只知奉命而来，请侯爷归去。

曹　植　不归又如何？

许　褚　魏王旨意，谁敢有违。可知曹彰已贬，曹熊已亡，侯爷如若违令……

曹　植　怎样？

许　褚　不饮喜酒饮罚酒！拿人！

曹　植　（怒）什么当世虎将，分明是条看家之犬！十分可恶，赶！

丁　仪
丁　廙　赶！

许　褚　呸！（霸腔滚花）

上将首级，予取予携！

小小侯爷，吾何惧畏！

（白）绑！

[两军绑丁仪、丁廙。

曹　植　（大怒）你敢！

[甄玉蝉上。

甄玉蝉　住手！松绑！

[许军松丁家兄弟绑介。

甄玉蝉　请许将军门外稍候！

许　褚　末将从命！

[许褚挥两军下介。

[丁仪、丁廙两人打个眼色下介。

[曹植见蝉来，背立不睬。

甄玉蝉　侯爷！

[植不应。

甄玉蝉　三叔！

[植更怒。举步欲下。

甄玉蝉　公子！

[植止步。

甄玉蝉　（凄叫一声）子建！

[曹植回头。

甄玉蝉　子建，你错怪我了！

曹　植　（冷然）何怪之有？王娘驾到，不知有何颁谕？

甄玉蝉 玉蝉请君回去！

曹　植 你请我回去？（冷然白）为成全王娘不世之功，子建愿就缚！（背身反手介）

甄玉蝉 （无限委婉，凄然白）玉蝉岂是贪功而至！

曹　植 不是贪功？（起唱小曲小桃红）

美凤望上高枝，
贵女望入帝帏！
骚狂仕子，
几番失意在宦途，
怎及那显赫王爵身娇贵？

甄玉蝉 （接唱前曲）

红杏出墙嫁，
岂贪权势！
正是逼于势，和权位，
至使薄命蝉，
负了君恩过别枝去！

曹　植 （接唱前曲）

独枕何如双照影，
当记花间约，人前誓？

甄玉蝉 （接唱前曲）

我尚谨记，
梦也想我知心侣，
花骢早日系垂杨。
唉！公子啊，
你未知！
自你挟骑而去，
灾降门楣！
那个华少卿，搬出红彩礼！

曹　植 又是华歆？

甄玉蝉 （秃起爽中板）

他说世子钟情甄家女，

已得魏王恩谕把亲提。

语利如锥伤及三公子，

苦哉奴父欲辩无词！

曹　植　那奸贼说些什么？

甄玉蝉　（正线滚花）

他说如若不从，

曹　植　怎样？

甄玉蝉　（滚花）　就是与公子同谋，争王嗣！

曹　植　吓？！

甄玉蝉　（白）华歆不怀好意，罪连公子，

我父逼于权势，才送玉蝉进宫！

曹　植　哼！（木鱼）

终属朝秦暮楚，凤恋高枝，

漳河盟誓尽忘遗。

看席上气势汹汹，真是妻凭夫贵。

甄玉蝉　（接唱）　郭后心存恶意，世子面露杀机！

为解君危才出此，才出此。

（转唱二黄）

不见我声悲泪咽，涕泣陈词！

（音乐白）出语伤君，心藏善意！

席上奉杯王拔剑，

妾非如此祸临身罢君呀！

曹　植　（沉腔滚花下句）

哎呀呀！

苦哉漳水艳芙渠！

（小曲寒宵吊影）

惜分飞！

暴雨摧花骤折寒梨！

鸳侣不双栖！

甄玉蝉 （接唱前曲）

寒蝉凄咽，

哀哀垂泪，

人前承欢背人啼！

曹　植 （接唱前曲）

玉镂金枕情，

非我有，

人自欢乐，我心伤悲！

甄玉蝉 （接唱） 身在王宫啊！

未斩君情，

芳魄伴郎归！

曹　植 唉！

（流水南音）

梦里相逢终是梦，

醒来依旧各东西！

玉骢难向漳河系，

却见香车走鲁齐！

甄玉蝉 （接唱前曲）

相对无言空有泪，

玉婵已是别人妻，

难践前盟却做了东齐使，

大妇出谋王颁谕，

不发雄兵发女儿！

曹　植 这个吗？

（快二流）我不归，我不归，

甘为逆弟！

恶见不仁兄长。

身愿东海长埋!

甄玉蝉 （接唱二流）

君若不归，

堕其奸计!

将谓君不归谋叛乱。

将谓君不归为夺妻!

君节蒙污，

魏王得势!

曹 植 （接唱二流）

归也诬吾夺位，

何如抗命不归!

（口鼓）诏书至，我不从；芳卿来，我即言归去，正堕其计！我怕御前宝剑向卿挥!

甄玉蝉 不然!（口鼓）君如归去，朝野自有公论，正好破其奸计，玉蝉嘛！求免兄弟操戈，能继先王大业，正如君《白马篇》中所说，玉蝉“视死如归！”

曹 植 壮哉玉蝉！（口鼓）今番出使，全为先王大业计，我又岂让兄王欺凌弱妇，（介）死生与共，子建愿随卿归!

[一声暴雷，大雨将至，满天昏黑。

许 褚 王娘，天将降雨，城外三军，是否入城驻扎?

甄玉蝉 就地安营立寨，不许骚扰民居!

许 褚 知道!（下介）

[轰雷响，风雨至。

（起恋檀郎中板）

曹 植 （唱） 大雷雨！大雷雨!

三军早安置，觅地栖息为宜!

甄玉蝉 （唱） 沧海沸，泰山崩，

三军阵脚不能移，

管它倾盆大雨！

[一阵疾风骤雨，玉蝉打个寒噤。

曹 植 （唱） 看卿卿，

弱质单衣！

怎禁得，

雨打风吹！

倒不如，

府中暂避！

[又一阵特大雷雨，玉蝉不禁扑向植怀，植忙为玉蝉加衣取暖。默然相对。一声霹雷，玉蝉猛然挣开退后。

甄玉蝉 （唱） 难住君居，

人言可畏！

曹 植 （唱） 嫂溺叔援何足惧？！

[极大雷雨，天黑如墨。

甄玉蝉 （把牙一咬，继唱尾腔）

我无畏！我无畏！

天崩塌，我亦应回去！

[府秉吏烛，两丫鬟随上，许褚亦踉跄奔上。

许 褚 启禀王娘，雨暴风狂，营房倒塌！

甄玉蝉 传令三军，乘雨西归！

府 吏 （急跪下）王娘还是在府中暂避为佳，金躯抱恙，魏王降罪，小吏担当不起！王娘留步！

众 人 （跪下）王娘留步。

甄玉蝉 速回邺郡，违令者斩！

曹 植 子建随行！

甄玉蝉 不！我先行三日，君随后至！

曹 植 知道！

许 褚 （突然，爽朗地向曹植一跪）侯爷！许褚愚蒙，多多冒犯，乞求恕罪！

甄玉蝉 立即登程！

[甄玉蝉急步下。

[许褚再向植一拱手，护送蝉下。

[雷电交加，雨势益狂。

[曹植目送玉蝉去，转身向壁间狂扫弦琴介。

[落幕。

第五场 赋 诗

[邺郡。魏王宫偏殿，壁挂水墨画。内景是妃后寝宫。底景琼楼绣阁。

[静场音乐气氛，数宫娥屏息静气从后宫出入。

[曹丕企幕，沉思。

[银箫捧金盘药盏上，欲入后宫。

曹 丕 银箫。

银 箫 （恭身）在。

曹 丕 甄娘娘病体如何？

银 箫 冒雨归来后，一直卧床不起。

曹 丕 今天能进食吗？

银 箫 水米仍未沾唇。

曹 丕 好生服侍。

银 箫 （泣应）是。

[银箫捧药进内。

曹 丕 （唱催归词）

香车宝马出东城，

戴月披星！

乘暴雨，回魏京，

不辱君命！

见坚贞！

（过序，徘徊、思索）

[郭后上，行近丕身前。

曹　丕　贤后，这回孤王再无话可说呀。

郭　后　（轻笑一声，唱减字芙蓉）

行不辱命告功成，

节操如此堪崇敬；

不须劳师和动众，

美人犹胜十万兵。

曹　丕　（接唱前腔）

叔嫂相逢一片诚，

有虎卫军证。

郭　后　（接唱前腔）

大王有此贤内助，

天下何愁不太平？

（滚花）　此后诸侯有两意三心，

曹　丕　怎样？

郭　后　（续唱滚花）

佳人一句话，胜大王千道令！

曹　丕　（白）吓！

（快中板）孤王威德震朝廷！

子建恃才常逆命，

玉蝉一去拱手投诚！

（滚花）　孤王威何在？德何存？

更添心病！（杀机再起）

郭　后　（望见华歆进来，乘机告退，白）臣妾话多，有污清听，臣妾告退！

[华歆上介。

华　歆　大王似有隐忧。

曹 丕 少卿有何良策？

华 歆 子建才高，应参政事。

曹 丕 卿有此主张？

华 歆 大王！子建怀才抱负，终非池中物，不重用之，便早除之。

曹 丕 今已应召西归，杀之实难服众。

华 歆 欲加之罪，何患无辞。人皆言子建出口成章，臣未深信，大王何不以才试之？

曹 丕 试才？

华 歆 大会群臣，当面试之，若不能，即杀之；若果能，则贬之，以绝天下文人之口！

曹 歆 唔！（点头，唱滚花）

孤王今日师出有名，

借他文章，取他性命！

黄门官 （上）启奏大王，三侯爷宫门候见！

曹 丕 来得好！（滚花）

孤王待之以礼，

一尽手足之情。

（白）传令文德殿上，大会群臣，所有文官，到此会齐。

黄门官 （台口）大王有令，文德殿上，大会群臣，所有文官，到此会齐。

（乐谱到春来。贾逵、司马孚、贾诩、王朗等一众文官上介）

众 官 大王圣安！

曹 丕 子建归来，金殿试才，百官伺候。

众 官 （齐）恭聆金玉。

曹 丕 传三侯进宫！

黄门官 （叫）三侯爷进宫！

[反线碧天排子头。

曹 植 （内唱） 胸怀坦荡归听令！

（十字清中板）

七香车，驾临东海泣陈情。

一寸丹，有口皆碑齐颂敬，

我今回，匹马单骑返邺城。

进王官，昂然懒把衣冠整！

（见殿上情景）哦！

（续唱前腔）

两廊下，无复剑啸与刀鸣！

金阶上，全是文臣名气盛，

笑吾兄，班门弄斧卖才情！

曹子建，姑行臣礼，静观究竟。

（入跪）臣弟子建，叩见兄王！

曹　丕　（口鼓）何前倨而后恭，以君臣之礼相敬？

曹　植　（口鼓）念到先王大业计，臣弟敢不敬王兄！

曹　丕　（半口鼓）因何不来奔丧？

曹　植　（接口鼓）在职不能离境。

曹　丕　（半口鼓）因何私设灵位？

曹　植　（接口鼓）子行孝道当应。

曹　丕　（半口鼓）因何兄令不行嫂令行？

曹　植　（接口鼓）嫂嫂宣扬先父政。

曹　丕　（半口鼓）莫非内里藏私意？

曹　植　（接口鼓）举头三尺有神明！

曹　丕　（爽梆子慢板）

吾与你，情虽兄弟，

君臣名义已成。

对兄不敬！

吾深疑你，实无才，

（高腔）　用他人代笔……

曹　植　啊？

华　歆　（哗然）代笔！代笔！（挑动群臣）

众文臣 （骚动）哦！代笔！

[贾逵、王朗、司马孚等素知子建的无大反应。

曹 丕 （续唱霸腔慢板）

就是用他人代笔，

欺世盗名！

（滚花） 孤如今当面试才，请群臣监听！

曹 植 愿乞题目！

曹 丕 且住！孤限汝七步成诗，若果能，则免一死；若不能，则从重治罪，决不姑恕！

曹 植 即示题来！

[全场静默下来。

[曹丕起望四座，想题目，望见壁上水墨画。

曹 丕 （即指此画）殿上悬一水墨画，画着两只牛，斗于土墙之下，一牛坠井而亡。孤就以此为题，但诗中不许犯着"二牛斗墙下，一牛坠井死"字样，限汝只行七步，吟出诗来！

曹 植 请听！

[起来。群臣望曹植，华歆暗数脚步介。

曹 植 （吟诗，诗曰）

两肉齐道行，头上带凹骨。

相遇块山下，倏起相唐突。

二敌不俱刚，一肉卧土窟。

非是力不如，盛气不泄毕。

[植行七步，诗已成。

[曹丕与群臣皆惊。

[贾逵、王朗、司马孚等竖拇指称赞介。

[华歆气泄，望曹丕介。

曹 丕 （击桌）且慢得意！七步成诗，孤犹以为迟，汝能否应声而作诗一首？

曹 植 请即命题。

曹　丕　吾与汝，兄弟也，以此为题，亦不许犯着“兄弟”字样。

［急转细乐，“弹拨”，乐转哀。

曹　植　（略一思索，随口吟哦）

煮豆燃豆萁，豆在釜中泣。

本是同根生，相煎何太急！

［曹丕意动，洒出泪来。

［群臣面面相觑，鸦雀无声。

［卞太后内呼：“王儿！”

［卞太后从殿后扶杖颤危危急步上。宫女扶行。

曹　植　（悲呼）母后！

［曹丕示意，众人下。

卞太后　（望丕）兄何逼弟之甚！

曹　植　母后！

［曹丕无奈亦跪在一旁。

［起叹板序。

卞太后　（唱长句叹板）

自从先君逝，

留下你四个亲兄弟，

只望能将大业继，

得来国治与家齐。

何竟兄弟难和，

彰儿被贬鄢陵，熊儿亦自缢！（士腔序）

到如今，剩下你俩个亲兄弟，

也如大敌相持势，

真教为娘热泪挥，

娘老矣！娘老矣！

一旦无常，

死难瞑目，泉下含悲！

（上腔、序）

曹　丕　母后，（口鼓）习武已有二弟曹彰，三弟博学，应参文事，岂敢相残骨肉，负弟郎满腹珠玑！

卞太后　（口鼓）三弟已归，问你作何安置？

曹　丕　这个！

［一宫娥上介。

宫　娥　启禀太后，甄王娘病势严重！

卞太后　（口鼓）问候家嫂，快请太医！

（卞太后与宫娥下介）

曹　丕　（斜看望植）既然你嫂病重，不妨入宫问安！

［曹植犹豫。

［银箫急步上。

银　箫　启禀侯爷，殿上之事，已传到后宫，娘娘之意，请叔侯快回封邑。

曹　植　此乃甄娘娘意旨？

银　箫　王娘说，不见胜如相见，请三叔珍重前程！（掩面下介）

曹　植　（激动地）谢高情！

［曹植洒泪向宫内跪下。

［落幕。

第六场　辞　枕

［甄后寝宫，玉砌雕栏。下临漳河，宫内床上设有玉镂金带枕。宫灯下玉砚书案，案匣藏有曹子建诗稿。一边是金炉茶铛。漳水滔滔，斜阳一抹。

［乐起二黄大首板。

［甄玉蝉卧床不起。

甄玉蝉　（唱首板）愁情一枕？（双句）

［音乐开幕。

[起二黄过板。

甄玉蝉 （强起唱二黄首板）

病沉沉，睡昏昏，

人如踏溪行，轻纱舞河滨，

燕语莺歌斜阳里，

迎来了轻裘骏马，多情公子立花荫！

相对话诗情，星月窥人笑，叹息好梦难圆，转眼星沉月暗！

（转唱教子腔）

哎，万缕愁入鬓，残蝉逢不幸！

似朝露，如秋草，

空惜余春，难延残生！

甄家女，岂贪生，死有恨！

未了情，谁怜悯？似春蚕困！

银　箫 （上）玉娘姐姐，太医送来汤药煲好了。

甄玉蝉 （摇头）不用！（乙反减字芙蓉）

续命汤难疗我疾，

玉蝉早已碎了心！

银　箫 （接唱前腔）

姐已绝粒又拒进羹汤，

玉躯何日能重振？

甄玉蝉 （接唱前腔）

一死倒干净，

犹胜强偷生！

（转唱乙反滚花）

扶我到白玉栏前，

领赏那漳河琴韵！

银　箫 姐姐不宜当露立，

甄玉蝉 胜如倚榻抱愁眠！

银 箫 （含悲）我知姐意。

[起小曲雨中行序。箫扶蝉到栏前。

[河水咆哮，悲风阵阵。

甄玉蝉 （下望漳河，百感交侵，唱乙反西皮）

雾云生，月星昏，

望漳河，感慨深。

风如箭，水沸腾，

割我芳心！

（白）一样漳河两样情啊！

（续唱） 垂柳依依，诗声朗朗，

春梦难谐，情缘已断，

心上知音，再难相见，

来世续前盟！

（白）愿君安抵步，莫负好才情！

银 箫 拒之复思之，姐姐心苦矣！

甄玉蝉 唉！（唱乙反长句滚花）

情虽断，未寒盟，

临淄一会见忠忱。

但愿兄弟相和息兵刃，

身愿含悲栖凤阁，望诗人高歌入彩云！

（叹息续唱滚花上句）

心有恨，恨恨这枕边人，

煮豆燃萁常寻衅！

银 箫 大王至今应有所悔悟吧？

甄玉蝉 谁知道呢？事不谐，死有恨，扶我去见大王！

银 箫 姐有病，怎好去？

甄玉蝉 身死亦当明志。

[昏迷倒在银箫身上。箫惊呼扶坐。

月　娥　（内）大王进宫！

[急擂鼓，曹丕、郭后、月娥、两宫娥一捧龙服，一捧平天冠上。

[银箫一惊欲跪迎，但又要看顾玉蝉，一时忙乱。

[玉蝉张眼，扶病起迎。

曹　丕　（冷然摆手）免礼！（口鼓）娘娘玉体欠安，孤王特来慰问。

甄玉蝉　（口鼓）有劳王驾，欣沐隆恩！

曹　丕　应该的嘛！（唱木鱼）

你德高品美，蕙质兰心，

朝廷上下，无不敬你为人。

一车出使，藩臣归受训，

兵不血刃，智胜千军，

难得是洁身千里回宫禁，

（猾笑一声，霸腔滚花）

应该奖誉，你这位绝代佳人！

孤今日一来问安，二来拜贺娘娘。

郭　后　（接唱滚花）

将执掌昭阳正印！

甄玉蝉　（一惊）此话何来？

曹　丕　（得意地）你来看——（指甲女盘之袍）

郭　后　新造的龙服！

曹　丕　还有这……（指乙女盘之冠）

郭　后　皇帝天平冠！

甄玉蝉　大王何得有此？

曹　丕　贤后当为孤贺啊！

（唱二黄）满朝文武，议论纷纷，

郭　后　（接唱）　都说汉祚当终，魏主奉天承运！

曹　丕　（接唱）　不日登坛告天地，禅让效古人！

孤为一国新君，

郭 后 （接唱） 贤妹就是正宫娘娘身份！

甄玉蝉 国中有此大变？

曹 丕 哦！此事多矣，愿师尧舜！

甄玉蝉 先王不为之事，大王为之。

曹 丕 势在必行！

甄玉蝉 （苦笑一声，唱滚花）

民女生来福分薄，
难作朝阳掌印人。
愿大王真个师事尧舜，
便是苍生有幸！

曹 丕 这个皇帝我会当，论及贤后——

（唱秃头滚花下句）

堪当昭阳掌印人！

（转唱反线中板）

记当日子建拒封齐，赖你筵前将叔训！
后来踞齐不归顺，又赖你驱车向海行！
看来叔嫂两心通，驾驭诸侯你能胜任！
行棋只差一着，未劝叔叔作反臣！

甄玉蝉 （大受刺激）你……

曹 丕 （唱滚花）叔对嫂言听计从，孤愁王朝不稳！

甄玉蝉 （悲且愤）你你你，竟出此言！

曹 丕 不错！（步步进逼）人说你临淄之会，有如久旱逢甘，所谓暗室不欺，为防睽睽众目，乘夜西行，不过是收买民心！不知情者，无不称扬你美德，厉害啊！虎将许褚也被你们收买了！

甄玉蝉 （大吐血，身子倒在银箫身上喘气）

银 箫 （悲愤，激动地）大王你好狠心！

郭 后 （喝）掌嘴！

[月娥举臂欲上介。

甄玉蝉 住手！大王指鹿则鹿，指马则马吧，玉蝉毁誉由人！大王知漳水诗缘，又何必强妻甄女，妾为先王大业，才有含垢事君！自顾不久于人世，再进一言：（口鼓）愿大王兄弟相和息兵刃，同匡社稷念先君。（指枕）每见玉镂金带枕，能知感愧察臣心！

曹　丕 （冷笑）谢忠言！

（唱快中板）

心如朗月照乾坤。

谁洁谁污能判审。

孤王慧眼辨贞淫。

（转唱三字经）

又何惜，金带枕，

当还赠，旧主人。

（滚花）　怨孤难侍病中人，

禅让当前习礼紧！

[曹丕冷漠地背身反手起音乐“帅牌”与郭后、月娥、两宫女下。

甄玉蝉 天呀！

[甄玉女病体不支，跌坐椅上，手触诗稿。

甄玉蝉 （续篇展阅，唱“抱诗眠”，内场和唱）

《白马篇》！《怨歌行》！

有志不能伸，见疑枉推心！

红莲悲遭劫，白玉叹蒙尘！

七步成诗句，句句动人心。

相煎何太急，本是同根生。

[幕后和声，重唱尾两句。

银　箫 姐姐！王娘！姐姐！

甄玉蝉 （随即睁眼）玉蝉死后，你为我求太后，葬我于江河之畔，愿随流水化鸣琴！

[甄玉蝉抱诗死去。

[音乐奏哀歌中带有江河流水声。

[银箫哀叫“姐姐！”抚尸大哭。

[乐声不断。

[落幕。

第七场　感　甄（会洛）

[黄初三年——曹丕称帝后年号。

[洛水之滨。左松坡，右芝岩，金波荡漾，晚霞如锦。

[幕徐徐起。

[四随从手执王侯仪仗，曹植打马缓步上。

[左青御捧诗匣，右银箫抱玉镂金带枕伴上。

曹　植　（唱长句二流）

如飘梗，逐浮沉，
三徙三迁云路暗，
又封邑雍丘而去踏征尘！
越阳林，步洛滨，
淙淙流水发琴音。
流目山川，又见晚霞如锦！

（白）青御！

青　御　在！

曹　植　日已西倾，马烦车殆，就令随行人员，今夕在河边安营歇息吧。

青　御　知道。

[青御挥手令四随从下介。

曹　植　与爷下马！

[涓涓流水，作箫琴声。

曹　植　你们听，似有人在河上吟诗。

青　御　王爷，此乃流水之音。

曹　植　再听，似有人舞着轻纱踏水行。

银　箫　王爷，此乃晚霞松影！

曹　植　我此身如在漳河啊！

青　御　但此地明明是洛水。

曹　植　万水同源！万水同源呀！常言道精诚所至，金石为开，说不定千里途中，故友仙魂来就！

银　箫　（不禁望望河水，望望身后，哭叫一声）姐姐！

曹　植　你看金波荡漾，一派仙气，你姐姐踏波来了。

银　箫　（暗泣）王爷眼花！

曹　植　你姐姐临终说过，“愿随流水化鸣琴”啊！银箫，磐石如床，置枕其上。

银　箫　王爷看枕，回营去吧。

青　御　河边风冷，有损金躯。

曹　植　临河吊枕，更藏深意。

［银箫置枕石上介。

曹　植　你们下去。

青　御　归鸦噪晓，王爷早些回营。

银　箫　王爷保重！

［青御、银箫同下介。

曹　植　（望枕，抱枕，坐石上，抱枕于膝如抚琴）玉镂金带枕！

（起唱金枕曲）

（散板）　见金枕，断人瑰，（序）

（唱）　红情绿意堆金枕，

凤舞鸾飞绕彩云。

线线针针藏厚意，

谁知道，

丝丝缕缕有啼痕！

（反线中板）

难忘凤阁华筵，卿你泪咽声悲，

素手奉杯邀我饮！
苦衷满怀，行嫂令，
严词促我入齐行。
多情子建，几回把风雨残蝉，
当作出墙红杏，
未识好诗朋，明大节，
愿弟兄携手，继父业，建殊勋！

（小曲香车行）

香车走鲁齐，
千里见丹心，
国人交口称颂。
君王陷阱空陈。
苦相煎，无善法，
强我步七成诗句，
只可怜，风雨夜归人！

（乙反流水南音）

嗟红粉，频受雨风侵，
谣诼纷纭苦玉人！
可怜你凤阁香消愁满枕，
漳河呜咽泣黄昏。
可怜我欲进宫门门闭紧，
更怜病中人处处呵护难中人。
临终嘱咐情堪悯，
且留金枕讽明君。
挥毫写不尽卿高行，卿高行！
只怕天命不归曹魏，画葫芦依样。
御前暗伏受禅人！（双句）

（散） 卿卿报国枉推心！

（爽二黄）抱金枕，忆故人，倩影长留心坎！

（二流） 河川荡荡，艳艳波生！

耳畔如闻，诗声琴韵！

（合尺滚花）

怎得凌波仙子近，

与吾叙旧洛河滨。

［仙乐飘飘。

甄玉蝉 （内场）诗风劲。

［洛河上，彩云生。青莲万朵，瑞气千条。

［甄玉蝉与众仙女上。

［舞台上，全变洛水神天幻景。

［玉蝉与子建相对立，群仙女四周飘彩带起舞。

曹　植 （上前捉甄袖）你，是甄女，还是洛神？

甄玉蝉 你呼我为甄女则甄女，唤我洛神则洛神。

曹　植 （审视）翩若惊鸿，婉若游龙，荣曜秋菊、华茂春松。远而望之，皎若太阳放朝霞，近而察之，灼若芙渠出绿波，你……是甄女无疑，果真化而为神，踏波来了。

甄玉蝉 （唱乙反减字芙蓉）

郎君一片情，黄泉人铭感，

曹　植 （接唱） 青莲难喻仙娥洁，卿心印我心！

甄玉蝉 （接唱） 今已隔人天，前尘休再问，

曹　植 （接唱） 湖海飘零客，难忘旧日盟。

甄玉蝉 （正线流水南音）

七步诗成君才敏，

曹　植 （接唱） 可怜凤阁有啼莺。

甄玉蝉 （接唱） 知你凄凄楚楚离宫禁，

曹　植 （接唱） 噩耗传来我暗断魂！

甄玉蝉 （转反线南音）

我今逐水来寻君，

曹　植（接唱）同上瑶台慰平生。

甄玉蝉（接唱前曲）

破镜不重园，只许谈诗韵，

曹　植（接唱）正投吾所好，愿与卿携手作傲吟！

甄玉蝉（接唱）书生狂态君未改，

曹　植（接唱）恕我失仪，亵渎仙身。

甄玉蝉（接唱）我出诗题，

曹　植（接唱）即酬雅韵，

甄玉蝉（接唱）君当忆旧作？

曹　植（接唱）篇篇记在心。

甄玉蝉（白）记得就好。

（唱反线流水板）

《名都美女篇》

曹　植（接唱）喻人洁身求美行。

甄玉蝉（接唱）《野田黄雀行》，

曹　植（接唱）仗剑济危贫。

甄玉蝉（接唱）《七哀诗》何怨？

曹　植（接唱）何处无哀音！

甄玉蝉（接唱）《赠白马王彪》询慷慨，

曹　植（接唱）“丈夫志四海，万里犹比邻”，

甄玉蝉（接唱）“在贵多忘贱”，

曹　植（接唱）以诗来自警，

甄玉蝉（接唱）“闲居非吾志”，

曹　植（恼介，接唱）

怎奈三迁三徙志难伸！

（过下序略快）

甄玉蝉（唱）子建文章举世钦，

建安风骨载词林。
君莫因情怀拙志，
当作曹公后继人！

（白）子建，我与你初会于漳河，重逢于洛水，信是有缘，才能相见，今解明珠，赠君留念。（赠明珠介）

曹　植　卿赠我明珠，我赠卿玉佩，但愿明珠玉佩，长相结合。（赠玉佩介）

甄玉蝉　得道者昌，失道者亡，君有才华，前途珍重，吾神去矣！

曹子建　玉蝉！

[音乐起，浪滔滔，艳艳霞光，五彩缤纷。

[甄玉蝉与众仙女冉冉上升，踏云彩去。

[幕内歌声：

明珠与玉佩，相交赠故人。
生死倾肝胆，子建与洛神。

[舞台上，风涛滚滚。

[曹植手捧明珠仰望碧空。

[幕徐徐下。

[剧终。

（剧本版本：《南粤剧作》1982 年第 1 期）

·粤剧卷·

白蛇传

（根据同名京、川、湘剧改编）

改编：刘汉鼐

人　物　表

白素贞（白蛇）	白鹤童子
小　青（青蛇）	白鹿童子
许　仙（桂枝）	天兵天将
艄　翁	虾兵蟹将
如来佛	众沙弥
法　海	许仕林（许仙子，十岁）
护法神	

场　次

序　幕

[钟声响若沉雷。

[幕启。

[苍茫寰宇，彤云密布。云海怒卷，狂风呼啸。法海手捧佛旨，立于云端……切光。

法　海　佛祖降旨：桂枝罗汉与白素贞触犯仙规。现将桂枝罗汉贬下凡尘，永不升天。白素贞锁禁白莲池中，施以酷刑！忏悔罪孽。

［光复明，法鼓大震，殿宇巍峨，如来佛祖高坐莲台，手捧紫金神钵，伫立九龙神杖，众僧列班侍立。

法　海　启禀佛祖，蛇妖断锁私下凡尘去了，还纠合青蛇一起作孽人间。

如　来　吓！白蛇竟敢断锁，私下凡尘，纠合青蛇作孽人间？

法　海　何不立遣五雷轰毙其命！

如　来　不可，不可！“一死如长眠，活罪难熬受”，法海弟子，命汝立即跟随前去，伺机叫她显露原形，饱受心灵折磨之苦，再行收之，不得有误。

法　海　弟子遵命！（欲行）

如　来　且慢。白蛇非轻易可敌，今赐你九龙神杖一枝，大红袈裟一领，以作急难之用。再赐汝敕牒一道，诸佛神将任从调遣，倘若孽妖难伏，自有吾师掌中紫金神钵。

法　海　领法旨！

如　来　善哉，善哉！众弟子，前车可鉴为汝训，试看谁敢步后尘？

［熄灯。

［切光。

第一场　游　湖

［音乐声中幕启。

［杭州，西子湖畔，春光潋滟，百鸟和鸣。

许　仙　（内唱倒板）平湖如镜。（上）

（凤凰台）日暖融融去采青，
春风扑面阵阵轻，
抬头见堤边绿柳亭亭，
花争放，鸟和鸣，
细看，细听，
湖山览胜。

看来了一小艇，

艄公在吟咏，

载着无限情意，满船歌声。

（滚花） 眼前一片芳菲景，

心中万缕惜春情。

日挂高空近午时，

不若回守高声叫艇。

船家，船家！

艄 翁 （内应）来啰！

[艄翁撑船上。

艄 翁 这位相公，要上哪儿去？

许 仙 返草桥门。

艄 翁 路程远得很。

许 仙 给你三钱银（给钱），（上船）

艄 翁 好，上船吧！开船啰！

[艄翁撑船，与许仙过场下。

白素贞 （内唱追信头）

喜今朝，冲出黑狱境。

[白素贞、小青腾云驾雾凌空而过，随着一缕浓烟上。

白素贞 （续唱） 塞北冰雪踏平把桂枝认，

二十年来相思苦不胜，

今日巍峨山阻隔难打听，

莫非是，佢凡间早婚聘。

难再相亲语温馨，

不见他一面，死不忘情，

若能找到恨方平。

小 青 （二黄合字过序）

山下鹅黄魏紫象画屏，

一阵阵歌声撩人情性，

俪影双双，低诉情，在长亭。

白素贞 （接唱） 回头看佛门恨不胜，

谁愿再敲青罄。

小　青 姐姐，这里是何所在？

白素贞 这里嘛……“上有天堂，下有苏杭”，这就是杭州西湖啦！

小　青 姐姐，西湖春色无边，果真不枉此行。

白素贞 是呀！这一花一草，一树一木都脉脉含情，要是找到桂枝罗汉，我……我宁作桑田女，长伴机杼声。

小　青 人间万般好，如果我找到心上人，也学姐姐一样，……咦，姐姐，你看见船上的人吗？像不像桂枝罗汉？！

白素贞 ……哎呀，很似，很似……果然是他，果然是他！

小　青 （雀跃，高声大叫）桂枝罗汉！你等一等！

白素贞 小青，你叫什么，如今他不像从前了，已经迷了本性，怎会记得过去的事情。

小　青 那该怎么办？

白素贞 （沉思片刻）何不化雨，假借机缘？！

小　青 好呀好呀！下雨了！下雨了！

[白素贞念念有词，把手一撒大雨骤至。

小　青 船家，请你把船弯过来，我们想搭你的船。

艄　翁 （把船弯过来，对小青）啊，姑娘，老汉这是包船，不搭客的。

[小青正欲发作，白素贞连忙拉开。

白素贞 船家，你做下好心啦！你看风大雨大，我们又没带雨伞……

艄　翁 这……

许　仙 “恻隐之心，人皆有之”，她们是女儿家，怎禁得风吹雨打，船家，就让她们上船吧！

艄　翁 好，好。（抛揽）

小　青 （着急地）船家，你快点嘛！

艄　翁 快啦，快啦！（靠船）你们快上来。

小　青　多谢了！

[小青扶白素贞上船，上船后小青在船舷擦着鞋上的泥，船身颠簸。

艄　翁　别动，别动，小心把船翻了。

小　青　（仍站立船头）我们就站这儿吗？这儿是要淋雨的。

艄　翁　是，是，都进舱里去，免得阻我工夫。

[小青推白素贞入舱，许仙尴尬。

白素贞　避雨过舟，把相公惊扰了。

许　仙　（窘）姑娘何必客气！（欲走）

小　青　呃……走不得。（拉住许仙）

艄　翁　开船啰！

[艄翁驾舟过场。

小　青　船家……

艄　翁　嗯，什么事？

小　青　呃……

（减字芙蓉）请问船家你高姓？

艄　翁　（接唱）　老汉小姓关。

小　青　啊！关伯伯……

（接唱）　这位小姐叫白素贞，

家门非官非宦。

小青是奴名字，

在小姐家中做丫鬟。（转对许仙）

这位相公尊姓大名？

许　仙　鄙人名叫许仙——

小　青　哦！原来许相公，有礼！请问许相公家住何处？

许　仙　（接唱）　家住草桥门石涧。

小　青　府上还有何人？

许　仙　（接唱）　上无父母下无兄弟，

保和堂药店谋生。

白素贞 呃……（拉小青另场）

（滚花） 见他髫龄弱冠正芳年，

未知已结鸳鸯还是一孤雁。

小青上前再打探——

小　青 啊！姐姐，你还问什么？

白素贞 （接唱） 你可抹角转弯。

小　青 啊！……关伯伯，你家中那个呢？

艄　翁 边个呀？

小　青 个个呢！

艄　翁 我个伯爷婆呀，早就合埋双眼啦！

小　青 睡着了？

艄　翁 睡了好久啦！

小　青 常言道“男子无妻屋无主”，你为什么不再娶个伯爷婆呀？

艄　翁 我须都白了，好似许相公咁后生咩。

小　青 是啊！许相公，那你家娘子好吗？

许　仙 呃……我……

小　青 什么你你我我的，有话就说嘛！

许　仙 小青姐呀！

（柳底莺）暗羞惭，

只为严亲早丧人寰，

为谋生他乡远行。

药店中寄身度日难，

孤单个人独对衾枕冷，成习惯，

却没去想结识女红颜，

命舛时乖暗自叹。

白素贞 （接唱） 辛酸语语刺心间，

他好一似失所了孤雁，

怎得度过夜漫漫，

银汉多劫难，

尘世一样难，

泪珠向谁弹？

[小青把白素贞推向许仙。

白素贞 （一支梅中段）

我偷偷细看这个儿男，

风姿俊秀眉宇雅淡，

手牵赤丝度情关，

此去共把良缘订，

不枉到此间，愁容顿减。

小　青 姐姐，雨停了！

白素贞 小青，你叫船家摇慢点。

小　青 船家，请你把船摇慢一点，我家小姐她……（顿觉失口）

白素贞 （忙接）啊！摇慢些，我想观赏西湖景色，三潭印月水连天，一对鱼儿意缠绵。

艄　翁 十世修来同船渡，百世修来共枕眠。白小姐，你说是不是？

[艄翁把船放慢，众观赏西湖景色。

小　青 姐姐，你看那断桥未断意未阑，鸟语花香水一环。

艄　翁 只道天堂无限好，神仙今日也思凡。许相公，你说是不是？

许　仙 是，是。

小　青 是呀！

许　仙 （南音） 春来冬去红满山，

一潭水泛微澜。

我似杜宇孤飞枉有心香一瓣，

啼鹃难觅又怎赋关关。

有道天上风云常聚散，

何年何月与佢再往还？

白素贞　（寄生草）与君再度重逢犹未晚，
喜得春来两相渡归帆，
我魂梦里常念到夜阑珊，
相思泪洒印月潭。

许　仙　（接唱）　瞬息袂别离去东西散，
何日见，于一旦。

白素贞　（接唱）　怕只怕，月圆又缺，
一朝分离欲见君再会难。
相公，我怕流水不解花情意，
别时容易见时难。

许　仙　小姐，卑贱之身如尘垢，寒鸦岂敢把树高攀……我……

艄　翁　清波门已到，有话留明年再说。

白素贞　既然到了清波门，我们就上岸吧！

［白素贞暗示小青，把手一扬，雨又下大了。

小　青　姐姐，雨下得这么大，怎么走呀？

许　仙　小青姐，我有雨伞在此，（给伞）就给你们遮风挡雨吧！

白素贞　小青……（耳语）

小　青　许相公，这伞怎么还你啊？

许　仙　这……如小姐不嫌弃，就留着用吧！

白素贞　多谢相公！

小　青　相公，我们家住清波门腾王府，请改日前来一坐，我家小姐定盛情接待。

许　仙　小生领情了！

［小青搀扶白素贞下船。

许　仙　泥湿路滑，小姐要小心行走！

白素贞　相公请！

许　仙　小姐请！

［白素贞走了几步又回头与许仙呆望。

女　声　（内唱新曲）

心弦拨乱，

依依惜别难，

骈红拥翠情无限，

雨声心声千万……

［小青走了几步，回头一看。

［艄翁摇船，与许仙急下。

［幕闭。

第二场　惊　变

［幕启。

［内厅，桌椅，窗几明净，内通卧室。

［许仙上。

［白素贞捧羹汤上。

白素贞　官人，为妻为你熬了一碗参汤，快趁热用吧！

许　仙　（接过汤，唱梆子慢板）

一碗参汤，表妻一片心，盛情可感。

娘子，你可曾用过？

白素贞　近日来，瘟疫流行，你早出晚归，采办药材，真是把你辛苦了，待官人用了，为妻再用。

许　仙　多谢娘子！（饮毕）娘子呀！

（杨翠喜）感你义厚情挚对我真心，

昔日湖上泛舟幸得怜悯，

似鸳鸯共相亲。

生死莫再相分，

为了持家生计不畏苦辛。

喜相对，从未怨恨，

朝夕为病人上门就诊，

走遍，大街小镇。

白素贞 （接唱） 檀郎就医累得人疲困，

妻今窥见亦痛心坎。

许　仙 （接唱） 得你朝晚嘘寒来细问，

想我一介寒门何有幸，

天赐良缘月老丝牵引，

两相共唱吟。

白素贞 （接唱） 好婚姻，难得与君相爱敬重与日深，

一心意，没遗憾。

不爱豪门独爱你，

我的好夫君。

许　仙 娘子，你忙了个通宵，也该歇息歇息，店中之事自有为夫照料。

白素贞 为妻在这里歇息便是。

[许仙埋桌旁。

[白素贞拿出新衣缝制。

[许仙见状上前。

许　仙 娘子，为何还不进去歇息，在这里缝什么？

白素贞 缝新衣。

许　仙 啊！又为我缝新衣？

白素贞 你真傻呀！（附耳低语，将衣服交给他看，羞掩面）

许　仙 （看衣醒悟）娘子，娘子，原来你……

[白素贞含羞下。

许　仙 许仙呀许仙，你快为人父了……哈哈。

[法海上，许仙惊顾。

法　海 阿弥陀佛！

许　仙 你是……

法　海　贫道乃法海禅师是也！

许　仙　穿堂入室，所为何事？

法　海　特来为你治病。

许　仙　我无病，就算有病，也有贤妻为我医治，又何劳法师你呢？

法　海　施主呀！看你这印堂……

（催归词）中间一青印，两眼昏花浑沌，

好似毒气侵。（序）

何方怪妖，何方怪妖，

勾魂，勾魂，近来行滞运。

妖怪就在你家中！

许　仙　（接唱）　你声声说妖怪，在我家中厮混，

师尊说话无句真。

法　海　（接唱）　你娘子恶狠，是蛇妖化身。

许　仙　（接唱）　惊闻，惊闻，我与蛇儿亲近。

（沉思）我不信，我妻温柔贤淑，心地善良，杭州父老无不尊敬，你竟敢诬她是蛇妖，岂有此理！

法　海　施主息怒，贫道一心搭救于你，若还执迷不悟，定必身罹大难，今日乃端阳佳节，贫僧把雄黄酒送给你，你妻饮后便当显现原形。

[小青刚上，发现，门外偷听，急避。

许　仙　你休想加害我妻！

法　海　你若然不信，悔之晚矣！

许　仙　这！

法　海　机不可失，时不再来。（下）

许　仙　（似有所悟）师尊，师尊！（急追下）

[小青急上。

小　青　（向内）姐姐！

[白素贞上。

小　青　（快滚花）端阳佳节，

蓦地一声雷。

法海挑唆姑爷，

用雄黄酒害你。

白素贞　用雄黄酒加害我？哎！官人怎会加害于我？

小　青　是真的，刚才我在门外听到法海对姑爷说，用雄黄酒害你，使你显现原形，事不宜迟，姐姐快走！

白素贞　小青，我若一旦离去，会引起官人猜疑，你不要顾及为姐，速速躲避去吧！

小　青　姐姐你……

白素贞　我有千年功行，相信尚能应付，你不要理我，你快走，快走，快走吧！（强拖小青下）

［闪电、雷鸣、灯暗。许仙拿雄黄酒迟疑上，心有不忍，思想矛盾，刚欲扔掉，窗外突然出现法海。

法　海　许施主，雄黄酒在此，快给你妻领饮！

许　仙　法海禅师你……你不能加害我妻。

法　海　好言相劝你不听，端阳午后看分明。

许　仙　我妻不是蛇妖！我妻不是蛇妖！

法　海　快把雄黄酒给蛇妖领服！快把雄黄酒给蛇妖领服！

［又一声雷，灯光复明，法海已不见，许仙惊慌，不安。

［白素贞上。

白素贞　官人，今日乃端阳佳节，本该高高兴兴，为何却愁眉不展，似有心事满怀？！

许　仙　娘子我……没，没有。

［白素贞发现桌上一壶酒，拿起嗅了嗅。

白素贞　官人这酒……

许　仙　这是父老乡亲送的雄黄酒。

白素贞　雄黄酒？

许　仙　此酒能祛邪解毒。

白素贞　祛邪解毒？

许　仙（将酒递给素贞）娘子，今日乃端阳佳节，为夫敬你一杯。

白素贞（强接酒杯）官人，为妻身体不爽，不饮便罢！

许　仙（惊疑）这……

（泣残红）若明若暗心中扑朔迷离，

不知是与非，

有谁为我解疑虑，

她真个是蛇儿？

白素贞（接唱）见他暗自思，锁双眉，

似是满腹疑团乱思绪，

端午来临把命催，

怎得妙计施暂脱身去。

为免官人疑虑，

我有千年功行，

一杯谅也无妨。

官人，酒既是祛邪解毒，为妻便领情了。

[接酒饮下，顷刻，略觉不适。

许　仙（见状高兴另场）我妻不是蛇妖，我妻不是蛇妖，法海呀法海，你真个狠毒呀，你想拆散我夫妻，我岂能信你，娘子，为夫再敬你一杯愿我们夫妻恩爱，白发齐眉！

[白素贞见许仙释疑高兴。

白素贞　夫妻恩爱白发齐眉。（高兴地强饮下，顿觉不适）

许　仙　娘子好酒量，为夫再敬你一杯。

白素贞　慢，为妻怀有身孕，不能再饮了。

许　仙　娘子，此杯乃为腹中娇儿祝福，愿他无灾无痛。

白素贞（出现醉意）为我娇儿祝福，愿他无灾无痛，好！（醉态中强饮第三杯酒）

[白素贞饮酒，身子难支，倒椅上。

许　仙　娘子，娘子！你……

白素贞（强撑起）官人，为妻心似火烧……我想吃酸梅……

许　仙　店中有的是，我去取来。（欲下）

白素贞　官人，我要刚上市的鲜梅，你去街市买来，快去，快去！

许　仙　我去，我去！

［许仙下。

［白素贞躺下床上，静场片刻，罗帐颤动，白素贞在内挣扎、呻吟、呼叫。

白素贞　（内唱可怜我牌子头）

酒尝三杯，雄黄令我心绞碎。

［白素贞腹痛挣扎，从帐内坠下，倒地翻滚。

［白素贞挣扎入帐。

［许仙捧鲜梅上。

许　仙　娘子，娘子，鲜梅买回来了！

［许仙欲掀帐，突见鳞光斑斓的白蛇，惊骇倒退，跌扑，身死。

［小青上，见许仙已死，大惊，急步上楼。

小　青　姐姐，姐姐，姑爷死了！

白素贞　（从内冲出）小青，你，你说什么？

小　青　姑爷死了！

白素贞　哎呀！（跑下，抚尸，痛哭）许郎……许郎……

（风萧萧）恨怨长抱，痛未把夫护，

今日西天归附，

谁将你害苦？！

为妻血泪已枯，

端阳佳节把官人哭悼，

恨那运劫难逃。

（乙反二流）

切齿咬牙，

定将仇报。

敢向如来法海，

（转滚花）索取我丈夫。

小　青　姐姐呀，待我前去把法海抓来碎尸万段。

白素贞　且慢，小青，许郎身死不久，尚有一线生机，待我速去三仙岛，盗取灵芝，救你家姑爷性命！

小　青　仙岛险阻重重，只身盗草，谈何容易？

白素贞　小青，我与许郎生死相共，烦你照看遗体，三日之内，我若归来，性命有救，三日之后，我若未归……劳你将他厚葬在西子湖畔，我纵死九泉，也感恩不尽……（跪下）

[小青急扶白素贞。

[幕闭。

第三场　盗　草

[幕启。

[三仙岛上，悬崖怪石，峭壁奇峰，云海翻涌。

鹤　鹿　童　（内唱困谷口牌子头）

碧空，烟雾渺渺，苍茫云滚动。

[鹤童、鹿童上。

鹤　童　（接唱）　极目远望一孤峰。

鹿　童　（接唱）　素练长虹绕古松。

鹤　童　（接唱）　仙家之地清泉涌。

鹿　童　（接唱）　恰似铁马响叮咚。

鹤　童　（接唱）　白衣瑞雪顶上红。

展翅冲宵上九重。

鹿　童　（接唱）　头角峥嵘谁能比。

梅花点点众不同。

鹤　童　师弟，师尊吩咐，看守灵芝，不得大意。

鹿　童　知道。

［鹤童、鹿童分头下。

白素贞　（内唱二黄首板）

驭太空，驾清风，

飞临仙洞。（重句）

［白素贞短装佩剑上。

白素贞　（快打慢唱二流）

为救许郎不畏险。

冲破障碍重重。

只见处处峭壁悬挂。

未知灵芝何处栽种。

（巡视过场，忽见高崖灵光闪烁）

一道奇光异彩映眼内。

却原是仙草兀立高峰。

［白素贞急行过场，急止，退避。

［鹤童、鹿童上，搜寻。白素贞绕岩迂迴而行。

［鹤童、鹿童巡视严密，白素贞几番采草未遂，焦急万分，灵机一动，隐去。

［鹤童、鹿童忽见另一崖石上白素贞背影，急追下。

［白素贞急从石后复出，采草。

［白素贞急行，鹤童、鹿童奔上挡住去路。

鹤　童　呔！大胆妖孽，竟敢盗我灵芝！

白素贞　仙官呀，只因我夫身染重病，危在旦夕，因此千山万水前来求取灵芝一叶，还望仙官赏赐。

鹤　童　住口，灵芝乃昆仑镇山之宝，岂能轻易赐予人间。

白素贞　仙官呀！仙家素以慈悲为本，你何故坐视不救？

鹤　童　呸！若再纠缠，要你命丧昆仑。

白素贞　仙官，你若将我杀死，我那官人也即刻丧命，还有腹中胎儿，未出娘胎，也一命夭亡，望求二位仙官，念在我一家三口性命，就将仙草赐予我吧！

鹿　童　休得多言，快走，走！

[鹤童、鹿童夹击白素贞。白素贞与之开打。鹤童、鹿童不敌，败下。白素贞跃上岩顶采摘灵芝，口咬着亮相，下。

[幕闭。

第四场　水　斗

[二幕外。

[法海背向观众站着。

[许仙手持雨伞匆匆上。

许　仙　（快滚花）劫后余生思悔改，

金山独上拜佛如来。

不再信邪魔将妻害，

朝朝暮暮伴妆台。

（发现前面有人）你……

法　海　（转身）许官人，你还认得我吗？……

许　仙　（甚觉面善，辨认，一惊）啊！你是……

法　海　阿弥陀佛，老僧法海，乃金山寺住持，想去金山寺么，你我正好一路同行。（以手牵许仙）

许　仙　我……我不去了，我不去了……

法　海　许施主，你不上金山，托庇我佛，怎能消难解灾。

许　仙　我不去，我不去！

法　海　随我来！

许　仙　我不去，我不去！

[法海硬把许仙拖下。

[二幕启。

[金山寺下，波翻浪涌。

白素贞 （内唱萧萧班马鸣）

拯救夫君愿洒鲜血！

［小青、白素贞驾舟上。

白素贞 （续唱） 心上人儿怎忍别。

小　青 （接唱） 愤怒满腔把恨雪。

惩凶僧，心坚如铁。

白素贞 （接唱） 绕狂涛，绕狂涛，乘舟一叶。

战浊浪，战浊浪，救夫心切。

姐妹俩，姐妹俩，勇闯虎穴。

小　青 （接唱） 到金山，到金山，拼个断刀剑缺。

仇人相见面，不用多说，

定打到他腰断骨折。（拉腔）

［舟至金山寺下，小青，白素贞下舟。

白素贞 （眺望）金山寺，小青，快扶我上去。

［小青扶白素贞拾级上山。

小　青 （怒喝）呔！门内哪个在？

法　海 （步下石级）（口鼓）白娘子，你亲上金山，不知找贫僧何事？

白素贞 （口鼓）无事不登三宝殿，到来找我许郎回归。

法　海 这……他已看破红尘，削发为僧了。

白素贞 （口鼓）禅师呀！许郎与我订下海誓山盟，相爱相亲和睦共处，岂会把红尘看破，夜对青灯念经书。请老禅师放我许郎回去也吧！

［法海闭目不答。小青正欲发作，白素贞阻止。

白素贞 （忍气吞声）老禅师，大法师，老禅师呀！

小　青 呸！

白素贞 （快二黄）你性本慈悲，

好施仁义，

又何忍把鸳鸯拆散，

逼人两地分飞。

法　海　（手托）想相见，白费心机，

你夫妻俩难望再团聚，

把孽根断，免后世不齿。

小　青　我呸！

（快七字清中板）

狠毒妖僧伤天害理，

恨难食你之肉，

寝你之皮。

法　海　（三字经）禅杖一根，在我手里。

有本事，比个高低。

白素贞　（快中板）禅师纵然将我打死，

须知无心民意不可欺。（拉腔）

法　海　孽畜休得无礼，看我九龙禅杖！

[法海抛出禅杖，白素贞掩护小青。

[法海挥动禅杖，白素贞挣扎滚杖。禅杖如千钧压顶地压在白素贞的头上，白素贞腹痛难支。

法　海　（狞笑）哼哼哼……众神将哪里？

[天兵天将上场。

法　海　众神将，降服蛇妖！

众神将　领法旨！

白素贞　众水族！水漫金山！

[众水族掀波鼓浪，水漫金山。

法　海　杀！

[法海与众沙弥下，闭门。

白素贞　许郎！

[众水族奋力涌水，佛殿摇晃。

[法海站在高台，张起大红袈裟，海水渐退。

法　海　杀！

［众神将上，分斗水族，小青见白素贞败下，不敢恋战，率众水族退下。

［幕闭。

第五场　断　桥

［幕启。

［西子湖边，断桥。

白素贞　（内唱二黄首板）

被困金山，杀出重围，

已身疲力倦。（重句）

［白素贞上。腹内微痛，颤步，终于体力不支，坐下。

白素贞　（呻吟）小青，青妹！小——青！

小　青　（内场）姐姐！姐——姐！

［小青上，找见白素贞，急步行前，把她扶起。

白素贞　小青。

小　青　姐姐！

［白素贞腹痛难支。

小　青　姐姐，来此已是断桥，不如暂且歇息，再作打算。

白素贞　吓！已到断桥么？

小　青　正是断桥。

白素贞　断桥呀！想当日我与许郎雨中相遇，也曾路过此桥，以伞为聘，到如今嘛……桥未断时，素贞我已柔肠寸断了呀！

（反线中板）

看断桥，桥未断，

却先已断情缘。

当日西子湖，一叶扁舟，

载着两那个眷恋。
烟雨迷蒙，波光潋滟，
无情浪逐有情船。
可是到今天，什么海誓山盟，
许郎他却不思念。

小　青　（唱凤阳歌鼓）
有日重见，把旧爱斩断，
佢句句谎语，说矢心不变。
可却在金山跟秃驴转，
把我姐姐引到寺前，
险些丧生鲜血溅。

白素贞　小青，此事乃法海之过，你……你休要错怪许郎呀！

小　青　姐姐，你……你还袒护他？

白素贞　（唱滚花）我与他曾对双星盟誓愿，
夫妻互相信赖，
永不猜嫌。

小　青　姐姐！
（接唱滚花）
你素性纯良，可知他早将你骗。
有日相逢狭路，我青锋三尺，
定要他命丧黄泉！

白素贞　小青！（腹痛欲坠）

小　青　姐姐，姐姐！（把白素贞扶过一边坐下）

许　仙　（内场）赶路呀！
[许仙匆匆上。

许　仙　（快打慢唱二流）
走匆匆返家园。
一路上只把贤妻想念。

只见她花憔柳悴，
坐在断桥边。
又只见青姐持剑一旁，
不顾生死把贤妻见。
娘子！

白素贞 （惊喜）许郎……

小　青 你来得正好！

［小青掌击许仙，拔剑就刺。

许　仙 （沉花）哎也也，
吓得我魂飞天外，
胆颤心悬。

小　青 呸！（快慢板）
你忍心，
弃贞娘，
高飞走远。
刚盟誓，
又悔约，
跟法海去参禅。

白素贞 （快中板）可知贞娘为你肠想断，
拼之一死索夫到寺前。
棒对枪，刀对剑，
杀得筋疲力尽，
险些丧黄泉。

小　青 （快中板）你手扪胸膛心自忖，
心自忖，
尚有何面目见婵娟。
看剑！

许　仙 娘子救命！

［小青刺杀，许仙逃下，小青追下。

白素贞 小青，小青……

[白素贞追下。

[许仙复上，小青追上。冲杀，白素贞接着上，拦阻。

小　青 （口鼓） 许仙，姐姐夜上金山，你为何不出来相见？

许　仙 （口鼓） 我被锁禁文殊院内，有翼也难以飞天。

小　青 （口鼓） 住口，既是法海不准你出来，你今追到桥边，又作何打算？

许　仙 只因……

小　青 只因什么？

白素贞 （打圆场地，口鼓）小青，你暂且息怒，让他把话讲完。

小　青 你，你讲！

许　仙 娘子……

白素贞 你……你就讲吧！

许　仙 娘子，请听呀！

（陈世美不认妻）

那日我归家转，欲与妻相见，

行过桥头到江边，

刚刚遇法海在前面，

想走已无从，他把我牵。

白素贞 你……你便忍心舍我而去？

许　仙 我……唉！

（西皮） 离开家园上金山，（序）

困禅堂，不见天，

心想我贞娘，秋水望穿。

小　青 许仙，你别再巧语花言，我小青是不会再轻信你的。

白素贞 小青，你，你就让他说下去吧！

许　仙 娘子！你又再听呀！

（续唱） 到后来，得沙弥行方便，

放我返家园，

断桥会面，死也心甜。

小　青　哼！（催归）

我难再受蒙骗，

无义汉食前言，

一挥剑要你命归天。

[小青举剑再刺许仙，白素贞拦阻。

白素贞　小青！（续唱）

饶恕，饶恕，

权放下龙泉，

听姐姐我怒责许仙。

许　仙　娘子……

白素贞　冤家呀！（反线二黄板面）

欲语还未说心里暗凄然，

你一去多天，

苦难言，恨难言，

今天终于再续素愿，话千篇——

还望君听劝。

（指反线二黄）

可知你的妻，

本千年修炼一蛇仙。

五月端阳，误饮雄黄，

害得你命悬一线。

我为你上仙山，盗灵芝草，

受尽颠连。

谁知你病愈变了心，不辞而别去，

日盼夜盼眼望穿。

鸳鸯梦醒愁添怨，

原来你偷上金山，投奔法海，

披剃参禅。

（反线秋江别中段）

我气冲天，上山巅，

为着索夫回旋。

与神兵一死战，水淹寺门，

怎奈我腹绞痛，浑身软绵绵，

险些我被神将砍几剑，

幸得小青救护，

才能幸免把命保存。

许郎，小青为你出生入死，也难怪她恨你。

小 青 姐姐，你已将真情实话对他讲明，他亦无可再怨，我们走吧！

[小青扶白素贞走，许仙追赶。

许 仙 娘子！（跪下）

（流水行云）

你情深一片，

冰雪蕙质素性良善，

今日复相见，

难得你谅解释前嫌。（序）

你累受颠簸为我许仙，

暗自羞愧百感交煎。

恨我轻信，那贼僧进谗言，

纵是蛇儿蜕变，我心不再变，

愿与一世，作难中并头莲。

白素贞 （接唱） 纷飞孤雁两地挂牵，

几番相思理不断。

情重爱专，我未忍断琴弦。

永不分离，誓盟共对天。

小　青　（接唱）　见佢情与义似金似石铁坚，

深恩未能断，

我若迫她翻了脸，

反落得心太偏，

会恨我千百年。

不若远去天边，远去天边，

告别姐姐，独走远，

今后一生，不复见，

白素贞　（接唱）　我难离你去远，（重句）

念我腹中孕，莫再出此言。

许　仙　（接唱）　望小青姐你回心转念。

小　青　姐姐，我……

白素贞　小青呀！你何忍舍我远离，留下这离巢孤燕。可记得姐妹当初曾许愿，同生共死不相捐。

小　青　姐姐！

白素贞　小青！

许　仙　青姐，你真的不走？

［许仙慌忙跪下。

小　青　许仙你再将姐欺骗，三尺青锋决不饶你。

许　仙　小青姐，我再不敢了！

（念白）　檐前滴水石可穿，娘子深情动地天，

若是许仙心肠变，青锋之下尸不全。

［白素贞示意他已久跪了。

小　青　起来！

许　仙　呃……

小　青　你与我起来！

许　仙　谢过小青姐！

白素贞　好呀！

[内场合唱新曲：

患难中重相见，

含泥燕子重返家园。

白素贞 （接唱） 小青来来快扶为姐清波门转。（去而复返）

三　人 （合唱） 猛回头，避雨处，风景依然。

[小青、许仙扶白素贞，三人回头眺望远处。

[幕闭 。

第六场　合钵　毁塔

[幕启。

[室内，堂皇华丽。

[许仙高兴地上。

许　仙 娘子，来来来！……

白素贞 许郎！

[白素贞淡装手扶许仙上。

白素贞 （醉酒第二句起）

有赖夫君相陪，

盼夜尽日长在，

未了相思爱，

剪不断还复来。

情如玉洁，心比寒梅，

隆冬可耐。

许郎，仕林儿呢？

许　仙 小青姐抱他出去玩了。

[许仙摆妆，搀扶白素贞坐下，替她梳妆画眉，又从案上拿起一朵月季花。

许　仙 娘子，你看！

（汉宫秋月）一朵月季无瑕实可爱，
插在云鬓似仙姬下蓬莱，
见你风姿倩丽，
不由我惊呆。

白素贞 （接唱） 誓约不忘记万载，
纵是百劫千灾，
钢刀利剑相阻隔，
再也不分开。

许　仙 （接唱） 死生同命鸟，
任磨折颠扑再几回。

白、许 （齐唱） 怎得天青否极泰来。

[白素贞对镜中发现法海站立云端，大惊，站起。

许　仙 娘子，你……

白素贞 法，法海他……来了！

[小青抱着仕林儿急匆匆上。

小　青 姐姐，大事不好，黑风骤起，怕是那法海秃驴又来加害于你……

白素贞 许郎，你与仕林儿快快离开此地吧！

许　仙 娘子你……（连忙接过仕林儿，但已来不及了）

[法海上。

白素贞 快走！

许　仙 娘子……

白素贞 快走！

法　海 （狂笑）哈哈哈，白蛇孽畜，你孽缘已满，今奉如来之命，把你捉拿。

许　仙 法海，你，你欺人太甚呀！

[法海一掌把他推倒，吓得仕林哇哇大哭。

白素贞 （忍无可忍）看剑！

[白素贞举剑直刺法海，法海以禅杖还击，小青从旁夹击。法海渐觉不支。

法　海 （驾住双剑）护法神哪里？

护法神 （内应）来也！

[护法神从窗外跳入。

法　海 护法神。

护法神 在！

法　海 举起金钵，降伏蛇妖！

护法神 领法旨！

[护法神举起金钵，白素贞翻滚、挣扎。

白素贞 许郎！

许　仙 娘子！（冲前，被一束蓝光隔开）娘子……娘子……

白素贞 小青！

小　青 姐姐！

白素贞 （呼痛）哎哟！

法　海 看法宝！

[法海甩出一条法珠，欲套小青，小青甩掉。

白素贞 小青，快回峨眉山，日后为我报仇！

小　青 姐姐！

白素贞 小——青！

小　青 姐——姐！

[小青急下。

许　仙 （上前阻拦）娘子……娘子……（被蓝光隔开）

白素贞 许郎……（冲前，又被蓝光隔开）

许　仙 娘——子！

白素贞 许——郎！

许　仙 （怀内的仕林儿哇哇大哭）儿……

白素贞 儿啊……（挣扎抱起仕林儿）许郎呀！

（恋檀郎中板）

恨不休，

天上人间两分手！

恩爱夫妻难长久。
最是凄凉离别后，
为妻被金钵收，
衷情再剖，
望郎君分忧，
把抚养娇儿责担受，
九泉含笑也闭双眸。

许　仙（接唱）妻呀！

白素贞（接唱）许郎呀！

白　许（合唱）妻呀！（夫呀！）
今朝离别去，
怕难再聚头。

法　海 孽畜快走！

许　仙 法海禅师，我妻自到江南行医，从无过犯，你何故两次三番下此毒手？法海禅师望你开恩，饶恕她吧！

法　海（大笑）哈哈哈！人妖岂能成婚，天规佛法无情！

白素贞 法——海！
（快二流）我骂一声，（六）
法海秃驴，（工）
可知人心不可欺，（工）
苦海也有尽头。（尺）
金钵法力纵高强，（合）
也难使我屈膝低首，（上）
多行不义必自毙，（工）
看你能活几个春秋。（转滚花收）

法　海 护法神，把蛇妖压在雷峰塔下，若要超生，除非雷峰塔倒，西湖水干！（押下白素贞）

白素贞 许——郎！

许　仙　娘子，娘子……

法　海　阿弥陀佛！

许　仙　娘子……

[雷鸣电闪，护法神又举起金钵。

[切光。

[暗转，十年之后。

[雷峰塔下，清冷，阴森。

[天空乌云翻滚。

小　青　（内唱披星头）匆匆，飞越金瓯！

[小青手拿神火器急急锋上。

小　青　（续唱）　深山修行为把姐救，
报却十年恨，
把塔烧毁，恨始休。
管它西湖水干透。
呔！法海何在？

[法海上。

法　海　（见是小青，不禁哈哈大笑）是你啊！孽畜又来送死吗？

[小青举起神火器对准法海连续喷射，法海倒地翻滚，被烧得焦头烂额死去。

小　青　姐姐，小青救你来了！

[小青举起神火器，对准雷峰塔，一条条火龙窜塔身，顷刻轰隆巨响，塔身倒下，塔倒现白素贞。

小　青　（上前）姐姐！姐姐……

[小青扶白素贞出，二人抱头痛哭。

[乌云散去，东方日出，光芒万丈。

[许仙带着十岁的仕林儿上。

小　青　姐姐，你看，谁来了？

许　仙　（上前）娘子！

白素贞　官人……

仕林儿 （扑向白素贞怀中）妈妈……

白素贞 娇儿……（哭）

仕林儿 妈妈……

白素贞 官人！

许　仙 娘子！

仕林儿 妈妈！

许　仙 小青姐！（下拜）

[众随下拜，小青连忙把白素贞等扶起。

[幕闭。

[剧终。

（剧本版本：《广东粤剧院演出剧本选集》第三集）

广东戏剧文库

优秀剧作选

1949-2019

粤剧卷

GUANGDONG XIJU WENKU
YOUXIU JUZUO XUAN
YUEJUJUAN

（第 4 册）

广东省艺术研究所
主编

中国戏剧出版社
CHINA THEATRE PRESS

目录

·粤剧卷·

风雪夜归人

（根据吴祖光同名话剧改编）

改编：曾文炳　张云青

人　物　表

魏莲生	二十五岁	著名男花旦
玉　春	二十四岁	妓女出身的姨太太
李蓉生	三十七岁	魏莲生的跟班
马大婶	五十多岁	魏莲生的邻居
马二傻	二十多岁	马大婶的儿子
陈　祥	十八岁	魏莲生的戏迷
小　兰	十六岁	玉春的侍婢
章小姐	十六岁	魏莲生的戏迷
俞小姐	十七岁	魏莲生的戏迷
苏弘基	四十多岁	法院院长
徐辅成	四十多岁	南天盐运使
王新贵	三十多岁	苏弘基的管家
白围巾		
海棠花		

扮演梁山伯、四九、人心的演员，观众、仆役

苏弘基家人、打手、丫鬟

第一场

[在高贵蒙受着耻辱、黄金埋没在泥沙里的时代。

[晚上，北方某城市的旧式剧场。

[舞台是剧场的“观众席”，一张长条案桌，两旁分置三张椅子。旁边是条凳，一直伸延到一边侧幕内。

[中学生陈祥奔上。

陈　祥　两位小姐，快走啦！

（唱秋江别中板）

考功课，又惊又恐，

争睇戏，又挤又拥，

连晚打冲锋，

越睇兴越浓，

[章小姐、俞小姐同上。

两小姐　（接唱）　来到此间，怕羞面红。

陈　祥　你们又想看戏，又要怕羞，快来吧！

（唱滚花）莲生扮演祝英台，

看戏之人如浪涌。

行慢执输无好位——

两小姐　（接唱）　我们并排坐当中。

[陈祥等三人就座。

[王新贵摇摇摆摆上。

王新贵　（自言自语）红牌名角魏莲生！轰动全城，名扬四海。好架势呀！真是运去黄金失色，时来顽铁生光！

陈　祥　什么？（气愤地冲向王新贵面前质问）喂！你敢说魏莲生是顽铁？

王新贵　（不屑与之争吵，随便往椅子上一坐）学生仔，懂什么？

（唱龙头凤尾）

细想当初魏莲生，

初入梨园心惶恐，

转眼之间人出众，

惊天动地大紫大红！（芙蓉腔）

陈　祥　啊？你认识魏莲生？

王新贵　（洋洋得意）当然认识！（接唱）

同饮一井乡情重，

上数五代共祖宗，

他入梨园是我先看中。（芙蓉腔）

陈　祥　（打量王新贵）你？

两小姐　（旁白）哼！吹牛！

王新贵　你不信？（接唱）

虽是达官贵人将他捧，

飞黄腾达运亨通，

但他与我深交多敬重，

哥前哥后带笑容。

[看戏的观众三三两两进场，卖小食者也随之入场。

[剧场仆役清理包厢。

仆　役　（对王新贵）对不起，这是法院院长苏大人的包厢。

王新贵　（悻悻然）哼！什么法院、妓院，都是一个院啫，有什么了不起？

陈　祥　哈哈！都是一个“院”？“阝”边加一个“完旦”的“完”！

仆　役　嘘！嘘！来啦！（趋前相迎）苏大人！

[苏弘基携徐辅成上，大模大样，目中无人。

王新贵　啊，就是他？（走避一角）

苏弘基　（见陈祥）哎？又是你占头排？

陈　祥　好说了！我是魏莲生的戏迷！

苏弘基　（对徐）你看！学生仔都是魏莲生的戏迷！（直起滚花）

他是戏班美男儿，

比起女人更漂亮。

嘻嘻！一会儿我给你介绍。

徐辅成　岂敢，岂敢！苏大人捧的红戏子嘛！

苏弘基　哎！（接唱）

众人捧场名更响，

大家争食菜越香。

徐辅成　那一会儿就麻烦老兄引见引见！

苏弘基　一言为定！

徐辅成　刚才苏大人说有件要事商量——

苏弘基　别急，别急！明天我生日，请到寒舍饮杯薄酒，到时再慢慢商量。

徐辅成　啊？苏大人做寿，鄙人定当祝贺！

［王新贵一直竖起耳朵偷听，这种人仿佛生来就喜欢探听别人的秘密。

［开场锣鼓打响，观众骚动。

陈　祥　（大声呼叫）别吵，戏开场啦！

［唱戏声从前面响起。

人　心　小姐，我们走吧！

英　台　（唱首板）求学离家心欢畅！

众　人　（欢叫喝彩）好！

陈　祥　看！魏莲生出台了！（模仿祝英台的“亮相”）好！

（狂热鼓掌喝彩）

徐辅成　（情不自禁站起来）啊，天仙下凡了？

（唱长句滚花）

真漂亮，真漂亮，

杏脸桃腮如花样，

莺声燕语动柔肠，

体态婀娜情万状，

天生尤物世无双！

苏弘基　（不动声色地观察对方）好！好！

陈　祥　（喝彩）好啊！“鹞子翻身”！“卧鱼”！好！

［观众齐声喝彩。

苏弘基　如何？够味道吧？

徐辅成　名不虚传！名不虚传！哎？苏大人，嫂夫人不是同来看戏吗？因何不露面？

苏弘基　你问玉春？她——她跑到哪里去了？

（四顾寻觅）小兰！小兰！

[小兰应声上。

小　兰　老爷！

苏弘基　四奶奶呢？

小　兰　她，她在前面。

苏弘基　在前面干什么？

小　兰　成群老太太、少奶奶在那里看戏谈天。

苏弘基　去看看！

[苏、徐离座。观众喝彩。

小　兰　（向内）四奶奶！四奶奶！

[玉春边擦泪边上。

玉　春　（唱新腔滚花）

仰慕他才艺非凡，
不觉心潮荡漾。
细想梁祝惨遇，
难禁泪落心伤。

小　兰　四奶奶，老爷找你。老爷——

苏弘基　玉春，又为什么流泪呀？

[闭二幕。

玉　春　为祝英台——

苏弘基　哈哈，为古人伤心，多此一举！

（唱戏水鸳鸯）

人一世，图欢乐，
理应喜笑眉扬，
莫将烦恼心中放。

徐辅成　（接唱）　太认真，睇戏添惆怅！

苏弘基　（接唱）　看佢泪满眶！

徐辅成　（接唱）　真似英台样。

苏弘基 （接唱） 悲悲切切，

哀哀怨怨风流相！

哈哈哈！

玉　春 （直转滚花）

玉春有心学英台——

徐辅成 （自作聪明）啊！原来四奶奶是想学戏。

苏弘基 你真想学戏？

玉　春 嗯……（接唱）

解闷排愁心向往。

苏弘基 好主意！就叫魏莲生教你！

玉　春 （故意冷淡）人家名牌老倌，怎肯教我？

苏弘基 只要我开口，怎到他不肯？先睇戏！快来陪徐大人。

[苏、徐同下。

玉　春 魏老倌，你听到了吗？（唱滚花）

摆布由人难自主，

身当玩物可知详？

[苏弘基内叫：玉春！

小　兰 四奶奶，老爷叫啦！

[玉春无奈下。小兰随下。

第二场

[紧接上场。

[戏园后台化妆间。

[二幕启。

[前台传来阵阵喝彩声，李蓉生捧着小茶壶匆匆进来，喜欣欣地走到上场门张望一会，回到化妆台收拾东西。又一阵喝彩声，他不时翘首张望，然后深

有感触地长叹一声。

李蓉生 （唱滚花）莲生名声震艺坛，
喜看梨园飞彩凤。
我昔日艺高人出众，
今日声沉影寂恨无穷。
护得莲生走运时，
不枉十年细侍奉。

[王新贵上。

王新贵 蓉生老弟！

李蓉生 你来找莲生？

王新贵 前日托他帮找个“窦口”，不知有无着落？

李蓉生 他正在台前演出，等会你问问他吧！（递茶）你先坐坐。

[前台爆发喝彩声。

[化妆成人心的小演员上。

小演员 二哥，莲生哥入场啦！

李蓉生 来了！（捧小茶壶迎去）

[魏莲生穿“哭坟”戏服步入后台，人还在抽泣着。化妆成四九的小演员随上。

王新贵 （惊异地）他——

李蓉生 他还想着祝英台呢！（细心地）莲生——（递上毛巾茶壶）

魏莲生 哦！（接过毛巾轻轻抹泪，就着小茶壶喝一小口水）

[魏莲生赶换装，李蓉生等左右侍候。

王新贵 （轻声地）莲生！

魏莲生 你来了？

王新贵 来了好一会儿了。莲生，我前日求你的事——

魏莲生 办妥啦！

王新贵 （喜出望外）哦？办妥啦？嗯，做哪份工？

魏莲生 去法院院长苏大人府上做管家。

王新贵 啊？苏大人府上？（张口结舌）

魏莲生 是呀！

王新贵 哎呀莲生呀！（唱沉腔滚花）

你你你……

你恩同再造，

我铭感心中，

我，我今生报答不完，

来生也要报答你情如山重！

（哭起来）

魏莲生 些小事情，何须言重！

王新贵 好莲生，大恩公！（唱梳妆台）

老同乡，多提携，

你恩深似海世间难逢，

但愿你名满九州天惊地动，

天公定保你越演越红！

魏莲生 好啦，好啦！一会苏院长来，我替你介绍。

王新贵 （点头哈腰地）好！好！我这身衫——

魏莲生 这不是很好了吗？（一甩水袖）

小演员 莲生哥，要失场啦！

魏莲生 失了场，你打他——（用手指点王新贵一下，飘然而去）

王新贵 好！好呀！（唱海南曲）

一朝路钻通，想身荣当邀宠；

我将权操纵，为主人效忠。

（口鼓）哎，老弟呀，那苏弘基……嗯，苏大人府中人口众不众？

李蓉生 （口鼓）四位太太，六个小姐，还有一帮随从。

王新贵 （口鼓）四个太太之中，谁人最得宠呢？

李蓉生 当然是四姨太啦！

王新贵 （紧紧追问）四姨太是什么出身的？

李蓉生 （口鼓）唉！原来是个苦命女，青楼卖笑只为穷呀！

王新贵 （阴笑，眼珠一转，顿生感慨，韵白）真个是时来运转，无迹无踪；十年河西，十年河东。当年他比我还穷，全家要吃西北风。后来他……私运鸦片，小虫立即变猛龙！

李蓉生 啊！“人无横财不富”嘛！

王新贵 （愤愤不平，韵白）如今我落魄半生，两手空空，竟要求人引荐，为他打工！

李蓉生 他来了！

［苏弘基边唱边上，李蓉生恭敬地行礼迎接，王新贵哈腰曲背，一脸媚态。苏、徐视而不见，自顾观看后台。

苏弘基 辅成兄！（洋洋得意地唱木鱼）

仔细看，莫匆匆，
带兄走入万花筒。
先看台前艺出众，
勾魂夺魄显奇功，
再看后台如幻梦，
牵心撩肺更情浓。

徐辅成 苏老兄！（接唱）

你是行家样样懂，
心有灵犀一点通。

苏弘基 多看几次，你也上瘾啦！我现在呀！“一日不可无此君”呀！

（接唱） 莲生可谓多情种，
保你倾心盼重逢。

（大笑）哈哈哈！

［喝彩声轰响，散场大笛锣鼓声传来，饰演梁山伯、四九、人心的演员先后上。

苏弘基 哦，散戏啦！

众　人 （见苏弘基，上前行礼）苏院长！

苏弘基 唔！（逐个审视，韵白）四九有姿色，人心娇滴滴，山伯美如璧。

[魏莲生穿“化蝶”装，飘然而至。

魏莲生 （女嗓）苏院长！

苏弘基 啊！祝英台，真是天香国色！莲生，我来介绍相识，这位是南天盐运使徐大人，上任在即。

徐辅成 久仰！久仰！

魏莲生 徐大人，多谢捧场，请坐！我卸妆。

苏弘基 等等！刚才那段“化蝶双飞”，我看得还未够瘾，再来一次！

魏莲生 （面有难色）这……

李蓉生 苏大人，魏老倌累了……

苏弘基 （不悦）吓？居然不给面子呀！

魏莲生 （赔笑）苏大人，你老人家捧场，我怎敢怠慢？

苏弘基 唔！这才乖呀！（搂着魏莲生的腰）累了，就细细声唱。啊？

魏莲生 各位棚面师傅，多辛苦一会。

[内场锣鼓响起来。

[梁山伯，祝英台进入戏中。

[双飞蝴蝶舞蹈。

梁山伯 （唱新曲）兄妹相逢在何处？

祝英台 （接唱） 墓中重会两相依。

梁山伯 （接唱） 有情能感天和地，

祝英台 （接唱） 奔向春光化蝶飞。

梁山伯 （接唱） 赤橙黄绿青蓝紫，

祝英台 （接唱） 百花盛开春色美！

梁　祝 （同唱） 我和你，

两心知，

生死不离永双飞！

[苏、徐摇头摆脑地欣赏。

苏弘基 （拍手）好、好、现在可以卸妆了。

[山伯、四九、人心进内。魏莲生卸妆，李蓉生细心侍候。苏弘基在魏莲生

身边坐下，盯着莲生看个不停。

苏弘基 （拍拍魏的脸，捏捏他下巴）你今晚声情并茂，楚楚动人，真过瘾啦！

徐辅成 可惜快走了，没有机会看戏了！

苏弘基 哎，明晚莲生还要到我家里唱《尼姑思凡》呀！

魏莲生 是呀，我去替苏院长祝寿。

徐辅成 哦！鄙人一定洗耳恭听！

苏弘基 好啦！我们先去状元楼，等你来消夜。（又捏莲生下巴）啊？（欲下）

魏莲生 苏院长，请慢走。（向王新贵招手）这是我介绍给你的管家，王新贵！

[王新贵连忙上前，垂手请安。

苏弘基 好吧！明天一早来上工。

王新贵 是！

[魏莲生进屏风换下戏装。

苏弘基 （想起来）哦，莲生呀！（唱滚花）

名门少妇学唱戏，

当今潮流一阵风。

小妾也要赶时髦，

你就忙里偷闲帮侍弄。

魏莲生 四奶奶想学戏？只怕我教不好！

苏弘基 嘿！（续唱滚花）

小姐少奶闲得闷，

一时高兴吵得凶。

少时你到状元楼，

美酒佳肴迎彩凤。

[魏莲生送客，苏弘基向他喷烟，大笑而去。

[王新贵殷勤侍候，跟上。

[魏莲生默然低首。

李蓉生 （关切地）莲生，卸妆吧。

[陈祥奔上。

陈　祥　莲生！你演得太好了！（学样）梁兄！（口中念着锣鼓经，奔到台中，转身向后招呼）哎？快来，你们快来嘛！（拉着腼腆而好奇的俞小姐和章小姐上）莲生，我来介绍，这是我表妹俞小姐，她是我同学章小姐，都是你忠实的戏迷。

两小姐　（又羞又喜）看你，乱讲什么呢？

魏莲生　请坐！二哥，请倒茶。对不起，我要洗脸了。（走进屏风后）

两小姐　（又急又喜）不用客气！

陈　祥　（顺手穿起戏服舞动起来，唱寻针）

足有十天无乐趣，

困在家里苦攻书，

皆因天天参加考试，

竟与戏场苦别离！

［陈祥把袖一甩，甩在上场的王新贵面上。

王新贵　啊？你？（转过身来）莲生呀，我先走一步啦！明天苏大人做寿，我们再见。（下）

陈　祥　（口鼓）今晚真开心，看了一出好戏。

章小姐　（口鼓）他呀，越演越有味，我越睇心越迷！（吐舌头）

俞小姐　（口鼓）他呀，唱得婉转似黄莺，每个眼神都绽人心醉！

陈　祥　（口鼓）我足足喝彩廿八次，鼓掌鼓到我大汗淋漓。

李蓉生　哎！（忙取回戏服，收拾东西，下）

章小姐　陈祥，快问他！

陈　祥　莲生呀，我们想请你唱《红拂私奔》，行吗？

［魏莲生换了衣服，潇洒大方地从屏风后出来。两位小姐惊异地注视。

魏莲生　（拿起桌面的请柬晃了晃，半炫耀半厌恶地）你看，我哪里有时间呀？……好吧，初八唱吧！

陈　祥　好呀，好呀！哎，莲生，明晚我要去看《思凡》！

魏莲生　（不耐烦地）去吧去吧！两位小姐！（唱滚花）

这儿没有好招待，

但求见谅薄情谊。

章小姐 （接唱） 魏老倌你客气诸多，

俞小姐 （接唱） 魏老倌你诸多客气。

陈　祥 （拉两小姐）哎呀走吧！

[陈祥与两小姐下。

魏莲生 （长舒一口气）唉！真烦人呀！

李蓉生 （上，见状，关切地）累了，早点回去休息吧！

魏莲生 苏院长还等我去状元楼消夜呀！

李蓉生 莲生呀！马大婶的儿子昨晚饮醉酒，睡在苏院长门前，被拘留所捉了去，她求你帮忙出把力，让二傻早日回家。我先走了。（下）

[内场，马大婶叫喊，“莲生！莲生！”上。

魏莲生 马大婶。

马大婶 莲生呀，真急死人呀！（唱血泪花中段）

二傻待人真心实意，

母子相依，

安分守己，

家贫揾食凭力，

怎知祸起生悲。

（转唱乙反流水南音）

平素二傻从未醉，

一饮醉到不知机，

竟在苏家门前睡，

遇着差人跑得迟。

拘留所内将蚊喂，

打到他浑身上下——

（转乙反滚花）

鲜血淋漓。

求你帮忙救二傻，

拜佛求神保佑你。

魏莲生 大婶呀！（唱卜算子）

你家境况我深知，

家空亲情重，母子相依。

如今亲子惹官司，

援助我义不容辞。

你安心转归去，

二傻定返来。

马大婶 你肯保二傻回家？

魏莲生 大婶，我找拘留所的刘所长讲讲情，你回去等消息吧。

马大婶 （异常激动地）莲生！你真是好心人呀！好心定有好报，菩萨保佑你娶个好老婆、多子多孙、添福添寿、升官发财！

魏莲生 我们演戏的升什么官啊？大婶，你还未吃饭吧？

马大婶 我没想到要吃饭呢。

魏莲生 （掏钱）拿去吃饭吧。

[玉春、小兰悄悄上。

马大婶 （激动）莲生！大婶求你办事，还要你给钱吃饭，这怎么行？（推却不要）

魏莲生 大婶，你是看着我长大的，还客气什么呢？（硬把银子塞给大婶）

马大婶 （感激涕零地）莲生呀，卖了我这副老骨头也报不了你的大恩呀，你真是救苦救难的活菩萨！（行礼）

魏莲生 大婶，看你！（扶马大婶下）

[玉春一直在沙幕内观察着魏莲生的一举一动。这时，一步一步走下台阶，端庄、美丽、凝重。

玉　春 （情不自禁地）莲生！

小　兰 四奶奶！

玉　春 （一惊）哦？小兰你——（解下披风递给小兰）我有话要同魏莲生讲，你在台口等我。

小　兰 等你拜师学戏是吗？（示白围巾）这条围巾……

玉　春　给我吧！（接过围巾）

［小兰下。玉春看着围巾上的海棠花。

玉　春　海棠花！（手抚围巾，思绪难平，念白）

风磨雪打盼归春，

冒出墙头觅知音。

若是堪怜同命苦，

当知海棠一片心。

［魏莲生复上，玉春目不转睛地注视着他。

魏莲生　（乍见玉春，愣住，躲避她的目光）四奶奶……（局促不安）

玉　春　魏老倌！（微微一笑）你真是个好人。

魏莲生　（有点迷惘）我？

玉　春　（模仿马大婶的口气）你真是个救苦救难的活菩萨。

魏莲生　（放下心）哦！（直起减字芙蓉）

只为街坊遭劫难，

理应救助苦命人。

玉　春　（接唱）　你有一颗好人心，

天下苦人都怜悯？

比如说，饥饿的，受寒的、生病的、被害的……？

魏莲生　（接唱）　人在难中当周济，

力薄情长表寸心。

玉　春　（接唱）　世上有人更可怜，

你可为她解危困？

魏莲生　你说的是什么人？

玉　春　（摇手）不说了，不说了，说了你也不明白，你又有名，又有钱，还有那么多有权有势的朋友——（拿起请帖一晃，然后摔回桌上）

魏莲生　（讷讷地）四奶奶……

玉　春　（旁敲侧击）你生活过得很称心如意吧？

魏莲生　（略为不快，愣了一下）我没有这样想。

玉　春　（故意地）哎哟，苏院长还等你消夜呢。再不去他要发脾气了，快去吧！

魏莲生　……不要紧……

玉　春　不要紧就好。魏老倌，我们过去很少交谈，但我觉得，我们是顶熟悉的朋友，虽然我是苏院长买来的四姨太，你是苏院长顶喜欢、顶爱捧的红戏子。

魏莲生　（低头不语）……

玉　春　你生气了？

魏莲生　（犹豫地）没……

玉　春　那我就要问你了。（欲说，又不好出口）

魏莲生　你只管问。

玉　春　那我问你，你有没有觉得自己是个顶可怜、顶可怜的可怜人？

魏莲生　（茫然）……没有，我没觉得……

玉　春　（惨然）唉，我怎么老觉得——

（唱长句滚花）

普天下，多苦人，

有人无米为炊家中贫，

有人辗转呻吟病魔困，

有人为婢为奴侍候人，

有人负屈含冤遭监禁，

还有我这个不算人的可怜人。

魏莲生　（不解地）你？

玉　春　（直截了当）还有你！（直起长句二黄）

供人取乐陪开心，

自家苦衷谁人问？

你我身份虽有异，

同是一对可怜人。

魏莲生　同是可怜人？（思索）

玉　春　我说得对不对？（接唱）

今夜你细细思量，

来日再详谈细论。

如今我拜师学戏，

效英台情重志凌云。

魏莲生 （接唱） 实在是愧为人师，

只怕我难于胜任。

玉　春 （接唱） 莫非我不堪教诲？

魏莲生 （接唱） 你是个聪慧之人。

玉　春 （直转滚花）

明晚十点到我家……

魏莲生 （紧接） 我明晚要到你家唱戏祝寿。

玉　春 我知道！明晚十二点钟你才唱戏，十一点钟化妆，你提前在十点钟来吧！

（续唱） 我在小楼将你等。

[玉春把围巾放在桌上。

玉　春 小兰，我们走了。

[小兰上，为玉春披上披风。

[魏莲生拿起围巾，送还玉春，玉春不接。

玉　春 （唱滚花）今晚不胜酒力，

已觉腮染红晕。

[玉春回眸一笑，与小兰同下。

[魏莲生捧着围巾，看着玉春去远。

[幕后女声独唱“围巾曲”。

皎皎白围巾，

海棠细细针。

点点泪痕，

缕缕情深。

是梦？是真？

是一颗受伤的心？

可怜人赠可怜人！

[魏莲生思索着。

[收光。

第三场

[一天之后。

[二幕前，苏家门外。

[王新贵气派十足地随四家人上。

王新贵 （唱快中板）

院长生辰百件事，

眉精眼企共维持，

周到殷勤卖力气，

谁人偷懒“炒鱿鱼”。（解雇）

（呼喝）大家听到没有？

众家人 （同应）听到！

[徐辅成上，仆人捧礼随上。

徐辅成 （唱滚花）祝寿访美人，

“斟盘”谈生意。

王新贵 （连忙上前点头哈腰）徐大人来啦，请！请！

[王新贵指挥家人陪徐辅成下。

[陈祥手拿一个大红纸包上。

陈　祥 （唱快中板）

人人说我是戏迷，

尼姑思凡我思戏，

捧场切莫误时机。

[陈祥在衣袋里掏出三个铜钱，放进红包里，昂然而进。王新贵上。

王新贵 哎，又是你！（大模大样地）来干什么？

陈　祥　向苏大人祝寿！（欲下）

王新贵　（又挡）哎哎哎，你是苏大人的——

陈　祥　哦，你还不知道呀？我是苏大人表叔——的外孙的叔伯兄弟呀！（把红包递给王新贵，下）

王新贵　（看红包，找来找去只有三个铜钱，气极）吓？

（唱戏妲己尾腔）

哎呀呀……

你这个死靓仔！（追下）

［二幕启。

［苏家内厅。正面是嵌满五彩玻璃的屏门，两侧是门，一扇通室外，一扇通室内。厅内摆设酸枝家具，一对龙凤烛，烛光摇曳，两盏古色古香的宫灯悬挂厅中。

［二丫鬟捧水果、茶点上，放下，回身撩起门帘。

［小兰陪伴玉春上。

玉　春　（引白）无意人前嗟薄命，何堪席上笑逢迎！

丫鬟甲　四奶奶，请用茶！

丫鬟乙　四奶奶请尝喜果！

玉　春　大堂正摆寿筵，你们去陪奶奶，小兰留下陪我！

众丫鬟　知道！（同下）

小　兰　四奶奶！（唱花鼓芙蓉）

我看你今天，分明不高兴。

三杯才饮下，酒力就不胜。

玉　春　小兰，我并没饮醉，我是讨厌那些人呀！

（唱中板）那赵老爷，年过八旬，还要求媒问聘；

那刘署长，吹嘘炫耀，怎样滥施酷刑；

那盐运使，道貌岸然，难掩狐狸本性；

这苏大人，呼妻唤妾，为他巴结奉承。

（转七字清中板）

酒越饮时气越盛，

弄权牟利苦经营。

同流合污难从命，

停杯称醉找安宁。

小　兰　四奶奶！（唱滚花）

我在这儿绣海棠，

陪你看书该清静。

[玉春坐下看书，走了神，书掉地上，小兰会心一笑。

玉　春　（看看手表）小兰，快十点了。

小　兰　（埋头绣花）嗯，是不早了。

玉　春　小兰，你去看看吧！（小兰不应），小兰！

小　兰　去哪里呀？

玉　春　去演戏的地方。

小　兰　去看什么呀？

玉　春　看看他……

小　兰　（眼珠一转，故意地）他？张三、李四、陈五、黄六，哪个他呀？

玉　春　（情急地）小兰你，你明明知道，却假装糊涂，我，我生气啦！（假作生气）

小　兰　（偷窥玉春，笑嘻嘻地走过去）好好，我知道，我知道！（唱红绣鞋）

我是四奶奶的身影，

有呼必应！

奶奶心事未言明，

我尽知情。

去看师傅，我心高兴，

我今速去面请，

就来，就去，定遵你命！

四奶奶，我去啦！（掀帘出门）

[苏弘基上。

苏弘基　去哪里呀？

小　兰　老爷，我去看戏，看一会儿，就回来陪四奶奶。

苏弘基　去吧去吧！（见玉春呆呆坐着，伸手抬起她的下巴）玉春，你怎么啦？

玉　春　饮多了几杯，有点头晕。（避开）

苏弘基　不要紧，一会就好啦。哎，你看这对龙凤烛点得多亮，照到屋里喜气洋洋，真是双喜临门呀！……

［玉春已经避开了，苏弘基一脸怒气。

苏弘基　玉春！你病啦？

玉　春　啊？没有。

苏弘基　你为什么不高兴？

玉　春　我没有不高兴呀！（退后）我去斟杯茶给你！

苏弘基　（将玉春抓住）玉春呀！

（唱滚花）我与徐辅成谈笔生意，

若然你肯出力事必成。

玉　春　我不懂生意。（欲下）

苏弘基　哎，你留下！（续唱）

你若好好招待他，

他定会有求必应。

［王新贵内喊："徐大人到！"引徐辅成上。

王新贵　请！（下）

苏弘基　哦，辅成兄，请坐请坐！这是玉春的小客厅，还可以吧？

徐辅成　可以可以！（摇头晃脑充斯文）如同主人一样幽雅。

苏弘基　玉春，泡茶！

［玉春进内，徐辅成盯着玉春的背影看得入迷，苏弘基暗暗得意。

苏弘基　老兄！（徐听不见）辅成兄！

徐辅成　（惊觉）啊？……（解嘲地大笑）哦，苏大人！

苏弘基　辅成兄，你觉得她怎么样？

徐辅成　苏大人真是艳福不浅呀！

苏弘基 要是辅成兄想纳个宠的话，我可以……

[玉春捧茶欲出，退回。

徐辅成 （连连摆手）不敢当，不敢当。我哪有这个福气？

玉　春 （捧茶上）徐大人请茶。你们谈生意，我失陪了！（下）

苏弘基 辅成兄，我们先谈生意吧！（唱七字清中板）

贩运鸦片大可经营，

我做多年俱顺景。

熟人熟路熟行情，

五倍赚头能保证，

徐辅成 （跃跃欲试，接唱）

发财容易事能成。

苏弘基 （转唱三字经）

唯是有困难，未必能顺景。

路途几千里，南北远行程。

几十道关卡，关关要照应，

刁难与盘问，处处费人情！

徐辅成 （大为扫兴，唱七字清中板）

看来未必能顺景，

发财不易事难成。

苏弘基 （唱有序中板）

成就定能成，

有你合伙就能保证。

盐运官车南北走，

挟带鸦片最太平。

逢关过关路畅通，

十倍赚头包拿定。

徐辅成 （转唱七字清中板）

虽拿定，

一旦事情败露，

定要判刑！（腔）

嘿呀，我担的风险太大啰！

苏弘基 你放心，我这个法院院长是要来吃饭的吗？（唱滚花）

手中有法又有权，

要扁要圆由我定。

徐辅成 话虽如此，不过……

苏弘基 哦，你看不起我这个法院院长吗？

徐辅成 不敢，不敢！只是……（接唱滚花）

既然两家做生意，

理应谈妥怎分成。

苏弘基 （大笑，刚饮的茶给喷了出来）哈……分成？

徐辅成 “先小人后君子”嘛！

苏弘基 这个好商量。好，我们先谈谈红利分成！

[王新贵悄悄上，徐辅成一见敛色。

苏弘基 （不悦地）你来做什么？

王新贵 老爷，陆总长前来拜寿，我请他到花厅待茶。

苏弘基 陆总长来了？辅成兄，我们一同见见陆总长。

[三人下。

[玉春从内室出，满腔悲愤。

玉　春 （切齿）你这个苏弘基呀，（唱锦城春）

不平冤情！

常话夫妻本同命，

他绝人伦更绝情。

将这活人当成玩物还未算，

竟当礼品送人情！

这些魔鬼欲沦人绝境，

我身有若投陷阱。

天生我，多苦命！

真使我，心不静！

急于对佢诉我不平。

[王新贵悄悄地掀开门帘进来，毕恭毕敬地躬身站着。

王新贵 （十分殷勤地）四奶奶！

玉　春 （一惊转身）啊？有事吗？

王新贵 四奶奶！（唱三脚凳）

听说你贵体欠安，

我特地来探望。

太太有何使唤？

我愿摘肺掏肝！（芙蓉腔）

玉　春 （唱滚花）不过多饮了几杯，

何劳你记挂心上。

王新贵 四奶奶，小人初来乍到不懂礼节，公馆人少事多怕做“唔切”（不来），四奶奶大量宽容，对下人体贴，以后全靠你多多“带歇”（关照）。

玉　春 （明白了来意，敷衍地）你是新来的吗？

王新贵 是呀，是大老倌魏莲生介绍来的。

玉　春 啊？你认识魏莲生？

王新贵 认识！（渐渐放肆）我和他本是同街共巷，他父亲是个打铁匠。可惜家运不济亲人早丧，如今只剩他孤苦伶仃无依无傍。唉！台上日日有欢情，台下夜夜是单身汉。哎，听说四奶奶要跟他学戏……

玉　春 十点钟了，你到前边照看一下吧！

王新贵 都安排好了，四奶奶！

玉　春 （唱滚花）你还是到堂前多照应，

那里宾客如云工作忙。

王新贵 是，以后你有事尽管吩咐吧！四奶奶！

玉　春 （接唱滚花）

以后如果没事情，

你不要擅来擅往。

王新贵 （愕然有顷）是，四奶奶！（转身欲下）

[小兰内自：“客来啰！”带魏莲生上，正好碰上王新贵。

小　兰 哎哟!

王新贵 莲生?

[魏莲生一手拿着围巾，一手掀长衫，正要进门，见到王新贵，面红耳赤，进退两难。

玉　春 哦，魏老倌来了？请进来吧!

王新贵 哦！你是来教戏的？（狡猾地一笑，下）

[魏莲生进门，局促不安。

小　兰 四奶奶，师傅请到，我去看戏了。(下)

魏莲生 四奶奶……（递上白围巾）

玉　春 天气还有点凉，你那围巾干吗拿在手上？系上吧！（一双会说话的眼睛鼓动他）嗯!

[魏莲生犹豫着，搭上围巾。

玉　春 你坐呀!

[魏莲生欲坐太师椅，又觉不妥，走到小方凳前。玉春在对面的小方凳上坐下。魏莲生正襟危坐，低头不语，一阵沉默。

玉　春 你讲话呀!

魏莲生 （四面张望，直起减字芙蓉）

这座小楼真正好，

玉　春 （接唱）　怎样好法说端详?

魏莲生 （抬头看天有顷，接唱）

前面锣鼓震裂天，

走进小楼无声响。

玉　春 （接唱）　你说这儿多清静？（把凳子靠过去）

魏莲生 （点点头）嗯！（把凳子挪开）

玉　春 为什么会清静呢？（再靠过去）

魏莲生 （摇头，接唱）

为何清静我不知详。（再挪开）

玉　春 （唱滚花）前边那座假石山，

它把声音全阻挡。

［玉春调皮地端凳坐到莲生身旁。

魏莲生 是呀，一走过假石山，前头的锣鼓声就听不到了。

［魏莲生转身一看，见玉春坐在身边，更不知所措。

［玉春目不转睛地看着他。

魏莲生 （紧张得不知说什么好）那座假石山做得真好！

玉　春 好又怎样？

魏莲生 嗯……（答不上话，低下头来）

［玉春看着莲生，不禁失声笑了。

魏莲生 （慌忙站立）四奶奶，你笑我？

玉　春 我是笑我们两个呀！（唱下西歧）

对坐呆呆无话讲，

望着楼顶看又看。

专诚相邀，此情用枉，

害得你这难堪样！

竟是无言共交往，

讲山又讲楼房？

魏莲生 （接唱） 今日独来未免草莽，

心里实觉彷徨。

玉　春 （调皮地）哟，你真脸红了。你别计较，我又多饮了几杯酒。你来看！（接唱）

你瞧这小园，

海棠花似火旺，

花枝竟然往外闯。

可讨厌它不应当？

我今专诚听你讲。

魏莲生 要我讲？

玉　春 是呀！这海棠花好不安分吧？你讨厌不讨厌？

魏莲生 我，不讨厌。

玉　春 那你给我摘一朵吧？

魏莲生 好！

玉　春 （唱滚花）同往花园摘海棠！

[玉春引魏莲生去花园。

[闭二幕。

第四场

[紧接上场。晚上。

[苏家花园。

[二幕前。

[玉春，魏莲生同往花园。魏莲生远远跟在后面。

玉　春 （回头向他招手）走呀！

[魏莲生紧走几步，又放慢了脚步，终于停步不前。玉春一把抓住魏莲生的手同行，魏莲生怯生生地走了几步，抽回手，左顾右盼。玉春粲然一笑，独自前行。

玉　春 （回头看看）魏老倌，前面就是小花园了。

[二幕启。

[花园海棠吐艳，月色朦胧，星光闪闪，宁静、温馨、雅致。

玉　春 （意味深长地自顾自，唱梆子慢板）

明月对人舒笑面，
小桥流水响涓涓。
春风今夜入园中，
飘香醉人心觉暖。

[魏莲生心神不宁，欲行又止。

魏莲生 （接唱） 寒星窥人眼闪闪，

鸣虫深夜未成眠，

四顾园中皆寂寂，

更使我意乱心悬。

玉　春 你看这海棠花！

魏莲生 （神情一振，紧走几步，接唱）

默默海棠居深院，

含愁浅醉舞风前。

玉　春 （接唱） 缘何不问海棠花，

有甚情怀和夙愿？

魏莲生 （老老实实地，唱春风得意）

海棠花，笑无言。

玉　春 （接唱） 冒风迎雨，花枝备受苦相煎。

魏莲生 （接唱） 尽经风雨，一尘不染。

情怀更坦然。

玉　春 （接唱） 可与群芳争妍？

魏莲生 （接唱） 比群芳更鲜艳！

玉　春 （接唱） 你可知她日夜盼春天！

魏老倌，你就给我摘一朵吧？

[魏莲生摘花，玉春不接，示意替她戴上。魏莲生缺乏勇气，把花递给玉春。玉春插花时，故意“哎哟”一声。魏莲生顾不得害羞，替她插花。隔在两人之间的“墙”，这才松动了。

玉　春 你喜欢海棠吗？

魏莲生 喜欢。

玉　春 你看天上那颗星星！

魏莲生 星星？

玉　春 那颗顶大的是参星！

魏莲生 哦，是参星！

玉　春 还有一颗是现在看不到的商星，他们情同骨肉，但总是见不到面走不到一起。

魏莲生 为什么呢？

玉　春 谁知道他们为什么！这颗参星从东边上来时，那颗商星已从西边落下去了。等到那颗商星从东边上来，参星又从西边落下，总是，这个来，那个去，那个来，这个去，一千年、一万年都见不到面呀！

魏莲生 （感慨万千）哦！……（唱明星）

看那参星，
孤影只形，
夜夜东升，
盼商星到黎明。

玉　春 （接唱）两颗星星，
有一片骨肉情，
各处东西，
叹终生不见影。

魏莲生 （接唱）仃伶！
清冷寂静，
这般情，无止境！

玉　春 （接唱）明星！
千古恨，万载情，
泪盈盈。

魏莲生 （接唱）心事难平，
盼望双星，
终相见共驰骋，
云静明月清，
看晚景。
心欢庆！

玉　春 唉！世间恨事多呢！哪能叫你称心如意？魏老倌，昨天我们谈论的事，你都想过了吗？

魏莲生 昨晚想了一夜，睡不着。

玉　春 都想明白了？

魏莲生 想明白了——一点点。

玉　春 那我要问你了。

魏莲生 你问。

玉　春 你父亲是干什么的？

魏莲生 （不好启齿）……在家……

玉　春 是读书人？

魏莲生 （含糊其词）嗯……

玉　春 （直截了当）我却出身青楼妓院！

魏莲生 （目瞪口呆）你！四奶奶……

玉　春 吓着你啦？你没想到我会这么痛快把这件羞事告诉你吧？

魏莲生 这……

玉　春 唉！这还不是迫出来的吗？

（唱乙反二黄板面）

我父是贫寒教师，

家里灾祸连连，

多方欠债迫交无钱筹算，

我父只好将我卖与人把债填，

谁料难未完，

再陷青楼妓院，

人世苦不断。

魏莲生 （深表同情）四奶奶你……

玉　春 （直起乙反中板）

你演窦娥，六月飞霜，天愁地怨；

演苏三，担枷远解，苦泪涟涟；

演英台，化蝶舍生，为酬心愿；

叹玉春，刚脱铁牢，又临地狱，

万恨千冤！

（转乙反滚花）

受苦姐妹你同情，

不幸玉春你可曾看见？

魏莲生 唉！（接唱禅院钟声）

倾诉重仇叠怨，

我同情泪挂腮边。

嗟你身遭作践，

似釜中受熬煎，

芳心碾碎恨海难填。

无言语相慰勉，

唯有虔诚对苍天，

衷心祝愿：

风霜不复见，

海棠花吐艳，

盼望那夜雾终消散，

冰心一片待等艳阳天！

玉　春 马大婶没说错，你真是个好人。可是，你想过吗？你帮马大婶解救二傻，是靠自己的力量吗？

魏莲生 是我去求了人家。

玉　春 你去求那些当官的？他们为什么肯替你出力呢？

魏莲生 这……

玉　春 你，还很得意呢，是不是？其实，他们是把你当玩物来耍！（步步紧迫）你想到过你是个男子汉吗？是个男人大丈夫吗？

魏莲生 （痛苦之极，唱沉腔滚花）

我我我，我难以开言！

（唱饿马摇铃）

唉，今番令我更心乱，

听她数语，震撼我心弦。
台前做戏，似觉体面，
台下肚中浸黄连。
东家笑你太卑贱，
西家对你侮辱更多端，
耍戏胡缠。
官家买笑，我唱戏筵前，
哪堪千双眼底委曲求全，
苦难言！
我父打铁谋生终日无饱暖，
爹妈兄长相继抱恨长眠，
唉！此身有若无岸靠的断桅船！

玉　春　（紧接唱二黄滚花）
你我共诉一般情，
瞩目人间多凶险。
不同身世同命运，
做人玩物实可怜！
人生在世为何来？

魏莲生　（接唱）　思索千回难分辨。

玉　春　我们是要好好地想一想呀！要不然，糊糊混混过日子，同猫、同狗、同牲畜有什么两样呢？

魏莲生　嗯，是要好好想想呀！

玉　春　莲生，尽管天上两颗大星星永远见不到面。但是，我仍然要找个知心朋友……

魏莲生　（激动地）四奶奶！

玉　春　你叫我玉春吧！

魏莲生　（更激动）玉——春——！（冲上前执着玉春手）

玉　春　（悲愤地）这些年来，我住的是我不愿住的地方，做的是我不愿做的事，讲的是我不愿讲的话，见的是我不愿见的人！你说，我多苦呀！

魏莲生 （痴痴地）那……我……

玉　春 你？你太得意了！

魏莲生 （情急地）别说了！

玉春，你说，我该怎么办？

玉　春 （像是自言自语地）这不是我们待的地方。莲生，你带我走吧！

魏莲生 （意外地）带你走？

玉　春 （摇摇头）唉！我太心急啦！（直起唱滚花）

此事你还需多考虑，

我一心等候艳阳天。

[玉春望着魏莲生，双眼泄露了无限的深情。

[魏莲生一股狠劲，上前紧握玉春的手。

魏莲生 （激情地）玉春！

玉　春 莲生！……不早了，你得去化妆演戏了。

魏莲生 我哪有心思去演戏？

玉　春 可是，你非演不可。

魏莲生 这就是我们唱戏的苦处，到时候就要唱，不唱也得唱！

玉　春 你去吧？

魏莲生 还早呢！再等一会。

[魏莲生依依不舍地看着玉春。

[王新贵鬼鬼祟祟地上，见状几乎喊出声来，狞笑躲下。

玉　春 有人？（回头察看）

魏莲生 是风。你冷吧？

[魏莲生解下玉春送给他的自围巾，替玉春围上。两人亲热地依偎着，沉浸在幸福之中。

玉　春 但愿世间春长暖。

魏莲生 海棠花好月常圆。

[幸福的幻觉：

[海棠姑娘持花束舞蹈，鲜艳、美丽、欢快，为主人公的相会而热情祝福。

[幕后女声伴唱“围巾曲”：

皎皎白围巾，
海棠细细针，
点点泪痕，
缕缕情深。
是梦？是真？
是一颗受伤的心！
可怜人伴可怜人。

[切光，闭幕。

第五场

[距上场四天，上午。

[魏莲生家小院，花棚下置放着藤躺椅，茶几、凳等。

[幕启。

[魏莲生拿练功衣上，看看院外，心神不定。

魏莲生 （唱连序西皮）

神思纷繁似乱丝，
看往日当然未足取，
瞻未来又费心思。
焦急盼玉春到来，
懒弹舞衣！（扔下练功衫）

啊！她来了！（急去开门，失望而返）为什么她还不来？（急取怀表，失笑）哦，原来才九点钟！她说要十点钟才来的。（捡起练功衣，穿上，练功）

（接唱）两人相交贵心知，
彼此重情义，
似水如鱼，
不离不弃。

我不是要远走高飞了吗？还练功干什么？唉！（心神不宁踱步下）

[李蓉生提鸟笼上，挂好。

李蓉生 （对室内）莲生！莲生！太阳三丈高了，还未起床？

（唱泣残红）

近来令我心中倍生疑，

见他郁郁寡欢！

似怀什么心事？

深宵里，睡眠迟，

独自想心思，

日夕皱起眉头！

无朝气。

心顾虑，他为何若此？

这般情景，令我心碎！

魏莲生 （上）二哥！

李蓉生 啊？你……叫也不应，哑啦？

魏莲生 （低头沉思）……

李蓉生 （关切地）不舒服？我去请医生。

魏莲生 我没病。

李蓉生 那就练练唱吧。明晚就要演《红拂私奔》啦！

魏莲生 嗯！

[李蓉生取出二胡，调弦，奏南音板面。魏莲生站着没有开腔。

李蓉生 哎？怎么不唱？

魏莲生 曲词……忘记了。你提一提吧。

李蓉生 “虽然是舞衫中常承恩眷……”

（欲拉二胡）

魏莲生 慢着，底下呢？

李蓉生 嗐！怎么你都忘记了？“虽然是舞衫中常承恩眷，辜负了红拂女锦绣华年，对春光不由人芳心缭乱，想起了红颜老更有谁怜”。记得啦？

（拉二胡）

[魏莲生焦躁地走到鸟笼旁边。

李蓉生 （抬头见状）啊？……莲生，你有什么心事呀？

魏莲生 二哥，我不想演戏了！

李蓉生 （惊愕地）什么？你不想演戏了？你、你……嘿！（唱快慢板）

你你你，你为何，不想演戏？

忽然间，出此语，实在离奇。

十几年，苦挣扎，今朝得志，

好前程，甘自毁，究为何如？

魏莲生 总之，我不想演戏！

李蓉生 （生气）你住口！（唱七字清中板）

你父母有灵当骂你，

你哥哥泉下更不依。

同行怪你不争气，

师傅知道剥你皮。

（转唱滚花）

虽然我做你衣箱，

今天也要打醒你！

魏莲生 你要骂就骂几句，要打就打几下吧！

李蓉生 （更火）你……（欲打，又住手）唉，莲生呀！当年我也曾红极一时，后来失了声，不能唱戏了，我一条心跟你做衣箱。十几年来，朝夕不离，同甘共苦，指望你有出头之日。如今你这样做，就白费我一番心血了！

魏莲生 二哥，我对不起你！

李蓉生 你要对得住我也不难，只要你认认真真做戏，不要再胡思乱想，保住你的根基。（深切地）莲生，常言道，别人骑马我骑骡，仔细思量我不如，等我回头看，还有挑脚汉。（直起滚花）

这叫比上不足，比下有余。

如今你经已四海名扬，

多少达官贵人来捧你。

行中谁个不羡慕——

魏莲生 （接唱） 一腔苦水有谁知，

李蓉生 你有什么苦？

魏莲生 二哥，等今晚，我把心事一五一十告诉你吧！

李蓉生 现在为什么不讲？

魏莲生 二哥，你就应承我这一回吧！

李蓉生 好，就等今晚讲吧！你心烦，自己休息一下。我下午再来。

[王新贵大摇大摆上。

王新贵 莲生！门也不关，我一下就闯进来了，真是大老倌的脾气！（对李不屑一顾，坐下）

李蓉生 （并不计较）你一早就上街哪？

王新贵 是呀。徐大人今天走马上任，苏院长叫我买对人参做礼仪。

李蓉生 王管家三几天就得到苏大人赏识，真可谓春风得意啦！

王新贵 全靠莲生关照，莲生呀，我要好好报答你的深厚情谊啰！哎，你替苏院长祝寿那一晚——

魏莲生 （不安）那一晚？

王新贵 嘿！莲生呀（唱木鱼）

你演《思凡》演得几有味，

神魂颠倒想入非非。

李蓉生 这叫“入戏”，他演戏就是认真！

王新贵 （接唱） 记否儿时去“执地”？（捡破烂）

魏莲生 （接唱） 那时捱饥抵饿苦不堪提！

王新贵 （接唱） 你已利就名成应将妻娶，

李蓉生 （接唱） 我多番规劝他总是不依。

魏莲生 （接唱） 怎比独自一人无牵累？

你年将半百也是光棍皮。

王新贵 我？哈哈哈，我怕呀！

魏莲生 你怕什么？

王新贵 我怕戴绿帽，当王八！哈哈哈！

李蓉生 这是什么话，没点正经！

王新贵 我是哑子吃汤丸，心中有数。

李蓉生 莲生，我走啦！

王新贵 等等！我也去买人参啦！（故意看怀表）哎呀，十点多啦？

魏莲生 （失惊）什么？十点多啦？

王新贵 嘻嘻，我看错了，是九点多。我走啦，误了大事，苏院长发起脾气来，不是好玩的！莲生，我等一会再来。

［李容生，王新贵同下。

［魏莲生来回踱步，等待玉春。

［陈祥穿长衫马挂，轻步走到魏生身后，猛叫："喂！"

魏莲生 （吓一跳）陈先生！

陈　祥 莲生呀，今日礼拜天，我陪你玩一天。你看，我新做的长衫马挂，像不像你？

［魏莲生心烦，不愿搭理。

陈　祥 莲生呀，那晚你在苏家演《思凡》，你猜我怎样进去呀？我呀！（唱四不正）

穿着长衫真神气，
三个大钱做礼仪，
红包真威势，
激到管家无药医！

魏莲生 你就这样进去哪？

陈　祥 还用说！大家都说我是戏迷，其实我何止戏迷？我还有演戏天才！读完中学，我要入戏班演戏！

魏莲生 （不敢相信）什么？你入戏班？

陈　祥 你不信呀？我天天练功呢！你看！（连续表演各种武艺子）

魏莲生 （哭笑不得）好了！好了！

陈　祥 你收我做徒弟吧，我今天就拜师！

魏莲生 哎呀，我今天要出门！

陈　祥 我跟你一起去！

魏莲生 我还要等人！

陈　祥 我陪你一齐等！

魏莲生 （发火）你这样缠着我，我受得了吗？

陈　祥 （愣了半天）我是一心一意同你交朋友呀！

魏莲生 交朋友也要两相情愿呀！你要来玩，说不定我正有事，或者我不想玩！

陈　祥 你……你是说我自作多情，你是说我单思病……（哭起来）

魏莲生 （像哄娃娃似的）好了，好了，陈先生，我知道你是拿我当朋友看待。今天我没空陪你玩，你先回家，好好读书吧！

陈　祥 （边走边说）奇怪，他怎么变了？

［马大婶，二傻上，陈祥撞到她身上，回头一看，不敢发作，掸掸衣服，悻悻而去。

马大婶 莲生！

魏莲生 马大婶！

［魏莲生给大婶斟茶，大婶示意二傻，二傻跪下，向魏莲生连叩三个响头。

魏莲生 哎呀二傻，大婶，你们……（扶二傻起）

马大婶 （唱手托）多得你，为我解了官司，

多得你，危难已免除。

这几拜，你份属受得起。

二　傻 （点头）……

魏莲生 （接唱）　遭拘禁，殊令你难为，

你今回，要小心至为宜。

二　傻 （点头）……

马大婶 （接唱）　听规劝，事事要费心思。

我日日吩咐几次，叫他众地莫企，闻事莫理，问事不知，无事早归。饮酒呀，抽烟呀，都是有钱人的事，我们穷人家冻不坏，饿不死，就谢天谢地啰！（唱滚花）

自古穷人多命苦，

饮酒作乐实不宜。
命里有时终须有，
命里无时莫强求。
做人要安分守己。

［玉春悄悄上。二傻乍见，局促不安。

魏莲生 马大婶。你放心，二傻会听你话的。

马大婶 莲生，你真好！

二　傻 （焦急，大声地）妈！（示意客人来了）

魏莲生 （喜悦地）你来了！

马大婶 （喜滋滋地）我们走了，二傻要去开工啦，莲生呀，多谢你啦，老天爷保佑你娶个好老婆。

魏莲生 大婶！

［马大婶、二傻同下，魏莲生送下。

［玉春收拾茶杯，桌椅等。

魏莲生 （复上）免得那些人来胡闹，我关上门了。玉春，我等得你好苦呀！

玉　春 敬茶赔礼，得了吧？（递茶）

魏莲生 我真有福气呀！

玉　春 看你得意的样子！（用手指点他）

魏莲生 （喝了一口，回味）好呀！（唱孔雀开屏中段）

此味香浓甘美，
香气竞沁心脾。
是有情水疗饥，
我顿觉心都醉。（又饮茶）

玉　春 （接唱）你往日愁眉，今天却顽皮；
学会耍嘴，笑口微微，
何事你今日里，
有心开个玩笑？
你定别具缘由，

难藏满心欢喜。

魏莲生 （接唱） 因我已坚心志，

因你解我顾虑，

给我做人良知，

玉春义重情深，添我勇气。

玉　春 （接唱） 此番话是否真情意?

魏莲生 （接唱） 此番话是我真情意!

玉　春 （接唱） 令人顿时心里欢喜，

终能如愿展翅远飞!

莲生，我们走!

魏莲生 现在就走?

玉　春 对，立即走!

魏莲生 嗯……为什么这么急呢?

玉　春 你还有什么事要办吗?

魏莲生 （想了一下，摇头）又似乎没有什么事。

玉　春 没有事，就走吧!

魏莲生 走!立即走!（穿长衫，听鸟叫声）哎?不能走，差点忘记一件大事。

玉　春 什么大事?

魏莲生 我要告诉二哥，我要和他一起走。

玉　春 是不是你那个衣箱?

魏莲生 就是他呀!（唱滚花）

二哥尤胜亲兄弟，

十年患难两相依。

既然决意走天涯，

定要带他同一起。

玉　春 那好!明天一起走吧。

魏莲生 （感情地）明天!

[彩云追月引子起，二人相依遐想。

二　人（同唱彩云追月）

遥望远景，五彩纷飞，
心旷神怡，
喜比翼鸟两相聚。

魏莲生（接唱）看天上虹霓，
看阡陌染翠，
令我心里陶醉！

玉　春（接唱）远景依稀，寻找生机，
前路必定崎岖，
你还当思虑。

魏莲生（接唱）两相佑，不分离，
千灾万难决不犹豫。

玉　春（接唱）两心相许，如金不毁，
情重永不移，志不摧！

魏莲生（接唱）长誓紧相随，心不摧！

二　人（同接唱）参商难聚，终身已许，
痴心长系！

玉　春（接唱）宁象梁祝——

魏莲生（接唱）化蝶飞！

玉　春（接唱）同并肩。
心贴心。

二　人（接唱）永不分袂，两相唱随，
春风吹处，化险为夷，
相信明日更加美！

[天色渐暗，乌云飞渡，远处沉雷隐隐。

魏莲生　快下雨啦！

[内场打门，呼喊声。

玉　春　有人找你了。

魏莲生 讨厌！不理他！

玉　春 说不定真有事找你哩？去开门吧！

[魏莲生下，即复上，面色如土。

魏莲生 是王新贵和苏弘基的打手！

玉　春 （震惊）阿！（切齿）王新贵，这只恩将仇报的狗！

魏莲生 怎么办？

玉　春 （平静下来，抓住魏莲生）莲生！人，还得受罪呀！

魏莲生 难道没路可走了？

玉　春 我们分开了，也一样有路可走，莲生呀——（直起恋弹中板）

莫忘记，莫忘记，
珍重情深休相弃，
百折心不违。

魏莲生 （接唱）长相思，
钟情不顾生和死，
莲生今日难离你，
轰雷劈顶万死不辞！

玉　春 （接唱）从此各一方，
痴心长属你。
这些首饰应急时。

[玉春把首饰包塞给魏莲生，他流着泪接过。

魏莲生 （接唱）任是天荒地老，
我和你，
两心不分永相随。

[打门声更凶。

王新贵 （内声）把门砸了！

[王新贵如临大敌冲进院子，众打手随上。

王新贵 莲生，犯案啰！四奶奶——（口鼓）苏大人叫我跟踪你三天，你每天来干什么丑事？苏大人命你立即返回公馆，如何处置你回去便知。莲生呀，我是食君禄，报君恩，就算你是我亲兄弟，我也要大义灭亲，绝不包庇。

[王新贵夺过魏莲生的首饰包，抛几抛，狞笑着放进自己的口袋。

王新贵 （口鼓）苏大人命令你立即滚蛋，不许稍迟！

[门外人声吵嚷。

王新贵 什么人？抓起来！

[二傻打进来，把众打手打得落荒而逃，一把抓起王新贵，痛打一顿。马大婶随二傻上，又慌又急。

魏莲生 （看着二傻痛打王新贵，好一会儿才上前劝阻）二傻，够了，这些小人还得多活几年呢！王新贵，你如敢仗势欺人……

王新贵 （哭丧着脸）莲生，这事不能怪我。

[二傻举拳欲打。

王新贵 （慌忙躲避）嗯，莲生，我在外边等你！

[王新贵像狗似的爬下。

[电闪雷鸣。

马大婶 莲生，出了什么事呀？

魏莲生 大婶，没有什么。

马大婶 莲生，去求求那些大官……

魏莲生 我魏莲生从今天起，一个大官也不认识！（坦然地）我走啦！（欲下）

玉　春 莲生！（莲生止步）是我害了你！

魏莲生 不，是你救了我！

[二人泪眼相看。

玉　春 莲生！（唱乙反减字芙蓉）

今后路远与天长，

恨我不能陪伴你。

切记加衣和强饭，

莫教冷饿损身躯。

魏莲生 将来，我或者会穷死、冻死、饿死、苦死——（直起乙反滚花）

但我快活一生无悔意。

此刻一别情长寄，

浪迹萍踪会难期。

[玉春为莲生系上白围巾。

[魏莲生昂然而去。

[马大婶悲哀恸哭。

二　傻　（大叫）妈！

[惊雷乍起。

[切光转景。

[风雨途中。

[狂雷、闪电、暴风，骤雨。

魏莲生　（内唱二黄首板）

满怀悲愤！

[一声惊雷，魏莲生上。

魏莲生　（顶风迎雨，唱新腔二流）

海棠花折恶风侵，

晴天霹雳裂碎心。

强忍泪，

别知音，

恨海茫茫路自寻。

[魏莲生冒着雷雨急下。

[内场马大婶喊声："莲生！莲生！"拿着雨伞冒雨奔上。

马大婶　（呼喊）莲生呀！（快打慢唱二流）

狂风大雨路茫茫，

只影孤身多苦困。

无伞无帽衣单薄，

叫我如何不挂心？

（呼喊）莲生！莲生！

[魏莲生上。

魏莲生　大婶！（扑上前搀扶）

马大婶　（悲切地）莲生！（唱减序叹板）

无情风雨袭人来，

看你衣衫全湿尽。

一把雨伞虽破旧，

遮风挡雨免伤身。

魏莲生　（接过雨伞，感动地）大婶！

马大婶　（接唱）　若然此去无路行，

切记城中有大婶。

一碗粥水分三份，

同甘共苦当亲生。

魏莲生　（涕泪交流）我记住啦！大婶！

［魏莲生三扑跪，转身，急下。

［闭二幕。

马大婶　（对着魏莲生去向）莲生，菩萨保佑你……（追下）

［李蓉生急上。

李蓉生　莲生！（追下）

［切光，雷声由强而弱，然后，一切归于宁静。

第六场

［同年深秋。

［舞台上的转景，一面是南方景色，海棠花殷红灿烂，生意盎然；一面是北方景色，秋意萧瑟，枯枝败叶。这道景，可随剧情的发展而转动。天幕也有南北两组投影，可以随之变化。

［二幕启。

［南方，徐辅成住宅的后花园。

[玉春上，素净的秋衣裤，捧着大木盆，盛满洗好的衣物，她神色凄迷，精疲力竭，步履蹒跚地走到海棠花下，驻足凝望。

玉　春　莲——生！（唱新曲）

人隔万里遥，相思难抛掉，

抱恨迢迢，心魂梦中飘，

心事更难描，苦痛难疗！

回首当时，你祝海棠花永俏，

恨无情风雨，竟使枝折花凋。

叹如今，

我若北雁南囚难呼叫；

你似浮萍浪打苦飘摇。

记前情，别恨离愁知多少？

怀爱侣，杳如黄鹤好心焦！

朝朝暮暮，

暮暮朝朝，

忘却了人间欢笑。

[徐辅成上，见玉春，心生邪念。

徐辅成　玉春！

玉　春　（呆滞、冷漠）……

徐辅成　玉春呀！（上前拉玉春）

[玉春像个木偶，机械地一个转身，靠在墙上，把徐辅成吓了一跳。

徐辅成　（恼火）玉春！（唱潮州小调）

你人憔憔、心焦焦，

朝朝晚晚恨迢迢。

你心焦焦，人憔憔，

永伴红花慰寂寥。

这花越娇，你人越憔，

心里如痴因为哪条？

请名医也难将你治疗！

［玉春听而不闻，视而不见。

徐辅成 我走马上任那一天，苏弘基差人将你送给我，你就是我的妾侍啦！谁知你有福不愿享，偏偏要……。你看你，叫不声，问不应，十足一个木头人！难道你就这样捱一世？

［玉春无动于衷。徐辅成还要纠缠，小兰急上。

小　兰 徐老爷，太太有请。

徐辅成 （暗惊）哦！（回看玉春）唉，疯了，要来有什么用？可惜，可惜！（下）

小　兰 玉春姐，你又来看海棠花了？

玉　春 小兰，你看这棵海棠花开得多美呀！

小　兰 玉春姐！你看到海棠花，又要想念魏老倌了。（直起滚花）

如今你俩暂分离，

他日重逢花更俏。

玉　春 （接唱）若是能有重逢日，

绵绵长恨化烟消。

［徐辅成内喊："小兰，快来侍候太太！"

小　兰 玉春姐，我去了。（捧洗衣盆下）

玉　春 （摘了一朵海棠，凝视，接唱）

见花有若见莲生，

似听莲生声声叫。

天公愿为人作美，

天南地北两相邀！

（呼喊）莲——生——！你在哪里呀！

［玉春欲寻缥缈的回声。画景随着玉春转动，玉春隐在景片后。

［舞台上变成北方的深秋景色。

［魏莲生上，捧着白围巾，陷入深深的思念中。

［李蓉生持红帖上，见魏莲生，悄然停步，不忍打断他的梦。

魏莲生 （对围巾）玉春！

[李蓉生忍不住连喘带咳，惊动了魏莲生。

魏莲生 （替李蓉生槌背）二哥，你身体不好，出来干什么？

李蓉生 有位大财主要请你唱堂会戏——（递帖）

魏莲生 （摇头一笑）卖笑筵前苦犹记，广有知音在桑田。

李蓉生 好，我就去回复他。（下）

魏莲生 玉春，我这样做你说好不好？（唱妆台秋思）

海棠花美又鲜，

似听玉春泪诉别离言。

声声意万千，

痛断肝肠更凄然。

心悲怨，心思念，

参商两地恨无边。

似听闻，阵阵喊声仍未断，

哀哀呼叫，莫非是离人愿？

[幕内女声和唱："啊啊……"乍听似是呼唤："莲生！莲生……"。

魏莲生 （惊声地）哦？玉春！……

[幕内又传来男女声和唱。

[魏莲生循声呼喊，寻找。

[画景转动。

[玉春被转动的画景带出，同时循声呼喊、寻找。

[画景把舞台分成天南地北。玉春和莲生，一个在天南，一个在地北。两人在幻觉之中相会。

玉　春
莲　生 （同时地）你，你好吗？

玉　春 唉！（接唱妆台秋思）

那天别后人离远，

不得见，苦思念。

魂儿夜夜要归旋，

村乡墟镇遍访难谋面！

魏莲生　（接唱）　别后受苦也还甜，

今演戏，称心愿，

我为穷汉舒笑面。

玉　春　（接唱）　我身在天边远，

不欢笑，不开言，

只将你挂牵！

二　人　（合唱）　何日人间始得雪重冤？

魏莲生　（接唱）　人远隔，

两心牵念。

玉　春　（接唱）　望眼穿，梦沉人远，

终得到团圆。

二　人　（合唱）　别后辛酸，

共聚更知甜，

庆参商两见，难侣同偿愿！

玉　春　莲生！你可记得，那天晚上摘海棠花的情景吗？

魏莲生　玉春！那天晚上，我给你摘海棠花的情景，现在还记忆犹新呀！

[云霄传来“春风得意”的旋律。两人不由自主地重演当时采花、戴花的动作。一个递花，一个接花，两个动作落空，这才发现身边不见意中人。

魏莲生　哎？玉春呢？玉——春——！

玉　春　（惊诧）

哎？莲生呢？莲——生——！

[一阵大风吹过，叶落花飞，两人互相寻觅。画景随之迅速转动、停顿。

魏莲生　（长叹）唉！（唱双星恨）

一旦梦醒泪涟涟，

只见落叶飘零，

定然是玉春把书传！（拾落叶）

书中却又无言，

染着无穷凄酸。

玉　春　（接唱）罡风阵阵把美梦扰乱。

唉！飞花片片，

就像我破碎创伤的心田。

魏莲生　（接唱）未怨青春付流年，

更盼今生续前缘，

万缕哀思理还乱！

二　人　（同接唱）苍天呀！去哪方寻玉春？莲生？

我梦魂觅遍山川！

[海棠姑娘披白纱巾舞蹈，焦灼、紧迫，为主人公的生离而奔走呼号。

[幕后合唱新曲：

问苍天，

心上人在哪边？

盼相见，

春夏秋冬二十年！

[切光。

[二幕闭。

第七场

[二十年后。黄昏。

[二幕前，苏家。

[苏弘基上，他已老态龙钟，满头华发，手中拿着一串佛珠。

苏弘基　（唱中板）岁月催人二十载，

落花流水不重来。

华发满头无可奈，

晚年无嗣实堪哀。

（转唱滚花）

念佛学人积阴功，

敬神只为求后代。

[王新贵持名片上。

王新贵 老爷，有客到。

苏弘基 谁？

王新贵 南天盐运使徐辅成徐大人。（送上名片）

苏弘基 （愣了一愣，高兴起来）好，好呀！（唱滚花）

水流千里归大海，

一天风雪故人来。

当年将玉春送给他，便宜了他啦，唔，请！

[王新贵下，即带徐辅成上。

徐辅成 啊呀，弘老，久违了！

苏弘基 辅成兄，真是从天而降呀，欢迎，欢迎！

徐辅成 （脱下外套、帽子，不经意地递给王新贵，忽觉面熟，微微一顿）你？

苏弘基 （介绍）王管家，王新贵，你忘啦？就是魏莲生举荐的——

除辅成 啊？啊！记起来了，你和魏老倌是同乡兄弟！

王新贵 嘿！嘿！你老好记性。（下）

苏弘基 辅成兄，是什么风把你吹来的？

徐辅成 奉上司之命，出差来北方办点事。

苏弘基 哦！……哎，玉春近来怎样呀？

徐辅成 她跟我到了南方二十年，不说不笑，几乎是个木头人！

苏弘基 哦？有这回事？

徐辅成 但是，近来又不同了，时常自言自语说：“要回去，要回家”。

苏弘基 什么？要回去？要回家？对啰对啰，玉春是要回到我这里来呀！

徐辅成 我们也是这样想，最好把她送还弘老，所以这次顺便把玉春夫人带来了。

苏弘基 （大出意外）什么，带来了？在什么地方？

徐辅成 就在门外，在我的车子里。

苏弘基 哦？王新贵！

王新贵 （上）老爷，什么事？

苏弘基 快……快去请……请四奶奶！

王新贵 （机灵地）哦，四奶奶来了？

苏弘基 她回来了！

[王新贵下。

徐辅成 王管家很得力吧？

苏弘基 好在善体人意。

王新贵 （上）老爷，车上没有人，四奶奶不知去了哪里。

徐辅成 哦？她跑啦？

苏弘基 快，快叫家人去找！

王新贵 是！

[切光。

[二幕启。夜。

[苏家后花园。海棠花光秃秃地伸着枝丫，天上下着纷纷扬扬的大雪，到处是一片冰封雪盖的世界。

[魏莲生拄着拐棍上。他穿着一件深灰色长袍，袍角、手肘处打上小块色泽近似的补丁。他音容惨淡，失意、忧愁，坎坷集于一身。然而，这一切都掩盖不了他那艺术家的风度。

[风吼雪卷，他似乎是被风雪推着前进。

[幕内男声独唱新曲：

高贵千般蒙耻辱，
黄金灿灿葬沙尘；
浪迹天涯二十载，
茫茫风雪夜归人。

[魏莲生辨认着当年旧迹。

魏莲生 （唱风雪夜归）

凄风寒，雪纷纷，

远归人，夜来此花园把梦寻。
冰封雪困，踽踽而行，
重临旧地，独少玉春。
千重悲愤，廿载分离伤透心。
四顾频频，
花间脚印不留痕！
难道参商俱殒，
月黑星沉，
只见漫天风雪紧。

（转乙反南音）

忆往事，梦重温，
花园回荡语频频。
攀摘海棠花妆云鬓，
深情相对话人生，
遥望参商抒百感，
可怜人伴可怜人。

（转乙反流水南音）

寻觅新途斗恶运，
欲脱樊笼笑迎春。
唯望做人同发奋，
何缘旦夕——

（转乙反二黄）

大难来临！
只为虎恶狼凶，至今花残星殒。
且把千般情意，化作一缕离魂。

（转唱茫茫人生路）

一别匆匆无音讯，
天涯落拓觅知音；

茫茫廿载人生路，
只影孤身独自寻。
辗转乡村和小镇，
喜得劳苦做知音。
阅尽奸徒作恶，
惯看善者沉沦，
世情颠倒日昏沉。
我魏莲生呀，
经灾历劫，
受苦捱贫，
绝无悔恨，
但求不做可怜人！
（转十字二黄）
花园里，夜沉沉，
一树海棠花落尽。
风无情，雪有意，
银装素裹护花魂。
海棠花，伴我行，
廿载旅途今走尽。
（转二流）欲唤铺天白雪，
洗刷人世灰尘。
大地玉洁冰清，
任我描花绣锦。
（转二黄滚流）
神思迷迷魂渺渺！

［魏莲生在幻觉中看到玉春出现在海棠树前，他挣扎上前，解下白围巾，深情地替她（海棠树）围上。

魏莲生 （接唱） 笑卧海棠伴玉春！

[魏莲生倒在海棠树下，死去。

[大雪纷飞。

[切光转景。

[茫茫雪原，只有一树海棠。

[白衣白裙的姑娘，手持白围巾冉冉而起。

[一群海棠姑娘持纱巾起舞，颜容惨淡，动作缓慢、沉重，她们为主人公的死别而哀哀哭泣。

[玉春上，她神情焦虑，意态迷茫，步履匆匆。

玉　春　（呼叫）莲生！莲生！

[幕后女声独唱“围巾曲”：

皎皎白围巾，

海棠细细针。

点点泪痕，

缕缕情深。

是梦？是真？

是一颗受伤的心，

可怜人觅可怜人。

[白围巾在歌声中飘舞，玉春紧紧追索，可是始终追不上。白围巾舞下，从天幕飘向远方。玉春怅然企望，海棠姑娘伴着她，低垂着头。

[聚光，渐暗，幕下。

[剧终。

（剧本版本：《南粤剧作》1983 年第 4 期）

·粤剧卷·

袁崇焕

（根据吴有恒《罗浮山外史》编写）

编剧：秦中英　李而已　唐　峰

人　物　表

袁崇焕	温体仁	典　狱	胡　将
袁夫人	毕自肃	朝臣甲、乙	小道士四人
崇祯帝	杨　炫	亲　随	武　士
罗苏女	毛文龙	亲　兵	值殿官
钱龙锡	毛　熊	锦衣卫	胡兵二人
祖大寿	皇太极	女　兵	丁壮四人
何可刚	范文程	宫女二人	
袁崇煜	知　客	太　监	
清虚道人	张钦差	明　兵	

第一场　罗浮奉召

[明，崇祯元年。

[粤东罗浮山。台左边清虚观正门一角。门前古木参天。远景参差高峰，迷茫云海。晨光曦微，鸟声吱喳。

[四小道、罗苏女、知客、清虚道士、袁崇焕、袁夫人、张钦差、四丁壮。

[音乐声中幕徐徐启。

[四小道持剑上。

道　甲　（念白）　老子骑牛出函关，

道　乙　（念白）　天师驾鹤下尘凡，

道　丙　（念白）　黄庭懒诵清虚观，

道　丁（念白）　青锋苦练罗浮山。

[分两对开打。胜方两人对打，两剑相持不下。

[大开边，罗苏女背弓挂箭持剑，旋风般急上，当中提剑一挑，两道士同时跌地，旁观的两道士嘻哈大笑。

[知客在观门前出现。

知　客　不许放肆！

苏　女　我们练武是道长亲教、特许，有什么放肆？

知　客　观中来了贵客。

苏　女　什么贵客？

知　客　是个做大官的，道长十分敬重他。你们就到那边合掌岩、飞云顶上练武吧！

苏　女　也罢！我们到飞云顶射老鹰！

[四小道、苏女同下。

[知客欲进观，望见袁等出门，忙退立一旁，躬身迎候。

[梆子慢板板面，清虚道士引袁崇焕、袁夫人上。

崇　焕（慢板）　难酬报国一腔志，
且遣浮生半日闲。
回到故里罗浮，
又把名山游览。

（楔白）好风景啊！

夫　人（前腔）　既然造物多遗憾，
总是英雄出处难。
你就家园息影，
勿管他宦海波澜。

道　士　大人，夫人悟道了！

（念白）　啸傲苍烟落照间，
丝毫尘事不相关。
斟残白酒行赏菊，
卷罢黄庭卧看山。

崇　焕　为的什么？

道　士　长生不老，修道成仙！

崇　焕　（爽笑）道长！你看见过长生不老的神仙么？

道　士　这——大人，你曾想过在此筑室而居，难道不是想修道么？

崇　焕　唔！纵然不老成仙，到底于世人无用！

夫　人　相公念念不忘用世，何如安隐林泉！

崇　焕　（微叹）父母生我，师长教我，岂甘与草木同腐，做个无用之人。

道　士　那——听说新主登位，曾有圣旨宣召大人，何故又不进京受职？

[崇焕深叹无言。

[老鹰叫声，众人仰望。

崇　焕　好大个老鹰呀！（感叹）老鹰呀！

（滚花）　你有幸展翅长空，

我只能束手浩叹。

[一声箭响，老鹰带箭坠地。

崇　焕　（拾起老鹰，赞赏）好箭法！

[苏女上。

苏　女　把老鹰还我。（一手抢过老鹰，走近道士身边）师父！

道　士　苏女休得无礼！

苏　女　他捡了我的老鹰。

道　士　（又气又笑）无知孩子，你可知这位大人是谁？

苏　女　是个爱游山玩水的大官！

道　士　放肆！这就是你时常记念着的袁大人。

苏　女　袁大人？我不信。袁大人在辽东抗敌，怎会到罗浮游山？

道　士　袁大人被奸臣所害，告病还乡。

苏　女　真的？

崇　焕　我正是袁崇焕。

苏　女　（悲从中来，扑前跪下。哀叫）袁大人，你不能告病还乡，你要到辽东抗敌，替我爹爹报仇呀！

崇　焕　（惊诧）你——你父是谁?

道　士　他父亲是曾在大人帐下做过把总的罗大灼。

崇　焕　（惊喜）呵！你是罗把总女儿——

苏　女　我叫罗苏女！

崇　焕　（悲喜交集）苏女起来。

（滚花）　你父当年殉国后，

正苦遗孤访求难。

今天喜见有亲儿，

烈士英风如在眼。

快上前见过婶婶。

苏　女　拜见夫人。

夫　人　（急扶起，亲切地）苏女，你母亲如今何在？可有姐妹兄弟？你为何又拜得道长为师?

苏　女　袁大人、夫人请听！

（叹颜回）当年我爹爹殁身边关，

落得境况真悲惨。

妈妈一痛病亡，

只得我弱女孤单。

崇　焕　（楔白）当时战事吃紧，未得及时抚恤，是崇焕之过也！

苏　女　（前曲）　我难求两餐，

被迫走他乡，

托钵乞讨度朝晚。

幸蒙师父垂怜，

携返宝山，

勤传剑棒。

他朝到边关，

亲把寇兵斩。

又岂知，

你罢职归山。

一腔家国恨，父母仇，怎生报，

痛碎了我肝胆。（呜呜痛哭）

崇　焕　（抚慰）苏女呀！（反线中板）

忍见你一声悲，两行泪。

不由我心痛切、脸羞惭。

我是有心抗敌，

却恨无计排愁，

岂愿玩水游山、甘居闲散。

几回梦到辽东，

每日魂牵塞外，

率同袍，仗宝剑，

立马医巫闾山。

可奈何，

君门万里，

主威千钧。

我策有平戎，

反招来忌惮。

夫　人　（前腔）　苏女你志可嘉、情可悯，

奈何未知宦途险恶、世道艰难。

（滚花）　相公呀！

留她膝下相依，

共度清茶淡饭。

崇　焕　夫人好主意。苏女，我夫妻膝下犹虚，你就认作我干女儿吧！

苏　女　袁大人若是挥戈杀敌，苏女愿做个马前步卒；大人若是纳福在家，苏女不愿做闺中小姐。

道　士　（呵笑）难得！可敬！（有所指的）看来你终是与道无缘了！

[内场袁崇煜高叫：大哥！急上。

崇　煜　大哥！有位张大人从北京来访你，要我带他到罗浮。

夫　人　定然又有圣旨，宣召相公出山。相公切不可奉诏呀！

道　士　大人要打定主意呵！

崇　焕　你们暂时回避，待我见他！

［众人卸下。

［张钦差急上。

张钦差　（呵笑）袁大人好悠闲自在呵！

崇　焕　原来是张大人，未知大人远来，有何见教？

张钦差　我是来陪你游山玩水的！

崇　焕　（呵笑）张大人乃朝廷命官，怎会来陪我游山玩水！

张钦差　唉，后金猖獗，辽东难保，国家危亡，当什么命官，倒不如逃出来游山玩水的好！

崇　焕　（气形于色）张大人之言差矣。国家危亡之时，正是忠臣舍身之日。怎可私逃出来，游山玩水？

张钦差　袁大人不也在游山玩水么！

崇　焕　（难过，深叹）我是谗臣嫉妒，报国无门！

张钦差　（大喜）好了！（忙拿出圣旨）袁崇焕接旨！

崇　焕　（不容思）臣——（便欲下跪）

［众人急上。

夫　人　相公，接不得圣旨！

张钦差　夫人，君恩深重！

夫　人　伴君如伴虎！

张钦差　忠臣以身许国！

道　士　道经有云：国家纷乱有忠臣，忠臣难做呵！

张钦差　那……我就不强人所难了！辽东将士托我带来书信一封，请大人收阅，下官好回去复命！

崇　焕　（读信）敌兵强攻，辽东危急，监军主将贪鄙昏庸，将士饥寒提戈饮泣，望大人眷念同袍，共把破碎山河重收拾。（的的撑，快五槌滚花）愧对当年袍泽，恨煞敌兵凶残。

（楔白）张大人，请宣圣旨！

[夫人、道士同吃惊，趋前欲加劝阻。

崇　焕　（滚花）　愿捐七尺微躯，

　　　　　　　　　解我兆民灾难。

张钦差　圣旨下！

崇　焕　万万岁！

张钦差　（读旨）锦州失陷，辽东危急，着袁崇焕体念时艰、督师杀敌，旨到之日，立即进京！

崇　焕　臣领旨。（趋前）夫人谅我！

夫　人　（滚花）　相公决心报国，

　　　　　　　　　贱妾岂敢阻拦。

　　　　　　　　　但愿你一路平安，

　　　　　　　　　早除边患。

苏　女　师父，我随督师，辽东杀敌！

道　士　去吧去吧！我早说你与道无缘的了，快上前认过干爹干娘！

苏　女　拜见干爹干娘。

崇　焕
夫　人　（同时）好女儿！

道　士　恭喜督师、夫人，得个好女儿。

苏　女　多谢师父教诲。

[四丁壮上。

四丁壮　（齐呼）督师出关杀敌，我们乡里愿效前驱。

[四小道冲上。

四小道　（齐呼）请师父准我们从军，随督师出关杀敌。

道　士　道不道，非常道。去吧！去吧！

崇　焕　好呀！（对崇煜）贤弟带苏女率领众家丁壮赶赴辽东，传我话说，请祖、何二将稳定军心，待我到京面君，即赴辽东战斗。

[众人齐领命。

崇 焕 （滚花） 但有同仇敌忾，

不让胡马纵横。

道长请了。

苏 女 师父保重。

道 士 （恭送）祝督师无忧无患，功成之后，再返我罗浮山。

[幕闭。

第二场 平台受剑

[上场后旬日。

[北京紫禁城。底景是金銮大殿，舞台是殿前平台，台口围白玉栏杆。

[袁崇焕、崇祯、钱龙锡、温体仁、毕自肃、内廷值殿官、太监、四武士。

[低沉细乐，有节奏的钟声敲响，幕徐徐启。

[崇祯帝在平台上徘徊踱步焦躁不安。

崇 祯 （中板） 闻道锦州经失手，

孤皇夜夜听更筹。

几度诏书南粤走，

督师何日觐龙楼。

厌听凤苑钟鸣，鸾池乐奏。（拉腔）

望断南疆第几洲。

[钱龙锡、温体仁上。

龙 锡 （念白）烽火三边急，

体 仁 （念白）关山万里愁。

锡、仁 （同跪）臣内阁大学士钱龙锡、礼部尚书温体仁见驾，万岁、万万岁！

崇 祯 两卿平身，匆忙何事？

龙 锡 臣奏主上，辽东巡抚毕自肃兵败逃归。

体　仁　宁远守军十三营哗变。

崇　祯　这——（滚花）

毕自肃兵败逃归，

辜负朕恩深重。

十三营守军哗变，

未知所为何由？

龙　锡　主上！（十字中板）

听说边关，

有人结党营私把饷银克扣。

军无粮，

人心浮动局势堪忧。

毕自肃，

怕死贪生有乖职守。

要严惩，

败军之将以儆效尤！

体　仁（前腔）大敌当前，

内部事情慢来追究。

常言有道，

三军易得一将难求。

龙　锡　主上呀！（滚花）

毕自肃先正典刑，

欠饷事亦要追究。

崇　祯　杀毕自肃么！（关目、有计，滚花）

毕自肃是留是杀，

孤皇自有权谋。

（回身唱）只盼崇焕早来，

速议辽东战守。

体　仁　袁崇焕心怀怨怼，只怕不肯奉诏。

龙　锡　袁崇焕精忠为国，若知辽东事急，定肯驱驰。

体　仁　袁崇焕纵肯掌兵，也不一定是朝廷之福。

崇　祯　此话怎讲？

体　仁　（白榄）　功高胁主，
才高傲物。
众誉所归，
其祸尤急。
用之解困于目前，
宠之遗患于他日。

龙　锡　（白榄）　如此妒才忌功，
边患如何收拾？

崇　祯　（自负地）两卿不须多论，国家危急之际，用人多疑不利，魏忠贤势倾天下，也曾一举伏诛。袁崇焕纵是难驯，孤岂无能驾驭。

体　仁
龙　锡　（同时急俯伏）主上圣明。

［内廷值殿官急上。

值　殿　启禀万岁爷，袁崇焕候旨。

崇　祯　快宣上来。

值　殿　主上有旨，袁崇焕进见。

［袁崇焕内场：来了！

［袁崇焕上。

崇　焕　（中板）　飞渡韶州到幽州，
征袍未洗风尘垢；
赶见君王分国忧，
新主英年不守旧。
愿能俯纳小臣谋，
遥望天颜，山呼拜叩！
臣袁崇焕见驾，万岁！万万岁！

崇　祯　（作威严地，滚花）

　　　　　　卿进京何晚？（静场）

崇　焕　（前腔）　臣养病罗浮。

崇　祯　（爽二黄连序）

　　　　　　征书飞至岭南，

　　　　　　早该披甲胄，（序）边关御强寇。

崇　焕　（前腔）　估道无门报国，

　　　　　　壮志难酬，（序）借名山，

　　　　　　解闲愁。

崇　祯　（前腔）　卿武略文韬，不在谢安之后。

　　　　（序）　大明幸有救。

崇　焕　（前腔）　感君王不弃，敢不尽微力卑谋。

　　　　（序）　我策马告别罗浮。

崇　祯　（滚花）　辽东势急燃眉，

　　　　　　仗卿经纶妙手。

崇　焕　臣当效犬马之劳。

崇　祯　好呀，赐卿平身。

崇　焕　谢万岁！

崇　祯　（齐口板）先帝受蒙蔽，

　　　　　　卿大志难酬。

　　　　　　朕为你平冤，

　　　　　　策封还在后。

　　　　　　卿当体朕意，

　　　　　　边尘早日收。

　　　　（滚花）　卿就以兵部尚书，督师蓟辽。

崇　焕　（前腔）　感谢主恩深厚。

龙　锡
体　仁　恭喜袁督师！

崇　焕　两位大人礼重了！

体　仁　（不怀好意）督师大人，有道食君之禄，担君之忧。自从锦州失陷，皇太极大兵压向宁远孤城，士无斗志，民有叛心，还是小心才好。

龙　锡　温礼部说哪里话来。袁督师岂不知国家危难之秋，正是忠臣献身之日。袁督师雄才，当能靖难，定以社稷为重，岂计道路安危。

崇　焕　崇焕领教了。（水仙子）

边兵破败后，
自必满隐忧。
逐寇补金瓯，
袁崇焕承命之际，
已将计策拟就。

崇　祯　（欣喜）呵！（滚花）

卿有安邦策，
孤再不担愁。
未知此去辽东，
拟定如何战守？

崇　焕　主上请听呀！（秃头长句二黄）

胡兵杀夺不休，
边民灾殃饱受；
只要激扬忠烈，
定能敌忾同仇。

（楔白）以辽之兵，
守辽之土；
以辽之土，
养辽之民，
以辽之民，
助辽之兵。（继唱）
此去抚兵集民，筑城固守。

胡兵野无所掠，难以久留。

待他疲惫急逃归，

我以精兵袭穷寇。

不出五年时间，

就可以把失地全收。

崇　祯　（先喜后疑）五年？！（另场十字清）

莫非他，

为取信孤王妄夸海口。

图封诰，

麒麟阁上美名留。

济世才，

黄石兵筹握在手。

孤何妨，

因势利导兼济刚柔。

（楔白）袁卿家，你道五年之内可把失地全收，真有这么容易么？

崇　焕　（滚花）臣说了容易在前，

还未说困难在后。

崇　祯　卿有什么困难？边关杨太监与毛文龙，堪为卿助手。遇事可共参详。

崇　焕　毛文龙么？（想介）主上，以臣之力，制全辽有余，调众口不足。一出国门，便成万里。妒能忌功，岂会无人？水师总兵官毛文龙，雄踞皮岛，掌握军权，战守之间，稍不协作，便贻误战机；城狐宵小，即使不以权力掣臣肘，亦能以意见乱臣谋；外敌反间，内奸谣言，皆足以制臣死命。是以为边臣甚难也！

崇　祯　这——（另场滚花）

他当孤昏庸帝主，

才有此无据之忧。

看来要服此枭材，

还得用恩威两手。

（回身，威严地）袁卿家，你看朕是如何之主？

崇　焕　英明圣主。

崇　祯　那——孤岂会不辨忠奸，妄起疑心。

崇　焕　主上信而不疑，臣之幸也。

崇　祯　好呀！（七字清中板）

君臣肝胆两相投，

榆关里外交卿手，

全功早建保神州。

尚方宝剑赐卿家，

违令者先斩后奏。

崇　焕　谢主隆恩！

[赐剑，拜剑，受剑。

温体仁　（讽刺地）袁督师勿忘，五年之内，把失地全收！

钱龙锡　（恳切地）督师雄才，五年之内，定能凯歌高奏。

崇　焕　（捧剑凝视，念白）君威三尺剑，微臣一寸心。推心酬御剑，洒血靖胡尘。

[值殿官上。

值　殿　启奏万岁爷，毕自肃午门待罪。

崇　祯　押上来！

[值殿官下，两武士押毕自肃上。

毕自肃　罪臣毕自肃见驾，万岁，万万岁。

崇　祯　毕自肃兵败逃归，负恩辱国，死有余辜，午门斩首。

[毕自肃大叫：主上开恩。两武士强押下。

体　仁　主上英明，破敌者封侯，兵败者斩首。

[目视崇焕。

崇　焕　（报以冷笑，慷慨抒怀。滚花）

报国决心捐性命，

横戈原不为封侯。

崇　祯　（心有不悦）这——

[全场暗灯，只留一支追光灯照着傲然兀立、捧剑造型的袁崇焕。

[同时一束灰光射着跌坐龙座上的崇祯帝。

[幕闭。

第三场 居龙绥边

[崇祯元年七月，紧接上场后数日。

[辽东边陲，宁远城内帅堂。天幕边远景可见城墙和瞭望楼，城上插“明”字大旗，城外不时有冲天火光。

[袁崇焕、袁崇煜、罗苏女；宁远总兵祖大寿、副将何可刚；辽东监军太监杨炫、左都督毛文龙、毛府心腹家将毛熊；袁崇焕亲随四人，杨太监亲兵二人，毛文龙亲兵二人；祖大寿亲兵二入，袁崇煜亲兵二人，罗苏女的女兵二人，四明兵。

[五更头，擂大鼓，人声呐喊中幕急开。

[大鼓呐喊声不断，远景城外火光冲天。

[祖大寿内场叫头：“气煞了！”

[冲头大滚花，祖大寿佩剑上，两亲兵随上。

大　寿　（滚花）　皇太极，虎狼兵，
如潮杀近。
宁远城，无粮饷，
士卒离心。
俺祖大寿，孤掌难鸣，
如何对阵？

[何可刚上。

大　寿　（急前）何将军，饷银领到了么？

可　刚　（滚花）　枉我千求万恳，
监军置若罔闻。

大　寿　（白）你可有说过，欠饷数月，士卒饥寒，若再不发，十三营士兵不肯出战？

可　刚　说过了。

大　寿　你可有说过，皇太极几万骑兵，杀近孤城？

可　刚　早说过了。

大　寿　那，杨监军怎样答话？

可　刚　（滚花）　他说杀敌守城，

是将兵们责任。

大　寿　可怒也！（快五槌滚花）

他扣饷贩私荷包肿，

逼士卒饿着肚皮杀敌人！

可　刚　（吃惊）祖将军，不可乱说呀。

（滚花）　他是主上宠臣，

掌着黄金大印。

［擂大鼓，喊杀声，城外火光冲天。

［探马报上。

明军探子（白）报上将军：后金兵杀到城外，四出掳掠，百姓走避不及，尸横遍野，火噬村庄，惨不忍睹。

大　寿　哎呀，可恨也！

（滚花）　愧我带刀披甲，

不能守土卫民。

罢罢罢，待俺勒兵出城，

拼死杀它一阵。

可　刚　（白）慢着，祖将军只得数百亲兵，怎当几万敌骑？将军有失，宁远难保，宁远不保，山海关外，再非国家所有了。

大　寿　何将军呀，今日兵无斗志，若再民有离心，宁远孤城，终亦难保。与其做瓮中鱼鳖，不若做困斗虎狼，伸我国威，寒他敌胆。

可　刚　这个……

大　寿　众亲兵！

亲　兵　（齐应）在。

大　寿　常言有道，养兵千日，用在一朝。今日国土危亡，正该我们用命。何将军暂掌兵印，大家随我出城，杀敌立功！（滚花）

生为壮士，

死作英魂。

杀！（拔刀欲下）

[杨太监同时上，两亲兵随上，挡道。

杨　炫　祖将军，哪里去？

大　寿　出城杀敌！

杨　炫　（惊惶）唉呀呀，将军呀将军，你守得住宁远城，咱家就谢天谢地了，还敢说出城杀敌么！

大　寿　监军大人！

（催归）　强寇残杀黎民，

保百姓，愿拼此身。

杨　炫　将军拼了此身，谁来保卫宁远？

大　寿　饷银不发，士卒离心，末将又靠什么保卫危城？

杨　炫　（手托）　枉你是个将军，

身领皇上重任。

士卒不战，就把军法伸。

大　寿　（滚花）　军法不斩无辜，

饥兵难驱上阵。

可　刚　（白）请监军恩恤士卒，先发一些饷银。

杨　炫　咱家是金山？银山？无饷银！

[罗苏女、袁崇煜内场同时高叫：有饷银啦！

[袁崇煜、罗苏女上。

崇　煜　参见各位大人。

可　刚　袁兄前来，莫非督师出山了？

崇　煜　正是，家兄奉诏，复出督师辽东，也曾进京面圣，先命我们率两广子弟兵赶到军前助战。

祖、何 （同声）好呀，督师再起，宁远有靠，辽东有救了！

崇　煜 （介绍）这是已故把总罗大灼遗孤，家兄新收的义女。苏女，上前拜见祖将军、何将军。

苏　女 拜见祖将军、何将军。

可　刚 快拜过杨公公。

苏　女 拜见杨公公。

杨　炫 唔！你们带饷银来了么？

苏　女 不是带来，是得来！

崇　煜 苏女矢志杀贼，为父复仇。今日刚到，就立了一功。

众　人 所立何功？

苏　女 截获一批通敌走私犯！

杨　炫 （吃惊）走私犯？

大　寿 带进来！

苏　女 带走私犯！

［两亲兵押毛熊上，两女兵随上。

毛　熊 （望见杨炫，大喜高叫）杨——（欲趋前）

［士兵呵喝威，杨太监同时急向毛熊示意噤声。

大　寿 杨什么？

毛　熊 （赔笑）杨——阴差阳错，误会一场，自己人！

大　寿 谁是你自己人？快把贼名报上。

毛　熊 我叫——袁熊呀。

杨　炫 （先诧后喜）呵，袁熊，是督师本家，快放，快放！

苏　女 慢着！

（滚花）　就算督师戚属，

　　　　　也该王法无亲。

大　寿 （前腔）　如何通敌走私？

　　　　　你快实话回禀！

毛　熊（白榄）小人非走私，

更不是通敌。

关外贩参茸，

关内运丝织。

常年苦奔波，

将本求利息。

出名老实人，

满城多认识。

苏　女 胡说！

（包槌快白榄）

车载马驼，

风高月黑。

绕道出关，

声低步急。

经什么商？

贩什么物？

红衣炮，白米粒；

银百箱，绢千匹。

兵荒马乱时，

血雨腥风日。

若非通敌人，

你不怕损失？

大　寿（白榄）谁是你东家？

招供快从实！

毛　熊 这……（惊惶跌地，目示杨炫求救）

杨　炫 算了算了。

（滚花）无谓再争论，

都是自己人。

你献些财物作犒劳，
其他不必再追问。

苏　女　不可！
（滚花）　治奸商，除隐患。
国法必伸！

大　寿　对呀！
（滚花）　没收私货，分发各营。
押下奸徒，以后再审。
[内场叫白：毛都督到！
[毛文龙上，两亲兵随上。

文　龙　（念白）　万里江山万里尘，
一朝天子一朝臣。
防胡领得金银饷，
又向胡人赚金银。
（进堂）呵，监军大人——

杨　炫　毛都督有礼。

祖、何　参见毛都督。

文　龙　罢了。（作状，望见毛熊）哈吓，你这奴才，本都督命你备办军需，何以弄成这样？

毛　熊　都督，冤枉呀！

杨　炫　原来是都督帐下之人，快些放走——

大　寿　慢着！
（霸腔芙蓉）
他是个通敌走私犯！

文　龙　胡说！
（前腔）　毛熊是我亲信人。

大　寿　（冷笑）那——都督认错人了。

（霸腔芙蓉）

此人自称袁熊，

私货大批北运。

毛　熊　将军听错了，我是毛熊，奉都督之命，买办军需，路上被他们劫抢。

文　龙　（口鼓）谁敢劫我军需物品？

苏　女　（口鼓）是我拿获走私犯人！

文　龙　可怒也！

（快中板）目无国法恃势横行，

坏我名声误我战阵。

绑出正法。

崇　煜　慢着。都督息怒，家兄新承王命，复职进京，先令我与苏女，驰援辽东——

文　龙　（快滚花）纵然是督师亲到，

也不能毁法徇亲。

杨　炫　（阴笑）啊，哈哈哈，毛都督。

（滚花）　幸亏你识破行藏，免被蒙混；

原来她贼喊捉贼，诬赖好人！

文　龙　（滚花）　叫左右，快绑女贼，

斩首辕门消我恨。

祖、何　慢着！

（快滚花）是非曲直，

是未审真，

枉杀有功，

决难答允！

文　龙　（快滚花）要斩要斩定要斩。（拔剑）

大　寿　（快滚花）不能不能万不能。（拔剑）

文　龙　你，你们想造反不成？

（快滚花）看我尚方宝剑在手中。

可　刚　（前腔）　我理直情真不惊震。

[双方拔剑僵持。

[内场高呼：袁督师到！

[四亲随捧剑印、挂腰刀先上。

[袁崇焕上。

众　人　参见督师大人。

崇　焕　免礼。（环视，众人肃立，静场片刻）你等帅堂争辩，是否商讨破敌安民之策？

大　寿　（口鼓）督师大人。

苏　女　今天查获一批走私物品，案犯竟是毛督帐下军人。

崇　煜　（口鼓）　资敌走私，伪装商品。

苏　女　（口鼓）　反诬我贼喊捉贼，以假乱真。

文　龙　（口鼓）　令弟令千金，

蛮横无理甚。

劫我军用物，

捉我帐下人。

杨　炫　误会，一场误会。（白榄）

水浸龙王庙，

错伤自己人。

强敌危城，

战守要紧。

大事化小，

小事化尘。

后堂摆酒宴督师，

摸着酒杯谈对阵。

文　龙　好，你们散去！

崇　焕　慢！

（催归词）军资果真遭抢劫，

督师岂敢不过问！

况且案件涉及我家至亲。

如果里边，

情虚事假，

更不能，让奸人，

含混脱身。

杨　炫　（滚花）　莫因小事贻误战机，

崇　焕　（前腔）　此事不难把真相审。

（对毛熊）你是何人？

毛　熊　小人毛熊。

崇　焕　什么身份？

毛　熊　毛都督帐下亲随。

崇　焕　所运何物？

毛　熊　米粮万石，锦绢千匹，白银百箱，铁炮十门。

崇　焕　运往哪里？

毛　熊　这……

文　龙　皮岛老营。

崇　焕　本督师是问他。

毛　熊　是，皮岛老营。

崇　焕　何处被劫？

毛　熊　这……

崇　焕　讲！（众同喝威）

毛　熊　北山坳口。

崇　焕　可有虚言？

毛　熊　句句是实。

崇　焕　好，本督师问你，既是营中军资，何用假装商货？

毛　熊　这……

文　龙　为保途中安全。

毛　熊　（急接）是，为保途中安全。

崇　焕　你说此乃明军防地，军资反愁意外，商货就保安全？

毛　熊　这……

崇　焕　本督师再问你，皮岛在东面水路，为何反走北山坳口？

毛　熊　这……（战栗无言）

崇　焕　好个毛熊，快快从实招来，尚可免你一死，否则本督师刀斧无情。

［众喝堂威，毛熊战栗叩头。

毛　熊　督师饶命，小人愿招，委实是运往口外，与胡人交易。

崇　焕　果然斗胆，贩私通敌。

毛　熊　上命差遣，身不由己，这都是杨公公与家主……

文　龙　该死奴才，胡言陷主！（突然拔剑，刺死毛熊）

崇　焕　（滚花）　毛都督，何用意？

文　龙　（前腔）　我把军法执行。

崇　焕　（滚花）　你道灭了生供，

我便无从查问。

（安然地）欲究奸邪内幕，

仍有文书册籍可寻。

何将军，带人将尸身拖下，在毛熊身上、货物里边，细细搜索。

［何可刚领命，带亲兵把毛熊尸体拖下。

［毛文龙欲发恶制止，为崇焕威风所慑，与杨太监关目，焦急。

［何可刚持蜡书、令牌上，亲兵随上。

可　刚　禀告督师，毛熊身上，搜得蜡书及后金国通行令牌。

崇　焕　拿上来。（接蜡丸书，开读）“书付后金贝勒，你所需我办足，我所欲有数目，今后一如既往，毛熊是我心腹。毛文龙。”

毛文龙，如今有何话说？

（滚花）　铁证如山，

是可忍孰不可忍！

文　龙　（把心一横，枭恶地，滚花）

做官发财，

将本求利，

算什么时闻。

崇 焕 （严肃沉重地）后金兵连年侵犯，陷我边城，杀我百姓。你将米粮铁炮，输送敌人，你做哪国之官？求谁家之利？三军无食，带饿守城。你将雪花饷银，作卖国之本，图自己发财。你……还有一丝人性么？

文 龙 （口鼓）哈哈，危言耸听，居然在我面前，摆出督师身份。袁崇焕，我劝你得放手时须放手，彼此俱是一殿之臣。

崇 焕 毛文龙，你在辽东数年，罪恶累累，边民衔恨切骨。（秃头霸花）

今日恶贯满盈，

可知你有十大罪状天人共愤！

文 龙 有十大罪状？我倒不妨听听呀。

崇 焕 （霸腔芙蓉）

你一当斩，贩私资敌通胡人。

二当斩，扣饷营私，士卒饥馑。

文 龙 （楔白）我的事，你管不着。

崇 焕 （霸腔芙蓉）

你三当斩，掩败报捷罪欺君。

四当斩，杀民冒功真残忍。

文 龙 杀他几个，算得什么！

崇 焕 （略爽中板）

你五当斩，剽劫海船掠商民。

六当斩，皮岛白骨填坑磡。

七当斩，强抢民女肆荒淫。

八当斩，像塑魏阉求恩荫。（滚花）

（转滚花）九当斩，奸淫掳掠祸乱三军。

十当斩，夸口牧马登州，十拿九稳。

（拉中板高句腔）

文　龙　（冷笑，滚花）

信口雌黄危言耸听，

无中生有血口喷人。

十大罪状已数完，

看你还有什么好教训！

（气焰逼人）

崇　焕　（煞介，滚花）

贼臣还敢肆狺狺！

尚方宝剑匣中鸣，

可将你这匹夫血刃。

文　龙　（滚花）　你有尚方宝剑，

我也有尚方宝剑佩在身。

谁敢动手，

本都督是皇上委任。

崇　焕　（滚花）　督边受命，

自可按律执行。

叫左右，

先缴匹夫宝剑再行刑，

号令城头以平众愤。

［毛文龙欲抗拒，被祖大寿上前制住，摘剑去冠上绑。毛文龙亲兵欲动，被慑服、缴刀，赶下。押毛文龙下。

杨　炫　袁督师，目今大敌当前，正是用人之际。毛都督乃皇上爱将，好友满朝，还是恕他刚才冒犯，从轻发落为宜。

崇　焕　好个监军大人，通同作弊也有你一份。将士无粮，三军哗变，你为什么不念大敌当前？扣下饷银，贩私通敌，你为什么不念大敌当前？姑念你是御前之人，押解回京，请圣主发落。

［亲兵押杨太监下，杨的亲兵被缴刀赶下。

可　刚　袁督师！唉，天生此佞臣，乃国家不幸；委以重任，为祟边关，乃朝廷不幸；

如今将他杀却，将招致祸殃，恐是明公不幸。

（滚花） 毛文龙满朝交好，深得主恩。

此事关系非轻，万望持之谨慎。

崇 焕 这……（绕场思忖）

[画外音：“袁卿家，袁卿家，边关毛文龙与杨太监堪为卿助手，遇事可共参详。”

[全场肃穆。

崇 焕 （毅然）不可，不可！

（滚花） 欲知肺腑同生死，

何用安危问此身。

祖将军，请尚方宝剑，将毛文龙正法营前。

[祖大寿捧剑，下。

[内场大鼓一响，祖大寿捧剑上，亲兵随上。

大 寿 启禀督师，已将毛文龙正法。

[内场呐喊，城外火光。

[亲兵上。

亲 兵 启禀督师，后金皇太极兵马，杀到城根。

崇 焕 传令下去，将所获银两，连同查抄毛、杨两犯赃银，发放军饷，誓师迎战。

[内场欢呼声雷动。

众 人 愿效一死！

[众齐响应，造型。

[幕闭。

第四场 后金设间

[紧接上场。

[后金皇太极大营内，设灵位。

[皇太极、军师范文程、四胡兵。

[开边启幕，皇太极背场企幕，四胡将侍立。

[皇太极京叫头：可恼、可恼也！转身扎架。

皇太极 （滚花） 父汗雄图国势盛，

要夺榆关取大明。

被袁崇焕炮轰，归来丧命。

（直转快慢板）

孤继承父汗志，

屡次出兵。

袁崇焕再督师，

出奇制胜。

杀得孤兵亡马丧，

愧对父汗亡灵。（直转滚花）

袁崇焕不除，

孤死难目瞑。（拉腔）

[军师范文程上。

范文程 报狼主，袁崇焕将监军杨太监押解进京，中途被轻骑捉到。

皇太极 当真？

范文程 果然。哈哈！狼主，今番有计了。

皇太极 唔！军师好计，孤领教过了。

范文程 狼主放心。（滚花）

今番袁崇焕，

一定活不成。

皇太极 （大喜）听军师好计。

范文程 （对太极耳语。滚花）

崇祯帝多疑寡恩，

杨太监必投陷阱。

皇太极 好！依计行事！

范文程 慢！（白榄）

有火没有风，

火势仍难盛。

杨太监一走，

狼主发奇兵。

喜峰口，过长城，

绕过崇焕防区走捷径。

皇城突遭困，

吓坏小崇祯。

里外两夹攻，

崇焕死期定。（双白）

皇太极 （三搭箭）好计，好计，好计！就照军师所说，设下陷阱，放走杨监军。（哈笑）袁崇焕，你这个死对头！（滚花）

且让崇祯帝，

送你到枉死城。

[幕闭。

第五场 入卫北京

[崇祯二年十二月。

[明首都北京。台左边广渠门立体城楼，城上可站人，城门可开闭，连着天幕远望雄伟城墙，远景有烽火。

[礼部尚书温体仁、监军太监杨炫；袁崇焕、祖大寿、罗苏女、袁崇煜；皇太极、两胡将，钦差、四明兵、四女兵、四胡兵。

[幕启，杨太监上。

杨 炫 （白）城上哪位在？

体 仁 （在城楼）来者是谁？

杨　炫　咱家杨炫在此，快些开城。

体　仁　（叻叻鼓出城门介）原来是杨公公，何故弄成这样？

杨　炫　温大人！

（白榄）　袁崇焕匹夫，

可恨太跋扈。

乱扣我罪名，

押我进京都。

遇胡兵，被俘虏。

我在敌营中，

窃听胡人谈军务：

与崇焕，有密约；

说军师，计谋高。

发奇兵，绕弯路；

困北京，成圈套。

狼主定江山，

袁某分国土。

体　仁　（白）此事当真？

杨　炫　我在胡营亲耳所闻。

体　仁　走！一同面圣。（同下）

［皇太极内唱：

越长城，

逼燕京，

势似强风将落叶扫。

［冲头大滚花，四胡兵、两胡将、皇太极上。

皇太极　（滚花）　眼见大明天下，

属孤版图。

哈哈，军师好计，今番崇祯帝纵然不死，袁崇焕也难活命了。正是：谗臣能惑主，独臂怎擎天。

（滚花） 孩儿们，

驾云梯，擂战鼓。

[战鼓密打。祖大寿，罗苏女内场同叫头：冲、杀！

[四胡兵、四女兵、罗苏女、袁崇煜、祖大寿、袁崇焕上。

崇　焕　（口鼓）皇太极，大明天子脚下，容不得你扬威耀武。

皇太极　（口鼓）袁崇焕，这一番——只怕你保得大明天子，保不住自己头颅。

[开门。皇太极、胡将、胡兵战败逃走。

崇　焕　（叫喊）城上哪位在？

[两武士持枪，温体仁同上城楼。

体　仁　老夫在此。

崇　焕　温尚书，恕崇焕甲胄在身，不能全礼。

体　仁　督师大人，敌兵败退，赶快追击呀！

崇　焕　温大人呀！崇焕惊闻皇城危急，与祖大寿、罗苏女二将及舍弟崇煜，先率五千轻骑，赶来解救，何可刚带着十万精兵，随后就到。待等大军齐集，然后全歼敌人。请温尚书放我军入城歇马。

体　仁　袁大人！不是下官寡情，只因圣上有旨，不得擅开城门。也罢，待下官上朝请旨，督师请候片时。（急下）

[钦差捧圣旨上城头。

钦　差　袁崇焕马上接旨！

崇　焕　万万岁！

钦　差　（读旨）皇帝诏曰：袁崇焕勤王破敌，忠勇堪嘉，着即乘胜追杀，务竟全功，毋负朕意。钦此，谢恩！

[钦差下，两武士同下。

崇　焕　不好了！

（水波浪，朦胧）

粮完草缺，

后援全无。

连日来急进，

人马尽疲劳。
三五千倦困饥兵，
若再操刀，走长途，战强胡，
后果不堪睹。

［内场温体仁高呼：圣旨到！

［众跪。

体　仁　（在城楼）圣上口谕：城门不许开，着令袁崇焕沿縋进城见驾。（下）

［众惊愕，静场。

崇　焕　（疑虑沉思有顷）
（滚花）　令出异常乖法度，
拒师不纳徒叩呼。
飒飒冷风沉沉雾，
雾遮玉阙怅征夫！

崇　煜　兵烽方炽，忽令主帅离营，三军凭谁做主？

大　寿　（紧张地）袁督师，你不能单独进城啊！

众　人　督师大人不能去呀！

崇　焕　却是为何？

大　寿　今日之事，可诧、可虑、可嗟，后果堪虞也！
（恋弹二流爽唱）袁督师，
空有丹心将国报，
君王不念汗马劳。
千里勤王将士苦，
竟然不许进皇都！

苏　女　（接唱）　刻薄寡恩枉为他效劳，
不若走返辽东另作他图。
不贪名上凌烟阁，不图封诰。
回返边关莫招烦恼。

崇　焕　这个——（水波浪）罢了，众将士，我的弟兄啊！你等爱护本督师，袁某铭感于心。无奈君命难违，请恕崇焕不能从命！

大　寿　（口鼓）袁督师，你身系一国之安危，务听我们劝告，你只身而去，恐防奸佞暗里操刀。

苏　女　（口鼓）父帅单身入城，只怕内里有圈套。

崇　焕　（爱抚地，口鼓）苏女，为父自有主意，不必为我心操。

［先锋，袁崇焕欲扳绳，众人焦急拦阻，齐呼：督师不能去呀！

大　寿　袁督师当真要进城去么？

崇　焕　圣旨不能违抗。

大　寿　也罢，你若冒险前去，我们就……

崇　焕　怎么样？

大　寿　（悲愤地，背转身）

众　人　（齐跪）袁督师，还是回辽东去吧！

崇　焕　弟兄们啊！

（快中板）今日撤兵城不保，
他年遗恨笑匹夫。
（滚花）　罢罢罢，且在城外扎营，
等候可刚兵到。
不许骚扰百姓，
誓死保卫皇都。（手执绳索）

众　人　（悲哀地）督师大人保重啊！

［袁崇焕随绳上城。

［急切光。

［幕落。

第六场　危城冤案

［紧接上场。

［皇宫内殿平台（景同第二场）。

[袁崇焕、钱龙锡；崇祯帝、温体仁，杨炫、四朝臣、四太监、两武士、两锦衣卫。

[幕启。

[企幕。四太监、两武士、两锦衣卫、四朝臣、温体仁，各带惶恐状肃立，崇祯帝在沉思，踌躇，懊恼，气愤。

崇 祯 温尚书，袁崇焕果真抗旨，不肯进兵？

体 仁 万岁爷呀！臣岂敢妄言，袁崇焕全军还驻扎在广渠门外。

崇 祯 果然大胆！（孔雀开屏中段）

可痛可惊可怖，

枭帅骄悍跋扈。

历朝乱臣是武夫，

祖宗基业，岂能不顾？

枉负皇恩天地厚，

枉说衔恩舍命报，

伪言伪言，欺孤欺孤，

孤王难道可以任摆布！

体 仁 袁崇焕不奉王命，岂在今天！当日辽东大捷，主上命他乘胜穷追，他就按兵不动。

甲 臣 这叫养寇自重。

乙 臣 才有遗患今天。

崇 祯 （思忖，自语）袁崇焕何以这般斗胆？

体 仁 圣上明察，当初袁崇焕一到辽东便杀了不肯奉承他的毛文龙。

丙 臣 这叫诛除异己。

丁 臣 意图独霸一方。

崇 祯 这……（自语）怪不得他轻易取胜，又急于进城。看来杨太监所言，并非虚语了。（突然转身，狂暴地）野心狼子！可恨匹夫！

体 仁 可朝内还有元老重臣，为他张目掩护！

崇 祯 （怒介）哪一个？

体　仁　（滚花）　就是大学士钱龙锡。

崇　祯　（前腔）　保人不慎，

我正要追究这老糊涂！

（气冲冲，就位）

太　监　传钱龙锡见驾。

[内场照传。

[钱龙锡震头匆忙上。

龙　锡　老臣钱龙锡叩见。吾皇万岁，万万岁。

崇　祯　（滚花）　袁崇焕跋扈骄横，今又勒兵畿辅。

你曾累累保荐，可知他居心何图?

龙　锡　（大惊失色）主上何出此言？（阴苦）

万岁爷，

应明察，

莫冤枉无辜。

功招妒，

恨城狐，

播弄谗言潜施毒蛊，

把黑白颠倒，

圣君须鉴英豪。

（楔白）袁崇焕雄镇辽东，屡挫敌寇；一闻京师告急，千里飞骑，孤军勤王，苦战破敌。

（继唱前曲）

竭孤忠，平胡虏，

著勋劳，汗马功高。

他不图封诰，

献身保国。

心痛小人，

把忠良诬告。

崇　祯　这……钱卿家，难道寡人失察了！

龙　锡　主上英鉴。

崇　祯　待袁崇焕到来，朕还你个青红皂白！（对温）袁崇焕可曾上了城楼？

体　仁　已上城楼，现在宫外候旨。（讥笑）钱阁老，且看明白，我等可是小人，岂是谗言！

龙　锡　（强忍气恼）哼——！

崇　祯　着袁崇焕陛见。

太　监　主上有旨，着袁崇焕陛见。

[内场照传。

[袁崇焕上。

崇　焕　（引白）从来天意高难测，

惟把愚诚献庙谟。

臣蓟辽督师袁崇焕见驾，愿我皇万岁万万岁！

崇　祯　袁崇焕，广渠门大捷之后，何故抗旨，不追敌兵？

崇　焕　非是臣敢贪生，不愿三军败死。

崇　祯　看来当时破敌，不过假胜欺人！

崇　焕　非也！皇太极攻城之兵，不及所部一半，尚有骁骑数万，扎在百里外大营。臣怎能驱数千饥渴疲惫之兵，长攻百里外数万养精蓄锐之敌。

崇　祯　难道屯兵城外，是待敌人自毙不成？

崇　焕　臣待何可刚全军一到，围而歼之，不使敌人漏网！

崇　祯　只怕何可刚全军一到，围而歼者，不是敌人！

崇　焕　（急俯伏）恕臣愚昧，天意未明！

崇　祯　你且平身，寡人教你看个明白。（示意）

[杨太监从屏后上。

杨　炫　（得意扬扬）

袁崇焕呀袁崇焕！（流水中板）

你真可恶！（双句）

勾结敌人分国土，

会师皇城先约好，
假胜骗开城门户，
里外夹攻成圈套。
真命天子神庇护，
我陷敌营偷听到。
你的阴谋今败露，
快伸颈来受刀斧。
啦架啦架架——

崇　焕（快黄槌花）
原来是你这败国谗臣，
把是非颠倒！
主上呀！（二黄慢板追贤腔）
当初杨监军，
勾结毛文龙，
扣押饷银，通敌走私，
弄得民离兵变，
断送国家版图。
朝送金，暮送银，
送金送银，送银送金，
贿赂朝中贵臣，
将他包容保护。
臣袁崇焕，为报国恩，
不避权贵，不怕谗言，
不辞生死，不计安危，
把毛文龙正法，
将监军解返皇都。
主上勿偏听奸臣，
他是私仇公报。

崇　祯　你胡说！（下座出）

（梆子慢板骂曹腔）

毛文龙，

守边御敌，

你杀之如草芥，

监军也作囚徒。

辽东胜利，

你抗旨按兵，

不追敌人，筑城自固。

到今番，广渠破敌，

你又按兵抗旨，

说什么饥渴疲劳。

（梆子中板骂曹腔）

分明是，

欺朕优客，

才敢骄横跋扈。

分明是，

谋张羽翼，

顺我者施恩，

逆我者诛屠。

（趋快）　勾结敌人谋大宝，

辜负皇恩天地高。

问你这贱臣，

还有何言可诉！

崇　焕　（木然颓然，渐渐下跪）

（沉腔滚花）

这这这……

英明圣主，

臣岂敢说冤诬。

（追信） 想当初，在平台，

披肝胆，奏圣上，

微臣制东兵，胜可操，

难调众口，喋喋嗷嗷。

有的是——

为私愤积怨，恕功生妒，

胡酋反间，计多卑污。

当日话，皆应在目前，

唯求圣主，辨察秋毫。

崇　祯　（冷笑）如此说来，到底是寡人冤枉你啦！

崇　焕　（俯伏）臣……不敢！

龙　锡　请念大敌当前，用人之际，主上开恩。

杨　炫　权臣傲主，败国之源。

体　仁　敢犯天威，决难轻纵。

四　臣　主上圣明，当机立断。

崇　祯　（滚花） 荡寇除奸，

君行天讨。

摘去尚方宝剑，

衣冠褫夺，

打入锦衣卫监牢。

［两锦衣卫趋前，除衣冠摘剑转递杨炫，押袁崇焕。

［袁崇焕兀立浩叹造型。

［暗灯。

［闭幕。

第七场　黑狱英风

[崇祯二年十二月。

[明，北京，东厂狱中。

[袁崇焕、典狱官、罗苏女、袁夫人、钦差、两锦衣卫。

[落更，打二更。

[音乐声中启幕。

[袁崇焕戴镣企幕。

崇　焕　（京倒板）繁星点点愁如海。

（雨淋铃）沉沉晦晦，

月暗天灰，

萧萧胡笳，

岌岌皇都，

每一念——心似刀宰。

（双声恨）东寇漫天压地来，

偏我被禁监牢，

未能为国家献微才。

眼看国脉垂危，黎民遭灾。

远望铁窗外：

火光阵阵，

刀光阵阵，

断续悲呼声传。

若见咆哮虎狼群，

噬我束手老弱民，

令我一腔火焚五内。

怎得毁枷破锁，狱门绽开。

与同袍仗剑翻血海。

（静场，感叹，念白）西风胡马，正壮士报国之秋；东狱沉冤，怕难望献身有日子!

（南音） 百死微躯无后悔，

十年戎马有余哀。

人间青史多是血写来，

我不怨凤阁主心前后改。

只怕榆关将士壮心灰。

我不论功过千秋是如何看待，

只怕炎黄百姓惨作敌奴才!

但愿身死京都，魂归边塞。

立马医巫闾山上。

饮父老酒三杯。

寄语辽东将士，

定要同仇敌忾。

（乙反） 决不让胡人占去。

（直转反线二黄连序唱）

我的点将台，

待我魂兮归来；

永相伴，长相陪，

似往日那般同袍共爱，

似往日那般练武辟草莱。

永镇辽东捍边塞，

黎民不再受兵灾。

叵耐阴风腾阙内，

杀身未可哀，

忧国情怀在。

只恐继任是邪庸辈，

轻敌邀功，

媚主残民，

黑水白山，

转眼又失诸化外。（拉腔）

（打三更，二黄滚花）

夜三更，难一梦，

肠一日，觉九回。

只有唧唧虫声，

伴我悠悠感慨。

更怜淑妇北楼望，

望得锦衣人到，却是罪书来。

（低声慨叹）夫人！

[典狱官带袁夫人、罗苏女携食篮上。

典　狱　袁大人！夫人、小姐来了！

崇　焕　夫人！

夫　人　夫君！

苏　女　干爹！

崇　焕　女儿！你们怎生到此！

夫　人　（二黄爽唱）

一听夫你含冤，

我便魂飞天外。

何故主威未把胡尘靖，

狱门先向帅臣开。

苏　女　干爹呀！

（前腔）　祖将军呼救无门，

已率全师回关外。

（直转上云梯第二句起唱）

我心中，似刀宰，

怎生献此身，

将干爹替代；

难为计，迫忍痛，

只身星夜向南回。

娘一听，便惊呆，

远赴京师，昼夜不殆。

崇　焕　（凄然）你们受苦了！

夫　人　相公受苦。这是相公喜爱的家乡食品，为妻特意带来，相公请用，为妻还有话说！

崇　焕　为夫日子不长了，夫人有话请说吧！

夫　人　（悲不自胜）相公呀！

（三叠愁）当初言犹在，

末世难展雄才。

幸能归隐罗浮，世事永抛开。

无奈你身闲志未灰，

终于重罹祸害。

到今时，

妻痛悔，望郎痛悔，

倘得脱身便离宦海。

崇　焕　夫人呀！（乙反中板）

受国恩，

纾国难，

为臣份所本该。

从古到今，

志士忠臣，

都是身可捐，志难改。

独惜残贼未除，

寇氛未清，

负了爹娘教养，

师友栽培，

更负好夫人，
对我万丈情深，
不得齐眉百载。
妻呀！此后岁月凄凉，
家庭贫困，
望你起居珍重，
切勿日夕悲哀。
（滚花） 为夫就泉下安心。

夫　人 （前腔） 你一线生机尚在。

崇　焕 此话怎讲？

夫　人 为妻是——奉旨来的！

崇　焕 （又感意外）你是奉旨而来？

夫　人 若非奉旨，怎能进得天牢？

崇　焕 那——你奉的什么旨意？

夫　人 这——
相公呀！（齐口板）
辽东兵撤走，
胡兵又杀来，
京城浪里舟，
君王针刺背，
阁老三保本，
危城惜将才。
（滚花） 有旨——令你书调东兵，破敌功成，复你职宰。

崇　焕 这——又怎会要夫人传旨？

夫　人 为妻今天到京，拜求钱阁老，代请主上开恩，许我夫妻一见。主上要我传旨，着相公修书辽东，调祖大寿全军入援，破敌之后，将相公复职加封。

苏　女 我看皇帝今日事急相求，定是下不了那个面子，又怕干爹未消气恼，不肯修书，才叫干娘来讲话。

崇　焕　（深叹）主上太不解臣心了。

夫　人　这也难怪圣上。方才为妻也怕你心中怨愤，几度未敢开言。

崇　焕　崇焕为了救国，万死不辞，又何惜一封书信！

夫　人　（有喜悦意）那就快写吧。

苏　女　（同时从篮中取出笔墨纸张）文房四宝都带来了。

典　狱　恭喜督师大人，此书一去，辽东兵出，破敌之后，定然再沐皇恩，加官晋爵。

崇　焕　（提笔，严肃凝重）祖将军呀！

（念白）　休将得失记心怀，

请念山河百事歪，

京华父老翘首望，

勤王兵马速安排。

[挥笔疾书，掷笔，强压心头，痛楚。

苏　女　（带点兴奋）我知道干爹一定写这封书信！

崇　焕　女儿何所见而云？

苏　女　干爹就是要重返辽东，抚兵辑民，杀敌安邦。

崇　焕　（感动，感慨，有悲凉意）女儿深得为父之心，可惜未解君王之意。

苏　女　难道皇帝就不想国泰民安？

崇　焕　非也！（压抑着沉痛，口鼓）女儿一片赤子心，还未晓做人三昧。当你们渐消痛楚，本不应复惹悲哀。无奈今天不言，以后难有机会，书去兵来破敌后，我身便要上断头台。

[众人大惊，齐叫：此话怎讲？

崇　焕　（反觉安详）主上本来忌我拥重兵，得人望，敌人才能施反间，奸臣才可进谗言。今日我一纸手书，便招来十万兵马，主上做不到，崇焕做得来。试问敌破身安之后，主上还能容我活命么？

苏　女　（滚花）　岂任昏君安帝位，

帅父下泉台。（一手抢去书信）

崇　焕　女儿做什么？

苏　女　（前腔）　拼之共覆同舟，

俱沉大海。

[便要扯毁书函。

崇　焕　（三拦）这封信，毁不得！

夫　人　相公，这样的书，能送去么？

崇　焕　一定要送去，还要苏女亲自送去！

苏　女　要女儿亲自送去？！

崇　焕　强敌围城，除了女儿，谁能送去？到了辽东，也只有女儿，才能取得祖将军信任。望女儿以国家为重，早日搬来救兵。

苏　女　帅父，干爹呀！

（乙反二黄慢板合字过板）

扶危城，退敌兵，保国卫民，

苏女赴难舍身无后悔。

却奈这封书，

是爹的夺命符，

还要女儿作罪人，害阿爹，

遗恨一辈！

（哭叫）娘——女儿不去！

夫　人　（乙反二黄慢板连序唱）

真叫我有口难开，

顺夫君不可，

顺女儿不该。

一边是家国情，

一边是夫妇爱，

况是生死关头，

一着行差，遗恨千载。

苏　女　（前腔）　要女儿送父命，

这一双手，决做不来。

崇　焕　你真的不去？

苏　女　（滚花）　要皇帝先放干爹，

我才肯传书关外。

夫　人　求主上先放夫君，倒是个好主意呀！

崇　焕　（绕场，思忖，毅然决断）不可，不能！（风萧萧）

主上已疑忌我，

欲免害反促害。

紧急军机，不可稍待。

胁主求生身受玷，

失了皇都国受灾，

忠臣虽死心难改。

女呀！

你就听我此一回！

苏　女　不好了！（水波浪，快二流）

不传书，国受害！

传书去，父受灾。

左不孝，右不忠，

愿死在亲前，

把罪名担待。（下跪）

崇　焕　我把你个蠢材，你个蠢女！什么叫忠？什么叫孝？当日你去罗浮山，又说过什么话？杀敌保国，报父仇，安百姓，才是大忠大孝。若以为父一人生死，任敌兵攻破皇城，你——你置国家于何地？

苏　女　这——（无限委屈跪前，哭叫）娘！你叫女儿如何是好！

夫　人　（直起禅院钟声中段，头两句用摇板唱）

儿哭声悲哀，

娘火煎五内！

女儿呀！（音乐声，扶起苏女）

苍天眼不开，

圣主意难回。

如天倾，比地坼，
离魂夺魄，
寸心没了主宰。
夫君精忠既不改，
妾以生死永奉陪。
女儿休伤心，
双亲体谅你。
（吊慢唱，泣不成声）
快去辽东搬兵来！

苏　女　这——干娘也要我去辽东搬兵？

夫　人　（乙反芙蓉）
岂不念白首齐眉约，
岂不惜家国栋梁材。
知君日月为心，
可痛山河危殆。
夫呀！
谅我起居难侍奉，
请领带泪酒一杯。

苏　女　（乙反滚花）
恨儿无以慰亲心，
请尝我母女亲调家乡菜。

崇　焕　（滚花）夫人！
酒肴我领下，
君命你早回。
苏女，
休言无以慰亲心，
搬救兵，解危城；
作忠良，好后代。

[钦差急上，两锦衣卫随上。

钦　差　主上有命，袁崇焕写罢书函，速着其妻缴旨。

崇　焕　夫人，你就向主上拜陈我意，着苏女突围搬兵。

苏　女　唉！（滚花）

无可奈，无可奈，

忍悲愤，走一回。

夫　人　相公保重！

苏　女　干爹保重！

崇　焕　夫人女儿保重！

[幕闭。

第八场　燕市豪情

[崇祯三年八月。

[明宫后苑煤山。

[钱龙锡、崇祯帝，袁崇焕、袁夫人、温体仁、杨炫，清虚道士、罗苏女、四武士、四锦衣卫、四太监，四宫女。

[内场合唱曲：

一纸书，十万兵，

破强敌，保帝京。

奸官功上凌烟阁，

忠臣冤入枉死城。

[合唱曲声中幕徐徐开，四武士企幕。

[内场高叫：圣上有旨，带叛臣袁崇焕！

[钱龙锡内场叫头：主上、主上！

[钱龙锡上。

龙　锡　（滚花）　惊听得，驾煤山，

干城自损。

可痛也，

朝无公道，

世有沉冤。

拼白头，

犯天威，

君前争辩。

[高叫“圣上”，两边闯进，武士拦阻。

[崇祯帝迎面现身。四太监、四宫女随上。

[崇祯怒视，钱龙锡急俯伏。

龙　锡　臣钱龙锡冒犯天威，罪该万死！

崇　祯　你——不在家中纳福，匆忙何事？

龙　锡　（滚花）　臣听忠良受枉，

此身如坐针毡。

崇　祯　袁崇焕通敌叛国，说甚忠良，寡人亲自裁决，还会冤枉？

龙　锡　（滚花）　圣主自英明，

群奸多暗算。

（叹颜回第二段起）

袁崇焕督师，为国几经血战。

智勇双全，

胡人胆寒，

辽东似金汤，

辽民共安居，

亲率精兵救君险，

手书搬兵救君险，

义胆忠肝，立地顶天。

一朝摧折国家栋梁，

江山休矣，

望主施恩典。

崇　祯（滚花）叛臣通敌有据，

你作惑主危言。

龙　锡（滚花）一臣枉屈，

万众离心，

望主上以江山为念。

崇　祯　你口口声声，为叛臣呼冤叫枉。也罢，你站过一旁，看袁崇焕亲供认罪，让天下人知道，朕不会冤枉无辜。

龙　锡　主上，袁督师精忠报国，天下皆知。臣今日不忍见无辜受罪，愿主上挖臣双目，贴在城楼，他年好见胡兵，破门灭国。

崇　祯（大怒，快中板）

敢将恶语辱君前，

当日叛臣你保荐。

今为党羽进私言，

（滚花）钱龙锡收进天牢，

候孤审断。

[两武士去钱龙锡相冠，押起。

[同时，两锦衣卫押袁崇焕上。杨炫捧御剑随上。

崇　焕（遥呼）老相国！

龙　锡　袁东莞！袁东莞！老朽无能，你以国家为重呀！

[两武士押龙锡下。

杨　炫　叛臣袁崇焕带到。

崇　焕　万万岁！（下跪）

崇　祯　袁崇焕，你知罪么？

崇　焕　主上圣明，臣罪当诛。

崇　祯　你知道，什么罪？

崇　焕（乙反长句二黄）

当日奉旨出辽东，
平台初受剑，
也曾披肝沥胆拜诉君前。
（静场流水板）
身出君门成万里，
事可惊疑实多端。
不惧胡兵驰铁马，
但愁圣主起疑团。
不幸臣言皆应验，
（原腔） 一纸书，招来兵十万，
损害了圣主威权。（旬）

崇　祯 那——你为何还肯修书调兵？

崇　焕 （前腔） 为了大明江山，
不让敌人侵占。

崇　祯 恐非如此吧！你以为书去兵来，打走敌寇，孤王就会赦你罪，封你官！

崇　焕 臣虽至愚，亦不会这般设想。主上本已疑臣桀骜；辽东兵将，主上亲调不来，臣一纸书，便能调到。主上身安之日，臣还有活命之时么？

崇　祯 这……（沉腔滚花）
孤王肺腑，
他竟洞穿。
（楔白） 可怕，可怕呀！
（滚花） 留此枭雄！
后患不浅！
（紧促音乐声思索）不能呀！他未认罪，孤便加刑，何以服天下人之心？钱龙锡所言，未尝无理……也罢，孤岂无办法，令你招供。（对崇焕）卿家起来。

崇　焕 谢主上！（起）

崇　祯 内侍臣，赐酒！

[太监奉酒趋前。

崇　焕　臣不敢妄受天恩。

崇　祯　朕功过分明，卿合该恩赏。

杨　炫　（未明崇祯之意，迫不及待）万岁爷呀！袁崇焕通敌叛国，若加恩赏，便是颠倒功罪，何以肃整朝纲！

崇　祯　胡说！袁卿破辽东之敌，解京都之危，难道不该受赏，怎说颠倒功罪？都是你这谗臣惑主，陷朕于不明。内侍臣，收还御剑。（太监取去杨炫御剑）侍卫，将杨炫押出斩首！

杨　炫　（哀叫）万岁开恩！

［两武士强押杨炫下。大鼓响，武士复上。

武　士　禀主上，杨炫遵旨伏法。

崇　祯　袁卿家，朕功过分明，可以放心领赏了吧！

崇　焕　（微哂）主上天威莫测，臣谨领旨。（取酒醇地）

崇　祯　（微露不悦，强忍）袁崇焕，既知朕功过分明，就该服罪。

崇　焕　（不语）

崇　祯　（忍耐地）你若服罪，朕念前功，定当从轻发落。（稍顿）有道蝼蚁尚且贪生，为人何不惜命！

崇　焕　（针锋相对，微笑）悖理偷生，虽生犹死！

崇　祯　逆君之意，此乃不忠。

崇　焕　逢君之恶，是为大罪！

崇　祯　（气极）袁崇焕，你当真不认罪？

崇　焕　一生功罪，自有后人评说。

崇　祯　你不惜锦绣前程？

崇　焕　臣之前程，惟君所赐。

崇　祯　（阴狠地）你不为妻儿着想？

崇　焕　臣但求无愧于心。

崇　祯　那——你是死而不怨了？

崇　焕　主上呀！（滚花）

臣为犬马，

君是至尊。

生死总皇恩，

臣岂敢有怨。

崇　祯（滚花）朕恩原深厚，

你不肯求全。

岂容你钓取嘉名，

扬朕之短。

（喝武士）押下去，开刀！

[袁夫人急上两锦衣卫随上。

夫　人（急趋前）相公！

崇　焕夫人！

崇　祯大胆妇人。怎会让她闯上来！

锦　衣（震惊）主上，她……她说是奉旨上来！

夫　人臣妇奉旨，来赦夫君之罪。

崇　祯疯妇人，你奉的什么旨？

夫　人当日主上要臣妇命夫君修书辽东，说道兵来敌破，便将臣妇夫君赦罪封官。

崇　祯这……也罢，你劝丈夫认了个通敌叛国，孤就从轻发落！

夫　人启禀万岁爷，夫君是不会听臣妇说话的。

崇　祯怎么不听？

夫　人（梆子中板）

当日在罗浮山，

我曾说伴君如伴虎。

劝夫君隐息林泉。

他不听妻言，

为了保卫国家，

明知艰危，

还甘犯险。

前日在狱中，

我劝夫君先求释放，

再修书信到军前。

他又不听妻言，

说道胁主求生，

不是忠臣所愿。

看起来，

如今再多说话，

都是无用虚言。

（滚花） 赦之是主恩，

杀之凭圣断。

崇 焕 好夫人，为夫无憾了！

崇 祯 可恼也。（滚花）

枭横跋扈，

无法无天。

灭族凌迟，

立正刑典。

［内场起合唱曲，森沉低声。

一纸书，十万兵。

破强敌，保帝景！

崇 祯 （得意）你们以为不肯认罪，就能伤孤之圣明？听着，百姓对孤王讴歌来了！

［场内合唱曲声转响。

奸官功上凌烟阁，

忠臣冤入枉死城。

（齐呼）袁督师冤枉！

［与呼声同时，温体仁惊惶上。

体 仁 万岁爷，有歹徒煽动愚民。

崇 祯 拿上来！

［两锦衣卫押清虚道士上。

道　士　方外人不奉皇礼，皇帝勿怪！

崇　祯　何方妖道，煽动愚民，聚唱反歌！

道　士　皇帝说错了。这首歌，是贫道今天初到北京，在街上向百姓学来。

崇　祯　胡说！孤王今天亲决叛臣，百姓讴歌。

道　士　皇帝又错了，忠臣作叛臣，百姓不是讴歌。

崇　祯　是什么？

道　士　皇帝自明，无量天尊！

崇　祯　（大怒）你该死！

道　士　（哈哈大笑）皇帝呀皇帝，你真是开口就错。修道之人，怎么会死？今天是得成正果。督师大人，贫道特来接你回去罗浮山。

崇　焕　多谢道长了。崇焕不到罗浮，要去辽东医巫闾山，永远守卫国土。

夫　人　为妻也随你到医巫闾山，侍奉夫君，共守国土。

道　士　哈哈，督师与夫人，一同得道了。贫道也一齐到医巫阁山，守卫国土，让皇帝的刀斧，为我们送行……

［内场，罗苏女叫“冤枉呀！”

［罗苏女捧本章急上，冲开武士长戟。

苏　女　（高叫）辽东将士联名保本，为袁督师呼冤。

［太监取本章奉给崇祯。

崇　祯　（怒掷本章）联名保本，你作反！

苏　女　我作反？若非我苏女持父帅手书，冒死突围，到辽东搬兵，你个皇帝，还能龙楼高坐，施威杀人么？（快慢板）

是非不分，

忠奸不辨，

做什么皇帝，

坐什么金銮？

崇　祯　（狂怒）杀！

苏　女　（前腔）就会杀人，

就会逞权，

你个昏君，

败亡不远。

崇　祯　（吼叫）立即乱刀砍死！

崇　焕　（急上前躬身）主上，不能杀呀！辽东将士，派她上本，若然被杀，激反了二十万将兵，胡人乘机杀来，国家休矣。主上以江山为重呀！

崇　祯　（惊震，猛醒）这——押她出城，赶返辽东！

[武士趋前。

苏　女　（推开武士）皇帝若不恩赦督师，苏女死不离去！

道　士　（呵笑）真不愧罗浮山清虚观弟子！

夫　人　苏女，俱死无益！

崇　焕　赶快离开。（威严地）

苏　女　这——也罢，皇帝若然冤杀督师，辽东二十万兵将，要你坐不稳江山！苏女去了！

崇　焕　（厉声）　慢着！（快二流）

你忘了爹娘教训，

不记外敌当前。

军兵是守国卫民，

怎能为一身消怨。

夫　人　（前腔）　要把亲心体谅，

谨遵帅父之言。

苏　女　（楔白）　女儿纵肯从命，将士岂能罢休。

崇　焕　（前腔）　你为我传语同袍，

手上刀枪，要为抗敌而战，

崇焕将与诸君子，

跃马辽东共守边。

苏　女　（意外）师父还能跃马守边？

道　士　能，一定能。大道齐生死。贫道也要与督师大人同去守边。

四　人　（齐唱前腔）

手上刀枪为抗敌而战，

跃马辽东共守边。

崇　祯（为四人豪气所震慑，感到自己到底失败了，但又不甘失败。沉默片刻，带点解窘的冷笑）袁崇焕，你以为如此，孤王就会赦你不死么？

崇　焕（出于真诚，带点慨叹）主上永不会知臣用心，也决不会容臣活命。

崇　祯 朕亦非寡恩。现在就将你凌迟减为斩决，赦你妻不死，流放三千里。这个妖道，同时处斩。温尚书监刑。

体　仁 臣遵旨。（接御剑）哼！君威三尺剑……

道　士 可惜斩向栋梁臣。

崇　焕 谢皇恩。

夫　人（哀叫）相公、道长！

苏　女（哀叫）干爹、师父！

崇　焕 夫人，女儿，保重！

[道士呵笑。

[锦衣卫押袁崇焕道士行。夫人、苏女紧伴。温体仁捧御剑随行。

崇　焕（燕歌行，内场重唱）

不将生死萦怀抱，

只恨胡骑尚寇边。

苏　女（前曲）师父忠魂烈魄，

同与日月长悬。

夫　人（前曲）悲莫悲，生死别。

道　士（前曲）道可道，天地存。

夫　人（前曲）敬夫愧无水酒。

崇　焕（前曲）慰妻尚有遗言：

心术须无愧于天地，

言行留好样与儿孙！

[幕徐徐闭。

[剧终。

（剧本版本：《南粤剧作》1984年第1期）

·粤剧卷·

梦断香销四十年

编剧：陈冠卿

人　物　表

陆　游　　字务观，号放翁，南宋爱国诗人。
唐　琬　　陆游前妻。
王春娥　　陆游后妻。
赵士程　　山阴望族。唐琬后夫。
唐夫人　　陆游之母。唐琬的姑母。
邓　哥　　沈园花匠。
邓　嫂　　邓哥的妻。
邓翠花　　邓的孙女。
秋　兰　　唐琬的女侍。
夏　荷　　女侍。
家　院　　陆府的家院。
王　炎　　四川宣抚使。
虞允文　　前后四川宣抚使。
吴　珙　　南郑前线将领。
吕　伟　　南郑前线将领。
王承祖　　南郑前线将领。
黄　强　　南郑前线将领。
汤子臣　　虞允文的幕僚。
赵　仁　　赵府的西宾。
妙　修　　妙善庵老尼。
妙善庵尼
宋将宋兵
众家丁

序　幕

[乐起。

[台口纱幕。灯光特写。杨柳悲风。园林上空有凤钗一枝。由小到大横空起舞，下烘托着大片断肠红草逐渐幻化成人形，仰望凤钗起舞悲歌陆游的《钗头凤》词。

[内场男女和声。

[《钗头凤》词曰：

红酥手，黄縢酒，满城春色宫墙柳。
东风恶，欢情薄，一怀愁绪，几年离索。
错，错，错！
春如旧，人空瘦，泪痕红浥鲛绡透。
桃花落，闲池阁。山盟虽在，锦书难托。
莫，莫，莫！

[歌声渐隐。凤钗红草亦渐隐去。乐转悲凉，灯移景换。转入第一场戏。乐声不断。

第一场　鸾凤分飞

[宋绍兴年间。

[浙江绍兴府。陆游家。南堂书轩，内寝室、外花园。时值暮春。

女　声　（内场独唱清歌）

似这般咽泪装欢何日了！
可怜岁月可怜人！

[唐琬抱花一束抑郁地倚栏片晌，把花插向花瓶。

[秋兰惊急上。

秋　兰　姑娘！

唐　琬　秋兰，（口鼓）何事惊慌欲语还吞眉皱紧？

秋　兰　姑娘，（口鼓）后堂之上，又来了妙善庵中鼓舌人！

唐　琬　（哑然，口鼓）妙师又来谈经吧，婆婆拜佛心诚恳！

秋　兰　（难过地）恐非如此！（口鼓）夫人如何待你，姑娘早有所闻！

唐　琬　（悲从中来）我已知之！

（乙反减字芙蓉）

桃花命薄逐水流，生带愁来悲不幸！

空有护花铃庇佑，奈何风雨不饶人！

分鸳之志恐难移！

秋　兰　姑娘！

（正线滚花）

堂上老人纵寡恩，

公子多情非薄幸！

唐　琬　（七字清中板）

我郎平日孝名闻！

徒系丝绳深井引，

银瓶终向井中沉！

（滚花）　忍见他为国苦劳心，

复遭情网困！

秋　兰　姑娘还得求善法，休教劳燕各西东！

[唐夫人捻念珠上。一婢随。

唐夫人　琬儿！

唐　琬　婆婆！

唐夫人　侄女啊！

（三脚凳）休怪姑妈将你弃，

当怪苍天捉弄人！

你命中注定一身孤，
相夫生子无缘分，
还是顺从姑妈意，
托足空门学修行！

唐　琬　婆婆！

唐夫人　（冰霜冷面地）琬儿，从今日起——
（滚花）　你莫叫婆婆仍叫我作姑妈，
彼此相安无恼恨！

秋　兰　（强忍不住）姑娘并无失德，夫人竟将妇弃？！

唐夫人　多嘴！
（白榄）　身为一下奴，敢把主人家事问？
舍不得姑娘去，是否也想学修行？
琬儿呀琬儿，非是姑妈心肠狠，
叫你出家亦为你好，师尊不久来接人！

唐　琬　（沉腔滚花）
敢怪姑妈不容人！
（反线中板）
唐琬幼失椿萱无倚凭，
欣蒙收养见殊恩。
既是带结鸳鸯命里无缘分，
琬儿又怎敢违慈心！
（三字经）唯是燕同巢，转眼三年近，
忍心无一语，离别枕边人！
（正线滚花）
闻说我夫——

唐夫人　你表哥——

唐　琬　（含泪）是表哥！

(续唱滚花)

闻说表哥今日归，

求容一面表表亲情份。

唐夫人 哦，想见面呀？可以的！

(滚花) 莫说曾有三年夫妇义，

中表之亲亦当许辞行！

我知琬儿善体老人心，

你你你，见了表哥言谨慎！

[家院上。

家　院 公子自镇江回来。

唐夫人 晓得。

[家院下介。

唐夫人 (目琬)琬儿，姑妈之心已决，妙师亦快来接人，一为陆门香烟，二为你表哥前途。今日你和表哥见面，要好好讲话呀！(目众婢)下去！

[唐夫人与众婢下介，秋兰含悲望琬迟迟下介。

唐　琬 天啊！

(反线绛珠泪)

并蒂花开寒露浸，簪折瓶沉！

双栖燕，悲不幸，转眼长分衾！

教我怎向夫倾吐，五中愁共愤？

只好强从姑意，诈作无情心狠。

一腔怨，一汪泪，离夫婿，向比丘，

青磬声声送我行！

(白)幽斋雅洁诗情壮，月缺难圆强尽情啊！

[唐琬叹息入场。起“士工慢板序”。

陆　游 (士工慢板)

士气正高昂，缅怀岳家军，

争欲挥戈平鞑虏，

奈何操柄属权臣！

报国叹无门，思家情更甚，

一颗心儿两地牵，情系凄凉红粉！

［陆游入室，唐琬捧花上介。

唐　琬　陆郎！

陆　游　琬儿！（凝望，口鼓）一别几何时，春山埋隐恨？

唐　琬　（摇头，口鼓）为君多憔悴，难免损三分！

陆　游　（口鼓）看妻面目含悲，莫非我娘对你又不怀好感？

唐　琬　非也！（口鼓）姑妈待我非常好，嘱我烹茶接待君！

陆　游　我娘待你好啦！

（长句二黄）

但愿老人心，长把孤儿悯，

莫令我忧怀国运，复为儿女事伤神。

唐　琬　（接唱前腔）

君你壮志凌云，岂受情丝困？

有道国破家何在？树倒燕离群！

陆　游　（接唱前腔）

岂可同日而言，明是姑顽观听暗。

无故竟将贤妇弃，虚言礼佛拜如真！

唐　琬　（唱序）　愿体老人心！

有香茶，奉向君。

远道归来君当饮！

陆　游　多谢了！（接过茶盏，流目四周，喝了一口，无限感慨地，唱木鱼）

茶可口，味芳甘，

贤妻待我确殷勤！

今日窗明几更净，

添我豪兴动诗心。

唐　琬　（接唱）　桌上纸笺文翰备，

鲜花犹可养君神！（有意地抚弄瓶上的红花）

陆 游 （目花）啊，好红的花，少见呀！

唐 琬 是少见！（靡芜歌）

君喜爱，借物展胸襟，

香花供上助君吟！

陆 游 （接唱） 借物可抒素悃，卿知我心！

唐 琬 （接唱） 鲜红欲滴意境新！

陆 游 （接唱） 此花虽美，带血挂泪痕！

如闻鹃泣怨，我未赋新诗先断魂！

（白）不知此花叫何名字？

唐 琬 若问此花，叫断肠红！

陆 游 （惨然）断肠红？！名太凄凉了，为它改个名字吧。

唐 琬 不知改何名字？

陆 游 我俩时刻相思，就叫相思红吧。

唐 琬 相思红！唉……（乙反滚花）

相思断肠都一样，

既同花叶又同根。

相思来自断肠人，

断肠烙下相思印！（含泪凄然）

陆 游 贤妻今日神色大异从前！（追问）玉体欠安？（唐摇头）怨夫命滞？（唐摇头）婆婆不谅？

唐 琬 （泫然）从今日起，不叫婆婆叫姑妈了！你也只能如前一样叫表哥！

陆 游 却是为何？

唐 琬 表哥听呀！

（乙反中板）

老姑妈，再申前议，

说我俩错缔婚盟！

说奴命里克夫，结褵三载尚无儿！

夫也宦途交恶运，

只合入空门，
长断鸳鸯梦，
梵经一卷度余生！
（乙反滚花）
妙善庵中拜佛尼，
不久诵经来接引！

陆　游　（震骇）啊！（乙反水仙子）
鸳鸯痛离群，娘亲太狠心！
求娘怜悯，莫厌贱好媳妇。
休毁弃凤钗盟！

唐　琬　（接唱）早失姑母心，
夫婿枉操心。

陆　游　（接唱）忍看枕畔人，敲木鱼，终此身，
青衾挂泪痕！
（白）求娘亲去！（携唐琬便行）

[钟声响。内宣佛号“南无阿弥陀……”

[四小尼，一敲钟、一击磬、一撞鼓、一摇铃列队鱼贯而上。音乐悲凉，妙修老尼披法衣合十念佛号上；唐夫人捻念珠、左秋兰、右夏荷上。

[陆游骇然，唐琬已泣不可抑。

唐夫人　琬儿乖侄，说好了吧，妙修师傅接你来了！

[唐琬哀号一声，挣开陆游跪下。

陆　游　（惨然，跪叫）亲娘呀！
（乙反减字芙蓉）
慈航不渡俗尘人，
强令斩情情更甚；
苦叩禅关非妹志，
求娘毋绝凤钗盟！

唐夫人　（接唱）苦命蛾眉难相夫，
生儿育女无缘分。

儿也宦途多风浪，

空谈治国靖胡尘。

陆　游　（正线十字清中板）

结缡不过三年近，

怎能就说无儿生！

秦桧当权君主暗，

贤臣得势振乾坤！

（滚花）　与妹无干强离鸾，

敢问亲心何太狠？！

唐夫人　儿呀！（滚花）

当初我就不中意，

是你苦苦痴缠要把婚礼行！

你你你素以孝义名闻，

今再敢违娘训？

（白）岳王精忠报国不离孝，荆轲入关刺秦亦讲孝，你曾以北收河洛、饮马长城为志，今日不听母命，何以治军？何以治国？你甘为不孝儿？！

陆　游　（恳切地）我妻无犯七出条！

唐夫人　你娘是叫她出家！（目琬）琬儿，想你头上凤钗，乃陆府家传之物，祖宗规定，该传长媳，今日你既出家，便非我媳。既非我媳，凤钗便该纳还！

唐　琬　（悲摸髻上钗）啊……

陆　游　（急护钗）且慢！凤钗既属表妹，便应归表妹所有，何况表妹原是你媳，定婚之物，决不收回！

唐夫人　好呀！你敢背宗叛祖，凤钗让给优尼，师傅今日收徒，当能为我收回！

妙　修　（念佛）阿弥陀佛！徒儿摩顶受戒！

陆　游　（抗声）慢着！（高腔滚花）

是真灵菩萨，不散凤鸾群！

我妻头上青丝，少了一根唯你问！（护琬）

妙　修　（合十）善哉！

（滚花） 是夫人虔心信佛，

刻意令侄女修行！

公子强要续前欢，

家宅有凶，我佛难护荫！

陆　游 妖言惑众！

唐夫人 孩儿，你想气死母亲？！

唐　琬 表哥呀！（十分痛苦地唱“禅院钟声”）

不相分也得相分，

劝君孝顺年迈人。

毋痴恋此苦命女，

何如另聘佳妇慰亲心！

早日春风得意展胸襟！

过往恩爱若浮云，

此后梵经一卷，青灯伴我，

长作佛门人！

陆　游 （急阻，快唱“痛分飞”〕

鸾凤分飞，痛断人魂！

妹真离去，哥伴妹行！

（腔转叹板）

禅房挂上鸳鸯帐。

佛前灯下两同衾！

妙　修 阿弥陀佛！

［陆游缠住唐琬不放。

唐夫人 （气得发抖，愠怒）儿呀！为娘实对你说，日前早已托媒，为你另寻佳丽，乃名门闺秀王春娥。此女幽娴贤淑，堪为你妇，不日就要纳采行聘，择吉成亲！

陆　游 （惊急）万万不可！

唐夫人 娘意已决！

唐　琬　表哥保重！（拔脚飞奔下）

［妙修扬手，四尼敲钟磬，随下。

唐夫人　（猛醒）讨回凤钗！讨回凤钗！（喝秋兰追讨）

秋　兰　我就不讨，宁侍姑娘！（哀叫）姑娘——（拔足追下）

陆　游　（狂叫）表妹！我妻！（欲追下）

唐夫人　你，唉！（昏倒）

陆　游　（急扶母）亲娘……

［鼓乐声远。二幕闭。

［二幕外：赵士程、赵仁、家丁伴上。

赵士程　（中板）　报国有心请缨无路，

排愁遣兴步月提壶。

笑我中年还未逢佳妇！

赵　仁　（含笑，接唱）

当为世兄物色佳丽，

知你秉性清高！

秋　兰　（内场叫）救命呀！

赵士程　救人！

［赵仁、家丁急下。

赵士程　（叹息）山河处处有悲声呀！

［赵仁带秋兰上，兰跪下。

赵　仁　河中救起一个带发修行之少妇，已扶入就近农家将息。现带来她的女侍秋兰问话。

赵士程　你家女主，因何投水？

秋　兰　禀告相公，我家小姐，原有丈夫，因遭姑弃，被逼出家，举目凄然，才萌短见。

赵士程　你家小姐，叫何名字？

秋　兰　我家小姐，姓唐名琬。

赵士程　唐琬？可是陆游之妻？

秋　兰　正是陆游之妻。

赵　仁　（目赵）相识的？

赵士程　山阴道上，亦闻陆游夫妇，恩爱情长，只为难中姑意，暗伏离群之忧，今日竟然落到此地步！

秋　兰　（泣）小姐进既不得，退又不能，相公救得今番，只怕难救下回！

赵士程　救人救到底，我为你送回小姐，再与夫人理论。

秋　兰　（摇头）夫人弃媳之心已决，小姐归去，镜亦难圆，公子已另聘贤妻，快成嘉礼！

赵士程　啊呀！好个陆游，自命不凡，却这般无义！

秋　兰　相公莫冤枉他，公子不求新宠，苦觅旧欢，几回撞破庵门，庵尼亦不胜其扰。

赵　仁　这也难得！

秋　兰　小姐悲怀身世，才去投河！

赵士程　苦哉唐琬！

赵　仁　（低语）唐琬，才女也！闻相公昔年曾有求凰意，奈唐琬情向陆游早有心，今日适逢其会，何不两全其美！

赵士程　（急摇头）怎可以！怎可以！曾经沧海难为水，除却巫山不是云！

赵　仁　此亦成全女志，既顺姑意，亦绝前情；既免清修苦，复酬救命恩啊！

赵士程　诚恐小姐不允，庵尼亦不放人，于我嘛？名亦有损！

赵　仁　此秃驴者易与耳，给以少利，自当放人。小姐方面，以利害说之，必谐好事。相公平日自负清高，难道这就不算清高吗？清高，清高呀！

秋　兰　相公救救我姑娘呀！

赵士程　救回家中再说，以礼待之！！

[落幕。

第二场　怨笛双吹

[若干日后。

[双喜堂景，一边是陆府，一边是赵家。

[乙反“到春来”幕启。

[陆府一方：夏荷伴王春娥红绸带引陆游上。

[赵家一方：秋兰伴唐琬红绸带引赵士程上。

[夏荷为春娥去头盖；秋兰为唐琬去头盖。两婢各分边下介。

[一方陆游对窗呆立默然，春娥意感不安。

[一方唐琬凄然不语，士程亦感局促。

王春娥　（双星恨）乍穿嫁罗裳，
烛影下，看新郎，意难安。
见他默无言，对月含愁，
人朝远方作痴望！

唐　琬　（接唱）　唉！嫁服两度着身上，
芳心暗悲怆！
偷偷看，看我新的夫郎。
确是个谦谦有才郎，
论品德也善良，
以大礼娶此再醮娘，
堪仰！
惜花已枯未见香。
尚留凤钗鬓边响！

陆　游　（接唱）　唉！表妹知我另结鸳鸯，
定然恨满腔！定然泪满眶！
弯弯月虽也向他方，
应该指责薄幸，负义在我方！
灯花报喜，鹊架金桥，
织女配牛郎，
恼恨银河船错摆！翻恶浪！

赵士程　（接唱）　君子以义以礼重，
我当尊此怨妇。

当此际，她正默默哀思凄凉，
我未可强求共举杯庆洞房。
令佢伤心怪赵郎，忍让！
今宵正好月光，
且自凭栏将美景赏！

[春娥偷望陆游；唐琬偷望士程。陆游叹息；士程默然。

[三更鼓响。

王春娥 （接唱） 三鼓已敲素月凉，
烛尚摇红夜正长，有微寒！

陆　游 （接唱） 她孤清清，我意茫茫，
凤烛照牙床添我彷徨！

赵士程 （各自唱）不敢把娇妻多看！

王春娥 （各自唱）不敢把夫君多看！

陆　游 （唱） 忍心冰霜面向，本该关雎共唱！（移步眼望王）

唐　琬 （唱） 忍心冰霜面向，本该关雎共唱！（移步眼望赵）

王春娥 （接唱） 他若似来近我……

赵士程 （接唱） 她似改颜向！

陆　游 （同时走向王春娥身前作礼）娘子有礼！

唐　琬 （同时走向赵士程身前作礼）赵郎有礼！

王春娥 （同时含笑向陆游作礼）我郎有礼！

赵士程 （同时含笑向唐琬作礼）娘子有礼！

[陆游、唐琬同时取酒注杯介。

陆　游 （唱） 秋窗冷，

唐　琬 （唱） 村酒暖，

陆　游
唐　琬 （同时唱）饮过可驱寒！（奉向王、赵）

王春娥 （唱） 感君恩眷。

赵士程 （唱） 感卿恩眷。（王、赵同时各斟酒一杯奉对方）

王春娥 （唱） 请进佳酿。

赵士程 （唱） 请进佳酿。

陆　游 （唱） 知卿温婉美好，郡人共赞赏。

唐　琬 （唱） 知君高雅有德，郡人共赞赏。

陆、王、赵、唐 （四人共唱）有幸共称觞！

[两对儿方欲对饮，唐琬头上，凤钗摇影，不禁抚钗，凄叫一声："表哥！……"悲痛停杯转身。

[陆游同时见春娥头上无凤钗，也不禁悲叫一声："表妹！……"悲痛停杯转身。

[王春娥悲痛地走近窗前垂泪。

[赵士程痛苦地望着凤烛发呆。

[内女唱山歌（男和）：

啊！……

是谁乱贴鸳鸯榜！

不是鸳鸯结鸳鸯！

[一声霹雷，月暗云遮，冷风吹帐，残烛摇摇，天有下雨之势。

[王春娥悲泣，赵士程叹气。

[乐声续奏唱"双星恨"尾段。

陆　游 （唱） 忍见她，泪满眶，

唐　琬 （唱） 忍见他，愁满腔，

陆　游 （唱） 不该敲碎佢心肝，

唐　琬 （唱） 况且已经拜了堂，

烛影摇红照锦帐！

赵士程
王春娥 （同唱） 非所偶，难随唱。

赵士程 （唱） 何似何似认作认作义妹更情长！

王春娥 （唱） 该我出家拜慈航！

[王春娥泣不可支，激情音乐。

［一声霹雷，倾盆大雨。

［春娥昏冷欲晕倒；士程借酒驱寒。

［陆游、唐琬同感寒意，复感愧地各取寒衣走向春娥、士程身前。

陆　游　（唱）　冷风透户窗娇妻快披上！

唐　琬　（唱）　冷风透户窗夫君快披上！

［陆游为春娥披衣。

［唐琬为士程披衣。

［两对夫妻默然相对。

［雷鸣、烛灭，窗外风雨大作。

［幕徐徐下。

第三场　沈园题壁

［三年后的春天。

［沈园。花影池塘，鸟鸣春树，亭台古雅，杨柳迎风。

［幕启。

邓　哥　（扑灯蛾上，念白榄）

垂柳绿，碧桃鲜，

风和日丽艳阳天。

好一座沈园，

处处春情展。

邓哥我方便游园客，

弄完花草弄炊烟。

［向内叫："浑家！"

邓　嫂　（内）来啦！邓哥，又忙什么？

邓　哥　浑家呀！我正忙不过来，你快回屋洗菜、切肉、破柴、生火，把人家放下的鲜肉、鲜鱼，巧制佳肴数款。

邓　嫂　啊？我的邓哥花佬呀！人家是请你来管园的，日日栽花、种树、运水、挑泥，还嫌做得不够苦，你连菜馆工夫也要兼。

邓　哥　来料加工罢，又不是为你？

邓　嫂　为我什么？

邓　哥　浑家听呀！

（长句滚花）

城南赵老爷，游园携宝眷，
送来鳜鱼肥美黄鸡嫩，
香笋冬菇五味全。
要在园中设小宴，
赏我白银二两作工钱，
叫我弄熟就搬进小亭间。

邓　嫂　帮人煮菜，还说为我？

邓　哥　一者知你烹调巧手，二来嘛……

（低声，续唱滚花）

你近来爱吃酸，
积多几个钱，
日后好打算。（抱仔）

邓　嫂　（目邓一眼）你会讲！

（滚花）　看人家游春携眷不惜腰头缠！
就不见你怜爱老婆，
只顾与人方便！

邓　哥　偶一为之，亦非常有呀！

（口鼓）提起这位赵老爷，他对携来宝眷的确照顾殷勤，不只走路步步扶持，讲句话都声低语软。我学给你看，“娘子慢走”“娘子小心”“苍苔路滑呀”“过桥啦”！真系寸步不离，一直搀扶过那边。（扶着邓嫂，忽然失惊放手）有人来！

邓　嫂　（急离开）死花佬！（急入场）

邓　哥　（招呼）好浑家，我快回来帮手的。

（滚花）　小片红花修剪后，夫妻携手制盘飧！（念“酸”）

[邓哥下。

陆　游　（上，唱二流）

才难展，马难前，

献策平戎官数贬，

请缨无路又三年！

庆当今、龙意转，

尝胆枕戈知务俭，

整军经武复中原。

北征喜讯传，

愿早日大漠飞骑、高城舞剑！

（合尺滚花）

昨曾上书虞丞相，

求临战场勇扬鞭，

久盼军书尚不来，

城南漫步将愁遣。

（白）好座沈园，燕舞垂杨，花迷曲径，别有一番天地！（游览）亭榭清幽，湖山叠翠，倒也赏心悦目。桥下泛清波，春莺舞绿荷，堪题咏啊！（摇头）古来国事多时墨客多，宝剑未磨志已磨。可叹可叹！（有所发现地）一片红花，似曾相识！（不禁驻足而观）

[邓哥携剪上。

陆　游　（方欲问话）……

邓　哥　（作礼）相公游园？

陆　游　请问老哥，此花……

邓　哥　啊！相公不识花草，最好问我，我是园丁叫邓哥。

陆　游　啊，邓哥，正欲问花名字。

邓　哥　若问此花，其形好看，名不好听，叫“断肠红”！

陆　游　（感触地）断——肠——红！（呆望着）

邓　哥　早说好看不好听，相公听了心难过了？（稍顿）相公，你怎么呆在一边？（自语）奇了，刚才赵家宝眷见了此花也是呆在一边，大概骚人墨客，不管才女才男，大都如是吧！管他呢，快帮老婆捻菜，他们快进亭了。

[邓哥急步下。

陆　游　（徐徐拈起一株花）断肠红！唉！

（反线中板）

不断肠也断肠，见断肠肠更断。

陆游心中恨，园丁未说完！

香鬓纵留钗，破镜永难圆，

罗敷另嫁夫，使君情别眷！

三年同鸳帐，一朝分两地，

相思徒有梦，人隔万重天！

今朝再见断肠红，令我肝肠寸寸断！

（拉腔过门，白）不看也罢，看之肠断，另寻佳趣，解我愁烦啊！

[“双竹”齐鸣，起“反线中板”过板。陆游叹息下。

[赵士程携唐琬上。

赵士程　（反线芙蓉中板）

花枝摇曳把裙牵。

石上有流泉，妻你防水溅。

唐　琬　（接唱）　谢君勤护呢朵雨中莲。

赵士程　（接唱）　愿卿玉体安康人长健。

唐　琬　（接唱）　只怕病躯难愈君你枉垂怜！

赵士程　（凤阳歌）柳绿荷池暖，上有双双燕，

到处莺花舞，同把春光占。

唐　琬　（接唱）　盼到好春光，转眼离人远。

赵士程　（接唱）　四季皆春意，人可胜自然，

娇妻休怨嗟，春光可长占。

（正线滚花）

同进小芳亭，夫妇同欢宴！

［叫："邓哥！"

［邓哥、邓嫂内应："来了"，捧酒菜盘上。

邓　哥　（反线风入松）

清蒸肥鸡，红炆猪脚炖黄鳝，

邓　嫂　（接唱）　肉腌酸，姜蒜焗海鲜，

加上虾米冬菇。

邓　哥　（接唱）　京城酒楼都少见。

邓　嫂　（接唱）　包佢话好，猛食唔厌。

邓　哥　（接唱）　佢地唔吃，归我用，食饱拥被眠！

［搬菜入亭。

邓　哥　赵老爷，菜来了！

赵士程　有劳邓哥夫妇。

［邓夫妇摆菜、斟酒。

赵士程　娘子请！

唐　琬　老爷请！

［赵、唐对饮，陆游上。

陆　游　原来亭间有人。

［唐琬回首与陆游打个照面。

［陆游急欲转身，唐琬欲呼又止。士程已有感觉，急呼："仁兄留步"。

［陆游无奈止步。

赵士程　（下亭长揖）幸会，幸会！请进亭间。邓哥添筷！（便牵陆游）

陆　游　岂可叨扰。

赵士程　哪里话来，请！（便牵陆行）

邓　哥　原来识嘅，常备杯筷，浑家加位。

［邓嫂便欲为陆游斟酒。

赵士程　（忙止之）无须伺候，哥嫂请便。

邓　哥　贵人慢饮。（离亭复转）老爷吟诗，盘中有砚，不过千祈勿将墨汁当豉油！

邓　嫂　真多事，一阵回来执拾吧！

[邓哥、邓嫂下。

[陆游、唐琬相对无言。

赵士程　真是有缘呀！

（木鱼）　重逢旧剑，春意更添。

沈园今日降高贤。

本该索句酬宏愿，

何如中表两情牵。

适逢小设园中宴，

当与观春同对酌，

幸毋错过此奇缘！

（白）家乡酒，味香醇，敬你表哥一杯啦！

[提壶注酒于杯中示意唐。

唐　琬　（泫然，悲声）知道！

[唐琬捧杯开位。

唐　琬　（乙反西皮）

寸心煎，热泪酸，

两重逢，于今天，

凄凉我，有何言？

把酒问苍天！

（行前凄然叫）表哥！

陆　游　（难过地叫）表妹！

唐　琬　表哥可好？

陆　游　好！表妹可好？

唐　琬　（背身泣应）好。（复转身）表哥……（哽咽举杯）

陆　游　（默然一阵，接杯另场）

（乙反西皮）

唉！相逢咫尺间，心有无穷怨。

我默默无言，她飘飘泪溅。

情何以堪，此时此际，

可叹可怜！（对杯呆望）

唐 琬 表哥，饮吧！

陆 游 表妹，我，饮不下肚。

唐 琬 我知，此非甜酒是苦酒。

陆 游 是。确非甜酒是苦酒，不过，饮已多年了，何争此一杯，表妹手奉，还是饮好！（举杯，一饮而尽）表妹，表哥酒量如何？（激动站不稳）

唐 琬 （颤叫一声）表哥！（欲上扶，又急退）

陆 游 （急自敛退）表妹，我酒量还好，没醉呀！

赵士程 （落叶摇情弄）

我——应该，暂时回避。

让他俩，畅所欲言……

（离亭出背身）

唐 琬 （接唱） 他——将身背转。

陆 游 （接唱） 我——律己从严！

赵士程 （接唱） 转过花阡人不见！（缓步入场）

唐 琬 （接唱） 他——明教苦凤会愁鸾！

陆 游 （接唱） 赵君行渐远，陆游应更远！（转身欲远避）

唐 琬 （急悲叫）表哥！

（唱） 固知难镜合，愿惜片时缘！

（乐转，唱）

三年来，一日思君百遍，

常做梦，香茶侍候君前。

喜闻君，赋得良缘美眷，

常砺志，扬鞭策马中原。

命苦人，未敢轻将姑怨，
怨苍天，生分并蒂红莲！

陆　游（唱）　三年来，日夜为卿肠断，
姑何恶，信谗迫妇参禅。
欣闻妹，深得妹夫宠眷，
胜从前，南堂日夜忧煎。
你表兄，北伐中原有愿，
皇诏到，当即效命军前。
愿表妹，勿以愚兄为念，
旧巢破，新巢更好栖鸾！

唐　琬（悲极，乐转，唱）
偷生岂慕新巢暖，
长怀故垒抱诗眠。
常云藕断丝难断，
妹将含恨入黄泉！

陆　游（惊极，不安，唱）
珍重玉躯防瘦损，
春光易老惜华年。
驱愁解恨勤开卷，
妹妹词章锦绣篇。
赵氏多情妹休存别念！

唐　琬（乐转，接唱）
惊雷乍响震心弦！
我死何惜君誉损。
有鸟窥人树下喧！
忍痛离开哥再见！（急离开）

陆　游（急呼）表妹！我陪你去！（欲上扶）

唐　琬　不！（唱）梦魂相会蝶翩跹！（急行）

［陆游欲扶、唐琬翩然下，陆游唯有目送。

陆　游　（凄叫一声）表妹……（目送唐琬去远）

（卓竹音乐，快打慢唱流水摇板）

强压悲酸，题词留念！

［音乐，入亭，捧砚提笔，向亭边壁上题词。

词曰：

红酥手，黄縢酒，满城春色宫墙柳。

东风恶，欢情薄，一怀愁绪，

几年离索。

错，错，错！

春如旧，人空瘦，泪痕红浥鲛绡透。

桃花落，闲池阁。

山盟虽在，锦书难托。

莫，莫，莫！

［陆游题词时，灯光在壁上逐一现字。

［内场男女悲歌《钗头凤》词。

［家院急步上。

家　院　相公，夫人命我到处寻你呀，原来你在此间，可知丞相有书送来？

陆　游　书函何在？

家　院　已带来了。

陆　游　待吾一看。（看书，欣喜，鼓舞）

（快滚花）原来虞丞相，

荐我入西川，

西川王炎统帅才，

收复长安期不远。

家　院　（指壁）相公，墨尚淋漓，原来你在此题词，夫人已为你整备行装啦！

陆　游　好！

（快滚花下句）

请缨有路，即往西川！（行）

[邓哥迎面上。

邓　哥　相公走啦!

陆　游　有劳邓哥转告赵老爷一声，说陆某奉召入川，将临战地，未及辞行啊……

[陆游、家院急下。

邓　哥　一个去了，还有两个呢?（拾起墨砚，见壁上词）啊!壁上有词，谁题的?

[赵士程扶唐琬摸头上凤钗上。

赵士程　贤妻何必急于寻我，你俩有话应该多谈呀!

唐　琬　我是欲再寻他说话，璧还凤钗。

赵士程　既是留念之物，又何必送还!

邓　哥　禀老爷，姓陆的自称奉召入川，未及辞行，人已走了，壁上却留下题词。

赵士程　壁上题词?

[赵扶唐看。

唐　琬　（隔远已认得陆游的字，身躯一震）

[唐琬颤着声读壁上的词，才读一半便泪如雨下，读完晕倒。

[赵士程连忙搀扶叫“娘子”!邓哥高声叫“救人”!

[落幕。

第四场　剑阁悲歌

[若干年后。剑岭危崖，深秋飞雪，川北宋营，旌旗闪耀。

[号角吹，战鼓擂。

[幕启，吴珙、王承祖、吕伟、黄强四将打马上。

吴　珙　（念白）　金鼓震雄关，

王承祖　（念白）　奇兵出剑南，

吕　伟　（念白）　直捣黄龙府，

黄　强　（念白）　踏破贺兰山!

吴　珙　众同袍!圣上决策北征，王帅督军川陕，我等加强操练，准备出兵!

王承祖 雪压寒山，防敌尖兵混进，陆干办巡视各隘口去了，我等亦加紧巡逻！

众　人 森严堡垒，巡逻去也！

［众将打马下。

陆　游（内唱北上小楼）

平逆胡、还我汉江山，

英雄马革裹尸还！

［起小曲“剑南月”，陆游佩剑，两小军随上。

陆　游（续唱）一箭定天山，大军进贺兰，

长白山头月可攀！

枕戈常做梦，捷报频传诗作简！

愁的是，羽箭不射胡骑，

归射山阴雁！

此日心感奋，圣上北征诏已颁！

更喜的是，王帅治军严，

三军用命誓死逐胡蛮，逐胡蛮！

（士工慢板）

勒马剑门关，

刀鸣戈耀眼，

愿早日奇兵出云栈！

饮马黄河，醉舞燕山。

战地纵横！

马踩黄沙，兵临黑水，

扫除边患！

（转略快慢板）

举目关河，泪洒征衫！

哀我宋朝，积弱多年，

锦绣中原，早非我有，

偏安半壁河山！

（转七字清中板）

岳武穆，风波亭，令人悲叹！

有义师，到头来，刀枪入库，马放南山，

我陆游，为宋朝，披肝沥胆！

望能酬大志，偿妹愿，立朝荡寇除奸！

（催快） 剑阁峥嵘兵将猛，战旗飘舞彩云间！

（滚花） 北首褒斜备远征，加紧巡逻毋怠慢！

[内场虎啸。

军士甲 （惊叫）虎啸！（亮刀）

军士乙 在那边！（取出弓箭。虎啸声近）

陆　游 （快滚花）遥闻虎啸在林间，

未射胡骑，先除虎患！

[接过小军弓箭，一箭射出，内场虎中箭咆哮，厉叫一声，静默。

军　士 （欢呼）射中了！

王　炎 （内叫）好箭法！

[王炎捧大令上，吴珙，王承祖、吕伟，黄强，四军士上。

王　炎 （恨填胸）雕弓响处虎威减！

军中今晚可加餐。

（白榄） 铁弓开，除虎患，允文允武，才气纵横！

众　将 （齐声赞唱）

诗豪爽，英雄胆！

王　炎 （口鼓）人皆道陆游诗缠绵处催人泪下，豪放处令人感奋。今日截虎平川，更见英雄肝胆！明日三军齐奋进。

（转唱滚花下句）

策马长城指顾间！

众将兵，半壁偏安，国之耻也！圣上决策，张浚督军江淮，王炎治军川陕，东西两路，钳形北进，收复中原，期不远矣！

众　将　愿效前驱！

王　炎　陆干办，雪地好行军，继续练兵！

陆　游　得令！（念白）

关中只合为根本，
壮志应吞万里城。
有泪不向巴陵洒，
留将热血荡胡营！
练兵！

众将兵　（轰应一声）

［紧奏音乐锣鼓，高速练兵。

众将兵　（齐唱秋江别中段）

思家国，怒愤填膺，
跨征马，饿嚼寒冰！
谁愿偏安石头城！
还我江山恨始平！

［众威武，扎架。

［内呼："虞丞相到！"

王　炎　出迎！（率众迎）

［虞允文捧圣旨上，幕僚汤子臣随上。

王　炎　（高兴拱手）丞相奉旨入川，北征之事谐矣！

虞允文　昔年允文力荐王兄守川，想不到圣上又令允文治川呀。

王　炎　愿随骥尾，北进秦川！

虞允文　为时尚早，圣旨下！

［阵上空气突变。

［王炎急率身边亲将下跪。

虞允文　奉天承运，皇帝诏曰：金国平治，无衅可乘，天厌南北之兵，政重民生休养，已成和议，当罢北征。王炎改迁学士，允文复镇西川。南郑诸将，撤返成都，钦哉谢恩。

[全场将士失望。“啊”一声，天际乌云翻滚，山外胡马嘶鸣。

王　炎　（无奈）卑职领旨！（把大令交与虞允文）

[幕僚汤子臣一声“拿来”，夺过陆游手上军令箭，诸将悲愤，顿足。

王　炎　（慨叹）因何又倡和议，其苍生何？

虞允文　张浚督军江淮，大违圣意，经已贬官！主上另有主张，王兄空抛心力啊！

陆　游　分明畏战主降，令人愤慨！

虞允文　住口！小小军中干办，敢议朝廷之非？圣意已决，违令者斩！

[鼓角悲鸣。

虞允文　人来备马，送王大人回京！

王　炎　诸君再见！

众　将　大人保重！

虞允文　撤！

[暗灯，王炎别下。允文、子臣与众亲军分别隐去。

[灯光特写，陆游、吴珙、王承祖、吕伟、黄强等将士与众军列队撤退，悲歌行军。

（唱“鼓角哀”，内唱和声）

啊！……
中原驰骋成泡影，
不向燕山向锦城，
巴山有泪临风洒，
战士南归战鼓停！

[众军影远，乐悠悠而逝。

[落幕。

第五场　残夜泣笺

[二幕外。

[王春娥上，夏荷伴上。

王春娥 （中板） 夫婿多情怀旧燕，

春娥知义未敢说闲言，

沈园壁上词，字字皆凄婉，

到处相传诵，读之泪涟涟！

（滚花） 闻说姑娘病在床，

情更可哀引我同情念！

家　院 （愁急上）少夫人！

王春娥 有话快说。

家　院 （口鼓）市上遇秋兰，见她泪流满面。诉说姑娘病趋沉重，榻上缠绵！（叹息）

王春娥 （沉腔滚花）

表姑身世确可怜！

（滚花） 补得情天无石炼，

代劳何计力如绵。

叫夏荷，随我到赵家问候表姑娘……

夏　荷 少夫人，老夫人闻知，岂容你去？

家　院 她一定重提旧事，要你索回凤钗！

王春娥 凤钗？我自有主意。家院，你见了老夫人，

（续唱滚花）

就说我明日凌晨到山寺烧香还愿！

家　院 知道！

王春娥 （滚花） 征人不在闺人在，

春娥问病到床前！

[众下，暗灯。

[二幕徐徐展。

[赵府，唐琬妆楼。病榻昏灯，晓风残月。

[唐琬榻上斜睡。秋兰榻畔含愁。

[唐琬徐徐张眼。

唐　琬 秋兰，几更天了？

秋　兰　时将五鼓。

唐　琬　老爷回来了吗？

秋　兰　老爷入山求药，尚未回家。

唐　琬　唉，这几年难为他了，惜我病恐难治愈，唐琬愧对老爷！（咳了几声）

秋　兰　（为唐抚背）姑娘病快好的，往事莫重提了！

唐　琬　难忘呀，秋兰，唐琬早亡父母，远道投靠姑妈，赖你日夕相依，与我情同姐妹，教我如何报答呀！

秋　兰　姑娘休说此话，秋兰总望姑娘好！

唐　琬　秋兰，宵来你没睡好，快去休息一会。

秋　兰　我刚睡过，不想贪眠。

唐　琬　去吧，看瓶上红花将萎，明早换一束来。

秋　兰　姑娘，断肠花草，不插为好。

唐　琬　你去！

秋　兰　我先为姑娘煲药去！（下）

［鼓打五更，晨风拂柳，残月朦胧。

［唐琬强起，病步扶栏，无限感慨。

唐　琬　（唱凤钗怨前引）

斜栏瘦影泪向晓风送！

（起序唱凤钗怨）

钗头凤，凤何从？

凤只鸾孤各西东！

东园桃李西园种！

相思红、断肠红，

花名虽异本相同！

一样相思肠断泪飘红！

（反线中板）

底事夜夜凭栏岂贪残月冻？

谁知我有怀难寐愁听五更钟！

春自怡人我自情惨痛，
凄酸无过那日步芳丛。

（乐转幽梦曲）

有词留壁中，
读之撕心裂肺，表哥呀！
我知你有泪满腔，有恨满怀，
诗肠痛！（往桌上取词笺看）

（沈园哀）悲难成诵，鸳鸯梦已空！
锦书难托，沈园枉重逢。
剩有泪痕红浥鲛绡透，
凤钗无语紧贴胸！
难忘重逢那日把黄縢酒捧，
便想起书房伴读香茶献诗翁！
唉，当年情切切，笑融融，
今日悲切切，泪濛濛！

（诗白）　陆郎有词留壁上，
唐琬有词落笺中！（呀）

（提笔对笺挥泪）

（乙反南音）

啼满袖，怨东风，
忍教花落水流红！
今日我病骨支离将入冢，
欲笺心事信难通！
只有强起挥毫酬和那“钗头凤”！
泪纵流干墨尚浓！

（乙反中板）

先谢赵郎情义重，胸怀豁达可怜侬。
恕我冰心常却宠，君知唐琬有哀衷！

怀念诗人心悲恸，伤情伤国恨重重。

千里江山非大宋，知音长逝再难逢！

（叫头）陆游！表哥！梦中逢呀！

（唱） 梦中逢呀！

[唐琬掷笔，晕倒于桌。

[秋兰引春娥、夏荷上。

秋　兰　（惊呼）姑娘！姑娘！

王春娥　（急上扶唐琬近床，叫）姑娘，苏醒！

唐　琬　（张眼见王）你……是……

夏　荷　（口快）她非别人，是公子的……

[秋兰急以目止之。

王春娥　姑娘，你就叫我做妹妹吧！

唐　琬　（警觉）表嫂！（强起作礼）

王春娥　（急扶住）姑娘不必如此！

唐　琬　（含泪）表嫂！

（乙反减字芙蓉）

病妇得垂怜，

表嫂恩深重！

王春娥　（接唱） 你我遭逢虽有别，

苦乐两相同！

唐　琬　（接唱） 当年弃妇罪非轻，

常扰新人鳒鲽梦！

王春娥　（接唱） 凤鸾巢错换，

天道太不公！

（乙反滚花）

不许梅花自主张，

愧难疗治你心头痛！

唐　琬　唐琬自知难起，深幸表嫂垂怜，未完心事，求嫂成全呀！

（取凤钗出，唱凤栖桐）

飘零凤，要栖桐，
不能带到九泉中，
头上凤钗应还送。

王春娥 （急拒，接唱）

多情凤，要栖桐，
梧桐就在你心中！
情根深种休移种！

唐　琬 （接唱） 水有源流，物有本宗，
钗传子妇，代代遵从！

王春娥 （含笑、接唱）

春娥偏不计此，
只为凤有所从！

姑娘久不梳洗，云鬓蓬松，春娥为你梳拢梳拢呀！

[夏荷抱妆盒，秋兰扶唐坐，春娥取钗拈梳为唐理发鬓，唐琬欲拒无力，唯有苦笑任之。

王春娥 （反线二黄回龙调）

情已深种，凤有所从！
管它雨雨风风；
管它雾重云浓。
红莲难并蒂，
魂梦也相从！

唐　琬 （接唱） 哀唐琬，人成了天涯一转蓬，
明日妆台谁倚凭？
将见镜冷尘封！

王春娥 （接唱） 钗头凤，响叮咚，迎风摆弄！

[春娥为唐琬在鬓上插上凤钗。

[唐琬病已不支，溘然长逝。

秋　兰　（惊觉）姑娘！……

王春娥　姑娘！……姑娘！……

［赵士程背药囊上，见状急前悲叫“娘子！”

赵士程　士程迟归了！

（乙反滚花下句）

愧难全义，此恨无穷！

（问兰）姑娘临终有何说话？

秋　兰　（挥泪）桌上留有新词一首。

［赵士程急从桌上取词笺看读。

（内场乐起，男女歌声，唱唐琬词）

世情薄，人情恶，

雨送黄昏花易落。

晓风干，泪痕残，

欲笺心事，独语斜栏。

难，难，难！……

［歌声中，灯渐暗，带入第六场。

［乐转景换。

［落幕。

第六场　再进沈园

［沈园题壁后四十年。

［春日沈园。

［幕启。

邓　哥　（企幕，唱追信）

发须改，爱花之性未改！

黑的变成苍的髯，

转眼如银飘拂挂双腮！
年华似水去，难倒转回来！
幸老人，尚壮健，敢与廉颇将力赛。
饭也健，添之者再！
脾气不改，爱把花栽。
春永在，花满楼台。
继后人，有孙女，喜佢愿跟祖父来！

（白）孙女！

[翠花上叫“阿爷！”

邓　哥　乖孙淋过花未？

翠　花　淋通淋透！

邓　哥　除过草未？

翠　花　除干除净！

邓　哥　树叶扫了？

翠　花　一片不留！

邓　哥　好！（中板）

种树栽花无懈怠，辛勤才得满园开！
时令逼人不我待，游春客子赏春来！

（滚花）　要叫春花处处开，过往游人喜又爱！

翠　花　我要把阿爷种花的本事学到手。

邓　哥　好好好！你阿嫲（祖母）就喜欢跟仔，孙女你就喜欢跟阿爷。难得！难得！（流目四周，慨叹白）身在小园中，能知天下事啊，每当我朝皇帝决策北征之时，游客就会少些，一到安于现状，畏敌求和之时，游客又多起来了。你看到处有题词，都是一肚子牢骚！

翠　花　阿爷，我都抄记下来，还背得烂熟。

邓　哥　孙女识多个字也好。不过，歪诗你莫抄，佳作才好记啊！

翠　花　阿爷放心，孙女都懂。好似这一首词（指壁上的词）我不只背得烂熟，而且每读一次，就哭一回！

邓 哥 年纪轻轻哭什么？

翠 花 听过阿爷讲解，我怎会不哭呢？阿爷呀，到底词中人还在世吗？

邓 哥 你阿爷早说过啦，女的早就死去。说到男的，不死也有你阿爷一样老咯！

[翠花又哭。

邓 哥 又哭什么？天晚了，快入去煮饭！去！

[翠花含泪下。

邓 哥 （叹白）壁上词留人不在，心头怎不涌愁哀呀！

[邓哥叹息下。

陆 游 （内唱清歌，乐托）

铁马冰河空入梦，

布衣麻履转归来！

（上，念诗）

枫叶初丹槲叶黄，

河阳愁鬓怯新霜，

林亭感旧空回首……

邓 哥 （上）先生游园？

陆 游 欲赏园中晚景！

邓 哥 啊？

[陆、邓相望。

邓 哥 此人好生面善。

陆 游 此人似曾相识。

邓 哥 游客千千万，记不得许多了！先生游园请便。（步下频回首）

陆 游 （流目四周）

[远处画角声悲，残阳如血，杨柳悲风，花飞片片。

陆 游 （唱） 雾障楼台！

沈园！池台！唐琬表妹啊！

（长句二黄）

斜阳画角哀，诗肠愁满载，

沈园非复旧池台。

红酥手，黄縢酒，泪湿鲛绡人何在？

桃花落，闲池阁，依然春去又春来。

梦断香销屈指算来四十载！

青青杨柳半新栽，我也两鬓星星如雪盖，

凭吊遗踪无觅处，徒闻杜宇叫声哀！

燕侣重逢，时乎不再，

一个潦倒乡关，

（转反线二黄）

一个早被桐棺掩盖！

真是世情薄，人情恶，

怨句母兮不谅，不许并蒂莲开！

旧地重游，触目凄酸，壁上题词还在！

（转唱骂玉郎）

墨虽干，

满壁辛酸字字哀！

似见我旧爱，珠泪满腮。

捧酒来！

切切悲悲多少凄凉语，

肠断玉楼台！

[起乐，进亭间、走近当年饮酒处，依恋，叹息。

（白）山盟虽在，锦书难托呀！……怜妹你病魂长似秋千索，怕人寻问，咽泪装欢，瞒，瞒，瞒！……

（望空叹息白）春去秋来四十年啊！

（起唱南音）

花树暗，燕莺哀，

烟笼雾锁旧池台！

（转乙反南音）

罡风吹折宫墙柳，

再进沈园泪满腮！

伤心桥下春波绿，

曾是惊鸿照影来！

妹你魂绕泉台数十载咯，

定怨鬼不成双夜夜哀！

谅我北定中原心未死，

未能化蝶伴妹泉台！

（散板） 此身行作稽山土，

壮心仍在北地楼台！

（二流） 酬妹义，待来生，

为有封侯事在！

有诗情，和将略，

未许轻付尘埃！

凭高酬酒，此兴悠哉！

两鬓虽秋，豪情未改！

愿明朝，收复中原平四海，

（煞板） 当向泉台告捷慰妹衷！

[陆游望词默哀。

[邓哥携翠花潜步上，走近陆游身后。

邓　哥　（叫）老先生……（再叫）老先生……

[陆游惊顾，作礼。

邓　哥　老先生可是当年和赵老爷在亭中饮过酒，后来有事先行个位陆相公？

陆　游　老兄可是邓哥！

邓　哥　在下正是园丁邓哥！

陆　游　面善面善呀！

邓　哥　面善呀！

陆　游　邓哥清健呀！

邓　哥　相公亦清健呀！唉，沈园两易主，我亦三代人了！（指孙女）乖孙，叫声老爷爷！

翠　花　老爷爷！

陆　游　三代人了！（望壁上词叹息）此词也历三代啊！真想不到，此词还在！（哀叹）

邓　哥　有老汉在，岂容风雨侵蚀！好让后人凭吊！

陆　游　邓哥有心，受吾一礼！

邓　哥　老先生望墙哀叹，莫非此词就是……

翠　花　（奉上笔砚）阿爷热心人，藏匣到如今，当年笔与砚……

邓　哥　留奉老先生！

陆　游　（激动接笔砚）啊……（泪涔涔下）

邓　哥　还有这——（指红花）

陆　游　断——肠——红！

泉路凭谁说断肠！（默哀）

邓　哥　久仰大名，不期今日幸会。

陆　游　幸会！幸会！

邓　哥　老先生，近年宦游何处？

陆　游　报国无门返故乡，北定中原志未忘！

邓　哥　大情大义呀！既伤国，复伤情，今又重游旧地！

陆　游　重游旧地！（无限惆怅）

邓　哥　（知意地）相公请便！

［躬身携孙女下。

陆　游　（吟诗）　怀壁醉题尘漠漠，

断云幽梦事茫茫！

［切光，乐起，唐琬幻影上。

［唐琬奉酒，陆游接杯。

［内场唱“钗头凤”。

［陆、唐塑像造型。

[唐琬飘然下。

[陆游临风洒泪，呼："唐琬表妹！"

[乐声中，徐徐闭幕。

[全剧终。

（剧本版本：《南粤剧作》1985 年第 2 期）

三帅困崤山

（根据传统剧目改编）

改编：靓少佳　何建青

人　物　表

孟明视	秦国主帅
白乙丙	秦国副帅
西乞术	秦国副帅
蹇　叔	白乙丙的父亲
姜　氏	孟明视之妻
弦　高	郑国的牛贩
先　轸	晋国元帅
文　嬴	她姓嬴嫁给晋文公，因而叫文嬴
颍　伯	郑国老臣
晋襄公	晋国之主
秦穆公	秦国之主
阳处父	晋国大将
晋文公	在本剧开始的时候，他已经死了

第一场　蹇叔哭帅

[景秦、雍州东门。

[内场合唱“哭亡魂”（牌子头起幕）

风凛凛的雍州，

鼓角频频。

云墨墨兮战马啸，

满路哭声震。

[起幕前有兵二人站土墩背向观众，吹长号，其声呜呜。——此二人可在适当时暗下。

[传令官火爆头上。

传令官 号角频、西风紧。

马跃黄尘起，此日急行军。

呔，众三军，东门齐集得来。

[八秦兵持刀牌上，织壁等舞蹈动作。

[众百姓开边上。各自觅各亲人介。彼此互看介。叫相思。

传令官 （喝）呔！你们送行勿哭，三帅来了，有请。

[大七槌头，西乞术，白乙丙，孟明视上。

孟明视 （中板） 少年掌握三帅印，

古往今来有几人？

猎猎云旗西风紧，

马肥秋日好行军，

两位将军请了！

白乙丙
西乞术 请了！

孟明视 奉了主公之命，突袭郑邦，可笑老将畏难，并无一人敢往，三个少年挂帅，眼看马到功成，千里迢迢最喜征尘扑面，今日雍门话别，（重一槌，掷槌）乐听秦女歌舞送行，啊！啊！啊！本帅不枉此行，不枉此生呀！

[八秦女持花束，散花于路，且散且唱大送子。

祝战神，歌战神，歌破阵，

折枝花送行，

新枝又胜旧条甚，

征东三帅，拔剑怒号华岳震，

年少威风凛！（下）

孟明视 美女送行，好不愉快！

白乙丙
西乞术 （同）愉快！

[姜氏慢的的上，小婢挽篮，篮有壶、杯，陪上。

姜　氏　送行不愉快！

白乙丙　孟明兄，嫂夫人来了！

孟明视　哦，夫人你来了！

姜　氏　来了。

西乞术　孟明兄，你看杯壶俱备，这叫作美酒壮郎行，上阵如有神！

孟明视　好哇！（志得意满地唱新水令，即承恩）

烈酒，酒入雄躯鲜血沸腾，

醉弄长戈东方震、东天震，

孟明剧饮胜利近。

姜　氏　（叹息地续唱新水令）

伤尽心，眼中惨见傲慢人，

今朝狂能接杯饮，

他朝酒再烈，无从赠？（哭相思）

孟明视　夫人，既以酒送行，何事泪纷纷？

姜　氏　酒！……这是什么酒？

孟明视　烈酒！

姜　氏　烈酒酿成……

孟明视　酿成烈酒酒猛烈，

烈酒送来烈性人，

（白榄）　秦地酒，酒芳芬。

来朝异国无此味，

今朝饮酒要饮深，要饮深！

姜　氏　（快白榄）慢饮，（介）

一饮生死恨，

再饮无处拜新坟，拜新坟！

［先锋钹，将酒杯打落地。

孟明视 吓！？

姜　氏 夫帅呀，这酒你、你、你不能饮！

姜　氏 吓？

姜　氏 这酒使你变异乡之鬼，这酒使我变未亡人，这酒名长别，又叫辞生！

孟明视 呸！谁将烈酒改上这不祥名字！

姜　氏 是你的父亲，我的老爷百里奚！

孟明视 吓？

姜　氏 （秋江别中板）

知君去，十九丧生，

命媳妇，烈酒谏君，

毋去东侵，累己累人，

为帅不知机，白骨葬乱坟。

孟明视 唏！（秋江别中板）

爹爹老，进取无心，

有小子，大胆包身，

横扫千军，东道横行！

谁似我知兵，看士饱马腾。（此句吊慢唱）

［大笛马叫，孟明视闻马叫而狂喜。

姜　氏 （水波浪中板）

战云飞，西风紧，

人将去，马将行，

一出东门泉路近，

如何唤返就死人？

（滚花） 蹇叔断言你可知？

孟明视 蹇叔怎断言？

姜　氏 （续唱滚花）

蹇叔断言，一万秦兵无一侥幸！

[沉沉撑，全场失惊。

孟明视 （快滚花）蹇叔已非前蹇叔，

求安求稳气消沉。

黑头人胜白头人，

万众一齐肩大任。

[众兵将精神复振。

众三军，香烟缭绕，主公亲临阅兵，你们要威风杀气，列队恭迎。

[两太监上兜轿，太监抬酒坛子。

[秦穆公伞夫撑伞随后上。

[六幺令上。

秦穆公 （下轿，单槌迈身型，英雄白）

秦国要为东道主，

略地攻城动大军！

[擂鼓上小平台。

白乙丙

孟明视 参见主公！

西乞术

秦穆公 免。（介）好将，好将！

（十八幺）小将，小将！

锐气之处我欢欣，

稚子今胜老将军。

国家有幸！

操演得来！

[锣鼓声中，秦将秦兵穿三角作操演介。

秦穆公 （十八幺尾段——吊慢唱）

急进军，大进军！

东道宣威靠诸军，美酒赐赠，

把西秦烈酒，赐与孟明！

孟明视
姜　氏 烈酒！

［太监捧烈酒一坛与孟明视。

孟明视 （接过坛子）谢主公。（欲饮）

姜　氏 不能饮！这是长别酒！

秦穆公 岂！这是长胜酒，百战百胜，千战千胜，万战万胜！

［孟明视关目：秦穆公，叫穆公把姜氏遣下。

秦穆公 哦，夫人，既然身中有恙毋劳送行，人来，送夫人回府！

姜　氏 我有病？

秦穆公 相送夫人回府。

［太监扶姜氏下，孟明视举坛欲饮。

蹇　叔 （内白）慢饮！慢饮！

［蹇叔冲头上，扑跌于地，起大七槌头。

（快中板）一片心怀家国恨，

可怜艰苦聚生民，

征夫万人死日近。

（滚花）　愁见东门之外，扑面征尘！

（叫相思白）三军！三军！

（入重掷槌）白乙我儿！西乞我侄。孟明贤侄，你你你饮那烈酒，好壮烈啊！哈哈，主公你好，你好，哈哈！

秦穆公 你子你侄皆是西秦大大的将才啊，哈哈。

蹇　叔 将才么？（大掷趼头转慢的，绕三帅身躯而行，摇首介）

好将！

孟明视 好将！

蹇　叔 好将？（暗相思介）

秦穆公 蹇叔，你看你子你侄如此英雄，你听秦女欢歌乐舞。这里是英雄夫妇壮行，那里是豪杰父子临岐勉励，古来行军，哪有这壮美画图，你哭什么？

蹇　叔 主公，你叫我看？老臣请主公，你听：

[内场："叫相思""哭亡魂"云墨墨兮战马啸，满路哭声震。

一片哭声啊主公！

（诗白） 纵有三雄不计生，堪怜十五作征人，

师出无名师必败，壮者少者尽牺牲！

[众兵丁骚动介，孟明视斥责介。

白乙丙 爹爹！孟明元帅，军令如山，怕只怕入你煽乱军心之罪啊！

蹇　叔 入我煽乱军心之罪么？

秦穆公 奇兵袭郑，雄霸东方，蹇叔，士气可鼓不可泄，忧什么？愁什么？哭什么？

蹇　叔 万人赴死，半个不回，蹇叔焉能不哭呀！

（二黄慢板）

哭三军，往东行，

有人去，无人归。

有去无归，都做了异国游魂（介）。

妻牵衣，父扯袍，母槌心，儿拦路。

父失其儿，妻失其夫，哭声四震。

（叹颜回）不怜苍生，虐杀苍生，

万家哭亡魂，率兵千里袭郑人。

哎唷，暴政最堪憎！

（滚花） 主公！

侵郑必经晋国崤山，

过崤山是向晋人挑衅。

践人土（槌）略人地（槌）

晋人动怒则亲戚无亲。

主公，好令征人解甲息鞭，

莫逞一朝之忿！

秦穆公 呸！

蹇　叔 （滚花） 孟明勿持少年胆气，

须知出有万人归无人，

白头人送黑头丧，

老泪纵横不可禁！苍天！苍天！

孟明视 （滚花） 蹇伯父疯言乱语，

三军幸勿信为真。

出有万人归万人，

谁敢把军心摇撼。（三槌伸剑）

蹇　叔 （滚花） 孟明，你你你驱万人赴死，

秦地维缺陇天崩，

蹇叔哭诉后土皇天，

今日西秦真不幸！

[开边，台口一跪，背台一跪，转回抹须介，拍地涕泣介。

秦穆公 （口鼓） 蹇叔你素服哭帅，居心莫问，

你莫恃老卖老，应知刑戮亦可及大臣。

白乙丙 （替蹇叔着急）爹！

蹇　叔 （惨痛而又沉痛地口鼓）

蹇叔一死何难，倘能因我一死而释万人，

蹇叔虽死无憾，似此一战再战，秦国将空无一人。

[起音乐衬托。

白乙儿呀！（扯白乙战袍）可怜呀，可怜呀！你你！甘作断头将军，可怜亦可恨。更可恨我不能阻秦兵略地，又不能制止你东行。

蹇叔有不肖之儿，儿你死期将近。你，你，你，（把三帅）必死于崤山之上。（重一槌）白乙，我有锦囊赠你，万一死中得活，锦囊指路好逃生（交锦囊介）。

白乙丙 （动摇）爹！主公！

秦穆公 时辰已到，立即提师，君臣下回对饮之地，就是郑国许昌！

[三帅及众人扎架，各人一一提起一条腿。

蹇　叔 （先锋钹急拦，卓竹）

主公，你要珍惜这一步，一步错就不堪设想呀。

秦穆公 呸！三帅快去！去！去！去！

孟明视 好！好！好！

[号角连声。

孟明视 （快中板）战鼓咚咚战马腾，

突击奇兵天下震。

征旗卷起往东行，

（滚花） 人跨坐骑车发轫。

蹇　叔 （急拦，煞板）

孟明你，

孟明视 （接唱） 驱宝马，驭风急行（冲下）。

[蹇叔晕厥于地仰卧。

[三搭箭下。

[八秦女大送子上唱：

祝战神、歌战神、歌破阵，

折枝花送行，

新枝又胜旧条甚，

征东三帅，

拆剑怒号华岳震，

年少威风凛。

[八秦女下。

[蹇叔起，悲叫“三军！三军！”

[幕下。

（急起合唱曲：“哭亡魂中段”）

千里路征人归莫问，

哭声吾的夫，吾的夫，

悠悠长恨！

第二场　弦高犒秦

[这一场与前场相隔年把光景，上场出师时是秋天，到了这场已是翌年的夏天了。

[上场与这一场之间，虽然落了幕，但气氛不要中断了，落幕的时候，音乐奏马嘶风的声音，铁蹄声，人民哀叫的声。音乐奏毕，换景完毕，于是启幕。

[郑国边境。

[弦高内场唱首板：绿湖幽草。

[家丁赶牛上，弦高上。

弦　高　（滚花）　笑驱黄犊下平芜，
才过土坡，平芜尽绿，
牛啖青刍，人餐秀色，
美哉郑国河山呀！

家　丁　相公，你娴熟兵机，才思纵横，不为王者之佑，安心操此贱业，真令小的百思莫解。

弦　高　（笑，念白）
不向磻溪钓巨鳌，
因利逃名学贩夫，
赶集驱牛乐莫乐，
无拘无束是吾曹。
（平湖秋月）
重行行，熏风里，又过青山又绿湖。
熏风里，但觉花香满路途。
十里茶亭，两三酒铺，劳者息劳。
笑看鹅无数，鱼无数，
拨乱澄波水中舞，
野老耘禾稻，稻花麦花摇曳处，

一幅乐岁图，

万顷黄云，千里沃土，

牛贩子，每自豪。

（二黄）踏着信美河山，驱牛上路。

[内场轻轻吹号角，夹着隐隐的马蹄声。

弦　高　（二黄滚花）

有敌兵杀到。

将牛赶往小路而逃。

家　丁　（口鼓）相公，但闻马蹄之声，何以惊慌失措。我们贩牛赶集，他们贩马赶集，彼此同是贩夫，

弦　高　（快口鼓）这是铁马之声，你看飞扬尘土。走走走，免使人畜无辜。（赶牛介）

[音乐，走兵火的郑国民妇拖男带女上。

郑国民妇　天啊，我们郑国，才有几天好日子，秦兵成万人又杀来了！走呀！唉，我郑国毫无防范，无人抗拒，贪婪的秦兵呀！走啦！（下）

弦　高　（的的撑转卓竹）无人抗拒贪婪的秦兵？

（恋檀郎二流）

无人阻拦，如何是好？

秦兵贪暴，苦我父母拿。（齐槌）

（白）贪！贪！贪！（念这三字，各不同感情，最后作轻蔑地笑）

（唱恋檀郎结尾）

凭智勇，能退敌兵存郑土。

家　丁　（口鼓）相公，你只一人，敌有万数。适才欲走今不走，唉，送死何辜！

弦　高　你说我只有一人，但我有它！它！它！

（滚花）弦高轻财，秦人贪戾，

黄牛十二，可敌万夫！

随我来！（与家丁下）

[可怜我引子，八秦兵冲头上。中军上。

[孟明视、白乙丙，西乞术上。

孟明视　（采樵曲）

一鞭飞抵郑国土，

三军主帅笑颜露，

一卒不费任我直捣，

这么古国，卫戍全无！

哈哈！（介）前边为何不走？

[弦高暗上。

秦兵甲　回禀元帅，阳关道上有人箪食壶浆，以迎王师。

孟明视　列开！（介）引他一见。

[中军引弦高上前。

弦　高　孟将军有礼！

孟明视　有礼，（介）本帅戎马倥偬，无暇晋饮。

众三军，继续前进！

弦　高　慢！（滚花）

寡君闻秦兵路过郑邦，

特命贱臣迎迓将军于阳关大道。

聊尽地主情义，知将军鞍马多劳。

孟明视　怎么讲？你奉郑侯之命而来？（揶槌）

弦　高　贱臣正是奉寡君之命而来！

（二黄慢板）

这东方、与西方，

郑邦、秦邦两相安，两相帮，

千里迢迢，相交有道，（旬）

欣闻宣威东土，敢不慰劳。

（梆子滚花）

寡君命弦高犒师，

先以十二黄牛送到。

[家丁云云赶牛上。

孟明视 （掷槌）弦高先生。

弦　高 在！

孟明视 你是郑国使臣？

弦　高 正是郑国使臣！

孟明视 郑国使臣把国书呈来！

弦　高 （错愕）

孟明视 国书？有书是真，无书是假！（推磨）

白乙丙
西乞术 （同）杀！

弦　高 三位将军，请看后头远远之处。

[孟明视、白乙丙，西乞术回望介。

孟明视 （愕然）

弦　高 远处尘头大起，就是敝邦仪仗队伍，国书就在这仪仗队伍中。

（滚花）　寡君诚恐失迎贵客，

先命弦高接待在通途。

太牢之礼有三，

这有十二黄牛，

可见寡君对将军，

待以异乎寻常礼数。

孟明视 吓！

弦　高 将军从天外飞来，竹简国书又岂即时刻就呢？将军未免唐突俺弦高了！（的的撑）（减字芙蓉）

郑邦素积弱，战将一人无。

但闻三帅向东行，征调了不少粮草。

三帅若在此驻马，半年不患乏美酒羊羔。

更纠集举国壮夫，贵军远来要照料好，

两军有暇交交手，也不妨各自布阵图。

（滚花） 郑国无力远征，国人唯知守土。

孟明视 （的的撑滚花）

猛虎未将肥羊捕，猎人先伏在中途。

奇兵袭郑，郑先知，我率兵行诡道。

弱国已先屯粮草，敢与强国比低高。

进军还是不进军？用武还是不用武？

白乙丙 （滚花） 崤山有险不可冒，郑人积弱大可图，

晋强郑弱两分明，知兵知机吾老父。

应进则进，胜券全操。

进军！进军！

孟明视 呸！（快中板）

我有雄才能调度，应退而进进徒劳，

明知有险不可冒，蹇叔老矣料事糊涂。

（滚花） 郑人已有伏兵，不可堕其圈套。

弦高先生你好！

弦　高 孟明将军你好！

孟明视 好呀！哈哈！（滚花）

你可知西秦劲旅，

要向何国开刀？

弦　高 贱臣愚拙猜不出来！

孟明视 （滚花） 讨伐你郑国邻邦，

滑国昏庸无道。

弦　高 （滚花） 滑国一无是处。

孟明视 （滚花） 要它永属秦国版图，

谢过犒师，秦、郑永相和好。

烦向郑君问候，且看秦师踏碎滑国城壕。

[白乙丙欲再陈述被孟明视喝止。

孟明视 拜别了！

[孟明视、白乙丙、西乞术下，弦高呆看一阵子，待秦兵去远，才捏一把汗介。

[家丁上。

家　丁　相公，相公！（念白）

巧退秦师救郑都，

舌头胜过百张刀。

弦　高　（念白）　孟明不辨尘横直，

不是将才是莽夫！哈哈！

郑国人民走兵火，走得尘头大起，

尘头直冲云霄，若是仪仗队车马，

其尘则是横非直。

笑他只看尘头，不知内里，

孟明无用，无用孟明！

[内场鼓角齐鸣。

弦　高　（急念白）鼓角齐鸣杀气高，秦兵识破闷葫芦，

三帅重来侵郑土，弦高难再有头颅。（气倒）

家　丁　相公！

[到春来牌子头，颖伯、四郑臣、二官监上。

颖　伯　弦高先生！

弦　高　（开边，擦眼）老大人！

颖　伯　（口鼓）主公闻君智退秦兵，使全国臣民脱离网罟。对先生十分敬重，拟拜先生为上大夫。庶民夹道狂欢，吹笙击鼓。

[内场奏乐，弦高才恍然大悟，鼓乐声原来如此。赚得一场虚惊。

颖　伯　（口鼓）每日饷以三牲食制，现先赐上一袭锦袍。

[颖伯捧锦袍交弦高，弦高跪接。

弦　高　看来，要做闲人却闲不得了呀！（快中板）

人莫不爱其故乡，何必三牲又锦袍。

[内场火光。

（滚花）　望处烽火漫天，

滑国生民惨受屠城之苦。

（白）老大人呀！人饥己饥，人溺自溺，秦师不灭则东道无辜，我欲赴曲沃请晋兵，截却秦人归路。

颖　伯　请晋兵，好呀！

（滚花）　先生安国安东道。

弦　高　不敢，（滚花）

求兵破敌入晋都（掩门）。

[幕落。

第三场　先轸陈言

[继续用音乐合奏与上场勾连——比如马蹄声等。

[这是晋国曲沃的宫殿，殿挂帛。

[晋襄公坐殿上拭泪，二宫女持羽扇分立两旁，宫女均素装，莱驹，阳处父、胥婴、梁弘两旁站立。

[文锣一声，幕启。

[晋襄公“叫相思”，有顷。他从悲慨中振作起来。

晋襄公　（念白）　先君流窜十九年，

归来整顿晋山川，

续位寡人还继志，

疏远小人近大贤。

阳处父　好呀！主公有志如此，先君在天之灵，自当庇佑。

（了缘曲）有道君，有苦志，

律己在先，明分严宽，

谗者远贬，谗者远贬，

国有多贤，多贤！

晋襄公　（了缘曲）坐殿中，听高见，有郑邦使者，必释前愆。

迎之抑拒之，迎之抑拒之？

就教于诸贤、诸贤！

阳处父 亲仁善邻，国之宝也，理合相迎。

晋襄公 寡人谨受教。

（中板） 君子日须行一善，

与邻为善释前嫌，

来使已来忙接见。

[小开门弦高上。

弦　高 恭喜晋公，贺喜晋公！

晋襄公 寡人寝苫枕块，大孝在身，先生却来道喜，未免失当了！

弦　高 恰当，恰当！晋公大喜临头！

（外江天官）

喜星星，天空现，

天之东，晋有群彦，

安东道，举世尊，

山欢水也欢，君欢天下欢！

凯歌声里喜无边。

晋襄公 寡人居丧，未兴师旅，试问胜利何来？

弦　高 胜利就在眼前。

（银台上）西秦士卒有万员，三帅霸道，

车践千村，屠了滑城，东经晋地面。

阳处父 侵我晋邦，晋邦何来奏凯？

弦　高 （续唱银台上）谁靖此战乱，

晋国军旗展，出师抗暴，

一击奏凯，寰宇颂扬君最健！

晋襄公 （自语）截击秦师？

阳处父 对，截击秦师！

晋襄公 义师截击不义师！

［文嬴内白：“万万不能！万万不能。”

晋襄公 母夫人到，相迎！

［四宫女自内上，文嬴叻叻鼓上。

弦　高 （滚花） 外臣稽颡再拜，

太妃盛德，天下盛传。

文　嬴 （有序中板）

传，我不愿被世人传，

但愿寡妇孤儿不受人欺骗。

遗孀来听政，勿谓政令出多门，

新君幼无知，况未分恩怨，

分恩怨，不知秦秦晋晋世世结良缘。

晋襄公 母夫人呀！

（长句二黄）

望处尽烽烟！

文　嬴 （接唱） 晋邦无惊险，

晋襄公 （接唱） 屠城将及晋城门，

文　嬴 （接唱） 休管他邦城被占，

得安全处且安全。

息事宁人，勿使西秦翻脸。

晋襄公 （唱序） 畏秦助长秦气焰。

文　嬴 （快二黄）你听夫人之语，还是听说客狂言？

秦有精兵，晋难应战，

战之必败，父业无存。（文嬴走向弦高）

（二黄慢板）

恕怪小子无知，

不识秦晋邦交不变。

弦　高 （滚花） 应悯人家国亡家破。（半句）

文　嬴　（接唱滚花）

谁愿祸结兵连？

弦高先生，有道事莫关心，

事若关心反生乱！

弦　高　（的的撑，有点丧气介）

［先轸锣边大滚花上。

先　轸　（滚花）　秦兵无礼真无礼，偷偷越过我疆边。

有太妃，偏阻拦，不许发兵应战，

看本帅，胆雄心赤，上殿慷慨陈言，

唯念太妃势必亲秦，还须出言婉转。（入）

先轸参见主公，愿主公千岁，千千岁！

晋襄公　罢了！

文　嬴
弦　高　先轸他来了？

先　轸　（介）（望弦高）弦高先生有礼了！

弦　高　先轸将军有礼了！

先　轸　（望文嬴）太妃有礼了！

文　嬴　有礼了！（口鼓）先将军，哀家知你一片孤忠，扶危靖乱，一向出言得体，不作耸听危言。（的的撑）

将军巡视各地归来，想必人疲马倦，儿侯应赐将军多些假日，那时节，将军免胄复免冠，有闲福享合家欢。

先　轸　慢！（口鼓）武夫渴饮刀头血，倦来马上眠，最喜征袍长做伴，宝剑横磨日日，拱卫晋国山川。

晋襄公　（口鼓）将军巡视边陲，有无敌踪发现？

先　轸　（口鼓）未见军中传警报。（一槌）

文　嬴　（对晋襄公）儿，听到啦？

先　轸　（二黄）只听得童子歌传，

（序）　　市上尽流传，（曲）

虽是三尺小儿，个个一齐口念。

童谣说道，老鼠老鼠，来自西方，亲戚无亲，

变作仇人。

（滚花） 微臣百思未解，（揿槌）童子曲中言。

弦　高（滚花） 谁个在晋国西方，先将军岂视而不见。

先　轸（滚花） 西方西方就是秦国，估不到老鼠出自秦川。

（慢板） 对着贤太妃，施一礼，

先礼后兵，休怪出言不善，

晋以秦为亲、秦以晋为敌，

说什么秦晋姻缘。

望主公，速发兵，当机立断。

（中板） 西秦有席卷东边，滑国已先为攻占，

又来窥伺晋山川，三尺之童皆握腕，

庶民啧啧有烦言，

（滚花） 秦国不念亲情于先，

我国不能因亲情而不出战。

文　嬴（孔雀开屏尾段）

休个休个轻一战，休以一战报厚善，

先君沉沦怎复显，姻亲一结运数一转。

载我回归，安坐南面，

载我回归，功业大建，

要粮、助粮，要钱、给钱。

问晋人何事对施主力主战！？

晋襄公 先将军，未报秦国厚惠，正如母夫人所说，恩怨不分明。

先　轸 正是为了恩怨分明呀！

（俺六国）他施恩，心非善，

他欲吞并晋山川，

命孟明，攻州杀县，

倘异宝重器任其迁，
小恩惠，可得千倍，好不气焰。
（滚花）此西秦所以一本万利，
明眼人一目了然。

文　嬴（滚花）驱羊群，攻猛虎，
坏先君手创邦基。

先　轸（滚花）诛无道，解倒悬，乃先君之夙愿。

文　嬴（滚花）秦晋相好永相好。

先　轸（滚花）晋不负秦，秦偏负晋，三军宝箭尽上弦。

文　嬴（滚花）不管我外家死人！

先　轸（滚花）你外家欺人，你又管不管？

文　嬴　出师拦截，怕只怕两败俱伤，依我看，由他来，由他去罢了！

先　轸　太妃差矣呀！一日纵敌，后患无穷，主公呀，吾国居丧，非亲戚之国皆来吊唁，独亲戚之国反不来吊唁，更率大军践吾国土扰我边疆，亲戚无亲，变作仇人，试问该当如何，

晋襄公
阳处父（同）兴兵伐之！
弦　高

先　轸　秦欲霸诸侯，行军于千里之外，杀人家之父母妻子，烧人家之城池，毁人家之宗庙，坏人家之田园庐舍，三军一到，暴虐随来，东道恨之，人人欲得而食之，是亲情所不能阻，旧恩所不能拦，主公，以为如何？

晋襄公　寡人全听将军。

先　轸（快中板）晋人守卫晋山川，
哀兵敢与骄兵战。

文　嬴　将军不可造次！

先　轸（念白）晋有崤山险，
秦无出生天，

凯歌歌圣主，

东方仰大贤。

弦　高　（念白）愁闻滑国哭，喜见晋兵坚，

西秦三恶少，必死在山前。

晋襄公　喊吔好，嗱吔好，好，好好！

文　嬴　呸！（快二黄）小畜生，不念姻亲，秦晋刀兵相见。

先　轸

阳处父　（二黄慢板困曹腔）

弦　高

迎强秦，据崤山，

［四鼓头先轸、阳处父、弦高扎架。

［文嬴哭泣。

晋襄公　母夫人！

［幕落。

第四场　夜困崤山

［音乐、风声、马嘶声，奏追信头起幕。

［冲头晋将提灯笼上。

［先轸上，旗手持旗，随后上。

先　轸　（快中板）崤山夜夜秋风冷，

薄征衫换夹征衫，

最喜健儿能健饭，

杀气常横眉宇间。

一万秦人无望返，

本帅令出重如山。

一枝埋伏天梯间。

[四晋将领命下。

先　轸　（快中板）二枝选将将不凡，

高声就把莱驹喊！

莱　驹　（七捶头上快中板）

一闻呼唤喜心间，

乐在崤山硬碰硬！

先　轸　（快中板）莱驹埋伏绝命岩，

天绝秦兵在今晚。

莱　驹　得令！（快中板）

三个小儿活命难，

有命来时无命返！

[莱驹率兵将下。

先　轸　（快中板）一枝伏涧一伏岩，

我领其余险处攒，

落魂崖似鬼门关，

高挂灯球将敌赚。

大　将　得令！（升起灯笼）

先　轸　（看灯球）秦兵必死丁此，秦兵必死于此！

（快中板）灯球喜遇敌骄横，

灭我灯球重围陷。

秦人万众一无还，

最爱灯球耀眼。（三笑）

[马童低马，先轸上土坡。

先　轸　（煞板）　等候着，孟明视，夜过崤山！

孟明视　（内场首板）

凯旋而返！

[水底鱼锣鼓，八秦兵上，其中二人推车，以示卤获甚巨，绑着一批俘虏行

半圆台。

[火爆头孟明视、西乞术、白乙丙同扎架。

孟明视 （大滚花）孟明一举破滑国，

吞晋灭郑笑谈间。

滑国子女玉帛属西秦，

晋郑两邦只差朝和晚，

两过晋边无防范，

晋国兵单将更单。

已无敌手归去来，

剩有金枪光灿灿。

（荡舟）（且歌且舞）

孟明视，铁肝胆，

血洗中国何难？

且对千山一呐喊！

叫山变成潭。

向高天狂啸，

叱喝月儿坠向南！

（白）呔！前边何故行迟？

[兵士跪下："如天时将晚，收兵"架式。

一兵士 山路崎岖，难以急行！？

孟明视 难以急行？此是何地？

一兵士 就是崤山！

白乙丙 （先锋钹对孟明视）主帅！

（白榄） 崤山，崤山，离天三尺三！

这有绝命岩，那有鹰愁涧，

老父留言别，秦人到此必无还，必无还！

[秦军惊怖（悲白）主帅啊！

孟明视 呸！（快中板）

来时无阻归无拦，来有万人归有万，山高水深任纵横。

蹇叔留言全荒诞，三军放马（介）过崤山！

白乙丙 慢！主帅呀。（快中板）

归途突变不平坦，

恐防伏兵伏此间。

择地安营栖一晚，

明朝仔细（介）过崤山！

孟明视 呸！（滚花）

樵夫割下草漫漫，

疑作伏兵何小胆。

孟明天不怕，所到没遮拦。

叫三军，立即攀山越涧！

[白乙丙欲拦阻，孟明视不理，挥军前行。

[云云锣鼓，士卒行得慢些，孟明视斥喝，但路狭难行，孟明视也只得下马步行过山。

孟明视 （见灯球）秦兵必死于此！秦兵必死于此！呸。

（石榴花中段）

大秦健男，所到大赞。

见灯球，气心间，

灯球耀眼抬怒眼，叱咤一声铁弓挽。

（白）拿弓箭来！

[秦兵递弓箭，白乙丙拦阻。

白乙丙 （口鼓）主帅，射灭灯球，晋人知我等渡崤西返。

西乞术 （口鼓）须防晋兵以灯球为号。灯球一灭伏兵满山。

孟明视 呸！（滚花）

居丧晋国发兵难，

故作疑兵来防范。

孟明识破此机关，

箭射灯球如射雁！

[开边射落灯球，天幕出现无数火把，随着喊杀连天。

白乙丙
西乞术 （同）何如？

孟明视 何必惊慌，兵分三路，准备接战。

[白乙丙冲向左边，西乞术冲向右边，孟明视吊场。

掠地吞城无一战，

偶然月夜过崤山，

秦有万人肝胆硬，

金枪欲觅血来餐。

[莱驹冲头上，搭住孟明视。

莱 驹 （滚花） 你上山容易下山难。

[开打。孟明视败下，莱驹救俘虏下。

[伏兵与西乞术、白乙丙交战。西乞术、白乙丙败下。

莱 驹 （上念白）秦兵已被困，必死在崤山！（下场花下）

孟明视 （内唱二黄首板）

杀得俺，魂儿飞，魄儿散，魄儿散！

（长锣鼓，孟明视水发拖枪上）

孟明视 （快打慢二流）

这一阵，杀得我，人仰马翻，

恨敌兵如水淹来，无千无万。

孟明视筋疲力尽，被困崤山。

路窄难行，更恐马蹄被陷。

[大笛马叫，孟明视马陷泥坑，抢背落马，起身寻马，上马急行。开边，白乙丙、西乞术上，黑暗中，孟明视误为晋兵杀到介。

白乙丙 原来是主帅！

孟明视 噢，原来两位将军！（哭相思至一半起滚花）

喜见将军无伤损，

好知秦国有奇男，

酣战几个更筹，依然雄威未减。

白乙丙 （有些怨望，滚花）

强渡崤山无好果，

几难归去面慈颜。

西乞术 （滚花） 抢来珠宝一场空，

俘虏众多皆走散。

孟明视 两位将军，勿怨勿悲，倘能回得雍州，请兵重来，那时么，什么东西都失而复得了。（散更）天已平明，走吧！

[的的撑，孟明视回头一看。

落魂崖，落魂崖。

[三搭箭，骄傲地大笑。

白乙丙 兵败将亡，还来发笑？

西乞术 主将笑者为何？

孟明视 我笑晋人，不识行兵之道，你看这落魂崖，地势凶险，倘若在此，埋伏一支人马，唔，你我三人性命难保，堪笑晋人，显见用兵无法，用将无谋。

[内场急擂鼓。

白乙丙 主帅，你看晋兵又杀来了。

孟明视 看看打何旗号？

西乞术 （一望，两望）禀上主帅，晋军旗号，打着中军元帅先。

孟明视 中军元帅先！哈哈哈！（滚花）

愁颜闻报变欢颜，

先轸与某同肝胆，

肝胆相照结金兰。

兰兄见某今有难，

当能放弟过崤山。

有请先将军答话！

先　轸 （内场首板）

秦人丧胆。

[开边，先轸与旗手，四大将从台左上坡上。

先　轸（左撇腔梆子慢板）

睁开了，双凤眼，细看一番，

（中板）头一个是孟明无威猛，

第二个是西乞泪偷弹，

第三个是白乙摇首叹。

明知他三人欲想过崤山。

孟明与我同患难，

当天盟誓结金兰。

莫非是想本帅徇情放他返？

（古老五捶锣鼓）

孟明视（拱手）先将军，先哥哥啊！

先　轸（中板）徇情卖放难上难，

纵虎归，终成患。

心一片，在晋江山，

面变铁色情变冷。

问声你是何人，要过我崤山，

令我怒涌心间。

孟明视 不好了！（中板）

哥哥岂是花眼了，

莫非耳聋听见难。

年纪不大花了眼，

上得阵来取胜难。

孟明大声来叫喊。

哥哥，先轸哥哥呀！

（煞板）孟明视，今日里，欲想过崤山。

先　轸（滚花）听说孟明求西返，

悲声切切泪纵横。

眼中见得孟明惨，

银枪难放孟明还，

留下人头才可返。

[开边锣鼓，先轸下山搭住枪。

孟明视 （滚花） 记否当年结金兰，

（口鼓） 孟明与兄相交，披肝沥胆，纵使旧情不念，兄又岂可与我为难。

先　轸 （口鼓） 只为你率兽食人，众怒难犯。多行不义必自毙，与兄长无关。

（滚花） 落魂崖落秦人胆！

孟明视 （滚花） 金兰断义战崤山。

先　轸 （滚花） 枪无眼，

孟明视 （滚花） 以枪还。

[斩三帅排场。

[莱驹暗上，先轸将三帅逐个挑转身，莱驹逐个擒拿。

先　轸 （心有不忍）孟明呀！（即刻自我控制）

（口鼓）你既侵扰晋国边疆，忍使东道生灵涂炭。人来，将三人押回太庙，向先君祭祀，钟鼓一响，血溅灵坛。

[大鼓大力地敲沉沉撑。

[幕落。

第五场　文嬴释帅

[在第四场幕闭以后，即起鼓声夹音乐。用以衔接第五场，使气氛不中断。

[布太庙景，特别设置一面大鼓。

[幕启，孟明视、白乙丙、西乞术，均上了枷锁，卧于太庙殿角。

[太庙，有跨度很长的平台，有晋兵往来巡察。

孟明视 （二黄首板）

西秦古巷，

[开边揉眼。

（二黄滚花）

忽然有梦见高堂!

（诗白） 唧唧虫声秋夜凉。

凉风吹梦到家乡，

家乡白发失孺子，

征人有泪湿征裳!

（二黄慢板困曹腔）

念……念双亲，心中惨怆。（教子腔）

儿的爹，儿的妈，休记不肖儿郎，

儿不听，蹇叔话，他乡命丧。

望故乡，望不着，明月当空，时在清秋，

星又光，月又亮，他乡月亮，月亮他乡，

铁胆英雄，铁索锒铛。（句）

昨夜里，喝一声，喝沉月亮，

今晚夜，那明月，笑我凄凉。

[打三更。

忽听得，谯楼上，三更鼓响。

我和他，三人性命，怕难挨到天光。

恨不得，提钢刀，杀尽了打更之汉！（拉腔）

[打四更。

孟明视 （二黄滚花）

欲留更鼓留不住，

一更之后三帅亡。

[开边后僵尸仆地。

[阳处父三搭箭上。

阳处父 响鼓！鼓响！哈哈!

太庙响鼓响，三个少年亡。

[散更，孟明视，白乙丙、西乞术惊醒介。

[两刽子手持尖刀、一个小盆子在散更锣鼓中上。

阳处父 刽子手，尖刀准备好吗？

刽子手 尖刀磨得利霜霜。

阳处父 时辰一到开胸腔，少时将三个秦囚，一一开胸取血，涂上鼓中，（介）三秦囚何在？

孟明视 秦国主帅在此！

阳处父 （讽刺）三位少年将军，你们好吗？你叫西乞术，你叫白乙丙，你叫孟明视，好呀，今日三位一路同归，你抬头看看，这是什么？（指大鼓）

白乙丙

孟明视 鼓！

西乞术

相处父 对，按我晋国例规，谁犯我境应有他的下场。来人，掣出尖刀，刺这这这三个胸膛，取血染鼓。

[刽子手掣出匕首。

[西乞术“哎呀”一声倒地介。

[白乙丙晕步介。

阳处父 未刺先晕，称什么强人，哈哈！

孟明视 （骂晕倒的西乞术）凤毛鸡胆，无用之辈。（对阳处父挺胸）来吧！

阳处父 倒有一点本色，不过，你不是这么容易死！

（长句滚花）

既不寻常死，

老夫愿你更有不寻常。

虽云血债血来偿，

秦人应待秦埋葬。

老夫拟搬太妃到，

为君按秦俗治丧（句），

太妃看看外家人，
欺人欺成这么样！

孟明视 （快滚花）孟明羞见公主面，
尖刀请即刺胸膛，
身死异乡就异乡，
不问埋不埋来葬不葬。
来吧！

阳处父 慢着！

（内白“太妃到”）

阳处父 不用请时竟自来，恭迎！

[到春来，文嬴、宫女上，白乙丙踢醒西乞术，西乞术即起立介。

阳处父 迎接太妃！

文　嬴 （不悦）罢了！（欲进内）

阳处父 慢！

文　嬴 （怒）阳处父！你敢阻哀家进内殿面见儿侯？

阳处父 不敢，不敢！只为你故乡来了故人，太妃是否见见乡亲？

文　嬴 乡亲？

阳处父 就是这三个！

文　嬴 就是他他他，我把你个孟明呀！
（金钱花）小小西方一末将，一末将，
妄自行兵妄逞强，
将骄兵贪必打败仗！

[先锋钹，三掴孟明视面颊介，哭相思介。

[晋襄公自内出。

晋襄公 （安慰文嬴）母夫人息怒。

文　嬴 我要打他，打醒他！

晋襄公 恶有恶报，打醒他也死，不打醒他也得死！

文　嬴 我外家没有这些败类，秦晋世世联婚岂有亲家打亲家之理，主谋是你！主战是你！我不能不打你！你讲，你讲！

孟明视 （的的撑）我呸！

（连环扣）末路，末路，不哀伤。

直任剖心开胸膛。

却不许乱语毁虎将，

更被这秦女秦女连击吾脸上，

恨到死未忘，

乏术，乏术飞家乡，

拔队再侵晋边防，

看我雪耻复斩将。

文　嬴 （接唱连环扣）

小子何心，何心，

快快从头来直讲，道出真相！

（楔白）讲！（介）讲与不讲，打醒你主意。（一槌）

孟明视 （即紧接续连环扣）醒——

秦女连击无非为秦将。

我便认了罪魁又何妨，

或能绝处释归乡。

妇人舌有多长，也许再可跨征鞍。（哭相思）

[包括白乙丙、西乞术全场惊愕。

晋襄公 呵呵呵，原来孟明大将军也是个怕死之人！

阳处父 铁酒壶，一味嘴硬，哈哈！

晋襄公 （口鼓）秦囚侵我晋邦，就在晋邦命丧！晋不负秦，秦偏负晋。恨错仍当用血偿，行刑！

孟明视 （哭）公主，我负秦，我……我亦负晋呀。（哭）

（乙反长句滚花）

为名死，为名狂，

战场是我猎名场。

秦伯重情无东向，
孟明违命出兵忙。
心欺东道无良将，
崤山一过后，名字万古扬。（句）
一身负晋又负秦，
万斩千刀原不枉！

文　嬴　呸！（乙反西皮连序）
你恃勇带兵侵晋邦，
只凭血气刚。
你违蹇叔，更反君上。
强率儿郎，徒跨豪放。
蹇叔叔，哭三军，凄凉若送丧。
叫孟明，休东向，你拒良言，
来扰各方，晋秦邦交，坏于崤山上。
你这贼少年，如此狂妄，贻害两邦。
我为落泪，好不凄凉，
秦晋邦交，坏在你！坏在你！

晋襄公　啊！（快打慢十字清中板）
秦国邦，本无心兴兵东向。
却原是小孟明擅作主张。
兵过崤山崤山丧。
自讨其死死异乡！

文　嬴　（七字清中板）
秦晋邦交秦因丧，
已难重见旧情长，
开胸取血涂鼓上，
也未补偿未补偿。
开刀！

晋襄公
阳处父 开刀!

[孟明视惊愕，白乙丙、西乞术惊悸。

文　嬴 等等!（略慢七字清中板）

杀之无补血徒淌，

反添故国怨恨长，

我沉思，我细想，

左思量了右思量。

（滚花） 不若将他来释放!

晋襄公
阳处父 （的的撑）吓?！放?

文　嬴 放!（滚花）

秦国刑法条条在，

败将归秦即身亡。

卖了个顺水人情，

秦人自斩秦三将。

晋襄公 由秦人来斩? 不用晋人来杀?

文　嬴 对! 何必晋人动手!

晋襄公 好，好!（快中板）

横横直直也身亡，

在晋在秦同命丧，

脑袋还家又何妨。

（滚花） 就许秦囚就戮西秦。

好知晋人有雅量。

阳处父 主公不可，万万不可! 有道先下手为强，后下手遭殃。放他归去，后患无穷!

晋襄公 嗨! 既然由秦人来杀，何必污了晋人利刃，人来，松去铐镣!

阳处父 主公三思! 三思!

晋襄公 主意已定，老将勿言，秦囚走吧！

孟明视 （故意行又却步，滚花）

罪臣最怕归秦就死，情愿死在晋邦。我只愿死在晋邦。

晋襄公 走！

阳处父 主公！

晋襄公 你走！（指三帅）你下去，下去！（指阳处父）

（先锋钹赶下）

［孟明视、白乙丙、西乞术关目下。阳处父下。

文　嬴 （口鼓）儿侯呀，一来可杀却三人，二来给秦国卖个人情，此计上之又上。时时事事皆可权变，不能固执一方。

晋襄公 儿谨记。

文　嬴 待我进灵寝，告与先君。

晋襄公 母夫人请便。

［文嬴与宫女同入内。

晋襄公 （口鼓）通变达权以谋天下，天下可运于掌。母夫人虽非生我，但时时对我启迪多方。母夫人真好，好个母夫人！

［晋襄公坐下倾听外边“五六工六五”的晋民放歌之声，怡然自得。

［高边锣大冲头，阳处父内白“走走走”！

［阳处父“叻叻鼓”拉先轸上。

阳处父 （唱滚花）主公在太庙，放走三个秦人！

先　轸 （的的撑滚花）

怒冲冲！

［大开边先轸掩门入。

阳处父 （滚花）　主公，主公。来了元戎先轸。

晋襄公 先将军有礼了，

［先轸重一槌，以唾喷问襄公。

先　轸 （快慢板）俺这里，来追问，秦国三人。

快将他，交与俺，血偿吾刃，

（三槌按剑）

晋襄公 （扑灯蛾）君操心，孤操心。

我放三人归，权谋我独运，

留得人情一线在，

秦囚三个无一生，无一生。

先　轸 （白榄）祸生！（介）

西秦谁勇敢，孟明第一人，

每战必随行，攻坚必上阵，

放虎归山去，后患实何堪！实何堪！

晋襄公 （白榄）孟明兵败归，不能逃侥幸。

秦人必杀戮。

何必由我杀三人，由我杀三人！

先　轸 （白榄）痛心！（介）

[文嬴、宫女暗上。

先　轸 （白榄）谁为主公言，闻者为气愤，为气愤！

晋襄公 （白榄）秦必斩败将，此说出自母夫人，母夫人！

先　轸 出自太妃，真真气煞我也！

晋襄公 将军！

先　轸 呸！（霸腔芙蓉）

崤山苦战，败在一个妇人。

（霸腔二黄）

气冲冲，骂一声，斯人可恨。（腔）

（快打慢二流）

她她她，是秦女，

必然袒护秦人。

孟明视，两代佐秦，

同肩重任，

几曾见，自斩名将，

一任霸业消沉，

几曾见，纵敌敌不来，

哀哀国运！

亡无日矣！亡无日矣！

晋襄公 亡无日矣，亡无日矣！（掷槌自击其头）

[文嬴、宫女出门从侧门下。

晋襄公 （口鼓） 几曾见纵敌敌不来，

一念之差铸成长恨。

先 轸 （口鼓） 秦囚已尽知晋军虚实，

都是有人欺你是年少新君。

晋襄公 先将军呀，比如有何补救之方呢！

先 轸 补救之方么（掷槌）主公呀，若要补救，可将秦囚三个，一一追回，斩草除根，免去后患，专听主公旨意。

晋襄公 好呀，将军能将三个追回，补我之过，乃晋邦之幸，将军受孤一礼。

[开边向先轸拜揖。

先 轸 臣领旨，（快中板）

我邦骏马可急行，

万里千程不知困，

穷追务获此三人。

（滚花） 回营调动将兵，

以飞骑追紧。（冲下）

[阳处父捏了一把汗。

阳处父 知过能改，恭喜主公，贺喜主公。

晋襄公 （叹）哎！（滚花）

先轸为国忘兄弟，

寡人顺母放三人！（叹气）

[幕落。

第六场　先轸追囚

[紧接上场，布江滨景。

[高边锣开边起幕。

孟明视　（内唱叹五更）

虎口，走脱了，三只小羊。

[冲头孟明视、白乙丙、西乞术上。

孟明视　（叹五更）出秦关，当日玉马金鞍，

今日无马无骑，铩羽还乡，

西风不住吹，怨西风，

吹裂肝，秦人衣薄不胜寒。（下）

[先轸冲头率八将上。

先　轸　（叹五更第二段。）

坐只在雕鞍遥望，

却又被树遮挡。

想秦囚，定必是，走西方，

抄捷路，穿乱野，过高岗，

不住加鞭又放缰。

定叫漏网死吾邦。

诸将士，勿怠慢，误了时光。

误了时光，叫人来快些赶，

叫人来快些赶！

[先轸与八将半圆台。

[文嬴与宫女乘銮舆自左边上，

先　轸　前边为何不走？

一大将　銮舆挡道。

先　轸　定是太妃所为，绕道而行。

[先轸与八大将自右边下场。

[文赢水波浪做手。表示要再拦阻，然后冲向右边下场。

[先轸七槌头与八大将上。

先　轸　（中板）　太妃半途出伎俩，

欲阻本帅捕逃亡。

大路不行小路往。

[文嬴与八宫女自右边上场挡住先轸。

先　轸　前边为何不走？

一大将　銮舆挡道！

先　轸　再绕道而行。

[先轸又自左边下场。

[文嬴与八宫女居于台左，以待先轸。

[先轸冲头再从右边上。

先　轸　前边为何不走？

一大将　銮舆挡道！

先　轸　可怒也！（中扳）

抢时偏被误时光，

銮驾几番挡路上。

不由本帅怒胸膛。

（滚花）　叫三军，少管于她往前闯！

[开边八宫女卧鱼阻挡先轸马匹。

先　轸　（中板）　宫娥横卧路中央，

不走不行不闪让，

银枪作棒逐婆娘。

（滚花）　叫三军，将她来打上！

[大将开边边逐打宫女边走半圆台。

[文嬴开边下车，大将退回台右。

文　赢（中板）匹夫先轸敢猖狂，

打我銮舆即犯上，

归见儿侯论短长。

（续句）与你回转宫墙，

彼此理论一场。

先　轸　这个！（中板）

兵丁未打銮舆上，

太妃借故论短长，

谁是谁非来日讲，

先轸跃马捕逃亡。（欲赶）

文　赢　慢！（中板）

谁个强徒竟漏网？

高头大马急忙忙，

岂他六臂三头样，

元戎亲自上雕鞍。

先　轸（中板）恨她明知还问上，

为首就是孟明郎。（欲走）

文　赢　慢！（中板）

第二个凶徒是何方汉？

何名何姓请道其详。

先　轸（中板）何用卑某一一讲，

太妃心内尽知详。

快令宫娥把路让。

文　赢（中板）你又忙来我又忙，

谁是卑来谁是长，

尊卑之礼不能忘，

尊辈难将卑辈让。

让不得！

先　轸　快快闪开！（中板）

不教秦将返秦邦，

若是有人拦路上，

近者剑刺，远者枪。

让不让？

文　赢　（接中板）礼有妨。

［先轸水波浪想计。

先　轸　（滚花）　原来秦将还在后头，

本帅回枪刺上。

文　赢　（滚花）　只有上前，哪有退后。

［文赢急退后拦阻。

先　轸　（滚花）　快往前方！（下）

［文赢回头不见先轸，知上当。水波浪。

文　赢　（中板）　上当上当上了当，

再来阻拦阻时光，

速驾銮舆忙赶上。

［文赢上銮舆冲下。

［孟明视、白乙丙、西乞术快七槌上，且走且唱。

孟明视　（中板）　后边尘土纷纷扬，

莫非晋兵来赶上，

三爬两步急忙忙，

前边走坏三秦将。（拉腔，走圆台）

［先轸率八大将追上。

先　轸　（中板）　前边走的孟明郎，

后边赶来先轸将。（拉腔，走圆台）

［孟明视、白乙丙、西乞术在前面走圆台。

［先轸率八大将自后面走圆台追赶。

［孟明视等向左边冲下。

[先轸等亦向左边冲下。

[文嬴快撞点乘銮舆，与八宫女上。

文　嬴　（中板）　先轸追赶孟明郎，

我来追赶先轸将。

[文嬴等向左边下。

[孟明视等快七槌自右边上。

孟明视　（中板）　此时指路靠锦囊，

蹇叔有言走江岸，

前头无路尽汪洋，

莫非三人此地丧？

[三人抢背水发。

[内场战鼓。

孟明视　（水波浪滚花）

江水寒时心胆寒，

叫我如何登彼岸？（拉腔）

[开边发现小舟。

舟子你又来，你又来！（顺三槌）

舟　子　（冲头衣边上）哪个叫船？

孟明视
西乞术　这里叫船，快搭跳板。
白乙丙

舟　子　（擗槌）本舟有例规，一渡一不渡。

孟明视　此话怎解，

舟　子　（轻声）本舟渡秦不渡晋。

白乙丙　噢，是我爹派你来的？

孟明视　我是秦人！

舟　子　秦人，看跳板。

[孟明视、西乞术，白乙丙跳下，舟子三槌撑至江心。

[先轸与八将冲头上。

[文嬴、宫女上。

孟明视 先轸哥哥有礼了，谢晋侯不杀之恩，三年后再见！

[文嬴捏了一把汗。

先　轸 （沉沉撑，怒目视文嬴）。

先　轸 （戏妲己尾腔）

哎吔吔！长使英雄恨满腔！

[先锋钹，趋前，伸剑。

[孟明视三将有点惊悸。

[造型，幕下。

[剧终。

（剧本版本：《广东粤剧院演出剧本选集》第二集）

·粤剧卷·

红楼梦

（根据曹雪芹小说原著改编）

改编：陈冠卿

人 物 表

贾宝玉　　袭　人
林黛玉　　薛姨妈
薛宝钗　　周妈妈
贾　母　　珍　珠
王夫人　　焙　茗
王熙凤　　莺　儿
紫　鹃　　雪　雁
晴　雯

第一场　进　府

[残冬时节。

[荣国府，贾母正屋内室。正中绣榻。

[起幕奏“四不正”。

[珍珠和众婢仆张罗堂屋执事。

珍　珠　（恭身向内白）有请老太太。

[“大撞点”，贾母拄杖，王夫人陪侍，鸳鸯身伴扶持。

贾　母　（唱中板）富贵华堂堆绣锦，
笙歌盈耳乐无垠。
南望姑苏愁满枕，
彩舟何日报佳音。

（白）媳妇，前日着人接你甥女，为何至今未到？

王夫人 老太太放心，听说甥女今日就到。

［紫鹃冲头上。

紫　鹃 禀老太太，林姑娘到。

贾　母 紫鹃，快快接进内室。

紫　鹃 林姑娘有请！（急下）

［打引。紫鹃、林黛玉上，雪雁身后服侍。

林黛玉 （念白）　满袖辞家泪，

孤帆逐浪愁！（拉腔，入堂，开边）

外婆，孙女拜见！（跪依贾母膝下）

贾　母 （搂抱黛玉）苦命孙儿！

［哭相思介。

贾　母 （士工滚花）

自从你母亲身故，苦坏了白发老人！

今日孤燕有依，得与外婆亲近。

林黛玉 （悲泣）外婆！

王夫人 甥女平安抵埗，就是喜事，不必伤感了。

贾　母 外孙女，快快拜见你舅母。

林黛玉 舅母在上，受甥女一拜。

王夫人 甥女免礼了。看甥女身体单薄，弱不胜衣。

林黛玉 甥女自小多病，至今还在吃药。

王夫人 不知常服何药？

林黛玉 如今正服人参养荣丸。

贾　母 巧得很，我这里正配丸药，叫他们多配一料就是。怎么，凤丫头还未到来？

［内场一阵笑语，未见其人，先闻其声。

王熙凤 （内白）林姑娘来了！林姑娘果真来了！

（散唱仙女牧羊头句）

凤姐失迎贵宾！

[拖长“工”字“叻叻鼓”，王熙凤火辣辣地，珠光宝气逼人，矫健地上。

[林黛玉远远望见，素闻其人，正欲作礼。

贾　母　（笑语）外孙女，她就是我家的“泼辣货”，你就叫她“凤辣子”好了。

王夫人　（笑语）她就是琏二嫂，学名王熙凤！

林黛玉　拜见二嫂！

王熙凤　（的的撑，一手伸过来执住黛玉的手，端详黛玉）啊！

（续唱仙女牧羊）

九天仙女下凡尘！

比西子，胜三分，

秋波轻送欲笑还颦！

看遍世间少有这美人，

难怪老祖宗日悬盼，夜担心，

（慢唱）　苦你幼便丧亲无倚凭！

贾　母　（骂）凤丫头你赞还赞，不要惹我伤心！

王熙凤　是是是，我该打，该打！（十分体贴地对黛玉）妹妹，这里就是你的家了，以后要吃要用嘴唇动，受委屈告诉我王熙凤！

林黛玉　多谢嫂嫂费心！

贾　母　（看了雪雁一眼）黛玉带来的丫头太稚嫩了，就把我身边那个紫鹃给了黛玉，好使唤！

王夫人　老太太想得周到，紫鹃见过林姑娘。

紫　鹃　林姑娘有礼！

[林黛玉急扶起紫鹃，心里甚喜。

贾　母　就叫黛玉住在这里，明春再作打算。（外望）怎么，宝玉到家庙还愿，还没回来。

王夫人　（紧接）外甥女儿，我有句话要告诉你，我家三个姐妹都很好，以后可一处念书，学做针线，只是我有一件不放心：我有一个孽根祸胎，是家里的混世魔王，你不要睬他。

贾　母　鸳鸯，看宝玉回来没有？

［内曰：“宝二爷回来了！”

贾宝玉（内唱反迴文锦）

喜鹊叫枝头，人间哪处春？

［贾宝玉带玉盛妆，双槌上。

贾宝玉 请老祖宗安，请太太安！

贾　母（笑语）宝玉，早几日和你说过的姑苏林妹妹到了，快见林妹妹去！

王夫人 快见林妹妹！

贾宝玉（转身向黛）妹妹拜揖！

林黛玉（同时作礼）哥哥万福！

（重一槌，音乐步步娇引子长音，推磨，

［宝黛相看惊异。

（起唱天姬送子步步娇段）

贾宝玉（唱）　吴江——

风送兰舟娇客临，

九天仙女下凡尘。

林黛玉（接唱）　只道他，满腹草莽是个俗人，

初睹面便觉骨骼清新，天生风韵！

贾宝玉（接唱）　体态轻盈，似娇花照水柳扶风，

两弯新月，似喜含嗔！

林黛玉（接唱）　眉藏秀气目含情，

声音笑貌露纯真。

贾宝玉
林黛玉（同唱）　虽则初相见，却如同遇故人！

贾宝玉（含笑）这个妹妹，我好像曾见过的。

贾　母（笑）又胡说了，你何曾见过！

贾宝玉 虽未见过，看来面善，似曾相识。

贾　母 好，好，这样以后在一起就更和睦了。

贾宝玉（走近黛前）妹妹可曾读书？

林黛玉 读过一年书，认得几个字。

贾宝玉 妹妹尊名?

林黛玉 名唤黛玉。

贾宝玉 表字呢?

林黛玉 无字。

贾宝玉 我送妹妹一字，莫若唤作“颦颦”为妙。

王熙凤 什么“颦颦”呀，何处出典?

贾宝玉 古今人物通考上说：“西方有石名黛，可代画眉之墨，妹妹眉尖若蹙，取这个字，岂不甚美?

王熙凤 （笑）只怕又是杜撰的。

贾宝玉 古今书籍，杜撰的也太多呢。

贾　母 （赞叹）聪明！聪明！

贾宝玉 妹妹，你可有玉没有?

林黛玉 没有。你那玉乃稀罕之物。岂能人人皆有。

贾宝玉 （登时发作起来，摘下身上所带“宝玉”狠命地向地下摔去）什么罕物，我不要！

[吓得众丫鬟一拥上前拾玉，交给熙凤。

王夫人 宝玉你！——

贾　母 （急得搂住宝玉）孽障，小祖宗，你生气打人骂人可以，何苦摔去这命根子！

贾宝玉 （顿足、哭苦）没趣！我早说没趣！（快滚花）

姐姐妹妹都没有，
单我有玉带在身！
如今这位天仙妹妹也说无，
便知它不是什么好珍品！

贾　母 （哄他）孙儿，你林妹妹本有玉，只因姑母去后，摘以殉葬，因此她说没有，也是不便夸张之意啊，你可好生戴上。

王夫人 当心你爹知道，快戴上！

王熙凤 （温柔地）宝兄弟！

（滚花） 老太太常说：

这富贵家业，指望着你这个命根！

[熙凤为宝玉戴上“宝玉”。

[落幕。

第二场 读《西厢》

[幕前戏：“送宫花”。

[管弦乐，“急三枪”起幕。

[男女仆妇抬着大红礼担，朱红金漆箱杠，一担一担地过场。

[“快冲头”。周妈妈捧锦盒从什边上，莺儿后边跟着。

周妈妈 （爽白榄）天上送来一朵霞，月里送来一枝花，

姑苏来了林家女，金陵来了薛氏娃。

玉为床，金作马；金陵薛，人人夸。

薛姨太太好礼貌，给各家姑娘送来宫纱花！

莺儿，你是宝姑娘的近身妹，要熟悉府里门路，跟我来。这里就是林姑娘的住处了。雪雁！

雪　雁 （从衣边上）周妈妈。

周妈妈 雪雁，两朵宫花，是新来的薛姨太太命我带来送给林姑娘戴的，拿去吧。

雪　雁 新来的薛姨太太送的？

周妈妈 每个姑娘有两朵，是宫里造的，薛姨太太十分富豪，有产有业呀。

雪　雁 有产有业！

周妈妈 薛姨太太还带来了一位姑娘，人人叫她作宝姑娘，真好人品！

雪　雁 宝姑娘，比我家林姑娘怎样？

周妈妈 都是天仙美女一样，只是宝姑娘有才又有貌，家里又有钱，舅舅又在京里做大官，真好福分。

雪　雁 好福分！

周妈妈 （神秘地）还有一件稀奇的事……

雪　雁 什么稀奇事？

[紫鹃衣边卸上听介。

周妈妈 我家宝二爷项上挂着一块宝玉，宝姑娘胸前却悬着一把金锁。一个有宝玉，一个有金锁，上面又都有字，你说奇也不奇……哎呀，说话多了，莺儿，到别家去吧。

[周妈妈引莺儿下介。

雪　雁 （自语）一个有宝玉，一个有金锁……

紫　鹃 （行前）雪雁！

雪　雁 紫鹃姐，告诉你一件奇事。

紫　鹃 （掩雪雁嘴）我知了。雪雁。（语重心长地）我们做下人的决不可胡说乱道，在宝二爷和林姑娘面前，更不能这样呀。知道吗！

雪　雁 （点头）知道！

紫　鹃 回去吧！

[紫鹃、雪雁下介。

[音乐。展二幕。

[转入读《西厢》。

[春天。

[大观园内沁芳桥畔，树木葱茏，花香鸟语。远处楼阁峥嵘，大观园全景在望。

[二流锣鼓声。

贾宝玉 （上唱长句二流）

青溪泻玉，百卉争妍，

山石穿云春水暖。

（爽板） 万绿丛中楼阁观，

风光绮丽大观园！（句）

（原板） 喜乔迁，新庭院。

毋使莺花寂寞虚度芳年。

（轻爽弹词）

步出怡红芳径转，

绿竹潇湘在眼前，

鹦哥舞人前。（低转腔）

（原腔）但愿东风给予周郎便！（旬）

路过蘅芜，宝姐姐问候亲娘去了，拜访潇湘，林妹妹又不知何去。春色如许，不免到花间走一回！

（合尺滚花）

沁芳桥下春波绿，

得流连处且流连！

[焙茗怀书卷上。

焙　茗　二爷，好东西！

贾宝玉　什么好东西？

焙　茗　书坊找来的，你看！好书！

[贾宝玉伸手要夺，焙茗缩手逗弄宝玉。

贾宝玉　讨打！

[宝玉夺书，焙茗防扯破，松手将书给宝玉。

贾宝玉　（看书目）《西厢记》！（大喜便翻看）

焙　茗　（涎着脸）二爷，你常说“八股文，困死人”，我为使二爷开心，特意到坊间买来的，你就……（伸手讨赏）

贾宝玉　好吧，明天赏你一吊钱。

焙　茗　谁没见过一吊钱，赏这个吧。（扯去宝玉身上所悬香囊，又想再向宝玉怀里摸索）

贾宝玉　（急掩）不行不行，别的还可，这几个香囊是林妹妹做给我的，一个都不能拿去。

焙　茗　哦！（装鬼脸）也罢！下次再领赏吧！（去时又扯去宝玉腰间一个绣荷包）

[焙茗喜欢下介。

贾宝玉　（高兴地）《西厢记》，好曲本呀！

[音乐，急坐下，翻看两页便爱不释手，一页一页阅读下去，津津有味。

[静坐看介。

[黛玉荷锄，拎花囊上。

林黛玉 （悄立宝玉身后）你读什么书？

贾宝玉 （急藏）呵，妹妹，不过是《四书》《五经》。

林黛玉 休在我面前捣鬼，给我看。

[贾宝玉故意逗弄黛玉，不给看。

林黛玉 一本书，藏头露尾，若不拿来，我就恼了。（生气，背身）

贾宝玉 妹妹，给你，给你，除了花鸟之外，无人知道，你看了，不要告诉人。

林黛玉 （接过书）《西厢记》！（便放下花锄、花囊，坐在石凳上，默默地看下去）

[乐奏银河会。

[黛玉越看越爱。

[宝玉依在她身边共看，一时又立在她身后低着头看。

[黛玉看得出神。

贾宝玉 妹妹，真是好文章，你说好不好？

[黛玉含笑点头。

贾宝玉 （不自禁地，向黛玉一躬身）我就是个“多愁多病”身，你就是那个“倾国倾城”貌哩！

林黛玉 （面红耳赤，放下书本，带怒含嗔，站起来向着宝玉）

（起唱爽中板）

说话何其不检点，
弄来艳曲与谣言。
分明将我来作践，
舅舅面前告状，（介）看你尚敢胡言！

[黛玉转身欲走，宝玉急了，忙拦住，连连作揖。

贾宝玉 好妹妹呀！

（中板） 古才人，孤灯片字敲，才有此名文佳卷。
绝妙好辞，哪有不过目成诵，挂在唇边。
冲口而出，唐突蛾眉，千万恕吾一遍。

（唱齐口长句中板）

我若有心欺负你，明天掉在池水里。

叫癞头元吃了去，变成一个大王八。
等你将来做了一品夫人病老归西时候，（介）
往你坟上驼碑驼个十万八千年！（旬）

林黛玉 （扑哧一声笑了，唱中板）
那张生，一封书，风雷怒卷，
那莺莺，八行字，人约月下花前。
那惠明，棒若游龙，杀得贼兵乱窜，
那红娘，莲花舌灿，夫人哑口无言，
我以为，你胆包天，胸有横磨十万剑，
却原来，也是个“银样镴枪头”，
一吓就降幡高悬！

贾宝玉 （笑）好呀，你也会搬，比我搬得更多，我也告状去。

林黛玉 （笑）你说你会过目成诵，难道我就不能一目十行吗？你去呀，你去呀！

贾宝玉 好了好了，我们不谈这个了。（一面收书）我们坐下谈别的好吗？

[二人同坐一条石凳子。

林黛玉 谈吧。

贾宝玉 妹妹，你针线好，帮我多做个香袋好不好？

林黛玉 那可要看我高兴不高兴。

贾宝玉 你送我香袋，我也送你东西，是北静王送我的，是皇上赐下来的。

林黛玉 哼，谁稀罕，我不要！

贾宝玉 你不要人家东西，我可要你的香袋。

林黛玉 你要个香袋很容易，今后有人替你做了，比我又会念，又会做，又会写，又会说笑。

贾宝玉 （急起来，忙起立）妹妹，你又来了！
（减字芙蓉）
你是个明白人，书比我会念，
也当知道，“亲不隔疏，后不僭先。”
宝姐姐才来，我岂有为她而把你疏远！

林黛玉 （“啐”了一口，接唱）

谁叫你将她疏远，你又是胡言！

（转士工滚花）

你独赏芳园不怕有人挂念？

贾宝玉 除了林妹妹，谁有真心挂念我呢？

[音乐。两人会心地，含情默默相对。

林黛玉 天冷了，看你穿的衣裳不多。

贾宝玉 妹妹你穿得更单薄呀！

[焙茗急步上。

焙　茗 宝二爷，老爷叫你去呢！

贾宝玉 老爷叫我去？做什么？查功课？会客人？

焙　茗 不知道，快！快！

林黛玉 舅舅叫你去就快去呀。

贾宝玉 （无奈对黛玉）妹妹快回去添衣，冷伤风，又咳嗽了！

[焙茗拉宝玉行远了，耳语，宝玉大喜，急与焙茗下。

[“卓竹”。黛玉目送宝玉下，默然半晌，拾起花锄，花囊。

林黛玉 （滚花）　我也当回去，不宜久立花前！

[音乐。低长音。

[落幕。

第三场　情　波

[怡红院，外厢书轩。

[新月初上。

[武西厢引子起幕。

袭　人 （掌灯倚门外望。唱梆子滚花）

晚烟笼罩荼薇架，

娟娟明日照窗纱。

二爷半日不归令人牵挂！

[晴雯上。

袭　人　晴雯，宝二爷还未回来？

晴　雯　宝二爷可是我管的？

袭　人　二爷久出不归，你我都有干系，你出去看看吧。

晴　雯　是你袭人姐才特别关心，我晴雯就由他飞上天去！

[晴雯实在也关心，边说边出门瞭望。

[地锦。焙茗扶着吃过酒的宝玉上。

焙　茗　到家了，晴雯姐，交差！

[焙茗放下宝玉，自下。

晴　雯　啊，二爷吃过酒呢。

袭　人　[袭人闻声急出。

二爷回来了。

晴　雯　回来了，袭人姐，交差！

[扶宝玉入，交给袭人，站在一边不语。

袭　人　啊，二爷，不是老爷叫你去吗，往哪里喝酒去了？

贾宝玉　会友去了。哈哈，文起兄真有办法，假托老爷名义，我才得出门呀。

袭　人　（吃惊）这，这位薛表少爷好胆量！

（三脚凳）你出外嬉游有半日，

不怕老爷把功课查？

有道业精于勤荒于嬉，

今晚你要挑灯温习下。

贾宝玉　吓？（一惊）

（接唱）　正襟危坐师贤圣，

教人头痛眼又花。

晴　雯　（笑）嘻嘻！

（滚花）

紧箍咒就是要来收拾孙悟空，

你敢不听“贤人”（暗指袭人）话？

袭　人　（受之无愧地）二爷，换过衣裳洗个脸，做点功课就睡罢。（为宝玉宽衣，发现汗巾）哦，这汗巾，哪里来的？

贾宝玉　这——是个朋友送的。

袭　人　什么朋友，竟送这些东西？

贾宝玉　袭人！你少管，不是更好吗？

袭　人　不知又结上什么三教九流人物了！

晴　雯　是啊，不要出了什么事，又找我们做奴婢的晦气！

贾宝玉　什么三教九流，他是我的朋友，唱戏的戏子，名叫琪官。

他赠我汗巾茜香罗，

我也还赠扇坠一方！

袭　人　哎也！二爷呀！

（十月怀胎）

白玉岂可混泥沙？

你平时与府里奴婢不分上下，

今又近戏子，有损你声名更可怕！

晴　雯　（挺身，接唱）

谁云戏子就不可以结为朋，

要把他当泥沙？

（转唱木瓜芙蓉腔下句）

天子宗亲也有做庄稼，

你勿乱舞九齿钉耙！（齐槌）

贾宝玉　（得意）晴雯姐说得对。好，关门，睡觉去！

［晴雯占了上风，高兴地出外关门。

［薛宝钗“叻叻鼓”上，要入门。

晴　雯　（一站）哦，宝姑娘，二爷正想歇息呢。

［薛宝钗一呆。

袭　人　（闻声，急迎）哦，宝姑娘来了！宝姑娘请进呀，请进呀！

［袭人迎宝钗入，顺手关院门。

［晴雯瞧宝钗一眼，不高兴地转入回廊边下介。

袭　人　宝二爷，宝姑娘来了，

贾宝玉　宝姐姐，请坐啊。

袭　人　（奉茶）宝姑娘，你来得正好，我们评评理。你说，和戏子交朋友还得了吗？

薛宝钗　这……（另场起梆子慢板简序）

（唱慢板）蘅芜心事谁知晓，

金锁无言只自怜，

空对年华似锦。

幼读诗书明道理，

正好借机来讽劝，

表我微忱！（转身向宝玉）

贾宝玉　（故意正襟危坐）愿聆雅教。

薛宝钗　（续唱）　素仰宝兄弟，潜心翰墨林，

自当深明圣训。

贾宝玉　愿开茅塞！

薛宝钗　（转唱中板）

听说姨丈，对宝兄弟期望甚殷。

望你紫绶华簪，克绍箕裘，把祖宗勋业振，

在平时，要你勤功书史，接客迎宾！

贾宝玉　（开始不耐烦了）唔！

薛宝钗　（转唱滚花）

这都是，望子成龙，先学圣人言行。

贾宝玉　（更不耐烦，皱眉转面）啊？

薛宝钗　（长句滚花）

求知己，结良朋，

应该广结做官人，

学那济世经纶真学问，

做到文章道德冠同群。

青衫有幸蒙祖荫，

他年鳌头独占步青云！

荒学业，结优伶，大违圣训！

贾宝玉 （大觉逆耳）哈哈！哈哈！

（喝爽七字清中板）

宝玉无非是个浊人！

耻和禄蠹相亲近，

致君于尧舜愧无能！

（转唱滚花）

浊玉愚蒙，有违圣训！

袭　人 （恐钗难堪）宝姑娘亦望你好。再说，老奶奶，老爷、奶奶到琏二奶奶她们哪个不把你当作命根子一样，你要听人规劝。

薛宝钗 （阿谀地）宝兄弟读书明理，纤尘不染，正如胸前宝玉一样，是永久保其光泽的。

袭　人 （连忙凑趣）是啊，正如宝姑娘胸前金锁一样，永远金色灿然！

贾宝玉 （一闻“金玉”二字，勃然变色）哼！什么宝玉？

这块害人的东西，我总有一天摔碎它！（槌）

[宝钗闻言失色，掩面不语。

袭　人 （急）二爷千万不可如此，你离开了它又生病。

（转圜地）宝二爷，常赞宝姑娘棋艺高超，放着高人在，也不求教呀？

贾宝玉 （也恐宝钗难堪，点头）是啊！宝姐姐棋艺超人，我们下一盘围棋如何？

薛宝钗 妨碍宝兄弟歇息呀！（人已走近桌旁）

贾宝玉 早呢，早呢，不妨不妨，袭人姐摆棋！

[音乐，袭人摆棋，亮灯。

[宝玉、宝钗二人对坐。

贾宝玉 姐姐手下留情。

薛宝钗 （笑）宝兄弟先行吧。

[二人对弈。

贾宝玉 （望棋局）哦，开局就处于下风，我看林妹妹才是你的对手。

薛宝钗 （不客气地）吃……

[静场。宝玉、宝钗继续下棋。

[晴雯披衣出，望里面，微愠。

晴　雯 （自语）不分三更半夜，摸来怡红院，要人服侍等门。放着林姑娘还好，碰着你个……哼。（向内瞪了一眼，扭咕碌，走到栏杆倚坐。鼓着腮，眯着眼）

[静场奏小曲催归词序。

[林黛玉缓步而上。

林黛玉 （唱催归词）

分花拂柳赏芳辰，

胜独对昏灯。（序）

良宵美景（序）月如银！

闲步来怡红访问！（续低奏序）

（叩门）开门！

晴　雯 （闻叩门，负气地）都睡着了，有事明天来吧。

林黛玉 是我。

晴　雯 不管你是谁，二爷吩咐不开门！

（索性，负气地走入内。下介）

[紧接屋内笑声。

薛宝钗 宝兄弟，棋艺大进。

贾宝玉 宝姐姐，才艺超群。

[又是一阵笑声。

林黛玉 （闻语，一晕，唱快滚花）

隔墙笑语震人魂！

一听便知谁访问，

闭门不纳叩门人！

一颗芳心掀起千重恨！

薛宝钗 宝兄弟，我该走了，明日再来吧。

贾宝玉 送宝姐姐。

[贾宝玉送宝钗出门。袭人掌灯送客。

[林黛玉急靠墙根躲过一边。

[宝钗出门自下入场。

袭　人 宝二爷劳累了，进去歇息吧。

[袭人关门，与宝玉下介。

[音乐。林黛玉水波浪。

林黛玉 （一阵头眩，咳嗽，唱慢滚花）

赏心乐事谁家院，

可怜户外断肠人！

[音乐气氛。宿鸟惊飞，子规啼泣。

[黛玉依墙欲坠。

[紫鹃上见状大惊。忙上前相扶。

紫　鹃 姑娘，怎么啦？回去吧！（扶黛玉介）

[落幕。

第四场　葬　花

[暮春三月。

[藕香榭边，不远处一角亭榭伸出池边。

[音乐奏“耍孩儿”起幕。

[凤姐，薛宝钗扶贾母，王夫人，薛姨妈双携手。鸳鸯、绣鸾、莺儿等丫鬟跟随上。

贾　母 （唱寻针）大观园里，景致清幽，

春将归去也，暮年爱雅游！

薛姨妈 （接唱送情郎）

兴悠悠，爱花惜柳，

老当益壮尚风流，

王夫人 （接唱） 老太太德高又福厚。

王熙凤 （指薛宝钗。接唱）

有龙女相伴观音司普救！

薛宝钗 （接唱） 愿侍左右，跟老太太赏玩三春花柳！

贾　母 （欢怀）哈哈！

[珍珠上。

珍　珠 老太太，藕香榭酒果摆开了。

贾　母 且到这边稍坐呀。

（唱小曲梳妆台）

老兴未休，喜雅游，

翩翩佳公子亦输一筹。

众　人 （齐唱） 同步芳阶飘翠袖，

观春不解落花愁！

[众边唱边入场。

[内场女声独唱前曲尾两句：

谁个惜花湿翠袖，

斑斑点点泪双流！ （拉腔）

[音乐起子规啼引子。

[奏慢乙反中板板面。

[林黛玉荷锄、挑花囊上。

林黛玉 （唱乙反中板）

闷坐潇湘，愁看落花如雨，

花也如人一样任那风雨凌夷。

抬眼望千点明霞随波消逝。

便想到我寄人篱下桑梓无依！

心缘在，信誓虚，触景更添愁绪！（拉腔）

（音乐序里白）几日不到园中，便落到这般光景啊！

（转正线长句二黄）

眼见红杏飘零，弱柳含悲，

随风摇曳，片片花飞。

人说大观园，到处含春意，

问有谁人怜惜呀？（拉腔，过序）

玉碎香摧！（旬）

惜花人，（序）

对落花天，（腔，序）

心似飞花片片碎！（拉士腔）

（贡贡锣，音乐过门，续唱合尺滚花）

我卷罗袖，紧腰裙，

拾取落花蓄入香囊里。（士过序）

挥锄作塚把香埋！（尺腔）

[音乐起唱葬花词。

林黛玉 花谢花飞飞满天，

红消香断有谁怜，

游丝软系飘春榭，

落絮轻沾扑绣廉。

一年三百六十日，

风刀霜剑严相逼，

明媚鲜妍能几时，

一朝漂泊难寻觅。

花开易难寻见落，

阶前愁煞葬花人。

独把花锄偷洒泪，

洒上空枝见血痕。

花魂鸟魂总难留，
鸟自无言花自羞。
愿侬此日生双翼，
随花飞到天尽头。
天尽头，何处有香丘？
未若锦囊收艳骨，
一抔净土掩风流。
质本洁来还洁去，
不教污淖陷渠沟。

（白）太湖石畔有一抔净土，可葬花啊！

[音乐相思锣鼓，葬花介。

[贾宝玉上，走到这里，听到黛玉哭词，站在坡上听呆了。

林黛玉 （续唱）侬今葬花人笑痴，
他年葬侬知是谁。
一朝春尽红颜老，
花落人亡两不知。（拉腔，泪下）

[音乐。

[贾宝玉不觉恸倒在山坡上，他怀里兜着的花也撒了一地，哭起来。

林黛玉 （自语）人说我痴，难道还有一个痴的不成？（回头见是宝玉）我打量是谁，原来是这个狠心短命——（掩住口，轻叹一声，躲开去）

贾宝玉 （叫）妹妹慢走！

[林黛玉不理睬，紧走两步。

贾宝玉 妹妹，我知你不理我，能让我说两句话？

林黛玉 说，你、你，你找有金的人说去吧！（声音欲哭）

贾宝玉 唉，妹妹，你不说这话好不好，你这是苦我、咒我！你听我说。

林黛玉 有什么好说的。

贾宝玉 （叹了一口气）唉，既有今日，何必当初！

林黛玉 今日怎样？当初又怎样？

贾宝玉 （唱长句二黄）

当年琼阁彩云生，
姑苏船把仙娥引。
你我相逢如重见龙华会上人。

（转唱流水南音）

同食同眠同亲近，
西窗剪烛夜读也不离身。
妹发娇嗔哥赔罪，
无日不关心爱妹笑和颦。
为妹你弱质纤纤常受病魔困，
冷雨敲窗我把被温，
结社吟诗更是心相印。（收掘）

唉，谁料今日妹妹人大了，心也大了，真教人——

（转唱小桃红）

痛心复痛心，
美景不常临。
当年两情好，
不教与时增，
如隔千山万嶂星光暗！

林黛玉 （另场接唱）

难自解，
似春蚕自困！
幽闺女，愁和恨，
未可任意示人，
似园里春色无关禁！

贾宝玉 （接唱） 是妹芳岁增，
多添了，一个心！
妹你太聪敏，（双句）
捕风捉影疑雨疑云。

林黛玉 （接唱） 水有源，树有根！
银流浪涌，一片愁云，
烦言常入耳，怎不令人困！

贾宝玉 （接唱） 我愿意剖腹示心，表赤心！
什么玉玉与金金？——
我不听那些邪论，
妹莫多愁善感！

林黛玉 （接唱） 哥你莫惹人！

贾宝玉 （接唱） 妹你莫愁颦！
地老天荒不毁木石盟！
妹呀你放心！可放心！

[音乐，黛玉感动垂泪，宝玉取帕为黛玉拭泪。

贾宝玉 妹妹，我有错，你打我骂我都可以，千万不可叫我有冤无路诉，做个屈死鬼呀。

林黛玉 你既这么说，为什么那晚我去了，你不叫丫头开门呢？

贾宝玉 （诧异）这话从何说起，我要是这样立刻就死！

林黛玉 （啐了一口）有就有，没有就没有，谁叫你发这么大誓！

贾宝玉 实在没有的事，那晚是宝姐姐坐了一阵，就出去了。唔，是了，定是丫头懈怠，不肯开门，也是有的。回去非教训教训她们不可。

林黛玉 算了吧，今天得罪了我事小，倘或明天什么宝姑娘来，贝姑娘来，也得罪了，事情就大了。（说着抿着嘴笑）

[贾宝玉咬牙，又气恼，又可笑。

[林黛玉回身欲走。

贾宝玉 （拉住她）妹妹，你总为不放心的缘故，才弄得一身病，你若能宽慰些，病就好了。

[林黛玉站着，只是瞅着宝玉。

[贾宝玉也怔怔地望住黛玉。

[林黛玉回身走去。

贾宝玉 （拉住她）妹妹，我想再说一句话。

林黛玉 有什么好说的，你的话，我都明白了。

[她轻轻地推开宝玉的手荷锄归去了。

贾宝玉 你都明白了！（出神地望着黛玉背影）好妹妹，我这个心从来也不敢说，今日大胆说出来，就是死了，也情愿的，我为你弄了一身病，也不敢告人。等你的病好了，我的病才会好呢。

（滚花下句）

我睡中和梦里，也挂着妹妹颦颦！（深深揖介）

[晴雯上，见状笑起来。

贾宝玉 晴雯姐来得正好，给你一个差使。

晴　雯 不知什么差使？

贾宝玉 （掏出手帕）帮我送去给林姑娘。

晴　雯 （急拒）二爷你作死，几多名贵东西你不送，送条旧手帕？你是存心气死林姑娘！

贾宝玉 （深情地）你林姑娘明白的，旧？她会明白的，你送去吧。（递过手帕）

（唱）　旧物真情见。

晴　雯 （立即明白，欢然接帕唱）

晴雯遵命行！

（兴冲冲拿帕入场）

[落幕。

第五场　试　玉

[沁芳亭畔，亭边摆设有西洋船模型。

[开边起幕。

紫　鹃 （快滚花锣鼓耍罗巾上。唱滚花）

香闺有女遭愁困，

紧煞身前仗义人。

伺机细把痴郎问。

我家姑娘与宝玉若即若离，半吞半吐，外看脉脉含情，谁晓其中底细，等宝玉来时，我要细细试他呀。哦，他来了！

（滚花下句）

辨他个是金还是铁，是假还是真！（急躲进花间）

贾宝玉 （快滚花锣鼓上。唱滚花）

诗书满桌心难近，

情系潇湘馆里人。

课罢便当来慰问！

［紫鹃斜里出，近上去。

贾宝玉 紫鹃，姑娘咳嗽好些了？

紫　鹃 好些了。

贾宝玉 昨从老太太处索来燕窝可曾用完？妹妹若吃上一年半载，病就好了。

紫　鹃 （趁机）只怕未必常有。

贾宝玉 却是为何？

紫　鹃 在这里常用，明年家去，哪里有呢？

贾宝玉 （一惊）此话从何而起？

紫　鹃 姑娘要回苏州去哩。

贾宝玉 （惊）妹妹回苏州？（一转念，笑起来）

（爽七字清中板）

妹妹苏州原籍早无亲，

买得归舟何处见？

今生今世贾府中人。

（转唱士工滚花）

你这紫嘴杜鹃乱叫啼，

罚你把这方岩石啄成粉！

紫　鹃　（冷笑一声，起唱小红灯）

姓贾的（既）你毋自恃，
眼下完全没有姓林！
贵府大族人，姓林亦有亲。
长江有船靠海滨！
燕子要归林。
到你妹妹出阁，
风送兰舟喜笛引！

（转唱滚花）

姓林的，不能在你贾府过一生！
听说林家明岁接姑娘，
屈指算来时已近！

[贾宝玉怔住了。

[紫鹃等他回答，见他不作声，细看时见宝玉神色大变，眼也直了，手也冷了，不禁着惊，频叫“宝二爷，宝二爷！”介。

[一个丫头上见状大惊，急回头叫：“袭人姐，快来呀，宝二爷不好了！”

[袭人急忙跑过来：“快告诉老太太去。”

[丫头急下。

袭　人　（惊叫）宝二爷！宝二爷！这是怎么回事？（埋怨紫鹃）你闯下什么祸！

紫　鹃　我和他说了几句话，他就变成真。

袭　人　（惊）这怎么好呢？

[要扶贾宝玉，宝玉呆若木鸡，动也不动。

[王夫人，王熙凤扶贾母策杖飞奔上，丫鬟们跟着上。王熙凤边走边叫：“宝兄弟！”

贾　母　（厉声）袭人，你是如何服侍二爷的？

袭　人　不知紫鹃说了些什么，他就这样了。

王夫人　（连环西皮）

火烧心！火烧心！

你这贱人，怎样和他厮混！

紫　鹃　（沉腔滚花）

哎也也，

我伪说姑娘要回苏州去，他竟当以为真！

贾　母　原来这样，你哄他做什么？

紫　鹃　宝二爷，你可不能当真呀！

贾宝玉　（捉住紫鹃）紫鹃！（哭起来）

（滚花）　要去不能无我份！

带我去，带我去呀！

［内有人叫“林妈妈来向老太太请安。”

贾宝玉　（大惊，叫）林！不好了！姓林的果然来接人！

贾　母　唉！是来问候的，快打出去！快打出去！

贾宝玉　（滚花）　除了林妹妹，谁也不许姓林！

贾　母　你们听着，以后不准再提林字，不准姓林的进来！

贾宝玉　（忽见洋船模型）船！你们看！船来接林妹妹了。（指前边）

（滚花）　你看姑苏来船已在这边等候！

王熙凤　宝兄弟，这是洋船模型。

贾宝玉　赶走！赶走！

贾　母　搬开！搬开！

［丫头急把船模型搬开。

贾宝玉　（大慰，抱住紫鹃，满面笑容唱滚花）

今日林妹妹，要去也不能！

［重槌音乐。

贾　母　（急）还不扶他回去！

［袭人扶宝玉下介。紫鹃暗喜自下介。

［贾母、王夫人和王熙凤、几个贴身侍婢留场。

贾　母　（拄杖沉思）怎么办呀？

王熙凤　老太太，宝玉也大了，回去商议吧。

贾　母　唔！好！（一拄杖）

[众哑关目。

[落幕。

第六场　傻　露

[沁芳桥畔。

[小锣头起幕。

[林黛玉、紫鹃缓步上。

林黛玉　（唱凤凰台）

独抱愁怀多怨思，
有谁知？
难自持，
灵心慧婢巧装词，
他呀确是个痴儿，
见真意，见真意。

紫　鹃　（接唱）　我为姑娘喜！

林黛玉　（口鼓）以后不许你疯语疯言，害得人家似痴如醉。

紫　鹃　（口鼓）我也是真心一片，为姑娘愁了多时。趁太夫人明白之时，姑娘你早定主意。

林黛玉　（娇嗔）你重讲！我回外婆，不敢要你。

紫　鹃　（笑，口鼓）你叫我吃亏无好处，身边少了一个贴心侍儿！

林黛玉　（推之）去去去！

紫　鹃　叫我去哪里？

林黛玉　唉呀！问候太夫人，忘记带手绢呢，你帮我回去取吧。

紫　鹃　（笑）原来是这样，那你在这边等我，不要远离。

（鬼脸下）

林黛玉 （滚花） 慧婢紫鹃知我意，
只怕情难预料事与愿违！
这两日咳嗽虽轻，却又多添心事。

［内场哭相思，傻大姐哭上，抽咽。

林黛玉 （上前问）原来是你，你为何这样伤心？

傻大姐 （拭泪）林姑娘你评评道理，我就说错句话，珍珠姐姐也不犯打我呀！

林黛玉 你叫什么名字？

傻大姐 我叫傻大姐。

林黛玉 （笑）你姐姐为何打你？

傻大姐 为什么，就是为宝二爷娶宝姑娘的事情。

林黛玉 （怔住了，颤声问）宝二爷娶宝姑娘，她为什么打你呢？

傻大姐 太夫人、夫人和二奶奶商量，给宝二爷冲喜，我又不知他们不许人乱嚷，我只和袭人姐说了一句，明日宝姑娘又是宝奶奶，不知怎样叫，不知犯着珍珠姐什么，她就大力打我一下，还说我不遵上头的话，且说要赶我出去。

林黛玉 （已浑身颤抖）你……你别再混说了，你，去吧！

［傻大姐掩面哭下。

［重槌音乐。林黛玉已如断线风筝，天旋地转，此时轰雷闪电。

林黛玉 （唱散板。雾中行）
一声惊雷！
霎时云日暗，地转天旋，
教人撕心裂肺！
似断线风筝、风筝断线茫无归！
说什么花前也、月下也，深深誓！（长腔紧卓竹）
到头来断肠心酸情枉寄，红消香断任风欺！

（开边。大吐血！摇摇欲倒）

紫　鹃 （取手绢上，见状大惊，急扶住叫）林姑娘！林姑娘！

林黛玉 我，问宝玉去！（急足飞奔）

［闪电、行雷、狂风、暴雨。

[黛玉倒在紫鹃怀里。

[落幕。

第七场　焚稿、归天

[大观园内潇湘馆。林黛玉卧房。

[雨霖铃引子起幕。

紫　鹃（看炉叹息起唱雨霖铃）

园林悄悄，暮冷风凄，

潇湘情景，天惨云低，

弱女有谁怜？

只有绿竹依依，药灶烟飞！

紫鹃我泪暗挥！

（轻起锣鼓，念白榄）

青灯冷，绣帘低，

静寂无声伴素帏。

亲戚早成陌路人，

潇湘久已无客至。

怡红有路音书断，

另迁华屋满堂辉。

宝玉呀，你是个花心萝卜坏心人，

什么绿意红情全是伪。

今日你称心如意谐鸳侣，

就不管姑娘病已危！

（暗哭相思）

姑娘你命苦！

[雪雁惊急上。

雪　雁　（悄声）有人来了。

紫　鹃　谁?

雪　雁　想是上头派人来看姑娘吧!

［周妈妈已蹑手蹑脚上。

周妈妈　（见紫鹃大喜）紫鹃!

紫　鹃　周妈妈什么风吹你来呀!

周妈妈　紫鹃，刚才琏二奶奶和老太太商量，那边要你过去使唤使唤。

紫　鹃　（气）周妈妈，你请吧，等人死了，我自然会去。只要林姑娘还有一口气，我都不离开这间屋。

周妈妈　紫鹃姑娘，你对我说还可以，只是我怎么回老太太和琏二奶奶呢。

紫　鹃　你们人手多，用我紫鹃过去干什么，请吧。（背身要进屋）

周妈妈　（又怒又急）你敢违抗上命?

紫　鹃　等姑娘死了，剥皮抽筋随你便!雪雁，送客!

雪　雁　周妈妈请吧!

周妈妈　（一转眼珠）雪雁，你也可以。

雪　雁　我?

周妈妈　去!

雪　雁　我不去!（回身叫）紫鹃姐!

周妈妈　去!（不由分说，力捉雪雁臂，强拉出门）

雪　雁　（又不敢高声，急得哀哭回头叫）姑娘!林姑娘!

［雪雁被周妈妈拉拉扯扯，拉下介。

紫　鹃　（气得发抖，唱沉腔滚花）

　　　　　姑娘垂死无人问，

　　　　　还来拉走贴身侍儿!

林黛玉　（帐中呼叫）紫鹃!

紫　鹃　（趋侍叫）姑娘!

［音乐起合尺首板。

林黛玉　（唱合尺首板）

　　　　　愁病相煎，心神交瘁!（士腔）

[紫鹃掀帐。开边。

[林黛玉咳喘、欲吐。

紫　鹃　（扶持叫）姑娘保重。

林黛玉　是什么时候了？

紫　鹃　黄昏刚过去，已是上灯时。

林黛玉　扶我起来！

[慢板锣鼓，林黛玉强起，紫鹃搀扶。

林黛玉　（唱长句二黄）

愿难酬，盟已碎，

沁芳桥畔响惊雷。

锦绣堂前空痴对，

果是玉钗成配，木石盟虚！

谁怜病榻残躯，将作离魂倩女！

紫　鹃　（唱序）　姑娘休悲虑！

上有外婆疼爱，下有姐妹提携。

份属至亲——（一槌）

林黛玉　（摇头苦笑）至亲！

（接上句秃头接唱乙反减字芙蓉）

紫鹃莫将人强慰！

都望天恩延世泽，

谁怜弱女卧孤帏。

雪中送炭世间稀，

潇湘早把重门闭。

若问眼前真知己，

除了紫鹃还有谁！

紫　鹃　（一阵心酸，秃接唱正线滚花）

姑娘保重金躯，抛开愁绪！

（哀切白）从姑娘病起，哪日有过开眉，几个月来，见你总是茶不思，饭不

思，有药也不肯吃，这样下去，是糟蹋身子啊。（悲泣）姑娘你服药吧！（转身奉药介）

林黛玉 （以手止之）紫鹃啊！

（慢五槌长句滚花）

愁难去，愁难去，

紫鹃枉有相怜意，

怎奈药石难将我病除，

素怨秋心何处寄，

精卫难填恨海，只余残命一丝！

紫鹃——诗稿。

紫　鹃 姑娘病中还看诗？

林黛玉 取来吧。

[紫鹃“哦！”应一声，音乐，从床边箱子里取出诗稿。

紫　鹃 姑娘，你的诗稿。

林黛玉 （颤手接诗稿，唱滚花）

病潇湘，为谁人，呕心铸字。（拉反线腔）

（起反线二黄板面。紫鹃在旁扶持）

林黛玉 （唱反线二黄）

惊回首，如一梦，不堪重睹旧情词。

这是海棠诗，这是菊花诗。

还有潇湘论旧文，怡红谈禅理，

这是柳絮词，这是悲秋词，

墨迹淋漓处，和着多少泪珠儿！

悲莫悲，葬花词，

“侬今葬花人笑痴，他年葬侬知是谁”。

掘埋香深寄意，

诗言志，不望玉堂金马登高第，

只望高山流水识相知。

怎想到，鸳梦成虚，人心变异，

怎禁得，一年三百六十日，风刀雪剑日夕相欺！

真果是，花落人亡两不知，

地老天荒人待死！（拉腔）

紫鹃，火盆！

紫　鹃　火盆？姑娘，炭气你受不了的。

林黛玉　火——盆！

[紫鹃无奈捧火盆至。

[林黛玉要焚稿。

紫　鹃　姑娘，焚之可惜呀。

林黛玉　留之无用！

[林黛玉焚稿音乐，最后全部投入火盆。

[慢“的的的……”

林黛玉　锦帕！

紫　鹃　锦帕！

[紫鹃取锦帕至。

林黛玉　（摇头）要有字的！

紫　鹃　有字的！（含悲，音乐。取有字锦帕至）

[林黛玉接帕，不看一眼，欲撕无力。

紫　鹃　姑娘，是宝二爷送的锦帕，姑娘亲笔题的诗词，留下来吧。

林黛玉　（重槌音乐，对锦帕无限感慨，唱阴告排子）

这锦帕——

本来是他所带，一朝赠送给我，

其用情，其用意，奴岂不知！

也曾题上诗句，剪烛西窗暗洒泪！

（相思锣鼓。玩帕，念帕上诗）

眼空蓄泪泪空垂，暗洒闲抛却为谁？

尺幅鲛绡劳惠赠，叫人焉得不伤悲。

（续唱） 唉，知心话，听过多少回，

愧为禄蠹，斥钗责史，肺腑之言，我未忘记！

（散唱） 都成虚！——

（上板续唱）

今已背盟违初志，

“金玉良缘”事终成。

比翼双飞，

潇湘遭寒遇！

（唱散板）深悔留存到今时，

全付祝融一炬！

[投锦帕入火盆，音乐。

[紫鹃抢拾，已着火化烟。

林黛玉 （唱慢梆子滚花）

锦帕成灰日，颦卿绝命时！

果落得一弯冷月葬诗魂，

人与诗魂同永逝！（士腔）

[远处传来乐声奏一锭金。

林黛玉 （闻乐，惊起）这、这、这……

紫　鹃 （欲以身挡窗户）姑娘，风动帘铃，不要听吧。

林黛玉 我明白了！

（唱士工滚花）

是那华堂喜乐，吹奏金玉良时。

箫管声声催人去！（吐血介）

紫　鹃 （惨然叫）姑娘呀！

（唱乙反二黄）

姑娘解下心头结，

横挥慧剑断情丝！

世间总有良送，

药到回春还健体！

林黛玉 （接唱） 我是难延残喘咯，

行将与世长辞。

（转唱乙反南音）

可叹人情如薄纸，

徒闻风笛隔帘吹。

潇湘待毙无人至，

只有青灯吊素帏！

紫　鹃 （接唱） 含愤带悲挥痛泪，

骂声宝玉太把人欺，

今夜姑娘咽了气，

明日你见了紫鹃作何词？

林黛玉 （接唱） 低声叫句紫鹃妹，

事情已到此你莫伤悲。

我身死未忘姑苏故里，

不愿异乡为鬼背人啼！

（转唱正线二流拉尺腔）

求将棺柩，送回南。（合）

（合尺滚花）

质本洁来还洁去！（上）

（叫头） 爹爹，娘亲，紫鹃好妹妹呀！

[过音乐序包锣鼓。散槌。林黛玉吐血。

紫　鹃 （动叫）姑娘！（扶林黛玉入帐）

林黛玉 （续唱合尺滚花）

绿竹潇湘人去也，

空余冷月照魂归！

（叫）宝玉，你好！宝玉，你……（音乐包槌）

[林黛玉死去。

[紫鹃伏尸大恸叫姑娘。

[园外隐隐笙歌穿绣户。

[紫鹃悲泣声与帘外喜乐声交织一片。

[幕徐徐下。

第八场　闹　婚

[喜堂景，风烛高烧。

[满堂吹奏起幕。

[贾母、王夫人、婢妇环立。

[袭人搀贾宝玉、雪雁搀薛宝钗拜堂。

[王熙凤往来照料，拜堂完毕，薛宝钗垂首坐。

贾宝玉　（向新娘一揖，喜滋滋地唱咸水歌）

多情月老牵红线，

意中人结意中缘。

（欲揭盖头）

[众急介。

王熙凤　（急上前，制止，唱中板）

新妇畏羞垂粉脸，

新郎要知礼懂温存。

洞房春暖好相见，

先谢亲慈谛凤鸾。

贾宝玉　（转向各人揖谢唱中板）

深深拜老祖宗知人冷暖，

深深拜好亲母做事周全。

深深拜好冰人撮成美眷，

我再深深拜，列位丫鬟好姐姐。

鸳鸯姐呀，袭人姐呀紫鹃姐呀！（一槌）

啊，因何不见慧婢紫鹃！

（转稍快七字清中板）

但见雪雁姑娘，无言转面。

想必是行礼照南边！

（滚花） 相见何须待洞房，一切俗例从免！

（猛然揭去新妇盖头，重槌音乐，惊愕）呀！

你……（先锋钹，急持灯照看，发怔）她，她……她不是宝姐姐？……我，我，我是不是在做梦？

[众忙接过灯，薛宝钗低头无语，雪雁走开，王熙凤推莺儿上来。

王熙凤 什么做梦不做梦，老祖宗坐着，太太也坐着，龙凤烛点着。

贾宝玉 袭人姐，她……她是谁？

袭　人 新娶的二奶奶。

贾宝玉 雪雁姐，她是谁？

雪　雁 她是……（不语，垂泪）

[王熙凤一手推开雪雁，让莺儿上去回话。

莺　儿 （难过的）新……新娶的二奶奶！

贾宝玉 莺儿！新娶的二奶奶到底是谁？

莺　儿 是……（难过地）

袭　人 是宝姑娘！

贾宝玉 林姑娘呢？

王熙凤 宝兄弟，莫混说，老爷、太太作主娶的是宝姑娘。

王夫人 宝玉，娶的是宝姑娘！

贾宝玉 老祖宗！

贾宝玉 （放声大哭。唱快滚花）

蜂媒强递春风券，

逼曳刘郎过别船。

什么凤配鸾交，

分明鹊巢鸠占！

老祖宗你乱点“鸳鸯谱”。
宝姐姐你弹错“凤求鸾”！
林妹妹呀，无情管乐到潇湘，
你一定病更加深魂欲断！
你们听，隐约听见林妹妹哭声！

贾　母　（手足无措）宝玉你怎么样？怎么样？

贾宝玉　老祖宗！（突扑向贾母身前跪下）

（快长句滚花）

望发慈悲念，慈悲念，
休把怨凤痴鸾情斩断，
怜念两个病根一个源。
活着愿能长相见，
死也愿共赴黄泉。
老祖宗呀，天下万物我无所依恋，
但求与林妹妹同生共死永相连。
老祖宗呀大发慈悲，休把怨凤痴鸾情斩断！

贾　母　（抱住宝玉）唉，宝玉你不能这样，你——你使我心痛！

王夫人　宝玉，当心你爹爹，你要听话。

[王熙凤束手无策，薛宝钗心内又痛又乱，喜堂一片沉寂。

贾宝玉　我知道求你们也没用，（立起身，不顾一切地）我找林妹妹去！

王熙凤　（急上前）宝兄弟！

贾宝玉　（推开她）我找林妹妹。

贾　母　（气急败坏，拉住）宝玉！（严厉地一拄杖）

贾宝玉　（推开她）我找林妹妹。

薛宝钗　（起立，无可奈何地）宝玉，林妹妹已经死了！

[重槌、音乐。贾宝玉一晕，喜堂秩序大乱。

[贾宝玉要冲出去，众人拉住叫“宝玉，宝二爷！”

贾宝玉　（先锋钹，回身走近香案前，左右手分擎一对龙凤烛，惨然）

(唱叹板)龙凤烛，照谁人，

照妹你花愁玉惨瑶池去！（士腔）

妹不生，哥岂独活，

愿同驾鹤上瑶天！（上腔）

(舞烛、灭烛、抛烛排场)

[喜堂灯暗。

[贾宝玉晕倒不起，众大乱，叫“宝玉，宝玉！”

[落幕。

第九场　哭灵——离恨天

[潇湘馆灵堂，白帏素烛，衣边设林黛玉之灵位。四周素幔低垂，仅露一角纱窗，竹影窥帘。

[小曲序，紫鹃素服灵前奠酒上香。

紫　鹃　(叩泣)姑娘你死得苦呀！

(唱小曲奈何天)

挥泪血，悼姑娘。

估道孤萍有寄，

谁晓世态炎凉。

至亲成陌路，

知音人是无情汉。

花落有香囊，人亡谁吊望？

景况凄凉！

只有紫鹃，侍灵堂。

唉，苦命姑娘！

你魂归天国莫念那相思账！

(散尾)　玉躯珍重啊天风寒！

姑娘！（伏案啜泣）

［紧打文锣鼓，快奏乙反北上小楼。

贾宝玉　（内唱快散板）

带泪含悲，潇湘馆往！

［悲强音乐。宝玉素服，自外掀开素幔，突入灵堂，扑向灵前叫“林妹妹！”

紫　鹃　（回身，白他一眼）你来做甚？（拂袖而退）

贾宝玉　（抚灵大恸）林妹妹呀！

（续唱北上小楼）

宝哥哥迟来了，

妹已含愁抱恨亡！妹妹呀！

（起乙反西皮序，唱乙反西皮）

祭潇湘，哭潇湘，

对亡灵，稽我颡。

悲难禁，泪两行。

流不干！（小过门）

潇湘妃子，你今何往？

真教怡红人，情惨怆！

有心香一炷来献上，

望鉴衷肠！

（起序小曲祭潇湘）

哭一句林妹妹，

叹一句花落人亡。

风雨催何紧，

不容妹生存于世上，

待到哥来日，

琴堂已变灵堂，

唉呀妹妹呀，

你生也凄凉，死也凄凉！

可恨怡红长锁禁，
未能长侍妹身傍，
生不能在妹跟前倾肺腑。
死不能抚棺一恸诉衷肠！
但见香花陈素案，竹叶打秋窗！
（转唱南音）
唉，花烛夜，暗无光，
慈祥祖母成了恶婆娘。
盆上种莲冤屈藕，
桃花命薄压严霜。
（转乙反）怜你久闭潇湘无客至，
偏来鸾凤箫声绕画梁。（腔）
（木鱼） 天愁地惨，绿竹潇湘，
谁怜弱女泣空房！
妹你焚诗绝粒僵卧牙床上，
有泪难流泪已干。
就在这气咽一丝魂断夜，魂断夜，
三声宝玉啊！——
三声宝玉命随亡！
（直起爽乙反中板）
千古伤心，临终只有这三声，再无话讲，
一声呼，如万刃，割我肝肠！
宝哥哥，在灵前，泣陈苦况，
郎非薄幸！
都是爹娘作主，凤姐换柱偷梁！
（催快，正线二黄）
金玉姻缘，活生生逼死林妹妹，
宝玉五内俱崩，凄惶万状！（腔）

（二流） 天缺一方能补石，

珠沉赤水恨茫茫！

妹呀你白玉为心不肯陷污渠，

我又岂能清流随俗谄立华堂上，

怜你西风午夜悲泉壤，

哀我噩梦三更恨更长！

伤心屋在主人亡，

琴韵诗声徒缅想！

（转慢） 妹呀，人间难上鸳鸯榜，

（煞板） 蓬莱有路结成双！

（悲叫） 林妹妹呀！（长跪叩头，一恸欲绝）

[音乐强音。

[变离恨天景——琼宫宝阙，云气茫茫，奇花异草，五彩缤纷。

[乐起绛珠草第一章。

[林黛玉（饰绛珠仙）同一班仙女舞上。

林黛玉 （唱）（众仙女和唱）

（新曲绛珠草）

离恨天边，云气茫茫，

青梗峰前，环珮叮当。

回首前尘如一梦，

潇湘馆内竹苍苍！竹苍苍！

[贾宝玉已十分莽撞地急步闯上。

贾宝玉 （遥见黛玉便呼）原来林妹妹在此！

晴　雯 此乃仙境，凡夫止步！（拦住）

贾宝玉 （见雯大喜）哦！原来是晴雯姐姐！

晴　雯 嗬！谁是你晴雯姐姐？俗子行开！

贾宝玉 你明明是晴雯姐姐呀，是了！做了芙蓉神，就不认得宝二爷了！

晴　雯 什么宝二爷？你这蠢物，休来缠我！

贾宝玉 我不缠你，我见过林妹妹再和你说话。（走近黛玉前）林妹妹！比前丰润了，我想得你够苦啊！（便欲拉手）

林黛玉 （以袖拂开，唱绛珠草第二章）

任你是美玉无瑕，
奈我是阆苑仙花。
纵有奇缘，
都成虚话，
空劳牵挂，
枉自嗟呀！
终究是水中月，镜中花！
想眼中能有多少泪珠儿？
怎禁得秋流到冬，
春流到夏？

贾宝玉 妹妹呀！（唱木石盟）

都道是金玉姻缘，
俺只念木石前盟，
空对着山中高士晶莹雪，
终不忘世外仙妹寂寞林。
叹人间，美中不足今方信，
纵然有齐眉举案，到底意难平！

林黛玉 你回去！

（唱绛珠草第三章）

回你隆盛荣耀富贵地，
爵禄无间尚贤乡。
诗礼簪缨高门巷，
金灯银灯照华堂。
姐妹们送客出仙乡！

贾宝玉 （赖着不走）我不回去了！

一仙姝 （她是尤三姐。内场叱喝一声，仗剑奔上）

贾宝玉 （一惊倒地）尤三姐饶命！林妹妹救命！

晴　雯 （拖起宝玉）走吧！（把宝玉一推）

林黛玉 木居士、灰侍者！

木居士 （掌舵）
灰侍者 （撑篙）（应声上）在！

林黛玉 送此蠢物一程！（以手一指。）

贾宝玉 （惊叫一声）林妹妹！（身如坠万丈深渊）

［众卸下。

［灯景转回原来潇湘馆灵堂景。

［远处传来寺院钟声。

［宝玉若有所悟。摘下胸前那块“宝玉”痴视。

紫　鹃 （卸上，行前）宝二爷，回去吧！

贾宝玉 是啊！我该回去了！

［寺院钟声继续传来。贾宝玉转身向黛玉之灵痴望，深深下拜。转身拔脚便行。

紫　鹃 （知有异）宝二爷！……

贾宝玉 （不语）我是该回去了……（行）

［钟声悲凉，撼人心肺。光一束照宝玉。

［贾宝玉弃“宝玉”于地，扬长而去。

［内场呼“宝玉！宝二爷！宝兄弟！”

［寺院钟声大响。

［落幕。

［剧终。

（剧本版本：《广东粤剧院演出剧本选集》第三集）

·粤剧卷·

吴起与公主

编剧：袁衍丽　谢锡光

人 物 表

吴　起　　三十多岁，魏国西河守，后为楚相

魏公主　　二十岁左右

魏武侯　　四十多岁

魏太子　　十五岁

魏　妃　　四十多岁

公　叔　　六十多岁，魏相国，魏武侯姐夫

夫　人　　五十岁，公叔妻，魏武侯姐姐

公　姬　　二十岁左右，公叔女儿（与公主用同一演员扮演）

公　辞　　二十多岁，公叔儿子

刘　六　　吴起部下，后为狱卒

翠　花　　刘六之妹，十四岁

黄　凤　　刘六之妻

小　莲　　公主贴身宫女

吴　妻　　吴起已故的原配妻子

狱　吏　　一人，打手二人

魏将、魏兵若干

鲁臣、鲁将各一

秦兵若干

楚将二人

婢仆若干

序 幕

[深沉的古乐声。

[男中音幕后朗诵：(断肠西风泣战乱，时光倒流两千年。)

[幕启。

[朗诵：在那七国争霸、战火纷飞的战国年代，魏国被强秦打败，魏太子与公主成了屈辱的人质。魏侯起用了一位杰出的军事家和政治家，他的名字叫吴起！

[聚光灯下，吴起与两将士造型。吴起猛然拔出宝剑，刺向远方。

[强烈激越的鼓乐，频闪灯亮，战火熊熊。秦、魏两军混战，秦兵纷纷倒下。

[朗诵：魏军西河一战，连破五城，救出了太子和公主。

[魏兵扶披枷戴锁的太子与公主上，姐弟拥抱，亮相。

[切光。

第一场 倾 心

[雄伟险峻的黄河之滨。

吴 起 （内唱首板）

收复五城归战马！

[马童带马上，舞蹈。吴起英姿凛凛骑马上。

吴 起 （慢板） 冲天大鹏翅，不在青云下，

喜遇明主，正当奋志展才华。

（中板） 魏国旗扬风叱咤，

雄师西向卷黄沙，

（收腔） 好教秦兵望旗生怕。

太 子 （内叫）吴将军！吴将军！

[太子洋洋得意骑马上。

太　子　吴将军，想我在秦为人质，一朝马脱缰，风轻马蹄疾，你也赶不上，我去啦……

[太子冲前，翻身跌于马下。吴起下马救护。

太　子　（猛然跃起）哈哈，我是骗你的。

吴　起　果然是兵不厌诈。

太　子　（开玩笑地施礼）这都是就教于老师你呀！

偏　将　将军，来此已是黄河，离渡口只有两里地。

吴　起　传令下去，护好公主车辇，马上渡河！

[吴起与众下。

[刘六引魏兵上。公主乘车辇，款款而上。

公　主　（唱新曲）车轮滚滚映晚霞，
马蹄未忍踏黄花，
离了咸阳，别了洛水，
从此噩梦一去也！
将回家，承欢膝下，
见到朝思暮想好爹妈，
贪婪看一眼久别的故土，
止不住热泪纷纷下。
车轮滚滚映晚霞，
惹得奴奴心猿意马。
说是盼车儿快到家，
又望车儿停下饮马。
只怕接回深宫见不到他。
他他他，救我出苦海沙场热血洒。
为魏国千秋霸业，大智人勇堪夸。
他到底是粗鲁武夫，抑或是英俊儒雅？
是豪爽可亲？抑奸诈可怕？

盼只盼，见一见，与他细谈话，一睹风华。

公　主　小莲，停车歇息。

小　莲　知道。

刘　六　公主，将军传令下来，要连夜渡河。请快上车，莫误时光。

公　主　我……我要观赏风光，今夜不渡黄河也罢！

刘　六　公主，这里前不到村，后不着店，夜里留宿，狼嚎虎啸，难道你不怕？

公　主　怕什么，叫吴将军来保驾嘛！

小　莲　（会意）对，叫吴将军来保驾，谈个通宵话，瞧瞧他，俊不俊，雅不雅？

公　主　（假嗔地制止）小莲！

［马蹄声。

刘　六　将军来了。

［公辞上。

公　辞　拜见公主！

公　主　（喜，迎上前，见是公辞，顿觉失望）原来是公辞表哥，表哥有礼。

公　辞　（献殷勤）表妹在秦为人质，我日夕担忧。喜闻你归故国，因此赶来护驾。

小　莲　公子，你来迟了！

（三脚凳）你既然思念公主，

早应抗敌领雄师。

如今护驾已有人，

就是将军吴起。

公主也曾发誓，

谁破秦兵就许配谁。

公　辞　（滚花）　吴起果是抗秦有功，

可惜已经娶了一个齐国女子。

公　主　（一怔）他……他已有妻房了吗？

刘　六　吴将军来了！

［吴起急上。

吴　起　（质问刘六）大胆刘六，违我军令，停下车驾，该当何罪？

刘　六　小人不敢违令，只是公主不肯渡河！

吴　起　因何不肯渡河？

刘　六　她要……要观赏风光！

吴　起　（怒）不懂兵法，妇人之见！

小　莲　你——你竟然蔑视公主！

吴　起　行军路上多风险，这里不是御花园！

公　主　（颇为不悦）停留片刻平常事，何必铁脸不留情？！

吴　起　可知兵贵神速，迎敌于水，必居下风，若敌军偷袭，三军危殆！

公　主　这……

吴　起　（斩钉截铁地）传令三军，火速渡河，违令者斩？（拔剑）

[切光。

[灯复明，黄河东岸。

刘　六　公主，来此已是魏疆，今夜在此歇息，明日登程！

[战鼓响，公主、公辟震惊。偏将上。

偏　将　（对吴起）将军，秦军偷袭后卫。

吴　起　哈哈哈，我军已全部渡河，由他望洋兴叹吧！

小　莲　（对公主）好险呀！

公　主　（向吴起深深施礼）将军料事如神，请恕奴奴无知。

吴　起　（还礼）刚才末将大胆冒犯，请公主恕罪。

[公主上前扶住吴起，两人照面，不禁怔住。

吴　起　（惊艳，唱山乡春早）

　　仿是俏仙姬天上降，
　　脸带娇羞，素雅衣妆。
　　丰姿倾国撩人眼，
　　光辉好向绿野播春光——
　　春色妍丽，倩影难忘。

公　主　（接唱）　他仪容多伟岸，
　　目光朗朗。

我的心中，跳声不止，
似羞非羞，意态惶惶。

吴　起（接唱）牡丹国色宫禁内种，
未应作痴想。

公　主（接唱）于今相见诚恨晚，
此情惹恨长。

小　莲（对公辞唱）
两个眸儿相对望，
天赐地造一双，

公　辞（对小莲唱）
可惜好愿难偿。

吴　起
公　主（合唱）浪浪痴想，神魂惘惘。

公　辞（另场唱）翻进爱海，苦果自尝。

小　莲　公主，你在想什么？

公　主（从迷惘中惊醒，取出玉连环）吴将军再造之恩，无以为报，这玉连环乃昆冈之玉，奴家贴身之宝，送与将军——夫人。（凝视吴起）

吴　起（骤然变色）我的……夫人？

公　主（进逼一步）谢她相夫有功呀！

吴　起（沉痛地）相夫有功，相夫有功？！
（霸腔滚花）
椒盐撒伤口，剧痛挖肝肠。
公主嘲讽相加，教我情难自按。

公　主　将军，我并无恶意啊。为何一提将军夫人，你便如此不安？

吴　起　你……你难道不知“杀妻求将”的传闻么？

公　主　杀妻求将？

吴　起（拔剑）吴起贤妻，就死在这把剑下！

公　主（吃惊）刘六，真有此事？

刘　六　（摇头）当日我箭伤化脓，危在旦夕，吴将军不嫌脏臭，为我吮毒疗伤。对部下尚且如此，怎会杀害妻房？

公　辞　表妹，你不知道当时情况，不杀妻就不能求将位。吴将军最怕提起此事，你何必苦苦追问别人隐私呢？

吴　起　大丈夫无不可告人之隐私，诸位请听！

（韵白）　六年前齐鲁争雄，
鲁穆公打了败仗。
欲要任用吴起，
挽救危亡。
岂料齐兵围城，
他不把虎符交我执掌。
只因我妻是齐国之女，
要我表忠杀妻房！

［全台灯暗，一侧聚光灯亮。

［吴妻上。

幕后女声　（唱）　君主多疑惨祸降，
齐女哀哀别夫郎。

吴　妻　夫呀，为救危城，你就杀了我吧！

吴　起　（痛苦）妻啊！无情宝剑有情心，叫我怎忍下手！

吴　妻　（悲极）夫呀！

吴　起　（拥抱夫人）妻呀！

［战鼓隆隆，鲁臣、鲁将上。

鲁　将　吴将军，齐军攻城，请速速发兵！

吴　起　（无奈）没有虎符，六军不发！

鲁　臣　（取出虎符，高悬在手）虎符在此！

吴　起　快快拿来！

鲁　臣　慢！鲁穆公有令，齐女人头换虎符！（迫指吴妻）

［战鼓频催。

鲁　将　吴将军，你再犹豫片刻，便会举国遭殃！

吴　起　也罢！（拔剑欲刺向夫人，一顿，不忍下手，抖剑）

吴　妻　（跪前）夫呀，你杀了我吧！

鲁　臣　杀！

鲁　将　杀！

［吴起抖剑后退，痛苦地掷剑于地。吴妻跪前，执剑自刎。

吴　起　（狂呼）妻呀！妻呀！

［射灯暗，吴妻等人隐去。全台灯复明。

吴　起　天呀！（发狂地把剑猛刺在树桩上）

公　主　（反线中板）

为什么高耸泰山，万仞千寻，
总被云雾所挡？
为什么海中蚌壳，如此丑陋，
却遮盖明珠闪光？
世上强者偏多艰，难为人知，
只因他不同凡响？

（反线凤阳花鼓）

将军怀才志，君主不体谅，
反要逼死你贤惠妻房。
叹句青锋何罪状？（取剑递给吴起）
请君珍爱匣中藏，
深知有志者多苦况。

吴　起　（感动地，唱新曲）

知我曲衷唯公主，
自悔刚才言莽撞。

公　主　（递过玉连环，接唱）

聊赠玉环表敬意，
谢君神勇保魏疆。

吴　起　谢过公主！（接玉环）

［灯暗。

第二场　奸　谋

［二幕外。

［公辞手持竹简上。

公　辞　有请娘亲。

［丫鬟扶夫人上。

夫　人　我儿呀，请娘亲出堂何事？

公　辞　娘亲，大事不好了！近日满朝上下，传说纷纷。君侯要任用吴起，取代相父。

夫　人　不会的。我是先侯公主，你相父是君侯姐夫。骨肉亲情，君侯岂会不顾？

公　辞　娘亲你还在梦中。这是吴起奏章，君侯嘉赏备至。

夫　人　快快念来我听。

公　辞　（念奏章）以法治国，官清政廉，

无功不赏，刑及官员，

将士加饷，百姓分田，

高官爵禄，不袭子孙。

夫　人　高官爵禄，不袭子孙？孩儿你连相父的爵禄都不能继承，岂不成了庶民么？

公　辞　吴起若取代相位，我等亡无日矣！

夫　人　孩儿呀，事关重大，快与你相父商量对策。

［开二幕，相府内堂，一边是珠帘偏阁。

［公叔肃然端坐，双眉紧锁，丫鬟在旁侍候。

［夫人、公辞跪下。

夫　人　参见相爷！

公　辞　参见相父！

［公叔不动声色，目不斜视。良久，他轻轻挥手，丫鬟拉开珠帘。

公　叔　你们——何事见我？

公　辞　（递奏章）吴起奏章——

夫　人　武侯要拜吴起为相——

公　叔　（一拍桌）我——知道了！往昔多少政敌，一一败在老夫手下。吴起小子，休想鹊巢鸠占！

夫　人　相爷，快快奏本，除掉吴起！

公　叔　（摇头）吴起收复河西，深得武侯信任。上本陈奏，显我偏私。公辞，不若由你出面，策动群臣，弹劾吴起！

公　辞　依孩儿之见，除掉吴起，不用明刀，只需暗箭。

夫　人　暗箭？

公　辞　（耳语）如此这般，吴起定然自陷深渊！

公　叔　唔，果然上策！

公　辞　相爷有命，请吴起过府，再请小姐出堂议事。

丫　鬟　有请小姐！

［公姬上。

公　姬　（念）　贵为千金体，

傲视天下低。

孩儿参见相父娘亲。

夫　人　女儿呀，我家大难临头了。

公　姬　娘亲何出此言？

公　辞　妹妹，君侯欲拜吴起为相。

夫　人　为除吴起，你哥哥已定下妙计，这回就全靠你了。

公　辞　妹妹，你与公主长得一模一样，上次宫中饮宴，连君侯也误将你认作女儿，一会儿吴起到来，你要假扮公主。

公　姬　哼，我堂堂相国千金，要假扮他人？笑话！

公　叔　你还这样任性刁蛮？吴起一朝得志，你就当不成相国千金了。（把竹简递给公姬）

公　姬　（看竹简，吃惊）这个吴起，真真可恨！（怒扔竹简）哥哥，把你的计策说出来！

公　辞　（唱减字芙蓉）

请吴起过府设酒筵，

一家人各施其伎。

娘亲要骄横跋扈，

对相父大发雌威。

夫　人　（接唱）　望相爷你忍辱一时，

叩拜我这先侯公主，

教他怕当君侯之婿，

这是一着绝妙暗棋。

公　姬　（楔白）要我假扮公主，又是何意？

公　辞　（前腔）　你装得浅薄轻浮，

要吴起憎恶公主，

相父劝君侯招他为婿，

他定拒婚惹君猜疑。

（滚花）　我再火上浇油，定置吴起死地。

公　姬　我明白了！只要能保住我相国千金的尊荣，我定当合力而为！就怕吴起不会上钩——

公　叔　此计若对别人，用之不得。用在吴起身上嘛，定然奏效。公辞果然深察吴起肺腑。

[内叫："吴将军到！"

公　辞　妹妹快快更衣。

[公姬、夫人下。

[吴起上。公叔、公辞迎接。

吴　起　吴起叩见相爷。

公　叔　将军劳苦功高，特邀过府，设宴洗尘，请进偏阁。

吴　起　相爷请。

[公叔、公辞迎吴起进偏阁。丫鬟斟酒。

公　叔　吴将军，请呀！

吴　起　相爷请！

公　辞　吴将军，公辞也来敬你一觞！

吴　起　请！

［内叫："夫人回府！夫人回府！"

公　叔　（故作惊慌，离座）恭迎夫人！

吴　起　（离座）吴起随相国一起恭迎。

公　叔　吴将军留步！

吴　起　吴起岂能失礼？

公　叔　吴将军，你有所不知，我妻是先侯公主，相府之内，遵循宫规，恭迎夫人，三跪九叩。同往恭迎，有屈将军。请在此稍坐，我去去就回。

吴　起　请！

［公叔、公辞跨出偏阁。珠帘落下，吴起独坐于内。

［内叫："夫人到！"

公　叔　（跪）公叔叩见先侯公主！

公　辞　（跪）孩儿叩见娘亲！

［夫人与假扮公主的公姬上。

夫　人　（念）君臣分上下，礼仪显纲常。（对公叔）平身也罢！你看我把谁带来了？

公　叔　哦，原来是公主来了。

吴　起　（在偏阁向外一望）啊？她就是赠我玉连环的公主？

公　叔　贤侄女，我这姑丈虽然比你年长，但份属臣子。君臣相见，要行大礼。公主，请上座。

［公叔、公辞向公姬行大礼。

公　辞　一叩首！二叩首！三叩首！

公　姬　（傲慢地）平身！

吴　起　为何她一返魏都，便变得如此傲慢呢？

公　辞　（与公姬调情）表妹，你今日打扮得真漂亮呀！

公　姬　（媚态）表哥呀，分别两年，你心中还有我么？

公　辞　当年月下誓盟之事，我至今还铭记于心。

公　姬　表哥，我不信。

公　辞　表妹，你教我如何表白呢？

公　姬　（掩嘴笑）我要你对天发誓。

公　辞　好，我就对天发誓！（欲跪）

吴　起　（气极）真真轻浮也！

[公叔一家对视会意。

夫　人　公辞，你俩已长大，要避人耳目，还是陪公主进偏阁细谈吧。

公　叔　（假意拦夫人）夫人，还是请公主到别处歇息……

夫　人　为何不能入内？

公　叔　这……

夫　人　（假意发现内有人影）咦，有人！哦，你人老心不老，里面藏着娇娘！

公　叔　夫人……

夫　人　（大怒）好大胆！

（快慢板）骂一声，老匹夫，行为放荡，

竟趁我，还宫去，取乐娇娘。

（快中板）要与匹夫来算账，

宫规惩罚戒轻狂。

（滚花）　拿金锏——

严惩逆臣放荡！

吴　起　（怒难自制，从偏阁冲出）住手！

夫　人　你是？

公　叔　是个七尺昂藏的将军呀，夫人。吴起将军功勋显赫，故尔设宴款待。

夫　人　何不早说呢？（对公姬）公主，吴将军对你有救命之恩，快上前拜谢。

公　姬　吴将军，有礼了！吴将军，为何不早点出来见我啊！

吴　起　（冷笑）现在出来，方能看清公主庐山真面！

公　姬　谢将军救命之恩，来人，拿酒！

吴　起　不用了！

（七字清）玉衣金缕耀光芒，

败絮其中环耐看。

夫子有教语深长——

女子与小人唯难养！

（滚花）就此告退，请恕叨扰府堂。（拂袖下）

［闭二幕。

［公叔一家哈哈大笑。

公　姬　娘亲你做得妙妙妙！

公　辞　妹妹也扮得俏俏俏！

夫　人　公辞，你真是足智多谋。如若继承相位，定然青出于蓝胜于蓝。

公　辞　（喜形于色）娘亲，倘若我当相国……

公　叔　（咳）哼！我还未百年归老，你就想继承相位？

公　辞　孩儿不敢！

公　叔　谅你不敢！

夫　人　相爷，请后堂歇息。

公　辞　相父劳累多时，请多多保重，下一步还要看你的手段。

公　叔　唔……

［夫人、公姬扶公叔下。

公　辞　（一反常态，指着公叔背影）哼！等你百年归老？老糊涂！

（花鼓芙蓉）岂能虚耗我的光阴，

为你陪葬。

英年正好继相位，

怎能等到你命亡？

（前腔）先教吴起命归西，

再将老头相位抢。

青云路上休顾盼，

绊脚石头要扫光。（狠狠捏拳）

［切光。

第三场 逐 臣

[魏国宫殿。

[乐手、宫女殿前歌舞。

[武侯正览阅吴起兵书，时有赞赏之色。

武 侯 （猛然拍案）好兵法呀！

[乐手、宫女不知何故，惊惶下跪请罪。武侯挥手，乐手、宫女下。

武 侯 （念） 伯乐识良马，明主择英贤。
西河功奏凯，七国魏称尊。
（古腔中板）
看罢了，吴起兵书，
更觉此贤臣，有真知灼见。
岂止大将才，实堪相国用，
胸怀韬略，文武双兼。
卫国生此子，鲁国未尽才，
天赐魏邦，助我将霸业建。

[内叫：“魏妃到！”

[魏妃、公主、太子上。

魏 妃 参见君侯！

公 主
太 子 父侯！

武 侯 （爱抚地）你姐弟两人，还都半月，日间所做何事？

公 主 禀上父侯，我们姐弟同读《吴起兵书》。

武 侯 哦？你们也在读《吴起兵书》么？

太 子 姐姐，《吴起兵法》四十八篇，你能背诵多少？

公 主 略可背出二十篇。

太 子 太少了，四十八篇，我已背诵如流。

武　侯　哈哈，果然一目十行，聪明伶俐的孩儿！

魏　妃　君侯！

（郁金香）贤储君，深得你遗传。

来朝位继金銮，

当是个明圣之尊。

武　侯　（接）　归国朝晚敬椿萱，

都赖贤臣将力献。

社稷有柱栋，

吴起脱颖见。

公　主　（二黄）　吴起功高盖世，是个治国英贤。

应拜相国辅君，好让雄才施展。

武　侯　想不到爱女也识英贤，与我所见相同啊。

魏　妃　啊？若拜吴起为相，公叔又如何封诰呢？

武　侯　只好劝他退让、让贤了。

魏　妃　难啦！

（小红灯）公叔已为魏相，

如何甘愿让贤？

他的妻，是你姐，

此讯惊闻，定会翻脸。

七十家贵族弄权，

未等那公叔出面，

魏国朝中已大乱。

武　侯　爱卿亦言之有理，我也是举棋不定啊。

太　子　父侯你钧旨一下，便可革了老相国之职啦。

武　侯　公叔两朝重臣，老树盘根，一时难以摇撼！

公　主　不若厚赠珠宝，封地千里，劝他安享晚年。

武　侯　谈何容易！

［内叫：“相国求见！”

魏　妃　哦，他定是听闻风声，前来质问。

武　侯　正好探他口风。有请相国！

[公叔手持竹简上。

公　叔　叩见君侯。

武　侯　赐座。

[公叔没有就座，脸色铁青，空气顿时紧张，各人面面相觑。

武　侯　（离座）相国，吴起奏章，可曾过目呢？

公　叔　看过多遍。老臣几天几夜，不能安寝啊。

[众现惊异之色。

公　主　姑丈，坐下细说。

公　叔　（捋须）君侯，你看微臣的须发是否白了？

武　侯　你为国事操劳——

魏　妃　老当益壮！

公　叔　（垂目仰首）微臣双眼……

武　侯　啊……炯炯有神！

公　叔　你错了！微臣须发皆白，老眼昏花，不堪重任了，早该退位让贤啦。

[众人喜出望外。

武　侯　老相国，你若退位，谁人能继重任呢？

公　叔　（一拍竹简）眼下有这般贤臣，为何不用？

武　侯　（大喜过望）你说得是……吴起？

公　叔　正是啊！

（古腔快二黄）朝朝喜，晚来喜，

有此英年良相，我喜笑扬眉。

（众欢跃）这吴起，好一比，

鹏展翅，鲲击水，

一代奇才，秦邦胆碎！（竖起拇指，拉腔）

武　侯　（扶住公叔）我的好姐夫！你真愿让贤退位？

公　叔　早该如此啦。不过……

武　侯　不过什么？

公　叔　（二黄滚花）

不过凤凰多志傲，

未必栖老梧桐枝。

对这异国之人，

先要招他为婿。

太　子　许配姐姐？好呀！好呀！

[公主羞。

武　侯　果然是上上之策！

魏　妃　使不得！使不得！

（减字芙蓉）

他求将曾杀妻，

其心不良善。

我女金枝玉叶，

怎可推落深渊？

为拴着吴起心，

竟将女儿作礼献。

（中板收腔）

真是个糊涂老相，口不择言。

武　侯　哈哈，老相不老呀！爱妃，将他招为女婿，才会对孤忠心不变。

魏　妃　你只顾忠心，不理女儿是否情愿。

武　侯　女儿过来，父侯欲将你许给——

魏　妃　——那杀妻求将的吴起，你可情愿？

公　主　杀妻求将，纯属流言。女儿愿遵父侯之命。（羞下）

魏　妃　（气）相国真是多事！

[太子扶魏妃下。

武　侯　女儿有慧眼呀！哈哈哈，只要吴起对孤忠心耿耿，就算真的杀妻求将，我亦不计前嫌！

公　叔　吴起若肯招赘，忠心可见。

武　侯　作君侯之婿，如此尊荣，岂有不肯之理！传吴起！

［吴起上。

吴　起　吴起叩见君侯千岁，千千岁！

武　侯　平身。爱卿，你战功显赫，孤特赐你珍宝一箱。

吴　起　如此厚赏，臣愧不敢受。

武　侯　人来。抬出珍宝！

［内侍抬一个镶满珍珠鎏金的箱子。

武　侯　（微笑）你且看看这箱珍宝，是否合意？

［内侍打开箱子。吴起一看，顿时愣住。

［聚光灯下，吴起从箱中取出一叠竹简细看。

［幕后音：吴起异国之人，焉能治军！

［吴起吃惊，再取再看。

［幕后音：吴起无才无德，怎当军士表率！

吴起杀妻求将，不堪重用！

不堪重用！不堪重用！

吴　起　真正岂有此理！

［灯亮。武侯微笑地看着吴起。

武　侯　爱卿，当日你出兵伐秦，大臣奏本，足有一箱。为使你安心用命，我一直充耳不闻。（掩箱盖）这箱奏本，任从爱卿处置。

吴　起　谢君侯！吴起今日，得遇明主，肝脑涂地，无以为报，誓助魏邦，创立霸业，万死不辞！（猛然一咬手臂，用血写了一个“忠”字，跪献武侯）

武　侯　（大喜，接“忠”字）我的好爱卿，起来！今后魏国霸业，就仰仗于你。我让你推行变法，施展才华！

吴　起　（大喜）君侯，真的推行变法？

武　侯　真的！

吴　起　臣有一事请求！

武　侯　何事？

吴 起 （指箱）这箱赏赐，换成珠宝！

武 侯 （出乎意料）你……

公 叔 君侯，你爱吴起的才，他也爱你的财呀。

吴 起 君侯，推行变法，有令必行。一国之君，言必有信，方能取信天下。刚才你亲口许我珍宝一箱，请勿食言。

武 侯 对呀，君主出言，重如泰山！来人，赏吴起将军珠宝一箱！

吴 起 （霸腔芙蓉中板）

君侯言而有信，

送我珠宝一箱。

公 叔 （冷笑另场，楔白）贪婪之辈！

吴 起 （前腔） 请送往军营，

将三军犒赏。

武 侯 为何如此？

吴 起 （前腔） 吴起西河得胜，

全赖兵勇将良。

（滚花） 兵加薪饷勇三分，

武 侯 好！（接半句）一箱珠宝犒赏兵将！（挥手）

[侍臣抬箱子下。

武 侯 爱卿，请坐！

吴 起 谢！

公 叔 君侯，（口鼓）吴起对君侯，果然忠心一片。不若即时作伐，结合姻缘！

武 侯 有劳老相了！

公 叔 遵命！（对吴起）吴将军，恭喜恭喜，君侯看中你啦，要招你为婿。

（催归词）以公主许聘，与将军结姻缘，

公叔把线来牵。

云端直上，云端直上，

成百年美愿。

吴 起 （大吃一惊）啊？君侯要招我为婿么？

公　叔　喜事，喜事呀！

吴　起　相爷，此等玩笑开不得呀！

公　叔　老臣岂敢开这等玩笑？我奉君侯之命，做这大媒啊！

吴　起　相爷呀！

（催归词）当君佳婿，不过甘心作践，

请莫把线牵，

吴起虽砺志，云端直上，

攀裙带非吾愿！

公　叔　（故作为难）你不愿？！我不敢回禀呀！

吴　起　我自去陈言。（对武侯）臣吴起告罪了。（下跪）

武　侯　哦？爱卿何罪之有？

吴　起　（口鼓）　吴起铭感君侯，爱心一片。

无奈武夫粗鲁，辜负盛意拳拳。

自惭未敢高攀，只因出身微贱。

还望收回成命，不敢有误婵娟。

武　侯　（扶吴起，接口鼓）

吴将军文武全才，正好与爱女成美眷。

堪当君侯之婿，何必过谦！

吴　起　（坚决而又委婉地）吴起实在不敢高攀！

武　侯　你……

（对公叔，口鼓）不受抬举，心思难辨。

公　叔　（口鼓）大鹏未肯栖棘木，蛟龙不恋小河川。

武　侯　（气，七字清中板）

蛟龙志大魏水浅，

加恩抬举也枉然。

（三字经）犬不驯，何用犬，

鹰不驯，不可养身边。

（滚花）　狂妄之臣，孤不欲见！

（一想，冷静下来，滚花）

当今用人之际，未可意气失英贤。

礼贤下士贤明君，我要以德报怨。

吴将军，莫非你内有隐衷？

吴　起　（欲言又止）这个……

公　叔　（恐形势有变）君侯息怒，待我向他再进一言。

武　侯　唔。

公　叔　吴将军，你与公主也曾在相府见面，她品行高洁，端庄美艳。

吴　起　请莫再提那回相府饮宴之事！

公　叔　吴将军，我言已尽，叫我如何回复君侯呢？

吴　起　请为吴起求恕罪愆。

公　叔　启禀君侯，吴起死不从命！

武　侯　死不从命？（怒）吴起，莫非本侯之女，长得不够美艳？

吴　起　非也……

武　侯　莫非你功高盖世，本侯也不放在眼里边？

吴　起　更非也……

武　侯　（取出吴起血书）恃才傲物辱我尊严，血字未干，忠心已变！你滚滚滚！

吴　起　（捡起血书，痛苦地）哈哈哈！

武　侯　人来，将他逐出金銮殿！

吴　起　吴起——去了！（下）

［内侍臣上。

侍　臣　启禀君侯，公辞有要事禀告。

武　侯　召上来！

公　辞　（上）启禀君侯，秦国派来密使，收买吴起。我搜出密信一封，珠宝两箱。

武　侯　原来如此！吴起雄才大略，若流入秦国，强秦如虎添翼；我若任他为相，又怕养虎为患。重用难时放亦难，这个吴起真正难办。

公　叔　不若软禁起来，望他回心转意。

武　侯　也罢，就交你处置。

[公叔喜，欲下。

武　侯　慢！不可将他伤害。

公　叔　臣领旨！

[切光。

第四场　释　疑

[二幕外。公叔、公辞与夫人分别上。

夫　人　相爷，事体如何？

公　叔　吴起果然拒婚，君侯大怒，已将他收押天牢。

夫　人　他果然中计了。

公　辞　（滚花）　一不做时二不休，
　　　　　　我要在狱中置他死地。（欲下）

公　叔　慢！（接唱）
　　　　　　君侯若然追究，
　　　　　　我等答辩无词。
　　　　　　要做得痕迹不留——

公　辞　有办法！（接半句）
　　　　　　还要妹妹再扮公主。

夫　人　计将安出？

公　辞　（白榄）　要妹妹进牢房，挑逗那吴起，
　　　　　　只要他出监外，便可任我施为。

公　叔　（接白榄）监外布下罗网，将吴起乱刀砍死。
　　　　　　就说他越狱逃跑，君侯便不会生疑。

夫　人　（白榄）　你父子两个人，真多妙计！
　　（滚花下句）
　　　　　　要吴起死得不明不白，对证无词。

[众奸笑，下。

[开二幕。牢狱里。

[吴起被打得遍体鳞伤，挣扎而起。

吴　起（小曲）生平有恨——

运情多艰，命途坎坷，

大鹏欲展翅，冲不破乱云。

报效君侯反遭禁，

多疑常误国，祸及贤臣。

（乙反长句二黄）

金殿拒婚姻，恩宠化仇恨。

出林竹笋先折断，峰高最易招风云，

有多少才华，便有多少不幸，

千古能人几许，惨矣沦沉。

越近天颜，断头台越近。（旬）

（滴珠二黄）

对庸人偏厚爱，上天何太歪心？

枉有满腹经纶，

（二黄滚花）

魏邑长埋一缕恨。

[刘六狱卒装束上。

刘　六　吴将军，吴将军！

吴　起　啊，是刘六你么？为何在此？

刘　六　我退伍还乡，在此当了狱卒。吴将军，公主来看你了。

吴　起　我不见她！

[公主戴面纱与小莲上，闻言一惊。

刘　六　公主，吴将军，你们好好谈吧！（下）

公　主（木鱼）爱还带恨，来探将军。

只见他颜容悲愤，满身伤痕。

不想一别河旁，如今受禁，

我肝肠寸断，万箭穿心。（掀起面纱）

叫一声吴将军，奴家虔诚来慰问。

吴　起　（二黄）　你有如君主，我已是犯臣。

地矮天高，相差万仞。

贵贱难同调，上下不同音。

小　莲　公主，吴将军拒人千里之外。我们走吧！（拉公主走）

［吴起头晕欲倒，公主忙上前搀扶。吴起拂袖把她推开。

小　莲　公主，走吧！

公　主　（还是不忍心离去）小莲，你做做好人，问问吴将军，为何要拒婚？

小　莲　好，待我上前将他问。吴将军，莫非你有心上人？

吴　起　吴起孑然一身，公主却对表哥多亲近！

小　莲　公主呀，吴将军妒忌哩，他对你情分有三分。（对吴起）吴将军，莫不是思念亡妻春蚕自困？

吴　起　故妻难忘记，好梦却难寻。

小　莲　公主呀，他对你情分有五分啦！吴将军。公主美不美，迷人不迷人？

吴　起　公主美若天仙，这一点何须多问！

小　莲　公主呀，情分增加到九分了！吴将军，当日你接受了玉连环，但转头又拒婚，岂不是出尔反尔的小人？

吴　起　哼，公主阴晴骤变，才是个使人憎恨的女人！

公　主　你……

吴　起　（取玉连环）

原璧奉还，请找重臣裙下荫。

公　主　（接玉连环，唱小桃红）

接宝物怨声君，美玉也染泪痕。

当日河旁赠将军，

表我寸心，暗示终身愿许君。

缘何故，金殿前拒婚？

吴　起　（接唱）　不惯在裙下跪倒称臣，

七尺之躯受女子福荫。

公　主　（楔白）哎，这是从何说起啊？

（接唱）　仿似入了迷雾中，摸不着你心。

将军自有冲天志，怎说受女子福荫？

疑是你，听信了传闻。

吴　起　（接唱）　休欺心，那景象我在场看得真。

公　主　（接唱）　望毋轻信，辜负我一片热忱。

可知道，拒婚惹父侯疑心。

吴　起　（接唱）　钧旨已降，铁索加身，

不须再说，心已隔千仞。

将军有恨怨魏君，

你休再假痴心。（收）

公　主　（难堪）我假痴心？

［刘六上。

刘　六　又来了一位公主，要找将军。

［众惊诧。

吴　起　（对小莲）魏侯有多少公主？

小　莲　公主就是一个呀！

吴　起　刘六，你有没有看错人？

刘　六　（白榄）　搞到我眼花花，头昏昏。

两个公主，一个饼印。

莫非一个是真公主，一个是鬼魂？

公　主　小莲，我们走避一旁，看看来者何人？

［公主放下面纱，与小莲在柱后躲避。

吴　起　刘六，将油灯点上。

刘　六　她来了！

［戴着面纱的公姬与丫鬟上。

［戴着面纱的公主与小莲从柱后出来窥看。两公主同时出现。

公　姬　弄权挽家运，乔装监狱行。

(掀面纱) 将军呀!

(剪剪花) 奴奴原有意，选你做郎君。

猛然听得禀报，

你与我无缘分，当面拒了婚姻。

我伤心，我伤心，到监房将你寻。

劝将军，劝将军，快与奴奴返宫行。

(拉吴起) 我想你想到单思病啦，快跟我去吧!

吴　起　你是谁?

公　姬　我是当朝公主。

小　莲　呸! 公主在此，谁人大胆假冒?

丫　鬟　我家公主是真的!

[吴起夺过丫鬟灯笼，照看公姬。

小　莲　哼，我家公主才是真的!

[吴起再举灯笼，照看公主。

丫　鬟　(指公主) 她是假的!

小　莲　(指公姬) 她是假的!

吴　起　(眼花缭乱，唱摇板新腔)

谁是真? 谁是假?

吴起有如入了迷魂阵。

谁是假? 谁是真?

难坏了指挥千军万马的大将军!

[出现吴起的意识流：眼前四个人变成四个戴面纱的公主。

[四人舞蹈。

吴　起　两个公主已难分辨，怎么一下变作四个人啊……

刘　六　(持油灯上) 吴将军! ……

[四个公主回复为公主与小莲、公姬与丫鬟。

吴　起　公主难辨认，丫鬟却可分。小莲，哪位是你家公主?

小　莲　（扶公主）她是我家公主。

吴　起　（对公主）请把玉连环，取来一看。

［公主取出玉连环。

吴　起　（对公主）公主！（对公姬）你是何人？

［公姬狼狈下。

［刘六拦着丫鬟。

吴　起　（质问丫鬟）你是何人？

丫　鬟　我……我是相国府的丫鬟。

吴　起　刚才下去的又是谁？

丫　鬟　相国千金。

吴　起　那日相府饮宴，扮作公主的可是她？

丫　鬟　正是。

吴　起　（又恨又气）我上当了！（执丫鬟）

（快滚花）你家小姐真可恨，

假扮公主助她父亲。

怒冲冲，

不打贱人不解恨！

丫　鬟　我只是个丫鬟呀！

吴　起　滚！

［丫鬟下。

吴　起　（痛悔交加）我对不起贤惠的公主啊！公主，吴起知错了，请将玉连环赐赠。

公　主　还要玉连环作甚？我是个使人憎恨的女人！

吴　起　（愧悔地，唱落花时节）

怨我未分良莠，

恶语把你心伤创。

何谬莽，

乱了假真不识奸计。

枉是七尺昂藏。

（过序白）吴起请罪了。

[吴起向公主下跪，公主急扶。

小　莲　（俏皮地）公主将军同拜天地啦！

公　主　（不好意思地，转唱春风得意）

云遮皎月，蔽掩朗朗清光。

驱散乌障，见青天，

又是一轮明月亮。

毋愧恨，岂用求恕谅。

你汗颜令我心不安。（递玉连环）

吴　起　（接唱）　感你爱心一片，（接玉连环）

玉连环正好紧扣一双。

公　主　（接唱）　相知莫相疑，

情爱与天长。

吴将军，待我向父侯禀明此事，他定冰释前嫌，接你出监。

吴　起　多谢公主！

公　主　（递轻裘）多多保重！（与小莲下）

刘　六　吴将军，你好好歇息，我为你准备酒菜。

吴　起　有劳了！

[刘六下。公辞引二打手、狱吏上。

狱　吏　吴将军，君侯派人前来接你出狱。

[狱吏冷不防地扣住吴起双手，吴起挣扎开打。

[吴起被公辞打得不能动弹，倒下。

公　辞　（对吴起）我要你死无对证之词！（对狱吏）赶快奏上魏侯，说道吴起病重身亡。此事办得妥当，有你好处。

狱　吏　（献媚地）是。

[狱吏拱手送公辞等下。

[刘六提饭篮上。

狱　吏　刘六，吴起已暴病身亡，你快把他的尸体掩埋山上。（欲下）

刘　六　（酒菜掉地）吴将军，吴将军！

［吴起动了一下，二人惊奇。

狱　吏　原来吴起还未死，你看着他，我去禀告公辞！（下）

刘　六　吴将军，我拼死也要救你出去！

［切光。

第五场　义　救

［刘六家中。

［翠花在家中绣花。

翠　花　（四不正）姑娘我最憎拈针线，只想外出把船扒，
谁知哥嫂不应允，天天把我困在家。
（赌气放下针线）
（接唱）　穿线运针困在家，
辜负了大好春华。
将门栓轻轻推开了，跑到外边去摘花。
（耍绣花巾，出门摘花）
哎呀！哥哥回来了。（忙入屋关门）

［刘六推车载吴起上。

刘　六　翠花，快开门！

翠　花　哥呀，我刚才没有出门。（端坐）

刘　六　知啦，快点开门！

［翠花开门，刘六推车急进屋内。

［刘六把吴起搬到炕上，用白布盖好。

翠　花　哥呀，你怎么把这个人搬到家里来了？

刘　六　我没时间跟你说，你只管好好看着家，我出去一趟。如果有人来查，你就说是死人。（欲走）

翠　花　（惊）哥哥，我怕！

刘　六　怕什么？

翠　花　怕陪着个死尸。

刘　六　人还未死哩。你放开手，我去请郎中。

翠　花　哥呀，他是个男人，还是女人？

刘　六　是个男人！（欲出门）

翠　花　（又拉住刘六）哥呀，我是个大姑娘，他是个男人。嫂嫂不是经常说，孤男寡女不要在一起吗？

刘　六　他不是普通男人，他是个将军。

翠　花　是个将军……

翠　花　（又拉着刘六）哥呀，他叫什么将军？

刘　六　阿妹，他是我的救命恩人，吴起将军呀。

翠　花　就是那个打败秦国的吴起将军吗？那哥哥快点去请郎中吧！妹妹我定然好好照顾他。

［翠花推刘六出门，搬了张凳子坐在吴起旁边，欲掀白布又不敢。

翠　花　（唱十字清中板）吴将军，鼎鼎大名，人人尊敬。

只可惜，盖白布，容貌看不清。

他定是，够威严，须长两尺整。（一想摇头）

（接唱）　也许是，黑脸汉，一双突眼睛。

欲上前，细把他，长相来认，

（中板收腔）我的心，跳呀跳，跳个不停。

［吴起呻吟了一声，醒了过来，翻身倒地，翠花扶他坐下。

吴　起　水！

翠　花　（连忙倒上水，扶着吴起）吴将军，你慢慢饮！

［吴起喝完水，清醒。

吴　起　（警觉）你是何人？

翠　花　我叫翠花，我哥叫刘六，我阿嫂叫黄凤，人人都叫她佧鸡凤。她呀，整天欺负我阿哥，可就是疼爱我，她是撑船的能手，如果有男人盯着我，她就一桨打过去。等会儿她回来，你千万不要这样看我了，知道吗？

吴　起　（被小姑娘的天真逗乐了）哈哈哈，好，我不看你，我不看你！

［渔家装束的黄凤匆匆上。

黄　凤　（拍门）翠花，快开门。（入屋，发现吴起）啊？你就是吴将军？

［吴起警觉不答。

翠　花　她是我阿嫂。

吴　起　大嫂有礼！

黄　凤　还行什么礼啊！

（白榄）　快逃命，快逃命！

河边来了几个兵，

怀疑你未死，拿着搜捕令。

我抄小路赶回家，追兵马上到门庭。

吴　起　（接唱）　公叔太狠毒，手下不留情。

大嫂你一家，义薄云天我心领。

免将你拖累，逃离魏国便启程。（伤痛）

黄　凤　（一拍胸口，接白榄）有我伥鸡凤，就有你将军性命。

魏侯不仗义，百姓却有情。

［黄凤、翠花扶吴起出门，突然听到门外公差叱喝声，公差甲乙上。

公差甲　（拍门）开门！开门！相爷有令，捉逃犯！

翠　花　公差来了，逃不出去了。

［黄凤欲扶吴起跳窗逃跑。

吴　起　（发现有异）外有伏兵！

公差乙　开门！开门！（用脚踢门）

［黄凤扶吴起入房。

公差甲　开门！开门！

翠　花　来了！（开门）

公差甲　小姑娘，快把逃犯交出来！

翠　花　那逃犯是男的还是女的？

公差甲　是吴起，男的！

翠　花　公差大哥，我一个女仔，怎会藏个男人？传了出去，我还有脸见人吗？

公差乙　别跟她啰唆，搜！

［两公差东翻翻，西找找。

公差乙　里面有一间房。（向房门走去）

翠　花　（故意地）哎呀！（把高柜的锁扣上）

公差甲、乙　（回身走向高柜，看看锁）把锁匙拿出来！

翠　花　公差大哥，锁匙在我这里哩！

［翠花耍绣花巾圆台，两公差围着她团团转。

公差乙　（想起公事）喂，小姑娘，把锁匙拿出来！

翠　花　（摸摸腰带）哦——不在身上，在柜顶。

［公差甲乙去翻柜顶，不见锁匙。

公差乙　快把锁匙拿出来！

［翠花跳上椅子，舞蹈，捉弄公差。

公差乙　你——（拿住翠花）

翠　花　（哭）你们欺负我！

［这时房门开了，一个穿着吴起衣冠的人走出，跳窗而逃。

公差甲　吴起跳窗逃了！

［两公差连忙跳窗追下。

翠　花　不好了，吴将军被捉住了。（坐在椅上，痛哭）

吴　起　（从房内出来）翠花。

翠　花　吴将军，你？

吴　起　刚才跳窗的是大嫂呀，她已有脱身之计。

翠　花　（喜）吴将军！

黄　凤　（上，入屋）翠花。

翠　花　阿嫂，你没事吧？

黄　凤　公差被我骗走了。（坐椅上）

吴　起　感谢大嫂救命之恩。

黄　凤　不用多礼，不用多礼。（这时才想起吴将军身体受伤，连忙拉吴起坐下）吴将军，你坐，你坐才对。真对不起，使你受惊一场。翠花你好好照顾吴将军，我去杀只鸡，炖给吴将军保养身子。（欲下）

刘　六　（急上）亚凤，不好了，相府的人马从那边追来了，怎么办？

黄　凤　阿六，你先送将军一程，我在这里挡住追兵。

刘　六　（拉住黄凤）阿凤，一起走吧。留下你一人，万一出事怎么办？

黄　凤　（一掌把他的手打开）你成天说我伥鸡？我死了，你就乘机再娶一个啦！

刘　六　哎，挨骂我都习惯了，听不到你的大嗓门，我还不安乐哩。

黄　凤　（假嗔）你呀——

吴　起　大嫂，不若我们抄小路到河边，逃往楚国！

黄　凤　好，吴将军，我们合家划船，送吴将军到楚国去！

［切光。

［河边景。

［逆光。公主伫立河边石上，眺望远方，随着幕后歌，舞蹈、造型。

幕后歌（湘妃泪）将军一去似雁杳影，

魏邑公主有哀声；

山隔恨，水断情。

那堪长夜静；

几番春去落残英。

……

［残叶纷纷下。

［灯光慢慢暗去。

第六场　遗　恨

［三年后。

［二幕外。太庙门前。

［战鼓隆隆，公叔从太庙出。魏将慌张上。

公　叔　前方战事如何?

魏　将　前沿全军覆没了!（下）

公　叔　（快打慢念）

秦兵来势如洪水，

魏国无力挽危城。

魏侯哀哀哭太庙，

家亡国破叹天倾。

[公辞战败狼狈上。

公　辞　爹爹，我军兵败如山倒，孩儿险些刀下亡。

公　叔　太子往楚国借兵，可有音讯?

公　辞　吴起三年前逃往楚邦，楚王拜为相国。一朝得志，怎会发兵救魏呢?

公　叔　这便如何是好?

公　辞　哼，你已被革去相位，何必操心国事。我们还是收拾细软，出城逃亡吧。

公　叔　不成呀，国破家亡，我家大片封地就落在敌军手中。

公　辞　不若劝武侯迁都大梁。

公　叔　对，待我进太庙陈奏。

[切光。

[开二幕。

[魏安邑太庙里。几尊高大的先侯塑像，使人有如磐重压之感。

[魏武侯伏在灵前痛哭。

武　侯　（叹板）　哀哀哀，哀哀哀，

河山遭惨劫，魏邑陷兵灾，

强秦凌弱小，卷土又重来。（合）

念吴起，去三载，

痛失了将才，霸业梦难再，

魏国在我手中亡，多疑将国害。（尺）

悼先侯，泪满腮，

都是孩儿不孝，先侯灵位也当灾。

恨深如海。（士）

哀哀哭，哭哀哀，

手捧毒酒灵前跪，

先侯呀——

无用的孩儿跟你来！

[魏将甲上。

将　甲　启禀君侯，前沿全军覆没！

武　侯　（低沉地）为何你没有覆没？

将　甲　这……

武　侯　你身为权贵子孙，贪生怕死，临阵逃命，该当何罪？！

（一剑捅死将甲）

[魏将乙上。

将　乙　启禀君侯，后军哗变。

武　侯　（低沉地）所为何因？

将　乙　（不敢讲）这……

武　侯　（怒吼）讲！

将　乙　士兵欠饷，不肯用命。

武　侯　你身为贵族公子，高官厚俸，却吞占军饷，罪该万死！

（一剑捅死将乙）

[内场战鼓隆隆，公叔上。

公　叔　君侯不好，秦兵攻城了！

武　侯　（惊）公叔，事到如今，有何良策？

公　叔　君侯，安邑难守，不若突围出走，迁都大梁。

武　侯　迁都大梁？（暴怒）祖宗基业，毁于一旦，好个两朝重臣，亏你说得出口！

[公叔颤惊。

武　侯　公叔，命你带全城军马，与秦兵决一死战！

公　叔　（抖须、抛冠、跪地）君侯，微臣老矣，无能为力。

武　侯　你早知无能为力，为何不早死三年？这杯毒酒，赐你先尝！

公　叔　(捧酒) 我……先侯，公叔来了！(饮毒酒，死去)

武　侯　(捧酒发狂) 死得好，死得好！公叔先行，君主随后……

(捧酒欲饮)

[魏妃、公主上，急冲前阻拦。

公　主　父侯不可如此！

武　侯　与其当个亡国之君，不如早归泉壤。

魏　妃　难道已山穷水尽了么？

武　侯　山穷水尽了！

公　主　可以突围出去呀？

武　侯　秦军围城，水泄不通。

[太子急上。

太　子　父侯，秦军主将被斩，兵败如山倒！

武　侯　是何缘故？

太　子　父侯，姐姐，我把楚相国吴起请来了！

公　主　(惊喜) 他……回来了！

武　侯　(大喜) 哈哈哈……苍天救我！如此奇才，再不能让他离开魏国。魏国若有吴起，定能重振霸业。女儿，你要相劝吴起，留在魏国为相！

公　主　女儿遵命。(与魏妃下)

武　侯　把公辞捆上来。

[魏兵押公辞上。

武　侯　将他捆于柱上。忌才小人，任由吴起处置。

公　辞　我是忌才小人，你是有道明君！哈哈哈……你慧眼识良马，可惜量小害名驹，我若是吴起，先要将你——处置！

武　侯　住口！(强压怒火) 人来大开城门，以国君之礼，恭迎吴起——楚相。

[众随武侯下。

将　甲　(醒，伤痛难支) 君侯！君侯……

公　辞　你快为我松绑，我救你出去。

[魏将甲为公辞松绑。公辞拔刀杀死魏将甲。

公　辞　（取公叔腰间剑）爹爹，我定要为你报仇！

［乐声起，公辞闪避，藏身神案之后。

［楚兵引吴起威武上。

武　侯　吴将军，当年魏国有负将军，只因几个谗臣。如今公叔已死，公辞也捆绑在此，任从处置！

太　子　公辞逃跑了！

武　侯　来人，将他搜获，砍下人头，呈献将军！

吴　起　（深沉地）其罪在臣，其责在君！

［武侯羞愧地挥手示意兵士抬下公叔。

［兵士将公叔尸体抬下。

武　侯　传公主进庙！

［内声：传公主进庙！

［公主、魏妃上。

公　主　吴将军！

吴　起　公主！

公　主　吴将军，你终于回来了！

（秃头滚花）

山长水远情隔断，春冬三去又逢君。

今日操琴有知音，又可重弹昔日韵。

吴　起　（叹气）公主，我已为楚相国，你是魏公主，如今……如今琴弦难续了！

公　主　（惊）琴弦难续么？！（失望呆立）

武　侯　（还抱希望）女儿，切莫悲伤，再好言相劝于他。

［武侯挥手，众悄然下。

［公主、吴起良久相对无言。

公　主　（唱旧苑望帝魂）

逢君泪满衿，

奴心爱未泯，

断藕相分，刀尚留痕，

万缕丝牵心。

吴　起　（接唱）　吴起念半生，

情天多瘴暗。

既是哀音，不若焚琴，

独将那苦酒吞。

公　主　（接唱）　咫尺近，相隔天地远，

楚相心何狠？

吴　起　（接唱）　已事楚君，

异国为臣，

公主莫怨我狠心。

公　主　（抑制不住）吴将军！

吴　起　公主保重！

公　主　公主？公主？

（散板）　龙凤宫袍是祸根！

（反线二黄）

高处不胜寒风凛。

身披金玉，心印鞭痕！（拖腔）

愿做村姑妇人永随君，

你在楚做官，我伴君作远行。

到海底，到天边，也如影贴身。

盼将军，鉴此心，

美玉洁无瑕，

声哀哀，情恳恳！

吴　起　（接唱）　公主情深意切，顽石也化轻尘。

愿与你同赴楚邦，弦琴共韵。

公　主　（大喜）吴将军！

（唱秋江别中段）

谢将军，领痴心，

敢不尽献爱忱！

吴　起（接唱）魏国公主美，最美是一颗心。

公　主（接唱）托付终身，此刻醉沉沉。

我欲乘风伴君去！

吴　起（接唱）可敬深宫彩凤，毅然奋起搏风云。

（吴起沉浸爱海，无意碰到宝剑，猛醒，震动）不能，不能呀！公主，你若随我到楚国，楚国定会生疑，杀妻的惨祸又会重现！

[强烈音乐。灯光明灭，几尊先侯塑像，闪着幽光。

吴　起（新腔二流）

无情剑，印血痕，

斩了旧情，还挑新恨。

公　主（对先侯塑像叫头）先侯——

（二流）为什么一国功成千将泪？

为什么龙争虎斗白骨生？

（叫头）天呀——

恨你风翻云涌拆凤凰，

恨恨恨，烈焰烧胸膛，

倾尽黄河，

浇不熄一腔愤！

公　主（恸叫）吴将军！

吴　起（恸叫）公主！

公　主（跪哭）吴将军！求你离开楚国，与我归隐山林吧！

吴　起　吴起已在楚国施行新政，我若离楚，新政定然毁于一旦，多少人头落地，我于心何忍？公主，这玉连环……（把玉连环递给公主）

[公主接过玉连环，悲痛欲绝。

公　主（唱湘妃泪）

织女悲矣，日夕盼相亲，
尚得喜鹊架金桥，会夫君；
楚与魏有路行，与君永相分，
我比织女恨还深。

吴　起（接唱）公主语哀伤，热泪滚，
吴起也只有铁了心。
望公主，莫生恨，
伴君如伴虎，
你当鉴我心。
结发妻，剑下亡，
何再忍你沦沉？

公　主（接唱）此心枉已付托君，
叹苍天竟这般捉弄人，
太昏昏！
今生悲矣断缘分，
不忍分手去，甘愿身化痴魂，
朝晚弹共韵。
楚相国出师去，此身也临战阵。

[公辞持剑上，欲刺吴起。

[魏侯、魏妃上。

魏　侯（喝）大胆！

公　辞（连忙跪下，双手捧剑，假惺惺地）吴将军，公辞前来谢罪！

[吴起上前接剑。公辞突然从靴里拔出匕首，刺向吴起，吴起架住。

武　侯逆臣大胆！（斩公辞）吴将军，你的大仇已报，你应当留在魏国了。

吴　起往事如流水，莫再重提。

武　侯（狂乱地）吴将军，我让你权操生杀，法治魏邦，你……你就留下吧！

吴　起早知今日，何必当初呢？！

武　侯（苦笑）西秦已为患，南楚更寒心！（斜眼望着吴起）此人留不得——（抽

剑，猛然看见毒酒，阴冷地把剑收了回去）楚相救魏之恩，无以为谢，请饮一觞！（倒毒酒）

公　主　（惊）父侯！

武　侯　（推开公主）楚相国，祝你鹏程万里！（献酒）

吴　起　（接酒）谢魏侯！（举觞欲饮）

公　主　（夺酒）吴将军，酒逢知己，这一觞，我与你分享了！（将毒酒吞了下去）

魏　妃
武　侯　（震惊）女儿！

公　主　吴将军，拜别了！（欲下，毒酒发作）

吴　起　（大惊）公主！（指武侯）你……

武　侯　（狂）女儿啊，我害了你，害了你……

吴　起　（夺过武侯手中酒觥）你——（愤恨，拔剑欲刺武侯）

公　主　（冲前拉着吴起）吴将军，望你再恕父侯一次……

吴　起　（按下剑，扶着公主）公主！

公　主　（递上玉环）吴将军，为抗强秦，楚魏同心，如玉环永结……

[公主在吴起怀中死去。

吴　起　（沉重地）公主！

[吴起抱公主造型，慢慢旋转两周。

（幕后朗诵）

名将称神勇，
无石补青天。
吴起与公主，
遗恨万千年。

[剧终。

（剧本版本：《南粤剧作》1987 年第 1 期）

一代情僧

编剧：潘邦榛（执笔） 刘锡荣

人 物 表

（年龄均以第一次出场时算）

苏曼殊　　20岁，原名元瑛，乳名三郎，法号曼殊，进步文学家。

黄　兴　　29岁，革命党人。

调筝女　　17岁，日本艺伎。

花月凤　　20岁，戏班伶人。

柳亚子　　18岁，进步诗人。

陈独秀　　24岁，进步人士。

河合氏　　40岁，苏曼殊之母，日本人。

千　子　　16岁，河合氏之侄女，日本人。

吉　田　　50岁，日本友人。

赵　福　　18岁，原为报社杂工、后当小贩。

小　娟　　17岁，赵福之妹，摇艇姑娘。

刘师培　　20岁，原为进步人士，后变节。

何　震　　18岁，刘师培之妻，曼殊学生，后变节。

警察、便衣、职员、演员、游人。

梦幻中人——袁世凯、秋瑾、仙女、魔鬼。

时间：

1903年（第一首歌）——1915年（第七首歌）

[开幕铃响。

[在前奏曲声中，身穿日本和服的调筝女走出大幕前。

调筝女 亲爱的观众，我是来自日本的调筝女，这个戏中主要人物苏曼殊是我的心上人。他原籍贵国广东香山，是一位感情丰富、气质浪漫、亦僧亦俗的奇才。虽然他只度过了 35 个春秋便离开人世，我却一直深深思念他。在这里，我愿意向大家深情献上 7 首歌，串出他那独特的经历，希望各位赏面。（用日语）谢谢！（鞠躬，走入大幕内）

[大幕拉开。纱幕外，追灯照着调筝女边舞边唱第一首歌。

第一首 “惜别之歌”

调筝女 （唱新曲）惜别，既有缠绵与悲凄，

惜别，也有激情和鼓励。

谁都希望亲人永相聚，

哪个愿意分离各东西？

可是——惜别却使情爱更深沉，

使重逢更珍贵，

使淡淡的人生路，

增添色彩与光辉！

[追灯渐暗。调筝女隐去。纱幕拉开。

[灯亮。日本东京某地。路灯柱上悬挂着用日文写的“取缔中国留学生义勇队”的政府布告。远处可见富士山。

[游人若干过场。一日本便衣警察打量着游人。突然，他喝住一位年轻人，并上前搜身，一无所获。下。

苏曼殊 （内唱首板）

心如乱絮！

（身穿当时流行的学生装上）

（唱梆子滚花）

半途中，停学业，

要离日本西归。

“义勇队”，被缉查，

试问爱国何罪？

（见路灯柱上的政府报告，上前观看）又是取缔“义勇队”？呸！我们留日学生，组织起来，为的是反对外来侵略，维护国家主权。谁料清廷竟然串通日本政府，进行干预。真是令人气愤啊！（越想越气，猛然上前将布告撕碎，走下）

[便衣警察复上，看见苏曼殊的背影，接着发现撕碎的布告，怀疑是苏所为，正要跟踪追下。

[苏曼殊改装，手牵调筝女复上。便衣警察走前打量一下，又认为不是他所怀疑的人，径自追下。

苏曼殊 哼！这些家伙，总算没被他缠住！

调筝女 苏郎啊！是何因，学业未成匆匆归去？

苏曼殊 恨表哥，生活费用断绝支持。“义勇队”受追查，我更难吞下这口气。

调筝女 叹无能相助你，更不知重会可有期！（伤感）

苏曼殊 你放心吧！（唱杨翠喜）

始终有日重会你，

不须泪沾衣。

去年在此邂逅同游戏，

共语情和义，已订下盟誓。

调筝女 （接唱） 携手并肩，似醉如痴。

轻声低诉沉沦事，

身是弱女子，幸君却不相弃。

自小未得人垂注，

感君温暖，泪似纷飞雨！

苏曼殊 （接唱） 相对倾吐前尘往事，

想我一向遭人歧视。

隐痛难言我身世，

我俩同是苦命儿！

调筝女 （接唱） 好知己！

唯愿变作一双小鸟并翅飞，

相亲相爱无顾虑。

苏曼殊 （接唱） 他日望能共结为伴侣，

登上路崎岖！

[音乐声中，两人携手前行。

苏曼殊 快要到海边了！

（唱减字芙蓉）

万里行程远，一朝暂别离。

已临近码头，不如先归去。

调筝女 （接唱） 我这调筝女，情怀诉君知：

（浪里白）原要跟随你回国，无奈身为艺伎，未得自由。

今后凑足赎身钱，定要与君长相聚！

（接唱前曲）

临歧泣别赠苏郎，

一枚紫色玉燕子。

（取出玉燕子）

盼你将它藏心上，

归来之日效双飞。

苏曼殊 （接过玉燕子。接唱）

燕子自多情，情长似春水。

盼身如紫燕，他年永相依。

[音乐不断，两人依偎，难舍难离。

[何震、刘师培上。

何　震 （见两人亲密，起妒意。上前抢过玉燕子）哎哟——多么美丽动人的玉燕子！

苏曼殊 是你？

何　震 嗯！不过——若有人转送给我，我就必定推辞。

刘师培 为什么？

何　震 师培呀，常言道。劳燕分飞，燕要分飞，寓意十分不吉利！

刘师培 哦，这倒不一定。不是也有人说，紫燕识旧巢，双宿复双栖？！

何　震 是劳燕分飞！

刘师培 是紫燕双栖！

何　震 燕分飞！

刘师培 燕双栖！

何　震 （动怒）我说分飞就分飞！

刘师培 好了，好了！快将玉燕交还元瑛，莫让同学生气。

何　震 难道你就不怕惹我生气？

刘师培 哎——你切勿误解我心思。

调筝女 （对曼殊）你们谈吧，我，先走了。

苏曼殊 千万珍重！

[音乐声中，苏曼殊目送调筝女走下，向内挥手致意。

何　震 （上前）元瑛！元瑛！

苏曼殊 （惊觉）噢，何震学友，你方才的说话……

何　震 哦！我出语本无心，请恕对不起。不过你既要马上回国，又何必对日本艺伎难舍难离？

刘师培 哎！元瑛一向重感情，学友间对他常赞誉。

何　震 好吧！玉燕就交还与你——（将玉燕交还苏曼殊）元瑛啊！归国后切莫忘学友情谊！

[苏曼殊点头。

[黄兴手挽皮箱，与河合氏同上。

刘师培 （迎上）河合大娘，黄兴大哥，你们到了。

黄　兴 师培，你们来得早啊！（握手）

苏曼殊 妈妈——

河合氏 三郎啊！（唱恋坛）

多载相依，

竟一旦分离。

怎舍身边爱子，

不知道相会在何时！

莫任性，勿逞强，须谨记！

苏曼殊 孩儿晓得！黄兴大哥，临别赠言，请你多说几句。

[黄兴上前将皮箱交给曼殊。

黄　兴 面对漫漫前路，各人奋力奔驰吧！

（唱爽十字清中板）

我们留学生，大都是热血男儿。

苦攻书，为探求兴邦之理。

操步法，练射击，艰苦不辞。

（转唱七字清）

同心组成了“义勇队”，

却横遭取缔恨何如！

腐败清廷竟无能至此，

串通日本政府倒行逆施。

（转三字清）

我更下决心，灭帝制。

高举起，民主自由旗！

（转滚花）你回国也大有可为，

将革命鼓吹，把民众唤起！

刘师培 （接唱） 学期结束我们都回国去——

何　震 （接唱） 同心革命，矢志不移！

苏曼殊 妈，你还有什么嘱咐？

河合氏 对了，表哥与你虽有冲突，但多年资助于你，临别也告辞一声。

苏曼殊 你放心，我已写下信札一封，就烦妈你转交。（交信札）

[汽笛长鸣。

苏曼殊 大海轮快要开航了！妈，你要多加保重。各位学友，我昨夜学着写诗一首，就以它表达我的心声吧！

（唱新曲）海天龙战血玄黄，

披发长歌览大荒。

易水萧萧人去也，

一天明月白如霜。

众　人　再见了！

（幕后和声）（复唱）

易水萧萧人去也，

一天明月白如霜。

［苏曼殊在歌声中走下。

河合氏　（打开信札，大叫）哎呀！

众　人　（围上）什么事？

河合氏　（悲怆地呼叫）三郎！（信札丢地，欲冲下）

［众人拉住。

黄　兴　（拾起信札，念）“表哥，我一抵上海，即投黄浦江而死！”

众　人　（一惊）什么？投江？

［河合氏险些晕倒，何震急扶。

［灯暗。纱幕闭。

第二首　“江水之歌”

［纱幕外，追灯照着调筝女边舞边唱第二首歌。

调筝女　（唱新曲）江水滔滔，长流不断；

江水浩浩，一往无前。

忽高忽低，有深有浅；

时而平静如镜，转眼巨浪滔天！

江水与人生，

有着惊人的共同点；

一样千回百转，一样变化多端。

只要你——

熟悉水情，甘冒风险，

定能朝着彼岸，破浪向前！

[追灯渐暗，调筝女下，纱幕拉开。

[灯亮。上海某报社的办公室。宽敞的大窗，可见滔滔不尽的黄浦江。

[苏曼殊身穿便服，一边吃糖，一边伏案翻译。一职员在处理信件。

一职员 （走过来）苏先生，听说你是广东人，是吗？

苏曼殊 对，我是广东香山人，你呢？

一职员 我也是广东人，可以称作乡里了。哎，苏先生，你这支自来水笔在市面上是买不到的吧？

苏曼殊 是在日本读书时买的。

一职员 漂亮大方，书写流畅，真好！

苏曼殊 （把笔套上）你喜欢这支笔吗？（一职员点点头）好，就送给你！望你多写好文章！（替他别在襟袋上）

一职员 多谢了，“广东乡里”！（鞠躬而退）

[陈独秀手持一叠文稿从里间走上。

陈独秀 元瑛啊！（唱梆子滚花）

《悲惨世界》最后一章的译文，

我已从头看一遍。

你的水平提高很快，

足可以写就名篇。（放下文稿）

苏曼殊 独秀兄（接唱）

全凭你指点迷津，

我才有丝毫进展。（取出一诗笺）

我昨天学写了一首诗，请多多指教。

陈独秀 （看诗）让我认真看看。

一职员 （复上）陈先生，这些急件，请优先处理。

陈独秀 （接过文件）好吧。（进入里间）

[何震、刘师培上。

何　震 元瑛！

苏曼殊 哦，你们真的回来了！（握手）

刘师培 你呀！西归时说要投江自杀，弄得大家心似油煎。

何　震 你的日本妈妈，更是肝肠寸断。

苏曼殊 表哥用金钱威逼我，至今我怒火烧燃，留下假“遗书”，表示与他亲情割断。我回来已立即写信，向阿妈尽解疑团。哎，你们怎知道我在这里？

何　震 我们从报章上读到你的文章，到报社打听你的地址，前来相见！

苏曼殊 好！请坐！

何　震 （翻看案上文稿）不简单呀！

（唱梳妆台）

赞句元瑛，超过从前。

多少篇章，妙语似珠联。

名气烜赫堪敬羡。

你亲手开出幸福泉！

刘师培 （唱送情郎）

你有才华，正好施展，

但太偏激，会惹人嫌。

落笔应要有分寸，

太露锋芒担风险！

苏曼殊 （一笑，唱上云梯）

我说笔杆就是剑，

可刺青天，可劈峰峦！

要写马上写几篇，

挥笔抒发遂我愿。

自由驰骋，尽意渲染，

敞开心坎，畅所欲言。

人心天理尽可见，

绝不至于会冒险！

何　震　说得好！元瑛，你现在已经是个知名的文学家了。你一定要答应我，做我的哥哥，今后提携一下你的妹妹吧？好吗？

苏曼殊　这……

刘师培　（拉开何震）你应该考虑清楚……

何　震　哼，你想拦阻，我就……

刘师培　听我说，文学家的妹妹不一定能够写出好文章，如果是他的学生，那就……

何　震　呵！我明了！元瑛啊！（唱滚花）

兄妹相称，怕你见嫌。

我就拜你为师——（音乐不断）

苏曼殊　岂敢，岂敢！

一职员　苏先生，收个学生又有何不可呢！

刘师培　是呀！（秃起唱中板）

就请元瑛赏面！（拉腔）

［苏曼殊被刘师培与一职员再三按在椅上，勉强地受了何震的三鞠躬。

何　震　（接唱）日后吟诗作画，

我定请教尊前！（得意地拉木瓜腔）

刘师培　时候不早了，我们约了朋友，商谈回国后的工作问题，改天再来请教吧。

何　震　元瑛……

刘师培　哎——

何　震　（急改口）哦，苏老师，再见！

苏曼殊　再见！

［何震、刘师培下。接着一警官领着甲乙警察上。

警　官　（大声）喂——大家听着：这间报社宣传激进思想，接头命令，立即查封！

苏曼殊　查封？

一职员　（点头哈腰地）各位老爷，大驾莅临，增光不浅。先请休息一会儿，抽口香

烟。（递烟、点火）

警　官　我们还要传讯你社总编——

职　员　他养病在家——

警　官　离此远不远？

一职员　就在天河里十一号东边。要不要我带你去？

警　官　马上去！

[警官与职员对话时，陈独秀卸上，停听。

陈独秀　慢！（唱水仙子）

警官休逞气焰，无须去找总编。

我就在你身边，

随时愿到警察局里作答辩！

警　官　你是什么人？

陈独秀　常务编辑陈独秀。

警　官　你能够代替总编接受问话？

陈独秀　本人可以负责。

警　官　你真敢去？

陈独秀　随时奉陪。

警　官　请吧！

[陈独秀随着警察乙大步走下。

苏曼殊　（欲上前拦阻）独秀兄——

警　官　（挡住）你想干什么？

苏曼殊　哼！要与你长官，亲口来分辩！

警　官　你的职务是什么？

苏曼殊　外文翻译。

警　官　呵？宣传激进思想的小说《惨世界》就是你的杰作？

苏曼殊　好说了。

警　官　那么，你也得跟我走一趟。

苏曼殊　等一等。（走向一职员）枉你自称“广东乡里”，原来一点骨气也没有。这笔给你也写不出好文章！（取回自来水笔，转身面对警官）警官先生，你身为执法官员，居然贪小便宜，真不要脸！（拔掉警官嘴里含着的香烟，掷向地上）

警　官　（大怒）好胆！将他押走！（推曼殊）

［黄兴走上，拦住去路，怒视警官。

黄　兴　（对曼殊）你们先走！

［一职员溜下。

警　官　不准走！（拔出手枪，欲鸣枪示威，扳机不响，急拍手枪，突然走火）

［黄兴手臂受伤，忍痛踢掉警官的手枪。苏曼殊上前协助黄兴打开。警官、警察甲溜下。

苏曼殊　（撕下一幅衬衣，替黄兴包扎）黄大哥——

（唱西皮慢板下句连序）

见你受创伤鲜血溅，

我心如利箭穿！

黄　兴　不要紧！（接唱）

看起来，上海滩，

处处隐藏雷与电，

那专制王朝，手段仍凶险。（音乐不断）

我从日本回上海，原想参加《苏报》工作，鼓吹革命。谁知《苏报》案发，章太炎、邹容被捕入狱；而你这里又遭查封。现时政局，还是十分黑暗。我们不能太天真啊！

（续唱）　如今我暂时去长沙，

把组织稳步来发展，

建成一据点，

好将那火炬点燃。

再来闹翻天！

苏曼殊　（唱二黄）看来成功不易——

黄　兴　（接唱）　岂能一步登天！

苏曼殊 （接唱） 前路曲折又迂回——

黄　兴 （接唱） 我最爱山长水远！

[赵福匆匆走上。

赵　福 苏先生！（唱了缘曲）

怎解要封报，霎间霜满天？

全家生活费，从此会尽断，

实觉凄然！

苏曼殊 （唱催归）莫愁怕，莫埋怨，

知你穷困苦无钱。

赵福啊，

我尽解你忧煎！

（从抽屉里取出一沓钞票，再搜集全身的零钱）全给你，快回杭州去做点小生意吧。

赵　福 （接钱，十分感动）我……

[赵福突然跪下，苏曼殊急扶。

苏曼殊 你当杂工，我当编辑，平日互有关照，何须客气，快去吧。

赵　福 多谢你了，苏先生！（深深鞠躬，下）

黄　兴 元瑛，报社既已查封，你不若与我同去长沙工作吧！

苏曼殊 （摇头，唱二黄滚花）

此刻耳闻目睹不平事，

禁不住感慨万端！

我们就此分手吧！

黄　兴 这……请多保重！

苏曼殊 （突然想起）哎哟，糟了！

黄　兴 什么事？

苏曼殊 我，我已身无分文了。

黄　兴 （笑）你既然钱不多了，怎么还全给人家？（取出一沓钞票，分作两份）这一半给你，对了，你到底准备去哪里？

苏曼殊 去哪里？（茫然地）我实在也不知道，心中只有焦虑和彷徨呀！

[切光。纱幕闭。

第三首 “彷徨之歌”

[纱幕外，追灯照着调筝女边舞边唱第三首歌。

调筝女 （唱新曲）站在三岔路上，难免举步彷徨，

你一向多才博学，

岂能做迷途羔羊？

何故你——

一时激昂高亢，

一时悲观颓唐？

一时忘乎所以，埋头苦干，

一时向往虚无缥缈的仙乡？

朋友啊，人生何短暂，

请珍惜时光。

莫苦恼，休彷徨，

抬眼望，向前方！

[追灯渐暗。调筝女下。纱幕拉开。

[灯亮。杭州某酒家的小花厅。

[陈独秀、柳亚子两人正在饮酒候友。

陈独秀 柳亚子先生。（唱梆子滚花）

因何前面大厅，锣鼓突然停响。

柳亚子 （接唱） 准是一出大戏，如今刚好收场。

班中有位女演员，

性格刚强又豪放。

陈独秀 她叫什么名字？

柳亚子 她的艺名叫作花月凤。

陈独秀 哦，听说她是个反对包办婚姻而出走的千金小姐。可惜还未见过面。

柳亚子 （向内一望）噢，说到曹操，曹操就到。（走向侧幕）花月凤小姐，请来一叙吧。

[花月凤内声：“来——了！”

[花月凤身未卸装，口念锣鼓经走上，演员甲乙作丫鬟打扮随上，三人一同行礼，造型。

[陈独秀、柳亚子不禁鼓起掌来。

花月凤 柳先生有何吩咐？

柳亚子 请你们一同小酌，如何？

花月凤 打扰了。（三人坐下）

柳亚子 花小姐，介绍一下，这位是陈独秀先生。

花月凤 哦，久仰大名。陈先生的文章，在报章上看过很多了！

（唱爽芙蓉中板）

你们忧民忧国写文章，

你们刻意追求新理想，

胜过达官显贵十倍强，

还可帮助我们，写就新词谱唱。（拉腔）

不过，话又说回来了。

（转滚花）你们两位的大作，

还未算是我最爱读的篇章。

陈独秀
柳亚子 （一怔）哦？

陈独秀 （接唱） 请问谁的作品你最喜欢？——

花月凤 苏元瑛。（如数家珍地）他的小说《惨世界》，他的诗，还有他的文章《呜呼广东人》《女杰郭耳嫚》《岭海幽光录》……

柳亚子 哈哈！（接唱）

你好像已将他迷上。

花小姐，你知道吗？我们今天就是约他来此相叙的。

花月凤 太好了！请介绍与我认识吧。

柳亚子 一定，一定。

花月凤 未知苏先生有多大年纪？相貌长得怎样？

陈独秀 他比我年轻。相貌嘛，当然比我们英俊得多了！

[众笑。

[苏曼殊头戴僧帽，身披僧袍，摇着扇子上。

演员甲 喂，喂，和尚你……

花月凤 这是饮酒的花厅，你一定是走错了地方！

柳亚子 （上前）花小姐，是你搞错了！我来介绍，他就是苏元瑛！

花月凤 （惊诧）什么？他……

陈独秀 他刚在几个月前，出家当了和尚。

柳亚子 不过他这个和尚有些特别，凡心未息又走出庙堂。

苏曼殊 贫僧法号曼殊，虽于彷徨之中，暂脱红尘，却仍索性不羁，请多多包涵，原谅！

柳亚子 这位花月凤小姐是戏班名角——

苏曼殊 哦！今天有幸结识姑娘！

柳亚子 （对苏）请坐吧！（苏坐下饮酒。嚼肉）

花月凤 （旁唱长句滚花）

心诧异，又迷茫，
眼前情景费思量。
英俊青年竟当和尚，
贪杯嚼肉视作平常。
事实不同我想象，
这等奇人奇事，
真算是破天荒！（句）

（对众人）我刚才扮演“十三妹”，在能仁寺中，杀了好个恶僧。想不到如今——（转唱滚花）

出现我眼前，却是个斯文和尚！

苏曼殊 （站起合十）阿弥陀佛——（又改为拱手作礼）

柳亚子 （笑）哎？你到底是出家还是还了俗？

苏曼殊 （也笑）什么都可以！

[众笑。

花月凤 苏大师，请问你——

（唱花鼓芙蓉）

既已出家，当了和尚。

（楔白榄）人道六欲七情皆断想，

不念爹来不记娘。

（续唱） 是否真如是，请你说端详。

苏曼殊 （接唱花鼓芙蓉）

我半俗半僧，岂能如斯样？

（楔白榄）母亲小照有一张，

珍藏怀中贴心上。

（续唱） 亲娘恩情重，不敢稍遗忘！

（边唱边从僧袍里掏出母亲小照，交给花月凤）

[花月凤看后，交演员甲、乙。

花月凤 （唱滚花）看你爱母之情如酒烈，

原来也有一副热心肠。

柳亚子 月凤你有所不知！

（接唱） 曼殊虽素性不羁，

对朋友，对亲人，对国家，

却都感情似火样。

花月凤 对呀！若非深情凝笔底，岂能写出好文章？！

陈独秀 他不仅能诗能文，还是个绘画天才得人赞赏。

花月凤 啊！就请大师赐我一画……

柳亚子 索画可以，但要请花小姐先作表演一场。

花月凤 好！我曾为大师的诗句，配了歌舞。如今就献丑了！

（拔剑边舞边唱新曲）

蹈海鲁连不帝秦，
茫茫烟水着浮身；
国民孤愤英雄泪，
洒上鲛绡赠故人。

［花月凤舞毕收剑。众人鼓掌。

苏曼殊 善哉！妙哉！动若飞天，静似彩虹，教人赞叹！花小姐！你的手绢，可以给我吗？

花月凤 可以。（送手绢）

苏曼殊 （接过手绢，按捺不住，深深一嗅）唔——好香啊！

演员甲 （取笑地）苏大师得了花姐姐的手绢，真是又艳又香啊！

演员乙 这样，他算不算是个风流和尚？

［众笑。

苏曼殊 拿笔墨来！

［柳亚子迅速拿上笔墨，并代磨墨。

［苏曼殊提笔欲画，停下。转身站起有点发痴地凝望花月凤，花月凤被他看得不好意思，避开。苏曼殊似有所得，点头，复回到桌前坐下，立即在手绢上绘画。

陈独秀
柳亚子 （围观苏曼殊画毕）好！

［苏曼殊将手绢送还花月凤。

花月凤 （接过手绢，念）“仙女彩虹图”！（兴奋地）多谢大师墨宝！（作礼）

［黄兴冲冲上。

黄　兴 诸位好！

众　人 黄大哥！

花月凤 （上前）黄大哥！快坐！

黄　兴 月凤，你也在这里，太好了！（坐下）

苏曼殊 黄大哥最近到了何处？

黄　兴　几个月来，我到各地联络，筹划武装起义，刚自浙江绍兴而来。

陈独秀　听说浙江酝酿一场武装起义，情况怎样呢？

黄　兴　（感慨地，一拍桌子）嘿！（站起）

（唱反线寒关月）

一提起浙江起义，

心激荡，情怀壮。

秋瑾女士，胜似男儿汉，

发动民众练兵忙。

（浪里白）为了加强打击清廷的力量，秋瑾与安徽志士约定，两地同时举事……

（续唱）　结同盟，储军饷，士气高昂，

佩大刀，枪上膛，列队成行，

就等冲锋号吹响！

（转爽二黄）

怎料叛徒出卖，

起义失败，百姓遭殃。

（转夺锦中段）

英雄秋瑾，胸怀家邦，

气昂扬，上刑场，

舍身就义实悲壮！

这消息震惊八方，

大众怀念，烈士形象。

纷纷指责朝廷贼端方！

众　人　秋瑾她……

苏曼殊　秋瑾是女中英豪，谁不敬仰？！

陈独秀　端方杀害秋瑾，真是罪恶昭彰！

柳亚子　这个两江总督，是袁世凯的亲家和死党！

花月凤　今日游西湖、赏美景，听说就有这个端方。

苏曼殊 （猛然拍案而起）罪魁不死，愤恨难消！（冷不防掏出了黄兴的手枪）

黄　兴 你要干什么？

苏曼殊 （举枪大叫）枪毙端方！（冲下）

黄　兴 鲁莽会误事的！（追下）

[众人随后追下。花月凤欲追。

演员甲、乙（叫住）花姐姐，我们尚未卸妆呢！

花月凤 （停步）是呵！你们先卸妆去，我再在这里等等。

[演员甲、乙下，何震从另侧走上。

何　震 （念白榄）有幸得时机，袁大师赏识。

任务派下来，人才多物色。

诗画集京华，讴歌颂功绩。

我找苏老师，动员他出席。

（向花月凤打量一下）请问，苏曼殊大师是在此饮酒吗？

花月凤 就在此厅。

何　震 人呢？

花月凤 刚好出去了，很快就回来。

[苏曼殊神情惘然地走上。

何　震 苏老师！（倒茶）看你满头大汗，快饮杯凉茶，降降温度吧！（递茶）

苏曼殊 （接过，叹了一口气）唉！（放在桌上）

花月凤 （倒酒）曼殊大师，看你胆壮气豪，令人佩服，请饮杯黄酒，暖暖胸怀吧。

[苏曼殊接酒，望花月凤一眼，一口饮尽。

何　震 （不满地）你，你是个演戏的？叫什么名字？

花月凤 本姑娘名叫花月凤。

何　震 哦——原来是个名角，怪不得手段如此高明！

花月凤 说到手段，又怎比得上何震小姐呢！

何　震 啊！你认识我？

花月凤 你是个活跃的女记者，我早就见过你。

[陈独秀、柳亚子上。

柳亚子 曼殊，你回来了？

陈独秀 你回来就好了！何震，你也来了，快去取条热巾给老师抹汗吧！

何　震 好！（下）

柳亚子 （对苏）你是怎样回来的？

苏曼殊 我？唉——（唱反线叹颜回头段）

当时我一口气，就走到西湖旁。

望不见人，暗思想，

大哥所说道理长。

一口气，我又返到此厅房。

花月凤 （唱反线二黄尺字序）

你匆匆返回，

纵然未放一枪，

却难得你分清，邪恶与善良，

爱得深，恨得深，

宁洒血一腔！

苏曼殊 （接唱）我只叹，

难以一朝杀尽豺狼，

深愧未能遂所望！

花月凤 大师啊！（唱反线中板）

何用叹气唉声，

细想烈士遗风，

可吹醒国人，

可扫除幻想。

你有锦绣才华，

早备神通武器，

就是手上的笔杆。

大可撰诗文，高歌颂英雄，

鼓吹他们的理想！（拉腔收）

[花月凤唱时，何震已取热巾端上，停步倾听。

陈独秀 对！秋瑾遗下多少好篇章，不若结集而成传世上。就由你来作序——

苏曼殊 我愿一力承当！

柳亚子 好！大家动手，尽快出书。

何　震 陈先生、柳先生，我有事想与苏老师单独商谈，你们是不是可以……

陈独秀 这……好吧。曼殊，就这样定。我们到隔壁去吧。

[众下。只剩下何震与苏曼殊。

何　震 （递上热巾）苏老师，我看你要冷静些。

苏曼殊 你这是什么意思？

何　震 苏老师，你与秋瑾并无深交。代写序言，是否过于鲁莽？

苏曼殊 秋瑾她为推翻帝制，舍生取义，难道不值得赞扬？

何　震 我无非是对你关心，怕你上了人家的当。若果牵连作异党……

苏曼殊 哎，不说这些了。你不是有事要与我商量？

何　震 苏老师——（唱木鱼）

师培与我，有个好主张，
举行诗画雅会，共聚一堂。
那时艺苑奇花，争妍怒放，
文坛异卉，尽吐芬芳，
地点就在北京，特请老师前往。

苏曼殊 （接唱） 好大笔经费，谁个肯帮忙？

何　震 哦！这次聚会得袁大帅支持，他愿意支付全盘经费。

苏曼殊 （旁白）呵？是袁世凯？！

何　震 苏老师！（唱仙花调）

莫沉吟，避一旁。
毋庸再思量。
快与我，北京往，
尽情玩一趟！

苏曼殊 （接唱） 僧家怕拘束，
难随俗礼忙。

北京是显贵往来的地方，

我只怕前去，

寝食也难安！

我不想去！

何　震　真的不去？

苏曼殊　不必强我！

何　震　这……（转念。狡黠地）唉！其实我是一片好心，谁知会失望。说实在的，我们自从师生相称之后，感情的距离反而拉得更长。不如今后重新叫你元瑛——

苏曼殊　应该叫法号曼殊。

何　震　叫曼殊有什么好？

苏曼殊　好就好在记得我是个和尚！

何　震　和尚？又是和尚！你呀！（故意靠近）

（唱寻针）你未知人家为你，

心里总不安。

多么空虚，多么惆怅，

苦闷又彷徨！

苏曼殊　空虚、彷徨，真的？

何　震　唉！如今连你也不理解我，不信任我，我……我活着希什么意思！倒不如跳楼死了也罢！（假惺惺地走向窗台）

苏曼殊　（信以为真，急上前拉住）何震，千万别这样！我……

何　震　你呀！还算有心！

（再唱寻针）

我知你热情待我，

不会使我空悲伤！

此刻，宽心，

不再空虚，不再惆怅。

快坐下来细商量。

（拉苏曼殊坐下）

［此时，一条黑影从窗外闪过，一把短刀飞进来，插在茶几上。两人一惊。苏曼殊把刀拔起。何震拿起刀下所留书简。

何　震　（念）“曼殊大师。刘师培、何震要……”（念不下去）

苏曼殊　（接过来续念）“刘师培、何震要投靠清廷，你决不可与他们同流合污，特此警告！”

何　震　（先是一惊，后转念正可利用。冷笑）你看。师培是你的好友，我是你的学生。彼此常来常往，关系密切，谁人不知？你纵然不信任我，人家也会议论你的。真是倾湖之水，也难以洗净呀！

苏曼殊　（一时不知所措。唱沉腔滚花）

这这这，

这难道是噩梦一场？

［何震暗暗得意。

［灯暗。纱幕闭。

第四场　“梦幻之歌”

［纱幕外，追灯照着调筝女边舞边唱第四首歌。

调筝女　（唱新曲）甜蜜的梦，美好的梦，

令人陶醉，回味无穷；

丑恶的梦，不幸的梦，

使人烦恼，忧心忡忡。

梦啊梦，常常是人生的反映，

人啊人，往往只爱甜美的梦。

愿晚风，将我的深情为君吹送；

同协力，把美梦搬到现实之中！

［追灯渐暗。调筝女下。纱幕拉开。

[灯亮。夜，杭州西湖。游人乘小艇穿梭过场。

[赵福扶苏曼殊上。苏身穿便服，手持酒瓶，已是微醉。赵挎着他的僧衣。

赵　福　曼殊大师，小心走路呀！

苏曼殊　我晓得。

赵　福　大师呀！不要再多饮了！

苏曼殊　何必为我担心，你应知我脾性。

赵　福　我当然知道。不过近日你精神恍惚，是否发生了什么事情？

苏曼殊　什么事情？（感慨地）是呵！赵福，你想想——如果我是个小人，而你因为常与我同行，人家也对你生疑，你心里又怎能平静？

赵　福　只要自己问心无愧，人家说什么我也不听！

苏曼殊　问心无愧？哈哈……好一个问心无愧！（吐酒）

赵　福　大师，不若我扶你回家休息吧！

苏曼殊　不！我还要游西湖呢！你少操心，我习惯了。

赵　福　这……也好！（向内叫）小娟！小娟！

[小娟摇艇上。

赵　福　阿妹，曼殊大师要游湖。他饮多了，你要用心照顾。

小　娟　我会的，苏和尚，上来吧！

[赵福扶苏上艇，交僧衣给小娟，下。

小　娟　苏和尚，坐稳呀！

[音乐起。小娟摇艇。

苏曼殊　小娟，吃过饭了吗？我这里有芋头呀！

小　娟　芋头？

苏曼殊　你不爱吃？

小　娟　爱吃，可我……

苏曼殊　你不吃就等于不爱吃，如爱吃就应该马上吃，苏和尚就是这个脾气。拿着！（硬塞给小娟）

小　娟　（接过）多谢苏和尚！（吃芋头）对了，听说那个什么袁世凯派人到处抢购食粮，灾民越来越多了。唉！

（唱减字芙蓉）

为什么恶者任意可横行，

小民处处陷绝境？

为什么秋瑾英雄斗奸贼，

不得好报丧幽冥？

你读书勤来见识多，

怎样才能救百姓？

什么时候才盼到，

安居乐业天下太平？（小锣一声，音乐不停）

苏曼殊 安居乐业，天下太平？（摇摇头，闷极，不答，只是举瓶又饮）

小 娟 哎，苏和尚，你不要饮了！

苏曼殊 （推开小娟）怎么不饮？要饮！要饮！哈哈……（大笑，狂饮，忽而站起，高声朗诵）

注满杯中酒，我且调别曲。

故国不可求，我犹无面目。

我为希人羞，我为希腊哭！

小 娟 苏和尚，你在念些什么？

苏曼殊 这是我翻译的拜伦的诗。

小 娟 拜伦？

苏曼殊 哦，你不懂。拜伦是英国鼎鼎大名的爱国诗人。他这首诗哀希腊，我用来哀中国、哀百姓、哀自己！伤心呀！伤心！（又念起来）

但丁拜伦是我师，

才如江海命如丝。

朱弦休为佳人绝，

孤愤酸情欲语谁？

（念到此，哭了起来。暗相思）

小 娟 苏和尚，你莫哭！（旁白）看他时哭时笑，真是饮醉了，我还是摇艇靠岸吧！（摇艇）

苏曼殊 （又独自倒酒，发痴地对着夜月）饮！饮呀！（醉倒，沉沉睡去）

[音乐声起。蓦地星移月转，烟雾弥漫，小娟隐去，梦幻出现。

[音乐声中。表演以下动作：

苏曼殊迷蒙渐醒。

刘师培、何震冲上，各执苏左右手拉起就走。苏挣扎，用力甩开。刘、何隐去。

袁世凯冷笑着出现，拦住苏。苏避，欲走。

袁拔出佩戴着的指挥刀威吓，苏抽出钢笔，突然变大。笔与刀相拼，袁的刀竟被打掉。

袁霎间幻化为妖怪，进迫苏。苏惊退，被压着。

一声枪响，妖怪中弹。

秋瑾冲上，驱妖怪下。歌声起。

[幕后和唱 （新曲）

呵……

袁世凯，狠毒性，

好秋瑾，英烈情。

喜看花仙翩翩舞弄影……（过长序）

惊呼群魔闪闪露狰狞！

[歌声中，表演以下动作：

秋瑾英姿飒爽，苏拿出放大了的上书“秋瑾遗诗序”的书页送给秋瑾，秋瑾接过。

调筝女与众仙女手持各式鲜花涌上，仙女围着秋瑾翩翩起舞。调筝女与苏欣然相见在旁伴舞。舞毕，仙女拥戴着秋瑾下。调筝女随下，向苏招手。

苏欲跟上，一阵黑烟喷出。苏摸索，找不到出路。四魔鬼闪出，一齐扑向苏。苏挣扎，终被魔鬼捉住，高举起，扔向深渊……

[切光。响起苏曼殊的惨叫声。

[灯复亮，梦幻消失。重现西湖夜景，小娟仍在苏身旁。

[苏惊醒。

［柳亚子内叫：“曼殊大师！”边叫边上。陈独秀同上。

苏曼殊 （揉眼）怎么？是你们？

小　娟 陈先生、柳先生，刚才苏和尚喝醉了！

陈独秀 曼殊！（唱红豆子）

看你神色不佳似未醒，
嗜酒切莫时常贪杯争胜。（序）
莫非何震缠着你参加诗会，
教你未能得安宁。

柳亚子 （唱滚花）何必为此事烦忧，
你站得正来走得正。
朋友都信你清白，
是非总会弄分明。

陈独秀 对了！（唱）

刚接到日本吉田先生一来鸿，
说你母河合大娘正患病。

苏曼殊 呵？是呀！这半年来皈依佛门，心境不佳，已没跟阿妈通信了！

陈独秀 （接唱）她望你前去相会，
不若你早日登程！

苏曼殊 （感叹地）是时候了！我应该到日本去，见见老母亲，会会心上人，找点精神的寄托，也好减轻她们苦苦的思恋！

［灯暗。大幕闭。

第五首　“苦恋之歌”

［大幕拉开。纱幕外，追灯照着调筝女边舞边唱第五首歌。

调筝女 （唱新曲）谁不爱母亲？
谁不恋情人？

爱之深沉，

不一定要拥抱、亲近，

更须两心相印，

会意传神。

然而山川故土，

给人印象更深。

纵然身居千里外，

也难忘祖国之魂，

难忘祖国之魂！

[灯渐暗。调筝女下。纱幕拉开。

[灯亮。日本某乡村，河合氏之家。

[音乐声中，河合氏在织绣和服。刚完成一件，上前欲挂于工作架上。

[千子上。

千　子　姑妈，我来帮你！（帮河合氏挂上）

（唱陈世美）

你动针线，勤又勤，

须防太过劳神会伤身，

本该罢手，歇息一阵——

河合氏　（接唱）　你当知，姑妈日夜忙本有因。

千　子　我知！我知！你不知讲过多少次了。

（唱滚花）你要为表哥娶妻求福荫，

不过吉田叔说他已为僧。

访寻多次音讯无，

见面怕是难得很咯！

河合氏　不！三郎他，他一定会来见我的！

（接唱）　如果他真当了和尚，

我也要他转意回心！

千　子　那当然好！（也坐一起刺绣）

［吉田带西装革履、手持小皮箱的苏曼殊上。

吉　田　苏先生，这里就是河合大娘的住处。

苏曼殊　吉田先生，多烦你了。

吉　田　（向内喊）河合大娘，你看谁来了！（说着带苏入内）

河合氏　（站起，打量苏）你……

苏曼殊　（也打量河合氏）我，我是三郎呀！

河合氏　（兴奋地）三郎！三郎！

苏曼殊　（扑上前）妈！

千　子　（奇怪地，对吉田）哎，吉田叔叔，他怎么一点不像个和尚？

吉　田　别多事，我带你去买东西！（拉千子下）

河合氏　三郎，让阿妈仔细看看你！对了，又说你做了和尚？

［苏点头。

河合氏　怎么？真的？你为什么要做和尚？

苏曼殊　妈，……我想做就去做呀！

河合氏　那现在你……（又觉得苏的样子不像和尚）

苏曼殊　现在我不想做就不做了！

河合氏　你呀！不见了这么多日子，还是一样任性！三郎呀！

（唱乙反中板）

自那年，你假说投江，

令我心头惊震。

半载间，茫茫音讯断，

更是牵挂于心。

异地怀人，秋水望穿，

朝夕倚闾将你等。

无奈月难圆，花空放——

（转唱乙反二黄）

妈只有暗自伤神！（拉腔）

苏曼殊　我何尝不思念母亲呢！在我襟囊中，其他可以不放，必定放着一件物品。（取出照片）你看——阿妈你的照片，孩儿我片刻不离身呀！

河合氏 这就好了！三郎呀！你已长大成人，妈积蓄了一笔钱，你好立业成家多发奋——（走向木柜，从底层取出一个钱箱，站起时，突觉眩晕）哎哟！

苏曼殊 （急扶）妈，你……

河合氏 没什么，妈经常是这样的。

苏曼殊 妈呀！婚事容日后再谈，你保重金躯要紧。

河合氏 三郎呀，正因妈身体不好，日子不多，又难得与你见面，所以尚有一事要对你直陈。

苏曼殊 什么事情？

河合氏 你且等等。

［河合氏又站起来欲走向木柜，苏赶快上前扶掖。

河合氏 （取出一套残旧的女子和服）你看，这是什么？

苏曼殊 一套残旧的和服。

河合氏 （点头）对！这和服何来，你可知道？

苏曼殊 孩儿不知！

河合氏 三郎呀！

（唱血泪花中段）

岁月漫长，机会难寻，
不该再瞒隐。
你怎晓得，阿妈苦心，
我虽然竭诚养育你，
你却非，我亲生！

（锣鼓一槌，紧接强烈的音乐）

苏　曼 （一惊）你说什么？

河合氏 （音乐声中，深沉地）你不仅是混血儿，更是私生子。当年你父从广东香山来到日本经商，与你生母无媒结合，生下了你。而你母却早离人世。临终之时，就将这套和服交到我手！

苏曼殊 （神色大变）不！

（唱稍快雨打芭蕉中段）

这不可能！你是骗人！

绝没可能！谁来作弄人！

我原来就是你亲生，

你恩似海般深。

孩儿我，对亲娘你，

愿掏尽满腔热忱，

休教我难堪！

（猛然捧起那套旧和服，跪向河合氏）妈！你不要骗我！你不能骗我！你……

河合氏 三郎，我……我没骗你，这是真的！

苏曼殊 （茫然地，站起）真的？！

（唱秋水龙吟）

惊闻此语似雷轰，

绞我肝肠痛揪心！

盼谁个，会将我怜悯，

苍天你不该对曼殊独太狠！

（转爽二黄）

世人皆有亲生母，

何以偏我添伤痕？！

我已似孤雁飘零，

为何更诸多不幸？！

哀此际心如冰冷，

不想再偷恋人生！

（唱序） 真是情深恨更深！

我……走了！（欲冲下）

河合氏 （大惊，急呼）慢！三郎！你回来！

［苏停步。

河合氏 （激动地）你……你就是我的亲骨肉！我就是你的亲妈妈！

苏曼殊 （猛回头）妈！……妈！（音乐起，扑向河合氏）

[两人抱头大恸。

[切光，二人隐去。

[灯复亮，数天后。

[吉田拿报纸急上。

吉　田 （向内）苏先生！苏先生！

[苏曼殊上，河合氏随上。

吉　田 你快来看，特大新闻！（指着报纸）贵国武昌起义成功，黄兴先生就任革命军总司令！

苏曼殊 （拿过报纸兴奋得跳起来）成功了！真的成功了！（回头对河合氏）妈，你听到了吗？

河合氏 看你，什么事情欢喜到这个样子？

苏曼殊 （唱秋江别中板）

怎不兴奋，怎不欢欣！
想不到，梦竟成真！
重振家邦救万民，
把王权帝制推翻志凌云！

黄兴、独秀、亚子兄呵！——

（唱滚花）欢庆革命成功，
我真想与你们通宵痛饮！

吉　田 苏先生，我为贵国祝福！

苏曼殊 （接唱） 吉田先生好朋友，
谢你及早报佳音！
妈呀——
帝制刚灭，百废待兴，
我要马上西行，
尽国民应有责任！

河合氏 怎么，马上要走？

苏曼殊 对！孩儿想做就去做，就是这种脾性！

河合氏 这……你高兴时妈也高兴，妈虽不舍，也不会阻你。可你不该忘记一位姑娘——

苏曼殊 你说的是调筝女？是呀，怎么她还不来呢？

河合氏 她在东京卖艺，身不由己，往常每隔一两个月便来，既对我关心，又将你的消息探问。我已派人送信，预计三五天内便会到此行。

苏曼殊 再过三、五天？这……

（唱爽反线十字清中板）

对曼殊，

她果是一往情深。

我此来，

未曾与卿稍亲近，

想必她，

几度临风拭泪痕。

可惜她身不由己呵！

（唱滚花）前天我写过一诗——

（从抽屉里取出诗笺）

请妈你向她转赠。

信她能解其中意，

三郎无奈暂相分！

河合氏 这……（接过诗笺）好吧！（拿出一些钱和神符）这些钱你就带在身上。神符是昨天我到神社为你祷告平安的，你既要走，就交你保存吧！

苏曼殊 （接过）妈，我定会一路平安，你也千万珍重！

河合氏 吉田先生，就烦你送送三郎吧！

吉　田 好！

［苏匆匆收拾行李与吉田下。

［河合氏感叹一声坐下。

［千子领手持樱花的调筝女上。

千　子　快走呀！

调筝女　（唱扑仙令）

　　听消息，乐在心，
　　匆匆上路，快步而行。
　　情切切，意殷殷，
　　痴痴盼望，喜事来临！

千　子　（向内）表哥，表哥！她来了！

河合氏　（闻声站起，迎向调筝女）姑娘，三郎他，……他走了！

调筝女　（惊愕、失望）怎么？他……（樱花落地）

河合氏　他刚听到中国起义成功的消息，精神十分振奋。说要尽国民责任，执意马上西行。留下一首新诗，要我向你转赠。说你能将他理解，他对你仍是一片真心！（递过诗笺）

调筝女　一首新诗？（接过细看）

[画外音，苏曼殊诵诗。“春雨楼头尺八箫，何时归看浙江潮？芒鞋破钵无人识，踏过樱花第几桥？”

调筝女　（自语）何时归看浙江潮？芒鞋破钵无人识？（对河合氏）大娘，三郎他真的做了和尚？

河合氏　他说想去做就去做，不想做又不做了。他这个人呀！说走就马上走，我也没他办法！

调筝女　哦！（旁唱蘼芜歌）

　　诗中之意，我已想真，
　　他非一个负义之人。
　　他身在异乡思故土，
　　抛不开一颗报国心！
　　他知我能谅解，
　　我也该当知音！
　　只可惜不复见，多抱憾。
　　心头凄怆，不禁泪沾襟！

河合氏 （音乐起恋坛二流序衬白）姑娘，你不要难过！（为调筝女拭泪）三郎刚走不久，不若你赶去追他？

千　子 我陪你去！

调筝女 （欲走，又止）不必了！

（唱恋坛二流）

要相分时且相分，

谁也难阻他远行，

强将离愁压于心！（拉腔）

（举起樱花，深情地念）樱花落，樱花开，燕子飞去又飞来。千里迢迢多风雨，但求无难又无灾！

河合氏
千　子 （虔诚地）是呀！但求无难又无灾！

[三人跪地祷拜。

[切光。纱幕闭。

第六首　“灾难之歌”

[纱幕外，追灯照着调筝女边舞边唱第六首歌。

调筝女 （唱新曲）灾难，会把人们的幸福夺走，

灾难，是欢乐升平的死对头。

那些瘟疫、蝗虫、毒蛇、猛兽，

要我们尸横遍野，颗粒无收；

这班政客、叛徒、小人、扒手，

阻不了我们争取民主自由。

岂让他们暗里操刀施辣手，

害人损友毁神州。

面对灾难休发抖，

沉着应战不低头！

[追灯渐暗。调筝女下。纱幕拉开。

[灯亮。苏曼殊上海的住所。正中悬挂一幅苏曼殊自画的“山水美人图”。窗外大雪纷飞。

[在继续的歌声中小娟煎药。最后倒药汤于碗中。

小　娟　（念白榄）雪花片片飞满天，

苏和尚被病魔缠，

但忙时还要写小说，

又自言自语念诗篇。

哥哥派我来打点，

家头细务做周全。

有件事情最讨厌：

叫他饮苦药，难过上青天！

花月凤　（上，进屋）小姑娘，曼殊大师是住在这里吗？

小　娟　你找他？你姓名叫……

花月凤　我叫花月凤，你呢？

小　娟　我叫小娟。告诉你，苏和尚还躺在床上呀！

花月凤　你说有个花姐姐来了，他就会起来的。

小　娟　那好。（走了几步，停下）不成！不成！刚叫过他不起来，现在说有人来找，他还以为我骗他出来吃药的呢！

花月凤　（取出苏曼殊曾作画的手绢）这样吧，你带这手绢进去……

小　娟　他眼睛紧闭不睁开……

花月凤　你就用手绢撩撩他的脸……

小　娟　（接过手绢）好玩呀！（跑进卧室，复上）他真的起来了！

[苏曼殊身穿便服疲惫地上。

花月凤　曼殊大师，身体可好吧？

苏曼殊　托福，我没病。花小姐久违了。

小　娟　（笑着）苏和尚，是不是因为花姐姐的手绢在你脸上轻轻一撩，你的病就全好了？

苏曼殊 （也笑着）多事！

小　娟 噢——原来这手绢是很香的！难怪……（交还手绢）

苏曼殊 小娟，快把这碗药汤倒掉吧。

花月凤 不要！大师你还是喝下去吧！要不要我帮你……

苏曼殊 不用，不用！（端起药汤，一口气喝下）

小　娟 （拍掌）哎呀，真爽快！（收拾药碗，下）

花月凤 曼殊大师！

（唱春风得意）

你是否已病痊？

应要静心调理。

免使百虑交煎，

望你能尽快康健！

苏曼殊 （接唱） 谢你心一片，

情浓似蜜甜。

花月凤 （浪里白）今天到来拜访，其实不止我一人啊！

（续唱） 梨园里一班姐妹，

一向都爱读你的好诗篇。

知你在家里抱病恹恹，

就推举我来此求会见。

带来了礼物，

表热忱寄心愿，

特地向君赠献！

（递上一条新编织的围巾）

苏曼殊 （接过围巾，接唱）

此刻倍觉温暖，

不过我无寸功羞愧添，

岂敢领此盛意拳拳，

只有牢牢记心田！（推却）

花月凤 （将围巾递回，接唱）

大师你细看一遍，
千百条毛线接连，
众姐妹倾心血切勿见嫌，
请收下，无用再多言！

（将围巾披于苏的肩上）

苏曼殊 这……曼殊就多谢了！

花月凤 （唱长句二黄）

读过你近作多篇，
姐妹们都受感染，
一篇《断鸿零雁记》，
扣动了多少心弦。
不过恕我直言，
似太伤情哀怨。
眼下疮痍遍地，
盼你多写爱国新篇。

苏曼殊 （唱序） 一提国事倍心酸！

好吧！（唱二黄滚花）

且将万千感慨寄新诗，
答谢你深情慰勉！

（走到案前写诗，毕，交花月凤看）

花月凤 （念诗） 流萤明灭夜悠悠，
素女婵娟不耐秋。
相逢莫问人间事，
故国伤心只泪流！

写得好，提到故国伤心，我此来尚有一言向大师奉劝，你可知刘师培与何震已死心塌地投国贼，助纣为虐，不顾遗臭万年！请你留神，切勿再被他们所骗。

苏曼殊 呵？对他两人的情况，你怎会如此了然？

花月凤 我们伶人虽地位低微，却交游甚广。何况，我早就注意何震的行藏了。

苏曼殊 你早就注意？

花月凤 对。你还记得那年在杭州饮酒，飞刀留柬，给你警告的事吗？

苏曼殊 这事……

花月凤 飞刀留柬之人，就是我啊。

苏曼殊 是你？

花月凤 请看此刀。（从怀里取出短刀让曼殊看。接着飞刀插到桌上）

苏曼殊 当真是你！

花月凤 （收回短刀）当时听到何震拉你上京参加袁贼诗会，一时激动，才会如此，只不过令你受惊了！

[何震、刘师培上。

何　震 老师。你好！

[花月凤见他们来了，卸下。

刘师培 曼殊呀！（唱梆子滚花）

闻说你在此养病，
不知是否已复原？
我与何震婚后未有登门，
今日顺路前来与故人相见。
呈上一点心意，
幸勿见嫌！（给曼殊递过一叠钱）

苏曼殊 （把钱推回）曼殊已惯清贫，平时不多花钱，佛门最忌贪婪事，幸无使我受羁牵！

刘师培 区区薄仪，聊表故人心愿。既然如此见却，我亦不再多言。

何　震 （在苏、刘交谈时，已悄悄掀起卧室的门帘窥探。这时走近刘师培）师培——（拉过一边，低声地）房里无人。

刘师培 （对何低声地）黄兴很可能会来这里。袁公对他，志在必杀。你且留下查探！（转对苏曼殊）曼殊，恕我有事，未能久留。倘有需我效劳之处……

何　震 老师自然会告诉我。

刘师培 对，对！后会有期！（下）

[花月凤已卸上。

何　震 呵？花小姐？你来了很久了吧？

花月凤 何小姐，想不到在这里又遇见你！

何　震 （察看曼殊肩上的新围巾）哎，苏老师，这条新围巾，是花小姐送的？

[苏曼殊点头。

何　震 （挖苦地）唔，手工还算可以，可惜值不了几个钱！

花月凤 （针锋相对地）钱？何小姐文化这样高，可知情字是心字旁，而不是金字旁的，交友重情不重钱。贵在结知心啊！

苏曼殊 好一个贵在结知心！

何　震 （十分不满。旁唱梆子流水）

这戏子，嘴利牙尖，会施手段。

花月凤 （接唱） 女密探，行踪诡秘，定有根源。

苏曼殊 （接唱） 她两人，难免又来唇枪舌剑。

何　震 （接唱） 我还须，攻其弱点，一步占先。

花月凤 （接唱） 怕大师，被她纠缠，再受蒙骗。

何　震 （接唱） 苏曼殊，性子直，

我且试他口气先开言。

苏老师，近来可有聚集友人，作诗论文共消遣？可曾收过故人来信，互相问候、说地谈天？

花月凤 （故意打岔）哈哈，有个学生，管老师管到过了界线，难道老师的聚会、通信，都要问过你先？

何　震 （有点急躁，拉曼殊过一旁）苏老师，我只想直问一声，黄兴有否到来与你见过面？

苏曼殊 你问这个是……

何　震 哦，黄兴已被袁大总统通缉，我怕老师与他来往，会受牵连。

苏曼殊 受牵连？

何　震 是啊，你若知他行踪，请对我讲一遍。老师可知，单赏银一项，就有十万元！

苏曼殊 什么？你！（勃然大怒。唱快慢板）

说什么，领赏银，真不要脸！

为奸人，当密探，罪大弥天！

（转七字清）

笑里藏刀性奸险，

曼殊今日始识穿。

（转滚花）从此泾渭分明，

师生之谊，一刀两断！

你快滚出去！

何　震 苏老师，我……

花月凤 喂！主人已下逐客令，你还死赖不肯走，难道要本姑娘一个鸳鸯腿踢你出门么！（作势逐何震）

[何震大惊，狼狈溜下。

花月凤 曼殊大师，你做得对！千万不要为这种小人而生气，影响身体啊！我要走了。

苏曼殊 （急）你，一定要再来啊！

花月凤 （深情地替曼殊把围巾缠好）你放心！我崇拜你的文章，敬佩你的为人，愿意做你的知心朋友！再见！

[苏曼殊作礼送花月凤下。花月凤回头，猛地捧起苏曼殊的秃额，匆匆一吻，转身离去。

[苏曼殊先是一怔，后转而手抚一吻，痴痴发笑。

[柳亚子、黄兴上。

黄　兴 曼殊老弟！

苏曼殊 黄大哥，你来了！

柳亚子 他要到南京当讨袁军总司令，如今特来辞行。

黄　兴 曼殊啊，你知道吗？孙中山先生进行“二次革命”了！

苏曼殊 二次革命？（激动地）好。（稍停。转为感慨地）不过……（深深叹了一口气）唉——

柳亚子 你怎么啦？

苏曼殊 想当年，听到革命成功的消息，我欣喜若狂，匆匆回国，到了如今，却是国事沉沦，生灵涂炭，国贼飞扬跋扈，小人为虎作伥，连刘师培、何震也变节事奸，要捉你黄兴领功请赏！可悲！可悲！我的心比外面的风雪还要冷啊！

黄　兴 你太悲观了！

（唱萧萧班马鸣）

袁贼嚣张，要只手遮天！

妄图称帝，居心人皆见！

二次革命重开战，

团结一心捍民权。

气如虹，气如虹，为苍生念，

创大业，创大业，重责担肩，

风雪里，风雪里，饱经磨炼，

铁锁链，铁锁链，定要砍断。

缅怀先烈，斗志增添！

莫再悲叹，勇往直前！（拉腔）

柳亚子 对呀！（七字清中板）

开弓没有回头箭，

多番挫折志犹坚，

我们可用诗词来助战！（拉腔）

（唱滚花）南社明天开诗会，

挥毫奋起共讨袁。

大家多写新诗绘新图，

为黄大哥一壮军威。

将身手显！

苏曼殊 好吧！黄大哥，（指墙上）我这幅“山水美人图”，就先送给你吧！

黄　兴 （接唱） 一介武夫，更爱金戈铁马，

好激励我策马扬鞭！

苏曼殊 （接唱） 我改日画幅“金戈铁马图”，

再向大哥奉献。

黄　兴 一言为定！

苏曼殊 决不食言！

黄　兴 好。现在你们看看这颗桃源石。（取出一块鹅卵似的扁石）此石原是一位革命先烈送的，我在上面刻了几个字。

柳亚子 （看石）“专制不灭，誓不还湘”！

黄　兴 对！我这次领兵讨袁。宁为玉碎，不作瓦全。请两位作证。如我黄兴临阵退缩，当身如此石！（将桃源石放在桌面上，运气猛拍一掌，石碎成粉）

柳亚子 （上前抓起石粉察看）好掌力！

苏曼殊 好气魄！

黄　兴 这有什么！我只是向两位挚友表示我的决心！曼殊，孙中山先生曾赞你的诗文，又说你为人“率真”，希望不要辜负孙先生的期望！

柳亚子 你虽为僧，当知我佛慈悲，也要捉妖驱魔啊！

黄　兴 对！（唱仿中板煞板）

同仇敌忾，

柳亚子 （接唱） 齐心讨贼，

黄　兴 （接唱） 成功有希望——

希望在明天！

我们告辞了！

[黄兴、柳亚子同下。

[音乐骤起。苏曼殊思潮翻滚，不能自制。耳边响起了黄兴的画外音。“成功有希望，有希望，有希望……”

[苏曼殊深受鼓舞，奋然而起，铺纸，磨墨。

[灯暗。追灯照着苏曼殊奋笔疾书的形象。天幕出现大字：“讨袁宣言——苏曼殊”。

[切光。纱幕闭。

第七首 “希望之歌”

[纱幕外，追灯照着调筝女边舞边唱第七首歌。

调筝女 （唱新曲）希望，令我们对生活更热爱，

希望，使我们笑迎险阻向未来。

虽然纵是天才，

亦有时消沉悲哀！

纵是英雄，也难免失败遭灾。

但我头顶苍天，面向大海，

不信真的没有一丝希望在！

只要百炼千磨志不改，

希望的花儿一定要盛开！

[追灯渐暗，调筝女下，纱幕拉开。

[灯亮。湖南长沙野外树丛旁。中有黄兴之墓。

[赵福携香烛、酒壶、花束等祭品上。

赵　福 （念白榄）风凄凄，草萋萋，

一步高来一步低。

曼殊大师来吊祭，

我把香烛祭品早备齐。

（向内）曼殊大师，我在这里呀！

[苏曼殊身穿僧衣，手持画卷，神情木然上。

苏曼殊 （唱长句二流）

金风败叶，景色凄迷，

此日曼殊来哭祭，

沿途怕听雁叫猿啼！（句）

恨难消，悲不已，

带病登临伤心地，

心神恍惚步迟迟，

苦我寝食难安，

为了一桩心事！（旬）

赵　福　大师，你来祭墓，为什么还带上画卷？

苏曼殊　这画嘛……（唱二黄滚花）

它它它乃上乘祭品，

其意你未可知！

赵　福　这画作祭品，那我带来的香花酒醴……

苏曼殊　都一概免了，我就要几支香烛和画卷。

赵　福　这画如此要紧，内里画些什么？

苏曼殊　你来看！（展画）

赵　福　哦！不就是昨晚你画到深夜才画好的那幅《金戈铁马图》？

[苏点头。

赵　福　那……带来怎么用法？莫非将它摆在墓前？

[苏点头。

赵　福　挂于树上？

[苏摇头。

赵　福　那……难怪人家都说你古怪！

苏曼殊　哎，不要啰唆，等会你就明白。

[刘师培内呼："曼殊大师"上。

苏曼殊　哦？是你！

刘师培　曼殊大师，我找得你好苦呵！你以个人名义发表《讨袁宣言》，惹得袁公非常生气，曾要将你通缉，急似火烧眼眉，幸我们筹安会同人说情，才免生此祸事。你呵！实在该想想自身处境，又何必激动一时？！

苏曼殊　你此来为的就是说这些吗？

刘师培　曼殊呵！（唱新腔流水中板）

如今袁公称帝，已成大势，

老朋友应相互提携，同舟共济，

倘加入筹安共商国体，

往日过错全不计，

还可保你得官位！（腔）

苏曼殊 当官？（突然大笑）哈哈……

刘师培 你因何发笑？

苏曼殊 （尖刻地）我笑的是如今人心风俗，国家纲纪，败坏到这个样子，无非就是热衷于为官专权的人太多了！

刘师培 （尴尬地）这……话可不能这么讲。你的一些朋友，一代文宗，高贤学士，不是也有当上了高官的么？

苏曼殊 （傲然地）哼！他当他的官，我做我的和尚。贫僧乃独行之士，但凡功名利禄，均视之蔑如！（不愿再讲）赵福，把香烛点起！

赵　福 知道！（点香烛）

刘师培 （无奈地）这……等会再谈吧！（上前欲握苏曼殊手，曼殊不理，只好悻悻地下）

[赵福盯着下。苏曼殊走上墓前。

苏曼殊 （念引白）湖山千载留正气，

心香一瓣寄哀思！

（唱泣残红）

祭亡灵，

令我心凄怆，意迷离，

怎可料想，当此壮年，

你热血一腔，正欲图大事，

身心交瘁便长辞！

痛你为国捐躯，

叹你难酬大志！

惊噩耗，梦难追，

袈裟湿透泪水，

我骤觉心肝碎！

（唱二黄）我曾应允，（拉腔）

绘新图，（拉腔）

壮你军威表敬意。

（转乙反）只惜未能亲馈赠，

教我永世——

（转反线）恨何如！

此刻间，将画图，

静静焚化碑前，

好将忧思尽寄，

唯愿你九泉领受，

曼殊我一片情痴！（拉长腔）

（音乐过新长序，以香烛焚画）黄兄呀！

（唱反线秋江别）

你的心，似金子，

你是热血好男儿！

为了推翻专制，

你多番举义旗，

为了中兴祖国，

你艰险总不辞。

决不占利谋私，真好骨气！

你一生多磊落，

我曼殊自愧比兄确不如！

（转新腔快打慢二流）

哀哀哀，兄你抱恨终天人早逝！

叹叹叹，于今艰难国事更衰颓！

罢罢罢，似你奋斗毕生尚未能遂意，

我怎不心同槁木，镇日锁双眉？！

悼畏友，再无诗，

难压满腔愁绪！

人道情僧多情种——

（唱散）只得青灯做伴，

我纵万愤千悲，长嗟短叹诉与谁？！

（忽觉腹痛）哎哟！赵福！赵福！

赵 福 （急上）大师，你病又发了？

[苏点头，赵扶苏坐于石块歇息。

赵 福 大师，待我为你找点水来。

苏曼殊 好！

（赵福下。苏歇息。

调筝女 （内唱首板）

匆匆步履！

（上，带行囊，接唱滚花）

长途来跋涉，不顾路崎岖。

要找心上人，半喜半忧虑，

盼能偿夙愿，共庆燕双栖！

（呼叫）苏郎！苏郎！

苏曼殊 谁个唤我？

凋筝女 （走前）苏郎！

苏曼殊 （意想不到）怎么？是你？

凋筝女 苏郎！你为何这般消瘦，面色又这样难看呀？

苏曼殊 我……不提也罢，你怎么来的？

调筝女 （兴奋地，唱减序爽梆子慢板）

乍重逢，休惊异，

远道而来，特意向君报喜。

我已重获自由身，

从今跳出烟花地，

收拾行装走千里，

神州大地慰相思。

奴此身，没他求，

只愿永随君，结成好伴侣！（拉新腔）

苏曼殊 你……你要跟我？（冷冷地）唉！你虽获自由身，我却身不由己了！

（唱风飘飘）

在佛门里，已觅胜地，

一件袈裟早身披。

我心内如冰似雪，

好梦成虚未可追！

只得还卿一钵无情泪——

调筝女 （浪里白）还卿一钵无情泪？

苏曼殊 （点头，接唱）

你勿再将我跟随！

调筝女 （唱乙反芙蓉）

君已为僧我明白，

我的心事盼君知。

君道无情却有情，

无情岂还一钵泪？

休说君心如冰冷，

信是情怀火热似昔时。

（转唱爽乙反七字清中板）

正喜一朝重相聚，

何苦强要再分离。

你岂可忍心——

（唱散） 忍心将我拒！

苏曼殊 （唱乙反清歌）

一番缠绵话，听作断肠词，

可知我已艰难支病体，

更兼故国沉沦事已非。

决意永作孤僧，

长对行云流水；

何忍将卿拖累——

（转唱乙反滴珠二黄）

请能鉴谅我心思！

调筝女 这……

苏曼殊 （唱悲秋）我俩虽相分，隔异地，

痴心语，共记取。

我早认你作真知己。

但愿他生再报情谊！

（音乐不断，取出紫燕，深沉地）这紫色玉燕，今日就回赠予你吧！（交紫燕给调筝女）

调筝女 （接紫燕，唱仿别离词）

聆君深情语，此时寸心知，

惶然接紫燕，惆怅复何如！

君你怀国多憔悴，

请多珍重保金躯！（序）

我知再难相强你，

爱意万千却未移。

燕虽不能双飞去，

两心相系共神驰。

盼盼盼，魂梦里，

夜夜相逢诉情痴！

苏曼殊 （接唱） 愿愿愿，魂梦里，

相逢夜夜诉情痴！

两　人 （合唱） 呵！……呵！……

［刘师培带俩便衣警察复上。赵福取水及小娟上。

刘师培 苏曼殊，我作为老朋友已是仁至义尽，奈你忠言逆耳，如今唯有带你去面见袁公！

调筝女 怎么？你要抓他？

刘师培 恕我无礼！（呼警察）带走！

赵　福
小　娟 （拦）你怎能随便拉人？

调筝女 （拖）苏郎，你不能去，不能去！

［众人纠缠，刘师培扯开调筝女，猛然一掌把她推倒，调筝女的头部恰巧撞在大石上，惨叫一声，众人惊愕。

赵　福 （惊叫）呵！血！

苏曼殊 （扑前）调筝女！（转而怒视刘师培）你！……

小　娟 你弄出了人命！快赔！快赔！（逼刘）

赵　福 （愤怒地）你！（欲拼）

刘师培 （恐怕事情闹大，有点惊慌失措）我……（对警察）我们走！（溜下）

［赵福和小娟跟着冲下。

［音乐声起，苏曼殊将调筝女的头伏在自己肩上，顿时血染袈裟。苏扯开袈裟一段，为调筝女包扎。

苏曼殊 调筝女呵！是我连累了你！

调筝女 （强颜欢笑）不！你的袈裟上染了我的血，不是更显出情谊的珍贵么？你不要太难过！新的希望还是有的。苏郎，让我唱支歌给你听听！

苏曼殊 还唱什么歌？

调筝女 （取出紫燕）你不是曾以紫燕为题写过一首诗么？我已谱了曲。

苏曼殊 那好吧！你就轻声地唱吧！

调筝女 我要放声歌唱！（唱新曲）

一炉香篆袅窗纱，
紫燕寻巢识旧家，
莫怪东风无赖甚，
春来吹发满庭花！

[幕后和声（复唱）

一炉香篆袅窗纱，
紫燕寻巢识旧家，
莫怪东风无赖甚，
春来吹发满庭花！

[歌声中，苏曼殊扶调筝女缓缓站起。仰望天边。

[天幕一变，几只燕子空中掠过，满地鲜花迎风怒放。

[幕徐徐闭。

[剧终。

（剧本版本：《南粤剧作》1987 年第 2 期）

· 粤剧卷 ·

一把存忠剑

编剧：陈自强

人　物　表

伍　汉（吴汉）

王兰英

马　成

马家驹

马家凤

伍　母（吴母）

伍　父

王　莽

卡里桑

胡娇娇

王　忠

小　倩

乳　娘

新朝偏将、校尉、众宫女、西戎兵等

序幕　西汉亡

[西汉元五年（公元 5 年）。

[悲壮音乐——中幕前，大水波浪锣鼓，马成水发背怆惶地上。

马　成　吴将军你死得好悲壮！

（扑灯蛾）地惨天愁家国恨，偷生侍贼为存忠！

——嫂夫人！嫂夫人！

［落二幕。叻叻鼓，吴母匆匆上，乳娘抱斗官跟上。

吴　母　马大人何事惊呼？

马　成　嫂夫人呀！

（三才，口鼓）今朝五更早朝，逆贼王莽，谋权篡位。你家老爷吴国柱，挺身护驾，宝剑横挥。莽贼夺剑行凶，国柱兄他倒在金阶，征衣碧血洗；逆贼离了宫廷，国柱兄弥留嘱咐……

吴　母　老爷他他他他说了些什么？！……

马　成　要吴家隐姓埋名，愿夫人抚孤成材，他朝洗雪国仇家恨，（介）汉家陵阙重现光辉！（跪呈剑）

吴　母　（激动地接剑，声泪俱下）国柱……老爷……将军！

［婴儿啼哭。吴母昏厥。

乳　娘　（凄厉地）夫人……！

［中幕开：天幕出现“一把存忠剑”醒目大字。主题音乐：悲壮，沉郁。有顷，切光。

第一场　招驸马

［十八年后。西戎边境。

［牌子，众西域戎兵引卡里桑上。

卡里桑　（牌子）　卡里桑，准备弯弓擒猛虎，

且看它龙游浅水怎么逃！

（口鼓）俺，西戎军师卡里桑！闻报新朝国主，狩猎荒郊，竟闯进俺西戎边境。俺借此大好良机，派兵围困。一挫他大国威风！孩儿们，皇帝狩猎禽兽，我们狩猎皇帝！哈哈哈……（众戎兵纵声狂笑）走！（领众兵下）

兰　英　（内唱）（首板）

水秀山明，神清气爽。

[众女兵、大宫女、小倩引上兰英（身穿猎装）。

兰 英 （慢板板面）

绝岭悬崖，心驰神往，

瀑布飞流疑天降。

此山抱着那山，千姿百态怪而狂，

天成地设险且壮。

那边山势耀眼看，似一班仙女舞云裳，

飞鸾引凤辇仙乡往，

有祥云伴驾，缥缥缈缈仙姬降。

千山百鸟唱朝阳，山花烂漫引蝶忙；

山水有意献殷勤，不由人，心花放。

（梆子慢板）

深宫朝夕冷而清，阿监宫娥一副样，

金碧辉煌宫阙，与竹篱茅舍一样四堵墙！

一朝身在山水间，方信人间有天堂，

海阔天空，一任龙驹奔放！（腔）

小 倩 公　主。

（滚花） 公主金枝玉叶女，羞花闭月播芬芳。

何须山水献殷勤，拱月自有众星降。

兰 英 小倩。

（滚花） 哀家只爱真诚意，好比眼前山水真文章。

淡素蛾眉，比那大紫大红更堪赏。

小 倩 公主，讲得好。

[内场：皇上驾到！

兰 英 人来，恭迎。

[（六波令）。二偏将上，王忠、马成打马引上王莽。

兰 英 参见父皇万岁！万万岁！

王 莽 皇儿平身。（诗白）

欣欣天下皆王土，郊游狩猎乐陶陶。

兰　英　（口鼓）父皇，这里绿水青山，真堪赞赏。

王　莽　（口鼓）好呀，只要皇儿欢喜，这份山水，孤皇就送与皇儿作嫁妆！

马　成　（投其所好地，口鼓）公主乃万岁掌上明珠，他朝公主出阁，宝马香车金玉镶，这份山水嫁妆，当请巧匠名师，绘在公主府上。

王　莽　（口鼓）对对对，他日公主招乘龙快婿，这个大媒，就由卿家你一力承当。

马　成　遵旨！

［擂鼓，由远而近，杀声四起。校尉甲匆匆上。

校尉甲　启奏万岁，西戎兵马，围困重重，卡里桑军师要面见万岁。

王　莽　（不屑地）什么卡里桑军师！不见！

［擂鼓。众西戎兵手执盾牌、单刀分边上，卡里桑朗笑大步走上。

卡里桑　不见也得见。西戎国军师卡里桑，参见新朝国主。

兰　英　（悻悻地）卡里桑，哀家与父皇狩猎，你西戎竟敢出兵犯上，意欲何为。

卡里桑　（从容地）公主此言差耶！公主开口“出兵”，闭口“犯上”，却不知这里是我西戎国土！（介）（锣鼓白）族有族规，国有国法，公主与你家父皇狩猎，竟然践踏我西戎国土，犯我边陲，俺派兵御敌，理所当然！

王　莽　你打的什么鬼主意！

卡里桑　（从容地）在下绝无伤害国主之意，只想与国主玩个“游戏”。——抬上来！

［（水底鱼）。四西戎兵抬上一把虎头铡刀。

［王莽等莫名其妙，审视铡刀……

王　莽　卡里桑，你搞的什么名堂。

卡里桑　（板眼）　这一把镇关虎头铡，乃西戎传国神刀，

千年不生锈，开铡豪光万道。

莫看死物一张，却显英明神武。

能把忠奸识别，真乃莫测深高。

铡刀下伏忠臣，生命可保。

若是奸臣在刀下，铡刀一闪滚下头颅！

（口鼓）万岁文武忠臣济济，谁敢先来一试？（把铡刀抬起）

王　莽　（环视铡刀，来了兴致）王忠，你且试试？

王　忠　万……万岁，末将我……我奸也不是，忠也不是！

王　莽　（丢了面子，恼怒）滚！——马卿家，你且试试如何？

马　成　万岁，微臣我……我连自己也不知道自己，是忠抑或是奸。

王　莽　你！……

卡里桑　（狂笑）哈哈……！

（滚花）　可笑泱泱大国，忠奸不辨一塌糊涂！

俺西戎年年进贡，岁岁来朝，

从今颠倒颠倒要颠倒！

（白）新朝国君听着，这场游戏你们输了，胜为王，败为寇。

王　莽　你想怎样？——

卡里桑　好简单！——双眼所及之地，从今都归俺西戎所有！

王　莽　孤皇不允又如何？

卡里桑　三步之内，玉石俱焚。

兰　英　（怒不可遏）好胆！（箭步跃上一小土坡）

（收中板）分明讹诈蓄意奸藏。

（滚花）　为国体，保父皇，且待哀家平风浪！

（白）天朝将官听着：有降伏西戎作乱，有家室者封官晋爵，无家室者，哀家招为驸马！

王　莽　皇儿你！——

伍　汉　（内场）　伍某……来也！（快七才，上）

虎将雄心，生死等闲看。

（快中板）犬戎恃势作乱猖狂，

轻视我新朝无硬汉，

头颅拚掷、赤手伏虎狼！

（白）参见我皇万岁万万岁！

卡里桑　你是何人？！

伍　汉　新朝御林军校尉，伍汉是也！

卡里桑　到来作甚？

伍　汉　（口鼓）闻说西戎国军师卡里桑，足智多谋世间罕。军师名声远播，为人有义胆忠肝。

卡里桑　（甚赏得意，口鼓）呵呵，想不到你这一个御林小军，也知道你家爷爷的声望。

伍　汉　（口鼓）军师既有忠肝义胆，就先请你将人头，伸到铡刀之下。（介）这个游戏，最适合由你开场！

卡里桑　（色厉内荏）我们西戎人——不喜欢这个游戏！

伍　汉　也罢，我们新朝也有一个游戏——请你来试一试。

卡里桑　什么游戏？

伍　汉　你来看！——（虚指前文，乘机将卡里桑按倒在铡刀之下）

卡里桑　（惊呼）这……这算什么游戏？

伍　汉　（戏妲己尾腔）

　　　　这游戏，叫"擒贼先擒王"！

（锣鼓白）西戎贼兵听着，命你等速退十里之遥，若有违命，要你家军师人头落地！

卡里桑　（顿脚大呼）退兵！退兵！

[众西戎兵狼狈退下。

王　莽　真真大忠大勇！

伍　汉　伍汉不才，全托圣上洪福！

兰　英　（上前打量伍汉，笑嘻嘻唱）（小桃红中段）

　　　　适才征尘四起，昏昏敝日光，

　　　　惊佩英雄赤手，压妖风伏邪浪。

　　　　好英气志昂扬，生于这世间上，

　　　　得一君子托终身，哀家我更复何所望。

王　莽　小卿家！（高腔三脚凳）

　　　　你忠勇有奇才，只手空拳把敌抗。

马　成　（接唱）　好外甥真神勇，千钧一发露锋芒。

王　莽　（惊喜地）呵！小将军他——原来是卿家的外甥么？

马　成　正是！

王　莽　（续唱）　新朝好栋梁，孤皇重重来封赏，

我招你为驸马！——

［先锋钹。伍汉欲趋前谢恩，马成一手扯住。

［兰英向小倩示意——

小　倩　小将军，还不快快上前谢恩！

伍　汉　（续唱）　三呼万岁谢岳皇！（跪下）

王　莽　好驸马！

伍　汉　好岳皇！

众　臣　恭喜万岁！贺喜万岁！

马　成　（暗暗地）冤家呀！

第二场　失玉玺

［三月后。

［驸马府。二幕前。

［云云锣鼓，马家驹闷恹恹地上。

马家驹　唉！（泣残红）

自惭自怨此生太平凡，愁烦！

宵宵青灯伴布衫。

不由羡煞表兄济时运，

玉叶金枝女，绝代红颜，欣欣赋关关，

占尽驸马殊荣，高不可攀。

家驹怨命，枉在人世间，

三餐饱肚的日子，活也不舒坦！

胡姣姣　（卸上）　你又唉声唉气啦？（十月怀胎）

莫自怨嗟再三，

且待严寒冬过，春光烂漫。

在驸马府，
眼睁睁看表哥富贵荣华，
我应把气争。

胡姣姣 傻仔，临渊羡鱼，不若退而结网；荣华富贵，来日方长！（用手肘碰家驹）……

马家驹 还是细姐有恒心！（猥琐地捏姣姣面颊）……

胡姣姣 小心耳目！……有人！（急与家驹分边下）

马家凤 （内唱）（归时）
马家凤……（序）

[二幕启。——厅堂。正中案上香烛缭绕，木架上托着吴家的遗物——存忠剑。

马家凤 （执剑上，载歌载舞，唱）
自小好动，
枪刀戟剑喜收藏，爱练武功。
比花更艳——
剑底生光璀璨，人更骁勇；
宝剑挥洒自若，宛若游龙，
家凤横眉冷对险恶，
心高傲气不可控！

马　成 （早已在一旁观赏）好！舞得好，舞得妙！

马家凤 爹！

马　成 （散板） 功功功，功多艺熟，将来——有用！

马家凤 爹的说话——我懂。

马　成 （神秘地从袖中取出一物）家凤，阿爹给你看一件宝物。

马家凤 什么宝物？——（接过解开黄布，惊叫）玉玺！

[姣姣卸下，闻声慌忙复下。

马　成 （急掩其口）小心耳目！——是汉家玉玺！

马家凤 汉家玉玺？

马　成　（二黄）　王莽逆贼谋朝，十八载人天共愤！

几许忠臣遭陷害，遗恨无穷。

你父卧底侍权奸，忍辱偷生负重。

终日嬉皮笑脸，亏心把蛇蟒作金龙。

等待大好时机，你父就要拿龙捉凤！（腔）

［马成无限激动，家凤无动于衷。

马　成　喂，我讲到大汗满头，你居然望一眼都不望。

马家凤　（没好气）爹，你这些话，讲了好多年啦！我问你的是这个——玉玺……

马　成　对对对！（口鼓）这玉玺，藏于书斋枯井十八年，今天它——它大大有用。殿下汉王刘秀，前夜乔装打扮，已藏在驸马府中，他深入虎穴到长安，只为向四方义士忠良发动。这玉玺——旧物归还新汉主，好让汉家基业——

（滚花）　重振雄风！

马家凤　（惊喜地）刘秀汉王，就藏在驸马府中！

马　成　（与家凤细语下）所谓最危险的地方，就是最安全的地方。

伍　汉　（二黄慢板）

一朝有幸获天恩，心比艳阳天开朗，

欣欣好梦成真，眼底如花似锦。

兰　英　管你是陋巷或帝皇家，都说姻缘天意定。兰英此生何幸，得了个如意夫君。

伍　汉　（唱长序）夫妻恩情在敬如宾，（接唱曲）

兰　英　嫁夫随夫，妾身从今是伍家人。

伍　汉　敬公主，爱公主，有一颗淳厚真心。

兰　英　堪赞将军，才智英风也超群，

一剑震敌群，全仗你解厄困。

伍　汉　（流水南音）

公主美言惭愧甚，

伍某本是一莽汉粗军。

兰　英　（接唱）　堪赞你临危似泰山稳，

剑迫顽敌惊鬼神。

伍　汉　我敬公主蕙质兰心超群品——

兰　英　驸马何所见而云？

伍　汉　（小桃红）敬公主义厚率真，帝女花品性绝群。

当日处西戎临危陷困境，

是公主千钧一发冒险挺身，

浩气冲霄山岳也惊震！

兰　英　（接唱）　为臣为儿辈，好应忠于君孝于亲；

为了家邦计，为了父皇颜面，

哀家拚之玉石俱焚，

更何计终身幸与不幸？！

伍　汉　（接唱）　一番话，铭刻在心：

“忠于君，孝于亲”，

宛似掷地有铿锵音韵！

金枝玉叶女，品性温婉复顽强若钢。

兰　英　（接唱）　君呀，金枝玉叶女，也是常人，

喜得夫妻俩，似水柔情贵在真。

伍　汉　（接唱）　伍汉求神灵护荫，

佑我夫妻恩爱白头共唱吟。

伍、兰　（同唱）　自尊自爱还自信，夫妻恩情海样深！

［内场：“夫人到”。

伍　汉　娘亲来了。

［拜祭音乐：沉重悲凉。

［家丁、丫鬟、吴母、马成上。

伍　母　年年今日祭，屈指十八秋。

伍　汉　参见娘亲、舅父。

伍　母　汉儿，看你穿得大紫大红，难道你忘记今天是你父忌辰祭剑么？

伍　汉　孩儿马上更衣。

兰　英　媳妇拜见婆婆。

伍　母　免了！

兰　英　参见舅老爷。

马　成　参见公主！

兰　英　媳妇不知今天，是老爷忌辰，我也下去更衣。

伍　母　不用了，公主已满身华服，还更什么衣！

兰　英　拜祭祖先呀！

伍　母　慢！（口鼓）

伍家拜祭祖先，公主乃玉叶金枝，

跪拜平常百姓家，恐怕有失身份呀！

兰　英　（口鼓）婆婆，兰英与驸马已成夫妇，

哀家已是伍家人。

伍　母　哪有公主跪拜百姓之理！

兰　英　（赔笑地）哪有媳妇不拜公公之理。

伍　母　（愠怒地）汉儿！（快白榄）

伍家祭祖先，

家规素严谨，

祭祖祭剑伍家事，

外人何须献殷勤！

为娘食长斋，

念佛敲经求归隐。

明朝搬出驸马府，

攀龙附凤有愧亡魂！

（白）人来，祭剑！

兰　英　婆婆……

（先锋钹。趋前收剑，拂袖下）

伍　汉　娘亲！娘亲！

兰　英　（大尺槌，茫然地）舅老爷，兰英错在哪里？

马　成　公主没错，千错万错，错在你家……

兰　英　错在我家什么？

马　成　呵，——错在你家舅老爷我，平日没好好劝解你家婆婆，我家姐姐。

兰　英　（雪中燕）孤凄凄，泪滴滴，

深宫彩凤势位压天低，凤阁明珠金娇女。

上炉香归家妇，守礼尽孝无违例。

纡尊降贵敬夫孝家姑，我自问心不愧，

我心似热火情无伪，她竟冷面对我严还厉。

伍家人祭先祖，我却似投错了门第。

（散板）　细思量，莫非真是我妇道有亏？

[小倩叻叻鼓上。

小　倩　启禀公主，王将军兵马前来，要搜查驸马府。

[大冲头，御林军引上王忠。

王　忠　人来，各处搜查！

兰　英　慢！将军何事搜查？

王　忠　禀公主，捉拿钦犯，全城搜查！

兰　英　可知这里是何所在？

王　忠　皇宫要搜，驸马府当然一样要搜。

兰　英　好胆！要搜驸马府，就请我家父皇亲自来搜！

王　忠　末将不敢！

伍　汉　捉拿钦犯，可有皇榜？

王　忠　皇榜在此，请驸马一看。（递上皇榜）

伍　汉　（念）“捉拿钦犯刘秀，钦赐万两黄金！”

[切光。二幕。

[胡姣姣拉扯家驹上。

家　驹　（甩开）哎呀！光天化日，小心事发。

姣　姣　（得意地）发发发，今日细姐就带契你发啦！

家　驹　唉！（秋江别尾段）

家驹想发，异想天开！

姣　姣　（接唱）　喜今朝你，守得云开。

人到开心，运到时来，

轮到你升官又发财！

你来看。

[把一件东西塞到家驹手上。

家　驹　一块什么石头？

姣　姣　你才是石头呀！打开看看啦！

家　驹　（解开）玉玺！

姣　姣　（悄声地）这就是前朝汉玉玺！

家　驹　（惊喜）吓！？

姣　姣　南阳刘秀作反，已出皇榜缉拿。你把玉玺献上朝廷，保你飞黄腾达！

家　驹　这玉玺得来何处？

姣　姣　在你爹爹房里盗来。

家　驹　（兴奋地）好呀！

（快中板）山穷水尽，柳暗花开。

（滚花）　机会难逢，时不可再！

——走、走、走！

姣　姣　（一手扯住）有福同享……

家　驹　有祸同当！

姣　姣　大吉利是！

[二人分边下。家凤从二幕中闪出。

家　凤　可怒呀！（快中板）

衣冠禽兽，狼毒胸怀！

追上家驹，——

（滚花）　夺回玉玺！

（白）马家驹，你跑不了！

[先锋钹，欲走，惊觉自己只手空拳，翻身向内奔下。手执佩剑复上。

家　凤（滚花）　家凤不扭转危局，拚之血染长街！（忙下）

[切光。

第三场　追、杀、放

[紧接上场，午后。

[城墙内荒野。

[牌子头开幕，长锣鼓，四校尉引王忠上。

王　忠（英雄白）逆贼刘秀混进京，图谋叛逆篡龙庭。

布下窝弓擒猛虎，誓将余孽一扫平！

众将士，贼首刘秀，混进京都。

驸马爷有命，擒获贼首，重赏万金。

窝藏逆贼，九族株连。

你等沿街搜索，户户盘查！

众校尉　领命！（引王忠下介）

家　凤（内唱散板）

急似流星，急似流星！

[打马走边上，边舞边唱。

（仿牌子）化日光天，似见憧憧鬼影。

炎炎酷暑，家凤心冷如水。

利欲熏心毁人性，

后娘兄长兽心人形！

汉玉玺，牵连着一家君命；

汉玉玺，干系着汉室中兴。

（流水）　眼看帝裔陷险境，

马家驹献出玉玺，

刘秀定赴枉死城。

要劝哥哥回头猛醒，

忠奸邪正两分明！

走、走、走！（匆匆下介）

家　驹　（内唱）（快板首板）

玉带紫袍某着定！

[七槌。一手托印，一手马鞭，趾高气扬上。

（快中板）一路风光映眼鲜明，

平步青云处处佳境，

一山一水笑对我逢迎。

（滚花）　汉玉玺，换功名，

本少爷一步登天，一条命生得正！

（顺三槌，诗白）正是：

父母生吾数尺矮，

一朝得志顶天高！——走！

家　凤　（内场）哥哥慢走！哥哥慢走！

[吻吻鼓，家凤上，家驹见家凤生疑，推磨介。

家　驹　家凤，不在闺房描花绣草，出门到此作甚？

家　凤　这个？……哥哥不在家中习文练武，也出门作甚？

家　驹　你家哥哥出门，游山玩水，饮酒作乐！

家　凤　哥哥出门游山玩水，饮酒作乐，因何却背插钢刀，腰挂人头！

家　驹　我腰挂人头？！哈哈哈！丫头莫非成老妇，两眼看物蒙查查！

家　凤　哎，你妹妹眼明心亮，我看见哥哥腰挂人头，还有滴滴殷红鲜血！

家　驹　什么人头鲜血，这是无价之宝汉玉玺！（自知失言，忙掩口）

家　凤　你将玉玺拿往何处？

家　驹　你……你管不着！

家　凤　马家驹！

（追夫）（牌子，大锣鼓）

你偷玉玺——

心肝黑似墨，无人性，

竟偷将此宝，去博取利和名。

人无天良不辨邪正，

唯求几串臭铜钱与虚荣，

怕看你两手血盈盈？

（锣鼓，浪里白）

哥哥！你说是腰挂玉玺，我看到的是爹爹的人头！

家　驹　爹爹的人头？！

家　凤　汉玉玺来自马家，一旦交与王莽，爹爹就要人头落地！

你——（续唱二段）

还劝你，念骨肉情，

听从我劝，改邪归正。

家　驹　什么是邪？什么是正？你看是邪，我看是正。就好比，我腰挂着的是玉玺，你看到的是人头。哈哈哈哈……

家　凤　哥哥。（续唱三段）

你不念兄妹与父子情，

我腰间宝剑也无情。

家凤的拳头，会分辨邪正。（散）

你要玉玺还是要命？！

家　驹　住手！（反线长句芙蓉中板）

丫头你太天真，乳臭未干，

慷慨激昂，骂声比歌声还动听。

有句良言胜金石：人不为己，天诛地灭。

字字掷地有声！

（七字清中板）

运到时来生死一拼，

人间似赌场一个不输就是赢。

你看伍汉表兄，昨天小百姓；

一朝攀月桂，享尽尊荣。

（滚花） 莫阻我锦绣前程，

更莫再啰唆任性。

[锣鼓，家驹打马走介。家凤追赶，挡马介。“救弟”牌子，二人下马介。

家 凤 罢了哥哥，我的好哥哥！

（锣鼓诗白）

一念之差悔难翻，二字忠奸莫等闲。

三岁孩童知好丑，四方思汉莽为仇。

五常孝义人应守，六亲不认世人羞。

七尺男儿应立志，八方扶汉举义旗。

九鼎一言兄猛醒，十分情重泣血声！

家 驹 （三搭箭，不屑地大笑）哈哈……！

家 凤 你因何发笑？

家 驹 笑你聪明自作，实在无知！听着！

（锣鼓诗白）

十足糊涂笑煞人，九分天真傻一分。

八面玲珑求贵显，七情六欲利为先。

六亲最亲唯自己，五脏六腑谁无私。

四面逢迎机一旦，三公六位随手攀。

二字机缘千载梦，一朝错过恨无穷！

蠢材！

家 凤 （先锋钹，执家驹）你、你、你！当真要向昏君交出玉玺？！

家 驹 当然要献出玉玺！

家 凤 真的不念父子兄妹之情 !?

家 驹 为了前程，难顾亲情！

家 凤 呸！（介）好个“为了前程，难顾亲情！”夺回玉玺，宝剑无情！

[家驹、家凤开打，家凤刺伤家驹，家驹倒地，家凤掷剑，趋前跪扶家驹。

家 凤 哥哥！

家　驹　（呻吟地）败在你手下，乎复何言，玉玺拿去也罢。

［家驹乘家凤接过玉玺之际，暗暗拾刀劈向家凤，家凤闻声急闪，拾剑刺向家驹。家驹死介。

［大冲头。王忠引众校尉持灯笼上。伍汉上，大仄槌，推磨介。

［大滚花锣鼓，伍汉、家凤背手介。

伍　汉　（包槌大滚花）

看她手中剑，杀气腾腾，

鲜血斑斑掩剑影。

莫非是，一场争斗，

刀凶剑恶妹杀兄？

家　凤　（摇板新腔）

暗担惊，旱天骤响霹雳声，

见表兄，家凤怕似见克星！

伍　汉　凤丫头，形迹可疑，因甚闹出人命？

家　凤　今日里，人在玺在，拼之血溅皇城！

伍　汉　家凤，你家哥哥，究竟遭谁杀害？

家　凤　听着。明人不做暗事，马家驹是我亲手所杀！

伍　汉　哦？！——你、你、你，因甚杀他？

家　凤　他大逆不道，不忠不孝，死有余辜！

伍　汉　（打量之）你身上所挂何物？

家　凤　我拿的是汉……

伍　汉　汉什么？

家　凤　汉朝之宝！

伍　汉　汉朝之宝？（暗仄槌）拿来一看！

家　凤　（拔剑自卫）——驸马爷！

（斑竹马）休得妄动，家凤火气盛，铁石般本性。

宝剑无情，休怪我唐突表兄；

任谁夺我手中宝贝，

马家凤与他拼死命！（锣鼓，对峙）

伍　汉（背唱）俺甚少见，

她雌威大发，好一似乱了人性。

休草莽，暂压火性，

放她归去，再细心观察动静！

[先锋钹，家凤，你走吧。家凤扭头便走，王忠引众校尉上，拔剑拦阻介。

伍　汉（止之）慢！

家　凤　你？！

伍　汉　王将军，她乃本驸马表妹，你等让开一路。

[王忠等人散开，家凤匆匆走下。

王　忠　驸马大人，这女子行藏诡秘，形迹可疑，理应盘查，请莫轻轻放过。

伍　汉　王将军，你带人跟踪在后，若见她转回驸马府第，烦你朗声通传，本驸马军务在身，今夜不回府第。

王　忠　遵命！

[众校尉引伍汉、王忠下介。幕下。

第四场　存忠剑

[紧接上场，夜。

[驸马府。堂上宫灯亮着。

马　成（内唱散板）

找、找、找（蕴音），翻转块地也要找！

[大云云，马成手拿灯烛上，心慌神乱，四处寻找介。

马　成（边寻边语）玉玺呀玉玺，你匿埋边处呀！你到底在哪里？

（新曲，寻玺）

我腾来腾去通屋都抄匀，

灶前屋后也点亮了灯。

汉玉玺，无处寻，

我收得好稳阵，

唯叹句老猫也烧须，心心不忿！

最怕落在昏君王莽掌心，

个阵我马成，死都唔得了，

全家都遭不幸，

我求求你，印印印，

快些露个面，

我求求你，印印印，

快见见鄙人！

家　凤　（大冲头仓皇逃上）爹爹，你快传令门官，把驸马府大门严严关死！

马　成　（仍在寻找，没好气地）死死死，你父亲这次死定了！

家　凤　（急，顿脚，一口气地）我叫你快快传令门官，把驸马府门严严关死！

马　成　（感到严重）你——何事慌张？

家　凤　关了门再说！

马　成　（欲向门传呼）……

［一校尉内白：“总管听着：驸马爷有军务在身，今夜不回府邸！”

马　成　人来，关上府门。

家　凤　（惊魂甫定）表哥不回府，爹爹不用关门。

马　成　车，又关又不关，搞什么呀？！

家　凤　爹爹大事不好！

马　成　（一惊）吓？！

家　凤　爹爹听呀！

（稍慢唱可怜我）

马家驹，恨他恨他，

不忠不孝恶无行，

为了辅刘护爹爹，

家凤一剑——（抽剑亮相）

马　成　（一惊）　一剑怎样！？

家　凤　（散唱）　要他命归阴！

马　成　（一手夺过剑，惊叫）血！……唉呀！

（快唱哭相思尾腔）

你你你，锯了阿爹个香炉趸！

家　凤　爹爹再听呀！

（水仙子）爹爹休把我怨恨，

也莫太伤心，

恨哥利欲熏心，

夜盗汉玉玺，被家凤追杀，

追杀，两兄妹对阵！

马　成　（先锋钹，一手夺过玉玺，悲喜交集）原来畜生盗玺，乖女追杀，杀了畜牲，夺回玉玺？！

家　凤　迫于无奈，杀了哥哥！

马　成　这只跛脚香炉趸杀得好，汉玉玺乖女夺得好！

（古腔我为你）

汉玉玺呀我为你呀，啦……架架……（腔）

见了你一天都光、心开花！（序）

玉玺真无价，乖女忠勇也；

汉玉玺失而复得，

真是豆豉都爆芽！（腔）

（对家凤白）官凭印信，帝凭玉玺，这方宝贝，今夜就交回储君刘秀，让他带出关外。

家　凤　爹爹喜欢过早，再听呀！

（快慢板）在途中，兄妹斗，酿成血刃。

遇表兄，兵马至，家凤失了神。

恨煞他，挡去路，多方盘问。

马　成　（不以为然地）啊！见到表哥，自己人！（忽转念大惊）——弊！（先锋钹，执家凤手）伍汉他亲眼见你刺死哥哥？

家　凤　家凤当场承认。

马　成　（紧接）伍汉他可见你手拿玉玺？

家　凤　他穷追死问，我拔剑护玺！

马　成　后来如何？

家　凤　他惧我强硬，才放我回来。

马　成　唉呀，中计啦！

（戏妲己尾腔）

你我弃家携玺快逃生！

伍　汉　（早已卸上一旁静听，此时站出三搭箭，纵声大笑介）哈哈哈，舅父现在才走，太迟了！——吠！（锣鼓白）外边听着，驸马府第，重门上锁，加派护兵，无本驸马命令，任何人不得出门，违令者，斩！（内场应：遵命）

[家凤拔剑刺伍汉，二人对打，伍汉夺玉玺，家凤被打翻在地，两校尉冲上介。

伍　汉　押下去！（二校尉押家凤下）

马　成　（赔笑脸地上前）嘻嘻，乖外甥，外甥乖，你表妹大唔透确唔大，她口快手快，你有怪莫怪。

伍　汉　哼！不怪马家凤，却恨眼前人！

（芙蓉中板）

应恨我有眼无珠，错认你忠厚长者，

原来俺与虎同群！

你也知汉玉玺，献者官封万户侯，

藏者全家斩杀尽。

刘秀小逆贼，朝廷钦犯，

捉拿的皇榜遍张登！

（三字清）枉你作重臣，偏犯禁，

藏玉玺，当乱臣。

（七字清）罪恶贯盈更有甚，

暗通逆贼藏祸心！

（滚花） 复辟扶汉乱新朝，

今天贼辈难逃劫运！

马　成　（恍然）刚才下人通传你不回府邸，原来你——！

伍　汉　哈哈哈……！

（秃头包才滚花）

此之谓“兵不厌诈”，

尔曹奸计尽听闻。

马　成　（冷冷地）你——驸马爷想怎样？

伍　汉　（续唱） 快将刘秀交出来——！

马　成　不交又如何？

伍　汉　（续唱） 大义灭亲遵古训！（搂剑亮相）

伍　母　（早已卸上，手捧剑三搭箭，朗笑介）畜生！

伍　汉　孩儿拜见娘亲！

伍　母　好个大义灭亲，忠奸分明！把剑拿来！

[伍汉迷惘地呈剑介，伍母接剑，随手扔掉介。

伍　母　哼！大义灭亲真忠勇，为娘含辛茹苦盼今朝。

来来来，娘亲交你此剑，就让你大义灭亲！

马　成　姐——？

伍　母　（对伍汉）拿去！

伍　汉　（水波浪接剑，旁白）慢！此剑乃先父遗物，小时听舅父言道，我父被奸人所害，死在剑底，教我他朝长大，就拿此剑替父报仇。娘亲今日，因甚拿出宝剑，要儿大义灭亲。（锣鼓白）先拿了马成，向岳皇呈献玉玺，再作别论！（先锋钹，趋前执起马成欲走介）

伍　母　住手！为娘要你大义灭亲。可知灭的是谁？

伍　汉　马成私藏玉玺，暗通乱臣，灭的当然是他！

伍　母　畜牲！我要你杀的不是舅父，要你杀的是你家岳父！

伍　汉　（一惊）娘亲此话怎解？

伍　母　杀的不是马成，要杀的是王莽昏君！

伍　汉　（愠怒）娘亲你——

伍　母　（以手止之）（散板）

恨、恨、恨，

恨煞昏君王莽，你的杀父仇人！

（回龙腔）十八年前贼王莽篡汉，

狠迫先帝饮鸩驾崩永遗恨！

贼子弑君篡位，神州地暗天昏。

你爹爹，怒斥权奸，

被莽贼夺剑刺伤，

血溅金阶一命殒！

[开过，伍汉、马成分过哭跪介。

（哭相思）

伍　汉　爹爹！

马　成　吴（伍）大哥！

伍　母　儿呀！

伍　汉　娘亲！

伍　母　起来再听！（前腔叠句）

多感好马成，一腔忠义，

十八载玉玺一方舍命藏，

明投莽贼暗扶汉，

与娘姐弟相认，胜比骨肉亲。

为保吴（伍）家血脉根，马成与你认舅甥，

对儿教养提携，如宝如珍，

我母子二人，才得免遭厄运。

（快打慢二流）

十八春秋守儿大，

尖尖竹笋盼成林。

只望血还血，慰亡魂。

国恨家仇一朝清算平积愤！

不肖儿，宝剑横在手，

且看今朝，大义灭亲，义在哪里，

大义灭亲，灭的是什么亲！？

[悲壮音乐衬击乐。之后霍地站起，马成卸下介。

伍　汉　（新腔快中板）

泣叩先严悲且恨，

恨俺仇人作亲人，

贼王莽篡位弑君人天愤，

也恨我辅昏君作乱臣！

杀父之仇刻骨记紧，

更谢舅父培育恩。

弃官尽孝更尽忠，

孩儿唯听慈母训！

伍　母　（一手接过）好个尽孝更尽忠，唯听慈母训。我儿听着：男儿报国，尽孝尽忠，娘令你速到经堂，先除却贼女王兰英！（抛剑）

伍　汉　（接剑震惊）怎么讲？！娘命孩儿，杀掉吴（伍）家媳妇么？

伍　母　住口！昏君之女，仇人之后，怎配作吴（伍）家媳妇！

伍　汉　（近乎哀求）娘亲——

伍　母　（冷峻地）儿呀！（顺三槌，口鼓）

忠奸不两全，还讲什么夫妻情分？要报父仇，要扶汉室，枕边容不了对头人！（稍催快）刘秀今夜就藏在驸马府中，你要保他出关，投身汉阵。存忠义，听母训，除却小贱人。火焚驸马府，（介）报仇雪恨。（齐槌、卓竹取剑，续口鼓）我儿四更不杀王氏女，为娘五更自尽！报你父英魂！

[重一槌，吴（伍）母抛剑，转高京锣，吴母拂袖下介。

伍　汉　（大滚花锣鼓，拾剑表演）娘亲！

（仿京调滚花）

从天降下无情剑，

斩断夫妻两离分。

含悲忍泪经堂进——

到经堂亲斩——王兰英。

[幕闭。

第五场　斩经堂

[紧接上场，夜。

[驸马府经堂。

[三更鼓响。扑灯蛾，小倩在摆设香案。

小　倩（白榄）　朝焚香，晚焚香，公主虔诚敬上苍，

上炉香，归家娘，虽是玉叶金枝女，

成个好媳妇模样，婆婆朝晚爱念经，

媳妇乖乖学足样，只可惜婆婆脾气怪，

对待公主冷若冰霜。

（白）香案备齐，有请公主。

兰　英（内唱）（散板）

王兰英经堂往，敬奉心香。

[梆子慢板序。兰英上。

兰　英（梆子慢板）

初更鼓响排香案，先奉婆婆礼佛堂；

三更轮到王兰英，礼拜经堂求福降。

一颗虔心一炉香，朝朝暮暮拜慈航；

婆婆念的经文和佛语，

我在旁偷学得耳熟能详。（点香介）

先为婆婆祷福寿，福如东海寿南山；

更愿恩爱夫妻，到老白头欢随唱。

（滚花） 且看春风明月，吹照我礼佛经堂。

吴　汉 （内唱首板）

步步维艰经堂往！（锣边花。上）

（包才滚花）

经堂咫尺，遥远似登天堂！

存忠剑，爱难存——

身似孤舟逢骇浪。（士字腔）

兰　英 （戒定真香）

深深虔拜礼佛堂，

神灵在天鉴衷肠；

（清唱两名）

保佑婆婆寿而康，

祝愿夫君如意吉祥——

（原曲） 信女兰英诚恐诚惶。

吴　汉 （痛苦地唱新曲，斩经堂）

娇妻几句祝福词，宛如燕语莺歌唱。

红鱼青磬响，声声断人肠。

催人血泪点点流心上，

恨天生我、耳一双！

兰　英 （接唱） 静静经堂月朗朗，淡淡青烟桂花香。

一片神心无他想，只求得合家欢聚老少平安。

吴　汉 （接唱） 是欢聚平安？是家散人亡？

声声青磬红鱼响，真能动菩萨心肠？

今夜信女王兰英，可否逢凶化吉祥？

泪眼看，青烟撩人乱，月色也悲凉。——唉！

兰　英 驸马爷回来，请坐！

吴　汉 公主，请坐。坐吧！

兰　英 驸马爷军务操劳，你辛苦了！

吴　汉　（迷惘地答非所问）辛苦、辛苦，身不苦，心最苦！

兰　英　驸马爷你讲什么？

吴　汉　（惊觉失言）啊！我……我讲，公主朝晚禀的什么神，念的什么经？

兰　英　哦，提起拜佛求神，讲将出来，驸马爷休要见笑。

吴　汉　请问公主此话怎讲？

兰　英　（纯真地唱合字板面）

王兰英朝晚静静躲在佛堂，
偷听念佛敲经学我婆婆样。
我在宫围御苑内，
不惯参叩神灵拜禅房。
今始学婆婆敬神，
朝晚上一炷心香，
求上苍福泽降。
婆婆求愿我细心效仿，
她朝祷平安，我晚祷吉祥。
她勤敲青磬红鱼咒骂奸党——

吴　汉　（暗惊白）骂奸党！

兰　英　（二黄）　她咒骂伍家的仇敌。
为祖先把血债讨偿。
（序）　铁石人闻也断肠，
（曲）　我也咒骂伍家的仇人，
也求愿皇天惩奸党！

吴　汉　惩奸党？！

（沉腔滚花）

哎呀呀，纵有千军万马，
挡不住她一语柔肠！

（反线中板）

可哀眼前人，语语率真，

情重比泰山，心如秋月朗。

千般爱，万般恩，一片孝心感天地，

千恩万爱，却织出恨网一张！

爱海本无波，鸳鸯柳底双栖宿，

骤翻起前仇恶浪。

亲家原来是仇家，求什么神明降罪；

一把无情剑，千斤坠腰旁。

唉呀天罢天，天呀你若有情——

（滚花）何堪乱点冤家，错上鸳鸯榜！

兰　英　驸马爷。（扑灯蛾）

朝经堂，暮经堂，朝晚听婆婆祷上苍。

一宗心事闷恹恹，几番欲问不敢讲。

吴　汉　（念）公主何所问，请直说无妨。

兰　英　（念）伍家有世仇，婆婆祈愿讨血账。敢问仇家何名姓，贼子居住在何方？

吴　汉　这个么？！（仄槌）公主！（稍快念）

（扑灯蛾）伍汉杀父仇，一言难尽讲。

伍家仇恨伍家事，无须公主问端详、问端详。

兰　英　驸马言差矣！（压慢念）

妾是伍家人，当为伍家想。

纵是仇家势位比天高，我家父皇位极云霄上。

仇家纵在天脚底，一张皇榜要他无处藏！

吴　汉　公主！（稍快念）

仇人势位比天高，确在云霄上。

仇家名和姓，天下早传扬。

要拿此奸雄，不须贴皇榜。

远在天脚底，近在我身旁。

兰　英　（震惊，猛一定神，绝不相信，镇静地）驸马此话怎讲？

吴　汉　（有些乱了性，呵斥地）公主你听着！（更快地念）

（扑灯蛾）为父报深仇，今宵讨血账。

先杀王家女，后诛你父皇！

[吴汉追杀兰英，兰英躲闪介。

兰 英 （锣鼓白）驸马爷！平白无端，斩斩杀杀，不讲明白，死也不甘！

吴 汉 你来看！（摆剑介。口鼓）十八年前，你家爹爹谋朝篡汉。我爹痛斥奸贼，舍身拔剑护汉皇。恨奸贼夺剑行凶，爹爹死在金阶，血流剑上！娘亲为报国仇家恨，收藏此剑十八年长。公主要追问伍家仇人，他他他……他就是你家爹爹姓王名莽。为国为家也当以血还血，誓教国贼剑下亡！（兰英接吴汉剑介）

兰 英 （先锋钹）天呀！（昏厥）

吴 汉 公主！公主！（急扶兰英坐介）

[音乐。兰英醒介。幕后女声合唱……

女 声 （秋水龙吟）

惊雷崩炸魂欲丧，

忍看冤仇剑底镶！

兰 英 （接唱） 剑罢剑，你已暗损寒光，似有斑斑血渍恨未泱。

吴 汉 （接唱） 心怆伤，苦我哑口无言来慰安，只有搔首怨上苍！

兰 英 （接唱） 天太狠，错将仇家串作凤凰，一剑冤仇恨如大江。

吴 汉 （接唱） 苍天请帮吾，再生一副样，

不要一点情，只要冷如霜。

爱念断，恩情抛脑后，

好替父雪恨舍命辅汉邦。

兰 英 （接唱） 寸心碎，意彷徨，

哀我经堂烧错断头香！

似身处在深渊神魂迷惘。

（二人合唱）

恩爱夫妻默然泪眼看，

希冀今宵是噩梦黄粱。

（女声合唱）

低头惊看，仇恨剑闪怒光！

兰　英　驸马爷！

（反线中板）

兰英已知驸马因甚到经堂，

十八载血债自当一朝还血账。

休再念夫妻情分，

只恨月老错点鸳鸯！

（三字清）篡位弑君，天人不谅。

哀宝剑，杀忠良。

（七字清，催快）

除奸报仇扶大汉，

未闯龙楼先斩经堂！

（乙反滚花）

存忠剑，已奉还君，（交剑）

舍命成全忠义汉！

（白）驸马爷，你就杀了我吧！

[开边。兰英跪求、甩水发介，锣鼓音乐，吴汉不忍，身段介。吴汉抛剑，同跪抱哭。

吴　汉　（叫头）公主！

（回龙腔）哭一句王兰英，贤淑妇，

俺怎忍抛割夫妻恩情似海洋。

（二黄）　一朝惊雷平地起，

惊听慈母诉凄凉。

痛父惨亡身，持剑闯经堂，

从母命尽孝存忠，

忠心匡扶大汉！（腔）

[鼓打四更。

吴　汉　（合尺滚花）

五更鼓响，

不杀兰英，母命亡。（散一槌）

兰　英　驸马爷！

（五更寒）为君祷上苍，福星耀汉邦，

刚烈存忠孝，青史名标汉栋梁。

吴　汉　（接唱）　声声祷上苍，痛撕裂肝脏，

叹英雄气短，悲儿女情长。

兰　英　（接唱）　苦海茫茫终有岸，

（二人合唱）

今宵难待五更寒……五更寒！

[二人相偎相依，鼓敲五更。

[小倩内场惊呼：“驸马爷！”

小　倩　（大冲头，上）驸马爷不好，太夫人她……她悬梁自尽了！

吴　汉　（狂呼）娘亲！（奔下。把剑遗下）

[小倩仓皇跟下介。大二流锣鼓，笛子二流。

兰　英　（快打慢二流）

闻噩耗，

婆婆节烈，成全儿忠孝，

吴门老少皆忠良！

五更鼓荡魄回肠，似声声催命钟响！

（音乐锣鼓，兰英拾剑介，续唱）

天大愁，一死了，闭眼安详！

[雁儿落兰英拾剑身段介。

兰　英　（跪地）驸马爷！（站起自刎，倒在椅上）

吴　汉　[内呼：“兰英，公主！”上。锣鼓音乐，跪行。

（哭相思）罢了妻！

吴 汉 反了吧！（滚花）

逆新朝，扶大汉。

一把火焚驸马府，

杀开血路反长安！

[吴汉拿起烛炬扔进帐幔；音乐，抱起兰英……

[火势大作，越烧越烈，柱墙塌——整幅天幕，在火光中幻化出一面“汉”字大旗。

[吴汉抱着兰英场定格。

尾 声 反皇城

[天幕仍现一面“汉”字大旗。

[牌子头锣鼓，众将兵引王忠上。

王 忠 （念）吴汉当逆贼，剿叛建新功。众将官！吴汉保着刘秀，图谋反出皇城，你等随着爷爷，剿捕逆贼！（下介）

[牌子。马成、家凤、吴汉、义军上介。

吴 汉 （二黄） 一把火焚驸马府，篡位王莽死有余辜。

众 唱 结集义军齐征讨，汉室江山共匡扶。

[王忠引众将官上，开打介。

[家凤、吴汉杀了王忠，众将慌忙逃下介。

吴 汉 反出皇城去，同举大汉旗！（亮相）。

[大幕闭。

[剧终。

（剧本版本：广州粤剧院提供）

广东戏剧文库
优秀剧作选

1949-2019
粤剧卷

GUANGDONG XIJU WENKU
YOUXIU JUZUO XUAN
YUEJUJUAN

（第5册）

广东省艺术研究所
主编

中国戏剧出版社
CHINA THEATRE PRESS

目录

·粤剧卷·

南唐李后主

编剧：陈自强　王凡石

人　物　表

李　煜　　南唐国主（字重光）。

小周后　　南唐皇后（名嘉敏）。

长　老　　南唐国师，宋朝密使。

李从善　　李煜弟。

赵匡胤　　宋太祖。

赵光义　　宋太宗。

太　后　　李煜母。

宝　仪　　南唐宫女，专管文书。

窅　娘　　南唐宫女，中国第一位“缠足”女子。

曹　彬　　宋大将。

群臣、内监、宫女、宋兵将。

序　幕

[二幕前或追光。

[乐声中，出现双目失明的长老，长眉飘须，手捧一大本《南唐后主词》。

长　老　各位施主，莫听盲僧念弥陀，请君先听一首歌。

[幕后女声唱“虞美人”。

春花秋月何时了，往事知多少？

小楼昨夜又东风，

故国不堪回首月明中。

雕栏玉砌应犹在，只是朱颜改。

问君能有几多愁，

恰似一江春水向东流。

长　老　“问君能有几多愁，恰似一江春水向东流”。各位施主，你们可有想到，这首歌词竟是一位皇帝的作品？可曾知道，就因这一首词，哀哀一国之君，竟招至弥天大祸！

[“文锣”一击，暗转。

第一场　拒　婚

[公元976年。

[南唐国，偏殿。

大臣甲　（内唱首板）

弥天祸降！（上，唱滚花）

可恨宋朝无理，

强提婚事压我大唐。

国主三日不朝，

臣子再无言推搪。

有请列位大人。（众大臣上）列位同僚请了。（口鼓）主上不愿与宋朝联姻，一连三日不上朝堂。宋国使臣催逼回音，我已无词推搪。此事关乎国祚，请列公共作主张。

大臣乙　赵家公主居孀，新寡不祥，怎可把昭阳执掌？

大臣丙　这位公主奇丑无匹，腰圆背厚，皮肤黑黄。

大臣丁　常言“齐大非偶”，主上若做了赵家东床，事事要听从岳丈。

大臣戊　若上汴梁迎娶，怕难学刘备过江。

大臣甲　列位大人，一旦拒绝婚盟，宋朝藉此发兵，只怕势难抵抗。

[众语塞。

宋　使　（内场："可恼！"怒冲冲上。虽是一个小官，却骄横非常。唱滚花）

三日限期已过，

休得再误时光。

快请国主出来，

商订联姻事项。

大臣甲　是！是！有请主上！

内　监　（上）主上有旨，今乃娘娘周年忌日，主上设坛祭奠，暂不临朝。

宋　使　呸！（唱快中板）

抗婚明系藐视吾皇。

小小南唐不知自量，

抗违天命自取灭亡！（转滚花）

回国兴兵，长驱扫荡！

告辞！（欲下）

大臣甲　（急拦）天使息怒。

[内场："太后驾到！"李从善引太后上。

太　后　（唱仿牌子）

皇儿新丧椒房，

昭阳无人执掌。

宋使提亲迫娶，

吉凶未卜费思量。

宋　使　参见太后。

太　后　贵使万福。

宋　使　太后，联姻之事如何？

太　后　这……朝议纷纭，尚须延宕。

大臣甲　还求婉转上复宋皇。

宋　使　好呀！非亲即仇，莫怪兵临坝上！告辞！

太　后　慢！（另场唱滚花）

看来婚盟难却，

事关国祚存亡。

贵使！（唱七字清）

缔结姻亲得倚傍，

愿迎新妇过长江。（转滚花）

请贵使代复宋皇，

谢过圣恩浩荡。

宋　使　宋皇有旨，要南唐国主，亲上汴京迎娶。

太　后　（惊介）要国主亲上汴京？

宋　使　正是！

太　后　如此——理当从命。

宋　使　就此告辞！（下）

太　后　请国主上殿！

内　监　太后有旨，请主上上殿！

[内奏小桃红。李煜上。

李　煜　（诗白）一自玉颜归故土，更无心绪理朝纲。太后有何吩咐？

太　后　王儿！（口鼓）与宋联姻之事，实为有利家邦。明日亲上汴京，接他公主驾降。

李　煜　孤家不敢妄谈婚事，只为娘娘尸骨未寒。

太　后　什么尸骨未寒，分明借词推搪。你与小姨嘉敏，经常相会禅房。为娘亦知你心情，怎奈难与宋朝争抗。

李　煜　太后！（唱中板）

强谐婚事太荒唐，

恼恨宋朝施伎俩，

丈夫谁忿变绵羊？

太　后　（接唱）我弱敌强只能忍让，

若不顾全大局，社稷难安！

李　煜　（唱水仙子）

若迫孤应允婚事，

愿不再把江山掌。

平生志在写诗章，唯求禅让，

与嘉敏归隐去，泛舟江上。

太　后　胡说！先皇艰难创业，你不思守成，竟妄言禅让。难道李家天下，能任你私相授受，乱了纲常？

李　煜　太后，三代之前，天下有德者居之，有能者居之，尧让舜，舜让禹，千秋榜样。今七弟文武全才，真乃帝王之具，弟兄禅让，有甚不当？

太　后　好大胆！你视礼制为何物？视法统为何物？当知长幼有序，嫡庶有别，怎能妄将位让。从善！（从善跪应）你在暗中搞什么鬼，竟敢谋朝僭位，蛊惑兄王！

李从善　臣儿不敢。

李　煜　太后！（跪下唱锦城春）

至诚请求，容我且将衷心话讲。

孤要效舜尧，将帝位来禅让，

千斤之担付托弟郎。

四海烽烟劲，强邻犯我疆，

整军经武，才免板荡。

我书生一介，怎肩重任，

我弟英武，向孚众望，

堪与宋国较量短长。

谁可兴邦，谁把家当，

帝主须论才干。

厝家邦，永相安，

列祖列宗鉴我衷肠。（太后拂袖介）

众大臣　（下跪）主上，抗婚禅让还请三思。

李　煜　孤王一向为人随和，但今日婚姻大事，决不含糊，速传朕意，与宋取消婚约。退朝！

[幕下。

第二场 盟 誓

[二幕外。音乐戒定真香。长老上。

长 老 宋天子，迫娶金枝弄玄虚；唐国主，偷渡银河恋小姨。老太后，棒打鸳鸯心良苦；小佳丽，可怜明日别宫闱。宋朝廷，明知这一边不会允婚，却逼着假修秦晋之好。好好好，长老何妨做月老，有情不畏鹊桥高！哈哈！（唱滚花）

念阿弥，抛却红尘爱与恨；

唯有我，事无大小总关心。

[暗转。音乐引子，开二幕。

[御园。花月良宵。

[暗“扑灯蛾”，窅娘悄悄上。左顾右盼。

窅 娘 （白榄）转曲径，过花荫，露寒苔滑，月华明复阴。窥动静，偷偷行，探路为了小佳人。可怜见明日惜相分！

（拾起小石块向前边掷去，见无动静，向来路轻拍两掌，然后隐入花间）

小周后 （内唱郁金香散板）

月光暗，风拂花草也惊心！

[扭丝配乐。小周后手提金缕鞋上。

小周后 （唱前曲）分花拂柳点点冷露侵，

恨煞月也作弄人！

转眼睛复阴，玉兔闪霎入云层，

难举步履光暗路难寻。

天塌了，也难压痴心；

怕听鸡唱黎明泣别去，

趁此际偷渡银汉哭诉辞行！（转滚花）

雪袜步金阶，手提金缕鞋，

步步回头痛强忍。

[音乐。小周后圆场，窅娘引李煜上后暗下。

小周后 （见李，悲恸地）姐夫！（扑上前，哭相思唱尾腔）……你你你心太狠！

李　煜 （示意勿声张）……太后步步为营，小心耳目。

小周后 你只知太后对我俩步步为营，可知我今宵为你，步步为艰！

李　煜 （始发觉对方赤脚而来，拾起鞋子）你——

（唱沉腔花）

惊看绣鞋脱去，

雪袜染泥尘！

小周后 （伤感、晦气地唱楼台会）

贱脚染泥尘，应谢过好“君恩”，

为求见，又怕闻步重，

故提鞋狼狈到园林！

李　煜 （痛惜地唱前曲）

情浓最动人，

又教孤伤心，

弱质红粉，

怎受这磨折，

提鞋露赤染苔痕。

小周后 （唱前曲）步履苦我不觉难堪，

为见君再苦也是甘。

可哀是奴自伤命苦，

福分薄，不怨天尤人。

李　煜 （唱）　唤句好嘉敏，莫再多伤感。

待重光，把金缕鞋奉上，

殷勤着意抹去苔尘。

小周后 （一手要过鞋子）不用你抹！不敢纳殷勤，但愿君心莫太狠！（穿上鞋）

李　煜 （诧异）语语责狠心，何所见而云？

小周后 你可知今夕何夕？

李　煜 花月良宵，难得与卿幽会。

小周后 你呀！（唱反线中板）

说什么花月良宵，妾眼底月惨花愁，
此夜伤别离，怕成千秋恨。
宋邦招乘龙，更有太后作主，
两国修秦晋，天赐好婚盟。
与君一段情，禁苑是非早传扬，
妾只念君恩，其他不闻问。
唯是太后她，生怕蛾眉惑主，
遣我回扬州去，明日出宫行。

李 煜 （暗惊）啊？！

小周后 （紧接唱骂玉郎）

痛分飞，
深宵盼君不至更伤心。
有恨无从诉，休怪我怨君心狠！（散）

李 煜 （散一槌，散板）

晴天霹雳痛心阵阵！（爽乙反中板）
我枉称一国之君，事事受制于人。
有恨压于心，无力怜金粉。
怨句母后太专横，咄咄逼婚不遂，
忍心瞒着我，下诏逐钗裙。
卿若一旦回扬州，出宫容易进宫难，
生枉苦相思，死也长埋恨！
怜卿又爱卿，怜卿提鞋犯夜，
爱卿情纯切，在一片痴心。（转滚花）
国主立后也无权，
我宁系一颗痴心不挂王玉印！

小周后 （顺三槌，木鱼）

臣妾一时急乱，痴心错怪好心。

都只为诏书一道，惊散六魄三魂！

李　煜　惊散三魂？

（唱）　有孤信物玉连环，

为卿压惊将邪镇。

小周后　玉连环？（卓竹，解环，娇嗔地）什么压惊镇邪，适才间我真想一把毁了它！

（唱）　信物翻成弃物，眼看玉碎环分！

李　煜　（深情地）不会的。（掏出绣帕）卿的定情信物，孤王常带在身。

（唱）　一方绣帕鲛绡，可证心心相印。

小周后　（见帕悲喜不已，唱）

鲛绡在君怀抱，倩女死也息魂！

李　煜　（深情地）嘉敏！（载歌载舞，唱红豆曲）

鲛绡锦帕常我伴，

小周后　（唱）　玉连环永牵系罗裙。

李　煜　（唱）　相思锦帕两情结，

小周后　（唱）　你我愿似连环亲。

李　煜　（唱）　明月花前照，

小周后　（唱）　月姐殷勤上天灯；

李　煜　（唱）　露湿香满袖，

小周后　（唱）　花亦有痴心。

李　煜　（唱）　鲛绡连环佩，

小周后　（唱）　花月证誓盟。

二　人　（合唱）　心声奏起鸾凤曲，

偕老共唱吟！……

窅　娘　（叻叻鼓，慌忙上）大事不好，太后来了！

李　煜　快带王姨躲藏起来！

［窅娘引小周后下；与此同时，击乐配爽到春来，宝仪与宫女引太后上，长老随上，太后入座。

李　煜　母后深宵出来，风寒露重，这……

太　后　（截白）哀家不怕寒露重，只怕王儿迷了心。

李　煜　我……

太　后　我何尝不爱嘉敏，她姐姐病重之日，也是我召她进宫侍病。及后，你两人过从渐密，诗词唱和，哀家也不拦阻。唯独册封国后非同儿戏，何况你的婚事，连着家邦安危，你应好自为之！

李　煜　母后，儿与嘉敏，两情相好，订了誓盟，一朝反悔，于心不忍！

太　后　胡说！一国之君，谈什么信誓，订什么鸳盟！

李　煜　非也！明皇贵妃留佳话，一国之君也是人！

太　后　（语塞，无奈，口鼓）儿呀，你可知宋朝选婿，近于逼婚，你若不从，尤恐招至家邦不幸。

李　煜　哈哈！娶个太平媳妇，做个奴才国主，只怕太平难保，倒落得抱恨终生！

太　后　（愠怒地，口鼓）重光，难道你不顾国位，不顾江山，眼底无娘亲，心中只有一个女人？！

李　煜　（被刺伤，口鼓）母后，儿早有言说过，重光无政德，江山让与弟郎掌，一任世人评说，说我"不爱江山爱美人"！

太　后　你！？……

宝　仪　太后息怒，册立国后一事，何不请国师参详？

太　后　也好。国师有何主见？

长　老　（微笑着）册立国后之事，贫僧倒有主意。

太　后　国师何以教我？

［长老从袖里取出龟壳示众。

太　后　这是……

宝　仪　问卜龟壳？

长　老　对！（唱板眼）

国主与太后，
一向最有神心。
神主宰一切，
不管天上与凡尘。

国事纷纭，也要求神将卜问。

册封谁人为后，

人事三分天意七分！（拉腔）

太　后　看来，国师言之在理。

李　煜　（不无忧虑）请问国师，怎样个——安排？

长　老　（唱）　且看一个铜钱能将天意问，

一面龙、一面字，任君选择好求神！（拉腔）

李　煜　（犹疑不定）母后主见？

太　后　听从国师主意，要龙要字，也由王儿先选！

李　煜　（心情紧张）我……要字！（音乐）

长　老　（暗暗一怔）……好呀！我向神问卜，国主，选定了么？

李　煜　（慌乱地）慢！我要——龙！

长　老　好呀！卜出龙面来，神赐国主婚；卜出字面来，太后得神恩！

[长老高高举起龟壳。

李　煜　（以手按止）慢！我——还是要有字一面！

长　老　一改则可，再改，没有虔诚，——神不谅了！

[乐止。长老摇动龟壳，铜钱落盘中。

长　老　宝仪姑娘，请看。

宝　仪　（先锋钹。紧张地看过铜钱）呵——是龙！

[各人反应各异，长老慢条斯理地收回铜钱。

李　煜　（惊喜地）天意！天意！

太　后　（颓然地）天意！天意！

[叻叻鼓。从善匆匆上。

从　善　参见母后、兄王！

李　煜　王弟深夜进见，有何要事？

从　善　兄王，枢密院呈来急报，宋朝江北陈兵，虎视眈眈，战云阵阵。说什么兄王拒婚，目中无大宋，分明为侵犯南唐作虚文。不娶宋朝女，便要动干戈，是可忍孰不可忍！？

太　后　（先锋钹。执李煜，口鼓）你都听见了？开罪宋朝，拒婚招祸，今回看你，怎挡百万敌军！——回宫！

[宝仪与宫女随太后下。

李　煜　（口鼓）王弟！你有勇有谋，快出良策解厄运。

从　善　（口鼓）求兄王从速发诏，我江南亦陈兵对峙，从善身先士卒壮军心！

李　煜　从善！（口鼓）眼下陈兵对峙，无异火上加油，难免有一场血刃。以卵击石，苦了江南百姓，你我不能不三思而行呀！

从　善　兄王！（唱滚花）

刀枪架在国门上，

忍看宰割任他人？！

让宋兵杀过江来，

玉石俱焚千秋遗恨。

[“士”字腔。静悄悄音乐。李煜徘徊踱步，见长老，顿时开窍。

李　煜　有了！（唱滚花）

兄主和，弟主战，是和是战，

问神求助化外人。

烦长老拿出龟壳与铜钱，

虔心向神求指引。

从　善　（哭笑不得）唉！求神问卜，这是什么时候？！

李　煜　罪过！什么时候，也该求神指引。（执其手）壳内有铜钱一枚，龙与字各占一面，王弟要字，抑或要龙？

从　善　从善不懂，兄王尊便。

李　煜　也罢，字主战，龙主和，就烦长老占卜。

长　老　（煞有介事地）遵命！——字主战，龙主和。南无阿弥陀佛！（铜钱落地）——啊！启奏国主，也是龙！

李　煜　又是天意！（唱滚花）

战为凶，和为贵——（白）

劳御弟过江，求宋军罢战言和。

从　善　（接唱）　从善伏察天心。

李　煜　（紧接唱）内侍端酒来，

敬弟一瓯惜别饮。

[士工相思，窅娘捧酒引小周后上。

李　煜　嘉敏来得正好，从善兄弟，过江请和，今宵一别，不知相会何年。（对善）我拟立嘉敏为后，未知贤弟可否体察兄心？

从　善　从善拜见王嫂！

小周后　叔叔——王爷礼重了！

[恋檀二流序。小周后斟酒。

小周后　（恋檀二流）杯浅难装情意深，

李　煜　一声珍重送征人。

（唱）　　有赖弟郎担重任。

从　善　（高腔）　挥泪解剑别兄嫂，

北去请和保苍生。

李　煜　（唱）　　手足相分悲莫禁，

从今后，为兄在宫里罢歌还罢饮！

[音乐。李煜接剑，赐酒。

从　善　（接杯，跪谢）谢兄王！

[暗转。二幕前。

长　老　（上，念扑灯蛾）南唐国主仁爱心，堪叹词人错做一国君。占卜定战和，可悲复可悯。待手足情如海，可敬复可亲。从善将军过江议和，别酒一杯兄敬弟饮。从善去后，宫廷罢宴，足见后主怀仁之心！

（唱滚花）堪叹江南战与和，

南唐无复兴国运。

将军过江去，

今生难望故里行。

[暗转。

第三场　过　江

[距上场数天后。

[江北，宋军大营，主帅帐中。

赵光义　（唱中板）千里江淮兵气旺，

旌旗十万卷南唐。

并非本帅人狂妄，

乾坤由我主沧桑。

（口鼓）本帅，宋皇御弟赵光义，奉了兄王之命，兵下南唐。正是：泰山压卵势不可当，定教李煜，拱手归降。

曹　彬　（上）末将曹彬参见元帅。禀元帅，南唐国主派李从善过江求和。

赵光义　架起刀斧，命他爬进帐来。

[众兵士列队过场。

李从善　（内唱首板）

衔命求和，不卑不亢。

（锣边花上，唱）

刀枪四面如无物，

大敌当前气自昂。

睁豹眼，退貔貅，

向着辕门直闯。

参见大宋元帅。

赵光义　李从善，你是来投降的么？

李从善　非也！

（唱快中板）

大唐宋国，唇齿之邦，

罢战言和，苍生厚望。

赵光义　呸！（唱快中板）

宋朝公主许嫁南唐，

李煜竟然拒婚推搪，

代天讨伐以儆猖狂。（转滚花）

叫左右，先把这南蛮捆绑！

李从善 慢！（接唱）

两国联婚无非借口，

兴师问罪于理不当。（唱慢板）

大唐事宋，

如父如天，谦恭礼让。

父能庇子，天能盖地，

为何迫犯我疆？

赵光义 （浪里白）父子怎能分为两家，卧榻之侧，岂容他人鼾睡？（接唱）

万里神州，一统江山，

岂让江南，分庭对抗！（转七字清）

金陵指日便要沦亡，

你若归降前程宽广，

共扶宋室列位侯王。（转滚花）

何去何从，不容观望。（三批）

李从善 （唱滚花）俺铮铮铁骨，誓死不降。

哀哀千里江南，百姓横遭祸降。

赵光义 （口鼓）只要南唐停止抵抗，江南三十六郡，便可免灾殃。你们若不投降，我便挥军扫荡，百姓遭逢战祸，罪由李煜承当。

李从善 （唱沉腔花）

唉吔吔，念到苍生何罪，

心忧国祚存亡。

太　监 （内场：“圣旨到！”上，念）奉天承运，皇帝诏曰，南唐使臣李从善，文武全才，封为大宋朝泰宁军节度使，赐第汴阳坊。即日赴京面圣。钦此。

李从善 臣不敢奉旨！

赵光义 主上隆恩，岂可不受！？你欲请和，何不亲上汴梁向大宋皇帝当面求情。

李从善 （唱武二归家腔）

为存国运上汴梁，（转西皮）

亲身恳请宋皇，免黎民受灾殃。

臣领旨！（无奈捧旨下）

赵光义 曹彬听令，统率三军，渡江南进，限期十日，攻克金陵！

曹　彬 李从善正上京议和，何以遽然发兵？

赵光义 哈哈！（唱滚花）

李从善留为人质，

促李煜恐惧投降。攻破金陵——

有一个人千万不能杀害！

曹　彬 哪一个？

赵光义 李煜的新夫人——小周后！（唱滚花）

国色天姿，令人心驰神往。

我已装成金屋，待把娇藏。哈哈！

[切光。

[雁儿落，宋军攻城过场。

[马童引出赵光义，一帜“宋”旗随后。

[赵光义传令：“进城！”

第四场　辞　庙

[二幕前。

长　老 （阴告）李从善做了俘虏，

身后家国空回顾。

可怜见南唐，

城破国亡哀哉劫数，

天昏地惨哭声高，

国主走上去国路。

宋兵围城之日，李煜把他的诗词，抄写于数丈白绫上边。今天，白绫挂在太庙梁上。唉，数丈白绫，尽是墨宝，词人皇帝，死也风骚！（钟鼓声）

（唱散板）不忍听，辞庙钟鼓，如泣如诉……

[暗转。辞庙音乐，沉重而悲凉。

[音乐声中，宫娥、太监捧香案、祭品鱼贯过场。

[火爆头。宋偏将气势汹汹上。

偏　将　大令下！南唐败君听令：大宋朝一统四海，收安南唐，唯李煜以和抗命，不献城池。本帅破城之日，本该玉石俱焚。唯我大宋皇帝天恩浩荡，赐金陵城在人在，命李煜辞庙之后，过江受降！——大宋征南元帅赵光义！

[灯暗，偏将隐去。

[暗转。太庙灯火通明。音乐。宫娥引小周后上。

小周后　（小曲）　国亡家破一切都失去！眼中只有泪。

离宫禁，别故居，太庙辞行步踌躇。

[音乐配击乐，众文武朝臣引李煜上。长老随后捧诏书上。

长　老　太后遗诏，文武百官下跪听宣。

[众人跪。

长　老　（念）大唐国破，愧对列祖列宗。哀家先行一步，一死以谢先王，遗诏王上百官，深明大义，念报先王天恩，唯壮烈成仁。国主辞庙之日，臣辈殉国之时。——太后绝笔。

[音乐，李煜沉重接诏。

老臣甲　国主，老臣家室，已付之一炬，老臣侍奉国主辞庙，殉国成仁！

武臣乙　国主，末将肝脑涂地，护驾黄泉！

[众臣有真心跪表的，有强难随跪的。

李　煜　（颓唐地）愿殉国者，殉之；愿离去者，去之。孤遵太后遗诏，辞庙殉国，焚我诗词文稿，众卿家见火光为号，殉国也好，离去也好，任卿等选择为之。

众　臣　遵命！（分散退下）

[窅娘怅然若失，塑像般呆立一旁。

李　煜　窅娘，你青春年少，兼有老母在堂，孤赐你回乡，快快逃走去吧！

窅　娘　逃？我怎么逃？（散唱）

兵荒马乱，窅娘我怎么逃？（流水新腔）

窅娘我，

国主驾前朝夕起舞，

三寸金莲占尽风骚。

只有红氍毹上有我的路，

裹了的小足，寸步难逃！

李　煜　（醒悟，难过）都是我害了你，害了你，无论如何，孤定要派遣侍从，送你还乡！

窅　娘　谢国主！（下）

小周后　国主。（流水新腔）

城破国亡唯一死，

犹胜偷生做臣儿。

太后遗诏宣大义，

成仁殉国此其时。

只可惜，国主的大好文章付之一炬，

人间墨宝化灰飞！

李　煜　梓童。（乙反清歌）

重光无德愧为国主，有负国人万死难辞，

只可怜卿为国后一年许，

烽烟岁月，泪洗胭脂。

无一日安宁与卿同欢聚，同欢聚，（转饿马摇铃）

反为孤操心国难、战事，

春花秋月冷落了，有恨寄诗词。

危城坐困，举国焦虑，

怜爱卿皱锁蛾眉。（静收）

你，你也去吧！

小周后 （接唱） 感君恩永记知遇，
记花间有密语，矢誓两心知。
生死与聚离，恰似信物玉连环，
永相依。（转乙反流水）
夫妻本是同林鸟，
怎可以大难临头各自飞，
难望同生甘同死。

李　煜 （前曲） 哀哀山川社稷一旦危危，
孤何忍再害卿你。
你速归祖居莫迟疑，
殉国有我重光遵照太后意。

小周后 （乙反减字芙蓉）
要归你我一同归，
何忍官家孤独去。

李　煜 （唱） 亡国之君何自处？
宋士无我一枝栖。

小周后 （唱） 仓皇辞庙血泪枯，
转眼唐室成宋地。

李　煜 （唱） 焚我墨宝辞太庙，
此身也随烟灭与灰飞。（转滚花）
白绫七尺谢国人，
待听五更含恨去。

[三更鼓响。音乐，小周后欲再说什么，李煜以手止之。宝仪在音乐声中上。

李　煜 （浪里白）宝仪，为国后收拾细软，轻车简从，五更鼓响，逃出金陵！

宝　仪 遵命！（去而复返）国主，臣女为国主收藏整理诗词墨宝，多年诵读，朝夕爱不释手，乞国主赐我华章墨宝，永感殊恩！（跪求）

李　煜 （手抚白绫，感其至诚）拿剪刀来。

［音乐。老内监捧银盘上。李煜取剪刀，剪下白绫一段赠予宝仪。

宝　仪　（珍重地接纳）谢国主赏赐！（下）

李　煜　（抚白绫无限感慨，唱红烛泪）

诗词映眼何堪追思，
秋月春花凝笔底。
忆多少风流韵事，纯挚皆成诗，
写尽绿水青山，
写不尽的在一个情字！

（音乐不断。审视白绫上的词稿）“烂嚼红绒，低向檀郎唾”……“低向”，这个“低”字不美，不雅……“笑向檀郎唾”？对！应改“笑向”……（执笔改写）

［窅娘暗上。

李　煜　（回首见状）哎，窅娘，你为什么还未走？

窅　娘　走了，窅娘走了，窅娘一走，从今见不到国主了。

李　煜　（醒起）啊，我曾答应赐你诗词一幅，来，（拿过剪刀）窅娘你剪吧！

［反线二黄板面。窅娘不够高，李煜把她抱起，窅娘剪下白绫一幅，双手捧着，缓缓离去。

李　煜　白绫剩下无多了，重光的时辰也无多了！

（唱反线二黄）

禁宫深院，回廊花径，
吟哦低唱，抛下多少片玉散珠，
我爱大好江山，更爱锦绣诗词，
几回梦里惊呼，喜获华章艳句，
江山易主千秋事，帝王身后土一堆，
百丈阿房焚火里，
永存后世，唯有这不烂珠玑！（唱序）
只可惜国破家亡金陵逐国主，
昔日擎觞弄月，曼舞轻歌醉，

哪堪追，哪堪思，往事若云烟与逝水！
眼睁睁，唐家风映宋家旗，
一朝国主作臣儿，
辞庙鼓钟敲心碎！（乙反短序转乙反长句二黄）
国将不国家何堪？重光背负弥天罪。
唐室巍巍庙宇，在我手上倾颓。
此身有罪无颜存天地，
更不愿一国之君北去称臣待侍，
辞我龙楼凤阙，他邦臣伏跪丹墀。（转双星恨）
昔日玉瓯宴琼楼——
曼舞升平列众姬，百金赐蛾眉，
箫管彻夜和鸣，助我筵前醉笔写新诗。
禁苑内，花枝烂漫伴翠袖粉黛，
相映千娇百态；
朝晚也爱听佛殿唱几声阿弥，
静静听敲青磬红鱼，
净戒清心向仁慈，
别有一番脱尘韵味。（四更鼓响）
唉！哀哀往昔尽成虚，
唯留墨宝一堆！

[锣鼓。一内侍捧炭盆上，卸下。

李　煜　（唱乙反二流）
白绫上，写诗词，
好一比吐丝春蚕自困死。
李重光，算只有一点真情流笔底，
且待世人评说赞还讥！

[小周后华服穿戴，神情肃穆上。

李　煜　（打量小周后，怨责地）唉！嘉敏嘉敏，如今你是仓皇逃难，实非参行婚礼大典！如此打扮，寸步难逃！

小周后 （默然苦笑，唱小桃红）

官家爱宠，妾未报深恩，

铭心守信记誓词。

身处国亡乱世中，

我抛开君你独身逃离去，

万世千秋尽羞耻！

我说不求共生，甘伴官家同死，

今夜穿我华服，巧扮艳装正入时，

难里夫妻，携手归去。

李　煜 （感动，打量，惊艳）……美绝！艳绝！

（唱前曲）艳哉！奇艳！

巧装扮，世间稀，宛似下界天仙女。

素装浓抹总相宜，同样美，

仿佛初会绝世蛾眉。

小周后 （唱前曲）深知君赏识美，

粉黛为悦己者施。

垢面蓬头辞阳世，有失官家堂堂国仪。

五更辞庙去，悉心妆我仪态美。

李　煜 （侧槌，看着白绫，爆发地）不应死！你我都不该去死！

小周后 （茫然）重光！

李　煜 我是个才人，一生只会写诗、填词。我早说过，李煜不配当一国之君，我可以让位，可以遁入空门，也可以做个词人学士，奈何一切也由我不得！我也知道，背后当有人骂我："不爱江山爱美人！"

小周后 （不忍听）重光！

李　煜 我何尝不爱江山？人家要来夺取，大军压境，城破国亡，也是由我不得！——试问，天下男人，有多少个不爱美人？！我爱美人，也爱诗词，今日两者兼而有之，我何必去死？你也何必去死？！（把白绫扔进火盆里）今

后重光依旧爱你，依旧写我的诗词。（取出鲛绡巾包裹词稿）

小周后 （唱散板）语语哀伤溅血泪！（转乙反恋檀板面）

痛上苍降罪，

天差兵马征南逐国主。

天数尽，国运衰矣，

追悔已恨迟！（转爽反线中板）

细想宋朝廷，

处心图强霸业，江南富庶地，

垂涎已多时。

借口国主不称臣，恃强凌弱邦，

盛世好江南，一朝成战地。

纵教国主拜汴京，大唐乃宋家天下，

江南无复有，你我一枝栖。（转乙反七字清）

肉袒受降江北去，

仰人鼻息笑面阿谀。

忍辱偷生朝宋主，个中滋味苦难支。（转滚花）

存贞节，绝北行，

宁在君前求一死！（欲触柱自尽）

［李煜慌忙拦救；与此同时，长老闪出救护之。

长　老 国后休得轻生，我看，宋皇是一位有道明君，汴京受降，信不会难为国主国后。

小周后 辞庙殉国，此乃太后遗诏。

［内呼："宋皇圣旨下！""小门开"。四宋校尉引赵光义上。

赵光义 （宣诏）"奉天承运，皇帝诏曰：金陵城亡之日，李煜受降之时。肉袒进京，听候天心裁决。"圣旨读罢三呼谢恩！（见对方无反应）——圣旨读罢，三呼谢恩！

李　煜 （痛苦地）万岁、万岁，万万岁！

赵光义 （见小周后）那个女子，莫非就是小周后？

长　老　正是。

赵光义　（大侧槌，打量）妙呀！（背场唱滚花）

　　带雨梨花添秀色，俺三魂七魄已全飞！

　　李煜快携眷过江，好待我皇处置！

长　老　大元帅，唐国主正在辞庙。

赵光义　也罢！（对长老）本帅在庙前点齐兵马，你守待李煜辞庙完毕，五更起行，启航渡江！

长　老　元帅请！

[赵光义下。

内侍甲　（匆匆上）启奏国主，枢密使陈乔大人，庙前碰死，殉国尽忠！

李　煜　陈老卿家！

内侍乙　（匆匆上）启奏国主，马大人自焚将军府，全家殉国尽忠！

李　煜　（凄惶地）老将军！

宝　仪　（先锋钹。跌扑上）国主，国后，窅娘她、她焚毁乐谱，悬梁自尽了！

李　煜　（凄厉地）窅娘！

[音乐。纱幕内出现窅娘悬梁剪影。

[小周后晕厥，倒在宝仪怀中。

[全场定格造型。

[幕后合唱新曲垂泪对宫娥：

　　四十年来家国，三千里地山河，

　　凤阙龙楼连霄汉，

　　玉树琼枝作烟萝，

　　几曾识干戈？……

　　一旦归为臣虏，

　　沈腰潘鬓消磨。

　　最是仓皇辞庙日，

　　教坊犹奏别离歌，

　　垂泪对宫娥！

[落幕。

第五场 斗 诗

[二幕前。

[众旗牌引穿官服的长老上。

长 老 (唱中板)脱却袈裟完使命,
南唐平定庆功成,
玉带紫袍官仪肃整。

世人定会觉得奇怪,南唐国师怎会成了大宋公卿?其实并不奇怪,当日宋皇,派我潜入南唐为内应。收集情报,出入内廷。念几句法华经,免多少刀光血影,假传佛祖之意,李煜肉袒归降上汴京。宋皇封他作违命侯,好让他乐天知命。正是:李煜错将菩萨请,到头空献石头城。

宋 臣 (上)禀御史大人,高丽国使臣重金不吝,买得李煜一幅墨宝,消息传遍京城。

长 老 李煜出卖词稿?(唱滚花)
事关重大,须向主上禀明。
速传经纪之人,前来作证。

[暗转,开二幕。

[侯府花园,残阳斜照,黄叶飘零。

李 煜 (唱后苑望帝魂)
梦醒独倚栏,天际暮色残。
秋老吴江枫叶丹,一片降幡遮望眼,
紫岭钟山,虎踞龙盘,
在我手中毁于一旦。
寻思真个百不堪,浮生似梦烟已尽散,
往事只生哀,冷雨复斜阳,
泪眼忍看南飞雁,
旅雁莫高飞去,请将我心魂带返。

无限关山，唉！别时容易见时难。

流水落花春去也，天上人间。

“流水落花春去也，天上人间。”好句！好句！（欲抄录，毛笔脱了笔头。唱“可怜我”）

痛今天，仅此一管秃笔也用烂，

墨淡砚残待怎生？

胸中幽愤一时驱不散。（插白“也罢！”撕衣襟作笔）

撮衣襟（介）当笔快书消怨憾！（写介）

小周后 （上，唱长句滚花）

秋风劲，百花残，

桐叶飘零泣井阑。

北地寒来初不惯，

重阳未过怯衣单。（句）

为郎亲手制寒衣，

心事连同针线绽。（进见，示衣）

重光，你看！

李　煜 啊！喜见嘘寒送暖来！

小周后 不要吟诗啦，快些试试罢。

[李煜伸手，露出手上墨污。

小周后 何以一手的墨迹斑斑？（再见衣破）咦！更何以将衣襟扯烂？

李　煜 什么事也难不倒我！

小周后 出了什么事？

李　煜 我要写诗，却缺笔少纸，撕下罗衫，撮襟为书。

小周后 快将这新衣披上，小心着凉，你看黄叶纷飞，秋风荡漾。

李　煜 （唱南音板面）

看园中，花事凋残，

悲秋情，涌心间，

见妻消瘦玉颜，

芳华渐褪只因西风冷。

小周后 （接） 劝君休要睹物伤怀暗悲叹。

任教北国漫天风云卷，

千里白雪掩群山，

雪中自有红梅犹独放，

朝朝暮暮与君相对共死生，同患难，

千灾万劫只等闲。

李 煜 （唱南音）妻似傲雪寒梅高风范，

我是啼红杜宇意阑珊。

小周后 （接唱） 逆境穷途且自粗茶淡饭，

安贫乐道与君共济艰难。

竭尽温馨，融解你心头冷，（相偎依）

严冬过去，便是春满人间。

李 煜 （转乙反南音）

亡国之君，难再见春光灿灿，

夕阳西下，将永是寒夜漫漫。（过长序楔白）

嘉敏，我害苦你了，想不到国破家亡，追随我的不是忠臣孝子，而是一个弱质红颜，世人责我不爱江山爱美人，如此美人，教人怎能不爱。

小周后 （唱流水南音）

能为知己倾肝胆，

皇后虚名我不贪。

一往情深天可鉴，

是非留待后人谈。（转滚花）

但求你我长相依，毋生变幻。

李 煜 （感动地）嘉敏！（二人拥抱）

宝 仪 （上）侯爷，快来看！（递上文房四宝）

李 煜 （喜极）啊！好纸！好笔！何处得来？

宝 仪 侯爷请听！（唱花鼓芙蓉）

见你写诗篇，纸劣笔颓空感叹，
每念澄心堂当日，文房精制动江南。
为应你急需，补眼前缺憾，（念白榄）
宝仪忍割心头爱，
出卖词稿渡难关；
有人慧眼识奇珍，
一掷千金交口赞。（唱跳花鼓尾句）
说你“鸡林名重”，词坛千秋典范！

小周后 （先锋钹）你卖了一首什么词？

李　煜 （得意地拉开小周后）我的词首首写来都一样艰辛，你又何必大惊小怪？

小周后 怕的是你那些追怀故国之词流传出外会因而惹祸。

宝　仪 奴婢卖的是国主辞庙时赠我的词，写的是“刬袜步金阶，手提金缕鞋”。

李　煜 啊，啊！写的是那晚你赤脚、挽着鞋偷来见我之事。

小周后 （羞）我什么时候挽着鞋去找你了？这种事也可写入词的么？

李　煜 你怎么做，我便怎么写，“说得人情透，便是好文章”！

小周后 把我的儿女情态都传出去了，千秋后世也让人笑话我。（娇嗔地打李煜）都是你不好……

李　煜 （玩笑地）莫打了，否则这粉拳、娇笑亦要写入诗词，千秋后世都知道李煜娶了个“刁蛮妻”。（小周后掩而羞介）

门　官 （匆匆上，白榄）
快恭迎，快恭迎，
宋皇御驾降门庭。

李　煜 （接）　御驾为何来，可曾明究竟？

门　官 （接）　事关侯爷卖文字，
宋皇不悦问详情。

小周后 （一惊，接念）莫非文章播是非？

李　煜 （接）　祸福原难定。

宝　仪 （接）　卖词如起祸，罪责我担承。

李　煜　（止住欲下的宝仪）慢！我不信卖一首小词，也算大逆不道。更衣接驾。

［李煜等下。四大甲冲上，宫女、太监引长老、赵匡胤上。

赵匡胤　（诗白）马上为王十五载，赶尽残月与残星。

李　煜　（上）臣，违命侯李煜见驾。

赵匡胤　平身，卿家可知孤王为何事而来？

李　煜　臣不敢妄测天心。

赵匡胤　孤乃为诗词而来，你可有卖过文字？

李　煜　（一惊）事诚有之，出于无奈。

赵匡胤　可知买者是谁人？

李　煜　臣实不知。

赵匡胤　听道！（愠怒地唱滚花）

买主是高丽国使者，到处传你才名。

却显得孤刻薄寡恩，至令你卖文活命。

李　煜　（惶恐）哎呀！死罪！死罪！（跪）

赵匡胤　（忙扶）哈哈！何必如此，你看——

（出示词幅，唱滚花）

原词经已赎返，不教流落蓬瀛。（转中板）

一阕新词谁可并，天孙机杼巧织成，

难能可贵真情性，会当千载有名声。

卿家何以卖此词，莫非遭逢困境？

李　煜　（口鼓）　只因停发俸禄，几至“饿死台城”。

赵匡胤　（接）　朝中停发俸银，是奉何人之命？

长　老　（接）　是元帅赵光义，假托主上之名。

赵匡胤　（接）　御弟胡作非为，立即查明究竟。

要他亲来赔罪，态度必须虔诚。

李　煜　主上，臣实不敢当。

赵匡胤　以后你不必卖文，速将全部诗词取来有用。

太　监　主上有旨，将违命侯诗词呈上。

［宝仪呈上。

赵匡胤 孤赐你黄金千两，为你将诗词刊印成书，孤要题辞写序，好让你青史留名。

李　煜 （喜出望外）谢主隆恩！（跪下）臣五中感铭。

赵匡胤 慢！孤王有一个条件先要讲明，你向以词人自居，在词坛纵横驰骋。孤要与你斗诗月下，一决输赢。你若斗不过孤王，这词稿如何处置便由孤决定。

李　煜 啊？（另场唱滚花）

听闻此语，暗里吃惊！

莫非宋皇，设成陷阱？

主上，臣才疏学浅，不敢与主上斗诗。

赵匡胤 哈哈！莫非怕评判不公正？你放心，孤定要你口服心服，速题诗句咏月得来。

李　煜 臣遵命。（稍思）"掬水月在手，弄花香满衣。"

赵匡胤 好诗！真不愧当今翰林李学士。孤也来咏月诗两句，你听着。（唱滚花）

未离海底千山暗，才到中天万国明。

李　煜 好诗！（唱中板）

想不到今天同将月咏，

我失之纤巧，他掷地有声。

不愧帝主之辞，令人肃然起敬。

臣服输了。

赵匡胤 你若服输，这词稿便不必刊印了。

李　煜 （大惊）臣——未服输。

赵匡胤 谁输谁赢，不能你我决定，江爱卿——

长　老 臣。（对李煜）参见施主。

李　煜 （一愣）你是——

赵匡胤 他是我派往江南的密使，蒙你封为国师，今日就由他判定谁输谁赢。

长　老 还是请佛祖裁定。（取出龟壳）施主，念在往日之情，我有一言提醒。你如果想斗赢，请占有龙的一面，因为我这个铜钱两面都是龙，没有字。

李　煜 （取过一看，大惊，唱二黄）

就是这铜钱一个，

骗去我故国金陵。（序）

自恨塞聪明。

长　老　（接唱）　这一个铜钱，

曾为你把良缘选定。（序）

功罪还相称。

赵匡胤　（接唱）　你姻缘美满，

应谢我媒妁之情。

李　煜　你为媒？

长　老　（接唱）　我与你为媒，是奉宋皇之命。

李　煜　何以又迫我与宋朝公主成亲呢？

赵匡胤　（接唱）　先为你撮合良缘，再迫你另行婚聘。

知你必然抗命，孤便出师有名。

李　煜　啊！（另场）想不到世情险恶，满布机谋，四围陷阱。

（对赵匡胤）臣此番真的服输了。

赵匡胤　重光！做皇帝难啊！单凭赤子之心，不懂权变之术，大事难成。你以厌兵之俗，当用武之世，输了江山乃命中注定。以后就用你所长，安心填词炼句，念佛抄经。今日已决输赢，这文稿——（作撕状）

李　煜　（焦急地）主上——

赵匡胤　我若将它毁碎，你将如何？

李　煜　谁毁了我的诗词，我与他当场拼命。

赵匡胤　好胆！你在和谁说话！

李　煜　（醒悟）啊！恕罪，恕罪！一论及诗词，我便不觉放恣忘形。

赵匡胤　我毁了你的诗词，你要和我拼命；我夺了你的江山，你何以不和我拼命？

李　煜　千年以后，这江山不知是谁家天下，而这诗词永远是我的心声。

赵匡胤　哈哈！重光言之有理，孤王威加四海，煊赫一时，到底是眼前光景，怎及得你诗词绝世，千古留名。孤为你刊印成书，四方传咏。愿大宋词人辈出，愿卿家更创新声。

李　煜　谢主上，臣有一事请求。

赵匡胤 莫非不信任孤王？

李　煜 非也。

赵匡胤 莫非有所增删？

李　煜 亦非也。求主上赐还包裹词稿的鲛绡巾，此乃我与夫人定情之物。

赵匡胤 （感动地）至情至性之人，方有此至善至美之作。重光，你若以写词功夫治国，中原逐鹿，还不知死于谁手。

李　煜 我此生只剩这一堆文稿，一方鲛绡，于愿足矣。（取过绡巾，珍藏之）

赵匡胤 你虽是亡国之君，但在词坛上你才是真正的皇帝！来人，宝剑侍候！（取剑唱滚花）

孤割下龙袍一角，

珍裹这词库精英。（割袍，盖于词稿之上）

[幕下。

[二幕前。音乐。长老徘徊踱步。

长　老 （长短句）烛影摇红，宋太祖一朝命归终。宋室易主，赵光义坐上金交椅。贱贱贱，后主朝夕泪洗面；愁愁愁，一江春水向东流。一国之君，囚身异地，感触哀酸，在所难免。一首《春花秋月何时了》，总是凄凉调！——

[幕后男声独唱虞美人：

春花秋月何时了，往事知多少？

小楼昨夜又东风，故国不堪回首月明中。

雕栏玉砌应犹在，只是朱颜改。

问君能有几多愁，恰似一江春水向东流。

[暗转。

第六场　醉　舞

[公元九七八年七月初七。

[偏殿。

[幕后男声唱李煜阅："虞美人"。

赵光义 （看词稿，拍案而起）好大胆！（唱滚花）

什么"一江春水向东流"，李煜心怀复国志。

孤王正要诛臣虏，

何妨伐罪借诗词！（唱十字清）

想当初，我兄王，优容于你，

孤为你，遭责备，恨记心脾。

到今时，罪证落在孤王手里，

你自招承，自掘墓，

孤杀你就不费心机。（转滚花）

先折你花枝，再毁你诗词，

泄我心头之气。

来！传李煜夫人晋见。（太监欲下）慢！顺告李煜，今日七月初七，孤请各胜国夫人进宫乞巧，不得违误！

[太监下。

赵光义 （唱滚花）小周后天生尤物，

孤王早已羡慕多时，

召她进宫成其美事。（拉士腔）

小周后 （上，唱乙反四季歌）惊听宣呼涌忧思，

应诏进宫步迟迟。

仰人鼻息艰难事，

强装欢笑展蛾眉。

臣妾见驾，愿王万万岁！

赵光义 周美人，你来了！

小周后 君命召，不敢违！

赵光义 好个不敢违。人来，赐座！

[小周后迟疑，赵光义扶肩逼坐。

赵光义 美人，可知今天是什么日子？

小周后 七月初七，乞巧之期。

赵光义 嗯！孤王这里，想起那前朝故事。（唱芙蓉中板）

七月七日长生殿，夜半无人私语时，

在天愿作比翼鸟，在地愿为连理枝。（转七字清）

乞巧之期多韵事，

孤要效前朝天子李隆基。

[赵欲拥，小周后避闪。

小周后 主上！（唱二黄含字过序）

还求恕妾身未敢犯朝仪，

贵贱尊卑，难逾伦理，

况今日我夫君正当母难之期，

筵席觥筹须主妇亲持，

求便赐我早归去。

赵光义 （唱追贤二黄）

叫一声，美人儿，莫言归，莫言去。

你若抗违孤意，未免太不知机。

随孤共享荣华，莫恋李煜那书呆子。（拉腔迫介）

太　监 （上）启禀主上，李从善在外咆哮，要闯宫见驾。

赵光义 哼！自寻死路，宣他进来！

小周后 慢！（口鼓）求主上不要传宣，恕他鲁莽之罪。主上后宫多佳丽，望饶过我这亡国后妃。

赵光义 （口鼓）盘中餐，不稀奇，食之无味。怎及你奇花异果，一望疗饥。李从善送上门来，正合孤心意。人来！传！（太监下）今日将军生死由你定，好自为之！

[重音乐，小周后惊介。李从善上。

李从善 参见主上，见过嫂嫂。

赵光义 进宫何事？

李从善 （唱滚花）来接嫂嫂回去，时已日落桑榆。

求主上降隆恩，免教我兄焦虑。

赵光义 （口鼓）你且先行告诉李煜，他的夫人暂不回去！

李从善 （大惊）嫂嫂！

小周后 叔叔，你先回去吧，我……

李从善 嫂嫂……

赵光义 哈哈！你听到了么？叫你先回去！

李从善 （忍气）主上！（口鼓）我兄弟虽为臣虏，又岂可任意相欺！

赵光义 （横蛮地）相欺又如何？

李从善 （强忍）应知人言可畏。

赵光义 （紧迫）人言又如何？

李从善 （忍无可忍）说你君戏臣妻！

赵光义 （狂妄地）君戏臣妻又如何？

李从善 昏君你休得无礼！（唱秃头滚花）

常言拼死无大害，甘将颈血溅宫闱。

誓保嫂嫂清白身，（半句）

小周后 （接唱） 好叔叔，求你速离此地。

赵光义 走不了！（唱滚花）

乱臣谋逆，已到死期。

人来！将他擒拿，从严处置！

[众侍卫擒李从善，从善抵抗，拔出暗藏的匕首，终被擒。

侍卫甲 禀主上，在贼身上搜得匕首一把！

赵光义 好大胆！（唱快中板）

怀刀上殿罪难辞，

显系将孤来行刺，

把这弑君贼子五马分尸！

小周后 主上……

李从善 呸！（口鼓）

弑君贼子原是你，

夺位鸩兄问病时。

斧声烛影深宫里，

道路流言说是非。

小周后 叔叔！

赵光义 好大胆！（唱滚花）

叫人来！先割去舌头！

再挖出他的心、肝、胆、肺！

[赵光义丢匕首，侍卫拾起押李下。

长　老 （内场）刀下留人！（上）主上，刀下留人，容臣上奏！

赵光义 你且等等！传旨开刀！（重音乐）

小周后 叔叔啊！（侍卫拦阻。跪下哭相思）

赵光义 （在哭相思中白）卿家，何事上奏？

长　老 事已至此，奏也徒然。

小周后 （哭相思尾转叹板）

叔叔啊！你敢御阴霾，死当为厉！

江南三月，尚飨魂归。

侍卫甲 （上）行刑已毕，刑刀呈验。

小周后 叔叔！（冲向侍卫，取过匕首，唱昭君怨中段）

一腔血，一腔泪，

泪血尽化急雨飞！

恨昏君好色任性妄为，

逞淫威，伤天理。

叔叔啊！是嫂嫂害了你！

赵光义 你若不依从，李煜下场也将如此！

小周后 （唱昭君怨尾段）

眼前纵是，抗衡不易，

我岂甘受所欺，拼死殿前存节义，

报夫君情谊，免千秋万世人笑耻，

笑一国之君——保不了妻子，

屈身辱志，哀痛此时，中道仳离。

夫呀！为妻先行入地，

待上九天并翅飞！

[举匕首欲自裁，长老拦介。

长　老　（取过匕首）主上，万一血污金殿，未免不祥。

赵光义　呃！什么祥与不祥，只问肯与不肯。人来！褫衣！——褫衣！

[四宫女上，扯下小周后衣裙。小周后惊极！羞极！躲进屏风后。

长　老　主上！（口鼓）请恕微臣直言，桀纣之君，暴政虐民，终不能久安于位。今开国之初，民心未定，为君者当居安思危。眼下南唐，宗庙虽倾，百姓未忘李家慈惠。大宋不施仁政，恐招民怒，无异自决金堤。太祖对李煜视若上宾，重其才艺。今天主上失德，有背先帝箴规。

赵光义　（拍案）够了！嘲诮朝廷，认真放肆！

长　老　艰难缔造，不忍凌夷！

赵光义　独断专行休再议！

长　老　忠言逆耳望三思！

赵光义　江山我为主！

长　老　青史后人书！

赵光义　你想死！

长　老　你可悲！

赵光义　你——（唱滚花）

若不念先帝提携，

孤要你血流丹陛。

长　老　（接唱）你若不以为形秽，

我要亲眼看着你淫乱臣妻！

赵光义　逆臣！（接唱）

我挖了你一双眼睛，

你想睇时亦无眼睇！

长　老　（唱煞板）我纵然，盲了眼，方寸不亏！

[赵光义欲挖长老眼睛。

小周后　（从屏风后冲出跪求）求主上慈悲！

[挖眼介，长老昏倒。小周后倒地。

赵光义　押他下去！（侍卫押长老下）

赵光义　再也无人敢来饶舌，你，到底从也不从？

小周后　宁死不从！

赵光义　火盆抬上！（太监抬上火盆）美人，你看，这是什么？

小周后　管它什么，无非一死！

赵光义　美人儿，孤哪里舍得烧你，我要烧的是——你丈夫用半生心血写成的绝妙诗词。

小周后　（惊愕）你——好狠毒啊！

赵光义　（唱别姬）一页页，一字字，丽句清思，

是李煜的命根子，

若然付之一炬，火化灰飞飘满地。

可惜！可惜！（烧一页稿）

若果你遂我心意，肯歌舞献媚，

孤将诗稿尽还你，

李煜心血永保住。

小周后　（激动地）诗稿万万烧不得！

[小周后"水波浪"，赵光义追介。

赵光义　你要喜喜欢欢为孤歌舞，倘若你流一滴眼泪，我就烧一页词章，皱一下眉头，我又烧一页诗稿，烧下，烧下就烧干烧净！就看你舍不舍得毁了这批无价之宝啰！哈哈哈！

[音乐，天昏地暗，切光。

[追光照小周后。

小周后　（唱散板）骤起狂飙，天昏地暗。

（唱反线二黄板面）

漫说蛇蝎狠，狠不过狠心人。

眼前逢劫运，摆脱恨无能。

紧紧煎迫痛揪心，我似荒野遇狼群，

前悬崖，后绝坎，呼天不应，叫地不闻。（接唱）

哎！何以解厄困？！（转反线二黄）

慨自国破土崩，夫妻屈志做降臣，

白日人前吞苦恨，青灯相对抹啼痕。

梦也凄惶，落叶哀蝉秋薄幸。

苦痛万千，咬牙强忍。

唯愿李郎完夙志，留得绮词丽句播清芬。

又怎知——（转新曲）

天地不仁，造物何心？

一丝残念，终化烟云！终化烟云！

（亮场灯，赵光义迫饮交杯酒）

到如今——

苦酒满斟难强饮，

（赵光义插白："快饮！"）

惊雷响处碎心魂，

待抗争——

（赵光义取诗稿迫介）

忍见夫君心血成齑粉，

从乱命——毁了一己晶莹白玉身；

哪个肯真怜苦痛，旁人犹自说贞淫。

哭无泪，拳空奋，生不能，死不忿！

女人，女人，千古皆不幸！

苍天，苍天，教我怎为人？

怎——为——人！

[赵光义把饮剩的半杯酒强递与小周后。小周后含泪饮下，反逼赵光义再斟、再斟、斟！

[醉态的小周后强装笑颜起舞……

[幕后唱：

千古女人皆不幸，

苦煞当前献舞人。

眼中有泪流不得，

欲哭还笑最断魂！

[造型。幕下。

第七场　寿　诞

[二幕前。“水底鱼”。长老眼缠白布，持杖踉跄地上。

长　老　（呼叫）　天呀！（唱斑竹马）

怎忍受，小周后，蒙污垢，

这惨变，遗恨千秋！

狂雷暴雨侵娇柳，兽爪污翠袖。

（浪里白）七月七日，今夕何夕？李从善惨遭杀害，小周后忍辱偷生。李后主呀，今天系你母难之期，恐怕也是你蒙难之日了！（续唱）

赵光义，这衣冠禽兽，狼心辣手，

今宵里，必定有一份“好礼”，

为李煜拜大寿！

[文锣一击，暗转。长老隐下。

[二幕开。大开门。

[后主大堂，堂中挂寿帐，桌上点燃寿烛。

[丫鬟们端上寿礼。宝仪上。

宝　仪　（唱苏武牧羊）

管弦乐声奏频频，

为国主庆寿辰，

苦中作乐强欢欣。

清早起，挂宫灯，

寿烛寿帐早锈陈。

忆国主旧日寿诞喜，

百官车马来如云，

妃嫔燕舞莺歌乐，

众星拱月谁道不销魂？……（插白：“今晚夜……”）

国后陪侍宋帝，

望穿秋水，迟迟未见人……

[老内监捧一壶酒上。

老内监 （引白）奉旨送来，一壶毒酒；李煜做寿，死到临头。（进门）

宝　仪 公公何事驾临？

老内监 圣上御赐一壶寿酒，为你家侯爷祝寿。（递酒壶）告辞了。

宝　仪 送公公！（老太监下）

[李煜捧书卷看上。三更鼓响。

李　煜 三更了，夫人回来没有？

宝　仪 （不忍正视，摇首作答）……

李　煜 （烦躁地）难道她，忘记今日乃重光母难之期？！

宝　仪 国主你——你怎能迁怒于国后呢？

李　煜 （痛苦地击手）……唉！

侍女甲 （匆匆上）启禀国主——

李　煜 （趋迎执其手）夫人回府了？

侍女甲 （摇首）门外来了一位和尚，要见国主。

李　煜 和尚？请进来。

[侍女甲忙下，引身穿袈裟的长老上。

长　老 （摸索着）国主！国主！

李　煜 大师，请不要如此称呼，在下重光，敢问大师法号？

长　老 国主真的认不出我了？

李　煜　你是……

长　老　（扑跪，唱合尺滚花）

金陵佛殿长老，

南唐国主的有罪人！

李　煜　（侧槌，悻悻地）哼！（唱前腔）

披起袈裟险恶之徒，今夜到来则甚？

人来，送客！（背站）

宝　仪　（上前呵斥）走吧！

长　老　国主！（唱爽长句叹板）

前仇旧恨，暂作过眼烟云，

请应付今宵大祸临。

无道宋君，手辣心狠，

今夜俺闯宫直谏，

为了从善将军与尊夫人，

恨昏君，挖去我一双眼睛，

地暗天乌、天乌地暗！（拉士腔）

李　煜　（暗槌一惊）此事从何说起？

长　老　（唱前腔）昏君设宴，单召夫人陪饮，

华灯已上，人未放出宫行。

从善将军怒闯宫禁，

铮铮谏语，谏语铮铮。

却不顾祸惹杀身！（上腔）

可怜忠义之臣——

李　煜　（先锋钹）我弟郎怎样了？

长　老　（续唱）　李将军血溅金阶长抱恨！

［李煜昏厥过去，宝仪扶坐频频呼唤。

李　煜　（昏迷中唱散板）

魂离，痛手足永相分！

（醒来，跪哭相思）

罢了，好弟郎！

长　老　国主节哀顺变。死者已矣，生者何堪。阖家安危，好自为之。告辞了！

李　煜　（示意宝仪）送长老。

[击乐配音乐，宝仪扶送长老下。

李　煜　死者已矣，生者何堪！（唱虞美人）

哀叹败国之君后，绵羊处虎口。

夜梦多悲怆、数更漏，

泪斑斑湿破衣袖。

未饮下寿诞一杯酒，

痛爱弟别我走，

哀哀往昔一国后，

陪酒宫中轻歌舞翠袖！（转短序反线中板）

问君能有几多愁，恰似一江春水、

一江春水、一江春水向东流……（腔）

[无力跌坐椅中。

[乐配扭丝锣鼓，小周后穿戴辞庙时的凤冠华服，带着几分酒意，感情呆滞，上。

小周后　（唱虞美人）

摆脱万怨千般恨，

尘世一杯酒；

如山灾劫一身受，强吞苦泪作轻浮！

泼尽万里长江水，洗不净败节羞。

芳心到死欲哭已枯泪，

人生凄酸苦楚已尽头。

追昔顾今几多爱与恨，

似一江春水向东流！……

[四更鼓响。

李　煜　（闻到一股酒味，发现——）你，回来了？

小周后　（木然，带点醉态）回来了。

李　煜　入宫大半天，四更方回来，你——（忍声压火）做了些什么？

小周后　（苦笑地）一个弱女人，一个败国君夫人，除了对男人奉承、献媚，难道还会做出惊天动地的事来么？

李　煜　（声音低得有点可怕）我问你做了些什么？

小周后　伴酒弄琴。

李　煜　还有呢？

小周后　轻歌曼舞。（醉眼看李）我还笑着歌、笑着舞！

李　煜　还有呢？

小周后　还有，陪大宋皇帝饮酒，他饮了很多，我，也饮了很多、很多！（醉步欲倒）

李　煜　（大侧槌，仿佛此时才发现对方如此打扮，痛心疾首地）我万万想不到，你去侍奉宋家天子，竟有心如此打扮！

（唱反线芙蓉中板）

你奉召进宫，伴他作乐逍遥，
不得已为之可原宥。
你竟有欢情，笑着歌来笑着舞，
还饮得酩酊大醉好风流！
刺眼复痛心，江南旧日掷千金，
置下多少华装翠袖，
你偏偏穿戴了，昔日大婚的凤冠霞帔，
前去媚敌侍仇！（催七字）
祸水红颜古今有，
古今数你最不知羞！

[狠狠打了小周后一巴掌。

小周后　（挨了一巴掌，酒醒了些，冷静了些，也温柔了些）重光，如果我竟穿着这套大婚华服去侍媚宋皇，你这一巴掌，打得不够，纵打我千巴掌，我忍受。可惜，这一巴掌，你打多了！

（唱中板）我知君爱得深，因此恨也切。

虽错打一巴，臣妾心甘受。

我刚才回府内，脱下伴虎狼臭衣着，

穿起这霞帔，凤冠戴上头。

七月七日君之母难期，

无计贫富荣枯，

臣妾心有诚，为君祝大寿。

臣妾知君喜，

喜看我凤冠巧衬霞帔装，

君可见故苑宫花开依旧？

祝福如东海，岁岁红日当头！（腔）

［音乐，小周后无限诚意向李煜拜叩。

李　煜　（内疚，痛苦落泪，唱剑歌）

心伤透，一颗爱心，遭刺却顺受。

听声声动情语，似鞭鞭向着我抽。

打在卿的脸，痛在我心头。

小周后　（接唱）　再莫过于自责偏苛，

令我更难受。

李　煜　（接唱）　为卿抹干腮边泪，

小周后　（接唱）　你我同饮一杯祝寿酒。

［大相思锣鼓，小周后斟酒递敬李煜。

［李煜对小周后含笑举杯，欲饮忽止。虔诚地把酒酹向阶前。

小周后　（明白过来，浪里白）……从善兄弟遭难，你知道了？

李　煜　刚才长老来报，兄弟他死得壮烈，也死得可怜！

小周后　（把酒酹地）……

李　煜　（迷惘地）你这一杯？……

小周后　长老闯宫直谏，为叔叔求情，也为我直言犯上，惨遭毒刑，敬酹一杯，谢他义重!

李　煜　长老如何犯上，竟遭挖眼毒刑?

小周后　他说道，不愿眼睁睁看着昏君荒淫无道，不愿看朝廷残杀忠良，不愿看昏君霸乱臣妻!

李　煜　（暗槌）……宫廷夜宴，请去多少夫人?

小周后　就我一人。

李　煜　（重一槌，妒念复萌）就你一人?……当时你如何自处?

小周后　我如何自处?（痛苦至极，近于失常）来，我做给你看!

（音乐，斟满一大杯，唱新曲青春十八九）

嘉敏娇弱一女流，

悲莫悲，是个亡国之后。

问奴何所有?

一双舞袖，一副歌喉，

一点色相，青春十八九。

宋家天子召，虎狼一声吼，

绵羊哪敢不低头?

哭也难罢休，笑也难开口，

算只有，三杯五盏醉是休。

无眼看，人面兽!

[音乐。小周后斟酒狂饮，扔掉酒杯。

小周后　（哭着笑）哈哈，我，就是这样自处!（倒在椅上）

李　煜　（唱前曲）墙头草，风前柳，

只怨东风不自羞。

长老不惜盲，敢把昏君咒，

从善不惜死，浩气压龙楼。

虽丧邦家仍是一国后，

坚贞存节死也风流!

你，你为什么不死!?

小周后 （艰难地坐起）死？……宝仪，拿出来。

[音乐，庄重、悲壮，宝仪双手捧上诗词包裹。

李 煜 诗词？我的诗词！（接过包裹）

小周后 重光！（唱千里明月寄相思）

君知否，我为你心爱诗词能万古长留，

面对昏君的摧花手，

屈辱也得苦承受。

肠寸断，强欢颜，饮苦酒，

忍着泪和痛，愤且羞。

辗转蛾眉任狂风摧娇柳。（重音乐楔白）

为保住你一生心血，为妻不敢死啊！

李 煜 （唱逆流，顺流）

感卿你义厚恩深三世也难酬，

哀哀我别有一般滋味在心头，

见娇妻，痛心疾首，

无言开解情惨透。

小周后 （接唱） 不必再为我开解，灾劫已尽头，

只想对着我夫君将血泪倾流。

（二人拥抱，李煜楔白："你放声哭吧！"）

请夫君，放开手，

妻已身心蒙污垢。

李 煜 （接唱） 你虽则身比春花历劫后，

你一颗心比宝玉明透。

孤家将更宠爱我的小周后，

今生今世永聚首。

小周后 （接唱） 知君你用遍苦心体贴温柔，

只可叹败柳之躯不配共白头！

托墨宝，照千秋，（散板）

唯求用鲛绡巾包锦绣。

李　煜　对！用我俩定情的鲛绡巾包这批墨宝，再不稀罕这幅臭龙袍！宝仪，把鲛绡巾取来！

[宝仪忙下，小周后觉腹痛。

李　煜　你，你不舒服了？

小周后　（强笑）没事，大概酒多了。重光，墨宝你要善为收藏。

李　煜　（边解包裹边说）宋太祖曾说："李煜多拿些做诗词的功夫去治国，国会治得更好。"我应把这句话倒过来说，我若多拿治国的功夫去做诗词，我的诗词会……（音乐，翻开包裹，全是白纸，大惊）我的诗词……

小周后　（腹痛已愈来愈烈，强撑，拿起诗词失魂落魄地）白纸！全是白纸！（白纸张张飘落……）

[宝仪拿鲛绡巾上，见状大惊失色。

李　煜　（变态，狂笑）哈哈！哈哈哈哈！夺了我江山，糟蹋我国后，诈取我诗词，这，就是一个大宋皇帝！

[小周后腹痛难支……

宝　仪　国后！国后！（忙扶之跪哭）

小周后　（用手指桌）酒、酒……

李　煜　酒？（宝仪递上酒壶）谁送来的酒？

宝　仪　宫廷内监，说道宋家天子，赐予国主做寿！

[小周后中毒身亡，倒在李煜怀中。

李　煜　大宋皇帝！又是大宋皇帝！哈哈哈……

[乐起，李煜怀拥小周后，举起酒壶，一饮而尽——定格。

[寿字中堂脱落，序幕时装扮的长老，手捧一大本《南唐后主词》出现其间。

[幕后唱：好诗好词烧不绝，
　　　　散金碎玉万民收。
　　　　恩恩怨怨付东流，
　　　　文章千载世间留！

[剧终。

（剧本版本：《南粤剧作》1988 年第 2 期）

陈鉴三戏祝知州

编剧：黄均雨（执笔）陈　安　张　锵

人　物　表

陈　鉴　　男，岭南名学士。
月　婵　　知州养女，后为陈鉴之妻。
橘　香　　月婵侍婢。
文　豪　　男，陈鉴诗友。
诗　通　　男，陈鉴诗友。
祝知州　　男，橘州知州。
师　爷　　男，祝府师爷。
祝　横　　知州之子。
祝夫人　　知州之妻。
难民父女、宾客，衙役。

第一场　临街题扇

[明末某年夏日。

[橘州城内，街市冷落，一派萧条景象。在悲凉的音乐声中，幕徐启。

[衙役甲、乙打锣上。

衙役甲　各位乡民，州府有令：今年田亩加收五斗，猪头税、狗仔税等各种赋税一律增加三成。新旧赋税限一月内缴清。逾期抗交者，收监勿论。特张榜告示。

[衙役乙至当铺前贴告示，引上众人围观。

群众甲　今年水旱交袭，田园荒芜，还要添租加税，这是什么世道？

群众乙　旧租税交不起，又添新租税，我们真是上天无路，入地无门了。

群众甲　我看分明是祝知州趁火打劫，中饱私囊。

［陈鉴提空酒瓶醉状上。

陈　鉴　（唱）　寒窗十载苦钻研，

科场欲把雄才显。

宦官作弊枉交卷，

罢试回归愁更添。

橘城内外悲声怨，

又闻官府添苛捐。

且将功名付东流，

笔底生花要直言。

为黎民诉苦怨箴言直谏，

讽贪官数恶状何惧风险？

权作醉翁撕“告示”，

再斗知州免苛捐。（走至告示前）

这……这是什么？

衙役甲　这是州府告示！

陈　鉴　我……来念！（顺手撕下告示）

衙役乙　你——

［衙役欲扭打陈鉴，文豪、诗通急上拦护。

文　豪　他喝醉了，请勿与计较。

［衙役无奈下。

众　人　哈……哈……

［难民两父女挑纸扇上。

父、女　卖扇啰！

民　女　相公，小姐，你们买一把啦！

民　父　（乞求地）老爷，太太，你们买一把啦！

［男女市民看扇后离去。

［陈鉴手握纸扇欲还不忍。

民　女　（唱）　可怜父女沿街卖扇。

日过中天粒米未沾。

陈　鉴　（唱）　凄凉悲痛有谁怜？

解囊相助将银献。

［陈鉴同情地把仅有的钱掏出来，交给民父。

民　女　相公，买扇。（递扇）

陈　鉴　（唱）　留下纸扇多换柴米钱。

民　父　（唱）　萍水相逢受恩典，

请告大名记心田。

陈　鉴　（唱）　区区银钱何足念，

助人解困理当然。

文　豪　学士陈鉴是也！

［父女为之一震，倒身下拜。

民　父　原来是岭南知名才子陈鉴学士，请受贱民一拜。

陈　鉴　（急扶）不必如此！

民　父　陈学士，你——

（唱）　胸怀锦绣美名传，

丹青一点百花艳，

挥笔疾书赛公权。

陈　鉴　老伯过奖了！

民　父　不是我老伯夸奖，粤西之地，乃至两广之众，有谁不晓得先生你才高八斗，艺压群芳，若果你肯为我——

陈　鉴　怎呀？

民　父　题诗作画——

民　女　那我的纸扇就不愁卖了！

陈　鉴　既然如此，不妨试试！

民　父　（欣喜地）有劳陈学士！乖女，快取笔墨过来。

民　女　是！（取来笔墨）陈相公，请——

[陈鉴接笔题诗。

民　女　（诗白）　嵯峨片石出芙蓉，
独峙中流百尺峰，
云雾一朝江上起，
恍开头角奋蛟龙。

民　父　橘州八景，立石中流，妙极！妙极！

[陈鉴继续题诗作画。

民　父　卖扇啰，有陈鉴学士所作诗画。

[众人拥上，围观争购。

[月婵、橘香便装上。

月　婵　（唱）　深居绣楼内，勤攻读圣贤。

橘　香　（接唱）　偷闲舒幽困，乔装出后院。

月　婵　（唱）　满城多悲怨，凄凉怨苍天。
为何前面欢声喧？

橘　香　小姐，待我上前打探。

[橘香上前。各人拿扇欣赏、赞美。

橘　香　请问公子是哪一位卖扇，购者如此踊跃？

文　豪　（展扇）是大名鼎鼎的陈鉴学士！

橘　香　（回报）小姐，是陈鉴学士题诗卖扇。

月　婵　果真是陈鉴卖扇？

橘　香　一点不假！

[月婵惊喜地上前。

文　豪　陈学士扶危济困，亮节高风，令人敬慕。

诗　通　陈学士，改日我们请教，告辞了！

[文豪、诗通等相继作别下。

月　婵　（旁唱）　陈鉴他，才华盖世，风度翩翩，
更喜他，人穷志不短，与民众心相连。
今日橘城相见，令我生爱念，

众目之下难启齿，借求一扇寄情缘。

[橘香有所觉察。

橘　香　小姐是否看中了陈相公——

月　婵　陈相公的扇！（稍停）你快上前代我买一把啦！

橘　香　（诡秘地）卖买两愿，你中意你自己去！说不定还不用钱呢？

月　婵　你个死丫头，牙尖嘴利，快去！

橘　香　（上前）陈相公，我家小姐欲买纸扇一把！

陈　鉴　慢！请问你家小姐是哪一位？

橘　香　这橘城之内还有哪一家？不就是祝小姐！

陈　鉴　祝家小姐？

橘　香　对！我家小姐一看见，就中意了！

陈　鉴　你家小姐中意？

橘　香　中意你题诗的扇。

[民女送扇上前。

陈　鉴　（气愤地从民女手中把扇夺回）我呸！就算你家小姐给十倍钱也不卖扇。

[月婵震惊。

橘　香　你——（跺脚）

[橘香无奈至小姐前。

橘　香　（唱）　他口出狂言，

多十倍钱也不卖扇！

月　婵　（唱）　你说话欠婉转，

难免我也受株连。

橘　香　（接唱）　不如趁早回家转。（欲下）

月　婵　橘香，你再等等。

[月婵上前。

月　婵　陈相公呀——

（唱）　你才华横溢令人敬羡，

欲买宝扇身无现钱。

万望相公生怜念，

以物换扇意何如？

陈 鉴 以物换扇？请问姑娘，你——

月 婵 （紧接着）祝家奴婢曾月婵。

陈 鉴 既是奴婢，理应相赠。来——接扇！

［陈鉴交扇，月婵接扇，高兴地细赏。

月 婵 （唱） 感谢相公赠宝扇，

回赠橘红敬尊前。

［月婵赠橘红。

陈 鉴 （不解地）你是祝家奴婢，又何来朝廷贡品——赖家园之名橘呢？

月 婵 此乃慈母遗物收藏多年，今日喜遇知音，特表敬意。

橘 香 姑娘如此盛情，相公就收下啦！

陈 鉴 既然如此，收之有愧了！

月 婵 相公休要过谦。（陈鉴接）

［月婵已看入迷。

橘 香 （察觉）小姐，小姐——我看你已被他迷住了。时光不早，应该返去了，否则老爷又——

月 婵 （唱） 喜得宝扇心欢怀，

拜别相公转家园。

陈学士，奴婢告退了。

［月婵依依不舍，目注陈鉴。

橘 香 （见月婵不动，大声地）小姐，走啦！

［月婵羞极急下，橘香欲下又止。

橘 香 （白榄） 可笑你陈鉴亦受骗，

街头卖扇出狂言，

什么十倍现钱不卖扇，

赠给小姐不收钱！

哈，哈……（下）

陈　鉴　（惊）她是祝家小姐？我追她要回！

民　父　万万追不得，你不知道其父祝知州吗？

陈　鉴　祝知州！

［陈鉴欲下，文豪、诗通拿请帖上。

文　豪　陈诗兄，你看——

陈　鉴　大红请帖，祝知州真是看得起你们呀！

诗　通　看得起，我却担当不起呀！

（板）　祝知州，祝知州，
搜刮民膏有良谋，
上月刚摆满月酒，
今又发帖庆大寿。
手接红帖心发愁，
怎筹厚礼去应酬！

陈　鉴　如此大灾之年，祝知州加租增税，还要发帖庆寿。我要不邀赴宴运筹谋！

［陈鉴与文豪、诗通耳语。

文　豪
诗　通　好计！好计！

［幕徐落。

第二场　寿堂送匾

［数天后。

［祝府寿堂，红烛高悬，寿品满桌。家丁、侍女进进出出，一派喜庆热闹气氛。

［祝知州洋洋自得，由夫人陪上。

家丁甲　有请老爷、夫人！

祝知州 （边捋鼠须边唱）

盛世欣逢精神爽，

红烛高照满寿堂。

夫　人 （接唱） 恭祝老爷运气旺，

长命百岁永安康。

祝知州 （接唱） 我官居七品声威壮，

夫　人 （接唱） 谁人不惧你个土头皇。

祝知州 （接唱） 仕途畅通权势广，

皆因我处世有良方。

它朝有日青云直上，

我祝知州——

要一步登上天堂。

夫　人 老爷，今年增添赋税，收纳如何？

祝知州 已命师爷前去张榜催收，料无人违抗。

［师爷匆匆上。

师　爷 拜见老爷。

祝知州 命你所添赋税，是否收齐？

师　爷 （讨好地）启禀老爷：老爷德高望重，乡民感激不浅。今日是老爷大寿，正筹集租粮直送寿堂，以示庆贺。

祝知州 师爷，你催粮有功，日后定当重赏。

师　爷 感谢老爷恩重，终身效报难忘。

［内白："贺寿宾客到！"

祝知州 吩咐鼓乐齐鸣，相请入中堂。

师　爷 是。鼓乐齐鸣，相请入中堂。

［鼓乐起，祝知州等出迎，众吏捧礼品上。

众　吏 （进门）恭喜祝大人万福，贺喜大人万万福。

祝知州 有劳各位光临，诸位请坐。

众　吏 谢坐！（众吏先后入座，侍女献茶）

[祝横上。

祝　横　禀告亚爹！陈鉴学士不邀自到。

[众愕然，知州捋须沉思。

祝知州　（唱）　惊闻陈鉴要把寿堂闯，

令我左右为难苦煞心肝，

应允进寿堂，只恐他尖酸鲁莽，

若拒门外，定笑我势利孤寒。

吏　甲　传说陈鉴才华出众，举步成章，我们见识见识也好呀。

祝　横　混账！（讨好知州）他的才学怎比得上老爷才高八斗？

祝知州　好！我祝某向来礼贤下士。请！

师　爷　请陈鉴！

陈　鉴　（内唱）　不邀赴宴寿堂闯，

[陈鉴从容上。

陈　鉴　（接唱）　只为戏弄知州，蛇蝎豺狼。

（进堂）拜见知州大人！

祝知州　免礼。

陈　鉴　为筹薄礼，晚生步迟。

祝知州　何须客气。（示意师爷抬小低椅）坐——

[陈鉴见状双脚蹲在座椅上，反比其他人略高一截，知州见状不悦，师爷急制止陈鉴，陈鉴不理，师爷只好换椅。

祝　横　（急忙上前）众位父亲——大人在上，受孩儿一拜。

祝知州　孩儿休得胡言无礼。

祝　横　啊！有礼，有礼。爹爹大寿，请柬似雪片，遍及城乡，岂能无礼？咳！你们两手空空，我不要你们贺寿呀！

[夫人扯祝横衣衫坐下。

[众吏忙先后呈献。

吏　甲　祝大人！

（唱）　一双明珠，豪光竞放。

愿大人与日月共存生光。

请老爷笑纳。

祝知州 小弟厚礼了。

吏　乙 （接唱） 纯金寿翁，保大人运气旺，

愿大人寿比南山高，百岁平安。

请老爷笑纳。

祝知州 贤弟破费了。

吏　丙 （接唱） 橘红千颗世间稀罕，

进贡朝廷皇恩赐，

定能腾达飞黄。

吏　丁 （接唱） 千担金谷车载船装，

转眼可进祝府粮仓。

请老爷笑纳！

祝知州 多谢众位厚礼！

师　爷 （讥讽地）陈学士，现在该轮到你的了！

陈　鉴 祝老爷，恕小生直言，刚才贺礼、祝词——

祝知州 （急问）怎呀？

陈　鉴 皆俗品也！

[众骤然变色，愕然。

祝知州 此话怎讲？

陈　鉴 （唱） 明珠、寿翁、橘红，又何稀罕。

祝　横 （接唱） 我们可以去开行。

陈　鉴 （接唱） 平俗贺词将前人来模仿。

祝　横 对呀对呀，福如南山，寿比东海，这些贺词连我都背烂了！（众捂嘴大笑）你们笑什么？不是福如南山，寿比东海吗？

祝知州 （大怒） 住嘴！

夫　人 是福如东海，寿比南山。

陈　鉴 （唱） 难表大人阴德威望达三江。

祝知州 （接唱） 陈学士有何金玉之言请直讲，

我洗耳恭听在当堂。

陈　鉴　既然如此——（略想）好！

（唱）　备文房四宝写贺状，

大人屈膝借寸方。

祝知州　（接唱）　锦绣华章刮目来相看，

本官理应候赏在一旁。

（让座）请——

师　爷　文房四宝侍候！

［侍女取来文房四宝，陈鉴挥笔疾书，祝横手快将对联接过。

祝　横　（大声地）福寿双全居宝地。

众　（疑惑）福寿双全居宝地？

祝　横　好呀！这一联，就讲我父福大寿高，什么福呀、寿呀都到我祝府来了。好呀！好呀！

众　（附和地）贵公子言之有理。

祝知州　（沾沾自喜地）嘻……

祝　横　（取下联读）来！再听下联——知州独步上云天。（得意忘形地）

众　知州独步上云天？（交头接耳议论）

祝　横　（骄傲地）哎！又讲你们满肚墨水，如此浅白的好联都不懂。这联就讲，我爹将来官运亨通，拜相封侯，似上云天。

众　（觉好笑，附和地）贵公子才高学广，言之有理。

祝知州　（唱）　心花开放，心花开放，

我祝门世业继往开创，

更喜福寿齐至金碧辉煌，

深感祖先恩德春风荡漾，

举杯共觞喜气洋洋。

（恭敬地对陈）陈学士请上座。

［众吏纷纷让座。

祝知州　难得陈学士今日大驾光临，满堂增光，我敬你一杯。请！

［众饮酒。

陈　鉴　祝大人，敝人还备有薄礼一件。

祝知州　（高兴地）何必如此破费呢？

陈　鉴　理该如此。（向内）来人！带礼——（鼓乐声中，文豪、诗通抬“金匾”上）

文　豪
诗　通　拜见祝老爷。

祝知州　免礼。

文　豪　祝老爷荣任橘州知州，士民无不感恩戴德。

诗　通　为祝贺老爷五十大寿，众士民合资，并邀陈学士手书，赠送金匾一额，还有贺词在其上。

祝　横　还有贺词？我来念！（念）“庙有木老爷，平安无事，黎民进香，朝朝朝拜；州有祝老爷，阴公无比，愚昧送匾，久久久留。”写得好呀！（众疑惑不解）

陈　鉴　祝公子真是学识渊博。送横匾——

［文豪、诗通献上横匾。

众　吏　“天高三尺”。

祝　横　“天高三尺”不就是颂扬我爹，在橘州任职多年，功比天高，义同日月吗？

众　　　（附和地）对！老爷功比天高。

祝知州　（对众）　天高三尺！

众　　　天高三尺！

祝知州　（情不自禁地唱）

贺词将我功德标榜，

金匾似日月倍生光。

悬挂金匾在中堂，

尤胜金谷百担进仓。

陈　鉴　祝老爷，你言重了！

祝知州　老实讲，金谷百担又怎能相比呢？

陈　鉴　（有意地）如此说来，真系一匾值千金啰。

祝知州　一匾胜过百担粮！

众　吏　对，一匾胜过百担粮！

陈　鉴　（对知州）金银易得，信誉难买！（与文豪等打眼色）

祝知州　一匾胜过百担粮！来人！即把金匾悬挂中堂，以励日后所为也！

师　爷　悬金匾，挂对联！

[乐声中，家丁悬金匾，挂对联。

祝知州　（对陈鉴）陈学士不愧岭南名学士，今日相逢，实为本官大幸。来来！再敬陈学士一杯。

师　爷　听说陈学士才思敏捷，出口成章，我们何不把盏论对，以助雅兴。

祝知州　对！对！（众附和）

陈　鉴　请——

祝　横　（抢先）我先出联：茶半酒满长辈掌杯。

文　豪　词短曲长后生候笙。

众　　　对得妙！妙极！

师　爷　盏盏甜酒如琼浆尊敬南山寿翁。

诗　通　杯杯香茗似玉露赞美粤西才子。

众　　　好极！妙极！

祝知州　云锁高山那个尖峰得出。

陈　鉴　日穿漏壁这条光棍难拿！

祝知州　（钦佩地）陈学士才华横溢，果然名不虚传。

陈　鉴　（起身）过奖了，今日鲁莽闯寿堂，喜得老爷偏爱。因有事在身，不能久陪。告辞了！

众　　　我等也告辞了。

祝知州　师爷，孩儿，送客——

众　　　免送。

[师爷、祝横送众吏下。

陈　鉴　（旁唱）　金匾一额价稀罕，
　　　　　　　　再送金匾，以匾代粮。

文豪等　好计！好计！（陈鉴与文豪、诗通边附耳边下）

祝知州　（目送陈鉴下场）好个陈鉴，貌不惊人，言惊四座，真乃天才也。有请夫人、小姐上堂，共同观赏金匾、对联。

侍　女　有请夫人、小姐上堂。

夫　人　（上）参见老爷。

月　婵　（上）拜见爹爹。

祝知州　免礼！哈哈……

夫　人　老爷为何如此高兴？

祝知州　夫人，女儿！

（唱）　金银珠宝斗升装，

我橘州为官确不枉，

腰包胀胀，还冠冕堂堂。

一额金匾中堂悬挂，

好对榜贴两旁，

尤胜钻石金刚够堂皇。

你们听——（念贺词）

月　婵　让我细看，我念你听——庙有木老爷平安，无事黎民进香，朝朝朝拜。

祝知州　岂有此理！

月　婵　州有祝老爷阴公，无比愚昧送匾，久久久留。

祝知州　这岂不是恶言中伤？你看这——

月　婵　（看介）福寿双全居宝地？

祝知州　不错。就是贺我福如东海，寿比南山。你们再看——

夫　人
月　婵　（看）知州独步上云天？

祝知州　就是讲我仕途亨通，将来官高贵显，拜相封侯，似步上云天呢。（高兴万分状）

月　婵　爹爹呀！

（念）　福寿双全居宝地，

此联实在欠妥当。

夫　人　（接）　此联究竟怎样？

月　婵（接）　庆寿之日讳语难直讲。

夫　人（接）　你直讲也不妨。

月　婵（接）　爹你满腹经纶书读枉！
福寿双全独步上天堂，
乃是要你入了棺材去见阎罗王。

祝知州（气得跳起来）可怒也！

夫　人　这“天高三尺”呢？

祝知州　就是赞扬我德比天高，义同日月。

月　婵　爹爹呀，你看这天有多高。

祝知州　高不可测，渺渺茫茫。

月　婵　你看这地——

祝知州　这地……

月　婵　既是如此，这天高三尺不就是——

祝知州　地低三尺？

月　婵　对，就是要地低三尺。

祝知州　地低三尺又怎样？

月　婵（唱）　“天高三尺”明褒暗贬，
说你为官饱私囊，
大灾之年加赋税，
刮地三尺似阎王。

祝知州　气煞我也，速除匾！

夫　人　除匾！——

祝知州（唱）　本欲庆寿把声威壮，
谁知威风尽扫光，
我定要找“揽仔”来算账。
人来！快除，快除！

[因金匾挂得高，无法除下，三人急得团团转。师爷上。

师　爷（急报）启禀老爷，东村黎民送来陈鉴手书金匾一额，说以匾代粮。

月　婵　陈鉴？

祝知州　以匾代粮？

祝　横　（飞报）启禀亚爹，大事不好！

祝知州　快快道来！

祝　横　西村、南庄、北庄黎民百姓送来金匾，以匾代粮，新增赋税斗升未交！

夫　人　真是斗升未交？

师　爷　南庄百姓还声言要赔他五十石！

祝知州　还要倒赔五十石？

师　爷　他们说，祝知州为民父母，讲话要算数，都说你在寿堂上，当众讲过，金匾胜过百担粮，所以非要老爷赔他们五十石不可。

祝知州　哎呀呀——

（唱）　陈鉴胆大，戏弄本官闯寿堂！

陈鉴呀陈鉴——

我寿堂被戏，我定要把你——

（气倒，众人急扶）

众　人　老爷，老爷……

［落幕。

第三场　计送鹩哥

［数天后。

［祝府大厅，可见知州卧床，知州急咳不止，夫人等急得团团转，侍女侍候在旁。师爷上。

师　爷　夫人！老爷玉体如何？

夫　人（唱）　老爷他，寿堂被气心中困，

可恨那陈鉴心毒狠。

老爷他，忧郁成病落魂失魄，

半月来，六神无主难振奋。
名医会诊另加海味山珍，
怎知越医越补病越紧，
花尽心机枉费心神。

[知州呻吟，师爷、夫人等急扶起。

[侍女捧药上。

夫　人　老爷你觉得怎样？

师　爷　老爷保重！

夫　人　老爷！冰糖炖莲子，清心润肺，老爷请饮啦！

[知州刚饮一口，咳嗽更甚，众侍女急捶背。

师　爷　老爷！

[知州一猛咳，把还未饮下的糖水吐得师爷一脸，发怒推开。

祝知州　我饮不下。滚！（侍女下）

师　爷　老爷，老爷，你不要如此烦躁，要冷静、冷静……

祝知州　（支撑起身，唱）

头晕晕，意昏昏，满胸忧愤，
恨未消，心难静，枉我是做官人。

陈鉴呀陈鉴，你这刁民！

（续唱）　不把你千刀万剐，难解我心中之恨！

夫　人　（接唱）　老爷还须保重，切莫伤神。

祝知州　人来！捉拿陈鉴，严刑拷打将罪问。

师　爷　慢！老爷即使把陈鉴捉住，你又何以治罪呢？堂堂知州，如此办事，岂不见笑于人？

祝知州　耻笑事小，赋税事大呀！

（唱）　任期将满税未缴，
朝廷将罪问，
升官发财成泡影，
还要革职为民。

师　爷　事关重大，把柄难揾呀！

（接唱）　若要治他，更应小心谨慎。

夫　人　是呀！想个万全之计，治得他驯驯服服，又无留下把柄。

祝知州　我们想个万全之计吧。

［三人陷于沉思之中。文豪提鹩哥上。

文　豪　（示鹩哥，唱）

寿堂上把金匾赠，
气得知州丢了魂。
陈鉴又把巧计筹运，
火上添油送飞禽。（进门）

拜见老爷！

祝知州　免礼！

文　豪　得知老爷近日贵身欠适，特登门请安！并送来良药一剂。

祝知州　有何良方，请速道来。

文　豪　观老爷神色，病情不轻，终日心焦烦躁，坐卧不安。

夫　人　正是如此。

文　豪　此乃大脑受了刺激，胸存闷气，忧郁成疾。

师　爷　所言极是，依你之见……

文　豪　无需用药，也能除病根！

师　爷　无需用药？

祝知州　如何治法？

文　豪　静治法！

（唱）　早逗鹩哥哼清韵，
午伴鹩哥清心神，
夜伴鹩哥舒忧困，
清歌韵调除病根。

师　爷　如此趣禽，恐怕四处难寻。

文　豪　不难，你看。（示鹩哥逗）

[鹩哥欢叫。

夫　人　老爷，你听鹩哥唱歌，唱得真好听！

文　豪　夫人，它不是唱歌，而是叫“老爷早安”！

夫　人
师　爷　老爷早安！（欢喜）

文　豪　它会讲话，还会唱歌跳舞呢！

祝知州　好！你将鹩哥留下，待我病愈后，重重赏你。

文　豪　这鹩哥深懂人性，你们要小心喂养呀！

师　爷　好，我们定小心喂养。

文　豪　晚生告辞了！

祝知州　送客！

文　豪　免送。（作揖下）

[知州、夫人把鹩哥挂在侧幕柱上，逗鸟取乐。

夫　人　老爷早安。（鹩哥学语：“老爷早安！”）

师　爷　学得似模似样。老爷，不如带它到花园玩耍，更可静心养神。

夫　人　如此甚好！

祝知州　好！（夫人扶知州，师爷捧鸟下）

[橘香捧参汤上。

橘　香　（唱）　慈父病逝，悲痛难忍，

卖身祝府，举目无亲，似孤雁失群。

祝家恶少阴毒狠，

欲将奴奴蹂躏，似恶狗狼禽。

幸得小姐解危困，唤作侍婢如妹亲，

深恩如山，我橘香终生铭感。

月婵小姐，确是好人品，

相貌出众，才智过人，

几多公子来提亲，

她却偏爱陈鉴好学问。

但愿皇天来庇佑，撮合这个好钗裙。

[橘香捧参汤入门，知州、夫人、师爷怒冲冲上。橘香急避下。

祝知州 好胆！好胆！（气急败坏地捉着鹩哥）

（唱） 真可恨，实难忍，

野鸟飞禽，血口喷人，

胡说什么“知州知州，挖地三尺厚，上瞒下压，死到临头”。

（接唱） 我要你羽毛尽脱血淋淋。

[知州气愤地拔鹩哥的毛，然后抛出窗外。

师　爷 老爷息怒！为何这鹩哥也深懂人语，骂上门来？定是幕后有人指使！

祝知州 “天高三尺，挖地三尺”，文豪没此斗胆。

师　爷 陈鉴平日嗜鸟如命。听说养一鹩哥，学人言三遍能讲，定是他所为无疑！

祝知州 又是陈鉴？！咳……

橘　香 （上）老爷请饮参汤。（递上）

祝知州 （不饮）滚下去！

[橘香出门捉住鹩哥并至窗外偷听。

祝知州 来人！速将那刁民陈鉴捕来。

师　爷 捕来又如何处置呢？得想个万全之计，况且这刁民深得民心，聪明绝伦，嬉怒笑闹皆成章，万一有所差错，岂不弄巧成拙？

祝知州 所语极是！（沉思）

师　爷 有了！你看！（从衣袖中取出纸扇）

夫　人 纸扇一把！乃月婵闺房之物，有何大惊小怪？

师　爷 你们听——

（诗白） 嵯峨片石出芙蓉，

独峙中流百尺峰，

云雾一朝江上起，

恍开头角奋蛟龙。

这正是反诗一首，加上他前日造谣惑众，抗交新增租税，岂不是秀才造反？

祝知州 对，秀才造反，治他死罪。事不宜迟，速派人将他捕来！

师 爷 是！（知州咳嗽不止，昏昏欲倒，夫人、师爷急扶下）

[橘香由窗外转上，四顾无人。

橘 香 （唱） 知州蛇蝎心毒手狠，

鹩哥拔毛还派鹰犬出阵，

伏捉陈鉴手段残忍，

速将噩讯与小姐直陈。（下）

月 婵 （内唱） 闻凶讯，（急步与橘香上）

（续唱） 陈相公瞬间遭殃心何忍。

恨爹爹，太毒狠，鹩哥拔毛还要借刀杀人，

陈鉴他，危旦夕，一发千钧，怎逃厄运？

橘 香 事到如今，如何是好？

月 婵 这个……（两人想计）刻不容缓，赶快告诉陈相公，让他远走他乡。

橘 香 好！我立即去报信。（欲下）

月 婵 （急拦）从后园而去。（橘香下）

夫 人 （上）月婵你——

月 婵 娘亲，爹爹身体不适，特来请安！

夫 人 你爹刚歇下，尽讲梦话，爹爹吩咐准备香火，明日到城隍庙还香！

[夫人下。橘香急忙上。

橘 香 小姐！

月 婵 找到陈相公么？

橘 香 橘城内外，陈相公常到的地方都找遍，就是不见人影。

月 婵 （惊）是否已遭毒手？

橘 香 听文豪兄弟说，他这几天都在城隍庙题词。

月 婵 到底怎办呢？（突然想起）橘香请你准备香火，我们明日也到城隍庙上香，想办法及早告知陈鉴君。

橘 香 知道。

月 婵 （唱） 祝愿陈相公平安无恙，

苍天庇佑陈鉴君。

橘　香　（学陈鉴样）多谢小姐。

［月婵羞极。

［落幕。

第四场　城隍拔须

［前场第二天。城隍庙内，大殿森严，佛像栩栩如生，香火颇旺，青烟缭绕。

［陈鉴提鹩哥上。

陈　鉴　（唱）　好鹩哥，晓清歌会表演，

朝夕与我相伴，

晓人情，心相连，

曲曲清歌唱人前。

唱得黎民乐绵绵，

唱得贪官怒冲天，

可恨知州坏心田，毒似利剑，

拔你丰羽血飞溅，

它朝有日定要清算。

我的好鹩哥呀，好鹩哥！我定要替你报拔毛之仇。

（唱）　昨夜闻讯，知州今日求神到佛殿，

我要借助城隍神威戏恶犬。

［陈鉴进庙拿起佛扫，清净台几。

诗　通　（上）陈书兄——

陈　鉴　祝知州来了么？

诗　通　知州、夫人未动身，月婵小姐先来临。

陈　鉴　月婵小姐来了？

诗　通　已到庙前！

陈　鉴　再探！

诗　通　是！（下）

陈　鉴　（穿上道袍，唱）

权作道长把签论，

身披道袍巧周旋。（进内）

[月婵、橘香上。

月　婵　（唱）　步匆匆，速赴城隍拜佛殿，

心切切，唯救知己盼月圆。（进庙）

佛殿森严，城隍爷灵验，

莫不要善恶不分，良莠不辨。

橘　香　（将点燃之香递给月婵）请小姐上香。

[月婵恭恭敬敬地上香，陈鉴握签筒上。

陈　鉴　阿弥陀佛！

月　婵　老道爷有礼！

陈　鉴　小姐有礼！看小姐金枝玉叶，洪福不浅，也来求签？

月　婵　正是！

陈　鉴　（递签筒）请——

月　婵　多谢老道爷！

（唱）　茫茫瑞霭凝佛殿，

耿耿丹心祷佛前，

叹我月婵，

金枝玉叶花招展，

知音难觅情未泯。

陈　鉴　啊！原来小姐为求知音伴侣，城隍爷定然恩赐良缘。不知小姐欲求哪位王孙公子呢？

月　婵　（唱）　橘城一睹陈鉴面，

才华满腹意志坚，

侠骨高风令奴爱念，

愿终生为伴奏和弦。

陈　鉴　（又惊又喜）陈鉴虽有点才学，但家徒四壁，两袖清风，实乃一介寒生，何以打动小姐芳心呢？

橘　香　老道爷！你有所不知，我家小姐绝不是贪图富贵之人，她爱他才华，爱他人品。为了他已是日不思食，夜难入眠。

月　婵　（阻止）橘香——（转对陈）老道爷，我虽身在祝府，其实与陈鉴也是同命相怜。

陈　鉴　（疑惑不解）姑娘！你身为祝家小姐，又何与陈鉴同命相怜？

月　婵　老道爷！请听呀——

（唱）　怀身世，泪涓涓，
凄风苦雨忆童年。
家住石龙橘花遮掩，
双亲打柴种橘苦熬煎。
谁料遇上大旱天，
橘树枯干炊烟断。
祝知州，
催租逼债进家园，
见到慈母生邪念，
租谷三担逼父命归天，
强抢我娘与奴进祝院。
慈母她，不堪凌辱饮恨黄泉，
月婵我，伶仃孤苦度日如年。

陈　鉴（唱）　听姑娘，诉从前，悲凄苦怨，
天下间，受苦人，同命相连。
可怜她，父遭祸，命归西天，
可怜她，母受害，饮恨黄泉。
可敬她，荷花出泥，一尘不染，
可敬她，身在祝府，心与民连。
她她她！心中对我柔情一片，

我我我！还须细察多情婵娟。

小姐！听说陈鉴出名“搅屎棍”，你不怕坏了名声，受株连？

橘　香　出名“搅屎棍”又怎样？有人喜欢，有人憎！我家小姐就爱他一身正气，无半点媚骨。小姐说——

（唱）　情愿与他结凤鸾，

月　婵　（接）　身在祝府恐有嫌。

陈　鉴　（接）　他是寒生苦贫贱，

月　婵　（接）　淡饭粗茶亦心甜。

陈　鉴　（接）　他是贪官肉中刺，

月　婵　（接）　赴汤蹈火情不变。

陈　鉴　（接）　难得小姐真情缅，

月　婵　（接）　真心托付情爱缠。

唉！看来今生难如愿！

陈　鉴　日后他定会喜爱婵娟。

橘　香　日后？恐怕他难逃今日了！

陈　鉴　也许……还不至于此罢！

月　婵　老道爷，你有所不知——

（唱）　祝知州寿堂被戏，

仇怨满腹记心田。

鹩哥吐言烈火燃，

暗下密令出鹰犬。

陈君性命事关天，

我六神无主夜难眠。

急进城隍来求签，

祝愿陈君早脱险，

祷祈隍爷庇佑，陈相公无恙安然。（求签）

陈　鉴　（唱）　听她肺腑之言，真情可见，

一心一意欲与我结凤鸾，

我要好好解签，婉言相劝，

免她心中常挂牵。

橘　香　喂！解签啦！解签！

陈　鉴　（看签）恭喜小姐，恭喜小姐。

月　婵　喜从何来？

陈　鉴　这是三十六上上签，万事如意呀！

月　婵　（惊喜地）万事如意！陈相公平安无事了！

陈　鉴　当然！当然！今日城隍爷知道你对陈鉴一片真情，他……一定会成全你俩姻缘！

月　婵　多谢城隍爷。日后定重登佛殿，焚香还愿。

陈　鉴　（忘情地）对！我们一定……

橘　香　喂！你不要乱讲，哪一个跟你呀！

陈　鉴　一定是钟情于我的——

橘　香　嘿！原来你俗气未脱，心怀鬼胎，不干不净，有辱圣洁之所！我要拉你去衙门治罪。

［橘香欲拉陈鉴。诗通急上。

诗　通　陈鉴书兄——

月　婵　（闻言细认）陈相公你——

陈　鉴　拜见月婵小姐！

橘　香　（不好意思）刚才出言不逊，求相公、小姐赦罪！

陈　鉴　免！

诗　通　祝知州与夫人进香来了！

陈　鉴　（略加思索）请带小姐到东厢歇息。

诗　通　请！

［诗通陪月婵等下。诗通复上帮助陈鉴扮饰城隍爷，陈鉴到二帝旁坐下。诗通将神桌上的灯火吹灭，顿时佛殿青烟弥漫，气氛暗淡，更显森严。诗通下。

［陈鉴摸摸下唇，还欠缺胡子，速从神像脸上除下胡须装扮其上。

［知州、夫人、师爷、侍女等上。

祝知州　（诚惶诚恐地，唱）

匆匆赶去城隍庙，

求神灵保佑时来运转。

只听得，鬼神嚎，

似阎罗把名点。

（知州欲下，夫人拉住）

师　爷　老爷，到了！

祝知州　此乃何处？

夫　人　城隍大佛殿。快些入去上香啦！你等下去！（师爷、侍女等下）

［夫人拉知州入庙，知州战战兢兢，见神像威严挺立，吓得心惊肉跳，四肢发软，速跪拜。

祝知州　（唱）　我心惊肉跳脚发软，

众佛爷怒目睁圆，

手执利剑似戳我心田，

恳求菩萨生慈念，

求神灵二帝恩赐为善。

夫　人　老爷上香啦！（递香给知州）

祝知州　（接香）上天有灵，城隍显圣，本知州百拜顿首，百拜顿首！

夫　人　我乃知州夫人周氏，只因老爷忧郁成疾，名医请尽无效，请城隍爷垂怜。

祝知州　（唱）　一炷香，祈求佛爷赐恩典，

保佑我贵体安然。（上香）

二炷香，敬神仙，

祈求仕途亨通步云天。（上香）

三炷香，神助我，

早除陈鉴刁民下黄泉。

［知州上香，陈鉴有意咳嗽一声：知州、夫人闻状，误城隍显灵，惊恐跪下。

祝知州
夫　人　城隍有灵！

祝知州 城隍有灵有圣，请给弟子指明。

陈　鉴 祝知州！

祝知州 弟子在！

陈　鉴 你家有“煞星”作孽，晦气弥天，你可知大祸临头呀！

祝知州 弟子有所不知，再请佛爷明鉴。

陈　鉴 昔日“魁星”大闹寿堂：赋税未兑，仕途阻塞，更有“煞星”立门鸣冤喊屈，一经披露，全家性命难保。

祝知州 “魁星”“煞星”……

夫　人 请灵神指明，此“煞星”乃何人？家中厄运又怎样扭转？

陈　鉴 （唱）　十八年前，

你强抢民妇进家院，

“煞星”月婵缠身边。

夫　人 月婵——

陈　鉴 （接唱）　晦气弥天终日来作孽，

“煞星”终日报应雪深冤。

祝知州为民父母，却贪赃枉法，逼良死于非命，月婵养女是罪证。

祝知州 （无可分辩）是！是！灵！灵！

夫　人 佛爷确神明，前事件件清，难怪庙前香火旺盛。

陈　鉴 若要全家安宁，早除陈鉴，直步云天，先要煞星克魁星。

祝知州 请问佛爷何谓煞星克魁星？

陈　鉴 煞星就是你女月婵，魁星就是你眼中钉陈鉴。

祝知州 就是要用月婵克治陈鉴么？

夫　人 一个在天，一个在地，如何克法？

祝知州 莫非要将婵儿许配与陈鉴不是？

陈　鉴 然也！

祝知州 陈鉴是我不共戴天之仇人，寿堂被气，赋税难收，皆因他起，还将女儿许配与他？

陈　鉴 知州你有所不晓，圣帝话，月婵乃是煞星，进到哪家，哪家晦气，进到哪府，哪府遭殃!

夫　人　老爷！对付魁星陈鉴，我们无从下手，现将月婵许与他，除煞星又克魁星，岂不是两全其美?

祝知州　（醒悟）好！除煞星克魁星，即使克他不住，也是翁婿之亲，谅他也不敢妄为了。

陈　鉴　还香后，要速把亲事办妥，越快越好!

祝知州
夫　人　多感圣帝指明，一切照办!

[陈鉴挥手示意月婵、橘香上。

月　婵　（上）拜见爹爹、娘亲。

夫　人　月婵女儿，今日也进庙还香?

月　婵　因爹爹身心欠安，特来给大佛爷进香!

祝知州　女儿！刚才圣帝开金口，说你与陈鉴有缘。

月　婵　此话当真?

祝知州　当真！你就早点回去做好成婚准备吧!

月　婵　（假作为难地）爹爹我——

祝知州　不必多想，此乃圣帝传谕，不得抗违，赶快回去。

月　婵　（喜）谢爹爹！娘亲!

祝知州　免礼!

月　婵　女儿告辞了！（与橘香退下）

夫　人　（拈香叩拜）煞星已去，家中可平安无事了。

祝知州　（拈香叩拜）望老佛爷再指明仕途。

夫　人　若知州能再升迁，来日定重修宝殿……

陈　鉴　（唱）　当官要合官样，
装神要似神相。
祝知州你满肚文墨，
本应青云直上。
皆因相貌所嫌，

要重修容貌去旧样。

否则图升官，

你莫再想。

祝知州 （不解）我相貌所嫌？夫人，你看所嫌何在？

夫　人 （细看知州）我——最嫌就是——

祝知州 （焦急地）快讲啦！

夫　人 （上下打量）我看嘴边的——（欲言又止）

祝知州 （不耐烦）快讲啦！

陈　鉴 （念）　嘴边一撮老鼠须，

心贪如鼠令人嫌；

为官最忌老鼠须，

不除须毛难升迁。

祝知州 （惊）要除掉这撮毛？

夫　人 圣帝有灵，我上下打量，也觉得这撮毛就该除掉。有这撮毛不但有损容颜，也受人猜忌，何况你又想高升……

祝知州 既是如此，我明天剃去便是。

陈　鉴 用刀剃去？非也，必须连根拔掉！

祝知州 要连根拔掉？

陈　鉴 正是。剃则不灵，拔则祸根全清。

祝知州 这是为何？

陈　鉴 用刀剃去，来日复长，倘鼠须再生，则仕途受阻，横祸降临，故非连根拔掉不可！

祝知州 如此看来，是非拔不可了？

夫　人 非拔不可！

[知州用手试拔，极痛。

祝知州 哎呀！拔不得呀！

夫　人 老爷！为了仕途亨通，升官发财，我来拔！

[夫人撩袖上前掐住须毛，往左往右拉，知州跟着左右走，连连叫痛，挣脱。

祝知州 哎唷！

夫　人 怎么呀？

祝知州 你成把拔的，痛死人呀！一条条拔啦！

夫　人 好，一条一条来！

（唱）　我，我，我，

一拔一条老鼠须，

祝知州 （接唱）保，保，保，

保佑我合家大小，

平安无事，永世康健。

[夫人掐住一条须用力拉，知州叫苦连天，终于拔下一条。

祝知州 （唱）　哎唷，哎呀唷！

夫　人 （接唱）老娘用力拔下一条老鼠须，

祝知州 （接唱）痛得我浑身冷汗如泉。

咳！功名未到手，今日把罪受！

夫　人 （唱）　来，来，来！

二拔一条老鼠须，

祝知州 （接唱）保我升官发财，万事如意，时来运转。

[夫人用力往右拉，知州跟着往右走，拔下第二条。

祝知州 （唱）　哎呀呀！痛得我双眼热泪流。

夫　人 （接唱）流泪也要拔，拔净鼠须仕途广阔任你飞。

祝知州 （痛极坐在椅上）哎唷！

夫　人 （接唱）快，快，快！

三拔一条老鼠须，

祝知州 （接唱）保我仕途亨通，有势有钱。

[夫人用力往上拔，知州跟着往上升，最后站在椅子上，夫人用力拔下。

祝知州 （唱）　血，血，血！

拔得我鲜血流满面！

夫　人 （接唱）流血也要拔，拔净鼠须官场驰驶上云天。

祝知州 哎呀！

夫　人 （唱）　四拔一条老鼠须，

祝知州 （接唱）保我拜相封侯高贵显。

［夫人用力往下拔，知州跟着下弯，几乎贴地，夫人用力拔下。

祝知州 （唱）　痛，痛，痛！

痛得我屎出尿流气喘喘！

夫　人 （接唱）痛死也要拔，

拔净鼠须你伴驾在金銮。

祝知州 如此说，痛死都要拔！

夫　人 还剩下最后一根了！

祝知州 你……等我慢慢歇下，再拔啦！（欲坐）

夫　人 （唱）　一不做来，二不休，

再看老娘的好手段。

你忍下啦！吓！

祝知州 好！一齐来。不过你尽量轻点用力呀，真是痛死啦！

夫　人 （不耐烦）得啦！

［夫人掐住知州一条须，经过拉锯般地一番折腾，才拔了下来。

祝知州 （唱）　哎呀呀！哎呀呀！痛得我地转天旋。

［两人同时坐地，背靠背喘气歇息。

陈　鉴 哈哈！哈哈！……

（念）　祝知州呀，祝知州，

你拔鹩哥毛，

今天我要拔你须。

［陈鉴脱衣、除须放在神台上，趁知州、夫人跪拜时出庙。

祝知州
夫　人 老佛爷有灵！有圣！

［片刻，不见动静，知州、夫人慢慢抬头观看。

祝知州 夫人！佛爷去了哪里？

夫　人　难道他上天堂?

[知州发现留下的衣物，有所觉察。

祝知州　“祝知州呀祝知州，你拔鹩哥毛，我要拔你须……”夫人！我们上大当了，这分明是陈鉴装神扮佛戏弄本官。（气愤地）来人呀!

[师爷等急上。

师　爷　老爷何事?

祝知州　陈鉴刁民装神扮佛，戏弄本官，触犯神灵，快捉拿归案，从严惩处。

众　是!

祝知州　我的须呀我的须……

师　爷　血呀！血……

祝知州　痛煞我也，气煞我也。

[知州晕倒，众急扶。

[落幕。

第五场　洞房试夫

[二幕前。师爷、二衙役上。

师　爷　（念）　我东奔西窜，走遍城村，

城隍庙里老爷又失算，

被拔了须又赔了月婵，

回衙激到气喘喘，

月婵私奔更令　七窍生烟，

命我暗查数天，踪影不见。

今闻陈鉴月婵结凤鸾，

速报回衙稳操胜券，

定要他洞房之夜喝黄连。

走！走！走！

[二道幕开。

[中秋之夜，明月朗朗。文豪家，新房布置，月婵由橘香引上。

月　婵　（解下头巾，唱）

明月当天，照得新房红烛艳，
偿夙愿喜结凤鸾，
难得郎君情深一片，
清茶淡饭，胜过祝府华筵。
患难见真情，同心同德齐共勉，
任凭前途多艰苦，相亲相爱共百年。
我爱他，不畏强权，敢与恶官争辩，
更爱他，不怕风险，不忘黎民苦痛心相连。
今宵喜洞房，意恋更缠绵，
且将红绫挎闺房，看他怎样到妆前。

[月婵挎一红绫于房门口，坐妆台，佯睡。

陈　鉴　（上，唱）送罢亲友回房转，

房中藏着月中仙。
看她多娇娆，
情意倍添。

（急欲进房，见红绫横跨房门，停步）

（唱）　红绫一条横眼前，
银河隔开一对好情鸾。

我一步跨过去。（作跨步状）不！

（接唱）　今夜新婚燕尔，
把红绫跨越，有失礼仪。

我俯首弯腰从下过。（作钻过状）

（接唱）　岂不是未进洞房先鞠躬，
日后无颜面！（传来更鼓声）

（接唱）　夜阑人静敲三更，

良辰美景月难圆。

莫非娘子她效法苏小妹有意难我不成？（醒悟）啊！我明白了！（对房内）娘子，夫郎回来了。

月　婵　（有意地）既是回来，便请入房。

陈　鉴　娘子呀！

（唱）　银河一条横腰断，

牛郎织女各一边。

若非织女思凡念，

牛郎何须来结缘。

月　婵　（接唱）　牛郎织女各一边，

两人同来架鹊桥。

美景良辰有多少？

久旱枯苗盼甘泉。

陈　鉴　妙呀！妙！

（唱）　我俩一对双飞燕，

月　婵　（唱）　共架鹊桥结凤鸾。

[陈鉴、月婵各执一头红绫进房。

陈　鉴　娘子真乃才女也！

月　婵　相公过奖了！

月　婵　相公，你平日好吟诗论对，现我出一对首，若对得上，一切依你；若对不上——

陈　鉴　对不上又怎样？

月　婵　罚你今晚跪床边。

陈　鉴　这又何难。请——

月　婵　好，你听着——斗官穷，斗鬼绝，鬼尚能捉，官岂能抗？

陈　鉴　（低头沉思）斗官穷，斗鬼绝，鬼尚能捉，官岂能抗？——

（唱） 一联激起满腔烈焰，

贪官污吏枉法用权，

千万黎民多苦怨，

切盼为官要清廉。

贪知州，丑事连篇，

岂能充耳不闻，视而不见？

官不斗不敛，鬼不捉不完！

娘子，你听我对来——争民富，争士强，士宁可杀，民不可欺！

月 婵 （重复陈对）对得好！看来就是天塌下来，也难改你的意志，令奴钦敬不已！洞房之前，你还得听我规劝几句。

陈 鉴 夫郎恭听。

月 婵 （唱） 我劝郎君勿再惹是生非，听奴奴规劝！

为的是我俩幸福美满，恩爱百年。

陈 鉴 （接唱） 好娇妻，你好言相劝，真情可见。

无奈恶奸官，凶恶似利剑。

若不争辩，黎民百姓陷深渊。

月 婵 言之有理。

陈 鉴 那二劝呢？

月 婵 （唱） 劝夫君，求功名，勤修经卷，

他日赴京师，鳌头独占，以慰祖先。

陈 鉴 （唱） 求功名，本是多年心愿，

我寒窗十载苦钻研，

无奈难将才华展，

只因朝中奸人掌大权，

哪一年不是金榜面前落第回转？！

月 婵 俗话都说，“不怕官，最怕管”。

（唱） 三劝夫君勿与知州再相斗，

以免亲朋戚友受株连。

陈　鉴　呸！

（唱）　祝知州，心毒险，横征暴敛，

大灾年，添苛捐，罪大弥天。

娘子你休再将我劝，不斗贪官恨难填。

若怕受株连，早把情丝割断！

若不志同道合，请你速返祝家园！

我走啦！

［陈鉴怒欲下，月婵急拉住。

月　婵　夫郎何必恼火呢？我，是跟你开下玩笑，试下你罢了。

（唱）　听罢夫郎肺腑言，更令奴钦敬爱羡，

郎你斗志坚如磐石，立地顶天。

夫郎呀！就是赴汤蹈火我意志不变，

同舟共济永相连。

陈　鉴　（高兴地）娘子！

月　婵　夫郎！

［两人边歌边舞。

陈　鉴　（唱）　郎赋新篇，

月　婵　（接）　妻把墨砚。

陈　鉴　（接）　你夫扶桑田，

月　婵　（接）　你妻织彩缎。

合　　　男耕女织乐绵绵。

陈　鉴　（唱）　夫吹玉笛调，

月　婵　（接）　妻拨琵琶弦。

陈　鉴　（接）　夫唱——

月　婵　（接）　妇随——

合　　　同商共研。

陈　鉴　（唱）　可知前途多恶浪，

月　婵　（接）　决心坚破浪向前。

陈　鉴（接）　我俩共奋勉，

月　婵（接）　我俩情爱坚。

二　人（合唱）相亲相爱白首百年。

［舞毕，两人依偎在一起。

［文豪、橘香急上。

文　豪　陈相公，陈相公……

陈　鉴　文豪兄，有何急事？（文豪拉过陈鉴）

橘　香　刚才得密信，知州被戏怒冲天，已下毒计，派人前来捉你，官兵已至门前。

文　豪（念）　事不宜迟早打点，

及早躲避勿拖延。

陈　鉴（念）　美景良辰风云变，

月　婵（念）　飞来横祸在眼前。

文　豪　刻不容缓当机立断，三十六计，走为上策。今晚满城“飘色”庆中秋，走出橘城易如反掌。

陈　鉴　走？走得了今晚，走不了明天。（思索）利用“飘色”巧周旋，布下罗网设套圈，我要知州下跪叩头在人前。文豪兄——（与文豪耳语）

文　豪（转愁为喜）好计！我马上告知各位。（下）

陈　鉴　娘子！因有急事在身，未能共度良辰，请娘子及早歇息！橘香，请多多关照娘子！

橘　香　知道。

月　婵（取来风衣）慢。外面风大，当心着凉，郎君保重！（为陈鉴披上风衣）

陈　鉴　多谢娘子关照！

［陈鉴下，月婵依依不舍，依门眺望陈鉴远去。

［幕后曲：

患难之交真情现，

如胶似漆意缠绵。

一对情鸳痛分别，

依依不舍在心弦。

切盼郎君早归转，

夜雾沉沉眼望穿。

[月婵倚窗相望。

[灯渐暗，幕徐落。

第六场　跪接状元

[紧接前场，橘州城，景同一场。中秋之夜，张灯结彩，一派热闹气氛。

[二幕前，祝知州率众家丁上。

祝知州　（念）　巡按大人明早到橘州，

本应捉拿陈鉴归案，

想不到陈鉴连夜逃脱网，

似虎归山添上翅膀，打蛇不死更凶悍，

陈鉴呀，不是你死就是我亡。

众左右！

众　人　在！

祝知州　遍布岗哨，把陈鉴生擒！

众　人　是！

祝知州　中秋夜万人观灯，应倍加小心。

众　人　是！

祝知州　陈鉴呀——

（唱）　就算你有三头六臂，

我也要捉贼擒王。

师　爷　追！（众追下）

[二幕开，众人舞蹈游花灯上，陈鉴、文豪随上。

合　唱　中秋节，月明朗，

家家户户张灯结彩。

欢庆佳节笑呵呵，

唯有知州心里彷徨。

陈　鉴　今夜巧乔装，三戏知州恶豺狼。

［诗通、甲乙丙丁等上。

文　豪　按陈师兄吩咐，一切准备妥当。

诗　通　我等利用“飘色”再戏知州。

陈　鉴　请诸位依计而行。

［甲乙丙丁留场看“灯”，余人随陈鉴下。一队提灯男女过场，师爷、知州等人上。

师　爷　陈鉴往东了，追！

［几人急欲追下，甲、乙、丙、丁有意站在师爷前面挡住视线。

师　爷　快！陈鉴又往西了，追！

［衙役们又往西而去，见一市民，疑是陈鉴。

衙役甲　抓住他！

［众衙役把衣装似陈鉴的市民抓住，一看大失所望。

师　爷　前面那个穿红袍的一定是他，追！

［众衙役随师爷追下。祝横带几家丁看灯上。

祝　横　（唱）　我乱闯，逛花街，

你看几多少女靓姑娘，

眉来眼挤，看见令我眼发呆。

你挤我拥呀，

你们看下帮我找个靓姑娘。

［三名少女提灯迎面而至，祝横左瞧右窥。

祝　横　小姐，你这盏灯靓呀！卖不卖？

［祝横趁机伸手过去，少女甲急闪开。

少女甲　不卖！

祝　横　真的不卖？

少女甲　真的不卖。

祝　横　哈……我不但要买灯，还要买人呢！

[祝横拦住其中一人调戏，两少女欲加制止，却被家丁隔开。

少女甲　（气愤地）大庭之下侮辱衩裙，我要到州府告你。

祝　横　你要告我？（奸笑）哈……哈……你有眼不识泰山，当今知州正是我父亲。

少女甲　（惊）救命呀！救命呀！

[少女挣脱，祝横紧迫。

[陈鉴扮作“状元”，文豪、诗通扮作随从提特大灯笼上，少女甲在轿前跪下，祝横见状急跪下。

少女甲　大人，救命呀！

文　豪　（扮作旗牌）呔！有何冤情，快禀上来！

少女甲　大人，祝家小子乃衣冠禽兽，调戏本姑娘。

众少女　万望状元爷为我们做主！

陈　鉴　人来！

众手下　有！

陈　鉴　（唱）　大庭广众辱衩裙，
　　　　　　　　重责七十再把罪问！

[文豪示意少女下。

众手下　是！（欲打）

祝　横　慢！

（唱）　状元爷，赦罪将我放，
　　　　我立即回家禀知高堂，
　　　　列队迎接状元郎。

陈　鉴　你恃势欺侮良民，本该罪加一等。

祝　横　大人饶命！

陈　鉴　好！故念你是知州之子，暂免究罪。你速回去禀知父亲，迎接本爷，否则嘛……

祝　横　小人知道，谢大人！

陈　鉴　免礼！（祝横狼狈地带家丁下）

众　人　哈！哈！……

文　豪　（唱）　祝家恶少回禀把路赶，

状元赏灯不露锋芒。

陈　鉴　正合我意！哈哈……（与众下）

[祝知州率众衙役上。

祝知州　（唱）　搜遍大街与小巷，

陈鉴踪影渺茫茫。

师爷你快通报，

知情报告者有重赏！

师　爷　是！

[祝横急上。

祝　横　（气喘地）禀告父亲大人，当今状元来看花灯！

祝知州　（一惊）什么？当今状元来看花灯？

祝　横　正是。

祝知州　现在到了何处？

祝　横　看那前面的大灯笼——（指远方）

师　爷　状元灯？状元爷就快到了！

祝知州　（抬头远望）果真是状元看灯，卑职有幸！切莫错过时辰，列队跪接！

[祝知州与众人重整衣冠，鼓乐声中，陈鉴与众人上。祝知州等就地下跪。

祝知州　（讨好地）不知状元爷驾到，有失远迎，万望大人赦罪！

陈　鉴　你就是本知州祝大人吗？

祝知州　小人正是。大人在上，下官有礼！

[知州当即下拜，众官兵亦倒身下拜。

陈　鉴　何必如此多礼呢？

祝知州　祝某虽无才能，但向来礼贤下士，爱才如命，今日状元驾到，岂有不跪接之理？

陈　鉴　果真礼贤下士，爱才如命么？

祝知州　果真如此！（陈鉴向文豪递眼色示意）

文　豪　听说贵州陈鉴，聪明绝顶，举步成章，实为岭南一代才子，为何你却视为草寇？

祝知州　大人有所不知，陈鉴虽有文才，但好闹事惑众。如今又聚众抗交赋税，还肆意戏弄本官，罪大恶极，正是本州追捕之逃犯。

陈　鉴　请问他如何聚众闹事，抗交赋税？

祝知州　状元爷，请听！

（唱）　年初本州四处张公榜，
　　　添收赋税与米粮，
　　　陈鉴蓄意挑衅聚众反抗，
　　　抗交赋税将流言播扬。

陈　鉴　请问橘州今年是何年景？

祝知州　（支吾地）这——

陈　鉴　快从实讲来！

祝知州　水旱交袭，收成甚微。

陈　鉴　既是大灾之年，你为何还要增加赋税呢？

祝知州　这——

陈　鉴　（唱）　大灾之年添赋税，
　　　瞒上欺下饱私囊。
　　　蛇蝎居心真毒罕，
　　　贪赃枉法要过刀亡。

你……你可知私加赋税之罪？快快从实招来，免得施棒杖！

祝知州　是。本官有罪，请状元爷开恩！

陈　鉴　铁证如山，罪行难隐。为何颠倒黑白，陷害善民？快快当众招供，否则罪加一等。

文　豪　你为何要捉拿陈鉴，快从实招来！

祝知州　只为报私仇，泄前愤。

陈　鉴　既是如此，那陈鉴有没有罪？

祝知州　无罪。不过……

陈　鉴　既是无罪，该不该捉？

祝知州　不该！不该！

陈　鉴　此话当真？

祝知州　（勉强地）当真。

陈　鉴　口讲无凭，立字为据。

祝知州　我即出榜告示黎民。

［陈鉴示意文豪，取文房四宝上。

［祝知州犹豫不写。

文　豪　快写！

祝知州　（迫于无奈，写）请状元爷过目！

陈　鉴　念！

祝知州　陈鉴非罪人，不能将罪问。新增赋税一概免，特出告示安黎民。

［呈与陈鉴，陈鉴接过后开怀大笑。

陈　鉴　哈，哈！祝知州为何不敢抬头？

祝知州　本官有罪不敢！

陈　鉴　你抬头细辨认，你叩头下拜者是谁人？

［知州抬头看，似面善，但又不敢断定。

祝知州　陈——状——元——爷？

陈　鉴　祝知州——

（唱）　你扬言，要将我生擒架绑，

实难料你当众磕头表罪状。

喜今天，堂堂知州拜黎民，

何来颜面再坐堂？

祝知州　你是——

陈　鉴　陈鉴是也！

祝知州　（惊）吓！你……

文　豪　（大声地）祝知州临街当众低头认罪，跪拜陈鉴学士，真是笑死人啦！

众　人　哈，哈……

祝知州 （气极）人来！快将假冒状元来架绑。

师　爷 遵命！（众衙役欲上前，众目之下又不敢动手）

陈　鉴 你何凭何据，要讲明当堂。

祝知州 你假冒状元，欺君罔上！

陈　鉴 请问谁人说我是状元郎？

祝知州 这……（问师爷）

师　爷 是祝少爷告知，说状元赏灯莅临橘城。

陈　鉴 可见我假冒状元全无凭据。

（唱）　你睁开鼠眼仔细看，

我笑你目不识丁枉掌州印在公堂。

莫非想当“状元”都有罪状？

祝知州 吓！“想状元”？

陈　鉴 不错，“状元”前面还有一个“想”字，工工整整写在灯笼上。你不看见？

祝知州 （上前细看）想状元？（眼花再看）想状元？！

陈　鉴 当今皇上不是勉励读书人考取功名吗？我想当状元何罪之有？

[师爷接过灯笼细认。

师　爷 老爷，灯笼上面确有一个绿豆大的“想”字。

祝知州 （唱）　你为何状元两字大如斗，

“想”字写得似豆状。

分明是鱼目混珠，欺骗本官。

陈　鉴 你有所不知呀！陈某才疏学浅，不敢大“想”，只能小“想”罢了。

（唱）　陈某无才知自量，

只敢小想在当场。

中秋佳节游花灯，

万民同乐齐欢唱。

“飘色”状元游金街，

普天同庆我粉墨登场。

民间娱乐源远流长，

又何来假冒状元欺君犯上。

祝知州，你不睁眼看一看，这满街“飘色”，还有想当天上玉帝、海中龙王的呢？你枉为橘州父母官，连这百年习俗都不懂吗？

祝知州 刁民陈鉴，牙尖嘴利，戏弄州官，给我拿下来！

陈　鉴 你敢？（示告示）

祝知州 （唱）　　唉呀呀！激得我脑发胀。

本欲加害陈鉴来泄恨，

想不到三次受气苦彷徨。

堂堂知州当众拜平民，

有何颜面再留世上！

唉呀呀！我！我！我只觉得天旋地转，气上胸膛，活活气煞我也！

[祝知州气极吐血，昏倒，祝横、师爷急扶。

师　爷 老爷——

[月婵、橘香上。

二　人 陈相公——

[造型。

[幕后曲：

江山千古永留芳，

岭南齐颂陈鉴郎，

巧斗贪官为百姓，

三戏知州美名扬。

[幕落。

[剧终。

（剧本版本：《南粤剧作》1989年第2期）

·粤剧卷·

草莽英风

编剧：许绍钦

人　物　表

杜元高　　30 岁，河阳郡王城兵马司。

刘　英　　28 岁，草莽义士。

柳月眉　　25 岁，猎人之女，刘英之妻。

虎　姐　　24 岁，凤凰山女寨主。

福　王　　52 岁，河阳郡王，原名赵显光。

赵奇光　　40 岁，福王之弟，爵封禄王。

寿王妃　　35 岁，福王的弟妇。

赵宝安　　18 岁，寿王妃的儿子。

钱总管　　45 岁，寿王府总管。

金　刚　　26 岁，杜元高的义弟。

石　勇　　25 岁，杜元高的义弟。

白如玉　　18 岁，民间少女，虎姐的表妹。

白　父　　50 岁，白如玉之父。

四大将　大令官　众恶奴　歌姬　宫女　中军　太监　众侍卫

探子　头目

第一场　义结金兰

[古代。

[荒山野岭。

元　高　（内唱首板）轻骑走荒山，寻踪除贼寇。

［幕启。

［杜元高、金刚、石勇同驰马上。

元　高　（七字清中板）

履艰历险为解民忧。

金　刚　（接唱）　大哥你为国为民尽忠职守。

石　勇　（接唱）　爱才重义俊杰归投。

元　高　（滚花）　为筹全策固金瓯，愿与天下英雄交挚友。

［鸿雁惨叫声带箭跌下。

金　刚　（上前拾起鸿雁，自觉惊奇，急送元高察看）大哥，你看，有人射下一雁，箭中咽喉呀！

元　高　吓，箭中雁喉？（接雁细看）啊，果然不偏不倚，正中雁喉呀！（拔出箭杆看上面有字）刘英箭，刘英箭，哎呀，真是好箭法呀！（对金刚、石勇）两位贤弟，刘英射下此雁，必来寻找，待他到此，我们将他试探，若是匪类，立即擒拿；若是英雄好汉，我们与他结交，又多一个好兄弟呀！

石　勇　对，大哥言之有理。你看，那边有人来啦！

［刘英匆匆觅雁上，看见元高手上的雁。

刘　英　请问列位仁兄，小弟刚才射下一雁，未知是否你们拾得？

元　高　并无所见。

刘　英　你手上拿的是什么？

元　高　此雁是本帅射下，你敢冒认不成？

刘　英　吓，是本帅射下？（怀疑）你是……

金　刚　你这小子有眼不识泰山，这位就是王城兵马统帅杜大人！

刘　英　哈哈，真是闻名不如见面，见面胜似闻名。

元　高　此话怎解？

刘　英　江湖之上，传说你为官刚正，重义广交，却原来是个贪婪之辈，强抢之徒！

石　勇　吓，你敢辱骂统帅大人？

刘　英　何止辱骂，若不还我鸿雁，我就要……

石　勇　你要什么？

刘　英　要夺回此雁。（上前欲夺）

元　高　慢！你这小子，在本帅面前胆敢无礼，本帅倒要领教于你！（用箭杆打刘英三下）

金　刚
石　勇　我也要领教于你。（一齐上前打刘英）

刘　英　（执住金刚、石勇怒唱快中板）

敢上深山寻虎斗，

何惧狐鼠与猕猴。

（滚花）　怒火冲天，惩戒你班人面兽。

（扔开金刚、石勇，上前打杜元高）

元　高　（架住唱滚花）

敢犯虎威真斗胆，本帅畀些利害你尝尝。

［开打。

元　高
刘　英　（同唱首板）虎斗龙争难饶让。

刘　英　（被打倒，起唱快中板）

此人武艺不寻常，

奋起雄威来打上，（打倒杜元高，续唱）

看我武艺强不强。

元　高　（起唱快中板）

他武艺高强有胆量，

身怀绝技越打越强，（对金刚、石勇）

你兄弟两人齐攻上。

［金刚、石勇两人齐攻刘英，刘英毫无惧色，将金刚、石勇打倒。

元　高　（快中板）

果然是个大豪强。

（上前对刘英）请问壮士高姓大名？

刘　英　吓，你问我的姓名？俺行不更名，坐不改姓，姓刘名英。

元　高　贵府何处？

刘　英　那边山下。

元　高　作何职业？

刘　英　打猎为生。

元　高　如此说，刘兄是隐迹泉林的义侠之士了？

刘　英　非也，刘英是个草野山民。

元　高　刘兄呀！（春风得意）

你是雄鹰应展翅翱翔，
鹏飞程万里。
岂可荒山枉度了春光？
应为国显身手，
博封王侯贵显天下名扬。

刘　英　（接唱）请你无须对我赞誉称扬，
我是凡夫俗子，过惯清贫。
怎会做官享受那风光。

元　高　（接唱）兄有英风岂可明珠埋草莽。
我对兄诚仰慕，与兄同结义，
桃园效仿是我心愿想。

刘　英　（接唱）你是堂堂统帅大人，
草野黎民怎能妄高攀，
山鸡难配凤凰，自觉无幸交结官场。

元　高　嘿，刘兄何必谦让呢？自古英雄多出草莽，豪杰何别官民，相交唯重义，刎颈见真情！

刘　英　吓，相交唯重义，刎颈见真情？

金　刚
石　勇　对，我等也是一介武夫，承蒙元帅见爱，结为兄弟的呀！

刘　英　好吧，既然各位不弃草野村夫，我们就一齐来下跪。

[众人一齐跪下。

金　刚
石　勇　（同白）撮土拜上苍。

元　高　金兰同结拜。

刘　英　犹如共母娘。

元　高　请把年庚来报上。

刘　英　虚度二十八年长。

元　高　我长两岁为兄长。

刘　英　我为小弟是应当。

金　刚　我年二十六为三弟。

石　勇　我年二十五是四弟郎。

元　高　好呀！此后有福同享，有难要同当。

刘　英　好个有难同当，大哥请起，请受小弟一拜！

［金刚、石勇亦同拜。

元　高　（扶住）好兰弟。

刘　英　好兰兄。

元　高　兰弟，为兄欲保荐你在我帐下当一名参将，将来立下功劳再行升赏，未知兰弟意下如何？

刘　英　这个……兰兄呀，为弟荆妻，身怀六甲，临盆将近，暂时不能离家，做官之事，容后再议吧！

元　高　好呀，为兄恭候佳音，暂且告辞，以后请到兵马司府找我。

刘　英　遵命！

杜、金、石　（同告别）拜别了！（上马告辞下）

刘　英　奉送！（礼送杜元高等下，突闻女子呼救声，惊起张望）

（滚花）　又见人众汹汹将一少女追赶。

待我山旁藏隐，看白端详。

［寿王世子赵宝安带了总管及数恶奴追民女白如玉上，白如玉精疲力竭，卒被捉住。

白　父　（追上恳求）爵主爷呀，我求求你放过我的女儿吧！

宝　安　死老鬼，阻头阻势，快些走开！（一掌推开白父）

白　父　（又扑上哀喊）爵主爷呀！你不能青天白日强抢良民闺女呀！

总　管　（推开白父）死老鬼，爵主爷看中你的女儿，你就有福啦，快让女儿乖乖地跟爵主爷回府，有你的好处。

宝　安　把这村女带走！

白　父　慢！你这恶鬼，几多良民闺女，被你抢入王府，蹂躏而死，老汉今日和你拼了！（扑上欲打赵宝安）

宝　安　（执住白父）你这老鬼，自来寻死，取你狗命！（一脚把白父踢死）

如　玉　（挣脱，扑上大哭）爹爹呀！

宝　安　（喝众奴）人来，带她回府！

［众恶奴拉白如玉，白呼天抢地。刘英大喝一声跳出，打散众恶奴，救出白如玉。

刘　英　小姐，你快走吧！

如　玉　（惊慌失措）我……

刘　英　不用多说，快从后山奔逃！

如　玉　谢大哥！（奔下）

［众恶奴欲追，刘英拦住。

宝　安　与我打！

［众恶奴打刘英，却被刘英打得负伤大败，总管见势不妙，拉宝安欲走，被刘英抓住。

刘　英　（怒斥）你这恶贼，光天化日，强抢民女，打死民命，我要你狗命抵偿！（一拳把赵宝安打死）

众恶奴　（惊呼）打死爵主爷啦！

总　管　快走！（与众恶奴抬赵宝安惊慌逃下）

如　玉　（复上）大哥呀，你打死爵主，惹下大祸了，快走吧。

刘　英　什么爵主？

如　玉　他就是福王的侄子，寿王妃的独子呀！

刘　英　呸！都是这等王子王孙，无恶不作，死有余辜。小姐不必惊慌，我帮你把你爹埋葬之后，就带你逃走罢。

如 玉 多谢大哥！

[刘英和白如玉掩埋白父下。

[总管带金刚、石勇两位将军及众官兵上。

总 管 两位将军，贼寇就在此地打死王子，请你立即追捕凶手！

金 刚
石 勇 （同下令）众兄弟，立即搜山追捕凶手！

众官兵 （齐应）遵命！

[切光。落幕。

第二场 义救弟妇

[紧接上场。

[兵马司府大堂，堂上挂着一块“盖世功劳”的金匾。

[幕启，金刚、石勇匆匆上。

金 刚
石 勇 （同喊）有请大哥！

元 高 （上）两位贤弟，打死王子的凶手是否擒捕归案？

金 刚 大哥不好，凶手并非别人，就是我家二哥呀！

元 高 吓，刘英怎会如此行凶？

石 勇 寿王世子强抢民女，还打死民女之父，二哥路见不平，将他打死！

元 高 啊，原来如此……

金 刚 大哥，二哥已经逃走，二嫂柳月眉被捕了。

元 高 吓，刘英逃走，其妻被捕？

石 勇 大哥，你一定要救二嫂呀！

中 军 （上）启禀大人，寿王妃驾到。

元 高 你们暂且退下，待我出迎。

[寿王妃、总管、宫女等上。

元　高　不知娘娘驾到，下官有失迎之罪。

寿王妃　杜大人，你镇守王城，身膺重任，王爷对你隆恩倚重。为何纵贼行凶，打死王子？你该当何罪？

元　高　这个……

总　管　杜大人！（滚花）

世子郊游遭贼杀，你这兵马统帅责不容辞。

王爷对你格外施恩，未咎你失职之罪。

命你缉拿凶手，不许少作推迟。

立将凶手之妻提堂，审明凶手行踪去处。

元　高　吓，要我审明凶手行踪去处吗？

寿王妃　难道你敢违抗王命不成？

元　高　下官不敢！

总　管　那就请杜大人立即升堂。

元　高　（无奈）众将官，与本帅升堂。

[内喊：元帅升堂！

[众兵将上两旁侍立，杜元高居中坐下，寿王妃案旁设座。

元　高　人来，把犯妇带上。

[兵将领命下。

月　眉　（内唱凤凰台一句）

猎女何曾怕官欺。

[兵将带披枷戴锁的柳月眉上。

月　眉　（快中板）莫道民女是庸愚，

敢上公堂与官员辩理。（上堂跪下）

元　高　下跪犯人把名字报上。

月　眉　民妇柳月眉。

元　高　（示意柳月眉变供）柳月眉，你丈夫是……不是刘英？

月　眉　（坦率直言）正是刘英！

元　高　（失望地）你……丈夫打死爵主，现在去了何处，你……讲吧！

月　眉　大人呀！（和尚思妻）

奇，你问得好离奇，我现在要反问你：

我夫君为什么要打死爵主爷？

元　高　这……

寿王妃　呸！（接唱）

你这贱妇真是胆包天，

竟敢牙尖和嘴利。

总　管　（接唱）　你夫君是劫匪难道你不知？

他天天抢劫客商，被爵主爷撞见，

他凶狠拔剑将爵主爷刺死。

月　眉　（接唱）　你所说全伪词，我夫君人义气，

他日日打猎山中，

那些豺狼与恶虎，常被他打死。

未知爵主比那豺虎，是否抵死有余？

寿王妃　（大怒）大胆！（快中板）

贱人大胆利口辩辞，

（滚花）　众将官棍棒横施，将她打死。

[众兵将齐声呼喝，举棍欲打。

元　高　（急拦）且慢！（血泪花）

请娘娘无须生怒气，

要她招供才可捉凶手，

怎能将她来打死，

应哄她讲出马迹与蛛丝。

寿王妃　好！暂时饶她一死。贱妇人，你把丈夫的行踪去处讲得明明白白，哀家不但赦你无罪，还有金银珠宝赏赐于你。

总　管　柳月眉呀，娘娘性善心慈，只要你说出刘英去处，就赐你金银珠宝，放你回家啦！

月　眉　啊！是真的吗？

总　管　当然是真的！

月　眉　唉呀！太可惜了！

总　管　可惜什么呀？

月　眉　可惜我不知！

寿王妃　（忿然）你……

元　高　（急拦）柳月眉，快把实情讲来。

月　眉　大人请听呀！（叹颜回）

我与夫郎结亲已经三年，我六甲身怀，
夫君体贴入微，他要我静养在家里。

元　高　娘娘，柳月眉未出家门，丈夫之事似应与她无关。

寿王妃　胡说，犯妇巧言善辩，岂可相信，立即追查凶手行踪。

元　高　柳月眉，你……讲下去吧！

月　眉　（续唱）　那日刘郎上山天黑不见他返归，
我秋水望穿无踪影。
我正愁怀忧疑，
岂料来了那官兵围林搜山，
声势汹汹好威风，
我心中惊怕又悲凄，
那王府官员把我拘囚，
夫君闯祸我未知情由，
怎知他向哪里高飞。

寿王妃　呸！（怒唱滚花）

你这疯狂贱妇，还敢狡辩砌词，
叫人来，抬出夹棍大刑，将她夹起！

月　眉　且慢！请问娘娘，民妇犯了何罪，你要将我下刑？

寿王妃　你丈夫打死王子，你将他包庇，就是罪该万死！

月　眉　乱讲，你有什么实据真凭，说我将丈夫包庇？你不能恃王家权势屈打无辜。

总　管　杜大人，帅堂之上岂容贱妇刁蛮撒泼，顶撞娘娘。请大人立即下刑，她若不招出凶手行踪，就将她拆骨煎皮！

元　高　吓，将她下刑吗？

寿王妃　（催迫）下刑！

月　眉　（哀喊）冤枉呀！

元　高　冤枉吗？（离位审视月眉）

月　眉　大人呀，你不能滥用严刑，伤天害理。你若将我打死，一尸两命成冤鬼，定向你索命跟随。

元　高　吓，一尸两命吗？（另场滚花）

弟妇哀哀叫枉，真使我痛彻心脾。

王妃迫下严刑，欲将弱妇置于死地。

我怎能狠心辣手，严刑拷打义弟妻儿。

唯是王家权势压当头，怎有良谋将她护庇？（拉士字腔）

寿王妃　杜元高！（快二黄）

你莫非心存歹念，在此故弄玄虚。

哀家命你下刑，为何推三阻四？

元　高　娘娘呀！（爽慢板）

俺杜元高忠心耿耿，请娘娘莫起猜疑。

只为犯妇她六甲身怀，怕她受刑不起。

犯妇人死何足惜，唯是更难寻找凶手行移。

（滚花）　下官未肯重下严刑，实是另有机谋用意。

寿王妃　有何用意？

元　高　娘娘呀！欲钓金鳌须诱饵，以犯妇作为人质，凶手决不会远走高飞，我们布下天罗地网，让他自来寻死。那时将凶手捉住，任娘娘碎剐凌迟。

总　管　娘娘，万不能听杜大人所言，此乃缓兵之计。若是凶手不投罗网，岂不是不了了之？

元　高　钱总管，你是不是妄图打死凶手之妻，斩断缉凶线索？

总　管　（阴险地）杜大人，看你神情有异，恐怕是言不由衷吧？

元　高　（急欲争辩）你……

总　管　你……

寿王妃　（制止）你们无须争论，哀家自有主意。杜元高，限你今日就要缉拿凶手归案，若再延误，你就罪大难辞！

元　高　（震惊）吓，娘娘……

寿王妃　（忿然不理）人来，摆驾回宫！

元　高　下官送驾。

[众宫女拥王妃下。

总　管　（对元高冷笑）嘿嘿，杜大人，你要好自为之啦！（下）

元　高　（心情焦急地）众左右，两旁退下！

[众兵将退下。

元　高　柳月眉，你且起来。

月　眉　谢大人。（起身）

元　高　弟妇呀，你受苦了！

月　眉　（吃惊）吓，你……

元　高　你丈夫刘英与我有八拜之交，是我的义弟呀！

月　眉　（欢喜地）啊，原来伯爷在上，伯爷万福。（下礼）

元　高　唉，弟妇呀！义弟闯下此祸，连累了你啦！

月　眉　（乙反恋弹慢板）

唉！弱女何命苦，枉受冤屈罪，

险遭棍棒毒打死。

幸得伯爷仁义广，救我超生免垂危。

蚁命本卑贱，惨遭枉死怎能不伤悲，

心切痛未与子相见便与世长辞。

可恨王府那奸妃蛇蝎心肠，

害我无辜娘与子。（伤心痛哭）

元　高　弟妇呀！（快二黄）

我良心未泯，决不会枉杀无辜。

任有万险千难，也要为你筹谋生计。

月　眉　（接唱）若得伯爷仗义囚笼打破放鸟飞，

我夫妻有幸团圆永感伯爷恩赐。（跪下）

元　高　弟妇不必多礼，快些起来！

大令官　（内喊）大令下。（持大令上）

元　高　（出门接令）何令？

大令官　王爷大令下来，命杜元高严刑审讯柳月眉，若不招出刘英行踪，就将柳月眉活活打死。大令读罢，原令缴回。（下）

元　高　遵命！（沉痛地入门）

月　眉　伯爷呀，大令下来，所因何事呢？

元　高　弟妇呀，大令下来，要我严刑将你审问，若不招出义弟行踪，就要将你……

月　眉　（追问）怎那？

元　高　活活打死呀！

月　眉　吓，若不招出刘英行踪，就要将我活活打死吗？唉！伯爷呀，月眉贱命一条，死何足惜呢？可怜腹中怀有刘家骨肉，伯爷可否代我恳求，待等孩儿出世，你就将我行刑吧！

元　高　弟妇呀，义弟打死王子，王妃恨不能斩草除根，怎肯留下刘家血胤呢？这是万万不能的呀！

大令官　（内喊）大令下。（持大令上）

元　高　（出门接令）何令？

大令官　王爷大令下来，杜元高不将犯妇动刑审问，分明有意袒护，令到之时，立将柳月眉处死。若再抗令，革职严办，定不轻饶。大令读罢，原令缴回。（下）

元　高　遵令！（入门）

月　眉　伯爷呀，二次大令下来，是何缘故呢？

元　高　弟妇不好，二次大令下来，要我将你立即处死，若再抗令，革职严办，决不轻饶。

月　眉　若不将我处死，便要将你革职严办吗？唉，大人呀！刘英与你虽有结义之情，但他是草野村夫，奴亦是猎人之妇，下贱蚁民，怎能累你被革高官厚禄呢！

你就处死我吧！

元　高　弟妇呀，元高岂肯卖友求荣呢？唯是事急燃眉，愧无良策救你，我实不知如何是好呀。

大令官　（内喊）大令下！（持令上）

元　高　（急出门接令）何令？

大令官　王爷三次大令下来，杜元高不杀柳月眉，犯了抗命之罪，已将其妻押下监牢，若不亲手将柳月眉杀死，带首级进宫交令，其妻一齐问斩！大令读罢，原令缴回。（下）

[杜元高出门接令时，柳月眉亦跟在门内偷听，大令读完，两人同时震惊，几乎晕倒。杜元高踉跄地入门。

月　眉　（忙把杜元高扶住）伯爷，你要保重呀！

元　高　（沉痛地）弟妇呀！我恐怕难……

月　眉　（悲苦地）伯爷你不用讲，我知道了！（乙反二流）

此刻已到最后关头，
奴奴实难逃一死。
岂能将伯爷连累，
嫂夫人惨死无辜，
望你当机立断莫犹豫，
杀我一人免你夫妻受罪。

（取剑跪下，双手举剑求杀）你亲手将我杀死，奴奴死而无怨呀！

元　高　吓，我亲手将你杀死，你死而无怨吗？（考虑后决定）唉，事已至此，我唯有手刃无辜了！（取剑杀柳月眉，却不忍下手。另场唱滚花）

只见堂前跪下一个待斩妇孺，
她是我义弟妻房，却要在我剑下成冤鬼。
我若不将她杀却，王爷却要杀我贤妻。
我杀又难，不杀又难。难难难，进退两难，
真不知如何为是。（痛苦地思考）

月　眉　大人呀！（扑仙令）

你休伤心，莫为弟妇悲。

把刀挥忍泪杀蛾眉。

唯望你莫把我夫追，

放生他我感德巍巍。

你快些杀了我罢！

元　高　杀了你吗？（注视手中剑）宝剑呀宝剑，你虽是削铁如泥，却不能枉杀无辜民命。当日我仗着一杆银枪、一把宝剑，冲锋杀敌，在百万军中，救了王爷性命。王爷念我救驾大功，赐我金匾！（抬头望着堂上匾额）“功劳盖世”，“功劳盖世”嘛……（思考、醒悟）弟妇呀！我放你逃生，和你一齐去找义弟罢！

月　眉　（惊诧）吓，这……万万不能的呀！你若放我逃生，嫂夫人就当堂没命啦！

元　高　弟妇不必惊慌，你来看，堂上金匾，所写何字？

月　眉　（观看，念）功劳盖世。

元　高　对呀！我立过救驾大功，王爷对我倚重非常，亲书金匾赐我。其爱弟禄王，又是我的结义兄长，现领兵征剿草寇，我和你寻得义弟，同往禄王军前效力，立功赎罪，此案定能了结，我妻可保无虞。我们走吧！（解开月眉枷锁同下）

[切光。落幕。

第三场　大闹王府

[紧接上场。福王府。

[幕启。士工慢板序，福王拉寿王妃上。

福　王　爱美人呀！（士工慢板）

你花容憔悴倍惹人怜，

王侄不幸身亡孤亦非常悼念。

唯是人死不能复生，卿要节哀顺变。

孤王怜香惜玉，爱卿情意比蜜甜。

寿王妃　（接唱）　妾身孀守原命贱，今又丧子更凄然。

纵有蜜意柔情也难解心头悲怨。（撒娇痛哭）

福　王　（抚慰）爱卿不要哭啰！（白榄）

爱卿泪流粉面，孤王心更酸，

为王侄报冤仇，已下三道令箭。

迫杜元高捉拿凶手，把那贼妇立斩堂前。

寿王妃　吓，你下了三道令箭迫杜元高捉凶手，杀贱妇？

福　王　对，此事已命钱总管办理啦。爱卿呀！（滚花）

望你抛开烦恼，陪孤作乐饮琼筵。

再传歌舞助欢愉，与卿共赏脂香粉艳。

人来，传歌舞上来！

[歌姬上歌舞。

[舞曲：玉笙轻奏，环佩声传，

翠袖香飘兰麝，疑是月殿神仙，

云裳半掩芙蓉面，樱桃笑口可人怜，

解舞腰肢娇又软，恰如垂柳晚风前，

幸沐王恩承雨露，

愿得春光长驻，莫负绮丽华年。

[福王拥着寿王妃饮酒赏歌舞。

总　管　（急匆匆上，走近福王）王爷……

福　王　（醉态）何事？

总　管　回禀王爷，杜元高反抗王命，带贼妇柳月眉逃出王城去了！

[福王大惊，拍案而起，歌舞即停，歌姬原地造型。

福　王　（执着总管怒问）你说什么？

总　管　杜元高反抗王命，带贼妇逃出王城去了！

福　王　（震怒地唱滚花）

叛臣敢抗王命，真是胆大包天。

侍卫官。

众侍卫 （上）大王有何差遣？

福　王 （续唱滚花）

立即飞马追捕杜元高，

不让叛臣贼妇高飞走远。

众侍卫 遵命！（下）

［音乐又起，歌姬们还欲献舞。

福　王 （暴怒地）滚，统统与我滚！

［众歌姬惊慌逃下，寿王妃哀哀痛哭。

福　王 （劝慰）爱卿不要伤心，谅杜元高逃走不远，定可将他擒回。

太　监 （急上）有刺客呀！

福　王 （大惊）保驾呀！

［刘英从窗口跳入，抓住福王，寿王妃等逃入后宫。总管起初还护住福王，后钻入台底躲避。

刘　英 赵显光，你凶残暴虐，无恶不作，今日你放还我妻犹自可，胆敢说半个不字，俺就送你上西天！

福　王 （魂飞魄散）好汉饶命，我送……不过你妻已经……

刘　英 （误会）吓，你已将我妻杀害？我取你狗命！

［刘英打福王，众侍卫上来保护，双方开打。福王逃入后宫。

刘　英 （打败众侍卫，在台底拖出总管）我妻现在何处？

总　管 她……被杜元高……

刘　英 怎样？

总　管 带出王城去了。

刘　英 此话当真？

总　管 不敢讲假。

刘　英 暂时饶你狗命。（打开总管，冲出王府）

总　管 （沉腔滚花）唉呀呀，吓到我魂飞魄散，险些命丧黄泉。

［切光。落幕。

第四场　会妻上山

［紧接上场。

［一条河流横贯舞台，河边是石砌的江堤，苇林茂密，乱石成堆，远景崇山峻岭。

［幕启。碧澄湖畔，村姑打扮的虎姐上。

虎　姐（唱）　威震江湖雌老虎，凤凰山上女英豪。
为探军情临险地，乔装改扮小村姑。
福王老贼穷兵黩武，派遣其弟亲掌兵符。
领兵攻打我山寨，妄图一举灭群豪。
我联络各地义军齐对敌，誓将恶鬼尽诛屠。
飞马回山将路赶，已到凤凰山下碧澄湖。
待我弃马买舟。喂，船家呀，请你渡我过湖。（下）

［切光转河边景。

［杜元高、柳月眉扬鞭飞马上。

元　高（唱）　策马奔逃走荒山，

月　眉（接唱）　鸟道悬崖未阻拦。

元　高（接唱）　马跃上高山，

月　眉（接唱）　猎女敢登攀。

元　高（接唱）　马踏浮云翻，

月　眉（接唱）　王城回首远云间。

元　高（接唱）　越过了此山，坦途无险艰，

月　眉（接唱）　逃离虎穴，感你恩德重如山。

元　高　弟妇呀，过了高山，来到河边，谅你已疲倦，下马歇息片时吧！

月　眉（马上颠簸，冲动胎气，腹中已阵阵作痛，还欲强忍）好吧，请伯爷下马！（话犹未了，一阵剧痛，跌下马来）唉唷……

元　高（大惊）吓，弟妇你……（急下马欲搀扶却又不敢）你……怎么了？

月　眉　（按住腹部）唉唷……我怕要……

元　高　你要什么？

月　眉　（声音微弱）孩子怕要出世了……

元　高　吓，侄儿要出世？这……如何是好呀？（手足无措）

月　眉　（不住地呻吟）唉唷！（想爬向苇林又跌倒）

元　高　（欲抱不敢，欲帮不得，更加着急）你忍忍，我去找人来帮你……

［元高匆匆忙忙欲去找人，与村姑打扮的虎姐撞个满怀。

虎　姐　（怒斥）喂，你走路没带眼的吗？乱碰乱撞，想干什么？

元　高　（见是村姑非常高兴，不及回答，即拉住虎姐）快，快跟我走……

虎　姐　吓，还敢动手动脚！（用力一甩，元高连连后退）

元　高　（忙解释）大姐，你不要误会，我是有急事请你帮忙。

虎　姐　有何急事？

元　高　这……事不宜迟，你快跟我来看一看便知。

虎　姐　好，看你搞的什么名堂？走吧！

［杜元高带虎姐走到月眉身边。

元　高　是她要……

虎　姐　（上前抚看月眉知是要临产）啊，原来是你的妻子要生孩子啦！你为什么带她来到这荒山野岭呀？

元　高　（有口难辩）这……大姐，此事以后再谈，请你快……

虎　姐　你叫我快什么？这是你妻子的事，你以为女人生孩子很容易的吗？（四处张望）唉呀，这里前不近村，后不近店，去哪里找接生婆呀！

元　高　大姐，请你……

虎　姐　（害羞地）我……见都未见过，怎得呀！（见月眉呼痛又不忍）好吧，只管试试吧！喂，你做丈夫的也来帮手啦！（抱月眉进入苇林）

［杜元高不敢跟下，焦急地徘徊。

［内场婴儿喊叫声。

元　高　（松一口气）啊，孩子总算生下来了。

虎　姐　（高兴地抱孩子上）喂喂，做父亲的快来看看你的仔啦，又肥又白，真好疼呀！

元　高　（尴尬地）是是是，好疼……不知他母亲是否平安？

虎　姐　无事，就快出来啦！（逗孩子）

［柳月眉疲倦地上。

元　高　（急问）你……没事了吧？

月　眉　（含羞）我……没事……

元　高　无事就好，快些上马登程吧。

虎　姐　什么？你要她上马登程？

元　高　我们有急事还要赶路的呀！

虎　姐　呸！你妻刚刚生了孩子，你就要她上马赶路，是不是想她死呀？

元　高　我……

虎　姐　不必多讲啦！我有个亲戚住在那边山下，你做丈夫的就背着妻子，跟我去亲戚家歇息，搞点补品给产妇食下再说吧。

元　高　这……（考虑一下决定）未请教大姐贵姓芳名，你亲戚家离此多远呀？

虎　姐　我叫……鲨鱼妹，我亲戚家离此大约几里路，如果你不怕我食了你，就跟我去吧！

元　高　嘿，大姐说哪里话来，我实因有急事要赶路，欲将幼儿产妇托你照料，未知意下如何呢？

虎　姐　将你的妻子托我照料？这……好吧，要去你就去吧！

（七字清）照料幼儿产妇我可承担，

保证安全你无须挂盼，

你办完急事早日回还。

元　高　多谢了！

（快中板）大姐情义心铭感，

重逢有日报恩还。

（对月眉唱）你要善为珍重，

我此去定把案情妥办。

保重了！（上马告辞下）

虎　姐　大嫂，你丈夫举止不凡，似非寻常之辈吧！

月　眉　他……不是我的丈夫，是我丈夫的义兄杜元高。

虎　妲　（惊疑）吓，是不是王城兵马司杜元高？

月　眉　正是。

虎　妲　你是一个有夫之妇，而且身怀六甲，何以伙同兵马元帅，并马奔驰？

月　眉　大姐，柳月眉是个落难之人，你若肯相救，我就把真情直告；若是怕受连累，小妇人就此告辞！（欲行）

虎　妲　慢！我倒要听听你的真情，你讲吧。

月　眉　大姐请听呀！（禅院钟声）

恨那王廷恶鬼害人实太凶狠，
在光天化日，追奸竟抢寒门少女身，
无辜打死年老良民，那日被我刘郎撞见心怒愤，
痛打王廷恶狗救娇娃脱难，
凶魔遭命殒，惹下弥天祸，我被监禁，
险遭拷打命丧黄泉。

虎　妲　你的丈夫去了哪里呀？

月　眉　（续唱）　不知夫他是死抑或逃亡。

虎　妲　（接唱）　你的刘郎敢诛奸，岂畏强梁将身隐，
他与狼虎相争，你无须惊震。

月　眉　（接唱）　伯爷为救我超生，誓死抗争，累了爱妻，
遭殃受劫运，他宁舍爱妻，牢中受苦，
弃官出走与我同行。

虎　妲　啊！（另场滚花）

杜元高虽有重义之名，却是对福王忠心耿耿。
何以敢逆王命，弃官与犯妇逃奔？
莫不是虎穴狼群，有獬豸神羊藏隐。

〔内场喊声大起，柳月眉和虎妲均惊，向远处张望。

虎　妲　（滚花）　远见一队人马向这里飞奔。
来势汹汹，似临战阵。

月　眉　（接唱）　定是追兵已到，我难以逃生。

大姐呀快些抱我孩儿，走避为要紧。

虎　姐　（接唱）　怎能让你落入豺狼魔掌，孩儿出世便没有娘亲。

我背你奔逃，你无须惊震。

［虎姐要背月眉，喊声又起。

月　眉　（接唱）　追兵已到，快快逃奔。

莫把时间拖延，以免同归于尽。

（推虎姐走）你不要管我，快走吧！

虎　姐　不行！

（滚花）　我怎能弃你不顾，

如此鼠辈无能。

这几个毛贼追来也不用怕，让我先背你入苇林暂避，再去收拾他！

月　眉　不行呀，追兵人马众多，你单拳难敌众手。我求求你，救得我儿一命，我就感恩不尽了！（欲推虎姐快走）

［内场喊声又起，虎姐跳上石堆察看，月眉走上江堤。

月　眉　大姐，孩儿拜托你了，你快走吧！（跃身跳下河中）

虎　姐　（冲上江堤大喊）月眉！

［众侍卫追上欲扑向虎姐。

虎　姐　（大喝一声）狗贼，看镖！（一镖打死一侍卫，冲上夺刀拼杀）

［虎姐由于一手抱着孩子，众寡不敌，正在危急，刘英冲上，协助虎姐打退追兵。

虎　姐　（对刘英）喂喂，这孩子的母亲投江自尽啦，你快下河救人。

刘　英　在哪里？

虎　姐　在这边。（指月眉跳水地方）

刘　英　（走上江堤一望，即跳下）

［刘英救柳月眉上，虎姐上前帮忙施救。

刘　英　（认出柳月眉）吓，月眉，贤妻呀！

虎　姐　（惊喜）啊，你是她的丈夫吗？

刘　英　我正是她的丈夫刘英呀！

虎　姐　那就快救醒你的爱妻吧！（抱孩子下）

月　眉　（二黄倒板）

天昏地暗。

（反线二黄板面）

投江含恨死，身葬碧波坟，

周围冷冰冰，地府暗沉沉。

刘　英　（接唱）　有幸江边会娇妻，

妻你快苏醒，郎君在你身边等。

月　眉　（反线二黄）耳边厢又听得，

阴曹地府冤鬼哭孤魂悲声阵阵。

刘　英　（接唱）　非是地府阴司乃是人间地面，

妻呀快些睁眼认夫君。

月　眉　（接唱）　叫声鬼大哥，可怜淑妇含冤江头命殒。

更可哀孩儿出世便没了娘亲。

刘　英　（接唱）　哀声叫好贤妻，快些醒来，莫糊涂混沌，

你如今已在夫郎怀抱，不是鬼影幽魂。

虎　姐　（复上，故意打哭孩子）月眉，你的孩子哭啦，快醒来吧！

月　眉　（接唱）　恍惚间似听闻娇儿啼喊将亲娘寻揾。（拉教子腔）

刘　英　（接唱）　儿哀求娘悯，郎为妻抹泪痕。

快些睁眼认，爱子与郎君。

月　眉　啊！（合尺滚花）

何以朦胧人影似是亲人。

刘　英
虎　姐　（齐声大喊）月眉，你丈夫、儿子在你身边呀！

月　眉　（慢慢醒转）吓，我丈夫我儿子在我身边？（睁眼看真）刘郎、仔呀！（抱在一起哭相思）

虎　姐　好啰，月眉无事啦！（拍刘英）刘大哥，此地不便久留，快些跟我回山去吧！

刘　英
月　眉　吓，跟你回山？

虎　姐　哈哈，我这个凤凰山的女大王，做了你们的接生婆，又做凑仔婆，现在还是带你们上山吧！

刘　英　吓，你就是凤凰山寨主虎姐？

月　眉　你不是叫鲨鱼妹？

虎　姐　哈哈，鲨鱼妹是我临时取的假名，欺骗你和杜元高的呀。

刘　英　（急问）杜大哥呢？

虎　姐　啊，你的妻子生了孩子，他做大伯的服侍不了，就交托于我，他走啦。

刘　英　多谢寨主扶危济困，刘英有礼了！（下礼）

虎　姐　嘿，不必多礼。福王追捕你们夫妻甚急，不若随我上山聚义吧！

刘　英　寨主若不嫌弃，刘英愿随骥尾。

虎　姐　不必客气，我们走吧！

［切光。落幕。

第五场　义救杜元高

［上场若干日后。

［幕启。军帐帅堂。

四大将　有请禄王千岁！

［禄王赵奇光上。

奇　光　（唱）　统领雄师征草寇，军威赫赫鬼神惊。

剿抚兼施祈必胜，荡平寇乱保王廷。

四大将　启禀千岁，我军已到凤凰山下，安营待令。

奇　光　好呀！

（滚花）　闻得山中首领是女娉婷，

勇悍非凡有惊人本领。

你们要严阵以待，候令出兵。

四大将 遵令！

中　军 （急上）启禀千岁，王城兵马司杜元高求见！

奇　光 （惊疑）吓，杜元高求见，与本帅请！

中　军 遵命！（下）

奇　光 （对四大将）两旁退下！

四大将 遵命！（下）

元　高 （上）参见大哥！

奇　光 （离位扶起）贤弟免礼，请坐。

元　高 大哥呀，愚弟有紧急事情，求兄排解。

奇　光 贤弟有何要事直说无妨。

元　高 大哥请听呀！

［音乐衬杜元高表演表示述说事情经过。

奇　光 （不满地，唱追信）

你不应自毁了官声，

弃官出走太荒唐敢抗圣命，

这种行为怎可称辅主忠贞，

这种行为是藐法，毁了你英名。

元　高 （唱锦城春）

英名，英名，难道甘当鹰犬草菅民命，

应为黎民昭雪冤情，

应辅王爷行仁政兴邦创业国泰升平。

请兄秉公论情道理分，

怎应枉杀民女命？

奇　光 （接唱）受君恩典要忠君命。

叛君主即奸佞，

为臣之理难道你不明？

元　高 大哥呀，当前饥民遍野，寇乱披猖，若再纵恶残民，国运不堪设想。弟不忍枉杀刘英之妻，实爱刘英猛勇而欲收为国用。大哥英明，还请明察！

奇　光　哼，刘英打死王子，分明是匪类，怎能将他招纳？

元　高　（急辩）大哥，若将刘英逼反，又多一悍匪啦！

奇　光　你胡说……

中　军　（报上）启禀千岁，观有几股贼兵，向我军杀来。

奇　光　立即传令分兵截击，消灭贼人！

中　军　遵命！（下）

元　高　大哥，为弟请令出战。

奇　光　不必啦，本帅亲临战阵，你在营中歇息吧！人来带马。

［马童带马上，奇光上马。

［切光变战场景。

［刘英领兵上，与赵奇光会战。

刘　英　赵奇光，你已死到临头，快些下马受绑！

奇　光　呸！跳梁草寇，妄夸海口，快把姓名报上。

刘　英　你爷爷姓刘名英，打死王子，大闹王府的就是我。

奇　光　吓，你就是刘英吗？本帅问你，可否认识杜元高？

刘　英　杜元高是吾结义兄长，他不忍惨杀无辜，将我妻放走，你若将他执罪，俺就要把你王室铲平。

奇　光　（另场）啊！杜元高果然与草寇勾结，叛我王朝。（对刘英）刘英听着，你已犯下灭门之罪，快些下马投降，罪犹可恕，如若不然，要你九族俱亡。

刘　英　呸！俺要你枪下身亡，看枪！

［开打，赵奇光被打败逃下，刘英追下。

虎　姐　（内唱首板）巧布奇兵引敌堕吾陷阱。

［女兵先上，虎姐武装上，后面一面“虎”字大旗。

虎　姐　（快中板）英姿飒爽女娉婷，

打仗行兵凭本领，

天罗地网早装成。

（滚花）　赵奇光已被我包围，网中之鱼难逃命。

姐妹们，你们人人奋勇，个个争先，务要生擒奸王赵奇光！

[众女兵领命与虎姐下。

奇　光　（内喊）杀败了，杀败了呀！（扑出）

[喊杀之声大起，义军分边杀出围攻赵奇光，正在危急之时，杜元高冲上杀退义军救出赵奇光。

元　高　（扶着半昏迷的赵奇光呼叫）大哥！

奇　光　（一见杜元高惊疑）你……

元　高　大哥，方才中军回营请救，知你中伏被围，为弟特来援救呀！

奇　光　命你带领人马，保我杀出重围。

元　高　遵命！（带赵奇光欲下，战鼓声大起）众将官，前面大队贼兵杀到，你们保护禄王千岁，从小路杀出，我独挡贼兵。

[众兵将领命拥赵奇光下。虎姐杀出与杜元高搭枪。

元　高　（疑问）你是何人？

虎　姐　杜将军，别来无恙啦！难道你忘记了河边那个接生婆吗？

元　高　吓，你是鲨鱼妹？

虎　姐　哈，哈，鲨鱼妹是我对你说的假名，我是凤凰山女寨主虎姐！

元　高　吓，你是虎姐？虎姐呀！

（白榄芙蓉）

　　　　你武艺高超应为朝廷效命。

（念）　何必啸聚山林为草寇，打家劫舍民不安宁。

（唱）　快些投降归顺，保你富贵尊荣。

虎　姐　你错了！

（白榄芙蓉）

　　　　我们聚义山中为锄奸抗暴政。

（念）　残民以逞者，是那暴虐王廷，

　　　　为救黎民于水火，凶魔邪恶誓扫清。

（唱）　望你是非能分辨，不以助纣为荣。

元　高　呸！还敢毁谤王朝，罪难饶恕。看枪！

虎　姐　杜将军，你真的要和我交战？

元　高　俺乃天朝大将，不与草寇论交情。

虎　姐　好吧，那就看看谁输谁赢。

［两人交战，虎姐用计打杜元高下马。

虎　姐　（急下马搀扶）杜将军，有没有跌伤呀？

［杜元高用枪突刺虎姐，正在危急，刘英上，挡开元高。

刘　英　大哥，你不能伤我寨主呀！

元　高　吓，原来你也是绿林草寇，我杜元高有眼无珠，识错了你，从此结义之情，一刀两断。看枪！

刘　英　（避开）大哥，你听我说……

元　高　住口，谁是你的大哥，战场之上，不是你死就是我亡。看枪！

刘　英　（架住）大哥，小弟实是被迫上山的呀！

元　高　那你就下马投降，为兄带你回营向禄王请罪，再立功赎罪吧！

刘　英　大哥，你要为弟助纣为虐，万万不能！

元　高　呸！甘为草寇，罪大难容，看枪！

刘　英　（架开）大哥，为弟让你三枪，谢过你仗义救妻恩德，若不住手，休怪为弟枪下无情！

［杜元高举枪猛刺，刘英欲辩无能，只好打杜元高下马。

刘　英　（喝令义军）将他押解回山！

虎　姐　慢！杜将军你为表对王室忠心，竟欲将我刺死，若不念你有舍已救人之义举，实难饶恕！好吧，我就转败回山，让你领功去罢！

刘　英　（欲阻）寨主……

虎　姐　不必多言，传令回山！

［虎姐、刘英等下。

元　高　（心情戚然）虎姐，你……

奇　光　（上）杜元高，你果然干得好事呀！

元　高　（吃惊）吓，大哥你……

奇　光　（怒喝）住口，原来贼首刘英是你的结义兄弟，你等私通勾结，欲覆灭我王朝，今已阴谋败露，死罪不容，人来，将他拿下！

[兵将上前捆绑杜元高。

元　高　（大喊）大哥，我冤枉呀！

奇　光　呸！乱臣贼子还敢呼冤叫枉。人来，将他押解王城，交王爷发落！

[众兵将遵命押杜元高欲下。

[战鼓声骤起，虎姐、刘英杀出，刘英杀死赵奇光，虎姐救出杜元高。

虎　姐　（拉刘英另场）刘兄弟，立即带领轻骑，闯进王城，营救杜元高之妻。

刘　英　遵命！（下）

虎　姐　杜将军，我早料到赵奇光是不会放过你的，故回兵救你，现在请你上山，再作商议吧！

元　高　呸！俺忠心为国，死亦死得轰轰烈烈，决不作草寇之囚！

虎　姐　杜将军，现在就由不得你了！弟兄们！收兵回山！

众义军　遵命！（几个义军架着杜元高）

[切光。落幕。

第六场　凤凰山聚义

[上场若干日后。

[凤凰山寨聚义厅。

[幕后齐唱：一战破王师，振我军威勇。

[幕启。虎姐上。

虎　姐　（唱）　今天举寨庆战功，将士雄心振奋，

把那王军摧毁，粉碎了暴主残民梦。

我欲兴师讨伐扫荡那魔凶，解脱黎庶苦痛。

心只愿盛世人安乐，心只愿寰宇繁荣共。

心内尚犹疑，责任重千斤，

怕我这寨主难承任重。

（诗白） 杜氏元高能重义，文韬武略也融通。

若能与我同心志，定能指日奏肤功呀！

（千般恨）谁料彼心似寒冰，犹作轻生殉节梦，

愤恨于心，冷脸霜容，

我奉劝诸多也无用。

念他心中哀愁重，诚恳相规以情动，

慰解悲伤，感化昏庸，

善恶分清与我恩仇共。

[白如玉上。

如　玉　虎姐，杜元高带到啦！

虎　姐　他今天情绪如何？

如　玉　今早月眉嫂嫂请他进食，他不但不食，还将嫂嫂骂了一顿呀！

虎　姐　难道他真是食了秤砣铁了心？（考虑一下）好吧，请他进来！

如　玉　遵命！（下）

[杜元高上。

元　高　（快中板）贼巢被困气煞英雄，

受辱蒙冤心犹怆痛。（进厅）

虎　姐　杜将军到来，请坐！

元　高　呸！

（滚花） 俺大错铸成求一死，敢将鲜血溅妖魑。

你无谓作态假惺惺，请立即开刀将手动。

虎　姐　杜将军，请你不要过于激动，我们静气平心谈一谈吧？

（倦寻芳）我知你五内忧煎，愁如山重。

你如今反悔不该与刘英结金兰。

（无限序白）你以为和刘英结为兄弟，又仗义救了他的妻子，就会落到如此下场吗？其实王室凶残，你应深有体会呀！

（续唱） 枉你报国有壮志宏图，应是擎天梁栋。

（序白）你广交天下勇武之士，无非为王室招揽人才。

（续唱）　欲使英才为我用，为暴君作虎伥。

　　　　　枉你立下救驾之功，赐赏荣封何所用？

　　　　　空余臣子忠，不遵主命难以宽容。

（重奏乐谱衬白）战场之上，你突围救驾，还欲置我于死地。赵奇光却以通贼之罪，要将你押解王城处斩呀！

（续唱）　热血男儿岂甘为鹰犬，请上山林同举义逞雄风。

元　高　（寒关月）俺填胸悲愤未展英雄志，

　　　　　　愤恨寇乱使国难民殃祸劫重重。

（序白）我灭寇救民为素志，纵然一死亦鬼雄。

（续唱）　我胸怀忠耿何怕冤蒙，

　　　　　任教钺斧身临，浩气豪情未断送。

虎　姐　（流水南音）

　　　　　你把国难民殃归罪义军大众，

　　　　　真是不分善恶作暴主帮凶。

　　　　　你不见百姓饥寒，流离失所殊惨痛。（转二黄）

　　　　　何忍盈川饿殍，遍野哀鸿。

　　　　　民欲破鼎镬以求生，逼上山林而聚众。

　　　　　诛除桀纣，重建舜泰尧丰。

　　　　　你应该猛醒回头，（转滚花）

　　　　　起义救民，方为大勇。

元　高　呸！

（快中板）蛇心佛口假善良，野性难驯真贼种。

　　　　　还敢摇唇鼓舌自诩英雄。

（滚花）　俺是高山峻岭一苍松，敢挺寒风傲雪冻。

　　　　　要我上山为寇除非是——

虎　姐　怎样？

元　高　（续唱）　西边日出，月落东。

虎　姐　（震怒）杜元高，难道你到死也要与我义军为敌吗？

元　高　贼婆娘，俺誓不叛主投贼！

虎　姐　你真是甘心为魔王卖命？

元　高　宁可头断血流！

虎　姐　好吧，我就成全了你吧！人来！

［两带刀头目上。

虎　姐　把杜元高推出去斩！

［两头目上前欲捆绑行刑，被杜元高打开夺刀在手。

元　高　贼婆娘，俺杜元高顶天立地，岂肯俯首受刑。俺要与你同归于尽。

［杜元高举刀直劈，虎姐拔剑迎战。柳月眉和白如玉上，见状忙上前拦开。

月　眉　（流水行云）

忙相劝，请寨主息怒无冲动。

望宽恕，我伯爷如今处境太为难，

体谅他有苦衷。

如　玉　（对杜，接唱）

你甘作魔鬼的帮凶，

还气焰嚣张动刀锋，

若不念你有恩于嫂，

难以将你宽容。

元　高　（插白）住口！俺英雄刚烈，不要贼子宽容！

月　眉　（对杜，接唱）

我求求你啦，听听我劝，

休再死心眼，仇恨义军太愚庸。

魔君手辣太暴凶，你夫妻今已危险甚，

望你从速转心，快救兰嫂出囚笼。

元　高　吓，救我妻出囚笼？

月　眉　伯爷呀，你若不快些设法挽救，嫂夫人就会被魔王杀害啦！

元　高　我妻就要被害吗？唉！

（乙反中板）

想念我贤妻，监牢被困，望穿泪眼，难见郎踪。

妻你可曾知，郎已身陷泥涂，难破囚笼救苦凤。

更可哀，妻你无辜受累，含冤何处诉，肠断怨苍穹。

（乙反滚花）

妻呀，又怕劳燕分飞成永别，

烈魄芳魂难合冢。

虎　姐　呸！

（白榄）　我以为你是铮铮铁汉，谁知是个碌碌昏庸。

大丈夫流血不流泪，如此伤心有何用？

欲救贤妻须振奋，休畏狼虎作懦夫！

元　高　吓，我是懦夫？

月　眉　伯爷呀，你不要对魔王心存幻想啦，快与虎姐共谋良策，挽救嫂夫人要紧呀！

如　玉　你妻已命危旦夕啦，难道你忍心见死不救吗？

[杜元高思想激烈斗争，但又不肯向虎姐低头，当他的目光与虎姐接触又愤然离开。

[柳月眉跟着杜元高劝解，虎姐微笑坐以待之。

[刘英、金刚、石勇上。

刘　英　（滚花）　为救杜家兰嫂，敢闯虎穴刀丛。

恨我一步来迟，竟成悲痛。

（齐进厅参见）参见寨主！

虎　姐　刘兄弟你回来了！

刘　英　回来了！

虎　姐　可曾救出你家兰嫂？

刘　英　我去迟了！

虎　姐　吓，去迟了？（指金刚、石勇）这两位是谁？

刘　英　是我义弟金刚、石勇。

元　高　（猛见金刚、石勇）贤弟！（扑上）

金　刚
石　勇　（同扑上）大哥！……

元　高　王城情况如何？我妻又怎样？

金　刚
石　勇　兰嫂她……（泣不成声）

刘　英　大哥呀！小弟奉虎姐之命，带领轻骑，飞马闯进王城，找着金刚、石勇两位兄弟，同往反牢劫狱，营救嫂嫂，又岂料……

众　人　（齐惊问）怎样？

金　刚　赵奇光战败身亡，福王认定是大哥串通谋反，就将兰嫂白绫绞死了！

［众人齐吃惊，杜元高极度悲痛。

月　眉　伯爷呀！（乙反滚花）

夫人含冤为我死，月眉抱恨恨无穷。

我夫妻自愧无能，辜负伯爷恩如山重。

刘　英　大哥呀！（乙反中板）

当日你有仁心，弃官仗义，救我妻子出囚笼。

今日我竟无能救嫂于危，空有匹夫之勇。

惨事既成，兄你妻仇要报，魔王暴行誓难容。

（滚花）　寨主呀，为无辜受害者报冤仇，

请立即攻打王城将魔王命送。

虎　姐　吓，要我攻打王城？你的杜大哥刚才还要为魔王卖命啦！

刘　英　大哥！

（二流）　当日与你山前结义，识英雄者重英雄。

虎姐起义救黎民，对你仗义行为殊敬重。

我们同心合力诛强暴，义旗高举扫残凶。

岂可与豺虎为谋，应振屠龙威勇。

虎　姐　（接唱）　大丈夫有凌霄浩气，叱咤风云。

呜喑雷霆，天惊地动。

应化悲痛为力量，敢做人杰枭雄。

替天行道灭凶残，打出个天下太平，造福民众。

金　刚　大哥，福王绞死嫂嫂之后，又抄家灭族，此仇不报，何以为人？

石　勇　大哥，福王害到你家破人亡，逼到你山穷水尽，你若不上山聚义，难道甘负叛逆之名，作魔王刀下鬼不成吗？

元　高　上山聚义吗？

众　人　上山聚义啦！

元　高　（思想激烈斗争，唱滚花）

众口怒吼仇暴虐，惊雷炸响发聩振聋。

往日黎民受苦我诿罪义军，

今日我家破人亡，深感切肤之痛。

杜元高爱民原有志，岂能再为暴主尽愚忠。

俺决意上山，为造福黎民，愿把丹心献奉。

（对虎姐）虎姐寨主，杜元高愿做马前小卒，望你将我收留。

虎　姐　（高兴地）好呀，你能上山聚义，今后就是我们的好大哥啦！兄弟姐妹们！

（快中板）凤凰山上众志成城，

高举义旗招贤聚众。

安良除暴道合志同。

（滚花）　义军指日荡凶顽，

草莽群英齐奋勇。

众　人　（合唱煞板）

凤凰山同聚义，

气贯长虹。

［幕下。

［剧终。

（剧本版本：《南粤剧作》1990 年第 3 期）

魂牵珠玑巷

编剧：陈中秋　潘邦榛

人　物　表

胡菊珍　　黄贮万
刘　壮　　刘　嫂
罗贵祖　　黄　母
张　钦　　宋度宗
贾似道　　水　妹
福　仔　　陈　三
麦　四　　邝　伯
　　　　　梁桥辉
兵　甲　　兵　乙

序　幕　火烧慈云庵

[幕后合唱：

(旧苑望帝魂)
元兵侵宋势汹汹，
权奸误国祸重重。
皇妃逃难风云涌，
百姓悲歌动南雄，
魂梦永绕珠玑巷中。

[南宋咸淳七年，夏。深夜。

[临安城外慈云庵前。

[幕启，四宋兵持火把上。

[音乐中切光。

张　钦　（念韵白）奉了丞相令，

深夜暗出城。

慈云庵内放把火，

定叫胡妃活不成。

（白）小小胡妃竟敢得罪我们贾丞相，真不知天高地厚。人来，烧！

[四宋兵分头纵火下。

[天幕上顿时腾起烈焰，火势迅猛。

[急切的音乐声中，胡菊珍惊惶地从烈焰中逃出。见四周无人，匆匆奔下。

[切光。暗转。

第一场　遇　救

[幕启。

[数天后，凌晨。临安南关口江边。

胡菊珍　（内场首板）夜色苍茫，不知去向，（背包袱上）

一路逃奔，意乱心慌。

（新腔中板）

匆匆走呀频频望，

天已亮呀何处藏？

惊弓之鸟难振翼，

身后追兵似虎狼，

无地可容身，无人能倚傍。

此际将何往——

（内场女声合唱）啊……

眼前锁大江。（内场阵阵喊杀声）

四处布下天罗地网，

我逃往哪方？（内场阵阵喊杀声）

[胡菊珍躲下。

[刘壮与黄贮万撑船上。两人上岸。

黄贮万 （长句二流）

风荡荡，水茫茫，

昨夜货船行江岸，

经商载物进退两彷徨！（旬）

刘　壮 （接唱）叹官兵，无力抗，

竟让敌寇南侵横冲直撞，

干戈缭乱，百姓流亡，

真是教人忧愤交煎，心怀怅惘。

黄贮万 刘壮哥。（滚花）

摆下香烛来礼拜，

祈求天地，保我人货平安！

[两人摆祭品。

刘　壮 （吟）天灵灵，地灵灵，又来请到！东海龙王，西天佛祖，南海观音，北极冥王。（介）保佑我俩经商，顺风顺水呀。

[两人拜介，四兵士出。

兵　甲 喂！你两个，在此作甚？

刘　壮 兵大哥，我们在求天地，保平安，没犯皇法吧！

兵　甲 有没有看见一个孤身女子，在此处经过？

黄贮万 孤身女子？并无见过。

兵丙丁 休要说谎！

刘　壮 兵大哥，我们岂敢骗你！我们也是路过此地，确未见其他人影。

兵　乙 如有欺瞒，当心脑袋！（对其他兵）走！

[四兵下，其中两兵抢祭品。

刘　壮 唉！一早就碰着这群恶人，真不吉利！

黄贮万 是呀，官兵似虎如狼，不去杀敌救国，偏要追寻什么孤身女子，朝廷也太腐败了。

刘　壮 朝廷的好坏我们说不得。我已算过，丑时开船，可以趋吉避凶，还是赶快离开这关口吧。

黄贮万 那就快走。

［两人欲走。

［胡菊珍仓皇逃上。内场喊杀声起，菊珍自觉走投无路，投江自尽，刘壮贮万跳江救人。

［两人扶胡菊珍上。

黄贮万 姑娘，你醒醒！

胡菊珍 （银台上）

似魂游，水底乡！

（醒，白）你们是什么人？

黄贮万 姑娘呀！

（接唱） 你醒来莫惊惶，且细望，

是我等将你救起，

你何故贸然将身葬恶浪！

胡菊珍 这个……

刘　壮 何必这个那个，告诉你，我叫刘壮，他叫黄贮万，是广东南雄珠玑巷人氏，经商行船至此，并无恶意。

胡菊珍 你们好心，但不该救我呀！（哽咽）

黄贮万 哎，谁个没有三长两短呢，你有苦处，尽管讲来。

胡菊珍 我……

刘　壮 （拉开贮万）贮万，她会不会就是那官兵要追寻的孤身女子？

黄贮万 不妨问个明白！（对胡）姑娘，请问你叫何名字？

胡菊珍 小女子胡……（急止）

黄贮万 哦，姑娘姓胡？

胡菊珍 （转口）不！我是说，方才小女子胡言乱语，请两位切勿见怪。

刘　壮　哎，你这个人倒真怪，我们怪你何来？

黄贮万　是呀，姑娘到底姓甚名谁，因何到此，有甚苦情，我们尽力帮你就是。

胡菊珍　我……，小女子名唤苏桂枝，本是中原一富家之女，跟随双亲逃难，不料双亲被元兵冲散，我又四处寻亲不遇，茫然无计，唯有在此地投江自尽！

刘　壮　嘿！寻亲不遇就自尽？如果这样，我们好多珠玑巷人，过去比你更苦，都不知要死几多次了！

（减字芙蓉）

有道蝼蚁尚且贪生，

年少青春你休绝望。

黄贮万　（接唱）　只叹战乱成祸害，

多少家散又人亡。

她既孤苦无依，

不若带回珠玑巷。

刘　壮　（插白）带她回去？

黄贮万　（插白）反正我们珠玑巷，三十三姓，多来自天南地北，九十七户也多是苦难中人。

（接唱）　同度艰难苦岁月，

多她一个也无妨。

刘　壮　（插白）这也是，多她一个多双筷子罢了！

黄贮万　（对胡，接唱）

姑娘意下如何，不妨直讲。

胡菊珍　（插白）这……

（接唱）　他两人真诚相待，眼下又前路茫茫。

我不若暂听其言，（想介）

又怕累及人家心难放！

刘　壮　怎么样？还信我们不过？

胡菊珍　怎会呢！

（接唱）　难得恩人怜弱女，

情同小草向春阳！

［内场传来人声：“呵呵……！”

刘　壮　不好！贮万，你听人声，莫不是官兵又追来了？这……（急对胡）姑娘快跟我们上船，离开此地再作打算。

胡菊珍　（点头）也好。

黄贮万　你去把船上的绸缎拿出两匹来！

刘　壮　（不解）你这是……

［黄对刘示意。

刘　壮　（点头）好办法！

［三人急下，刘壮复上，手拿两匹绸缎，分放在地，急下。

［兵甲乙上。

兵　甲　哎，那边有只船。

兵　乙　喂，这边有绸缎。

兵　甲　咦，这绸缎是上等货。我要！

兵　乙　明明是我先看见，归我！

［两兵在争执。张钦率两兵上。

张　钦　吓！叫你们捉人，你们在抢绸缎！听住！

（快中板）

火烧庵堂计用枉，
胡妃漏网竟逃亡。
丞相严令谁敢抗，
加紧缉捕再巡江。
网得鱼儿都有赏！

（白）人来！再与我江边搜过。

四　兵　是！（四周搜介）

兵　甲　禀大人，四围搜过，不见踪影！

张　钦　不见踪影嘛！

兵　乙　尚书大人，区区一个妃子，我们追查多日，都不见踪影，不如不追也罢！

张　钦　你懂什么！

（滚花）

　　丞相威权倾朝野，

　　顺者昌来逆者亡！

（白）你们听着！就算追到天涯海角，也要把她抓回来！若捉拿不到，就拿你们开刀！

四　兵　是！

[收光。幕闭。

第二场　惊　变

[幕启。

[数月后，南雄珠玑巷黄家。黄家庭院种满菊花。

[胡菊珍与众村姑浇花舞蹈。

水　妹
福　仔　（内场）桂枝姐。

[胡菊珍示意众姐妹回去休息。众村姑下场。

[水妹、福仔上。

胡菊珍　福仔、水妹。水妹，你身体好些了吗？

水　妹　我好多啦，多得桂枝姐你用菊花熬成汤药给我饮，所以我爹爹特叫我多谢你啊。（送上礼物）

福　仔　对啊，我现在特来拜师，请桂枝姐教我们种五彩菊花！

水　妹　我们都学种五彩菊。

胡菊珍　好好，我们一齐种植五彩菊，让珠玑巷五彩缤纷，菊香满园。

水　妹
福　仔　好啊，好啊！

胡菊珍　水妹你再拿些菊花回家煲水饮，消暑解渴吧。

水　妹　多谢桂枝姐。

福　仔　我们走啦。

[胡菊珍下。黄母暗上。

黄　母　（笑）连这些小孩也喜欢上桂枝了。

（滚花）

真是有缘千里喜相逢，

贮万归家带回了桂枝女。

一个是美丽聪明人贤惠，

一个是忠厚老实好男儿，

老身真想他俩结成双，

去找刘壮商量，

好了却一桩心事！

（向内白）贮万，贮万！

黄贮万　（喜滋滋、穿上新衣上）娘亲，你看，这件桂枝为我做的新衣，合不合身？

黄　母　（打量）合身！合身！好合身！（口鼓）她心灵手巧对你关怀备至，算你今生有好福气！

黄贮万　（憨笑）嘻嘻！

黄　母　笑笑笑，就会笑！（口鼓）你俩的事，到底要拖到何时？

黄贮万　（为难地）我、我怕她……

黄　母　（口鼓）怕她不应承，可以先试她一试。

黄贮万　这……

黄　母　（口鼓）娘要出门找刘壮，你自己的事要着紧"的"。（下）

黄贮万　行。（孟姜女）

我爱桂枝她，却怕攀不起，

更恐她不喜欢会难为。

娘纵焦急婚姻事，

但我有话难说总迟疑。（欲进屋内找桂枝，止步）

（边搬花边叫）桂枝、桂枝……

胡菊珍　（挑水出，放下）贮万哥，娘亲说衣服合身吗？

黄贮万 哦，合身、合身！她还说你手巧心灵，算我今生有好福气。我真不知怎生道谢，你对我体贴入微。

胡菊珍 看你说到哪里去了！你救我性命，带我归家，我又该怎样谢你呢？

黄贮万 （急辩）我此举非为图报，

胡菊珍 （急接）我也不是这个意思！

［两人欲言又止。菊珍拿起水壶浇花。

黄贮万 桂枝……，让我和你一起浇水吧。

胡菊珍 （点头）嗯……

［起舞，边舞边唱。

黄贮万 （梆子慢板）

浇花栽菊水直流，
心事难抑言直启，
贮万且来相试，
壮胆一问桂枝。

（白）桂枝呀！

你到珠玑已数月，
异乡生活可曾惯？

胡菊珍 （接唱） 山明水秀邻里亲，
桂枝恍如归故里。

黄贮万 （接唱） 贮万一家非富裕，
粗茶淡饭可相宜？

胡菊珍 （接唱） 人间难得真情在，
琼浆玉液也不如！

黄贮万 （接唱）（十字清中板）

老娘亲，说话啰唆你不嫌弃？

胡菊珍 （接唱） 问寒暖，春雨点点润心扉！

黄贮万 （接唱） 我贮万是个粗人，待你不周你不生气？

胡菊珍 （接唱） 蒙体贴，如今事事觉欢愉。（拉腔）

黄贮万 （雨打芭蕉中段）

你似仙女落凡尘下瑶池，

你欢愉，我也含情乐怡怡。

不若就长留珠玑！

胡菊珍 （接唱） 我早应有所依！

这里人情美，真情相对。

黄贮万 （接唱） 你愿与谁人永相随？

胡菊珍 （接唱） 我心中早有……心中早有你！

黄贮万 （深情地白）桂枝……

[俩人深情偎依，菊珍突一转念推开。

胡菊珍 （旁唱滚花）

我怎可冲口而出，竟向他表明爱意。

我自有难言之隐，又岂可想入非非。

黄贮万 （接唱） 桂枝呀，方才说得好端端，

何故突然将我避？

胡菊珍 贮万……（新曲）

感君千般爱，却只能长留在心底。

（转旁唱）菊珍万般苦，我苦能向谁提？

黄贮万 （接唱） 你似心事重重不多语，

我愿等，等，等——

等到白头永相随！

[菊珍不语，贮万提起水桶，因心不在焉，水溅菊珍脸上，即取手绢为菊珍擦脸……

黄贮万 桂枝，你对我好，我心里明白。

胡菊珍 贮万——（百感交集）

[两人依傍。四村女出，推开两人，一片欢乐声。

[水妹、福仔、刘壮、刘嫂、黄母、陈三、麦四等出。众人拉贮万、桂枝做拜堂游戏。

刘　壮　（大声地）来来来……

众　人　一拜天地！二拜高堂！夫妻对拜！

黄贮万　刘壮哥你这是做什么？

刘　壮　我是要为你和桂枝，“拨行把大葵扇”，要知道，你娘她已经急到……

黄　母　贮万你就听为娘的。

刘　嫂　贮万、桂枝你们两个真是天生一对！黄妈呀，乜咁大的喜事，为何不告诉我们知呀？

陈　三　大娘……，这样的大喜事，还不快请我们喝喜酒。

麦　四　贮万配桂枝，我们大家一早就知道了！

刘　嫂　是呀，黄妈、贮万！（念韵白）有什么要刘壮和我帮忙，你只管吩咐就得。

刘　壮　（接念）对！你刘壮哥我“话乜就乜”，为你当个红媒“包无甩质”，我明天就入城问卜，为你们选个黄道吉日！（下）

［众人笑，齐说：“好呀——”

麦　四　我们就等着好日子了。

刘　嫂　是呀，那我们先走了！（对水妹）水妹，走啦。

众　人　我们也回家去了。

［一阵辞别客气声，众人分别下场。

黄　母　桂枝呀，你看——

（滚花）

珠玑巷内多喜气，左三右二好邻居。

黄贮万　（接唱）　大家朝夕相处已多时，

胡菊珍　（接唱）　此日桂枝更觉人间美。

（木瓜腔中板尾句）

人间美，人间美，

但愿这快乐日子永相随！

黄贮万　（甜滋滋地）娘亲、桂枝，我出外多买点肉回来，今晚大家高兴高兴！（出门，下）

胡菊珍　时候不早了，待桂枝挑点水做饭去。

黄　母　我们一起去！

［桂枝挑水桶欲出门。

［内场传来叫声："哪里走！哪里走"！

［黄母推桂枝入内，关上门。

［一村女奔上，兵甲乙追上。

村　女　你们为什么追我？

兵　甲　你是不是朝廷下令缉拿的潜逃的皇妃？！

村　女　我是过路的民女，不是皇妃。

兵　乙　不是皇妃？（打量）不管是不是，先带走再说。

罗贵祖　（上）兵大哥，你们辛苦了！

兵　甲　你是什么人？

罗贵祖　鄙人姓罗，是这里的贡生，知道兵大哥奉命捉人，别无他意。不过你们弄错了，她是鄙人的侄女儿呀。

兵　乙　她不是我们要捉的人，放走了事！

罗贵祖　多谢兵大哥！（对村女）还不回家等几时！

［村女急下。

兵　甲　喂，你既是这里的贡生，就该明白，朝廷下令，本州要缉捕的是潜逃的妃子。你要告知每家每户，匿藏者碎剐凌迟！

罗贵祖　岂敢、岂敢，不过既是皇妃，怎会躲入我们穷乡僻地呢。对了，（取出银两）兵大哥一路辛苦，小小意思！

兵　甲　（接过银两，转笑面）其实嘛，我们也是上命所差，身不由己呀。告辞！

罗贵祖　慢走！

［两兵下。

罗贵祖　（叹气）唉，官兵横行无忌，堪叹世道如斯！（摇头，下）

［胡菊珍上。

胡菊珍　（新腔快叹板）

猛听得，缉拿潜逃的妃子，

想不到，恶贼穷追到珠玑！

暗惊惶，倍忧虑，
怎处置？急燃眉！
最怕泄露隐情大祸起，
乡亲受累怎撑持！
不若走开图暂避，
却是难舍复难离！

[徘徊。贮万买肉上，敲门。

胡菊珍 （紧张地）谁？

黄贮万 桂枝，我回来了。

胡菊珍 （开门）贮万，你……你回来了。

黄贮万 看你神色不安，究竟是什么回事？

胡菊珍 没，没什么！

黄贮万 桂枝呀，有话还须直说，须知你我就快结夫妻！

胡菊珍 不！贮万，我们还是不可结成夫妻……

黄贮万 （一怔）怎么？

胡菊珍 我……我实在配不起你！

黄贮万 方才还说得欢欢喜喜，你何竟出此言词？！

胡菊珍 贮万，你与娘亲保重金躯，我还是回到中原找我双亲去！（欲走）

黄贮万 （拦住）不！你怎么会突生此念？若不说个明白，我死也不让你把寸步移！

胡菊珍 我……

黄贮万 桂枝呀！（武二归家腔）

你定然有心事，
莫将我瞒住——

（西皮）

好桂枝，我总不信，
你愿骤然离我远去！

胡菊珍 我……贮万，你可知官兵正在缉拿一个潜逃的皇妃？

黄贮万 我方才在巷口也曾听说。莫非此事与你……

胡菊珍 我……（把心一横）贮万呀！（陡然跪下）

黄贮万 你这是何意？

胡菊珍 （流水行云）

求宽恕——

黄贮万 你有话起来慢讲吧！（扶起桂枝）

胡菊珍 （接唱） 知你待桂枝，有情更有义。

望君你，怜惜弱女听陈词——

我就是胡妃！

[黄母已卸上，一惊。

黄贮万 （接唱） 你切勿枉语惹官非！

你哪是宫禁胡姬妃！

镇日里巧织布，

擅种菊五彩奇。

你拳拳挚意，此心更美，

在这珠玑巷，远近乡亲满口赞词！

（白）桂枝，你明明是民间勤劳良善的女子，又哪会是身娇不知民间苦的宫妃呢？

胡菊珍 贮万，我绝非虚言呀！

（接唱） 我唤菊珍乡间种名花，

与爹爹相依过日时，

怎料皇上赏菊，强征我进宫帏。

数月前我知襄阳，

遭围城遇危机。

军情实太紧又急，

岂知贾似道奸相，

谎称敌已退避，

瞒欺主君，我便将真相呈词。

黄贮万 （白）可恨权臣误国，后来又怎样呢？

胡菊珍 唉！奸相他嘛！（接唱）

奸相心火气，恶意相欺！

他迫主君，将我逐宫禁，

纵火烧庵，险用计，

我逃离远去，追兵又杀至，

为免遭厄困，只有投江葬蛾眉，

幸有君相救护无畏忌。

黄贮万
黄　母 （旁起唱）（乙反梆子流水）

听罢真情，震惊不已。

眼前的她、她、她……

果真就是胡妃！

黄贮万 （反线中板）

堪赞她，为江山敢把权奸来得罪。

黄　母 （接唱） 应怜她，霎时间惨遭迫害苦流离！

黄贮万
黄　母 （合接唱）却担忧，官兵追寻风云起，

一场大难降珠玑。

胡菊珍 （音乐衬白）贮万呀！我隐瞒了真情，是我不好。我不能连累黄家，连累乡亲，你就让我走吧！

黄贮万 你不能走，桂枝！（反线叹颜回）

你岂能只身赴灾危，

我愿生死永相依，

一家相处共多时，

恩恩爱爱尽记心底。

为能明我此心，

此刻即可结夫妻！

胡菊珍 即结夫妻？！

黄贮万 绝无虚语！

胡菊珍 你不反悔？！

黄贮万 此志不渝！（看到娘亲）娘亲……

黄　母 贮万，桂枝，你们的话我都听到了，儿啊！

（回龙腔二黄）

听为娘，说一句，

只恨奸臣多暴戾！

理应伸张正义，

当把弱者扶持！

我们珠玑巷人，

共苦同甘，历多少疾风骤雨，

个个有情有义，

户户患难相依！

（爽二黄）好桂枝，你就当我儿媳，

留在珠玑长住。

莫再彷徨忧虑，

休再紧锁双眉。

老身不惧恶魔，

风险万千同担起！（拉高腔）

黄贮万 多谢娘亲！（对胡）桂枝，乡亲们都以为你是失散双亲的中原女子，如今你当了黄家媳妇，就更名正言顺，官兵也不易查找。

黄　母 对呀！（滚花）

有黄家就有你桂枝女。

胡菊珍 娘亲——！（滚花）

桂枝毕生铭记，

黄家深厚情谊！

黄　母 贮万、桂枝，苍天在上，五彩菊花为证，你俩就成亲吧！

黄贮万
胡菊珍 （齐）娘亲——！

[收光，幕闭。

第三场　请　罪

[二幕前。

[临安城外。刘壮带“赏格”上。

刘　壮 （寻针）　世事真难料定，
生变怎不心惊。
心焦，担惊！
愿乞天恩消祸劫，
跋涉长途报内情。
（白榄）　“寻妃赏格”手中拿，
刘壮多天神不定。
细看图形甚似桂枝，
我暗向黄母来打听，
桂枝果然就是潜逃的妃子，
教我当堂大吃一惊！

（韵白）我刘壮一世温良，唔到我唔认命。偏偏是我同贮万江边将她救，还带她返珠玑共登程。偏偏又是我错当红媒，竟叫堂堂贵妃转嫁平民百姓。

（白榄）　我触犯了天条必遭祸，
若知情不报罪非轻。
我也曾占卜问神灵，
也指引我出头来将罪请，
所以我走到临安从天命，
但求乡亲脱难珠玑安宁！

（白）走——！（欲走，又停）不行啊！

（跳花鼓）虽是我一片好心，

意欲出头将罪认，

官府若知胡妃事，

桂枝她会否受极刑？

是啊！要是因此害苦了胡妃，岂不是好心变黑心？还是找个地方将这赏格贴回去。（找地方贴“赏格”）

［兵甲乙上。见状。

兵　甲　喂！你这汉子，在尚书府附近鬼鬼祟祟，要干什么？

刘　壮　没，没什么！（下意识地欲藏起“赏格”）

兵　乙　没什么？（上前夺过“赏格”）这是什么？

兵　甲　呵！怎么撕下这赏格？莫不是你……

刘　壮　我……

兵　甲　走！走！走！见了大人再把话讲！

［两兵拉刘壮入。

［二幕启。张钦府内，张钦正在踱步徘徊。

张　钦　（七字清中板）

丞相官高似泰山在压顶，

为擒胡妃要我亲自率兵，

惟是数月之间未见她踪影，

教我心中惊跳一刻未能平！

（滚花）　特意将“寻妃赏格”贴多时，

软硬兼施无响应。

疲惫不堪只好回朝复命，

谎报胡妃江关投水已丧幽冥。

总算是准我交差，

却又防揭穿究竟！

［中军上。

中　军　禀大人，兵丁在门外抓到一个撕下赏格之人。

张　钦　呵，人来自何方？

中　军　据称来自南雄珠玑巷。

张　钦　带他进来！

[中军下，复带两兵押刘壮上。

刘　壮　小民叩见大人！

张　钦　你唤何名？

刘　壮　姓刘名壮。

张　钦　刘壮你好胆，为何撕下赏格？！

刘　壮　这……赏格……（向两边望）

张　钦　你们且退下。

中　军　是。

张　钦　快说！

刘　壮　大人，赏格上的胡妃……

张　钦　（一怔）怎么？你知她的下落？

刘　壮　大人，我想先问个明白，如果有人收留胡妃，能否免罪？

张　钦　免罪？如有人知胡妃下落，报上实情，便可领功，自然免罪了。

刘　壮　那胡妃被拿到以后……

张　钦　这……（一想）哎，刘壮呀刘壮，这还不简单！胡妃是皇上心爱的妃子，送她回宫使皇上放心就是。

刘　壮　大人此话当真？

张　钦　当真！

刘　壮　果然？

张　钦　果然！

刘　壮　如此说，小民愿讲。（自语）哎呀，不可呀！他是大官我是小民，他要是反悔，岂不易如反掌？！（对张）大人要我实讲，我有一个条件。

张　钦　什么条件？

刘　壮　你先要对天以誓！

张　钦　对天发誓嘛？！（自语）抓胡妃事关重大，不妨暂且依从于他。也罢！（对刘）我就对天发誓！（装模作样地）皇天在上，我张钦方才所言，若有半点虚假，天地不容！

刘　壮　好！

[刘壮与张钦三击掌。

刘　壮　大人呀！（念）数月前载货归家，关口将船来泊定，猛见一孤身女子，投身恶浪泪飘零。我动了恻隐之心，便跳入水中，救她一命。她被带回珠玑巷后，就与黄家把亲成。

张　钦　你怎知这女子便是胡妃？

刘　壮　是多天前她闻听官兵缉捕日紧，亲口对黄家讲出。

张　钦　如此说，她仍在珠玑巷中？

刘　壮　不错。

张　钦　（大喜）好呀！

（快中板）胡妃下落已分明，

算你知机可将功领，

赏你银两，保你前程！

刘　壮　（白）邀功、赏银？

（滚花）　你勿当我是小人——

张　钦　此话怎讲？

刘　壮　（接唱滚花）

恳请大人细听！

我非图邀功请赏，

实不想卖友求荣。

（手托）　更请你格外开恩，

莫伤乡里人性命，

任你关我打我，

我也愿吞声！

张　钦　（意想不到）呵？！（旁唱）

（滚花）　真是世事如棋局局新，

少见有这般情景。

他竟然有赏不领，

反争着把罪担承。

笑他枉献忠诚，

却是糊涂绝顶！

[中军上。

中　军　禀大人，贾丞相派崔教尉到府。

张　钦　哦？你暂且将他（指刘壮）带下，快请崔校尉！

中　军　遵命！（对刘壮）随我来！

[刘壮点头随中军下。

[校尉捧盒上。

校　尉　张大人！

张　钦　崔校尉，未知贾丞相有何吩咐？

校　尉　丞相知你查明胡妃已死，喜悦万分，特送来他最心爱的一对金头蟋蟀，以赏大人。

张　钦　多谢丞相恩典！（接盒）

校　尉　如此，告辞！

张　钦　有劳，请！

[校尉下。

张　钦　不好啊！（口鼓）丞相将好斗蟋蟀也送过府来，更迫我为他忠心效命。我谎报胡妃已死，决不可泄露风声。看来定要先取胡妃命，方才那刘壮，也不可能留情。否则祸根不除，老夫永难安静！（白）刘壮上来！

[两兵内场喝："走！"，推押刘壮上。

张　钦　刘壮，我再来问你，你方才所报，可有半点虚假？

刘　壮　大人，我怎敢骗你？我只求保得珠玑巷乡邻，请不必犹豫，就给我定一个罪吧！

张　钦　好，你既如此忠心，老夫就成全于你，给你定一个——（介）死罪！

刘　壮　什么？

张　钦　来人，将他推下去斩了！

刘　壮　慢！方才说赏我，如今要斩我，变得这样突然，总得讲个道理。

张　钦　道理？！（阴冷地）哼哼，大胆刁民，分明胡妃已投水死去，你却制造谎言，存心捉弄官府，骗取赏钱，蓄意欺君犯上，故而罪该问斩！

刘　壮　大人冤枉！胡妃明明仍在珠玑巷中，怎说已死。

张　钦　休得狡辩，拉下！

刘　壮　大人，胡妃未死……饶命……（走去击鼓）冤枉，冤枉！

张　钦　快拉他下来，斩、斩、斩！（拔剑刺向刘壮）

刘　壮　刘壮，你怎么这样糊涂？桂枝、贮万，我对不起你们呀！（转对张钦）你斩吧！你斩得了我刘壮，斩不尽珠玑巷人！你发过誓击过掌，天地也难容于你！（倒下，死去）

［画外音："你发过誓，击过掌，天地也难容你！你斩得了我刘壮，斩不尽珠玑巷人——！"

张　钦　（在惊悸中定下来）这贱民说得也对。（口鼓）杀了他一人，尚有珠玑巷众多百姓。留得后患，他日难免泄露真情。哼哼！只好一不做二不休，方可保老夫性命。速速派兵进剿，定将全巷铲平。不过要出师有名，才可发令。（想介）对！就说珠玑巷人聚众谋反，奏折一道，呈上朝廷。（喝白）书吏上来！

［梁桥辉上。

梁桥辉　桥辉参见大人，不知有何吩咐？

张　钦　附耳过来——（耳语）

梁桥辉　这……

张　钦　（滚花）　血洗珠玑心要狠，

奏章批下早挥兵！

哈哈……

［张钦得意扬扬，梁桥辉苦苦沉思。

［收光。幕闭。

第四场 密 议

[数天后。珠玑巷，罗贵祖家。

[幕启。罗家的陈设稍为讲究，音乐声中，罗贵祖正在写对联。邝伯在旁。

邝 伯 （读对联）“新居延福寿，故土旺丁财”。

罗贵祖 “紫气东来”！

邝 伯 好好……贵祖兄不愧是大手笔，明天的入伙酒，你一定要来。

罗贵祖 邝伯乔迁之喜。我怎会不来呀！

邝 伯 那好，我先去张罗。告辞。（邝伯下）

罗贵祖 慢慢行呀。（十字中板）

珠玑巷水秀山明，
乐在此开田辟土，
九十七户，异姓一家同甘苦，
情同手足共相扶。
乡亲们，每遇难题，
常会登门找我贵祖。
蒙信赖，孚众望，
自应鼎力把心操！

[刘嫂匆匆上。

刘 嫂 （卜算子）刘壮一去竟不归，
吉凶不知道，心里真焦躁，
怪他不找贵祖叔，
独自登途，
不听劝，实糊涂！
贵祖叔……贵祖叔，大事不好了！

罗贵祖 刘嫂，出了什么事？

刘 嫂 刘壮他……

罗贵祖 我正想问你，这些天为何不见刘壮的面？

刘 嫂 贵祖叔呀！

（木鱼） 你可知道，桂枝她不姓苏，

她就是朝廷缉拿的妃子，

名唤菊珍本姓胡。

罗贵祖 （一惊，警惕关门）你怎么晓得？

刘 嫂 （接唱） 是我夫听得黄母把真情吐，

他怕祸降乡亲，心里乱糟糟，

走去问卜求生路，

立心向官府请罪——

（十月怀胎）

竟要独自走一遭，

不听我良言相告，

数日未见他，返门庐，

教我日夜把心操。

罗贵祖 哎呀，不好了！

（催归） 刘壮呀刘壮，

你何以这样糊涂，

怎可以冒昧去见官府！

（二黄）（对刘嫂唱）

此事非比寻常，本该先来商讨。

怕会好心招祸，翻成莫大波涛。

快把贮万找来，切莫惊慌失措。

刘 嫂 知道了。（欲下）

罗贵祖 慢！此事切不可传扬出去，只叫贮万、陈三、麦四前来即可。

刘 嫂 贵祖叔呀，你要为我做主呀！

罗贵祖 快去吧。

[刘嫂下。家人上。

家　人　老爷，有人自临安带来一封密信。（递信，下）

罗贵祖　呵？（接信、拆信，念）“胡妃事发，刘壮命毙，张钦弄计，戡乱施威。兵发珠玑，居心血洗，走为上计，早避灾危。梁桥辉”

——哎哟！果然祸降珠玑，这便如何是好？如何是好？（焦急）

[黄贮万、陈三、麦四上。

黄贮万　贵祖叔！（跪下）请恕贮万之罪！

罗贵祖　（有点生气）贮万，你为何不早将真情告我？

黄贮万　我……贵祖叔呀！

（三脚凳）我与娘亲曾商定，真相决不露分毫。

以为珠玑可平安，故未将实情相告。

谁知刘壮竟报讯，蓦地风涌卷狂涛！

陈　三　（滚花）　贮万本出自好心——

麦　四　（接唱）　贵祖叔还请息怒。

罗贵祖　（扶起贮万）如今不仅刘壮出了事，而且大祸快要降临珠玑巷了，你们看看吧！（将密信递给三人看）

罗贵祖　幸好桥辉在兵部当书吏，他是我的亲戚，才可偷偷报讯。

黄贮万　（激愤）哎呀，张钦真狠毒呀！（口鼓）事由我起自担承，宁可我与桂枝一同遭劫数。连累乡亲心不忍，贵祖叔你就快快逃！

罗贵祖　贮万你说到哪里去了！如今张钦不仅要追杀桂枝，还存心血洗全村。我身为贡生，倘若想独自逃生，就不会将密信交给你们看了。你们听着——

（二流）　难料到，张钦恶贼，心狠手辣，

肆意惨杀无辜！

我不仅要保桂枝，保黄家，

更要将全巷乡亲齐保护。

敢抗强权伸正义，方算堂堂大丈夫。

陈　三　说得好！

（接唱）　陈三当年也是为抗官绅，

才有异乡逃来求得生路。

理该同心抗暴，患难相扶。

麦　四　（接唱）唯是事急燃眉，想个办法才好。

罗贵祖　（接唱）到如今，无他法——

只能全村一起远奔逃。

众　人　一起逃？

麦　四　（口鼓）全村人多，一起离开行动艰难，不如各自转移为好。

罗贵祖　（口鼓）不！一起离开才好互相照顾，只要安排周密，就不致乱糟糟。

黄贮万　对！（口鼓）可向南迁到珠江出海一带地方，我跟刘壮哥曾到当地经商，那里地广人稀，到处是沃土。

陈　三　（口鼓）对呀！朝廷势力尚未管到当地，正好重创家业建新图。

罗贵祖　（口鼓）好！还有重要一条，是要不使桂枝难受担惊，又叫奸贼日后再难将她找到。对其他乡邻不能说南迁是因她而起，定要切切记牢。

麦　四　是不是就说朝廷诬我们聚众作乱，要来血洗珠玑？

罗贵祖　好，就这样定！

（快中板）说官兵已近梅关道，

要来征讨举起屠刀，

全村逃离才有生路，

早备行装，快登途。

（白）还有，我们议定一下南迁的路线，来……

[贮万、陈三、麦四围拢一起，商讨南迁路线。

[切光。幕闭。

第五场　诀　别

[村口路上。

[幕启。罗贵祖领头先行探路。众村民互相携扶过场。

[幕后合唱：（新曲）

向南迁呀向南迁，

心绪乱呀步难前。

谁想离乡土，岂愿别故园。

梅山低首送，浈水泪涟涟！

[黄贮万、胡菊珍带行装扶黄母上。

[内场邝伯叫："我不走！我不走呀！"陈三、福仔拉邝伯上。

邝　伯　唉！珠玑巷越来越远咯！你们看——那是我亲手盖的新屋呵。"新居延福寿"。我不走！我死也死在珠玑巷。

福　仔　邝伯，我们不能扔下你呀。

陈　三　邝伯，我们又何尝舍得离开珠玑巷呢？！都怪朝廷无道，为了逃避官兵缉拿，我们只有当机立断。

黄贮万　一起向南迁徙，才能保住全村。

胡菊珍　到了新地方，有贵祖叔他们带头，我们是可以重建家园的。

陈　三　是呀，走吧。

[贵祖、陈三等人扶邝伯下场。

胡菊珍　贮万，娘亲有点累，不如你和乡亲先行一步吧，我在此陪她。

黄贮万　那好，我先行一步，等下再回来找你们。（下）

水　妹　（内叫）妈，快点走呀！

[水妹挑担上，刘嫂随上。

胡菊珍　刘嫂、水妹。

刘　嫂　你们也在这里？贮万呢？

胡菊珍　他和乡亲先行一步了。哎，刘壮哥？

刘　嫂　他……（哽咽）

水　妹　桂枝姐，我爹他、他……

胡菊珍　他怎么啦？

水　妹　他……已不在人世！

胡菊珍　啊？！不在人世？（郁金香）

刘壮哥，顷刻怎丧黄泉，

闻听得噩耗传，

心痛切，难禁悲酸。

他到底是怎样去世的？

刘　嫂　（接唱）　她一语问来，我心穿万箭，

刹那间只觉得眼前呀，

天旋地转。（昏眩）

胡菊珍　刘嫂……

刘　嫂　（散板）　刘壮他……

黄　母　（怕刘嫂直言，故意打断）刘嫂……

刘　嫂　（会意，接唱）

刘壮他出外经商将急病染！

胡菊珍　啊！染病身亡？

刘　嫂　（旁唱）　我怎能将真相对她明言！

水　妹　（动情地）桂枝姐！

（乙反滚花）

其实我爹爹……

刘　嫂　（厉声）水妹！你真不懂事！（一把推倒水妹，两人抱住）

（痛心地，接唱）

女呀，你莫教阿妈心更乱！

黄　母　（把话题岔开）桂枝呀！她母女俩心情不好，就不要再问了！

（对刘嫂，接唱）

你且放开怀抱，

莫再把愁添！

［刘嫂凄然点头。

黄　母　（故意支开菊珍）桂枝呀，你且到后边看看，还有哪家人走得慢，好去帮个忙呀！

胡菊珍　哦。刘嫂，水妹，你们歇息一下吧！（菊珍下）

黄　母　刘嫂，你要哭就对我放声哭吧！

刘　嫂　黄妈……（掩面哭泣）

[罗贵祖上。

罗贵祖 刘嫂，贮万娘，可有见乡亲还未赶上来的？

黄　母 我已经叫桂枝到后面查看去了。

罗贵祖 那就好！

麦　四 （内叫）贵祖叔……（上场）贵祖叔大事不好！

罗贵祖 何事惊慌？

麦　四 我探得张钦领官兵已上梅关，快到珠玑，而往南的陆路，又发现有朝廷的兵丁把守。

罗贵祖 如此说，前无去路，后有追兵。

麦　四 正是。我们人多步慢，恐怕难以逃脱！

[众人惊，胡菊珍刚好此时复上，停听。

罗贵祖 难以逃脱？

麦　四 快做决断！

刘　嫂 （禁不住失声大哭）天呀！这可怎么办？

（乙反十字清中板）

　　到如今不由人再将夫怨，
　　胡妃事去报讯实太倒颠，
　　到头来被杀身尸骸不见，
　　全巷人被追杀危在目前，
　　叫苍天——
　　叫苍天请庇佑乡亲脱险！

苍天啊……

罗贵祖 刘嫂呀！（滚花）

　　天无绝人之道，
　　你不必抢地呼天！
　　阿四，可否走水路——

麦　四 水路？

罗贵祖 对！（接唱）

顺浈江——

麦　四　好主意!

（接唱）　照样南迁逃兵燹!

罗贵祖　阿四，事不宜迟，马上找陈三，一起组织男村民上山砍竹，扎排结筏。

麦　四　好！我马上就去。（急下）

罗贵祖　水妹，你照顾你妈与贮万娘，先入庙里坐坐，等待出发。

水　妹　知道了。

[众人分头下。

[强音乐起，胡菊珍出。追光，雷电，下雨。

[幕后女声合唱：（秋水龙吟）

似霹雷响，似怒涛掀，

真相惊闻，面色全变!

胡菊珍　（接唱）　事起由我，祸已难免，

苦珠玑众乡亲正受熬煎!

女声伴唱　心里急呀，菊珍忙思忖；

此刻怎生应变?

啊……

[胡菊珍思索、徘徊。

胡菊珍　（新腔二黄）

我不若重返珠玑……

重返珠玑，

女声伴唱　你不怕虎口送羊多凶险？！

胡菊珍　（接唱）既是官兵追杀，

都为将我纠缠。

我唯有挺身相迎，

好让乡亲能走远!

女声伴唱　（唱序）你难道不把亲人惦念？！

[音乐中，贮万上。慢慢收雨。

女声伴唱 （散板）遇夫郎，难举步。

菊珍呀……

衷情难直说，看你怎开言？！

黄贮万 桂枝，你要到哪里？

胡菊珍 贮万，你不是要和大家上山砍竹吗？因何到这边来？

黄贮万 我见风雨将至，上山之前来关照一下你与娘亲。

胡菊珍 我安然无恙，娘亲在庙里歇息，夫郎也不必挂怀。

黄贮万 那就好了，我上山去了。（欲走）

胡菊珍 （叫住）贮万——

黄贮万 什么事？

胡菊珍 你到山上，风雨一来，你要多加小心呀！

黄贮万 晓得，我上山去了！（欲走）

胡菊珍 （又叫住）贮万！

黄贮万 还有什么？

胡菊珍 我……（不敢直言，又依依不舍，深情地）贮万呀！（取出菊花种子袋）

黄贮万 呵！五彩菊种。

胡菊珍 （沉醉东风）

五彩菊花夺目美，多璀璨倍娇妍。

黄贮万 （接唱） 此花珍奇，实属世间罕见美难言。

胡菊珍 （接唱） 我父勤劳，育种此菊，方得世代传。

我亦盼，万朵奇花人共见，

万朵奇花人共见，争开百千年。

望你珍惜带身边，花种长留在世间，

桂枝心里甜。

黄贮万 （二黄合字过序）

我未明你用心，你且直言。

胡菊珍 （接唱） 只因马乱兵荒离乡去远，

胆小妇人家，

真不宜将宝物收存。
况且人常会别离，花种紧带于身边，
夫郎就似将妻见！

黄贮万 （恋坛二流序）
是何故，是何故，
妻你竟出揪心语，更添泪涟涟！
（乙反恋坛二流）
又非是生离死别在今天——

胡菊珍 （旁唱序）苦矣就在这天！

黄贮万 （唱曲） 又非是夫妻相见再无缘——

胡菊珍 （旁唱序）正是重逢无缘。

黄贮万 （唱曲） 何必啼痕满面——

胡菊珍 （旁唱序）哪晓我愁肠断！
（对贮万唱曲）
是为妻触景伤情惹悲酸，
不忍看乡亲父老受颠连，
又怕别鹄离鸾无可免。（拉腔）

黄贮万 妻呀！（新曲）
说什么别鹄离鸾无可免，
又何必触景伤情惹悲酸。
纵是贼兵四面来追杀，
夫妻情丝万缕斩不完。
乡亲南迁虽受苦，
同舟共济众心坚。
海水有情开生路——
（转二黄）定可逃离灾难，
再建家园。
妻你定要保重金躯——

（转滚花）莫再生不祥之念。

胡菊珍 为妻自当珍重！

（滚花） 还望你顺妻之意，先将这花种收存。

［内叫："贮万，快来呀！"

胡菊珍 （将花种塞给贮万）乡亲等着你的，快去吧。

黄贮万 也罢。（收起花种）那我先行上山，等会儿再来找你。

［内叫："贮万，走啦！"

黄贮万 来了！（急下）

［雷声。

胡菊珍 （沉吟）再来找我……

［幕闭。

第六场 投 井

［紧接上场，珠玑巷内。

［幕启。风雨。见巷内长街、古榕、深井。

胡菊珍 （内唱）（二黄首板）

身似游魂，珠玑巷近，

珠玑巷近——（步履踉跄地上场）

（孤雁哀鸣）

地昏昏，地昏昏，

天沉沉，天沉沉，

风来雨至竞相侵，

小路崎岖我独行，我独行。

重到街心，人去巷空，

破败萧条，冷落阴森，

满街店铺也似添泪痕。

（乙反长句二黄慢板）

触目倍伤心，凄然生百感，

再不听欢声笑语，

无复见父老亲人。

想当日来到珠玑，

（反线二黄）

卸下宫衫多庆幸。

乐在民间日子美，

喜得还我自由身。

又谁知，奸相弄权，

不放过无辜一红粉，

风刀剑雨，

刺向忠厚众乡亲。（拉长腔）

（流水南音）

犹记乡邻待我情浓意恳，

夫郎厚义与我绾结同心，

患难之中齐保我，

同舟共济自家人。

（二流） 这大恩，这真情，永留菊珍心坎。

街中深井，请记下乡亲苦难有多深。

村边古榕，请刻上百姓千仇和万恨。

风雨飘摇珠玑巷，

我愿在你怀抱化鬼魂。

（打扫街中段）

愿天公，鉴衷忱，

不管官兵骤至，一时杀气腾腾。

求庇护，贮万爱夫，免受劫运。

更愿南迁众乡亲，早得脱身。

（雁落平沙尾句）

菊珍一己拚牺牲！

［贮万、刘嫂、水妹各持雨伞、包袱急上，雨中边行边唱。

黄贮万 （扑仙令）

珠玑近，大步奔，

刘　嫂 （接唱） 心挂虑，不顾路难行。

黄贮万 （唱） 寻觅我，好娇妻……

刘　嫂 （唱） 寻觅我，好桂枝……

水　妹 （唱） 寻觅我，好姐姐……

三人齐唱 呼天抢地泪涔涔。

［音乐中，三人四处寻找，不停地呼叫“桂枝……姐姐……”。

刘　嫂 贮万呀，已到巷中，还找不见，怎么办？

黄贮万 不如分头再找，你们到那边去，我在这附近找找。

刘　嫂
水　妹 （齐应）好！（下场）

［贮万四处找，雨渐停。菊珍复上，两人相遇。

黄贮万 （惊喜）
胡菊珍 （愕然） 是你！

黄贮万 我找得你好辛苦呀！快随我赶回江边去！（拉菊珍）

胡菊珍 不！我不能回去！贮万呀，你追来做甚呢？

黄贮万 桂枝！（禅院钟声）

适才逃难去，你说离鸾别鹄好伤心，

我本心中纳闷，虽有话儿万千，

但匆匆出发，尽诉又无能！

谁料到分手后呀，你便忙忙返珠玑，

你可知官兵凶暴，忒毒狠！

只身重返村内，更易会被追杀，

我怎不为你痛断魂！

胡菊珍　（音乐续奏，衬白）贮万！我已知此次乡亲受难，举村南迁，全都由我而起。那万恶官兵苦苦追来，都为的是将我缉捕，我又何忍连累大家，连累乡亲呢！

（接唱）　常记着你与乡亲，

为我喜，为我忧，

我心中庆幸！

今日危急至此，

我愿昂首挺身，

与官兵再抗衡！

黄贮万　（接唱）　难舍好菊珍，逃不出厄运！

胡菊珍　（接唱）　我也怎舍得，好夫君，

惜美好岁月，再难寻。

宁一死相报，

你情隆义厚，

更免拖累了好乡亲！

黄贮万　（接唱）　唉！夫妻相依共患难，

全村，乡亲，

都不忍，你命殒，

望你快随我回行！

胡菊珍　我意已决，你快返回江边。

黄贮万　不能，不能！你快跟我到江边去。

［内场张钦叫：“给我烧！”，众兵：“啊呵……”，天幕现火光。

胡菊珍　你听……（快中板）

官兵果然已迫近，

夫君速去另逃生。

黄贮万　（接唱）　我愿夫妻同命运，

胡菊珍　（接唱）　何必要作无谓牺牲。

［内场传出张钦、四兵的吆喝声："啊呵……"。

黄贮万 （对菊珍）这里有一间空屋，可以暂避一时！

胡菊珍 空屋？我正好将他锁起来。

［菊珍将贮万推进屋内，在外面锁上门。

黄贮万 （惊叫）菊珍，你要做什么？

胡菊珍 贮万，我是皇妃，他们不会对我怎样。你若爱我，就千万不可出来！

黄贮万 桂枝……（一时无奈，只好倚门边听着）

［张钦、四兵上。

张　钦 人来，与我搜！

胡菊珍 （迎上）不要搜了！

张　钦 （一怔）你是何人？

胡菊珍 我就是你日夜追捕的胡菊珍！

张　钦 胡妃！不枉老夫四下奔波，果然你就在珠玑巷中，始终难逃劫运！

［贮万在门内拍门，传出拍门声。

四　兵 有人！

胡菊珍 人在这里，如今珠玑巷只有我胡菊珍。

张　钦 为何珠玑巷中空荡荡，不见了所有村民？

胡菊珍 你要缉捕的是我一人，乡亲行踪不必多问！

张　钦 珠玑人大逆不道，我定要斩草除根！

胡菊珍 呸！你想差了！

张　钦 胡妃，你若能带路，可免你一死！你要想清楚！

胡菊珍 （泰然地）死？！

［压光，两追光照菊珍、贮万。两人作门内外互相呼应的表演。

（新曲）　我菊珍盼朗朗青天，

黄贮万 　　青天有眼荡尽妖氛，

胡菊珍 　　我菊珍爱叠叠彩云，

黄贮万 　　彩云铺路救我亲人，

胡菊珍 　　纵使身陷魔掌里，

黄贮万 一刻不肯作悲吟，

两 人 （合唱） 正气长在终不泯，

胡菊珍 （接唱） 只愿身死珠玑内，

魂灵长伴众亲人。

[菊珍纵身投井。

四 兵 （惊呼）哎吔，她投井了！

黄贮万 （屋内惊闻）桂枝——！（从屋中破门冲出，扑向井边）

黄贮万 （散板）井呀！我要问——

男声伴唱 我要问！

黄贮万 为何眼睁睁，眼睁睁，

竟叫爱妻做了井中魂？！

（新腔快二流）

哀我欲救无能，欲叫不敢！

有门难破，有手难伸！

恨透饿虎馋狼，如此凶残毒狠，

还我爱妻，还我亲人！

纵是地灭天诛，难解万般痛恨！

男声伴唱 要问天下谁最苦——

黄贮万 我黄贮万，是第一人！（按高腔）

（拿出五彩菊种）桂枝！这是你交给我的五彩菊种，我愿洒热血来浇溉，定叫奇花朵朵开！

[贮万将花种撒向大地。

黄贮万 桂枝！（毅然撞井而死）

[天空传来响雷，大雨倾盆。张钦、四兵惊恐。

张 钦 好大雨呀！（效果声，仰天长叹）血洗珠玑，天地难容！天地难容呀！

[四兵齐惊恐白："天地难容……！"

[切光。暗转。

尾声 化 塔

[紧接前场。幕启。霞光璀璨，菊花盛开。黄贮万、胡菊珍在高处招手祝福众乡亲。

内场合唱 （旧苑望帝魂）

啊……

霞光灿烂照山乡，无边金菊正怒放，

菊珍伫立井中央，祝愿乡亲倍情长，

魂梦永绕珠玑巷！

[远处矗立贮万与桂枝身影，造型。

[幕闭。

[剧终。

（剧本版本：《南粤剧作》1990年第4期）

·粤剧卷·

花蕊夫人

编剧：林　榆

人　物　表

赵匡胤	宋帝
赵　普	宋丞相
王全斌	都部署
曹　彬	都监
太　监	
赵彦韬	密使
副　将	
四女幻像	（其中一人由花蕊夫人兼饰）
花蕊夫人	妃子
孟　昶	后蜀帝主
李　氏	孟昶母
李　昊	后蜀丞相
太　监	
王昭远	后蜀主帅
大臣多人	
探子	
宫女多人	
宋兵多人	
宫女妃嫔多人	

第一幕

[宋代乾德三年（公元九六五年）。

[宋宫大明殿。

[钟鼓声中大幕启。

[太监、宫女两厢侍立。赵匡胤上。

赵匡胤 （中板） 残唐藩镇争权柄，

五代干戈未厌兵；

六军拥我承天命，

孤——定要一统江山致太平。

我赵匡胤得国以来，宵旰勤政。尚有群雄未服，还须秣马厉兵。

太　监 启奏陛下，丞相与王全斌、曹彬两将军，奉诏入宫，殿前候驾。

赵匡胤 召。

[赵普、王全斌、曹彬三人，一身风雪，鱼贯而上。

赵匡胤 （谦和大度）众卿家来了。（三人参拜）平身，平身！今夜大雪，进宫辛苦，略备羊羔美酒，为诸卿消寒。

赵普等 谢陛下。

[太监摆上炽炭，烧肉并司酒炙。

赵匡胤 （滚花） 雪夜相召众卿，共商大政，

事关未除外患，朕寝食不宁。

朕意先打太原，再将他邦平定。

曹　彬 先打太原，臣以为不妥。（口鼓）太原地处西北，接壤契丹边庭。我军若下太原，边患愈加不靖。

赵　普 此言有理。

（滚花） 不如先打别国，回头再去北征。

王全斌 好，我赞成。

（滚花） 太原孤立无援，个阵不难底定。

赵匡胤 （满意点头，唱滚花）

朕意本来如此，前言不过试卿。

今时若打他邦，何处易于取胜。

赵　普 （唱三脚凳）

西蜀朝廷积弱，内政运转不灵。

若先派兵入川，料然旗开得胜。

赵匡胤 好呀！

（唱快点）攻打西川动大兵，

两位将军齐听命。

太　监 圣旨下。（打开圣旨）王全斌、曹彬接旨。

[王全斌、曹彬下跪。

太　监 圣谕：任命王全斌为行营都部署、西征总指挥；曹彬为西征军都督。率兵十万，分东西两路征讨西蜀，不得延误。

王全斌
曹　彬 谨遵圣旨！

赵匡胤 斟酒来！（举杯，快点）

祝酒一杯荐两卿，

破敌宣威，

王、曹 （接唱） 定不辱命。（举杯一饮而尽）

赵匡胤 （口鼓）蜀道险阻，外扼三峡，智取强攻，用兵要慎之又慎。攻下西蜀，蜀主孟昶倘若投降，其所有家属，不论大小男妇，不准侵犯，全数送来汴京。朕要封他官职，赐他宅第。此事须当记紧。

王、曹 谨记不忘。

赵匡胤 （口鼓）此去攻克城池，所得财帛尽数分赏将士，朕但得国土便是。

王、曹 遵旨。

赵匡胤 饮。（众人举杯，太监进羊肉）

赵　普 启奏陛下，西蜀密遣信使，拟到太原与刘钧合兵，反我大宋。而今送信的密使，不去太原，反来汴京，向我主投诚。现有蜡书在此。

赵匡胤 呈来一看。（看罢，微笑）朕近要发兵，他偏先来寻衅，益令朕出师有名。即传密使，问清究竟。

太　监 （朝外）传蜀国密使。

密　使 （上，韵白）

多年功业总无成，

弃暗投明到汴京。（下跪）

臣西蜀供部校赵彦韬，叩见宋皇陛下，万岁，万万岁。

赵　普 陛下欲知西蜀内情，你要如实上奏。

密　使 （唱中板）蜀主偏安小朝廷，

纵情声色荒朝政。

满朝文武狗苟蝇营。

（滚花）　背宋勾结太原，实是有违天命。

大宋出兵西蜀，保管马到功成。

赵匡胤 蜀主迷恋花蕊夫人，纵情诗酒，可真有此事？

密　使 是真有此事。（口鼓）她花容月貌，秋水盈盈。蜀主似瘟鸡，被迷得神魂不定。

赵　普 陛下跟前，说话要庄重。

赵匡胤 由他讲下去吧。她本是宫中一妃子，为何叫花蕊夫人？

密　使 她姓费（音痹），原是宫中一妃子，因其相貌酷似前朝的花蕊夫人，蜀主便赐她同样别号，宫中就争着称呼她花蕊夫人。这个人嘛，生得又红又白，又娇又嫩，有沉鱼落雁之容，有闭月羞花之貌，不只有貌，而且有文才、有韬略，有诗、有画，有歌、有舞……

王全斌 （颇感兴趣）呃，你这小子信口雌黄，是听人说的，还是亲眼见？

密　使 若非目睹，绝不敢在此胡言。还记得——（音乐）

（木鱼）　蜀宫里，有一天，

我与百官去贺新年。

蜀主驾临开筵饮宴，

满堂文武都想瞻仰天仙。

花蕊夫人她一出现，

登时鸦雀无声合座肃然。

[灯光忽明忽灭，四面八方响起喊叫“花蕊夫人，花蕊夫人”，气氛变得扑朔迷离，丽影婆娑，人声如狂似醉。

[聚光，第一个幻像出现：丰姿绰约，顾盼生辉。

赵　普　（聚光）果然是个天生尤物。

密　使　（转新腔四不正）

她步步生香花招展，

她纤纤弱质可人怜。

一曲情歌把火煽，

煽得人心个个冒烟。

[聚光，第二个幻像出现：长袖善舞，千娇百媚。

曹　彬　（聚光）女色乱政，不可不防！

密　使　（流水南音）

伊人姿色确是人间独艳，

音容笑貌好比明媚春天，

倾国倾城谁不称羡，

难怪闻名者思慕，（放慢）

目睹者个个心动目眩。

[聚光，第三个女幻像出现：体态丰腴，酥胸半露。

王全斌　（聚光。垂涎欲滴，狂呼）哗！妙呀，妙呀！（追上去）

[瞬间，烟消云散，宋朝宫阙与君臣随着幻像一齐消失。

[暗灯。

第二幕

[西蜀深官。

[两行豪华富丽的仪仗队先上。

[孟昶在宫嫔、太监的簇拥下，奏小桃红上。

太　监　陛下回宫，花蕊夫人接驾。

[花蕊夫人从内室出迎。她与上一场的第三女幻像似是一个模样，只是白色的头饰和飘带换了红色。

花　蕊　（下跪）臣妾恭迎蜀皇陛下。

孟　昶　（兴致勃勃地一手挽起花蕊夫人）爱卿你看，雨停云散，皓月当空，婆娑满地，对此良夜，不可无酒呀！

[花蕊夫人微笑颔首，示意在旁宫女摆酒。酒肴既上，两人举杯对酌。

孟　昶　朕正想填词，爱卿，我的花蕊夫人，能替朕研墨吗？

花　蕊　臣妾遵旨。

[宫女摆上文房四宝，花蕊夫人一旁研墨。

[孟昶提笔便写，写了两句就搁笔。

花　蕊　（拿起孟昶写的两句词念着）冰肌玉骨，自清凉无汗。（回头望孟昶）谁当得起这一句赞美呢？

孟　昶　这里除了你，还有谁当得起呢！（随即又写了一句，放笔踱步）

花　蕊　（拿起新词，唱新曲）

冰肌玉骨，自清凉无汗，水殿风来暗香满。

孟　昶　朕一时文思枯竭，爱卿，你来续写吧！（顺手推开窗棂）

花　蕊　好。（拿笔便写）

孟　昶　（唱花蕊夫人写的新曲）

绣帘开，
一点明月窥人，
人未寝。

好句，触景生情啊。（又执笔写了几句）

花　蕊　（拿起新词，唱）

攲枕钗横鬓乱，
起来携手，
庭前无声，

时见疏星渡河汉。

试问夜如何?

(唱罢，见孟昶仍在沉思，便自己捏笔写来)

孟　昶　(拿过词来唱)

夜已三更，

金波淡，

玉绳低转，

但屈指西风几时来？(即拿笔写了结尾一句)

花　蕊
孟　昶　(齐唱)　又不道，流年暗中偷换。

[唱罢两人相顾而笑。

孟　昶　命乐工将词谱写成曲，明天设乐赐宴，爱卿为群臣歌舞。

花　蕊　还开筵饮宴么?

孟　昶　为何不开筵呢?

花　蕊　臣妾近日总觉心惊肉跳。

孟　昶　为什么?

花　蕊　昨夜做梦，梦见宋朝出兵，犯我西蜀，全国战火连天，百姓惨遭兵燹，陛下与群臣走投无路，臣妾给五马分尸。

孟　昶　啊！太可怕了！莫非因朕派人联络太原抗宋，引起爱卿噩梦，若然这样，朕心实不安。

花　蕊　请陛下恕罪。

孟　昶　爱卿何罪之有。与太原联兵之事，必然交恶宋朝，朕本不想，皆由都统王昭远却一力主张。好吧，明天若不开筵，改去狩猎，好吗?

[太监上。

太　监　王昭远都统大人，有事禀奏。

孟　昶　王昭远有什么事？明天再说吧。

花　蕊　王大人来奏，说不定是边关大事。

孟　昶　边关有什么大事?

（唱古老中板）

东有三峡之雄，

北有剑门之险，

易守难攻巴蜀地，

立国安然六十年。

花　蕊（接唱）伏望陛下，勤政忧民，

居安思危，莫恃山川之险。

孟　昶（接唱）若事事要孤忧烦，

不如远离宫苑，

寻个清幽净地，

与卿去作散诞神仙。

［孟笑哈哈地拥花蕊夫人欲下，回头见太监仍站着。

孟　昶　有事着王昭远找丞相便是。

太　监　遵旨。（下）

［内场传话：母后驾到。

［孟昶母亲李氏由宫女伴随上。

孟　昶　母亲为何还不将息？

李　氏　我睡不着。

花　蕊　（施礼）母后万福。

李　氏　派去联结北汉的密使，可有消息？

孟　昶　没有。

李　氏　而今赵匡胤中原得势，对我西蜀虎视眈眈，应及早防备。

孟　昶　有王昭远防备了。

李　氏　你太轻信人了。

（反线滚花）

莫诗酒追欢春宵苦短，

要爱民勤政去佞亲贤。

水陆增兵设防守险，

明君有远见，防患于未然。

孟　昶　臣儿谨遵慈训。

李　氏　如此，国家之幸。

［李昊慌忙上。

李　氏　丞相何事慌张？

李　昊　启禀陛下、太后，大事不好！（口鼓）宋朝十万大军疾如闪电，兵分两路袭我西川。

孟　昶　（一惊非小）这……是真的？快召王昭远。

太　监　王都统上殿。

王昭远　（上）拜见陛下。

孟　昶　卿家已否得知，宋兵犯境？

王昭远　臣已接报，正在计划交兵。

孟　昶　好，卿家快率领三军，把宋兵驱出国境。

王昭远　可是……三峡重镇夔州已破，剑门告急……

孟　昶　什么？夔州已破，剑门告急，为何不早报军情？

王昭远　臣两次入宫被阻，都说君王有病。

孟　昶　（自知理短）啊……啊。

李　昊　剑门一失，成都难保！

王昭远　看来大局，势已危倾。

孟　昶　这……这便如何是好？

李　氏　（气他君臣庸懦，厉声地）两国交锋，从来是兵来将挡，智勇者胜。

王昭远　怎奈我邦兵微将寡……

李　氏　先帝留下还有四十万兵。

王昭远　唉，大都是老弱无能，难以沙场驰骋。

李　氏　太子率领的新军呢？

王昭远　（苦笑）唉，都是少爷仔，人称豆腐兵。打不得呀！

李　氏　打不得？

花　蕊　打不得？难道说我西蜀——

（唱秋水龙吟）

好江山注定沦亡难幸免？

只有屈志归降任得人作践，

忍令蜀山红泪染，锦江长呜咽，

史册千秋姓氏永蒙污玷！

孟　昶　（感动地）是啊，常言困兽犹斗！

（唱反线七字清）

三败尚能操胜券，

理当一战抗强权。

救亡朕欲师勾践，

问卿有何善策可回天？

花　蕊　母后说的兵来将挡就是善策。

（音乐衬念）

立派大将作前锋，五十里外居高凭险。

再派将军为左右翼，各领兵马埋伏两边。

前锋胜利，即齐出聚歼，勿让其逃窜。

前锋失利，即互相策应，赶赴救援。

还抽调人马，星夜把防城工程筑建。

成都四门，加派重兵巩卫，防守从严。

孟　昶　好，说得在理！

花　蕊　臣妾还有哀求。（跪）

孟　昶　（忙扶）起来起来，有话好说。

花　蕊　容禀！（唱反线秋江别中段）

妾心坚，志不迁，

愿效命于军前，

尽把宝贝金珠献，

嘉奖那虎将能员，

望赐妾尚方宝剑，

监军执法律从严，

齐奋勉，与强寇拼死苦战，

苍天鉴谅，定然佑我哀兵奏凯旋。

孟　昶　这个……（顾李昊）她监军督战，你看可使得？

李　昊　（勉强应付）使得使得！

（滚花）　夫人韬略精通，

难得忠心一片。

但不知谁当挂帅，

率兵确保西川？

花　蕊　（上前）王大人，你身为都统……

王昭远　身为都统当然应战，唯是谁个跟我一马当先？

孟　昶　你说无人当先锋么？（王昭远点头，大家低首沉思）

[早朝的景阳钟，急速敲响，摧心动魄。

李　昊　陛下，上朝的钟声响了。

孟　昶　好吧！（唱七字清）

五更三点忙登殿，

看时穹谁为——解忧煎。

李　昊　（传谕）摆——驾！

[奏牌子，君臣齐下。婆媳踌躇。

花　蕊　（滚花）　尽都是怕死贪生，

问何以图全应战？

李　氏　（接唱）　先王六十年基业，

难道就败在今天！？

[李氏支撑不住，欲倒，花蕊扶住，忙呼“保重”。

[暗灯。

第三幕

[中幕前。

王全斌 （内场首板）

横扫西川挥戈陷阵，（率兵将上）

（滚花） 一旦成都攻下，

定教孟昶称臣。

（口鼓）俺西路大军已把成都围困。蜀主孟昶，吓得失了三魂，派丞相李昊求和，有一事未遂我心势难照准。传令两厢侍候，召见议和人。

传　令 得令。（下）

[兵将列队，摆开架势，杀气腾腾。

[李昊被副将带上，见势吓得双膝打颤。

李　昊 拜……拜见都统大人。（行礼）

王全斌 免礼。

李　昊 谢都统。贵军势如破竹，今日攻抵成都，我主伏请受降。现呈上降表一通，宝物礼单一份。（恭呈）

王全斌 （把降表、清单看了一眼，便抛在一边）你们真要投降吗？

李　昊 降表字字真诚，望求俯允。

王全斌 非是我不答允，礼单中少了一件最重要的珍宝，叫我怎好开恩。

李　昊 缺了一件什么珍宝，都统明言，蜀中若有，敬呈不吝。

王全斌 好，我看你们也不敢不送。我要的就是花蕊夫人。

李　昊 （非常意外）什么？那……那花蕊夫人……她……

王全斌 她是孟昶爱妃就不能送来是不是？（暴戾地拍案而起）你回去告诉那些败兵之将、亡国之君，花蕊夫人我要定了。限明天一早把她送来，过时不送，我便杀入成都，屠城三日。（掷下降表）送客！

[李昊被副将连同降表一齐撵下。

传　令 （上）报——，东路我军明天可到，曹都监把送去的屠城文案退回，请都统过目。

王全斌 （接过文案拆阅）曹彬怕我攻城杀戮，把文案退回。要我敦促西蜀投降，保障孟昶一家安好。曹彬是都监，他明天一到，岂不坏了我的好事！（考虑再三）传令听着，快把求和使者给我追回。

传　令 是。（下）

［副将重将李昊推上。

王全斌 （指着李昊鼻子）你听着，花蕊夫人必须提前今夜子时送来，子时不来，我便杀进城去。

李　昊 这……（惊惶跌坐地上）

［切光。

［中幕开。

［蜀官。

太　监 （上，向内）启奏主上，李丞相回城见驾。

［孟昶从里面奔出，李昊急急从外面走上，下跪。

李　昊 臣有辱皇命，罪该万死！

孟　昶 议和之事怎样？

李　昊 那王全斌，骄横无理，不肯纳降。

孟　昶 不肯纳降？他想怎样？

李　昊 他要……

孟　昶 快说！

李　昊 他……斗胆包天，竟想要花蕊夫人。

孟　昶 你说什么？

李　昊 王全斌要陛下先献花蕊夫人，再谈纳降之事。

孟　昶 可怒呀！

（唱快点）谋夺爱妃真可恨，
欺人太甚宋家军。
朕已求和权隐忍，
万难屈辱献夫人。

李　昊　（接唱）　不献夫人他不肯，
限时今夜子时辰。
不将夫人她献进，
屠城三日杀尽臣民。

孟　昶　气煞孤也！（几乎晕倒）

李　昊　（搀扶）陛下保重。快请太后。

［太监急下。

孟　昶　（沉腔滚花）
狼子野心何其毒狠。

［太监引李氏上。

李　氏　皇儿怎样？

孟　昶　唉，事已至此，如之奈何？

李　氏　覆巢之下无完卵，只有难为她出城了！

孟　昶　（口鼓）送她出城？臣儿未免绝情太甚！

李　氏　（口鼓）不送她出城，你用什么抵御宋军？

孟　昶　这……

李　氏　（口鼓）而今城孤援绝，力穷势尽。

孟　昶　唉！

李　氏　（口鼓）宋军子时杀到，你我母子哪里逃生？

孟　昶　这……

李　氏　（口鼓）在这生死关头，休怪为娘心狠。

孟　昶　这、这……唉，臣儿方寸已乱，一切由母后作主……

李　氏　内侍，快传花蕊夫人！

太　监　遵命。（下）

［孟昶一旁焦灼不安。

［李氏与李昊低声密议。

太　监　（上）禀太后，花蕊夫人身有不适，听到传谕，正在起床梳洗，请太后稍候。

孟　昶　请母后下去暂息，等臣儿对她讲明便是。

李　氏　还等什么？我去对她讲吧。

[李氏径下，李昊也跟下。

孟　昶　（急问太监）爱卿身体有何不适？

太　监　谅无大碍，夫人得知陛下向宋求和之事，彻夜不眠，她赋诗一首，呈陛下御览。（呈上诗笺）

孟　昶　（接诗念）君王城上竖降旗，

妾在深宫那得知。

四十万人齐解甲，

更无一个是男儿。（重念）

[孟昶反复沉吟，痛苦地垂头。

花　蕊　（内唱乙反二黄倒板）

送花蕊，出京城，君心何忍？

[花蕊夫人上。

孟　昶　爱卿！

花　蕊　陛下！

[四目对视，抱头痛哭。

孟　昶
花　蕊　（同唱散板）五中如割痛难陈。

孟　昶　（乙反二黄）

朕愧对爱妃，我的知心红粉，

愧对列宗列祖，有负百姓黎民。

花　蕊　（接唱）　声声“愧对”又如何，不过更添愁与忿。

花蕊何罪？是惑君？是祸国？是误了苍生？

孟　昶　（接唱）　爱卿忧国忧民，一向引为己任。

宫中上下谁不重你，才德超群。

花　蕊　（接唱）　臣妾既属无辜，陛下何其心狠。

要我出城受辱，敌人剑下偷生。

孟　昶　（接唱）　宋军相胁屠城，朕不得不答允。

花　蕊　（接唱）　可恨丧权失国，才致斩割由人，
　　　　　　　　以其忍辱苟存，不如舍身自刎。

［花蕊夫人一弯身，想拔出孟昶腰间宝剑。孟昶不给，花蕊即去碰墙。

［孟昶慌忙拦截。

［李氏和李昊闻声赶上。花蕊夫人伏李氏肩上痛哭。

李　氏　唉，不让她出城，可有别的应付之方？

孟　昶　这……我也不知道。

李　氏　今日蜀中可有勤王之师？

孟　昶　危城之下，哪来勤王之师！

李　氏　满朝文武，可有卫国之臣？

孟　昶　啊，朕还有文武百官——
　　　　（滚花）　立即问计群臣，
　　　　　　　　谁可为孤解围上阵？
　　　　　　　　李丞相。

李　昊　臣在。

孟　昶　快去召集群臣来此议事。

李　昊　遵命。（下）

［李昊领文武百官上。参拜，山呼毕。

孟　昶　众卿家，（口鼓）宋军兵临城下，丞相出面求和，竟遭拒绝，还要朕献出花蕊夫人，是可忍孰不可忍。朕决意选任勇将，卫国守城。众卿家——请缨杀敌，谁肯临难挺身？

［群臣面面相觑，垂首无语。

孟　昶　你们说话呀，什么？没有一个肯为孤效力？（不觉痛心疾首，口鼓）唉，朕父子以丰衣美食，养士数十年，今日国难当头，竟然无人解窘。（自嘲自怨）唉，没有就没有吧，不要勉强。朕也有错，不敢诿过于人。

群　臣　臣等有负皇恩，罪该万死。（纷纷下跪）为了平息干戈，还望陛下割爱送花蕊夫人出城。

孟　昶　送花蕊夫人出城？

太　监　（急上）启禀陛下，城外宋军，火把通明，大声呐喊，夫人不去，便要攻城。

［群臣大惊失色，转向花蕊夫人一齐跪下。

群　臣　请夫人出城，免生灵涂炭！

花　蕊　你们也要我出城？请起，请起。

群　臣　夫人若不答应出城，臣等不起。

李　昊　臣也求夫人出城，救陛下，救国母，救成都几十万臣民。（跪下，磕头）

花　蕊　一个弱女子有如此大用，这岂不辱没诸位大人么？

群　臣　请夫人海量包涵，海量包涵。（一再叩拜）

花　蕊　（大仄槌，考虑）也罢，人终一死。

（新曲）　若能上救陛下，下救臣民，

花蕊虽死何憾！（拉腔）

起来，我出城便了。

群　臣　（松了口气，欢呼般）谢夫人大义！（起立）

孟　昶　爱卿你……

李　昊　时辰快到，请夫人赶快出城。

孟　昶　先下去稍候。

李　昊　好，夫人快些才好。

［群臣拜辞，李氏、李昊均下。

［花蕊夫人与孟昶又一次泪眼相对。

孟　昶　爱卿，太委屈你了。

花　蕊　陛下！

（新曲）　妾感君，

亲如比翼鸟，

相知若故人，

虽死何足报君恩。

今番出城妾心本无憾，

薄命花蕊曾指望，

与陛下生同衾枕，死同坟。

此愿今知已无望，
只好先赴黄泉候我君。
到那天重相见，再相亲。

孟　昶（接唱新曲）

风雨横来，
累卿陷身坎凼。
枉为帝主，
自愧庇护无能。
大难临头，
益显爱卿德行。
大义如卿，
目下还有几人？
让卿事敌，
我心何忍。
早知如此，
不如背城一战，
护卿洁白之身。
要死，也夫妻同死，
双双取义成仁。

花　蕊　说也无用，一切都晚了，望陛下保重，臣妾要走了。

孟　昶　待孤送你一程。

花　蕊　我们走吧！

［太监急上。

太　监　陛下，大事不好，宋军提前攻城，城内奸细，开城迎敌。宋军杀奔皇宫来了。

［群臣拥上，惊惶失措。

李　昊　赶快送出夫人。

群　臣（七嘴八舌）快送夫人，快送夫人。

［远处杀声四起，场上乱作一团。

太　监　陛下，夫人来不及出城了，快跟我来！

［孟昶携母后、花蕊夫人跟太监急下。

［暗灯。

［灯复明。

［经过劫数，陈设东倒西歪，凌乱不堪。

［宋军副将率兵上，四处搜索。

［王全斌杀气腾腾上。

副　将　启禀都统，搜遍蜀宫，蜀主孟昶全家不见一人。

王全斌　城里城外尽是我军，谅他插翼难飞，你且下去一看。

副　将　是。（下）

［两宋兵争抢一件器皿上。

王全斌　（喝问）抢什么？

两宋兵　都统。（跪下，呈上器皿）这件东西镶满珠宝，不知作何用途？

王全斌　（接过器皿一看，马上丢抛在地）是个便壶。这蜀宫，连个便壶也用珠宝砌成，可谓极尽奢华了。

［两宋兵把摔破的便壶各拾一半。

王全斌　赏给你们吧！

两宋兵　谢都统。（欢天喜地下）

副　将　（上）蜀主全家躲藏在一民居，给我军搜出来了。

王全斌　现在何处？

副　将　押在宫前候命。

王全斌　其中可有花蕊夫人？

副　将　有。

王全斌　好，先把花蕊夫人带来，其余人等押下候命。

副　将　是！（下）

［王全斌理正衣冠、佩剑，踱步等候。

［花蕊夫人被副将押上，跪在地上，埋首不露。

［王全斌示意副将退下。

王全斌 你是花蕊夫人吧？

花　蕊 正是。

王全斌 为什么昨夜请你不来，今日要血溅成都才来？这不是“敬酒不喝喝罚酒”吗？

［花蕊夫人既不语又不抬头。

王全斌 （急色）你不认识我吗？

花　蕊 不认识。（仍不抬头）

王全斌 （狡黠地）你不抬头看我，怎知不认识？

花　蕊 （只好抬头，看了一眼还是摇头）不认识。

王全斌 （见到真容，不觉魂飞天外）果然妙不可言。你不认识我，我就毛遂自荐吧！

（芙蓉中板）

西征大军我掌帅印，

大宋都统王全斌。

久仰你芳名思亲近，

皇天今日不负有心人。

花　蕊 （接唱七字清）

我是蜀宫一妃嫔，

岂能苟活乱常伦。

王全斌 （接唱）　行事当然要名分，

我要娶你做都统夫人。

花　蕊 （接唱）　有夫之妇难从命，

岂能另嫁又重婚。

王全斌 有夫之妇？哈、哈、哈！

（三脚凳）说到你丈夫，更加不要紧。

他是一臣虏，杀了免顶心。

（抽出佩剑威吓）

花　蕊 （冷笑三声）哈、哈、哈……

王全斌 为何发笑？

花　蕊　人说宋皇以仁义治天下，我说全是盗名欺世、虚妄传闻。眼见的就是卑鄙凶残，比豺狼还狠。

王全斌　什么，你骂我？

花　蕊　就是要骂。

（唱乙反二流）

你强虏西川帝皇，还要辱其妃嫔。

你焚烧抢掠，残杀多少西川黎民，

大好巴山蜀水，全遭劫运，

你就是罪魁祸首、万恶瘟神。

王全斌　（接唱）　你还骂爷，不怕爷将你手刃？

花　蕊　杀吧！

（接唱）　我引颈受戮，乐得舍生。

[花蕊夫人跪地“甩发”，引颈待毙。

[王全斌发火，举剑欲砍，忽而停止。

王全斌　（唱沉腔滚花）

唉呀呀，我手软骨松，脚倒退，

一见梨花带雨，我我我被夺去三魂。

[副将慌忙入。

王全斌　什么事？

副　将　东路曹彬都监来了。

[王全斌示意将花蕊夫人收进内室。

[曹彬已闯进来，瞧见被副将带走的花蕊夫人。

曹　彬　这女子是什么人？

王全斌　蜀主孟昶的妃子花蕊夫人。

曹　彬　那孟昶呢？

王全斌　已被我擒获，全家在押。

曹　彬　你想把花蕊夫人如何处置？

王全斌　我要娶她做第二夫人。

曹　彬　胡闹！

王全斌　（厚颜无耻地打着哈哈）老哥，今日胡闹也要来一次了。

曹　彬　你不要命了？难道你忘了出兵初时，陛下怎么讲？

王全斌　怎么讲？

曹　彬　陛下要我们将蜀主家属，无论大小男妇，不准侵犯一人，全部送回汴京。

王全斌　你可记得，陛下说过，倘若蜀主投降，才保他全家。至今孟昶抗命，我就有生杀之权。

曹　彬　孟昶没有投降？哼，你休想瞒天过海。

（快慢板）昨夜里派密使查明底蕴，

孟昶他曾奉表降服称臣，

你不该拒纳降图谋非分。

（转七字清）

夺他花蕊立歪心，

还要屠城施凶狠，

君王命令当闲文。

（滚花）　你莫触动天威，落得身名俱殒！

所以我赶来节制。

王全斌　陛下知道又如何？

曹　彬　陛下不知犹自可，若然知道，那是欺君之罪，你我都要大祸临头——

（秃头滚花）

满门抄斩，罪及妻孥家人。

王全斌　这……你是都监，你说该怎么办？

曹　彬　立即释放孟昶和花蕊夫人，遵照宋皇圣谕，送蜀主全家大小，明天起程回赴汴京面圣。

王全斌　（沮丧地）你说怎么办就怎么办。这屠城文案，你该签上都监的大名吧。

曹　彬　我不签。（把文案塞进自己的袖里）

[切光。

第四幕

[宋都崇元殿。

[赵匡胤、赵普、太监上。

赵匡胤 （中板） 风云叱咤乾坤转，
大宋西征庆凯旋，
孤皇接见在崇元殿。

[王全斌、曹彬领着孟昶上，俯伏叩拜。

王全斌
曹　彬 臣王全斌、曹彬叩见陛下，万岁，万万岁！

孟　昶 降臣孟昶，叩见陛下，万岁，万万岁！

赵匡胤 平身。

[王、曹谢恩起立。

孟　昶 降臣待罪阙下，不敢站立。

赵匡胤 卿家降表，朕已看过，过去的事不必提了，卿家既已归宋，那就是自己人了，起来。内侍快赐锦墩，请孟卿家就座。

[孟昶谢恩，就锦墩坐下。

赵匡胤 从西蜀来汴京，一路辛苦了吧？

孟　昶 不辛苦。

赵匡胤 卿家亲娘与嫂夫人可安泰？

孟　昶 蒙陛下鸿恩，人尚平安。

赵匡胤 兵马倥偬之际，臣属若有不恭、冒犯之处，望卿家不必介意。

孟　昶 （惶恐）不敢，不敢。

太　监 （打开圣旨）孟昶接旨：圣谕，授孟昶为检校太师兼中书令，封号秦国公。钦此。

孟　昶 （叩头）谢主上隆恩。

赵匡胤 朕早就为卿新建府第五十间，孟卿与家属尽快搬去居住吧。

孟　昶 （感动，挥泪谢恩）陛下给臣如此大恩大典，臣没齿难忘。

赵匡胤 不必如此。内侍，你拿黄金五百两，锦帛一百匹，送到秦国公府上，特赐秦国公母亲与花蕊夫人。

太　监 是。

孟　昶 陛下如此厚赐，臣当要她们亲自入宫谢恩。

赵匡胤 好的。王、曹两卿代朕送孟卿出宫门。

［孟昶叩辞，王、曹两人送下。

赵匡胤 （滚花）　此次平定西川，

全靠大将两员多谋善战，

朕要论功行赏将士均沾。

赵　普 （接唱）　有功之臣理当嘉勉，

不负陛下者唯曹彬一员。

赵匡胤 唯曹彬一员？那王全斌呢？

赵　普 （口鼓）王全斌拒不受降，要将花蕊夫人侵占。违背谕旨，在成都屠杀三天。

赵匡胤 （口鼓）曹彬为何不督监，由他专断？

赵　普 （口鼓）王全斌西路到达在先。曹彬随后赶到，才把情势扭转。他制止杀戮，将孟家保存。

［王全斌、曹彬复上。

赵匡胤 王全斌！

王全斌 （一惊）臣在。

赵匡胤 （快慢板）骂一声，王全斌，可知罪愆，

入成都，谁准你，屠杀三天。

王全斌 （跪下，接唱）

臣知罪，求我皇，开恩赦免。

赵匡胤 （接唱）　你占人妻，夺人宠，不顾礼教尊严。

曹　彬 陛下，此事经臣劝止……

赵匡胤 不关你的事，曹彬退下。

曹　彬　（下跪）杀人成都，是臣与王全斌一同商定，论罪，臣当首诛。

赵匡胤　什么？原来是你们两人的主意。

［赵匡胤不解，目询赵普。

赵　普　（转弯）如此大事不启奏朝廷，实属不该。既然都监参与其事，待核查之后再说。

赵匡胤　王全斌先押下候命。

王全斌　谢陛下。（由戌卫押下）

赵　普　曹都监，据我所知，王全斌屠城之后，你才到成都，为什么替他抵罪？

赵匡胤　有何内情？

曹　彬　臣不赞成屠城，所以不曾署签，有文案为证。（从怀中拿出文案呈赵匡胤）

赵匡胤　卿既未署签，刚才何以坚自服罪？

曹　彬　臣与全斌同奉委任，他若获罪，臣独清白，不为稳便。

赵匡胤　既自欲当罪，又何用留此文案？

曹　彬　臣初认为陛下必行诛戮，留此文案，令老母进呈，乞求保全老母一命。

赵匡胤　（十分器重）卿有茂功，而不矜伐，真是可喜！

曹　彬　王全斌在成都是一时之错，听臣一说，马上改过，求主上饶他一次。

赵匡胤　以后再说。

曹　彬　谢陛下。

太　监　（上）秦国公的老太太领着花蕊夫人入宫谢恩。

赵匡胤　召！

［赵、曹两人暂避下。

［花蕊夫人与李氏上，下跪，三呼万岁。

赵匡胤　平身，赐座。

［两人谢座。

赵匡胤　来京长途跋涉，身体可好？

李　氏　（不卑不亢）好！

赵匡胤　（口鼓）老太太，是唐宫嫔御，辈长资深，应居国母之尊。

李　氏　不敢，不敢。

赵匡胤 （口鼓）要善自珍重，永保康健。

李　氏 谢主上。

赵匡胤 （口鼓）不必挂念乡土，待些时候，朕当送你回乡。国母初到不惯，如生厌烦，请随时进宫，朕与你聊天。

李　氏 谢主上厚爱。

［赵匡胤对答中，眼睛不断盯着花蕊夫人，李氏看在眼内。

赵匡胤 （旁唱长句滚花）

初见面，见犹怜，

果然绝色不虚传。

妙韵芳姿世间首选，

难怪王全斌倾慕垂涎。

她有无形香泽，

使人心怀舒展，

有种娴静之美，

无限情意绵绵。（句）

［花蕊夫人给看得不好意思，赵匡胤回头找话题问她。

赵匡胤 （续唱） 当日成都归宋，爱卿如何应变？

花　蕊 这怎么说呀？……（顺口溜）君王城上竖降旗，妾在深宫那得知，四十万人齐解甲，更无一个是男儿。

赵匡胤 （逐句吟哦）君王城上竖降旗……妾在深宫那得知……四十万人齐解甲，更无一个是男儿。（不禁拍掌叫好）这不是绝妙的诗句吗？

花　蕊 正是当日感时之作，有污圣听。

赵匡胤 好诗，好诗啊！

（旁唱） 听说她才思敏捷，果然名不虚传，

四句绝诗显示她对竖降旗的忿怨。

蜀中男子竟无一及此女英贤，

四句绝诗隐藏对家国之恋。

贞忠高洁，气度万千，

她内心美似姿容，当今少见。

（回头对花蕊夫人）

爱卿才华出众，志比金坚，

你是今日之蔡女班姬，应受世人赞羡。

花　蕊　陛下过誉。

李　氏　（觉赵有所失态，离座）陛下，老妇人身有不适，媳妇扶我回去吧！

［手携花蕊夫人向门外走下。

［花蕊夫人跟着，辞驾退出。

赵匡胤　国母慢走。

［赵普、曹彬复上。

赵匡胤　（欣然）传旨把王全斌赦免吧。

赵　普　赦免王全斌？为什么？

赵匡胤　那花蕊夫人是颗夺目明珠，凝集天府之国的钟灵秀气。朕见犹怜，何况王全斌呢，放了他吧。

（滚花）　王道本乎人情，不通人情怎为九五之尊。

赵、曹　（敬服地）陛下圣明。

［暗灯。

［灯复明。

［赵匡胤在看奏本，精神恍惚。

赵匡胤　（唱）　坐卧不宁，闷闷恹恹，心怀历乱。

内外表章，国家大政，都难上心田。

唯有伊人，无时不萦回思念。

入骨相思，对症下药，唯有这阆苑天仙。

花蕊她，罗敷有夫，甚得夫郎宠眷。

朕身为天子，怎能夺人之宠。

占人之妻，不顾礼教尊严。

做个有道之君，仁义之主，必须顾全体面。

万不能，寡廉鲜耻，道德败坏，行不对言。唉！

（沉腔滚花）

罢，罢，罢！不若死了这条心，

一任梦醒（读星）情断。（音乐踌躇介）

（寻针） 想到御妻辞了世，

宫帏成了空殿。（楔序，白）

朕正要选皇后啊！

（续唱） 怎得她与孤成美眷，

一时意马心猿，她呀，

（木鱼） 似无瑕白璧，纤尘不染，

聪明才志，胜似玉女天孙。

媚眼珠唇，温馨宛转，

轻盈步履，蹀躞庭前。

像带露荷花，一枝独艳，

又像天际云霞，金彩镶边。

（转乙反滚花）

可惜云霞在天离我远，

唉，枉我是个九五之尊。

[赵匡胤颓然跌坐，抱头冥想。

[灯色变暗，朦胧中，幻现花蕊夫人翩然而至，正在入神赏花观景，不料一个踉跄跌倒在地。

赵匡胤 （聚光，赶快上前搀扶）夫人受惊了。

花　蕊 （嫣然一笑）谢陛下。

赵匡胤 （拥着花蕊夫人，唱小桃红）

孤家望眼穿，

喜霎时云中落彩鸾。

花　蕊 （接唱） 心诚意专，

感君思恋到御园，

效那翩跹洛水仙。

赵匡胤 （接唱） 相思魂欲断，

难得芳心肯顾来会见。

花　蕊 （接唱） 看星辉云缦，百花竞妍，

共惜春光，同度华年。（惜读锡）

赵匡胤 共惜春光，同度华年？好，卿家说得好！

花　蕊 良辰美景，赏心乐事，陛下当此，觉得如何？

赵匡胤 十分快活，爱卿你呢？

花　蕊 也快活。

赵匡胤 也快活？难道还有什么不满足的吗？

（接唱） 想孤我一统山川，

安富尊荣随你愿，

卿复何求尚抱心中慊（读欠）？

花　蕊 是啊，心有所慊。

（唱红豆曲）

华贵非吾羡，尊荣似轻烟，

若非本性甘愿，心头永没春天。

赵匡胤 什么叫本性甘愿？

花　蕊 真情实意，生死不移。

赵匡胤 朕要的正是这般情意。（趋前欲搂抱）

[花蕊夫人侧身回避，一趋一避两人像花丛中的双蝶，追逐起舞。

[终于被他逮住了。在她挣脱走离时，衣裙已给牵住，上衣脱落，小红袄衬着皙白的肌肤，玉体半裸。

[赵匡胤正要上前……

[一群艳装的妃嫔快步上场遮挡着花蕊夫人。

[赵匡胤冲开妃嫔，情急地寻找花蕊夫人，形成大调度的群舞。

[赵匡胤气急，顿脚挥退妃嫔们。

[花蕊夫人被执。

[孟昶上场，赵匡胤一见孟昶忙松手，放开花蕊夫人。

[花蕊夫人奔向孟昶。孟昶亲昵地替她拭汗、整衣，然后相偎而下。

[灯光渐亮。

[赵匡胤在朦胧中醒来，灯色复明，睁眼四望，懊悔异常。

赵匡胤 （自责）宋太祖啊赵匡胤，你是小人……不可啊，万万不可！

太　监 （上）陛下，庆功饮宴，听命开筵，丞相和百官齐集，孟昶秦国公亦已到齐。

赵匡胤 朕精神不适，不去了。

太　监 遵旨。（下）

赵匡胤 为什么叫孟昶参加庆功宴呢，他是战败者，岂不折磨人么，真不懂事。

[暗灯。

第五幕

[孟昶新居室内。

[花蕊夫人在剪烛，放下剪刀，对着半截的红烛发闷。

花　蕊 （反线中板）

剪烛深闺聆夜漏，
一窗花影罩楼头，
夫婿入宫陪御酒，
花蕊怀悲独守楼。

（乙反清歌）

念故国名都今易手，
身为臣虏强低头，
虽则封官赐第恩殊厚，
总是宠辱由人不免忧。
雨雪风霜惯摧花折柳，
逢迎应对怕惹祸招尤。
莫说一无所有，

不知于我何求？

[李氏上，花蕊夫人起迎。

李　氏　皇儿还没回来？

花　蕊　没有。

李　氏　要战败之君去饮庆功酒，是何解究？

花　蕊　人说宋皇仁义，彪炳千秋。

李　氏　他灭了西蜀，又与我家共享荣华，如此殷勤，真是世间少有。

花　蕊　世上真有这样好人？

李　氏　世上好人不是没有，惟是——

（滚花）　凡事做出了格过了头，

本来是美也会变丑。

花　蕊　（接唱）　思前想后使人愁，

一瓣心香——

默祷苍天多庇佑。

[花蕊夫人对天叩拜。

内　传　秦国公回府。

[太监扶着烂醉如泥的孟昶上。

[花蕊夫人连忙招呼孟昶躺下。

李　氏　这是为何？

太　监　秦国公饮多了，酒醉了，好生照顾，告辞。（下）

李　氏　皇儿苏醒，皇儿苏醒。

孟　昶　我没有醉。

（高句滚花）

饮饮饮，饮个不醉不休，

（转有序中板）

来来来，饮胜这杯庆功酒，

祝君高升，晋爵封侯。

来来来，饮胜这杯庆功酒，

祝君常胜，永固金瓯。

（转小曲）请莫说我借酒消愁，

请莫说我佯狂诅咒，

我不敢，不敢啊！

我全家伏阙作阶下囚，

你们个个威风雄赳赳，

我……我是个十足孱头。

花　蕊　你不要这样。

李　氏　我儿因何至此？！

孟　昶　（流水南音）

我沉湎琴樽，追欢诗酒，

我穷奢极侈，尽地风流。

我误国误家，势难原宥，

每念及此，我肠断心揪。

我愧对父皇母后，

令爱卿你受苦恨悠悠！（捶胸）

花　蕊　（急去制止）陛下，不要这样。

孟　昶　（大叫）可耻，可耻！……我苟活人世……奇耻大辱。（跪地，猛力捶胸，高声嚎叫）

李　氏　我儿是否受人玷辱，遭人暗算？是谁下的毒手？

［孟昶已口不能言，扑倒在地上。

［花蕊夫人与李氏手忙脚乱，扶孟昶上床。

李　氏　快，快去拿安神定心丹来。

花　蕊　是。（急下）

［灯徐暗。复明时已是天亮。

［花蕊夫人坐在孟昶病床沿，低声啜泣，李氏坐立不宁。

内　传　公公与太医到。

［太监与御医上，花蕊夫人与李氏起迎。

太　监　宋皇口谕：秦国公豪饮，害得不适，特命御医前来看病，望早安泰。

花　蕊　谢主上。

[花蕊夫人即招呼御医到孟昶的榻前。

御　医　（一看孟昶的颜色，惊呼）不好了。（拿起孟昶的手，一把脉，摇头）秦国公已经辞世了。

花　蕊　你说什么？

御　医　他饮酒过量死了。

[花蕊夫人如晴天霹雳，扑向尸身号啕大恸。

[李氏却不哭泣，呆着，动也不动。

[太监与御医悄悄退下。

[李氏默默地审视孟昶良久，斟了满满一杯酒，酹在地上。

李　氏　尔不能死殉社稷，贪生以至今日。想为娘多时忍死，也只为有你尚存。而今你已崩天，我活着有何意味？罢了——

[李氏解下腰带，步入房去。

[王全斌探头探脑上，见花蕊夫人伏在孟昶尸上，哭得已经昏去。

王全斌　花蕊夫人，花蕊夫人！（正想去摇醒她，忽闻房内传出凳砸地之声，慌忙躲身帐后）

[花蕊夫人闻声惊醒，睁开眼睛，只见躺着的孟昶尸首，回望室内，一片静寂，甚觉恐怖。

花　蕊　母后……母后！（直奔房去，一到门口，便见室内李氏悬梁，一声大叫，跌倒在地）

花　蕊　（沉腔滚花）

你你你，母后弃我自尽悬梁，

我我我，花蕊跟你黄泉路走。

[花蕊夫人解下腰带，正要入房自尽。

[王全斌闪出，拦住去路。

王全斌　（杀嫂白榄）

住手，

老太婆一命休，
何须跟她走？

花　蕊　（接念）　苦到这地步，
人已到尽头。

王全斌　（接念）　苦尽甘就来，
我来将你救，
同回都统府，
荣华共享受。

花　蕊　（接念）　夫亡姑又死，
惟余哀与愁，
荣华和富贵，
不过云行共水流。

王全斌　（接念）　前时说有夫，
难与我配偶，
而今夫已死，
应遂我所求。

花　蕊　（警惕，接念）
我夫仓猝死，
一个时辰还未够，
何以得知那样快？
莫非是你下毒手。

王全斌　（接念）　孟昶逞锋头，
死于暴饮酒，
与我有何干，
罪名莫乱扣。
夫死夫还在，
美人名将自风流。

花　蕊　（接念）　乱命实难从！

王全斌 （接念） 你逃不出我手！（想非礼，正危急中）

内　传 圣旨下。

王全斌 圣旨？

（快中板）不从心愿我誓不休，

就算宋皇将你庇佑，

我也不能让你自在优游。

小心得来！（避下）

太　监 （上）花蕊夫人接旨。

[花蕊夫人下跪。

太　监 （读圣旨）惊闻秦国公仙游，不胜哀悼。今加赙赠，并派员踵府治丧，殡葬完毕，花蕊夫人当即入宫谢恩。钦此。

花　蕊 谢主隆恩。

[暗灯。

第六幕

[宋宫。

赵匡胤 （唱小曲）魂归洛阳，孟昶出殡。

扶灵送柩，苦了花蕊夫人。

（长句二黄）

她失婚，情可悯，

一朝新寡，成了独身人，

意外机缘，赐吾仙嫔，

要小心体贴，份外加恩，

若得她心，朕躬今生幸甚。

（滚花） 欲凭青鸟传音问，

盼拥蛮腰逐梦魂。

太 监 （上）陛下，花蕊夫人遵旨进宫谢恩。

赵匡胤 宣见。

［太监下，领花蕊夫人上，她穿一身白色孝服，有如出水芙蓉，风姿绰约。

花 蕊 臣妾叩见陛下，万岁！万万岁！

赵匡胤 卿家扶灵柩归来，一路辛苦了。秦国公与国母先后去世，朕十分哀痛。你经历如此变故，朕深感不安。

花 蕊 谢主上。

赵匡胤 （旁唱念奴娇）

见伊人，喜煞君，

一身缟素洗俗尘，

更添丰韵，淡淡多姿，

楚楚动人，夺却朕三魂。

爱卿快起来，还跪着则甚？（伸手去扶）

花 蕊 不，臣妾有满腹冤情，请陛下作主。

赵匡胤 （颇感意外）爱卿有什么冤情，起来再说。

花 蕊 （站立，唱乙反散板）

望皇体恤恩准，

妾且忍泪直陈。（转合字过门）

臣妾夫郎孟昶仓猝丧黄泉，

皆因赴宴之间遭人暗算，

宴后归家昏聩发胡言，

谁个最受嫌？

望明主为妾申冤，查究公断。

赵匡胤 你说秦国公遭人暗算，凶手是谁？

花 蕊 臣不敢直说。

赵匡胤 直说无妨。

花 蕊 谁是凶手，臣妾实不知情，唯是……唯是当夜我夫身死，不到一个时辰，就有人闯入我房，迫我嫁他为妇。（一槌，赵“啊”一声）说有预谋，似非臆断！

赵匡胤 这人是谁？

花 蕊 王全斌。

赵匡胤 又是他，可怒呀！

（唱快点）此人放肆胆包天，立即严查，

（转滚花）朕为你申冤解怨。

花 蕊 （接唱） 若得沉冤昭雪，臣妾永谢至尊！

赵匡胤 不用谢。

（接唱） 来来来，聊备薄酒，慰卿遭逢巨变。

花 蕊 孝服在身，不便饮酒，臣妾告退了。

赵匡胤 不忙告退，朕有话要问爱卿你呢。坐下来吧。

花 蕊 臣妾谢坐。

赵匡胤 （唱） 朕的王皇后，死去已多年，

至今缺梓童，为朕掌宫院。

身虽为皇帝，冷落似枯禅。

花 蕊 （接唱） 何不命掖庭，为皇选美眷？

赵匡胤 （接唱） 佳人今幸得，天赐朕良缘。

花 蕊 （接唱） 伊人在何处？妾为皇祝愿。

赵匡胤 （接唱） 远在天边，近在眼前。

花 蕊 啊，近在眼前？

赵匡胤 就是眼前的好爱卿你啊！

花 蕊 （十分意外）陛下，请不要戏言。

赵匡胤 绝非戏言。

（唱） 卿初次入宫，朕见玉面，

既羡卿美，更感卿贤。

卿举止高雅，谈吐新奇卓见。

朕内心倾慕，却不敢明言。

今日感谢上苍，天从人愿。

朕要立卿为后，与卿君临天下，

作一国之尊。

花　蕊　（乙反清歌）

但得陛下垂怜，臣妾感恩不浅。

怎奈才庸貌陋，不配侍奉君前。

况是新寡之身，余哀未断，

难从皇命，望陛下另选名媛。

赵匡胤　（转乙反木鱼）

爱卿天生丽质，人所共见。

花　蕊　（接唱）　上述并非谦话，实是肺腑之言。

赵匡胤　（接唱）　望体念朕躬，好作双飞燕。

花　蕊　（接唱）　感怀身世，难效凤和鸾。

赵匡胤　朕一片真情，卿幸勿固拒。（上前轻拥花蕊夫人腰）

花　蕊　（急挣脱，下跪）臣妾也有话要问陛下。

赵匡胤　什么话，请讲。

花　蕊　陛下发迹之前，曾在盗窟之中救出一位孤身女子，不辞跋涉，护送回家，故有千里送京娘的传说，此事当真？

赵匡胤　真有此事。

花　蕊　敢问陛下，护送这美貌女子，长途相处而不及乱，却是为何？

赵匡胤　朕与她萍水相逢，挺身相救，岂可及乱。此乃礼义。

花　蕊　是礼义么？陛下发迹之前讲礼义，称帝之后又如何？

赵匡胤　礼义不敢忘。

花　蕊　既然不忘礼义，何以对妾却这般相迫。（委屈抽泣）

赵匡胤　这个……朕之慕卿出于真诚，并非轻狂相迫，情有所钟。君子好逑，此乃人之常情。皇帝也有七情六欲啊，请爱卿体谅。

花　蕊　臣妾国破家亡，有万种凄凉，千般苦况，陛下可有体谅？（更悲恸）

赵匡胤　这……这也是，是朕对卿爱慕太深，操之过急了。也罢，既然如此，入宫之事，权且不谈。

花　蕊　谢陛下。

赵匡胤　唯是爱卿毋忘朕一片爱慕之心啊！

花　蕊　臣妾告退了。

赵匡胤　（无可奈何）唔……

花　蕊　陛下可不要忘记为妾申冤。

赵匡胤　好，待有消息，朕即召卿入宫。

[花蕊夫人下。

赵匡胤　即传王全斌，刀斧侍候！

内　传　遵命。

[侍卫军上，两厢林立。

[王全斌上，恭跪在地。

赵匡胤　王全斌！

王全斌　臣在。

赵匡胤　（口鼓）孟昶暴死，与你可有干连？

王全斌　并无干连。

赵匡胤　（口鼓）花蕊夫人告你，孟昶一死，你即闯进房中，迫她为眷。

王全斌　是有此事。

赵匡胤　你从何得知孟昶死讯？

王全斌　（口鼓）皆因太监与御医把消息外传，臣一听闻，即去闯她家院。

赵匡胤　（口鼓）你身为人臣，擅闯人家，谁教你如此无法无天？

王全斌　（口鼓）陛下曾经说过，夺有夫之妇有碍礼教尊严。而今她丈夫已死，自问于礼义无亏，急去求亲进身自荐。

赵匡胤　胡说！（口鼓）夜闯深闺，有失检点。朕再问你，可曾下毒庆功筵前？

王全斌　没有。（口鼓）孟昶暴饮身亡，请陛下明断。

赵匡胤　（口鼓）若是查明，该当何罪？（半句）

王全斌　（接念）杀人填命，理所当然。

赵匡胤　好呀，先行押下。传赵丞相与曹彬卿家。

太　监　遵旨。（下）

[戍卫军押王全斌下。

[赵普、曹彬上，见状大惊。

赵　普　敢问陛下，王全斌又犯何罪？

赵匡胤　孟昶猝死，花蕊夫人告他，在庆功宴上有下毒之嫌，王全斌矢口不招，请卿立即查个明白。

赵　普　遵旨。

赵匡胤　秦国公孟昶已死，花蕊夫人德容兼备，朕拟纳入宫中，封为皇后。

赵　普　（大感意外）花蕊夫人乃亡国之妃，怎能统率宋宫，母仪天下，还请陛下三思。

赵匡胤　什么亡国之妃？朕立了她就是大宋兴国之后了，不要学迂夫子之见。择个吉时，册立便是。

曹　彬　且慢，臣有话启奏。

赵匡胤　是否立后之事？

曹　彬　正是。此人在蜀，力主出兵抗宋。还请赐尚方宝剑，上前线督军。

赵匡胤　这是归降前的事了。两国相争，各为其主嘛。当时能忠君爱国，倒也节义可风。朕敬慕于她，正是这一点。朕意已决，不必多言。（气冲冲拂袖而下）

赵　普　（滚花）　陛下如此偏执强词，实为少见。

曹　彬　陛下受惑太深了。

（霸腔滚花）

她她她，不服大宋，心怀异端，

立为皇后，无异引狼入室，万分危险。

事关大业成败，我要冒死进言。

臣为主忧，死而无怨。（拉腔，撩袍欲走）

赵　普　且慢。

（接唱）　此际进言触圣怒，

必须详议策周全。

曹　彬　丞相教我。

赵　普（接唱）　赶快为陛下另找新欢，

免他对花蕊夫人眷恋。

曹　彬（接唱）　一时找不到人选又怎样?

赵　普（接唱）　那时要釜底抽薪，断却祸原。

[赵与曹耳语。

曹　彬　好，剪除花蕊，当机立断。

[两人同下。

[暗灯。

第七幕

[内室。

[花蕊夫人凭窗远望。

花　蕊（唱雨霖铃）

庭台静悄，雾锁西窗，

怅望长空，国丧人殇，

愈想愈断肠。

（转南音）身纵孤孀，心无别向，

龙鳞可逆，羞与成双。

他是否死心，实难料想，

对堂堂帝主，我终是挡车螳螂。

思念前情，

（转乙反南音）

难忘孟昶，

怜他凄然弃国，暴死他乡，

愧我无能，助他把乾坤执掌，

百身无可赎，谁与话凄惶。

（转乙反滚花）

唯借丹青为他绘成画像，

晨昏祷告膜拜焚香。（挂起孟昶画像，点香跪拜）

（滴珠乙反二黄）

我跪尘埃，展拜夫君孟昶，

哀哉尚飨，献我一片心香，

祝你在天之灵，安乐永享。

［李昊上。

李　昊　花蕊夫人，恭喜，恭喜。

花　蕊　李大人，喜从何来？莫非大人又得到了宋朝的高官赐赏？

李　昊　非也。听说宋皇陛下有意立夫人为后，是以道喜来了。

花　蕊　你怎知道？

李　昊　朝野已有传闻。

花　蕊　你相信吗？

李　昊　怎能不信？夫人天姿国色，才华锦绣，该当皇后。

花　蕊　该当皇后？

李　昊　该当皇后。

花　蕊　如果我不想当呢？

李　昊　不想当？机不可失啊。

（板眼）　宋室兴昌，蒸蒸日上，

宋皇享国，长治久安。

皇后在一人之下，万人之上，

说不尽荣华富贵，如意吉祥。

花　蕊　（冷笑，唱）

上次劝我出城投王全斌原是你，

这次又来劝我入宫伴宋皇。

听讲前蜀后蜀两次降表都是你写，

为何投降屈服你如此在行。

李 昊 迫于时势，随机应变。

花 蕊 投机取巧，辱国丧权。

李 昊 不过忍辱负重。

花 蕊 实乃苟且偷生。

李 昊 这次劝你入宫，绝非苟且偷生，而是册封皇后，福享尊荣啊！

花 蕊 册封皇后，福享尊荣？（生疑，追视李昊）难道有人差遣你来做媒人说客？

李 昊 并无其事。

花 蕊 那你怎知内廷之事？

李 昊 我是在赵丞相府中听闻。昨日丞相请我过府查问，秦国公猝死，是否被人毒害之事。

花 蕊 你怎知此事？

李 昊 那天庆功席上，我与秦国公同台饮宴。

花 蕊 实情怎样？

李 昊 酒宴之上——

（长句滚花）

王全斌，坐在旁，

忽然离座语轻狂，

说什么亡国之君败兵之将，

不配与他同桌共觞。

国公听闻火冒三丈，

怎奈大庭广众不便张扬，

只好闷头饮酒饮到摇摇晃晃，（旬）

归来不料竟醉倒身亡。

花 蕊 （接唱） 酒中是否有毒？

李 昊 （接唱） 看来不像。

因为大家同饮一样酒，

酒如有毒，大家都会一样死伤。

花 蕊 如此说来，他不是被人毒死，而是被人气死了。

李　昊　正是。唉，这又何必呢？为了两句话竟至于死，值得吗！

花　蕊　值得！

（唱二黄）痛念国破家亡，故主忧怀不放。

席上遭人奚落，能不血气偾张。

比起忍耻偷生，真个距离天壤。

可叹小人无行，犹自说短谈长。

李　昊　这样说来，他是死得馨香了？

花　蕊　当然馨香！若不明白——

（滚花）　请过来一看是谁人画像？

李　昊　（看像）是秦国公的。

花　蕊　不对，这是蜀王陛下，我的丈夫，你的主上。可还记得，忠臣不二君，贞妇不二夫。

李　昊　这……夫人说的也是，老夫年事已高，早日告老回乡，不受宋朝福禄。

花　蕊　该当如此。

李　昊　唯是夫人，年少青春，不再婚嫁，难道守寡到老不成？依老夫之见，还是入宫去好。你不入宫，王全斌贼心未死，恃势凌人，他会放过你吗？一个亡国之妃遭人白眼、糟践，你受得了吗？皇上封后谕旨，你抗不接受，他会放过你吗？权衡利害，请夫人三思而行。老夫告辞了。

［花蕊夫人陷入深深的沉思，良久不语。

［李昊悄悄退下。

花　蕊　（唱紫云回）

心忧伤，怕想象，

重压千斤我怎抵挡，

救苦救难啊观世音，

信女哀哀盼得渡慈航。

哪里去找观世音呢？

（转乙反二黄）

想那宋帝主，颇符人望，

行仁尚义，是个好帝皇。
按理度情该有人情讲，
不致以势相迫暴虐轻狂。
（转煞板）但只愿观音大士，
乃是宋皇！
（捧起孟昶像）大郎保佑我！（抽泣）
[灯暗。

第八幕

[宋宫。
[张灯结彩，笙乐喧鸣。宫娥太监穿梭张罗，边忙边唱。
齐　唱（新曲）五彩缤纷，乐动灯红。
金秋未送，春到皇宫。
赐宴群臣，底事得宠？
[赵普、曹彬上。
曹　彬　他们说“赐宴群臣，底事得宠”。赵丞相，你可知道？
赵　普　我怎知道啊。
（滚花）皇上置酒相邀，乐得肚皮受用。
曹　彬　你不知？
（滚花）定是择来吉日，宣示册封。
赵　普　是么！
（接唱）如此进谏无功，只合做酒囊饭桶。（打哈哈）
[赵匡胤笑上。
赵匡胤　两卿家来了。
赵、曹　来了。
赵匡胤　两卿的话朕都听到了。

（接唱） 两卿忠言相谏，朕岂无动于衷，

册立花蕊为后，原是欠些慎重。

朕改封她为妃子，两卿是否赞同？

赵、曹 陛下明鉴。

曹 彬 妲己灭纣，西施亡吴，貂蝉间董，亡国之祸，皆由女色。大宋初立，岂能大意，还望陛下三思。

赵匡胤 朕自有主意。

［太监上，与赵匡胤耳语。

［赵匡胤欣然随太监下。

赵 普 （快中板）改封为妃，虽有变动，

曹 彬 （接唱） 封妃封后，同是入宫。

赵 普 （滚花） 你意如何？

曹 彬 （接唱） 俟机而动。

［赵匡胤领花蕊夫人上。

［赵、曹两人与花蕊夫人照面后径下。

赵匡胤 秦国公死因，卿明白了吧？

花 蕊 臣妾已听李昊大人讲过，倒也明白。唯是庆功筵前，王全斌大人，出言不逊，气死我夫，该当何罪？

赵匡胤 交刑部审议，按律惩处，卿该满意了吧。还有别的要求么？

花 蕊 有呀，求陛下格外开恩。

赵匡胤 讲吧。

花 蕊 臣妾请求回归西蜀故土。

赵匡胤 要回西蜀？回去则甚？

花 蕊 （唱） 不能学花木兰为国建功，

也要效曹大家著书献奉。（家读姑）

回西蜀置身于巴山蜀水，

黎民百姓之中。

拿起笔写尽那家破之苦，

国亡之痛。

（转调） 为后世有国有家者戒，

为世人发聩振聋。

赵匡胤 好呀！

（唱） 爱卿志向堪嘉，令人敬重，

何不留在汴京，住我宋宫。

展你雄才，写我堂堂大宋，

写大宋立国兴邦之道，

写大宋一统中国之功。

为千秋万代立楷模，

留与后人传颂。

花　蕊 （唱） 难当此大任，恕臣妾愚蒙，

况宋室国情，我不熟不懂。

赵匡胤 （唱） 朕定把国情相告，只要卿肯留宫。

花　蕊 谢陛下。

赵匡胤 （亲昵地）今日朕要留你在宫，封爱卿为妃子。

花　蕊 谢陛下。

赵匡胤 妃子是暂时的，一俟廷议稍缓，朕即封你为皇后。

花　蕊 谢陛下。

赵匡胤 这就定下了。

花　蕊 不能呀陛下，让臣妾走吧。

赵匡胤 留下来！朕给你荣华富贵，位极人臣，三宫六院，宠幸一身。

花　蕊 臣妾不配，请另择佳人。

赵匡胤 今夕吉日佳期，大宴群臣，封卿为妃，岂不一切成空？

花　蕊 陛下恕罪！

赵匡胤 你真不答允？

花　蕊 事关大义，不敢欺君。

赵匡胤 你可知，这是却了朕的情！

花　蕊　这……

赵匡胤　这是伤了朕的心!

花　蕊　这……

赵匡胤　这是违背朕的谕旨。

花　蕊　（下跪）陛下是仁义之君，请恕臣妾这一个苦命之人。

赵匡胤　也罢，你这也不是，那也不从，那就无怪朕了。而今摆在你面前有两条路，一是顺我，生路；一是逆我，绝路。由你选择吧。（向内招手）

［太监捧酒上，把酒放在桌上，即下。

赵匡胤　（拿起酒壶，斟满了一杯酒）若不遵从，即饮下这杯酒吧。

花　蕊　（意外震动，唱散板）

止不住心头热血，

汹汹上涌。

（转十字清）

好帝王顿时变作杀手元凶。

说什么仁义不忘毫无信用，

什么万民表率今已暴露尊容。

盼什么救世观音，徒自痴人说梦。

（困曹中板）

一朝反颜，把人往死里送，

一杯鸩酒浇灭正气高风。

难道自古帝王都没有好种，

个个都是极恶穷凶!

（转乙反滚花）

可惜我不能遗书，写尽那亡国之痛。愿洒我血，开启愚蒙。

（捧起酒杯，念白）

但求一死酬家国，何必偷生入宋宫。

［花蕊夫人毫不犹豫，把酒一饮而尽，站立候死。

［赵匡胤徐徐拿起原来斟给花蕊夫人饮的酒壶，斟了一杯酒，自己默默地一口

一口饮下。

[花蕊夫人见状异常震惊。

花　蕊　陛下，这酒不是有毒的吗？

[赵匡胤仍然继续喝着。

花　蕊　难道陛下，不是给臣妾赐死？

赵匡胤　这是试卿的心志，并非赐死。

花　蕊　臣妾错怪陛下，恶言犯上，罪该万死！

赵匡胤　爱卿果然心正志坚，朕决意成全于你，恩准回蜀。而今你可以走了！

花　蕊　（十分感动地）陛——下！（双膝跪下）请恕臣妾……胸怀故土，情有独专。

赵匡胤　（念）　死至无情，不能强缘之断，

生至多情，不能强缘之合。

诚知姻缘是不可勉强的。起来，爱卿走吧！

花　蕊　谢陛下。（热泪盈眶，依依不舍，奔下）

[赵匡胤目送花蕊夫人下场，难过地坐下喝酒。

[场内传来惊呼和嘈杂之声。

[太监神色慌张地上。

太　监　陛下不好，花蕊夫人被曹彬大人乱箭射伤了。

赵匡胤　你说什么？

太　监　花蕊夫人刚出宫门，便给曹彬大人预伏的弓箭手射至重伤。

[宫女们把重伤的花蕊夫人扶上抢救。

[赵匡胤见状，怒不可遏。

赵匡胤　快传曹彬。

太　监　（向外）快传曹彬。

[曹彬在赵普及群臣的簇拥下，齐上。

赵匡胤　曹彬大胆！

[曹彬下跪。

赵匡胤　（快慢板）杀佳人，谁叫你，肆意行凶？

曹　彬　（接唱）　亡国妃，乱宫廷，焉能放纵。

赵　普　（接唱）　曹大人，除花蕊，是为主效忠。

赵匡胤　什么“乱宫廷”，什么“为主效忠”，你们好糊涂呀！

（七字清）恩准她回西蜀自奉，

夫人重义死不入宫！

（滚花）　你滥杀好人令孤心痛。

曹　彬　（惊呆）臣实不知情，请陛下降罪。

众　臣　（纷纷下跪）请陛下宽容。

赵匡胤　宽容？（火上加油，唱霸腔滚花）

杀人填命，国法难容。

花　蕊　（在宫女怀中唱倒板）

痛彻心脾，山摇地动。

［花蕊夫人挣扎起身，走向赵匡胤，一宫女手拿着带血的箭，一手搀扶着夫人。

花　蕊　（滚花）　臣妾我、我这蒙害者……

也求皇上给他宽容。

赵匡胤　（深感意外）为什么？

花　蕊　（口鼓）我得陛下恩准回蜀，为后人写亡国之痛。不料未酬壮志，血溅深宫。亡国者难免亡身，本在意料中。曹大人杀我与西川救我一样，旨在忠君爱国，得人敬重。我西川欠此忠良，才招至灾难重重……我也希望大宋安邦定国……我……我恳求陛下宽容！

赵　普　（感激地）夫人大量！（拱手）

曹　彬　（内疚地）谢夫人！（拱手）

众　臣　（不约而同）谢夫人！（一齐拱手）

花　蕊　（口鼓）女人之名不叫妖孽，不叫祸水，所谓妲己祸国，乃史书言之过重。她不过是个女子，因美貌得宠，时逢失国才把恶名蒙。西蜀沦亡，说责在花蕊，不在当国诸公，颠倒是非令人心痛。我今被害，都是出自大人歧见，枉法不公。可知多少女儿巾帼，义薄古今，无愧于众，无愧于国，无愧于列祖列宗！

［花蕊夫人伤发，咯血，挣扎介。

花　蕊　（唱沉腔滚花）

唉……

忽觉五内翻腾，

血如潮涌。（昏厥，身亡）

[全场震动。有人呼叫“夫人醒醒，夫人醒醒”。有宫女哭泣。

赵匡胤 （在哀痛中抬起头来）赵普卿家。

赵　普 臣在。

赵匡胤 花蕊夫人葬礼由你主理，灵柩送回西蜀，加恩厚葬。那王全斌，屡将夫人侵犯，要他披麻戴孝，为夫人送丧。

赵　普 遵旨。

赵匡胤 曹彬听着。

曹　彬 臣在。

赵匡胤 （口鼓）夫人为你讲情，朕也感动。唯是你今日之过，死罪可免，活罪难容，将你调离汴京，降位使用。预防边患，节制辽东。

曹　彬 谢主隆恩。

赵匡胤 好呀。

（唱）　杠杀佳人孤悲恸，

辍朝三日哭深宫，

夫妻灵柩向成都送，

遂她遗愿表我恩隆，

墓前刻石千秋颂。

忠贞不二，志节可风。（煞板）

诉衷肠，怀断梦，

搔首向苍穹！

[众臣纷纷下跪。在一片三呼“万岁”和“陛下圣明”声中，赵匡胤谦逊弓身，让众臣起立。定格。

[大幕下。

[剧终。

（剧本版本：《南粤剧作》1990年第4期。）

·粤剧卷·

铁血红伶

编剧：周庆业

人 物 表

李文茂　　男，凤凰仪戏班领班。

张自芳　　女，天京来使，后为凤凰仪戏班艺员。

李文秀　　李文茂的姐姐，凤凰仪戏班艺员。

李文玉　　李文茂的妹妹，凤凰仪戏班艺员。

杜　培　　男，凤凰仪戏班艺员。

何　嫂　　凤凰仪戏班艺员，兼管红船生活。

和尚能　　男，一名邝能，凤凰仪戏班拳师，和尚。

刘　标　　男，凤凰仪戏班艺员。

铁匠李　　男，老铸铁工，戏迷。

陶工周　　男，陶瓷艺人，戏迷。

刘　嫂　　纺织工人，戏迷。

菜农张　　女，菜农。

王秀才　　男，佛山镇穷秀才，戏迷。

小　贩　　男，戏迷。

张师傅　　男，老铸铁工。

大　虎　　男，铸铁工。

细　牛　　男，铸铁工。

三　珠　　男，铸铁工。

知　县　　男，南海县令。

雷大广　　男，南海县乡勇总教头。

师　爷　　南海县师爷。

乡勇、团丁，艺员、铸铁工、义军战士若干人。

序 幕 天京来客

[夜。

[佛山古镇城门头。墙壁上隐约可见防范长毛乱党的告示。

[雷大广率团丁巡夜。

[一蒙面黑衣人上，此人就是天京来使、女扮男装的张自芳。她欲进镇，突然暗处跃出众团丁截杀她。双方格斗，雷大广扯下张的面巾，张卖个破绽，连发暗器，二团丁惨叫倒毙。张乘机进镇隐去。

[切光。

第一场 码头智斗

[清，咸丰年间。傍晚。

[佛山。水上关帝庙码头。

[幕后合唱：

梨园歌舞赛繁华，
一带红船泊晚沙；
但到年年天贶节，
万人围住看琼花。

[幕启，音乐。

[乡民、小贩、铁匠李、刘嫂、陶工周、王秀才等汇集码头，迎候李文茂的红船归来。这些人大多是李文茂演戏的热心看客。张自芳着男装亦在其中。

铁匠李 周师傅也来了？

陶工周 是啊，文茂的红船今天回来，能不来接吗？

铁匠李 是啊，两个多月没看他的戏了，很想他呀！

小　贩 哎，李师傅，您总看文茂叔的戏，您说，他哪个戏最好？

铁匠李 哪个戏最好？（想）

陶工周 （抢答）《芦花荡》。

（三脚凳）李文茂担纲，

场场皆好戏；

最好《芦花荡》，

他演猛张飞。（从怀中取出一陶瓷人）

（滚花） 我照文茂样子烧出来，

你们看看似不似？

铁匠李 （端详）嗯，像。

（接唱） 真是形神皆酷肖，

你的手艺确神奇！

小　贩 喂，周师傅，把这个“猛张飞”卖给我吧。

陶工周 不行，不行，我是特意烧制送给文茂的。

王秀才 （凑上前去）列位，照我看，文茂的拿手戏当属《王彦章撑渡》，单说那一撑船的动作——（说着说着模仿起来，因难学跌倒在地，众人大笑）

[菜农张挑担上。

菜农张 哟，王秀才，你这是怎么了？

王秀才 （自我解嘲地）还得练，功夫不到家。

刘　嫂 哎，日头已偏西了，红船怎么还不到？

陶工周 是啊，早该到了。

[众人走向岸堤张望。

铁匠李 张嫂，你这是？……

菜农张 听说文茂今天回来，这担菜不卖了，给红船送去。

铁匠李 好一份心意呀！

菜农张 （白榄） 戏班近来也不景气，

全靠大家捧场来周济。

只是我难和你们比，

一天不卖菜，

“沙煲”便吊起。

铁匠李 （白榄） 这回我也睇不成戏，

官府派下了重活计。

命令铸炮四十门，

谁还有空看大戏。

抽身来见文茂面，

就得赶回工棚去。

张自芳 这位师傅，听人说，十日不看李文茂的戏，食不香，睡不着，他的戏，真那么好看？

陶工周 后生仔，看来你没看过他的戏，此话不假。

小　贩 文茂叔不光戏好，人更好……

刘　嫂 （抢说）他轻财仗义，常给大家解难扶危。

小　贩 （抢说）就说那一次……

[此时突然有人高喊：“凤凰仪班的红船到了！”

[众人涌向岸堤。

李文茂 （内唱引子）

遥望码头心激荡！——

[李文茂引李文秀、李文玉、和尚能、何嫂、刘标、杜培上。

众乡民 文茂！

李文茂 （滚花） 有劳迎候，文茂愧不敢当。

[音乐。

[李文茂等步下岸堤，与众乡民一一相见。

[少顷。

铁匠李 喂，大家帮忙上箱吧！

陶工周 对，想睇戏就快点帮手。

[众乡民兴奋地欲登船上箱。

[雷大广内喊：“不准上箱！”（众停步，雷率众乡勇上）

李文茂 （趋前）哦，原来是雷教头，有礼！

一乡勇 （冲出）改口，如今雷大爷不只是三十六乡乡勇总教头，还兼任清涌会副会长。

[众听到“清涌会”不解，议论纷纷。

李文茂 哦，雷副会长，失敬，失敬！

李文玉 雷教头，为何不准上箱？

雷大广 你们欠缴清涌费。

李文茂 又清哪一条涌？

雷大广 你红船所经之河道，统统要清！

李文茂 敢问需缴多少，起于何日，止于何时？

雷大广 每次通行收银二两，每月三次，你积欠一年，应缴白银七十二两。

乡　勇 （狐假虎威）一次缴清。

[众听罢均感不平，纷纷议论。

李文茂 （欲怒又止）雷会长！

（七字清）捐税日增何道理？

如此追缴太新奇。

雷大广 （接唱） 追收涌捐有告示，

若然抗缴要吃官司。

李文茂 （霸腔芙蓉中板）

我弟兄四海飘蓬，今日回故地，

纵踏遍江河万里，仍是入不敷支。

何况尚未开锣，哪有钱银交税，

望会长察情体谅，准予宽限延期。

雷大广 （接唱） 你若拖欠不交来抗拒，

除了担枷示众，还要驱逐出海隅。

（滚花） 所有积欠要交清，

短少半两为抗税。

李文玉 （韵白） 真是蛮不讲理，

饱者不知饿者饥。

陶工周 （韵白） 捐税何其多，

生民无噍类！

铁匠李 （韵白） 催逼何太急？

有苦向谁提。

刘　嫂 （韵白） 请你贵手高抬，

好让他们喘喘气。

雷大广 （滚花） 绝无情可讲，

官命不能违！

张自芳 雷会长！

（胡姬怨）抽捐催税，

怎可强征不讲理！

疏涌清淤，

捐比河沙多一倍，

税与日俱增，

清淤没人提。

河床浅窄，

江海变沟渠，

吸尽民膏苦了黎庶。

［张自芳一席话，引起李文茂和雷大广的注意，两人均感到张自芳面熟。……

雷大广 （气极）你是什么人？

张自芳 （一时无措）我……

雷大广 （转向乡民）你们哪个认识他？哪个认识他？

［众乡民不认识张自芳，均未敢答话。

雷大广 哼哼！你不是此地人！

（滚花） 你妖言惑众不知死，

定是“长毛”不用疑！

来人，将他拿下！

［众乡勇上前欲捕自芳，气氛十分紧张。

李文茂 （机智地）哈哈哈！……雷会长，你真是踩住芋荚当蛇，竟将我新收的徒弟当作“长毛”！哈哈哈……

雷大广 他是？……

和尚能 （赶忙接过）对，是文茂新收的徒弟。

李文茂 （佯嗔）小兄弟，不该出言冒犯雷会长。

[说罢示意张自芳站到自己身边来。

雷大广 （恼羞成怒）李文茂，哪管你真收徒假收徒，这小子辱骂官府，胆大包天，今日我就要教训教训他！

[雷说罢趋前欲对自芳行凶。

李文茂 （制止）雷会长！

（七字清）何必动武伤和气，

恃强凌弱勇者不为。

雷大广 （快慢板）你抗捐，还将他公然护庇，

莫不是，想与我来比高低？

李文茂 （接唱） 我卖艺在江湖只识演戏，

练武人，讲武德，岂能惹是生非。

雷大广 （接唱） 谁叫你，强出头，与我作对，

雷大广，岂容你，当众剃我眼眉。

（滚花） 若是你赢，清涌费免交，

准你上箱做大戏。

若然我胜，捐收双倍，（指张自芳）

还要将他拆骨煎皮。

[雷说罢出手向李文茂打去，步步进逼，李只闪躲，不还手。雷停手。

雷大广 李文茂，你怎不还手？

刘　标 （闪出）你未同我较量，怎配与我大哥交手。

雷大广 好，叫你先败我拳下。

[雷与刘交手，刘力怯，终不敌，李文茂使出一招，推开雷大广。

李文茂 不要打了，胜负已分……

雷大广 哈哈，他输了。（对文茂）你来！

李文茂 你输了！

雷大广 胡说！

李文茂 雷教头，方才交手之时，你已被他点了“精灵穴”！

雷大广 呀呸！还死鸡撑饭盖，若不是你拦阻，他早就吐血啦！哈哈哈……

李文茂 雷教头，我不骗你，若然不信，可用你右食指，稍为按一下你气门第二条肋骨之“血关穴”，如有痛感，三天之内，吐血身亡。

雷大广 （疑信参半，用右手按了一下，确感疼痛，面色顿变，扑通跪地）李大哥，刚才多有冒犯，你大人不记小人过，救救我吧。

李文茂 起来吧。（从怀中取出一包药粉）这是少林“复生散”，去瘀生新能活命，拿去吧。

雷大广 （连连叩头）多谢，多谢！（转身就跑）

[和尚能叫住雷。

和尚能 喂，记住，一月之内切忌运气，不能练武，否则闭脉伤经，终身残疾！

雷大广 知道了，知道了！（与众乡勇仓皇逃遁）

[全场大笑。

刘　标 大哥，我本不会点脉，为何他？……

李文茂 我见你敌不过，让他自己点了自己的穴门。

[众惊悟，佩服文茂机智和出手不凡。

[张自芳上前跪拜。

张自芳 李师父！弟子拜见。

李文茂 （一怔）小兄弟，我不认识你，为何称我为师？（扶起）

张自芳 咦？刚才你不是说，我是你的徒弟么？

李文茂 哦，适才不过解你之危！

张自芳 师父啊！

（七字清）崇尚严师明事理，
解危救困赖扶持。
请收我为徒，跟你学戏，
侍奉终身永不离。（再次跪拜）

[李文茂摇头走开。

杜　培（滚花）　真是一种米食百样人，
　　我正想改行，他偏要学戏。

李文秀（接唱）　学戏练功要挨尽苦，
　　谁不脱了几层皮。

李文玉（接唱）　这行食无准点睡无地。
　　还要到处受人欺！

张自芳（接唱）　我投师学艺志已坚，
　　若不收留，我长跪不起。

[李文茂虽感其诚，终不忍他步入下九流戏行。

李文茂（推脱地）你纵有诚意，奈我班中缺女不缺男。

张自芳（暗喜）此话当真？

李文秀（无心地）当真。

张自芳　不食言？

李文茂　不食言。

张自芳　这就好！
（快中板）我本巾帼非须眉，
　　有请师尊看仔细。

[张自芳卸去男装现女容。

[众人惊愕，李文茂不觉哑然。

陶工周　哟，真是个靓女！

和尚能　文茂，话出如风，不可食言啊！

众　人　文茂，收了她吧！

李文茂（毅然地）好！收下！（挥手）
（接唱）　上箱演戏莫延迟！

[众人喜气洋洋，来往穿梭上箱。

[切光。

[幕闭。

第二场　风波知己

［数天后，清晨。

［凤凰仪班红船上。

［张自芳上，因未能向李文茂交派使命，心绪不宁。

张自芳　（归时）　抵珠江，落班上，
身虽得寄心内却不安。
军师知我与文茂少小多有交往，
交派重任，到此传言，
谁料无从说真相，
军机误了天兵必遭创！

［李文秀上。

李文秀　阿芳，阿芳！

张自芳　哦，秀姐。

李文秀　你好像心事重重，是不是不习惯红船上的生活？

张自芳　（掩饰真情）秀姐！
（二黄）　我拜师从艺已多天，
未得师传劳梦想，
宝贵时光如水逝，
满怀热望愿难偿。
恳请秀姐帮忙，
替我求情把话讲。

李文秀　（接唱）　他既然将你收下，
何用焦急着忙。
近来景况不佳，
戏班濒临绝唱。
弟兄生活难为继，

文茂寝食也不安。

（流水南音）

今年雨稀逢天旱，

四乡各地闹饥荒。

下乡演出无人接，

班中隔宿已无粮！

（滚花） 他哪有闲心教戏文，

非是冷落门徒，

你要将文茂来体谅。

［杜培上。

杜　培　（早有此心）阿芳，文茂大哥没闲心教你，我可以教你。

李文秀　杜培，你真多事！

杜　培　嗳，不可冷落了她的心哪，哈哈……

［李文秀下。

杜　培　阿芳，学戏何必一定拜师。喏，我就是靠偷师入行的。我没有师父，但各个“行当”我都会做，你说，想学哪一行？

张自芳　（敷衍地）我样样都想学。

杜　培　样样都想学？……（端详张自芳）啊！那天你扮男装真靓，最适宜唱小生。来，我先教你做小生。看！

（三脚凳）轻抬八字脚，

拂袖似拨垂杨。

举止要温文，

才显得风流倜傥。

见了佳人忙施礼，

（转芙蓉尾）

钟情一见凤求凰。

啊，莺莺小姐，小生杜培年方二十九岁，尚未娶妻。……

张自芳　（笑）哈哈……杜培师父，你记错台词了，《西厢记》里，张生初遇莺莺小姐时，说的是小生张珙，不是杜培。哈哈……

杜　培　（假装正经）嗳，做戏要紧的是投入，我是假戏真情。喏，你是我眼里的莺莺，我么，就自比张生了。哈哈……来，来，来，方才说到“尚未娶妻”……

张自芳　不要了，不要了！你的样子像个奸臣。

杜　培　（讨好地）奸臣，我也做得来。“天高未为高，人心更重高；未登天子位，先占杀人刀！”

张自芳　哎呀，怕人！看你那模样，若真的当了奸相，一定要杀我。

杜　培　啊，我怎么舍得杀你。

张自芳　不要了，人家是来学花旦的……

杜　培　（不知趣地）我也扮过男花旦的。（边说边做）“奴家今年十八岁，独对孤灯盼佳期。”……阿芳姑娘，你盼不盼佳期呀？

［杜培说罢去拉张手，张避开。

［李文秀上。

李文秀　杜培，放尊重些！人家初到红船，你动手动脚胡教些什么？

杜　培　教什么？教戏嘛！生、旦、净、末、丑，杜培行行有，她要学，我就教，难道教戏执手执脚也犯行规？！（说罢烟瘾发作，连打呵欠，怒冲冲下）

李文秀　阿芳，杜培是凤凰仪班的丑角，尚有些技艺，就是爱抽鸦片，还总对女孩动手动脚。为了这些，文茂不知和他吵过多少次，也无济于事。

张自芳　啊？！

李文秀　阿芳，他可曾欺侮你？勿怕，对我讲。

张自芳　秀姐，你放心，我不会被人欺侮的。

李文秀　这就好。

［何嫂担筐上，回船。

李文秀　何嫂，买来些什么？

何　嫂　阿秀！

（西皮）　天蒙光，我匆匆离船进山乡，
卖破铜，斤八两。
心筹算，换米粮，

度灾荒！
红船人众多，
生计无指望。
苦煞舟中人，
难知真相，
文茂他把衣裳典尽，
景况凄凉！

（滚花）“米珠薪桂”度日难，
物价天天往上涨，
买得些许隔夜油炸粽，
大家将将就就塞饥肠。

李文秀 难为你老人家了。

张自芳 我帮你抬。

[张自芳、李文秀、何嫂同下。

[少顷，李文茂掮半袋米，登上红船，放下米袋，怅然远眺，忧心忡忡。

李文茂 （诗白）江水滔滔如有恨，
心似狂潮逐浪奔。

（锦城春）江河，奔腾！
船到江心逆流阵阵，
鼓歇锣停，不复响遏行云。
苛政残民，
令我怀义愤！
官贪吏恶苦了黎民。
天昏昏，大地乱纷纷，
大山重压仇与恨！
我披金甲，上战阵，
挥刀剑，冲锋陷阵，
一呼百应，

奈何我是个伶人！

怅望南京烽烟，

擂鼓惊天，

恨俺未能闯敌阵，

举真刀，勇冠三军，

除蛇蝎，扫乌云！

[李文茂激奋之情无以宣泄，愤打木人桩。

[张自芳捧粽子上，见状欣喜。

张自芳 （十字中板）

只见他，双目圆睁怒火喷，

奋挥拳，如同对敌“打真军”。

他心中，强压新仇和旧恨，

未忘怀，“金田”英烈血仇深！

（滚花） 仇恨泄向木人桩，

义愤填膺图解恨。

正好乘机将我来意表，

（转念）话到唇边……吐复吞。

[张欲捧粽给文茂，忽闻李文玉内喊：“大哥！”张遂止步。

[李文秀、李文玉自内舱上，亦手捧粽子。

李文秀 哦，阿芳也在。兄弟，怎么天未亮便起来打桩，看你累得满头大汗。（给文茂拭汗）

李文玉 大哥，你是顶台梁，班中柱，累坏身子，谁人替你担纲？

李文茂 你不用担心，大哥体健如牛壮，常言曲不离口，拳不离手，须知一曝十寒。这半袋米碎，交与何嫂掺菜熬粥吧。

李文秀 又是哪一个相赠？

李文茂 还不是我们那些穷苦弟兄。

[众感动得连连点头，文玉提起米袋与文秀欲走，文秀想起了什么，止步。

李文秀 文茂，阿芳恼着你了？

李文茂 一定怪我没有教她戏。

李文玉 人家来了十多天了呀，收了徒弟又不教，不负责任！

李文茂 好，现在就教。

李文秀 那就好，先吃过粽再教吧！（与文玉下）

张自芳 （趋前）师父，食只粽吧。

[李文茂不用，示意放下。

李文茂 阿芳，我们凤凰仪班的规矩，未学戏先练武，你怕不怕苦？

张自芳 不怕，你教什么，我便学什么。

李文茂 好，先学“扎马”，马步不稳功不深，这样做。

[李文茂示范，张自芳模仿，李连续变换动作，张亦步亦趋。李见状甚喜，复又加力试其步法，张亦稳健。

李文茂 （旁唱减字芙蓉）

这姑娘来历不凡，
学艺聪明天纵。
看她步稳如磐石，
不似初练扎马功。

张自芳 （旁唱前曲）

我故隐庐山真面容，
他认不出来真大懵。

李文茂 阿芳，我再教你拆两度散手。（对她的学艺感到惊奇）

（前曲） 看这姑娘何面善，
似非今日初相逢。
她出手快而轻，
拳脚刚柔互用。

张自芳 （旁唱前曲）

看来他已觉察我，
与他同派艺同宗。

李文茂 阿芳，方才你我交手之时，你闪躲腾挪有序，一定学过武功？

张自芳 我幼年曾习少林拳。

李文茂 开山师父是谁？

张自芳 是家父。

李文茂 原来姑娘也是武林之后。令尊现在……

张自芳 家父已不幸中年弃世！

李文茂 （感叹地）可惜呀！不知令尊向操何业？

张自芳 家父是广西柳州城郊菜农，皆因朝廷税捐如毛，进城倒尿也要收捐，家父忍无可忍，一怒之下，打伤税吏，被官府罗织罪名，说他私通“长毛”，反叛朝廷，惨被杀害！

李文茂 又是反叛，如此深仇大恨，难道你不想替父报仇？

张自芳 怎么不想！

李文茂 前不久太平军攻克南京，你有一身武艺，不去投效天王，却来此学戏，你走错了路啊！

张自芳 投效天王，岂不是造反？！

李文茂 不造反，仇能报吗？

张自芳 师父，常言道：造反难，成功更不易呀！

李文茂 此话怎解？

张自芳 （反线中板）

当年李闯王，
“一夫犹奋”举义旗，
天下农民齐奋起。
“分兵定向”破中都，
捭阖纵横十八省，
逼崇祯自缢，
奠“大顺”新基。
纵有盖世功，
终也事难成，
反叛每多难遂志！

李文茂 姑娘所言差矣！

（接唱前曲）

千古论英雄，

造反不因成与败，

古为今鉴是良师。

（秋江别中板）

你可知李闯失机，

误在分兵远奔驰。

外御清兵至，

退守失据故折义旗。

天父开天国，

兵将心齐。

整顿乾坤颁新制，

均耕地，

扶贫共富，

黎民大旱见云霓。

（滚花） 不分南北是一家，

“天下无处不均匀”，

所以众望所归无二志。

张自芳 （接唱） 照师所言清必败。

李文茂 （接唱） 太平天国胜无疑。

张自芳 好，既然如此……

李文茂 （急接唱）如此你就该离船去。

张自芳 （诧异）我？……

李文茂 对！

（接唱） 去向天王投效，

报仇雪恨此其时。

张自芳 讲来讲去，你还是不肯收下我？

李文茂 闯荡江湖，如何报得家仇国恨！

张自芳 既然执意不留，我只好再走他方。（掏出半个铜钱）还你饭菜钱，告辞！

［张将半个铜钱交与李文茂，欲行。

［李文茂发现铜钱有异，十分惊讶。

李文茂 （脱口而出）天地会！慢！

［张自芳停住。

［李文茂从怀中取出一枚铜钱，合璧一看，完全吻合。

李文茂 此物何来？

张自芳 是哥哥嘱咐我交给你的。

李文茂 你哥哥是谁？

张自芳 张大勇。

李文茂 大勇！那你是？……

张自芳 难道不认识小妹了么？

李文茂 （端详，记起）师妹！

张自芳 师兄！

［二人兴奋地聚在一起。

李文茂 一别……十多年，想不到今天能见到你。

张自芳 这就叫，有缘千里能相见呀！

李文茂 是呀，怪不得初见你时就觉得面善，但一时竟想不起来了。

张自芳 那现在呢？

李文茂 现在连你的小名都记起来了。

张自芳 叫什么？

李文茂 朵朵。

张自芳 哎呀，羞死了。

李文茂 只因你喜爱蜡梅花，常常一朵朵摘下来，扎在辫子上，所以都叫你做“朵朵”，哈哈……

［张自芳突然垂泪。

李文茂 阿芳，你哭什么？

张自芳 如果爹爹能看到今天，该多高兴啊！

李文茂 是啊，师父还在就好了。阿芳，大勇现在何处？

张自芳 现在天王部下为将。

李文茂 天王可好？天国情形怎样？快快告诉为兄知道。

[杜培暗上。

张自芳 师兄，我此来找你，正是奉了天工之命。

李文茂 哦，原来你是……

张自芳 （点头）天京特使！（李文茂异常兴奋，正襟而坐聆听命令）天王命你尽快与陈开和陈金刚联系，复兴天地会，找寻旧部，组织四乡民众，配合太平军，伺机起事。

李文茂 文茂决不负天王重托！

张自芳 还有一事十万火急！

李文茂 何事？

[张自芳警觉地四下扫视。

[杜培溜下。

张自芳 阻止清廷铸造火炮！

李文茂 阻止清廷铸造火炮？

张自芳 对！

（念） 太平军不日挥兵南进，
清王朝吓破胆换将增兵。
江南岸布火炮以求一逞，
令佛山一月内铸炮四十门！

师兄，佛山是最好的铸炮工厂，若火炮铸成，不仅天兵南进受阻，我太平军定会有惨重伤亡。师兄，情势严重啊！

李文茂 （快中板）事急有如箭在弦，

张自芳 （接唱） 速谋善策来应变。

李文茂 （接唱） 龙潭虎穴何所惧，
千难万险——

（滚花） 我承肩。

张自芳 好师兄！

[切光。

[幕闭。

第三场 工棚定计

[二幕前。

[衙役抬酒肉。县官、师爷骑马上。

县 官 （海南曲）催马要加鞭，

赶工要加点，

驶牛要精料，

畜力劲倍添。

这些铸铁工，

中我巧言骗。

一语打洋鬼，

铁炮铸得欢。

（跳花鼓）再吃我美酒，

静候佳音送。

师 爷 （七字清）只恐他们不肯铸，

监工一向靠皮鞭。

县 官 （中板） 世道不同时势变，

你一本通书睇十年。

此地民风强悍甚，

稍一不慎起祸端。

（滚花） 当年至善反朝廷，

潜入佛山图作乱。

洪熙官逃来南粤，

躲进红船铁厂、教习洪拳。
他们个个识“功夫”，
硬碰硬时不合算。
猫毛要顺捋，
打狗才用砖。

师　爷　（接唱）　大人治民有方，
处事通权达变。

县　官　仍要依计而行，事成之后，重重有赏。

师　爷　卑职自当照办，铸成铁炮，大人升官。

县　官　哼哼！

师　爷　哈哈！

县　官　走，走，走！

[县官得意地与师爷、衙役下。

[幕启。

[佛山文昌沙“永丰隆”铸铁工棚一角，是工人歇息的地方。

[民工来往穿梭，抬铁料、炭筐进进出出，人声喧杂。

[铁匠李蹲在一角，不断吸烟。

[张师傅品茶捶背，正在休息。

[细牛上。

细　牛　李师傅，铁水要落模了，你快来看看吧。

[铁匠李有心事不搭理。

[细牛匆匆下。

[大虎进工棚倒酒喝。

大　虎　好酒，好酒！（捧起酒碗）李师傅，来喝几口吧！（递酒埕给铁匠李，李仍不理）

张师傅　大虎，这是工场，不是酒馆。饮得醉眼昏花，造出废炮，怎样去打洋人？待收工再喝吧。

[三珠跑上。

三　珠　李师傅，铁水出炉了。大虎，（抢去大虎手中碗）你想做武松？快来帮手吧！（喝干碗中酒）

大　虎　哈哈！一斤酒添千斤力，武二打虎上山岗！

［大虎、三珠下。

［铁匠李、张师傅随下。

李文茂　（内唱滚花）

步进工场谋应变！（上）

（七字清）耳畔忽闻笑声喧。（遥望工场）

火烈炉红光闪闪，

铁水落模映红天。

老师傅亲临指点，

民工铸匠干得欢。

这般景象殊罕见！

又见美酒一埕埕，

此中定有跷蹊在，

铸成铁炮，人命关天。

［幕后：“歇息了！”大虎上，铁匠李、张师傅、细牛、三珠陆续上。

大　虎　（向内喊）文茂师父来了！

铁匠李　文茂，怎么到工棚来了？

李文茂　红船多日不能开锣，心烦得很，信步到此。

大　虎　正好，这里有酒，文茂师父，坐了，喝上几碗。

［众招呼李文茂坐下。

［数民工各取酒碗倒酒。

［大虎倒酒给文茂。

李文茂　大虎，这酒是……

大　虎　是县太爷慰劳众弟兄的。

李文茂　（将酒转敬铁匠李）李师傅，请。

铁匠李　哼！（扭头走开）我不喝，这酒味不对！（双关语）

三　珠　这是正庄三蒸酒啊！

李文茂　（喝了一口）哎呀！几日不见，想不到你们铸铁工的日子变得这样好！

张师傅　文茂，此话怎解？

李文茂　看，工棚处处酒埕，佛山铸铁工每日以酒为伴，哪个比得？

张师傅　嗨！日头从西起，这是破天荒第一遭。

细　牛　县太爷怕大家不出力为他铸炮，才这般殷勤。

李文茂　铸炮？

大　虎　是！铁炮四十门，铸好打洋人！轰的一声响，去见上帝了！哈哈哈！

[众人笑，文茂思索。

李文茂　张师傅，当初你们造炮，县太爷有如此恩惠吗？

三　珠　哼，什么恩惠，不逼着我们干就好了！

大　虎　你们看——（拉起袖，露出几道伤痕）也是赶着为朝廷造炮，我不小心将铁水倾在模外，便当场打得我死去活来。

李文茂　是呀！如今一样造炮，却酒肉慰劳大家不觉得蹊跷么？（众人似觉有理）方才说到铸炮打洋人，说得好听！既然敢打洋人，又为何屡签和约，割地赔款，加捐增税，层层盘剥我们穷苦弟兄？！

[众人更觉有理。

张师傅　文茂，照你这么说，这批炮铸得蹊跷啊。

铁匠李　（早已憋不住）哼！我早就觉着不对劲！那“黄鼠狼给鸡拜年——没安好心”！他县太爷醉翁之意不在酒！（指酒坛）这批炮，不是铸来打洋人！

细　牛
三　珠　那是打什么人？

李文茂　大炮任人操纵，炮口既能向天，也可向地！

细　牛　向天打？……

李文茂　打天国太平军！

三　珠　向地打？……

李文茂　天地会的穷兄弟！

[张师傅、铁匠李、工人们会意。

细　牛　啊！打咱们自己人？

三　珠
大　虎　我们受骗了！

李文茂　各位师傅！

（水仙子）天京卷烈焰，

神威震九天！

红巾勇披坚，

如潮南涌。

他屡败遭创，

军心已乱。

清妖惊慌，

铸铁炮，为阻天兵。

送酒肉，

好让弟兄迅速将炮铸炼。

铁匠李　原来如此！

（白榄）　虎毒不伤儿，

岂能助敌打自己，

停工不铸炮。

大　虎　（白榄）　宁死也不铸，

最多拆骨煎皮！

狗官，你自己喝吧！（摔酒坛）走！

李文茂　弟兄们！（众静听）这炮也不能不造啊！

细　牛　李大哥，打自己亲人的炮，怎么能造啊？

张师傅　我们造炮是用来保卫国土的，当年虎门炮台的炮，不就是我们佛山人造的吗？

铁匠李　如今我们铸炮打太平军，还有何颜面见列祖列宗？

李文茂　李师傅这话讲得好哇！可是，若然不造，官府能答应吗？到头来，受害的还不是我们穷苦兄弟？！

细　牛　造不行，不造也不行，那该怎么办？

李文茂　（七字清）面对此情心忙乱，
　　恨无良策可回天！
　　逆风行船非良策，
　　应变之计需两全。

（想了一会儿，问）张师傅，怎样才能有一个两全其美之策呢？

张师傅　除非铸的都是废炮，打不出炮弹。

细　牛　哪有这样的道理，炮弹打不出去，也会在炮膛里爆炸。

李文茂　（豁然开朗）在炮膛里自炸？张师傅能不能让炮在点燃的时候自炸呢？

张师傅　我铸炮多年，从未做过这样的炮。

铁匠李　（沉默片刻，突然地，我想起一件事来，那还是我当学徒的时候，师傅让我铸一铁炮，在倒模的时候，不小心将一把黄沙撒在铁水之中，结果铸成之后，不到一日就断裂了，为此，师傅还狠狠地揍了我一顿。

李文茂　能不能仿效此法，对付他们呢？

[铁匠李聚神地想。

大　虎
细　牛　李师傅！
三　珠

铁匠李　试试看。走！

[铁匠李收起烟袋下，众跟下。

[李文茂欲下，刘标上。

刘　标　大哥！

李文茂　刘标，你回来了，情况怎样？

刘　标　（悄声）见到了陈开和陈金刚，他们说一切照我们计划去办，现在正加紧练兵，到时候一定响应。

李文茂　好！

刘标大　哥，我们截获了狗县官给知府送去的密函，你看。

李文茂　（看毕，愤怒地）狗官！

[铁匠李与众人上。

铁匠李 文茂，我们试了一下，只要稍微做点手脚，管叫他们看不出，也用不上。

李文茂 好，弟兄们，刚才我接到陈开截获狗官给知府的密函。

铁匠李 念来听听。

李文茂 “府台大人钧鉴：铸炮一事，卑职当尽心竭力，不负大人所望。定叫那帮‘长毛’‘逆贼’，在我铁炮之下，死无完尸！”

［众大怒。

大　虎 狗官，等着瞧吧！

铁匠李 （快中板）狗官为人真奸险，

阴谋败露罪滔天，

谁说开弓没有回头箭——

李文茂 （滚花） 指日轰天雷炸响，

妖兵片甲也不全！

众兄弟，事关重大，千万不能走漏风声！

大　虎 好！我们出力造炮，按期交炮，等他们运走大炮，点燃大炮，轰……

［众大笑。

细　牛 对这炮……

张师傅 咱们造！

大　虎 这酒……

李文茂 还得喝！

铁　匠 李大虎，拿酒来。

李文茂 来，干！

众　人 干！

［幕闭。

第四场　阴谋设陷

［一月后。

［县衙花厅。

[幕启。县官如热锅蚂蚁，坐立不安。

[雷大广上。

雷大广 大人！

县　官 抓来的铸铁工招了没有？

雷大广 唉！姓李的宁死不讲，姓张的破口大骂，没有口供。

县　官 你要狠狠地打！

雷大广 大人，皮鞭断了几条，他们已被我打晕了。

师　爷 （上）大人，知府差人送来手谕。（呈手谕）

县　官 （读谕）“佛山所铸铁炮，
竟然自炸伤人。
绿营三千兵勇，
不幸被炸牺牲。
限令一个月内，
查办肇祸之人。
若有玩忽职守，
定要革职充军。”

不好了！

（催归词）心中惊震，
多番审问，
竟似大海里捞针。
上峰责谴，
时不我等，
催结此案期已近。

师　爷 大人，据铁广老板供述，近年来，琼花会馆戏子，常到铁厂工棚教铁匠唱戏打功夫，看来此案与琼花会馆戏子，大有关联！……

县　官 大有关联？

雷大广 大人！

（戏皇叔）查大案，凭料断，

便可以抓人。

抓他千把个，

十假有一真。

县　官　戏子这么多，监仓装不下。

雷大广　（滚花）　可把梁园、祖庙作监仓，

南海祠堂多得很。

只听大人一声令，

三十六乡乡勇齐出动，

便能捉尽戏班人。

县　官　我可没有那么多的“闲米”养斑鸠！琼花会馆谁是会首？

雷大广　李文茂。

县　官　李文茂？看来，他倒是个可疑之人！

雷大广　他是凤凰仪班的担纲。此人拒交涌捐，还挑动乡民抗税。将他抓来，定能追出主谋人。

县　官　好。

师　爷　大人，抓不得呀！他是一个红伶，常与各地武馆中人交朋结友，交游甚广，且名声在外。没有确凿证据，万一惹起事端，那时不好收拾……我看，不如派人到琼花会馆内……

雷大广　外行人进不了戏班。不过，有一个戏子，与我曾有交往。

县　官　他叫何名字？

雷大广　（口鼓）名叫杜培，此人染上鸦片烟瘾。

他身怀技艺，

在李文茂班中任丑生。

曾因摸狗偷鸡，

被乡丁捉拿拘禁。

是我经手将他释放，

从此把我当恩人。

县　官　此人可用，此人可用，立即将他带来。

[县官与师爷耳语，师爷领命入内，下。

雷大广 遵命。（下）

县　官 （滚花） 估道雾障迷津无人问，

谁知有线可穿针！

[雷大广引杜培上。

雷大广 快些走吧，县太爷等着你哩！

杜　培 （了缘曲）见县尊，心惊震，

把牙关咬紧。

雷大广 （接唱） 行啦，行啦，无须发抖，

还不快走，你好运将临。

禀大人，杜培带到。

杜　培 （跪）小民杜培给大人请安。

县　官 （声色俱厉）杜培，铁炮自爆，你知不知道？

杜　培 （不知所措）听说了。

县　官 本官已经查实，此案主谋人，就在你凤凰仪班中！

杜　培 他是谁？

县　官 李文茂！

[杜培大惊。

县　官 你与李文茂称兄道弟，同台演戏，他做的事，你不会不知，快些从实讲来，有你好处，如若不然……

雷大广 （急接）让你站着进来，躺着出去！

县　官 快讲！

吐　培 （旁唱沉腔滚花）

劈顶惊雷，吓得我手腾脚震。

（旁唱长句滚花）

闻此语，失三魂，

原来李文茂竟是炸炮主谋人！

大人呀，我虽与他常接近，

却是同台做戏各自修行。

我确确实实不知情，

并非有心瞒隐。

县　官　（滚花）　你知情不报罪同坐，

不杀头也要判充军。

不下大刑你不招，

来人，将他捆绑上夹棍。

杜　培　大人！

（接唱）　小人委实不知谁是主谋人。

［师爷拿假供词上。

师　爷　大人，抓来的铸铁工供出了炸炮之主谋人是李文茂。这是供词，请大人过目。

［县官接看供词。

县　官　杜培，你看看这是什么？（掷供词给杜）

［杜看供词，惊呆不语。

县　官　杜培，你看清楚了没有？

（七字清）画押供词按手印，

如山铁证可为凭。

你莫存心图侥幸，

执迷不悟祸临身。

（滚花）　你要当机立断勿犹疑，

否则只有与李文茂同将罪问。

杜　培　（旁白）李大哥啊，李大哥，你同谋之人已经招认。我不知情，决不落井下石；为报你知遇之恩，可是我如今无油难脱镬，该不知如何是好？！

县　官　（拍案）杜培，你讲不讲？

杜　培　炸炮之事，小人实不知情，不过……

（白榄）　上月红船上，

来了一个人。

来时女扮男，

后复女儿身。

拜文茂为师，

行藏诡秘甚。

常谈天京事，

赞颂太平军。

县　官　（暗喜）她叫什么名字？

杜　培　张自芳。

县　官　张自芳！好哇，我立即派人把她抓来。

杜　培　大人，千万别让李文茂知道是我说的。因为李文茂与张自芳……（示意他们是一对情人）

县　官　休得多言。来人，赏他银两、烟土，外厢安顿。

杜　培　谢大人。

差　衙　走吧。（引杜培下）

县　官　（滚花）　炸炮真凶如难获，

李代桃僵尚有人。

（得意地）来人！把张自芳抓来。

雷大广　大人，何不把李文茂也一同拘捕。

县　官　先抓张自芳，这叫引蛇出洞！李文茂啊李文茂，这回你不跳出来，我请也要把你全班人马请出来！

众　人　大人高招！

[幕闭。

第五场　征途惜别

[紧接前场。

[琼花会馆院内。

［幕启。众男女艺员练习对打。

［少顷，和尚能上。

和尚能 停！练得不错。大家各就各位，操练棍法！

众 人 知道。（下场）

［和尚能向内挥旗招手。

和尚能 刀法操练！

李文玉 （内唱首板）琼花院内齐练武，

［李文玉率女艺员操演刀法上。

李文玉 （接唱） 棍棒刀枪皆功夫。

有日揭竿申大义，

红巾束额手横刀。

［刘标率男艺员操演棍法上。

［李文茂上，一旁静观。

［有顷。

李文茂 打得好！

众 人 李师父！

李文茂 （滚花） 真是功夫不负有心人，

滴水穿石，大家都有进步！

一艺员 喂！我们请李师父和邝师父示范指导好不好？

众 人 好！

李文茂 邝师兄，请。

和尚能 请。

［李文茂与和尚能表演对打，众连声喝彩。

李文茂 大家歇息一下，继续排练新戏《黄飞虎反五关》！

众 人 知道。

［和尚能率众艺员下。

［音乐。

李文茂 （眼望众艺人下场处，感慨交集）

（诗白） 一自天京传捷报，
三千妖贼命呜呼。
铁炮“炸膛”寒敌胆，
梨园子弟笑声高！

（萧萧班马鸣）
看群情，志豪雄，齐心操练，
练飞标，习骑射，策马挥刀。
要把这，破金瓯，重新收拾，
挺起腰，坐江山，不再受欺侮。
盼天京，飞檄到，
厉兵秣马，共伸天讨！

（七字清）俺把官府来触怒，
炮炸如同拔虎须。
老师傅因而被捕，
我寝食难安，心似辘轳。

（滚花） 目前处境严峻非常，
急待师妹归来同商讨。

[李文秀上。

李文秀 文茂。

李文茂 姐姐，二位师傅的情况怎么样？

李文秀 文茂！

（二黄） 他们被狗官鞫讯，
险些命丧阴曹。
虽然骨折身残，
死也不招宁受苦。
狗官将人释放，
只怕是另有所图。
师傅们说：

（滚花） 他们曾追问，

你因何进入铸炮场！

李文茂 （一怔）啊！

李文秀 还有——

（接唱） 杜培曾经出现在县府。

[和尚能、刘标、何嫂上。

何　嫂 文茂，杜培不辞而别了！这是他留下的字条。

李文茂 （接看，念）“李大哥，我愧对班中弟兄，恕我不辞而别。”（与众交换目光，疑虑地）杜培去过县衙，今又离开红船……

李文秀 此事出在这个时候，非同一般。

刘　标 杜培会不会？……

和尚能 文茂，要早有准备才是。

[张自芳上。众喜，互打招呼。

李文茂 （急问）陈开那边情形怎样？……

张自芳 起义已准备就绪，他请你迅速与各方联系。

李文茂 太好了！邝师兄、何嫂，你们速到肇庆、三水，把佛山的情形告诉那边的弟兄。

[和尚能、何嫂下。

李文茂 （对文玉）阿妹，你要注意，不要让可疑的人接近红船。（对文秀）阿姐，你接替何嫂，为红船做好茶饭。刘标，准备两匹快马。

刘　标 是。

[李文秀、李文玉、刘标下。

李文茂 师妹，你辛苦了。

张自芳 没什么。

李文茂 路上可有遇到麻烦？

张自芳 盘查得很紧，多亏陈开派人护送。

李文茂 师妹……（要说什么，欲言又止）

张自芳 师兄，有什么事，对我讲呀？

李文茂 唉！（不情愿地）师妹啊！……

（泣残红）近来事态堪忧太突然，

官方衅发端。

杜培不告而别，

他却故留言。

老铁匠惨受鞭笞，

却又被释回来不追究？……

张自芳 （接唱） 毁炮事，大似天，

官方未必就此了。

李文茂 （接唱） 妹你也要速离险地，

即返天京请命，

转奏陈情，

请牵制敌骑，

举义之时来助战。

张自芳 （七字清）师兄所虑颇周全，

先发制人操胜券。

狗官阴谋设陷，箭已离弦。

（滚花） 小妹何日登程，还请师兄决断。

李文茂 必须连夜启程，我亲自送你一程。

张自芳 好。

李文茂 此去天京，必经五眼桥……

张自芳 此时你不能离开红船。

李文茂 这……我派刘标护送。

张自芳 我去打点行装。（欲走）

李文茂 慢，你太累了，歇一天再走吧。

张自芳 你……

李文茂 你走得这样急……我……

张自芳 （看出李的心思，调皮地）那你让我什么时候走，我就什么时候走。

[音乐起。

李文茂 师妹，你从天京到佛山有四十多天了吧？

张自芳 （点头）

李文茂 你这次来，正是红船度日艰难的时候，吃，吃不好，睡，睡不安，委屈你了！

张自芳 （望着李文茂，忽又低下头）

李文茂 （掏出小红布包）这是我自己攒下的一点铜钱，不多，带着路上用。

张自芳 师兄！……（接过）

李文茂 说走就走啦，我这心啊，好像那——

（南音） 风吹柳，絮花飞，
前人折柳意迟迟，
真是相逢不易，分离易，
此雁南回又远飞。

张自芳 （接唱） 师兄颇有诗人味，
"张飞"何竟也伤离？

李文茂 （接唱） 人生难得真知己，
志同道合世间稀。

张自芳 （接唱） 遭逢乱世人千里，
常记青梅竹马时。

师兄，你记得小时候，咱们一起上山捉鸟嘛？

李文茂 上山捉鸟……

张自芳 嗯。有一回你领我上山，看到一对相思鸟，我们悄悄走过去……（做抓的动作）两只鸟都飞了……

李文茂 噢！记得，记得。鸟没抓着，你滑进竹林，你的手却被簕竹扎出了血。

张自芳 疼得我呜呜直哭。

李文茂 我赶紧给你拔刺。

张自芳 可怎么也拔不出。

李文茂 急得我直出汗。

张自芳　我还是哭。

李文茂　可后来你不哭了。

张自芳　怎么没哭?

李文茂　我边拔刺，边唱着歌哄你……

（新儿歌伴唱）

青竹枝上长了刺，
刺我芳妹护鸟儿，
“鹤仔”明天砍竹子，
编个鸟笼养鸟儿。

张自芳　师兄，你还记得当时是怎么把刺拔出来的吗？（伸手，是问的动作）

李文茂　记得，我看用手实在拔不出，就……

［李抓张手，做用牙咬出刺的动作，发觉，做羞怯状。

张自芳
李文茂　童年的时光真美好！

［二人沉浸在往事回忆中。

张自芳　（怀旧）　忆往事依稀，
与哥少年时，
策马山中并辔飞，
相亲相爱影难离……

李文茂　（接唱）　我练武汗湿衣，
你为我解裳襦。
小手纤纤濯我衣，
不知剥脱几层皮。

张自芳　（接唱）　有日捉青蛙，
我掉进沟中步难移。
你背妹归家被笑嬉，
哥将媳妇背回门。

李、张 （前曲） 悠悠岁月移，

往事萦记心间暗神驰……

张自芳 （接唱） 自血雨腥风送别哥，

十数秋隔阻雁讯稀。

李、张 （前曲） 生死两不知，

夜深入梦迟。

今喜再会故知，

饱经颠沛流离！……

李、张 （恋坛流水中板）一样离愁心欲碎！

李文茂 （接唱） 家亡国辱愤难抒。

张自芳 （接唱） 金田起义爹身死，

李文茂 （接唱） 我因负创把队离。

张自芳 （接唱） 小妹随兄投军旅，

李文茂 （接唱） 飘蓬艺海志难舒。

张自芳 （接唱） 天王命妹传书至，

李文茂 （接唱） 报效天王举义旗。

张自芳 （接唱） 生死之交情深挚，

李文茂 （接唱） 愿妹平安还故里。

[刘标牵马上。李文茂将马带给张自芳。

[二人依依惜别。

[幕闭。

第六场　汾水龙吟

[当天晚上。

[通往五眼桥的小路上。

[黑夜。层峦叠嶂。

[一块巨大的山石横斜在台口。

[四乡勇急上，引出雷大广。行到巨石前。

乡　勇　禀教头，来此已是五眼桥。

雷大广　好，长毛哇长毛！此地是你必经之路，我等在此埋伏，你就是一只山猴，量你也逃不出这“五眼桥”。

[雷大广挥手，众四散埋伏。

[张自芳、刘标策马上。

[二人行至巨石前。

[雷大广率众乡勇突然出现。

[张自芳、刘标大惊迎战。

[开打。

[刘标左臂负伤，张自芳寡不敌众被擒。

张自芳　（对刘）快走！

[刘标欲救张自芳，被雷大广逼走。

[二乡勇欲追刘标，雷阻止故意放走刘标。

雷大广　将张自芳押回去！（得意地）哈哈！……

[暗转。

[当日夜。

[红船，景同第二场。

[强烈、激愤的音乐如波翻浪涌。

[幕启。李文茂站在木桩旁，两眼直直地看着前方，似有烈火喷出。

[突然，李文茂重拳砸向木桩，木桩断裂。达到最强点的音乐戛然而止。

[李文茂愤怒地转身，走向船舱前，缓缓地抬头望天。

李文茂　（引子）天缺柱，地无环！（腔）

（反线二黄板面）

恨天天无柱，

恨地缺一环！

俺要把天翻，
飞身下龙潭，救妹还。
天京讯断起义难，
无援应，功亏于一旦。
清廷黑暗，暴敛横征，
哀哀黎庶，
惨受摧残。
（正线长句二黄）
恨未与妹你同行，
你单人匹马渡重关，
奸人设陷布机关，
刘标奋战负伤，
独力难将妹救挽。
眼下危机四伏，
欲图举义更为难。
不下地狱救苍生，
亿万黎民逢厄难。
眼下难为进退，
苦思无计渡难关。
（转十字句）
妹陷牢笼危旦夕，
文茂坐卧不安，
心如刀钻！
（雁落平沙）
空怀悲愤，累妹蒙难，
我似失群雁，
双亲弃养境多艰，

姐姐与我同将妹带生涯惨，

我年十六闯关山，

“销烟”御侮，身负伤创，

得师妹关顾，

伤愈后进梨园别妹行，

两下从此分散。

重会故知，

忽遭风雨又吹散！（愤恨交加，不能自己）

阿芳，是我害了你，是我害了你！

[李文茂喃喃自语，缓缓走到台右前。

[李幻觉中的张自芳身戴锁链上，她静静地看着李文茂。

[李凝视前方，似见张自芳。

李文茂（秋水伊人）

异地重逢倾肝胆，

篷舱剪烛到夜阑。

张自芳（接唱）同研军机，

破晓鸡唱兴犹酣。

李文茂（接唱）一朝天京兵发岭南，

粤桂民众相机呼应。

张自芳（接唱）同仇敌忾一心，

梭镖不锈锷未残。

张自芳（诗）山长水远层峰叠，

北望天京泪暗潸。

人生自古谁无死，

恨难马革裹尸还！

师兄！师兄！

[李文茂循着声音似看到满身血污的张自芳。

李文茂（双星恨）你满身血痕，

不禁令我凄然泪满襟。
这血海仇，永难忘，
时来我当雪此恨！

张自芳 （接唱） 唉！世上有数不清冤恨，
笔笔要算，
遭灾劫，岂独阿芳一人，
万姓千家有血泪痕，
我愿作牺牲勉同群；
为你分忧叹未能，
悲愤，伤哉痛哉别了君！
铜钱赠哥表心悃。

李文茂 （接唱） 唉！刻骨之爱义厚恩深，
铜钱合再分，
黯然泪满襟。

张自芳 （接唱） 哥珍重休要太伤心。

李文茂 （接唱） 知音心底永篆，
义重利断金。

张自芳 （接唱） 哥休挂妹，
永隔阴阳，
生死两茫茫，
只恨重逢时太短空抱恨。

李文茂 （接唱） 滔滔热泪忍不住，
似刀穿心刺肺，空悲愤。

张自芳 （接唱） 音讯未达天京知闻，
未可妄为，露杀机惹祸临。

李文茂 （接唱） 我誓杀奸官救万民，雪恨，
天京战火亮我心，
救妹濒危拼牺牲。

（默默地，自言自语）要想报仇怨，须将天国建，杀尽污吏贪官。

[张自芳面露欣喜之色，隐去。

[和尚能内喊："文茂！"急上。众艺员随上。

和尚能 （气喘吁吁）文……茂！

李文茂 快讲！

和尚能 狗官心狠手辣，将自芳吊在县衙大门前，她、她……被打得皮开肉裂，还将炸炮的责任一身担。

李文秀 阿芳真不愧是个女中豪杰！

[何嫂内喊："文茂，文茂！"急上。

何　嫂 文茂，坏了！坏了！

李文茂 （预感不妙）何嫂，歇气，慢慢讲。

何　嫂 阿芳宁死不屈，已被押回牢狱，街市上到处传言，后天……

众　人 快讲！

李文茂 （强自镇静）何嫂，讲吧！

何　嫂 后天午时，开刀问斩！

[众皆大惊。

刘　标 （冲到李文茂跟前）大哥，劫牢狱，救师妹，情急如火，迫在眉睫！

李文茂 那牢狱定有重兵防范，十人劫狱九不还！

李文秀 （暗忖）后天行刑，定在衙门榕树前。（对大家）我们出其不意劫法场。

李文茂 行刑之日，戒备森严，贸然下手，无异以卵击石！

[众哑然。

众　人 怎么办？

李文茂 鲁莽行事，十有九败，要另想办法，将她救援。

[内喊："雷会长到！"

[李文茂示意刘标避下。

[雷大广率乡勇上。

雷大广 （狡黠地，口鼓）李文茂，好久不见。

李文茂 雷会长，有何公干？

雷大广　（口鼓）嘿嘿，我来把县太爷口谕传。

李文茂　（口鼓）啊啊，你是无事不登三宝殿。

雷大广　李文茂，听着！（口鼓）天贶节就在明天，祖庙举行酬神大庆典，命你凤凰仪班在万福台上把戏演。县太爷亲临观看，不得怠慢拖延。

何　嫂　（口鼓）雷会长，我班里近日缺钱粮，个个都病恹恹，哪来精神把戏演？

雷大广　（口鼓）休要借词推搪，谁让你多言。（对乡勇）将酬礼拿来。

[乡勇送上一个红包袱，和尚能接过。

[打开包袱，大惊。

[和尚能从中取出一块“补子”。

和尚能　文茂，你看！

李文茂　（念）“借衣丐食！”

李文玉　“借衣丐食”，什么“借衣丐食”？

李文秀　这是骂我们穿着戏服来讨饭！

何　嫂　（口鼓）雷会长，常言有道，打人不打脸。

雷大广　（口鼓）脸？你们这些江湖戏子，哪还有脸！这就是县太爷赏给你们的一张脸，唱戏时必须挂在胸前！

李文茂　（强压怒火，口鼓）雷会长，戴上“补子”戏怎演？岂不是官不官来、民不民？

雷大广　（口鼓）谁管你官不官，民不民，“补子”一定要穿，戏，还是要演。谁敢违抗就是犯上作乱，处置从严！

[雷大广下，乡勇跟下。

[刘标复上。

[李文茂盛怒难遏。

李文茂　犯上作乱，犯上作乱！

李文玉　大哥，管什么犯上作乱，既然官逼民反，我们就反！

众　人　文茂，反！反！反！

李文茂　（新曲）　怒发冲冠心悲愤，

可恨奸贼咄咄逼人。

是可忍时难再忍，

唯从死里去求生。

（三字经）大祸临头难侥幸，

诛奸灭恶救亲人。

（滚花） 大丈夫立地顶天，死而何憾！

报仇冤，平民愤，干他个烈烈轰轰！

只为炸炮主谋难以查获，狗官才设此奸计。（少顷）刘标即往三水、广州，请陈开和三元里弟兄们速来助战。天贶节日，祖庙戒备必严。那时牢狱守备空虚，邝能师兄你带弟兄们将阿芳救出，要随机应变。然后与外围兄弟会合，来一个反包围，把敌全歼！

刘　标 大哥，“天贶节”的戏还演不演？

李文茂 演！

李文玉 那狗官送来的“补子”？

李文茂 穿！穿！穿！

［众亮相。

［幕闭。

第七场　戏中有戏

［天贶节日。

［佛山祖庙万福台。

［幕启。

［雷大广率四乡勇上。

雷大广 （滚花） 炮案难查受责谴，

县尊有计可回天。

戏中有戏藏暗箭，

台前庙后弓上弦。

两旁埋伏！（众应诺，同下）

[万福台下空无一人，静得出奇。

[“出将”处的门帘被撩开了。李文茂身穿白色靠（未戴头盔）从里面出来，他朝台下看了看，环视四周，像在思虑什么。

[少顷，几个装扮好的艺员从“出将”处走了出来。

艺员甲 师父，时候不早了，县太爷怎么还不来？

李文茂 （摇头，没有回答）

艺员乙 刚才后台来了两个衙差，到现在还没走，我真想……（打手势作用刀砍杀状）

李文茂 （打断他的话）大家都化好装没有？

众　人 都化好装了。

李文茂 勿要到处走动，遇有情况，听我令下，

众　人 知道！（众纷下）

[和尚能匆匆奔上。

和尚能 （急切地）文茂！

李文茂 （惊喜地）邝师兄！

[一衙役紧跟出来。

衙　役 喂，什么人？走开！走开！

李文茂 是我班中的。

和尚能 （机警地）文茂，你让我找的那个“演员”，我找遍了住地，这个人没有找到！（面露严峻之色）

衙　役 嗳，缺一个半个，无所谓。

李文茂 （感到情况紧急，对和尚能说）有道是救场如救火，告诉大家，今晚醒目些，这场戏一定要唱好！

和尚能 我明白。

[内喊：“县太爷到！”

[李文茂与众同下。

[县长、师爷、县尉、乡绅、女眷等上。

[雷大广从另一方向迎上。

县　官　雷大广，怎么还不开戏？

雷大广　是等大人到了，马上开戏。（向内）大人有命，立即开演！

[台上乐起。李文茂扮赵云上场，气宇轩昂，只是胸前那块“补子”十分刺眼，很不协调。

[县官与雷大广耳语授意，

[众看客见李的打扮议论纷纷。

雷大广　（嘲弄地）李文茂，你穿错戏服了，何解把你老娘给你做的“尿布”也带到台上来了！哈哈哈！

[众哗然大笑。

女　眷　（边笑边问师爷）他胸前那块布上写的是什么字呀？

师　爷　（大声地）“借衣丐食”！

众　人　什么叫“借衣丐食”？

师　爷　“借衣丐食”就是穿上戏服的乞丐嘛！

[李文茂强压怒火。

[众哗然，大笑。

[乐声又起，李文茂把愤怒倾泻在动作唱词中。

李文茂　（滚花）　俺赵云，肩头上负了千斤重担。

俺保得主公过江，

也要保得主公回还。

甘露寺看新郎，

又不是交锋打仗，

为什么两廊埋伏许多刀枪？

可知俺长坂坡杀退曹兵百万，

百万军中来来往往，往往来来，

谁人不知俺赵子龙是个杀人王。

县　官　（拍桌而起）杀人王，好一个杀人王！李文茂，常言：戏假情真，本官今天让你演得更逼真，抓一个人来，让你杀给我看。（向雷大广示意）

雷大广 （向外）把她押上来！

[刽子手把五花大绑的张自芳推倒在台前，众愕然。

李文茂 （见状又惊又愤）

县　官 张自芳，你可认识他？（指李文茂）

李文茂 （惊愕）

张自芳 （不语）

县　官 李文茂，你可认识她？

李文茂 当然认识，她是我凤凰仪班的艺员。

县　官 呀呸！她明明是“长毛”奸细。

李文茂 有何证据？

雷大广 要不要找杜培来当面对证。

李文茂 杜培胡言乱语，岂能凭信。

县　官 李文茂！

（芙蓉中板）

你是炸炮主谋难狡辩，

窝藏“长毛”罪难原。

准你戴罪立功，网开一面，

是否主谋同党，一目了然。

（滚花）本官命你亲自执刑，

违令者罪责难逃，（一槌）

遵令者法外施仁，（一槌）

从此一刀了断。

李文茂 （旁接唱）果然不出吾所料，

他刀已出鞘弓上弦。

（快中板）狗官蓄意来倡乱，

迫吾就范肇祸端。

赵云腰间无利剑，

趁风好驶顺水船。

（滚花） 大人有命岂敢违，（对刽子手）

且把刑刀拿来，

待俺亲手来处断！

县　官 （对雷大广）把刑刀给他。

[雷大广上前，把刑刀捧给李文茂。

[李文茂接刀，顺手一刀把刽子手砍死。

[众惊愕，不知所措！

[李文茂急上前手按县官，雷大广不敢动。

李文茂 狗官！我李文茂真要杀人，你可要看？

县　官 不！不！不！

李文茂 不看也要看！（一刀杀了县官，撕下胸前“补子”）弟兄们，反！

[众艺员均撕下胸前“补子”。

[台下乱作一团。

[张自芳被李文玉解绑。

[刘标突然出现在墙头，率陶匠、铸铁工和三元里众乡民跳下。

[雷大广率众乡勇、衙役与李文茂等开打。雷被李杀死。众乡勇死，伤败退下。

李文茂 弟兄们！我们不过是一介伶人，只因官逼民反，我们不得不反，如今，我李文茂杀了县官，大闹佛山镇，你们怕不怕？

众　人 不怕！

李文茂 你们可敢反？

众　人 敢反！

李文茂 好！随我李文茂“降龙”！

众　人 （轰然以应）拿下“石龙”！（注：众所答的均为地名。）

李文茂 （接）“缚虎！”

众　人 （接）夺取“虎门”！

李文茂 （接）“刲羊”！

众　人 （接）杀向“羊城”！

李文茂 （接）“拜佛！”

众　人　（接）占据“佛山”！

李文茂　（接）“上西天！”

众　人　（接）兵发“广西”！

［切光。

尾　声　铁血红伶

［景转：木棉树红花似锦，辉映南天。

［内合唱新曲：

伶人造反世间稀，
英雄儿女轶闻奇；
至今祖庙香炉上，
壮士犹擎李字旗。

［众造型。

［剧终。

（剧本版本：《南粤剧作》1991年第3期）

白燕迎春

编剧：红线女　秦中英（执笔）

人 物 表

（表中所注年龄，系角色首次出场年龄）

沈　洁　　原名沈洁白，女，32 岁，著名心脏病科专家。

沈　兰　　女，8 岁，沈洁女，学生，工人。

黄　立　　男，34 岁，外科医生。原为沈洁丈夫，后为何爱东丈夫。

何爱东　　女，32 岁，医生，后为干部。

刘英扬　　男，52 岁，医院院长，心脏病科专家。

何卫东　　男，36 岁，爱东兄，行政干部。

李玉清　　女，26 岁，护士，后为护士长。

梁　明　　男，32 岁，医生。

苏　志　　男，22 岁，工人。沈兰的男朋友。

刘　芳　　女，20 岁，护士。

林　嫂　　女，38 岁，抱婴求医者。

护　士　　若干人。

病　人　　若干人。

第一场　黎明前的黑暗

[1974 年。

[医院候诊室。

[音乐声中启幕。

[长椅上坐满候诊病人，林嫂抱婴儿坐在最后，大家心情焦急。

[刘芳持笔记本上。

刘　芳　（唱四季歌）

一天当班够辛苦，

再搞运动，脑袋更模糊，

望见大堆急诊病号，

越觉心中焦灼，人更疲劳。

[回身想起什么。

[梁明持笔记本上。

刘　芳　梁医生，什么叫作右倾翻案风呀？

梁　明　（唱三脚凳）

我同你一般，实在不知道。

刘　芳　（楔白）既然不知，方才会上，人家喊反击，你又跟着叫。

梁　明　（苦笑，楔白）上头指示，理解的要执行，不理解的也要执行。（前腔）

口号叫得响亮，这才是够时髦。

刘　芳　（取笑地，前腔）

看来这几年，你总算有点进步。

梁　明　（感叹，楔白）这叫做进步么？（唱滚花）

不过想少些烦恼，只好多作点糊涂。（作笑，下）

刘　芳　（对病人）大家到那边排队，第三诊室今天不开，医生要上街，另有任务。

林　嫂　（为难状）姑娘，我等了好长时间——

刘　芳　上级布置，我都冇符。快些过去排队啦！（下）

[众病人抢先急下。

[林嫂略踌躇，急追前。

[沈洁持扫把上，林嫂撞向沈洁。

沈　洁　（扶住林嫂）大嫂小心。（发现婴儿什么，再加审视，吃惊）大嫂，你个婴儿发高烧，快去挂急诊号啦。

林　嫂　急诊室话要先探热，我已经等了半日工夫。

沈　洁　（再观察婴儿，焦急）温度这样高，会烧坏脑神经㗎！（关心地）大嫂坐下，

我替你取支探热针！（急下，取探热针上）

[何爱东同时上，重槌，同关目。

爱　东　沈洁黑！（一槌）

沈　洁　（冷冷地）我叫沈洁！

爱　东　（带点得意的冷笑）我知，你本来叫沈洁白。当年同在学校，老师都赞你品学兼优。后来一齐分配到医院，院长又赞你工作勤恳，业务专心，这又好，那又好，事事让你先啦。黄立也同你结婚了。哼！原来你系存心讨好领导，迷惑群众。哼！反动透顶，革命小将早就勒令你改名沈洁黑。（一槌）

沈　洁　（仍是冷冷的）我叫沈洁！

爱　东　你做什么？

沈　洁　我替这位大嫂取探热针！

爱　东　开后门！你该知道自己是什么人。倒痰盂、洗厕所，这些工夫就是你该做。

沈　洁　这位大嫂的婴儿温度很高。

爱　东　不关你事！（对林嫂）你去那边排队。

[林嫂抹泪，抱婴儿下。沈洁同时欲下。

爱　东　（喝沈洁）站住！（向内高叫）大家来看，阶级斗争新动向！

[众病人护士医生分边上，其中有梁明。

爱　东　（卖弄地，指沈洁，减字芙蓉爽唱，过短序，包两槌）

她是什么人？嫌疑女特务！

人虽受管制，心存毒谋图。

私取探热针，向病人讨好。

沈　洁　（欲解释）我——

爱　东　（厉声）　只准规规矩矩，不许乱说乱动！（前腔）

今天敢取玻璃管，

明日会拿手术刀。

后天就抢机关枪，（众人哗）

迟的原子弹都敢偷盗。

反动派阴谋若得逞，

革命派人头满地铺。

梁　明　太夸张了吧！

爱　东　梁医生，你，什么意思？

梁　明　（一本正经地）实事求是，是党的优良传统！

爱　东　好！实事求是！（唱滚花）

大家揭发她罪行。

待我向上级报告。

[刘芳急上。

刘　芳　何医生！你诊室来了个急诊病人。一个女仔，头部受伤不轻，血透几重纱布。

爱　东　不能停止战斗，政治第一。

[众病人异口同声：哪有医生不管病人！

[众病人护士纷纷走下。梁明、刘芳、何爱东、沈洁留场。

梁　明　刘姑娘，同我去看看病人。

爱　东　（自觉没趣，气恼）不用你去。（狠视沈洁）你等着！（急下）

[刘芳欲安慰沈洁，两望踌躇，分边急下。

梁　明　沈医生！（唱长句滚花）

几年来，你受苦，

落实知识分子政策才公布，

又来个反击右倾翻案，

不知是什么意图，

斗去斗来，斗得满天云，一头雾，

把国家社会，搞到乱糟糟。（句）

望你坚强坚强再坚强，

紧记老院长殷勤嘱咐。

沈　洁　（感叹，唱长句二黄）

草木有荣枯，人生无直路，

沈洁虽然受委屈，

到底树倒有人扶。

只痛谁为正，谁为邪，

世事全颠倒，

正是风云突变，

到处掀起恶浪狂涛。

毛主席啊！

我的冤情你老人家究竟知不知道？

梁　明　国家大事，由不得我们费心，你还是珍惜自己一生抱负。前几天，刘院长托我送给你的书——

沈　洁　我已经开始阅读了！

梁　明　那是外国新出版的心脏病科专著。刘院长希望你好好用功夫。

沈　洁　请转告刘院长，我一定用心钻研！

梁　明　院长一定高兴！（下）

［李玉清拖着脸上敷药的沈兰从另一边上。

玉　清　沈医生，看看你的女儿——

沈　兰　（扑向沈洁身上，哭叫）妈妈——

沈　洁　（疼惜地）你——你又同人打架了！

沈　兰　成班同学，又说我妈妈是坏蛋，又将我欺负！（天真地哭叫）我妈妈不是坏蛋。（重复多句）

沈　洁　（把女儿紧抱怀中，含泪抚慰）你知道妈妈不是坏蛋就得了。妈妈时常教你，做人要忍气为高。

沈　兰　（激动）我忍不了，我——（抚伤处）好痛呀！

沈　洁　等妈妈看看——（动手，沈兰呼痛避开）

玉　清　这样大面积伤创，本来要仔细缝几针。她——随便擦些碘酒就算数。可惜我又不便插手。只好替她敷上些消炎止痛膏。（黄立在玉清诉说时上，本是欲前又止，听见玉清诉说，大惊急趋前）

黄　立　（审视沈兰伤势，吃惊）以后面上会有个大疤痕，留给孩子一生痛苦。（气愤地）是谁个医生疗理！（一槌）

［何爱东同时上，刘英扬同时上。

爱　东　（冷笑）是我，你好心痛么？！

黄　立　（气极。欲言又怯）你——

爱　东　（盛气逼前）我怎么样？

英　扬　你是个医生，对病人如此草率，还满不在乎。

爱　东　（仍带点冷笑）刘院长，你已经重新被结合进领导班子中，请你说话，注意立场才好。我是红医生，她是黑子女。（轻槌）

英　扬　无论怎样，小孩子总是无辜。（重槌）

爱　东　（撒泼，直起唱反线惊涛）

院长怎个态度，

是红是白，你应心中有数。

（直转仿春之叫卖，反线）

右倾翻案风，证实已吹到。

人民决不怕！你顽固，你顽固，

我定上告。（急下）

黄　立　（害怕事情闹大，急呼）爱东！（双旬，追下）

沈　洁　（十分难过，趋前）刘院长，不要拖累您！

英　扬　（唱滚花）我是为党的医疗事业，

为祖国的灿烂前途。

希望你，学山上青松，

暴雨狂风刮不倒。

沈洁，你做你的工作，我带小兰去看看伤口。（拖小兰下）

沈　洁　（音乐声，无限感触）高山青松，风刮不倒！

（唱反线越王怨）

青松不倒，

却悲风翻燕巢，家已不保。

回望烟波里，滚滚云涛！

伤心往事，已再不堪眷顾。

（过序楔白）黄立呀！（前曲）

你不惭为人父，

我亦愧为人母（拉腔）

（叫头）女儿呀！

[轻柔音乐声，场灯渐暗，或放淡烟。

[一支追光灯，照住黄立抱女娃娃，喜匆匆上。

黄　立　（呼叫）洁白！洁白——

[场灯转亮，沈洁如梦似幻的刚结了婚的装扮。

沈　洁　（关目，喜趋前）黄立！

黄　立　洁白你看！（抱着个天真活泼的女娃娃）

沈　洁　（其心实喜，其态似嗔）人家将近做爸爸的，都喜欢买个小男孩，你却买个女娃娃！

黄　立　我就系喜欢要个女娃娃，似她妈妈一样聪明、漂亮、人爱。

沈　洁　（娇嗔）如果生个男孩，切不可似他爸爸那样——嘴甜、舌滑，乞人憎。

黄　立　我讲的全是真心话！（唱梆子慢板）

同学四年长，相爱一心坚，

你为闯开心脏病禁区，

用功勤奋。

你为发展祖国医疗科学，

立志崇高。

沈　洁　只怕以后有了儿女拖累，再难专心研究了！

黄　立　你切不可这样想呀！（前腔）

珍惜你深厚基础，

勿负刘院长热望，

我定做个模范丈夫，

以后包起家头细务。

沈　洁　你这样讲——也不对！（唱柳摇金）

你亦系医院中有名大夫，

不应单纯为了我，影响你的前途。

总之家里事情，夫妻分工做，

既合心，亦同步。

黄　立　（楔白）好呀！（前曲）

航船同向，帆舦共同操，

似双飞燕，在长空飞舞。

沈　洁　（前曲）　医学共弘扬，

为群众健康。

齐　唱　（前曲）　终身不离，共规同勉，

倾心力，尽微劳。

［何卫东、何爱东同时出现。

卫　东　沈洁白，你有没有亲戚在台湾？（一槌）

沈　洁　（极力思索，记起）有，有个舅父。

卫　东　为什么长时间不向组织交代？（一槌）

沈　洁　我——我只是三四岁时见过一次，二十多年，音讯全无。

卫　东　你休想蒙混过关，你系个暗藏特务！

沈　洁　（大惊）何队长要调查清楚。

黄　立　（惊震）何医生勿冤枉无辜。

爱　东　黄立，你要站稳立场，不要做阶级敌人的俘虏。

卫　东　黄立，你要不要投身革命？（一槌）

黄　立　（惊震）要，要——

爱　东　你要不要自己前途？（重槌）

黄　立　（大惊震）要，要——

卫　东　（厉声）你要同阶级敌人划清界线！

爱　东　（厉声）你要同特务老婆立即离婚！

卫　东　划清界线。

爱　东　立即离婚。

［以上两句话要轮流反复多次，越来越快，声音越来越凌厉。最好能用强烈

音响效果。

[开边。灯暗。何卫东、何爱东、黄立同卸下。

沈 洁 （惊呼）黄立、黄立——

[灯亮、音乐声。

沈 洁 （如梦初醒，劳动的装扮，痛定思痛）

（唱反线二黄慢板板面）

梦破情断，八载火里苦煎熬。

心已焦枯，影已模糊。

怎么一旦，百般恨，千般苦，

如叠浪，猛涌到。

（转反线二黄）

风雷之下，

黄立呀！你竟是个懦弱之夫。

（转反线二黄尺字过门）

温馨家庭，向来是美好。

你能舍数载情深夫妇，

也不该，尽抛开，亲生儿女，

到底要争取，什么样的前途。

你是不会用点心，

抑或全没有一点脑。

（转反线二黄）

悲莫悲，命运由人摆布，

明知我腹有胎儿，

你竟能忍心不顾。

可怜小女儿，

只知有娘，不知有父。

更怜你手扶亲女，

不敢把孩子一呼。

过去怕重提，
眼前不忍睹，
八载光阴，历尽艰辛，
还不知有多少凄凉要苦度。

（转快打慢二流）

无端飞来一罪状，
谁能为我把冤呼？
刘院长有意栽培，
可惜他自身难保。

（吊慢） 茫茫雾海沉沉夜。
破舟危船，我又怎生操？

[迷茫若失，摇摇欲倒。

[刘英扬上。

英　扬　（扶住，吃惊）沈洁，你没事吧！

沈　洁　刘院长，我——我怎样支持下去？！

英　扬　支持下去，无论怎样，也要支持下去！你对心脏病科，已经有深厚基础。一定要鼓足勇气，向医学高峰继续攀登。

沈　洁　为医学献身，是我一生志愿，但是重云恶雾，我不知出路在何方！

英　扬　沈洁，我知你对自己，从来都有信心。对国家，对民族，应该更有信心。

（唱滚花）严冬过后，春天到，
闯过难关，是坦途。
共产党，始终是伟大光荣，
不会永任群魔乱舞。

做人不但要有志气，还要有勇气！（唱滚花）

应相信人间公道千秋在，
何必彷徨叹身孤。

沈　洁　（喜趋前）多谢刘院长！

[幕闭。

第二场　疾风后的劲草

[1986 年。

[越秀山上。

[开边启幕。

[音乐声，黄立上。

黄　立　（右边上，扶框柱）晚上登上越秀山，更觉广州可爱。越秀山，是我们常到的地方（静场，深叹）可惜我黄立呀！（唱南音板面一句）

当年一步错，
终身苦难长。（转南音）
回头不堪想，
放眼怕前看，
社会上朝天火热，
我心底却有一片冰凉。
事业已如飞花逐浪，
家庭只有冷雨寒霜。
可怜有女亲生，
我却从无抚养。
可痛对元婚淑配，
我竟是负情郎。

沈洁，我当时真是不想的，你知不知道，我十多年来是多么痛苦呀。（唱送君）

当初抱着热情，
共择了好方向。
同为心脏科，
写出新篇章。
可惜劫难来，
我不敢将风暴抗。

难能是你，一点倔强，

有幸向高峰攀上。

沈洁，我真真替你高兴呀！（徘徊踯躅）自从知道你明天便要出国深造，决心今晚到你家中道喜，谁料走到门前，总无勇气开声叫唤，反是迷迷惘惘，来到这越秀山。（张望）前边来的，似是小兰，她妈妈明天出国，为什么她一个人走上越秀山……（欲前又止）见了面又如何说话……（欲回身又止）纵然不说话，可以见到女儿，也是一点安慰……（两望，闪身树后，卸下）

[音乐声，沈兰上。有点焦急，有点紧张，有点欢乐。

沈　兰　（凝望，有所感触，唱二黄慢板连序唱）

几年一瞬短时光，

我的小家庭，尽变了样，

消失了苦脸愁眉心开朗，

好妈妈得平反了冤案。

我走出校门，进了工厂，

祖国一步步繁荣，

广州一年年兴旺。

国家重人才，妈妈受培养，

为求深造，明天便要远渡重洋。

妈妈动身之前，

要一见小兰的对象。

（踌躇，白）本来到家里见面就是了，苏志哥定要我先来越秀山，不知是什么缘故……

（唱合尺滚花）

但愿今回无变化，

使妈妈去得心安。

[苏志先卸上，带着踌躇难过的心情，听到沈兰最后两句，更加难过，甚至想往回走。

沈　兰　（呀声，回身，喜，作恼）志哥，你，现在才来……

苏　志　（有点失态，答非所问）你妈妈来了么？

沈　兰　我妈妈没有来！

苏　志　（另场）她没来就好！

沈　兰　想妈妈在家一定等得焦急了，快走吧！

苏　志　（欲行又止）我……我有些说话……

沈　兰　（着急）有话就快讲啦！

苏　志　（深叹）沈兰！你是个——

（直起唱花间蝶）

好姑娘，品德多善良，

胆识不寻常，做工技艺强，

性情直，心开朗，又豪放。

我有幸，同读书两三年长，

又同一天入工厂。（分开沈兰背场坐凳）

[沈兰听得甜孜孜的。

苏　志　（前曲）　我心中，

我心中真愿望，

终身相爱，甜如蜜糖。

沈　兰　（喜）这些话，留待见到妈妈时再讲！

苏　志　（难过）见到你妈妈，就不知怎样开口了！

沈　兰　（总向好处设想）你——难为情呀？

苏　志　不是！

沈　兰　不是就好了，妈妈明天就要出国。你讲出来，让她行得安心，去得欢喜！

苏　志　（深叹，前曲）

无奈世界上，

常是称心称意事情，

大半结果愿难偿。

沈　兰　（吃惊）你说什么？

苏　志　（窘态）我……

沈　兰　（着急，前曲）

实情，怎样？

应该照直从头讲！

苏　志　只怕讲出来，你会生气！

沈　兰　你不讲，我更生气。

苏　志　那，那就讲吧！（鼓勇，前曲）

我妈妈说你。（一槌，住口）

沈　兰　（焦急作恼，楔白）亏你还是个男子汉，讲句话也没有勇气？

苏　志　不是没有勇气，我阿妈话你破了相会克夫！

（横心忍痛，前曲）

我妈妈说你——丑样。（强音断收）

亲戚弟妹，

暗地闲语闲言，乱向人讲，

妈妈话你克夫相，

生怕成为伴侣，难为你，

忍不了旁人话短长，

沈　兰　（苦笑，楔白）丑样——我听得多了。别人怎说，我不计较。只要你——

苏　志　（前曲）　我是为你，反复设想，

只能望你原谅。

沈　兰　（吃惊，前曲）

这是何意，坦率快讲！

苏　志　（前曲）　为免你妈心伤，

不如不见，

望你重找对象。

沈　兰　（厉声叫止）

苏志，待到如今，你才说这句话！

苏　志　（憨厚地）若见了你妈妈再说，岂不更令多一个人伤心！

沈　兰　你现在说，难道我妈妈就不伤心了么？

苏　志　这……（苏志坐凳）

沈　兰　（深叹）志哥！（唱反线中板）

三四年来，同学同工，

你不是今时，始见我模样。

知你非浮薄青年，曾对我深情厚意，

才不惴丑陋，希望结成双。

也罢！（唱滚花）

你讲一句，是否真爱沈兰。（一槌）

苏　志　（楔白）我……我本来系真心爱你……

沈　兰　（前腔）　那就先行安慰我妈妈。

苏　志　（前腔）　假语虚言，我不愿讲。

沈　兰　既是真心爱我，又有甚假语虚言。

苏　志　（唱长句二黄）

插青苗，是好秧，

到收成，全失望，

只为时到禾黄风雨降，

妈妈说夫妻成世，

有许多变化难防。

我的弟妹口多，

你又性情倔强。

忍得了一时闲话，

忍不了一世攸长。

妈还说热恋当中，最易情迷惘，

以后家庭共处，一定吵闹不安。（句）

沈　兰　你就听从妈妈说话！

苏　志　妈妈说话……有道理。

沈　兰　没有道理。只要夫妻相爱真情，凡事总能解决。

苏　志　（前腔）　恋爱结婚谁不抱真情，

为什么法院又有那么多离婚案。

沈　兰　（欲反驳，一时又找不出说话）你——你是决心抛弃沈兰了？

苏　志　不是抛弃，是……忍痛割爱！

沈　兰　（被苏志的纯厚态度弄得啼笑皆非。作恼）割就割罢啦！

苏　志　（趑趄趋前）沈兰，我——对你不起……（见沈兰不理，忍痛楚，急下）

沈　兰　（突然回身悲叫）志哥——（欲追前）

［黄立急从树后上。

黄　立　小兰！（一槌）

沈　兰　（吃惊。止步，同关目）你……认识我？！

黄　立　当年在医院，见过面啦！

沈　兰　（醒起）呵！记得了，你就系那位医生叔叔，当时你对我很好——

黄　立　（难过地）叔叔对你——不好！

沈　兰　很好！（唱滚花）

感谢你十多年长，

对小兰还有印象。

老实讲，在那个年代，能对我们略表同情的，已经是很难得了！

黄　立　（不胜伤感。前腔）

血雨腥风，沉沉黑夜，

知你母女，饱受凄凉。

可痛群魔翻舞十年，

造成几许人间惨象。

沈　兰　看来叔叔对我们母女，相当了解！

黄　立　当然了解啦！我是你爸爸——的旧同事！

沈　兰　（不胜感慨）想不到我那坏爸爸，有一个好同事！

黄　立　你爸爸不是你想象中的那么坏的。

沈　兰　这是叔叔的厚道。我那爸爸坏透了！（唱剪剪花）

无情负爱，埋没良心，

舍妻抛女不抚养。

我亦受磨折，

妈妈更遭殃。

对孤灯，钻医书，

二十年苦难长。

黄　立　（沉痛地）你爸爸，真真对不起你妈妈！

沈　兰　叔叔对我妈妈，亦表同情么？

黄　立　岂止表同情，实在是……十分敬佩！

沈　兰　这……（背身，自语）莫非他与我妈妈相识？为甚从来未听妈妈提起——唔！一定是他暗恋我妈妈？（喜，回身）叔叔！

（唱春风得意）

谢你情义厚，

妈妈知道后，

一定开心，笑脸再展春光。

黄　立　（苦笑）这算得什么。你妈妈自己，已值得自豪了！

（前曲）　立志高洁，品性坚刚，

昏暗漫天，不迷方向。

踏着平实步，步步朝向上，

终显才能受到重点培养。

目前横渡外洋，

广采众长，向高峰再闯。

他朝归国，学有大成，

为华夏医学界，奋飞扬。

我真替你妈妈高兴！

沈　兰　我妈妈也有不好……

黄　立　只怕你对妈妈，还未完全了解！

沈　兰　我对妈妈，还有不了解的么？（唱滚花）

爸爸早经义绝，

妈妈偏偏是情长。

孤苦撑持二十年，

至今还不肯找对象。

黄　立　（无限感动、忘形地）沈洁，你何必如此自苦！

沈　兰　我也说——妈妈不应如此自苦！

黄　立　小兰，叔叔有句话，请替我转告妈妈！

沈　兰　（误会了黄立之意）叔叔有话，自己去说就是！

黄　立　都系由你转告好！

沈　兰　这——只要妈妈高兴，小兰愿意效劳！

黄　立　（带点感触，无限殷诚。唱木鱼）

过去事情，由他过去，

应惜三春好，勿待鬓秋霜。

有个美满家庭，工作更添力量。

请告你妈妈，

那辛酸前事，应彻底遗忘。

（转滚花）早些重觅知心人。

沈　兰　（前腔）　此正是小兰所望。

（像想起了什么）叔叔，你贵姓？

黄　立　我……姓黄。

沈　兰　（天真地）我那坏爸爸，又系姓黄的！

黄　立　（有点狼狈）你爸爸姓的是江夏黄。我——姓的是三画王！

沈　兰　哦！（唱滚花）

真系同音不同字，

一个性情薄幸，

一个品性温良。

叔叔呀！

（意在言外，前腔）

若有合适的人，

请替我妈妈，介绍个对象。

黄　立　（失措）我——我想起了，你都有男朋友啦，方才那个青年人——

沈　兰　（痛苦地）本来是，如今——不是了！

黄　立　这——到底什么回事？

沈　兰　他妈话怕我破相会克夫，又说小兰丑样。

黄　立　一个人最可贵系心灵美！

沈　兰　（作气）净讲心灵美，全广州的美容院都要关门啦！

黄　立　（抚慰）小兰。

只不过些微缺陷，你不要伤心失望。

沈　兰　我还有希望么？（唱跳花鼓）

听到崩鸡妹，

当堂心都丧。

（咬牙切齿）一日都系个何爱东！（前曲）

你害了小兰一世，

此仇此恨永难忘。

黄　立　（大惊失措）你——

沈　兰　妈妈正等着，我要回家了，叔叔，一同到我家，将你的话向妈妈讲！

黄　立　（更感狼狈）我——今晚要值班，请对你妈妈说，祝她一路顺风，早日学成归国！

沈　兰　多谢王叔叔！

黄　立　再见！（急下）

沈　兰　（关目沉吟）王叔叔对妈妈多么关怀，多么体贴！（感慨）今晚来越秀山，到底还有收获。小兰失恋，妈妈得恋……

[收光。

[幕闭。

第三场　繁华梦的破灭

[1988 年。

[黄立和何爱东的家。

[音乐声中启幕。

[何爱东穿新潮时装上。

爱　东（时对大镜洋洋得意，唱秋的怀念）

半截蝉纱，微掩超低衣领，

短套裙系上紧身带，曲线分明。（过序，身段）

厚敷兰霜，和胭脂，深浅相称，

虽眼旁，略有些皱，可以烫平。（过序，身段）

俏步轻轻，体态亭亭，

半露酒涡，浅笑盈盈，

泛动秋波，挑爱传情。（转二流）

东面来风，

我就向东边响应。

西边来雨，

我又向西面来迎。

这叫识势做人，（转滚花）

方向永远系正。（念白榄）

男人有男人威风，

女人有女人本领。

抛出了些小便宜，

批准我出国申请。（一槌）

沈洁呀沈洁，勿以为只是你会出国。今次我何爱东，应该改过名——唔！叫何爱西，（嘻笑）我何爱西也快出国了！

[沉醉在繁华梦中，舞动体态。

[何卫东上，望了一下，气恼，慨叹！

卫　东　你还是小女孩么？

爱　东　（作态）你还不知人家心急！我等着上街，向亲友告辞，你睇！（卖弄地）浑身上下，打扮齐整。签证呢？

卫　东　（为难地）签证——

爱　东　领导亲自出马，还不人到功成。

卫　东　都怪你自己糊涂，原来你有严重的心脏病。

爱　东　（大惊）我——我心脏系有些不正常，哪里说得上严重。

卫　东　体检表上写得明明白白，难道你没有看清。

爱　东　（大怒）全都是黄立经手去办。我以为自己丈夫，一定稳稳妥妥啦，谁知——那个衰黄立、病黄立、死黄立……

[黄立同时上。

黄　立　闹够了么？

爱　东　（先锋钹，执黄立，唱连环西皮）

真真灾星！（双句）

我的心脏有问题，

为何不早出声！

黄　立　你是先天性心瓣狭窄，而且病状实在特殊，目前国内，尚无法开刀，大家不想你……

爱　东　不想我生，想我死！（唱沉花）

你你你！

今番系你，判我死刑。（撒泼，冲前要打）

卫　东　（三拦）不必紧张，大家商量！

爱　东　同他商量，有鬼用咩！

黄　立　今朝见过刘院长，大家谈到你病情。

爱　东　这个老顽固，早已离休，同他讲，有什么用。

卫　东　不是这样说！刘院长原是心脏病专家，是会有办法的。

黄　立　刘院长答应过来的。

[刘英扬上。

英　扬　黄立！

黄　立　果然来了，刘院长！（迎入）

卫　东　刘院长请坐！

爱　东　（作态）刘院长，救命呀！

英　扬　什么事，如此紧张！

爱　东　（变调，醉酒三段。爽唱）

我的心脏病，心脏病，

出国就为这取不到签证，

登不了程。

望能为我想法玉成，

能出国治病。

英　扬　你的病，如今不须要出国医治了。

正　东　（作喜）老院长，你能解决？

英　扬　我老了。好在后继有人！（梆子中板爽唱）

昨日消息传来，

沈洁在心脏病科，

又创出了新水平。

她的学术论文，

发表在联合国卫生报中，

已被世界同行所公认。

过几天便归来，

请她主刀疗治……

爱　东　（大惊，楔白）要沈洁替我主刀——

黄　立　好主意！（前腔）

有望一举功成。（唱滚花）

只要你身体健康，

领事馆便能签证。

爱　东　（一腔气恼发向黄立）你好险毒呀！（唱快慢板）

想借杀人刀，来取我性命，

让你旧欢重拾，

再组织新家庭。

你可算好主意，

我不是糊涂虫，

人已化灰，还要什么签证。

卫　东　（相拦）这与黄立无关。老院长的主意实在可行，你首先要冷静，冷静！

爱　东　能让沈洁的尖刀，插进我的心脏么？世界上千敌万敌，最可怕系情敌。（晕介）

英　扬　马上送医院！（熄灯）

[幕闭。

第四场　春天里的风波

[距前场不久。

[沈洁家。从窗外可以看出，这是三层楼上。

[音乐声。开边启幕。

[沈兰挽肉菜篮，欢欣喜跃上。

沈　兰　（念白榄）妈妈归来已多天，

整理资料，忙个不完。

难得今天两家休息，

办个家庭小宴。

妈妈喜欢吃的，我都办齐全。

[沈洁抱大包小盒，生日蛋糕，欢快上。

[沈兰上。

沈　兰　（喜呼）妈妈！

沈　洁　小兰，你看（摆出食品）都系你喜欢吃的！

沈　兰　（喜不自禁）妈妈真好。

沈　洁　（带点感叹）妈妈真惭愧！

沈　兰　（娇态）唔！妈妈真好！

沈　洁　（不胜感慨）妈妈实在惭愧，惭愧了十多年。

（唱乙反中板）

当日妈妈拖住你上街，
行过糕饼店门前，
一阵阵奶油香，
一盘盘糖糕点。
见你行又舍不得，
停留不住，
眼睛偷看，口角流涎。
我的小兰真乖，
咬紧嘴唇，不敢开声，
知道妈妈困难，没有钱。
又知否你妈妈，
终日怀惭负疚，
一直心痛切口难言。（转滚花）
你今天二十一生辰，
妈妈始得稍还心愿。

快的食啦！

沈　兰　妈妈，小兰也办了很多你喜欢吃的菜式。

沈　洁　你又办了什么菜式？

沈　兰　有鸡有鸭，有鱼有肉，有虾有蟹，有煎有焗。

沈　洁　（失笑）母女两个，怎食得了许多东西，真系傻女。

沈　兰　这许多大包小盒，难道小兰又食得了么。

沈　洁　看来我也是个傻妈妈！

沈　兰　（哈笑）这间屋住着两个傻老姑婆！

沈　洁　（有所感触）小兰，妈妈出国两年，你真的再未有男朋友？

沈　兰　（置之泰然）看我个丑样，有谁肯要呀，我早立定心肠，做老姑婆了！

沈　洁　不要灰心，妈妈一定替你找个称心如意——

沈　兰　（爽笑）我替妈妈找个称心如意的更容易啦！

［黄立挽生日蛋糕上。

黄　立　沈洁！小兰！

沈　兰　（拍手大笑）一讲就到！

［沈洁瞪了沈兰一眼。

黄　立　（掩窘，趋前）小兰，生日快乐！

沈　兰　（接蛋糕）多谢王叔叔……咦！叔叔怎知今天是小兰生日！

黄　立　这——

沈　洁　你出世时，王叔叔也在那间医院工作！

沈　兰　（对妈妈的解释不尽满意，唱梆子中板）

难得王叔叔，
对一个婴儿出生日，
一直紧记二十一年。
可知王叔叔，
对我母女关怀，
不是今天始见。
希望王叔叔，
对妈妈加深了解，
勿怪小兰我多言。
我妈妈是很难得的！（有韵口白）
二十年来，矢志不变。
为医疗科学，惨淡钻研。
近年来，
社会繁荣，生活改善，

我妈妈，除了买书订报，

从不浪费用一分钱。

黄　立　（深叹，半自语）你妈妈真好，可惜叔叔——不好！

沈　兰　（欢跃）叔叔一样好，两家都好。（无限热情）今日系破天荒，小兰为妈妈接风，妈妈为小兰生日，买了许多食品。叔叔陪妈妈说话，小兰到厨房做菜，大家痛快吃一餐，虽未能说一家团聚，也算——（尽力想个好词句）也算是巧遇，即是有缘。

[关目急下。

[沈洁、黄立啼笑皆非，黄立更感愧疚。静场片刻。

沈　洁　（冷冷的）你——又来做什么？

黄　立　我本来不好意思找你，只为有一件事情。

沈　洁　什么事情，你讲啦！

黄　立　我——不知如何开口，只系痛疚在心。

沈　洁　（轻叹）你毋须痛疚，也不必开口了（唱昭君怨）

已经二十年，

情怀已冷，事也尽变迁。

不必痛苦说从前。

其实今天相见，也是多余！

黄　立　（前曲）蛛丝纵断，

忧思不断，

身虽分，旧爱不改变，

当初怨我，一朝错误，

抱恨终天。

沈　洁　（前曲）不应再把旧伤记在心，

终日愁苦脸。

花可再开，月可再圆。

射去的弦上箭，

不可复转，

请息别念。

重树雄心，勤奋自勉。

黄　立（前曲）实在处境，本未忍言，

还是要怀惭负愧言。

家庭没有温暖，

怎能自奋勉，

长对着浮薄无聊的半疯癫。

沈　洁（前曲）相晓于理，

相规以善，

定有日会使她品性转。

黄　立（前曲）一些不称心，大吵不完，

天地能变，她不会变。

沈　洁（前曲跳过一段唱）

不应早下判断，

更不可长自抱怨，（跳过一段唱）

万望珍惜当初伟愿，

短瞬一生，

何堪一损再损。

黄　立（深叹）唉，我——（欲言又止）

沈　洁（诚挚，关切地）你这样下去，会毁掉自己的，你本是有志有为，当年老院长，对我们同样厚望。自从实行改革开放，中国人都在奋发，应该为祖国医疗事业，献心尽力。

黄　立（感动，真诚）多谢你的鼓励，更难得——你能原谅我！

[沈兰棒盘菜上，以为他俩在谈心，上步“关目”作喜，听下去，由惊转怒。

沈　洁　老实说，当年你抛弃沈洁，我可以原谅，惟是你不顾我腹中骨肉，实在太过狠心！

黄　立　我自知对你母女不起，今日为了一条人命，只好厚脸相求！

沈　洁（意外，吃惊）一条人命……

黄 立 何爱东患了严重心脏病，只有你肯主刀，或能得救！

沈 洁 原来大驾光临，系要我为你妻治病！

黄 立 望你江海为怀，救她一命！

沈 兰 （重一槌，盘菜跌地，厉声）无耻！（大鼓逐下打，怒目逼视推磨，一路指骂）原来你就系黄立，你就系何爱东的丈夫，你就系我个没良心的爸爸！

（唱赛龙夺锦中段）

当年太卑鄙，

今时太阴险，

抛妻舍女，

新欢贪恋。

痛心往事，

未与清算，

到今天你竟有脸，

替鬼求活，

恨我认恶为善。

讲起不禁令人眼底生烟。（仿三批）

沈 洁 （三拦）小兰，为病人求医，本是无可责备！

沈 兰 无可责备？（唱快打慢二流）

他求谁人，治谁病？

仇与恨，高似天！

害妈妈孤苦凄凉二十年，

害小兰破相终身无颜面。

（咬牙切齿，厉声的）何爱东！（重槌，滚花）

何爱东纵然死一百次，

也不该可怜。

（捧起黄立送来的蛋糕）你走。你走——（将蛋糕掷向黄立）

[黄立狼狈逃下。

[沈兰怒极成悲。背身哭泣，静场。

沈　洁　（激烈的感情震动渐趋平静，深叹，趋前抚慰）小兰！

（唱苦喉木鱼）

妈妈知你心头痛楚，

你又可知妈更心酸。

做人不应朝后看，

要多放眼望向前。

纵是戴天仇结千年怨，

到底世上从无百世冤。

今日伤心人把伤心劝，

女呀！当年不幸事，

你爸爸亦是不得已而然。

沈　兰　（的的鼓，凝视沈洁，是悲，是愤）看来妈妈是答应替那坏女人主刀了。

沈　洁　今天医院领导，已经把任务交了下来，你妈妈是个医生，怎可把病人拒诸门外！

沈　兰　我去找医院领导——（便行）

沈　洁　（叫止）小兰，不可。

沈　兰　我一向以为妈妈是硬腰杆，原来竟是软骨头！

沈　洁　（深有所感，发自至诚，半自语）党和国家用人民的血汗，将我培养成材。你妈妈没有权利，用工作之事去为自己泄愤。

沈　兰　无论如何，不能替何爱东治病。

沈　洁　救死扶伤，是医生本分。

沈　兰　防危避险，是人类的本能。（锣鼓白）何爱东若非病情严重，她丈夫决不会来向你恳求。向心脏开刀，在我国成功尚少，稍有差迟，人家就会说你心怀旧恨，公报私仇，要想夺回丈夫，故意将她害死。（重槌，声泪俱下）那时间，百口难辩，问你怎样做人。（重槌。掩面急下）

沈　洁　（强音乐声，心情沉重，进退惊惶，双星恨尾段，头两句摇板唱）

风吼，电闪——

惊心，动天——

仿佛千钧压双肩。
进则涉凶险，
退则更是悬崖绝堑，
一己怨，能罢算，
身芳洁，难受玷。
无计逃脱，设法避免，
事迫在目前。（包槌。的的鼓，吊慢唱）
一瞬间，浪涛在心千百卷。（转反线中板）
红棉碧树映珠江，
欢歌喜报满花城，
白燕重归，
风华初展。
二十载撑持，
多少番拼搏，
又见春回大地，
不负壮志英年。

（直转反线秋江别中段）

怎知到今天，到今天，
冤家路窄，不许有回旋。
旧日恩恩怨，
千丝万缕缠，
病例既少见，
资料也未全，
成败呀，只差一线。
倘真失败，（重一槌断收，惊震）

［高音喇叭播出下列声音："你存心害死何爱东。你想争回黄立。""沈洁你真阴险。""沈洁你好卑鄙！"声音骤止。

沈　洁　（惊惧，前曲，变调）

骇人罪过，万死也难填。

[音乐断收，蹶椅。

[沈兰关切妈妈状卸上。

沈　兰　（趋前）妈妈！

沈　洁　（委屈亲切地）小兰！（紧抱小兰，热泪盈眶）

[刘英扬携资料上。

英　扬　（呼叫）沈洁！

[沈兰闻声忙离开沈洁。

沈　兰　刘伯伯，快来帮我劝劝妈妈！

英　扬　你——又惹妈妈生气了！

沈　兰　小兰从未惹过妈妈生气。

英　扬　那——是妈妈骂了小兰！

沈　兰　妈妈从未骂过小兰！

英　扬　（望桌上物品，又望两人神态）这就奇了！（唱滚花）

本是阳春三月三，

为何两副秋霜脸。

沈　兰　（前腔）都怪如今的领导，

已经忘尽了当年。

难道还嫌我妈妈，

未受够他人作贱。

英　扬　（恍然而悟，爽然而笑）哦！我猜到了，为了替何爱东治病。

沈　洁　刘院长，你认为——我应该接受何爱东的主刀任务么？

英　扬　当然应该啦，我在医院当了二十多年院长，病人拣医生就见得多了，医生拣病人，好像未曾见过！

沈　兰　医生拣病人，刘伯伯未曾见过，医生害病人（指脸上疤痕）应该见过了吧！医生害医生（指沈洁）应该更见得多了。今天就系要破例，决不让妈妈替那坏女人主刀。（包槌）

英　扬　沈洁，你说呢？

沈　洁　（为难地）我——

英　扬　（感叹）在那是非颠倒的十年中，其实何爱东也是一个受害者。我们应该帮助她，挽救她！

沈　兰　你还嫌少了像何爱东那样的共产党员，给党的形象蒙污积垢？

英　扬　我们要有更多像你妈妈那样的共产党员，为党的形象添彩增光。

沈　兰　我决不让妈妈替那坏女人主刀。

英　扬　（笑）你方才要刘伯伯劝你妈妈，就是不要替何爱东主刀？

沈　兰　（负气）算我找错了人！

英　扬　（认真的）希望刘伯伯没有找错了人。小兰，乖女，听刘伯伯话，鼓励你妈妈替何爱东主刀！

沈　兰　（盛气）若要妈妈替何爱东心脏主刀，除非妈妈先把尖刀，插进小兰心脏。（重槌急下）

英　扬　（呼叫）小兰！小兰！

沈　洁　刘院长！小兰的说话虽有点过激，但过去何爱东对我所作所为，你是完全了解的。风险，我担得起。无奈，人言可畏！

英　扬　（唱芙蓉腔中板）

你本是江海襟怀常开朗，
为什么自设樊篱障眼前。
这是为医疗科学攀高峰，
不是为何某一人担风险。
正因不是寻常闲病例，
才叫心脏科研最尖端。（转滚花）
当年苦难缠身，你尚气昂昂，
今日康庄路途，你反心惴惴。

沈　洁　（踌躇）我……

英　扬　当年你是怎样一步一脚印走了过去？是相信自己，相信人民，相信共产党。将来手术方案，会经过新老专家研讨决定。群力攻坚，充分发挥我们社会主义的优越性。

沈　洁　群力可以攻关，只怕设备不能配合。

英　扬　（哈笑）你出国两年，医院的设备……有西门子900呼吸机，帮助心脏病人手术后的呼吸。有心电图监护仪，自动监测病人的体温、脉搏、血压同心液排出量。还有……不必多说了，来来来，大家一齐来制订手术方案。

[追光灯照着刘英扬打开资料，二人同围向桌上。

[熄灯转景。

第五场　雪中梅的光彩

[紧促音乐声中。衣边演区灯亮。

[李玉清领两护士推病床车上。（病床上卧着何爱东，除头部外全盖上白床布）同进手术室，下。

[何卫东、黄立同时紧张地跟着病床车上。正想跟进手术室，梁明同时由手术室门内上，示意两人止步，并示意两人坐下。

梁　明　（唱滚花）手术尚未进行，
你焦急也没用。

卫　东　沈医生来了么？

梁　明　昨晚来过。

卫　东　我问的是现在。

梁　明　现在……（前腔）
现在还未够钟。

卫　东　（前腔）　病人躺上病床车，
已经向手术室送。
主刀医生还未到，
她——她真是——够轻松。

黄　立　（前腔）　沈医生不是这等人，
她一向责任心好重。

卫　东　（生气）你！就会帮别人说话，对妻子一点不着紧。

梁　明　（似笑非笑）又一宗冤假错案。听说黄医生为了替何爱东做手术，曾经亲自去求过沈医生，几日来，一直同刘院长一起，帮助沈医生制订手术方案。昨晚沈医生来做手术前检查，黄医生又一直陪同协助。

卫　东　（唱滚花）日夜两家相随形影，

只怕其中另有内容。

黄　立　（气极难言）这——这是什么说话！

卫　东　（前腔）　若然出了问题，

后果就知严重。

[刘英扬同时上。

英　扬　（关切地）什么事情严重？（梁明向刘院长耳语）我去看看。

[什边小演区一支追光灯亮，照住沈洁正在焦急地用力拉房门把手。底景有较强灯光照住景物，表示已在白天。

沈　洁　（高叫）小兰！小兰！开门啦。

[另一支追光灯亮，照住房门外的沈兰。

沈　兰　好妈妈，你安心在房里休息，我今天在家中，整天将你奉陪。劏鸭又劏鸡，调弄几式菜。

沈　洁　（着急）傻女！医院等我回去有紧要事。

沈　兰　我知——我将门锁了，我就不准你上班。

沈　洁　（大急）小兰，你这样做不只害了妈妈，还害了别人。

沈　兰　何爱东？她丧尽天良，害了我沈家两代人。

[沈洁焦急呼叫声："小兰！小兰！"

沈　洁　（唱银台上一句，摇板）

任叫唤，不应不睬。

（唱银台上）

小兰是乖女儿，

听妈说话，

立即将锁开。

同事们焦急正等待。

[沈兰房门外现身。

沈　兰 妈妈你只想着别人，总不想想自己！

沈　洁 妈妈就系想着自己，我系个医生！

沈　兰 （唱滚花，趋快唱）

就算是慈悲菩萨，

也要把善恶分开。

孙悟空三打白骨精，

你竟似唐僧的脑袋。

沈　洁 如今没有时间再分道理，希望你念在妈妈一把眼泪，一把心血，把你拉扯成人。如今求你一次，把门打开！（声泪俱下）

沈　兰 （趋快）女儿自小，想吃的没有，想穿的没有，想玩的也没有，从未向妈妈求过什么，如今就求你……（声泪俱下）

[照着沈兰的追光灯暗。

沈　洁 小兰！小兰！

[衣边演区一支追光灯亮，照住刘英扬在焦急呼叫。

英　扬 （唱快打慢二流）

沈洁呀，为什么迟迟未到？

沈　洁 （前腔）小兰女，你真个千万不该。

英　扬 （前腔）急得我，蚂蚁在热锅。

沈　洁 （前腔）急得我胸膛无主宰。

英　扬 （前腔）愿你平安无意外。

沈　洁 （前腔）我一定设法赶回。

[紧张音乐声中灯渐亮。

[一条铁水管沿墙着地。

沈　洁 （正在扶着铁水管，撑持起身，欲举步，痛楚惊呼）不好了！（唱双星恨）

本意顺铁管快下来，

怎料到一时滑脱手，跌下来。

两腿痛难抬，

又如何把步敞开。

医院里面，

恐怕是领导与助手，焦急等待。

今番就算忍伤赶回，

又怎登手术台。

就算上得手术台，

大半天怎能忍耐。

主刀工作怎能抛开！

小兰！小兰！

[撑持起步，痛楚难支。

[沈兰内场呼叫上。

沈　兰　妈妈……（扶住沈洁）小兰真对不住妈妈！

沈　洁　马上找车送我回医院！

沈　兰　（着急）你站也站不稳，返医院也不能工作啦！

[内场汽车声，梁明、玉清急上。

梁　明　沈医生，院长派车来接你！

玉　清　（吃惊）沈医生，你——

沈　洁　手术前的准备工作做好了吗？

玉　清　准备好了，可是你的脚伤了！

沈　洁　不要紧。

梁　明　两只足踝都肿了！

沈　兰　都是小兰不好，我把妈妈关在房中，不让她去医院。妈妈心急，从水管爬下来，跌伤了！

梁　明　（着急）你真系糊涂女！（忙俯身替沈洁诊视）

沈　洁　我想过了，回医院打封闭！

梁　明　打封闭——（唱滚花）

这对你疗治足伤，

以后可能有妨碍。

沈　洁　（唱滚花）时间关系病人性命，

一切事情要抛开。

沈　洁　（爱抚沈兰，带点豪情）回医院！

[沈兰背起沈洁。

[暗灯。

（合唱）　珠江潋滟，越秀青葱，

春风杨柳泛翠飘红。

群飞白燕振翅长空，

群飞白燕振翅长空。

[幕闭。

[剧终。

（剧本版本：《广东粤剧剧本选编》三）

·粤剧卷·

伦文叙传奇

编剧：林　榆

人　物　表

伦文叙　　柳先开

阿　琇　　梁　储

伦　母　　赵士德

胡员外　　弘治皇帝

夫　人　　太　监

胡小姐　　旗　牌

梁二宫　　中　军

书　僮　　法　师

试子、差官、婢仆、宫女若干

和尚二人、护卫若干

第一场

［明朝成化辛丑年间。

［广东南海西禅寺大雄宝殿内、外。

［阿琇手挽拜神全盒领胡蓉小姐上。

小　姐　（唱中板）古寺西禅香火盛，

烧香许愿祷神明。

阿　琇　（接唱）　他日如意郎君来下聘，

小姐终身富贵享尊荣。

小　姐　当然啦！（倨傲自信，接唱）

富贵贫穷都整定！

阿　琇　亦有人讲——

（秃头滚花）

穷通不在命，

有志事竟成。

小　姐（接唱）　哼！

半点不由人，万般都是命！

［传来狗吠声，小姐吓了一惊。

阿　琇　小姐别怕，香已烧完，回家去吧。

［两人齐下。

伦文叙（内唱引子）莫道贩夫走卒无血性，

［少年伦文叙挑菜上。

（续唱）　长街叫卖犹作读书声。

有菜卖！有大白菜卖！……

［阿琇急上，一见伦文叙不由分说拉着就走。

伦文叙　你干什么？你干什么？（被迫放下菜担）

阿　琇　小姐她……她被狗咬……快去救人！（拉伦文叙）

［伦文叙放下菜担，拿起担杆，跟阿琇急下。

［少停，伦文叙和阿琇扶小姐上。

小　姐（挣脱伦文叙的手，不满地）阿琇，他是什么人？

阿　琇　他是……（转问伦文叙）我家小姐问你是什么人？

伦文叙　读书人。

阿　琇　小姐，他说是读书人。

小　姐　读书人？（瞅着那菜担）那担菜是他的吗？（阿琇点头）读书人为什么卖菜？

伦文叙　因为家穷。

小　姐　家穷就要卖菜吗？

（唱街头月）

既是个书生，应注重文明，

如何卖瓜菜，颜面尽丢清。

伦文叙 做小贩就丢面吗？（颇感不快，但又觉好笑，于是幽默地）我看未必！当初孔夫子——

（接唱街头月）

　　这位大先师，家世本无名，

　　他童年卖烧饼，亦同我出身轻。

（楔白）子曰，“吾少也贱，故能作鄙事。”

小　姐 你敢与孔夫子比？呸！

（唱三脚凳）

　　何不将尊容，照下菱花镜，

　　周身无贵气，成只马骝精。

伦文叙 哈，哈。

（唱滚花）若是猴王孙大圣，

　　倒可一翻筋斗上天庭。

小　姐 贫贱之人也想上天？

（接唱）　鲇鱼上竹竿，上极都唔到顶。

阿　琇 ……小姐，我们曾求助于他。

小　姐 那好，就给他几个赏钱吧！

伦文叙 不，这赏钱我不能收。“君子不食嗟来之食。”

小　姐 看他又穷又酸，不要钱就算。

阿　琇 我们打搅他卖菜，这钱就算买下这担菜吧。

[阿琇拿起两把菜，把钱放下。

伦文叙 多谢姑娘美意，钱我还是不收。（把钱递回）

小　姐 （娇蛮十足）你这卖菜仔，真不识抬举。

[小姐一手把钱抢回，一手接过阿琇手中的菜抛掉，拉阿琇拂袖而下。

[伦文叙拾起地上的菜，发怔。

伦文叙 菜呀菜！

（唱快二黄）

　　我为救人受辱，累你也被欺凌。

殃及池鱼，天心何其不公正！

唯有从头收拾，惨淡经营。（拉腔）

卖白菜，有大白菜卖……

[圆场，到寺前。

[一和尚走了出来。

伦文叙 师父，买菜吗？

和　尚 买呀。不过，未买菜，先买才。

伦文叙 买才？

和　尚 唔！

（唱木鱼）我们寺里百贤殿，

欲求才子作门联。

联中要合一百之数。

（唱）　若然题得好，打赏钱三千。

伦文叙 （续唱）　分明是“大话三千”将人骗。（掉头想走）

和　尚 慢走！

（接唱）　这是法师之命，我不过把话来传。

伦文叙 啊！是法师之命？好！

（唱滚花）即席写门联，拿来纸、笔、砚。

[和尚们即拿来纸、笔、墨。伦文叙在小和尚的背上即席挥毫。

和　尚 （接过写好的对联，念）

杏坛七十二贤贤贤希圣，

云台二十八将将将封侯。

七十二贤加二十八将，正好切合一百之数。

（赞赏）好对呀，好对！

（唱三脚凳）

功力果然不浅，好个饱学少年！

快挑菜入伙房，见法师领赏钱。（仄）

[和尚带着伦文叙从大雄宝殿后面下。

[一阵锣鼓齐鸣，闹热异常。

[伦文叙挑了空担与和尚复上。

伦文叙 因何外面鼓乐喧天？

和　尚 （口鼓）乡贤梁储大人来此烧香了愿。

伦文叙 （口鼓）闻说梁储出身贫薄，是位苦学成材的命官。我早就仰慕此公，师父可否引我一面？

和　尚 不能，不能。

（口鼓）我是出家人，你是卖菜仔，他是一品大员。

伦文叙 （口鼓）如此让我躲在神台底下，一窥大官威焰。

和　尚 不可，万万不可。

（口鼓）给大人发现，你我罪大弥天。

[这时人声沸腾，鼓乐更响。

[伦文叙不理和尚的阻挡，一个劲钻入神台下藏着。

[梁储与护卫一干人等在法师的陪同下，上。

法　师 大人请上香。

梁　储 好！

[梁储向三宝佛参拜，上香，口中念念有词。护卫兵丁两边肃立。

梁　储 （忽见神台下有黑影，惊呼）神台之下有人，快拿刺客。

[护卫蜂拥而上，从神台下拖出伦文叙。

梁　储 （口鼓）大胆狂徒，何以藏在神台下面？

伦文叙 （气慑答不上话）……

[和尚急向法师耳语。

法　师 （忙向梁储施礼，口鼓）此乃本地神童伦文叙，贫僧与他吟诗作对，相交有年。他才思敏捷，天赋过人，家境清贫，仍勤攻书卷。今日无知，冒犯尊驾，乞恕罪愆。

梁　储 有这等事？（端详一下伦文叙，口鼓）既是读书人，本官要试你。出一上联，对得通恕你无罪。对不通则处罚从严。

伦文叙 好，大人请出上联。

梁　储　（抬头望了一下殿上神像，念）

三尊宝佛，坐鳌、坐象、坐莲花。

伦文叙　（抓了一下头，一时无计，在护卫的吆喝声中，突然盯着梁储，目不转睛，脱口而出）大人呀，你——

梁　储　我怎样?

伦文叙　（念）　一介寒儒，攀龙、攀凤、攀丹桂。

［伦文叙对语一出，满堂皆惊，发出“绝妙！”“工整！”“对得好！”等语，称赞不已。

梁　储　（高兴地）好呀！果然对得工整！

（口鼓）足见才思敏捷，学识不浅。“一介寒儒”对“三尊宝佛”，贴切自然。从一介寒儒到攀龙攀凤，突出了本人意愿。穷不夺志，气壮心坚。想我百粤，山川毓秀，人杰地灵，名贤迭见。将来一定人才辈出，光耀南天。（对伦）好吧，本官赠你五十两银。

（秃头滚花）

助你勤修不倦。

他日秋闱应试，

定卜一马当先。

伦文叙　（接过白银，不知所措。经法师示意，他才知下跪，咽声高叫）谢大人！谢大人！

［切光。

第二场

［胡小姐独坐绣阁，徘徊等待。

小　姐　（唱燕子楼中板）

待字闺中无聊赖，

何日银河抱月织女开怀。

今早三声喜鹊得人爱，

爹爹开筵招婿选英才。

寸心儿，飞向华堂外，

偷打听，阿琇未回来。

不知选中谁人，好教我心难耐。

（唤）阿琇！（阿琇内应“来了”）

[阿琇兴高采烈地上。

阿　琇　（唱秋水伊人）

华堂选婿，许多学子上门来。

儒儒雅雅，斗诗作对考文才。

（老爷）亲身作总裁。

我在后堂偷偷看比赛，

选中伦氏相公果真一位好人材！

这伦文叙原来就是那个卖菜仔，一年前遇到的卖菜仔就是伦文叙。真是有眼不识泰山，好在小姐而今还未知道。

（续唱）　这消息我慢揭开。

未知小姐她爱不爱，

见宝唔采就实在呆！（上楼）

小姐，恭喜你，佳婿选到了！

（唱快滚花）

老爷有眼识英才，

出土明珠生异彩。

小　姐　选到了吗？他是谁？

阿　琇　他就是大名鼎鼎的伦文叙。

小　姐　伦文叙，的确很有才名，怎会选到了他？

阿　琇　看小姐急成这样，让我先透顺了气好吗。

（念）　筵席堂前摆，

书生列两排；

吟诗兼作对，

老爷乐开怀。

（唱荡舟）那伦文叙，最要得开，

许多公子都比他唔来，

只有梁二官偏逞能耐，

自认奇才。

挥笔忙写下，半副对联摆擂台。

小　姐　那梁二官的对联怎么写呢？

阿　琇　他写了上联："小犬无知嫌路窄"，要伦文叙对下联。伦文叙顺口吟来："大鹏展翅恨天低"，当场有人赞好。梁二官不服，又出一上联想难倒对方，他说："天作棋盘星作子，谁人敢下？"哪知伦文叙朗声念道："地当琵琶路当弦，哪个能弹！"搞到梁二官满面羞惭。他又出一联想讥笑伦文叙，他说："鹦鹉能言难似凤"，他把自己比作凤呢。

小　姐　伦文叙怎样对下联？

阿　琇　伦文叙从容答对："蜘蛛虽巧不如蚕。"

小　姐　哈，把梁二官比作蜘蛛了，对得好。

（唱流水清歌）

阿琇精灵似学舌鹦鹉，

才郎文叙学比人高。

天赐良缘传喜报，

我面红心跳如饮醇醪。

（转滚花）我要面会伦郎，

阿琇快些引路。

阿　琇　知道。（扶小姐下楼）

［胡员外带着伦文叙上，正与下楼来的小姐、阿琇相遇。

胡员外　女儿，快来与这位才高八斗，远近闻名的伦公子见面吧！

小　姐　女儿遵命。（赶上前施礼。急不及待抬头望伦文叙，骤然面色大变）你，你，你……就是伦文叙？！

伦文叙 小生正是伦文叙。

小　姐 爹爹，你要将女儿嫁给这个人？

胡员外 为父正想问你呢。

小　姐 我堂堂富家小姐，嫁与一个贩夫走卒卖菜仔，你不觉玷辱了家门么？

胡员外 什么卖菜仔？

伦文叙 一年前小生曾挑担上街卖菜。

胡员外 啊！那不要紧，伦公子满腹经纶，一时穷措，并不妨碍他金榜题名，状元及第。

小　姐 卖菜仔能金榜题名，状元及第？除非鸡毛飞上天，日出西边。

胡员外 女儿太放肆了。

小　姐 不是女儿放肆，我睇这种人决不会发迹，所谓龙生龙，凤生凤，老鼠生儿会打洞，穷者代代穷，永远穷。

胡员外 你住口。

小　姐 住口就住口，一个卖菜仔，想娶我，你不觉得太高攀了吗？（傲慢地拂袖而去，阿琇跟下）

胡员外 （急）公子请勿介意，稍待片时。女儿，女儿！（追下）

伦文叙 （不禁苦笑）嘿嘿……

（唱泣残红）

世人每把真金作烂铜，
鲜花当臭草，
纵然你是帝女又何足道，
非佳偶，类鸿毛。
若非是你爹相邀请，
大轿也难抬得我到。
书生气傲，居贫亦自好。

小姐！

（慢唱） 祝你他朝福禄鸳鸯老！

[向场内白：“员外，恕我不告而行。”

胡员外 （内白：“公子留步，留步！”上）

（唱三脚凳）

公子大人有大量，恕小女礼数全无。

自古相女配夫，作主都由父母。

伦文叙 （接唱） 员外虽然下顾，小生不敢攀高。

（滚花） 今者有负隆恩，日后定当图报。

胡员外 不敢，不敢。

伦文叙 我有一言，请向小姐转告。她的闺阁之上，正缺少了一条梁。

胡员外 她闺阁缺少一条梁？（举头望）有屋梁呀，何说缺少一条梁？

伦文叙 她缺少的是“放眼量”（梁）！

胡员外 放眼量？她确是眼光短浅，公子说的对，我一定转告。

伦文叙 小生告辞。（欲下）

胡员外 且慢！（向内）人来，送上十两纹银。

伦文叙 不必，多谢！告辞了！（急下）

胡员外 （向内催促）快，快拿来！

［家院送上银两，胡员外取银想追下，夫人恰上，拦住。

夫　人 匆忙何事？

胡员外 送客一程。

夫　人 免劳了！（一手取过封银）我叫梁二官代送啦。喂，我再问你——

（唱卜灯花）

女儿婚事你点匹配？

我口都讲到瘃（累），

配二官就最登对，

让老身来作主……

胡员外 呃！

（接唱） 婚事慢谈我正踌躇。

夫　人 （不悦）哼！（见梁二官来）啊，二官，你来共姨丈讲啊。

梁二官 （内应）来了！（快帅牌音乐锣鼓上）姨丈啊！

（唱板眼）那伦文叙，枉吹嘘，

家贫卖菜，腐乳咁霉，

焉能配得上我表妹？

牡丹岂会插在牛粪堆。

我梁家世代簪缨，我表妹名门淑女，

正好亲上加亲两姓光耀门闾。

夫　人　如何？

胡员外　何如？

夫　人　我问你呀！

胡员外　我……还是那句——

（重唱卜灯花尾句）

婚事慢谈我正踌躇。

夫　人　（怒斥）哼！我睇透你！

（白榄）　把我外家人，看不在眼内。

未知他梁家，用钱如用水。

二官读饱书，何难便中举。

什么叙伦文，伦文叙，

莫想踏我门，莫想拶我女。

我女眼角高，嫁猪嫁狗都唔嫁佢！

胡员外　（怕妻免吵）好，好！

（白榄）　一切你"揸庄"，我封埋把嘴。

横掂系泼出嘅水！

［胡员外忿然摇头下。

夫　人　（得意地唱慢白榄）

呢回跟我去，礼厚你表妹。

话要软绵绵，笑要咪咪嘴。

行莫两边摇，顾住个条腿。

梁二官　（接念）　对，对，对，（指跛足）

保证合规矩。

[帅牌，得意地一踮一踮地随夫人下。

[幕下。

第三场

[二幕前。

胡员外 （内唱引子）骄纵女儿真激气，

（上，续唱）她吓跑凤凰远处飞。

（口鼓）闺中女儿哪晓父亲心意，我有财无位每受人欺。见到州府官员要跪地，叫我怎服气。决心招个有功名的女婿，一朝光大门楣。伦文叙才高，他日定出人头地。我绝不能白白坐失良机。

（滚花） 有何良策挽回这一桩婚事？

（想计）啊，有了。阿琇哪里？

阿　琇 （上）老爷叫我？

胡员外 正是。老爷对你一向可好？

阿　琇 收养之恩不敢忘。

胡员外 今有一事，想叫你去做。

阿　琇 老爷只管吩咐。

胡员外 你要到伦文叙那里为小姐说亲。

阿　琇 小姐已经回绝，怎么又去说亲？

胡员外 小姐回绝，老爷我要。

阿　琇 老爷你要，伦相公就肯吗？

胡员外 肯的。我教你讲，你话——

（唱秋江别中段）

小姐她，已自省前非。

敬公子你，愿共效于飞。

派奴婢把金钗暗送来，

情似金坚，望早赋佳期。

阿　琇　有金钗，伦相公就相信了吗？

（唱戏皇叔）

小姐曾两次，将人讽刺，

谁也会怀疑——（转慢）

小姐怎么会一旦又爱穷家子？

胡员外　那该如何是好？如何是好？

阿　琇　我也不知道，让我想想。

（旁念）　我想伦家相公，他日必成大器。

可惜小姐势利，看人只看一时。

老爷倒有眼光，叫我助成好事。

何妨从中奔走，且做一缕红丝。

伦相公家穷，读书难以专心致志。

认了这头亲事，倒可得点支持。

（想计）老爷，我有一个办法，不知可行不可行？

胡员外　快讲？

阿　琇　（念）除了送去金钗，还要有小姐题诗寄意。向伦相公表明爱慕，胜过我万语千词。

胡员外　好！使得！你就写吧。

阿　琇　我不会写。

胡员外　你跟做教馆先生的义父读书多年，怎么不会写？

阿　琇　这种情诗……（羞涩）老爷你写好。

胡员外　老爷墨水唔多滴。对了，人说，“读熟唐诗三百首，唔会吟诗也会偷”，你就偷一首去吧。

阿　琇　偷一首？……

胡员外　即系叫你抄一首。

（唱滚花）有情诗与金钗为赠，

定叫文叙深信不疑。

快去！

[二人下。

[二幕开。

[伦文叙的茅屋。

[音乐。伦文叙在窗下攻读，两眼凝望窗外，思潮起伏。

伦文叙 “卖菜仔永远是卖菜仔！穷措大到底是穷措大！贩夫走卒辱没了胡小姐的家门！”哎，想来好恨呀！

（唱散板反线清歌）

空有满腹诗书，常怀利器。

何日云衢万里，得遂心期。

（叹气，唱新曲）

蒙正时穷遭笑耻，

文章价贱不疗饥。

有道“士人受辱宁可死”，

我今一念痛心脾。

白眼如刀，薄情似纸，

救贫无计，仰屋兴悲。

与其默默而终归蒿里，

何如孜孜为利养亲慈。

投笔经商，欺行霸市，

博它个腰缠万贯，家润屋肥。

谁敢嗤之以鼻，尽都俯首低眉。

（捧起若干书本，忿忿地）这些误人的东西！

（续唱） 扫净牢骚将你弃！（丢书）

（唱煞板）伦文叙，如今是，贫贱能移。（痛心疾首地枯坐）

[伦母在外叫：“伦儿，伦儿快来！”

[伦文叙应声往外跑。

[伦母有气无力地背山柴上。

[伦文叙接过伦母山柴往屋里放。

[伦母坐下捶腰，文叙忙侍母在侧。

伦　母　怎么？一地的书？

伦文叙　（忙拾起，唱滚花）

妈，以后莫去打柴，

儿要出广州打工学生意。

伦　母　什么？你不读书啦？

伦文叙　我读书使娘亲受苦了，以后我赚钱养你。

伦　母　胡说！

（唱四时果）

弃儒学经商，实属不明智。

（白榄）　只要你学业有成，

为娘再苦也乐意。

近日你心情不好，

皆因无故受人欺。

且放宽胸怀，更加坚志气。

（续唱）　莫贪一时之利。

伦文叙　（接唱）　遵从娘亲训示。

伦　母　知错就好，读书也罢。（挑起水桶欲下）

伦文叙　（抢过水桶）娘亲歇息，让儿去挑水吧！（下）

伦　母　真难为他了。（望着儿子身影）

（唱滚花）艰难日子，

不知了结在何时？（下）

[阿琇左顾右盼上。

阿　琇　（唱）　为找伦家，向四邻探问。（走圆场）

[伦文叙挑水上。

阿　琇　（惊喜）伦相公，我正要找你呢。

伦文叙　（意外一愣）你……（随即掉头快步走避）

[阿琇拉着他的担杆不放，再三拦阻。

[伦文叙索性撂下水担，空身入屋，把门关上。

[阿琇呆在门外。

[伦母从屋内上。

伦　母　什么事？

伦文叙　闭门推出窗前月。

伦　母　什么？“闭门推出窗前月”？

伦文叙　（在母亲耳边叽咕了几句）我憎恶胡家的人。（下）

伦　母　那担水呢？

伦文叙　（内声）放在门口。

[伦母开门找水桶。

阿　琇　（礼貌地）大婶，你是伦相公的亲娘吧？

伦　母　是的。（动手挑水）

阿　琇　你这样大年纪还挑水，让我来挑吧。（帮伦母把水挑进屋去，倒进水缸）

伦　母　烦劳姑娘了，你是——

阿　琇　我叫阿琇，是胡家的下人，昨天胡员外招女婿，小姐一时任性，得罪了伦相公。

（唱龙舟）如今命我登门道歉，小姐出自真心。

伦　母　不用道歉了。

（接唱）　穷人该受贱，古语都有云。

弄到婶娘不亲，舅父不近。

六亲都断咯，何况你等非故非亲。

阿　琇　大婶明理。（放眼四处寻找伦文叙时，发现桌子上、书架上，甚至吊在墙上的竹篮里都是书，惊呼）书！书！书！这么多的书。（拿起桌上的书）《春秋》。（又拿一本）《史记》。（再拿）《易经》。

伦　母　你不要动……文叙最不喜欢人动他的书的。

阿　琇　大婶，真想不到你们有这么多书。

伦　母　我儿从小就爱读书。

阿　琇　怪不得有这样大的才学。

伦　母　（听人赞自己儿子，高兴地）他那点文采实在得来不易啊！

（唱）　他四岁就能诵诗词，四邻都赞他聪敏，

可惜无钱上学，自少家贫。

忍痛卖了祖田，供他读书上进，

夜夜挑灯攻古籍，日日餐头咬菜根。

现时卖菜为生，仍是不忘发愤。

昨日给小姐一激，激得他读书都无精神。

伦文叙　（上）妈，你讲多了。

（唱霸腔花）

我们网烂根不断，人穷心不穷。

阿　琇　伦相公有礼。（施礼）

伦文叙　（瞪眼）施礼何来？

阿　琇　（接唱）　小姐过后自知唐突，

命奴赔罪礼重斯文。

伦文叙　姑娘如此大礼，小姐又居然认错，岂不令小生折福！（走开）

阿　琇　请相公息怒。

伦文叙　算了！此来还有何意？

阿　琇　一番好意！相公请听。

（唱红豆曲）

小姐暗卜时运，三次求签问鬼神，

都说公子必大贵，所以愿与联秦晋。

伦文叙　（接唱）　无谓开玩笑，分明戏小生，

自顾家空物净，攀唔上贵府千金。（摆手）

阿　琇　（接唱）　公子请释前恨，小姐确意殷勤，

亲笔题了首诗，送与郎君抒心悃。

伦文叙　题诗？什么诗？

阿　琇　公子请看。（递诗）

伦文叙　（接念）　多情却似总无情，

唯觉尊前笑不成。

蜡烛有心还惜别，

替人垂泪到天明。

伦公子文叙赐教。

阿　琇　是啊，我小姐知错了，所以“垂泪到天明”。她很内疚，一晚都睡不着啊！

伦文叙　是真的？

阿　琇　是真的。

伦文叙　不骗人？

阿　琇　不骗人。

伦文叙　（不禁发笑）哈哈……

（唱木兰从军）

诗确写得好，念之暗怆神。

可惜非小姐作品，写的是个男人。

望送回与小姐，休再来胡混。

阿　琇　你怎么说不是小姐写的呢？

伦文叙　这是一首唐诗！唐朝杜牧的诗。

阿　琇　啊！（随机应变地，口鼓）借唐诗表情意，那又有何要紧，要紧的是佳人真有意，定下这头亲。

伦文叙　（旁唱长句滚花）

听她话，起疑云，

小姐因何隔日判若两人。

难忘她一再冷嘲和热喷，

今又声声公子献殷勤。

当日嫌我家贫亲事坚不允，

今又寄诗传话愿定婚盟。

前言后语相矛盾，

好，我且装聋作哑，问底盘根。

小　姐　传诗许婚是真的了？

阿　琇　是真的。

伦文叙　没有假？

阿　琇　有假，包在我身上。

伦文叙　（唱滚花）你小姐降贵纾尊，令我感激不尽。

阿　琇　啊，相公你答应了！

（接唱）　阿弥陀佛谢天神！

伦文叙　（接唱）　不过我尚有言，要向姑娘一问。

阿　琇　问吧。

伦文叙　（接唱）　小姐因何肯下嫁我这贫民？

阿　琇　（接唱）　羡相公盖世才华，将来定官居极品。

伦文叙　小姐不是说过，贫贱之人永远贫贱，我这卖菜仔怎会官居极品呢？

阿　琇　这……（语塞）

伦文叙　小姐说过，堂堂富家小姐，嫁个贩夫走卒是玷辱家门。而今又为何竟不顾耻辱，上门求亲？

阿　琇　这……

伦文叙　你讲。

阿　琇　这……因为她已改变了主意。

伦文叙　改变了主意，你那小姐刁蛮跋扈，富贵骄人，突然改变初衷，礼重斯文，谁人相信？而今我倒怀疑……

阿　琇　怀疑什么？

伦文叙　我来问你，今日上门说媒，是受何人差遣？受什么人好处？快将实情讲来。

［伦文叙口气一硬，阿琇乱了方寸。

阿　琇　我虽是受人差遣，但我没有受人好处，相公不要冤枉好人。（委屈拭泪）

伦　母　（喝止儿子）你不要难为她，姑娘不要难过。你说是受人差遣，那是谁呢？

阿　琇　实不相瞒，是我家胡老爷叫我来的，还命我送上金钗一对，作为订亲信物。（出示金钗）

伦文叙 什么订亲信物？小姐不肯，我也不允，你不应替老爷死皮赖面来说亲。

何　琇 我来说亲，一是奉主人之命，二来也为相公着想。

伦　母 你为我儿着想？

阿　琇 是呀。

（唱慢板）相公上街卖菜，皆因家境清贫，

胡家富有钱财，大可周急解窘。

平时赠你膏火，免为生计分心，

他日上京应试，又必资助成行。

许亲既得佳丽，又可快步青云。

一举两得其宜，还请参详是幸。

伦　母 （旁唱减字芙蓉）

姑娘一席话，听来道理层层，

她为恤苦与怜才，诚意把红丝引。

伦文叙 （旁续唱）自古媒人多大话，那有几句真，

惟是这姑娘，态度还诚恳。

阿　琇 （旁续唱）看他母子都感动，认亲似有可能。

伦　母 （旁续唱半句）

不应错怪于她——

伦文叙 （旁续唱）我想问清这媒人。

请问抄这首唐诗，又是谁人主意？

阿　琇 请相公原谅，实是我的主意。

伦文叙 那你也知书识字了？

阿　琇 略知一二。

伦文叙 因何沦作女奴，想必有一番周折。

阿　琇 既蒙相公垂问，且把身世直陈。

（唱南音）说身世，泪暗吞，

我原是西江肇庆人。

家住农村一小镇，

无田无地卖豆腐为生。

生下我来连名字都不会诠。

伦文叙 你叫阿琇——

（接唱） 取名琇字见丰神！

阿 琇 这个琇字是人家起的。

（唱秋江别后段）

村中教馆先生，

说我秀丽天真，

取个琇字最合乎其人。

及后又得他教，

所以我断字识文。

伦文叙 （接唱） 这落泊的村夫子，

可说是你恩人。

阿 琇 哎！后来还认我做义女。

（接唱） 怎奈人间偏多不幸，

灾荒岁月——

（慢板） 一场大水吞没了整村人。（泣）

伦 母 过去的苦难就不要想它了。

伦文叙 有道是“大难不死，必有后福”。

阿 琇 话是这么说，可是我——

（爽唱诉冤中段）

历万苦千辛，

痛一波三折，

天高地杳诉无闻，

落得流离剩此身，

大户为奴至于今。

为报主人与小姐恩义，

愿撮合婚姻作冰人。

大婶，公子！

（慢唱） 请谅茕茕弱女一点心。

伦　母　可怜的姑娘，你真苦啊！（拉过阿琇，阿琇伏伦母膝下抽泣不止）

伦文叙　（激动地唱课子）

此女身世凄凉无倚凭，

饱经魔劫剩一身。

曾读诗书知学问，

却屈居奴仆痛沦沉。

如此好人天不悯，

穷字摧残世上几多人！

姑娘呀，我同情你，可惜一时不能帮助你，因为我们同是穷人。但是——

（唱滚花）穷人不会永远穷，否极泰来能转运。

阿　琇　（接唱） 感谢相公激励，阿琇立志为人。

虽则处境坎坷，不忘先师教训。

（口鼓）他说尧舜之舜是个百姓平民，殷朝宰相傅说（音悦）是泥水佬掌印，大臣胶鬲也是鱼贩出身。所以要紧者不在出身，而在勤修学行。我用此律己，也用此看人。

伦文叙　（唱滚花）姑娘不同流俗，慧眼识人。

小生他日有成，一定不忘援引。

阿　琇　（感激地续唱）

但得相公垂爱，

阿琇铭感殊恩。（行大礼下跪）

伦文叙　（一下扶起阿琇，端详其脸，不觉脱口赞叹）姑娘果是秀气非凡！

阿　琇　相公过誉了！

伦文叙　刚才没有看清姑娘姿容，因迁怒姑娘，被火遮了眼。

阿　琇　现在看清楚了？

伦文叙　看得清清楚楚。

[阿琇才感到伦文叙仍扶着不放，羞怯地脱身避开。

伦　母　（看在眼里。唱滚花）

心地善良情谊厚，姑娘原是热肠人。

他日快婿乘龙，不知谁家福分？

阿　琇　大婶不要笑我。

（唱快二黄）

何来福分，不敢与闻。

为小姐求福而来，若蒙允肯，

就是相公大婶成全我这媒人。

伦文叙　（唱滚花）不提你那小姐犹自可，

一提此人心气忿。

你休再提亲，我攀不上高门贵品。望她配个有财有势，十全十美的如意郎君。

阿　琇　这样说来，相公不允？

伦文叙　“齐大非偶”，怕误终身。

阿　琇　（失望地）相公不答应，我怎向老爷复命呢？

伦　母　讲实在吧姑娘，我们家穷，怎配得上你家胡小姐呢？我家能娶个像阿琇姑娘你这样的人，就心满意足了。

阿　琇　大婶又笑我了。

伦　母　（双关地）文叙你说呢？

伦文叙　我说嘛……妈心满意足……

伦　母　你呢？

伦文叙　儿当然也心满意足。

伦　母　（眼光一亮）那好，姑娘你这媒人注定做不成了。

阿　琇　为什么？

伦　母　要捉媒人上轿啦！

阿　琇　捉媒人上轿？上轿做什么？

伦文叙　（摇头晃脑地）上轿者，嫁人之谓也。

阿　琇　嫁人？要我……谁人要我这苦命丫鬟？

伦　母　有人要，（轻轻一指）就是他。

阿　琇　啊！（醒悟）我不配，我不配。

伦　母　什么不配，穷配穷啊！

（白榄）　穷人最知穷人心，

姑娘义重心如锦。

哪个小姐比得你勍，

挑水煮饭样样能。

如此姑娘何处揾，

我要揾你不揾别人。

伦文叙　看来，我妈十分决断，媒人你呢？

阿　琇　我？我不知道。

（另场唱引子）

是幻，是梦，是真？

（新曲）　心潮滚滚，面泛红云！

苦难之身，骤感千福万幸。

眼前一片五彩缤纷的云，

突然降临又使人不敢相信。

不敢相信，我不敢相信——

唯是大婶言来句句真，

亲切慈祥态度诚恳。

相公在旁，更是妙语撩人。

唯是，唯是提到婚姻，

我又羞于答问。（久不出声）

伦文叙　你考虑很久，为何还不出声？（见阿琇羞避，有点急）妈，你说是为何因？

伦　母　妈怎知道，你问她吧。（阿琇仍没出声）

伦文叙　（激将法）我知道，因为我家穷。

[阿琇摇头。

伦文叙　因为我是卖菜仔，你怕人说你是卖菜婆。

[阿琇猛摇头。

伦文叙 你还不说，我知道了，你要等我中了状元，你才来做状元夫人。

阿　琇 相公不要将人看差了。

（续唱） 你就算落选归家，

我也为你操持家务，

侍候老人。

伦文叙 （狂喜）媒人上轿了！

（接唱） 姑娘一句话，胜似韶乐仙韵。

何须山盟水誓，一语便订终身。

（笑）我真高兴，妈你也高兴吧。

[阿琇掩面羞下。

伦　母 你高兴得太早了，她走啦。

伦文叙 走啦？

伦　母 还不追送一程？

伦文叙 追！（想下）

伦　母 回来，你要教她怎样回复老爷。

伦文叙 那还不容易，说伦文叙眼前没有功名，不好攀亲，待到“金榜题名时，再谈花烛事”。

伦　母 答得妙，快去！

[伦文叙急下。

[幕下。

第四场

[村外大榕树下的埗头。

[书童挑着书箱上，后跟着梁二官。

梁二官 （吆喝书童）等一等，夫人、表妹送行来了。

［夫人、小姐、阿琇上。

［梁二官忙趋前笑面相迎。

梁二官　（唱春江花月夜）

为猎取功名，应试赴京城，

谢姨母共表妹，送客舟，别长亭。

夫　人　（接唱）　你要心高气盛，夺得金榜题名，

回来共表妹亲上加亲倍高兴。

梁二官　（谄笑）嘻嘻！那时嘛——

（接重唱尾句）

折得宫花送与卿卿。

小　姐　（怫然）且住！

（唱花好月圆）

我的心意早说分明，

婚约要我承认，

老娘她乱作主，

强不得闺女顺情。

阿　琇　（悄告梁二官，接唱）

二官人，你赴京城，

要靠勤奋成名，

但令小姐她得尊荣，

好事成双敢保证。

梁二官　（得色地）对！

（接重唱尾句）

有钱仍需真本领。

小　姐　娘亲，我企到脚酸啦！

夫　人　快开船的了。

梁二官　表妹，有什么离情别话，多嘱咐几句吧！

小　姐　“灵神唔在多致嘱”，你听住——

（唱流水南音）

一方梦想乃单思症，
两相情愿至事得成。
三元不中是你无福命，
枉读四书共五经。
六礼送来我都唔受聘，
七成八败莫怪无情。
九族皆知奴品性，

（转七字清）

十分如意——方肯系赤绳。

妈，回家去吧。

夫　人　二官，你坐稳船啦！

[小姐手扯夫人急下。阿琇殿后，故意把手巾丢在地上，随下。同时，梁二官与书童另一方向下。

[伦文叙内唱引子“武西厢头”、“万里为求名”，撞点上。

伦文叙　（唱长句二流）

一肩行李，赴试京城，
作伴无人唯只影，
抛家别母，书生无奈逐功名。
此去战春闱，京华人物盛，
未必风骚能独领。
苏秦落魄岂是欠聪明？
几许玉折兰摧，嗟叹有才无命。
处士埋名姓，
邦国失精英，
朝上轻干城，
忠良难用命。

（转唱孔雀开屏尾段）

倘我他朝得志，

不弃一介之士，

使各尽其才共请缨，

支撑大厦永不倾！（慷慨志满地）

（转而失笑，自觉无此可能，续唱）

书生徒自论朝廷，

世道崎岖铲唔平。

奈何，奈何！

可笑，可笑！（转慢唱）

若教阿琇知情定笑我口轻轻。

［阿琇早已复上，见状在后匿笑。

阿　琇　（应声）阿琇不敢。

伦文叙　（发现，惊喜）阿琇！你来了？

阿　琇　我来了！

［二人较相亲地走在一起。

伦文叙　“跂予望之，何姗姗其来迟”呀！

阿　琇　来迟的是你。

伦文叙　怎么？你早来了？

阿　琇　我早跟夫人、小姐来过了，你看！（指地上巾）

［伦拾起巾，看看，恍然。

伦文叙　啊，我明白了！聪明的阿琇，多情的阿琇！

（唱仿毛毛雨）借找纱巾，你巧得机会话离情。

阿　琇　（接唱）　拿此纱巾，好送君北上夺头名。

二　人　（同唱）　纱巾啊，好作三生证。

阿　琇　行装收拾齐了？

伦文叙　收拾齐了。

阿　琇　盘缠路费可够？

伦文叙　得到亲友帮忙，员外资助，撙节一些勉强够了。

阿　琇　相公呀!

（唱新曲）此去迢迢千里，须防体力不胜，

寒加衣，倦将息，免招疾病，

饥则餐，渴则饮，饮食匀称，

水驿山程，晓行夜宿还须醒定。

伦文叙　（接唱）　临别依依嘱咐，饱含寸寸柔情，

姑娘勉励多端，此行定不辱命。

望你多多珍重，候我高中回程，

那时捷报飞来，合家欢庆。

阿　琇　（接唱）　相公荣归之日，我当答谢神明。

纵然落第莫灰心，十年磨剑英雄性。

伦文叙　（接唱）　听此贴心一语，使我更感高情。

阿　琇　我此处有银环一双，是义父遗物，交你带去，以作不时之需。

伦文叙　先人遗物，你留在身边纪念吧。

阿　琇　常说：在家穷不算穷，出外穷才是真穷。还是带去，使我心安。（给环）

伦文叙　（接环）多谢盛情，独惜我身无长物，（摸出一串锁匙）只有门匙一串，回赠与你，一来留作信物，二来请多临寒舍，替我照顾娘亲。

阿　琇　好，你放心吧。

［内场呼叫：“开船了！”

阿　琇　开船了。

（接唱新曲）

珍重一声，默祝风平浪静。

二　人　（同唱）　信鸳鸯同命，向锦绣前程。

［内再呼：“开船啦！”

［伦文叙急别下。阿琇目送。

［伦文叙复上将手帕交回。阿琇将帕包上文叙手上的银环复交回给他。

［伦文叙会心地笑下。

［幕下。

第五场

［京城繁华大街。广东会馆，湖广会馆门前。

［梁二官带着书童逛街。

梁二官 （唱荡舟）乐无限，逛京师，
六街三市似过年时，
初上京师参会试，
乐怡怡，
一朝鸿运到，
高中头名未算奇。

［一阵风把梁二官的帽子吹落地上。

书　童 公子不好，你的帽子吹落地啦。

梁二官 （不悦）什么落地？落地与落第谐音，还未考试，就讲落第，大吉利市，以后东西吹落地，要讲及第。

书　童 要讲及第。是的，我替你拿着帽子，任它飞上天，也不会及第了。

梁二官 （瞪眼）什么不会及第？

书　童 及第，及第，公子三及第。（另场）个碗粥呀！

梁二官 回去吧！

［二人圆台，在湖广会馆门前停下。

［会馆门前挂一牌子，试子们在围观。

梁二官 （排开众人，念牌子上写的文字）“新科状元柳先开”。什么，柳先开已经中了状元？

试子甲 还未考试，何来状元？笑话！

梁二官 这柳先开是什么人？如此狂妄！

试子乙 （炫耀）柳先开是我们湖北才子，文章盖世，家财万贯，还有舅父在朝为官，当正主考。所以新科状元，非他莫属。

梁二官 胡说，他当状元，那我呢？把我放在哪里？

书　童　（插嘴）我公子早就及第了。

梁二官　多嘴。

（唱快中板）

自封状元情可恨，

狂颠自大目无人。

夸啦啦！

打碎此牌将他教训。

[伦文叙从广东会馆上。

伦文叙　住手。

梁二官　什么？你还护着他，你看这是什么？

伦文叙　（看牌，唱快中板）

何必动手有失斯文。

梁二官　（接唱）　是可忍时孰不可忍？

不加教训口气难吞。

伦文叙　（接唱）　听讲此人真有学问，

唯是才高气傲白霍沙尘。

若要将他来教训——

梁二官　（接半句）有何妙计？

伦文叙　（在梁二官耳边说了两句，接唱）

他用文来我用文。

梁二官　（点头，对书童）快去拿笔墨来。

[书童应声进广东会馆拿来笔墨。

[伦文叙在牌子下面加上“未必”两字。

[试子乙见状即入湖广会馆报信去。

梁二官　（念牌子）“新科状元柳先开未必”。哈哈，加未必两字气死他。

[柳先开率领湖北试子气汹汹上。

柳先开　（唱滚花）你们可知罪过，

竟敢冒犯本人？

伦文叙 看来你就是柳先开公子了？

（唱可怜我）

恕小生，向柳君，一声借问，

部试来行待开科，

你却高中状元实新闻！

柳先开 听着！

（唱前调）我柳先开，掇高科，京师有定论。

谁敢抗衡夺冠军，

你休多言动我激愤！

你是何人？

伦文叙 广东伦文叙。

柳先开 广东伦文叙，我也略有所闻。

（唱秃头滚花）

不过你世代贫穷，

状元及第无你份。

我早已拟好上联：广东花未放。（对湖北试子）你们对下联吧。

试子乙 湖北柳先开。

［众起哄，呼“好！”

伦文叙 （唱滚花）朝廷有哪条律例，状元不准与贫民。

我也有上联，向台端奉赠。

（念） 湖北柳开人未中。

梁二官 （念） 广东花发状元来。

［众起哄，呼“好！”

梁二官 状元是我们的。（众人跟着叫喊）

试子乙 状元是我们的。（众人跟着叫喊）

［双方争持不下，大打出手，秩序大乱。

［“嘭，嘭”大官开道的头锣传来。

［官差甲、乙分两边上。

官差甲　太师梁储大人到。

官差乙　呔！试子听着：主考赵士德大人到。

[试子们闻声停手立候。

[梁储、赵士德分边上。

梁　储　赵大人请。

赵士德　梁大人请。

（拱手，唱滚花）

试子京畿闹事为何因，

偶遇途中同过问。

柳先开　（向赵士德）柳先开拜见舅父。

赵士德　免礼。

伦文叙　（向梁储）伦文叙拜见梁太师。

梁　储　你是伦文叙！西禅一见，不觉好多年了！免礼。

赵士德　你们何事争执？

柳先开　他涂改我们的字牌。

伦文叙　两大人请看这是什么字牌。

[梁、赵看牌。

梁　储　这样小事，何必大动干戈。

（唱滚花）你们是圣门弟子，国士之身，

只好逐鹿科场，不应街头挑衅。

赵士德　（续唱）　一旦龙廷降罪，

岂不有辱斯文？

伦文叙
柳先开　学生知错，请大人恕罪。

梁　储　知错就好，赶快平息事端，准备应试。

赵士德
梁　储　（续唱）　部试入围，定向我皇荐引。

伦文叙
柳先开　谢大人！

［众送赵、梁下。

［试子们散去。

梁二官 （拉住伦文叙，唱滚花）

我梁二官服了你天字才能，

压倒柳先开，让我来押阵。

伦文叙 （秃头滚花）

从来绣虎雕龙客，不用摇旗呐喊人。

梁二官 我是真心的。

伦文叙 多谢了！

［幕下。

第六场

［御花园。

［梁储、赵士德同上。

梁　储 （唱七字清）

选士开科今古重，

赵士德 （接唱） 天下英才入彀中；

梁　储 （接唱） 你我当年也曾拼命拱，

赵士德 （接唱） 拱来拱去拱到如今总算拱出窿——

梁　储 （快接唱）也快拱入窿！（指黄泉）

［二人同哈哈笑，内场声："摆驾！"

梁、赵 （同唱）主上驾临忙趋奉。

［快奏"小桃红"前小段。宫娥、太监簇拥弘治皇帝上，梁、赵恭迎。

皇　帝 （唱秃头七字清）

文运兴昌国运隆，

今年养士他年用。

梁　储　启奏陛下，新科魁首伦文叙、柳先开朝房候觐。

皇　帝　宣！

太　监　（向外）宣伦文叙、柳先开见驾。

［伦文叙、柳先开上，俯伏叩拜。

柳先开　臣柳先开见驾。

伦文叙　臣伦文叙见驾。

柳、伦　万岁，万万岁！

皇　帝　平身。今科会试，你两人才冠多士，名列前茅。

（唱滚花）两卿文章出众，造极登峰，

各有千秋，不相伯仲。

今召你们面试，分甲乙，决雌雄。

伦、柳　谢皇上。

皇　帝　梁太师，你先出一联，让两人作对吧！

梁　储　遵旨。我先出上联，你们各对下联。上联是："雏凤学飞，万里风云从此始。"

柳先开　（略一思索）下联有了："鳌头独占，九霄日月为君驰。"

皇　帝　"雏凤学飞"对"鳌头独占"，"从此始"对"为君驰"，倒也工整。

赵士德　又快又好，堪称绝唱。柳先开该得新科状元。

梁　储　既然皇上面试，等两人对完，方可定夺。

皇　帝　是的，伦文叙对吧。

伦文叙　遵旨。臣的下联是："潜龙奋起，九天雷雨及时来。"

皇　帝　不错，不错，词句铿锵，情景交融。赵主考，梁太师，你们以为哪一联最好？

梁　储　臣以为伦文叙下联最好。

赵士德　柳先开的好。

梁　储　伦文叙的好。

赵士德　柳先开的好。

皇　帝　不必争了，仅此一联是难定高下的。朕再以明月为题，命两人各赋诗一首吧。

梁　储　陛下以明月为题，要你们各吟一首，知道了吗？

伦、柳 知道了。

赵士德 那就快吟吧。

［伦、柳两人思索。

柳先开 我的诗成了。

赵士德 快念。

柳先开 （念） 读尽九州十国赋，吟成四海五湖诗，

月中丹桂连根拔，不许旁人折半枝。

［在场的同声赞好，皇帝也不断点头。

赵士德 柳先开此诗已尽天下奇才，伦文叙再吟也徒劳无功。

梁　储 你又来了，要经过比较才知好坏嘛。伦文叙你吟吧。

伦文叙 知道。

（念） 潜心奋志上天台，瞥见嫦娥把桂栽，

偶遇广寒宫未闭，故将明月抱归来。

［伦文叙吟罢，满座惊叹。

皇　帝 （拊掌叫好）好！同样才华出众，论理都应夺魁。唯是状元只有一个，两卿之见如何？

赵士德 臣以为伦文叙稍逊于柳先开。

梁　储 臣以为柳先开稍逊于伦文叙。

赵士德 柳先开好。

梁　储 伦文叙好。

皇　帝 这……

太　监 （上）启禀皇上，国太传谕，选就状元招驸马。佳婿择定，即报内宫。

皇　帝 知道。

［太监下。

皇　帝 母后说谁中状元就要招为驸马，这两人之中，究竟谁人适合？（望梁、赵）

梁　储 论才应是伦文叙。

［柳先开骤然跪下。

皇　帝 （诧异）柳先开为何下跪？

柳先开 梁大人说，“论才应是伦文叙”，臣心不服。

皇　帝 啊！论才你不服伦文叙？方才明月一诗，你只折得一枝丹桂，他却抱满月而归，气魄比你大啊。看来——以诗文分高下，难以服你，不如两人再比一下智慧。（望梁、赵）如何？

梁、赵 好好，再比智慧高低。请颁题目。

皇　帝 每当早朝，文武百官，手持牙简，山呼万岁。朕要你们在牙简之上，写上一万个数目。

柳先开 区区牙简，怎能写上一万个数目？

皇　帝 这叫“难者不会，会者不难”。梁、赵两卿家快各给牙简，看谁写得好，写得快。

梁、赵 （分别从袖中取出牙简与伦、柳，并低声叮嘱）中了状元，便要招驸马，好生应考得来。

［柳先开用心在牙简上细写。

伦文叙 （心绪不安）唉，难呀！

柳先开 （得色地）你也知道难咧？

伦文叙 （旁唱长句二黄）

国太一言动五中，
驸马恩荣诚贵重，
世人谁不羡尚主又从龙，
唯是乡土一枝梅——
情胜宫闱七彩凤，
又岂可二三其德——
做一个有始无终。
我不贪驸马尊衔——
却难舍状元美梦。

梁　储 为何还不快写？

伦文叙 快了，快了。

（旁唱乙反滚花）

驸马状元虽好，

难负阿琇情浓。

不如草草了之，

拚把状元断送。

就是这个主意。（提笔略作思考，在牙简上迅即写了几行字，趋帝前）臣已写完，恭呈御览。

梁　储　你草率交卷，太不争气了！

皇　帝　（一看牙简，龙颜大展）好！好！一万数目，十二个字就包括齐全。“穷则变，变则通”，此之所谓智也。来！（把牙简交梁储）你们“奇文共赏”。

梁、赵　（齐念牙简）一而十，十而百，百而千，千而万。

皇　帝　缩龙成寸，真乃天纵聪明！

梁储伦　文叙，陛下说你天纵聪明，还不赶快谢恩。

伦文叙　（没想到草草了之的答案，竟受皇帝赞许，一下惊呆了，经梁储提醒即慌忙下跪）臣……臣实不敢当。

（唱滚花）臣向家穷，惯于悭俭，

故能将一万紧缩在十二字之中。

皇　帝　（接唱）　智慧从磨炼中得来，（望着柳先开）

官宦中人未必懂。

柳先开　臣佩服，佩服！（不悦）

伦文叙　（接唱）　民间智者千千万，

却因穷字埋没而终。

皇　帝　卿家既穷，何以没有埋没？！

伦文叙　臣不知该讲不该讲？

皇　帝　直说不妨。

伦文叙　陛下啊！

（唱反线中板）

念微臣，家穷困，受尽世人冷嘲热讽。

说天生，贱骨头，只配做牛做马，为婢为佣。

臣实不甘，一己尊严，白眼看成贱种。

为天下穷人，力争一口气，十年淬砺青锋。

（转反线十字中板）

座右铭，“天生我材必有用”，

效前贤，三更灯火五更钟，

喜今朝幸有成，端赖明君见重。

皇　帝　（唱滚花）卿家穷不夺志，积健为雄。

不但激励人心，孤亦为之感动。

赐你鳌头独占，人来速报后宫。

伦文叙　陛下，慢，慢……

梁储伦　驸马，还不谢恩？

伦文叙　（无奈，跪地）谢，谢，谢天谢地。

梁　储　什么“谢天谢地”，快谢岳皇！（指皇帝）

伦文叙　哎，谢不得，谢不得。

皇　帝　伦状元，你说什么谢不得？

伦文叙　臣实不配做状元，请陛下收回圣谕。

皇　帝　啊！为什么？

伦文叙　（唱快慢板）

臣不能，当驸马，攀龙附凤，

臣有妻，虽未娶，难变初衷。

皇　帝　秃！为何不及早声明？

伦文叙　（续唱）　臣决心，弃状元，岂料状元偏得中。

皇　帝　（恼）哦哦哦，你说状元偏得中，即是说孤王“无料”，主司盲眼，乱点状元，是不是？

伦文叙　臣不敢。

皇　帝　（对赵、梁）两卿，你们说，孤王有无点错状元？

梁、赵　天子圣哲！玉尺量才！

皇　帝　伦文叙，你听到吗？

伦文叙　纵是状元不错，委实驸马难当！

皇　帝　伦文叙听着！

（唱快中板）

皇帝女儿谁不重，

何难另找状元公。

是你自家，甘把荣名断送！

叉了下去——（槌）

[两名侍卫闻声疾上，把伦文叙押起。

伦文叔　且慢！

（秃头滚花）

臣有一言，请示圣躬。

皇　帝　讲！

伦文叙　臣今科落第，下届秋闱，可准再来应试？

皇　帝　准又怎样，不准又怎样？

伦文叙　若蒙恩准，臣回去刺股悬梁，苦修勤读，来日再受殿试，再博金榜题名。

皇　帝　不准呢？

伦文叙　不准么？臣断了这条仕路，死了这颗雄心，回去长街叫卖，老死乡间，与草木同枯，与抔土同呀——黄。

皇　帝　这……（惋惜）朕真不解，你念念不忘金榜题名，无非为一朝得志，而今，得到了，却又轻轻放弃，这是为何？这是为何？……啊，朕明白了，那女子一定是名媛闺秀，千金小姐，艳绝人寰，使你甘愿放弃这大好前程。

伦文叙　非也，此女并非名媛闺秀，千金小姐，她系个孤苦女子，人家侍婢。

[皇帝十分意外，群臣也大为震动。

皇　帝　啊！……既是孤苦女子，人家侍婢，那是下贱之人，怎比公主金枝玉叶，怎比驸马富贵尊荣，怎比状元高官厚禄？

伦文叙　陛下呀，有道是，“不义而富且贵，于我如浮云”。臣实耻做那见利忘义的陈世美。

皇　帝　（不以为然）呃！陈世美早有妻室儿女，瞒上欺下，贪当驸马，论罪当诛。你与那女子，只是口头许诺，并未过门，怎能与陈世美相提并论！

伦文叙 臣与李女情投意合，两相情愿，订下终身。如今，若见驸马之贵，背弃金石之盟，岂非与陈世美一般，贪图富贵，见利忘义么？

皇　帝 若论实情，殊不一样。也罢，你若怕人非议，朕即下旨为你解约，这又如何？

［伦文叙沉思不语，众人为他着急。

皇　帝 如何？

伦文叙 陛下恩典，铭感不忘。惟是“信义”两字，在臣心上重似千斤，非生死富贵所能更变。臣与李女阿琇，誓咏“柏舟”，永不二心。

皇　帝 你……（气恼，想发作，又觉不妥，旁白）这种读书人，认真强项……唯是如此守信，却也难得。

梁　储 对呀，主上！（忙启奏，口鼓）他能不以贵易妻，驸马恩荣无所动。望陛下明加奖劝，使天下相习成风。

皇　帝 这个……（冷静下来）卿家说得有理……惟是叫孤怎向母后交代？

赵士德 这也不难，让臣与梁储大人，一齐入宫，向国太陈说真情便是。

皇　帝 也罢！（口鼓）伦文叙节义可风，朕当成全，以示恩宠。何必强其改志，迫令相从。伦状元。

伦文叙 臣在。

皇　帝 （唱滚花）许你祭祖、完婚，回乡走动。

伦文叙 谢主隆恩。

皇　帝 （回头）柳先开，你答得如何？

柳先开 只写了两句，万民三呼万岁万岁万万岁，万岁江山万万年。按照他的算法，我比他还多了好多万。

皇　帝 也有道理，不过……（口鼓）你虽有文才，世道人情还有许多不懂。你出身富豪，养尊处优，今后要戒骄躁，学谦恭。赐你榜眼一名，好生珍重。

柳先开 （口鼓）谨遵训示，谢主恩隆。

皇　帝 好呀！

（唱滚花）穷土夺魁传美话，

伦文叙 （接唱）　书生报国效公忠。

［幕下。

第七场

[胡家华丽厅堂。

[婢仆们忙于摆设、布置，来回穿梭。

[内场合唱新曲：

月转星移过大江，
大只蛤乸跳上塘。
近视之人眼望望，
聪明人仔好风光。

[胡员外、夫人、小姐上。

夫　人（唱滚花）状元回乡即到我家拜望，
今回吉星高照，门户增光。

胡员外（接唱）还未定亲，何以他首先过访？

夫　人 他不是说过，“待到金榜题名时，再谈花烛事”吗？
（接唱）“花烛”明摆着，（望着小姐）绝世好容光。
他既“金榜题名”，当然来把“花烛”点亮。

胡员外 真是这样就好了，我又怕……

夫　人 你怕什么？

胡员外（唱）当日论文选婿，女儿辱他一场。
此次得志归来，诚恐跟寻旧账。

小　姐（沉腔滚花）
哎呀呀，一天好事又怕付汪洋。
（白榄）自恨我当时，有眼无珠睇错相。
他若来算账，受翳赚心伤，
不如避往斋堂，乐得把清福享。（欲下）

夫　人（接念）女儿休短见，急坏了为娘。
本来喜事一桩，何以越讲越走样？
人家状元大量，决不抱狭隘心肠。

胡员外 想来提亲也可信，他是个谦谦君子，宽厚过人。

夫　人 是嘛，女儿呀，少时人家到来提亲，你就是状元夫人了，还不快去打扮。

小　姐 爹，妈，要我出门，我有古讲。

夫　人 什么事呀？

小　姐 我要十分体面，嫁得风光。

夫　人 又数“十样锦”啦？

小　姐 唔，听住啦！

（唱流水南音）

十样嫁妆无价讲，
先要个九层八宝箱。
七星伴月七个丫鬟都好样，
六亲贺礼尽入我私房。
五彩台围椅搭红罗帐，
四季衣裳件件锦绣镶。
三间大屋两便青云巷，
一些唔对眼宁愿入庵堂。

夫　人 系咯！“生女犹如生个疮”，快梳妆去吧！

［小姐做作地笑下。

夫　人 状元来时，他若不好意思提亲，你必须先行挑起。

胡员外 怎好开口？

夫　人 你说老夫曾将女儿许配与你，你说过等到金榜题名时再谈花烛事。贤婿今日高中还乡，不知何日迎娶。

胡员外 到时我讲不来，你就接上啦。

夫　人 我是丈母娘当然可以讲，照理还是你讲好！

［内传：“新科状元到！”

夫　人 到了，到了。

胡员外 大开中门，动乐！

［乐声中，胡员外、夫人以及婢仆列队迎候。

[旗牌引路，中军相随。

[伦文叙官袍华服，打马上。

伦文叙 （唱点翰中板）

跃过龙门三级浪，

一朝钦点状元郎。

十载寒窗功不枉，

剑匣帷灯总放光。

奉旨迎亲将妻访。（下马介，中军牵马下）

旗　牌 （通报）伦状元到！

胡员外 出迎！（介）伦状元新科高中，可喜可贺，有失远迎，望求恕罪。

伦文叙 岂敢。文叙得员外劝勉，至有今天，特来道谢。

胡员外 不敢当。请！

[宾主坐下，家人奉茶。

[夫人猛捅员外。

胡员外 伦公子，老夫当日论文招婿，选中贵人，此事可还记得？

伦文叙 当然记得，能够仰攀员外高门，不胜欣幸……

夫　人 哪里的话，是我们高攀状元才真。既已一言为定，何日完婚呢？

伦文叙 这件大事，我要……

胡员外 要禀告双亲？

伦文叙 非也，要与我妻商议。

众　人 我妻？

胡员外 你有妻室，为何从未听闻。

夫　人 状元夫人今在何处？

伦文叙 就在府上。

夫　人 就在我家？（一想大悟）哈，状元真会做文章，除了我家女儿，谁有此福气？

伦文叙 有请状元夫人。

随　从 （齐声）有请状元夫人！

[阿琇上，锦衣绣裙，全副新人打扮，艳丽夺目。

[众人相顾愕然。

伦文叙 胡员外!

(唱快二黄)

我与阿琇情投意合，早已约定成双。

曾有信物为凭，缘证三生石上。

奉旨完婚此日，来遵俗例拜堂。

我不是早告诉了你吗?

(唱秃头滚花)

中得状元归，即时花烛亮。

胡员外 (失望，暗唱沉花)

鲤鱼不受金钩钓，摆尾摇头出大江。

阿　琇 (安慰)员外休失望，相公请参详。

(唱四季歌)

福自天申感苍苍，

阿琇配得有情郎，

撮成大喜多亏老员外，

愿认作双亲表我情义长。

伦文叙 好呀!

(爽七字清)

阿琇非常怀雅量，

最是人间好肚肠;

文叙当从妻所想，

阿　琇 (携手，接唱)同拜义父义母——(拜)

四　人 (同唱)喜气满华堂。

阿　琇 不见小姐出来，她哪里去了?

夫　人 在，在绣楼。

阿　琇 她是姐姐，理应拜见。

胡员外 不，不必了。

女　仆　（冲头报上）夫人不好！

（白榄）　小姐她，在闺房，大哭大闹似癫狂，

打烂镜屏撕衣裳，满房杂物一扫光，

还说做人无希望，要削发入庵堂，入庵堂。

夫　人　（惊）老爷，顾女要紧，快去一看。（拖员外同下）

阿　琇　（口鼓）小姐出事情，你我心不安，你说该怎样？

伦文叙　（口鼓）小姐之病，我早有良方。

阿　琇　（口鼓）你纵有良方，如何能用上？

伦文叙　（口鼓）快去见小姐，请她出厅堂。

胡员外　（气急上，白榄）闺房已紧闭，我女哭爹娘，叫极不开门，只怕出事干！

阿　琇　（白榄）这如何是好？

伦文叙　（白榄）你们不用慌，本人有良策，定叫她出闺房。（在员外耳边说了几句）此话传给小姐听，保她马上出厅堂。

胡员外　（无奈）中得状元，必有两道，我去试试看。（急下）

［伦文叙向阿琇耳语“良方”，阿琇展眉佩服。

小　姐　（内唱“追信”头）

恨一腔，卖菜仔太嚣张。

［小姐急冲冲上，面对伦文叙，叉腰怒视。

小　姐　伦文叙！你敢骂我。

伦文叙　不骂你，怎得你出来呢！

小　姐　呸！

（唱怀旧）休当你好馨香，

什么的状元郎，

街边摆档的卖菜仔，

未堪匹配本姑娘。

你骂我蠢，眼发青光，（转慢）

我决唔会为你变癫狂。

你趄！你趄！

伦文叙 （笑白）高贵的小姐，你一共骂过我三次啦！骂得好！

（唱怀旧）你口舌比刀枪，你骂得有用场，

（使我）发愤争气显荣光，

出身卖菜却又何妨。

你莫发怒，莫彷徨，（转慢）

为酬你激劝，我愿作红娘。

小　姐 什么？你胡说什么？

阿　琇 姐呀！

（唱怀旧）一家亲要两相帮，

妹夫诚意撮鸾凰。

包管你婚姻合理想，

新科进士，四品黄堂。

胡员外
夫　人 （同接唱）他是何人？什么官衔？

小　姐 （接唱）　胡乱吹嘘，休听他讲！

阿　琇 姐姐，这回再不要错过机会了。

伦文叙 有请新科进士，知府大人。

［梁二官在内高喊“来了！”在侍从的簇拥下，官袍玉带，“沙尘滚滚”地上。

梁二官 （唱七字清）

爹爹在朝将印掌，

差些我就中状元郎。

知府优差蒙外放，

来寻表妹结鸳鸯。

多得伦兄，加个鞋掌，（指跛足）

两脚唔跛胜往常——

看我态度轩昂！（昂然而进）

新科进士，现任知府梁二官拜见姨父、姨母。

［夫人、员外出乎意料，打量梁二官。

夫　人　你是二官外甥？

梁二官　正是。

胡员外　中进士了？

梁二官　中进士了。

夫　人　做高官了？

梁二官　做高官了。

夫　人　你的腿……

梁二官　伦状元把我的腿也治好了。

伦文叙　有道是，“士别三日，刮目相看”。还不向小姐求亲，更待何时！

梁二官　（向小姐深深一揖）新科进士，现任知府向表妹求亲来了。表妹要的“十分如意”，都怕有九分了吧？（显官派）

［小姐从头到脚再三打量梁二官。

［在“推磨”中，全场关注，集中看着小姐的动作表情。

梁二官　如何？

众　人　如何？

［小姐慢慢转嗔为喜，最后轻轻点头，莞尔一笑。

［引起众人哄堂大笑。

伦文叙　好呀！

（唱）　愿天下有情人终成眷属。

胡员外
夫　人　（接唱）　鸡鸡鸭鸭也总成双。

［众同笑。

［乐声中幕下。

［剧终。

（剧本版本：《南粤剧作》1992年第2期）

广东戏剧文库

优秀剧作选

1949-2019

粤剧卷

GUANGDONG XIJU WENKU
YOUXIU JUZUO XUAN
YUEJUJUAN

（第6册）

广东省艺术研究所
主编

中国戏剧出版社
CHINA THEATRE PRESS

目录

审死官

（根据马师曾先生编演本改编）

改编：何笃忠

人　物　表

宋世杰	封笔从商的讼师	田　母	田能之母
宋唐氏	世杰之妻	姚田氏	田能之妹
杨秀珍	蒙冤少妇	姚　大	田氏之夫
杨　春	善良布贩	顾夫人	顾读之妻
缪　蓬	八府巡按	田　四	田府差役
顾　读	扬州知府	田　六	田府差役
田　能	山西布政使	阿　福	宋家男仆
刘　铁	上蔡县令	阿　彩	宋家女仆
杨　勉	秀珍之兄	阿　娇	姚家婢女

缪蓬的随从一人、田府的丫鬟一人、

府衙与按院的差役各四人、柳林的男女过客若干。

第一场　亭　遇

[明嘉靖年间一个晌午。扬州城外，柳林风雨亭——亭前设茶档，挂有“宋世杰赠茶”的旗子。

[乐声中幕启。唐氏与阿彩正招呼杨春等过往路人饮茶歇脚。

唐　氏　（念扑灯蛾）

柳林中，设茶亭，

每逢过客便笑相迎！（双）

（对杨）客官，饮碗茶吧——

杨　春　多谢了大嫂！（接茶碗，念）

　　柳荫莺啼茶飘香，

　　扬州城外又添一景。

老　者　（接念）　乐善好施真堪敬，

　　菩萨保佑宋家早添丁！（双）

阿　彩　嘿嘿，我家老爷呀，最中听就是这句话了！

唐　氏　（瞪彩一眼）多事！

　　[阿彩伸舌做个鬼脸，唐氏与众开怀一笑。

　　[“撞点”。缪蓬商人打扮，偕挑担的随从上。

缪　蓬　（唱七字清）

　　执法秉公承皇命，

　　南下私访察民情。

　　望见柳林，已来至扬州境——

　　（过门中看茶旗）“宋世杰赠茶”？

随　从　大人——哦，老爷，这宋世杰就是扬州城里有名“曲拗得直、死讲番生”的状棍哪。

缪　蓬　曲拗得直、死讲番生的状棍……

　　（续唱）　何故他解囊行善摆茶亭？

唐　氏　这位官客想必远道而来，大热天时一路辛苦，亭里饮碗茶歇歇脚吧！

缪　蓬　这位大嫂是——

唐　氏　我是宋唐氏，老公宋世杰，人称宋夫子。摆个茶摊但求方便过客，我的茶，不收银子！

缪　蓬　哦——原来如此，那就盛情难却了！

唐　氏　别客气，里边请——（迎进亭里）

　　[杨秀珍内唱“子规啼”引子：孑身别里，前路茫茫——

　　[配乐慢长槌中，杨秀珍挽包带泣随杨勉缓步上。过往路人陆续离去。

杨　勉　秀珍，走快点吧！

杨秀珍　唉！

（续唱） 痛念我夫惨丧，禁不住泪满眶……

杨　勉 （浪里白）你能够逃出来就算侥幸了，还哭什么呢秀珍？

杨秀珍 （续唱） 唤句胞兄呀，快替妹着想——

我似江心孤舟难搏无情浪！（音乐续奏）

杨　勉 咳，有阿哥关照，你怕什么？

杨秀珍 阿哥，我给你做盘川的首饰都快用光了，什么时候才带我到府衙告状呢？

杨　勉 不用急的！你累的话就在这坐坐，我去找点水喝——

（与杨春碰面）

杨　春 咦，杨勉大哥！

杨　勉 哦，杨春兄弟呀？（注视杨春的一袋银两）好久不见了，运情不错吧？

杨　春 咳，别提了！（唱减字芙蓉）

小弟我终年在外经商，

家里偏逢灾祸降。

杨　勉 贵府有何不幸呢？

杨　春 （续唱） 去年贤妻她中风死……

杨　勉 哦？（接唱）

可有娶回个好填房？（无限序）

杨　春 疲于奔命，怎顾得来呢？

杨　勉 那也是……（若有所思）唔！杨春兄弟，你看看那个女子——（指秀珍）怎么样？

杨　春 那个女子？（端详）

杨　勉 她就是为兄的——外甥女，叫——叫王玉莲哪！

杨　春 她是你外甥女玉莲？

杨　勉 是、是呀！说来又凑巧——你去年丧妻，她父母双亡，正是有缘千里能相会，不如就由为兄做个媒，将你俩拉拢罢了！

杨　春 这……

杨　勉 （续唱） 她为人孝顺、识礼知书，

生成旺夫益子相。

往后你专心出门做买卖，

她为你生儿育女侍奉高堂。

杨 春 这……（唱滚花）

只怕姑娘嫌弃我杨春——

杨 勉 不会的！（接唱）

甥女一向最听舅爷讲。

放心娶吧兄弟！（故意拍拍杨春的银袋）

杨 春 那么，就多谢你这舅爷了……这一百两银就当聘金，日后迎亲再厚礼酬谢！（递银）

杨 勉 （接银暗喜）嘻嘻，不如打铁趁热，待会你就带她回去拜堂成亲吧！

杨 春 待会就带她回去？

杨 勉 亲上加亲就不必拘礼了！愚兄有些急事，去去就回来。（抱银匆忙而下）

杨 春 嗳——杨勉大哥！

杨秀珍 （莫名其妙，趋前）请问这位兄弟，我阿哥他一声不响，匆匆忙忙去哪里呢？

杨 春 什么——阿哥？他不是你舅爷吗？

杨秀珍 舅爷？我两兄妹内无亲、外无戚，何来舅爷呢？

[此时唐氏、缪蓬等人已在旁听。

杨 春 那姑娘贵姓芳名？何处而来，到此何事呢？

杨秀珍 小女子姓杨名秀珍，从河南上蔡县而来，胞兄杨勉说是带我到扬州府衙告状的呀！

杨 春 唉呀！那就不对路了！（唱尺字二黄板面）

你胞兄分明乱撒谎——

竟撮合婚姻，装出同情相。

他口声声说你是甥女唤玉莲，本姓王，

当场拿去百两银，便走匆忙，

要姑娘伴我归家往。

杨秀珍 啊？！（唱沉腔滚花）

唉呀呀，晴天霹雳，教我更彷徨！

（接昭君怨中段）

怎想到，胞兄将妹骗卖——

落井下石，这般黑心肝！

我这孤舟一再波浪掀，堕入大海汪洋。

骨肉情何往？怎申冤雪枉？

悲命贱——（直接尾句）

只有葬身在异乡！（欲撞死亭前，众人急相拦阻）

唐　氏　秀珍姑娘，何必自寻短见呢？看你，身怀六甲，就算不为自己着想也得为肚里头的着想呀！

杨　春　这位大嫂说得对呀。姑娘，你我都是受人蒙骗，我杨春断不会难为姑娘的。你在此歇歇吧，待我先将杨勉追回来！（急下，随从受缪蓬暗示，尾随而下）

杨秀珍　杨春大哥——（欲追，忽觉肚痛）

唐　氏　（急扶）秀珍姑娘，你这身势怎去追呢？

缪　蓬　姑娘呀，方才听你所言，定有满腹冤情吧？

杨秀珍　大叔、大婶呀！（唱诉冤）

我未诉冤，泪已湿腮鬓——

天公总不将我怜悯，空悲愤！

可恨大伯爷与伯娘辣手狠心，

为夺家财设谋害我夫君。

萁豆苦相煎，以毒酒相灌，

我夫被害惨丧身。

反咬我毒杀亲夫，逼走秀珍！

唐　氏　哦——（唱快二黄）

原来还有一段冤情，

怎不求官申冤雪恨？

杨秀珍　咳！（接唱乙反快二黄）

上蔡县衙无心受理，

我呼天不应、叫地不闻。

今日被胞兄骗卖到柳林——（转乙反滚花）
一丝希望成灰，唯有黄泉饮恨！（触动，腹痛）

唐　氏　唉呀！（接唱正线快滚花）
看她临盆将近，又举目无亲。（一想）阿彩！
（续唱）　快准备马车将她带回宋家——

阿　彩　太太呀，惹这闲事，老爷会不会见怪呀？

唐　氏　咳！（续唱）
说也多余，救人要紧！
走——（与阿彩扶秀珍下）

缪　蓬　（望秀珍背影，叹息，接唱）
民间几许悲酸事，
看在眼里记于心！

杨　春　（匆匆复上）咦，秀珍呢？

缪　蓬　怎么，你真的当她是老婆了？

杨　春　别胡说！把她当妹妹照顾不行吗？

缪　蓬　那她的亲哥哥——

杨　春　哼，杨勉那衣冠禽兽被我追到悬崖峭壁，抱着那一百两亏心银，失足堕崖而死了！
[随从已复上，向缪蓬点了点头。

缪　蓬　死有余辜！不过……人命关天，日后这桩案件恐怕要你受些牵连呀！

杨　春　树正不怕影斜！

缪　蓬　好个树正不怕影斜！老夫这把扇就交给兄弟你——日后遇到麻烦，不妨出示此扇，或许对你有些好处！（微笑，与随从下）

杨　春　（一时未理会）日后遇到麻烦，出示此扇会有好处？哼，连那杨秀珍都不知去了哪里，这无头公案谁去管哪？
（随意抬头，见茶旗。一束光聚着茶旗）
[幕闭。

第二场　写　状

[当天下午。宋家厅堂里。

[幕启。阿福在抹台摆凳。

阿　福　（念）　　日落西山快开饭，怎么老爷还未返？

[阿彩捧铜盆匆匆走过。

阿　福　阿彩，又盆又桶，腾来腾去做什么呀？

阿　彩　阿福，女人的事，你问什么？（下）

阿　福　女人的事？奇怪，太太今日带个女人回来，躲入房间总不出来呢……唔，女人的事，我还是别管了！咦，老爷回来了，开饭！（下）

[宋世杰摇着扇子优悠地上。

宋世杰　（唱卖杂货）

家里开间“悦来客栈”，
生意“有得弹”——
每日客似穿梭多往返，
酒香菜热逢人赞。
我封笔不吃“状棍饭”！（尾序，接老鼠尾）
想往日，多抱憾——
包揽讼状屡受气，
更难免留后患。
官府恃势滥权法，
世途恶步步为艰！
天理人伦竟当闲，
只要有钱，死都“讲番”生。
颠倒黑白，奈不了何，
我纵持直理，只好兜弯——
趋炎附势偏不惯！（接爽二黄慢板）

所以我宋世杰，枉作圣人子弟，
枉称倜傥秀才，越来越觉心灰意冷。
最惨是年年有仔生，总是有仔过年尾，
算命先生好心奉劝我——
封笔行善免忧烦。
积下阴德好运来，
亏心臭钱何必赚？（拖马派长腔。接二黄滚花）
但求安居和乐业，
年尾老婆替我生个小儿男。
哈哈哈！

［内场“斗官”叫，阿彩急上。

阿　彩　老爷，生出来了，生出来了！

宋世杰　生了什么出来呀？

阿　彩　生了个男孩出来！

宋世杰　（一怔）真的？（又闻“斗官”叫，惊喜）果然真的！（急欲下，止步）呸，我高兴过早了——老婆还没有大肚子，又怎会生孩子呢？

阿　彩　（窃笑）老爷，不是太太生的！

宋世杰　不是太太生是谁生的？

阿　彩　是太太在柳林带回来那个女人生的！

宋世杰　怎么？太太在柳林带个女人回来生孩子？咳，真是莫名其妙，莫名其妙！（气呼呼坐下猛扇）

［唐氏上，示意阿彩下。

唐　氏　老爷，你不明白，就让为妻说个明白吧！（唱采花词）

叫句好夫君，听我道来便知根底——
今日茶亭来了个冤屈妇，
泣诉辛酸前事：
丈夫惨丧身，她被拐到此，
几番遭劫难，实太悲！

举目无亲渴又饥，
我见危仗义将她带回房内——
呱呱产下胖男儿。

宋世杰 你这样说还是不清楚呀！这个女人究竟何方人氏？这个女人的丈夫又因何惨死？这个女人有何冤枉？又是谁将这个女人拐卖到此呢？

唐 氏 那你听住——（连珠炮般的方言韵白）呢个女人姓杨名秀珍系上蔡人氏，呢个女人的老公姚廷美排行第二。呢个女人的老公的大佬串通呢个女人的老公的大嫂姚田氏，谋财害命，将呢个女人的老公毒死，仲反咬系呢个女人谋杀亲夫要将呢个女人处置。呢个女人连夜逃走揾到呢个女人的大佬主持正义，点知呢个女人的大佬呃晒呢个女人的耳环戒指，仲将呢个女人拐到扬州卖畀杨春做妻子。呢个女人的大佬得手之后立即溜之，出钱买呢个女人的个个男人又丢低呢个女人不知去处，结果呢个女人呼天抢地、将近临盆亦冇人理。我见呢个女人咁可怜，就唔理三七廿一，将呢个女人——

宋世杰 带、返、嚟！

唐 氏 那你听得一清二楚啦？

宋世杰 我听到一头雾水就真！你有本事照足讲返出来，我就五体投地！阿福，开饭——

唐 氏 慢住！老爷呀，这个女人——（唱长句二黄）
她身世可怜复可悲，
寡母孤儿飘零异地，
含冤无告，未脱灾危。
老爷有菩萨心肠，
谅必同情她遭遇。

宋世杰 （唱序） 当然同情之至！

唐 氏 （接唱） 为妻将她收留照料，
算不算得仗义扶危？

宋世杰 （唱序） 当然算得有余！

唐 氏 （接唱） 假若她求救于老爷，
你会不会置之不理？

宋世杰 （唱序） 见危不救非君子！

唐　氏 宋夫子呀宋夫子，你果然为人仗义了！

宋世杰 你现在才知道吗？迟点了吧宋唐氏！

唐　氏 如果我现在才知道宋夫子的为人，又怎配做你的宋唐氏呀？

宋世杰 哈哈哈！我这老婆呀——别看她鸡蛋般大的字也识不了半箩，但说起话来可是滴水不漏、伶牙俐齿呢！好了好了，老婆——你说了半日，到底要为夫出盘缠送这个女人回乡呢，还是留她两母子吃和住呢？

唐　氏 老爷！（唱长句滚花）

这女人，已无归处，
睡不安来食无味，
钱财难令她解愁眉，
为着雪恨申冤，才求助宋夫子，
只因非君莫属——
请替她写状词！

宋世杰 （一怔）什么？要我写状词？

唐　氏 不是你来写难道我识写吗？

宋世杰 不行！

唐　氏 啊，莫非老爷见危不救？

宋世杰 非也！要食要住、要钱要物说也没那么容易，就是要我宋家养她母子过世也可以，可要我宋世杰重操旧业写状词嘛……

唐　氏 怎样？

宋世杰 好——难了！（唱雨打芭蕉）

当初我一支秃笔写状词——
替苦主将冤诉，
打官司岂犹豫？
城内外都算小有名气，
百姓皆称我笔锋利、心地美！
据理秉公敢陈词，

扶危助弱一向凭义气，

哪有推三搪四？（过门）

[秀珍抱婴挽包袱暗上。

唐　氏（浪里白）就是嘛，谁不知老爷一向是有求必应呢？

宋世杰（续唱）可惜世道多艰危，

触怒衙门被质疑。

说我为图财包揽官司——

“死都讲番生，曲也拗直你”！

我实难难难受气，

空有功名总不得志。

最惨年年都养不活娇儿，

算命先生批语未必没道理！

（过门七小节，衬白）所以我斩鸡头、烧黄纸、封住笔、高挂起，从此开间客栈做生意，发誓不再写状词！

杨秀珍（难过地）宋先生……

宋世杰（尴尬地）你？！

唐　氏（急拉宋）你呀——人家这么凄凉，你还雪上加霜话带刺？！

宋世杰 咳，我怎知道她走了出来呢？

杨秀珍 宋先生！（接唱）

都怪我命贱天生成，

申诉也属多余。

本不该叨扰先生您，

识趣携儿作告辞。

今日承蒙宋先生难里扶持，

我心中紧记！（曲暂停，跪宋）

宋世杰（急扶）你——

杨秀珍（泣诉）先生，常言道“受人滴水之恩，也得涌泉相报”。秀珍今生难酬大德，唯望来世报深恩吧先生！（毅然欲去）

宋世杰 回来——你孤儿寡母，人生路不熟，去哪？

唐　氏 就是嘛！你早就无家可归了，加上刚刚分娩，弱不禁风，我家老爷怎会忍心将你母子拒于门外呢？

宋世杰 唔！（接唱）

倘若流浪荒郊，母子无异等死，

难道我见危袖手观之？

好啦，姑且再执笔一次——

为弱妇申冤出口气！

唐　氏 （惊喜）老爷，我早说你刀子口来菩萨心嘛！

[唐氏招上阿彩，吩咐替秀珍将婴孩、包袱抱下。

杨秀珍 （感动）先生！（再跪）

宋世杰 （扶珍坐下）你说——（口鼓）是谁毒死你夫，却来嫁罪于你？

杨秀珍 （口鼓）就是伯爷姚大、伯娘田氏，他夫妇有如禽兽披错人皮！

宋世杰 （口鼓）姚田氏？一个女人竟敢无法无天，到底她有何所恃？

唐　氏 （口鼓）不就恃着胞兄官高势大——身踞山西布政使司！

宋世杰 （一怔）什么？姚田氏就是山西布政使的亲妹嘛……（不禁犹豫）

唐　氏 糟！（故意旁接，口鼓）都怪我口多没遮拦，一下就说出有个“布政使”。难怪老爷当场泄气，与官亲较量，不怕才出奇呢！

宋世杰 哦，照你这么说，我宋世杰就惧怕他布政使了？

唐　氏 不是吗？你一听见“布政使”三个字，就魄散魂飞了！

宋世杰 这个……（撞点锣鼓，走水波浪，思想斗争，唱快中板）

杨秀珍命苦冤深殊可悯，

姚田氏行凶落毒仗官亲。

好夫人见义勇为豪爽甚，

宋世杰堂堂男子岂不及妇人？

（锣鼓，冲到柱旁，松绳放下封挂之笔，续唱）

是可忍来孰不可忍！

抱不平何患力不从心？

（转滚花）叫夫人，快替为夫将墨磨——（半句）

[唐氏摆好文房，正欲磨墨。

宋世杰 等等!

唐　氏 怎么啦?

宋世杰 （将唐拉侧）老婆，当日算命先生批我不能再代人写状，我也封了笔、许过愿，如今反愿，怕不怕犯忌呀?

唐　氏 怕你的头！算命佬的话都信得吗？他真有指引迷津的本事，你早当官了，还是寒酸秀才吗?

宋世杰 那也是……好！（重复唱滚花上半句）

叫夫人，快替为夫将墨磨——

（一想，又怔住）慢着！夫人哪，究竟我还是斩过鸡头，烧过黄纸，求神保庇生个贵子，如今自食其言重执“管城子”，怕不怕又是“年头有仔生，到头来冇仔过年尾”呢?

唐　氏 呸！用笔杆子颠倒黑白、伤天害理才会遭报应嘛，你代写状词、伸张正义，老天爷又怎会亏待你?

宋世杰 那也是……俗话说“救人一命胜造七级浮屠”，说不定老天爷还会赏赐我——让你一胎生足十二个哩!

唐　氏 你当我是母猪啦？你呀——想孩子想怆心了!

宋世杰 哈……闲话休提，待我写、写、写！（倒举笔）

唐　氏 嘘——倒了!

宋世杰 啊？！（误会谁到来，急出门四顾，见无动静，转头入屋，恰与欲跟出门的唐氏碰个满怀）唉哟！你“中瘟鸡”般，做什么呀?

唐　氏 咳，你无端端走出去做什么呢?

宋世杰 我正想写状你就说“到了”，我出去看看谁到来嘛!

唐　氏 我何曾说“有人到”呢？我是说你这笔倒转提呀!

宋世杰 （看手中笔，恍然）哦——原来如此！（五槌，抛笔就位，唱滚花上句）

有劳夫人磨墨铺笺，

且看为夫挥笔当一刀!

（边写边唱水仙子）

笔锋似利一刀，为弱妇把冤伸，

下笔重千斤！

姚门杨氏，状告刁妇——

将小叔杀，骇听闻！（相思锣鼓）

[唐氏磨墨、秀珍牵纸，世杰忿然狂书……

唐　氏　（替宋揩汗）老爷，慢慢写吧！

杨秀珍　（肃然起敬）先生，辛苦了！

宋世杰　没事！你来说，我往下写！（边听边写）

杨秀珍　（接唱）　冤比海深——

刁妇反咬我杀夫君。

遭兄骗卖，

可怜人哀告青天雪冤恨！

宋世杰　（忽然执笔忘字）

恨……恨……（边在手心试写，边唱变调静悄悄）

恨恨哪恨恨恨！唉吔恨恨哪恨恨恨！

（音乐续奏，衬白）糟，执笔忘字呢！老婆，“恨”字怎么写的？

唐　氏　（又气又笑）你问我？！

宋世杰　（醒悟）哦，她是不识字的，我怎么问起尼姑取梳子呢？

（续唱）　恨恨哪恨恨恨！唉吔恨恨哪恨恨恨！

唔，老婆，替我在书架上取本《分韵》来，查查个“恨”字吧！

唐　氏　（随手抽出一本书）喏——

宋世杰　待我看来——（随便一翻，对曲照唱赛龙夺锦）

“男儿为国家，提刀杀敌去——

大帅、大帅，命我将顽敌拒，

边关此一去，英勇前冲莫后退！

忍看国疆，被寇军盘踞，

英雄暗洒泪，悲国土已渐破碎。

义士挥刀，为国捐躯，

猛敲战鼓，角号齐向天吹——

打打的打，打打的打，

打的，打打的，打打的……”

[世杰唱得入神，忘乎所以，唐氏、秀珍听得愕然，莫名其妙……

唐　氏　呸！什么“打打的”呀？无端端唱起戏来，你傻啦！

宋世杰　（清醒过来）还怪我呢！叫你取《分韵》，你给什么我啦？（将书抛给唐）

唐　氏　（捧书一看）什么呀？

宋世杰　是《戏曲大全》哪！你要我唱戏么？

唐　氏　咳，鬼晓得哪本是“分韵”、哪本是“戏曲”咩！

宋世杰　（从书架取来）喏——这本不就是《分韵》！（用力一拍，灰尘入眼，急抹）咳，好久没动过它了！（扬尘，揭开）“人真韵——仄声字——混、炖、问、笨、肾、近——恨”！哈哈，总算找到你了——你这衰神，原来是杜心边加个“艮”。这不就是“恨”字啰！写——

（快撞点，就位提笔，边写边唱霸腔快中板）

“民妇哀告青天大人，

执法秉公——（散）申冤雪恨！”

（写罢愤然掷笔，唱滚花）

状词写罢，我已汗湿衣襟！

唐　氏　唉呀辛苦你了老爷！（替宋打扇，揩汗）

杨秀珍　（捧状，感激地）多谢先生！

宋世杰　不用客气！状词是写好了，但衙门不是那么好入的，你一个外地妇人，就怕……

唐　氏　老爷呀，不如将秀珍认作义妹，明早你就可以名正言顺带她到府衙告状了。

宋世杰　结义金兰？

杨秀珍　兄嫂在上，请受愚妹一拜——（跪）

宋、唐　好妹妹！（扶）

杨秀珍　好兄嫂！

阿　福　（复上）老爷，开饭了！

宋世杰　嘻嘻，我都写饱了，还用吃饭吗？

唐　氏　你呀——

宋世杰　（开怀大笑）哈哈……

［幕闭。

第三场　告　状

［翌日。扬州府衙大堂。

［击鼓声中幕启。快小开门，四役站班，顾读匆匆上。

顾　读　（念）大堂悬明镜，方知法度尊！（坐）本府，顾——读。出身进士，叨蒙圣恩，授扬州府尹。就任以来，官清民乐。今日谁个猛击堂鼓呢？左右——将击鼓人传上！

［众役通传："击鼓人上堂！"杨秀珍顶状上。

杨秀珍　（唱快滚花）

赖有先生扶危困，

府衙告状，叩见大人！（跪）

顾　读　（拍案，口鼓）大胆妇人，乱击堂鼓作甚？

杨秀珍　（口鼓）只因冤情似海，请求大人为我把冤伸。

顾　读　（口鼓）你姓甚名谁？状呈还是口禀？

杨秀珍　（口鼓）民妇秀珍杨氏，状词一纸呈与大人！

顾　读　（接状一阅）"代写讼词人：宋世杰"？！唔……（口鼓）素闻宋世杰乃好事之人，专门包揽官司嘴利得很。然则本府到任以来从未见他衙中走动，分明畏惧本官，不敢再逞能！哼，今日忽然露头，正好看看他有何道行？（对衙役）左右——与爷传上写状之人！

衙役甲　是！（出堂，打引锣鼓带世杰上）宋先生，请！

宋世杰　怎么？知府大人说"请"我吗？

衙役甲 嗳……大人说“传”，是我说“请”！

宋世杰 哦——你我到底是老相识，够交情！哈哈……

（引白）“请”也罢，“传”亦好，

衙堂潇洒走一遭！（腔，入内）

宋世杰叩见知府顾大人！

顾　读 宋世杰……咦，原来你还未曾死吗？

宋世杰 阎王不召见，小鬼不通传，你叫我怎死得去呢大人？

顾　读 这……哼，本官上任数月，何故你现在才来见我呀？

宋世杰 哦——自愧读坏诗书包坏脚，小人早就改行开客栈，不再替他人写状了！

顾　读 胡说！（唱霸腔滚花）

既然你早就改行，

何故又包揽官司、替人写状？

分明你不安本分，

从中渔利、卖弄文章！

宋世杰 顾大人！（唱滚花）

宋某何曾卖弄文章？

大人未免出言不当。

今日并非替他人写状，

只不过代妹申诉，谅也无妨？

顾　读 什么，你是代妹申诉？

宋世杰 是呀大人。有道“乡邻有斗者，披发缨冠而往救”嘛。何况苦主是我妹妹，试问为人兄长，我又岂能坐视呢？难道替家里人写状都会从中渔利，都算包揽官司吗大人？

顾　读 这……好，算你有道理。待我再来一看——“告状人：杨秀珍”。杨秀珍……哼哼，你算可恶了宋世杰！（念白榄）

你姓宋，她姓杨，

居然妄称自己是兄长？

分明故意将本官骗，

人来掌嘴在公堂！（双）

宋世杰 且慢——（慢接念）

莫错责，休乱掌，

我并无自认是亲兄长。

其实秀珍是我金兰妹，

不同姓氏很平常。

王法何曾不准结义金兰呢？

大人凭哪条律例将嘴掌？！（双）

顾　读 这……又算你有道理！

宋世杰 不是“算”，应该讲“就是有道理”嘛！

顾　读 （掷槌，一想）杨秀珍！

杨秀珍 民妇在。

顾　读 你原籍何处？

杨秀珍 河南上蔡。

顾　读 离此多远？

杨秀珍 千里之遥。

顾　读 却又来——既然相距千里，你与宋世杰又何解结得成兄妹呢？

杨秀珍 这……（一时口结）

顾　读 哈哈，口哑了吧？宋世杰，今回你又有何话说呀？

宋世杰 大人！比如你又贵乡何处呀？

顾　读 本官原籍山西。

宋世杰 大人官任何职呢？

顾　读 废话，谁个不知，哪个不晓？本官乃扬州府尹。

宋世杰 却又来——大老爷你千里迢迢来到扬州做官，又是何解呢？

顾　读 奉了皇帝之命，才有不辞千里。

宋世杰 这就对了——你奉皇帝之命，所以不远千里来做官；她是被人拐卖，所以流落异乡为异客。在扬州境内与我相识，缘分所至结为兄妹，试问又何足为奇呢大人？

顾　读　这……又算——

宋世杰　嗳——不是“算”，应该说“就是有道理”嘛！哈哈……

顾　读　（无奈地）宋世杰呀宋世杰，你把利口，果然名不虚传了！

宋世杰　哪里哪里。是大人你清如水明如镜，我义妹才不揣冒昧、慕名而来，求大人公断呢！

顾　读　哈哈……杨秀珍，如此你状告谁人？有甚冤屈？不妨诉上来吧！

杨秀珍　大人，民妇冤情状词有写呀！

宋世杰　咳，大人喜欢听，你就照说嘛！

杨秀珍　如此大人容禀——（唱禅院钟声）

含泪诉怨，望大人为我把冤申——
皆因家产瓜葛事，
大伯夫妇为财动杀心，
毒酒相灌，害我郎半夜丧生。
伯娘姚田氏险又恶，
诬我谋杀亲夫，要送官府将罪问。
我迫不得已，虎口逃奔得侥幸，
返到外家去——
找胞兄帮我雪冤恨，把道理分。
怎知胞兄有歪心，
趁机敲诈勒索首饰与钱银。
假惺惺说道要——
携同我往官府，为我鸣冤雪愤。
却原来，设火坑，
骨肉情，早灭泯。
他暗地里将胞妹——
卖给布商，赚得百两，
偷偷溜走鄙劣甚！（哽咽）

宋世杰 （见状，接唱）

布商杨春猛醒，便穷追骗子，
丢开她这可怜人。
我贤妻，适见得，
怜她遭不幸——
又照料来又慰问，
宋家收养这沦落人。
才相识，虽异姓，
情长义结——
我替妹讼诉把冤申！（激动趋快）
知府秉公细心审，
请替苦主雪怨恨。
惩凶诛奸，官威大振！（音乐暂停）

杨秀珍 （清唱） 我没齿也难忘——（音乐伴尾句）

杰、珍 （合唱） 这万世恩！

顾　读 好好好！（唱霸腔快中板）

慷慨陈词声声血恨，
淋漓讼状字字千钧！
骨肉相残天不允，
定然为你把冤申！（转滚花）
本府乃海瑞门生，
与上蔡县刘大人有手足情分。
左右——（拔火签，续唱）
速往河南上蔡，
将田氏夫妇擒！（抛签）

衙役甲 领命！（与衙役乙下）

杨秀珍 民妇叩谢青天大人！（跪）

顾　读 哈……退堂！

宋世杰 且慢——

顾　读 又怎么啦宋世杰？

宋世杰 没什么！小民刚才知道，原来顾大人你还是海青天海瑞大人的得意门生，怪不得大人你执法如山，绝无温情可讲哩！

顾　读 （得意地）唔！

宋世杰 宋某我虽是秀才一介，却自愧才疏学浅。现有些少事理不明，未知能否动问呢？

顾　读 无妨无妨，尽管问吧！

宋世杰 是这样的——有人无依无据以莫须有之罪名，当众诋毁圣贤弟子。按照大明律例应该处以何罪呢？

顾　读 哦——如果无依无据诋毁圣贤弟子，按大明律例应处以“侮辱斯文”之罪。

宋世杰 如此，犯有“侮辱斯文”罪者，该如何处置呀？

顾　读 重则入狱半年，轻则掌嘴罚款兼赔礼道歉。

宋世杰 哦！比如“侮辱斯文”者正好是个高官呢？

顾　读 王子犯法尚且与民同罪，难道做官就可以逍遥法外吗？就算从宽发落，最少都要罚银十两赔偿名誉！

宋世杰 好，顾大人真不愧是海瑞门生了！那宋某我就老实不客气，立即向大人领取十两银——

顾　读 此话怎讲？

宋世杰 大人！（唱七字清）

宋世杰虽则是无名辈，
总算朝廷气脉一秀才。
方才你侮辱斯文言词厉害，
说我“包揽官司、从中渔利”——
凭据何来？
既是律例严明不因人而改，
试问要你赔偿名誉该也不该？

顾　读 （老羞成怒）宋世杰你——

宋世杰 嘘！收火吧大人，心火盛话就多，说不定不止赔十两呢！

顾　读 （无奈忍气）人来——取银十两！

［衙役丙取上，交顾读。衙役甲、乙带行装复上。

顾　读 宋世杰呀宋世杰，本官总算领教过你了！（奉银）

宋世杰 不敢当！（接银，对甲、乙）差大哥，此去河南办案，这十两银算是宋世杰慰劳两位了！（递银）哈……

（偕杨秀珍从容慢下。顾读等愕然）

［幕闭。

第四场　托　庇

［若干日后。河南上蔡，田府后院。

［中板长序中幕启。丫鬟捧参汤引田能上。

田　能 秋菊，快将参汤给老夫人送去！

丫　鬟 知道！（下）

田　能 唉，真是“功名成就易，忠孝两全难”了！（唱中板）

想我田能，任职布政在山西，
十载寒窗真不枉！
怎奈慈母病，惟告假回乡侍奉，
床前尽孝表情长。（转七字清）
半月时光如一晃，
娘亲日渐复安康。（转滚花）
公务纷繁，急待赴山西——
唉，又怕慈帏难见谅！

丫　鬟 （上）启禀老爷——姑奶与姑爷到呀！

田　能 哦，来得正好！有请——

丫　鬟 有请姑爷、姑奶！

[田氏夫妇神色慌张地匆匆上。

姚、田　大哥!

田　能　二妹，看你俩神色不好，究竟所因何事呀?

田　氏　唉，今回妹妹我大难临头了!（哭）

[田能挥手，丫鬟退下。

田　能　有事慢慢说嘛，哭什么?

姚　大　大哥呀!（唱追信）

想不到，我家中灾祸起——

只因与弟郎分家产惹下事，

杨秀珍她节外生枝。

二弟猝然死去甚可疑!

田　氏　（接唱）　定必是二嫂毒死亲夫婿，

再逃奔扬州府去。

姚　大　（接唱）　恶人竟先告状引起官司!

田　氏　（接唱）　得知近日，公差奉命来，

要擒拿我夫妇，二妹性命危!

田　能　（一怔）什么?你家出了人命案?

田　氏　是呀，扬州知府照会县官刘铁，要将我当凶手捉拿，还得大哥出面，替妹妹说情才是呀!

田　能　这个吗……（唱血泪花）

原来她为求情慌张而至。

这桩官司，真相不知，

岂能出面来护庇?

当官不可枉法徇私!

二妹、妹丈呀!（口鼓）州有州官县有县衙，这人命官司自有地方审理。正所谓“事不离实”，为兄插手也是多余。

田　氏　大哥你——

姚　大　嘘!（暗示她找老母）

田　氏　好！（口鼓）既然大哥不念骨肉情，我唯有求娘亲作主！

（悻悻而下）

田　能　二妹——咳！（口鼓）你两夫妇到底葫芦里装的什么药？是否做了坏事怕理亏呀？

姚　大　这……（念白榄）

既是自己人，不怕说穿底——

你妹一时冲动惹出命案来！

田　能　（一怔）啊……

姚　大　（接念）　她下毒酒中害死我二弟，

倘若监牢一入就定必无归！（双）

田　能　可恼呀！（唱快中板）

果然贱婢胡作非为！

田府声名被她所毁，

官场之内令我失威。（转滚花）

定要惩戒于她——（气冲冲取家法）

[先锋钹。田能欲下，田母由田氏扶着上，碰面。

田　能　（一怔）娘亲！

田　母　哼！（续唱）

何必声严色厉？

姚　大　岳母大人！

田　能　娘亲保重！（丢开家法，扶母坐下）

田　母　能儿呀！（续唱）

为娘膝下只有一儿一女，

同胞骨肉本当相互提携。

田　能　孩儿知道。

田　母　（续唱）　二妹是我心头肉、掌上珠，

岂可任人算计？（转三脚凳）

扬州府举人来上蔡，

她夫妇处境危。
顾读、刘铁是你同僚，
当年结拜为兄弟。
只要能儿一封信，
便可替妹解重围。（转滚花）
你若然孝顺就速修书，
好令为娘心慰。

田　能　这个……（唱大滚花）
老娘亲，扶病亲临训示，
教我又添难题！
娘亲哪——
想当年，蒙海公保荐为官，
我弟兄四人也曾对天发誓：
“谁个徇情枉法，
负棺引疚而归。”
孩儿修书作弊万万不能——

田　母　（续唱）　你若不依从，为娘死不眼闭！（高腔）

田　氏　娘亲——（暗示）

田　母　唉，既然孩儿忤逆，骨肉无情，叫老娘活来何用？不如死了也罢——（作欲投池自尽状）

田　能　（急拦）娘亲！

[众将田母拉回，田母气喘欲绝。

田　氏　娘亲！都怪女儿不好，连累娘亲了！（暗示）

田　母　不关你事，不要拦我——（再作投池状）

田　能　（急扑上去拉住田母）娘亲——（跪）你，你又何必如此呢？孩儿遵命修书就是！

田　母　（暗喜地与田氏夫妇打眼色）当真？

田　能　孩儿跪在娘亲跟前，岂有假话？

田　母　这才是嘛！（扶起田能，唱滚花）

到底是为娘的亲骨肉——

且回堂内把笔挥！

田　能　（无奈地）遵命！（欲下）

田　氏　等等——娘亲哪，有道“财可通神”，大哥虽然有面子但钱还是要花的。

田　母　能儿呀，为娘就贴上三百两银，你修好书后，指派两名心腹，火速送到扬州就是。

田　能　唔，还得请刘年兄包涵，从中拖延起解。

田　母　正是——虎不伤儿官相卫；

田　能　嘘——托庇之事莫张扬！

[收光。

[幕闭。

第五场　取　证

[数日后的傍晚。悦来客栈房间——左右各有客房一间，摆有桌椅。台中为通向院子的过廊。

[慢板长序中幕启。杨秀珍正在左房给孩子喂奶。

杨秀珍　（唱慢板）正幸虎口得余生，

又喜旱苗遇甘霖；

兰兄兰嫂热心肠，

待我母子情殷恳。

多蒙青天大老爷，

公正廉明将案问，

盼早日惩凶治恶，

报仇雪恨慰夫魂！（长腔。头更鼓响）

你看——（接滚花）

才打初更，娇儿便呼呼入寝。（下）

[田四、田六挂刀背囊，疲惫不堪上。

田　四　“悦来客栈”。正好了——阿六，我们走了这么多天路，今晚好好歇上一夜，明早再算吧！

田　六　当然啦四哥！天都黑齐，扬州府的大门也早关了，再急的事也不差这一晚嘛！

田　四　（吆喝）店家！店家——

[宋世杰内应：“来了！”急上。

宋世杰　哦——原来是两位差大哥！（冷淡地）不知何事光临呢？

田　六　问得出奇！这是客栈，进来当然是开房嘛！

宋世杰　开房？那就真对不起了差大哥——我这“悦来客栈”有个老规矩，叫作“三不接”！

田　六　怎么个“三不接”呢？

宋世杰　太早来的不接，太夜来的不接，不早不夜来的也不接！

田　四　此话怎解？

宋世杰　听着——（方言顺口溜）晨早流流我懒起身，半夜三更怕遇贼人，现时不早又不夜，我正想提壶慢慢斟。两位来不着时莫“帮衬”，知机识趣快“松人”！（欲下）

田　四　等等——我们是山西布政使司派来办案的差人，你敢如此怠慢？！

宋世杰　（暗一怔）什么？两位是山西布政使司派来办案的？（上下打量，若有所思）咳，怎么不早说呢！来来来——哦，这边秀珍住了。（打开右房门）这边请！（引差役进房）两位一路辛苦，放下行李好好歇一下吧！（趁机掂量包袱）

田　四　（紧张地）别乱动！（取回包袱紧紧抱住）

宋世杰　哦——两位要点什么呢？

田　四　明灯一盏，暖酒一壶。

田　六　还有——半斤炒花生。

宋世杰　好！两位稍等——（出房佯走，复回窃听）

田　四　（把门关上）阿六，这趟差事非同小可，你得醒睡点！

田　六　行了四哥，你照顾好那包东西就是了！

田　四　咳，这么重，我看起码有三百两，背死我啦！

田　六　我们田大人也是——送公文就送公文嘛，还要我们带银两给那个顾知府干什么？

［宋世杰在门外听罢一怔，急下。

田　四　嘘——老弟，这个你就不如我懂了——多当两年“红头黑脚”吧，到时你就清楚啦！

［宋世杰掌灯、捧酒上，摇摇酒壶，然后拍门。田六开门。

宋世杰　差大哥，酒来了——花生粒粒脆，两位饮多杯！（摆灯斟酒）

田　六　（垂涎）唔——好香好香！（迫不及待地喝）

宋世杰　两位还要些什么？（乘机观察放行李处）

田　四　不要啦，走吧！（推宋出房，把门关上闩住）

宋世杰　（自语）哼，饮吧——等会就知道“沟酒”的厉害！（下）

［二更鼓响，斗官叫。

田　四　咦，怎么客栈有娃娃叫呢？

田　六　说不定是老板娘的孩子，你管他！喝吧——

［两差役喝酒，渐觉不支；秀珍抱婴上。

杨秀珍　（唱十月怀胎）

夜静听打两更，月色昏，

孩儿他偏啼听，声震撼！

暗自里担忧——惊动邻里人，

叫为娘怎安心！（安抚婴孩）

［田四、田六醉倒在地；宋世杰悄悄持刀上，撬开房门，蹑足进内，找到包袱，打开，取出密信，走到灯下看。

宋世杰　（念信封）“密呈扬州知府顾年兄亲展，山西布政使田能拜”？！（急以灯火烤熔封口胶，用刀挑开信口，取信一阅，吃惊）哦……（唱送情郎）

却原来，赃银与黑信——

为买通府尹，替罪犯免刑。

碰巧田府的“鸡脚”被我抓正，

抄下原信揭阴谋，将官司打胜！

(音乐续奏至曲终) 咦，这里没有笔墨纸张呢……哦，对面有！（吹灯出房，倒掩房门，走到左房轻轻拍门）兰妹，兰妹！

杨秀珍 是宋先生？（急开门）唉呀兰兄！（唱无锡景）

你定然被闹醒睡难宁，

都怪外甥太无性！

宋世杰 嘘——（接唱）

你不要声张！

细观此信自然明——（递信）

只因为布政使居心不正，

竟贿赂，顾知府，替刁妇求情。

将原信抄下来好顶证！（奏弹竹花）

杨秀珍 （一怔）哦！

宋世杰 不用怕，送信的两个差人住对面房，已经被我用“沟酒”弄醉。你快替我磨墨吧！（二人迅速行动，磨墨抄信）

[鼓打三更，唐氏掌灯悄悄上。

唐　氏 （唱小红灯）

三更已过我难入寝，

世杰缘何独自行？

秀珍房，着了灯，

更闻得里头有声音。(加序，侧耳一听)

寡女伴孤男，教我心惊震——

我夫为甚如此不守份？（气冲冲推门而进）

宋世杰 （一怔，下意识疏远避嫌）老婆！

杨秀珍 兰嫂。

唐　氏 你们……男女授受不亲，你们居然三更半夜瞒住我走到一起？

宋世杰 （坦然，打趣）嘻嘻，不该这么小气吧老婆？

唐　氏　还说我小气？（一巴掌打过去）

杨秀珍　（急拦挡）兰嫂——

唐　氏　你……你还好意思叫我做兰嫂？！

宋世杰　咳，你“捉错用神”了老婆！（唱流水行云）

妻呀你无须动忿！

今晚事出有因，又是情急甚。

我兄妹未有不轨，

切勿疑心生暗鬼怪错人——

皂白定要分！

唐　氏　错怪？（接唱）

你半夜三更里来此作甚？

既属守礼，为何暗接近？

宋世杰　（接唱）　且待我，摆真相，

休要乱猜气如焚——

只为田能恃势，

派官差送密信，

欲买通府尹，纳贿徇私包庇罪人。

我初更得知暗着紧，

骗官差饮醉再将计运——

到二更摸入对面房，

搜获密件与赃银。

这信中分明设谋害秀珍！

为拿到罪证，与赃官把道理分，

我匆匆走入义妹房里——

急抄书，两家实在谨慎。

杨秀珍　（接唱）　怎料大嫂忽到此，

妹妹欲解释也未能。

嫂嫂意厚恩深，

我哪会起歪心！

宋世杰 （接唱） 望娇妻，辨真相——

秀珍是贞花，不会将蝶引。

你为人，素正气，

救妹妹，秉义愤。

且助我一臂——

将密信抄起作实凭。

风雨后，见天开，

两夫妇，情更近！

唐　氏 （恍然大悟，愧疚不已）哦……（唱快二流）

却原来误会一场，

不由我羞惭阵阵……

布政使从中作弊，

听得我动魄惊心！（序）

世杰、秀珍……（难过地续唱）

都怪我未问情由，

一下间油煎火滚，

句句伤人恶语，

皆由疑鬼疑神！

杨秀珍 兰嫂！（接唱）

只不过事出偶然——（散）

何必挂怀于耿耿？

宋世杰 就是嘛，你一向都是信得过老公的嘛！

唐　氏 （解嘲）你呀，还说风凉话？（举手挽袖）

宋世杰 （执住唐氏手）好了吧，还想打？

唐　氏 鬼打你么？我是替你磨墨，让你快点抄信呢！

宋世杰 哦，轮到我错怪你了！哈……

唐　氏 嘘——细声点！

[鼓打四更。

宋世杰 四更了！（唱二黄滚花）

趁未天光完此任，

他日堂前顶证斥田能！（快手托抄信）

杨秀珍 （看信）义兄真有两手，连字迹也仿足，两封信简直真假难分哪！

[云云。世杰在二人帮助下迅速将复件封好，走过对面房，悄悄将信放原处，并取官银一锭，不留下痕迹，随即将房门倒关好，三人在门外观动静。

[散更，鸡啼。田四、田六苏醒过来。

田　六 （打呵欠）啊——真好睡了！

宋世杰 嘘！（示意，三人同入左房，下）

田　四 咦，怎么睡在地上呢？

田　六 嘻嘻，四哥你熟睡跌落床哩！

田　四 （急检查包袱）唔，没少东西！

田　六 哦，天亮啰！

田　四 公务要紧，我们起程了——（同开门而出）

宋世杰 （出门迎上）咦，两位这么早呀？

田　六 还早？天亮啰！（二人欲下）

宋世杰 哎——两位大哥，房钱呢？

田　四 哦，身上没碎银，欠着吧！哈哈哈……（二人大摇大摆而下）

宋世杰 是了吧——如果不是我有先见之明，抽起这锭官银哪，就连房钱都蚀给他们了！（背身向院子走去）

[幕闭。

第六场　受　陷

[当天。扬州府衙二堂。

[幕启。顾读打引上。

顾　读　（引白）　只待河南人犯到，

升堂结案官威扬。（腔，坐）

差役丙　（上）大人，山西布政使司田大人的差官到来求见。

顾　读　哦？田大人乃本府结拜弟兄，派人专程而来，必有要事。快请进二堂！

差役丙　遵命！（下，引田四、田六上）

四、六　参见知府大人！

顾　读　免——（口鼓）两位远道而来，不知有何公干呢？

田　四　顾大人！（口鼓）我家老爷命我们送来一封书信、三百银两，大人看过便知详呀——（递）

顾　读　待我看来——（念信）“愚弟田能多拜上，不觉分手数月长。只因胞妹姚田氏……”（一怔，转对众差）哦，两位差官奔波劳顿，先到差房饱餐，稍事歇息再说吧！

四、六　谢大人！

差役丙　随我来——（三人同下）

顾　读　唉呀，原来杨秀珍所告的案犯就是田能的胞妹呢！看信中怎说——（续念）“只因胞妹姚田氏，涉嫌被缉正彷徨，杨氏秀珍是祸首，谋杀夫婿诬伯娘。”（愕然）咦，怎么完全是另一种说法呢？（续念）“押上白银三百两，年兄念情鼎力帮。庇得胞妹上风占，登门拜谢把恩偿！”唉呀，这就难煞我了！

[顾夫人适时上。

顾夫人　有什么难煞你呀老爷？

顾　读　夫人哪！（唱滚花）

杨秀珍状告田氏行凶，

下官已命人缉她归案。

岂知犯妇乃田能之妹，

年弟求我鼎力帮忙。

倘若收下这三百银，

少不免要徇情卖放！

顾夫人 咳！（接唱）

估送有什么难事？

原来是“油水”一桩。

只不过顺水推舟卖个人情，

这三百两银，我当仁不让！（捧银）

顾　读 哎——夫人！（接唱）

当初弟兄四人曾发誓——

徇情枉法，要负棺还乡！

顾夫人 呸，发誓不也当“吃生菜”！难道有钱不拿嫌钱腥吗老爷？（唱那个不多情）

当官的总得要填饱钱囊，

官官暗相卫，又何算异常？

任袖里装清风，太傻戆！

为清官只会合家守贫寒。

生杀权，在掌中，

不会用，岂非枉？

白银花花，照收都无妨！

顾　读 这……算你有道理！

顾夫人 还用说？贼子两只手，官字两个口，谁是谁非还不是凭老爷一句话？！这三百两银我拿进去了，该怎样定案？老爷看着办吧！（欲下）

顾　读 哎，等等——可知八府巡按缪大人不日便到扬州巡视，这密信与押银，万不可有丝毫泄露呀！

顾夫人 放心吧老爷，只有你知我知呢！（下）

顾　读 嘻嘻，怪不得人家说：“当官的后面有老婆，人更机灵钱更多”了！哈……

差役甲 （上）启禀大人：案犯姚田氏夫妇已经缉拿，请问大人如何发放？

顾　读 立即松绑，请进二堂！

差役甲 （不解）吓？！

顾　读 “吓”什么？松绑！

差役甲 遵命！（旁白）奇怪——犯人怎么变了客人呢？（下）

［差役甲、乙引姚大、田氏上。

<table><tr><td>姚　大
田　氏</td><td>知府大人在上，请受</td><td>小民
民妇</td><td>一拜！（跪）</td></tr></table>

顾　读　起来，起来。

姚、田　有罪之身，怎敢起来？

顾　读　哎，两位何必如此，起来也罢！

姚、田　（互递眼色，暗喜）谢大人！

顾　读　（口鼓）山西布政使田大人有书到来，本官已知道两位蒙冤受枉。

田　氏　（口鼓）是呀大人，我夫妇无辜被押扬州府，还望大人高悬秦镜替我作主张！

顾　读　这个自然！（口鼓）令两位受惊一时，请勿放于心上。人来——不得再有怠慢，先带两位歇息到后堂。

差役甲　是！两位请——

姚、田　多谢大人！（得意地随甲下）

顾　读　（对差役乙）传命下去，二堂侍候，把杨秀珍传上！

差役乙　遵命。（吆喝）呔——二堂侍候，杨秀珍进见！

［众差喎呵上，首板锣鼓站班。

杨秀珍　（内唱快首板）

心惶意乱——（匆匆上，唱十字快中板）

众衙役厉声呼喝为何缘？

步匆匆赶到二堂忙叩见——

（跪）民女杨秀珍拜见青天大人！

顾　读　杨秀珍你来了？

杨秀珍　是呀，大老爷有何吩咐呢？

顾　读　你做的好事！（唱跳花鼓）

你胆大包天，居然将本官骗——

（白榄）　明明毒亲夫，却诬人真阴险，

状词胡编造，本官早就看穿！（双）

（续唱）　案情已查白，岂容你再倒颠？！

杨秀珍 （一怔）冤枉呀！（唱红绣鞋）

万望大人明辨，把案来断——

小小冤屈妇，不敢将大人骗，

所告没虚言！

倘若将夫杀，我早该匿远，

为甚挺身到衙堂前？

大人若判偏，天理究何存？！

你不信，可以叫姚家的丫鬟前来顶证呀！

顾　读 可恼！（唱快中板）

还来狡辩嘴利牙尖！

（转滚花）施以酷刑，把官威显！——

人来，将贱妇押下去重打八十，收监候审！

众　役 遵命！（押住秀珍）

杨秀珍 （高呼）冤枉呀——（被众役拖下）

［内传来拷刑声，顾读背望奸笑……

［宋世杰内呼："冤枉呀大人！"

顾　读 堂口谁个为贱妇喊冤？

［众衙役复上。

差役甲 禀大人：宋世杰为贱妇喊冤！

顾　读 宋世杰？哼，反正此事瞒不过他。人来——传宋世杰！

众　役 传宋世杰！

［宋世杰一声："来也！"，锣边花。义愤填膺地上。

宋世杰 （唱大滚花）

受害人，反遭罪，

不由我七窍生烟！

伸正义，抱不平，

闯进二堂将理辩——（跪）

宋世杰与大人叩头！

顾　读　宋世杰，你为何在堂口喊冤哪？

宋世杰　大人办事，不公不正！

顾　读　哪里不公？哪里不正？

宋世杰　原告收监问刑，被告后堂款待，请问公在哪里？正在何方？

顾　读　哦！你有所不知了——杨秀珍告的是谎状！

宋世杰　何以见得是谎状呢？

顾　读　经已查明：杨秀珍串通奸夫、毒死亲夫属实；姚田氏图谋家产、杀叔逼娌为虚。原告分明撒谎！

宋世杰　哦？既然查得杨秀珍串通奸夫，请问大人——奸夫又是谁个呢？

顾　读　这个……（急翻状词）这个、这个无赖！

宋世杰　究竟谁个无赖呀大人？

顾　读　这个！杨、杨勉，杨勉就是奸夫！

宋世杰　哈……大人看清楚，杨勉是杨秀珍的胞兄呀！

顾　读　哦……（急翻状词）哦，看错看错！奸夫就是布贩杨春！

宋世杰　杨春？喂喂，大人莫忘记——杨秀珍是亲夫死后被胞兄带到扬州才与杨春相识的。试问又怎串通谋杀呀？

顾　读　他们是先串通后相识……（自知失言）

宋世杰　什么？先串通后相识？

顾　读　不是、不是！他们是先相识后串通……

宋世杰　照这么说，杨秀珍丈夫猝死在前，又与杨春何关哪？大人，信口开河是难以自圆其说的！

顾　读　这个……（旁唱反线芙蓉中板）

他那里迫人咄咄，

一句句话似针尖！

宋世杰　（旁接唱）他那里欲盖弥彰，

一阵阵手忙脚乱！

顾　读　（旁唱）　我得要以攻为守——

宋世杰　（旁唱）　我何惧污吏恃强权！

顾　读　（转对宋，唱反线七字清）

宋世杰休得恃才到来捣乱，

须知这府衙之内戒备森严！

宋世杰　（接唱）　怎忍见苦主蒙冤任由作践？

遇不平冒险相助理所当然！

顾　读　（接反线三字清）

你与杨秀珍，交往甚浅，

偏替她说话，定有牵连！（转反线滚花）

哦哦哦——有道“受人钱财替人消灾”，

莫非你纳了人家的黑钱？

宋世杰　我纳了人家的黑钱？哈……大人！（唱木鱼）

如今世道，确实新鲜——

黑猫偷食，白猫受嫌。

究竟谁人，收下黑钱？

无须问我，不妨问天……

还有天知地知的！（续唱）

三百两银，来得水路远、水路远……

（正欲取出密信）

顾　读　（一怔）住口！

宋世杰　何必紧张呢大人？（一想，将密信收回，唱爽二黄）

谁将黑钱收下，宋某不用明言。

好自为之，善恶到头终须清算！（腔）

顾　读　这……（旁唱快二黄滚花）

他话中有话，我发制为先。

来个“下马威”，打低狂生气焰！

人来——将宋世杰押下，重打四十！

宋世杰　且慢——你打我不得！

顾　读　怎么打你不得？

宋世杰 宋世杰身无过犯，况且小小都是朝廷气脉、圣贤子弟，岂能打得如此容易？！

顾　读 本官要打又有何难——先革去你秀才功名！

[众役强硬脱去宋的方巾。

顾　读 再打你个欺官傲上！

宋世杰 当真要打？

顾　读 打又如何？

宋世杰 （把心一横）好！看来我宋世杰不吃点眼前亏，知府大人是没有面子退堂的。我就给点面子你吧大人——（毅然撩袍伏地）打吧！

顾　读 人来与我打！

[众役面面相觑，怯于下手。

宋世杰 打吧！

顾　读 打！——

[众役举杖施刑，顾读暗自狞笑……

宋世杰 （咬牙挨过四十）唉呀——多谢大人赐刑！

顾　读 宋世杰，你道该打不该？

宋世杰 不该！

顾　读 不该打也打了，你服也不服？

宋世杰 不服！

顾　读 哼……不该也好，不服也罢，从今以后你少来烦我！

宋世杰 偏要烦你又如何？

顾　读 再来烦我嘛……当心你的老命！

宋世杰 哈……谁个得当心老命？如今说来未免为时太早呀！

顾　读 还来口硬？叉了出去！（退下）

[众役将宋世杰拖出大门，推倒在地，分头下。

宋世杰 唉哟！（挣扎，唱二黄滚花）

不信你只手遮天能欺世，

他日公堂对簿，再吐真言！（摸怀中密信）

[收光。

[幕闭。

第七场　同　仇

[第日。宋家厅堂。

[南音长序中幕启。宋世杰侧卧病榻，唐氏替其敷伤，阿彩捧药上。

宋世杰　（呻吟）哎哟……

唐　氏　老爷，忍忍吧，勤点换药才快好的。

阿　彩　老爷，喝药吧——

宋世杰　想烫死我吗？放下吧！

唐　氏　阿彩，你去照顾那可怜的小娃娃吧。

阿　彩　知道！（下）

宋世杰　哎哟，原来挨板子这么难受的！

唐　氏　老爷……（唱南音）

忍见你皮开肉绽——

为妻痛在心间。

果然当今世道，想做好人难！

恨只恨吏恶官贪，

怨只怨天公无眼，

悔只悔逼夫写状，

果招致获罪权奸。（转乙反南音）

如今毁掉功名又遭刑棒，

都怪为妻好事，累你受此摧残……

宋世杰　怎怪得你呢老婆！（唱饿马摇铃）

好娇妻休悔恨与嗟叹，

宋夫子遭棍棒，痛亦觉等闲。

衙门似炭，我早见惯，
从来做官都恃势横行。
想伸张正义反遭陷，
打官司好像过那恶浪急滩，
千险复万难！
当初我也怕惹下麻烦，
到于今——我偏争它一口气，
要闯虎穴龙潭，不怕路漫漫！

唐　氏　（接唱）　夫呀，你疗伤再莫把官司揽，
应在家中安心勿愁烦！

宋世杰　（接唱）　怎不挂心秀珍困在牢里空悲叹？

唐　氏　哦——（唱反线中板）
好一个宋夫子，无辜受陷遭刑，
纵使肉绽皮开，仍如此骨头硬！

宋世杰　还用说？

唐　氏　（接唱）　好一个宋先生，可谓义无反顾，
卧伤仍惦念那苦命红颜。

宋世杰　能够不挂念吗？

唐　氏　（直接反线秋江别中段）
却可惜，你今天，
败在疏忽惹麻烦——
你一向善辩官司打惯，
又抄下奸官那密函，
为甚不摆出赃证，
好叫知府不敢再留难？

宋世杰　（接唱）　顶证得要待时机，不差早晚。
须知贪官当道——
倘若罪证落他手更麻烦！（直接快二黄）

所以宋世杰，宁吃眼前亏，

平冤大事情，不能毁于一旦！（腔）

唐　氏　哦，原来你是有意不抛出这封密信的！

宋世杰　当然啦！谁大谁恶，当着狗官面摆他的罪证？多多也不够他撕呢！

唐　氏　那……扬州府内算他最大最恶了，秀珍岂不是要冤沉海底？

宋世杰　那又未必！他上头还有八府巡按，八府巡按上头还有……

唐　氏　不成你告到京城，告到皇帝面前吗？

宋世杰　哼，等阿福将姚家丫鬟请到，我宋世杰只要还有两只脚一把口，就算爬到京城也要将狗官揭个够，骂到臭！（激动之际，伤口作痛）唉哟……

唐　氏　你呀，既然派了阿福去请人证，就先别劳气，歇歇吧！

阿　彩　（上）老爷——外面来了个人，说有要事求见。

宋世杰　痛得我坐也坐不了，不见！

唐　氏　慢着——来人是谁呢？

阿　彩　不认识，他说叫杨春。

宋世杰　杨春？！

唐　氏　哦，不就是在柳林买杨秀珍的那个布商！

宋世杰　那么来得正好！阿彩，还站着做什么？快请他进来呀！

阿　彩　是——有请杨先生！（下）

杨　春　（上，唱爽滚花）

为寻秀珍下落宋家行。

唐　氏　杨先生！

杨　春　哦，是大嫂你呀？

（续唱）　当日柳林饮过你一碗茶——

宋世杰　（接唱）　如今何事光临悦来客栈？

杨　春　你——

宋世杰　小姓宋。

杨　春　哦！

（续唱）　久仰大名未谋面，

原来就是宋先生！

宋世杰 别客气，坐——（忘记有伤，陪坐）唉哟！

杨 春 咦……

（续唱） 先生何故遍体鳞伤？（半句）

唐 氏 （接唱） 只为仗义执言遭非难——（转银河会）

我夫去替秀珍将冤喊，

怎知搭救怨妇难上难。

知府贪赃暗受贿，无王法，

关起秀珍恣摧残！

宋世杰 （接唱） 我禁不住义愤，与那贪官论理，

他恃强权滥施刑，我惨遭棍棒……

杨 春 （接唱） 闻罢气炸，天公无眼！

连累了先生你，苦了红颜。

宋世杰 （口鼓）我挨了几板无相干，唯是怎救姑娘脱灾难呢？

杨 春 这……（口鼓）闻得八府巡按缪蓬已到扬州查勘，我为你们鸣冤伸诉将轿拦！

唐 氏 算了吧！（口鼓）连他宋夫子都难免受刑，你这外乡人还逃得过八十大板？

杨 春 宋大嫂你有所不知了！（口鼓）上次在柳林那位先生赠我一把扇——（出示）他说日后牵涉诉讼，出示此扇便可少麻烦哪！

宋世杰 这把扇有如此神通……（取扇打开一看，念）“负民即负我，欺世亦欺天。”咦，不得了哇！（唱七字清）

分明此扇不等闲。

那位先生非官即宦，

说不定八府巡按私访民间。（转滚花）

一于拦路呼冤——唉哟！（半句）

杨 春 宋先生！（续唱）

你伤势未痊，何必硬撑？

宋世杰 那……这件事就全靠兄弟你了！

杨　春 放心吧宋先生！（续唱）

杨春我江湖走惯，

又何惧按院一行？

宋世杰 （兴奋地上前拍杨肩）好兄弟——唉哟！

［收光。

［幕闭。

第八场　会　审

［若干日后。按院行辕。

［堂鼓声中幕启。点绛唇，众役排班，缪蓬官装神情肃穆上。

缪　蓬 （念）为官须清正，王法不徇情！

［内报：“列位大人到！”

缪　蓬 有请！

众　役 有请列位大人！

［双槌。田能、顾读、刘铁提心吊胆上。

田　能 顾年兄呀——（口鼓）巡按大人缪年兄突然相邀，恐怕不利于你我呀！

顾　读 哎！（口鼓）缪年兄到江南巡视，不过邀请弟兄叙旧而已，你又何必杯弓蛇影顾虑多呢？

刘　铁 那又不是了——（口鼓）如果净是打打牙较，又何苦要田年兄与刘铁我千里奔波呢？看来有七成不妥。

田　能 唔……（口鼓）有备无患，顾年兄切勿以熟卖熟，（暗示）信口——开河呀！（三人同进）

田　能 山西布政使田能——

顾　读 扬州知府顾读——

刘　铁 上蔡县令刘铁——

三　人　参见巡按大人！

缪　蓬　哎，三位年弟何必拘礼？请坐——

三　人　谢年兄！（入座）

田　能　缪年兄，召唤我等三人，不知有何赐教？

顾、刘　是呀，有何赐教？

缪　蓬　众年兄！（口鼓）当日海恩师保荐我等为官，弟兄四人曾将誓言发过。不贪赃、不枉法，要爱民若子，刚正不阿。

三　人　不错，不错。

缪　蓬　（口鼓）本院日前巡视扬州，竟有人替杨秀珍、宋世杰拦轿呼冤将路阻。

[仄槌。田、顾、刘互通眼色。

缪　蓬　（口鼓）特邀三位到来一同会审，以昭公允息风波。

田　能　缪年兄！（口鼓）据闻杨秀珍蓄谋毒杀亲夫，事后竟将他人嫁祸……

缪　蓬　哎——（口鼓）是非曲直尚待复审，人命关天决不可以讹传讹。（对衙役）人来，将一干人等带上！

众　役　一干人等上堂！

[宋世杰、唐氏（抱婴孩）与杨春在一方；杨秀珍与姚大、田氏在另一方同时上。顾读离席，将宋世杰拉到一旁……

顾　读　宋世杰，你来了？

宋世杰　按院大人通传，我岂敢不来？

顾　读　在按院大人面前，该讲则讲，不该讲的切勿乱讲呀！

宋世杰　哼，我宋世杰说话还用人家教吗？该讲的自然会讲，不该讲的——讲他几句又何妨？

顾　读　（动气）你——

宋世杰　喂喂喂，这是按院行辕，不是知府衙门呢！（上前）小民宋世杰参见巡按大人！

[一干人等跪下，唯独世杰不跪。

刘　铁　大胆宋世杰，见到按院大人何故不跪？

宋世杰　棍伤未好，实难下跪，父母官本该爱民如子，想必按院大人不会见怪吧？

缪　蓬　这……既然如此，容你不跪。

宋世杰　谢大人！

缪　蓬　宋世杰，这状词可是出自你手？

宋世杰　正是小民所写。

缪　蓬　好呀！（唱滚花）

　　你一向替人包揽官司，

　　难怪人说你居心不正。

宋世杰　大人！（接唱）

　　有道“路见不平拔刀相助”，

　　何况我与秀珍有着结拜之情。

　　岂忍妹夫受害于人，死于非命！

缪　蓬　唔……（暗点头，再看状词）命案出自上蔡县……刘大人！

刘　铁　卑职在。

缪　蓬　事主死因、凶手是谁？你可曾查证？

刘　铁　这……（续唱）

　　验尸证明死于剧毒，

　　谁是凶手嘛——卑职尚未查清。

缪　蓬　混账！（接唱）

　　人命关天，置若罔闻，

　　枉你身为县令！

刘　铁　这……自知贪杯失职，该死该死！

宋世杰　哼，这样当官倒不如回乡下卖芋头！告诉你吧——谋财害命者就是姚廷美的亲哥嫂，姚田氏夫妇！

[姚田氏夫妇、田能、顾读一怔。

田　氏　冤枉呀大人——明明是杨秀珍串通奸夫毒死我家二叔！

缪　蓬　如此奸夫是谁？

田　氏　这个……

姚　大　何必这个那个呢？奸夫就是他——（指杨春）

缪　蓬　杨春？

顾　读　大人，看他“好眉好貌生沙虱”，九成是奸夫了！

杨　春　简直含血喷人！（唱俺六国）

不禁心中气盛——
竟乱指控，毁我名声！
凭何依据，将奸夫认定？
她为将怨诉，初到扬州，
被骗子柳林，我始跟她相识认！（暗相思锣鼓）

顾　读　哼，谁证明你俩是初相识呀？

唐　氏　我证明——（念）那日我在柳林摆茶亭，亲眼见秀珍兄妹来到扬州境。杨勉骗卖胞妹良心丧，杨春花钱买妻却不知情。（续唱）

他送过白银，便欲将媳妇认，
惊听了姑娘诉怨，也怜苦命，
急追那黑心汉，要将理辩清。
那天有一位先生，
都可以挺身作证明！

田　能
刘　铁　还有谁可作证？

唐　氏　远在天边——

杨　春　近在眼前！（指堂上）

三　官　（一怔）大人？！

缪　蓬　不错，本院当时也在场。顾知府，东西可以乱吃，说话不能乱讲呀！

顾　读　哎呀——怪我道听途说，卑职该死，该死！

宋世杰　巡按大人！姚田氏诬陷好人，更证明她身上有屎！

缪　蓬　然则谁能证实凶手就是姚田氏呢？

宋世杰　姚家丫鬟阿娇已到堂前，她可以作证！

[田能与姚田氏夫妇一怔，被缪蓬察觉。

缪　蓬　传证人阿娇上堂！（衙役通传）

阿　娇　（急上）姚家婢女阿娇参见大人！（跪）

田　能　阿娇，人命关天。巡按大人面前切不可胡言乱语！

缪　蓬　田大人。你急什么？阿娇，究竟姚廷美何故身亡，你且从实说来！

阿　娇　大人，姚田氏下毒是我亲眼所见，二少爷死得好惨呀！

[堂上哗然，秀珍恸哭，田氏夫妇发抖。

缪　蓬　哦——（离案，滚花锣鼓、水波浪。观察一干人等，唱包槌滚花）

案情大白，

只待将凶手严惩。

奈何田氏系官亲——（看田能一眼）

田　能　（暗示）年兄……

缪　蓬　咳！（续唱）

本院岂能为官不正？（还座，拍案）

姚田氏夫妇谋财害命，证据确凿，先行收监听候发落！

姚　大
田　氏　啊……（情不自禁对田能）大哥！

田　能　哼，贱人！

缪　蓬　押下去！

[差役甲、乙押田氏夫妇下。

缪　蓬　杨秀珍——你无辜受陷，本院替你平冤就是！开枷——

[差役甲、乙复上开枷。

杨秀珍　谢大人！

缪　蓬　杨春正义堪嘉，赏银一百。

杨　春　谢大人！

缪　蓬　且与婢女阿娇替你义妹打点去吧！

[杨春、秀珍与世杰、唐氏打个招呼，带阿娇下。

缪　蓬　本案已结，人来退堂！

宋世杰　且慢——杨秀珍的冤已伸，还有我宋世杰的状未告呢！

缪　蓬　你还有状告？

宋世杰　不错！（唱走马）

我要告知府枉法、混淆视听——

包庇姚田氏，纳贿徇情！

顾　读　胡说！（接唱）

本官两袖清风，

你可知诋毁罪也非轻？

宋世杰　哼！（接唱）

赃证齐全，你赖不成——

山西布政使乃姚田氏胞兄，

修书替妹求情，道弟称兄，

奉上三百赠银亮晶晶！（加序）

是了吧顾知府？

缪　蓬　可有此事？

顾　读　哎……信是有一封，可并无赠银哪！

田　能　下官寄书，只是奉劝顾大人秉公执法而已。

缪　蓬　信呢？

顾　读　哎……不见了！

宋世杰　大人，在这里呢——（续唱）

犹幸我将密书拾获，

公堂顶证，是与非一看便明！（加序）

田　能　密信岂会落在你手？分明是假的！

宋世杰　田大人，这里头是你的笔迹，有你的官印，假得了吗？

[田、顾闻之一怔。

田　能　好胆——（续唱）

难道宋世杰你不要命？

大明有法令——

竟敢偷窥公函，

不能轻饶，罪名要定！

顾　读　不错！（接唱）

必须处以挖目，将贼子儆！（加序）

缪　蓬　挖目？

田、顾　该挖有余！

缪　蓬　刘知县你看如何呢？

刘　铁　哎……哎呀！人有三急，卑职先去方便方便！（下）

缪　蓬　（摇摇头，无奈地）宋世杰呀宋世杰，既然你偷看公函，触犯律例，就休怪本院无情了——

田、顾　刑具侍候！

［众役捧刑具上前吆喝："挖！"宋世杰一时茫然，唐氏情急智生，捏哭婴孩……

唐　氏　等等！

缪　蓬　何事？

唐　氏　大人——（续唱）

只为这孩儿受吓，

撒尿堂前，太过不懂人性！

缪　蓬　呸！（接唱）

按院堂前正办案，又岂容乱套？

与我恭恭敬敬！（拍案）

唐　氏　（接唱）　大人缘何动气？得要近人情……（曲暂停）

不是说"人有三急"吗？知县老爷晓得去方便方便，小婴孩不识性，撒尿也很平常呀！难道只准县官方便，不准婴孩撒尿吗？

缪　蓬　这……（无奈）咳！

唐　氏　老公呀，还不快来帮"苏虾"换尿布？

［唐氏、宋世杰趁换尿布互通眼色，唐氏身上跌出官银一锭……

宋世杰　（拾银）咦，何来官银一锭？

唐　氏　（故意神秘）细声点——这是知府夫人买屋给我的中人钱！

顾　读　什么，我太太买屋？

宋世杰　别乱说呀——知府大人两袖清风，怎有钱买屋呢？

唐　氏　我承认是乱说的，又怎么啦？知府大人不信可以问太太嘛！

顾　读　哎……

缪　蓬　（发现疑点，故意地）有请顾夫人！

众　役　有请顾夫人——

［顾夫人内应："来了！"地锦。上。

顾夫人　列位大人有礼！

顾　读　（离座）你呀——偷偷买屋也不告诉我？

顾夫人　偷偷买屋？

唐　氏　夫人，你不是用了三百两银去买屋吗？

顾　读　（冲口而出）哦——原来你将上一回那三百两银拿去买屋了？

顾夫人　没有哇老爷——上回布政使送来的三百两银还在我家房里头呢！（走马曲一句作气氛）

［众哗然。

顾　读　（自知失口）咳……你呀！（与夫人相互埋怨）

宋世杰　听到了吧，缪大人！（续唱）

顾夫人已在此将罪认。

赃银尚在知府家中——

田能你又怎否认？怕难洗脱净。

岂可官官相卫？

案情，摆明，望大人将罪定！（一句序）

缪　蓬　怎啦田大人？

田　能　哎……（无奈，续唱）

送银事实我承认，

却非为罪犯求情。

宋世杰（接唱）　你将府官贿赂，

竟矢口不承认？

倘若公正廉明，

你赠银为何情？！（吊慢收）

田　能　哦——（口鼓）兄弟间赠银送礼乃人之常情，说成贿赂府官，不足为证！

宋世杰　（口鼓）这密信里头写得清清楚楚——

田　能　哼！（口鼓）你将公函偷看，得处以“挖目刑”！

顾　读　对呀，先挖他双目——

宋世杰　慢着！（口鼓）偷看公函者得挖目一双，查实我并无偷看又怎能将罪定呢？

田　能　（口鼓）你未曾偷看又怎说本官行贿——

宋世杰　哦，宋某不过猜猜而已！请问——（口鼓）依照大明律例，猜测一下又有甚罪名呢？

缪　蓬　猜测嘛……无罪。

宋世杰　如此谢大人！

顾　读　慢着——（口鼓）胡猜乱估，有辱命官，应挖舌根示儆！

唐　氏　好笑！（口鼓）我老公估错了，有辱命官便要挖舌根，如果估对了呢——

田　能
顾　读　这个……

唐　氏　（口鼓）莫非也要无辜受刑？

宋世杰　大人！（催快口鼓）不妨当众宣读此函，当堂验证。宋某估对估错，立即黑白分明！

［水波浪。宋世杰先后将信递给田、顾以及刚复上的刘，三位狗官均推搪不读……

宋世杰　巡按大人，看来只有你才敢照读了——

缪　蓬　这……（无奈接信，打开一读，仄槌，惊愕）我把你个田能，你个顾读！你两人私相授受，人命草菅，怎样为官哪？！

刘　铁　（捏一把汗）好彩不关我事！

顾　读　田年兄，今回被你累起了！

宋世杰　你被他累起，我被你害死哩！（续唱走马尾段）

二堂里，你将弱妇乱判刑，

我怒恨交进——

气冲冲，闯进二堂把理辩清。
你却棍棒相加，几乎取我命！
功名被剥夺去，受刑杖得重病。
试问本秀才犯哪条法令？
因你纳贿徇情，
被宋某知闻，才视为眼中钉。
贪官当真卑劣甚——
有大把赃证。
望大人代我这圣贤弟子把冤平！（跪）

唐　氏　大人申冤哪！（跪）

[长云云锣鼓。

缪　蓬　起来说话——哎，宋先生起来也罢！

宋世杰　巡按大人，我知你四位情同手足，但莫忘记——拜过海瑞为师，对天发过誓愿哪！如果还是不忍下手、官官相卫，我宋世杰烂命一条，告到朝廷——不但你八府巡按要灭族抄家，就连你的恩师也要名声扫地呢！（蹲着）

缪　蓬　这个……（显然左右为难）

[田、顾、刘会意离座，走向世杰。

田　能　嘻嘻宋先生——此事皆由我起，害了知府，累及巡按，都怪我出于孝道、母命难违，才替妹妹修书求情呢……

顾　读　是呀，都怪我太听老婆话，才有做出傻事，委屈了先生呢……

三　人　你看是否可以商量商量……

宋世杰　商什么？量什么？我蹲在下边，你们高高在上，哪里有“商量”可言呢？

三　人　是是是！（蹲到世杰身旁）

[缪蓬也离座走来。

宋世杰　这还可以。商量什么？

田　能　商量这件案应该如何处理……

宋世杰　呸！先向我赔礼道歉，簪花挂红，还我功名再说吧！

缪　蓬　这个容易，本院就恢复你功名！顾知府还不快快奉上官银三百，赔礼道歉？

宋世杰　我宋世杰并不是等银使的，那三百两银充公入库吧！

顾　读　是！宋先生，对不起，对不起！（作揖）

缪　蓬　宋先生，本院也想请教一下……

宋世杰　喂喂喂——（示意蹲下）

缪　蓬　好好好！（也蹲过来）宋先生，依你之见一干人等该如何处置呢？

唐　氏　大人你不是处置了吗——杨秀珍无罪释放；杨春赏银百两；我老公也恢复了功名呀！

田　能　还有姚田氏夫妇——

宋世杰　杀人凶犯可怜什么？一于斩！

缪　蓬　高见！

田　能　（一怔）啊？！（几乎昏去）

宋世杰　（急扶田能）哎——你不能死呀！既然忠孝难全，你还是别当官了，回家当孝子吧！

顾　读　那我呢？

宋世杰　你是坏在老婆而已——君子之过如日月之食，宋夫子亦非是小气之人，讲清道理就是，不会记你四十板之仇的！

顾　读　多谢宋先生！

宋世杰　慢着——看来刘知县也该趁早回乡下卖芋头了，不如委屈你（指顾）去补个缺，将功赎罪吧！

顾、刘　（颓然）啊……

缪　蓬　妙，妙呀！（唱滚花）

　　　　先生果然公正，判得比我高明！

宋世杰　喂喂喂！（接唱）

　　　　究竟你是官哪？我是官？

　　　　怎么按院大堂，似乎由我执政？

缪　蓬　我是官，你也是官！

　　　　[杨春、秀珍更衣复上，与唐氏照会。

宋世杰　我
　　是官？

众　人　他

缪　蓬　不错！宋先生不愧是“审死官”哪！（续唱）

堂前羞煞四进士——

[田能、顾读、刘铁龟缩一旁，垂头丧气。

众　人　（接唱）“审死官”哪留美名！

缪　蓬　为宋先生簪花挂红——

[风入松音乐锣鼓声中，众役捧簪花秀才帽上，缪蓬亲自替宋世杰换帽，并将旧帽丢在地上。宋世杰蹲下拾旧帽，四进士莫名其妙地也跟着蹲下……

宋世杰　（戏谑）你们又蹲过来做什么？我捡帽子呢！

[四进士尴尬万分。

宋世杰　（放声大笑）哈哈……

（众笑，造型。

[幕闭，剧终。

（剧本版本：《南粤剧作》1993 年第 3 期）

· 粤剧卷 ·

睿王与庄妃

编剧：梁郁南　陈自强

千古帝皇，都是踏着臣子的肩膀，走向皇帝宝座的……

人 物 表

多尔衮　睿亲王，后封皇父摄政王。

庄　妃　太宗之宠妃，福临之母。

豪　格　肃亲王，太宗之长子。

布　婉　庄妃之妹。

福　临　顺治皇帝。

代　善　皇太极之兄，封礼亲王。

济尔哈朗　封郑亲王。

赵开心　内院大学士。

范文程　内院大学士。

谭　泰　大臣。

银　儿　庄妃贴身宫女。

伊　托　多尔衮之爱将。

王公公　老太监。

刘公公　小太监。

宫女、清兵、大臣若干。

序 幕

[公元 1643 年。

[几声丧钟，悲怆的哀乐传来……

［幕后低沉的声调：“呜呼上苍，呜呼万民，大清国崇德八年九月九日亥时，宽温仁圣皇帝驾崩了，清宁宫传旨，诸亲王郡王，贝勒贝子，八旗旗主，崇政殿议事！”

［追光下，一张龙椅孤零零地摆在高台之上。

［肃亲王豪格与睿亲王多尔衮分边直奔龙座，骤然相对，各自亮出了腰间的宝剑。

［幕后帮腔：

帝皇宝座，

自古争斗多。

眼看折尽英雄无数，

碧血染钢刀。

豪　格　（背场，低声地）人来！

谭　泰　在。

豪　格　（滚花）　宫门布伏兵，

我要那睿亲王多尔衮嘛——（亮刀）

（接唱）　来时有门去无路！

谭　泰　遵命！

［内叫：“庄妃到！”

［庄妃携福临上。

太　监　先皇遗诏！（念圣诏）“册立幼子福临嗣位称帝，诸王要尽心扶助！以图千秋霸业！”

豪　格　呸！长幼有序，我为长子，应立我为帝！

多尔衮　笑话！兄终弟及才是我大清祖制，我是先皇胞弟，继位登基，舍我其谁？

豪　格　你欲继位，须问过我两旗雄兵！

多尔衮　你想登基，得问过俺腰间宝刀！

豪　格　睿亲王！

多尔衮　肃亲王！

豪　格　多尔衮！

多尔衮 豪格！

豪　格 你听清楚了！

（滚花） 皇城十万兵，

皆由我统领！

多尔衮 哼哼！你也听着！

（接唱） 但凭一声令，

皇城顷刻就铲平！

福　临 （见状惊惧地抱着庄妃）我怕，我怕！

庄　妃 （居高临下，威而不怒，果断地）肃亲王！睿亲王多尔衮持剑闯宫，意图谋反，你身为皇城统领，可知玩忽职守？

豪　格 （懵了，一时未反应过来）这……

庄　妃 人来！将多尔衮收押天牢，等候处斩！

多尔衮 庄妃你……

庄　妃 拿下！（毅然背转身）

[众亲兵将多尔衮拿下。

豪　格 （得意地大笑起来）天助我也！天助我也！哈哈哈……

[切光。众隐去。

[光圈中剩下庄妃与布婉。

庄　妃 小妹布婉过来！命你带铁骑三百，护送多尔衮出城！

布　婉 （惊喜）姐姐，原来你？

庄　妃 快去！

布　婉 遵命！

庄　妃 且慢！护送睿亲王，诱捕豪格，城外候我！

布　婉 知道！（下）

福　临 （惊恐地哭叫）母后！

[切光。

第一场

[城外郊野。

[三军列阵，战旗猎猎。

[伊托及甲乙丙丁将上。

伊　托　众三军！

众　（同应）有！

伊　托　强弓战马，可曾齐备？

众　（同应）早已齐备！

伊　托　好呀！有请王爷！

[马童带马，多尔衮披挂威风凛凛上。

多尔衮　（快中板）猛虎归山山丘撼。
蛟龙入海海翻腾。
任你城坚高百仞，
且看我三军威勇风卷残云！
兵发皇城！
（滚花）　诛豪格，杀庄妃，
夺宫称帝雪仇恨！

[“报！”兵士急上。

兵　士　禀王爷！庄妃到！

多尔衮　（一惊）她来做甚？（略想）来得正好，请！

[庄妃内场“武西厢”：出了皇城冒险见督王！

[布婉引庄妃上。

庄　妃　（前曲）　出了皇城冒险见督王！
家邦安危一身当，
母子赖他保家邦！（双）
又怕空期望。

闯进军营，休乱主张，
立马整衣妆，
暂压下惊慌——（直转慢板）
笑看风雷激荡！（拉腔，下马介）
问一声，睿王爷，
三军列阵，是抗歼来敌，
还是演武练刀枪？！

多尔衮 （压着怒火）庄妃，你好大的胆呀！
（快中板）六岁福临称皇上，
天下也在笑荒唐。
恨你将我军营闯，
怎不怕我三军将士教你刀下亡！

庄　妃 我不怕！
（中板） 曾记当年同骑马背上，
好男儿豪言壮语永难忘。
他说道十四阿哥是狩猎汉，
有他相傍不怕虎与狼！

多尔衮 童言戏语，早已烟消云散！

庄　妃 我不信睿亲王是个背信弃义之人！

多尔衮 六年前，背信弃义的是你！
（快慢板）我多尔衮性刚烈铮铮铁汉，
数年来忍下了怨恨一桩又一桩。
想当初皇太极抢占皇位将我娘殉葬，
（插白）那时我只有十三岁，他便要我上马杀敌！
（接唱） 战火中他恨不得我死在沙场。
（芙蓉腔）苍天庇佑我人未丧，
反赢来美誉天下扬。
更恨他把我心中人强抢，

横刀夺爱——

皇太极——

（滚花） 他一次一次把我伤！

我恨不得杀进宫廷了却那新仇旧账，

是你——

（接唱） 跪在我身旁，求我再忍让，

我才有忍忍忍，长守望，

压下恨满腔！

可是今日你——

（三字清）当年情，全抛放，

竟欲杀害我睿亲王。

（七字清）问我三军何激壮，

你且听——

[众兵将高呼："拥立王爷，登基称帝！"

多尔衮 （滚花）三军拥戴我为王！

布　婉 王爷，你好糊涂呀！

（七字清）天牢犹似千层网，

森严壁垒列刀枪。

你非神仙无翅膀，

何以飞出万重墙，

多尔衮 这……

伊　托 王爷命不该绝，此乃苍天默助！

布　婉 （接唱） 莽将军出此言诚可原谅，

睿王爷同见识未免荒唐！

此乃娘娘明擒暗放，救出你家王爷！

多尔衮 （惊愕）明擒暗放？

布　婉 若非明擒暗放，恐怕睿王爷早已死于肃亲王伏兵之中！

多尔衮 （恍然大悟）啊……擒我放我，却是为何！

布　婉　（滚花）　擒你——实不忍英雄命丧，

多尔衮　放我呢？

庄　妃　（接唱）　扶幼主不能没你睿亲王！

要入主中原，先皇知道，庄妃也知道，只有你睿亲王能担此重任！不过要立你为帝，先皇却错了！

多尔衮　此话何解？

庄　妃　先皇遗诏在此，你且看来！（递遗诏）

多尔衮　六岁福临，乳臭未干。竟立为帝，如此遗诏，不看也罢！

庄　妃　睿亲王，你错怪先皇了！拥立福临，乃庄妃所为，遗诏写的是你睿亲王！

多尔衮　（大惊）啊？（接过，阅读）“壮志未酬身先殒，担当大任唯一人。智慧之王多尔衮，功成之日祭亡魂！兄皇绝笔！兄皇绝笔！”

（摇板滚花）

一纸遗书翻巨浪，

压下我万丈怒火恨满腔。

猜不透俏庄妃为何将我军营闯？

送来遗诏为的又是哪一桩？

庄　妃　睿亲王呀！

（十字清）我敬你为大清拼流血汗，

我敬你为霸业沥胆披肝。

多少回搏电驱云开日朗，

多少回出生入死挽危亡。

（七字）　今日大清如版荡，

盼你再展巨手定国邦。

多尔衮　这……

庄　妃　你与豪格，各执两旗，水火不容，若立其一，必起争斗。一旦自相残杀，睿亲王，这大清还能保得住吗？

多尔衮　（心头一震）这……

庄　妃　睿亲王呀！你是要那鹿角宝座，还是要那大明的江山？是贪一时之欲而弃一世英明，还是弃一己之私，成就这千秋霸业呢？

多尔衮 （大受震动）这个——

（滚花） 听此言，羞煞我七尺昂藏男子汉，

谁能料，俏庄妃心存着家国兴亡！

大丈夫，壮志凌云冲霄汉，

非为那偏安一隅小帝皇！

莫非我还要忍忍忍——

庄 妃 对呀！

（接唱） 你还须让让让。

多尔衮 （接唱） 容我想想想……

唉！我纵甘心又怕豪格难退让，

他来称帝不如我当皇！

庄 妃 睿亲王呀！

（七字清）军国大权你执掌，

皇上封你辅政王！

哪敢争来谁敢抢？（收腔）

（滚花） 玉玺一方交手上，

兴亡成败任主张！（呈玉玺）

多尔衮 封我为辅政王嘛……

伊 托 王爷！若要王爷屈居辅政，我伊托难以心服！

众 将 对！要王爷屈居辅政，我等也难以心服！

众 （同应）拥立王爷，登基称帝！

［“报”！探子甲上。

探子甲 禀王爷！探得消息，李自成已攻陷北京，明皇崇祯吊死煤山！

多尔衮 （大惊）啊！

［“报”！探子乙上。

探子乙 山海关守将吴三桂降我大清，叩请王爷发兵复仇！

多尔衮 （望着遥远的中原）这个嘛……

（大笛二流）

恨不得中原直捣，

全收作大清版图。

怕只怕，登皇位乱八旗，

大清朝难逃劫数。

依庄妃，福临称帝，

（滚花） 辜负了三军将士，

还有我这七尺英豪！

庄 妃 睿王爷！坐失良机，千秋遗憾呀！十四阿哥！

[多尔衮为之一震……

多尔衮 也罢！

（滚花） 依庄妃拥福临顺从天道！

（煞板） 领雄兵入关塞守取京都！

庄 妃 睿王爷深明大义，受庄妃一拜！

多尔衮 庄妃娘娘心系家邦，剑胆蛾眉，也受本王一拜！

庄 妃 （激动、深情地）十四阿哥！（解下披风，为多尔衮披上）

（滚花） 万里征途多珍重，

多尔衮 北京城内再相逢！

人来，兵发山海关！

伊 托 王爷……

多尔衮 兵发山海关！

[造型。

[切光。

第二场

[二幕前。

[“报”！探子甲上。

探子甲 禀太后！辅政王统八旗劲旅，已破山海关，直取中原！

［“报”！探子丙上。

探子乙 禀太后！我军势如破竹，所向无敌，已夺取北京！

［“报”！探子丙上。

探子丙 禀太后！辅政王请旨迁都北京！

［亲兵捧圣旨上：“圣旨下！”

亲　兵 （念）为实现太祖太宗遗愿，准辅政王所奏，迁都北京！

［收光。光复亮。

［王公公与刘公公上。

王公公 （念）侍候明朝已三代，今朝又迎新主来！

刘公公 （念）明服脱下清装改，宦门一样为我开！

王公公 呔！大清朝摄政王有命！满朝文武，全城百姓，华冠彩服，出城十里，迎候圣驾！

［光亮。

［紫禁城内。鼓乐喧天，禁卫森严，百官侍立，一派帝皇气象。

［多尔衮引庄妃、福临上。福临落座。

［同呼：“万岁万岁万万岁！”

多尔衮 哈哈哈……

（霸腔慢板）

山海关挡不住天兵神勇，

庄　妃 古都城显赫着满族威风！

多尔衮 说什么明王朝岿然不动，

庄　妃 说什么满与汉水火难容。

多尔衮 且看俺改朝代大清一统！

（滚花） 英雄豪气贯长虹！

［众臣上跪呼：“万岁万岁万万岁！”

福　临 （童真地）啊！皇叔父，他们都在跪拜我吗？

多尔衮 对呀，他们都是你的臣民呀！

福　临　（开怀大笑）哈哈哈……起来，起来！

众　人　（同白）谢万岁！

福　临　母后！这紫禁城好大好大啊！

庄　妃　是呀，皇儿！

多尔衮　皇上，你喜欢吗？

福　临　喜欢，喜欢呀！

多尔衮　这都是皇上你的啦！

福　临　哦？这都是我的？

庄　妃　皇儿，你要好好多谢皇叔父才是啊！

福　临　（高兴地）好呀！睿亲王听封！

多尔衮　臣在！

福　临　（停顿）母后，封什么好呢？

庄　妃　（不假思索地）皇儿，皇叔父待你恩同父母，就封他皇父摄政王吧！

福　临　好！朕就封皇叔父为皇父摄政王！

多尔衮　谢皇上！

庄　妃　摄政王！想我大清初建，百业待兴。此后，皇上就托赖你了！

多尔衮　太后放心！皇上呀！想我满人入关，一统中原，若不懂汉语，不识汉礼，将何以兴邦？故本王以为，凡我满族子孙，不论皇亲贵族，平民百姓，都应学汉语，习汉礼，顺天应民，确保我大清永昌！

福　临　（一片童真）好！你说得好！皇父摄政王，从今以后，你的话便是朕的话！

多尔衮　好！传旨下去！战乱刚停，民生未复。大清国捐租三年；豁免“三饷”；明朝官史原职录用；重开科举，望各省巡按以举荐贤良为天职，招集山野遗贤，共辅大清！

［同跪三呼：“*万岁万岁万万岁！*”

多尔衮　赵大人！

赵开心　臣在！

多尔衮　你素以直谏闻名，本王敬仰已久。本王赠你黄金百两，锦缎十匹！人来，呈上！

赵开心 慢！微臣寸功未立，愧不敢受！

多尔衮 赵大人，本王赏赐，乃为你昔日敢于进言之故。望你对我新朝，知无不言，言无不尽，莫负本王重托！

赵开心 臣肝脑涂地，万死不辞！

多尔衮 范大人！

范文程 臣在！

多尔衮 你居文官衙门之首，本王命你，即日起程前往山东曲阜，祭祀先师孔子！以显我大清皇上天恩浩荡！

范文程 领命！

[内场人声起哄。王公公上。

王公公 禀摄政王！肃亲王豪格连杀数名不肯雉发的汉人官吏和百姓，并将人头挂于城头之上！

[众汉官大惊。

多尔衮 （怒喝）将肃亲王豪格绑上来！

[豪格内唱霸腔（首板）："杀几个汉人，好把声威振！"

[侍卫押豪格上，豪格傲慢地抛开众侍卫。

豪　格 （滚花）　骂一声多尔衮，

你这汉家的狗，满族的罪人！

多尔衮 （强按怒火，怒视豪格）肃亲王，你滥杀无辜，扰乱民心，该当何罪？

豪　格 睿亲王！留头不留发，留发不留头。这个命令是你发的，我是执行你的命令！

多尔衮 （一时语塞）呃……

豪　格 （得意地）哈哈哈……

庄　妃 放肆！肃亲王，你太过分，看其归顺不归顺，不在其发在其心！

豪　格 太后！

（白榄）　人心睇唔见，要我如何来区分？

谁个是逆子？哪个是顺民？

他敢抗命殊可恨，

杀他几个未过瘾，

斩尽杀绝才开心，才开心！

多尔衮 （怒不可遏）可怒！

（恨填胸）匹夫只晓杀心狠，

不懂家国有艰辛！

（念白榄）皇上已颁旨，安抚恤万民。

莫非你——不将皇上放眼内，

恃长欺幼立歪心，立歪心！

（接唱） 敢犯圣君？！

（煽动地）皇上，这等欺君犯上之人，该如何处置？

福　临 （略想，摆出一副威严相）罚他！

多尔衮 对，应该重罚！

福　临 罚他……背诵唐诗三首！

[一片哗言……

福　临 罚得不轻了！母后平时罚朕也只是背诵唐诗一首哩！

多尔衮 ……肃亲王，以后再滥杀无辜，杀无赦！

庄　妃 摄政王！皇上年幼，从今以后，朝中之事，就不必一一禀奏了！

多尔衮 （目视豪格）本王领会！

赵开心 禀摄政王！时辰已到，皇上往天坛拜祭去吧！

多尔衮 好！传旨起驾！

[宫女推车上，太监侍候福临御辇。

多尔衮 （见状，命令地）皇上，请下御辇。

俩太监 （不解地）这……

赵开心 哦……摄政王！想历代皇帝，都是御辇前往。皇上不坐御辇，莫非步行而去么？

多尔衮 非也！想我满族祖先，都是马背上的英雄，大清的皇帝也应是马背上的皇帝！来来来！骑上随皇父平定天下，一统中原的青龙宝马，向世人显示，我大清朝六岁的皇帝，是何等的威风！

福　临　（神气地）好！

多尔衮　人来，带马！

［马童带马上。

多尔衮　皇上，请上马！

［福临执鞭上马，烈马嘶鸣，福临惊恐退后……

多尔衮　（威严却低声地）皇上，请上马！

福　临　（望着高头大马）母后，我怕，我怕……

多尔衮　（命令地）皇上，上马！

［福临上马，竟被抛落马下……

众　人　（惊唤）皇上！

福　临　哎哟……

多尔衮　（恼火地）福临！你！（觉失礼）哦……皇上！站起来！

福　临　（惊惧地扑向庄妃）母后！

庄　妃　摄政王！皇上还小呀！

［众附和地："对呀！皇上还小呀！"

多尔衮　（大声喝住）住口！他是大清朝的皇帝！

豪　格　（冷笑）哼！摄政王，你是别有用心吧？

哈　朗　这分明是要皇上在世人面前出丑呀！

代　善　老臣实在不明，如此一来，未知皇上威风何在？

赵开心　摄政王，此事就算了吧？何况它于汉礼也不合呀！

多尔衮　（凛不可犯地扫了众人一眼）想我满族子孙，自小精于骑射，大清皇上，岂能如此懦弱？（一步步走过去，执福临手）记住！你是大清的皇帝！来！踩着皇父的肩膀——上马！（跪下）

［福临被逼踏着多尔衮的肩膀上马，烈马嘶鸣，福临再一次重重地摔落马下……

众　人　（惊呼）皇上！（上前欲扶介）

多尔衮　（大喝一声）且住！让他自己站起来！

［众人惊惧……

［切光。

第三场

[字幕：六年后。

[两位公向内偷窥。

刘公公 王公公，你……你在看什么呀？

王公公 刘公公，你呢？

刘公公 太后寝宫风流帐，

王公公 偷偷藏个摄政王。

刘公公 哦？

王公公 哦？

[二人同笑：“哈哈哈……”

[福临内叫：“可恨，可恨！”上。

福　临 （快中板）长街上听歌谣又羞又气，

说什么叔与嫂淫乱宫闱。

深夜进宫问原委，

一纸图画唤母归。

刘公公 奴才侍候皇上！

福　临 哼！（欲下）

刘公公 皇上，太后的寝宫，今夜是进不得的呀！

福　临 因何进不得？

刘公公 这……

福　临 讲！

刘公公 （狡猾地）王公公，你后生点，听得清看得明，你说，你说！

福　临 快讲！

王公公 摄政王在太后的寝宫还未出来呀！

福　临 呸！（怒下）

[老太监窃笑。

[开二幕。太后寝宫。

[银儿上。

银　儿　（念）王爷要见皇太后，银儿挡驾欠良谋！（轻手轻脚走近卧榻）太后正熟睡，怎好叫醒她呢？

[银儿欲往回走。多尔衮焦急迎上。

多尔衮　怎么？太后还未醒来？

[银儿示意压低声音。

多尔衮　可知那边关文书，十万火急？

银　儿　太后难得睡上一觉……

多尔衮　好吧！你不忍叫，我叫！

[多尔衮理也不理，快步走近卧榻，惊艳介…

银　儿　（轻唤失态的多尔衮）王爷，王爷！

多尔衮　哦……（反示意银儿莫要叫唤，惊醒庄妃）你下去吧，本王在此等待太后醒来！

银　儿　这……

多尔衮　（命令地）下去！

[银儿极不情愿地下。

多尔衮　（走近卧榻，欣赏睡梦中的庄妃）

（春江花月夜）

静静看芳容，

不忍稍惊动，

睡莲态越想看真越朦胧。

我欲把月光借来用，

可叹寒宫锁重重。

依稀望眼中，

只觉得心绪涌！

[庄妃梦中叫唤：“十四阿哥呀！”

多尔衮　（一阵惊喜）哦……

（接唱） 她额面泛羞红，

正做相思梦。

原来她也为我痴心，对我情浓！

叹六载相思空余梦，

内心痛苦一样同。

[庄妃梦中叫唤：“十四阿哥啊！”

多尔衮 （接唱） 声声热情唤叫中，

飘出万缕香风。

[多尔衮上前欲吻，惊醒庄妃。

庄　妃 （惊起）谁？！

多尔衮 （急取庄妃手中文书，跪下，机智地举文书掩饰）太后！边关文书，十分火急！

庄　妃 （接唱） 依稀中，心惊恐，

暗羞情难控。

梦中相思轻抛送，

惊醒怎会在此两重逢？

摄政王，你……

多尔衮 太后！边关文书，十万火急呀！

庄　妃 摄政王呀摄政王！

（接唱） 你应知礼难容，

怎可夜闯寝宫？！

你……荒唐啊！

庄　妃 荒唐？刚才太后频频呼唤十四阿哥，难道也荒唐吗？

庄　妃 那是梦！是梦！

多尔衮 日有所思，才会夜有所想！在本王看来，这不是梦！

庄　妃 是梦！是梦！摄政王，你走！我讨厌你！

多尔衮 太后！你再进一遍！

庄　妃 （自知出语不当，但仍坚持着）我……讨厌你！

多尔衮 讨厌我？太后！当年闯我军营，要我拥立福临，怎么不说讨厌我？

庄　妃 这……

多尔衮 太后呀！

（赛龙夺锦中段）

多年相思，多年相思，

冤枉相思，冤屈相思，

满腔愤懑，长压心里。

此中委曲，地知天知，

若要惩罚，罚我罚你！

你只管假作无情把天欺！

［多尔衮欲行又止……

庄　妃 （新曲） 心内意，未忍离，

恨难诉相思！

多尔衮 人欲走，步偏迟，

谁将心留住？

恨只恨咫尺难越君臣礼，

庄　妃 怕只怕情到深处恨来时。

多尔衮 又只觉心底情犹如一江决堤水，

庄　妃 心中爱好似一江春水决了堤。

多尔衮 挡也挡不住，

庄　妃 直往天外飞！

（猛回头）摄政王！

多尔衮 （期待地）太后！

庄　妃 十四阿哥！

多尔衮 布木布泰！

［俩人慢慢走在一起……

［福临上，见状。

福　临 母后！

[多尔衮和庄妃犹如梦中惊醒……

庄　妃　皇儿!

多尔衮　拜见皇上!

福　临　(未予理睬) 哼!

庄　妃　皇儿到来何事?

福　临　这……

(滚花)　带愧含羞难启齿,

唯借图画明心扉。(递图画)

庄　妃　(接图观之) 哦……风雨中，一只小羔羊，睁眼企盼，哀哀嘶鸣，似在寻觅什么……

福　临　觅其母!

庄　妃　觅母图?

福　临　(接唱)　母后可知觅母意?

庄　妃　(感觉到什么) 这……皇儿呀!

(减字芙蓉)

母后频于理国事,

才有疏落了皇儿。

何故作此断肠悲?

男儿当有男儿志!

皇儿，你要记着! 你是努尔哈赤的后代，你是大清的皇帝呀!

(靡芜曲) 想我祖宗英武神勇,

叱咤马上显威风!

当今少帝岂是弱女红?

看九洲，虽一统,

应知艰难困境中。

此后山重重，路险凶,

泪水焉可建奇功?

你是天姿英纵,

清室真龙，

岂可乱啼乱叫，不分轻重，

学那街边小顽童！

多尔衮 对呀！皇上！

（长句二黄）帝主笔墨是刀弓，

文人才将风月弄。

你应是挥笔能教天地动。

落墨风雨化长虹。

学寒儒无病呻吟无一用，

应学那万世英主豪气如虹！

庄　妃 皇儿！皇父的话，你记住了吗？

福　临 （不服气地）皇儿记紧了！不过，皇父，侄儿尚有一事未明，请教皇父！

多尔衮 皇上请讲！

福　临 倘若这《寻母图》中，孤零零洒泪寻母的小羔羊不是小侄儿，而是皇父，你娘亲远离于你，是去寻……

多尔衮 寻什么？

福　临 （咬一咬牙）听呀！

（快中板）慈母别儿寻幽梦，

玷污亡父辱祖宗。

问你心痛不心痛？

能不洒泪向西风？！

多尔衮 （先是一愣，被激怒）你？！

庄　妃 （急了）皇儿，你怎可如此说话？

福　临 （倔强地走向多尔衮）皇父，你答我呀？

多尔衮 （怒极而笑）哈哈哈……你听着！

（十字清）说什么辱没祖宗寻幽梦？

说什么儿心痛泪洒西风？

想我多尔衮战沙场头颅险抛送，

（三字清）打出个大清国，建树不朽功，

（十字清）可笑俺夜夜相思唯寄梦，

杠称道当世豪杰大英雄！

我不信送你一座江山任玩弄，

换不回，换不回一点痴心半点情浓！

既然如此，俺就来个王府摆宴，顺水推舟！

[多尔衮下。庄妃与福临愕然中……

[熄灯。

第四场

[摄政王府正堂。酒宴排开。

[赵开心、范文程、济尔哈朗众大臣上。

[多尔衮迎上。

众　人　（同白）臣等拜见摄政王！

多尔衮　免礼！免礼！各位大人，请入座！

众　人　谢。

赵开心　（带几分不恭地）摄政王！今日大排宴席，款待臣等，到底是什么吉日良辰？

多尔衮　赵大人，本王正要问你等哩！近日流传着一首歌谣，你等可曾听闻！

众　人　略有听闻？

多尔衮　（脸色一沉）可知谣言从何而起？

众　人　臣等不知！

多尔衮　乃是出自你等口舌之中！

众　人　（大惊）啊……

多尔衮　你等若不胡猜乱度，大加宣扬，宫禁之事，外面哪得知闻？

众　人　臣等死罪！

多尔衮　（忽又大笑）哈哈哈……无罪无罪！起来，起来！

众　人　谢摄政王！

多尔衮　（滚花）　谣言可杀人，

莽汉用之殊不幸。

倘若落在英雄手，

既可杀敌又可防身！

众　人　（同声）哦……高论，高论！

多尔衮　哼！你等以讹传讹，毁谤本王，亵渎太后，不但无罪，而且有功！

众　人　（诧异）有功？

多尔衮　今日正是为你等庆功而来呀！人来，呈酒！

[侍臣献酒。

多尔衮　（芙蓉中板）

谢你等一派胡言把红丝引，

架起鹊桥一座任我行。

赵开心　王爷，你是说……

多尔衮　既是谣言已经出宫禁，

就来个顺水推舟假当真！

众　人　（惊呆，不可思议）啊……

多尔衮　各位大人，你等认为怎样？

赵开心　当真？

多尔衮　当真！

赵开心　不假？

多尔衮　岂能有假！

众　人　（从惊愕到放浪形骸，嘲讽地）奇闻，千古奇闻！

（平湖秋月）奇，奇，奇！

哈　朗　太后嫁皇叔确系奇！

赵开心　有罪变有功更系奇！

范文程　遍读史书，

千古数最奇！

哈　朗　　　　　什么仁和礼，度和制，

　　　　　　　　　宫规皇法通通见鬼去！

多尔衮　（欣然受之）好，说得好！

　　　　　（接唱）　心中只有情和义，

　　　　　　　　　冲破俗礼清规与宫禁藩篱。

　　　　　　　　　她有情，我有意，

　　　　　　　　　正是人间天生一对！

臣　甲　溜之……（拉众人）

众　人　（合唱）　溜之免获罪！

赵开心　且慢！

　　　　　（接唱）　何必惊畏，

　　　　　　　　　向他俯首和低眉？

　　　　　　　　　作奴颜，少骨气，

　　　　　　　　　万世千秋唾骂还受千夫指！

众　人　（同唱）　何必——

　　　　　　　　　同死——

　　　　　　　　　同祭！

　　　　　　　　　家有老父与娇妻，

　　　　　　　　　快些归去莫迟疑！

　　　　　（拉赵开心）走吧！

赵开心　呸，宁做断头鬼，誓不把头低！摄政王！（跪介）如今谣言以使满城风雨，若真有太后下嫁之事，只恐怕——

多尔衮　恐怕怎样？

赵开心　国将不国，满天是非！

多尔衮　哈哈哈……赵大人，你言重了！兄终弟继其位，娶其妻，乃我满族之祖例！

赵开心　满族祖例？摄政王未继其位而娶其妻，岂不是名不正，言不顺？

多尔衮　哦，莫非赵大人此意，是要本王先继其位，然后娶其妻，才叫名正言顺？

赵开心　摄政王啊！如今身在中原，满族祖制，汉礼所不容啊！

多尔衮 既然不容，俺就改它一改！

赵开心 宫规礼法焉能改得？

多尔衮 明朝的江山俺改得了，难道那该死的宫规礼法就改不得？

赵开心 你不怕后人唾骂？

多尔衮 今人唾骂尚且不惧，后人唾骂，何足惧哉？

赵开心 好！老夫就将你骂骂骂！

多尔衮 骂上来。

赵开心 我把你个匹夫！奸雄！色鬼！

多尔衮 （忍耐着）骂下去！

赵开心 好！你听着！

（快慢板）骂一声大奸雄居功震主，

骂一声淫色鬼万死难辞。

天下间多少美人你偏不娶，

却为何偏娶太后大耍淫威？

（十字清）原以为世间最昏是崇祯帝，

大清朝摄政王爷德与天齐。

到如今噩梦醒来心有愧，

愧对我汉宗汉祖汉群黎。

（滚花） 老夫罪名碧血洗，

洗不掉清宫污秽，

唤不醒你这淫鬼色迷！（欲撞墙寻死）

众　人 （拦介）赵大人……

多尔衮 慢！忠烈之臣，举世难得，就此死去，岂不可惜？人来！传本王之命！封赵开心为忠烈大夫，造忠烈府，昭示天下！

赵开心 你……

多尔衮 赵大人，我多尔衮从来是说一不二，谁也阻挡不了！人来，前面引路，后宫去也！

赵开心 （气得发抖）你……

多尔衮 范大人!

范文程 在!

多尔衮 你为文官魁首，本王与太后合宫之诏书，交你起草!

范文程 （惊）这……

多尔衮 （不容分辩）速速起草，明天本王要带此诏书，觐见皇上！颁布天下!

范文程 （颤抖地）领……命……

赵开心 多尔衮！奸雄，色……鬼……

[赵开心气绝身亡。

[切光。

第五场

[二幕前。

[刘公公捧诏书上。

刘公公 王公公哪里?

王公公 （应上）哦，原来是刘公公!

刘公公 摄政王有旨，要皇上速速颁发！（下）

王公公 （接过，看介）什么？合宫诏书？（念）“朕以孝治天下，谨请皇父皇母合宫同居，所司典礼，着礼部领办！”合宫同居？与淫娃荡妇有什么不同呀？哼，污糟邋遢，一塌糊涂！哦……大清朝有喜喽！（下）

[开二幕。

[太后寝宫。

[庄妃案前披阅奏章。

[布婉气愤地上。

布　婉 （下西岐）只道谣言难当真，

看罢诏书惊碎心!

太后天尊竟然亦再婚,

可憎复可恨！

怨恨为何你偏要抢我心上人？！

（入介，浪里白）太后！

庄　妃　哦，妹妹！因何进宫来了？

布　婉　（冷冰冰地）如今有伴了，不想我进宫了？

庄　妃　妹妹何出此言？

布　婉　哼！

（接唱）　实凭就要出宫禁，

休要扮作糊涂人！

庄　妃　（浪里白）妹妹，到底你在说些什么呀？

布　婉　诏书就要颁发了，天下人就要知道了，为何偏偏瞒着布婉我呀？

庄　妃　诏书？什么诏书？

布　婉　太后呀！

（接唱）　六年来，我魂牵梦系，

一点痴情为他等。

到今天，被你撕成粉！

你们合宫去吧！（塞诏书，哭着下）

庄　妃　合宫诏书？（阅诏书，颤抖）

（银台上）恨恨恨！恨你太不该！

摄政王！你……怎可如此鲁莽啊！

（接唱）　看罢诏书惊五内，

贻羞千秋百代，

何苦这般为爱为情招祸害！

［银儿上。

银　儿　禀太后，摄政王求见！

庄　妃　不见！（叫住）慢，传！

［银儿下。多尔衮上。

多尔衮　参见太后！

[庄妃背着不予理睬。

多尔衮 哦…… 太后!

(拷红) 今天你为何面如雾罩云盖?

花损美，暗香腮，

含情月眉倒竖，怒容似金刚辈。

(白) 太后呀! 当知逝水难回 ——

叶谢花萎春不再，

情缘抛疏岂能悔?

虚度青春永难回，

何堪深宫旦夕哀!

若说我是有罪臣，

罪在无端生怜爱。

恰好似，花萎去不受人浇溉!

庄 妃 (怨愤地) 摄政王! 你…… 太过分了!

多尔衮 太后，莫非为那合宫之事?

庄 妃 (气恼地) 摄政王呀!

(滚花) 阅遍了千古帝王书如海，

这荒唐的圣旨算是第一回! (诏书掷桌)

多尔衮 哦哈哈…… 太后，我来问你，本王可是皇父摄政王?

庄 妃 此话怎讲?

多尔衮 皇父皇母，合宫同居，又有何不可?

(长句二王)

父母相爱好应该，

合宫同居又何碍?

倘若我俩真情在，

两宫不合才怪哉!

庄 妃 多情王爷莫太呆，

休提什么情与爱，
昔日朝夕共相处，
只为同将国事裁。

多尔衮　（南音）看你两眼含情深如海，
虚言掩盖实不该。
有情有缘就相爱，
我看苍天不会塌下来！

庄　妃　（流水板）莫忘了福临借图寻母爱，
一双泪眼带愁哀。
更可怕碎语闲言铺天盖，
从此后你我怎样把头抬？

多尔衮　（昭君怨）死不悔，生不惧，
今朝已铁了心不可改！

庄　妃　纵使心心相印情似海，
难作双飞上瑶台。
我狠心绝情爱，心亦碎，
请君休要为我累！

多尔衮　无路无路再后退，

庄　妃　须知这历代礼法岂是抗得来？

多尔衮　天上行云瞬逝亦能任我裁，
为寻觅我所爱，为寻觅我所爱，
王法王法亦能改！

庄　妃　王爷……

多尔衮　太后呀！
（反线中板）
想俺沙场上百万军中，
任往来，容不改！
想今日情场之上，

岂会望而却步把头回?

若果是深宫内有情相亲，无缘相爱，

我宁愿今生今世从此再不进宫来!

庄　妃　（深为所动）王爷!

（千般恨）恨你痴心永难改，

恨我芳心为你情所累!

忘了宫规，忘了所在，

共君俩情栽!

多尔衮　并蒂花已开，

在这深宫内。

多、庄　（合唱）　不怕雪霜打，

不怕雨侵来，

迎风放异彩!

[更声响。

多尔衮　哦……夜静更深，本王告退了!

[福临上。

[多尔衮与福临照面，一笑，下。

福　临　母后！他深夜进宫何事?

[庄妃无言………

福　临　母后！听说你要嫁人了，是这样吗?

[庄妃点头……

福　临　（疯狂似的）不会，不会！母后你是不会变节！不会改嫁的！这都是多尔衮恃权逼的，是这样吗?

[庄妃轻轻地摇着头……

福　临　大，天呀!

（卜仙令）千载恨，万世羞，

悲母后，屈辱侍仇!

是何故，母亲妇节不守?

悲声唤，问情由！

母后，母后！

庄　妃　皇儿，你年纪尚幼，还不懂母后的心呀！

福　临　（哭着）我懂，我懂！

（接唱）　我恨你，性如杨柳！

我恨你，枉称皇太后！

耻与辱，恨难休，

我枉称孤，坐龙楼！

[福临摘下皇冠，抛掷，哭着下。

庄　妃　（对着远去的背影）皇儿，皇儿！

（散板）　孤清清，夜寒更静。

（丝丝泪）独听哭声悲切恸寒宫，惊夜静，

哀我心头话向谁倾？

这边亲子哭，

那边拟皇命已把婚姻定。

拒绝爱子，理不应，

抛舍恩爱，也无情。

不忍痴情梦化寒冰，

不忍爱子泪难停，

不把亲恩认！

（乙反长句二王）

又听得娇儿寻母唤千声，

独吊秋风怜孤影，

一纸图画，满载多少骨肉情？

又谁知宫门独倚，女儿心性？

尊荣太后，一样有万缕柔情。

儿呀你顾及声名，母后能鉴认，

母后难言心境，儿呀可知明？

莫非是深宫不许有真情，
不比那民间乡井？
（反线二王）
怨千声，恨千声，
怨恨鸳侣难成。
爱你好男儿，刚烈性，
心有万缕柔情，此心苍天可证。
为什么，深宫不许真情在，
难以偕和鸣？
（塞外吟）一道道重枷深锁，
一垒垒山沟难过！
痴心竟招无情火，
真心相许也招万人唾！
万象森罗，万象森罗，
不许超生叹奈何？！
叹奈何？
[踌躇、思索介。
（快二流）挥泪再画《寻母图》，
皇儿身边添上我。
小妹代嫁，
我泪雨成河。
谁知太后赐婚，
懿旨拟成心撕破。
从此后漫长黑夜——
（散板）怎消磨？！
[切光。

第六场

[幕前。

[范文程、代善、济尔哈朗及甲乙大臣上。

哈　朗　（对代善）王爷，他们来了！

众　人　（对代善）参见王爷！

代　善　各位大人！奸贼多尔衮，恃势弄权，丧心病狂，今日可以逼娶太后，明日便可抢占皇位！老臣乃三朝元老，曾随太祖太宗南征北战，岂容多尔衮奸贼为所欲为！故召集各位大人，同心协力，铲除多尔衮，共辅幼主！

众　人　未知王爷有何妙计？

哈　朗　你等附耳过来！

[众耳语介。

代　善　你等小心行事！

众　人　遵命！

[众警戒地下。

[起中幕。

[位育宫内。福临烦躁地来回踱着步……

[银儿与两宫女上。

银　儿　参见皇上！

福　临　（无心理会）皇上？朕还算什么皇上？

银　儿　皇上！太后让我送来一纸妙方，能使皇上愁苦全消，皇上请看！（呈《寻母图》）

福　临　（接图）《寻母图》？纵有灵丹妙药，也难治孤心头之病！（撕《寻母图》）

银　儿　皇上！这寻母图，与皇上所画的大不相同呀！

福　临　（细看，大惊）啊？！这《寻母图》上，何以多添了一只母羊？

银　儿　这是太后以泪和墨，亲手画上的！皇上，你再看这懿旨写的什么？

福　临　（接过，念）皇父摄政王现方鳏居。太后赐妹布婉为婚，一应典礼，着所司领办。（阅罢如释重负）啊……母后她回心转意了！

银　儿　皇上，这皇冠……

福　临　回去转告太后，朕稍迟即往拜谒！

银　儿　知道！（与宫女下）

[济尔哈朗、范文程、大臣甲乙上。

众　人　拜见皇上！

福　临　各位大臣，免！哈哈哈……

哈　朗　（见皇上面有喜色）皇上！昨晚一夜啼哭，今日何以这般欢悦呀！

福　临　哦……你们看！（拿《寻母图》）

众　人　《寻母图》？

福　临　太后不嫁了，母子从此永远在一起了！

范文程　（一时无语，终于发现破绽，指着分为两半的《寻母图》）皇上，这母子还是分开了！

福　临　（不以为然地）哦，朕请来能工巧匠，将它缝合，不就行了吗？

范文程　皇上呀！你……真是太天真呀！

福　临　（一愣）哦？

范文程　皇上呀！《寻母图》缝合得了，皇上与太后已经破碎的心能缝合得了吗？

福　临　这……

大臣甲　皇上！多尔衮得不到皇太后，难道他会甘心吗？

福　临　这……

大臣乙　（一句比一句逼紧）皇上！摄政王你得罪得起吗？

福　临　（越来越惊）这……

哈　朗　对呀！如果太后真的下嫁了多尔衮，多尔衮获得了一时的满足，也许皇上的皇位能多坐几天。如今太后忽然改变主意，不嫁了，多尔衮会怎样？皇上，你想过没有？

范文程　皇上，我们忧虑的是皇上的江山社稷啊！

福　临　（害怕起来）这……这便如何是好呀？

哈　朗　（别有用心地）多尔衮呀多尔衮！想当年与你一起辅政，早知道你有如此狼子野心，真不该虚言引退，如今你党翼丰满，诛异己，杀豪格！为所欲为，今日你可以逼娶太后，明日就可以抢占皇位，我郑亲王悔之晚矣！（捶胸顿足）

众　人　郑王爷！

哈　朗　多尔衮一日不除，大清江山一日不宁呀！

福　临　莫非要朕下旨，除却多尔衮……

范文程　皇上圣明！

福　临　（惊恐地）这……

哈　朗　皇上，趁多尔衮大喜之期，送去毒酒，除此大患！

福　临　（一惊）啊……

哈　朗　皇上，错失良机，恐再无机会下手了！

范文程　唉，皇上优柔寡断，菩萨心肠呀！

哈　朗　（欲擒故纵）皇上的事，还是皇上自己做主吧！

众　人　我等告退了！（众作下状）

福　临　（急叫）慢！各位大臣！

众　人　皇上……

福　临　就依计而行吧！

众　人　遵旨！

[切光。

第七场

[中幕前。

[两太监领清兵抬帖有“皇封御酒”四个大字的酒埕过场。

[银儿慌张上。

银　儿（念）　笙歌奏，锣鼓响，

太后忽似发了狂。

一会儿是两眼发直不哭不笑，

一会儿是捶胸顿足又撞墙。

劝又劝不了，帮又帮不上，

全宫上下失主张。

原以为从此可以息风浪，

看起来难保惹出祸一场。

[庄妃焦急、失态、踉跄地上。福临迎上。

福　临　（惊叫）母后，你……怎么了？

庄　妃　我……我要收回懿旨！

福　临　收回懿旨？

庄　妃　皇儿，母后不能没了摄政王呀！（欲下）

福　临　（叫住）母后……已经迟了！

庄　妃　为什么？

福　临　因为皇儿命人送去了……

庄　妃　送去了什么？

福　临　酒……

庄　妃　酒？什么酒？你讲，你讲！

福　临　是……毒酒！

庄　妃　啊？（一巴掌打在福临脸上）摄政王……（急下）

福　临　（抚着脸，恨恨地）多尔衮，我一定要杀了你！

[切光。

[开中幕。

[摄政王府。

[布婉红布盖头；多尔衮举杯痛饮……

[幕后合唱：

（旧宛望帝魂）长歌当哭！

[多尔衮仰天大笑："哈哈哈……"

[幕后接唱：

凭酒消痛楚！

泪压心窝，

哭又如何？

人生对酒且当歌！

［“圣旨下！”刘公公引美女、太监抬御酒上。

刘公公 （读圣旨）“奉天承运，皇帝诏曰：摄政王扶朕登基，一统中原，功高盖世，千古无二。太后赐婚，今值佳期。朕特赐御酒一坛，以显龙恩。钦此！”（下）

［多尔衮对月举杯，仰天长笑……

多尔衮 哈哈哈，哦……新夫人，是太后赐予本王，供本王享乐的新夫人呀！（一手执住布婉）来吧！

（接唱） 来消我欲火！

来添我罪过！

共我欢歌，

涉步情河，

莫使岁月空蹉跎！（刚抱住布婉，又用力推开）

布　婉 （痛楚地）啊……

（接唱） 不忍望，哭中笑，

不忍听，泪里歌，

泪压心窝，

哭又如何？

求王爷，解心锁！

王爷！男儿也有落泪时，该哭当哭何必笑？你就放声哭吧！

多尔衮 （散唱） 何堪再受痛楚？

（无助地悲声哭唤）姑娘！

（散唱） 求请抱住我！

布　婉 （同情、悲悯地）王爷！

（入板） 让我热你心窝，

抹泪滂沱，

伴你哭，伴你一起悲歌！

[多尔衮将布婉抱入怀中。

多尔衮 姑娘，你真好啊！

[光暗。布婉隐去。

[一阵轻烟泻出……

多尔衮 （呼唤）布木布泰——

（汉宫秋月）烟里雾里觅琼瑶，

[一群仙女引庄妃飘然而至……

多尔衮 啊……布木布泰！

（接唱） 与卿一双一对共渡鹊桥。

星月驾车风弄调，

来伴我逍遥！

庄　妃 （接唱） 万里碧空过险桥，

步战心儿跳！

倘若是闪失跌进云海，

应可料，此身只会化作那烟消！

多尔衮 且抛顾虑朝前去，

切莫回头看，更莫往低瞧！

庄　妃 手牵手，一双一对赴琼瑶！

（多情撒娇地）十四阿哥！

多尔衮 （开怀大笑）呵哈哈……

（柳摇金）原来卿卿见郎亦撒娇，

一样凡心一样俏，

一样妖娆！

庄　妃 （接唱） 休取笑，

看你魂儿早丢了，

步飘飘，小心云里掉。

多尔衮 （接唱） 情场里，英雄豪气已尽消，

皆因你回眸轻轻一笑！

庄　妃　（接唱）　为了王爷，我一声别矣逐云飘。（欲去）

多尔衮　（拉住）太后——

（接唱）　花轿锦裳已为卿齐备了，

乖乖地随郎渡鹊桥！

[庄妃与众仙女隐去。

[幕后叫："庄妃到！"多尔衮惊醒，推开布婉。

[光亮。银儿引庄妃急上。

[银儿看酒埕，示意未饮。

庄　妃　未饮就好，未饮就好！

布　婉　（痛哭）姐姐，太后呀！

（流水行云）

情伤透！

恨你已将他一颗情心偷，

剩给我无边痛苦恨悠悠，永难休！

最是苦涩合欢酒，

最是苦涩合欢酒！

恨天意无心缀鸾俦！

你无情拒爱，偏偏拥有，

我日夕希盼，有心却难求。

太后！

（乙反中板）

你可知——

烈性男儿害了相思一样无药救。

你可知——

烈性汉子情到深处泪也流！

（十字清）本以为太后赐婚偕鸾偶，

今才知命中注定莫强求。（收腔）

多尔衮　太后，你不在宫中保着名节，来此做甚？

庄　妃　收回懿旨！

多尔衮　什么？收回懿旨？

庄　妃　对，我要收回懿旨！

（爽中板）收回那以妹代婚荒唐旨，

释放我深宫锁禁苦相思。

还给你十数年来情和义，

是冤还是债，诉与天地知。

布　婉　姐姐，莫非你……

庄　妃　（催快）　我要冲破樊笼出禁地，

我要与王爷不分离。

任凭它狂风翻恶雨，

任凭它世人笑骂讽与讥，

任凭它搬来千年古训道和理，

阻不了太后下嫁在今时！

多尔衮　（又惊又喜）太后，布木布泰！我，我不是在做梦吧？

庄　妃　（投进多尔衮的怀抱）十四阿哥！

布　婉　（长句滚花）

一道懿旨一场戏，

一场欢喜一场悲，

今生既无缘，

唯求他生偕连李。

求王爷，此杯饮下，

奴愿他生永追随。

多尔衮　姑娘呀！（流水板新腔）

谢你意真情深厚，

恕我未可为卿留。

本是一杯合卺酒，

送卿远走莫回头！

布　婉　（接唱）　不回头，也回头，

只缘芳心已属君有。

合卺酒，别离酒，

饮罢今生无所求！

[布婉举杯欲饮。

庄　妃　（抢过酒杯）妹妹！不能饮……（抢下酒杯）

[内场：“皇上驾到！”太监、宫女、济尔哈朗、范文程等引福临上。

哈　朗　（低声对庄妃）太后，难道你为了一个摄政王，可以不顾太后的声誉，皇上的安危吗？

范文程　（一语双关）太后！懿旨已经下了，皇姨也嫁出去了，覆水难收呵……

哈　朗　（抢过酒杯）摄政王扶助幼主，创立大清，功高盖世。太后赐婚，正值佳期，皇上好应亲自敬摄政王一杯呀！（将酒杯塞给福临）

福　临　（接过酒杯，从惊惶中定下神来）

（流水新腔）

想当年，扶朕登基朕尚年幼，

今日朕，御酒一杯把恩酬！

多尔衮　（接唱）　分明一杯绝情酒，

非酬恩义实乃拆鸾俦！（拒酒）

庄　妃　（接唱）　不忍他黄泉路上孤身走，

更不忍皇儿颈血溅龙楼。

皇儿呀！

（接唱）　借你一杯御封酒，

把我心愿酬！（接过御酒）

福　临　母后？

庄　妃　摄政王呀！

（接唱）　既然是此地不能偕凤友，

我与你共饮此杯，天涯海角觅风流！

福　临　（大惊）母后！你不能饮！你不能饮……难道你……不怕天下人耻笑吗？

庄　妃　皇儿！母后的心，难道你还不明白吗？我与摄政王不高飞远走，你……能安坐天下吗？

（接唱）　成全你圣主明君留身后，

摄政王呀！

（接唱）　愿否他乡共白头？

多尔衮　（动情地）太后！

布　婉　慢！（抢下酒杯）王爷！我知道，你心中只有一个布木布泰……

（接唱）　小女子，但求他生成凤友，

此杯饮下证鸾俦！（一饮而尽）

王爷保重！小女子告辞了！（走了两步，突然昏旋）

多尔衮　（上前扶住）姑娘！

布　婉　王爷不好！这御酒……有毒！

多尔衮　（大惊，抱住布婉）啊？！

布　婉　（含笑地）十四阿哥！（气绝）

多尔衮　姑娘！本王害你了！（声音平静得让人生怕）人来，将姑娘送入新房！

[两侍卫抬布婉下。

[死一般的寂静……

[幕后传来愤怒的叫喊声：“废昏君！拥立新主，我等誓死效忠睿王爷！”伊托等将领嘶喝着围了上来……

多尔衮　（惨笑着）嘿嘿嘿……誓死效忠？

众　人　誓死效忠！

多尔衮　要知道，范大人也这样说过，是吗，范大人？

范文程　（浑身打战）呃……

多尔衮　你的合宫诏书写得好啊！

范文程　那是你……

多尔衮　我逼你写的是吗？

[范文程沉默……

多尔衮　你怎不学赵开心赵大人，以死殉职？

范文程 这……

多尔衮 人人都说我多尔衮意欲谋反，夺宫称帝。（指着众将）包括你们！伊托将军！你们也想着我多尔衮一朝称皇称帝是不是？只要我一声称帝，恐怕大清国又要四分五裂了。我多尔衮的苦心试问有谁明白？伊托将军，你们心息吧！

伊　托 王爷！要我心息，除非伊托先死！

多尔衮 既然如此，伊托将军你就先行一步吧。

伊　托 （一愣）王爷？！

[多尔衮以手势作答。

伊　托 （一咬牙）王爷保重！九泉之下，伊托依然追随王爷！（拔剑自刎，倒地）

多尔衮 （悲喊）冤呀！百战沙场身未死，缘何在此饮恨亡？（逼向福临）皇上！你有这样的忠臣吗？没有，他们往日里声声称忠，只是为了你的赏赐！说我不忠，说我谋反，我反了吗？知道吗？这皇位本来就是我的！是我成全了你！成全了你这个大清皇帝！而你！竟和他们一样，整天在怀疑我，猜忌我！我多尔衮数年来出生入死，呕心沥血！而你！乳臭未干，便称皇称帝！我打的江山是你的，我喜欢的女人也是你的！因为你是皇帝！若果我是皇帝，这一切便变成我的了！江山，皇位，名声！包括你——太后！你也理所当然是我的了！好后悔呀！如今，我真想反了！

[福临吓得扑通一声跪倒在地。

多尔衮 哈哈哈……（笑得越来越放肆，笑得众人心里发抖）皇上，你怕了？其实你不用怕！你也有忠臣呀！这忠臣就是我多尔衮！站起来，站起来！记着，你是大清的皇帝！你放心！你的江山，你的皇位，还有你的母后！我不会再争，也不会再抢了！皇上，你明白吗？太后！你明白吗？

庄　妃 ……

多尔衮 我知道，你有苦衷！（动情地，抑制着泪）因为那江山、皇位、名声比我多尔衮重要得多！当皇帝，谁不想呢？我也想！但有谁知道，我多尔衮耿耿此心最想得到的就是你——布木布泰！

庄　妃 王爷……（禁不住哭出声来）

多尔衮 人来，宝盒呈上！

[侍从捧金光灿灿的宝盒上。

[悲壮音乐响起，多尔衮打开宝盒，取出庄妃当年所赠披风，披上。

庄　妃　（大为惊讶）这披风……

多尔衮　这披风，曾伴随我出生入死；这披风，曾伴随我一统中原；今日这披风，又要伴我远行了……

庄　妃　你……欲往何处？

[多尔衮轻轻摇头……

庄　妃　……还回来吗？

[多尔衮依然是轻轻地摇头……

多尔衮　（期待地）你……跟我走吗？

[庄妃慢慢走向多尔衮……

[福临上前紧紧拉住庄妃……

福　临　（悲唤）母后！

[庄妃犹豫了……

福　临　（双膝下跪，哭着哀求）母后！母后！你不能走！皇儿不能没有你呀！母后！母后！

庄　妃　（庄妃终于为福临的哭叫所屈服，回过头来）皇儿！

多尔衮　马来！

[马童带马上。

多尔衮　（抚马介）宝马，马呀！

（新曲）　你一生壮烈，
今日何泣咽？
莫非你也伤离别？
自把威风灭？

马儿，马呀！你跟随多尔衮沙场征战，出生入死，何曾落泪？今日因何掉下泪来？马儿，马呀！你记住，男儿本无泪，我们起程吧！（上马介）

[幕后唱：

心胆裂——

往事不堪从头阅。

望一眼龙楼凤阙，

说一声别矣，

功罪留待他人说。

[多尔衮一步步向高处走去……

[庄妃拉紧多尔衮身上的披风……

[多尔衮回头，挥剑斩断披风，挥鞭疾去，消失在黑暗之中……

[侍卫急上。

侍　卫　禀太后，摄政王堕马身亡！

庄　妃　（悲声呼叫）十四阿哥——

[庄妃跪下；众人同跪。

[幕后唱：

啊……

说一声别矣，

功罪留待他人说。

[剧终。

（剧本版本：《南粤剧作》1995年第4期）

·粤剧卷·

唐太宗与小魏征

编剧：卢凌日　梁建忠

人　物　表

魏叔玉　　魏征之子。
唐太宗　　唐皇李世民。
衡山公主　唐太宗之女。
魏　征　　官谏议大夫，封郑国公。
尉迟恭　　官都督，东征元帅。
长孙无忌　太宗长孙皇后之兄，封赵国公。
皇　后　　唐太宗之正室。
裴夫人　　魏征之妻。
香　环　　衡山公主贴身宫女。
蒋　甲　　朝官。
李　越　　朝官。
延寿惠真　高丽国元帅。
张　涛　　唐兵。
陈　明　　唐兵。
赵　海　　唐兵。
李元盛　　唐兵。
御医、门官、车夫、太监、宫娥、高丽兵士等若干人。

第一场

[贞观十七年元月。

[魏征书斋。

[幕后一个粗重的男声："以铜为镜，可正衣冠；以史为镜，可知兴替；以人为镜，可明得失。"

魏　征　（惊厥地从病榻上翻起，手拿着《治国十要》）明镜可鉴。陛下！（扑跪于叔玉跟前）贞观大业，得来不易，切戒骄奢呀！

魏叔玉　（扶起）爹爹，我是你孩儿叔玉呀！

裴夫人　老爷保重！

魏　征　（一阵呛咳）老……老夫病昏了。

魏叔玉　爹呀！（滚花）

爹恶疾缠身，还竭精强振。

你宵衣旰食，为国为民。

劝爹静卧安神，朝政不宜多谂。

魏　征　唉！只为贞观大业，怎惜衰朽残年。叔玉，这《治国十要》，爹看来……（唱七字清）

难消心结，苦沉吟。

《治国十要》未成，我难安枕。

君皇矜功自傲，怕只怕渐失民心。

魏叔玉　（接唱滚花）

孩儿可代父秉笔续书，爹爹应养病安枕。

[内呼："皇上驾到！"

魏　征　（紧张地）皇上果然驾到，快与我更衣。

魏叔玉　爹呀，御医叮嘱，不宜走动，让孩儿接驾也罢。

魏　征　不可，为臣不可失礼。

魏叔玉　礼贵从宜，万岁谅不怪罪！

[唐太宗内白："不会怪罪呀！"宫娥、太监引唐太宗上。

唐太宗　哈哈，可谓父贤子孝呀！

魏　征　陛下！（趔趄欲倒）

唐太宗　老卿家。（滚花）

寡人悄然起驾，特来探望贤臣。

卿家病厄缠身，礼节毋须拘谨。

魏叔玉 万岁，父亲病重，体力不支臣礼有亏，叔玉代为告罪。

魏　征 （对叔玉）多嘴！还不退下！

唐太宗 卿家，叔玉一片孝心呀！（按魏征坐下）卿家可知朕此来之意？

魏　征 万岁探望老臣，老臣感恩不尽。

唐太宗 哈哈哈，还有喜事哩。

魏叔玉 喜从何来？

唐太宗 好个小魏征，朕来问你，元宵之夜，曾否到御苑观灯？

魏叔玉 火树银花，升平盛事，微臣曾乘兴一行。

唐太宗 那你就是那个射灯谜的魁首了。

魏叔玉 万岁怎么知道？

唐太宗 你身上这玉佩……

魏叔玉 是宫娥送上，言道是猜谜奖赏。

唐太宗 哈哈哈……（唱采花词）

元夜观灯开紫禁，
你射谜夺冠得知音。
公主投情示爱，以佩为赠。
良宵美景，情真意恳，
她将心事，向朕告禀，
愿系红丝托付终身。
特来报喜证名分，
与卿家商议定良辰。

魏叔玉 （大喜）谢万岁。

魏　征 （不悦地）为父尚未开口，你竟敢如此轻狂！

魏叔玉 爹，孩儿遵旨谢恩嘛。

唐太宗 爱卿，你治家也太严了吧。朕且问你，御医前来诊治，不知所服何药？

裴夫人 药方不奇，只是药引难找。

唐太宗 药引究是何物？

魏　征　妇人之言，陛下不必多问。

裴夫人　药引是天上龙须。

唐太宗　天上龙须？这就难了。

魏叔玉　何难之有，万岁唾手可得。

魏　征　（喝止）叔玉！

唐太宗　小卿家！（唱滚花）

你无须隐讳，不妨对朕直陈。

魏叔玉　陛下！（唱七字清）

陛下手握乾坤金斗印，

四夷宾服世同钦，

何用云中取药引——（拉腔）

唐太宗　（领悟）啊……

（接唱）真龙就是九五之身。（拉腔）

拿剑来。

魏叔玉　谢万岁。（献剑）

魏　征　陛下，臣大限已满，非药石可救，千万不可有毁龙颜。

唐太宗　只要能为卿家治病，就是剜肉割肌，朕也在所不惜。（取剑欲割胡须）

魏　征　（扑上夺剑）陛下，陛下对魏征恩泽重加，老臣铭感五内。老臣不求别样，只望陛下虚怀纳谏，则平生之愿足矣！陛下，（取过《十要》）这《治国十要》，可供陛下参详，永昌贞观盛世，只是老臣病危，功成其半，臣之忠心，尽在于此。（呈献）

唐太宗　（未接）这治国之道嘛……

魏　征　（看得出）哎呀呀，微臣病昏了，这半成之稿，意旨未尽，怎好呈献！

唐太宗　老卿家年老体弱，你安心养病就是了。这《治国十要》就——

魏叔玉　就交叔玉代父秉笔。

魏　征　畜生狂妄！

魏叔玉　孩儿一片忠心。

魏　征　你……哎唷，紫……紫宸丹。（假装昏迷）

裴夫人 紫宸丹已经用完！

唐太宗 （滚花） 看出他，怕子失言心拘谨。

朕趁机，送来淑女慰贤臣。

夫人，此丹乃朕秘藏，既已用完，待朕回宫取来。摆驾。（太监宫娥随下）

魏　征 （睁目，怒对叔玉）畜生你……

魏叔玉 父亲无端盛怒，我究竟错在哪里？

魏　征 畜生！（快慢板）

骂畜生，违父训，

好胜逞强，不安本分。

不量情，不度己，

毛遂自荐试问何德何能？

魏叔玉 （接唱） 报国心，常自振，

得遇明君，毕生之幸。

献忠忱，兴世运，

毛遂自荐只为报谢天恩。

魏　征 真是不知天高地厚。

裴夫人 老爷！（滚花）

叔玉立志可嘉，应为门庭庆幸。

魏　征 稚子妇人，真是稚子妇人呀！你不登高崖，焉知颠坠患。你涉世不深，不知做人难。想当年……（接唱爽二黄）

皇上弑兄承国祚，心师尧舜服世人。

纳谏招贤，为求邦畿固稳。

励精图治，善驭群臣。

如今国泰民安，天威远震。

君王居功自傲，不再重政修身。（转叹颜回一句）

我心长力短已白了双鬓。（直转追信尾）

你心高气盛，不识谦逊和人。

怕你难副君意，空自意殷勤。

魏叔玉 （接唱爽七字清）

竹节松筠心耿耿，

孩儿耻共俗浮沉。（转三字清）

志未酬，应发奋，

修大业，建奇勋。（转滚花）

秉承父志报朝廷，

万里鹏程今发轫。

魏　征 稚子你……（咯血，溘然瞑目）

魏叔玉 爹爹！

裴夫人 老爷！

〔香环内声：“衡山公主驾到！”香环引衡山公主上。

魏叔玉 只因爹爹病重，接驾延迟，请公主恕罪。（下礼）

公　主 （见状扑上前）丞相，哀家奉父王之命，为丞相送紫宸丹来了。

魏　征 多谢公主，灵丹妙药，老臣恐怕用不着了！

公　主 丞相何出此言。

魏　征 公主，叔玉年少气盛，愚鲁无知，望公主日后多加开导。老臣不求别样，求公主向万岁进一言，这《治国十要》，望万岁虚怀一读，臣的忠心尽在于此……（倒下）

公　主 紫宸丹！紫宸丹！

裴夫人 老爷！……

魏叔玉 爹爹！……

公　主 公公！……

〔音乐起，幕后无词歌：啊……啊……

〔歌声中，衡山公主取素带挂孝，行媳妇之礼。

〔一幅巨大的“奠”字徐徐降下。造型。

〔降二幕。

第二场

[二幕前。一束光打着宣旨太监。

太　监　太唐贞观皇帝诏曰："哀哉夭殄，痛折股肱，勋重功臣，礼葬宜隆。郑国公魏征丞相出殡之日，御赐羽葆、鼓吹，班剑、仪仗，并晓谕满朝文武，俱出朝门，裹白挂素，护送灵车，不得有误。钦此！"

[哀乐声中二幕升起。盛大仪仗队和送殡官员缓缓过场。

蒋　甲　（韵白）不死老子。

李　越　要当孝子。

蒋　甲　气得肚子。

李　越　长了包子。

蒋　甲　呵、呵……

李　越　嘘、嘘……

蒋　甲　魏征去见阎老子。

李　越　再不怕他抓辫子。

蒋　甲　呵、呵……

李　越　嘘、嘘……

蒋　甲　前面来了个炮筒子。

李　越　找个机会开口子。（二人小圆场）

[二幕降下。

[尉迟恭上。

蒋　甲　老国公，我们都当了魏征的大孝子。

尉迟恭　哼！这葬礼也隆重得太过分了。

李　越　哎，他是国公，是皇上的宠臣。

蒋　甲　（对尉迟恭）老大人不也是国公么，论功劳不在魏征之下。

李　越　想当年国公弃暗投明，追随皇上百战沙场，功盖天下。

尉迟恭　为报皇上再生之德。

蒋　甲　老国公当年魏宣武陵救驾，皇上得脱单雄信一槊之难；后苑射虎，皇上得免猛兽口噬之灾。国公对皇上之恩德，岂是魏征之辈可比。

尉迟恭　保主救驾，臣子有责。

蒋　越　可皇上对魏征恩宠有加，还不是魏征摇唇鼓舌，蒙蔽皇上。

尉迟恭　这……

蒋　甲　老国公你可知魏征早有谋反之心。

尉迟恭　不要胡说乱道。

蒋　甲　并非胡说乱道，我们已抓到魏征的把柄。

李　越　抓到把柄又怎样，难道你敢上奏君王？

蒋　甲　这……

尉迟恭　你说魏征有谋反之心，可有罪证。

蒋　甲　当然有罪证。

尉迟恭　既有罪证，俺老黑替你们上奏就是。

蒋　甲　奏不得，奏不得啊！

尉迟恭　为何奏不得？

李　越　魏征生前与老国公情谊甚厚，国公又怎好打破情面呢。

尉迟恭　倘若魏征真的谋反，俺老黑岂能容他！

蒋　甲　当真？

尉迟恭　当真！

李　越　果然？

尉迟恭　果然！

蒋　甲　好！（从袖里取出一叠奏章）这就是魏征的罪证。

尉迟恭　（接过一看）可恼！（唱快中板）

魏征恃宠真狂妄，

蜩螗鼓噪祸心藏，

怒闯金銮——（半句。转滚花）

告御状。（扯下白纱入场）

蒋　甲　呵呵……

李　越　嘘嘘……

蒋　甲　（滚花）不必裹白挂素。（半句）

李　越　（接唱）　无须祭奠灵堂。

[二人狡黠地一笑，扯下白纱。

[切光。

第三场

[便殿。太监环立，捧着文房四宝。

[唐太宗剪手凝思。长孙无忌手拿卷轴。

唐太宗　（首板一句）痛折栋梁，愁难遣。

（古腔慢板）

六朝踪迹，过眼云烟，

历数史官褒贬处，

几人治国有真言。

八百死囚，

宫女三千，

朕布德施仁，

巧把山河装点。

天拂朕意丧魏征，

忠言谠论耳难闻。

为表君臣义，

碑文一纸悼忠贤。（转唱滚花）

即使言不由衷，总是圣朝恩典。

长孙无忌　（展绫轴）请皇上命笔。

唐太宗　待朕写来。（书写）

[内场奏出“秦王破阵乐”。

唐太宗　（怒）谁敢动乐？

长孙无忌　御乐师赶排“秦王破阵乐”。

唐太宗　可怒！魏丞相身故，满朝举哀，他竟然动乐鼓噪。来人，将御乐师推出斩首。

长孙无忌　皇上，御乐师是遵旨赶排御制“秦王破阵乐”以备玉华宫落成典礼之用，皇上怎么忘记了。

唐太宗　混账！那是魏丞相生前旨意，朕已下旨息乐罢宴，谁敢逆旨！

［尉迟恭内喝白：“俺敢逆旨！”

尉迟恭　（急上）万岁，俺老黑来了。

唐太宗　王兄怎么管起闲事来了？

尉迟恭　难道万岁斩了乐师，就能慰藉魏征的亡魂么？

唐太宗　这可表寡人对魏征的……

尉迟恭　（截白）一片敬心了。

长孙无忌　老大人你……

尉迟恭　万岁！今日万岁可以为魏征而杀乐师，明日也可以为了魏征而杀大臣。魏征啊魏征，你真是阴魂不散啊！

唐太宗　（不悦）胡说。（唱滚花）

一派齐东野语，鼓舌讥刺忠贤。

快快退下殿前。（半句）

尉迟恭　哼！（接唱）

老夫无事不登三宝殿。（挂上免死金牌坐下）

唐太宗　（十字清）他他他，他存心逆旨闯金銮。

长孙无忌　（接唱）他他他，他语带锋芒执己见。

唐太宗　（接唱）他他他，他以免死金牌抗至尊。

长孙无忌　（三字清）架子不寻常，来意难测揣。

唐太宗　（接唱）朕且平心静气，细探根源。

长孙无忌　（接唱）我且借故离开。

（浪里白）皇上，臣找石匠刻碑去也。（欲下）

尉迟恭　（一把拉住）长孙大人！（滚花）

帮我做个证人，好将是非明辨。

长孙无忌 哎呀老黑兄弟，你有免死金牌保平安，我脖子不硬话难讲。（甩开溜下）

尉迟恭 哼！看来俺老黑就凭这个了。（托示金牌）

唐太宗 王兄何须如此呢，有话直说无妨。

尉迟恭 老夫拙口钝辞，皇上能屈尊听讲么？

唐太宗 朕常说兼听则明，偏信则暗，哪有不听老王兄说的。

尉迟恭 哼！“兼听则明，偏信则暗”这句话还不是听老魏征的。

唐太宗 妙论精言，胜比珠玉。王兄说得中听，朕自然也紧记心中。

尉迟恭 俺是一介莽夫，胸无点墨，哪会说得出皇上中听的“妙论精言”，只是皇上糊涂，却给魏征的“妙论精言”蒙蔽了。

唐太宗 此话怎讲？

尉迟恭 魏征他反……

唐太宗 反……奇哉，魏丞相生前不反，死后才反岂非怪事。

尉迟恭 万岁，你可知魏征他——（七字清）

生前谋反，罪滔天，
掩人耳目行凶险，
唆使太子暗变天，（转滚花）
承乾反叛祸首是魏征，
“司马昭之心”——路人皆见。

唐太宗 （口鼓）哈哈，朕之知魏征也，如父之知子，王兄怎可制作事端，出言不善。

尉迟恭 魏征身为太子导师，太子谋反，难道绝无干连？

唐太宗 这……

尉迟恭 叛党侯君集、杜正伦又是何人所荐？一丘之貉，其害难言。

唐太宗 这……

尉迟恭 （取出奏章）请万岁一看。（呈献）

唐太宗 （接过）这都是魏征生前奏章，王兄何处取得？

尉迟恭 这是魏征着儿子魏叔玉抄写下来，交褚遂良录为《国史》的呀！

唐太宗 这个……

尉迟恭 万岁！（口鼓）魏征贪天之功不自量，萤火争辉抑君王。谏议奏章皆归档，录为国史存庙堂。后人但见君王过，魏征掠美却流芳。后人评说贞观事，怕只有魏征，而没有君王。

唐太宗 （怒极）你给朕退下！

尉迟恭 （拿起碑文）皇上，这碑文怕用不着了吧。

唐太宗 （取过）用不用得着，朕自有主张。

尉迟恭 臣要讨个明白。

唐太宗 不须你明白，退下，退下！

［尉迟恭悻悻而退。

［内白："后人评说贞观事，怕只有魏征，而没有君王。"

唐太宗 （追贤二黄）

霎时间，云飞风卷，

阵阵惊雷霹雳声震阶前，

顿醒痴迷悟其"妙语""真言"。（转十字爽二黄）

魏征他，他他他，

巧布玄机，暗施手段。（转打扫街尾段）

私存史册，妄犯至尊。

僭越不露，咋舌巧弄，道朕长短，

他居心恶险，当初失察伪忠与假善。

魏征呀魏征，朕对你评价错了。（怒撕碑文）

［魏征画外音："臣只望陛下虚怀纳谏，这《治国十要》只成其半，臣之忠心，尽在于此。"

唐太宗 忠心在此？哼！朕怕这"五要"里面就有文章呀。来人，传魏叔玉。

太　监 传魏叔玉。

［内应："传魏叔玉！"太监遵旨下。

魏叔玉 （上，诗白）守孝不知红日落，

思亲唯望白云飞。

臣魏叔玉参见我皇万岁，万万岁！

唐太宗 叔玉，汝父生前爱吃醋芹，灵堂之上可有供奉？

魏叔玉 臣遵慈母之命，早晚供奉。

唐太宗 可见你深知其父，但汝父所教，如何事君？

魏叔玉 事君惟忠，忠始于爱民，忠始于克己，不爱民，不克己，忠而无度，能悦君心，却不能成勋业，是忠而不良也。

唐太宗 说来不错，汝父所写“五要”可曾一读？

魏叔玉 臣可倒背如流，万岁不妨面试。

唐太宗 如此说来，汝父文章，你是奉为经典了。

魏叔玉 万岁！（唱下西岐）

百汇洪流成巨川，
我父文章窥圣典，
虽重孝披身，我不忘勇着鞭，
挑灯夜读忘困倦，
报效朝廷立志将功建，
不虚度华年。
继承父志忠心一片，
得续鸿文策万言，
奉上廷前，望明君鉴辨，
书中任由万岁圈点，
叔玉见识浅，
未破书万卷。（呈书册）

唐太宗 （接过一瞥）嘿嘿，果然不出所料，汝父留下的“五要”是给你准备了攀登的云梯呀。

魏叔玉 （还不省悟）臣不敢夜郎自大，所续“十要”乃是集古今得失之教典，考历代兴亡之实证，以供万岁参详。

唐太宗 魏叔玉，你老子写成的“五要”朕“一要”也不要，你还滥竽充数，续什么“十要”，都拿回去吧。

魏叔玉 万岁！（欲辩）

唐太宗 （截白）拿回束之高阁，传之后人，朕不愿看。（掷书册在地上）

魏叔玉 （拾回书册，痛心地）万岁！先父忠心耿耿，为写“十要”焚膏继晷，病危不辍。即使是满纸荒唐，万岁也不应如此对待。

唐太宗 住口！（快中板）

不由五内怒火燃，

欺世盗名施巧骗，

忠心何在肝胆何存！（转滚花）

今日方晓伪忠良，

诡说虚词，两副嘴脸。

来人！

[御林军上。

唐太宗 把书缴下，烧了。

[御林军将叔玉手中书缴下，入场。

[合唱。

魏叔玉 顷刻风云变，心似万箭穿。（转爽二黄）

手中卷，被火焚，化作寒灰片片。

动我心，摇我志，

痛欲呼天，痛欲呼天。（转二流）

空有热血一腔，

嗟我经纶难展。

细看眼前人，他曾虚怀纳谏，

他曾若渴求贤。

他曾是一代明君，

今日却专横妄断。

怕什么君怒如虎，（转滚花）

就算刀横颈上，

也要讨回句公道之言。

万岁，忠臣而有假，是臣听所未听，闻所未闻。先父一片忠心，错在哪里，伏求明示。

唐太宗 好个小魏征，老魏征的胆略你全学到了。你看，这叠奏章是何人抄写？

魏叔玉 （接过一看）这是先父生前奏章，交微臣抄写，何假之有？

唐太宗 哼！“魏者”，“伪也”。汝父让你抄写奏章入史，是何用意？

魏叔玉 万岁不是说过：“以史为鉴，可知兴替”吗？父相是为史垂鉴，昭示后人呀！

唐太宗 好个以史为鉴昭示后人。老魏征数说了朕多少不是。他以忠言欺世，以直谏盗名，后世若论贞观之治，怕只有魏征，而没有寡人。

魏叔玉 万岁如天之德，如海之量，自是后世楷模，谁能贬损？

唐太宗 哼！今世不损后世损。可见汝父伏下长线，暗弄奸谋。（唱滚花）

为表朕大量宽宏，网开一面，

念在魏征已故，不再追究前愆。

你母子不能再住京都，且回相州安生去吧！（拂袖下）

魏叔玉 万岁……

[内场合唱：啊……啊……

[强烈音乐声中，魏叔玉手悬玉佩造型。

[切光。音乐不断。

[降下二幕。

[一束冷光投向手悬玉佩的衡山公主。

[香环一旁侍候。

[一声狂雷，震撼人心。

公　主 （新腔流水花）

乍响惊雷，神魂不定。

心头热血，顿化寒冰。（转新腔十字清）

为什么，信物璧还辞婚聘？

为什么，不辞而别出京城？

为什么，一旦拒婚违圣命？

莫非是，怪我衡山意不诚。

莫非是，他断尘缘修佛性。

莫非是，父王毁约负公卿。（转滚花）

我要面见父王，问明究竟。

香　环　公主呀！（滚花）

若将事情闹大，怕万岁翻面无情。

不若求皇后帮扶，劝万岁收回成命。

公　主　言之有理，就求母后替女儿作主吧。魏公子，夫郎！小魏征，我不会放过你。（唱滚花）

任你高飞远遁，我也要截你回京。

[公主与香环急下。

[切光。

第四场

[二幕升。长安郊外，夕阳残照。

魏叔玉　（内唱二黄首板）出京畿，策马行，心潮翻滚。

[叔玉打马上，车夫推着裴夫人上。

魏叔玉　（十字清中板）马蹄疾，踏黄土一路扬尘。

看眼前，红叶夕阳相映衬。

望长空，雁横相送我这失意之人，

遭君责贬作庶民，

懊恼难消心悲愤。

裴夫人　儿啊！（唱滚花）

仁者不以盛衰改节，

义者不以存亡易心。

应养晦韬光，再潜心学问。

魏叔玉　孩儿谨遵训示。眼下红日沉西，赶快登程吧。

[香环引公主坐鸾舆上，众快骑伴随。

[叔玉引马回避，终于给鸾舆挡住。

香　环　衡山公主驾到！

[叔玉下马，扶娘亲下车。

裴夫人　老身叩见公主。（下礼）

公　主　（急扶）夫人只把哀家当公主，不把哀家当媳妇么？

裴夫人　不敢不敢，公主体谅老身。

魏叔玉　公主呀，叔玉戴罪之身，失意之人，公主又何必耽阻行程呢！

香　环　公子何出此言，你可知公主惊闻皇上将你母子贬返相州，便追赶而来与公子相见。

公　主　公子此去相州，一别天涯，也不容哀家道别一声么？

魏叔玉　唉！心冷如灰，不达之情，还望公主恕谅。（向娘亲）娘亲，我们起行吧。

裴夫人　儿啊！公主情深，理当一会。

魏叔玉　娘亲，贵贱有别，又怎好赚人一掬眼泪呢。

香　环　公子！你太不近人情了。

公　主　多嘴！公子呀！（滚花）

非是红颜轻落泪，
忍看斜阳默默送离人。
天涯一别两渺茫，
也不容哀家一倾心悃。

裴夫人　公主！（唱滚花）

叔玉出言冲撞，且恕鲁莽之人。
有道无情面对邈若河山，
两下交心，魂梦也能亲近。
儿啊！千祈不可怠慢公主。

[公主扶着裴夫人，香环上前接扶下。众侍从同下。

公　主　魏公子，可知哀家心事？

魏叔玉　叔玉不存非分之想。

公　主　公子不存非分之想，哀家却固不贰之心。可知元宵观灯，哀家就把你这个射谜魁首种在心坎之上。

魏叔玉 种在心坎又如何？若执意相从，岂不是违抗你父王么！

公　主 父王是肉做的心，哀家是铁打的情，凭我精诚，可开金石。

魏叔玉 皇门难高攀，自愧不如人。我要我的《十要》，我要我的《十要》呀！

公　主 《十要》可算是公子的命根子了。

魏叔玉 （滚花）　男儿身许国，却是朝天路难行。

悲我《十要》化灰飞，

此痛此情谁怜悯！

公　主 （接唱）　且看《十要》在我手，

凤凰涅槃火中生。（出示一书）

魏叔玉 （大喜过望）我的命根，我的命根回来了！（欲取）

公　主 （气极）魏叔玉，想不到我一片痴情，竟抵不上数页薄纸。你拿去吧！（一掷）

魏叔玉 （拾起一看竟是一叠白纸，气极）公主你……你为何作恶骗人。（将白纸扔掉）

公　主 小魏征，你胸藏诗书万卷，还稀罕这小小一册？哀家要你腾出一点空白，以接纳我这个痴女之情。公子呀！（唱饿马摇铃）

不须忿恨，

不应气馁志消沉，

莫凭意气莫怨声阵阵，

时运终须向君行。

魏叔玉 （接唱）　哀我先父，

毕生辅政，屡建功勋，

是开国重臣，

竟遭圣驾视作残臣逆圣君。（转乙反南音）

万岁轻信谗言，偏听则暗。

专横妄断，说什么治国明君。

毁我文章，殿前遭责训。

一声敕令，贬作庶民。

公　主　（续唱饿马摇铃）

心中怨声专制父王，心太狠，

不许琴瑟共奏佳韵。

伤心添泪痕，

惜君爱君却慰安无计苦难陈。

魏叔玉　（乙反流水南音）

公主深情，殊铭感，

奈何叔玉，戴罪身。

公　主　（接唱）　我已面向娘娘来奏禀，

保你仕途得志，步青云。

魏叔玉　（续唱饿马摇铃）

宦海浮沉前路暗，

展翅难飞入层云。

痛鸳鸯棒底两下分，

叹惜我今是平民，

云泥有别怎可作皇亲。

公　主　（正线流水南音）

倩女离魂能通感，

情如金石永同心。

纵是落拓天涯无怨恨，

甘将凤冠抛下伴良人。

魏叔玉　（续唱饿马摇铃）

公主弃冠出阁忤逆于严亲，

君王必怒震，

降罪门庭把连理砍。

公　主　（接唱）　任钢刀利斧也劈不断爱根，

情未央。

魏叔玉　（接唱）　难合璧，忍心负情，你无须怨愤。

公　主　公子果真如此狠心么？

魏叔玉　公主金枝玉叶，要风得风，要雨得雨，哪怕天下没有如意郎君。

公　主　可知女儿心如瓮，装下去就倒不出了！

魏叔玉　情可移，志可改，公主就权当叔玉死了吧！

公　主　你……

魏叔玉　你就死了这条心吧！

公　主　（新腔流水）

他他他，何以拒绝痴情心闭紧。

他他他，岂是泥砖土块木头人。

情是命，命是情，（上板）

情痛，情伤，情不尽，

心随情逝，化作杜鹃魂。

（毅然抽出叔玉身上佩剑欲自刎）

魏叔玉　（夺回，感慨地）公主！你这是以死要挟了。

公　主　哀家以一死酬知己，你就成全我吧。（夺剑）

魏叔玉　（推开）公主何苦轻生呢！（唱反线中板）

公主情真，义薄秋云，

脱俗超凡，莲香可品。

似冰雪丛中，寒梅挺秀，

不同桃李，只春日缤纷。（转三字清）

难得相知心，

有情千里近。

安危不贰其志，

险易不革其心。（转十字头顿）

怎能慧剑断情根——

公　主　（直转妆台秋思）

恨君太心忍，

痛君断爱绝情分。

青春托付君，

玉佩晶莹未染纤尘。（呈玉佩）

魏叔玉（接唱）看锦佩，扣心自问，

何颜面对有心人。（续反线中板）

且恕一时，负气斗狠。

公　主（接唱）夕阳红叶见真心，

人世真情山可撼，

一诺已是魏家人。

魏叔玉（唱秋江别中段）

誓与公主，相爱相亲，

共结朱陈。

公　主（接唱）今已浮云吹散，应将好梦寻。

魏叔玉（接唱）愿效鸳鸯鸟，双双高唱入云。

公　主（接唱）结伴同心心相印，

魏叔玉（接唱）向苍天发誓，

公　主
魏叔玉（齐唱）共偕白发永不负誓盟。

[音乐声中，二人手拿玉佩向苍天盟誓。

[幕后合唱：

玉佩琢出相思心，

晶莹璀璨无纤尘。

心相爱，永不分，

愿为晨风鸟，

双飞翔北林。

[合唱声中香环扶裴夫人上，众侍从跟上。

[叔玉与公主同向裴夫人跪拜。

[叔玉与公主合璧造型。

[二幕徐徐降下。

第五场

［二幕前。香环上。

香　环　（白榄）公主她，喜洋洋，
佳偶天成美愿偿。
凤冠霞帔妆奁备，
珠联璧合靠娘娘。（转唱担梯望月）
一对小夫妻堪敬仰，
相爱相亲，他日共酬唱。
任凭雪压霜欺心不贰向，
似同林鸟双双天际翱翔。（直转石榴花尾段）
公主她，欣幸得娘娘作主张，
施锦囊妙计，把花烛点亮。
命香环我走一趟，
请国舅到府中共磋商。（欲进府门）

门　官　（迎前）呔！谁个大胆，竟敢乱闯国舅府门。

香　环　我是公主贴身侍婢香环，有要事求见。

门　官　长孙大人吩咐，不论任何人等一律不见。

香　环　（出示手谕）娘娘手谕在此谁敢拦阻！

门　官　（惊愕）奴才不知娘娘手谕到府，死罪，死罪！

香　环　还不快与我通传。

门　官　遵命。有请长孙大人。

长孙无忌　（上，诗白）王业须良辅，建功俟英雄。

香　环　奴婢参见长孙大人。

长孙无忌　香环，你不好好侍候公主，到来何干？

香　环　公主命奴婢送来娘娘手谕。（呈上）

长孙无忌　（看状）你先回去，老夫随后就到。

香　环　奴婢告退。

长孙无忌　正是痴男怨女真忘命，万水千山总是情！（滚花）

皇后宠爱女儿，寄厚望，

理应相助帮个忙。

[切光。升二幕。

[唐宫后殿。唐太宗与皇后、群臣坐殿上。

[殿前在排演《秦王破阵乐》的舞蹈。

众武士　（破阵乐曲）

受律辞元首，

将相讨叛臣，

啊——咸歌破阵乐，

共享太平春，

受圣开昌历，

臣忠献大猷。

啊——君看偃草后，

便是太平秋，

四海皇风被，

千年德水清，

我衣更不著，

今日功告成。（舞毕）

唐太宗　众卿家，此舞如何？

李　越　发扬蹈厉，石破天惊。

蒋　甲　征伐明道，七德之舞。

唐太宗　哈哈哈，看来朕引商刻羽，不亚师旷。

众　臣　万岁文韬武略，天纵奇才。

唐太宗　此舞尚有不足，待朕再加修改，俟东征高丽凯旋之日，以助庆功之乐。

[长孙无忌内呼：“万岁！”气喘喘急上。

长孙无忌　参见万岁。

唐太宗 老国舅气喘吁吁，有何大事？

长孙无忌 老臣无能，实在无法调教衡山公主。

皇　后 她又怎样了？

长孙无忌 公主与小魏征他……

（课子）渭水旁，爱浪翻，

海誓山盟天地间。

公主她，甘弃凤冠随夫去，

不怕山长水远路漫漫。

不是老臣跟得紧，

早已飞越小巫山。

唐太宗 这还了得。

皇　后 万岁，事到如今只有顺水推舟了。

长孙无忌 娘娘言之有理。

唐太宗 真是刁蛮女儿。

皇　后 万岁！（滚花）

女儿是掌上明珠，

只怪哀家将她宠惯。

她性情倔强，性刁蛮。

今日米已成炊，且顺女儿将婚事办。

唐太宗 哼！真是能管天下事，难管痴心女儿。

皇　后 万岁，哀家有一计，可教万岁进退从容。

唐太宗 梓童有何良策？

皇　后 今有西夷进贡九曲明珠一双，天下无人能以丝线穿并，小魏征如能把明珠双串，便可将婚事成全。

长孙无忌 万岁，明珠双串乃天下第一难题，藉此可试小魏征才智，他若能把明珠双串，老臣即力作红媒。

皇　后 万岁意下如何？

唐太宗 （思索）好！来人，把九曲明珠送到小魏征手上，限时三刻完圣谕，明珠双串缴旨还。

[太监遵旨下。

唐太宗 小魏征呀！小魏征！（滚花）

看你有何妙法，解这天下第一难。

魏叔玉 （内唱首板一句）

双串明珠光灿灿。（上，转十字清）

显才智，能解天下第一难，

谢娘娘，巧妙运筹将计赚。

一瞬间，三刻未过缴旨还，

奉上御前，（半句。转滚花）

请君王一览。

万岁，微臣已将明珠双串，请龙目一观。（呈献）

唐太宗 （惊讶）此天下难题，叔玉应手而解，堪称奇才。

众大臣 奇才，奇才！

魏叔玉 这有何难，微臣只不过借蚂蚁之力，便可解天下之难。万岁呀！博取众长方奇伟，有时蚂蚁胜过人呀！

皇　后 万岁！（爽二黄）

小魏征惊人才智，本领非凡。

如此俊逸良才，

可为朝廷挑重担。（转爽七字清）

他英年博学寸心丹，

堪赞女儿独具慧眼，

珠联璧合笑开颜。（转滚花）

了却女儿痴心，免她朝思暮盼。

唐太宗 魏叔玉，朕就招你为东床驸马，即赐黄金白璧，待朕东征奏凯，择吉完婚。

[叔玉沉思呆立。

长孙无忌 （着急）叔玉，还不叩头谢恩。

魏叔玉 谢万岁隆恩。

尉迟恭 （上）启禀万岁，东征粮草已备，何日御驾亲征，请旨定夺。

唐太宗 剑南艨艟战船可曾完工？

尉迟恭 业已完工。

唐太宗 即命袁天师占课吉日，拔队出征。

尉迟恭 遵旨。

魏叔玉 万岁，东征之举，万万不可呀！

唐太宗 朕要宾服四夷，扬威域外，有何不可？

魏叔玉 战有义与不义之评鉴，兵有胜与不胜之权衡。东征之举，不义不胜，万岁怎可作不智之人。

唐太宗 你……你又学老魏征那样来对付朕不成？

长孙无忌 你……你怎么不知进退！

魏叔玉 大人，叔玉是以国事为重呀，望万岁鉴我忠诚。

长孙无忌 你……

唐太宗 老国舅，你且让他奏来，朕不信就服不了他。

魏叔玉 万岁容奏。（反线芙蓉中板）

贞观之治，功盖人寰。

偃武修文，河清海晏。

四夷宾服，春满人间。（转七字清）

若动干戈烽烟弥漫，

东征高丽于义不谙。

水远山长强进犯，

民生国力两摧残。（转滚花）

何忍白骨无人收，

城下招魂悲声惨。

唐太宗 胡说。（霸腔滚花）

朕称天可汗，仗剑开疆锷未残。

宣威方见帝皇才，

看朕扫穴犁庭，班师返。

魏叔玉 四夷尊万岁为天可汗，是服圣上之德呢，还是服圣上的武功？

唐太宗 这……

魏叔玉 当年文成公主下嫁松赞干布，松赞可汗当天发誓，吐蕃世代臣服大唐，这是刀兵之力，还是德化之功？

唐太宗 这……

魏叔玉 万岁此番为跨海东征，大造艨艟，广召兵丁，可知民服徭役，耕地丢荒，君不闻怨声沸起么？

唐太宗 这……

魏叔玉 高丽城池坚固，有险可守，丸泥封关，万夫莫破，万岁可曾查察其详？

唐太宗 魏叔玉，朕以百万雄师，征弹丸之国，克日可奏奇功。金殿之上，你敢信口雌黄。

魏叔玉 万岁！（口鼓）臣非信口雌黄，故使人心涣散。为国曾寻隐士，把天下大势详参。郑元寿曾征高丽，已将地形查探。亲绘地图示关隘，雄关天险破敌难。（呈图）

[唐太宗接过一看。

唐太宗 （血泪花中段）山径盘桓，百丈崖，一览在眼，

隘口封关，峭壁怎攀，

势难越过悬崖险涧，

堪称铁桶江山。（相思状）

魏叔玉 （口鼓）万岁！可派使臣息战患，圣上德威服夷蛮，望万岁不恶直言纳臣忠谏。若兴师东进，定必铩羽而还。

唐太宗 胡说！高丽虽有天险可恃，难敌我神勇之师。朕亲统三军，何难克敌。

尉迟恭 皇上圣明，东征必胜！

唐太宗 东征必胜。

众大臣 皇上圣明，东征必胜！东征必胜……

唐太宗 哈哈……魏叔玉你少不更事，不要妄加奏议。你就看朕穿一袭战袍，征服高丽，回朝再换。

魏叔玉 万岁，臣不忍穷庶民之力，动取败之师。

唐太宗 可恼！（快中板）

强词夺理太冥顽，

四次三番来强谏，

孤王成命不能翻。（转滚花）

朕要你知错服输，

叫你做随军参赞。

把朕的赫赫战功记下，

且看朕雄师东进，奏凯还。

[切光。降二幕。

[一束冷光打着叔玉。

魏叔玉 （唱锦城春）

心潮，翻腾。

何事君心一旦成混沌，

书策万言一怒化微尘，

诤谏几回惹万岁雷霆大震，

参军偏委我做秉笔人。

此番出师不义徒然种祸根，

胜败总非朝野之幸。

我倾肝胆，抒忠荩，天昏黯，坚不信任。

（慢唱） 哎！忍看国祚将逐步向消沉？！

（浪里白）我该退该进？何去何从？（接反线二黄板面）

是退还是进，真个费思寻，

想古来贤哲士，多少斥逐作流人志难行，

贾生遭毁永不用，屈子忧国痛沦沉，

能不教人扼腕恨！（转反线二黄）

我本待退隐归耕，我本待乐道安贫，

遁迹山间国事不闻不问，

却何以对严亲，何以酬烈士，

有道是神龟虽寿，空度那岁月光阴。

我虽非系出天潢，

一任泰山崩颓试问于心何忍。（转乙反弹词）

何忍边庭战火乱纷纷，

何忍荒芜大地废耕耘，

何忍无儿无食供输尽，（接乙反二黄）

几家涕泪共沾巾。（接昭君怨中段）

公主呀！休抱憾，别怨夫君。

此番远征未许共良辰，

望鉴我苦况须听委任。

我怀内常系这玉佩，

激励着志向尽扫乌云。

明日要扬尘万里，（转正线爽二黄）

行军出宫禁。（拉腔，转二流）

我这行军主簿，

重责在于身。

将战史入册成文，

誓效史鱼秉直存忠耿。（起高句）

千秋功罪由人说，

以史为鉴证言行。

[一束光，叔玉造型。二幕升。公主伫立。

公　主　（愤恨而平静）公子你要随军出征了？

魏叔玉　行军主簿。

公　主　（爆发地）我恨你，恨你呀！（咬叔玉一口）

魏叔玉　公主你疯了不成么？

公　主　（新腔流水）

不是疯，而是恨，

恨你恨你太逞能，

咬个伤疤留个印，
叫你长怀抱恨人。

魏叔玉 公主啊！（新曲）
唯忠君，唯爱民，
安危得失若烟云，
男儿报国，一死何足憾，
公主呀！何苦记印责难伤我心。

公　主 （接唱）我的情，我的心，
几回泪湿鸳鸯枕，
且喜得时又失去，
为君愁落泪，
恨别语揪心。
你要奏，你要谏，
你要学你老子出风头，
你……你不是毁了我终身么！

魏叔玉 公主……

公　主 （截白）你刚愎自用，你不识时务，难道你不知道天子的意志是谁也阻拦不了么？

魏叔玉 皇上是明君，是从谏如流的明君，是开贞观盛世的明君呀！

公　主 此一时，彼一时，满朝文武都懂得看风转舵，你为何食古不化？

魏叔玉 人各有志，所取不同，随波逐流，吾耻其向。

公　主 你只懂事君、谏君，完全不懂一个女人的心。

魏叔玉 叔玉随军东征，不日自可回还，与公主同温衾枕。

公　主 （狂笑）哈哈……（爽十字清）
说什么东征归来同衾枕，
君一去，芳心难慰恨征人。（转三字清）
笑书生，愚鲁甚，
不知身上，祸降临。

（伴合唱）

别鹄离鸾同厄运。

（接唱）我要打醒你这个愚昧之人。

[公主拳如雨点，打在叔玉身上。

[切光。急转景。

第六场

[高丽境，山峦起伏。

[延寿惠真率兵上。

延寿惠真 （英雄白）

两国交兵金鼓响，

负险奋战，以弱御强。

（锣鼓白）可恨大唐犯境，连破两城，今退守北山，凭这雄关天险，抵御强敌。众将官！

众将官 有！

延寿惠真 准备强弓硬弩，四面埋伏。（率兵下）

唐太宗 （内唱首板）

御驾亲征兵马壮。（亲领雄师上）

（快中板）

战旗猎猎阵堂堂。

拔寨搴旗破关斩将，

长驱直进越战越强。（转滚花）

行军主簿小卿家，

战功曾否详记上。

魏叔玉 记上。（念）大唐雄师，兵渡辽海，连破两城。

唐太宗 哈哈哈，记得好。（滚花）

一鼓作气追穷寇，

看谁敢冒犯天威，叛大唐。

[突然一声鼓响，喊杀连天，唐军中了埋伏。

[双方展开一场激战。

[唐兵以群盾挡住雨点般的箭。造型。

[切光。暗转。

[唐军营地。远处高山险峻。

[夜，浮云盖月。

[一群士兵有的在包扎箭伤，有的在议论交谈。

张　涛 哼！打仗打仗，这仗该打到什么时候？

陈　明 怎么，你想家了？

张　涛 谁不想家。我父母年老体衰，家中无人照料，你说，能不挂心。

赵　海 挂心又有什么用，倒不如挂挂自己吧！

李元盛 怕死鬼。

陈　明 （指着李的箭伤）这回算你命大，下次你还有这样好运么？

李元盛 出师之日，有死而已。

张　涛 为保国土而死，虽死犹荣。可现在……

[唐太宗上，驻足旁听。

[叔玉从另一方向上。

李元盛 现在怎么样？

张　涛 现在是我们去打别人。这样死，值得么？

李元盛 什么值不值得，谁叫我们是当兵的！

赵　海 当兵就要打仗。不过，这仗真难打。

张　涛 不是难打，而是不该打！

众　人 怎么，不该打？

张　涛 当然不该打。你看，万里东征，劳师动众。纵使打胜，大唐国力一空。

赵　海 看来此仗真是不该打。

李元盛 废话。御驾亲征，不该打也得打！

陈　明 唉！真是久战人将老，长征马不肥呀！

[众士兵下。

[唐太宗看着士兵的背影。

[叔玉站在高处看着唐太宗的背影。

唐太宗 （有感地）久战人将老，长征马不肥。（唱寒关月）

云暗月沉心惆怅，

东征未捷，连连败仗，

挫折雄风愧称强。（过门）

大营军校怨声长，

驿路不通军缺粮，

秋尽寒来，万里冰封怎打仗！

魏叔玉 （长句二黄）

营前将士念家乡，

战志消沉轻奖赏，

说什么东征必胜，

天骄自诩震疆场。

唐太宗 （接唱） 今日马瘦人疲，

鼓革难敲号不响。（落句）

魏叔玉 （接唱） 东征如何取胜，真是噩梦一场。

唐太宗 （唱郁金香）

无法破关，不禁彷徨，

如有魏相规谏在朝堂，

今朝那会，让朕作狂妄主张。（过门）

（浪里白）小魏征呀小魏征！

魏叔玉 （接唱） 曾忠谏直言肝胆壮。

（唱饿马摇铃）

你拒不纳谏，

今未破敌阵，徒自恨难量。（一句收）

唐太宗　（发觉）叔玉，你也在此。

魏叔玉　紧随皇上，以记战功。

唐太宗　快了快了，待粮草一到，朕就下令大举进攻。

［一阵寒风袭来，叔玉解下身上斗篷，为唐太宗披上。

唐太宗　（敏感地）叔玉，这是什么意思？

魏叔玉　万岁！（欲往下说被打断）

唐太宗　难道要朕更换战袍么？（将斗篷抛回给叔玉）

魏叔玉　夜深天寒，臣只请万岁保重。

唐太宗　哈哈，不冷，不冷，谁说朕冷，这一袭战袍，待朕班师回朝然后更换。

魏叔玉　所记战况，待臣向万岁奏闻。

唐太宗　不用了，而今兵员短缺，你这行军主簿就上阵交锋吧。

魏叔玉　臣早就想到了，万岁请看！（舞剑，唱太阿剑歌）

男儿血热，
“太阿”光寒，
舞得尘烟滚滚，
云雾腾扬。
书生可笑，
今投笔，理戎装，
愧无班超才智，
愿效祖逖击楫渡江，
不敢垂天翼，
但与凡鸟翔。

［一声炮响，火光冲天。

［尉迟恭急上。

尉迟恭　万岁，敌军劫营来了！

唐太宗　各营守备如何？

尉迟恭　前营已乱。

唐太宗　皇兄速去前营督战。

尉迟恭 万岁安危，谁人保驾？

唐太宗 前营失守，大营难保，朕自有决断。

尉迟恭 万岁驾前不可无人。

唐太宗 有魏叔玉。

尉迟恭 随军参赞，保驾不来！

唐太宗 朕有知人之明，元帅督战去吧！

尉迟恭 遵旨。（疑虑地下）

唐太宗 魏叔玉。

魏叔玉 臣在。

唐太宗 哈哈……临危保驾，非你所能，朕悔不听你的阻谏，实不忍令你受累，趁敌军未到，你赶快逃生。

魏叔玉 万岁！（快中板）

御前保驾心犹壮，
何惧嚣张恶虎狼。
休笑儒生难仰仗，
甘洒热血保君王。（转滚花）
临危不贪生，忠荩铭心上。
书生一振匹夫勇，鬼泣神惊军气扬。

唐太宗 叔玉，赶快逃生，不要枉丧性命。朕百战沙场，何惧顽敌披猖。也罢！朕倘有不测，你再回来寻找朕的尸首。

［杀声四起，短兵相接，终打退敌兵。

唐太宗 叔玉无伤？

魏叔玉 万岁无恙？

唐太宗 叔玉果然神勇。

魏叔玉 全仗万岁天威。

［说话间，一高丽小将爬起执剑向唐太宗猛刺。叔玉一把拉开唐太宗，竟被高丽小将刺中腹部。唐太宗拔剑将高丽小将杀死。

唐太宗 叔玉，叔——玉！（扑向叔玉）

［尉迟恭率众兵上。

尉迟恭 臣等保驾来迟，罪该万死。

唐太宗 驸马他……

魏叔玉 臣能保护万岁，也算恪尽微诚。

唐太宗 卿家保驾有功，朕当重重封赏。

魏叔玉 谢万岁。臣不求封赏，但愿为臣了结一桩心愿。

唐太宗 爱卿尽管说来。

魏叔玉 （从怀中取出一卷书）这……《治国十要》，请万岁体念忠诚，虚怀一读。

唐太宗 朕悔当初不曾一读。朕需要老魏征，也需要小魏征，大唐世世代代的君主都需要魏征！

魏叔玉 万岁，容臣再进一言。

唐太宗 你讲，你都讲。

魏叔玉 万岁心中能容纳魏征，这世上就有魏征；万岁心中不能容纳魏征，这世上就没有魏征；大唐世世代代的君主需要魏征，就要大唐世世代代的君主心中能容纳魏征。

[幕后起悲壮合唱。无词歌：啊……啊……

尉迟恭 （浪里白）小魏征，好驸马，俺老黑对不起你父子呀！

[徐徐降下二幕。

第七场

[二幕前。大臣蒋甲、李越上。

蒋　甲 死了老魏征，你我当孝子。

李　越 死了小魏征，你我当幌子。

蒋　甲 呵呵……

李　越 嘘嘘……

蒋　甲 一边挂喜幔子。

李　越 一边挂吊帐子。

蒋　甲　红白齐办真是新点子。

李　越　快快布置不要出乱子。

[二幕启。白帐、灵堂。

[仪仗队上，一边捧着祭奠品，一边捧着风烛。

[众臣伴唐太宗上。

唐太宗　（诗白）　痛折忠良心悲怆，

寡人之过朕承当，

凌烟阁外英魂壮，

永垂青史，万古流芳。

奏乐行礼。宣衡山公主与驸马拜堂！

[衡山公主素装、轻裟上，拿起灵牌。

公　主　（新曲）　是喜堂，是灵堂，

红烛泪光映白帐。

抚灵牌，痛灵牌，

痴情一梦枕青霜。（过门，放下灵牌，取出玉佩）

玉佩本晶莹，

眼前失漂亮。

爱恋终成恨，

人鬼隔阴阳。

君去也，

哀家不叫，不唤，不声响。

奴去也，

君亦不闻，不问，不声张。

温柔妒忠烈，

两情相悖向。

女儿不认空头账，

父皇休作死后文章。

还你个《治国十要》，

行我个悖世轻狂。（掼出《治国十要》飘然而下）

长孙无忌　（小心捡起《治国十要》）皇上，公主她为尼去了！

唐太宗　是朕之过，由她去吧。

长孙无忌　这《治国十要》？

唐太宗　魏征父了忠言谠论，这《治国十要》乃大唐固本兴邦之道，群臣务必研读。

众　臣　遵旨。

[哀乐声中，祭礼开始，红帐升起。

画外音　“万岁心中能容纳魏征，这世上就有魏征；万岁心中不能容纳魏征，这世上就没有魏征；大唐世世代代的君主需要魏征，就要大唐世世代代的君主心中能容纳魏征。”

[幕后合唱：

奠酒泪盈眶，忠魂归大唐，

业绩垂青史，万古永流芳。

[宫娥搀扶裴夫人上。唐太宗奉酒给裴夫人，同祭奠。

[合唱声中白纱升起，台中高处站着魏叔玉幻象。

[君臣同奠酒，造型。

[剧终。

（剧本版本：《南粤剧作》1995年第3期）

·粤剧卷·

情系中英街

编剧：曾文炳　萧柱荣　刘　强　罗锐曾

人　物　表

邓秀梅

吴海生

刘梦沙

何进贤

海阿婆

吴贞贞

何春来

发　记

阿福婶

德国公司代表

日本公司代表

阿拉伯公司代表

中、英两方群众若干

中方边防军若干

英方警察若干

民兵若干

序

[20 世纪 60 年代。

[中英街。

［在深沉、压抑的音乐声中，幕启。

［街两边的探照灯光都在不停地移动，给沉寂的黑夜增添了浓重的恐怖感。

［中方的边防军和英方的警察分别从两边上场，巡逻。

［一束光照在界碑石上。

［幕后曲：

一条小街作边界，

八块碑石分隔开。

历史屈辱今犹在，

悲欢离合从中来。

［吴海生伏在大树底下气不敢喘地等待着从英界过来的邓秀梅。

［英方的探照灯不停地扫射。秀梅从英界急匆匆地跑上。

海　生　（轻声呼唤）秀梅，秀梅！

秀　梅　海生！（与海生亲热地拥抱）快回家去吧，妈等着我们拜堂呢。

海　生　对！（一想）妈给你那半块红绣帕呢？

秀　梅　你看……（发现不见）糟了！红绣帕不见了！我明明是带在身上的。（片刻）咦！会不会丢在那边？

海　生　我过去找！（欲走）

秀　梅　不行！

海　生　不管怎样，我也得将红绣帕找回！秀梅，别看只有半块，它却是我吴家的传家宝。阿妈说你盖上它，才算是我吴家的媳妇。你等着，我过去找。（就地一滚过了英界）

秀　梅　（提心地）海生，小心呀！

［紧张音乐声中，警犬吠，英警巡逻搜索过场。

［秀梅隐蔽在大榕树下。

［突然犬吠声响。海生被英警擒住，托起，下。

秀　梅　（大惊，紧张地扑向界碑）海生——

［英方探照灯光扫过来。秀梅伏在碑下隐蔽，在探照灯的余光中发现了绣帕。

秀　梅　（拾起绣帕，悔恨交加）海生！

[幕后曲：

一条小街作边界，

骨肉咫尺隔天涯。

绣帕、界碑沾血泪，

风云变幻中英街。

[幕后曲中，一束光聚在秀梅身上。秀梅踉跄了几步，跌撞在界碑上，昏了过去……

[灯暗。

第一场

[前场20年后。

[20世纪80年代，《中英关于香港问题的联合声明》发表之后。

[中英街。灯亮。高楼耸立，吊塔入云，一派改革开放的建设景象；大榕树下，张灯结彩，如临庆典；街两边的商店向远处伸展，货物琳琅满目；界碑依然存在。

[中、英界双方居民各自上，互相问候，气氛融洽。游客摩肩接踵。小贩争先恐后地忙着叫卖。

众小贩 （唱戏水鸳鸯）

牛仔裤，廉价卖，

款式好靓皮鞋！

少奶，快来买“鹰唛奶”，

小乖乖饮过包肥晒（保证都胖）；

“蒙特娇”“金利来”，

机恤够靓，西装够正，新潮派！

[英方小贩发记推水果车上，欲过中界，遇英警摇手不让。发记打手势请求。英警笑笑，耸耸肩，让他过界。

发　记　阿福婶，Good morning！

阿福婶　早晨！发记呀！你早就发了，还这么搏？

发　记　说“发”就比不上你们啦。你们中界改革开放才几年，就家家盖起洋楼了！

阿福婶　改革开放，大家都发！《中英联合声明》发表了，97年香港回归，我们都发啦！

发　记　我们英界的乡亲就盼着这一天呀！

阿福婶　快啦！快啦！哈哈哈！（欲推车下）

发　记　趁差佬不在，过英界去开档吧！

阿福婶　好！（推车过英界，下）

［发记推车吆喝走开，推着车下。

［何进贤与刘梦沙上。

梦　沙　（唱石榴花）

中英街一派好风光，
商品色样齐全，
展销边界两旁，
满目琳琅。
虽说是个小地方，
但却是个大商场。

（转唱十字清中板）

商场上竞争激烈似战场，
我公司巨额投资有力量，
下决心抢先开拓中国市场。

进　贤　刘小姐，只要你有诚意，我们的谈判是一定会成功的。

梦　沙　但愿如此。不过，你们那位邓秀梅总经理却不是很好说话的啊！

进　贤　（一笑，避开这话题）哎！你等的人还没到，我先带你去村委会，商量一下安葬你爷爷骨灰的事。好吗？

梦　沙　好！何董事长，太麻烦你了！

［二人下。

[侨办干部引部分外国公司投资代表上。他们各操母语，边赞叹边过场。

[吴贞贞自英界跑上。

贞　贞　爹地，快来呀！快过来这边看看！（四处拍照，至界碑旁，好奇地看着碑石）

[吴海生内唱二黄首板：

越重洋，返故乡，
心不想往，人却要往。

海　生　（上，唱恋弹二流）

不堪回首往日风寒！
一别家乡二十年，
碑在人亡心怅惘。
哀秀梅，悲慈母，
惊叹故里沧桑！
岳父嘱托再三，
要了却他爹临终愿望；
更因公司倚重，
投标责任要我担当。

贞　贞　爹地，你怎么不走呀？

海　生　（指界碑）这是中英边界，不能越过的。

贞　贞　我刚才走过去，都没事呀！

海　生　（一惊）哦……

贞　贞　（未觉察父心情）爹地，你看，他们在干什么？

海　生　（抬起头）哦，那是在舞麒麟。

贞　贞　真好看，爹地你会不会舞？

海　生　（回忆）你爹地年轻的时候还是舞麒麟高手哩！

贞　贞　那你过去舞一下看看。

海　生　贞贞，你别闹。

贞　贞　舞一下嘛，爹地，你舞嘛！去吧，去吧！

[贞贞头抵着父亲背，硬推着过界，下。

［锣鼓声愈加欢腾。邓秀梅自中界上，纵观盛景，感慨万千。

秀　梅　（唱慢板）深圳特区改革开放，

中英街上热气腾腾，

秀梅我身膺重任，

与亲人共建家乡。

梧桐山下飞彩凤，

大鹏湾上弄潮儿，

为建设中英街，

共把宏图构想。

（转唱十字清中板）

董事会筹划兴建科技走廊，

众公司纷至沓来提交投标方案。

市侨办热情牵线引来美国巨商。

（转唱七字清中板）

可惜洽谈未达理想，

对方恃实力雄厚趾高气扬。

她条件苛刻我难于退让，

特区人有理有节举措如常。

［何进贤与刘梦沙复上。

进　贤　秀梅，欢迎仪式准备好了吗？

秀　梅　准备好了。

梦　沙　哦，邓总经理也亲自张罗啦？

秀　梅　是呀，欣闻贵公司增派谈判代表，我当尽地主之谊。

梦　沙　（笑）恐怕还有一种希望吧？

秀　梅　（笑）不排除这种可能。

梦　沙　为什么？

秀　梅　中英街具备地理、人文、世界知名度这三方面的有利条件。凡是有眼光的大公司，都不会放过这绝好的投资机会。

梦　沙　佩服！你说得有理。不过，招标、投资，附加条件我是绝不退让的！

秀　梅　（笑）我很欣赏你这种性格。但你要知道来投标的公司有好几家，你有把握不会输吗？

梦　沙　（笑）我深信——不会输！

［锣鼓声渐近。

梦　沙　那是什么？

进　贤　小青年们安排的欢迎仪式——舞麒麟。

［梦沙无心观看，焦急地走过界碑，等候公司派来的人。

［何春来率众自中界上。

春　来　（对秀梅）秀梅阿姨，麒麟、锣鼓一切齐备，只差一个领舞人。

秀　梅　领舞人？要不要我出头去请？

春　来　你出头请，一定成！

秀　梅　快说，请谁？

众　人　（齐指秀梅）邓秀梅！

进　贤　你们这班小鬼，开玩笑开到秀梅阿姨头上来了。

春　来　不不！这领舞人非秀梅阿姨莫属。

秀　梅　我——老了！

众　人　阿姨不老！

秀　梅　不老？好！舞就舞！

［众舞麒麟上，秀梅接过一个麒麟头与另一个麒麟对舞。

［贞贞上，高兴地扑向梦沙。

贞　贞　妈咪！

梦　沙　（出乎意料）贞贞，你怎么回来了？

贞　贞　我是跟爹地来的。

梦　沙　你爹地呢？

贞　贞　我不告诉你。

［海生舞的麒麟自英界上，与秀梅的麒麟对舞，相撞。二人取下麒麟头互道“对不起”！继续舞着，蓦然，意识到对方是思念已久的人。

[秀梅、海生取下麒麟头 —— 二人对看，呆了。

海　生　（仿如梦境）秀梅 ——？

秀　梅　（惊喜）海生 ——？

海　生　（控制不住）秀梅！（欲上前拥抱）

贞　贞　爹地，你的麒麟舞得真好！妈咪都说你舞得好呀！妈咪，是吗？

[梦沙抢上前抱住海生。

[海生顿时像木头一样。

[幕后曲：

默默含情两相向，
欲语无言口难张。

[合唱声中，梦沙捉住海生的手，觉海生手冷如冰。

[定格。

梦　沙　海生，这是怎么回事？

海　生　唉！

秀　梅　（喃喃地）这不是真的！（爆发地）这不是真的！

[切光。

第二场

[前场当晚。海阿婆家堂屋。

[灯亮。海阿婆独坐，抚箫。

海阿婆　（唱丹凤眼）

夜阑独悲怆，
忆子鬓添霜。
海生他，一别二十年长，
今在何方？
长盼他吹箫欢庆花烛洞房。

盼瞎双眼盼断肠！

[海生心情复杂地上。

海　生　（唱新曲）月初上，照东墙，

过了小街转窄巷。

欲见亲娘，怕见亲娘。

见了亲娘怎将话讲？

难跨门槛意彷徨。

海阿婆　（抚箫呼叫）海生！

海　生　（闻声，惊喜，激动地）妈！

海阿婆　妈？你是谁？

海　生　（扑进门）妈——！是我！我是海生啊！

海阿婆　海生？（一顿，复又摇头）

海　生　我就是离家二十年的海生呀！

海阿婆　这这这，这不是做梦吧？

海　生　不是做梦，我从美国回来了！

海阿婆　（颤抖，激动地）海——生——！

海　生　（跪步向前）阿——妈——！

[海阿婆扑向海生，由于看不见，扑了个空。海生扶住母亲，发现母亲眼睛瞎了，大惊。

海　生　妈！你的眼睛？

海阿婆　我的眼睛？儿呀！（唱叹板）

儿孩你一去无音讯！

娘我日啼夜哭，

哭成了盲眼人。

秀梅她，

与我相依为命二十年，

朝朝夕夕将儿等。

你当初既是能逃命，

因何一去没回音？

海　生　妈妈呀！（唱古老腔十字清中板）

那夜晚，闯过英界将绣帕寻揾，

又谁知，被英警的狼狗咬昏。

遇好人，赶走狼狗搭救我免遭不幸。

听广播，说道秀梅与你已自尽丧生。

我海生，断了归心亲情莫问，

苦挣扎，勤读书攻科研图强发奋历艰辛。

（转唱七字清中板）

如今学业有成心振奋，

身作公司技术负责人。

今日归来肩重任，

更喜重逢骨肉会娘亲。

（转唱滚花）

岂料娘亲眼瞎见不到孩儿，

心里平添千般恨！

海阿婆　（接唱）　眼瞎虽是千般苦，

幸有秀梅照料胜亲生。

海生，快快把秀梅找回来。（拉海生不动，误解）哦，你累了？也好，先坐下。（递箫）海生，快坐，把箫吹起来，你一吹，秀梅听到就一定回来。当年你们隔街谈恋爱，就是吹箫约会的。哎，吹呀！

海　生　（接过箫）吹？………吹什么？

海阿婆　吹什么？这还用问妈，当然是吹秀梅最爱听的。

[海生吹箫，箫声幽怨。

[何春来带刘梦沙提礼物上。

春　来　刘小姐，这里就是了！（下）

梦　沙　（进门）海生！

海阿婆　海生，你听，秀梅回来了！

梦　沙　（入门，亲热地）妈！

海阿婆　（高兴地）哎！（连连招手）来来来！（指海生）这下好了，皇天不负有心人呀！你们终于可以举行婚礼了！

梦　沙　举行婚礼？（笑）妈，我们女儿都那么大了，还举行什么婚礼？

海阿婆　（发现不对头）你…… 你是谁？

梦　沙　我是你儿子在美国结婚的妻子，刘梦沙！

［海阿婆愣住。梦沙对海生作手势询问。海生表示尚未来得及对母亲说明。梦沙瞪他一眼。

海阿婆　（沉默半晌，转对海生）海生，这是真的？

海　生　妈，我——

海阿婆　（打断海生的话）不用说啦！（唱新腔二流）

本以为花好月圆，
瞬息心头泼冷水。
海生原来已娶妇，
一场欢喜一场悲。

海　生　（旁唱）　心似乱麻一大堆，
眼泪难作忘情水。

梦　沙　（自语）邓秀梅呀邓秀梅！招标谈判未赢你，家中又来比高低。

［正在此时，邓秀梅一脚踏进门内与梦沙相遇。

秀　梅　妈！

［众沉默。

秀　梅　（镇静如常）你们…… 都来啦！

梦　沙　来啦！（不容秀梅反应）既然来了，我们就要把话讲清楚。妈！（唱南音）

我把事情根底，
一一告诉你知。
当初海生遇难生命垂危，
我父救他逃一死，
还助他求学创事业根基。

他与我同学多年成爱侣，

两人结合对得住天地神祇。

（转唱二黄）

今日虽因公务归来，

也希望一家团聚。

妈，这些礼物是孝敬你老人家的！

[海阿婆没有反应，梦沙示意海生送。

海　生　（取过礼物）妈，你收下吧！

海阿婆　（不理）……

[海生无奈，看看秀梅。

秀　梅　（欲上前劝说海阿婆）妈！——

梦　沙　（立即阻拦）慢！（话中有话）这是我们的家事，不劳你费心！（对海生）海生！（再示意他把礼物送妈）

海　生　妈，你就收下吧！

海阿婆　（猛然站起）海生你——你你你！（唱霸腔快慢板）

你你你，真薄幸，

枉是我吴家之儿。

累秀梅，年复年，

痴心等你。

却原来，你在外国，

早有妻儿。

到如今，苦秀梅，

成了单身老女。

秀　梅　（强忍着眼泪）妈，你不要说啦！

海阿婆　我定要说！（唱七字清中板）

当年盲眼为思儿，

今日伤心也因你。

你酿成多少苦和悲？（转滚花）

怒气难消，定要狠狠教训你！（举杖追打海生）

梦 沙 哎，No！ No！

秀 梅 妈，别这样。

[秀梅、梦沙强拦海阿婆打儿。

海 生 （跪地，高叫）不要拦！让妈打我吧！

海阿婆 （举杖上前）你——！（反打不下去）

秀 梅 （上前）妈！（轻轻拿过竹杖）

海阿婆 （颓然坐下，挥手）你们都给我走，走！

秀 梅 妈……

海 生 妈……

梦 沙 （上前扶起海生）我们走！——走呀！（看秀梅一眼，拉海生下）

秀 梅 海生……

[秀梅强忍泪水地扶着门。

[海生内场呼喊："妈！妈！"声音越去越远。

秀 梅 （掏出红绣帕，转过身来向着海阿婆）阿……妈，这红绣帕——（把绣帕塞到海阿婆手上）

海阿婆 秀梅呀，你等了海生二十年。海生他对不起你。阿婆我也对不起你呀！（跪）

秀 梅 （急切地）妈——

[二人相拥而泣。

[幕后曲：

七情六欲人间事，
哪个儿女不这般！
别时痛苦见亦苦，
团圆梦破泪倾盆。

[海阿婆进内房，下。

[秀梅独自一人，徘徊，思绪万千。

秀 梅 （唱二黄首板）

心潮起，浪千重，

地转天旋，天旋地转！

（转反线二黄）

恨界碑，似无情剑，

把亲情割断，使婚约如烟。

伤心地，快离开，

何不辞职，他方去远！

（提笔写辞职书，唱散板）

挥泪写辞呈，

咬牙离故苑。

（搁笔，拿起辞职书欲出门，忽又止步，默视海生妈的房间。续唱）

慈母心，催人泪溅，

故乡情，把我魂牵！

二十载记忆犹新，

感乡亲关怀励勉。

（转唱弹词）

冬送柴，夏送扇，

饥送米，病送钱。

每遇山洪帮抢险，

台风过后复家园。

小街上如春温暖，

乡亲们情意绵绵！

（转唱二流）

虽说是苦等海生二十年，

我更把家乡的人情恋。

抽刀可断无情水，

难断小街一清泉。

心头情结痴痴缠缠，

身上伤痕深深浅浅。

是留是走？

（转唱二黄滚花）

心似大鹏湾水浪滔天！

［何进贤手拿“电传”上，进门。

进　贤　秀梅，德国先锋公司发来电传，他们也要派代表来参加投标呀！

［进贤递电传给秀梅，她伸出拿着辞职书的手接。进贤发现了辞职书。

进　贤　什么？你要辞职？要离开“中英街”？你……！

秀　梅　进贤哥！（哭）

［灯暗。

第三场

［紧接前场。

［吴海生、刘梦沙入住的豪华宾馆套间。

［灯亮。海生痛苦地坐在沙发上，刘梦沙在他身旁。

［一阵难堪的沉默。

梦　沙　……海生，你说吧！

海　生　（欲言，又觉难于启齿）梦沙，你叫我说什么呢？

梦　沙　请不要回避！事情不仅关系到你个人的隐私，还关系到我们刘氏公司在这里的发展。（深情地）海生——I love you！

海　生　（更窘）梦沙——

［电话铃响。

海　生　（抓起电话）Hello！……（兀地，情不自禁）秀梅，是你？……（一顿，看梦沙）是找你的。（递电话）

梦　沙　（冷静地接过电话，礼貌而又冷淡地）我是刘梦沙，请问有什么事？……（一愣）你要见我？……好吧，欢迎光临！

海　生　（不知所措）我该回避了。

梦　沙　不，我正要你陪我。

海　生　陪你？

梦　沙　对。陪我跳个“慢四”！（开音乐）

海　生　我现在哪有心情跳舞？

梦　沙　正因为你心情不好，我才要你——放松，放松。（打开房门，再向海生作个姿势）请——！

海　生　（苦笑）你呀——（身不由己地被梦沙搂住，跳起舞来）

梦　沙　海生，你说，你怎样对待秀梅？又怎样对待我？

海　生　这……（犯难，还是下了决心）说到秀梅嘛——（唱长句二黄）

她长留在我记忆中，
我梦魂萦绕她风采；
她苦苦等我二十载，
我恨难补她凤鸾谐。

梦　沙　（心怯地，接旁唱）

欲听真话又怕见真心，
（问海生）我和贞贞你又怎对待？

海　生　（矛盾地，接唱）

阳错阴差都怪界碑在，
千丝万絮教我难剪裁。

梦　沙　（接唱）　你我恩恩爱爱十八年，

海　生　（接唱）　你我相濡以沫十八载，
这情情债债——怎能割舍？怎可分开？

[二人依偎在一起。

[幕后曲：

忘不了恩，忘不了爱，
割不断！分不开！

梦　沙　海生，我想好了，目前最好的办法是——（稍顿，柔声地）亲爱的，你马上离开这里！

海　生　（吃惊）什么？你再说一遍。

梦　沙　（坚决地）离开这里，飞回美国去！

海　生　为什么？

梦　沙　这样对她，对我，对公司都有利！

海　生　我是公司派来帮你夺标的呀！

梦　沙　你就放心吧！那几家小公司，我一个人完全对付得了！

海　生　那安葬你爷爷骨灰的事呢？

梦　沙　我自会办妥，你就放心地走吧。

海　生　（直视梦沙一会）我——如果不走呢？

梦　沙　你——？！亲爱的，别让我失望。

海　生　梦沙，你就这么信不过我？

梦　沙　不是我信不过你，而是你望着秀梅脸孔时所发出的滚烫目光，你听见秀梅声音时所吐出的炽热语气，都告诉我，这二十年的时间并没有隔断你对她的思念。既然如此，我只好……借助太平洋了！

海　生　好吧，就算我可以一走了之，那我妈呢？

梦　沙　我会带她老人家去美国。

海　生　说得好！要带她去美国，你还得带上——

梦　沙　（急问）带上什么？

海　生　——家——乡！

梦　沙　家乡？

海　生　梦沙呀——！你爷爷死后尚且要魂归家乡，把骨灰葬在故土上。我妈妈又怎愿意离开家乡呢？我又怎能够逼她老人家离开家乡呢？

梦　沙　海生！我的丈夫，我不会勉强你的！（亲热地依偎着海生）

海　生　梦沙！

梦　沙　海生！

［邓秀梅上。

秀　梅　（进房，见状，先是一怔，很快就平静下来）很对不起，打扰你们了。

梦　沙　没关系。（故意轻描淡写）我们夫妻也十多年了，——哈哈哈！

海　生　（既尴尬，又不安地）秀梅，邓总经理，您请坐。

梦　沙　请问邓总经理有何指教呢？

秀　梅　我想单独同你谈谈。

海　生　（思考瞬间）贞贞该睡觉了，我去安排一下。（下）

梦　沙　请讲吧。

秀　梅　梦沙小姐，我和海生的事——

梦　沙　听说了。

秀　梅　这事对我来说的确很痛苦，（略顿）不过，已经过去了。希望它不会影响我们之间的谈判。

梦　沙　希望吧！（佯笑）哈哈哈！

秀　梅　（真诚地）若是不受影响，那就太好了！

梦　沙　你来就为谈这些吗？

秀　梅　还有，关于贵公司的附加条件，是否考虑可以取消？

梦　沙　（沉默）……

秀　梅　我们经过研究，很难接受。

梦　沙　据我了解，来竞投的另外几家公司的实力绝不能与我公司同日而语。这一点，你们研究过吗？

秀　梅　还有实力更强的公司要来竞投。这一点，你了解到吗？

梦　沙　哪一家？

秀　梅　暂不奉告。

梦　沙　……哈哈哈！（回头）好！为了表示我们的合作诚意，我可以考虑取消附加条件。不过——我要向你个人单独提出三个附加条件。

秀　梅　向我个人？

梦　沙　唔！

秀　梅　（很有心理准备地）请讲。

梦　沙　秀梅小姐——（唱爽慢板）

海生与你有旧情，

逝水难追徒忆念，

今后不宜再相见，

瓜田李下要避嫌。

秀　梅　（笑了笑）第二条呢？

梦　沙　（续唱）　我虽回到中英街，

却难跨进吴家门，

一家骨肉盼团圆，

望你离开行方便。

秀　梅　还有第三条呢？

梦　沙　（续唱）　家事、国事同交战，

私事、公事两纠缠，

你不回避远离，

商谈难有进展！

秀　梅　（异常冷静）还有吗？

梦　沙　就这三条，请原谅我心直嘴快。你若感到突然，可以再考虑——

秀　梅　不必了，我现在就可以答复你。

梦　沙　太好了！

秀　梅　刘副董事长——（唱中板）

我与海生，自小竹马青梅，

久别重逢，正常交往，

本属理所当然。

怎说瓜李之嫌，

夫人莫失自信心，

须知别人亦有分寸。

梦　沙　那……我的婆婆？

秀　梅　（续唱）　我与海生妈，

二十载情同骨肉，

相依为命，尝尽苦辣酸甜。

今日该去该留，

我自会度理揆情，

你我应当各得其便。

梦　沙　那科技走廊？

秀　梅　（续唱）　合作贵真诚，双方须信任，

私情与公务，两者莫牵连。

（转滚花）我是否应该回避会谈，须由我董事会决断。

梦　沙　（自觉无言可辩）这……（以笑遮窘）哈哈！哈哈！答得精彩！说得有趣！（唱滚花）

既不应承，也不拒绝，真是妙语连篇！

秀　梅　你不满意？

梦　沙　满意，满意。

［电话铃响。

梦　沙　（拿起话筒）Hello！我是。……哦，她在这。（递话筒给秀梅）你们的何董事长找你。

秀　梅　谢谢。（接话筒）我是秀梅。……哦！他们来了？……好……我到机场迎接。……好！再见。（放下话筒）

梦　沙　（敏感地）有急事？

秀　梅　德国先锋公司的投标代表来了。

梦　沙　德国先锋公司？（着急起来）邓总经理——

秀　梅　我得去接机，对不起，有话改日再谈。Byebye！（急下）

［梦沙原地呆立。

［切光。

第四场

［前场翌日。

［海滨一角。大鹏湾，波光粼粼，涛声阵阵。

［灯亮。海阿婆手拿绣帕，面对大海，席石而坐。

[邓秀梅带吴贞贞上。

秀　梅　贞贞，你看，你阿嬷坐在这里看大海，已成了她的习惯了！

贞　贞　（欲冲上前）阿——（被秀梅制止）

秀　梅　贞贞，阿姨给你说的，你都明白了吧？

贞　贞　明白了！

秀　梅　阿姨教你唱的客家山歌，都会唱了吗？

贞　贞　都会唱了。

秀　梅　那就唱，你阿嬷最喜欢唱山歌，你快唱给她听！

贞　贞　好！我就唱！——秀梅阿姨，我唱山歌，阿嬷就让我返家里，是真的吗？

秀　梅　（点头）嗯！

贞　贞　（唱山歌）唐山糯米过重洋，
风吹雨打也留香。
游子拿来做家酒，
每逢饮酒就想娘！

海阿婆　（情不自禁，接唱）
游子拿来做家酒，
每逢饮酒就想娘！

秀　梅　（拉贞贞到海阿婆身前）妈！

海阿婆　秀梅，你又带来了哪家的妹子，唱山歌给我听呀？

秀　梅　妈，她不是别人，就是你的孙女贞贞呀！（对贞贞）贞贞，快叫阿嬷！

贞　贞　（甜甜地）阿嬷！

海阿婆　哎！（沉默一会，问贞贞）告诉阿嬷，这山歌是谁教你唱的？

贞　贞　是——

[秀梅急作比划暗示贞贞。

贞　贞　（会意）是我爸爸。

海阿婆　你爸爸——？

贞　贞　（又受秀梅示意）阿嬷，爸爸在国外时常都唱这首山歌的。

海阿婆　（落泪，叨念）“每逢饮酒就想娘”，他二十年不回来，一回来就……哎！不说了，秀梅呀，这歌台是你搭的吧？

秀　梅　（动情地）妈！（给海阿婆抹泪）

海阿婆　（思量片刻）贞贞呀，叫你爸爸回家吧！

贞　贞　（喜）真的？

海阿婆　阿嫲还骗你吗？

贞　贞　那我妈咪呢？

海阿婆　这……（沉默）

贞　贞　（哭）阿嫲呀，不让我妈咪来，我也不能来。我们好好的一家人，怎能拆开呀！（哭）呜……

海阿婆　贞贞！

贞　贞　阿嫲！

海阿婆　（抹泪，长叹）唉！（唱乙反长句滚花）

中英街伤心女儿代代有，
手捧着半方绣帕泪长流。
当年有位前辈抗英投大海，
丢下了我的姑妈在此哭滩头！
今日儿归却难聚首，
反添我婆媳万重忧！
大鹏湾有水千万斗，
为何洗不净红绣帕上苦与愁？！

秀　梅　妈，中英街上悲欢离合的事已经够多的了，总不能再把他们一家拆散吧？

海阿婆　（非常无奈地）唉！

秀　梅　（觉察到阿婆有难言之隐，想了想）贞贞，你去跟爸爸说，阿嫲和秀梅姨都在这里。

贞　贞　（懂事地）唔！（下）

海阿婆　秀梅呀，话虽这么说，但如果让那个美国来的婆娘进了我们这个家门，你往哪儿摆？

秀　梅　妈！秀梅我已有打算。

海阿婆　打算？你打算怎样？

秀　梅　妈！我慢慢地也想通了。常言道：两艘木船不共缆，总有一艘断开来。

海阿婆　要断就应断开她，她若进门我跳海！

秀　梅　妈，不能这么说。平心而论，这件事不是梦沙她的错——

海阿婆　我管不了是谁的错，到了这个田地，我不能让他一错再错！

秀　梅　妈——！

海阿婆　秀梅，你别说了，你永远是吴家的人，这半块红绣帕还是你拿着！（哭着把绣帕塞至秀梅手里）

秀　梅　（强忍泪）妈！涨潮了，起风了，你穿的衣服少，先回家吧！

海阿婆　秀梅，你？

秀　梅　（看着手中绣帕，似是回答阿婆，又像是自语）我在这里等等海生——！

海阿婆　（叹了一声）唉！等等海生，二十年了！（边叹边下）

[风声、涛声起。秀梅看着大海，禁不住内心惆怅。

海　生　（上）秀梅——！

秀　梅　海生——！

海　生　我也正想找你谈谈。

秀　梅　谈什么？（故意岔开）是为投标的事？

海　生　（摇摇头）难道除了投标，我们之间就无话可谈了吗？

秀　梅　（怔了一下，控制住感情）事情已经到了这个地步，还有什么好谈的呢？（转过身去）

海　生　秀梅！秀梅——！

[箫声呜咽，如泣如诉——秀梅受到震动，慢慢转身。二人突然均控制不住，急切地冲向对方，至近处又猛地收住脚步，流着热泪对看着，苦苦地自控！

海　生　（终于控制不住自己）秀梅！（猛冲过去拥抱住秀梅）

秀　梅　海生！（奋力推开海生）

[海生冷不防，朝后踉跄几步，脚一软，跪在海滩上，眼泪汪汪地看着秀梅……

秀　梅　（也含泪跪下）海生，原谅我，我们的缘分尽了。

海　生　我们的缘分尽了，难道情也尽了吗？秀梅，你可知我这二十年来——

（唱雨打芭蕉中段）

一腔情，泪两行，
切念心中人，萦怀白发娘。
隔着重洋上心香，
借着梦境归故乡。
二十载鱼沉雁渺，
盼你生还成了空想，
只道是情已葬汪洋。

秀　梅（接唱）只因碑界冷若铁，
隔着鸾歌凤唱！

海　生（唱乙反长句二黄）

后与梦沙作同窗，
暑往寒来情渐长，
浮沉商海结伴同航。
今日返乡，苦心人变了负义汉，
重逢爱侣，痴情者变了薄幸郎。
我累你苦等二十年，
你掴我千巴也不枉！（旬）

（海生抓起秀梅的手打自己）你打我吧！

秀　梅（制止海生）海生！（唱乙反二黄滚花）

痴心流血二十载，
巴掌难医此重伤！

这旧的创伤，不医也罢！倘用药不当，反会把伤疤撕裂呀！

海　生　但是，乡亲的义，娘亲的情，你的爱，叫我怎样补偿呢？

秀　梅　海生，你有科技上的成就，我和乡亲们为你高兴。你要报乡亲的义，报娘亲的情，报秀梅的爱，何不用你的专长来报效家乡？

海　生　报效家乡？那——我和你之间？——

秀　梅　海生，这半块红绣帕，是你们吴家的传家宝，你……把它盖在梦沙的头上吧！

海　生　秀梅！（接红绣帕）

[刘梦沙上，见状，误解——

梦　沙　（痛苦地）Go to hell（该死）！我到处找你，原来你在这里。

海　生　（急站起，快步走向梦沙）梦沙，这红绣帕是给你的。

梦　沙　（狂怒，接过红绣帕，冷笑）给我？不要演戏了！吴海生，你辜负了我的信任，跑到这里来跟她——亲热！哼！（扔地下）

海　生　（愤怒）你！——（拾红绣帕）

秀　梅　吴夫人，你误会了。

梦　沙　误会？（冷笑，一顿）你们在一起，这总是事实了吧？（转身，面对海生）我不得不做出决定。

海　生　什么决定？

梦　沙　你，吴海生先生，立即飞回美国去！

海　生　这里的投标还没完成——

梦　沙　我是全权代表，你——马上回去！

海　生　只有公司董事会才能做出这样的决定。

梦　沙　这里没有董事会，只有我刘副董事长！

海　生　你真的这么决定？

梦　沙　真的。

海　生　我若不执行呢？

梦　沙　（脱口而出）我就解聘你！

海　生　（苦笑）好，我走，你可别后悔。（扭头奔下）

秀　梅　海生！——

梦　沙　（冷冷地）秀梅小姐，我们的事，请你别管。

秀　梅　管？不，我只是想提醒你，你这么做，是很不冷静的！

梦　沙　冷静？哈哈哈，我冷静得足以对付十个你！对不起，你我招标时见！（下）

秀　梅　（呆立，沉默）……

[又是一片海潮声——

进　贤　（上）秀梅！——

秀　梅　（醒过神来）进贤哥！

进　贤　我与先锋公司又谈了一次。

秀　梅　情况怎样？

进　贤　不错。在资金与技术方面，他们和刘氏公司都不相上下。

秀　梅　好。——不过，刘氏公司可能还藏有更大的潜力。我看，我们的主攻目标还是应该对着刘氏公司。

进　贤　说得对。——不过有个情况也不能不注意。

秀　梅　什么情况？快说。

进　贤　秀梅呀——（唱十字清中板）

中英街，“旧侣重逢”，越传越广，

外商中，顿时萌发，猜想不安。

好担心，明里竞争，暗中过场（仄）。

甚至有人提出——要增加招标透明度！

秀　梅　好个增加招标透明度呀！（踱步思考）我们何不开个招标大会，公开竞争，当场拍板？

进　贤　你的胆子比我还大，这可没有先例呀！

秀　梅　“一国两制”有先例吗？经济特区有先例吗？

进　贤　这——

秀　梅　进贤哥——（唱七字清中板）

如此招标并非荒唐。

各方实力了如指掌，

中英街人敢作大文章！

进　贤　（钦佩地）你呀！哈哈哈！

[切光。

第五场

[前场翌日。

[招标会场。豪华宾馆的大厅里，左边设招标台，右边设夺标台；会场布置

庄严、华丽、隆重。透过会场后面的落地窗，可看到辽阔的大鹏湾。

[幕启。礼仪小姐与工作人员在忙碌地布置会场。

[幕后曲：

新人新貌新风采，
新事出在中英街。
竞争公平好气派，
招标大会摆擂台！

司　仪　（宣布）中英街科技走廊招标大会现在开始，请各投标公司代表入座！

[在欢乐的乐曲声中，何进贤上；礼仪小姐分别引阿拉伯、日本、德国、美国（刘梦沙）的公司代表上；进贤一一与之握手，表示热烈欢迎。

司　仪　请招标大会主席入座！

[邓秀梅神采奕奕地上。

秀　梅　（唱中板）湛湛蓝天连大海，
贵客如云接踵来。
特区女儿志豪迈，
招标就在中英街。

诸位代表，中英街科技走廊合作工程的《招标意向书》，贵公司看到了吧？

众代表　看到了！

秀　梅　现在，请各位代表提交《投标意向书》。

阿代表　本人穆罕默德，代表阿拉伯 ARB 公司参加投标！（递意向书）

日代表　在下山本太郎代表日本 JPN 公司参加投标！（递意向书）

德代表　乌特勒斯，代表德国先锋公司，专程赶来投标！（递意向书）

梦　沙　（傲慢地边递投标意向书边说）公开投标很好嘛！但是，诸位先生不懂华语，又怎能同我们美国刘氏集团公司，同我这个华裔竞争呀？

众代表　我们不懂华语？（大笑）哈哈哈……我们是不但懂华语，而且懂粤语的中——国——通！

德代表　现在中国正流行一句话：“东西南北中，”——

众代表　“发财到广东。”

德代表 （仿戏曲身段念白）女士先生听了！（唱快中板）

休看本人是老外，

粤曲也能唱出来。

踢腿拉山豪气在，

有个建议我讲来！

秀　梅 什么建议？请讲！

德代表 （唱滚花）　招标换成抛绣球——

阿、日代表 （同时地）抛绣球？我们投标代表就抢绣球？

德代表 Yes！（对！）

（续唱滚花）夺标定然更精彩！

秀　梅 哎，各位都同意这样做吗？

众代表 （异口同声）Ok！

秀　梅 （与进贤交换意见，表示赞同）好呀！（唱快中板）

特事特办无妨碍，

标台暂且作楼台！

（对内白）扎个绣球送上来！

[礼仪小姐托绣球上，交给秀梅。

秀　梅 （把绣球与标夹合在一起）夺标开始！哪位先讲？

[刘梦沙傲然静观。

[众代表匆匆站起，抢着取话筒发言。

阿代表 我先讲！（唱阿拉伯曲调）

石油大国财力厚，

今天会上比低高。

中国文明人敬仰，

愿为宝地立功劳。

贤、梅 （看过意向书）多谢！多谢！

日代表 （唱日本曲调）

一衣带水两相依，
投资合作正逢时。
近水楼台先得月，
夺标应是我公司。

贤、梅 （看过意向书）多谢！多谢！

德代表 （唱德国曲调）

德中合作有传统，
本人又是中国通。
公司享誉全世界，
科技走廊在掌中。

[德代表欲抢球。

阿、日代表 慢着！（一齐上前拦住）这绣球你夺不得！

德代表 我夺得！

阿、日代表 夺不得！

德代表 我夺得！

[众代表争吵不休，各执一端，顿成僵局。

[刘梦沙悠然站起。

梦　沙 （唱新腔流水）

我静观一旁好自在，
他龙争虎斗扯不开。

进　贤 （接唱） 她（指刘梦沙）坐山观虎斗，将真心掩盖。

秀　梅 （接唱） 看她手上王牌何时抛出来！

进　贤 （接唱） 还需耐心再等待，

梦　沙 （接唱） 不到时机不揭开。

秀　梅 （接唱） 好花必须及时采，

引她出牌我压台。

[众代表又急着向秀梅夺标。

众代表 （争着说）应该我夺标！我夺标！我夺标！

秀　梅　（制止）　我来评议——

（续唱）　各位投标志豪迈！

众代表　（不住点头）Ok！

秀　梅　（接唱）　先锋公司属最佳。

德代表　（神气地竖起拇指）当然！

秀　梅　（接唱）　诸位意见都不大，

这个绣球——

[秀梅持绣球绕场一圈，走到德国代表面前，以示做出最后决定。

梦　沙　（突然站起）慢！

（接唱）

想夺绣球且慢来！

众代表　（意外地）哦？

梦　沙　（唱七字清中板）

科技走廊耗资大，（对阿拉伯）

有心无力枉自来。

刘氏回乡龙归海，（对日本）

若讲亲邻你走开。

你投一亿，我加两倍，（对德国）

你有实力，我有王牌！

众代表　（同问）你有什么王牌？

梦　沙　中方握有AK科技项目的发明专利，而我公司的吴海生先生不仅对AK系统工程有研究，而且在世界各地都有大批客户。我拿这做王牌，你们要怎么样啊？

德代表　（惊诧）吓？

阿、日代表　（惊叹）哇！

三代表　（同唱新曲）

AK是最新的科技尖端，

它已轰动全世界。

既然如此无话说，

我们只好败下来！

[进贤与秀梅意会，暗喜：“好！”

进 贤 秀梅，继续把戏唱下去！

秀 梅 好呀！（果断地走上主席台宣布）诸位！公开竞投，当场揭晓。中标者是谁，已不言而喻，现在就请中标者接标！

[沉默，静场。

梦 沙 （明知故问）谁接标？

众代表 （又妒又无奈）当然是你啦！

梦 沙 我？（一笑）等等，这个绣球我不能接。

秀 梅 为什么？

梦 沙 请把我原先的附加条件写进来！

秀 梅 吓？你——（念扑灯蛾）

她王牌背后还有牌，

得寸进尺紧逼来。

进 贤 （接念） 反复无常难对待，

贤、梅 （同念） 事到如今怎安排？

进 贤 （征询地）秀梅，你看呢？

秀 梅 （坚定地）我们不能让步！

（接念） 她那附加条件藏隐患，

污染环境不应该。

刘副董事长，经济合作讲信誉，

怎能把附加条件又塞进来？

梦 沙 （接念） 我新加 AK 这张牌，

得点特惠理应该。

秀 梅 （接念） 这样苛求难合作，

梦 沙 （接念） 你不合作就拆台！

众代表 （看不顺眼，接念）贵公司得势不讲理！

梦　沙　（不屑，接念）手下败将口莫开！

秀　梅　（接念）　你真的不接标？

梦　沙　（接念）　我出言难更改。

秀　梅　也罢！（接念）

　　　　　　你不接标听尊便，

　　　　　　失去的机会不再来！

（毅然宣布）撤回绣球！

[吴海生内喊："等一等！"冲上。

[梦沙、秀梅、进贤惊讶："你？……"

海　生　我来夺标！

梦　沙　你还没回公司去？

海　生　我！怎么离得开这块生我养我的故土？

梦　沙　你要怎样？

海　生　我要代表公司，无条件接标！

梦　沙　你……怎么敢？

海　生　这是公司董事会的决议，我是公司的代表，为什么不敢？

梦　沙　我已电告公司董事会，撤销你的代表资格！

海　生　撤销我的代表资格，那好……

梦　沙　（惊）海生，你做什么？

海　生　做什么？（掏出辞呈交给梦沙）给你！

梦　沙　（接看，大惊）什么？你要辞职？你疯啦！你狂啦！

海　生　（唱锦城春）

　　　　　　疯狂，疯狂，

　　　　　　也难及归乡的热望！

　　　　　　我不该二十年没回来，

　　　　　　害了秀梅苦了娘，

　　　　　　酿成了杯杯苦酒断人肠。

　　　　　　好乡亲，长流汗水，

尽洒在这热土上。
只有我飘身海外，
家乡里没我一点汗，
没砌上半瓦一墙。

（直转爽二黄）

今日我万里回来，喜见家乡新景象。
我应添砖加瓦，不能袖手一旁！
祖国正在腾飞，我能不献力量？
机会再错过，
遗恨万年长！

［进贤、秀梅冲上去，与海生激动地握手。

梦　沙　（旁唱二流）

霎时间风起浪翻，
海生他反击我一掌。

秀　梅　（接唱）　霎时间峰回路转，
眼前是绝妙风光。

梦　沙　（接唱）　只怕她（指秀梅）怒杀回马枪！

进　贤　（接唱）　是向她（指梦沙）横挥轰天杖？

秀　梅　（接唱）　我这里轻轻一拍板，

梦　沙　（接唱）　我就会愤极跳汪洋。

秀　梅　（接唱）　不计你短我长，招标条件不能让。
任他千变万化，秀梅自有主张。

德代表　（对梦沙）据您所说，吴先生是 AK 系统工程的唯一总管，而且，AK 在世界各地的客户，都掌握在他的手中。他一走，贵公司就失去 AK 优势！（对秀梅）主席，本公司要求再与她（指梦沙）较量！

阿、日代表　对，我们也要再与刘氏竞争！

德代表　（对海生）吴先生，本公司愿以三倍于你在刘氏的薪金聘请您！希望我们合作愉快！（欲与海生握手）

［众人把目光集中在海生身上。

［海生挺立，不为所动。

海　生　我已经决定与中方合作，若有要求请找邓总经理。

［众人把目光移到秀梅身上。

秀　梅　（用征询的语气）刘副董事长，你有什么见教？

梦　沙　（语塞，失神地低下头来）……我没什么要说的。

秀　梅　既然这样，我决定，将夺标时间顺延一下。

众代表　为什么？

秀　梅　我们特区人绝不乘人之危呀！

（唱十字清中板）

特区人要放眼未来胸怀宽广。

中英街九十九步可丈量。

屈辱史把这街名刻在地球上，

界碑石告诫炎黄子孙要自强。

（转唱三字经）

既不受人欺，也不自狂妄。

招标有形象，信誉不能忘。

（转唱滚花）

刘氏内部有分歧，

顺延招标限期较为恰当。

（对海生）海生呀！

（续唱）　你要对夫人多体谅，

毕竟她是初次回乡！

［梦沙深感诧异，抬头看秀梅。

［秀梅与进贤商量，示意。

进　贤　诸位代表，现场招标有变化，时间顺延，以便公平竞争。大家有意见吗？

众代表　与中国人合作——Very good！（很好！）

[众对秀梅热烈鼓掌。

[切光。

第六场

[前场翌日。

[中英街上面向海湾的广场，轻波细浪，蓝天白云，秋高气爽，一块界碑石立在广场上。

[灯亮。众人穿梭来往，秀梅在场指挥。

[海生心情不悦地上。

海　生　秀梅。

秀　梅　（回过身来，关切地）海生，梦沙对投标的事，想通了没有？

海　生　（泄气地）想通？哼！

秀　梅　（问海生）哎，红绣帕你送给她没有？

海　生　她连话都懒得跟我说，我怎么送呀？

秀　梅　你呀！昨天火气也太大了点！别说是她，连我听了都觉得刺耳。你们毕竟是十多年的夫妻呀！

[秀梅说话时，梦沙带贞贞暗上，听到这话一震。

海　生　（并没发觉梦沙）秀梅……

秀　梅　（深切地）海生呀！

（唱滚花）夫妻好比同巢鸟，
患难相扶衾枕亲。
梦沙爱你是真心，
切莫对她生恶感。
携手共把家乡建，
并肩创业更情深。

[海生感动地点头。

[贞贞扑过来。

贞　贞　爹地，妈咪来啦！

秀　梅　（对梦沙热情地）哦，您来啦！（指环境）请看，这样布置可以吗？

梦　沙　（点点头）感谢你为我爷爷选了这么块好地。（对贞贞）贞贞，快说谢谢秀梅阿姨。

贞　贞　多谢秀梅阿姨！

秀　梅　不用客气，你外太公也是我们中英街人呀！（对海生、梦沙）哎，你们看是不是可以开始了？

[海生和梦沙对望一下，转对秀梅点点头，带贞贞下。

[片刻，秀梅对内挥手："开始吧！"

[何进贤、海生、梦沙、贞贞、海阿婆与群众上。

进　贤　（对众人）中英街的乡亲们，今天我们在这里为刘老先生举行骨灰安葬仪式。刘老先生是我们的老前辈，是刘梦沙副董事长的祖父。他临终遗嘱，希望把骨灰运回中英街。现在，我们就实现他的遗愿，让他落叶归根！

[三人登上海堤，欲下汽艇。

海阿婆　刘老先生死后也要魂归故里，令人敬仰呀！

贞　贞　阿嫲，我看见外太公的骨灰盒上面盖着半块绣着龙的红绣帕。

海阿婆　半块？你快去拿过来。

[贞贞取红绣帕上。

贞　贞　阿嫲，这红绣帕还绣着我外太公的名字。

海阿婆　什么名字？

贞　贞　刘——德——仁！

海阿婆　（心有触动）红绣帕？上面还绣着一条龙？（颤抖）海生，把你的红绣帕交出来。

海　生　（取帕）妈，喏！（交帕给阿婆）

海阿婆　你看看，两方红绣帕是不是配成一龙一凤。

海　生　（将两帕拼凑）妈，是一龙一凤，正好相配呀！

海阿婆　（失声惊叫）哎呀！（昏倒）

[众惊呼："妈！""阿嫲！""海生妈！"……

[秀梅急忙扶住海阿婆。

海阿婆 （慢慢醒来，抚着盒子）刘老先生呀，90 年啦，你终于回来了！（哭）

梦　沙 （不解地）这到底是怎么回事？

众　人 （关切地问）是怎么回事？

秀　梅 （唱追信头）众乡亲，请听我讲！

这红绣帕的故事，阿妈给我们讲了二十年啦！但万万没想到，这故事讲的正是刘老先生呀！

（唱寒关月）

毋忘记，光绪后期，黑烟如瘴。

家国恨，民族羞，历劫一场。

（浪白）英帝国强迫腐败的清政府租让了香港。

（接唱）　英帝欲壑难填。

我寸土不让！

就在此间摆战场。

刘老先生率领大众，

护田园，保家邦，

好不悲壮！

进　贤 （唱流水行云中段）

凭着那鬼炮、药枪，

英军强划租界。

清兵步步退让。

刘老先生被通缉四处躲藏！

海阿婆 （唱追贤二黄）

那时间，我姑妈与刘老先生，

暗里把红烛点亮。

有谁知，洞房之夜，

爆竹不响，响起洋枪！

（插白）当晚逼得刘老先生跳海逃亡。

秀　梅　（唱十字二黄）

龙凤绣帕，惨被撕开，

各自长留身上。（拉腔）

海阿婆　（唱二黄滚花）

我姑妈中年含恨死，

半方绣帕交我珍藏。

海　生　红绣帕真是我们的传家宝呀！对了，临行时，岳父把岳祖父临终写的诗交给我，吩咐在安葬骨灰时才好打开再念。

众　人　（同问）诗呢？

海　生　（拿出诗，心情沉重地念）

异乡迁客苦离家，

中华浩气压不垮。

漂泊一生思故土，

且把儿孙叫梦沙。

众　人　梦沙？

［幕后曲：

异乡迁客苦离家，

中华浩气压不垮。

漂泊一生思故土，

且把儿孙叫梦沙。

梦　沙　（唱新曲）爷爷遗训记心上，

乡亲情意暖心房，

乡亲对人堪海量，

乡亲做事真周详。

梦沙决意将标夺，

愿倾全力建家乡！

秀　梅　（对梦沙）这是你家大门锁匙，快拿着吧！

梦　沙　秀梅小姐！

海阿婆　梦沙，好媳妇，让我给你戴上红绣帕吧！

梦　沙　（激动地扑入阿婆怀抱）妈——妈——！

[众人相视，会意微笑。

[切光。

尾　声

[20 世纪 80 年代中。

[中英街。

[内声高喊："科技走廊工程奠基仪式开始！"

[灯大亮。进贤、秀梅、海生、梦沙等带群众上。

众　人　（合唱）　深圳特区添光彩，
奇迹出在中英街。
"九七"香港回归日，
并肩携手创未来！

[歌舞、剪彩。

[幕徐闭。

[剧终。

（剧本版本：《南粤剧作》1996 年第 3 期）

·粤剧卷·

土　缘

编剧：梁郁南　欧阳明

人　物　表

阿　凤　　26 岁，打工回来的农村姑娘

阿　贵　　28 岁，阿凤的恋人，算盘叔之子

刘大发　　30 多岁，河东村大发农场董事长，远近闻名的首富

算盘叔　　60 多岁，阿贵之父

阿　富　　40 多岁，算盘叔的长子

大　嫂　　30 多岁，阿富之妻

三叔公　　80 多岁，阿凤的阿爷

阿　兰　　农村女青年

阿　妙　　农村女青年

村　长　　河西村村长

牛仔、阿珍等农村青年

八姑、根叔、九叔等群众

第一场

[20 世纪 90 年代。

[一声锣响。内传："投标喽！"

[二幕前。村长上。

村　长　（大声宣布）各位乡亲，今日投标，荒滩地三百亩，承包期 30 年，投标竞争，价高者得！有意者快来投标呀！（下）

[村头路口，古榕树下。

[幕后曲：

一声铜锣天破晓，

村头簇拥人如潮。

往日荒地无人要，

今日争先来投标！

[阿凤内唱：“这山做着他山梦！”阿贵、牛仔、阿兰、阿妙、阿珍等打工妹背行李欢快地上。

众　人　凤姐！过了河就是我们河西村啦！

阿　凤　快些行！

众　人　走呀！

阿　凤　（梆子慢板）出外走一趟，

才知时代已不同。

为什么，大县长辞职回家将田种？

为什么，大教授卷起裤脚去务农？

无非是山里田间有个发财好梦！

阿　贵　（十字清）五年前进城打工一阵风，

五年后回乡投包将田种。

炒了老板辞了工，

阿贵一生随阿凤！

[众笑。圆台。

[算盘叔背长凳，怒冲冲上，挡住去路。

阿　贵　（惊诧地）阿爸？

众　人　算盘叔，是你呀！

算盘叔　你们辞工回来，竟想投标一块荒滩地，是傻了，还是癫了呀？

阿　凤　我们不是傻，也不是癫，是回来筑塘养鱼赚大钱！

众　人　对，我们不再打工，回来投包荒滩地，筑塘养鱼赚大钱！

算盘叔　赚大钱？发梦！

（七字清）那荒滩热天晒得能炒豆，

雨天水大可行舟。

纵然有金砖银砖捧在手，

也不应——

也不应蠢到丢落荒滩付水流。

阿贵，阿凤！你们俩一个是养鱼师傅，一个是鱼厂的销售部门经理，每月收入过千元！回来投包耕田，辛苦不说，还要冒险。你们的算盘是怎么算的呀？

阿　凤　（乖巧地）阿爸！

算盘叔　（甜在心里）阿爸？你……还未入我何家的门哩！

阿　凤　我阿凤迟早都要入你何家的门呀！阿爸，你请坐！

算盘叔　我不累！

阿　凤　（递过一瓶矿泉水）阿爸，请饮水。

算盘叔　我不渴！

阿　凤　阿爸，正因为阿贵是养鱼师傅，我是鱼类加工厂的销售经理，既懂技术，又有销路，我们才回来投包呀！

算盘叔　（望着阿贵）你有技术？

[阿贵自信地拍拍胸膛。

算盘叔　（看着阿凤）你有销路？

阿　凤　是呀！

（新曲）　爹呀爹，你是有名的算盘叔，

你的算盘人人服！

你算下——

往日荒滩光秃秃，

难得几斤谷。

我们包下荒滩三百亩，

沿着地势把堤筑。

变鱼塘，一大幅，

岂不是瘦田成了肥猪肉？

算盘叔 （来了兴趣）肥猪肉？肥猪肉？

阿　贵 是呀，阿爸！（衬乐白榄）

塘边育肥猪，

水田种靓谷，

山上栽花果，

一年算下来，

肯定赚个大数目！

算盘叔 大数目？大数目?!（扳着手指盘算起来）

（接念）一三得个三，

二三得个六。

六六六……

你们算加唔算减，

唔算祸害只算福。

倘若有个天灾人祸，

岂不是又输几层楼，

塌掉几间屋，几间屋！

唔合数！阿贵，听我的！村里投标没你们的事，立即回城打工去！

阿　贵 这……

阿　凤 阿贵！（示意别妥协）

算盘叔 阿贵，你是听她的？还是听我的？

阿　贵 （走向算盘叔）阿爸，我自小都是听你的呀！

阿　凤 阿贵！说过的话，不算数了？

阿　贵 算数，算数！

算盘叔 （大声地）阿贵！你听着！

（滚花）板凳一条挡路口，

你敢往前跨一步——

我就打断你的腿，

打崩你的头！

阿　凤　阿兰阿妙，投标快开始了，我们走！

［阿凤欲下，算盘叔故意阻拦。阿凤等无奈，蹲坐一旁。

［刘大发穿西装，手握大哥大，神气十足地上。

刘大发　（海南曲）飞士（有面子）又够派，

耕田好世界。

我走匀新马泰，

落田当行街！

［刘大发欲过，算盘叔背着身，误认作阿贵等，阻拦。

刘大发　（不耐烦地）大路朝天，各走一边。你这是什么意思？

算盘叔　（背着脸）我要你进城打工！

刘大发　叫我进城打工？

算盘叔　我也是为你好！

刘大发　为我好？

算盘叔　别啰唆，打工去！（转脸，指着刘大发的鼻尖）

刘大发　我？

算盘叔　（赔笑地）我……是说他们！

刘大发　他们……

算盘叔　是这样的！他们原在城里打工好好的，可偏偏辞工回来耕田，你说他们傻唔傻？你说激气唔激气？

刘大发　你的意思是？

算盘叔　要他们回城打工。

刘大发　这太容易了！

算盘叔　你有办法？

刘大发　有！你只管放行，让他们投标去！

算盘叔　让他们投标？

刘大发　我定要她们输得心服口服！然后乖乖地打工去！

算盘叔　你真有这本事？

刘大发　绝无夸口！

算盘叔 （打量着）口气这么大，请问你姓乜，名乜住在哪一拂（里）呀？

刘大发 （掏出名片，分派）请指教，请指教！

阿　凤 （读名片）河东村大发农场董事长兼总经理——

刘大发 刘大发！

阿　凤 你就是鼎鼎有名的大耕家刘大发？

刘大发 失礼失礼！

阿　凤 你来这里是——

刘大发 投标呀！

众　人 投标？

刘大发 对，投标！

（和尚思妻）

我人住对面河，

上街时路过，

见这街招真不错，

我就涉水过河。

你们搞招标，有新招，好应预埋我！

牛　仔 凤姐，贵哥！我们多了个对手啦！

刘大发 什么？对手？你们也算是我刘大发的对手？（开怀大笑）我告诉你们，我刘大发在你河西一站，你们统统都是手下败将！

阿　凤 未必！

刘大发 哦，这位小姐不服气？

阿　凤 刘老板，你也太小看我们河西人了吧？

刘大发 （感兴趣地）小姐，请问贵姓芳名？

阿　凤 姓王名小风！

刘大发 （打趣地）王小风？名字好听，人也漂亮，可惜不是对手！帮我打工还差不多！

阿　贵 帮你打工？发梦去吧！

[众起哄……

刘大发 好好好！既然你们不服气，等一会儿，如果你们谁投中了，我反过来帮你们打工，这行了吧？

[刘大发不屑一顾，大笑欲下……

算盘叔　慢！刘老板，你一定中？

刘大发　一定中！（轻蔑地）打工妹，哪出得起大价钱呀？（自信地）你放心！若果我输了，我刘大发就叫这班妹仔做契娘，向她们三鞠躬！

算盘叔　好！你若赢了，我请你饮茶兼吃饭。

刘大发　多谢！

算盘叔　拜托！

刘大发　（得意地）阿凤小姐，请呀！哈哈哈……（扬长而去）

算盘叔　（也得意起来）哈哈！去吧，去吧！我在这里等你们回来，请，请呀！

众　人　凤姐，怎办呀?

阿　凤　（咬咬牙）走！

[阿凤与众下，阿贵稍犹豫，追下。

[内场人声鼎沸……

[阿富与大嫂急上。

阿　富　阿爸，要开标啦！我们投不投？

算盘叔　我说过不投就不投！

大　嫂　阿爸，我们真的不投？

算盘叔　不投！阿富，家嫂！你俩用心耕好自己家里的菜田就行了！

[村长捧着票箱上。阿凤、刘大发、三叔公、八姑等村民簇拥而上。

村　长　还有人投标吗？没有就开标啦！

三叔公　（顽童般）开标开标！谁中标谁请我三叔公饮茶！

村　长　好！九叔，唱数！

九　叔　（念）陈三根三万九千；陈炳寿四万三千；叶细妹三万一千；刘大发，八万八千八百八十八元八角八！

[众“哗”了一声。

刘大发　（得意地）我刘大发最喜欢这个八字！八万八千八百十八元八角八！（扫机关枪般）八八八八……哈，你们服了吧？

村　长　九叔，刘老板的价位已是天价了！低于刘老板的就不念啦！

刘大发　别浪费时间了，我赢定啦！

九　叔　还有再后一张！王小凤——

阿　凤　刘老板，你听清楚了！

九　叔　九万九千九百九十九元九角九！

［全场哗然——

村　长　（打一声铜锣）阿凤中标！

算盘叔　（急了）刘老板，你、你怎会输了？

众妹仔　刘老板，叫契娘，叩头吧！

刘大发　（连鞠三躬）契娘……

［众笑。

［切光。

第二场

［一个月后。

［鱼塘边。

［轻快的音乐起，阿凤领姑娘们挑鱼花舞蹈上。

阿　凤　（新曲）　卖鱼花，担鱼花，

鱼花桶里密麻麻。

轻轻放到塘中去，

依也哟依也哟，满塘开了花！

众姑娘　（同唱）　依也哟依也哟，满塘开了花！

阿　凤　（接唱）　买鱼花，担鱼花，

扁担乐得唱喳喳！

小路弯弯踩脚下，

乡下妹仔想发家！

众姑娘（同唱） 依也哟依也哟，想呀想发家！

阿 贵（欣喜地）阿凤！

阿 凤 阿贵，以后就看你这个养鱼师傅啦！

阿 贵 阿凤，你放心吧！阿凤，你看——那棵红石榴又长高啦！当年我俩定情，它还很小。你曾说，当红石榴开花结果的时候，我们就回来成家。如今，石榴花开啦！

阿 凤（禁不住喜悦）是呀，石榴花开啦！

阿 贵 阿凤！

（长句二黄）

你是山顶一枝花，

挨得风吹和雨打。

醒时相见梦也见，

不知何年何月摘回家？

阿 凤 快啦！

（接唱） 你看鱼花下塘风吹发，

猪崽入围叫呱呱。

待等鱼上市，

你我便成家。

到那时我穿起美丽的婚纱，

与你同坐飞机游天下！

阿 贵 对！

（仙女牧羊）

坐飞机，搭轮船，游天下。

阿 凤 到天边到海角看云霞。

阿 贵 飞澳洲——

访美加——

阿 凤 相亲相爱甜如蜜煎茶。

阿 贵 来年还抱个小娃娃，

（合唱） 温馨生活乐无价！

[阿凤与阿贵大帽作掩，亲吻……

[阿兰急上。

阿　兰 凤姐！刘大发撕了我们的招工广告，过河来啦！

阿　凤 哦，他想搞什么花样？好，我们准备一下！（与众下）

[刘大发上。

刘大发 想我刘大发，讲到耕田最牙擦。前日过河投标求发达，失面失威又失策。今日过河变个法，我不但要收回失地，还要将人才挖！

[阿凤等迎上。

阿　凤 刘老板，什么风把你吹过来呀？不服输么？

刘大发 我刘大发会这样小气吗？今天，我是来应聘呀！

阿　凤 应聘？

刘大发 对，应聘！

阿　凤 刘老板，我们是小打小闹，你就别开玩笑了！

刘大发 各位，庙小不怕菩萨大呀！

众　人 你是大菩萨？

刘大发 大菩萨！如果你们聘我呀，我宁愿——

（流水南音）

工资报酬全不要，

奖励办法也吊消。

只嫌鱼塘耕太少，

所以附加条件有一条！

阿　贵 （和尚思妻）

听他口气不少，

哪有工资全不要？

阿　妙 （接唱） 看他穿着老土新款又花俏，

真个令人不知是嬲还是笑。（欲笑）

阿　凤　(阻止)阿妙!

(接唱)　他是大耕家,

一定有新招,

先莫将人笑!

阿　贵　阿凤!

(接唱)　求求你,莫受骗,

小心烂竹当木桥!

阿　凤　听他讲完,便知分晓!刘老板,你有什么条件?请讲吧!

刘大发　把这三百亩荒地全部开发成鱼塘!

众　人　(惊讶)啊?!

刘大发　啊什么呀?你们听着:投入资金我包下,筑堤整路你们担泥沙。我包你发财快过骑飞马,何必似乌龟赛跑慢慢爬?

阿　凤　刘老板,你肯投资?

刘大发　我投资!

阿　凤　好!如果你来投资,我们联合开发,股份可以五五对半开!

刘大发　不!三七开!

阿　凤　三七开?我七你三?

刘大发　错!是你二我七!

阿　凤　(冷了下来)哦,你是大老板?

刘大发　大一点点!

阿　凤　我是小老板?

刘大发　小一点点!

阿　凤　哦,我明白了。你是想来当我们的老板,是么?

刘大发　没错!我不仅想当你的老板,还想——

(长句二黄)

我年过三十未成家,

想来小姐也未婚嫁。

你有胆有识有才华,

我一见倾心并非假。

阿　贵　刘大发，你住口！

刘大发　行开，与你无关！

阿　贵　她是我的……

刘大发　老板，是么？

阿　贵　什么老板呀？她是我的未婚妻！

刘大发　未婚妻？哦，既是未婚，我就有权竞争呀！

阿　贵　你……

刘大发　阿凤小姐！

（接唱）　你若有心将我嫁，

我可让位你当家！

阿　贵　（气极）呸！

（快慢板）握铁拳，咬钢牙，心头气炸！

你太欺人，我气难下，

我要当众教训他！

阿　凤　（阻止，使眼色）刘董事长、总经理！

（长句二黄）

久闻河东大耕家，

生意场上夸啦啦！

有款有型，

哪个姑娘不想嫁？

不过……

（寄生草）怕只怕，乱将人嫁，

大耕家是大玩家，

误了年华。

刘大发　阿凤小姐，你放心吧！

（接唱）　我并非是自夸，

祖宗三代历史任得你去查！

不吹不嫖从不赌马，

求求你，将身嫁！

阿 凤 （接唱） 你空口说，无凭无证，

敢否捞回那水中花与晚霞？

刘大发 （一惊）啊？

（新曲） 抱不回，镜中月，

如何捞起水中花？

摘月攀星虽是假，

哪对情侣不说它？

中外古今多佳话，

哪个不是大傻瓜？（脱衣，欲跳）

众 人 （起哄地）跳呀，跳呀！

刘大发 且住！请问这鱼塘水深几米？

阿 兰 两米有余，你怕了？

刘大发 养的什么鱼？

阿 妙 不是鳄鱼，也不是鲨鱼，是鳗鱼，不会吃掉你！

众 人 你跳呀！

刘大发 哈哈哈……

阿 凤 你笑什么？

刘大发 我笑你们！

众 人 笑我们？

刘大发 （中板） 我笑你们一个个口齿伶俐心头懵，

却不知市场风云变幻无穷。

应知道赚大钱眼光要独到，

又岂能跟人养鳗一阵风。

阿 凤 （不以为然）刘老板，我原来是在一间鳗鱼加工厂打工的，鳗鱼的市道一直很旺销，这一点我清楚！

刘大发 你看的是眼前，我说的是长远！

阿　凤　刘老板，眼前有什么不好？只要再过几个月，鳗鱼就可以上市，我们赚定了！

刘大发　阿凤小姐，听我的，同我合作，弃鳗养虾！

众　人　弃鳗养虾?

刘大发　对！弃鳗养虾，我包你们比养鳗风险更少，赚钱更多！

阿　贵　刘大发，你别在我这个养鱼师傅面前乱吹了！弃鳗养虾，我绝不同意！

众　人　对，我们不同意！

刘大发　阿凤小姐，你的意思是……

阿　凤　刘老板！大家的意思，就是我的意思！

刘大发　（欲辩）阿凤小姐……

阿　凤　我看，算啦！

（快中板）车不同辙路就改，

门神贴错合不来。

你难叫我将道改，

我难阻你发大财！

众　人　走啦！

刘大发　（无奈，欲走又回）好，既然你们不相信，我就和你们打赌。你们敢吗？

阿　凤　赌就赌，刘老板，你想赌什么？

刘大发　若果你们养鳗赚了大钱，我送来贺礼，写个“服”字，挂在你们村头的大榕树上！

众　人　好！

刘大发　若果你们输了——

阿　凤　同样写个“服”字挂在大榕树上，还多加一串大鞭炮，拜服你这个料事如神的大菩萨!

刘大发　一言为定！

阿　凤　拜拜！

[切光。

第三场

[村头大榕树下。

[收获的季节。

[幕后曲：

金秋到，慰辛劳，
树结果，藤长金葫芦。
秋光照，金铺路，
同唱丰收乐，乐陶陶！

阿　兰　凤姐，我们养的鳗鱼又肥又大。贵哥拉鱼进城好几天了，一定卖个好价钱！

阿　妙　我们赚定啦！

三叔公　对呀，哈哈，你们准备好钱袋，等着分钱吧！

[众笑。

阿　凤　阿爷，我们赚了钱，除了分红，还要为村里盖一间老人院！

八　姑　啊？为我们盖一间老人院？

阿　兰　是呀！八姑，阿凤说，我们赚了钱，首先忘不了的是村里辛苦了一辈子的老人家呀！

八　姑　阿凤真好，你们这些年轻人真好呀！

三叔公　八姑，阿凤还说，以后他们赚了大钱，除了盖老人院，还要建学校、开大路、架大桥呀！

八　姑　好喽，好喽！我们就等着享福喽！

[阿珍捧一精致的盒子上。

阿　珍　（高兴地）凤姐！刘大发托人送来贺礼啦！

阿　凤　（得意地）刘老板，果然守信用呀！阿妙，打开看看！

阿　妙　（开盒，惊）凤姐，里面什么也没有，只有一份报纸！

阿　凤　报纸？

阿　妙　（惊慌）哎呀糟啦！凤姐，你看这则新闻，鳗鱼价格暴跌啦！

阿　凤　（接看，念）“鳗鱼价格暴跌，养殖户血本无归，惨惨惨！”

（惊愕）啊……

（滚花）　鳗鱼市道热转冷，

何以竟在顷刻间？

[牛仔急上。

牛　仔　凤姐，贵哥回来啦！

[阿贵内唱：“风云变幻！”失魂落魄地上。

阿　凤　（急不可待地）阿贵，鱼都卖出去了么？

阿　贵　惨，惨，惨啦！

阿　凤　怎么？没卖掉？为什么？为什么？

阿　贵　（快中板）鱼商摇头不拍板，

鱼厂纷纷把门关。

鳗鱼贱作家鱼卖，

心在滴血，只好拉回还。

阿　凤　什么？全拉回来了？

阿　贵　拉回来了！我想总有一天市场会好起来的，到时或许没亏得那么惨！牛仔，把鳗鱼放回塘去吧！

[牛仔应声下。

阿　凤　（急了）阿贵，刘大发送来了消息，我们不能再等了，亏也得赶快卖！

阿　贵　当初买回的鱼苗就是几元钱一条，现在养得又肥又大，还是几元钱一条，能卖得出手吗？

牛　仔　（提一桶鱼急上）凤姐，不好了！

阿　凤　出了什么事？

牛　仔　拉回来的一车鱼，因为长途转运，天热缺氧，全都死光啦！

阿　凤　（大惊）什么？全都死啦？

[众惊呆：“啊?!”

[幕后唱：

晴天霹雳响，

雪后又加霜。

阿 凤 （责怪地）阿贵，你真傻！拉进城又拉回来，这是为什么？为什么？如今好了，一文不值啦！

阿 贵 （捧着死鱼，向天发问）能怪我，能怪我吗？

[众人惊呆……

[幕后传来泣咽的女声伴唱：

心儿碎，乍成灰，

肝肠寸断神若呆。

一条死鱼一串泪，

一声泣咽一声哀。

多少个日日夜夜长等待，

竟盼来一场噩梦一场灾。

[阿兰等扑向阿凤，相抱而泣……

阿 贵 唉！

（泣残红）无端风雨，

顷刻间，梦残了！

一腔泪，伴着汗血随水漂。

为何惨遭劫，

问天天不晓。

路有千百条，

不该回来投包自招祸不少！

（反线中板）

看起来，富贵在天不由人，

一切命生成，改不了，

实难求，荒滩一片能把财招。

趁如今老本虽亏还算小，

唯只有，回头再走打工路一条！

阿凤，事到如今，我们只好求村长退了地，回城打工了！

众　人　凤姐，你说，我们该怎么办呀？

［人们默默地期待着……

阿　凤　（思索着，轻轻地唱出）

（反线二黄板面）

二十万资金乃多年血汗和泪水，

更凝聚了众姐妹的情与爱。

到今天，眼睁睁，冀望化飞灰。

我的心，似鞭笞刀剐四方来，

辜负了姐妹的情义与姐妹的爱。

（反线二黄）

为什么，未扬帆，船翻大海？

为什么，有技术，一样惹难招灾？

莫非我错，错，错？

错，错，错？

猛然间，想起了陈教授谆谆教诲，

科技信息分不开。

刘大发规劝言犹在，

立足眼前看未来。

心头重重影，

乌云慢慢开。

［幕后伴唱：

啊……

阿　凤　（新曲）　看弯弯河水，百折不回，

岭上枝头红棉花开。

［幕后伴唱：

啊，

红棉花开！

阿　凤　（接唱）　风吹雨打，也要腰杆挺直把头抬。

[幕后伴唱：

腰杆挺直把头抬！

阿 凤 （接唱） 风雨过后，山更青，树更翠，

[幕后伴唱：

山更青，树更翠。

阿 凤 （接唱） 痛定思痛，噩梦醒后好梦来！

阿贵，你们看，鳗鱼虽然死光，但鱼塘还在呀！好比那——

（滚花） 和尚跑光寺庙在，

我要请回个大菩萨——

把那香火旺起来！

阿 贵 大菩萨？哪有这样的大菩萨呀？

阿 凤 有！

众 人 谁？

阿 凤 刘大发！

众 人 刘大发？

阿 凤 对，刘大发！他不但有资金，而且经验丰富！几个月前，他就预测到今天的鳗鱼市场！今日他又特意送来这份报纸，点醒我们！

阿 贵 （接过报纸）点醒我们？哼！他分明是在取笑我们！（欲撕报纸）

阿 凤 （急阻止，拿过放回盒中）阿贵，输了就是输了！怕什么别人取笑？我们要好好记住这个教训！牛仔！写一个“服”字，买一串长长的鞭炮，在村头的大榕树上挂起来！请大菩萨过河！

阿 贵 刘大发说的，你当真了？

阿 凤 我们说话算数！大家分头行动，接菩萨！（与众下）

阿 贵 （望着阿凤的背影）阿凤，阿凤！

（新曲） 怨你心太硬，

十驾马车拉不还。

望河东，心难受，

我好比打倒醋灌五味翻！

想我也是男儿汉，
背不弯，腰也硬，
为着阿凤敢闯龙潭！
到如今——
阿贵何妨胆搏胆，
铤而走险闯难关！

[切光。

第四场

[村头大榕树下，一串长长的鞭炮由树顶吊下。

[刘大发兴致勃勃地上。

刘大发 （七字清）打正领呔将款摆，
梳个靓发擦亮鞋。
开发荒滩是笔大买卖，
欲擒故纵我要巧安排！

[树后突然闪出阿凤、阿兰、阿妙等，挡住刘大发的去路。

众　人 （双手合十，深深一躬）阿弥陀佛！

[刘大发先是一惊，明白后哈哈大笑。

阿　凤 菩萨呀！
（新曲）　鞭炮长长如挂彩，
只等河东菩萨来。
信女善男诚等待，
心诚口服拜如来！
阿弥陀佛！

刘大发 哈哈哈！阿凤小姐，你们果然是言之有信呀！好！我们做生意要的就是这个“信”字！

阿　凤 刘老板，今日请你过河，一是守信，向你认输；二是重谈我们合作的事！

刘大发 合作？你们已经血本无归了，凭什么与我合作呢？

阿　凤 凭我三百亩地！

刘大发 哦？就凭这一片荒滩，几张鱼塘——

阿　凤 刘老板，这可是宝地呀！

刘大发 宝地？

阿　凤 对！是你送我的那份报纸，点醒了我们！报纸上除了坏消息，还有好消息呀！（把报纸递给刘大发）你看！

刘大发 （看介）好消息？我怎么看不到？

阿　凤 你翻过来，认真看！

刘大发 （翻看，念）“旅游农业，方兴未艾！”咦？新名堂啵！

阿　凤 对呀！为了这个新名堂，我专门去广州请来了陈教授，他说我们这里依山傍水，风光秀丽，如果办成旅游农业，一定前途无限！

刘大发 （兴奋地）哦，是么？

阿　凤 对呀，刘老板，规划图已经出来啦！

刘大发 哦，让我看看！

阿　凤 （小桃红）你认真看！

刘大发 （接唱）　我要着意小心看，
　　　　　　　　这图画，胜似仙境蓬莱！

阿　凤 （接唱）　看此处，蕉树成林花如海，

刘大发 （接唱）　猪舍成排围塘盖，

阿　凤 （接唱）　九曲回廊衬亭台，

刘大发 （接唱）　鱼戏水，小舟轻把游人载。

阿　凤 刘老板，我们养猪养鱼又种菜，符合环保无公害。到那时——举步瓜踢脚，抬头果碰嘴。树成林，花如海。我们也造楼阁，砌亭台，把它变成人间仙境小蓬莱！

刘大发 （心花怒放）哈哈！开条大路通四海，让那美金港纸人民币，好似猪笼入水滚滚来！

阿　凤　你若投资，不但可以赚大钱，还可以把我们的家乡变得更美，让河东河西一起富起来呀！

刘大发　对！你讲得对！往日我刘大发只知赚钱，赚钱，赚更多的钱！今日才知道，除了赚大钱，我刘大发还可以做大事！我决定投资！

阿　凤　刘老板，你真爽快！

刘大发　祝合作成功！

阿　凤　合作成功！

［刘大发与阿凤热烈握手……

［阿贵暗上，见状。

阿　贵　（不高兴地）阿凤！

阿　凤　（由于兴奋，并不察觉）阿贵，刘老板同意投资啦！

阿　贵　（冷冷地看了刘大发一眼）是么？

阿　凤　你带刘老板走一走，我把合同拿来！（下）

刘大发　阿贵先生，请！

阿　贵　（冷冷地）哼！刘老板，我问你，你来到底是为了什么？

刘大发　投资呀！

阿　贵　投资？哼，葫芦里装的什么药，我全清楚！告诉你，阿凤是我未婚妻，以后你别往她身上打主意！

刘大发　（不屑一顾，避开，欲走）哼！

阿　贵　站住！你听清楚了，这里不欢迎你！

刘大发　你不欢迎，阿凤欢迎我就行了！

阿　贵　刘大发，你以为就你有钱呀？钱，我也有！你走吧！

刘大发　你也有？恐怕是蚊子放血没几滴吧？

［刘太发又欲走，阿贵三挡。

刘大发　你想做什么？

阿　贵　请你离开！

刘大发　你……

阿　贵　我们的事我们自己解决，用不着你操心！

刘大发 （不屑一顾地）好！有骨气！失陪！（下）

［阿凤上。

阿 凤 阿贵，刘老板呢？

阿 贵 我把他赶走啦！

阿 凤 什么？你把他赶走了？

阿 贵 阿凤，你不就是想要钱么？钱，我也有！拿着，这是二十万元的提款单！（塞提款单）

阿 凤 （惊疑）啊？这一大笔钱，你是从哪里弄来的？

阿 贵 总之不是偷不是抢！阿凤，只要你不找刘大发，我为你死，也心甘情愿！

阿 凤 阿贵，我们要干大事，要的不是十万二十万，而是百万千万！你懂吗？

阿 贵 （大声地）我懂，我懂！你现在心目中只有刘大发，只有钱！

阿 凤 （怒）你……

［算盘叔内叫："阿贵，阿贵！"拿担挑绳索上。

［阿富、大嫂等随上。

算盘叔 （气得发抖）阿贵，你好大的胆呀！（举棒就打）

大 嫂 （拦住）阿爸！自家人，有什么事好好商量嘛！

阿 富 商量什么？他是要把这个家卖了呀！

阿 凤 富哥，发生了什么事？

算盘叔 你不要演戏了！如果不是你教他，我阿贵想不出这样的主意来！

阿 贵 阿爸，这不关阿凤的事！

阿 富 阿爸，分家吧！

算盘叔 分家？

阿 富 （慢中板）我怕他——

终有一天倾家荡产，

分了家，或许保得半壁还！

算盘叔 不行！我一日未死，你们休想分家！阿贵，把屋契取回来！

阿 凤 去吧！

阿 贵 我不去！

算盘叔 好，你听着！

（滚花） 三声数完你不走，

榕树挂副老骨头！

（大声地）一……二……

[阿贵依然不动……

[算盘叔威胁着正欲数下去——

三叔公 （突然帮上一句）三！

算盘叔 你——

三叔公 牛仔，搬张凳来！

[牛仔搬凳上。

牛　仔 三叔公，您请坐！

三叔公 不是我坐的，是他用的！（走近算盘叔）你想死，是么？好，让我教教你，怎样才死得干脆，死得快捷！

算盘叔 你……

三叔公 你呀！

（白榄芙蓉）

你你你，你应知，

吊颈还应有张凳。

（念） 挂绳套，高过人，

站上去，莫打战，

脖子一伸腿一蹬。

那时嘛——

你眼发白，脸变黑，

口吐白沫舌头伸。

（接唱） 呜呼哀哉仅一阵，

死得个样哩，吓死人！

来呀，我三叔公 88 岁啦，还未想死。我不信，你就想死！

来呀，去死呀！

算盘叔 （硬撑着）你——你想我死，我偏不死！阿贵，你今日要她，就没有我！我要与你断绝父子关系！（下）

[阿富、大嫂等随下。

三叔公 怎么走了？快来死呀？哈哈哈……（下）

[台上只留下阿凤与阿贵，长久的沉默……

阿　凤 阿贵……真对不起，为了这块地，累到你一家不和。

阿　贵 你明白就好了！

阿　凤 不过，阿贵，你好傻，你为什么要这样做呢？

阿　贵 不这样，我们有什么办法？

阿　凤 其实，办法是有的呀！

（南音序）我们已筑金巢，
不怕没凤来。
借风扬帆，
发财时机不可再。
引资金，聘人才，
刘大发有心有力有诚意，
何以不去求他回来？

阿　贵 （接唱） 与他分明是两台戏，
岂能唱一台？

阿　凤 阿贵，去吧！

（南音） 我与你一同前去，
切莫苦脸愁腮。
大家同唱一台戏，
你又何必要拆台？
情归情来爱归爱，
阿凤心中有界会分开。
错过时机难后悔，
抛开顾虑随我来！

阿　贵　我不去！

（流水）　你虽无心他有爱，

日久定必种祸胎。

更怕他有心将你骗出海，

无意将你送回来。

到那时叫天天不应，

叫地地不睬，

（二黄）　给你一个灭顶之灾！

阿　凤　我不怕！

（十字清）他敢把百万资金全丢下海，

我不怕流血流汗舍命奉陪！

阿　凤　去吧！

阿　贵　我不去！

阿　凤　阿贵，我问你，你到底是对你自己没信心，还是对我阿凤没信心呢？

阿　贵　我……

阿　凤　（激将地）你怕刘大发了？好，你不去，我去！

阿　贵　（叫住）阿凤，什么事都是我迁就你！好吧！我就再迁就你一次！

阿　凤　（欢喜）一次，最后一次！

阿　贵　（苦着脸）走呀！

阿　凤　（止住）你这样愁眉苦脸的，无一点诚意，不行！

阿　贵　你要怎样？

阿　凤　见到刘大发，你要热情、有礼、主动！

阿　贵　（模仿动作，勉强地笑）热情、有礼、主动！这行了吧？

阿　凤　OK!

［切光。

第五场

[刘大发家。

[刘大发饮酒背唱散板："千杯难消心头气！"

刘大发 阿凤呀阿凤，

(反线中板)

你可知，三过河西三受气，

你可知，为了你，

我害了相思。

更可知，你一幅图画，

竟让我心往神驰，跃跃欲试。

干一番大事，人生才有意思！

(催快) 恨只恨大路中间多条柱

避不开绕不过有翼难飞！

[阿凤引提着一篮礼物的阿贵上。

阿　凤 哦，到啦！阿贵，记住，约法三章：热情、主动、有礼！

阿　贵 知道了！

[阿凤揿门铃。

刘大发 请进！

[阿凤与阿贵进门。

阿　凤 刘老板！

刘大发 (惊喜) 哦，阿凤小姐，是你呀？请，请呀！

阿　凤 刘老板，我们是专程向你赔礼道歉的！

阿　贵 (不情愿地装出笑脸，递过礼物) 昨天是我不对，对不起，刘老板！

刘大发 (不接也不理) 哦，请，请坐！

[阿贵欲坐。

刘大发 (拉开椅子) 阿凤小姐，你请坐！

［阿贵忍着气，把另一张椅子搬到阿凤身边，坐下。

阿　凤　刘老板，你大人有大量，关于我们合作的事……

刘大发　合作？哦，今天我不谈公事，只谈饮酒！阿凤小姐，你能陪我饮两杯么？

阿　凤　这……

刘大发　怎么？怕你的阿贵哥了？

阿　凤　刘老板，你太小看我阿凤了！

刘大发　是么？好，阿凤小姐，请！（递过酒杯）

阿　凤　（接酒杯）多谢！

阿　贵　（急了）阿凤，你——

刘大发　阿贵先生，你自便吧！

阿　贵　（欲怒）你……

阿　凤　（暗制止，笑对刘大发）刘老板！

（小桃红）平日阿凤未沾酒，

饮下两杯红云上面来。

既然刘老板有心邀请我奉陪，

和你饮杯共一醉！

这第一杯嘛——

（接唱）　敬你刘大发心胸广阔人气概！

刘大发　阿凤小姐，这第二杯——

阿　凤　（接唱）　祝你广开财路，

八方客常来，

投一本，赚千倍！

刘大发　中听！这第三杯……

阿　凤　这第三杯嘛——

（接唱）　祝生意合作无妨碍，

饮胜此杯！

刘大发　合作？可以。不过，我有一个条件！

阿　凤　刘老板，什么条件？你请说吧！

刘大发　我怕你做不到！

阿　凤　刘老板不会叫我上天摘星星吧？

刘大发　离开你的阿贵哥！

阿　凤　刘老板，你这是什么意思？

刘大发　没什么。因为他妨碍我们的合作。

阿　贵　（火了）刘大发，我早知你对阿凤不怀好意！

刘大发　阿贵先生，你错了！我对阿凤是心怀爱意。我早就说过要和你竞争。阿贵先生，你敢和我公开竞争么？

阿　贵　（怒）你……

阿　凤　（制止）刘老板，你是多饮两杯，醉了吧？

刘大发　我没醉！我是心里有话，不吐不快！（一饮而尽）阿凤小姐！

（中板）　想你来当总经理，

想你做我好贤妻。

一幅图曾使我心灵开窍，

一番话更令我志上云霄。

数年来赚钱千万也嫌小，

却何曾似今日见到目标？

若得你我两人肝胆照，

大事成就在明朝！

既然土地可以投标，为什么爱情就不能投标呢？

[阿凤受到震动……

阿　凤　（新曲）　刘大发吐真言真情真性，

好教我进退两难，尴尬万分。

阿　贵　（背唱）　又看她——

心神不定，

难道是——

为那一派胡言动了情？

刘大发　（背唱）　我不信姻缘早注定，

地为媒，凭真爱，

好事定成！

阿　贵　阿凤，既然刘大发无心谈合作，我们走！（拉阿凤欲走）

刘大发　（叫住）阿凤小姐！

（新曲）　莫非你——

让那理想成泡影？

阿　贵　（接唱）　莫非你——

竟抛恩爱八年情？

刘大发　（新曲）　那是一根绳——

阿　贵　（新曲）　那是一杆秤——

刘大发　（新曲）　绑着你的手和脚，

阿　贵　（新曲）　称出你的重和轻。

阿　凤　（犹豫中唱）我若跟他走——

刘大发　（新曲）　一个梦，化泡影，

阿　凤　（新曲）　我若留此地——

阿　贵　（新曲）　从此斩断一段情！

阿　凤　（新曲）　怎除阿贵心头病？

怎对大发说心声？

一言投标惊人醒，

巧应对，自信心中有把天平！

刘老板，爱情也投标，这可是个新名词！

刘大发　你觉得怎样？

阿　凤　你真要和阿贵竞争？

刘大发　对！我刘大发喜欢明刀明枪，是成是败，任凭决断！

阿　凤　好！刘老板，我和阿贵相爱八年，你有什么条件和阿贵竞争呢？

刘大发　阿凤小姐，你听着：若然我是夫来你是妻，你来当家我让位。你说河西有发展，我就搬家到河西。投资千万无所谓，刘大发只当从头来。纵然你想摘个月亮玩一玩，我也会拼个粉身碎骨上天梯！（得意地）阿贵先生，出标吧！

阿 贵 出标？荒唐！

（快中板）荒唐人做荒唐事，

无聊无耻更无稽。

爱情竟作玩游戏？

真是可笑又可悲！

阿凤，走！

阿 凤 走？

阿 贵 （拉阿凤）走吧！

阿 凤 阿贵，难道你就不能拿出点男儿气慨，与他比一比？

阿 贵 比？比什么？与他比钱财？比家产？还是比脸皮厚？比谁更无耻呢？

阿 凤 阿贵，难道除此之外，你便一无所有了么？

阿 贵 有！我心里有我和你的山盟海誓；有一个梦，和你建立一个恩恩爱爱的小家庭！

阿 凤 （期待地）还有呢？

阿 贵 还有你！你是我的！用不着与他竞争！

阿 凤 （失望地）阿贵，你太狭隘了！

阿 贵 我狭隘？

阿 凤 我以为，你会和我一起说服刘老板，以后大家同心同德干番事业！想不到你如此没志气！你太令我失望了！

阿 贵 我没志气？我令你失望？好，我走！（怒下）

阿 凤 （追叫）阿贵，阿贵！

刘大发 （叫住）阿凤小姐！我刘大发什么地方不如你的阿贵哥呢？

阿 凤 刘老板，你说哪里去了？（欲下）

刘大发 （拉住）阿凤小姐！

（小桃红）心中闸门撞开，

炽烈爱火已难耐！

又觉得——

手抖颤，语调改，

休教我爱心骤变灰！

（恳求地）阿凤小姐！嫁给我吧！

阿　凤（接唱）心领你万缕情，可惜是没有缘！

刘大发（接唱）你与他心未通，志未同，

怎能与他结情缘？

阿　凤（接唱）一语惊心！

自问相亲相爱历数载，

一起打工，曾与他风雨共往来。

却为何，情未变，

爱非当初爱？

刘大发　阿凤，我和你才是天生的一对呀！

阿　凤　刘老板，强扭的瓜是不甜的。爱情又怎能成为我们合作的条件呢？

刘大发　为什么不可以？我是个商人，在商言商，只要你愿意，这洋楼、汽车还有我的农场，我所有的一切都是你的！

阿　凤　刘老板，钱是不能买到爱情的！难道我阿凤不嫁给你，你就不投资，不合作了？

刘大发　这……

阿　凤　刘老板，合作的事，你再考虑清楚吧。再见！

[阿凤下。

刘大发　阿凤，阿凤……（思索着）难道这个世界真有用钱买不到的东西？

[切光。

第六场

[二幕前。

[算盘叔哈哈大笑上。阿富与大嫂随上。

算盘叔 （对内） 阿贵，阿贵！

[阿贵迎上。

阿 贵 阿爸，什么事？

阿 富 喜事，喜事呀！

算盘叔 （减字芙蓉）外面来了个贾老板，

一心要想耕那荒滩！

我开天杀价不留情——

阿 富 30 万，30 万呀！

阿 贵 30 万？

算盘叔 不错！

（接唱） 是顶手费 30 万！

哈哈！可笑他——

30 万居然买块烂荒滩！

合同我带回来了！阿贵，快叫阿凤来签名吧！

阿 贵 叫阿凤来？阿爸，阿凤是不会同意卖地的！

算盘叔 这如何是好呀？

阿 贵 （逞强地）不用叫阿凤了！往日事事都是听她的。这回，我来做主！

算盘叔 你？

阿 贵 没错！

算盘叔 好，这样才似是算盘叔的儿子！

阿 贵 阿爸，拿合同来，我签！

[切光。

[开二幕。

[鱼塘边。

[阿凤依依不舍地凝望着……

[村长引贾大发上，算盘叔、阿兰、阿妙等随上。

村 长 阿凤！

阿 凤 村长，我正想找你！

村　长　阿凤，这位就是贾老板！

贾大发　不错！我姓贾，贾大发贾老板！

阿　凤　哦，你就是想买地的贾老板？

村　长　是呀，贾老板来收地啦！

阿　凤　对不起，这块地，我不卖！

村　长　啊？有无搞错，阿贵已经签了名！

阿　凤　没我的签名，不算数！

村　长　阿凤，贾大发钱也带来了！

贾大发　对呀，30 万的现金支票我带来了，只要阿凤小姐在转让合同上签个名，这 30 万就是你的了！

算盘叔　（接过，又惊又喜）啊……

（新曲）　定定神，睁睁眼，

好似捧座大银山。

荒滩果然变宝地，

石蛋变金蛋！

阿凤呀阿凤！

一锤定音快拍板，

阿　富　对呀！

（同唱）　叫他后悔难！

［算盘叔、阿富、大嫂等："阿凤，签吧！"

阿　凤　我……不签！

贾大发　阿凤小姐！其实我是来帮你的呀！

（七字清）你盖新房我执漏，

你搭架子我上油。

若非大家是朋友，

这样的烂摊子，我可不收！

牛　仔　哼，你凭什么收我的地？

贾大发　凭你没钱，耕不起。

阿　凤　我若是不让呢？

贾大发　村长，我把承包款提高一倍！

阿　凤　提高十倍我也不让！

贾大发　村长，你是全村最大的官，你说了算！

村　长　对对对！我是全村最大的官，我说了算！我决定，这块地就转让给贾老板！

阿　凤　村长，你不要忘了，比你大的有镇长、县长、省长，当心我告你一状！

村　长　（也火了）阿凤，你眼中还有我这个村长吗？我这样做也是为你们着想，为村人着想！我行得正，站得正，你要告就尽管去告吧！

阿　贵　阿凤呀阿凤！这块地已经害得我们够惨了！难道你要死在这块地，才甘心么？阿凤，告诉你，今日如果你不卖了这块地，跟我入城打工，我……我就和你……一刀两断！

阿　凤　（震惊）吓？

阿　兰　（惊讶地）贵哥，你要和凤姐一刀两断？

阿　贵　（心痛地）没错，一刀两断！（拎起背包，扭头欲下）

阿　凤　（呼叫）阿贵——

阿　贵　（回头，期待地）阿凤，你同意退地了？

阿兰等　（焦急、担心地）凤姐，不如退了吧？

阿　凤　（抬头、坚毅地）我不退！

（唱）　纵有千万难，

誓不让出那荒滩！

那荒滩——

有我们心中一个梦，

有我阿凤承诺重如山。

忘不了——

五年打工长祈盼，

一起为它远道还。

阿凤我——

灯下苦攻书，

再闯科技关。
市场一课从头读，
共同绘画美河山。
待来朝——
满目果林鱼儿欢！
红土情，红土缘，
红土地上把梦寻盼。
抬头望，路漫漫，
携手渡难关。

[刘大发暗上。

刘大发 （大声地）好！佩服，佩服！

众　人 （惊愕）刘大发？

刘大发 阿凤小姐，看你已是山穷水尽了。你不卖地，请问怎样耕下去呢？

阿　凤 （自信地）刘老板，你放心，有一个人会为这块地投资，与我合作的！

刘大发 是么？他是谁呢？

阿　凤 你——刘大发！

刘大发 （出乎意料）我？

阿　凤 （肯定地）对，就是你！

阿　贵 （冷笑一声）哼，阿凤，看来为一个钱字，你真的要将自己卖了！

阿　凤 （不以为然）阿贵，你小看了我阿凤，也看低刘大发了！没错，他爱我，爱得很真也很大胆，甚至有点不顾一切！不过，我相信，他不是一个小人！不是一个疑神疑鬼，心怀狭窄，胸无大志的小人！

阿　贵 （忍着气）还有呢？

阿　凤 还有一样，你真要与他比，就未免相差太远了！

阿　贵 我知道，你是说钱！是么？

阿　凤 （哭笑不得）阿贵，你错了！是对我阿凤的了解！八年了，你居然不认识阿凤是怎样一个人。你知道刘大发今日为什么过河而来么？

阿　贵 哼！还用问么？

阿　凤　你说！

阿　贵　为了你！

阿　凤　你又错了！他是为了这块地！刘老板，我猜得对吗？

刘大发　这……

阿　凤　我相信，你是一个精明的生意人，知道这块地的价值！你怕失去它，所以过河来了，是么？

刘大发　阿凤，我真服了你！（对贾老板）拿合同来！

贾大发　（听命地）是，老板！（递合同）

众　人　（愕然）老板？

贾大发　我是假老板，他才是真老板呀！

众　人　哦——原来你俩是在唱双簧戏呀？

刘大发　阿凤小姐！

（寻针）　唯望你，原谅我，

未敢冒昧过河，

才出此下策，

派我的马仔同你商磋！

阿凤，我早已料定，你不会卖地。所以，如今第一步不行，只好就走第二步了！你以土地入股，我们一起合作，合同我已经写好了，你看！（递合同）

阿　凤　（接看）刘老板，你真不愧是料事如神的大耕家呀！

刘大发　阿凤，多谢你！我现在才相信，这个世界上果然有用钱买不到的东西！阿凤，祝我们合作成功！（伸出手来）

阿　凤　（热烈握手）合作成功！

村　长　（愧疚地）阿凤，我刚才太心急了！你与刘老板合作，我们河西村就大有希望啦！刘老板，请到村委会把合同签了吧！

阿　凤　刘老板，请！

刘大发　请！（下）

[众欢快地下。

[台上只留下三叔公、算盘叔、阿贵和欲走又回头的阿凤。

三叔公 （走向算盘叔）阿贵老窦，三叔公老了，你也老了！现在是阿凤他们这些年轻人的世界喽。哈哈哈……（下）

算盘叔 （感慨地）老喽，老喽！（对阿贵）你阿爸的算盘打错啦！

（若有所思地下）

[阿凤期待地望着阿贵……

[阿贵一咬牙，背起背包，下……

[阿凤目送远去的阿贵，深情地回眸脚下的大地……

[幕后曲：

一片红土，

几许深情。

抛不开，割不断，

心思恋，梦魂牵……

[剧终。

（剧本版本：广州粤剧院提供）

· 粤剧卷 ·

涂来贵当官

编剧：梁建忠　楚　耘　古从新

人　物　表

涂来贵　　人间县新任县令，曾为强盗。

周德政　　落榜秀才。

柳含烟　　人间良妇。

杨湘环　　涂来贵妻子。

石　虎　　涂来贵结拜兄弟，曾为强盗。

石　豹　　涂来贵结拜兄弟，石虎亲哥，曾为强盗。

刘春山　　富商。

班　头　　人间县差头。

忠　伯　　老衙役。

宝　儿　　周德政书童。

春　梅、瑞兰：涂来贵丫鬟。

报　子、地保、衙役、丫鬟、刀斧手、男女群众。

第一场

[城郊。

[涂来贵与石虎、石豹喜气洋洋地上。

[幕后众唱（相思小潮调）：

奇奇奇，稀稀稀，

世事难测似一局棋。（过门）

石　虎（接唱）　稀稀稀，

石　豹　（接唱）　奇奇奇，

涂来贵　（接唱）　捐官买印未为奇。（过门）

不望名声传千里，

愿积德人间便喜笑扬眉。（过门）

画外音　山贼也想做官？

众　人　（唱）　你话稀奇不稀奇？

石　虎　大哥，我两兄弟自与你结义金兰，落草为寇，占山为王，不愁吃，不愁穿，何苦花一笔钱去买官做呢？

涂来贵　偷盗终非业，今天我们要改邪归正。

石　豹　我们兄弟经商，不是走正道么，为何偏要做官？

涂来贵　试试未尝不可。我涂来贵酸甜苦辣都尝过，就是棺材未躺过，官未当过，今天倒要尝尝做官的滋味！

石　虎　当官有什么了不起！

涂来贵　当官手中操权！我一开口谁敢不听。

石　虎　哼！官字两个口，贼人三只手，我……

涂来贵　（急接）宁可做贼不做官？！

石　虎　嘿嘿！不熟不做嘛。

涂来贵　这回我要做自己想做的事，做我心中想做的官。

石　豹　大哥，买官易做官难啊！

涂来贵　这有何难。只要对得住天，对得住地，对得起黎民百姓，对得住天理良心。至于处事嘛！容易得很，只不过大笔一挥打个剔，画个交叉不就可以了吗？（唱快中板）

若遂所求心欢喜，

走马上任吐气扬眉，

十里亭前待报喜。（拉腔）

［三人同向十里亭走去。

［书童宝儿引周德政上。

周德政 （唱十字清）

风送爽，青竹吐翠摇曳生姿，
喜满怀，亭前恭候佳音至，
盼望着，春雷一声报喜时。

宝　儿 快来这里坐下吧。

石　虎 （喝住）喂！我大哥正在此歇息，闲人一律避开。

宝　儿 此处非是你个人私产。

石　虎 臭小子，竟敢冲撞大爷。（欲打）

涂来贵 （喝止）三弟！

［树上一阵鸟啼，宝儿跳到石上。

宝　儿 你们听到了么？喜鹊声声同我家公子报喜来了。

石　虎 岂有此理！（把宝儿揪下）

宝　儿 相公，他们欺负我。

周德政 （借诗讽刺）“迎人喜鹊枝头唱，不曾侧翅随人飞。”

石　虎 （对涂来贵）大哥，你看秀才在吟诗取笑我们。

涂来贵 他不一定笑我们。秀才喜欢吟诗。吟诗，我也会。（想了想）对了！“两只黄鸡鸣翠柳，一行白鸭上青天”！

宝　儿 （捧腹大笑）公子，他说黄鸡白鸭。哈哈哈。

涂来贵 （不满地）你们笑什么？

周德政 笑你读错字。

涂来贵 错在哪里？

宝　儿 待我告知你吧。诗中所写的是“两个黄鹂鸣翠柳，一行白鹭上青天”。

石　虎 （上前一手执宝儿）乳臭小儿，竟敢冲撞我大哥，你知不知个“死”字怎样写？

涂来贵 石虎，休与这黄口小儿一般见识。

石　虎 （余怒未息）哼！（推开宝儿）

宝　儿 （不忿地）公子，他们蛮不讲理。

周德政 （上前，有礼地）仁兄，诗中所写是黄鹂白鹭，怎可读成黄鸡白鸭？

石　虎 什么黄泥，什么白路，只要路路亨通，大哥必然高中。

宝　儿　（对周德政）他能高中？

涂来贵　（急接）十拿九稳！（笑而自负地）我有的是财！

周德政　你有才？！

涂来贵　说得对！（唱天上人间）

我财宝一堆堆，田土一区区，

“财”多则可通科举，

“财”可以封嘴，“财”可破规矩，

“财”多科试可不去。

誓夺功名坐高车，

威风凛凛街中游愿已遂。

大堂上高高坐，官印捧手里。

宝　儿　（讥讽地）岂不是黄鸡白鸭飞上天。

周德政　宝儿，……（见涂跌在地上，欲上前扶）

涂来贵　不妨事！（唱滚花）

不枉相识一场，

日后我将你抬举。

[内场鸣锣，报子上。

报　子　请问哪一位是涂来贵？

涂来贵　老子便是。

报　子　恭喜涂相公。喜报传来，吏部委任你为人间县令，即日离京上任。

涂来贵　我中了！（对周德政）我中了！哈哈哈，给赏钱。

[石虎给报子赏钱。

报　子　多谢大人！

宝　儿　（拉报子一旁）大哥，请问我家公子可有派官？

报　子　（摊开手示意）你家公子姓甚名谁？

宝　儿　姓周名德政。

报　子　（见没表示，晦气地）周德政榜上无名。（欲走）

宝　儿　（拉住报子）大哥，我家公子才高八斗，怎会榜上无名？

报　子　才高八斗怎及黄金八斗！（对周德政）想做官，就先学会做人。（下）

周德政 想我周德政，十载寒窗，磨穿铁砚，今科应试三场得心应手，想不到大好文章却不及这些黄鸡白鸭。天呀！天理何在人间！

涂来贵 （对周德政）老弟，何必怨天尤人呢。你有才想做官，我有财想当官，可当今时势偏合我当官。

周德政 如此当官非君子之为也！

涂来贵 事在人为也！老弟胸有抱负，满腹才华，今科当不上官，我涂来贵请你当我的师爷。（唱三脚凳）

请你案前来辅政，
得展才志大有作为。
你教我做官，
我教你做人能入世。
一家便宜两家着，（转芙蓉尾句）
有利未为亏。

周德政 （唱滚花）渭水浊，泾水清，我与你泾渭分明，决不同流浊秽。

石　虎 混账！真是不识抬举。（欲打周德政）

涂来贵 （喝住）石虎休要鲁莽。（对周德政）老弟，买卖不成仁义在，日后有什么麻烦事，尽管找我。

周德政 找你？（冷笑，讥笑）哈哈哈……

涂来贵 有什么好笑？你笑我不配当官么？那就走着瞧吧。

（唱滚花）乌鸦巢内能出凤，
粪堆上面也可长灵芝。（拉腔）

［众人定格。

［幕闭。

第二场

［县衙内花园。一弯新月。

［幕启。春梅与瑞兰摆设酒筵。

[杨湘环手捧官服、纱帽。石虎手捧官印。石豹敲着锣，引涂来贵上。

涂来贵 （唱满墙飞）

看乌纱，望金印，

紫带红袍样样新。

杨湘环 （接唱） 没白费银。

涂来贵 （接唱） 千金一挥，福星高照靠财神。

石　豹 （接唱） 快戴乌纱。

石　虎 （接唱） 我奉上金印。（音乐不断）

[众人帮涂来贵穿官袍，戴乌纱。

杨湘环 （接唱） 穿上红袍玉带挂身。

石　豹 （唱序） 面貌更新。

涂来贵 （接唱） 一朝抓印把，

为乡亲解忧困。

冤屈要申！

众　人 （唱序） 冤屈要申！

涂来贵 （接唱） 黑白要分！

众　人 （唱序） 黑白要分！

涂来贵 （接唱） 做个清官得民心。

杨湘环 （接唱） 口碑载道千里传闻。

涂来贵 （接唱） 叩拜苍天望福荫。（音乐不断）

[众人跪拜毕。

涂来贵 （接唱） 今晚共醉尽畅饮。

众　人 （唱序） 尽畅饮。

虎、豹 （接唱） 高高举杯祝哥哥更声威振。

[音乐不断。众人痛饮。

石　豹 小弟先敬大哥一杯。（念白榄）

庆今天，转鸿运，

贺大哥，光彩照人，

高坐公堂威风凛凛，

扬眉吐气大快人心。（敬酒）

涂来贵 （接酒，续念白榄）

过去受尽恶吏赃官气，

压得我有冤无处申。

今日坐堂掌官印，

要当家作主为黎民。（众饮介。对石虎）

石　虎 （念白榄）贺大哥，掌官印，

贺大嫂，做夫人，

沙煲兄弟讲情分，

愿随左右不离身。（敬酒）

涂来贵 （接酒，续念白榄）

手足要同气，说话要同音，

有难同当见真情，

有福同享尽开心。（众饮介。对石虎）

来，你也穿一穿官袍。

石　虎 我穿得？

杨湘环 穿得，大哥话有福同享嘛。

涂来贵 今晚大哥就让你过官瘾。（脱下官袍给石虎穿）

［石虎学着走官步，滑稽可笑。

［石豹取锣敲着节奏衬石虎迈步。

忠　伯 （上，对着着上官衣的石虎）参见大人。

石　虎 我不是大人。（指涂来贵）他才是大人。

忠　伯 （望见涂来贵头戴乌纱，莫名其妙）这……

［众人大笑。

涂来贵 （对忠伯）你到来作甚？

忠　伯 禀大人，教馆先生来报，馆舍因瓦旧墙危，昨夜倒塌。

涂来贵 （一惊）啊！快叫库吏拨银五百两，命地保派民工赶快修好。

忠　伯　遵命。（旁白）新任老爷真好！（欲走又转回）老爷，拨银子要有老爷批条，库吏才敢办理。

涂来贵　老子不会……

［杨湘环一拉涂来贵袖子示意不要出洋相，谁知将台上面的筷子打掉在地上。

杨湘环　老爷，看你把筷子弄丢了。

涂来贵　（灵机一动随后扔下五根筷子在地上）通知库吏，按筷子数量拨银。

忠　伯　（拾起筷子，为难地）大人，以筷子代替条子，衙中从未有此规矩。

涂来贵　这是新规矩，知道吗！快去。

忠　伯　（哭笑不得）这新规矩真是破天荒啊！（下）

石　虎　大哥，真威风。（唱滚花）

新官上任新规条，

大破天荒好得很。

石　豹　（接唱）　节省纸张和笔墨，

筷子也可作批文。

石　虎　（接唱）　大哥无愧着此袍，

日后定升官极品。

（脱下官袍，给涂来贵穿上）

［班头内叫："大人！"急上。

班　头　禀大人，地保匆匆来衙有急事告禀。

石　虎　（对班头）叫他明天再来。

涂来贵　慢！传他进来。

［班头向内扬手。地保上。

地　保　参见太爷！

涂来贵　有何急事？

地　保　太爷！（念快白榄）

大祸从天降，雨打又风侵，

洪水泛成灾，西村遭水浸，

家园被毁破，百姓苦不堪，

大人快赈灾，小民代叩禀。

涂来贵 （唱滚花）惊闻西村水浸，

灾情危急万分。

快开仓放粮，

解危济困。

（对班头）速命库吏提取白银千两，赈济灾民。

班　头 太爷，库存拨不出白银千两。

涂来贵 为什么？

班　头 皆因前任县太爷把银提光了！

涂来贵 提光了？提光了不就是偷光了？哈哈，前任县令原来是个贼。哈哈哈，有人做官又做贼，涂来贵做官不做贼。

（对湘环）快取出我白银千两，赈济灾民。

杨湘环 （有点舍不得）老爷——

涂来贵 不必多言。快去！

［湘环下。

涂来贵 地保，传老爷的话，今年西村免交捐税。

班　头 老爷要出告示安民，盖上大印，知照下属办理才是。

涂来贵 怎么，要老子出告示？

班　头 太爷是一县之尊。

［涂来贵为难。石虎看铜锣心生一计，拿着铜锣走到涂来贵面前。

石　虎 （轻声地）大哥，想我们落草之时，都是以打锣传令，何不用上这招。

涂来贵 说得对。（拿过铜锣对地保）老子交你铜锣一面。

（唱滚花）市井鸣锣传口讯，

如出告示可安民。（对班头续唱）

你拿我千两白银，

立即分头散赈。

班　头
地　保 遵命。（下）

石　虎　大哥，这回可以饮得安安乐乐、痛痛快快。

［三人归座饮酒。

［忠伯捧着一大叠公文和文房四宝上。

石　虎　（恼怒地对忠伯）你这老糊涂又来扫兴，滚！

忠　伯　不能滚！老奴敬仰大人体恤民心，是个好官，才敢前来告禀。

涂来贵　有何要事？

忠　伯　大人！（韵白）

前任县官利令智昏，
害苦新任县尊大人，
公文堆积还未批审，
老爷从速批审公文。

涂来贵　好！待我立即审批。

［忠伯将公文和文房四宝放台面。

［涂来贵作看状，提笔一剔；在第二份公文上又打个圈；在第三份公文上又打个交叉。

忠　伯　（惊诧）大人，应用文字批复，怎能画个圈圈，打个交叉，这岂不误了大事！

石　虎　这是新规矩。

忠　伯　这个规矩不能新啊！

涂来贵　那你就代老子批复。

忠　伯　老奴不会批复。这是大人职责，老奴不敢越俎代庖。

石　虎　哼！你以为大哥不会批复吗，他是有意考考你。谁知竟是饭桶，滚！

忠　伯　是。（下）

［涂咬着笔头，烦躁地将公文丢在地上。杨上见状。

杨湘环　老爷，你一上任就碰到难题，日后怎么办啊？

石　虎　既然做官难，那我们就——

涂来贵　（截白）重操旧业？不成！

石　虎　（赌气地拿过笔）那你有本事就批复公文吧！你批呀！审呀！（将笔塞向涂来贵）

涂来贵 （拿着笔，痛苦地）唉！（唱鸾凤和鸣）

我头晕，头晕！

难复这叠回文，

难推本官责任，

情急靠助谁人，

只有书生可解我愁困。

应相邀府上委重任，

哪怕书生耻笑我无能，

他诗书饱读有学问，

因仕途挫折怨不公允，

劝慰或能使他欢心，

一笔聘金表热忱，

接他到县衙以礼待人，

或许将我体谅他会答允。

石虎，你去拿一百两白银，送与书生周德政，请他到府上代复公文。

（唱滚花）要热诚相邀礼贤下士，定要请到此人。

[幕闭。

第三场

[荒郊。宝儿寻上叫："公子！"下。

[幕启。一束光打着手拿酒壶的周德政。

周德政 （有感地）做官先要学做人？！（重句。唱新腔流水）

正气消沉，歪风泛滥，

文章价贱，铜臭却可换朝衫。（上板）

把酒仰天长慨叹，

黄钟黯黯瓦釜殷殷，（殷读班）

百姓倒悬国家多难，

书生无力济时艰！（转散板）

权借醇醪把愁遣散。

[石虎捧着白银寻上。

石　虎　周先生！（见周不理睬）周先生！我叫石虎，石头的石，老虎的虎。奉县太爷我大哥之命，请先生到衙中一叙。

周德政　我与你大哥猫鼠不同洞，与你虎鹿不同行！（欲走）

石　虎　（拦住）周先生，我大哥敬重贤才，想与你交个朋友？

周德政　交朋友？

石　虎　交朋友！小小礼物请先生收下。（塞银子给周）

周德政　（鄙视）哼！银子可买官做，却买不到朋友做！（掷银）

石　虎　（怒火）你……（一想）大哥吩咐要礼贤下士。今日我唯有吞声忍气，老虎变作老黄牛！（脸带笑容）周先生，何苦借酒消愁呢，今科不中，可卷土重来，先与大哥一叙，交个朋友，日后对你有好处。

周德政　不受尘埃半点侵，竹篱茅舍自甘心。我周德政非是摇尾乞怜之人。

石　虎　说得对！大哥正看中先生这点才叫小弟厚礼相邀，请先生到府赐教。

周德政　教什么？我教他做官，他教我做人吗？

石　虎　嘿嘿！这叫作相得益彰嘛！

周德政　休想！（唱快中板）

饰情矫行不知羞惭，

纵有金杯和玉盏，

交朋结友难上难。（转滚花）

堪笑庸才徒劳往返。

石　虎　周德政！（唱滚花）

你莫恃才傲物，自命不凡。

未识做人想做官，怕你心肝想烂。（悻悻而下）

周德政　（感慨地诗白）人生天地间，何处不岩巉！

[柳含烟内喊：“冤——枉！”上。

柳含烟 （唱新曲）天杳杳，路漫漫。

周德政 （接唱） 天杳杳，路漫漫。

柳含烟 （接唱） 冤抑难伸情悲惨。

周德政 （接唱） 青云无路屈鲲鹏。

柳含烟 （接唱） 怨怨怨，怨句苦命红颜遭劫难。

周德政 （接唱） 恨恨恨，恨仕路排挤落拓还。

柳含烟 （散板） 公理难寻怎把凶徒惩办？

愿随夫去不愿苟活人间。

[周德政醉倒树下。柳含烟抛带上树丫，一脚踏在周德政背上滑下，复冲上前欲自尽。

[周德政惊醒，推开柳含烟，取过带子。

周德政 姑娘，千万不可自寻短见啊！

柳含烟 先生啊！（唱风萧萧）

你为何故，不让我脱苦难，

只有轻生方可了祸患。

怨妇含悲家已散，

夫婿陈尸血泊间。

每夜灯前忍听冤魂喊，

空白泪血沉澜。

周德政 （劝慰）姑娘，浩瀚人间定有你容身之处，又何苦轻生呢！

柳含烟 可恨恶贼厚颜无耻，逼奴改嫁，我不甘凌辱，愿随夫去，以保洁白之身。（欲死）

周德政 （阻拦）姑娘，你大仇未报，怎能一死了之！理应上告县衙，把奸人惩办。

柳含烟 上告？难呀！（唱爽二黄）

递禀上公堂，

怕更添祸患。

黑漆衙门开八字，

有理无钱告状难。

公理湮没人间，

难见河清海晏。

周德政 （唱快二流）

听她一腔苦水，

不由我愤涌心间。

她怨无钱告状难，

我受挫文场失意返。

恨只恨当道豺狼无忌惮！（转合尺花）

试看人间县令，

是否公道在人间。（收）

涂来贵呀涂来贵！这回我不用你请也来找你。你若然为官清正，我就与你相辅而行。若不辨龙蛇糊涂昏愦，我周德政定要把你乌纱参倒。（对柳）姑娘，若不嫌白衣秀士，学生愿替你上状鸣冤！

柳含烟 （感激）谢恩公！（下跪，周扶起）

［闭幕。

第四场

［人间县衙堂内。

班　头 新任县太爷到！

［众衙役懒洋洋地上。

班　头 严肃点！

众衙役 （无精打采）是！

班　头 精神些！

众衙役 （齐声）是！

班　头 有请大人！

［丫鬟春梅、瑞兰引涂来贵与杨湘环上。

涂来贵 （唱四不正）官步迈开心花放。

杨湘环 （接唱） 威风十足坐衙堂。

涂来贵 庭中摆公案，左右竖起——（止住）

杨、涂 （齐唱） 左右竖起似个牌坊。

春 梅 老爷，这不是牌坊，是写着字的牌子。

涂来贵 （看牌子）写的是什么字？

杨湘环 （拉涂的袖子，示意不要出洋相。向春梅）你念给我听听。

春 梅 上面写着“肃静回避”。

涂来贵 （指着另一方牌子问）那边牌子又写着什么？

瑞 兰 老爷，那边不也是写着“肃静回避”么。

涂来贵 （思索自语）肃静回避？（突然一喊）来人！

〔班头与衙役上前。

班 头 大人有何吩咐？

涂来贵 将“肃静回避”的牌子通通搬走。

班 头 大人，小人从未见过公堂之上要搬走这牌子。

涂来贵 从未见过的东西多着呢。搬走！

班 头 遵命！（与众衙役搬掉牌子）

杨湘环 老爷，这做法可行么？

涂来贵 怎么不行。牌子写着肃静即叫人不出声，回避即叫人避开我，公堂之上既不出声又回避我，你叫我怎样审案！

〔春梅、瑞兰忍不住笑。

涂来贵 （责备地）笑什么？有什么好笑！你两人也回避。

梅、兰 知道。（笑着下）

涂来贵 夫人！（唱七字清）

今日三六九期告牌放，

夫妻携手坐公堂。（转三字清）

我是船，你是桨，

同心协力，驾海抛江。（拉腔）

杨湘环 （直转孔雀开屏尾段）

请我夫将心放，不会使你失望，

夫是船来奴是桨，风险浪急我把定方向。

涂来贵 （接唱） 当初绿林中称好汉，

结义联帮我当兄长，

用钱买来官印执掌，

青云无路我担梯便可上。

［内场传来鼓声阵阵。班头急报上。石豹、石虎上。

班　头 大人！（快白榄）

衙前一妇人，号哭悲声放，

呼冤又叫枉，击鼓闯公堂。

涂来贵 唉！（接念）

相请周先生他不来，偏遇有人来告状，

我不懂堂规怎审案，叫我怎样坐公堂？

杨湘环 老爷！（接念）

切莫失措又惊慌，有我在旁将胆壮，

你是船，我是桨，撑出大海也无妨。（耳语）

涂来贵 世间万物都怕——

杨湘环 （拍手掌示意）升堂！

涂来贵 升堂！

［涂来贵跳上椅子坐椅背，示意夫人坐椅上。

［石虎、石豹在案左右。众衙役见状目瞪口呆。

涂来贵 传击鼓人上堂。

石　虎 （向内）击鼓人上堂！

［柳含烟身穿孝服，手拿状纸与周德政同上。

柳含烟 （一旁跪下）参见大人。

周德政 （站在柳含烟身旁）

涂来贵 吠！大胆妇人为何乱击堂鼓？

柳含烟 民女前来击鼓望大人申冤！

杨湘环 民妇叫何名字？

柳含烟 名叫柳含烟。

涂来贵 （指周德政）你又叫何名字？

周德政 学生周德政。

涂来贵 原来是你击鼓闯公堂。

周德政 （讥讽地）这哪里像公堂，简直像庙堂，更似水鬼升城隍。

［湘环即离座，涂来贵揪身跌坐椅上。

涂来贵 好个周德政，老子请你不来，不请你自来，分明前来捣乱。来人，将他赶出公堂。

周德政 慢！大人曾对学生说过，日后有什么麻烦之事尽管找你，可今天我到来找你，你却将我驱赶，岂不是言而无信么？

涂来贵 （语塞）算你好记性。你到来作甚？

周德政 替民妇柳含烟申冤！

涂来贵 啊！（指柳含烟）是她要申冤？

周德政 正是。

涂来贵 哼！她有冤情与你何相干？

杨湘环 真是狗捉老鼠——多管闲事。

周德政 大人——（欲说）

涂来贵 （截白）啊……莫非到来要看看老子当官的本事么？好！今天就让你见识见识。人来看座！（向柳含烟）民妇状告何人？

柳含烟 状告凶徒刘春山。

涂来贵 吠！大胆刘春山！你恃强凌弱，欺负民妇，来人，与我重打八十！

周德政 （讥笑）哈哈哈……

杨湘环 （轻声地）老爷，刘春山还未到。

涂来贵 （向石豹）快把刘春山抓来！

石　豹 遵命！（下）

杨湘环 民妇为何身穿孝服？

柳含烟 大人申冤呀！（唱快慢板）

恨凶徒刘春山，天良尽丧。

暗藏奸施辣手，害我夫郎。

起淫心夺奴奴，逼婚上门掀恶浪。（转七字清）

他心肠狠毒似虎狼，

我誓死不从来反抗，

申冤诉讼闯公堂。（转滚花）

状词一纸告凶徒，

望大人公正廉明，秉公断案。（跪呈状子）

涂来贵 （唱滚花）状词一纸拿手上，

额头冒汗手冰凉。

只字不识断案难，

又怕书生笑我不自量。

（眼珠一转）民妇站过一旁，本官自有主张。

[石豹带刘春山上。

刘春山 （诗白）被告摇身变原告，

成竹在胸进公堂。（内进下跪）

小民刘春山叩见太爷。

[杨湘环与涂来贵耳语示意打。

涂来贵 呔！（锣鼓白）大胆刘春山，居然谋财害命，强夺人妻，罪大难饶。人来与老子重打八十！

刘春山 大人，小人还未陈情，却遭刑罚，是何道理？

杨湘环 有道未见官先打八十。

刘春山 我识做，我识做。（取银两呈上）

涂来贵 （大怒）呔！大胆刘春山，公然贿赂本官，来人，与我打！

石　虎 （上前执住刘春山）嘿嘿！

刘春山 （惊愕）啊！是你——

石　虎 刘春山，想活命就不要胡说八道，如若不然——（以手抹颈）

刘春山 （战栗）小人知道，我决不会胡说八道。

涂来贵 打！

[众衙役板子狠打下。刘春山号叫。

[石虎见状，取过板子，大力举起轻轻打下。

周德政 看来大人倒会判案？

涂来贵 （得意地）这个自然。

周德政 可惜呀，可惜！

涂来贵 可惜什么？

周德政 可惜大人只识一个打字！

涂来贵 （语塞）这……

刘春山 冤枉呀！

涂来贵 还来呼冤叫枉，再打！

刘春山 大人，小人不是杀人凶手！

石　虎 （追问刘春山）那凶手是谁？

刘春山 是……（转指柳含烟）她！她存心赖婚，还将小人诬告。

柳含烟 大人不要听他胡说。

刘春山 柳含烟，只怪你丈夫不仁，将妻顶债，我有押据在身，你还想抵赖。大人，小人要告她赖婚，现有状词呈上，请大人一观。（呈状）

[石虎接状子交与涂来贵。

[涂来贵接状子，为难地交状子给杨湘环，再拿起柳含烟的状词离座，与湘环各走一方，出示状词。

刘春山 （对涂来贵）大人明察！

柳含烟 （对杨湘环）申冤呀！

[涂来贵与湘环互换位置示状。

刘春山 （对杨湘环）大人明察！

柳含烟 （对涂来贵）大人申冤！

涂来贵 （唱减字芙蓉）

他二人情词各执，

同把状子送上公堂。

杨湘环 （接唱） 案情复杂非常，

如何来断案。（音乐不断）

涂来贵 （浪里白）你是原告？

柳含烟 （回复）我是原告。

涂来贵 （指刘春山）你也是原告？

刘春山 （回复）我当然是原告。

涂来贵 （续唱） 两个都是原告……

杨湘环 （接唱） 究竟被告在何方？

涂米贵 （快中板）一案怎能告两状，

分明胡闹乱公堂。（转滚花）

以儆效尤，打他个目无君上。

来人与爷打！

刘春山 （哭丧着脸求情）大人！

涂来贵 刘春山已经打过，柳含烟还未打，来人，重打八十！

周德政 慢！大人。（唱反线芙蓉中板）

怎能是非不辨，

乱施刑杖责善良。

既是各执一词，

更应弄明真相。

莫被虚词诡说，

将罪证隐藏。（转反线七字清）

若断案糊涂举措失当，

罪首逍遥法外更嚣张。（转滚花）

法不正，律不明，

此后有谁，敢上衙门告状。

[涂来贵示意柳含烟起来。

[班头内叫：“府台大人公文到。”府台差役拿公文上。

[涂来贵离座候文。

差　役　人间县令涂来贵，限三天之内，速将新政实施及民情近况一并上复，不得贻误！（交公文下）

[涂来贵急得团团转。

[湘环与涂耳语，示意找周德政帮忙。

涂来贵　周先生！（念白榄）

先生道理条条，我亦非糊涂断案，

柳含烟一上状，他已将板子尝，

但刘春山告她，赖婚不认账，

论情应责罚，各打八十理应当。

念在先生讲情，可免施刑杖，

我帮了你一次，礼尚往来你应帮我忙。

周德政　帮忙？

涂来贵　（误会对方已应允）这才是嘛！（对下人）你们听着，柳含烟、刘春山回家听候传讯，周德政留下批复公文。退堂！

周德政　慢！（口鼓）

真是荒诞无稽，离题万丈，

你为官不正，居心不良。

请我批复公文，莫再徒劳梦想，

堪笑庸才愚昧，偏要粉墨登场。

涂来贵　（唱滚花）他针锋相对出语把人伤，

要警醒痴顽，此风不可长。

（指周德政）人来与我打！

周德政　打不得！

涂来贵　为何打你不得？

周德政　大人！（念白榄）

学生虽不才，未能名登金榜，

但乡试我为首，秀才小小功名声誉街坊。（催快）

若无理辱斯文，我向上告你一状，

那时乌纱保不住，县令不能当！

石　虎　我呸！（唱快中板）

书生无理说话荒唐，

口出狂言目无尊长，

官威快动肃纪纲，

板子无情，（半句。转滚花）

啪啪响。

涂来贵　人来！（唱滚花）

先打四十，以儆轻狂。

虎、豹　打！

[石虎、石豹按下周德政，众衙役打。

[石虎取过棍欲置周德政于死地。

涂来贵　（夺过石虎棍）够了！

柳含烟　（凄厉地）周——先——生！

[幕闭。

第五场

[月夜。县衙文书房内，房门倒锁。

[周德政气愤地打门。

周德政　涂来贵你个狗官，快放我出去！（打门。唱滚花）

遭屈受辱被羁囚，

逃脱无方心恨怨。

恨豺狼当道，

怨昏官作恶多端。

我定要上告府台，

痛数你这个人间知县。（抚伤，慢慢坐下）

［春梅、瑞兰捧着丰盛的酒菜上。

春　梅　（诗白）鸡腿打来牙鲛软。

瑞　兰　（接念）书生怨气化云烟。（开锁内进）

春　梅　周先生，老爷吩咐奴婢送来美酒佳肴。

周德政　（冷笑）县令大人如此款待，是何居心？

瑞　兰　周先生，大人虽鲁莽，但心地善良。

周德政　心地善良？打得我皮开肉绽，还说心地善良？

春　梅　周先生，有道路遥知马力，日久见人心。老爷的心怎样，你将来就知道。

瑞　兰　不要说那么多了，趁着饭热菜香，请先生进食。

周德政　哼！君子不吃嗟来之食，通通拿回去。（拂袖不理睬）

春　梅　（为难地）周先生，我们做奴婢的，都得听人使唤，你如不进食，老爷责罚下来，奴婢担当不起。（示意瑞兰同跪）

周德政　你们因何下跪？

春　梅　周先生，你若不进食，奴婢不敢起来。

周德政　（心软）好吧！你们快快起来，稍后我进食就是。

梅、兰　谢先生！（二人出门，把门反锁，下）

［周德政对桌上的佳肴不屑一顾。

周德政　（唱二黄合字序）醇醪美酒在眼前，

席上珍馐来奉献，

休笑书生不领情气昂然，

从来正与邪，彼此不相沾，

热肠冷面我终不变。（转长句二黄）

堪笑白鸭黄鸡飞上天，

高踞公堂施气焰，

冤沉何处诉，明镜几曾悬？

说甚父母官，恍似阎罗殿，

我无辜遭杖责，

王章安在公理何存？！（落句。转唱郁金香）

他用钱买官，得势弄权，

钳制百姓偏信坏人言，

身遭禁锢，弱妇无法申冤。（过门）

怕风雨横来更生祸变，

叹只身势单力薄无计解倒悬。（叹气）

[涂来贵卸半边官衣，肩负板子，手拿蒲团上。

涂来贵 （诗白）公堂搅得一头烟，错责书生是我颠，

板子无情打两面，负荆请罪为求贤。

[涂开锁进门，谁料门窄身负板子无法进，只好侧身而入。

涂来贵 （诚恳地）周先生有礼！（将蒲团放在地上双膝跪下）

周德政 如此大礼，学生受用不起！（负气地坐椅，伤痛难受）

涂来贵 （忙拿起蒲团放在椅上）周先生，这样坐会舒服些。（扶周坐下。见酒菜未动）唉！周先生，趁饭菜还未凉，快些吃吧！（送上）

周德政 哼！黄鼠狼给鸡拜年——不怀好意。（一推）

涂来贵 （放下饭菜）周先生，东西可以乱食，说话不可乱讲。今夜我特意前来，一心向先生赔罪！

周德政 向我赔罪？（唱新腔流水）

他他他，前倨后恭令人难测揣。

涂来贵 （接唱）他他他，怒容满面我抱愧难言。

周德政 （接唱）眼前人，阴转晴来难识庐山面。

涂来贵 （接唱）他怎知我来唱萧何月下追贤。

周德政 （接唱）我必须洞察内情再作打算。

涂来贵 （接唱）我必须和盘托出说因原。

周先生今日公堂之上错打先生，累你受皮肉之苦！

周德政 皮肉之苦还易抵，羞辱之耻确难挨。有道："士可杀，不可辱！"

涂来贵 不辱也辱了，不打也打了，有道"不打不相识"嘛！

周德政 （摸着伤痛有感地）不打不相识？

涂来贵 对！本官爱民如子，今晚负着板子，前来赔罪才子，请你责罚老子！（解下板子呈与周）

周德政 学生岂不是以下犯上么？

涂来贵 你我没有上下之分，只讲兄弟之情，古时有个廉颇负荆请罪，如今我涂来贵仿效古人。周老弟，你就狠狠打吧！

[涂将板子塞与周德政，伏在椅背候打。

〔周德政举起板不忍打。

涂来贵 （向周）打吧！只要周老弟能消怨气，老子挨它一百几十板也心甘情愿。周老弟，你就使劲打吧！

[周德政感动，丢下板子。

涂来贵 （起身）周老弟呀！（唱中板）

你伤痛难言，可知我心中，
亦有满腔恨怨。
恨官绅，枉法贪赃，
害我天涯沦落饱受熬煎。
怨世态炎凉，迫我在绿林栖身，铤而走险。
后又改作经商，虽赚得家财百万，
终不敌手上操权。（转弹烛花）
试当官，将身份变，
买乌纱，我不惜钱，
印把闪耀在眼前，
喜得官爵欲把——（转二黄）
乾坤扭转。
要为黎民百姓，雪恨申冤。（反线双星恨中板头两句）
当好官，要学法典，（转二黄）
苦我目不识丁，
欲聘先生求指点。
你在堂前辅政，

我有柱石可擎天。

我虽头戴乌纱，

属实由你操权，

一番诚意相邀，

你却固执已见。

唯有忍心将你打醒，

望能委曲求全。

周德政 （唱雨打芭蕉中段）听他陈情亦有可原，

世道衰微，是非模棱，善恶难言，

他非是糊涂知县，

虽不懂规章法典，

一番说话全是理，

虽挨板子责，启我愚蒙震心弦，

他竟有真知灼见。

涂来贵 （唱七字清）

先生通情达理心良善，

常言道宰相肚内可撑船，

望先生留在县衙多指点，

涂来贵甘心情愿，帮你磨墨铺笺。（转滚花）

望先生侠义为怀，

辅政案前，才华尽展。

周德政 大人如此器重，学生怎敢推辞。

涂来贵 多谢周老弟。（下礼）

周德政 大人何须礼重。

涂来贵 哈哈哈，真是不打不相识啊！来来来，我先敬周老弟一杯。（斟酒，唱滚花）

今后白鸭黄鸡听你话，

还记得“一行白鹭上青天”。（拉腔）

[二人碰杯饮酒。

涂来贵 （从怀里取出府台公文）烦劳周老弟代复公文。

周德政 好！

[涂来贵交公文与周德政，随即磨墨铺笺。周德政提笔复公文。一束光打着二人。

[幕闭。

第六场

[柳含烟家。丫鬟侍候柳含烟焚香祷告。

柳含烟 （唱乙反恋弹慢板板面）弱女无告，血泪染襟袖，

祷告上苍望天有灵，

能为我治恶诛奸报雠仇。（转乙反恋弹慢板）

叹不幸，周君慷慨出谋惹隐忧，

昏官仗势不讲理，屈君子作罪囚，

我身在虎口，念摆脱无由，

哀哀谁援救。（散唱）

正是黄叶飞来怕打头。

[刘春山带两家丁上，破门而入。

柳含烟 （怒不可遏）刘春山，你光天化日擅闯民居，该当何罪？

刘春山 笑话。世上哪有主人认不得自家门之理？

柳含烟 住口！我恨透你这人面兽心、丧尽天良的罪魁祸首！

刘春山 （嬉皮笑脸）含烟呀！（唱反线青梅竹马）

春山不是祸首，与你夫君是好友，

只怨他福薄，中道抛佳偶。

我好心将你打救，效东君有惜花意，

你却怨恨将我骂臭，

更不该告上县衙，应识趣委身将就。

柳含烟 （唱正线快中板）恶贼还来威逼利诱，

莫当含烟是粉头。（转滚花）

我与你誓不干休，快滚出我家门口。

刘春山 我呸！（唱滚花）

手中一张押据，你我木已成舟，

可恨贱人，敬酒不饮饮罚酒。

（对家丁）赶她出我家。

[家丁驱赶柳含烟主仆。

[石豹引涂来贵、周德政上。

石　豹 （喝住）住手！

柳含烟 （惊喜）周先生！（走向周德政身旁问候）

涂来贵 吠！大胆刘春山，擅闯民宅，欺负女流，该当何罪！

刘春山 大人，这间屋是小民的，柳含烟撒赖不走，怎能怪罪于我。

柳含烟 大人不要听他胡说。

刘春山 不是胡说，是实说。小民有押据在此，请大人一观。（呈上）

涂来贵 （接过，即交与周）周老弟，你看着办吧！

周德政 （念押据）本人因做珠宝合伙生意，借得刘春山百金为本。如日后无力偿还，愿以妻房相抵。立据人：吴庆元。

涂来贵 周老弟，既然刘春山有押据在身，那柳含烟岂非将人诬告？

刘春山 大人明察！

柳含烟 大人申冤！

周德政 柳含烟，看看此据是否你丈夫笔迹。（交据）

柳含烟 （接据看毕）确是我丈夫笔迹。（交回押据）

涂来贵 柳含烟，看来刘春山告你赖婚，并无将你冤枉。

周德政 你可知诬告要反坐呀！

柳含烟 （叫头）罢了知县大人！（向周）我的好恩公呀！（念口鼓）

我夫生前与刘春山曾是好友，

他对我垂涎欲滴梦寐以求。

自我嫁入吴家，夫妻感情深厚，

怎会以妻房相抵，糊涂立据蒙上心头。

刘春山 他就是以妻房相抵！

周德政 以妻房相抵？（细看押据，唱减字芙蓉）

细看手中押据，

疑团阵阵涌心头。（沉思）

涂来贵 周老弟！（接唱）

真相既已弄明，

何须眉头锁皱。

刘春山 （接唱） 莫非行藏被察破，

心惊胆战冷汗流。

柳含烟 （接唱） 周先生反复察内情，

莫非此据有疑窦。

周德政 （接唱） 请大人细心看，

个“妻”字露苗头。

涂来贵 （接唱） 难道此据被改涂，（半句）

周德政 （接唱） 草灰蛇线终归有，

学生心中有数，（半句）

涂来贵 （唱减字芙蓉）

先生考虑宜周。

周德政 （唱滚花）请大人放心，天网疏而不漏。

柳含烟，你夫生前可置有宅舍良田？

柳含烟 有良田数亩与这所楼房。

周德政 良田数亩？大人，刘春山就是在这个田字上做文章。（耳语）

涂来贵 呔！大胆刘春山，擅改押据，将田字改为妻字，该当何罪？罪大难饶，与爷狠狠打。

刘春山 大人，小民在公堂之上还打不够么？

涂来贵 公堂还公堂，厅堂还厅堂，公堂打了，厅堂还未打。打！

[石豹打刘春山耳光，揪起刘春山扔在地上。

刘春山 大人，你怎么不通情理，只识打人？

[周德政向涂来贵示意再打。

涂来贵 哼！不打你不招。石豹，将他带回衙中，大刑伺候。

石　豹 （一手揪起刘春山）走！

刘春山 大人饶命，小民愿招了。

涂来贵 从实招来。

刘春山 小民羡柳含烟美貌如花，有心纳她为妾，故将押据涂改，望大人恕罪。

周德政 （有意套刘）是你见色迷心？

刘春山 是。

周德政 是你涂改押据？

刘春山 是。

周德政 是你谋财害命？

刘春山 是。（顿觉失言，反口）不是，不是！

涂来贵 呔！大胆刁民，反口覆舌，与我往死里打！

刘春山 （冲口而出）大人你打死我也不敢说。

周德政 啊！然则你是知道凶手是谁？

刘春山 （狡赖）我不知道。

涂来贵 胡说！你不知道谁个知道？你刚才不是说：打死也不敢说么？

刘春山 （支吾）这……

涂来贵 哼！分明与凶手狼狈为奸，若不从实招来，凶手就是你！（向石豹）将他押回衙中，打入死牢，秋后处斩！

刘春山 （大惊失色）大人，凶手不是我呀！

涂来贵 （追问）到底凶手是谁？

刘春山 凶手是大人的左右手——石虎！

涂来贵 （惊愕）吓！

[造型，定格。

[幕闭。

第七场

[县衙内花园。大雨滂沱，狂雷阵阵。

[一束光打着淋到浑身湿透的涂来贵。

涂来贵 （唱新腔流水）

惊雷响，暴雨翻。

惊雷劈不了眼前灾难，

暴雨冲不去五内忧烦。

石虎呀！你不该财迷心窍把罪犯，

令为兄，解救无方没转圜。（呆站沉思）

[忠伯打伞寻上，见涂被雨淋，忙用伞遮住他。

忠　伯 大人，周先生命我到处找你，原来你独自在此。看，你浑身都被雨水淋透了！

涂来贵 被雨水淋淋，有何不可？（离开）

忠　伯 （忙上前遮住）不可，不可！大人是一县之尊，怎能让风吹雨打？

涂来贵 风雨能将脑筋清醒！（坐石上）

忠　伯 大人似有心事重重，能否讲将出来，让老奴分忧一二。

涂来贵 （强笑掩饰）我哪有心事，只不过喜欢淋个天然浴。（离石，仰头淋雨）

忠　伯 哈哈哈！原来大人有这般嗜好。不过，淋一会儿就好了。待老奴回去告知周先生。（塞伞给涂）

涂来贵 忠伯，告知周先生，我就在这里。（将伞交回忠伯）

忠　伯 （推却）大人，雨还未停，手中有伞比无伞好！（下）

涂来贵 （自言自语）手中有伞比无伞好？唉！可惜这把不是大红伞，弟郎有难不能护荫，要你何用！（伞抛一旁，纳闷地坐石上）

[一声雷响，石豹拿伞遮着杨湘环上。石豹见地上的伞，拾起上前遮着淋雨的涂来贵。

涂来贵 （以为忠伯转回）忠伯，你不要这样好心啦！须知好心会招雷劈！（站起推伞）

石　豹　大哥，你就做做好心，救救石虎，二弟我甘愿着雷劈啊！（丢伞跪求）

涂来贵　二弟！（扶起石豹）

［雨停。

杨湘环　老爷！（收伞放一旁，唱滚花）

难兄难弟要相帮，

大事化为小事办。

你是船来我是桨，

慈航普度救危难。

涂来贵　（接唱）杀人填命案难移，

县宰无权来加减。

石　豹　大哥！（唱快中板）

怎能手足自相残，

歃血为盟情非泛，

岂可忘却义结金兰。（转滚花）

有福同享有祸同当，

救石虎出牢，效那皇恩赦犯。

［周德政内喊："大人！"急上。

周德政　大人，刘春山已画押招供，请大人即将石虎缉捕归案。（交供词给涂）

涂来贵　（接供词）将石虎缉捕归案？！

石　豹　周先生，石虎虽是凶手，但刘春山是主谋，量情可免石虎一死。

周德政　杀人填命，理所当然！

杨湘环　大人虽是一县之尊，但由你执法掌权，以先生高才，笔下通情，定能将石虎赦免。

涂来贵　石虎生死，全仗先生。

周德政　大人！（念口鼓）

朝廷律例条条，怎可明知故犯。

石虎罪无可恕，铁案不能推翻。

"儒以文乱法"，学生岂有泼天之胆。

不可徇私舞弊，大人应执法如山。

涂来贵 周老弟，若要执法如山，明年我要“拜山”（上坟），能否从轻发落，来个放虎归山。

周德政 大人！（唱七字清）

若为官不正朋比为奸，

愧对黎民千千万，

人间县令枉在人间。（转三字清）

记否当初，我挨棍棒，

打醒儒生，把重责肩担。（转七字清）

辅政堂前将案办，

要廉明公正执法如山。（转滚花）

法正则民悫，罪当则民从，

才能河清海晏。

涂来贵 石虎真的不能赦免？

周德政 不能赦免！

涂来贵 当真要斩？

周德政 定斩不饶！

石　豹 呸！（唱滚花）

岂容书生意气，不顾人命交关。

竟敢违抗县尊，看我拳头无眼。（打周德政）

涂来贵 （喝住）住手！休得无礼！

石　豹 大哥你——哼！（怒下）

杨湘环 老爷，石虎不能处斩。

涂来贵 我——（望着周德政铁面无私的眼神）唉！

杨湘环 老爷呀！石虎有恩于你，更应知恩图报呀！你还记得三年前那一晚么？（唱胡姬怨）

那日经商归晚，

路遇强帮遭劫难，

几经苦斗，你不敌人家凶猛，
跌落山中，只身陷泥潭，
强徒夺命，势似狂澜，
危难中欣得石虎来救挽。（转七字清）
他一声大喊震山岩，
手举钢刀将贼斩，
倾其全力救你生还。（转三字清）
他替你挨一刀，将贼人驱散，
拼性命，免你入鬼门关。（转滚花）
至今他臂上伤疤，记当年披肝沥胆。

涂来贵　周先生，“王道不外乎人情”。我愿以百金相赠柳含烟，求先生说个人情，劝她撤回诉讼，免石虎一死。

周德政　大人此言差矣！柳含烟丈夫无辜惨死，她上告堂前，要的是金钱买不到的真理。倘若县尊亲人被杀，你能接纳钱财而不上诉么？能让凶手逍遥法外么？当官不为民做主，上有负朝廷厚望，下愧对黎民百姓，身为执法者而犯禁，你——可对得住天理良心么？

杨湘环　（发难）涂来贵，我恨你！你身有百万家财，可以买田买地，可你——你偏要用钱买官，真是不自量力，今日弄到夫妻反目，兄弟无情，你——你真是自讨苦吃啊！

涂来贵　周先生，你看她把话说到哪里去了。

杨湘环　（恼怒）哼！开口周先生，闭口周先生，如今有他在你身边出谋划策，还要我何用！

涂来贵　夫人你——

杨湘环　你心中有我还是有他？

涂来贵　怎能忘记我是船，你是桨？

杨湘环　哼！同舟而不能共济，我这支桨要来何用！

涂来贵　夫人！到这个时候你还讲这些话？！

杨湘环　要讲！你若听我话，应赦免石虎。若听他话，你……你就当我湘环死了吧！

（怒气冲冲下）

涂来贵 夫人，夫人！

周德政 大人！

涂来贵 不要说了，你们不要逼我！不要逼我呀！

周德政 大人，石虎罪证确凿，情理难容，岂不闻：三人抬不过个“理”字么！

涂来贵 三人抬不过个“理”字？！

周德政 今日石虎一案，大人须权衡轻重。若顺夫人之情，学生坚执不从，即离府上。请大人切记“法者，乃国之法，非一人之法”！望大人三思。（下）

涂来贵 （自语）法者，乃国之法，非一人之法？（唱沉腔花）

三字情、理、法，交战在心间。（转苏武牧羊）
身如弄丝作茧蚕，
困扰重重，落得苦闷不堪，
挥千金，搏一官，自招麻烦。
上座断官司，只识瞪大眼，
接到呼冤状，谁知我半盲，
涂来贵当官真个难上难。（转流水南音）
难把规章来杜撰，
先生不允，怎放虎归山！
若执法严明博得人称赞，
却令老婆分手，兄弟反颜。（转快二黄）
情可恕，理难容，
铁案如山理当严惩法办。
免被万人唾骂，
人间县令枉在人间。
算什么清官？积什么功德？
指责交加声名毁于一旦。（直转打扫街尾段）
说我人间县令，恶善不分，
死罪不问，众怒敢犯，

一个“臭”字长担，
到阴司也捉我上刀山，
昧心亏理上苍会对我惩办。（转合尺花）
那时悔之已晚，空自愧怍一番。

［石豹内喊：“大哥！”急上。杨湘环从另一方向上。

石　豹　大哥，三弟他……他擅闯监牢，杀死罪犯刘春山。

涂来贵　（震动）三弟你……你好糊涂啊！

石　豹　大哥，事到如今怎样处断？

杨湘环　（示情）老爷！

涂来贵　（思索，终下定决心）斩！

［狂雷阵阵，暴雨滂沱。涂来贵仰天淋雨。

［幕闭。

第八场

［县衙门前。石狮、堂鼓。

［瑞兰、春梅、老衙役，捧着祭品上。

［涂来贵与杨湘环、石豹上。

涂来贵　（诗白）　为民雪恨把冤伸，
忍泪来当执法人，
一声鼓响三魂断，
教某暗暗痛揪心。

［周德政、宝儿、柳含烟、地保上。

柳含烟　太爷明镜高悬，民妇沉冤得雪，铭感太爷恩德，叩谢青天大人。（下跪）

涂来贵　不必如此，我受之有愧！

周德政　大人，时候无多了。

涂来贵　一切听先生安排。

周德政 （向内）带死囚！

［内场声：带——死——囚！

［众百姓上场围观。班头拉石虎上。刀斧手跟上。

周德政 呔！死囚为何不跪？

石　虎 老子不跪就是不跪。

涂来贵 周先生，你就宣读判词吧。

周德政 遵命。（读判词）罪犯石虎，贪财杀害吴庆元，又图毁灭罪证，擅闯大牢，杀死祸首刘春山，即判斩刑！

石　虎 涂来贵，你当真要将杀俺？

涂来贵 杀人填命，天公地道。

石虎当 真要将俺斩？

涂来贵 触犯刑法，王法无情！

石　虎 我呸！（唱霸腔快中板）

　　无义无情教人恼恨，
　　一朝掌印便断六亲。
　　处斩弟郎于心何忍，
　　你恩将仇报，我死不甘心。

石　豹 二弟！（唱滚花）

　　大哥情义尚存，
　　怎能怪他心狠。

石　虎 二哥，你疯了不成？亲兄弟不帮，反来帮他？

石　豹 我是帮理不帮亲。

石　虎 难道我杀死罪大恶极的刘春山是无理么？

周德政 何止无理，更甚者是目无王法！

石　虎 笑话。我杀了刘春山，正是为民除害。

涂来贵 住口！你擅杀刘春山，无非意图灭口，本官依法严惩于你！才真是为民除害。

石　虎 涂来贵，别在我面前摆架势。我问你，当的是什么官？是用钱买来的官。你的钱从何处来？不就是在绿林做贼的时候抢来的么？

[众百姓议论："大老爷是贼？"

涂来贵 不错。我涂来贵也曾做过贼！

众　人 太爷原是贼，人间难望得升平！（纷纷摇头叹息，下）

杨湘环 来贵！（痛苦地扑向涂来贵怀里）

石　豹 三弟，你语无伦次，竟当众谩骂大哥。

涂来贵 由他骂吧。把心里话吐出来，会痛快些。

杨湘环 三叔啊！为人须要良知，说话应讲道理。你可知大哥他——（唱爽二黄）

狠将弟郎治罪，

心内苦痛难陈。

石　豹 （唱序） 可怜大雨照头淋。

杨湘环 （接唱） 一念到结义金兰，更于心不忍。

石　豹 （唱序） 却被官规拘管紧。

杨湘环 （接唱） 奈何当官执政，要为黎庶把冤伸。

石　豹 （唱序） 大哥说话我记于心。（转反线双星恨中板头两句）

他说官有品，似树有根。（转满墙飞两句）

做个清官得民心。

杨湘环 （接唱） 口碑载道千里传闻。（直转二黄）

谁知你一再行凶，

怎能不秉公将罪问。

涂来贵 （唱长句二黄）

一县之尊责万钧，

自愧难担此重任，

不合将钱买纱帽，

幸赖辅政有贤能。

治国靠德才，

休要面团团来心混混，

今醒愚蒙知道理，

当官要勤政爱民。（落句。转弹词）

湛湛青天怎容是非淆混，
条条法律要执行，
若枉法徇情不将罪问，
堪怜弱妇痛冤沉。
三弟啊！今日为兄忍痛把你来手刃，
来岁清明我定上坟。（拉腔，转反线新腔七字流水）
当年恩义我存心坎，你臂上伤疤我永留痕。
今日送行兼送殡，恨不能以身代你身。
三弟啊！你骂为兄是贼我不记恨，（转散板）
我亦有一腔苦水，唯有往肚内吞。（上板）
我有怨，我有恨！
怨世道沧桑变，不重贤才重金银。
我恨，恨，恨！
恨有钱可将百丑遮隐，
恨有钱死罪可化为尘。
邪正不分，是非不问，
我岂能伤天害理，埋没良心。（转散板）
忍痛挥泪把法执行，
大义灭亲，莫把为兄记恨。

石　虎　（唱流水滚花）

大哥他一番话，
在情在理，教人泣血椎心，
悔不该，目无法律条条，
为泄一时之愤。
到头来，罪难容，
伏罪跟前听教训。（跪下）
大哥，三弟知错了！

涂来贵　三弟！（扶起）

周德政 （拿起标签和笔）时辰已到，请大人动笔。

［涂来贵咬牙用笔在标签上一剔，走向大鼓下擂鼓。

［众百姓复上。擂鼓毕。全场寂静。

涂来贵 （手中双槌落地）三——弟！（扑向石虎）

［音乐声起。湘环呈酒，涂来贵接过。

涂来贵 （唱新曲“辞行”）

薄酒一杯送弟行，
断头台上别亲人。
一失足成千古恨，
再回头是百年身。
须知法出于仁，成于义，
正法惩凶儆后人。（敬酒）

石　虎 （接酒）谢大哥！（一饮而尽）大哥、大嫂保重。

［石虎下跪一礼。刀斧手押石虎下。众人下。

［涂来贵望着众人背影，一声长叹，感慨地三笑。

幕后合唱

捐官为民，弃官也为民，
不当官也要做好人。
浪迹天涯何须问，
乌纱卸下让贤能。

［涂来贵卸下乌纱、官袍，与湘环、石豹渐渐消失。

［剧终。

（剧本版本：《南粤剧作》1997 年第 2 期）

· 粤剧卷 ·

顺治与董鄂妃

编剧：李悦强

人 物 表

爱新觉罗·福临　　清世祖。年号顺治，世称顺治帝，皇太极与庄后之子，5岁即位，13岁亲政。开场时18岁。

庄　后　　科尔沁蒙古博尔济吉特氏大贝勒（即王爷）寨桑之女，皇太极之妃，福临之母。开场时42岁。

董鄂妃　　原名乌云珠。正白旗鄂硕将军之女，封妃时赐姓董鄂，开场时15岁。

皇　后　　即吴帼英。吴克善之女，庄后亲侄女。开场时17岁。

佟　妃　　名玉娇，正蓝旗固山额真（旗长）佟图赖之女。开场时16岁。

吴克善　　科尔沁蒙古贝勒，开场时约五十岁。

吴夫人　　吴克善之妻，皇后之母，蒙古族。

爱新觉罗·岳乐　　安亲王，顺治帝堂兄，战功卓著，谙熟汉蒙书史。开场时二十多岁。

爱新觉罗·勒尔锦　　顺承郡王。皇太极的长兄代善三子之孙，顺治帝的侄孙。开场时二十岁，浓眉高鼻，残留着祖辈的余威，但纨绔生涯却又造成了他像女子一样的柔弱气质。

爱新觉罗·常阿岱　　巽亲王、顺治帝的堂侄。

爱新觉罗·富绶　　显亲王，顺治帝的堂侄。

吴国彪　　吴克善族侄，管家。

刘老成　　贫民。

刘翠姑　　刘老成孙女，后为乌云珠贴身宫女。出场时13岁。

徐元文　　江南才子。

嬷　嬷　　福临三子保姆。

茆溪森　　京城高僧。

太监，侍卫，宫女，御林军，恶奴，和尚，刺客，太医，家将等。

序 幕

[偏殿。福临夜读。

[烛花吐焰，云蒸霞蔚。

[幻境。

[乌云珠翩然上。福临惊艳，趋前请教。追逐、同舞、共读、相偎。

[太监上，跪。

太　监 吉时已到，请皇上更衣。

[福临惊觉。乌云珠隐退。

[暗转，紧接第一场。

第一场 选 后

[清 · 顺治十三年冬。

[慈宁宫。

[半庭半院，灯火辉煌，冬梅盛放。

[内白：“太后、皇上驾到！”

[四宫女、太监、勒尔锦、吴克善、常阿岱、富绥、岳乐、福临、庄后上。

庄　后 （唱梆子中板）

瑞气盈庭钟鼓动，

帝苑行看并蒂红。

册后选妃须慎重，

重才重德重仪容。

（转唱梆子滚花）

少时秀女到前庭，

看谁果是人中凤？

[太监捧大红柬帖上，跪。

庄　后　第一名秀女是谁?

太　监　回太后，是正蓝旗统领佟图赖之女佟玉娇。

庄　后　所献何艺?

太　监　献上满洲脚铃舞。

庄　后　传。

[太监传介。

[佟玉娇上，跳脚铃舞，舞毕下跪。

[众人点头击节叫好。庄后命起。

勒尔锦　（念白榄）脚铃舞，响叮咚，闪展盘旋快如风。腰软似垂丝，袖拂波澜涌。叔公皇帝选她入昭阳，一生都受用。

福　临　（不悦）舞跳得好就可以做皇后？你顺承郡王府这么多舞姬，岂不是都可以做皇后啰？混账！

勒尔锦　该死！奴才该死！

庄　后　第二名秀女是谁?

太　监　回太后，是科尔沁蒙古吴克善王爷之女吴帼英，献上箭法。

庄　后　传。

[太监传介。

[吴帼英上，开弓射箭，跪。

[太监捧箭贯三环上。

太　监　禀太后、皇上，吴帼英一箭贯三环。（呈验）

众　人　好弓法！

庄　后　起来。

常阿岱　（唱梆子滚花）

王爷有女怀奇技，

蒙族之花显英风。

富　绶　（唱梆子滚花）

舅表亲上再加亲，

好比金龙配玉凤。

吴克善 （面有得意之色）过奖！过奖！

庄　后 皇儿，你看呢？

福　临 母后！（唱梆子滚花）

孩儿年未冠，

选后且从容。

庄　后 皇儿！（接唱）嘉礼正当前，良缘休错纵。

第三名秀女是谁？

太　监 回太后，是正白旗鄂硕将军之女乌云珠。

庄　后 传。

[太监传介。

福　临 （不耐烦）母后，孩儿突然头痛，（作状）告退一时。（不俟可否，急出）

[乌云珠低头上，二人几乎相撞。乌云珠抬头，福临呆视、擦眼，慢退。

福　临 （唱雪中燕）

非真……

乌云珠 （接唱） 若梦……

福　临 （接唱） 似仙姬驾鹤降深宫。

乌云珠 （接唱） 梦里魂牵羞相拥。

福　临 （接唱） 众里寻万遍，

今宵灯深处，

忽惊觉复见来仪凤。

乌云珠 （接唱） 春闺破梦怨晓钟，

拥衾自把芳心控。

福　临 （接唱） 孤此际两脚难移动。

乌云珠 （接唱） 羞不迭，杏脸红晕涌。

福　临 （接唱） 是夙缘？

乌云珠 （接唱） 约定了三生？

二　人 （合唱） 天教情侣偕鸾凤！

庄　后　乌云珠!

乌云珠　在。

庄　后　所献何艺?

乌云珠　口占一令，请太后命题。

庄　后　今夜华灯辉映，冬梅盛放，就以梅灯为题吧。

乌云珠　遵懿旨。

福　临　（关心地）不用心急，慢慢想。

乌云珠　（答以一笑，环视梅灯，稍作凝思）

（唱眼儿媚）

黄昏应召到君家，
梅粉试春华。
暗垂素蕊，
横枝疏影，
月淡风斜。（音沙）
更烧红烛枝头挂，
绿萼衬明霞。
元宵近也，
小园先试，
火树银花。

（众人有不同反应）

福　临　（连连拍掌）妙！妙啊！

（唱梆子中板）

小令试莺声，
喜听“小园先试，火树银花”。
满朝中，尽是骑射豪雄。
几曾见文章风雅！
急觅绝世才，
难求宰与辅，

喜见一枝奇艳雪梅花。

（转唱梆子滚花）

既是梦中侣，

又是意中人，

母后呀！入主中宫，云珠可也！

吴克善 太后！（唱梆子滚花）

云珠之母乃南蛮女，

焉能入主帝王家。

若选云珠进昭阳，

蒙古四十九旗都掉价。

福　临 （口鼓）母后，孩儿已作华夏之君，满汉界线应渐次消除，才能一统江山，万民归化。

岳　乐 （口鼓）乌云珠有咏絮之才、姬姜之德，与皇上相配，正如旭日朝霞。

常阿岱 （口鼓）安亲王，她说的蛮子话我听不清，若然入选昭阳，岂不是满汉同化？

富　绶 （口鼓）着呀！满蒙世代联婚嫁，满蒙亲善定中华。（白）请太后三思！

众 请太后三思！（跪介）

庄　后 （开位，筹思）皇儿！

（唱长句滚花）

你主中原，君华夏。

先祖开基创业凭弓马，

蒙古出兵助战，忠勇堪嘉。

满蒙世代联婚嫁，

四十九旗效命，才有定鼎中华。（句）

你封四位汉藩王，已招闲话，

更用满汉官吏共一衙。

人说你“以夏变夷”，不是“以夷制夏”，

只怕满朝不服你娶汉家娃。

儿呀！勿因情爱误江山，（槌）

今日东、南、西、北，“四郊多垒”，

尚非太平天下。

知道吗？你知道吗？

福　临　（勉强应）知—道。

庄　后　好！就选吴帼英当皇后吧！（背身轻叹）唉！

[众人反应不同。

福　临　（唱怨歌行）

闻娘言，五内意绪如麻，

可悲啊！今宵选宫花。

吴帼英　（接唱）　喜煞了我倚玉蒹葭！

乌云珠　（接唱）　一声霹雳碎却合欢芽！

福　临　（接唱）　枉是至尊身，

自夸抱才华。

佳偶要知音，

结果是怀悲类伯牙。

吴帼英　（接唱）　欣看郎潇洒，

心内茁情芽。

乌云珠　（接唱）　哀哀我与他，

绮梦化流霞。

福　临　（接唱）　这番教我怎样去护持她？

心内阵阵酸麻。

（唱乙反长句滚花）

一念大江南，

刀兵犹未罢。

塞北岂容生变化，

诸多顾忌步难跨。

朕如以朽缰驰六马，

叹朝廷大权旁落，

王亲贵戚以势相加。（句）

（呆然）

庄　后　皇儿！（注以慈母期待的目光）

福　临　（惊觉、接唱）

感谢慈母关怀，

孩儿谨遵训话。

庄　后　好！

福　临　（急插上，口鼓）母后，孩儿要……选乌云珠作贵妃，在承乾宫伴驾。

[吴等欲拦。

庄　后　（口鼓）就赐姓董鄂、封作贵妃。佟玉娇也可封作景仁宫主位，满蒙汉妇共持家。

[福临低首无语，众感遂意。

吴克善　（高呼）太后明见！

众　（高呼）太后明见！

庄　后　（唱梆子滚花）

龙凤呈祥成佳偶，

清宫喜放合欢花。

册封侍候！

众　女　谢太后！

[音乐，三女并列跪下，福临先把玉如意交吴帼英，次取珍珠串交佟玉娇，后取金凤钗与乌云珠插鬓。二人四目相视，泪珠夺眶而出。

[幕急下。

第二场　抚　民

[顺治十六年秋，时近正午。

[京城西郊。

[远处香山红叶如火，半山亭只见一角。

[音乐前奏，开幕。

[吴国彪、四恶奴打马上。

吴国彪 （唱快中板）

祖宗法例留福荫，

跑马圈地捉逃人。

打杀逃人王章不禁，

严惩窝主有例可循。

（转梆子滚花）

众家丁，

圈地捉人要手辣心狠，

吴府势大，谁敢抗衡。

四围搜索！（同下）

[福临、乌云珠、宫女（抱婴儿、提食篮），岳乐同着民装上。

福　临 （唱长句二流）

离宫禁，乐郊行，

饱览风光忘远近。

遥看香山红叶，

不觉意绪欢腾。

乌云珠 （接唱）似红云、如织锦，

醉染层林添秋韵，

阳光普照长精神。

物焕天华，应谢甘霖之赠。

福　临 （木鱼）愧听甘霖之赠，

空负开国雄心。

南有离心之帅，

北有跋扈之臣。

欲展雄图多阻梗，

难效唐宗宋祖，

做个创业明君。

他日四海归心，

天下万民有幸。

（转唱二黄）

怎得魏征为相，

助我展布经纶？

乌云珠 （唱序） 筚路蓝缕，以启山林。

（转唱二黄）

创业开基，

总要历艰难苦困。

（深情地）皇上，你怕吗？

福　临 权臣柄政，国步艰难……但我有母后支持，有贤妃你帮助，我不怕……我将以明为鉴，集君权、清吏治、用贤臣，为子孙后代开出一条康庄大道。

［婴儿啼介。

福　临 （接过婴儿）四小弟呀！

（唱梆子滚花）

望你快高长大，

继承大统做人君。

乌云珠 （急跪）皇上，不能废长立幼，应由皇后的三阿哥……

福　临 （扶起）此事容后再议。不过，近日三阿哥染上天花，四小弟还须小心照料。

宫　女 知道。

［内人声嘈杂。

［福临、乌云珠等下，吴国彪与众恶奴拉刘翠姑上，刘老成追上。

刘老成 （念） 阿翠本非奴婢，

又已被迫逃奔。

王爷圈了土地，

休要迫死穷人。

吴国彪 （快念）若再啰唆，押到官厅监禁！

刘老成 （慢念）好！好呀！反正无以为生。

吴国彪 （发狠）想死？我要你求生不得，欲死不能。

[吴国彪鞭打刘老成，翠姑掩护。

[徐元文内白："住手！"快步上。

徐元文 （口鼓）京郊之地，强抢民女、殴打老人，可知有违例禁。

吴国彪 （口鼓）例禁？吴府家规就是例禁。人来，顺手教训此人。

[众恶奴推打徐元文倒地。

[福临、乌云珠等复上。

福　临 住手！

吴国彪 你是谁人，敢来阻梗？

福　临 本人乃旗下牛录章京。

吴国彪 （大笑）不过是管三百人的小官。

福　临 （口鼓）官职虽小，不敢负朝廷信任。

吴国彪 （口鼓）芝麻绿豆，胆敢惹火烧身。

（示意）人来，打！

[岳乐打退吴国彪等。

[刘老成、翠姑连连道谢。

乌云珠 （口鼓）老人家，你若有冤情，不妨向这位大人告禀。

刘老成 （暗说）这岂不是打官司？（连连摆手后退）

福　临 你怕么？

刘老成 我怕，怕向"西天告佛"。

福　临 你说什么？

徐元文 章京大人，（口鼓）他说的是江南土话，"西天告佛"就系赚来混。

刘老成 （口鼓）唯有"背碇闹皇帝"，难望官府把冤伸！——恩公，你不要管了，你走吧！就算你是当今皇上——也管不了的！

福　临 （激动，引晷，唱梆子滚花）

百姓艰难水火中，

权贵横行人天愤。

细思量我祖宗法度，

有多少苦害苍生。

乌云珠 （接唱） 登水火之民于衽席，谁当此任？

福　临 （慷慨地）我当此任！

[徐元文摇头冷笑走开。

福　临 （变色，口鼓）你笑什么？你敢轻慢我！看朕把你……（云珠扯他衣袖，转口气）看我把你认真查问。

徐元文 （平静地，口鼓）问什么？学生也没说过什么呀，章京大人。

福　临 （口鼓）你口中没说，但你眼睛已经说出你心中怨恨。

徐元文 怨什么？

福　临 （口鼓）你怨新朝诸多弊政，你怨今上颟顸无能。

徐元文 章京大人！（唱爽梆子慢板）

眼前事，你亲看见，

《逃人法》生灵涂炭，

圈土地民不聊生。

民穷则国弱，

民怨则国乱，

不知道天子驾前，

可有人直言民困？

福　临 （审视徐元文）（念）民穷则国弱，民怨则国乱？（转笑脸，执手）请教先生高姓大名，籍贯何方？

徐元文 不才徐元文，江南人氏。

乌云珠 （口鼓）先生是江南人，江南有件十姓谋反案，你可知底蕴？

徐元文 （口鼓）江南十姓谋反案，只不过仇家诬告，毫无事实，可惜迁延十载，只怕海底冤沉。

福　临 （喜形于色，口鼓）徐先生，不知你有否打算参加京试，眼看春闱已近。

徐元文 我？（拍拍袋，摊摊手，口鼓）人家试官要的是银，不是文。（一揖手）寒生告退。

[吴夫人内白："休得逃走！休得逃走！"率吴国彪、四恶奴上，福临背身而立。

吴夫人 （口鼓）谁敢抢我吴府丫鬟！（槌）谁敢打我吴府皇亲！（槌）

吴国彪 （指福临）就是他！

吴夫人 （续口鼓）牛录章京，你有几个头颅可斩？

福　临 小小佐领，确实奈何夫人不得。

吴夫人 （口鼓）你知道就好，可知我女乃帝后之身。

乌云珠 （口鼓）夫人，你若是国戚皇亲，更应该谨言慎行（仄）。

吴夫人 （口鼓）混账，什么谨言慎行，就连皇帝，没我吴家都做不成人。

福　临 （惊愕）啊！

吴夫人 （得意施威）告诉你们！（念课子）

蒙古四十九旗协取中原凭血刃，

忠心耿耿辅佐年少之君。

谁知他宠信蛮妃入了迷魂阵，

（吐唾沫）呸！

读蛮书，听蛮曲，冷落了我的乖女亲生。

我王爷奏凯归来定会将他教训，

我王爷兵权在握，皇帝能不惧怕三分。

（略快、斩钉截铁地）

《逃人法》，捉窝主、格杀勿论，

抢奴仆，是祖法，照例执行。抢！

[众纠缠，国彪杀老成介。

福　临 （激愤已极，掴夫人）御林军何在？

[御林军应声上。

[吴夫人跌跪。

徐元文 （惊喜）参见皇上！

[福临笑扶。乌云珠挽翠姑，示意随之回宫。

[幕急下。

第三场　惩　奸

[距上场不久。

[西华门外，福佑山房。

[先二幕。

[皇后（吴帼英）企幕求神，嬷嬷抱婴儿（三阿哥）旁伴，皇后上香叩拜后，命嬷嬷抱三阿哥下去喂药，嬷嬷下。

皇　后　（唱七字清中板）

从前但愿当皇后，
谁料昭阳满院愁。
偏又娇儿出着天花痘。
山房静养为清幽，
但望皇家福厚儿多寿，
大步躝过危关、定把神酬。

[宫女上。

宫　女　禀皇后，有道姑求见。

皇　后　有请。

[宫女下引吴夫人着道装上。

吴夫人　参见皇后娘娘。

皇　后　免。（见是母亲，惊唤）娘……

吴夫人　（急上，口鼓）梁道姑是我，师尊有事，命我替他一走。

皇　后　啊！（挥手令宫女退下，口鼓）娘亲，这般打扮，所为何由？

吴夫人　为娘有事，不必多问。（径自入内，取围肩复上。嬷嬷追上。）

嬷　嬷　（执吴夫人手）三阿哥的围肩不能拿走，因为三阿哥正在出天花，拿出去会染上别人。

吴夫人 我是带去求神，为三阿哥消灾解困。

嬷　嬷 三阿哥将近痊愈，何用再去求神。

皇　后 不要多事，下去。

[嬷嬷怀疑地下。

皇　后 娘亲，这到底为什么？

吴夫人 为什么？为你儿能继承帝位！（暗槌）为了你稳坐正宫！（暗槌）为永享荣华富贵！用它（指围肩）使四小弟染上天花！（重一槌）

皇　后 （惊）什么？使四小弟染上天花……

吴夫人 对！要他一命归阴！（奸笑）

[撤光、换景。

[内场合唱："可怜赤子遭荼毒，碎尽亲心只自伤。"

[灯光复明，二幕启。

[顺治十七年春。

[御花园、太液池边。

[五龙亭畔、侧有西府海棠，娇红欲滴。

[乌云珠持围肩启幕。

乌云珠 （唱郁金香）

思爱子，痛断肠，
娘愧负爱子，
子要谅为娘。
无计避免灾祸降门墙，
今已矣！儿母分张。
生死殊途休念想，
却又几多情景未能忘。

（叩头）娇儿！四小弟！乖仔啊！

（一阵晕眩，跌下围肩）

[嬷嬷上，急扶云珠坐下，发现围肩。

[翠姑从另一角上。

嬷　嬷　（审视、诧异）这不是三阿哥的围肩吗？

翠　姑　嬷嬷，你说什么？

嬷　嬷　这三阿哥绣有麒麟图案的围肩，为何落在娘娘手上呢？……我记起来了，围肩是让一个叫梁道姑的取走的。

翠　姑　这……那你可记得那个道姑是什么模样？

嬷　嬷　记得。她生得又高又大，手背上还有块黑痣。

翠　姑　事关重大，我带你向太后禀明。（拉嬷嬷下）

[乌云珠已复醒，谛听有顷。

乌云珠　（唱雪底游魂）

似钢刀剜我肠！

似利剑透心肝！

悲儿亡，遇凶狼。

嬷嬷悄语，痛煞云娘！

（转唱乙反中板）

儿你突染天花归泉壤，

几人高兴几人悲伤。

我人前未敢把悲怀放，

都只为君王太后，

（转乙反二黄）

为南疆战火寝食难安。

四小弟，你且听为母叮咛：

再世来生，再莫在皇家长养。

（吐血，围肩跌地介）

[庄后，翠姑、嬷嬷、宫女上。

庄　后　云珠呀！（唱梆子滚花）

你人前强忍伤儿泪，

勇把哀愁独身当。

朝廷何幸得贤妃，

望你致君尧舜上。

[云珠晕眩。

庄　后　翠姑快请御医，为她开药调养。

[翠姑扶云珠下。

庄　后　（拾起围肩审视）……这不是我赐给三阿哥的围肩？……人来，传吴夫人见我，传嬷嬷晋见。

[宫女下。

庄　后　（念）　嬷嬷密奏惹思量，

四孙之死不寻常。

哀家定要查真相，

须防祸起在萧墙。

[吴夫人上。

吴夫人　参见太后。

庄　后　免礼。

[嬷嬷上。

嬷　嬷　叩见太后，愿太后千秋万福。

庄　后　三阿哥已经复原，你侍候有功，赏你白银一百两。

嬷　嬷　谢太后。（见吴夫人）你……

庄　后　说下去。

嬷　嬷　你就是到过福佑山房的梁道姑。

吴夫人　你认错人了！

嬷　嬷　没认错。你还拿了三阿哥的围肩，话“去求神作福，保佑他早复安康”。

庄　后　嬷嬷下去。（介）人来，吩咐下去，五龙亭半里之内，无哀家懿旨，谁也不许进来。

[太监领命下。

[天色骤然阴暗，乌云骤涌。

[音乐，二人沉默踱步，吴夫人经过一阵紧张，稍时即镇定自如。

庄　后　（猛回头，目光如剑）贝勒夫人，

（唱梆子滚花）

快把情由尽白，不得隐藏。（槌）

吴夫人　太后，你叫我说什么？

庄　后　（唱梆子滚花）

你扮道姑，取三阿哥围肩，

让四小弟染上天花一命丧！

［二人对视，沉默。

吴夫人　（有恃无恐）大清朝的皇太后！

（唱快慢板）

我为保江山，存正统。

不教“蛮子”，长大为皇。

云珠之母，系出苏杭，

半个南蛮，其子杀之不枉。

庄　后　（拍案）大胆！（唱秃头梆子滚花）

你知道四小弟是谁人之子？（槌）

难道他的祖父就不是先皇？（包槌）

［吴夫人惊跪。

庄　后　嫂嫂！（唱梆子滚花）

为免吴家诛九族，（槌）

为保蒙满和谐，（槌）

你要自行结账。（三槌收）

我的意思，你明白了没有？

吴夫人　（咬牙、发抖）听明白了……绝不后悔！

庄　后　好，我成全你。人来，白绫侍候。

［太监捧白绫上。

吴夫人　（哀恳的目光）太后……

庄　后　（背立、摆手）

［吴夫人猛然回首，执白绫顿足随太监下。

庄　后　（仰首）祖宗老大，我好为难啊！

（颓然坐下）

［福临、徐元文上。

福　临　（唱快中板）

良谋得遂喜如狂。

六部归还孤执掌。

一同觐见。（介）参见母后。

徐元文　臣跪请圣安。（跪）

庄　后　他是谁人？

福　临　他就是母后要见的徐状元。

庄　后　起来。（介）果然出众！闻说江南十姓谋反案是你要求平反的，胆子倒也不小。

徐元文　胆子不大，是非当分。

庄　后　你就不怕朝臣群起而攻之吗？

徐元文　太后啊！（唱梆子中板）

头颅轻、邦国重、矢效忠良。

江南案、祸牵连千家以上。

臣焉能，不秉直、荡涤官场。

（转唱七字清中板）

案情今幸明真相，

个人毁誉当平常。

（转唱梆子滚花）

臣岂是疏狂，也并非倔强。

庄　后　看来人说江南人柔弱如女子，殊不尽然。

徐元文　同样，江南人也非个个“蛮子”。

三　人　（同笑）哈哈哈！

福　临　母后，人称徐状元绝顶聪明，母后不妨考他一趟。

庄　后　好！徐状元，你说，哀家要见你，为的是什么呢？

徐元文　太后，让臣试猜圣意。（念白榄）太后必然是，听闻人家讲，臣貌似龙颜，神情亦近傍（仄），故而要见臣，当场试一看。

庄　后　（频频点首）奇才啊奇才，

（唱梆子滚花）

哀家有赏赐，

赐你美女一双。

徐元文　（插白）哎！不可不可，臣已有妻。

庄　后　（接唱）　有妻也不妨，

留在书房供养。

［徐元文尴尬不安，跪，宫女捧图卷上交徐。

徐元文　（展图、惊赞）啊！唐伯虎的二美图！谢太后厚赏。

福　临　（逗太后高兴）徐卿家，太后的心意，到底不是那么容易猜的。

庄　后　（笑）人来，送徐状元出御苑。

徐元文　臣告退。（太监引下）

庄　后　皇儿，徐状元堪称是“可师可友官模样”。

福　临　他还有“明心明眼侠肝肠”。（念白榄）那安亲王，承认办错案，引咎先辞管六部，诸王跟着也将权放。从今六部儿执掌，免得各敲锣鼓各开张。

庄　后　（口鼓）皇儿，你要成就满、蒙、汉一体的统一大业，壮志堪嘉，不过一下子把弓弦绷得太紧，殊不妥当。

福　临　啊？！

庄　后　（口鼓）宫中四阿哥夭折，事属非常。

福　临　（紧张，执庄后手）母后，你说什么？

庄　后　来，听我细讲。

［聚光，二人细语、争执，灯复明。

福　临　（呼叫）我不服！（双）人来！

［太监上。

福　临　传旨下去，从今停进皇后笺表，母后无须她问安！

庄　后　皇儿！……

[暗灯。

[幕下。

第四场　辞　嫡

[距上场不久。

[承乾宫。

[大半为乌云珠寝宫，有躺椅、书案、茶几；素白院子、绿竹扶疏、碧空如洗。背景为黑沉沉的宫殿。

[幕启。

[乌云珠抚筝。

乌云珠　（唱凤笙怨头）

思不断，夜难眠。

[翠姑内呼：“娘娘！娘娘！”急上。

刘翠姑　恭喜娘娘，皇上已经停了皇后笺表啦！

乌云珠　（震动）什么？……（自语）君王欲废昭阳院？

刘翠姑　（得意地）真的。奴婢何尝讲假话，坤宁宫内已经乱作一团。（拍掌）

乌云珠　事关重大，不可多言。

刘翠姑　奴婢知道。

乌云珠　（沉吟）若果当真废了昭阳院，朝中议政众王爷是多赞成呢？还是多站在反面？国母无端入冷宫，上下离心，恐会生政变！

[福临上。

福　临　爱卿！（唱春风得意）

闻卿已病痊，

合当来会见，

却因国事把身牵。（端详）啊！

待我留心观一遍，

容颜瘦损我见犹怜。（序）

乌云珠 （接唱） 蒙皇错爱，殷殷眷念，

妾妃有幸把恩沾。

福　临 （接唱） 卿你莫作谦虚语，

夫妻两比肩，

正是“义不忘故剑”。

乌云珠 （接唱） 太后曾赐药，

使我人康健，

病痊顿觉身轻似燕。

我走几步你看看。（略走快步，不支）

福　临 哎呀！（急扶，接唱）

你脚步浮浮似柳飘绵，

不如歇息且诵诗篇。

待孤搀你到床眠，

莫长立晓风前。（扶乌云珠躺卧）

[宫女捧燕窝羹上。

宫　女 请皇上与贵妃娘娘进燕窝羹。

福　临 朕已用过早膳，这燕窝羹正合爱妃补养。来来来，待为皇亲自给你进食。

乌云珠 这不能，这不能。

福　临 “闺房之乐，正有甚于画眉者。”

（唱新粤讴）

燕窝羹，香又甜，

好比琼浆玉液鲜。

爱妃细味情深浅，

举案齐眉共百年。

乌云珠 （被迫吃完）皇上！

（唱二黄）你是为君为父，

不怕见笑人前。

福　临　（接唱）“大白狂浮客舞剑，

小红低唱我吹箫。”

又何怕旁人知见。

乌云珠　“大白狂浮客舞剑，小红低唱我吹箫”，好一副对联啊！

福　临　（得意，念）上联为英雄气，下联为儿女情，此人之所以为人也。

乌云珠　确是巧对，不过……

福　临　不过什么？

乌云珠　对常人而言，已足够了。对陛下，则不免纤巧一些。

福　临　寡人愿安承教。

乌云珠　描写陛下性情，当有包藏宇宙之机，吞吐天地之志。陛下云：“上联是英雄气，下联是儿女情，此人之所以为人也。”妾妃试续一句：“用得其中为圣道”，陛下以为如何？

福　临　续得好，续得好——啊！

（唱爽梆子慢板）

“用得其中为圣道”，

果然是金玉良言。

画龙点睛破壁，

立论纬地经天。

“恃武者灭，

恃文者亡。”

用得其中，国将巨变。

我以满蒙的尚武精神，一改汉人之文弱；又以汉族的文明改变满蒙的野蛮习俗，那时大清国满蒙汉一体天下，不是会比历朝更强盛吗？

乌云珠　对呀！……（转念）但不知“恃武者灭，恃文者亡”，这两句话出自谁人呢？

福　临　出自曹操。曹操虽被人骂作汉贼、奸雄，但此人却是胸怀大志，腹有良谋……

乌云珠　皇上圣明。妾妃也觉得曹操目光远大，最能审时度势，极有自知之明。

福　临　噢？

乌云珠　（唱梆子慢板）

三国鼎立，魏势最强，

孙权派人进贺表，

请曹操称帝坐金銮。

（转唱走马英雄中段）

表里伏下谋略，

操却直白其愿：

欲将我放炉上，烤和煎。

他终不称帝临朝知自存。

福　临　啊……（与云珠对视，少顷，明白了云珠的用意）看来，朕停了皇后笺表，你都知道了。

乌云珠　陛下，皇后废不得啊！（唱爽长句二黄）

若然废立两无端，

德行有亏徒自损。

大清初开国，

君当慎用权。

皇后是蒙古世家参百战，

四十九旗将士，

与皇后氏族相连。（旬）

福　临　（接唱）　此人无德无才，

当日非孤愿选。

你总不该不明白，我是为了让你能继位昭阳呀！

乌云珠　（唱阴告牌子）陛下，倘然皇后遭废，

妾身也难以居宫院。

人亦有言：磐石如山不可转。

休弃中宫，会激出变乱。（楔白）

如果陛下还肯开恩，让妾妃留在世上侍奉皇上，就求皇上万万不可废了皇

后啊！

福　临　哎！（感动地、接唱）

多少宫闱惨变，起自夺嫡，
几人像你辞正宫，
肯去安处承乾，
历史从未见。唉吔爱妃呀！

乌云珠（下跪、接唱）

只愿君放怀千里，
好教满蒙臣、共汉民一体，
创伟绩，写新篇，（转慢）
终居侧室妾甘愿。（抱福临腿）

圣上，万万不可废皇后啊！

福　临　朕的贤妃，太委屈你了！（扶起乌云珠）

[乌云珠倚在福临肩上，悲从中来，手足发冷，全身颤抖。

福　临　爱妃，你怎么浑身发冷？

乌云珠　皇上，我也怕……

福　临　你怕什么？

乌云珠　我也怕被放在炉火上烤煎啊！

[雷、电、雨。

福　临　爱妃！——

[幕急下。

第五场　密　谋

[距上场不久。

[贝勒府。

[孝堂。

[吴克善内白：“气杀了！”（双）挂白上。

吴克善 （叫头）罢了夫人、夫人、老妻啊！

（唱霸腔滚花）

百战归来妻去世，

少年天子耍权威。

我要存正统，（槌）要雪冤仇，（槌）

更要急谋自卫。

家　将 （上报）众王爷到府拜祭。

吴克善 有请。

[常阿岱、富绶、勒尔锦上。

常阿岱 （口鼓）王爷，人死不能复生，保重金躯为是。

富　绶 （口鼓）王爷节哀顺变，切莫过度伤悲。

勒尔锦 （口鼓）眼看朝政日非，端赖王爷谏议。

吴克善 （口鼓）此时自顾不暇，明日祸福难知。

常阿岱 （杀嫂白榄）激气！皇上禁了《圈地法》，等于在我们身上剥层皮。

富　绶 （杀嫂白榄）气死！平反江南十姓案，从此六部难用事。

勒尔锦 （杀嫂白榄）棹忌！闻说要撤议政王会议，只好各人回府拥歌姬！

常　富 （白榄）岂甘回府拥歌姬。

吴克善 如此，该当怎样？

常阿岱 利害攸关，万难放弃。

富　绶 祖宗法制，永不更移。

勒尔锦 （对吴）你担大旗，我们跟尾。

三　人 满蒙亲贵，一致支持。

吴克善 好呀！（唱梆子滚花）密商大计，（半句）

众　人 （接唱）　力转危机。

[造型、撤光。

[幕急下。

第六场　陵　变

[顺治十六年中秋。

[昌平州，崇祯陵前。

[有石人石马的神道。

[牌子头，幕启。

[昏暗中，刺客过场。

[内声："圣上驾到！"

[六波令、御林军、四宫女、四太监、四和尚、文武官员、勒尔锦、富绶、常阿岱、吴克善、茆溪森、徐元文与岳乐伴福临上，罗伞手随上。

众　人　皇上万岁！万万岁！（叩拜）

福　临　众卿家！（唱梆子滚花）

我大清入主中原，

安抚民心功未竟。

崇祯自缢煤山上，

汉人犹有悼亡情。

昌平州内十三陵，

孤祭崇祯，民当感铭。

众卿家，朕近日勤看史籍，受益良多。明之亡，是因君主昏庸，百官旷职。终于民穷财尽，内外交煎。（介）朕将以明为鉴，除弊政，效先贤，创一代之制度，立万世之根基。望众卿协力，共建殊勋。

吴克善　陛下拟创一代之制度，臣等愚昧，请示其详。

福　临　（唱三脚凳）朕改议政会议为内阁，

与六部同级辅朝廷。

诸王参政要取消，

六部大臣孤任命。

施政速成无阻滞，

改制为适应国情。

（转梆子滚花）天下大权当统于一，

才可治国安民求兴盛。

勒尔锦 （跪）禀皇上，撤议政，改内阁，奴才以为不可。

（唱梆子滚花）

太宗皇帝当年谕，

不循汉制、不读五经。

尊崇骑射国运兴，

谨遵祖制为孝敬。

福　临 （又好气，又好笑）啊！你也讲骑射？！明日到景山考考你的马上功夫，好吗？

勒尔锦 奴才不敢，不敢！（连连叩头）

福　临 （温和地）今日大清，已不同于当年的辽东，制度不改，则扞格难行。夏葛冬裘，此自然之理也。

常阿岱 皇上！（唱梆子滚花）

“敬天法祖”四个字，

千年万载《百中经》。

富　绥 （接唱）变更祖制满蒙惊，

社稷动摇难久永。

福　临 吴国丈，依你之见如何？

吴克善 皇上，（唱霸腔慢板）

当年多尔衮，

曾想削议政。

要罢诸王兼理六部，

他一人独霸朝廷。

他改制失人心，

夸功徒自逞。

一朝身死臭名扬，

满蒙人皆称报应。

福　临　（唱梆子滚花）

他他他，明骂多尔衮，

暗骂我不应。

吴克善　（唱梆子滚花）若违祖制误江山，

仙女的后人，必遭没顶。

福　临　胡说！

吴克善　（口鼓）如果皇上以为臣等不肖，我们从此辞朝，不参议政。但议政会议，应永久辅佐朝廷。

常阿岱　（跪）议政会议，万万取消不得。

众　王　（跪）取消不得。

福　临　（环视、唱古腔中板）

看今天，众亲王似列铜城，

搬祖制，压朕躬保留议政，

无非是，争权柄左右朝廷。

（轻唱三字经）

董妃有良言，改制休硬拼。

待等好机会，再把障碍清。

（转唱七字清中板）

面对滚滚狂澜，

如何把舵掌定（拉腔）？

常阿岱　皇上！（唱梆子滚花）

《圈地法》保留莫废，

满蒙贵族异口同声。

富　绥　（接唱）《逃人法》请继续施行，（半句）

勒尔锦　（接唱）六部交回诸王统领。

福　临　可怒！（唱快中板）

权臣大胆挟朝廷，

四海之内皇执政，

若然抗命不容情。（包槌）

吴克善 （唱梆子滚花）

圣上迷汉制，宠蛮臣，

只怕满蒙众旗不答应。

众　王 （齐跪）请皇上三思！（双）

[福临面对突然情况，感觉有异。

[钟声。

茆溪森 请皇上更衣。

岳　乐 请皇上祭陵。

福　临 好！徐状元，祭文可曾写好！

徐元文 已写好祭文，恭呈御览。

福　临 （念）“当年错杀袁崇焕、到底难雠李自成。”是哭崇祯的文字，不愧状元。如此，随孤更衣侍候。（与岳乐、徐元文打眼色）

[众随福临下。徐元文与岳乐关目下。吴克善暗嘱富绶入场指挥行刺介。随入。

[内白：“请皇上祭陵！”众王及和尚复出，徐元文（皇服）上，茆溪森跟出。徐被刺客箭射倒地，和尚围住拖徐元文下，御林军架枪挡住众人，呼：“皇上遇刺！”另两名御林军抓住刺客上。

吴克善 刺客该死！（刺死刺客）

岳　乐 你何其鲁莽！

常阿岱 该死有余。

太　监 （急上）禀众位王爷，皇上驾崩！

众　人 （跪呼）皇上！

吴克善 （关目，站高处，宣布）众同僚，皇上驾崩，不胜哀悼。目前有两桩大事，一为皇上发丧；二为拥立新主。但皇子年幼，难理朝纲。请问议政诸王，以为应当怎样？

常富勒 （同声）应由国丈摄政，禀命太后执行。

吴克善 （满脸谦逊）这个…… 老夫年迈，恐难担此重任。

常　等 当得有余！（双）

[福临内场哈哈大笑。他身穿皇服快步走上。四侍卫刀出鞘，旁侍。众惊愕，急跪。

众　人 皇上洪福齐天！

福　临 吴克善，我的好舅父、好岳丈！方才一番布置，十分得体。他日朕若归天，有此妥帖安排，孤在黄泉，也当瞑目了。（惨然大笑）

吴克善 （颤抖）死罪！死罪！

福　临 可怜徐状元，他身为汉人，亦晓尽忠报国，教朕好不痛心！为表彰忠烈，朕要先祭状元，后祭崇祯。文房侍候。（介）

（念诗白）状元碧血洒明陵，
　　一点丹心照汗青。
　　满汉同图千古业，
　　万里关河晓雁鸣。
　　我的好状元！（跪）

[众齐跪介。

[太监快马上，下马叩禀。

太　监 启禀万岁！董……董鄂妃病危！

福　临 什么？

太　监 董鄂妃病危！

福　临 （大惊失色）快马牵来！（介）

[福临飞身上马，急下。

[幕下。

第七场　宫　变

[紧接上场。

[承乾宫。

[如前，中秋月夜。

[乌云珠病卧躺椅。

[翠姑捧药上。

翠　姑　娘娘，请服药。

乌云珠　翠姑，皇上祭陵，可曾回来？

翠　姑　已派人禀知皇上，相信不久便回。

[皇后与宫女，太监上。

皇　后　（唱北上小楼头）待雪恨、诛奸妃，报仇谢天慰慈颜。（入介）

乌云珠　（强支）参见娘娘千岁！

皇　后　（口鼓）听着，皇上在明陵遇刺，不幸遭难。

乌云珠　（大惊）你说什么？

皇　后　（口鼓）圣驾已崩，由你伴驾同行。

翠　姑　（愤然）你太狠心了！

皇　后　人来，把这江南贱种投入井中。

[太监强拉翠姑下。

[皇后把白绫交乌云珠后，率众下。

乌云珠　（唱梆子快板）

天旋地转黑浪翻，
悲哉圣主去莫还。
承乾宫内人渐散，
孤零余我泪汍澜。

（转唱白绫怨）

白绫啊！
你洁似秋霜光灿灿，
何堪点染血斑斑！
你身上柔丝抽自茧，
你却把春蚕苦摧残。
你似一江春水柔无限，

缘何掀起恶波澜？！

（转唱反线二黄）

云珠病恹恹，

已是人半殆，

一死本何伤，

本可从容临大限。

眼看恶雾罩深宫，

乌云笼玉阙，

哀哀九鼎任凌扳。（拉腔）

（转唱乙反二流）

今日壮志未酬，

痛惜身先罹难，

念到君恩难报，

怎不血泪斑斑。

独处昏暗承乾，

顿觉身心冰冷。

（叫头白）皇上！娇儿！太后啊！（下）

[福临匆匆上。

福　临　爱卿！爱卿！（发现云珠在内自缢）哎吔！（冲下，抱云珠复上）

福　临　（唱浔阳夜月）

阵阵晚风动绣帘，

烛光冉冉映卿面。

你缘何自缢——

缘何自缢轻生赴黄泉？！

看绿鬓不梳珠翠凌乱，

听续断喘息轻似残蝉。

低声唤爱卿，

暗凄酸！

爱卿！爱卿！

乌云珠　（半昏半醒，接唱）

趁飒飒西风身飘远，

耳畔犹听——

低声呼卿卿，

谁唤我，骤听心惊战，

凄楚，哀怨，悲酸，饮泣，

涓涓泪如泉。

是谁人唤我？

福　临　是福临唤你啊，云珠？

乌云珠　（睁眼）啊！原来是皇上！我们是否相见在黄泉呀！

福　临　此处非阴曹地府，乃是阳间大地啊！

乌云珠　啊！皇上你还在人间！

福　临　爱卿何出此言？

乌云珠　刚才皇后到来，说道圣驾已崩，要妾妃到黄泉相伴。

福　临　好狠毒的毒妇！翠姑呢！

乌云珠　已被投入井中！

福　临　啊！朕要为你们报仇！（欲下）

乌云珠　慢！皇上你势单力薄，不能轻举妄动。何况妾妃已病入膏肓，恐怕不久于人世了。

福　临　因何你身染重病，不向寡人告知？

乌云珠　皇上日夜为国事操劳，臣妾岂能使你再添烦恼！

福　临　愿佛爷保佑你！（接唱）

愿卿快复原，

中秋畅赏菊满苑。

爱卿，你看今晚个月多圆啊！

乌云珠　只怕月圆人缺。

福　临　不会，不会！（接唱）

月团圆，人共羡清光遍！

情义重永好，

娇花盼长艳。

愿与白发相偕享遐年。

乌云珠 （接唱） 皇上啊！莫让泪把衣衿染，

月有光阴满损，哪能尽朗天。

福　临 爱卿，太难为你了！

乌云珠 皇上，你比我更为难啊！（接唱）

你两鬓星霜现，

为国事心烦乱。

深盼你豪怀自振，

图强用政趋新——

九州仰乾元。

早教百姓都欢忭。

莫教战火再蔓延，

春风遍吹锦山川。

福　临 爱卿，你不要离开我，没有了你，孤王什么事也做不成了！

乌云珠 皇上，纵使没有乌云珠，还有皇太后、安亲王，徐状元……

福　临 徐状元……他已在崇祯陵下，为孤捐躯报国了！

乌云珠 状元忠烈，可歌可泣！

福　临 （身心交瘁）唉！……尽管步步艰难，我还在推那大石……山却越来越高，坡却越来越陡，我筋疲力尽了！

[闪电，轰雷，狂风，暴雨。

乌云珠 （有感，挣扎起立，喘息着，跄踉地走近筝台，拨弦，唱雷雨颂）

烈风起兮云满天，

雷雨降兮洒山川。

荡污泥兮洗腥膻，

摧枯朽兮润田园。

洗尽人间千载怨，

冲破难明赤县天。

百族骈阗兮雷雨后，

歌声响彻兮月儿圆。

[福临闻歌受鼓舞，拔剑起舞。

[乌云珠曲终弦断，不支。

福　临（急扶）爱卿！爱卿！

乌云珠（唱流水行云）

弦丝断！

自知有负皇眷念。

福　临（接唱）卿你莫嗟怨，

会有灵丹妙方保你复原，

我俩畅赋白发篇。

乌云珠（接唱）圣上竭尽心血为社稷忧煎，

我抱病忍看你凄酸。

君你路修远，

要力撑恶浪船。

福　临（接唱）有谁人助我，

似孤飞乳燕，

念此际，泪涌似流泉。

乌云珠（接唱）君休伤感气莫短，

金躯安康我所愿。

何惧风侵雨欺，

要处之泰然。

福　临（接唱）肺腑之言，

铭感浓情谢意添。

乌云珠（接唱）人快逝，

心里恨倍添！

苍天！你可见？

苍天！你可念？

我问天、怨天，

教我弱质遭恶病缠。

福　临　（接唱）　一朝气数可转，

燕舞花阡。

荡清风，五岳吹遍，

共卿卿，相互勉。

龙廷震远，

华夷爱眷。

乌云珠　（接唱）　大清国，

盛世欢歌太平年。

二　人　（同唱）万载伟绩各族同赞羡。

[乌云珠干咳，气喘渐弱至停息。福临扶乌云珠至躺椅。

福　临　爱卿，只要你在我身边，我什么都不怕……（发觉乌云珠气绝，大喊）母后……御医！……来人呀！

[太医、庄后、皇后、佟妃、太监、宫女等上。

[太医诊脉介。

太　医　回太后，皇上，董鄂妃娘娘已经魂归天国。

福　临　（唱禅院钟声尾段）

云珠已登仙！

云珠已长眠！

今生今世失娟娟，

此宵此际离凤鸾。

何堪惨见，

卿你魂离俗世，

眼中泪带几辛酸！（催快）

中秋碧月挂天边，

照我孤单意更乱。

皇天心险，

忍挥利剑，（转慢）

凤已远逝遗我恨绵绵！

爱卿，孤皇随你来了！

[福临撞柱，太监、皇后、佟妃急拦，乱作一团。

[庄后上前给福临猛掴一掌。

[福临受掴，呆然。

庄　后　（痛心已极）你好糊涂啊！云珠新丧，谁不悲伤！如今新朝初立，满贵方张。你可知众亲王力辞议政，大厦谁撑！满朝文武，十分慌乱！皇儿不仅要明辨是非，更要权衡轻重啊！

福　临　（悲愤已极）权衡轻重？！

（似哭似笑，念）权臣跋扈闹纷纷，

衡时度势难为君。

轻卸黄袍方外去，

重责兴宗盼后人。（割发）

[众惊愕。

庄　后　（惊呼）皇儿！

[幕急落。

第八场　龙　潜

[距上场一段时间。

[山寺。

[山寺一角、寒林冷月。

[福临僧服站山崖上。

福　临　（念诗白）一片秋凉夜漏赊，（读沙）

闲将贝叶补袈裟。
愿做深山一衲子，
长辞浊世帝王家。
（唱泣残红）
抬头又见碧空灿月华，
荒山寺夜噪鸦，
悄然静听悲风响林下，
我心冰冷，却恨如麻。
每每暗自抚袈裟，
静静念阿弥陀参造化。
心欲罢，前尘若镜花，
色即是空绝牵挂。
（转唱南音短序）
所以隐迹空门遁世出京华。
（转唱南音）
我心如槁木，
往事似昙花。
斩却三千烦恼弃繁华。
昔日忧国忧民无闲暇，
今日超然世外拜释迦。
意似浮云可以随风化，
心如净土，却又深掩情芽。
（转唱乙反中板）
今晚夜望云天，
对月兴怀，
往事萦回抛不下。
问福临，
虽有“行痴”法号，

你行往何处去？
痴愿向谁家？
北望帝王都，
有年迈亲娘，
今后倩谁依膝下。
四顾夜迷茫，
念苍生黎庶，
（转唱乙反二黄）
可有因水旱歉桑麻。
（转唱梅花腔二黄）
我又念娇儿，夭折了，
儿你夜夜泉台，
可有将亲爹怨骂。
更忆承乾秋夜，
风雨毁折情芽。
（转唱红楼恨）
昔日梦境犹在眼下，
共舞踏云霞。
你应进昭阳却甘让驾，
偷向亡儿泪暗洒，
多忧患，损容华。
更恨权奸狼毒也！
呢一个清室之帝，
惨矣独柱孤梁怎支大厦？！
暗盼大清国，
千载尽繁华，
满汉蒙，齐并驾，人乐也。
我心似鼎沸，

困扰难罢，

清风过，

顿时悟醒也！

罪过，罪过！阿弥陀佛！

（唱叹板）金銮玉阙尽烟云，

壮志宏图皆幻化。

料到年年肠断处，

空山灵雨泣梨花。

[茆溪森引庄后、吴帼英、佟玉娇、宫女、太监上。

茆溪森 行痴，你看谁来了！

庄　后 皇儿！

福　临 阿弥陀佛！我是和尚行痴。

庄　后 呃——你是人间天子。

福　临 我如今已四大皆空。

茆溪森 你还是万缘未尽。千好万好，只是为时尚早。

福　临 谁能阻我。

茆溪森 佛不尊皇。

庄　后 须知民仰明君解救。

福　临 我空奋拳头！

茆溪森 佛说："好事多磨。"

福　临 我已是无可奈何！

（唱七字清中板）

才有收拾雄心甘退守，

谁知避世却无楼。

人言宇宙宽能受，

我今何处可埋忧？

（转唱三字经）

一寸心，成枯朽，

桐叶落，不胜秋。

（转唱七字清中板）

且作如是观，空诸所有，

尊前一叩，去不回头。（欲下）

庄　后　等一等。儿呀！你不念为娘苦撑十八秋，也要念云珠为国志未酬。更应念太子年尚幼，烽烟未靖万民愁。倘若皇儿决意不回首，为娘唯有跪倒青山叩破头！（跪介）

[众同跪介。

福　临　（震惊，回身奔向庄后）母后，不要迫我！

庄　后　如不答应，为娘长跪不起。

福　临　（哀恳）母后……（不果，闭目摇头长叹）唉！孩儿……答应就是。

庄　后　（喜极，热泪夺眶，颤抖着执手凝望）皇儿！人来，与皇上更衣侍候！

太　监　（呈衣冠）请皇上更衣。

[福临木然接过衣冠，太监欲与之易服。

庄　后　摆驾！回宫！

[半空中传来乌云珠幻影呼声："皇上！……"

福　临　（闻声追寻）云珠！云珠！……

[众愕然。

[剧终。

（剧本版本：《广东粤剧剧本选编》三）

· 粤剧卷 ·

锦伞夫人

编剧：文新国　潘邦榛　何笃忠

人 物 表

冼　英　　女，20 岁左右，岭南俚人大首领。

冯　宝　　20 多岁，汉族，高凉郡太守，冼英之夫。

芒　宣　　男，30 岁，俚人峒主。

李阳纥　　男，50 多岁，汉族，高州刺史。

山　官　　男，60 岁，俚人老峒主。

巴　雅　　16 岁，冼英的侍女，芒宣之妹。

葛医师　　男，70 岁。

巫　师　　女，60 多岁。

副　将　　男，30 岁，李阳纥的心腹。

俚族各部落酋长甲、乙、丙、丁、戊。

俚人兵将和男女群众若干。

汉族兵将和男女群众若干。

第一场　射旗下聘

[南北朝年代。

[岭南俚汉杂居的高凉山区。

[幕前，铜鼓声、呐喊声动地……

合　唱（新曲）　风雨南朝频更替，

万民罹祸怨声凄。

枭雄反叛中原乱，

硝烟四起岭南危。

[音乐声中幕启。

[铜鼓岭上，众俚人议论鼓噪，准备树旗打冤家。

两俚人 芒峒主，吉时已到，祭天升旗！

芒　宣 （持旗上）好！（唱七字清中板）

我俚人世代居住高凉山上，

汉官来身受辖制无法逞强。

趁此时战乱频频朝廷动荡，

率部众，举刀枪——将汉魔逐出高凉。

巫　师 （上）芒峒主，鸡卜占毕。

芒　宣 祖先鬼怎样昭示？

巫　师 （念）“彤云密布，宜动刀枪，

逐走汉魔，吉利贞祥。”

芒　宣 好。（转滚花）

遵天意，打冤家，

把战旗升上。

升旗！

[鼓声中升起蛙纹战旗。

[内声：“好胆！好胆！”

芒　宣 （一怔）呵……

山　官 （上）芒峒主，高州刺史李阳纥到了！

[锣鼓声中，李阳纥身穿铠甲率副将和汉兵冲上。

李阳纥 （接唱）谁个聚众闹事，蛮酋无法无天！

老夫身为刺史坐镇高州，

岂能视而不见。

芒　宣 李阳纥，高凉山本是我俚人的地盘，你等汉人快与我滚出去！

李阳纥 住口！（唱快中板）

芒宣休得口出狂言。（秃转滚花）

谁敢升起战旗，

老夫便血洗高凉，决不手软！

芒　宣　你敢？

山　官　芒峒主，切不可鲁莽呀！

芒　宣　怕什么？区区几百官兵，怎敌我数十万俚人？来人——擂鼓升旗！

[俚人擂鼓升旗。

李阳纥　把旗扯下！

[双方对峙，剑拔弩张。

[千钧一发之际，一箭飞来，箭到旗落。

芒　宣　（怒吼）是谁射倒战旗？

山　官　冼英大首领。

[全场震惊，凝视内场。

[内场战马嘶叫，马蹄声急，巴雅与女兵拥冼英上。

冼　英　（唱“爽梆子慢板”）

惊闻突变，风雨满山，

得要化危为安，飞马赶到山前！

众　人　（跪地）参拜大首领！

冼　英　（环视全场，接唱）

是谁个，在此祭天升旗，

挑起事端，妄动刀剑？（长过门）

李阳纥　大首领你来得正好，你的部属芒宣在此聚众闹事，你管也不管！

冼　英　哦，芒宣？

芒　宣　大首领！我是为了俚家不再受汉魔欺侮。

冼　英　胡说！汉人帮助俚家平战乱，事农桑，本该和睦亲善，怎可以汉魔相称呢？

芒　宣　哼！和睦亲善？！我芒宣身上，至今还留有汉魔的刀痕！

冼　英　难道汉人身上就没有俚家的刀痕？！

[音乐声起。

山　官　大首领说得对！过去俚汉打冤家，百姓无日安宁，天昏地暗，高凉山千里田地荒弃，十家九贫呀！

冼　英　父老乡亲呀！（动情地唱反线中板）

高凉山，一片哀声千滴泪，

往事历历记犹新。

为什么家家旧冢添新坟？

为什么年年战火烽烟滚？

为什么辈辈遭欺凌？

为什么代代捱穷困？

各族不和就是苦难的根！（转反线七字清）

动乱之中岭南须求安稳，

事成于和睦力生于同心。（转三字清）

不打冤家，息兵刃，

汉俚亲善，喜通婚！（拉腔）

众　人　通婚？

冼　英　对，告诉大家，新任太守冯宝大人，今日就要应我之约，前来下聘了。

众　人　下聘？

［内报："高凉太守到！"音乐声中，冯宝率众汉兵兴高采烈地上。

冯　宝　冼英大首领——

冼　英　冯大人，你果真信守诺言，依约来了？

冯　宝　冯冼联姻乃汉俚两族的大事，冯宝岂能失约呢？

芒　宣　（对冼英）大首领，你竟然要与这汉魔结亲？（唱霸腔减字芙蓉）

你本是金凤凰，

凤巢岂容野鸠占？

冼　英　（转以子喉接唱）

冯宝在高凉建功业，

我早与太守心相牵。

李阳纥　（旁接唱）若让冯冼联姻镇高凉，

五十万俚兵我怎调遣？

称霸岭南抱负难施展，

不由老夫心里暗盘旋。

（拉冯宝手）冯宝世侄！（唱滚花）

你如今已是朝廷命官，

怎可与小小蛮酋成亲眷？！

冯　宝　李大人言之差矣！（唱采花词）

好冼英，女中奇男志冲天，

继任俚人大首领，

丰功屡建遂民愿。

平息战火，谁不赞好？

喜看女杰镇南天。

汉俚联姻与政局牵，

岭南各族相处更和睦。

永相好，万万年！

芒　宣　不行！（再以霸腔接唱滚花）

俚首岂能将汉官嫁——

冼　英　（子喉接唱）联姻破例，冼英敢为先。

芒　宣　哼！（唱滚花）

你若将汉魔引入高凉，

必会招来天怒人怨！

[芒宣气恼地卷旗冲下。

李阳纥　冯太守！（接唱）

终身大事非同儿戏，

当心后悔不听老夫言！

人来，打道回府！

[李阳纥率众下。

冼　英　冯太守，你看这联姻之事……

冯　宝　（果断地）主意已定，绝不后悔！聘礼送上——（向内场招手）

[冯府红男绿女两队人，抬各种聘礼上。

冯　宝　（领唱新曲）

一箱绫，

众　人　（合唱）　十匹缎。

冯　宝　（接唱）　九尖稻，

众　人　（合唱）　八辈蚕。

冯　宝　（接唱）　五经四书笔墨砚，

众　人　（合唱）　耕牛百头犁三千。

冯　宝　（接唱）　聘礼是你冼英点，

冼　英　（接唱）　悉数送来一应俱全。

巴　雅　大首领，俚家姑娘索聘，不是腰篓槟榔，就是衣饰金银，可你点的聘礼，真是特别呀！

冼　英　巴雅，我就是要吸引汉家农耕，汉家文华、识汉礼、交汉商，让高凉山改地换天！

众　人　大首领高见！

山　官　不过，冯太守呀，你与大首领定亲非同小可，送罢聘礼，还得按我俚家习俗，夜游布隆闺哪！

冯　宝　（不解）夜游布隆闺？

冼　英　（笑）冯太守，请你夜半月圆之时，入闺打亲！

冯　宝　啊！入闺打亲……

冼　英　对，入闺打亲。

[切光。落二幕。

第二场　入闺打亲

[二幕前，俚家青年男女幽会的布隆闺外。

[巴雅与俚女甲、乙捧鲜花上。

巴　雅　（边撒花边唱梳妆台）

布隆闺，喜事临，

大首领今宵，约会心上人。

俚女乙　（接唱）　歌为媒，定终身，欢声阵阵。

巴　雅　（接唱）　一路铺鲜花，巴雅笑吟吟。

俚女甲　巴雅姐，大首领真有眼光，选了个年少英俊的汉官做夫家。

巴　雅　冯太守也真够福气，竟有本事娶得我们俚家的金凤凰呀！

俚女乙　巴雅姐，今晚大首领夜游布隆闺，约会汉家郎，大家好开心，为何你阿哥芒宣峒主闷闷不乐呢？

巴　雅　他呀，升旗闹事被大首领教训了一顿，至今还不服气哩！

俚女乙　你大哥就是“死牛一边颈”！还是大首领说得对，俚汉两族就是要不打冤家结亲家！

俚女甲　巴雅姐，那你又什么时候夜游布隆闺呢？

巴　雅　我呀……不游，不嫁！要一辈子侍候大首领！（唱滚花）

只要长伴她身边，

今世今生心无憾。

俚女乙　（向内场）看，大首领进布隆闺了！（与众下）

［二幕启，月升中天。

［音乐奏“梆子慢中板序”，冼英整装，此时的冼英与前场武将装束判若两人，身穿花筒裙、头插素馨花、戴项圈耳环，楚楚动人。冼英心花怒放地编织藤鞭。

冼　英　（唱慢中板）

脱戎装，卸刀剑，

布隆闺内，还我女儿身。

借月光，精心编织藤鞭，

今夜冼英，依约将冯郎等。

合欢藤，连理树，

编进姑娘无限爱，

情鞭三打意中人。（拉腔）

（转唱雨打芭蕉中段）

手中红藤重又沉！

我那意中人——

奉行汉礼重斯文，

今夜前来入闺打亲，

冼英我真有点担心！

怕他难明俚俗意，

不肯遵从将鞭拒，

冯郎你放心进门来，

受我三鞭更情深！

[冼英凝视闺外，复又编织藤鞭。

[冯宝身穿白衫，头戴书生巾上。

冯　宝（唱长句二流）趁月色，踏山行，

朵朵鲜花将路引，

香风扑面，迎接入闺人。（句）

夜游布隆闺，

俚俗奇异甚，

打亲何用意，

教我费思寻。

怕只怕有误联姻，

我还得小心谨慎。（句）

怎将闺门夜叩？

（转唱滚花）

徘徊不定暗沉吟……

[躲在一旁的巴雅窥见，走出行礼。

巴　雅　冯太守！

冯　宝（惊怔）哦！是巴雅姑娘。

巴　雅　怎么啦？你既前来入闺，还不快唱开门歌？

冯　宝　开门歌？

巴　雅　是呀，太守有所不知，按照俚家族规，夜游布隆闺，定要过三关。

冯　宝　（惊问）这第一关？

巴　雅　不唱开门歌，就进不了闺门。

冯　宝　（如释重负）哦，唱歌难不倒我！第二关呢？

巴　雅　就是打、三、鞭。

冯　宝　（大笑）真乃天下奇闻。月夜幽会，哪有挥鞭舞棍的？

巴　雅　（见冯宝执着样，忍俊不禁）……

冯　宝　嗨，你笑什么，快说何谓第三关吧？

巴　雅　第三关么——（羞而不答）等太守进得门去，你就知道了。

冯　宝　多谢巴雅姑娘。

巴　雅　你先别谢，当心吃闭门羹！（捂嘴笑下）

冯　宝　可惜我不懂俚曲，就以诗权当开门歌吧。（走到闺门前）冼姑娘，你听着：（唱新曲）

关关雎鸠，
在河之洲。
窈窕淑女，
君子好逑。

冼　英　冯太守果真聪明，竟以汉人的《诗经》开卷篇当作开门歌呀！（高兴地开门。唱迎亲歌）

闺门洞开迎贵客，
月圆花好风动荷。
你若有心来夜游，
请唱结情求亲歌。

冯　宝　（唱求亲歌）

青娥世罕见，
光彩耀南天。

纵然海枯石烂，

冯宝衷情不变。

冼　英　（接唱结亲歌）

你若有情我有胆，

两人破篾来圈天；

天若大来圈它小，

天若方来圈它圆。

冼　英（同唱结情歌）妹今与郎结百年，
冯　宝（同唱结情歌）郎今与妹结百年，

绿树红藤永相连。

树绿藤红红不变，

树枯藤死死也缠。

冼　英　（举鞭）好，请受我三鞭！

冯　宝　（大惊）啊！你真要动手？！

冼　英　这是俚家风俗。（风趣地）太守大人，就请你咬牙忍一忍。

冯　宝　（大声地）大丈夫何言忍字？想我冯宝在万马军中，面对刀剑尚不眨眼，岂惧小小藤鞭！

冼　英　请受姑娘第一鞭。

[冯宝昂首迎鞭。冼英将鞭高高举起，轻轻打下。

冼　英　（笑问）冯郎，姑娘的第一鞭疼不疼？

冯　宝　不疼！一点也不疼！

冼　英　你、你要大声说疼呀！

冯　宝　嗨，你那里高高举起，轻轻落下，我怎会叫疼呢？

冼　英　（笑）嗐！这是俚规。打亲是对男子的教训，要大声喊疼，表明今后不敢怠慢女人。

冯　宝　（亦笑）本官一向信守礼义，岂敢怠慢大首领呢？冼姑娘你就狠狠地打吧！

冼　英　好！请受姑娘的第二鞭！（挥鞭狠狠打冯）

冯　宝　哎哟！

冼　英　怎么样，姑娘的鞭子重不重？

冯　宝　（尴尬一笑）是打重了！

冼　英　（关切地）冯郎啊！（唱爽二黄）

恕我出手不轻，

其实我心中也不忍。

联姻佳话传万里，

鞭鞭分量重千斤。

冯　宝　（点头，接唱）

鞭子重，（拉腔）

情更重，（拉腔）

纵有风雨频频——

冯　宝
冼　英　（合接唱解心腔）我俩心心相印！

［两人动情地依偎一起。

冯　宝　姑娘，怎不挥第三鞭？

冼　英　你可知道，夫家受了这一鞭，就要与姑娘伴睡。

冯　宝　啊！（大惊失色，连连摇手）使不得，使不得！

冼　英　什么使不得呀？（命令式地）你过来……

［冯宝犹豫，然后只好乖乖地走上前。

冼　英　（气恼地）冯宝！你敢坏我俚规？

冯　宝　非也……

冼　英　那就是不喜欢本姑娘？

冯　宝　喜欢，喜欢！

冼　英　方才说得好端端，俚汉联姻，事关大局，如今为何不受鞭？

冯　宝　冼姑娘！婚姻乃终身大事，须拜过天地才能花烛洞房……

冼　英　（怒吼）冯宝！我冼英不要你们汉人的洞房花烛，快上前受我第三鞭！（追打）

［冯宝躲闪。

［芒宣已守候多时，冲上高叫：“慢——”

冼　英　呵？是你？

芒　宣　冼英姑娘——（唱霸腔滚花）

冯宝不遵俚俗，

分明看不起俚家人。

俚家凤凰只配俚家雄鹰，

你就朝我挥鞭不必再等。

冼　英　芒峒主！（接唱）

山里凤凰多得很，

雄鹰自有打鞭人。

芒　宣　我就是要你这金凤凰。你来看——（举葫芦）

[音乐骤起。巴雅、山官与众俚人闻声陆续上。

冼　英　（凝视葫芦震惊）啊！你、你要献上迷魂汤？！

冯　宝　（不解地）迷魂汤？

芒　宣　（唱回龙二黄）迷魂汤，意尤深——

挖下我指甲烧成灰，

以血调成和泪渗，

献与姑娘求婚配，

你若不收下，

我永守孤身。

我芒宣——

要让林中每只鸟，

要让山中每棵树，

都明白我此刻心悃！（拉腔）

冼　英　（走近芒宣）芒宣哥呀！（唱教子腔）

我与你自幼同习舞，

朝夕常相近，

喝一溪水长大，

似兄妹手足亲。

你矫若雄鹰，性情刚耿。

入死出生，屡建功勋，为俚家兴业，

你我怀大志，协力同心！

芒　宣　讲得好听！既然同心，为何不向我打三鞭？

巴　雅　阿哥你好不明理，大首领这三鞭你如何担当得起？

芒　宣　莫说三鞭，就是三十鞭、三百鞭，我也担当得起！

山　官　你受了大首领的三鞭，能使俚家过上好日子吗？

芒　宣　这……

山　官　你受了大首领的三鞭，能使俚汉两族和睦亲善吗？

芒　宣　这……

冼　英　你受了冼英三鞭，能使岭南政局安稳吗？

芒　宣　这这这……

冼　英　这穷根不拔，战乱不平，政局不稳，作为头人，我等还有何颜面面对俚族乡亲啊？

冯　宝　说得好！汉俚联姻，就是要使高凉山富庶安宁呀！

芒　宣　哼，别信冯宝胡言！他不肯接受大首领第三鞭，分明是没有结亲的诚意！

冯　宝　这……（唱快中板）

一言惊醒受鞭人，

冯冼联姻肩重任，

遵从俚俗表坚心！（转唱滚花）

我愿入赘上门——

众　人　（惊喜）什么？太守入赘俚家？！

冯　宝　对，冼英姑娘。（续唱）

你快打下第三鞭——

冯宝情真意恳。（敞衣跪下）

冼　英　好！（举鞭）这第三鞭——（一想，将鞭放下）我要留在成亲之日再打！（接唱）

冼英何妨效汉礼，

三天之后喜成婚！

[巴雅欢呼雀跃，芒宣怒视冯宝……

[切光。闭二幕。

第三场 婚礼风波

[二幕前。

[李阳纥率兵众抬贺礼、捧贺酒上。

李阳纥 （唱滚花）眼看高凉风云变，

冯冼联姻闹翻天。（转爽中板）

想不到冼英她，

着着棋高，牵制岭南局面。

如今冯宝入赘，

她更如虎添翼，

我难再只手遮天。（转七字清）

未到时机难动刀剑，

此刻我应邀赴宴与她周旋。

“绝子酒”巧作贺仪伺机奉献。

副　将 （接唱滚花）倘若她拒绝合盟，不识抬举……

李阳纥 哼……（接唱）

管叫冯冼美梦化云烟！

芒　宣 （内叫）汉宫站住！（举刀背箭冲上）

[二兵上前架住芒宣的环首刀。

李阳纥 （喝兵）闪开！（对芒宣，念口鼓）芒峒主，今日乃是冼英大首领成婚佳期，你为何舞刀弄箭？

芒　宣 （接念）我不准尔等前去送礼——

李阳纥 （接念）哈哈，你能阻挡老夫送礼，可你阻挡不了冯宝上山入赘——

芒　宣　（接念）我要闯进竹楼闹翻天！

李阳纥　（接念）新娘就是你们俚家的头人，你想翻天天不转。

芒　宣　（接念）那……岂不是任得凤巢被野鸠占？

李阳纥　（笑里藏刀，接念）雄鹰既然难展翅——（一拍芒宣背上箭套）只好眼睁睁看着人家“花好月圆”啰！哈哈……

芒　宣　（被挑得怒火中烧，拔箭）哼！看他怎个“花好月圆”？！（冲下）

李阳纥　（见状狞笑）哼哼……

［切光。

［二幕启。竹楼张灯结彩，山官与众俚人在忙于布置。

俚女甲　山官峒主，你看——各位酋长送礼来了！

［四酋长率众抬贺礼上。

山　官　（迎上）哦，各位酋长大人！

酋长甲　山官峒主，喜闻大首领与冯太守联姻，我们送上香茅酒——

酋长乙　吉贝布——

酋长丙　金钱狸——

酋长丁　野山猪！

山　官　各位酋长如此盛情，我代大首领拜谢了！请各位酋长先入竹楼饮酒，待我前去村口迎接冯太守。（下）

［四酋长下。

冼　英　（上，念）时已黄昏翘首望，万事俱备待冯郎。

［巴雅报上。

巴　雅　大首领，高州刺史李阳纥前来贺喜！

冼　英　好，鼓乐相迎！

巴　雅　动乐——

［鼓乐声中，李阳纥率众奉礼上。

冼　英　李大人——难得你屈驾光临，竹楼蓬荜生辉呀！

李阳纥　哪里话来？大首领盛情相邀，老夫不胜荣幸哩！

冼　英　请——

李阳纥 大首领！（唱梆子慢板）

恕老夫，不懂俚家俗例，

高州特产美名传，

谨作贺仪来奉献。（指贺礼）

冼　英 李大人！（接唱）

冼英何德何能？

怎受得如此厚礼——

李阳纥 受得有余！（接唱）

大首领英名远播，

威镇南天！（长过门）

冼　英 大人过奖了！

李阳纥 大首领何须过谦呢？你能统率数十万俚人之众，不愧为女中豪杰，老夫此番前来贺喜，还想向大首领请教请教呢！

冼　英 不知大人有何赐教？

李阳纥 大首领——如今中原大乱，群雄割据，正所谓乱世出英雄呀，大首领有何打算呢？

冼　英 李大人意思是……

李阳纥 （拉冼英，悄悄地）可否与老夫合兵结盟，在岭南另建一个天外之天呢？

冼　英 天外之天？（旁接唱）

却原来李阳纥，心怀不轨，

暂压下怒火一腔，静观其变。（腔）

李阳纥 大首领意下如何呢？

冼　英 李大人！（唱滚花）

你虽有“宏图大略”，

恕冼英无法成全！

副　将 （暗自一怔，对李低语）哦，她果然不识抬举……

李阳纥 （转态大笑）哈……老夫不过一番戏言。来来来，趁今日大首领大喜之期，待老夫亲自把盏敬你一杯……

巴　雅　哎，大首领新郎还未上门，婚宴还未摆开，这酒得等冯大人到来才饮呀！

李阳纥　（暗自一怔）什么，冯太守还未到来吗？……

冼　英　李大人，何不先请进竹楼一叙呢？

李阳纥　如此说请呀——（与冼英等人同下）

冯　宝　（内唱首板）入赘上门逢阻碍！

（水波浪，由山官等人扶着上，唱包槌滚花）

途中不幸受箭伤。

倘若要追查真凶，必掀起一场风浪。

为顾全联姻大局，此事决不可张扬。

忍痛带伤竹楼往——

巴　雅　（复上，见到冯宝，喜向内报）大首领，冯太守来了哇！

冼　英　（闻声复上）冯郎——（趋前相拥）

冯　宝　（伤手作痛）哎呀！

冼　英　（不解）冯郎你——

山　官　大首领，冯太守他——（正欲道破）

冯　宝　我没事，只是徒步上山走累而已！（急制止，唱滚花）

天已黄昏良辰到，

莫误成亲好时光！

巴　雅　是呀，人回家，鸟归林，山官峒主，快主持婚礼吧！

山　官　哎……好，擂鼓动乐！

[鼓乐喧天，众上点着篝火，架起牛角。

[巴雅取鞭。

冼　英　（举鞭）冯郎，请受姑娘第三鞭。

[冯宝忍痛受鞭。

冼　英　冯郎——

冯　宝　没事！（向山官示意婚礼继续）

山　官　（无奈吆喝）夫妻双双穿刀山——过火海！

[冼英高兴地拉住冯宝的手，冯宝忍着伤痛，强作笑颜，与冼英双双穿牛角，

终于昏倒在地，众为之愕然。

众　人　冯太守——

冼　英　（急扶之）冯郎你——

[众扶冯宝下，山官拉住冼英。

山　官　（按捺不住）大首领，不能不告诉你——冯太守是在上山途中中了南丹毒箭！

冼　英　啊！（唱“夺锦”中段）

陡然间，高凉山——

闪闪刀光，一桩血案。（转唱叹颜回）

婚宴还未摆开祸先降。

龙日不祥，

到底是谁人把杀机藏？

山　官　（出示毒箭，唱）

是芒宣，丧天理，

结情仇，露凶相，

该怎么，治凶手？（直转得胜令尾句）

首领请快作主张！

[冯宝此时正由人扶着复上。

冼　英　芒宣？（快撞点，怒火满腔，唱新腔二流）

恨芒宣，狠心肠，

冼英我无名火上！

押芒宣！

[山官应下。

冯　宝　且慢——（拉冼英到一旁，接唱）

难道婚礼之上，

真要摆下法场？

冼　英　（接唱）　血债不以血来偿，

冼英怎对族人讲？

冯　宝　（接唱）　大喜之日开杀戒，

两族情谊必挫伤！（过门）

冼　英　（反复思量后）冯郎言之有理呀！（续唱）

此刻间绝不能令族人失望。

冯　宝　（续唱）对芒宣还得宽宏大量——

二　人　（合唱）及时平息，这风浪一场！

山　官　（内喊）走——（推着捆绑的芒宣上）

[众闻声上，李阳纥从竹楼出来，袖手旁观。

巴　雅　山官峒主！何故将我哥哥五花大绑？

山　官　芒宣你自己说吧——

芒　宣　说就说——冯宝身上中的这一箭——

冯　宝　（急接）哦，这一箭是芒峒主的，但与他毫不相干！

众　人　（愕然）毫不相干？

冯　宝　各位父老乡亲！（唱七字清）

俚人狩猎在深山上，

弓箭常在暗处藏。

怪我迷惘一时，

偶然踩上——

巴　雅　什么，偶然踩上？

冯　宝　是呀！（接唱）

本官途中中箭，

纯属意外受伤。

芒　宣　（大惑不解地盯住冯宝）意外受伤？

冼　英　芒峒主——（为芒解开绳索，暗示，唱滚花）

刚才太守所言，

你要深思细想。

今后狩猎毒箭，

务必妥善安装！（拉腔）

李阳纥　（趁机插话）对呀！芒峒主，往后你这得要处处小心呀！

芒　宣　你……哼！（顿足下）

巴　雅　阿哥！（追下）

冼　英　冯郎你的伤怎么了？

冯　宝　一点轻伤不妨事，婚礼继续举行吧！

山　官　既然如此……婚礼继续举行！（叫喝）送黑布——

［乐声起，巫师捧黑布上。

李阳纥　为何要送黑布呢？

冯　宝　这是俚家的习俗。

巫　师　对呀！夫妻和好，黑布便陪伴终身，夫妻离异就要撕黑布。

李阳纥　哦——大喜之日言必吉利嘛！待老夫按汉人的习俗，敬新娘一杯喜酒，祝你们夫妻白头到老！（递绝子酒）

众　人　好意头呀！大首领，饮！

冼　英　（接杯）请呀——（毫不介意，一饮而尽）

巴　雅　（复上）大首领，葛医师带领父老乡亲送锦伞来了——

［鼓乐声响，葛医师率众高擎锦伞上。李阳纥悄悄溜下。

冼　英　（迎上）葛医师！

葛医师　冼大首领，冯冼联姻乃高凉盛事，汉俚百姓送上这锦伞一把——感谢大首领体恤民心，保境安民哪！

冯　宝
冼　英　（仰望锦伞）保境安民！

众　人　（合唱萧萧班马鸣）

高凉百姓送锦伞——

冼　英　（接唱）“保境安民”记心间。

冯　宝　（接唱）拜谢乡亲情无限。

众　人　（合接唱）联姻鼓乐震河山！

［众欢呼雀跃。

［幕闭。

第四场　泪洒黑布

[二幕前，一年后。

副　将　（内白）李大人！李大人！（急上）

李阳纥　（应上）何事？

副　将　（念白榄）忙禀报，忙禀报，冼英果然没仔生，按俚家俗规是禁母。大人的绝子酒真使得，还厉害过一把杀人刀！

李阳纥　好！为老夫除却心腹大患，正是时机，你就立即去找芒宣……（与副将耳语）

副　将　（不解）哦？让芒宣夺权当首领，岂不是高凉大权仍在俚族人手上？

李阳纥　真是小人之见！（念口鼓）可知芒宣他有勇无谋，是个草包，到头来还得听我摆布。那时五十万俚兵由我管——

副　将　（接念）大人你真是着着棋高！

李阳纥　哈哈……

[切光。

[二幕启。太守府鼓楼，悬挂一面硕大的铜鼓。

[慢撞点，冯宝、巴雅送背药箱的葛医师上。

冯　宝　（慢中板长序中浪里白）葛医师慢走！

葛医师　冯大人留步！

冯　宝　多得葛医师精心为夫人诊治，他日可得麟儿，定当重谢！

葛医师　不必客气，老朽能为冯大人与大首领解忧，荣幸之至呀！巴雅，记得按时给大首领服药呀！

巴　雅　知道。

葛医师　老朽就此告辞。

冯　宝　巴雅送客！

[巴雅送葛医师下。

冯　宝　（唱慢中板）

一年来，汉俚联姻息干戈，

女织男耕欢声一片。
那李阳纥，暗里磨刀霍霍，
仍有意割据南天。
须防他，耍弄奸谋，
兴兵作乱。（腔。转滚花）
眼下夫人一年未孕，
犹令我肚挂肠牵。
信必葛医师妙手回春，
盼望早日添丁如人愿！

［山官内喊“大首领”急上。

山　官　冯大人，大事不好？

冯　宝　何事？

山　官　芒宣又聚众闹事了！

冯　宝　（执山官手）他们闹什么事？

山　官　他们说大首领一年未孕就是禁母，按照族规就得让鼓交权！

冯　宝　让鼓交权？

酋长丙　（报上）冯大人——芒宣他们正在歃血盟誓，其中有一个乔装俚人的李阳纥部将呢！

冯　宝　哦？李阳纥……

［切光。一群持火把的俚人吆喝着冲过场。

［复明：夜景，冼英在痛苦地捶打铜鼓。

冼　英　铜鼓啊铜鼓！（唱旧苑望帝魂）
捶鼓，阵阵痛哀，
捶鼓，声声愤慨！
莫非冼英，劫运难逃？
铜鼓呀，快把口开！（转唱乙反十字二黄）
为什么芭蕉龙眼能结果？
为什么冼英婚后不怀胎？

眼看药石无灵，
教我心如麻乱，
是禁母就得交权，
族规森严谁可改？
倘若拱手让权，
招来人心躁动，
怕只怕高凉骚乱，
此后会多难多灾！（拉腔。转二黄滚花）
铜鼓啊，你既无力助我消灾，
唯有摆开祭坛将石祖拜。
无后俚女是禁母，
求神庇佑送子来。

[巴雅、巫师带俚女抬石祖和祭品上。

巴　雅　大首领，巫师已将石祖请来。

[冼英点头，巫师带领俚人们摆好“石祖”。

巫　师　（念咒语）石祖神灵，俚人的根，献血朝拜，得子得孙。

[祭拜乐声中，冼英划破中指，将血洒在三牲供品上。

[“哦嗬嗬——”九个头戴面具，身穿草衣的神童呼喊着冲上，围住冼英手舞足蹈。

[冼英起舞，越跳越狂，突然昏倒在地——全场戛然止声。

巴　雅　大首领！（急叫）葛医师……（下）

巫　师　（自语）哎，莫非大首领碰上凶魂！

[巴雅领背药袋的葛医师上。

葛医师　（边走边问）巴雅，是不是大首领服了我的开胎药，有喜了？（欲上前把脉）

巫　师　（拦阻）是你，是你，到此冲犯了神灵！

巴　雅　葛医师是赶来为大首领诊治的。

巫　师　你这汉医，又来叫大首领吃你的树皮草根？

葛医师　（笑道）放心，大首领继续服用老朽的祖传秘方，保她添丁有望。

[此时冼英已渐渐醒来。

巫 师 哼，什么祖传秘方，其实都是冲撞石祖的禁品！大首领方才晕倒，就因为闯来你这凶魂！（念咒般地）凶魂！凶魂！大首领，快用神鞭赶走这个凶魂！（递鞭）

[冼英取鞭打葛医师。巴雅急拦，冼英推开巴雅，再欲挥鞭。

[冯宝内喊："住手！"冲上。

冯 宝 夫人，赶凶魂的鞭子不能落在葛医师的身上呀！

冼 英 我……

[巴雅扶葛医师下，巫师悄悄下。

冼 英 （痛苦地丢开鞭子扑向冯宝大哭）官——人！

冯 宝 夫人呀！（深情地唱"古谱反线秋江哭别"，头段起）

哭声倍令我揪心，

你哀思如潮难言悲痛，苦陷愁城。

深山夜，罡风劲，

此刻我没法抚慰冼英！

冼 英 （接散唱）念我冼英，太苦命！（上板，续唱）

两族联姻当初喜不胜，

怎知惹得风浪难平。

（音乐续奏，浪里白）常说俚家女儿三个身，姑娘妻子与母亲，但我——（续唱）

为什么，只让我做女人半个，

无法获得小生命，

一颗心顷刻冷若冰！

冯 宝 夫人！（接唱）

你不必太伤心，

葛医师有秘方，

信他妙手能回春，可驱百病，

定能为你开胎，药石有灵。

冼　英　（音乐续奏，浪里白）你不要安慰我了。你可知道无后的妻子就是禁母呀！

冯　宝　（续唱）　莫难过，你纵是禁母也不要紧，

且听冯宝尽吐心声。

我和你，

志比金坚，爱比海深，共苦同甘，

相伴终身不移情！

冼　英　（短序起南音）

官人情重，道出心声，

冼英终身铭记，这份深情。（转乙反）

只怪我连累冯门香烟断，

天大孽债怎还清？！

更因族规森严人躁动，

竟要我让权交鼓——（抛舟腔）

竟要我让权交鼓，

这场骚乱怎能平？（拉腔）

（强音乐中，取出黑布，唱乙反流水南音）

百般无奈取黑布——

冯　宝　（接唱）　一见黑布心震惊。

冼　英　（接唱）　黑布撕开为凭证，为凭证——（坠慢）

你另寻汉女再把家成！

[冼英欲撕黑布，冯宝一把抢过。

冯　宝　黑布撕不得！

冼　英　撕得！

冯　宝　撕不得呀！（唱爽反线中板）

想当初入闺打亲，

曾说过树枯藤死死也缠，

你我死生同命。

倘若黑布一撕，

撕破了夫妻恩爱，

毁掉了两族深情。

倘若让鼓交权，

会招致更大风波，

再难保岭南安定！（拉腔）

冼　英　如此说，黑布不撕，铜鼓也不交！

冯　宝　对！汉人有道，二人同心，其利断金！

（坚定地，唱高腔滚花）

天动地动心难动，

绝子绝孙不绝情！

冼　英　（激动地抱住冯宝）冯郎……

[幕内人声呐喊，山官等急上。

山　官　大首领，不好了！芒宣带人冲进府来。

[芒宣率酋长甲乙丙及化了装的副将冲上。

芒　宣　夺鼓！

[芒宣与众酋长冲上夺铜鼓，冼英、山官等急拦。

冼　英　芒宣，你逼我让鼓交权？

芒　宣　不错！首领无后，铜鼓当传他人！

冼　英　慢——各位酋长，今日到底要我将铜鼓交与谁人呢？

酋长甲　芒峒主是俚家的雄鹰，铜鼓当传芒峒主。

众酋长　对！禁母快交鼓！（步步紧逼冼英）

冼　英　各位酋长，我冼英愿意交鼓，这鼓也不能传给芒宣！

众酋长　为什么？

山　官　各位酋长！俚人族规规定，犯有恶行的人不能受鼓。你们不要忘记，当初冯太守身中毒箭，就是芒宣所为。

众酋长　这……

酋长甲　那何故当时冯太守又说是意外受伤？

冯　宝　各位酋长——（唱霸腔芙蓉中板）

我本想以血唤醒良知，

才对他网开一面。

谁料他听人唆摆，

又叫嚷夺鼓抢权。

芒宣——

岂容你再挑事端，

招来汉俚大乱。（拉腔）

[副将暗中唆使芒宣拔刀。

芒　宣　冯宝看刀！

[芒宣拔刀刺向冯宝，冼英手疾眼快夺刀击倒芒宣，山官等将芒宣捆住，副将趁机急溜下。

冼　英　芒宣！（唱滚花）

北风也有南回日，

你冥顽不化行凶作恶罪滔天。

押下去！

[山官等押芒宣下。

众酋长　（下跪）大首领，我等跟随芒宣闹事，自知有罪呀！

冼　英　不知者不为罪，众位酋长请起。

酋长甲　大首领，当初芒宣暗害冯太守，今日又当众行凶，实在罪大难饶呀！

酋长丙　大首领，下令刀劈野鬼吧！

冼　英　刀劈野鬼？

酋长乙　大首领，念在芒峒主为俚家立过功，恕他这回吧！

冯　宝　夫人，此刻李阳纥正想利用汉俚关系制造事端，处置芒宣，须慎之又慎哪！

冼　英　唔！（下令）就将芒宣打入石牢！

巴　雅　（感动地）冯大人……

[冼英忽觉昏眩。

众酋长　（急扶）大首领！

冯　宝　夫人你？

冼　英　我——（欲呕吐）

冯　宝　快传葛医师。

[葛医师急上，号脉诊断。

葛医师　（突然大笑起来）好，恭喜冯大人，贺喜冯大人！

冯　宝　喜从何来？

葛医师　大首领是身怀有孕了。

冯　宝　（惊叫）夫人——

冼　英　（“扑通”一声向葛医师跪下）葛医师，你真是神医！

众　人　哦——

[众人一片欢腾。

[众亮相造型。幕闭。

第五场　智取高州

[幕启。一月后。

[高州城内接官亭。亭边戒备森严。李阳纥正在亭中观望。

副　将　（报上）李大人，已按你吩咐，布置妥当，只等冯宝一来，我们就依计行事。

李阳纥　好呀！（念口鼓）冯冼结亲一年来，笼络民心，教化俚蛮，闹得岭南天旋地转。估道叫她绝子让铜鼓，谁料她竟得孽种喜欢天。老夫急欲称霸岭南就得要牵制冼英，不妨与她摊牌无须遮掩。故此发函请冯宝到此，逼他就范在堂前。

校　尉　（急上）报——大人，冼英替代冯宝入城！

李阳纥　呵！（倒抽了一口冷气）是她来了……多少随从？

校　尉　只带一名侍女。

李阳纥　冼英非等闲之辈。人来，立即增派兵丁，加强戒备，待她进城之后，立即收起吊桥，将城门紧闭！

校　尉　领命！（下）

[刀斧手过场。

李阳纥　有请！

[冼英从容率巴雅上。

冼　英　（唱包槌滚花）李阳纥密柬相邀，

分明妄图合兵谋叛乱。

冼英我替夫践约，

来个将计就计把老窝端！

领巴雅，进城来——

接官亭前刀光闪。

李阳纥　大首领大驾光临，请恕有失远迎。

冼　英　哪里话来？李大人盛情相邀，只可惜冯太守身体欠佳，不能亲自前来呀！（续唱滚花）

冼英代夫践约，

大人万勿见嫌！

李阳纥　大首领能亲自屈驾，老夫求之不得。（指巴雅）这位是——

冼　英　她叫巴雅。

李阳纥　巴雅？

巴　雅　（施礼）李大人有礼！

李阳纥　大首领请！

[李阳纥招呼冼英亭中入座。

李阳纥　（念口鼓）大首领，你身怀六甲，仍然勤政奔波，真令老夫钦羡。怪不得百姓称你为锦伞夫人，汉人称锦伞为华盖，你功德无量，堪受华盖享尊严。

冼　英　（接念）冼英区区蛮女，有何功德可言，我只知乐民之乐，忧民之忧，不负万民所愿。更有赖汉家相助，高凉才得改地换天。

李阳纥　至理名言。老夫今日相邀，正想与大首领同谋——

冼　英　千秋大业！

李阳纥　（一怔）哦？大首领也明白老夫的意思？

冼　英　哈……这其实也是我冼英的心愿。

李阳纥　你的心愿？

冼　英　对！李大人不是对我提及过合兵结盟之事吗？当时冼英尚有犹豫，如今纵观天下大势，欲想稳守冼家祖业，只有借助大人的实力，共同对峙中原！

李阳纥　好！大首领不愧为女中豪杰呀！

冼　英　你们汉人有句成语叫作："识时务者为俊杰"嘛！（唱剪剪花）

你既有拳拳盛意，

与我同创岭南天，

我愿合盟将功建。

须未雨绸缪作打算，

方可将抱负施展——

李阳纥　（音乐续奏，浪里白）大首领有何高见呢？

冼　英　（续唱）　应积兵囤粮以策万全。

校　尉　（上）禀大人，城门之外，发现一群俚人推车而来。

李阳纥　（一怔）哦？大首领——

冼　英　那是冯太守差冼英特地给大人送来的粮草。

李阳纥　粮草？

[传来雷声隐隐。

冼　英　李大人，眼看暴雨将至，快打开城门让粮草入库吧！

李阳纥　打开城门？

冼　英　粮草不可淋坏呀！冼英我不顾六甲身怀，亲自押送粮草，难道大人还不放心？

李阳纥　这个……

冼　英　大人！有道是"用人不疑，疑人不用"，冼英一番诚意，你却如此见外，我只好下令粮队返回！（欲走）

李阳纥　慢！（对校尉）放桥开门，让粮草进城。

校　尉　（对内）放桥开门——

[冯宝率众俚兵推车上。

李阳纥　多谢大首领送来粮草。

冼　英　（笑）倒要多谢大人打开城门呀！（下令）杀——

［小开打。

［冼英、冯宝、巴雅等与李阳纥、副将等战……

［众俚兵纷纷从粮担、草车中抽出兵器参战……

［冯宝、冼英大胜，李阳纥败走。

巴　雅　禀大首领，李阳纥率领残兵往铜鼓岭方向逃去。

冼　英　（惊怔）哦——（突然腹痛）

冯　宝　夫人，怎么样了？

冼　英　不妨事！立即颁发告示，开仓放粮，安抚百姓！

［众亮相，渐收光。幕闭。

第六场　舐犊情深

［数月后。

［二幕前，众喽啰拥李阳纥站场。

李阳纥　（念）半世功名半世羞，

竟然败于一女流。

躲进密林成草寇，

东山再起志必酬！

副　将　（上）禀大人，小人依你吩咐，混进高州城，打开石牢，救出芒宣。

李阳纥　好，带他上来！

副　将　遵命！（招芒宣上）

李阳纥　芒峒主，你受苦了！

芒　宣　谢大人救命之恩！

李阳纥　哈……何须言谢呢？恨那冼英太不仁义，她不嫁芒峒主也就算了，何必将你关押起来呢……

芒　宣　刺史大人有什么事就明讲吧！

李阳纥　好，冼英和冯宝正要为孽子做满月，老夫命你潜入太守府……

芒　宣　大人意思是？

李阳纥　附耳上来……

[收光。

[二幕启：冯府花厅，张灯结彩。

[巴雅与众仆人一片忙碌，出出进进。

巴　雅　（唱四季歌）首领得子，百姓欢欣，
太守府中，庆贺良辰——
满月宴摆开多热闹，
备好酒菜迎客人！（下）

[传来婴儿哭声——起乐："二黄合字长序"中，冼英汉妇打扮抱爱子上，巴雅随上。又亲又吻，百般温存。

冼　英　（唱长句二黄）盼月亮，盼星星，
总算盼来这小生命。
冼英我几回洒下悲喜泪，
儿呀，你可知阿妈苦乐情？
当初要我交鼓让权，
恰似五雷轰顶；
幸得你父情义重，
不肯撕布弃冼英。
今日里铜鼓岭在欢歌，
俚汉同将吉礼庆。（句）
手抱娇儿思前想后，
禁不住喜笑盈盈。（转十字二黄慢板）
看这宝贝儿，（拉腔）
嫩茸茸像出窝的太阳鸟，（拉腔）
啼哭声似在空谷鸣，

如仙乐一般动听。（转教子腔，与婴儿逗趣）

吉祥的太阳鸟，

给俚家带来安定。

小娇娇似要说话，

快唤声阿妈给我听。

叫啊？叫啊！

[婴儿哭，冼英不知所措，急忙将子贴在怀哺乳……

[幕后女声合唱新曲：

暖流通遍母子身，

人间最亲舐犊情。

姑娘妻子成慈母——

冼　英　（接唱）　我是个真正的女人——

（入乐）　我是个真正的女人乐忘形！

[冯宝与葛医师上，见状开心一笑。

冼　英　（惊醒）官人，哦，葛医师也来了？

葛医师　大首领！（唱滚花）

看你母子逗趣，

好一片骨肉亲情！

看他天庭饱满印堂泛红光，

小公子定必聪颖过人风华盛！

冼　英　葛医师。（接唱）

我冼英绝子曾心死，

仗你回春有术，

我才产下娇婴，

抱子跪拜谢深恩——

葛医师　不敢当！不敢当！（笑唱）

只要你不再鞭笞，

老朽便额手称庆。

冯　宝　哈……

冼　英　今日弥月之喜，还请官人为爱子赐名吧！

冯　宝　好呀！（唱春风得意）

麒麟降，今日里光耀门庭，

方才我进宗庙吐心声。

焚香卜筮，

昭告神灵，

为爱子拜祖求名。

（音乐续奏，楔白）面对列祖列宗诉说了我夫妻望子成龙之心——（续唱）

盼只盼齐家治国平天下，

爱子他，责非轻，

代代相接，生生不息……

立业建功万民敬。

我儿名字，应寄托前人厚望，

就叫“冯仆”多相称。

冼　英　（音乐续奏，楔白）冯——仆？

葛医师　（楔白）妙、妙呀！《诗经·大雅》曰：“君子万年，景命有仆”，小公子日后必定前途无量呀！

冼　英　（高兴点头，续唱）

好一个“仆”字命名，

深深含义殷殷情！

俚女甲　（上）大首领，来庆贺的各位酋长都要见见小公子呀！

冼　英　好，我去为仆儿更衣。

巴　雅　让我来吧。

冼　英　巴雅，别忘了给仆儿戴上祖传的护身符。

巴　雅　知道了。（与俚女甲下）

［山官与众酋长送贺礼上。

山　官　大首领，恭喜恭喜呀！

酋长甲　（念）联姻带来百族和，

酋长乙　（接）俚汉同唱丰收歌。

酋长丙　（接）开坛讲学书声朗，

酋长丁　（接）千里高凉喜事多呀！

酋长乙　大首领和冯太守为了小主人，担了多少忧，受了多少苦呀！

山　官　这就叫苦尽甘来！

众酋长　大首领，将小公子抱出来让我们看看吧！

冼　英　巴雅正抱去更衣，稍时就来。

［俚女甲受伤惊叫着带信上。

俚女甲　大首领，几个蒙面人潜入府中，将小公子劫持而去！

［众惊愕，全场戛然止声。

冼　英　（不信地）巴雅呢？

俚女甲　巴雅已追上前去，这是蒙面人留下的书信——

冯　宝　（拆信急念）"欲要儿子生，随我反朝廷；违命先杀子，再把高凉平。李阳纥……"

冼　英　李阳纥——（一昏，复挺起）

［急切光。

第七场　戴孝平叛

［二幕前，紧接前场。

［电闪雷鸣。芒宣与副将，贼兵甲、乙蒙面抱婴儿上。

［巴雅内喊："强盗哪里走？哪里走——"追上。

巴　雅　（扑向婴儿）将小公子还给我！

副　将　滚！（将巴雅踢倒在地）

巴　雅　（挣扎站起）我与你拼了！（咬副将手）

副　将　哎哟！（拔刀欲砍巴雅）

芒　宣　（喝住）住手——不能杀她！

巴　雅　（闻声一怔）你是……（一把扯下芒宣的面纱）阿哥？！

［芒宣一时呆住，无言。

副　将　（愕然）什么？这女奴是你妹妹？

巴　雅　（气愤地）不是！我没有这样的阿哥！（指芒宣，唱快十字清中板）

骂芒宣叛俚家忘恩负义，

投顽敌劫公子作歹为非。

你可知冯大人，几番救你——（拉腔，过门）

芒　宣　（一怔）什么？冯宝几番救我？

巴　雅　你当日聚众闹事，还拔刀行凶，众酋长都说要将你处死，全凭冯大人一句话，才留下你这条命！

芒　宣　（恍然）呵？！

巴　雅　（续唱）你恩将仇报，有何面目进宗祠？

（一巴掌掴去）

［贼兵甲、乙押住巴雅。

芒　宣　（掩面，唱滚板）

这巴掌打得我脸红耳热，

阿妹话说得我哑口无词。

看起来冯宝他真有义气，

我不该为泄愤冲动一时！

阿妹，劫持小公子，是……

［此时李阳纥已悄悄上。

李阳纥　是我的主意！怎么样？！（唱滚花）

有道无毒不丈夫，

孽种劫来作人质。

迫冼英倒戈易帜，

老夫唯有走这一步棋。

哈哈……

贼兵甲　（报上）报——冼英冯宝进兵铜鼓岭。

李阳纥　来得正好，快守紧山头险要地势！上山——

［二幕启，铜鼓岭。

［雷鸣电闪，暴雨如注。

冼　英　（内唱二黄大首板）

雷公怒，风神吼——

［音乐声中，锦伞前导，冼英、冯宝策马率众上。

冼　英　（续唱）　纷飞泪雨！纷飞泪雨！

冯　宝　（接唱大笛二流）云苍苍，雾茫茫——

二　人　（合接唱）天地同悲！

冼　英　（接唱）　恨老贼，劫仆儿，

把我心捣碎！

冯　宝　（接唱）　千钧一发，

平叛救儿。

冼　英　（接唱）　只见铜鼓岭上竖贼旗——

怎样运筹？

教人焦虑！

［李阳纥出现在山头。

李阳纥　冯宝、冼英，果然不出老夫所料，你俩要为小宝贝兴师动众了！

冼　英　你！（强忍愤怒）仆儿是我冼英的命，也是俚汉两族的根，快将仆儿还我！

李阳纥　（大笑）想要回儿子，又有何难，快交出人马，随老夫造反吧！

冯　宝　李阳纥，叛贼乱中原，已落得碎尸万段，难道你想步后尘吗？

李阳纥　你还如此口硬？冼英看着——悬崖下面是万丈深渊呀！人来，放吊绳——

［吊篮悬挂于半空，婴儿哭声震天。

冼　冯　仆儿——（与众冲到悬崖边，束手无策，翻身下马）

酋长甲　大首领！为了救出公子，就让我带人归附李阳纥吧！

冼　英　不行，他要的是我冼英。

酋长乙　那就让我带人杀上山去！

冼　英　也不行，这样一来李贼必然抢先杀子！

山　官　大首领，如今这也不行，那也不行，你快拿主意吧！

众　人　大首领快拿主意！

冼　英　（痛苦地）我……

冯　宝　（沉重地）你等暂且退下！

[山官带众人下。

[响起婴儿哭声。

冼　英　仆儿！——（唱悲秋）

听哭声，将我心撕裂！

见子不救怎算母亲？

虎毒尚且不伤亲生，

不若暂时易帜倒戈与他结盟。

（冲上高坡正欲喊话，猛然愣住）冼英我怎能与贼为伍呢？

冯　宝　夫人哪！（唱乙反中板）

此刻你忧心如焚，

为救子两难进退，

冯宝也和你一样焦心！

冼门世代忠贞，千古英名，

一心为民添福荫。

看这锦伞高悬——

（指插在高处的锦伞。转唱乙反二黄）

你我身膺重任，

须永记“保境安民”！

冼　英　（看锦伞，惊醒）保境安民！（唱昭君怨中段）

铿锵语，惊心话，

一字字，重千斤。

冼英我，反躬自问：

身为大首领，

怎可只当母亲？

我倘若易帜倒戈怎对万民？

一着棋下错，必铸千古恨。

腥风血雨中，要三思而行。

李阳纥 （复出现山头）哈哈……冼英冯宝，你再不从命，我就要砍断篮绳！（拔剑）

巴　雅 （冲上）不准伤害小公子！（奋身夺剑）

李阳纥 （避过）贱奴！（挥剑砍倒巴雅，转头下）

［巴雅掉下悬崖。

众　人 （惊呼着上）巴雅——

芒　宣 （冲上哭叫）阿妹——（望着悬崖，又悲又愤，猛然回头）李阳纥，你好狠心呀！（冲下悬崖）

［众人围向冼英。

山　官 大首领，李贼心狠手辣，快作抉择吧！

众酋长 我们就听你一句话。

［冼英左右为难，张口难语……

冯　宝 夫人！（念）一发千钧莫迟延，为子为国——你、你你你速作决断！

冼　英 （一字一句慢念）铜鼓岭，设祭坛，

我要为子戴孝告祖先。

［暗转，复明，全场一片惨白，俚汉兵将穿素服捧百花，举白幡上。

众　人 （合唱新曲）捧白花，举白幡，

相对无言泪涟涟。

人世间，只有儿女为爹娘披麻戴孝，

何曾见，何曾见父母为子把孝服穿？

啊——

［反线二黄长序乐声中，冼英一身重孝上。众人跪拜，泣不成声……

冼　英 （唱反线二黄慢板）举丧杖，登祭坛，

眼前一片白茫茫，

只觉天在旋来地在转。

冼英我，思潮起伏，
止不住悲泪似涌泉。
子未亡，阿妈先把孝服穿，
这样的母亲世罕见。
先奉祭品，向祖先祷告，
宽宥我断了冯门香烟。

[传来婴儿哭声……

冼　英（神思恍惚惊叫）太阳鸟！阿妈心中的太阳鸟呀！（转唱仿“尺字序”）
太阳鸟本该高翔在蓝天，
谁料到，竟遭禁，
锁在篮中半山悬！
你发未长，齿未全，
转眼就要坠危渊。
此刻间哪，万千长者送仆儿，
满山设葬仪，
儿你可曾看见？！

[冯宝上，见状抹泪。

冯　宝（举酒祭奠，唱乙反调新曲）
一杯酒，祭仆儿——
儿你为众捐躯义薄云天！
二杯酒，祭祖先，
庇佑岭南各族，和睦亲善万万年。
三杯酒，三杯酒——

冼　英（接过酒，续唱）三杯酒，祭冼英，
百年后与仆儿冥府团圆。

众　人（合唱）伤心人对伤心人，
夫妻泪眼相看，柔肠百转。

冯　宝（接唱）夫人呀！
你是世间最苦的女人，

一身分成四份。

痛舍爱儿，为民平乱，

披肝沥胆，动地感天！

[幕内铜鼓号角声震响，李阳纥与副将急上。

冼　英　哦——（“快撞点”锣鼓中登高观看，唱十字快中板）

擎锦伞，擂战鼓，

挥师出战！

抹干泪，握宝剑，

策马扬鞭。

舍亲生——（锣鼓，众列队同仇敌忾）

除枭雄——（锣鼓，挽弓箭）

喝令贼人看箭——（拉高腔）

[冼英发箭，叛旗落下。

李阳纥　（咆哮）砍断篮绳——

[副将砍绳，吊篮坠落……

[暗转——大开打……冼英冯宝全歼叛贼，杀死李阳纥。

[遍体伤痕的芒宣抱婴儿上。

芒　宣　（内疚地）冯大人，大首领，我有罪呀！（举起婴儿，跪在冯宝、冼英面前）

冼　英　（惊喜地）仆儿——（紧抱婴儿）

冯　宝　（深情地）芒宣兄弟——（扶起芒宣）

众　人　（造型，合唱新曲）

啊——

锦伞夫人奇功建，

铜鼓颂歌万代传！

[幕徐闭。

[剧终。

（剧本版本：《南粤剧作》1998年第4期）

广东戏剧文库
优秀剧作选

1949-2019
粤剧卷

GUANGDONG XIJU WENKU
YOUXIU JUZUO XUAN
YUEJUJUAN

（第7册）

广东省艺术研究所
主编

中国戏剧出版社
CHINA THEATRE PRESS

目录

·粤剧卷·

伶仃洋

编剧：陈　宜　陈大卫

人　物　表

容挺光　　淇门守备，24 岁。

蔡英姑　　容挺光妻，21 岁至中年。

容天韫　　原淇门守备，后出家为僧，容挺光父，50 岁。

容　英　　容挺光之子，13 岁。

丝凯利　　容挺光在英国时的女朋友，24 岁。

孙宝升　　淇门把总，30 多岁。

王　彪　　淇门管带，20 岁。

士卒、难民。

序　幕

[清，同治年间。

[伶仃洋。

[幕启，白浪滔滔，海风呼呼。

英　姑（内呼）容英我儿！

容　英（内应）在！

英　姑（内白）与为娘打桨！

容　英（内白）娘亲把舵。

[头发斑白、身背宝剑的蔡英姑与容英摇橹驾船上。

[幕后合唱远行曲：

子别亲娘将去远，

寻方觅法解倒悬。

一见淇门肝肠断——

[英姑解剑。

容　英　娘亲！

英　姑　就在那淇门炮台，我错挥一剑……（续唱）

伶仃洋上，遗下了恨绵绵！

十五年前，禁烟大臣林则徐革职以后——

[幕后声唱“恨绵绵”：

国破焉能家不败？

夷毒烟、罪鸦片。

英　姑　（接唱）　我恨绵绵！

恨绵绵！！

[烟雾中走出十五年前的容天韫、王彪、清兵等人。

[容天韫弃官而去。

[王彪等呼：“容守备！容大人……”

英　姑　儿啊！你爷爷辞官而去，而你爹爹——则从英国回来……

[切光。

第一场　治　关

[十五年前，道光年间。

[淇门关。

[幕后唱“烟解禁”：

烟解禁，九州沉，

林则徐一去毒重临。

毒重临，毒重临！

林大人啊——

你为何歇步黄沙道？

莫非心挂步尘人？

莫非心挂步尘人……

[幕启，清兵吸毒狎妓，乌烟瘴气。

容挺光 （内唱首板）万里东回淇关上！

（上，唱快中板）

海天寥廓见鹰扬，

默告忠魂文丞相：

鸿图大展伶仃洋！

（猛见清兵腐败状）

小头目 呔，你是什么人！胆敢到这里游荡？

容挺光 这是什么地方？

小头目 淇门要塞，大清国的南海屏障！

容挺光 什么南海屏障，我看比鸦片烟馆更加猖狂！

小头目 你是什么人？刺探军情来啦？兄弟们，捉他领赏！

[容挺光打翻众兵。

孙宝升 （上）啊！把总孙宝升参见淇门守备容、容大人！

众　兵 啊！（全跪）

容挺光 列队！

孙宝升 是，鸣角集合！

[断断续续的号角声中，水兵们列队歪扭不成行，那个抽鸦片的还在吹烟圈呢！容挺光抓小鸡似的把他抓了起来。

容挺光 （唱滚花）大清国门竟如斯模样！

南海屏障却窝毒藏娼。

吸毒者不杀不足以正纪纲！

人来，将他处以极刑，头悬杆上。

[孙宝升拉下烟兵。

孙宝升 （斩讫报上）启禀大人，犯人斩决，头颅已挂在旗杆之上。

[众兵目瞪口呆。

容挺光 士卒吸毒，主责难逃。人来，重打孙把总二十军棍，以儆其过。

[清兵杖责孙宝升。

清　兵 一五、一十、十五、二十。启禀大人，二十打完。

容挺光 孙把总，我要即时检查炮火，请操炮射击。

孙宝升 喳！各就位……装弹……点火——放！

[毫无声息。容挺光抽出孙宝升背剑，指孙。

容挺光 你身为把总专司教习，竟然教成这样！要你何用？

孙宝升 容大人，心上一把刀，忍了吧！这大清国的事，怕是由不得你，也由不得我。知不知道这些炮都是两百年前康熙大帝钦赐下来的，你说怎么打呀？

容挺光 这……（唱乱弹二流）

一语惊心，沉雷顶上。

欲哭无泪，有口难张。

如何气下？怎忍荒唐！

孙把总，命你速到广州十三行，查明如何购得西洋大炮。

孙宝升 喳！（下）

容挺光 （转唱二黄）

不励精又怎能来将敌抗？

不图治只等着国破家亡。

可知道夷敌淫威横行海上？

可晓得英船已逼伶仃洋？

王　彪 容大人，小人王彪是原淇门守备侍从，今愿从效命。

容挺光 前守备畏敌弃关罪大难赦！王彪，命你将前守备捉拿归案，否则你颈上人头难保！

王　彪 据小人所知，前守备并非畏敌潜逃，皆因林则徐大人被革，他忧愤难平，才弃官出走的。

报　子 （内呼）报——（上）启禀大人，有英国商船“白玫瑰”号，要过伶仃洋！

容挺光 令它关外停泊，若有鸦片，不准过关！

报　子　喳!

[灭灯。

第二场　断　情

[三个月后。清晨。

[英国白玫瑰号商船。

[查理焦躁地把手中葡萄酒一饮而尽，水手们忧心忡忡。

水　手　（唱“白玫瑰”）

“白玫瑰”呀，“白玫瑰”呀，

你已经三个月漂流在海上。

如果再不能将这批鸦片来发放，

别说伦敦银行贷款的利息日日长，

我们也会困死在伶仃洋上。

查　理　（接唱）　因此我们董事长，

一知道淇门守备与他千金有亲密交往 ——

水　手　丝凯利?

查　理　Yes！（接唱）

就要她即从英国到澳门来把办法想。

咦！前边有异样。

孙宝升　（现身）哈啰！查理!

查　理　孙宝升！你要的毛瑟枪 ——（抛缚着一封信的毛瑟枪给孙）孙宝升，把那封信亲手交给你们新守备容挺光。

孙宝升　一包烟土!

查　理　OK！

孙宝升　OK！

[查理飞绳传送烟土……

[光转淇门炮台。

孙宝升 （上）只要有财路，何事不可做？启禀大人，新购大炮已经拉到炮台阵地。

容挺光 （上）好！（念）

洋炮添关强海卫，

不容毫毒入国门。

随我到炮台验炮——

孙宝升 方才有一英夷乘小艇，举白旗，哭又不像哭，笑又不像笑，呜里哇啦乱呼叫，还有个人叼着水烟袋，双手向我炮台摇！

容挺光 哈哈！什么叼着水烟袋，那是风笛，是一种礼仪，英国人一定有什么重要的事情了。

孙宝升 他们送来一封信，上面画的全是鸡肠，不知道是给谁的。（递信）

容挺光 给我看看——我的。（开阅）啊！丝凯利！

孙宝升 大人，丝凯利是谁呀？

容挺光 是我在英国结识的女友，特从伦敦到澳门来见我。

孙宝升 啊……

[暗转。

丝凯利 （肩披白丝巾，引颈翘望，唱忆昔相依依）

那边人可知？月已西渐移。

怅惘长栏倚，怨君人来迟。

忆昔相依依，今宵入梦时。

万般意颠倒，唯念此真丝。

[容挺光上。

丝凯利 Mr. 容！（热烈拥抱容。唱“长夜梦见你”）

长夜梦见你刻刻想起你，

晚晚朝朝挂念你！

离别在塞得港，

到今天方见到你。

还是那般潇洒，

仪态翩翩多壮美，

恨未能越国界跟君去，

我的心啊已经碎。

容挺光 （接唱） 别泪洒芳菲，

我刻刻忆起。

丝凯利 （接唱） 曾记否，你我一起——

容挺光 （续唱） 手拉手花间里！

丝凯利，没想到我们又见面了？不是做梦吧？

丝凯利 不是梦！

容挺光 你怎么来了？

丝凯利 是我爹地让我来求你的。

容挺光 你说什么？

丝凯利 是我爹地让我来……求你的。

容挺光 求我？

丝凯利 （唱带洋腔的滚花）

多么不幸我们此刻相逢，伶仃洋战云涌起。

烈火将要烧焦你那翠绿的岛屿——

容挺光 （接唱滚花）

别无选择唯有高举抵抗的大旗！

丝凯利 可怕的选择！都怪你们那位无知的禁烟大臣——

容挺光 你是说我们功垂千古的林则徐大人吗？

丝凯利 功垂千古？你知不知他那一把火烧得多少英国商人倾家荡产啊！

容挺光 丝凯利你——

丝凯利 我们不说这些了。

容挺光 你刚才说你爹地让你来求我，什么事？

丝凯利 容！（哀求地）准许“白玫瑰”通过伶仃洋吧！

容挺光 “白玫瑰”？它和你有什么关系？

丝凯利 它是我爹地的商船。

容挺光 什么？“白玫瑰”是你爹地的商船？

丝凯利 爹地说，如果卖了这船——

容挺光 鸦片？

丝凯利 （点头）把钱分给我们五分之一！我们可以去罗马、威尼斯、巴黎……

容挺光 你不要说了！（唱长句二黄）

昔日天涯之处凯利——丝，
犹若毗邻的知己。
如今人在眼前站着，
却似万里遥离。
我梦中的女神，
她曾是多么美丽。
相逢今夕，
怎么面目全非？
多谢你昔日情谊，
对我关怀如此。（转唱二黄滚花）
“白玫瑰”过关之事，
你不用再费言词。

我告辞了。

丝凯利 容！你还记得它吗？（从肩上解下白丝巾）

容挺光 永远不会忘记。

丝凯利 还记得我寄给你的那首诗吗？

[丝凯利英语朗诵诗，容挺光译念：

我不敢看那天边的浮云，
因为那是我失落的白丝巾。
既然你已从我肩头飘去，
为什么又常常飞入我的梦魂？

丝凯利 我是一直戴着它的。

容挺光 大概，这回应该物归原主啦！

丝凯利 NO！ NO！ NO！容啊容！你真是一个愚人！你想想，一座小小的淇门关，能抵挡得住日不落帝国 860 门大炮的轰击吗？一个小小的伶仃洋，能比得上大西洋、太平洋吗？再说，你们朝廷对鸦片已经解禁了，你这个小守备，芝麻大点的武官，何苦硬要在伶仃洋上——

容挺光 丝凯利！（唱快慢板）

怕什么大炮 860 门强来摧毁？
怕什么机船钢舰海上逞威！（转唱七字清）
铁索横拦伶仃水，
轰天巨炮作奉陪！（转唱霸腔滚花）
此身此骨已荐轩辕，定继林公销烟志！
位卑未敢忘忧国，朝衰民忿志何颓！

[丝凯利丢下白丝巾。

容挺光 （唱滚花）一物区区，多蒙不弃。

衷心谢你，还我万缕真丝！

丝凯利 我就要回英国了——

容挺光 你快走吧！

丝凯利 我怕！我怕你的鲜血流淌在伶仃洋上！容啊！请接受我最最真诚的忠告吧：危急时将丝巾挂在英军登陆之处，它会使你化险为夷的。

容挺光 记得我在英国时教你念的两句诗吗？

“人生自古谁无死？
留取丹心照汗青。”

祝你一路平安！（离去）

[丝凯利望着他的背影，倒下。

[光转二幕前。

容挺光 （惆怅地望着迎上的王彪）王彪，你可知道香山岸上南屏乡有个叫容天华的人？

王　彪 容天华……没听说。

容挺光 与我打听。

王　彪　知道。

［灭灯。

第三场　祭　剑

［清明节。

［蔡英姑家，堂挂白绫，室横宝剑。

［幕启，英姑、容天韫在场。

英　姑　（唱乙反滚花）

一到清明心欲碎！

清香三炷盼人回。（拜剑，转唱乙反乱弹）

满腔泪！

爹妈惨教英人炮火摧，

姊弟俱丧，剩我孤单一女独徘徊。

痛深恨更深，与英夷，

三生仇对。

夫呀！你何时回？

容天韫　（唱叹板）小英姑珠泪双垂，

出家人心如刀剜！

蔡贤弟呵！

英　姑　爹爹！娘亲！

容天韫　（唱士工慢板）

记当年，淇门战，

虽然打得番鬼船沉炮毁，

却令你伶仃洋上血涌黄沙。

凭祖剑，杀出重围，总算把英姑救下。

骨肉相连，兄将她收为儿媳，我们结了人鬼亲家。

（转唱古腔七字清）

鸣呼哀哉悲悲悲，我悲大清难逃劫化。

是非颠倒哭哭哭，我哭林公白玉蒙瑕！

阿弥陀佛喜喜喜，喜我儿归来可把龙泉交下。

可怜的出家人为家国事又要归家。

罪何深——

祖剑，祖剑！

我口诵经文心偏把你祖剑朝朝悬挂！

英姑，快将祖剑带上，我与你去见新守备。

英　姑　公爹，新来的守备正四处张榜捉拿你，怎么你偏偏要自投罗网啊？

容天辐　公爹是要自投罗网。英姑，你知道这淇门新守备是谁吗？

［英姑惘然。

容天辐　（唱滚花）我亲生儿子容挺光者——就是他！

英　姑　吓？

［王彪外呼："容老爷！"

［容天辐拔剑刺去。

王　彪　（上）老爷，是我。

容天辐　王彪，我要去见你们的新守备。

王　彪　老爷，新守备执法严明，此去恐怕凶多吉少！

容天辐　哦。

［灭灯。

第四场　葬　海

［淇门炮台。

王　彪　（边呼边上）不好了！（唱滚花）

有心怠命放老爷，他却横跨伶仃海。

山外关前阻不住，声声自己献头来。

好人身陷囹圄间，王彪心头如刀宰。

还带英姑临关上，无端惹祸太不该。

两旁退下。（清兵下）启禀大人：前守备容天韫前来自首！

[容挺光内呼：“带容天韫！”

王　彪　是。

容天韫　（内唱首板）叱咤一声撼关海！（上）

（转唱七字清中板）

断肠人上断头台。

寒寺难为千愁载，

悲心滴血觅儿来。

阿弥陀佛！

容挺光　（上）哼！（唱七字清中板）

可怜铁甲换袈裟，畏敌鼠藏空门内。

既是青灯读黄卷，缘何又复伶仃来？

不把此行直讲明，鬼头大刀将你待！

容天韫　（接唱）马革裹尸曾笑看，区区斧钺何惧哉？

红尘大愿得报时，此身任从万剑宰！

容挺光　（接唱）玄机禅语无暇开，

懒听逃军空慷慨，

强夷压境去扫佛台，

问僧衣怎把良心盖？

容天韫　（接唱）金刀已把孽根裁，

唯念慈航渡苦海，

此心已死无大哀！

容挺光　（接唱）可从你意了此生，

问你心中何期待？

容天韫　（接唱）但得我儿明父意——

阿弥陀佛，阿弥陀佛！

灵山即去奉如来！

容挺光 谁是你孩儿？

容天韫 我就是你生身之父容天华！

容挺光 好胆！你不是我下令缉捕的淇门原守备容天韫吗？

容天韫 因有同名者容天华乃舟山海盗，为免事端，我改名容天韫。

容挺光 你——

容天韫 将军可是香山南屏乡人氏？

容挺光 正是。

容天韫 你刚满五岁，父即远戍浙东，你随母澳门谋生，七岁母逝，你得西人麦朗教士收养，对吧？

容挺光 ……

容天韫 你成人之后，随教士去了英国伦敦，去年回国，今调守淇门，所言错否？

容挺光 啊！

容天韫 你左臂下有红斑一块！

容挺光 ……爹爹！（扑拥）

容天韫 儿啊！（唱乙反减字芙蓉）

悲莫过欲行万里竟无途，痛莫于酒醒不知身何在！

大清朽木已凋根干败，摇摇欲坠难逃灭顶灾。

无辜摧折栋梁材，一任乾坤临危殆。

已是崩颓无可挽，折戟沉沙究可哀！

（转唱乙反中板）

最可悲，鬼使神差淇门关上儿将父代。

更可怕，一条血路儿又重踏而来！

容挺光 爹爹！记得孩儿，五岁别父，你要我跪在祠堂，背诵文丞相什么诗句？

容天韫 “……惶恐滩头说惶恐，伶仃洋里叹伶仃，……”

容挺光 （紧接）“人生自古谁无死？留取丹心照汗青！”爹爹呀！大敌当前，难道你要孩儿学你弃官而去吗？

容天韫 不！父子逃阵，万世唾骂。我一踏淇门，知儿必精忠报国。遗憾是一代无望，儿纵伶仃溅血，也无济于事！

容挺光 难道说，中华无望了么？

容天韫 只有期望后人！（示王彪带上英姑）儿呀！这小女子姓蔡，叫英姑，家住岛上白石街。道光十六年，淇门之战一家人惨死英军炮下，为父将她收为儿媳，与你相配。英姑呀，容守备就是你夫婿了！

容挺光 荒唐！

英　姑 ……

[幕后唱盼归来：

等归来，

盼归来，

盼得人返我到炮台，

想不到他是一盆冷水浇心内。

英　姑（接唱）咬咬牙关，

辛酸吞下，

送回宝剑且离开。

守备大人，公爹叫我把你们容家的祖传宝剑交给你。（欲下）

容天韫 英姑！儿啊，为父剑底偷生，禅堂面壁，为的是告儿速速成婚，生育孩儿，述两代之国耻，励其继往开来。兴家国，望后人呀！

[孙宝升突然率清兵上。

孙宝升 人来！两位守备大人你们好呀！容守备，记得你一到淇门，就执法如山。这回逃犯抓到，怕该是大义灭亲了吧？

[众惊呆。

孙宝升 哈哈哈……（转脸）唉，人非草木，谁无恻隐之心？二位容大人，我看算了！孙宝升也非无情无义之人，就算我挨过你二十大板也不介意。淇门哨天涯海角山高皇帝远，大家不说事情也无人知道，不如就——

容天韫 孙把总，我当守备时，约法三章还记得吗？

孙宝升 记得。

容天韫 有令不遵者——

孙宝升 斩！

容天韫 通烟贩者——

王　彪 斩！

容天韫 变节逃阵者——

孙宝升 斩呀！

容天韫 执法犯法，该当何罪？

孙宝升 唉！谁想到今日应在二位守备大人身上呢？谁无父母？弟兄们是吧？

众清兵 求大人免容老爷一死！（拜求）

容天韫 儿呀，守备大人！你若徇私枉法，不但你我性命不保，还要株连九族！

英　姑 公爹！

容挺光 （环视泣求的众人，唱包槌滚花）

一声声苦苦哀求，一把把烧心烈火！

一阵阵阴风透骨，一重重陷阱网罗！

杀不忍！放又不能！

这这这，这一道鬼门关，我父子两人怎么过？（激思）

容天韫 （突然抽出容挺光手中祖剑）我儿听了：

（念）逃关人已斩，血剑是证凭。

父在伶仃洋，等待后来人！（自刎，坠海）

王　彪 容老爷！

众清兵 大人！

英　姑 公爹！

[英姑哭下。孙宝升悄然离去。

容挺光 爹爹！（走去，俯视海面）

[一清兵内呼“报！”上。

清　兵 启禀守备大人，有一英军炮舰，趁着浓雾，绕过万山群岛，直插伶仃洋！

容挺光 （回过身来）爹爹！（唱快中板）

未哭爹爹葬大海，

先挥遗剑上将台！

炮手准备！

［清兵各就炮位。

容挺光 （举望远镜）左：86！

王　彪 左：86！

容挺光 高：40！

王　彪 高：40！

容挺光 目标：敌船！

王　彪 目标：敌船！

容挺光 （挥剑）开炮！

王　彪 开炮！

［一声巨响。

王　彪 击中敌船！

众清兵 啊……（一片欢呼）

［孙宝升内呼："大令下！"领传令官上。

传令官 （宣谕）"淇门守备容挺光，擅启衅端，令英人进逼伶仃洋。为免战事扩大，容挺光削职为民，特命孙宝升为淇门守备，立即散水勇，拆炮台，以表与英人和议之诚，切切此令。钦差大臣！"

［容挺光摘翎而去……

［灭灯。

第五场　求　子

［洞房之夜。

英　姑 （唱燕子楼中板）

一块红巾将人蔽，

一床红帐结夫妻。

又喜又悲织心底……

容挺光 妻呀！（接唱连理枝）

我们遵从父意，缔结连理枝。

未曾相识，缘定多时。

妻你温顺善良，勤劳不已。

对夫真是，百顺百依。

唯独志士多灾，无论今古。

我是伤心家国，难展双眉！

英　姑（转唱反线中板）

今晚夜洞房花烛，千金一刻，

夫你应该放下哀思。

夫是青松立岗上，

我得作缠树青藤，多感公爹将福赐。

难得你无官一身轻，

正好双双种田下海，一同早出晚归。

容挺光（转唱乙反南音）

老父飞仙传后事，

要我俩传宗接代发新枝，

指望后人承先志，

前仆后继把国运移。

英　姑（接唱乙反南音）

我俩不如就诚心诚意，

焚香妈祖求神恩施，

天后娘娘是慈悲仙使，

定然会赐——（抛舟腔）

定然会赐我们好孩儿。

[光转妈祖庙，二人焚香跪拜。

[幕后伴唱秋去冬来：

秋去冬来春又至，

神恩果是赐叶枝，
十月怀胎瓜熟落，
一朝分娩好男儿。
[婴儿哭声中英姑背儿出。
[聚光。

第六场 报 国

[淇门炮台，抽烟狎妓，又复腐败。

孙宝升 （唱板眼）好运气，我孙宝升，
猪笼入水，盆满钵盈。
花了二万两白银，淇门我坐正，
不要看轻这个小守备，镇伶仃。
过海的英船，我但凭钱银定，
财源滚滚，好过你坐京城。（转白榄）
我心未足心未足！
并非是我姓孙的心头毒，
只怪你容挺光一条直肠无弯曲，
一副死脑筋不识时局，
又何必搭理它什么鸦片害民“二打六”？
人生最要紧是有钱享艳福。
叫句阿菊和阿玉，
你们还有什么好听的“劲歌金曲”？

王 彪 （内呼）报！（上）启禀守备大人，英国兵船气势汹汹直扑淇门炮台！请快下令开炮！

孙宝升 多事！不就是要过伶仃洋吗？让他们过去不就平安无事了吗？朝廷有命：息兵罢战。懂吗？

王　彪　可他们——

孙宝升　我与他们谈妥了，英国人不会打我们的。

王　彪　呸！（唱恨填胸）

好一个孙宝升，你真真不应，（转白榄）

毁淇门，传歪令，纵烟毒，败长城。（尾腔）

竟开伶仃！

你不点炮我点炮，最多身葬伶仃洋！（上炮台）

孙宝升　好个王彪你要造反？（拔枪打死王彪）

［“轰隆”一声，孙宝升中炮。

孙宝升　妈呀！英国人怎么不讲信用呀？（被击毙）

［炮弹呼啸，烟兵尽毙。

容挺光　（内唱二黄首板）

骄阳坠淇关崩悲风回荡！

（上，诗白）愁云惨淡锁伶台，

拄剑残关泪满腮。

极目苍天龙溅血，

金瓯补阙有谁来？

（唱回龙腔二黄慢板）

淇门殇，新鬼荡，落羽群鸥无宿处，

哀鸣阵阵添凄凉。

只可叹大清朝不堪展望，

最断肠中华古国已淡辉光。（转唱南音）

不敢望，乱草岗，

烟兵饮弹骨未寒。

盈野血腥人沮丧，

尸横遍地伴烟枪。

辱国丧师心悲怆，

九天何以对炎黄？

（怒涛漫卷。转唱大笛二流）

容心内，好一比惊涛拍岸。

爹爹果是言中，

这一代难避败亡。

岂甘坐毙淇门，

哪怕飞红染浪！

纵是炮台独立，

也要计葬豺狼！（汽笛声）

“白玫瑰”？“白玫瑰”你来吧！（举白丝巾）

[炮火越来越烈，背着孩子的英姑上。

英　姑　（内呼）夫啊！（背儿急上）

容挺光　“白玫瑰”来了！

（英姑骤见容挺光用剑拄白丝巾招引英船，惊极。

英　姑　（唱气妲己）

不敢望，不敢望，

也许我眼花精神晃！

唉呀呀，他剑举白旗投降！

容挺光　英妻，快带孩儿离开此地！

[英姑上前夺剑，容挺光正要说话，突然一炮打来，只得抬起白丝巾，复挂一缨枪，向英船招扬。

英　姑　（转唱昭君怨尾段）

他何以这样？

他何以这样？

硬将丝巾向敌招张。

忆家人，伶洋丧，

我遍身血顿寒！

此间心火直上云汉。

他惺惺作态似无比坚刚，

口口声声碧血一腔，

高呼为国，却招引英狼——

容挺光 哈啰！哈啰！

查　理 （内呼）白旗！哈哈哈！

英　姑 爹爹！

英　人 （内场）他们投降了！

[英姑浮现家人惨状。

英　姑 娘亲！

英　人 （内场）他们挂白旗投降啦！

英　姑 公爹！（接唱前曲）

眼中现血光，

不许你把白巾扬！

[容挺光全神注敌，没有理会拿着宝剑的英姑向他走来。

[英姑挥剑插进了容挺光的身子。

容挺光 （中剑）你、你——

英　姑 你举那白丝巾投降？！

容挺光 目标必须在有效射程内才能击毁。你知不知道那“白玫瑰”载的是一船杀人的鸦片？我用那白丝巾作投降之状，是将“白玫瑰”引到有效射程内把它击毁，来个海上灭毒的呀！……

英　姑 天啊！（昏倒）

容挺光 （唱鸟惊喧）

唉！英姑妻恰似夜里珍珠灿，

她冰心一片令我深深叹！

喜见她面对罪恶绝无颜。

这遵从的鸳盟今恨晚，

刺夫郎斩亲情乃纾国难。

心起爱涛涌千万，

妻似漆黑中光环！

教我看真她却已生难！

英　姑（唱连环扣）

泪呀泪湿襟衫，
但见夫郎捐生在旦，
悲声教我明他何肝胆。
又呀又怕顷刻间，
他命落阴曹夫妻便散，
教我容英无父喊！
唉！明天明天怎诉这伶仃洋绝惨？
在生有何颜？
霹雷快把英姑斩，
或来厉鬼勾魂插刀山！（拔剑自刎）

容挺光　住手！英妻，你要活下去，把容英带大，叫他出洋求学，将来救我中华就靠他们了。

英　姑　夫啊！

［难民奔逃，一人牵马给容挺光。

带马人　请大人上马！（下）

容挺光　待为夫送你一程！（唱雪中燕）

天灰灰！
路漫漫！
途难行！
妻你切莫轻生，
快负子出险涧，
日后劳你肩挑千斤担，
教他把父辈未完的重责担。
惊回首萧萧血海翻，
大山勿阻我辛酸眼，
多一看泪血淇关！
多一眺未丧河山！
望后人，莫嗟叹，

伶仃洋有白骨沉湾！

英　姑　（唱乙反长句二黄）

骑马出淇关，

扬鞭碎肝胆。

见他鲜血洒一路，

哀国泪如澜！

人际弥留，

却还为我辔缰强挽。

不是西来恶鬼，

哪有这惨绝人寰？

问千钧霹雳啊！

何日才把人间光灿？

[儿哭，英姑解下孩子，容抱儿呵护。

容挺光　（唱催眠曲）

嗳猪乖，嗳猪大。

嗳大个猪仔拎去卖，

爸爸又舍不得卖。

你这个臭猪仔哩，

留在家里煮饭仔咯！

睡着了！（转唱乙反七字清）

儿入梦，怀抱间，

望你来日将国挽，

风雷抖擞变尘寰，

打马催妻离绝涧！

妻啊！等容英长大后将这把祖剑传给他！他爷爷说得对：兴家国，望后人呀！

[容挺光打马逼妻离去，复回炮台，汽笛声近。

容挺光　“白玫瑰”？好！（唱滚花）

含笑云霓溅鲜血，

定将烟毒葬狂澜！

[英炮击中容，容挺光以生命最后一刻点燃大炮，一声巨响，“白玫瑰”沉没伶仃洋。

容挺光 （仰天大笑）哈、哈、哈……（倒下）

[灭灯。

尾声 赴 洋

[回复序幕。

容 英 爹爹！（唱快板）

国破家亡声声恸，

伶仃洋上恨无穷。

先辈龙泉后人捧，

为求强国走西东。

受辱伶仃终有日 ——

倾洋覆海洗血红！

娘亲，孩儿去了！

英 姑 去吧！

[合唱浪未消：

前浪未消后浪涌，

中华不奋搏未终！

[歌声中容英向前走去……合唱继续：

前浪未消后浪涌，

中华不奋搏未终！……

[歌涛澎湃，鸣鸥穿浪……

[剧终。

（剧本版本：《南粤剧作》1998 年第 4 期）

驼哥的旗

编剧：刘云程　郑继锋　萧柱荣

人　物　表

驼　哥　　男，30 岁左右。

金　兰　　女，20 岁左右，后与驼哥婚配。

赵大朋　　男，25 岁左右，东江纵队小队长，金兰的表哥，与金兰曾有恋情。

季维成　　男，30 岁左右，蒋军连长，赵大朋同学。

胡建国　　男，30 岁左右，日伪军连长。

龟　田　　男，40 岁左右，日本侵华军少佐。

小　春　　男，14 岁左右，孤儿。

小　秋　　女，10 岁左右，小春的妹妹。

东江纵队战士若干人。

日伪军若干人。

蒋军若干人。

百姓若干人。

时　间：抗日战争相持阶段。

地　点：岭南地区某路口。

布　景：全剧发生在同一地点，后面为山林、东江；前面为驼哥饭店。随着时间和天气的变化，舞台呈现的气象有所不同。

第一场

［音乐声中幕启。日暮。晚霞斜照，山林尽染。幽静中有草虫鸣和。驼哥饭店门前挂着灯箱招牌。驼哥坐在吊脚凳上自嘲自慰地拉着南胡，先是凸显驼背，

然后随着吊脚凳慢慢转动，现出正面。

驼　哥　（唱南音）身材矮，背如锅，从小生下是驼驼。

爹娘教我应知短，遇事忍让避风波。

好似灶膛泼湿熄了火，忍来忍去背更驼……

[天色渐暗。

[突然枪响。一颗流弹击中灯箱。灯破灭。舞台光暗淡，飞舞着流弹的火光。驼哥一个跟头从高脚吊凳上摔下，矮步绕场一圈，逃入店内，半掩门窥视。

[枪声益紧，蒋军败退上。一颗炮弹打在远景的房片上。房塌。

[蒋军与日伪军继续交战。日伪方火力愈打愈猛。蒋军顶不住了，一人倒地，青天白日旗被打飞。

蒋军甲　（对季维成）季连长，不能再打了！

季维成　（咬咬牙）打！

[又有一颗敌炮弹爆炸，数蒋军伤亡。

蒋军甲　（哭喊）季连长，再打下去，我们就完了！

季维成　（咬咬牙）妈的，丈夫报仇，十年不晚。撤！

蒋军甲　（对兵卒）撤！

[蒋军边打边退下。

[日伪军追百姓上。小春、小秋亦在其中。暗淡的灯光中小春、小秋父亲被杀。

二　小　（哭喊）阿爸！……（欲扑向前）

[日军举膏药旗挡住。小秋惊恐。小春拉小秋下。

日伪军　（大笑）哈哈哈……（追下）

[赵大朋、金兰、赵母上。枪声再起，赵母中弹。

赵大朋　（哭喊）妈！——

金　兰　（亦哭喊）姨妈！——

[赵母无力地将手镯摘下交与金兰，示意作为金兰与赵大明订婚礼，闭目。

赵大朋　（哭喊）妈！

金　兰　（亦哭喊）姨妈！

[枪声益紧。赵大朋抱母亲尸体下。

[金兰欲下，被日伪军堵住。日军调戏金兰。金兰反抗无力，高声呼救。赵大朋上，与日伪军搏斗。胡建国上，对赵大朋开了一枪。

赵大朋 （负伤，对金兰）表妹，你快走！

[金兰逃下。

[赵大朋跳入东江。

[胡建国追至江边，连射几枪。

胡建国 龟田少佐到。（龟田上）

报告太君，国民军已全部击退。

龟　田 （似褒奖又似嘲弄地）嘿嘿，胡连长，你的大大的了不起，大大的了不起呀！

胡建国 （连连躬身）太君过奖。

伪　军 （上，对胡建国）报告连长，前面有一家路边店！

胡建国 （不假思索）烧！

[伪军甲欲下。

龟　田 （摆手制止）慢！（示意部分日伪军去周边警戒，对胡建国）路边店的开路！

胡建国 是！

[驼哥赶紧逃入店房，取包裹出大门欲逃。

龟　田 （对胡建国）嗯！他怎样？

胡建国 （抓起驼哥）报告太君，他吓晕了。

龟　田 给几粒仁丹他吃压压惊。

胡建国 醒来，站起来，站直。

驼　哥 你们是？

胡建国 皇军。

龟　田 你背上是什么？

驼　哥 没什么。

龟　田 没什么？为何你背上有东西？

驼　哥 我是驼背。

龟　田 假的？

驼　哥　真的。

龟　田　假的？

驼　哥　真的。

龟　田　检查。

胡建国　报告，是真的。

龟　田　（舒了口气）嘿嘿，驼背的好，驼背的没有骨头的大大的好。

驼　哥　（忙辩解）我有骨头，我有骨头。

龟　田　念过书吗？

驼　哥　没念过。

龟　田　知道什么是炎黄吗？

驼　哥　知……知道，盐（炎）就是吃的盐。

龟　田　（笑）那么黄呢？

驼　哥　黄（皇）不就是你们皇军吗？

龟　田　（蔑视地大笑）哈哈哈……（拍拍驼哥肩膀）中国人个个都像你就好啰！你的愿和我们帝国的共荣吗？

驼　哥　（仰视胡建国）他说什么我听不懂。

胡建国　太君说的帝国，就是日本大帝国，共荣就是与日本大帝国一起过好日子。

驼　哥　一起过好日子，不杀我？

胡建国　可以不杀。

驼　哥　那我愿意共荣，愿意共荣！

龟　田　不过共荣的是有条件的。

驼　哥　什……什么条件？

龟　田　第一条，你要挂起太阳旗，

胡建国　笑脸迎皇军。

[递膏药旗。

驼　哥　（接过，有意将膏药旗朝下）明白，明白。欢迎，欢迎……

龟　田　（示意）你的不是这样！

胡建国　（猛拉驼哥的手）要这样！

驼　哥　（又摇旗）欢迎，欢迎。（随之将膏药旗擦手）

龟　田　嗯——！

驼　哥　（赔笑）啊，我是开饭店的，习惯了，习惯了。

（将膏药旗塞进口袋）

龟　田　第二条，国军共军来打听，

胡建国　皇军的行踪，不准吐露半分。

驼　哥　叫我装聋扮哑？

龟　田　嗯。

驼　哥　做得到，这我做得到。

龟　田　第三条，过往行人，你的要多留意，

胡建国　若有疑点及时送信报皇军。

驼　哥　又叫我别装聋扮哑？刚才叫我装聋扮哑——

胡建国　怎么，你做不到吗？

龟　田　（唱滚花）做不到你就休想活命，

砍你的头，剥你的皮，

送你入鬼门关！

[龟田“唰”地拔出军刀，日伪军亦将军刀拔出，同时架在驼哥脖子上。

驼　哥　（唱散板）钢刀架颈寒光闪，

前是悬崖后是渊：

我若不允他的条件，

杀头剖肚在眼前；

我若允了他的条件，

愧对乡亲与祖先。

（伴唱新曲）

国虚弱，民遭难，

驼哥投石砸不了天！

驼　哥　（唱中板）口不对心念经骗鬼暂敷衍，

随机应变送走瘟神求保全。

胡建国　怎样？

驼　哥　（白）太君，你这么看得起我，我怎敢不听你的，你要怎办就怎办。

龟　田　好，你的答应的好 。（摘下白手套）从现在起，你的我的就是朋友了。

驼　哥　我们中国人习惯这个。（拱手）

龟　田　我走了。

驼　哥　（惊恐地）是是。欢迎……

龟　田　（转对日伪军）开路！

[与胡建国、日伪军下。

驼　哥　（白）呸！

（唱七字清中板）

世人莫笑我软骨头，

鬼子面前蔫了头。

两头只能顾一头，

鸡蛋怎能碰石头。

吞声忍气为保头，

早有先例在前头。

杨志卖刀不低头，

上了梁山吃苦头。

韩信胯下低了头，

后来领兵当头头，

我驼哥强压怒火在心头，

总有一日熬出头！

[欲下，发现国民党兵扔下的青天白日旗，拾起，与膏药旗对比。

（白）唉。（入店）

[起音乐。日泻清辉。山野复归于寂静。

金　兰　（内唱二黄首板）

血染江流哥丧命——

[金兰丧魂失魄上。

金　兰　（唱反线二黄板面）

　　你是山上一棵松，

　　我如松边一根藤。

　　你是天上月一轮，

　　我如月边一颗星。

（唱反线二黄）

　　自幼少，你我就是形随影。

（唱乙反二黄）

　　如今松倒月蚀，留下枯藤与残星。

　　金兰愿随表哥去，

　　了却恩爱一世情。

（哭喊）表哥——我来了！（纵身欲跳东江）

驼　哥　（急忙挡住）呃，姑娘，不能跳江，不能跳江！

金　兰　你——你是什么人？

驼　哥　我是驼哥饭店的主人。

金　兰　为什么不让我跳江？表哥！（纵身欲跳东江）

驼　哥　不能跳水。

金　兰　（凝视，突然大声地）为什么挡住我！

驼　哥　唉，姑娘呀，你这么年轻，又这么靓女，跳江死了不是太可惜吗？（激将法）姑娘，你这么靓女都要跳水死，我这样的人活着还有什么意思哟！（见金兰不语，便虚张声势地）不如我先死，我跳江了！我投水了！

金　兰　（下意识地）呃呃，你也不能跳江？

驼　哥　（窃喜）为什么？

金　兰　你在我面前跳江，我能见死不救吗？

驼　哥　（得理反问）是呀，那你在我面前跳江，我能见死不救吗？

金　兰　（顿了一会儿）大哥，我和你不一样啊！

驼　哥　是不一样，你长得太靓，我长得太丑了。

金　兰　不不不，不是这个意思。我是说——你好歹还有个饭店，我没有了家，没有

了亲人，什么都没有了哇！（哭）

驼　哥　唉！姑娘！

（唱无锡景）

这年头大家都在受折磨，

还分什么你和我。

莫轻生，苦难的日子撑着过，

金　兰　（唱反线中板）

撑着过，大小也得有个窝，

表哥他已经离开我，

父母双亡葬荒坡；

姨表两家只剩下一个我，

居无所，食无粮，

今后的日子没奈何？

驼　哥　（唱反线七字清）

说什么食无粮，居无所，

驼哥我仗义讲人和，

只要不嫌小店破，

就请进去度坎坷。

我有一钵汤，你饮过后才轮到我，

我有一碗饭，分成两份我吃少来你吃多。

怎么呀？我睇你又累又饿，入去吃东西。进来。

[驼哥领金兰进店。

驼　哥　坐，你坐。（递上饭碗）先喝碗粥。

金　兰　（迟疑一会）那——阿嫂呢？

驼　哥　先喝碗粥。

[金兰接过喝。

驼　哥　好喝吗？

金　兰　好喝，香。

驼　哥　就是嘛，还是活着好啊，要是你投江死了，这粥不就喝不到了。

金　兰　大哥，阿嫂呢？

[驼哥百感交集。起音乐。驼哥取南胡坐下拉，胡声哀怨凄凉。

金　兰　（奇怪，又问）阿嫂呢？

驼　哥　（苦笑）这南胡就是你阿嫂，心里有什么话，我也只有跟它说。

金　兰　（惊）啊？！大哥，谢谢你，我走了！（欲下）

驼　哥　姑娘，你不是说无路可走了吗？

[金兰痛哭。

驼　哥　姑娘。你不要哭了。

（唱十字清中板）

驼哥我只为救人如救火，

姑娘你莫心多。

留店中我供你淡饭粗茶免饥饿。

你帮我洗洗碗筷刷刷锅。

（唱七字清）

相厮相守无乱错，

胸有汉界与楚河。

阿妹若是肯赏脸，

（唱滚花）就把我当你的亲哥哥。

[金兰无语。

驼　哥　将就将就吧！你也累了，睡觉吧。

金　兰　（四顾）睡觉？怎么睡？

驼　哥　你不要误会，我是叫你自己去房里睡。

金　兰　那你呢？

驼　哥　我睡店堂。

金　兰　只隔着一个布帘啦！

驼　哥　那……那我就睡到店外。

金　兰　这跟外人还是说不清楚啊！

驼 哥 唉，姑娘呀！这个世道，什么事能说得清楚啊！只要我清楚、你清楚就行了。

[灯暗。

第二场

[三个月后。午夜。驼哥饭店内。远处时有闪光。

[灯亮，驼哥烦躁不安地睡在木板上，蚊虫叮咬。

[远处响起枪声。驼哥赶忙拿膏药旗挥舞。

[枪声又息。

驼 哥 （放下旗）一场虚惊，睡觉！

[远处有电闪和闷雷。

（拍打蚊虫）睡不着！

（唱二黄慢板）

夜沉沉，三更过，
又馋又燥，我如蚂蚁爬热锅。
金兰她，进店三月洗菜劈柴又烧火，
但是脸上无笑话不多。
我虽然汉界楚河划得清清楚楚，
可心中总是痒爬爬，爬爬痒痒，
痒痒爬爬，常做梦越过汉界与楚河。

我已是三十多岁的大男人啦！

（唱爽二黄）

是男人，哪能没有情与火？
更何况靓女就在身边，
我怎能不动心思像佛陀。
几番欲说，话到嘴边舌又短，
吐不出，吞不下，

夜夜门外苦受折磨。

唉，我想到哪里去了，睡觉吧！

[刚躺下，雷声起，风雨骤至。

驼　哥　（再爬起）啊？！下雨了！

[金兰只穿着内衣上。

金　兰　（唱二黄首板）

雷震耳，

驼　哥　（接唱）　雨淋头，

金　兰　他
驼　哥　我　（接唱）还有半夜？怎么过？

[金兰点灯。

驼　哥　（唱採花词）

店里边，金兰经已亮灯火；

金　兰　（唱）　店门外，

只怕淋坏了我……

哎，他驼哥！

驼　哥　（唱）　欲敲门，手又缩，

金　兰　（唱）　欲开门，脚后挪。

驼　哥　（唱七字清中板）

她若有心，

定会开门来叫我。

金　兰　（接唱）　他被雨淋，自会敲门入寮窝。

[雨越下越大。一声炸雷吓得驼哥抱头惊叫。金兰慌乱地急取雨伞走出，将伞罩在驼哥头上。

驼　哥　啊？不下雨了！？

金　兰　还在下着呢！

驼　哥　（回身见金兰，一喜，又故作吃惊地）哎呀！你怎么出来了？！

[金兰不语，将雨伞偏向驼哥一边。

驼　哥　看你，衣服都淋湿了。（推伞）

金　兰　（又将伞罩过去）你不也淋湿了吗？

驼　哥　（推金兰）快进店。

金　兰　不！要进店，我俩一起进。

驼　哥　（暗喜）我俩一起进？你不是说过，怕跟外人说不清楚吗？

金　兰　你不是也说过，只要你清楚，我清楚，就行了吗？

［金兰将雨伞偏向驼哥一边。

［二人贴近。

（幕后伴唱新曲）

面对面，身贴身，
一把伞下两个人，
电闪雷鸣天作美，
此时唯闻心跳声。

金　兰　雨停了。

驼　哥　（背白）怎么不多下一会儿！

［枪声突响。

驼　哥　快进去。

金　兰　（扑向驼哥）我怕！

驼　哥　（搂着金兰）别怕！别怕！

［枪声渐渐远去。

金　兰　走了！

驼　哥　走远了！（忽然意识到抱着金兰，立即松开手）

［金兰也赶忙后退。

驼　哥　我不是有意的，我不是有意的！

［金兰羞涩地低下头。

驼　哥　（发现金兰的内衣被雨淋湿，赶忙捂住双眼）啊？！我没看见，我没看见！

［金兰自视，惊羞地向内房跑去。

驼　哥　（见金兰进房，又乐了）我全都看见了！

（唱新曲）今晚夜驼哥行了个大鸿运，

好事不断连连发生，

先是做了个花好月圆梦，

后来又与金兰共打一伞亲（呀么）亲又亲。

刚才她薄衫湿透现出了真风景，

我是第一回真真切切、切切真真看到了女儿身！

莫非她…… 别乱想！

（唱新曲）稳稳神，收收心，

掀早了锅盖饭要夹生。

金　兰　（换衣走出）驼哥，你的衣服也湿了，去换件干的吧。

驼　哥　不用，很快就干。

金　兰　小心着凉。

驼　哥　不怕，我心里热乎着哩！（打了一个喷嚏）

金　兰　还说热乎着哩，快去换吧！

驼　哥　呃。（欲下又转身）不行，平日我站在房门口，闻到你的香味，脚都软了。这一进去，衣服一件件除光，我还出得来吗？

金　兰　没正经，去换吧！床上有件新衣服，你就换那件吧！

［驼哥笑着进内房。

驼　哥　这回不是发梦？

金　兰　（唱南音）驼哥他人好心眼善，

忠厚老实情更痴。

数月以来，夜不同床朝同起，

不是夫妻也像夫妻。

我有心捅破这张纸——（取手镯）

表哥哇，休怪金兰把情移。

你魂灵有知应怜我，

阴阳相隔会无期。

（唱乙反二黄滚花）

乱世姻缘不由己，

也只有开口向他把亲提。

驼　哥　（穿新衣服走出）嘿嘿，合身，正合身。

金　兰　（稳住神）转过来给我看看。

［驼哥转了一圈。

金　兰　把背对着我。

驼　哥　嘿嘿，我的背不好看。

金　兰　看惯了就好看了。（端详）

金　兰　合身吗？

驼　哥　前面合身。

金　兰　后面短了一点。

驼　哥　没雨了。

［驼哥假意取睡榻欲出门。

金　兰　你还要出去？

驼　哥　遵规守矩，外面睡。

金　兰　你呀！（夺睡榻）

驼　哥　你呀！

金　兰　驼哥，你坐下，我有话要跟你说。

驼　哥　嗯！（坐下）

金　兰　（随之坐下）驼哥，你年纪也不小了，该找个女人了。

驼　哥　我不想找。

金　兰　为什么？

驼　哥　靓女看不上我，丑八怪我又看不上她。

金　兰　那你就打一辈子光棍？

驼　哥　（猛想起）金兰，你是不是要走？

金　兰　（唱七字清中板）

孤女寡男住一起，天长日久不相宜。

驼　哥　（接唱）　清清白白如兄妹，

　　　　　　　　　有什么相宜不相宜！

金　兰　（接唱）　兄妹也难长相守，

　　　　　　　　　倒不如……

驼　哥　（装傻）　不如什么？

金　兰　（接唱）　倒不如……（捧南胡）

　　　　　　　　　它做媒人，我做妻。

驼　哥　（惊喜忘形地）啊！我有老婆啰！我有老婆啰！

金　兰　（站起）驼哥你做什么？

驼　哥　我谢媒人！

　　　　[枪声突响。

金　兰　（惊呼）鬼子来了！

驼　哥　老虎来了也不怕！（背金兰入内房）

　　　　（幕后伴唱新曲）

　　　　　　　　　枪声下，雷雨中，

　　　　　　　　　乱世姻缘没商量，

　　　　　　　　　靓女驼哥，

　　　　　　　　　凑凑合合配鸳鸯。

　　　　[灯渐暗。

　　　　[灯亮。驼哥饭店内外。

金　兰　（清唱民歌）东江水，清又清，子弟兵为人民，东江……

驼　哥　老婆，东江纵队的歌不能随便唱。

金　兰　为什么？

驼　哥　日本鬼子到处在打听东江纵队。

金　兰　哪，你为什么要我做红旗？

驼　哥　老婆！

　　　　（唱慢板）黄连苦胆三十载，有你才知活着甜。

（唱三脚凳）

劳你做面大红旗，我就有了旗三面。

应付拉锯战，见菩萨打卦巧对三边。

（舞旗、唱三字经）

膏药旗，可将鬼子骗。

青天白日旗，与国军好周旋。

（唱滚花）大红旗，有备无患免麻烦，

我虽不知东江纵队到底是点（怎么样）。（造型）

金　兰　你呀，把心都想空了！

驼　哥　没办法，他们都是带枪的人，谁都不能得罪呀！

金　兰　好了，缸里没水，要挑水了。

驼　哥　我去挑。（取水桶出）

金　兰　（拦住）我去挑！

驼　哥　你这细皮嫩肉的，我怎么舍得呦！

金　兰　可你是……我更舍不得呀！

驼　哥　这么说，你是真心疼我？

金　兰　嫁鸡随鸡，嫁狗随狗，我能不疼你？

驼　哥　老婆，有你这句话我比吃什么都舒服了。

驼　哥　（挑起水桶又放下）嘿嘿，老婆。

金　兰　怎么还不去挑水？

驼　哥　我想……我想……

金　兰　你想什么？

驼　哥　想亲你一口。

金　兰　（挺胸昂首）想亲你就亲吧！

驼　哥　（几次都够不着）差一点！等等！（搬过凳子）

金　兰　（轻推驼哥）三分颜色你就上大红，去挑水吧！

[驼哥做了个鬼脸，快活地哼着小曲下。

[小秋啃着野果上，小春追上。

小　春　（急喊）小秋，不要跑，那野果不能吃！

[小秋不理。

小　春　（夺野果）你不听话，想死呀！快吐出来！

（抠小秋嘴里的毒果）

金　兰　呃，别打架，别打架！

[二小住手。

小　春　姐姐，我们不是打架，是我不让她吃那野果。

金　兰　快吐出来，哎呀，有毒的，这野果怎么能吃？

小　秋　（吐出野果）姐姐，我饿，给我一点吃的吧！（哭着跪下）

小　春　（随之跪下）姐姐！求你给她一点吃的吧！

金　兰　唉，都是日本鬼子害的！起来，姐姐给你们饭吃。

[二小随金兰入店。

小　秋　（见膏药旗，拉小春）我怕！

金　兰　怕什么，不就是一块烂布吗？（把膏药旗扔在地上，入内）

金　兰　（端饭出）吃饭，吃饭。

[小秋入店，与小春狼吞虎咽地吃。

[驼哥哼着小曲挑水上。

[小秋拿膏药旗入店。

驼　哥　老婆，你来看！快来看我的功夫。

[金兰走至门口，驼哥耍水桶。

金　兰　别耍了，看把水耍泼了一半！

驼　哥　嘿嘿嘿……（挑水进店）

金　兰　（递毛巾给驼哥）擦擦汗。

驼　哥　这么大，从来没有过这样舒服。

驼　哥　（跟着进店）哟，今天生意不错嘛，一大早就有人来光顾。

金　兰　快叫人！

二　小　（放下碗筷）驼背大哥。

驼　哥　你们叫什么名？

小　春　我叫小春。

小　秋　我叫小秋。

金　兰　家住哪里？

二　小　（哭）我们没有家。

驼　哥　你们的父母呢？

［二小摇头不语。

驼　哥　哦，孤儿，孤儿，怪可怜的。别哭了，吃饱了没有？

二　小　吃饱了。

驼　哥　吃饱了你们就走吧，我不收你们钱。

二　小　多谢大姐！多谢大哥！（慢慢走向门口）

驼　哥　不用。

小　秋　哥哥，我们去哪里呀？

小　春　（哭）我也不知道。

金　兰　等等！驼哥，我……我想把他俩留下来。

驼　哥　老婆呀！

（唱减字芙蓉）

留下就添两张口，
柴米油盐哪里寻？

金　兰　（接唱）　他俩奔走已无门，
不留你我心怎忍？

驼　哥　（接唱）　谁知喉咙深似海，
日久吃尽斗量金。

金　兰　（接唱）　苦日子一起慢慢熬，
两碗饭加野菜分成四份。

驼　哥　留下来？！老婆，我们实在无法收留他们。这里有些钱，你给他们，叫他们走！

金　兰　小春、小秋，这里有些钱你们拿去。

小　春　姐姐，我们不能拿你的钱。

驼　哥　（拿起大红旗和青天白日旗，却不见膏药旗）金兰，那面膏药旗呢？

金　兰　我刚才扔在地上呢！（帮助寻找）

驼　哥　怎么没有哇？

小　秋　别找了！膏药旗，我……我把它烧了。

驼　哥　啊？你烧了，你知道吗？没了膏药旗鬼子来了会要命的！（举拳）你——

金　兰　（急拦）驼哥！

小　秋　（倔强地）你打吧，你打吧，打死了我也不愿见到膏药旗！我们的家被日本鬼子烧了，我爸爸妈妈都被日本鬼子杀死了，……我们恨死了日本鬼子！

驼　哥　（举起的拳头又慢慢放下，喃喃地）烧得好！烧得好！

[小秋站起。

小　春　大哥，给你添麻烦了，对不起。小秋，我们走吧！

驼　哥　（高声地）回来，你们没有家，没有爸爸妈妈，你们哪里去？以后这就是你们的家。有我驼哥吃的，就有你们吃的，大家一起熬。

二　小　（感激地跪下）大哥！

金　兰　（激动地）驼哥！（亲驼哥一口）

驼　哥　呃，有人看见的！

金　兰　小春、小秋，起身去洗面。

驼　哥　（站起）老婆，膏药旗没有了怎么办？

金　兰　（解下驼哥的白围兜）外边有红土，你用这白围裙重做一面就是了。

驼　哥　那你帮我去做。

金　兰　我不！

[领二小入内。

驼　哥　（走出）唉！

（念）　旗呀旗，旗三面，
　　　　孩子面前我难言，
　　　　日日心惊胆又战，

（唱散板）这日子熬到哪一年！

发牢骚有什么用，膏药旗还是要做喂！（蹲下抠红土画旗）

（唱新曲）第一圈，不着色，红土烂布两不沾。

第二圈，画得扁，像个榄核两头尖。

第三圈，左右两边补一点，还像个猪啃的西瓜不太圆。

画得我头痛气又喘，我操他祖宗八百年！

搞掂了！

[收光。

第三场

[灯亮。晨。驼哥饭店内外。金兰、小春、小秋在山坡上晒被单。

驼　哥　（满面春风地拿着小人衣自房里走出）嘿！

（唱四不正）

今年驼哥喜事多，

老婆就要生小驼哥……

[金兰洗被单回来。

驼　哥　老婆，一大早去了哪？洗被单叫我做，叫他们做。老婆，坐，（倒茶）喝茶。

金　兰　驼哥，你今天怎么这样客气？

驼　哥　老婆，这么大的事你怎么都不告诉我？

金　兰　什么事我不告诉你？

驼　哥　我看到了你的秘密。

金　兰　我有什么秘密？

驼　哥　（举起婴儿服）你看。

金　兰　（佯装生气）你怎么乱翻我的东西。

驼　哥　我在枕头底看见的。

金　兰　给我。

驼　哥　我要做父亲了，我就要有儿子了。

金　兰　还未生，你怎么知道就是儿子！

驼　哥　一定，一定是儿子，老婆，给我们的仔起个什么名？

金　兰　你说呢？

驼　哥　就叫阿直。

金　兰　阿直？

驼　哥　我驼背了几十年，儿子千万不要像我一样。

金　兰　就叫他阿直。

小　春　大姐，被单洗好了。

金　兰　来了。（下）

驼　哥　小心呀。

[大朋化装成商人上。

驼　哥　欢迎！

大　朋　老板！……

驼　哥　呵，客官请坐，饮茶，请问你是……

大　朋　我是做买卖的。

驼　哥　要吃饭吗？

大　朋　借贵店会个朋友。（走进，掏出一块银圆）给。

驼　哥　银圆？

大　朋　给我备点酒菜。

驼　哥　好！（吹银圆）是真银！

大　朋　够吗？

驼　哥　够！够！（端详）老板，你不像是做买卖的。

大　朋　那你说我像是干什么的？

驼　哥　（指着大朋腰间的枪）做买卖的哪有这个。如果我猜得不错的话，你是东江纵队的。

大　朋　我要是日本人的便衣呢？

驼　哥　不像不像，日伪军吃饭从来都是不给钱的。

大　朋　老板好眼力。

驼　哥　（驼哥入内拿旗走出）东江纵队，欢迎，欢迎！

大　朋　老板，你这是干什么？

驼　哥　表表我对东江纵队的一片心意。

大　朋　老板，你的心意我领了，可要是撞上鬼子，会给你带来麻烦的。

驼　哥　（感激地）多谢长官……

大　朋　别叫长官，叫我同志。

驼　哥　（觉得新鲜）同——志！（递还银圆）同志，这钱我不能收。

大　朋　一定要收！

驼　哥　不能收！

大　朋　这是我们的纪律，如果你不收，这顿饭我就吃不成了。

驼　哥　那……实在不好意思，我只好收下了。同志，你坐一会儿，我去屋后摘点菜。（走出）老婆，快来招呼客人，是东江纵队！（下）

[金兰，小春上。

金　兰　东江纵队！（对小春）快去路边望风！

[小春下。

大　朋　（走出）为何人还未到？老板娘，你在晒被单呀！（惊）啊，金兰？

金　兰　这人怎么面熟？客官，你是从哪里来的？（从被单那边钻过来）

大　朋　（钻过被单那边去）我……我是从山那边来的。

金　兰　（又钻到被单那边去）山，听口音，你好像一个人。

大　朋　（又从被单那边钻过来）天下同口音的人多得很。

金　兰　（再从被单那边钻过来）你贵姓？

大　朋　（又从被单这边钻过去）我姓赵，不不不，我姓李。

金　兰　（冲向被单那边去）你到底姓赵还是姓李？

[赵大朋慌乱无语，钻到被单这边来。

金　兰　（又钻到被单这边来）你是不是赵大朋？

[赵大朋低下头，又缓缓抬起头摘下黑眼镜。

大　朋　金兰！

[驼哥上，惊。

金　兰　表哥！

大 朋 表妹！

[大朋与金兰相拥。

（幕后伴唱新曲）

啊……只说此生难相见！

难相见！

金 兰 （接唱） 眼前事，

是梦，是幻，

是假，是真？

大 朋 金兰，你受苦了。

驼 哥 完了！（瘫软地蹲下）

（唱散板）担心的事情终发生，

心中彩云变愁云！

[叹气一声。金兰、赵大朋赶忙分开。

金 兰 （慌乱地）驼哥，他……

驼 哥 不要说了，我知道了。

[金兰啜泣。

驼 哥 老婆呀！表哥来到应该很高兴嘛！准备大盘菜招待表哥。（推金兰）

驼 哥 表哥请！请！

[赵大朋只得走进，金兰随之走进。

驼 哥 坐坐坐。

[金兰只得缓步走向灶房。

驼 哥 表哥，前些日子我一直担心受怕。

大 朋 怕什么？

驼 哥 你想想，我这么个丑人，娶了你这么靓的表妹，别人能不红眼？现在好了，有你这位带枪的表哥，别人就不敢欺负我了。其实我也不怎么丑，就是背驼了点。

[赵大朋无语。

金 兰 （猛回身，哭喊）驼——哥——！

驼 哥 （惊）你……你这是干什么？！

金 兰 （唱爽中板）

你是我的救命人，

金兰永远记大恩。

但因为……

驼 哥 （唱快二黄）

有话何必肚里吞？

大 朋 （接唱） 金兰她有口难开，

有话难忍。

我也是心在问口口在问心。

金 兰 （唱散板）驼哥啊，这手镯是姨妈送的订婚物，

你叫金兰跟谁人？

驼 哥 （唱中板）他们俩郎才女貌多相称，

驼哥我无能无样矮三分。

留已不敢留，争更不敢争，

一生最怕带枪的人！

你二人兄妹重逢该庆贺，

我去准备酒菜，你们慢慢谈心。

（白）我煮饭，你们谈心。（入厨房）

金 兰 天呀！我怎么办？

（唱散板）我该怎么办？做了两难人。

（唱中板）我若留，青梅竹马情难舍，

我若走，撇下驼哥怎忍心。

一边是相依为命的表兄妹，

一边是乱世救我的大恩人。

是走是留实难定，天啊！

（唱滚花）老天爷，怎不给我分分身！

[痛哭。

驼　哥　（拿包袱上）老婆，金兰，阿妹。

（唱散板）叫声阿妹热泪淌，

（唱中板）委屈你乱世与我结成双。

今生能有你的爱，

不枉人间走一场。

你俩从小订过亲，

天经地义配成双。

（唱爽中板）

流泪就让我流泪，

断肠就让我断肠。

你若还恋情和义，

答应驼哥事一桩。

金　兰　什……什么事？

驼　哥　你们成亲后要善待我的孩子呀！

[举着小人服跪下。

金　兰　驼——哥——！（亦哭着跪下）

[赵大朋惊。

（幕后伴唱新曲）

啊……百姓灾难重，

此恨谁造成。

大　朋　（唱长句二黄）

患难之交令人敬，

驼哥爱你是真心。

人生哪能尽如意？

你不幸之中遇上大好人。

表妹夫。

（唱十字中板）

拜托你将我表妹好好照应，

祝你们幸福美满永相亲！

驼　哥　（惊喜）好人！金兰你说得没错，东江纵队真是老百姓的兵。

［举起红旗挥舞。

小　春　（上）大哥！大姐！又有当兵的来了！

驼　哥　快拿旗！

［小春下。赵大朋与金兰随下。季维成上。小春拿三面旗上。

季维成　你是驼哥？

驼　哥　你是来吃饭的？

季维成　我来会一个人。

驼　哥　（拿过青天白日旗）欢迎！欢迎！……

季维成　（抢过膏药旗）哼！（掼枪）这是什么？

驼　哥　（赔笑）烂布。

季维成　烂布？日本旗！

驼　哥　误会！

季维成　误会！放屁！

（唱快中板）

别以为国军战败已撤离，

明侦暗察心有底。

你还媚敌挂过膏药旗！

老子最恨的就是汉奸！（拔枪）我枪毙你。

大　朋　（出，护住驼哥）长官，他是开饭店的，你不要难为他！

季维成　你是……？

大　朋　（很平静地坐下）我是做买卖的。

［端起茶杯作暗号。季维成也作暗号回应。赵大朋笑。

季维成　到此有何贵干？

大　朋　我有一批盐（炎），想从这里运到黄家铺。

季维成　我有一批黄豆，想从这里运往严（炎）家村。

大　朋　炎黄？！哈哈哈……（摘下眼睛）维成兄！

季维成 赵大朋!

驼　哥 (走出)表哥，炎黄是什么意思?

大　朋 炎黄是我们的老祖宗。我们都是炎黄的子孙。

季维成 老同学，没想到我们又坐到一条船上合作抗日了!

驼　哥 (挥动红旗和青天白日旗)欢迎!欢迎!

[灯暗。

第四场

[灯亮。驼哥饭店内外。

金　兰 (内唱民歌)

雨住云疏天渐美哩!

[自山林中走出。

(接唱) 枝吐新绿花添娇。

表哥带兵伏山坳，

要与鬼子过过招。

路边小店作暗哨哩，

报仇雪耻把恨消哩。

(进店)驼哥!

驼　哥 (自内房走出)金兰，你回来了。

金　兰 回来了。

驼　哥 有没有见到表哥?

金　兰 见到了。

驼　哥 表哥怎么说?

金　兰 表哥讲，这一带要打恶战，叫我们不要乱跑。

驼　哥 这里打恶战?

[胡建国押季维成上。

胡建国 快入去看看，看看赵大朋来了没有，如果捉住赵大朋就放你一条生路。

季维成 你夫妻讲密话？赵大朋呢？

驼　哥 赵大朋？没来过。长官，坐，饮茶。

季维成 赵大朋没来过，我俩约好了，今天在这里碰头的。

驼　哥 （唱七字清中板）

他神色慌张假镇定，

金　兰 （接唱） 他衣衫破损露伤痕。

驼　哥 （接唱） 恶战临头要谨慎，

金　兰 （接唱） 须防过河拆桥人。

［小春上。

小　春 姐姐，你表哥派人带口信，说季维成当汉奸了。

驼　哥 他果然背祖叛宗，钻了狗洞。

金　兰 这条恶狗够黑心，驼哥切莫把真情讲。

驼　哥 你放心，驼哥再软也是人。

季维成 你老母！赵大朋不守信用。

驼　哥 长官，你别急，我们马上去找赵大朋。

胡建国 （率二伪军冲入，拔手枪）站住！一个都不准动！（进店，奸笑）快讲，赵大朋在哪里？

驼　哥 （强笑）嘿嘿，长官，赵大朋是队伍上的人，我怎么知道他在哪里呀！

胡建国 （举枪）你不说我就撬了你的牙！

驼　哥 就算你撬了我的牙，我也不知道他在哪里。

胡建国 你不说，老子就打死你！

季维成 胡连长，不能开枪，东江纵队就在这附近！

胡建国 那我就抓走你的老婆，给太君做姨太太！（抓金兰）

金　兰 （哭喊）驼哥！驼哥！……

驼　哥 （对胡建国拱手作揖）长官，你不能抓她，她身上怀有孩子呀！

胡建国 有孩子更好，老子叫你断子绝孙！（一脚踢金兰的腹部）

［金兰惨叫一声倒地。季维成溜下。

驼　哥　（急忙搀扶）金兰！你千万不能有事！

伪　军　胡连长，季维成跑了！

胡建国　追！

［二伪军追下。

胡建国　快说！不说，我就踢死你……（又举脚欲踢金兰）

驼　哥　（回头怒视胡建国，咬牙站起）你——你这条狗！

（幕后伴唱新曲）

风中站，雨里抖。
百年中国苦作囚，
睡狮醒来一声吼，
甩掉背后的大石头。

金　兰　（白）驼哥，杀了他，杀了这条狗。

［驼哥一头向胡建国撞去。搏斗。金兰忍痛爬起拿砍刀，小春举凳在胡建国背上猛击。驼哥接过金兰的刀，朝胡建国捅去，连捅三刀！胡建国被捅死。

（内场童声）

月亮走，我也走。
驼哥今天杀了狗。
吃狗肉，饮烧酒。
阿直长大不怕狗。

［静场。光暗，较亮。

驼　哥　（拉南胡唱南音）

送走亲人脱虎口，
再无牵挂想得开。
人生自古谁无死，
除死就无大灾来。

［日伪军逼近。

驼　哥　（接唱）　驼哥一生人前矮，
上不了桌面打不开腮，

此时却要把谱摆，

从从容容等敌来……

[日伪军发现驼哥，同时举枪。龟田示意日伪军继续搜寻，自己带两名日军走向驼哥。一日军进饭店。

龟　田　（奇怪地）你的还在优哉游哉拉琴？

驼　哥　（续唱南音）

我拉琴与你有何碍，

你不爱听就走开！

龟　田　我的要向你问话。

驼　哥　你问我？我问你就真！

龟　田　你问我乜嘢？

驼　哥　（续唱南音）

你本在东洋大海外，

为何跑到我中国来？

龟　田　我的早就跟你的讲过，为了和你的中国的共荣。

驼　哥　（续唱南音）

既共荣就该平等两相待，

为什么杀人又掠财？

龟　田　（歇斯底里地）你的是东江纵队！

驼　哥　（举琴）哈哈哈！……太君，是这个的。

伪　军　拿来！

驼　哥　拿去！

伪　军　报告！炸弹的不是！

驼　哥　放好。

伪　军　是。

一日军　（跑出）报告少佐，店里发现了胡连长的尸体！

龟　田　可怕的中国人，我连一个驼背也制服不了！你为何杀了胡连长？

驼　哥　小试牛刀。我明白了一个道理。

龟　田　明白什么道理?

驼　哥　其实你们也不是铁造的。

龟　田　把他拖下来!

驼　哥　别拖，别拖，这是我家门口，我自己会下来!（插红旗）

龟　田　红旗!你给东江纵队发信号?!

驼　哥　太君，你不是要找东江纵队吗?我将红旗插起，东江纵队就会来到。那你们就搞掂。

龟　田　拖他下来!你到底是什么人?

驼　哥　炎黄子孙!

龟　田　你不是说不知道炎黄吗?

驼　哥　当初是不知道的，现在是你们教会了我。

龟　田　拿绳来!

驼　哥　太君，你有没有搞错?这么多刀，这么多枪，还用绳?

龟　田　人来!打!你的不怕死?

驼　哥　如果我不怕死，当初怎会答应你的条件，可到了怕也没用的时候，那就什么也不怕了。

龟　田　(咆哮地)勒死他!

[密集枪声，火光冲天。

日哨兵　报告!东江纵队打过来了。

龟　田　顶住!

[激烈枪声中，日伪军倒地。暗灯。

[灯大亮。驼哥倒在木椅上。金兰、小春、小秋围在旁边。

金　兰　(哭喊)驼哥!驼哥!

二　小　(哭喊)大哥!大哥!

金　兰　(唱散板)天不讲理地也无情，

驼哥啊你快醒来你快醒。

驼哥。我们不能没有你啊!

二　小　大姐，你别哭了，哭了大哥他也听不见。

驼　哥　（长长嘘口气）听见了，我都听见了！

二　小　（惊喜）啊，大哥他没有死？！

金　兰　（热泪盈眶）驼哥……

驼　哥　（睁开眼，抓住金兰的手）老婆，死人面前不说假话，像这样的死，我真想多死几回。

金　兰　胡说！

驼　哥　（被扶起）老婆，我的儿子呢？

金　兰　在肚子里直蹬腿呢！

驼　哥　（贴金兰肚子听）老婆，阿直与我说，老豆你不能死，我还要出来见你。

金　兰　你啊，这个时候还开玩笑。

驼　哥　呃？红旗，我的红旗呢？

金　兰　插在树上呢。

［驼哥深情地注视红旗，腰竟渐渐挺直。

驼　哥　很美啊！很美啊！

金　兰
二　小　（雀跃）驼哥——大哥的腰杆子直了！

［驼哥自视，笑。灯暗。

［灯亮。晚霞灿烂，丛林尽染。

［驼哥坐在吊脚凳上拉南胡。吊脚凳由后方渐渐向前移动。

驼　哥　（唱南音）身材矮，背如锅，

一生忍让无好果。

甩掉胆小与怯懦，

驼哥从此背不驼……

［灯渐暗。幕闭。

［全剧终。

（剧本版本：作者提供）

·粤剧卷·

花月影

编剧：谢小明　陈自强　梁郁南

人 物 表

杜采薇　　梨园花魁。

林园生　　粤州府参军。

班　主　　梨园班主，行内人称三哥。

何镇南　　粤州府总兵。

玉　兰　　梨园歌女。

陈参军　　顶替林园生的参军。

曲　童　　林园生的侍童。

众歌女、众兵将、众侍妾。

[夕阳西下，乱云翻飞，风雨欲来。杜采薇挽一个小包袱，孤零零地伫立岸边……

[一条红船从弯弯曲曲的河道中驶来，慢慢靠岸……

班　主　小姑娘，你怎么不回家呀?

杜采薇　我……没有家。

班　主　你……想上船来?

[杜采薇轻轻地点点头……

班　主　这是红船，唱戏的，你知道吗?

[杜采薇望着红船轻轻点头……

班　主　你会写词吗?

[杜采薇望着班主轻轻点头……

班　主　你会唱曲吗?

[杜采薇对着远方唱开了腔:

哎呀哩——

班　主　（满意地）好！小姑娘，上船吧！

[切光。

[幕间。

[三年后。秋。

[总兵府，盈盈阁。

[四副将对何总兵躬身献媚。

何镇南　（中板）　战船归航，解甲卸袍，

摆平海贼，无用枪刀。

总兵华府，军饷打造，

欺上瞒下手段高。

各位同僚，朝廷新来一位林参军，带来朝廷十万军饷，马上就到，今后你等要同心协力，共守南疆！

众　将　喳！

何镇南　盈盈阁摆宴，为林参军洗尘接风！

[众将拥簇着何镇南下。

副将甲　吠！班主哪里！

[梨园班主上。

班　主　参见大人！

副将甲　林参军带来朝廷十万军饷，马上就到，何大人命在盈盈阁摆下盛宴，唱曲演戏，为林参军洗尘接风，你等要小心侍候！

班　主　喳！

副将甲　记住，再不要令何大人生气！

[副将甲下。

班　主　一入官宦地，冷汗湿重衣呀！（对内）各位姑娘！

[内娇声：“三哥，乜事呀？”

班　主　今日我们是在总兵大人府中唱戏，我说的规矩，你们都记住了吗？

[众应：“记住啦！”

班　主　（不厌其烦地）这官宦之地，乃是非之所，你等要小心侍候！小心做人！知唔知啊？

［众歌女娇声娇气地：“知啦！”

班　主　（辨听着，心有不悦，走近，语带责备）采薇呀，我们是唱曲演戏的，什么冤苦什么委曲都要受得起吞得落，你知唔知呀？

［静场顷刻，内慢慢传来杜采薇屈从无奈的应答：“三哥，我……知……啦。”

班　主　（催归词）心中扑扑跳，

忧喜不可料，

官恶兵蛮唯折腰。

华光戏祖，求你佑庇，

今回此来，遇难呈祥化吉兆。

姑娘们快做好准备，盈盈阁伺候总兵大人呀！

［收光。

第一场　品评闯祸

［一间颇大的楼阁——盈盈阁。阁外水光荡漾，荷花盛开。

［林园生上，环视，兴奋。

何镇南　林参军，你看这风荷园、盈盈阁怎么样啊？

林园生　……妙、妙啊！

（十字清）早听闻南海疆未平贼寇，

一路上民生苦满目悲愁。

忽见这风荷园花开锦绣，

环抱着盈盈阁雅淡清幽。

（七字清）试问那梦中蓬莱何处有？

我说道人间仙境在粤州！

何镇南　（得意大笑）哈哈哈……拿酒来！诸位，为林参军春风得意，前程无量，干杯！

林园生 多谢了！（饮介）

（接唱） 但愿这满园花香常伴酒，

（滚花） 匪患绝声迹，

处处闻粤讴！

何镇南 自本帅镇守南疆，悍匪闻风丧胆。林参军你只管高枕无忧！听曲看舞！班主！

[班主上。

班　主 何大人，请点曲目！

何镇南 今日是为林参军接风洗尘，当听林参军发话！

林园生 不敢，不敢！

班　主 林大人，何大人请您点曲，您就不必客气了！

[班主在林园生面前展开曲簿，林园生略一浏览，眼前一亮。

林园生 好！就这一曲《江城子》吧！

班　主 （暗暗一惊）《江城子》？

林园生 我看这风荷园果然不错，单就“风荷”二字，即有来历，想是取自宋词名家周清真“叶上初阳干宿雨，水面清圆，一一风荷举”。还有这“盈盈阁”的“盈盈”二字，想是取自东坡居士“一朵芙蕖，开过尚盈盈”之句。东坡居士这首《江城子》词高雅绝，极富韵致。我就近取现景，提点这首《江城子》！

班　主 林大人，我梨园班中，虽有十名花魁，而这《江城子》独有一人能唱……

林园生 （更有兴趣）哦？如此说，我更加不能不听了！

班　主 （为难地）不过……（目视何镇南，小心地征询）何大人……

何镇南 （心有不悦，却把手一挥）既是林大人所点，那就快快唱来吧！

班　主 是。（对内）采薇姑娘，登台献艺！

[杜采薇抱琴而上，艳惊四座。

林园生 （对何大人）美不胜收，美不胜收啊！

班　主 采薇姑娘，一曲《江城子》唱上来吧

杜采薇 （新曲） 凤凰山下雨初晴，

水风清，晚霞明。

一朵芙蕖，开过尚盈盈。

何处飞来双白鹭？

如有意，慕娉婷。

忽闻江上弄哀筝，

苦含情，遣谁听？

烟敛雨收，依约是湘灵。

欲待曲终寻问取，

人不见，数峰青。

林园生 （如痴如醉，击节而赞）好，好……

[众人不以为然，默不作声，林园生不知发生了什么……

何镇南 林参军，想我粤州府今年梨园花榜前十名女子，个个貌美如花，能歌善舞，林参军初到粤州，当要见识见识！班主！

班　主 在！

何镇南 与我请！

班　主 遵命！（对内）各位姑娘，登台来呀！

[内应："来啦！"九名歌女踏歌而来，犹如一道亮丽的风景，令人心旷神怡……

林园生 啊，秀色可餐，秀色可餐！

副将甲 林参军！秀色可餐？

林园生 秀色可餐！

副将甲 林参军，自古话才子多风流，你何不品评一番，排排座次，以添雅兴？

林园生 （欣喜若狂）品评一番？

副将甲 品评一番！

林园生 （忘乎所以）妙，妙，妙呀！（绕行于九名歌女中间）

（慢板）　看岭南，多秀色，似真如梦。

林某人，来评点，如入花丛。

（中板）　一个是肤如玉，肌如冰，

亦圆亦润；

一个是樱桃嘴，柳叶眉，
可爱可亲；
一个是丝蓊郁，银簪亮，
盘虬堆花，有如云修霞衬；
一个是纤纤腰，盈盈步，
似莺穿柳浪，若流水行云；
（十字清）一个似气爽神清如新笋；
一个如红艳牡丹再还魂；
（七字清）荡漾秋波情难禁；
端庄娴静更可人；
这小姑娘呀——
（滚花）　巧笑倩兮，美目盼兮，
别是一番风韵！
［走近杜采薇时，不觉一怔，凝视良久，失态忘言……

副将甲　林参军，说到这位采薇姑娘，怎不言语了？

林园生　（品赏着）这位采薇姑娘嘛，貌似花神，一双明目，蕴藏着一滴晶莹的泪光，是笑是哭？是喜是愁？啊，只怕言词难以描述了！

［林园生不由自主，凝望出神……

副将甲　林参军，何大人等着你的品评哩！

林园生　（滚花）　花中君子，世间仙葩，乃是此人！

［全场哑然，众人面面相觑……

副将甲　（鼓动地）林参军，果然厉害。你这花中君子，世间仙葩，一下子把杜采薇提到第一名了！

林园生　本该如此，本该如此！

副将乙　呸！杜采薇名列第十，早已定评！

副将丙　难道林大人要翻梨园花榜的旧案么？

林园生　（莫名其妙）这，这是怎么回事呵？

班　主　唉也！林参军你初到粤州，有所不知，在座女子是我粤州府梨园花榜的前十名，杜采薇位居第十！

林园生 杜姑娘位居第十？哈哈，看来，这案真是该翻啦！

班　主 （惊慌地压低声音）林大人，翻不得，翻不得呀！

林园生 如此谬误，天下人知之，当笑我粤州府荒蛮之地，无惜花之人，品花之君，全是胸无点墨之辈了！

班　主 （急切、低声地）林大人，这是何大人排的名次呀！

林园生 （惊呆）啊？！……何大人，园生冒犯大人了！

何镇南 （心中不悦，却强装无事，哈哈一笑）无妨，无妨！仁者见仁，智者见智嘛！

林园生 （深一鞠躬）大人海量！

何镇南 方才林大人品题女子，确实才华横溢，满腹珠玑。我想如此俊才，何话不可说？何文不可为？

林园生 （已感话中之话，惶恐地）园生无知，大人恕罪！

何镇南 （以手止之）林参军！

（霸腔芙蓉中板）

参军才情高，
博学通今古。
总兵见识浅，
实是粗鲁一武夫。
月前秋夏大阅兵，
正愁未写一篇秋阅赋。
宣威扬政绩，
当是你执笔我提壶！

何镇南 为表我粤州升平景象，亦慰朝廷匪患之忧，这《秋阅大赋》，命梨园戏班撰写演唱，却迟迟未见。今非林参军莫属了！

林园生 不敢不敢。

何镇南 林参军旷世奇才，何文不可为啊？

林园生 大人呀！园生刚刚到任，一未睹秋阅盛况，二不知军务民情，大赋如何下笔？

何镇南 呵呵呵！难道林参军肯为梨园女子添彩，就不能为我粤州兵将增光么？

林园生 （怵然）这……

何镇南 杜姑娘！听说你本大家闺秀，多才多艺。老夫问你，总兵职责何在？

杜采薇 （不卑不亢）统帅三军，镇守边关，保百姓安宁！

何镇南 参军呢？

杜采薇 协理军务，撰写文书！

何镇南 如此说，上马杀敌的是总兵，提笔作文的是参军喽？既然如此，老夫再来问你，这《秋阅大赋》林参军该写不该写？

杜采薇 此乃总兵的军政大事，何必问我一个梨园女子？我杜采薇只懂唱曲！

何镇南 讲！

薛老板 （急上前连声提示）该写，该写，该写！

杜采薇 （冲口而出）不该写！

[众大惊。

班　主 （赔着笑脸）何大人息怒！姑娘们，把何大人最喜欢听的那一段唱上来呀！

众歌女 （同应）哎！

[音乐起，众歌女起舞而唱：

班　主 （马屁歌）唱呀！

府中英雄好威风，

众歌女 （接唱） 像虎如龙！

班　主 （接唱） 灭贼船，剿海寇，

众歌女 （接唱） 真呀真呀真威勇！

真呀真呀真威勇！

解民于倒悬中，

如爹又如母，

问天大地大，

哪有如此恩呀——

恩呀恩呀恩德重！

一声声妙歌颂唱，

一声声妙歌颂唱，

如海深恩有万重！

唱呀——

何镇南 不要唱啦！……林参军！

林园生 （一惊）何大人……

何镇南 （滚花） 容你三天为期限，

三天内交不出大赋嘛——

（接唱） 你哪里而来哪里还！

[何镇南拂袖而去……

班 主 我的戏金我的戏金呀——（追下）

[林园生从歌女中寻觅采薇；孤独，远远站着的杜采薇与林园生深情对视……

[切光。

[幕间。

[二幕前。

[十个花墩一字排开。九名女伶闲坐梅花墩……

[女声独唱：

（晚妆曲）面对妆台，

心悬天外，

宴前一声关爱，

梦里醒里，

一日想他千百回。

歌女一 （自我陶醉地）他说我——

（接唱） 肌如冰，肤如玉……

歌女二 （接唱） 樱桃嘴，柳叶眉……

歌女三 （接唱） 丝蓊郁，堆花盘虬……

歌女四 （接唱） 纤纤腰，盈盈步……

歌女五 （接唱） 玉精神，如新笋……

歌女六 （接唱） 娇艳艳，堪称牡丹再还魂……

歌女七 （接唱） 秋波荡漾……

歌女八 （接唱） 端庄可人……

歌女九 （接唱） 一笑一颦，别是一番风韵……

［众女伶神往地：“啊……美男儿！”

［班主颓丧地上。

班　主 美，美什么美？今回的戏金又无啦！激怒了何大人，我们吃什么？喝西北风么？……采薇呢？

［众惊愕，不知言语……杜采薇怯怯地上，慢慢跪下。

杜采薇 三哥！我错啦！

班　主 错？你也会知错？我说过多少回了？小心做人小心做人！我们唱戏的，什么委曲，什么冤苦都要受得了，吞得下！可是你……

杜采薇 我对不起三哥，对不起姐妹们！

班　主 （又爱又恨）采薇呀！

（滚花） 多少回要你改过为何如此难？

偏在今日又重犯？！

（心火突冒，大声地）你这脾性再改不了，你回家好啦！

［全场惊呆，静寂，似闻无言的哭泣……

班　主 （爱怜、疼惜、欲哭般）采薇呀，你要知道，你是无家的呀！

杜采薇 （滚花） 拜谢三哥情无价，

受恩深处便是家。

［班主上前扶起采薇，众歌女无不泪下……

［切光。

第二场　花月情

［三天后的晚上，月明星稀。

［林园生官邸，庭外小园。

[慢板序起幕，林园生望月凝思，唱（雪中燕引子）“风清清，月淡淡。”

林园生 （雪中燕）思绪涌心间，

抬笔似举千斤担。

十载寒窗，诗书饱览，

一朝换取功名返。

思忆报谢父母恩，

一入宦海心惊叹。

不经意就把强权犯，

不小心就会酿祸患。

仕途尽险艰，

处处如布泥潭陷。

一篇《秋月大赋》，无非是阿谀言，假文章。采薇说得对，不该写，不该写！

[二更鼓响。

林园生 二更了！哎呀！

（秋江别尾段）更声催，耳边震响，

三天过，依旧白纸一张。

无法交差意彷徨，

又觉耳边厢有音韵悠扬！

[幕后传来悠悠乐韵……

林园生 （侧耳聆听，心中一喜）对，听曲去！曲童，曲童！

曲　童 少爷，你还未睡呀？

林园生 掌灯！我们听曲去！

曲　童 唉，少爷，早就散场啦！

林园生 呃……（音乐从起）曲童，你听，什么声音？

曲　童 （莫名其妙）没有呀？啊，少爷，想那杜姑娘了？……梦中逢吧！

林园生 （狂喜地）哦，是杜姑娘来了！杜姑娘，杜姑娘……

[遥远处，一队灯笼从另一端鱼贯而出……

［幕后曲：

（新曲） 乐韵扬，芳踪渺，

疑真疑梦？

蓦然回首，又只见灯火阑珊处，

伊人亭立夜风中。

林园生 （春江花月夜）

月下见芳容，

一双俏眼轻闪动。

含情望我，

面带娇羞泛微红。

恼阑珊灯火流动，

裙带飘飘掩玉容。

此身如坠梦中，

灯影月影映芳踪。

杜采薇 （接唱） 月下盼相逢，

刹那似真似梦。

谁能为我，

挽住这千金一刻意浓浓！

夜风呀休吹动，

月影呀莫闪入云丛。

二人合 （唱） 此刻永留在脑中——

不教梦醒境变空！

［林园生与杜采薇凝神伫望……

玉　兰 喂，你不认识我家采薇姐姐啦？

林园生 采薇姑娘有礼！

杜采薇 林大人有礼！

林园生 采薇姑娘，请进馆中，稍作一叙！

杜采薇 哦，谢过大人了！

林园生 （接唱） 有天仙，轻轻送，

不惊怕夜寒露冻。

弱质纤纤柳，

怎禁得冷风夜露浓？

杜采薇 林大人！三天转眼即逝，未知大人的《秋阅大赋》，可曾成章呀？

林园生 唉！笔底只留真文字，何堪做那假文章！小姐勿笑我，至今一字未成呀！

杜采薇 啊！笔底只留真文字，何堪做那假文章！林大人真是令人敬仰！

林园生 不敢不敢！

杜采薇 （从袖中取出折子，呈上）采薇曾有涂鸦之作，今夜前来，请大人赐教！

林园生 （接折子）姑娘言重了！

杜采薇 夜深了，采薇告辞了！

（接唱） 愿今宵，月下重逢，

君可谅我苦衷。

[杜采薇深施一礼，转身下；玉兰随下。

林园生 （叫唤）采薇姑娘！采薇姑娘……

玉　兰 人都走远了！（指园生手中的折子）快点看吧。

林园生 （打开折子）秋阅大赋？（读介）秋风起兮战鼓响，刀枪鸣兮征旗扬。总兵威而军心壮，战马嘶而敌胆寒。海贼平兮民安，百业兴兮国强。万民拜兮恩人，千秋铭记兮誉满南疆！

[玉兰悄悄上，躲在一旁窥看……

林园生 （不屑地）杜采薇呀杜采薇！你本在“灯火阑珊处”——

（滚花） 堪爱堪怜堪赞赏，

为何蓦然回首，

却是个尘俗小歌娘！

（将折子丢地，转念）哦，不对，不对呀！

（十字清）三天前，傲强权，不卑不亢，

不该写，三个字，字字铿锵！

莫非她，看破我，心中苦况，

送大赋，实为我，避祸一场？

[玉兰引杜采薇悄悄上，林园生蹲下欲拾起折子；杜采薇一脚踩在折子上……

林园生 （一惊）哦……

杜采薇 如果林大人为一篇大赋而丢了官，官场上就会少了个好人？粤州百姓盼着好官出现咧！

玉　兰 好一个不知趣的林大人，采薇姐姐知你品性，早料你是戆直书生，写不出吹捧文章，才提笔为你代做。哼，没料到好心没好报！（抢过折子欲撕掉）

林园生 （急拦）杜姑娘！

（小桃红）愧羞复痛伤，

我竟将好心骂一场！

知音人，送炭在雪中，

为我分忧解困默默做文章，

自悔不该出言虚妄！（揖拜）

杜采薇 （接唱） 君也无自责，

相知少不免矛来盾往。

今生里有缘能逢面，

不奢望地久与天长，

但求有知音，互把心声唱！

林园生 （接唱） 知我谅我所困所忧，

此恩永刻在心间。

请受小生一礼，

请受小生一礼，

谢过知己红颜！

杜采薇 （接唱） 采薇身世寒微，

未敢高攀。

林园生 （接唱） 奇逢犹恨晚，

今夜通宵犯夜作漫谈！

杜采薇 甜蜜意，在我心底浮泛。

林园生 采薇姑娘，园生不明，你本梨园花魁，何以从第一贬到第十？莫非……

玉　兰　莫非大人还不明白，采薇真情真性，得罪了总兵大人，才落此结局么？

林园生　我料也是如此！

杜采薇　月前总兵府来了贵客，邀我过府唱曲……

林园生　你没去？

杜采薇　去了。不过我没唱。你知道总兵大人的贵客是谁吗？

林园生　谁？

杜采薇　南海匪首！

林园生　啊？兵匪一家？杜姑娘，我一定查明实况，上报朝廷！

玉　兰　好啦好啦！别提那些烦人的事啦！（递过琵琶）采薇姐姐，难道你忘了，今夜是来做什么的吗？

杜采薇　林大人，日前盈盈阁内，承蒙大人夸奖。采薇撰写新曲一首，趁此清风明月，为大人弹唱，以答谢知遇之恩！

林园生　多谢了！

（滚花）　洗耳、静心、欣赏！

杜采薇　（新曲）　如丝柳，月清幽，
无眠数更漏。
人生苦无奈，
宛似无舵舟。
一抹胭脂一抹泪，
一拨琴弦一忧愁。
问世间，知音何处？
相思无尽呀，离泪长流。
可怜是，一点心头愿，
唯向梦中求……

林园生　（南音）　心有怜和爱，
无语可分忧。
清冷辛酸梨园泪，
尽在一曲梦中求。

我相劝姑娘，
不如意事时常有，
敞怀莫悲咽，请把泪眼收。
敢问一声家住何方？
可有乡邻和亲友？
怎不归家团聚，
任随红船水漂流？

杜采薇 （昭君怨）碎心弦！
本是寻常语，
却似利剑刺心扉。
那一声归去，是首断肠词！
我也问家居哪里？
怎不归去？
可哀可叹更堪悲！
孤单女，苦身世，
泪似一江水，
怜我是谁？

林园生 （接唱） 听者心碎，见之落泪，
弱女为什么竟失所依？

杜采薇 （接唱） 烽烟战火毁家园，
贼匪刀下父遇劫，
母也惨别去，
思家唯有泪，
梦里也哭无所依！

林园生 （动情地迎向采薇）好可怜的采薇啊！

[采薇止住哭泣，慢慢倒入林园生的怀抱……

[切光。

[幕间。

[紧接前场，梨园班馆内。

歌女一 （念）光明正大——（清嗓）九青天，

歌女二 （念）端坐公堂威又严。

歌女三 （不耐烦）小犯妇人——（打起哈欠）还未到，

歌女四 （兴冲冲上）来了，回来了！

[歌女一站起指挥，众女齐声："威——武——"杜采薇上。

歌女一 呔！来者可是犯妇人杜采薇？

杜采薇 （陪着玩，傲慢地）小女子，正是杜采薇！

歌女二 深更半夜，哪里而去？

杜采薇 小女子我——寻梦而去！

众歌女 （愕然）寻梦？

歌女一 寻什么梦？好梦？噩梦？

[众歌女七嘴八舌："甜梦？傻梦？美梦？凶梦……"

杜采薇 （摇头）我是去寻那——

歌女一 什么梦？

众歌女 从实招来！

杜采薇 痴……梦！

众歌女 （七嘴八舌）痴梦？好靓的梦呀！一定是甜甜的、醉人的、缠绵的、腮边挂着情泪的、醒来再也找不到的、既甜又苦的痴梦！哈哈哈……

班　主 笑笑笑！三个女人一个墟！再不去睡，我就扣"关期"！

众歌女 三哥，知啦！（笑着下）

班　主 （感慨地）唉，正是：粉墨生涯假潇洒，黄连树下弹琵琶！

[切光。

第三场　息干戈

[粤州府军营内。

[幕启：何镇南与众副将打麻将，美女侍侧。

［林园生唱首板：“肮脏军营一片乱！”上。

何镇南 （麻将一碰）哈，胡啦！

副将甲 何大人，你的牌力真好啊！

［众一片奉承，搓麻将。

林园生 （七字清）赌声四起，瘴气乌烟。

分明自恃山高皇帝远，

上有好者下有甚焉。

（滚花） 我定要上本参奏送京城，

保我海疆苍生愿！

今日进献秋阅赋，

盼的是圣旨快达南海边！

（按怒，上见）参见何大人！参见何大人！参见何大人！

何镇南 免！

林园生 大人，秋阅大赋已经写好。请大人过目！（呈赋）

何镇南 好，好！人来！

亲　兵 在！

何镇南 一份抄送朝廷；一份交予梨园班主，谱成新曲，市井街巷，大唱特唱！

参　将 遵命！

林园生 何大人，公务已完，园生告辞了！

何镇南 慢！这里有南海首领书函一封，请林大人过目！

［亲兵递书函。

林园生 （接看）南海首领？

何镇南 你且念来！

林园生 “南海首领知照粤州总兵何镇南：眼下西风渐紧，本营兵马益众，出入钱谷日以万计，特向总兵大人借支白银万两，粮米千担，军衣百车，珠宝十箱……”岂有此理，岂有此理！

何镇南 念下去！

林园生 （念）“再加美女一名，以解海上寂寞。命你三天之内，钱物美女送来！否则即登岸破城，洗劫粤州府！”（气得发抖）可怒可怒！

何镇南 （若无其事似的）海盗又来骚扰，众同袍有何主见？

副将甲 大人！（扑灯蛾）上策息兵戎，兵凶战危民心乱。

众　将 （念）对呀！息兵戎，最上算！

副将甲 （念）区区钱粮一女子，喂饱豺狼息烽烟！

众　将 （念）对对对！用兵军费大开支，两阵伤亡更难免。千贵万贵和为贵——

副将甲 （压止众人，念）一来保民安，二来保兵权！保兵权！

副将甲 八万！

何镇南 哈哈！吃和！好！就依你等所说！如此说，贼首要美人，该送谁去呢？

副将甲 贼首要的是美女，当然是梨园花榜头名杜采薇了！……林大人，你说是吗？

林园生 （骇然，慌乱地）那、那杜采薇万万……万、万万送不得呀！

何镇南 （笑得阴森）呵呵，林参军此话怎讲？

林园生 梨园歌女杜采薇，不仅有色有艺，更是才智过人，不瞒大人，刚才那篇《秋阅大赋》，实是她的手笔！

何镇南 你说什么？

林园生 那篇《秋阅大赋》是出自杜采薇的手笔！

何镇南 如此说，梨园花榜第一名，果真非她莫属，名不虚传喽！好！那就更应该送了！杜采薇有胆有识，就应明大义，识大局。当此粤州危难之际，毅然以身献贼，不正是舍生取义么？

副将甲 （幸灾乐祸地）是啊！古有王昭君出嫁匈奴，以息边患；今有杜采薇献身侍贼，以救粤州，岂非并称美谈？

众副将 说得好，说得好啊！

林园生 无稽之谈，无稽之谈！海贼并非信守约言之友邦，乃虎狼成性之盗贼！万贯钱财不能填其贪婪之心，一名女子岂能满其淫乐之欲？卫国安邦，杀敌御寇本是男儿之事，兵将之责。贼寇袭来，兵将不思出战，却令女子献身，要我男儿何用？要我兵将何用？

何镇南 （大喝一声）够啦！

林园生 （古腔七字清）

求大人重振雄风将功建，

园生我追随骥尾到阵前。

副将甲 哦哦，林参军到刀枪阵前，是挥戈杀敌，还是选美吟诗呀？

[众笑。

何镇南 （接唱） 是战是和，当以苍生为念，

粤州府权衡利害，由俺独尊权！

林园生 （催快） 正因独掌兵权，

更应三思行决断，

好让我南疆海上，

贼船灭尽见渔船！（腔）

何镇南 （拔出令箭）林园生听令！为粤州百姓免受兵刀之灾，三日之后命你亲将钱粮珠宝以及美女杜采薇，一并押送贼营！违者提头来见！（丢令箭）

[林园生一惊、颤抖地拾起令箭……

[切光。

第四场　月惨花愁

[中秋夜。红船泊岸的江边。一条弯曲的河；一团圆月初上；一条红船系在河边，船上摆着香炉。

杜采薇 （南音） 翘首相盼，祷告上苍，

问一句云边朗月，

何处会牛郎？

再问一声河中细浪，

此生漂泊，家住何方？

家住何方人迷惘，

人间何处觅情郎？

（流水板）觅得一字真情谁不想？
又怕千古多情为情伤。
恨句人间情似网，
乱人思绪断人肠。
对月沉思痴痴想，
莫管它一朝梦醒更愁伤！
闭目遐思，又觉檀郎从天降，
（吊慢）从天降啊——
相邀做伴，攀星揽月翱翔！
（真的好想你）
喜得知音共酬唱，
梦里依稀会林郎。
乐田舍，归去水乡，
剪烛话西窗。
相知相亲乐随唱，
淡饭、粗衣、桑基、鱼塘，
梦到甜蜜处，
惊秋雨敲窗，
一曲永成绝唱！

林园生（接唱）愿已发生的皆一噩梦。
喜觉醒已平安。

杜采薇（接唱）愿我今宵再造好梦，
枕边泪飘香。

林园生（接唱）眼底花好月明朗，
但觉心间风翻雨骤狂。
彤云怒压，飞雪加霜，
月花被埋葬。

杜采薇（接唱）奉上心香祷拜月，
欣欣与君醉梦乡。

林园生 （接唱） 记“梦”也，一曲刻心上，

此刻成永别响。

杜采薇 （接唱） 羞将心声为郎诉，

林园生 （接唱） 未敢开腔锥心痛断肠。

杜采薇 （接唱） 但愿月与人共庆，

千里有缘聚，

心底怕听狂雷降。

玉　兰 （由衷高兴地）哈，采薇姐姐，你的知音当真来啦！

杜采薇 林大人，你真的来了！

玉　兰 林大人来得正好，采薇姐姐的心头委屈着呢！（见林满脸愁云似的）林大人，何以你也满肚屈委似的？哦，莫非大营里有事？

林园生 （冷冷地）大营岂能无事？不问也罢！

杜采薇 （一怔，转笑）自讨没趣，谁让你多嘴呢？

玉　兰 好好，我不多嘴了！我给你们煮茶！（下）

杜采薇 好个俗气的丫头！林大人，无论大营有多少事，我想，你今天一定会来！

林园生 （避开目光，话中有话）是，是呀，我……我今天怎能不来呢？

杜采薇 （喜悦地）来了就好！今晚是你我相识后的第一个中秋佳节。你看，我已摆好琴桌香案，让我去点上香烛，为你顾曲赏月，好吗？

林园生 这……

杜采薇 请上船来！

林园生 （稍犹豫，推辞地）不去打扰了！

杜采薇 （善解人意地）哦，你是官爷，不便上戏班红船，是吗？待我把琴案、香炉搬到岸上来吧！

［杜采薇不等答应，即往船上将琴案、香炉轻轻地搬到岸上，点燃香烛。

林园生 （锦城春）伊人立风前，

仿似沐染清辉步月殿，

仙子下凡与俗人共拜月圆。

她一番虔诚祈祷拳拳意，

中秋月圆人也团圆。

唉，仰首悲声问句天，

怎不遂人愿？

心碎，心裂！

悲叹，悲绝！

怎忍葬送葬送好姻缘！

[杜采薇点好香烛，转身回眸，含笑欲语，忽觉林园生神态有异。玉兰上。

玉　兰　你俩个都是广长妙舌，怎解这会儿作了反舌无声呀？“问侬有底伤心事，至今还不展玉颜。”

林园生　唉，真是“近朱者”也！

玉　兰　（笑）不敢当！我还是给你们煮茶去吧！

杜采薇　（喜悦地）林大人，你说她是“近朱者”，我才是“近朱者”呢！近日读了你的诗稿，见有“家有南山田半顷，此生原不问升沉”之句。觉得意境清远，十分亲切。不禁也涂鸦几句，填作曲子。你看！（递折子）

[林园生接折子，忍痛浏览……

杜采薇　待我唱给你听！

林园生　哦，不烦姑娘了！

杜采薇　（娇羞地）你道我可算是个“近朱者”？……我是说这词曲如何？

林园生　（心绪激动，强忍泪水）诗好，曲好，你人更好啊！

杜采薇　（热泪盈眶，无限深情地）园生，自相识以来，见你气概非凡，情意诚恳，令我心中抑郁多年的冰雪，日渐消融。自今日起，我杜采薇洗尽铅华，清心自守，只待你脱身军务，回归故里之时，携我同行，偕老白头！（仰首向天，双手合十）苍天在上，我杜采薇矢志不渝！

林园生　（自语地）她言辞深切，掷地有声，我心乱如麻，何言对答？天啊！慧剑风刀，向谁乞之？唉，事到如今，只得横下一条心，与她实说了！（转身）采薇姑娘！你，你，你可知道，你我情缘，恐难以为继了！

杜采薇　（意外）园生，何出此言？

林园生　数日前，海盗又来索要财物，并特加美女一名。总兵府已然决定，要，要，……要我明日将你押送海盗！

杜采薇 （骇然）此话怎讲？！

林园生 要我明日将你押送海盗！

杜采薇 （惊醒、慌乱地）这如何是好，如何是好啊！

林园生 （安抚地）数日前，我已上一奏折，参奏总兵何镇南！一参他动用军库私建盈盈阁；二参他上欺朝廷，下压百姓，谎报军情，以钱粮美女填虎口……

杜采薇 远水难救近火啊！

林园生 事到如今，还有一计或可解你厄困。

杜采薇 （急切地）园生，你快说，你快说呀！

林园生 求……

杜采薇 求？

林园生 对，求！总兵大人记恨你，皆因你的冷傲，不肯首伏。你若去求他……

杜采薇 （闻言一惊）去求总兵大人？

林园生 对，对！你亲自登门……

杜采薇 不为海贼妇，反做总兵大人的笼中之鸟？

林园生 采薇，你也曾说过，如果林大人为一篇大赋而丢了官，官场上岂不少了一个好官？

杜采薇 ……采薇就此而去，你，你可忍心？

林园生 唉！我有如万箭穿心！虽于心不忍，却徒叹奈何？！

杜采薇 园生，除此之外，难道我们就无路可走了么？

林园生 采薇，只有如此，或可解你厄运……

杜采薇 （眼前一亮）啊，逃！

林园生 （一惊）逃？

杜采薇 对，你带我一起远走高飞！

（滚花） 逃出这虎狼圈，

我与你从此后归隐田园。

林园生 归隐田园？

杜采薇 （快打慢二流）

鱼陷釜底命难全，

鸟在笼中翅难展。

只需转身弃冠冕，

鸢飞鱼跃天地宽！

林园生 （接唱） 光宗耀祖担在身，

事父事君为己任。

自幼读书求上进，

（滚花） 功名来不易，

岂可化为尘？

不，不，不可啊！园生丢了军职？前程何在？功名安托？那，那岂不是因小失大么？

杜采薇 （一惊、颤抖）因小失大？（期待地）园生，你道何事为大？何事为小？

林园生 这个……

杜采薇 园生，你说，你说呀！

林园生 采薇姑娘，园生寒窗十载，一生梦求，功成名就，当然是前程为大！

杜采薇 （惊呆、绝望地）啊……

（反线二黄板面）

骤听无情语，

惊醒我痴顽。

乌云埋朗月，

俗世少儿男。

一张铁面，枉将泪抛弹，

多情顿变作一双冷眼！

（反线二黄）

问一声，恢恢天，

人间何来抱柱之信？

问一声，茫茫地，

人间可有真正知音？

（流水新腔）

和我者，哀鸣雁阵，

听我者，秋夜星辰。

伴我者，败叶残梗，

慰我者，月影花魂。

（乙反南音）

难道说，这人世丧尽了良心？

巍巍天道已沦沉？

难道说，我只能吞声忍恨？

委身浊尘认天命，

叫我采薇怎甘心？

死难甘心呀，举头向天问，

问一句人间正气何处寻？

[收光。

[幕间。

[中秋夜，梨园班馆内。

[九位梨园歌女分坐在花墩上，在抹净胭脂，卸妆……

歌女一 （新曲） 中秋，中秋，

为人弹唱，

为人祝酒，

曲终人散，

歌女二 （接唱） 冷落清秋。

众合唱 （接唱） 铅华洗尽，

残妆依旧；

歌女三 （接唱） 眼斜偷，不敢抬头，

家乡明月思悠悠。

歌女四 （接唱） 乡在洞庭，

歌女五 （接唱） 家住柳州，

歌女六 （接唱） 番禺孤女，

歌女七 （接唱） 怕说广州。

歌女一 （接唱） 筵前开口笑，

泪向心中流。

思悠悠，盼悠悠，

众歌女 （接唱） 唯盼家乡月，

梦中慰乡愁，慰乡愁……

班　主 姑娘们，快快卸妆，赏月去吧。

玉　兰 （上）三哥，三哥，采薇姐她……

班　主 她怎么了？！（急拉玉兰下场）

[切光。

第五场　再上船

[杜采薇站在台中，一动不动；一边是护押送行的林园生及侍从；一边是班主和九个女子，静场许久……一阵寒风吹来……班主走向采薇……

班　主 采薇，你要保重啊！

林园生 采薇姑娘，该上船啦！

杜采薇 ……林大人，你看这月——圆吗？

林园生 ……圆！

杜采薇 这江——清吗？

林园生 ……清！

杜采薇 （望一眼自己）这花——美吗？

林园生 ……美！

杜采薇 （转向林园生）你道我歌唱得如何？

林园生 清丽婉转，绕梁三日。

杜采薇 你只听过我的曲，还没见过我的舞。当初相识之时，我曾为你弹唱一曲。今夜清风明月，诀别之际。我再为你起舞一回。亦算善始善终，不枉相识一场了！

林园生 （心痛至极）采薇姑娘……

村采薇 林大人，不会耽误你的时间吧？

林园生 （无语对答，掩面而泣）啊……

[《春江花月夜》乐曲响起，杜采薇拔剑起舞……

林园生 （凤笙怨）

偷相看，又见她气静神闲！

（入板） 我心痛，情惨，

欲语无语，叹嗟无力挽！

从此伊人隔关山，

负红颜，恩与义，

自惭形秽，

羞愧做儿男。

杜采薇 林大人，想采薇此行，将成永别！采薇有一事相求。

林园生 姑娘，请说吧……

杜采薇 请三哥送我一程！

林园生 这个……

杜采薇 可以吗？

林园生 依姑娘就是。

杜采薇 （动情地）三哥！采薇幼失双亲，无家可归，蒙你收留，才得以安身。数年来教歌习艺，三哥费尽心血。此恩此德，采薇无以为报了！（跪）

（剑舞） 平生歌舞度华年，

身随流水伴红船。

华光是戏祖，

父母是民非是官。

剑底斩邪恶，

台上结忠贤。

人前受凌辱，
戏里再申冤。
对强权，不改我真情性——
林大人，上船吧！

杜采薇（接唱）为成全林大人功成名就，
采薇这就上贼船！

三哥，走！（下）

[切光。

[班主内场：“解缆开船，送杜姑娘上路喽！”

[光慢慢亮起。

[天地茫茫，一片混沌……

[唢呐吹响，曲调中，隐约伴随着哭泣之声……

[一条红船，在纤夫和船工的吆喝声中，缓缓驶来……

[红船上，一顶花桥放置中央；两旁站着班主与林园生，他们怀着各自的心绪，任受海浪的颠簸……

[船队终于停了下来。

林园生 哦，船到了！采薇姑娘，请下船吧！采薇姑娘，我对不起你，请下船吧！（用力一掀帘幕）

[端坐轿内的美人——杜采薇，如花似玉，一动不动。她——死了！

林园生（抬头大惊）啊……

班　主（失声大叫，叫得人胆战魂惊）死啦，死啦，采薇你果真死啦！（悲绝地）苍天，我把你个苍天啊……

（新曲）该死的不死，
该绝的不绝，
人心多狡黠，
你睁眼任作孽。
天太昏，遮日月，
地太黑，如墓穴。

看不见奸邪小人受裁决，

却偏将善良弱小来埋灭。

林园生 （呼天抢地）天呀！

班　主 采薇姑娘呀！

（接唱） 去吧，去吧！

天不会为你崩，

地不会为你裂。

去吧，去吧！

昏昏世道，

无人为你来呜咽……

［幕后帮腔：

去吧，去吧，

昏昏世道，

无人为你来呜咽……

［切光。

第六场　花月影

［幕间戏。

［盈盈阁内死一般凄寂，九位歌女默默地望着昔日采薇坐的花墩……

（新曲） 默默看，空花墩，

越看越寒心！

今朝采薇侍贼去，

明日谁个入狼群？

强权休抗衡，

道理莫去争。

情爱非我物，

要小心做人！

[班主披麻戴孝上，定定地望着空花墩。

班　主　（哭泣着）姑娘们，今晚要好好唱，好好跳，待赚到钱，我们就走，离开这个码头！（把脸一抹，变成了一个小丑）

[众歌女悲愁的脸戴上了面具，露出了如哭一般谀媚的笑……

[切光。

[接前场。盈盈阁。何镇南与四副将坐高台，饮酒作乐，听歌赏舞。

[九女伶戴面具，起歌舞，唱谀声。

班　主　（马屁歌）唱呀！

府中英雄好威风，

众歌女　（接唱）　像虎如龙！

班　主　（接唱）　灭贼船，剿海寇，

众歌女　（接唱）　真呀真呀真威勇！

真呀真呀真威勇！

解民于倒悬中，

如爹又如母，

如爹又如母！

问天大地大，

哪有如此恩呀——

恩呀恩呀恩德重，

恩呀恩呀恩德重！

一声声妙歌颂唱，

一声声妙歌颂唱，

如海深恩有万重！

何镇南　哈哈哈……人来，打赏！

班　主　（压着心头怒火）多谢何大人！姑娘们，快来多谢何大人啊！

众歌女　谢过何大人！

[内叫：“林参军回来复命！”

［林园生失魂落魄，步履沉重，茫然而上。

林园生 参见何大人!

何镇南 林参军，你回来了?

林园生 回来了……

何镇南 差事办妥了?

林园生 办妥了……不过……

何镇南 不过什么?

林园生 杜姑娘她……

何镇南 她怎样?

林园生 死了……

何镇南 （暗惊）死了?

林园生 她……死了……

何镇南 （不以为然，把手一扬）再送!

［众歌女闻言失声惊叫："啊？！"纷纷退到班主身后……

林园生 （一惊）什么？大人，你说什么?

何镇南 再送!

林园生 （惊慌）大人……不可，万万不可再送呀!

何镇南 （忍不住大笑起来）哈哈哈……这番军务，本该打赏。唯是尚有一事未明，还须林参军解释！你来看，这里有密奏一份，未知是否出自参军之手？（丢奏折于地）

林园生 （拾看，大惊，慌乱地）这，这……奏折我本上达朝廷，何以到了大人手上?

何镇南 哼哼，你应该问，何以回到了你的手上!

林园生 莫非朝廷……有了批示?

何镇南 批示嘛……没有！不过，兵部倒是新派来了一位陈参军，带来兵部公文!

林园生 （惊愕）哦?

何镇南 陈参军!

陈参军 在!

何镇南 兵部公文，你且念来!

陈园生 喳！（念公文）“原粤州参军林园生，捕风捉影，弹劾粤州总兵何镇南，实为诬陷之词。若朝野上下都这般胡乱非议，依口学舌，相互攻讦，必是人心惶惶。着粤州府总兵严加查办！”

林园生 （惊呆）啊……

何镇南 林大人，何某人对你本欲有心关照。无奈你不加珍惜，反与为敌，本当严处！

林园生 何大人，我……

何镇南 念你书生无知，革去军职，遣返原籍！

林园生 啊？！

[兵士上，剥去林园生顶戴花翎。

副将甲 林大人，回家耕田去吧！

何镇南 陈参军！

陈参军 在！

何镇南 日前中秋佳节，团圆之夜，粤州府军民同乐，共庆中秋。陈参军乃文章好手，一篇《中秋乐》，赞颂我粤州升平景象，非你莫属喽！

陈参军 遵命！

何镇南 好！今晚梨园花魁，由你点选，明日送予匪首，以息战患！

陈参军 喳！

何镇南 （嘲讽地）林大人，老夫不送了！

[何镇南与众副将拂袖而去。陈参军欲行又回。

陈参军 （低声地）林大人，你的奏本都是实情，你以为朝廷会不知么？而你却偏去捅这马蜂窝！这马蜂窝能捅么？一支秃笔，几点墨水，强权前我们算得什么？大不了是个跟班的马弁罢了！

副将甲 （暗上）陈参军！

陈参军 （对林园生）你是自取其祸呀！

[陈参军下，林园生震惊呆立……

班　主 小心做人，小心做人又怎样？（对吓破了胆，不知所措的众歌女）快走！

[众歌女一个个从林园生的跟前走过，仓皇地下……

班　主 （回身）林大人，就让我送你一程吧！（下）

[林园生羞愧，《江城子》乐曲传来……

[一阵轻烟泻出，只见冷若冰霜、艳如桃李的杜采薇端坐花墩之上……

林园生 （又惊又喜）采薇姑娘？！是你吗？哦，采薇姑娘，果然是你呀！

（禅院钟声）

夜寒泠泠，
怜你衣着单。
胭脂惨淡，
花般颜容尽瘦减，
似冰雕玉砌冷容颜。
难忘在这初相见，
你拨弦弹奏一曲歌声妙曼；
阑珊灯火处，
如真似幻，
月下手相挽，
一声家在何处，你泪如澜。

啊，采薇，园生军务已完，我们回家去吧！

[林园生拉起杜采薇，且歌且舞。

林园生 （新曲）回家去呀，把家还！
耕和织，居南山，
朝吟诵，夜唱弹，
不在升沉宦海间。

[景转江边。

风雨声中阅苍穹，
看流水，送孤帆。

（回头不见采薇）采薇姑娘，采薇姑娘，你在哪？哦，采薇姑娘，回家去，我们回家去！

杜采薇 太迟了，太迟了……

林园生 ……太迟？

（叫头）天呀，天呀——

（乙反长句二黄）

仰问苍天，

苍天来作证！

我也曾诗书饱读，

半生发奋为扬名。

恨只恨遥遥仕途，如攀险径，

黑暗吏道，如履薄冰。

对那无道功名，

我也曾不闻不听。

[一阵风过，花落满天……

（乙反中板）

花落花飞，残红满径，

幽香一路，转眼作泥泞。

有罪人，跪花前，

泪落千行，不忍将卿认。

冷月荷塘，一湾清水，

正是葬花处，

不污玉冰莹。（音乐，葬花介）

（乙反恋弹）

唉，月为镜，怕相认，

心若黑，面狰狞，

犹似一个夜鬼幽灵。

枉思量，一生功名已尽化烟轻。

天已坠，地已倾，

何处安置我魂灵？

冷风吹梦醒，

更感孤零零。

此身无遁处，

唯借碧波洗魂灵！

采薇姑娘！园生今生负你，来世再报吧！

[林园生欲纵身投江。

[“园生”！杜采薇踏浪而来……

林园生 （一惊）采薇？！

杜采薇 （乙反清歌）

一错已成千古恨，

岂能再错毁残生？

君既醒来，何必一死成永憾？

（深情地）园生！难道你除了当官为吏，就无路可走了吗？你抬头看去，不是一样海阔天高么？

（悲秋） 休为虚名抛诚信，

莫为权奸作弄臣。

跳出功名利禄涧，

做个立地顶天的正直人！

林园生 （如梦方醒）顶天立地的正直人？！……采薇姑娘，采薇姑娘！你在哪里？

（丝丝泪）月冷风静，

望残星，将卿认。

此后相隔天和地，

向谁倾心声？

杜采薇 （接唱） 身随风飘去，

忽见月华明，

玉宇多清净。

愿世间，化坚冰，

莺歌唱，鸟虫鸣，

相逢，相逢皆笑影，

心归良善弃浮名。

不教花零落，

不再有愁声哀声。

星光，月影，

伴黎明……

[杜采薇化一道月影，飞升而去……

林园生 采薇，采薇……你在何处？

杜采薇 （内场）云海之中，月明深处——

[漆黑的夜，一轮皓月，林园生茫然站于天地之间……

[班主与九歌女摇着红船，慢慢出现在弯弯的河流中……

[林园生被班主迎上船，与众人一起将红船摇向天边……

[清亮、优美的“红船之歌”响起：

（红船歌）哎呀哩！

红船戏班吹弹奏，

口衔辛酸唱风流。

唱风流，说美丑，

人间处处是码头。

哎呀哩！

江湖河海清波浪，

清波浪哟—

达道逍遥远近。

哎呀哎呀哩……

[剧终。

（剧本版本：作者提供）

·粤剧卷·

大明悲歌

编剧：梅　晓　王新生

人 物 表

袁崇焕　　初为辽东巡抚，后为辽东督师。

崇　祯　　大明皇帝。

叶静鹃　　袁崇焕之妻。

成基命　　内阁首辅。

田贵妃　　崇祯爱妃。

皇太极　　后金大汗。

范文程　　后金章京。

道　长　　云游道人。

祖大寿　　锦州总兵。

佘三、内侍、探马、狱卒、众大臣、众宫女、
大明众将士、后金众兵将。

[凝重的画外音：明，天启年间，袁崇焕率师平辽，屡挫强敌。宁远一役，炮中敌酋努尔哈赤。遂，边事初定。不想，阉党乘机作乱，诬告袁崇焕与金媾和……

[悲怆激越的伴唱：

金戈铁马驱虏鞑，
血染征衣固邦家。
戍边将士甲未卸，
圣旨一道挟狂沙！

[伴唱声中，狼烟四起，战尘弥天，一杆“辽”字大旗傲然飘荡。旗下，显出一明黄罗盖伞。

[一声炮响，伞飞旗折。旋即，战鼓咚咚，喊杀阵阵，数面大明旌旗掩杀过来，“袁”字大旗凌空而降。

[陡然一声喊：“圣旨下!"

[一束光引袁崇焕气宇轩昂上。

袁崇焕 (伏地)万岁!

[内声：“奉天承运，皇帝诏日：边陲大捷，朕心嘉悦。辽东巡抚袁崇焕屡建奇功，忠勇可嘉，赏银三十两，大红纻丝二表里。然，念其置身危疆，六载于兹，妻儿老小，且为孤注，特准予解甲归田。钦此。”

[袁崇焕一时晾愕。

[内声：“袁崇焕接旨呀!”

袁崇焕 臣……领旨谢恩!

[内齐呼：“袁大人——”祖大寿率众将士涌上。

祖大寿 大哥!

袁崇焕 (起身，执手含泪)祖将军，平辽大计，唯靠众家兄弟了!

众将士 袁大人!……(跪泣)

[收光。

[细雨霏微，山林如黛。

[内唱：“一朝解甲离边关——”袁崇焕步履轻盈上，叶静鹃擎伞随上。

袁崇焕 （接唱） 洒脱脱，置身尘外、漫步云间，好不怡然!

披一肩，斜风细雨，

洗一脸，炮火硝烟。

布衣芒鞋轻胜马，

访遍名山涉大川。

登临千仞壁，

俯瞰飞龙潭。

低吟松间风，

仰啸一线天。

归隐林泉养心性，

物我两忘意翩翩。

抛却身前身后事，

未得道，先已成就半个仙！

叶静鹃 （唱） 看似他，无挂无碍自陶然，

却分明，心随长风上摩天。

志存高远期报国，

夜半屡梦凯歌还。

叹夫君，心头郁结未了愿——

袁崇焕 静鹃。

叶静鹃 哦，崇焕。

袁崇焕 看，罗浮山层峦叠嶂，云雾迷茫，微雨清风，涧鸣水响，想必这绝尘之处定有高人。

（接唱） 何不去，拜师寻道讨教一番？

[内喊："老爷——"佘三奔上。

佘　三 （气喘吁吁地）老爷！……

袁崇焕 （急切地）佘三，可有边关消息？

佘　三 咳！辽阳、沈阳、抚顺、铁岭、开远五镇相继失守，皇太极亲率辫子军直扑宁远！

袁崇焕 （惊）哦？

叶静鹃 崇焕……

袁崇焕 （闭目良久，摇头叹息）上山吧。

[忽有歌声传来："来者如风雨，去者若微尘，欲知三岔路，须问过来人……"云游道人飘然而至。

袁崇焕 （忙深施一礼）敢问道长尊号大名？

道　长 贫道无名无号，人称云游道人。

袁崇焕 在下袁崇焕，乞请道长指点迷津。

道　长 （随口吟来）水暖水寒鱼自知，花开花谢春不管。

袁崇焕 （心头一动）怎么，你是说……

道　长　道可道，非常道。名可名，非常名。无名天地之始；有名万物之母。故常无，欲以观其妙。常有，欲以观其徼。

袁崇焕　道长，在下混沌未开，还望一一点化。

[成基命疲惫不堪地寻上。

成基命　（激动地）崇焕！

袁崇焕　恩师?(登时大喜过望）你——果真来了，请受学生一拜！

叶静鹃　见过成大人。

成基命　免礼，免礼。哈哈哈……你让我找得好苦哇！

袁崇焕　多谢恩师！颁旨吧。

成基命　嗯？你怎知我奉旨而来？

袁崇焕　知我者，恩师也。定是恩师在朝堂之上力荐学生，新帝降旨，招我出山！

成基命　哎呀呀，好一个聪慧过人的袁崇焕呐！

道　长　哈哈哈……圣人云：祸兮福之所倚，福兮祸之所伏。人之迷也，其日固久矣！（长叹一声，扬长而去）

叶静鹃　（不安地）崇焕，道长所说……

成基命　诶，不必多虑。崇焕蒙冤，乃先皇不明，阉党只手遮天所为。如今，新帝登基，翦除异党，大明中兴有望。而北疆金奴亡我之心不死，国家亟待用人，圣上求贤若渴呀！

叶静鹃　成大人！

（唱）　大明衰微，

一如斜阳送余晖。

国运不昌，

徒唤奈何心意灰。

纵是崇焕领圣命，

只怕是，边关危局难挽回。

更何况，任劳遭怨，功成获罪，

历历往事不胜悲。

既已乞休归故里，

容我们，夫唱妇随、寄情山水、举案齐眉。

袁崇焕 夫人呐！

（唱） 我也愿，数间茅屋傍溪水，

我亦想，终老青山忘边陲。

怎奈贼寇犯中土，

千里圣诏唤我回。

今蒙英主识崇焕，

大丈夫，焉能不披甲仗剑指日挥？

老恩师，跋山涉水跑折腿，

又怎能啊，将他思贤报国的心意违？

成基命 着哇！袁崇焕跪听宣诏！

叶静鹃 崇焕！……

袁崇焕 （撩袍跪地）万岁！万岁！万万岁！

[叶静鹃不由深长一叹。

[收光。

[一弯残月，数点寒星。

[一束光渐亮，崇祯伫立平台仰望夜空，忧心忡忡。

崇　祯 咳！

（唱） 月残星稀天将明，

更鼓敲得人不宁。

徘徊平台难安枕，

夜夜烦听蛰虫鸣。

成基命，请旨南下召崇焕，

黄鹤一去杳无声。

莫非是，克虏将军存积怨，

临危授命拒不从？

袁卿啊，

你可知，金奴犯境势凶猛，

边关告急险象生？
你可知，宁远虽小干系大，
门户一开亡大明？
生死存亡思良将，
江山欲倒望支撑。
愿将军，尽释前嫌国为重，
须知道，扬国威、荡敌寇、还我河山、重振雄风，还靠朕的袁长城！
凭窗临风心忐忑，
忧只忧哇，成爱卿召不回那一柱擎天的袁爱卿！

［田贵妃携银裘上，轻轻披于崇祯身上。

崇　祯　哦，爱妃。

田贵妃　皇上，深夜风寒露冷，当心龙体呀。

崇　祯　辽东频频告急，成基命音讯杳然，朕寝食难安呐！

田贵妃　皇上放心，成基命定然不虚此行。

崇　祯　（精神一振）袁崇焕能复旨就京？（忽又摇头）不，先皇一时失聪，听信谗言，恐怕早已令他心灰意冷，也未可知呀！

田贵妃　前朝旧事，他不会耿耿于怀。
（唱）　袁将军本是读书人，
读书人，焉能抛却济世心？
纵然失意思归隐，
亦不过，貌似散淡志犹存。
太公独钓寒江雪，
只待周公谋良臣。
若遇慧眼识才俊，
又谁甘当蓬蒿人？
将军但闻边患起，
势必然，抚剑吟啸急如焚。

成卿此去传圣命，

袁崇焕，又怎不一骑绝尘辞南国，重出江湖慰君心？

崇　祯　咳，但愿袁卿不负朕心呐！

[成基命疾疾奔上。

成基命　皇上！微臣来迟了。

崇　祯　袁崇焕现在何处？

成基命　殿前候旨。

崇　祯　哦？召！

[田贵妃避下。袁崇焕大步上。

袁崇焕　旧臣袁崇焕叩见皇上！

崇　祯　（急步上前，托起）贤卿免礼！

[伴唱：　君臣执手盈盈泪，

梦里相逢几多回。

江山托付委重任，

力挽狂澜待须眉！

[崇祯拉过袁崇焕，席地而坐。

崇　祯　辽之边，国之重啊。贤卿有何复辽方略，快快讲来！

袁崇焕　凭坚城，用火炮！

崇　祯　哦？

袁崇焕　如今情势，唯用辽人筑守辽土，且守且战、且筑且屯，以守为正着，以战为奇着，以和……

崇　祯　什么？与金奴议和？

成基命　（急接）不不，崇焕所言，乃议和之举断断不可！

崇　祯　（释然）哦。且守且战、且筑且屯，固是上策。只是，此举旷日持久，何时才能平辽？

成基命　皇上，若能准其便宜行事，并着户部、工部、吏部、兵部力保所需……

袁崇焕　臣当五年灭奴！

崇　祯　五年即可平辽？

袁崇焕 臣不敢虚言欺君。

崇　祯 好！好一个国之栋梁、扛鼎之臣！成基命！

成基命 臣在。

崇　祯 立饬四部，照此办理！

成基命 遵旨！

袁崇焕 谢皇上！

崇　祯 袁崇焕韬略夙娴，危疆允赖。现起升兵部尚书兼右副都御史，督师蓟辽。并赐尚方宝剑，准予便宜行事！

袁崇焕 谢主隆恩！

（唱）　浩荡皇恩显英主，
恰似冉冉红日出。
巨手挥就英雄谱，
天助我辈展宏图。
今朝重拾旧日梦，
豪气干云踏征途。
来日挥戈驱外辱，
直捣黄龙灭金奴！

崇　祯 贤卿！有你克虏将星千金一诺，大明有望了！

[祖大寿满面征尘一步闯进，扑倒。

祖大寿 边臣祖大寿叩见吾皇万岁！万万岁！

[众惊。

崇　祯 怎么，宁远……不保？

祖大寿 守城将士死伤过半、弹尽粮绝，宁远危在旦夕呀！

崇　祯 啊？

袁崇焕 皇上！臣乞请星夜赶赴辽东，绥静边患！

崇　祯 （一把握住）拜托了！

[袁崇焕深深点头，带祖大寿欲走。

崇　祯 袁爱卿！……（走近，将银裘披于袁崇焕肩头）

袁崇焕 （激动不已）告辞！（欲走又止）臣——尚有一事相求。

崇　祯 尽管直言！

袁崇焕 望皇上对臣下能信而不二、用而不疑。

成基命 （惊）崇焕！……哦，袁将军该登程了。（偷觑崇祯脸色）

崇　祯 （阴沉半晌，忽仰天大笑）哈哈哈……怕是爱卿疑君了吧？

袁崇焕 这……

[成基命暗自长叹。

[收光。

[宁远城外，火光烛天，尸横遍野。

[鼓声骤起。一片呐喊声中，后金大旗又如狂潮涌来。猛然，万炮齐鸣，辽兵掩旗溃败。袁家军乘胜挥旗追杀，辽旗纷纷倒下。仓皇间，后金鸣金收兵。

[欢呼声中，“袁”字大旗在城头挥舞飘扬。

[暗转。

[后金大帐内。一辽兵为皇太极包扎伤口，被一脚踢翻。皇太极气急败坏，困兽般眺望踱步。

皇太极 （击案大叫）可恼！

（唱）　望宁远，旌旗猎猎蔽云天，
听营内，哀叹声声盈耳边。
样样如同万簇箭，
支支猛插心口间！
恨，屡战屡败屡历险，
损兵折将，人仰马翻。
恨，屡攻屡退屡丧胆，
折戈沉沙，车毁旗残。
本以为，长驱直入无敌挡，
孰料想，尸骨横陈马不前。
切齿大骂袁崇焕，
我与你，势不两立、不共戴天！

你，令我先汗抱恨破碎了中原梦，

你，阻我雄兵入关贻误了夺江山。

你招我恼恨，

你教我汗颜。

你你你……你这小小袁蛮子呀，

不雪此辱，我枉为大汗！

来人！

[一辽兵应声上。

皇太极 号令八旗，与我倾力攻城！

[范文程闪出。

范文程 慢！（挥退辽兵）大汗不可一味强战，徒损军力。

皇太极 休得啰唆！（欲走）

范文程 大汗！八旗兵绝非袁家军对手哇！

皇太极 胡说！

范文程 （长揖及地）大汗呐！

（唱） 纵览兵书破万卷，

战云诡谲当了然。

袁崇焕，文韬武略难匹敌，

旷世奇才非等闲。

这蛮子，二度出山来势猛，

坚城利炮踞雄关。

以刚克刚兵家忌，

先汗一误难回天。

前车覆辙莫重蹈，

举兵还须思再三。

皇太极 依你之见……

范文程 避实就虚，以守为攻。

皇太极 不打？

范文程 不打。

皇太极 不战？

范文程 不战。

皇太极 哼！不打不战，崇祯小儿能将江山拱手相让不成！

范文程 非也。

（唱） 袁家军锐势不可挡，

且只管，偃旗息鼓避锋芒。

盛极必衰天之道，

袁崇焕，难逃此劫不胜防。

参透玄机巧借力，

定教他，君君臣臣龙虎斗，自毁长城、国破家亡！

皇太极 借谁之力？

范文程 大明君臣。

皇太极 此话怎讲？

范文程 中原士人，一可敌十，却十不及一呀。

皇太极 范章京，细细讲来！

范文程 古人云：伐国之道，攻城为下，攻心为上。

皇太极 如何攻心？

范文程 大汗，崇祯将半壁江山尽数托付袁崇焕，可谓宠信有加。

皇太极 不错。

范文程 但倚之过重、寄之过望，恰好留下可乘之机！

皇太极 哦？

范文程 崇祯一向视四夷为奴，最忌议和。而袁崇焕屯兵千里，后援不及，且多有制约。鏖战之后，他必急于休养生息，整肃军备。因而，料他不会拒我议和。一旦如此，势必激怒崇祯，为他自己埋下后患。此时，大汗只需派出奸细，潜入京城，谣言惑众，然后么……

（窃窃耳语）

皇太极 妙！妙哇！范章京不愧是汉家名门之后，果然深知中原士人的七寸所在呀！哈哈哈……

范文程 那……

皇太极 修书议和！

[切光。

[殿堂巍巍，流光溢彩。盛筵前，众大臣匍匐在地。

[崇祯朗声大笑，阔步上。

崇　祯 （唱） 边关大捷，

尽展往日眉头结。

朝野同庆，

举国欢腾歌不歇。

迎，百官朝贺，

待，君臣唱和。

日月同辉普天乐，

醉看曼妙《洞仙歌》！

众爱卿平身。

众大臣 万岁！万岁！万万岁！

崇　祯 恢边胜算，尽显大明国威。今日，朕与众位爱卿举杯庆贺，以震撼海内！

大臣甲 皇上，此役重挫贼奴，一切全凭赫赫龙威呀！

大臣乙 天子威仪四方，鞑虏焉有不败之理？

崇　祯 诶，宁远大捷，袁将军功不可没。

大臣丙 皇上圣明，袁崇焕确有经天纬地之才，克虏将军名不虚传呐！

大臣丁 皇上慧眼识珠、运筹帷幄，袁将军矢志报国、锐意灭奴，大明神威令金贼闻风丧胆。若乘胜出击，全复疆土指日可期呀！

[众大臣纷纷附和，唯成基命沉闷不语。

崇　祯 成爱卿……

成基命 哦，皇上。

崇　祯 乘胜出击，不知你意下如何？

成基命 臣……谨遵圣意。

崇　祯　好，为一举灭奴复辽，共饮此杯！

[众举杯欲饮，内侍上。

内　侍　皇上，袁崇焕回京见驾，殿前候旨。

崇　祯　（一怔，略一沉吟）众卿随朕相迎！

[袁崇焕快步上。内侍退下。

袁崇焕　辽东督师袁崇焕叩见皇上！

崇　祯　袁爱卿，辛苦了！（牵手抚背走向龙椅）

成基命　袁大人！……这边请。（示意）

崇　祯　不必拘礼。这杯酒，就为威震敌胆的袁爱卿接风洗尘吧？

袁崇焕　微臣不敢。皇上，此番回京面君，臣有要事启奏。

崇　祯　暂歇几日，再议不迟。

袁崇焕　可是……

成基命　袁大人，还不快快举杯谢恩？

袁崇焕　谢皇上！（一饮而尽）

崇　祯　好！哈哈哈……

[内侍匆匆上。

内　侍　皇上，锦衣卫奏章。

崇　祯　念。（见内侍犹豫）念嘛。

内　侍　“近日，京师盛传民谣……”

崇　祯　哦？读来听听。

内　侍　“袁崇焕，心藏奸，私通鞑虏上贼船。暗中定下议和计，引敌入关夺江山。”

[举座皆惊。

成基命　有诈，有诈，其中有诈呀！

崇　祯　（突然大笑）哈哈哈……街谈巷议，纯属无稽之谈。（把酒在手）众爱卿，请！

袁崇焕　皇上，夷贼乞和确有其事！

[众又是一惊，窃窃私语。

袁崇焕　臣以为，后金议和是假，但不妨为我所用。

崇　祯　（笑吟吟地）袁爱卿，五年平辽，朕可是铭记在心呐。

袁崇焕 臣须臾未敢忘怀。

崇 祯 好，那就共赏一阕苏东坡的《洞仙歌》吧。

袁崇焕 皇上！……

崇 祯 歌舞上来！

［众宫女上，翩然起舞。

［伴唱： 冰肌玉骨，

自清凉无汗。

水殿风来暗香满，

绣帘开，

一点明月窥人，

人未寝，

倚枕钗横鬓乱。

起来携素手，

庭户无声，

时见疏星渡银汉……

袁崇焕 （扑通跪倒）皇上容禀！

崇 祯 你！……（愤而掷杯）

［众惊骇伏地。宫女惶惶退下。

崇 祯 你，还要启奏？

袁崇焕 议和之举，实乃缓兵之计呀皇上！

（唱） 宁远血战城池毁，

兵员不及粮断炊。

枪折刃卷少装备，

弹药告罄无一枚。

倘若妄动烽烟起，

颓城不保国堪危。

因此上，审时度势知进退，

暂修和约后灭贼。

我也知，此言一出遭毁谤，

我也知，此举一动恶名背。

为大明，微臣甘冒大不韪，

乞皇上，准奏章、赢机会、固城囤粮、整肃军备，

再杀金贼凯旋归！

崇　祯　（霍地站起，遂又佯作醉意）哦，朕不胜酒力，退下。（扶内侍下）

袁崇焕　皇上！……

成基命　袁崇焕啊袁崇焕，你……咳！

［切光。

［夜。驿馆内，袁崇焕满腹惆怅，独步阶前。

袁崇焕　（低吟）昨夜寒蛩不住鸣，惊回千里梦，已三更。起来独自绕阶行，人悄悄，帘外月胧明。白首为功名，旧山松竹老，阻归程。欲将心事付瑶琴，知音少，弦断有谁听？（不由拔剑起舞，却终难消愁，遂掷剑于地）咳！

（唱）　风萧瑟，月朦胧，

满庭黄叶悲秋声。

惆怅萦怀难排遣，

拔剑消愁愁更浓。

叹，回京面君龙颜怒，

陈说利害拒不听。

叹，攸关家国存亡事，

满朝文武却噤声。

议和化泡影，

毁谤平地生。

一心期报国，

无端落骂名。

此身荣辱不足虑，

实堪忧，复辽大计功亏一篑江山倾。

天子一言胜九鼎，

袁崇焕呀，回天乏术、欲罢不能，仰天一叹倍伤情！
心事浩渺连广宇，
胸中块垒难抚平。
匹夫尚有报国志，
大丈夫，焉能苟且误大明？
想到此，饱蘸一笔写奏章，
披肝沥胆为苍生！

（奋笔疾书）

[叶静鹃捧汤上。

叶静鹃 怎么，你……你要上书？

袁崇焕 社稷安危、黎民生死尽系于此，我岂能安之若素？

叶静鹃 崇焕！

（唱）我知你，忧国忧民，
终身抱定赤子心。
我知你，不愧不怍，
半生俯仰不由人。
君子坦荡荡，
犯颜敢直陈。
诤言抒胸臆，
堪称社稷臣。
怎奈大明气数尽，
朝中遍及不谐音。
帝心幽邃深似海，
稍不慎，惊涛骇浪势欲吞。
虽说夫君不畏死，
怕只怕，欲待擎天天倾覆，徒添悲歌苦自吟。
世事难料多凶险，
莫忘了哇，那道长箴言意味深。

袁崇焕　道长所言，自然字字入耳。但，身为边臣，又怎能只求自保而坐视不管？

[叶静鹃犹豫叹息。

[成基命急上。

叶静鹃　成大人？

袁崇焕　恩师，为何深夜至此？

成基命　（拨开，直奔案前）你……果然不肯就此罢手！（一把扯过，欲撕）

袁崇焕　恩师！……

成基命　这、这这这一纸奏章将会断送我大明栋梁啊！（奋力撕碎）

袁崇焕　恩师！……难道你也不懂学生的心吗？

成基命　我何尝不知？何尝不知你报国心切？何尝不知你力主议和乃上上之策？然而，皇上主战，国人思战，你……你这是逆时而动、逆势而动啊！

（唱）　顺天应时，乃立身之本，
本无根，志又何存？
俯首听命，乃为臣之道，
道不顺，心值几文？
可知否，满城流言如飞蝗，
众口铄金能杀人？
可知否，龙心震怒强隐忍，
一招不慎祸临身？
纵然你，字字泣血为家国，
到头来，违圣意、悖民心、不识时务、不知退进，无异于鱼游釜中、厝火积薪！
宦海沉浮当儆诫呀，
你怎就一误再误拧断筋，聪明人反倒成了糊涂人？

袁崇焕　恩师，莫非你当真要我虚与委蛇，置黎庶于不顾，置大明于不顾么？

成基命　临渊羡鱼，不如退而结网啊。

袁崇焕　我若不退？

成基命　大祸临头、抱憾终身！

袁崇焕　恩师……

成基命　从来慷慨赴死易，委曲求全难呐。如今，举国上下立誓雪耻、求战心切，你我奈何不了。这……这就是“势’’，势在必行啊崇焕！

袁崇焕　如此说来，唯有一战？

成基命　天意不可违呀！

［袁崇焕心痛欲裂行至案前，猛然提笔狂书。末了，“啪"的将笔折断。

叶静鹃　崇焕！……(落泪)

袁崇焕　与其和而不能、战而不胜，还不如卸甲归去，重回故里！

［一阵急促的马蹄声，祖大寿奔上。

祖大寿　大哥！

袁崇焕　怎么，边关局势有变？

祖大寿　皇太极假扮狩猎，借道科尔沁草原，直扑关内，现已突破喜峰口！

成基命　(大惊)什么？

［袁崇焕踱步凝思。

成基命　不好！这、这是要置崇焕于死地呀。

叶静鹃　此话从何说起？

成基命　当战不战，纵敌入关，恐怕有口难辩啦！

叶静鹃　啊？

袁崇焕　好！此乃天赐良机。

众　人　天赐良机？

袁崇焕　(唱)　苍天护佑怜赤诚，

贼寇尽入我囊中。

顺势应变发号令——

祖将军！

祖大寿　在！

袁崇焕　你，火速返回，率十万大军伺机待命，一旦接我密令，直捣后金大都！

祖大寿　是！

袁崇焕　恩师，我带八千轻骑前去阻击，望你连夜禀报皇上，立即调集关内八路人马形成合围之势，关门打狗！

成基命 好、好、好！老夫去也！（提袍疾下）

袁崇焕 （唱） 一举复辽大功成！

[光急聚于袁崇焕。

袁崇焕 哈哈哈……

[收光。

[远处，炮声频密。

[殿内，崇祯抖抖嗦嗦翻看奏折。众大臣战战兢兢侍立一旁。

[内侍惶惶上。

内　侍 皇上，西线失守，鞑虏已逼近京城！

[崇祯一惊，奏折“哗啦”落地。

大臣甲 皇上，驰援之师一战即溃，京都堪危呀！

大臣乙 金奴铁蹄横扫千里，直逼皇城，这……这便如何是好？

大臣丙 皇上，这分明是袁崇焕内外勾结、纵敌入关呐！

大臣丙 对，袁崇焕早存二心，罪当不赦呀！

[众大臣个个疾言厉色，争相附和。

崇　祯 （拍案）够了！尔等……可有退敌之策？

[众大臣顿时噤若寒蝉。

崇　祯 哼！平日一个个高喊报国，危难之时却只会摇唇鼓舌、诽谤他人。滚！

[众大臣慌忙溜下。

[崇祯六神无主，颓然跌坐。

崇　祯 （喃喃地）内外勾结，纵敌入关？（猛地倒吸一口冷气）袁崇焕，袁爱卿！难道你当真心怀不轨、另有图谋？……不，不能啊！

（唱） 朕，待你不薄，

你理当感恩戴德。

朕视你擎天一柱，

你怎能与金媾和？

袁卿啊，

朕自信未将你看错，
你莫负朕心忘重托。
可记得，平台召见寄厚望，
杀敌戍边你献策？
可记得，宁远大捷龙心悦，
朕率百官宫门接？
想当初，信誓旦旦千斤诺，
却为何，战必胜、攻必克，胜券在握竟息戈，辽东督师乞议和？
虽说是，众臣弹劾难置信，
可终归，民谣无风不起波。
大兵压境方寸乱，
谁敢说，确无内外相勾结？
真假莫辨须谨慎，
警觉，警觉，再警觉！

[田贵妃不安地上。

田贵妃 皇上，国难当头，为何不调克虏将军回京护驾？

崇　祯 你是说——袁崇焕？咳，人心难测呀！

田贵妃 怎么，皇上疑心袁将军？

崇　祯 大敌当前，不得不防啊。

田贵妃 皇上！

（唱）奇人奇才有奇志，
生性耿介不足奇。
袁将军，半生戎马安社稷，
好男儿，碧血丹心世间稀。
凛凛一身浩然气，
宠辱不惊志不移。
所向披靡灭贼寇，
试问天下谁能敌？

皇上啊，从来功高招非议，

莫教长舌将人迷。

先帝失聪险误国，

全赖将军披征衣。

风云变幻寻常事，

万不能啊，用人之际陡生疑，君臣离心、悔之晚矣！

崇　祯　(微微颔首)爱妃所言，也不无道理。

田贵妃　只是，臣妾有一事不解。

崇　祯　何事？

田贵妃　鞑虏几近兵临城下，袁将军为何还不驰兵救援？

崇　祯　爱妃有所不知，先皇为防不测，立下明令，边军无诏不得擅自入京。

田贵妃　可是，如今情势……

崇　祯　对！待朕下旨，命袁家军即刻回京护卫！

[成基命疾上。

成基命　皇上，有救了，有救了！袁崇焕率八千轻骑驰援京师来了！

崇　祯　(大喜)哦？袁爱卿真乃神人也！

田贵妃　这下好了！皇上未等下诏，袁崇焕已回师救驾，真可谓心有灵犀呀！

成基命　(一惊)什么，无诏？

崇　祯　(忽又阴鸷地)哼哼，无诏回师……

成基命　不不，袁崇焕乃救主心切……

崇　祯　救主心切就可无诏入京？

成基命　这……

田贵妃　(不禁也小心翼翼)皇上，眼下解京城之危，才是当务之急呀。

崇　祯　传朕口谕！袁崇焕纵敌深入、勤王不力，着即城外阻敌、与之决战！

成基命　(急)皇上！强敌十倍于我，与之城外决战，无异于羊送虎口哇！

崇　祯　(威逼地)嗯——

成基命　臣……遵旨！

[切光。

[夜。马蹄得得，如疾风卷来。

[内唱：“急若星火策马来 ——” 袁崇焕率众将士跃马奔上。

袁崇焕 （接唱） 好一似，呼啸狂飙挟尘埃，惊天动地、排山倒海！

八千精骑披重铠，

万里驰骋心澎湃，疾风壮胸怀。

恨金贼，绕道袭京闯关隘，

皇城霎时布阴霾。

人心大乱惊圣驾，

敌兵过处哭声哀。

想我巍巍大中华，

岂容贼寇染指来？

满腔怒火冲霄汉，

恨不得，飞身迎敌战荒垓。

笑金奴，蚍蜉撼树不自量，

皇太极呀，

且待俺八路神兵从天降，杀你个片甲不留、遍地尸骸！

为救主，顾不得无诏回师犯大忌，

横刀立马解围来。

星夜赶至广渠门外 ——

众将官！

众将士 有！

袁崇焕 （唱） 待援军，铁围重重将敌埋！

[探马急上。

探　马 报 —— 八路大军皆被皇太极一一击败！

袁崇焕 什么？

探　马 援兵形同散沙，早已溃不成军！

袁崇焕 （大惊）啊？

众将士 督师，怎么办？

[马蹄声碎，一边将勒马跃下。

边　将　末将奉祖将军之命，参见督师。

袁崇焕　怎么，祖将军率兵赶来救援？

边　将　不，祖将军令我前来请命，何时趁鞑虏后方空虚，直捣敌巢？

袁崇焕　你——只身前来？

边　将　还有随从二人。

袁崇焕　(顿足) 哎呀！祖将军呐祖将军，此一时彼一时啊！

边　将　待我拨马而回，速去搬兵！

袁崇焕　咳，远水不解近渴呀！

[内喊：“崇焕——”成基命飞马奔上。

成基命　崇焕！ (滚落马下)

袁崇焕　(急扶) 恩师！

成基命　皇……皇上口谕：袁崇焕纵敌深入、勤王不力，着即城外阻敌、与之——决、战！

[袁崇焕惊住。

成基命　崇焕，崇焕！……

部将甲　看，敌兵来了！

[远处，声震如潮。

众将士　督师，我等与它拼了！对，拼了！

袁崇焕　慢！ (一字一顿地) 入城——休兵！

成基命　不可，万万不可！

袁崇焕　我意已决！

成基命　崇焕！

(唱)　莫、莫、莫，
不战而退还了得？
浴血奋战图报国，
又怎能，令那朝野见疑、唾骂媚敌担罪责？
一旦抗旨杀无赦——

众将士 督师，下令出战吧！

袁崇焕 住口！再敢言战者，定斩不饶！

成基命 （唱） 君命如山违不得！

出兵吧，出兵吧！老夫也拼将一死，与你同存共亡！

袁崇焕 恩师！将士效命沙场，死不足惜。然而，这八千健儿一旦捐躯，皇太极必将乘势破城而入，到时，大明亡矣！

成基命 哦！

袁崇焕 眼下，唯有入城固守，才可解不保之虞呀！

成基命 那你……

袁崇焕 为保江山社稷，崇焕宁教千夫所指，刀斧相加！

众将士 （大恸）督师！……

成基命 也罢！老夫即刻冒死觐见，乞请皇上，准你入城休兵！

袁崇焕 恩师！……（跪）

[收光。

[后金营前，皇太极率范文程及众兵将上。

皇太极 哼哼，区区数千兵卒，还想阻我十万大军，真真笑煞人也！

[众狂笑。

皇太极 来呀，与我破城而入，生擒崇祯小儿！

范文程 且慢！

皇太极 嗯？

范文程 大汗，阵前明军虽兵少将寡，却是袁家军精锐之师。况且，哀兵必胜，我大金未必占得上风。即便拿下广渠门，只要袁崇焕在，恐怕也会得而复失、后患无穷啊！

皇太极 范章京不会令本汗退兵吧？

范文程 正是，退兵三十里。

皇太极 什么？你！……

范文程 袁崇焕不除，绝无宁日啊！

（唱） 围而不歼，

并非畏敌如临渊。

借刀杀人，

早有孙子谋宏篇。

似这般，强取硬攻难制胜，

反令他，君臣合力、众志成城斗志坚。

大汗退兵不言战，

皇城内，自有人推波助澜，助我除掉心头患。

到那时，轻取天下入城去，

我保你，高枕无忧、取威定霸坐江山！

皇太极 不动一兵一卒？

范文程 退避三舍。

皇太极 不费一枪一弹？

范文程 隔岸观火。

皇太极 如此说来，当初你敦促本汗十万大军千里奔袭，倒是多此一举了？

范文程 恰恰相反。若无十万大军千里奔袭，大明君臣怎会见疑？百姓怎会积怨？那袁崇焕又怎会身处两难境地？此时，以逸待劳、不战而退，定会激他鹬蚌相争，大汗尽可坐收渔翁之利呀！

皇太极 真会如此容易？

范文程 并非容易，这也是积毁销骨、积羽沉舟哇！

皇太极 嗯，有理，有理！就依范章京之计，退兵三十里！

范文程 慢来慢来。

皇太极 你，还要作甚？

范文程 还须大汗给崇祯修书一封。

皇太极 再补一刀？

范文程 他——也是中原士人嘛。

皇太极 哈哈哈……好，拿笔来！

[切光。

[一抹曙光斜投殿内。崇祯恼怒地往来徘徊，成基命俯首跪地，田贵妃忐忑

而立。

崇　祯　入城休兵？入城休兵！哼，看来民谣所指，绝非无中生有！

成基命　皇上！袁崇焕绝无二心，绝无二心呐！八千将士千里驰援，早已人困马乏，确须休整。再者，敌我兵力悬殊，只能凭坚死守。否则，后果不堪设想啊！

田贵妃　臣妾以为，成爱卿所言句句在理。

崇　祯　你……也敢妄言国事？

田贵妃　皇上！……

崇　祯　还不退下！

[田贵妃忙垂首避下。

[内侍捧箭书匆匆上。

内　侍　皇上，皇太极射来一纸箭书。

崇　祯　念！

内　侍　奴才不敢。

崇　祯　（断喝）念！

内　侍　是！"崇……崇祯小儿，速来乞和，如若不然，血洗孤城！"

[崇祯一把扯过，揉作一团，掷于成基命面前。

崇　祯　一内一外、一唱一和，你——还有何话要说？

成基命　这……这定是皇太极蓄意离间我大明君臣呐！

崇　祯　你！……

成基命　皇上，木受绳则直，人受谏则圣啊！

崇　祯　成基命！

成基命　臣在。

崇　祯　拟旨！

成基命　遵旨。（忙起身操笔）

崇　祯　命祖大寿，自即日起总理辽东各部，火速率兵勤王，不得有误！

成基命　皇上！（仆身跪倒，泣声地）皇上，使不得，使不得呀！

（唱）　强敌压境城欲摧，

临阵换将更堪危。

群龙无首军心乱，

须提防，夷贼趁隙破墙围。

袁崇焕，纵有过失慢处置，

且容他呀，阵前杀敌、立功赎罪、重振国威！

崇　祯　哼哼，好一副伶牙俐齿！

（唱）　拥兵纵敌谁作祟？

以战胁和谁作为？

休兵抗旨谁之罪？

内外勾结谁通贼？

这桩桩件件成铁案，

又怎能，不查不究、不追不问他袁大将军意何为？

你纵有利口善雄辩，

只怕是，欲待描正愈描黑。

朕要问，

谁在朝堂力保举？

谁为授权紧鼓吹？

谁谈议和话暧昧？

谁替叛贼屡解围？

若非你，煞费苦心的成铁嘴，

袁崇焕，又怎敢逆天行事、图谋不轨、胡作非为？

成基命　（大惊失色）皇上，微臣纵有天大胆子，也不敢……

崇　祯　来人！

［一锦衣卫应声上。

崇　祯　将袁崇焕……

内　侍　皇上，袁崇焕近前有八千子弟兵，不便动手吧？

崇　祯　那就暗中行刺！

成基命　（急喊）皇上！杀不得呀！

崇　祯　怎么，兔死狐悲？

成基命　不不，微臣以为，阵前杀他必招致哗变，若皇太极乘势起兵，定会城毁人亡啊！

崇　祯　哦？

成基命　以臣之见，皇上……皇上不如……

崇　祯　不如放虎归山？

成基命　不！微臣是说，不如招他朝堂议事，先行拿下，再决——不迟！

崇　祯　也好！那就请你亲自出马，唤他只身前来！

成基命　皇上！……

崇　祯　（冷颜一笑）成爱卿？

成基命　（猛一激灵）臣……领旨！（仆地哽咽）

［收光。

［一束光渐亮。狱中，袁崇焕身披镣铐，紧闭双目依柱而坐。

［更鼓声声。随之，依稀传来吟咏声："祸兮福之所倚，福兮祸之所伏。人之迷也，其日固久矣！……"

袁崇焕　（惊起，四顾）道长？道长……

［另一束光渐亮，显出道长。

袁崇焕　你，怎会来到此处？

道　长　欲归还小立，为爱夕阳红。

袁崇焕　哦？莫非我已日暮途穷？那，大明呢？大明可能转危为安？

道　长　最是秋风管闲事，红他枫叶白人头。

袁崇焕　道长，国家危亡，崇焕怎能不忧心呀？

道　长　咳，镜破不改光，兰死不更香啊。（欲走）

袁崇焕　道长！能否再点拨一二？

道　长　这……袁将军，救既败之事，如驭临岩之马，休轻加一鞭；图垂成之功，如挽上滩之舟，莫稍停一棹。

袁崇焕　多谢道长！

道　长　（喟然长叹）此心终须去，再三留不住哇！（倏忽隐去）

袁崇焕 道长，道长！……（猛然坐起，方知是梦）驭临岩之马，休轻加一鞭；图垂成之功，挽上滩之舟，莫稍停一棹？……莫稍停一棹！

（唱） 恍若一梦竟非梦，
句句箴言字字明。
胡笳声声逼城下，
烈士鲜血当溅红。
恨不得，拍马挺枪杀将去，
狂挑鞑虏展雄风。
万丈豪情按不住——
咳！
却奈何，这天牢深深、铁栏重重、锁链道道缚英雄！

［伴唱： 天知否——

袁崇焕 （唱） 那金贼，踏破国门施暴虐，
怎忍见，壮士卸甲锁刀锋？

［伴唱： 天知否——

袁崇焕 （唱） 我抱定，马革裹尸男儿志，
怎忍见，恨无长剑可屠龙？

［伴唱： 满腔忧愤冲天起，
壮怀激烈泪飞迸！

袁崇焕 （唱） 恨只恨，苍天无眼失中正，
是非颠倒冤孽生。
叹只叹，天子错将英雄困，
救国不能罢不能！
想城外，烽火连天乱旗动，
风卷黄尘马嘶鸣。
白刃搏杀惨烈烈，
卫京之战鬼神惊。
看狱中，青灯孤照寒窗冷，

难压崇焕报国情。

怒发冲冠血奔涌，

天啊天，

你何时还我一清白，沙场弄长缨，纵死留英名！

［狱卒引叶静鹃上。

狱　卒　袁大人，你看谁来了？（退下）

叶静鹃　崇焕！

袁崇焕　（一震）静鹃！

叶静鹃　崇焕——（扑入怀中，失声痛哭）

［伴唱：　当初一别终相逢，

相逢却在死牢中。

满腹悲情难倾诉，

天地也动容！

叶静鹃　（唱）　当初一别终相逢，

相逢却在死牢中。

夫君蒙冤心头裂，

悲咽不成声！

袁崇焕　（唱）　当初一别终相逢，

相逢却在死牢中。

泪眼迷蒙望静娟，

语咽话不能！

袁崇焕
叶静鹃　（唱）　当初一别终相逢，

相逢却在死牢中。

肝肠寸断彻骨痛，

泪溅血花红！

袁崇焕　静鹃，可是皇上恩准你前来探监？

叶静鹃　不，是成大人暗中疏通。

袁崇焕 恩师？他现在哪里？

[成基命满面愧色上。

成基命 老夫在此。

袁崇焕 恩师！

成基命 袁将军！……（欲跪）

袁崇焕 （慌忙扶住）恩师，折杀学生了！

成基命 老夫实实无颜相见啊！

袁崇焕 不，若非恩师，学生恐怕早已做了刀下之鬼。

成基命 惭愧了！不过，自你入狱，皇上便情知中计，立准八千将士入城休兵。

袁崇焕 哦？

叶静鹃 崇焕，你终可重见天日了！

[袁崇焕摆手阻止，直视成基命。

[成基命含泪摇头。

叶静鹃 怎么？皇上他……

袁崇焕 （仰天一叹，沉郁地）恩师，城外战事如何？

成基命 近日，皇太极连番攻城，均被击退。但，终归敌众我寡、朝不保夕呀！

袁崇焕 那，为何不急令祖将军火速回援？

成基命 祖将军闻听你蒙冤入狱，恸哭三日，抗旨拒诏，声言若不放你，决不出兵！

袁崇焕 什么？他……他、他、他好糊涂哇！难道为我一个袁崇焕，甘作千古罪人么？

[突然，成基命双膝跪倒。

袁崇焕 恩师！你……这是为何？

成基命 崇焕，袁将军！如今，大明安危可尽系于你一人之身啦！

袁崇焕 怎讲？

成基命 （唱） 大寿抗旨不接诏，

圣上急若滚油浇。

百般无奈我请命，

求你修书挥长毫。

唯愿将军国为重，

调兵遣将于天牢！

袁崇焕 求书搬兵？

叶静鹃 崇焕，求书搬兵，救得国危，或能证你清白呀！

袁崇焕 调兵遣将，证我清白？(痛苦长笑)如此看来，我袁崇焕必死无疑了！

叶静鹃 何出此言？

袁崇焕 倘若，我一罪囚之手书胜于皇诏，岂不是欺君大罪么？

叶静鹃 啊？

袁崇焕 拿——笔——来！

叶静鹃 不！写不得呀！

袁崇焕 抗旨不遵，罪上加罪，不还是一死？

叶静鹃 崇——焕！（抱头痛哭）

成基命 是我，是我害了你呀！（泣不成声）

袁崇焕 (吟)心碎不忍山河碎，慷慨悲歌红血飞！为大明江山，为天下苍生，我——写！（一口咬破手指，鲜血淋漓）

叶静鹃 崇焕！……(紧握血指，泪如泉涌。猛地，从罗裙上扯下一角，抖抖捧上)

成基命 慢！(颤声地)袁大人，老朽代天下人敬你，容我以背作案吧！(伏地)

[袁崇焕热血沸腾，凛然挥指。

[伴唱：悲歌为国殇，
鲜血透霓裳。
荣辱寻常事，
莫忘我家邦！

叶静鹃 (“砰”地跪倒)崇焕，为妻先行一步了！（起身，触柱而亡）

袁崇焕 (悲呼)静鹃！……

[收光。

[静夜无声，雪花飘零。崇祯凭栏远眺，心重如铅。

[内侍上。

内　侍 皇上，袁崇焕已到殿外。

崇　祯 哦。

内　侍　有请袁大人。（退下）

[袁崇焕须发苍苍，着一袭布衣坦然上。

袁崇焕　罪臣袁崇焕叩见皇上。

[崇祯回眸凝视，不禁上前，缓缓扶起。

[伴唱：　恍若隔世见故人，

相视无语意沉沉。

几经沧桑几多话，

白头一如雪纷纷。

崇　祯　来了？

袁崇焕　来了。

崇　祯　哦，下雪了。

袁崇焕　才是暮秋时节。

崇　祯　咳，天意也飘忽不定啊。

袁崇焕　皇上，深夜平台召见罪臣……

崇　祯　（扬手制止）只为对饮几杯、促膝畅谈。

袁崇焕　权作话别？

崇　祯　不……哦，祖将军业已回师抗敌，京师解围了。

袁崇焕　（点点头）然后，就该论功行赏、按罪处置了。

崇　祯　（一怔）你……

袁崇焕　崇焕身为封疆大吏，妄谈议和、御敌不力、抗旨不遵，自然罪当不赦！

崇　祯　朕——也可赎你无罪。

袁崇焕　哈哈哈……皇上不忍杀我，可不杀又不足以平心头之忧、之恨、之患啊。

崇　祯　你！……朕何忧之有？何恨之有？何患之有？

袁崇焕　皆为那一封血书！

崇　祯　（突然大笑，猛地收住）不错，朕忧你拥兵自重，朕恨你功高盖主，朕患你图谋不轨！

袁崇焕　呵呵，可见当初我之忧，并非杞人之忧哇。

崇　祯　你，忧的什么？

袁崇焕 皇上贵为天子，怎会信而不二、用而不疑？

崇　祯 （隐忍地）你…… 不要逼朕，朕还没想杀你。

袁崇焕 蝼蚁尚且贪生，我焉能不知惜命？只是，崇焕命数已尽，在劫难逃哇。

崇　祯 哦？愿闻其详。

袁崇焕 纵是皇上不恨，那国人呢？纵敌入关、媚和通贼，总要有人领罪吧？

崇　祯 这…… 不过是谣言而已。

袁崇焕 可谣言千遍，便成铁案，恐怕皇上也未必肯昭雪吧？

崇　祯 何以见得？

袁崇焕 皇上！大明之危，危不在外敌入侵，而危于世风日下、人心涣散呐！

（唱）　我大明，徒华其表，

才这般，风雨飘摇。

人心不齐江山倒，

纵无外敌亦不牢。

逢绝症，良医着意下猛药。

图中兴，君王无奈动狠招。

我背骂名千刀剐，

国人啖肉共声讨。

籍此励志民心聚，

可换得，千秋万代、如日中天的大明朝！

崇　祯 （震动）将军确非一介武夫啊！

袁崇焕 可皇上到底还是中原士人啊。

崇　祯 怎讲？

袁崇焕 既然一腔宏愿，又成竹在胸，何必闪烁其词？

崇　祯 你…… 甘心领罪？

袁崇焕 舍我其谁！皇上，袁崇焕纵生三头六臂，亦不过夺一战一役之功成，补一方一片之空洞，而我中原，大地早已千疮百孔，非皇上不足以挽颓势，非皇上不足以兴大明啊！

（唱）　为，千秋大业，

舍，颈上脑壳。

助皇上一臂之力，

激万众同心报国！

崇　祯　袁爱卿！……你，果真肯舍身家性命，背千古骂名？

袁崇焕　崇焕已被逼至悬崖，唯有纵身一跳了。

崇　祯　你——不恨朕么？

袁崇焕　恨！我恨皇上，不当疑时妄猜臆断。我恨皇上，不当迷时听信谗言。我恨皇上，不当恨时加害无辜。我恨皇上，不当柔时心慈手软！

崇　祯　朕，有负爱卿了！

袁崇焕　也怪崇焕自己，明知不可为而为之啊！（长吟）

忠臣血入地，

地厚为之裂。

今溅帝王衣，

浣痕亦不灭。

灵质偏成磷，

光焰九天彻。

精诚叩帝阍，

愿化一寸铁！……

臣——该上路了。

崇　祯　袁爱卿！……（敬酒，碰杯）

袁崇焕　（饮罢一掷）告辞！（毅然走去）

崇　祯　袁爱卿！……朕的袁爱卿啊！（呜咽出声）

[霎时，风狂雪骤。

[伴唱：　千古悲歌成浩叹，

英魂抱恨九重天。

红血可将白雪染？

风云无边愁无边！

[崇祯失魂落魄，走进漫天风雪……

[光渐收。

[画外音：崇祯三年，袁崇焕被凌迟于北京菜市口。世人争相啖其肉、啜其血，骂其奸，一时间群情激愤、同仇敌忾、国威大振。是年，皇太极退兵关外，十四年未敢妄动……

[剧终。

（剧本版本：《梦园——梅晓剧作选》）

·粤剧卷·

拉郎配

（根据同名川剧改编）

改编：陈晃宫　陈酉名　莫志勤

人　物　表

李　玉	张彩凤	董　代
董大嫂	李　六	王　夏
张　宣	李　七	李大叔
刘大伯	陈老汉	赵小弟
县　官	夫　人	小　姐

第一场　张　榜

[封建时代某年某月某日之上午。

[大街上。

[先奏音乐起幕。

[二幕前李六敲锣、李七托高脚牌贴榜文。

[王祥哭灵牌子。

[李六内唱：若然有女未曾嫁！

[李七接唱：三天之内报官衙。（同上）

李　六　（口鼓）一张皇榜高高挂，

李　七　（口鼓）挑选美女人皇家。

李　六　（口鼓）官家揾钱不在话，

李　七　（口鼓）乘机勒索笑哈哈。（两人同笑介）

[李六鸣锣聚众。

李　六　（王祥哭灵）

喂皇上选美圣旨下喇，

李　七　（接唱）　钦差大人到县衙（打锣两下）。

李　六　（接唱）　若然有女还未嫁，

李　七　（接唱）　三天之内报官衙（打锣两下）。

李　六　（接唱）　若有隐瞒和顶假呀，

李　七　（接唱）　家家户户要搜查（打锣两下）！

李　六　（接唱）　查出不报要抄家㗎唷喂，

李　七　（接唱）　知情不报也要捉拿！

李　六　（白）亚七呀我们大声地叫呀。

[鸣锣，两人大叫同下。

[起音乐，开二幕布，大街景。

[音乐，众男女百姓上看皇榜，同作惊惶神色，纷纷下介。

[惊涛小曲，女子等过场。

[开边，王夏拖大嫂衣边上。

王　夏　（连环西皮）好心喇！（双）快跟我来，有事商量请到我家。

大　嫂　（沉花）　唉也也，为什么拉我走到头晕眼花。

王　夏　（金钱花）请你好心帮忙下，帮忙下。

大　嫂　（接唱）　你揾我呢个媒人有什么事呀？

王　夏　（接唱）　我女如今要出嫁。

大　嫂　（白）哦哦，你女出得门喇！（减字芙蓉）

原来员外真有心，将我来照顾下。

（接白）这就恭喜了。

王　夏　（白）还恭喜吗？

大　嫂　（续唱）　比如王员外，你中意哪一家？

（白）要什么样的人家你才合意呀？

王　夏　（接唱）　哪家也不拘，只要人材有番咁上下。

大　嫂　（白）这就容易了，我十天八天就包揾到。

王　夏　（续唱）　喂！我要即刻来办妥，

谢媒银可以多加。

（花） 今日做媒今晚就要拜堂，
揾埋你老公来吹的打（锁呐）。

大 嫂（白） 员外哪有这样快的？
（花） 如今是拣女婿呀，
不同买菜买瓜，
难道叫我随手去拉人？——

王 夏（接半句）喂有得拉也不怕。
（衣边李大叔内场白榄："董大嫂（双）"，扑灯蛾锣鼓，提着一只母鸡上）

大 叔（白榄） 求你帮忙下，做妥一件事，我送你一只老鸡乸。

大 嫂（白榄） 你求我什么事呀？

大 叔（白）求你做媒，替我个女对亲家。

大 嫂（白榄） 你又揾我做媒人？

王 夏（白榄） 大嫂应承了我王夏。你不要挖墙脚！

大 叔（白榄） 大嫂一起应承我吧。
[刘大伯内场白榄："喂董大嫂（双）"。扑灯蛾锣鼓，手持一个大南瓜上。

大 伯（白榄） 我送你一个大南瓜。

大 嫂（白榄） 莫非又是揾我做媒？

大 伯（白榄） 请你帮忙下。

大 嫂（白榄） 你又叫我帮忙下，我一个媒人一把嘴，怎能帮得你三家？
[大嫂欲走，三人先锋钹，一齐拦住。

大 伯（白榄） 大嫂不要走，我好容易商量嘤，财礼多少也不论，但要挑个好人家。

大 叔（白榄） 喂喂财礼一文也不要，宁愿倒贴妆奁将女嫁。

王 夏（白榄） 我贴一百亩田来妆嫁，谢媒利市你先拿。（给银介）

大 叔（见大嫂想收王夏的银，心急介，白榄）
喂喂喂董大嫂，请你收落呢只老鸡乸（送鸡介）。

大 伯（亦急，白榄）
喂喂喂董大嫂，请你受落我个大南瓜（送瓜介）。

大 叔（白榄） 老鸡乸。

大 伯（白榄） 大南瓜。

［先锋钹，王夏强拉着大嫂的手就想跑，李大叔、刘大伯连忙拉着大嫂另一边介。

［三搭箭，大嫂被他们两边拉来拉去，第二次两边一齐拉，的的撑。

大　嫂　（叫痛）哎呀救命呀！（顿足甩手）

［大伯、大叔两八一惊、连南瓜、鸡乸都跌在地上，两人连忙低头去拾，那边王夏拖着大嫂一溜烟跑了，两人抬起头来不见了人。

大　伯
大　叔　（叫白）董大嫂，董大嫂！

［李大叔去追董大嫂，刘大伯从背后把他拉回来介。

大　叔　（白）王员外拉了她走了！

大　伯　（白）怎么也要追！

大　叔　（白）追！

［两人追下介。

［小锣，董代上。

董　代　（诗白）　常言有艺可成家，

一支"的打"揾饭茶，

五六反工合士上，

吹就人间并蒂花。

（白）在下董代，娶妻吴妍，她做媒人我吹的打（唢呐），夫妻开店只此一家，互相推荐生意不差，有她有我，有我有她，拍档谋生本一乐也。

（白榄）　谁料目前婚嫁少，

淡到得人怕，

富者择婿太苛求，

贫者无能谈婚嫁，

生意淡泊坐到发霉，

我要挂起支的打，

今朝我个门口乱起来，

好似围城一样的人怕，

原来个个揾着我老婆做媒，

真是奇哉又怪也！

（读皇榜）圣谕钱塘县境，

征选美女八百，

不论官民人等！

不论肥瘦黑白，

勒令三日征齐，

送交钦差选择，

如敢有违皇命，

全家大小尽杀！

（滚花） 钱塘少女选齐也不够八百名，

此后还有谁人谈婚嫁？

我做呢行生意，

恐怕要吃泥沙。

[张宣内白：董代呀！

[冲头张宣上，一见董代忙招呼介。

张　宣 （流水中板）

董代呀，董代呀！

正要揾你帮忙下，

应付风头走过罅，

你应承我心放得下。

董　代 （白）张教头。（口鼓）你为什么急于揾我帮忙，董代未明你说话。

张　宣 （白）唉——董代。

（口鼓） 只因皇上广挑宫女，

我个女正当二八年华。

不愿被选入宫，

想把她趁快出嫁，

求你帮忙撮合女婿，

即日过门成亲，

不用果饼礼茶。

董　代　（口鼓）做你女婿虽容易，

恐怕没人承受也是假，

我想替你去搵，

但不知搵哪一家？

张　宣　（白）哪一家都好，求祈过得去就算了。

董　代　（白）最怕人求也不肯呢？

张　宣　（白）求不肯硬拉也要了。

董　代　（白）硬拉吗？（滚花）

强硬去拉我自问不够人打，

不若叫我老婆去搵，

她素来舌灿莲花。

况且做惯媒人，

定能撮成婚嫁。

张　宣　（滚花下句）

拜托你早些办妥免至我心乱如麻。

董　代　（白）张教头你先回去，我办妥即来找你。

张　宣　（白）就此一别，越快越好。（下介）

董　代　（白）他要我搵女婿，我要去搵老婆，糟了，糟了，我老婆一早出街，不知去了哪一处？（想介）

［冲头，陈老汉上介。

老　汉　（口鼓）董代快些去我处吹的打，我那个女即刻就要把堂拜。

［冲头，赵小弟上介。

小　弟　（口鼓）董大叔，我姐姐今日出嫁，我搵你搵了几条街。

老　汉　（执董代口鼓）董代先去我家，最紧要是趁快。

小　弟　（口鼓）董大叔先去我家里，不要把时候拖拉。

老　汉　（拉白）先去我家。

小　弟　（也拉白）先去我家。

［两人不放，争持了一会。

董　代　（白）喂喂喂，得了，得了，总之我一支的打吹呢两家就是。

（滚花）　真是世事越来越古怪，

连揾我呢个的打佬也要靠拉。

［三人下。

［落幕。

第二场　文　拉

［当日下午。

［村边、路上。

［大笛马步吹，夹着小开门的声音开幕。

［南音短序，李玉背包袱一个上。

李　玉　（流水南音）

忙举步，转回家，

出外从师攻读有一载年华，

只为慈母在堂心牵挂，

今日辞师别友，看望妈妈。

行行不觉已是夕阳西下，

又只见满天彩云趁晚霞。

（音乐和吹打介，滚花）

今日是什么良辰，

何以家家都将女儿出嫁？（叻叻鼓，园台行介）

［董大嫂食住叻叻鼓上，园台相见。

李　玉　（白）啊！原来董大嫂有礼！

大　嫂　（旁白）有礼呀，真是踏破铁鞋无觅处，得来全不费工夫，巧极了。（对李玉

“玉美人”）李秀才，李秀才，你去了哪一方，不见许久，（咁耐）

李　玉　（接唱）　我去读书有一载，

为怀念母亲今日回来。

大　嫂　（接唱）　李秀才，睇你眉有喜色喜事来。

（白）恭喜呀李秀才！

李　玉　（白）董大嫂，我喜从何来呀？

大　嫂　（白）你不知有喜事吗？喜事正来找你呢？

李　玉　（揶槌，白）喜事正来找我？

大　嫂　（三脚凳）老实跟你说，

大嫂替你做媒，

王员外有个千金，

生得人见人爱。

李　玉　（接唱）　原来你拦住我，

想为我做媒。

大　嫂　（接唱）　我想你一定应承，

我即刻去找董代，

同你吹的打。（行介）

李　玉　（拉住大嫂，接唱）

喂大嫂你请回。

（滚花）　婚姻是大事情，

怎能随便应承将婚配！

大　嫂　（秃头爽中板）

秀才你须知，

今日不同往日，

随便答应也不拘。

李　玉　（插白）何以呢？

大　嫂　（接唱）　结姻缘，

当作积下阴功，

望你好心将她迎娶。

李　玉（接唱）订姻缘怎能当做善事，

真是怪也奇哉。

大　嫂（接唱）总之娶妻当作做好心，

四处有人陪，

你不怕应承这婚配。

小姐她生来，

亦算端庄秀丽，

家有万贯钱财。

（花）正是一家着数两家便宜，

秀才快依我所言将婚许。

李　玉（滚花）齐大非偶，

我怕贫富悬殊。

况且未见高堂，

更不敢自行作主。（欲行介）

大　嫂（一槌，拉住李玉，白）且慢，原本先通知你妈妈才对，但是现在来不及了，成不成平常事，我和你先去王员外家看看他女儿才商量吧。（说完叻叻鼓拉李玉走园台，远远之处发现王员外到，叫白）王员外、王员外！

[王夏食叻叻鼓上介。

大　嫂（对王白）这个李秀才好不好？

王　夏（看了一眼李秀才，认为不错，白）得了，董大嫂，即刻找到董代来吹的打。（即拉李玉入介）

大　嫂（滚花）心急嫁女王员外，

偏偏遇到李秀才。

（有韵白）对亲家有如买把菜，

拉到新郎算好彩，

如今叫我找董代。

他不知吹到第几台？

钱银揾来真是不自在。

[内场快小开门。

大　嫂　（向什边望介白）啊！这家吹完了，看看有没有董代出来吧！

[董代持唢呐上介。

董　代　（梳妆台）到处被人拉，

吹到第八台，

张家拉女婿，

我无法做㝷来，

难为我嘴真受罪，

的的打打，

脷胎都肿起来。

大　嫂　（梳妆台）亚代！叫句我地夫，

这次就发财，

东村富家女，

又揾我做媒，

承接的打照顾董代。

董　代　（接唱）　我的妻，

我好辛苦，

为揾你做媒。

六　嫂　（白）你不要说了，先随我来吧！（拉董代欲行）

董　代　（白）且不要行，先听我说吧！

大　嫂　（白）且不要说，先跟我行。（拉董代介）

董　代　（大声白）先不要行，先听我讲！（一槌）

大　嫂　（白）你为什么这样要紧？

董　代　（白）你又为什么这样要紧？

大　嫂　（白）你听我讲！

董　代　（白）你听我讲！

大　嫂　（大声白）你听我讲！（包一槌）

董　代　（另场白）时常迁就惯了。（上前）好，又让你先讲，快讲上来。

大　嫂　（白）听着！（快慢板，越快越好）王员外拉到李秀才，要搵你吹的打，即时嫁女。

董　代　（白）喂，你说得这样快，我不知你说什么？

大　嫂　（白）你叫我快讲上来，怎能怪我呢？

董　代　（白）请你吊慢一些讲清楚些。

大　嫂　（白）你留神听着。（慢板）王员外，拉到了，李玉秀才，要你吹的打，即时嫁女。

董　代　（白）你说道王员外拉到李秀才叫我吹的打，急死我了！

大　嫂　（白）此话怎解？

董　代　（白）听道也！（爽慢板）张教头，曾托我，请你为媒。替彩凤，搵女婿，即行婚配。

大　嫂　咋！我以为什么事了不起，财来自有方，不用太很忙，做完一单至一单，你先去吹这一台吧！

董　代　（秃头七字清中板）

喂！你不分轻重，太不该，
教头本是朋友辈，
既然困苦应当替他解开，
彩凤生来人可爱，
最好许配李秀才，

（滚花）　你即刻带李玉到张家，
免他焦急等待。

大　嫂　（秃头水仙花）

我做媒人岂有立乱来，
怎好去谋求李秀才，
他半路被人拉了去，
已经成亲不可再。

董　代　（接唱）　张宣个女求配难，
我早担待为人解忧，

这番若果不做妥我怎为媒？

大　嫂（和尚思妻）

媒我惯做媒，配也难合配，

皆因婚嫁日中有几十台，

我四方去，四方去难撮合一对，

你拼之失信，就把的打吹。

董　代（接唱）不去吹！我顾全信誉，

应替张家解窘尽我心意，

我想到李秀才，定不爱那王氏女，

你实在不应该（双）只顾那王员外，

实情你要顺从我，将李玉拉转来。

大　嫂（激气了，扑灯蛾，白榄）

这样拉转头，

我名字还要得吗？

此后有谁人，

来揾我做媒呀。

董　代（白榄）我失信张教头，

也是给人骂董代，

有妻做媒人（仄声）难替他消灾，

义气全不讲，

行街也没人睬呀。

大　嫂（白榄）不睬有什么要紧，

最怕没有饭开，

只要我做媒人，

顺利无妨碍，

我做得多几户，

带挈你吹多几台，

若果媒人做不成，

你的生意也要等待。

董　代（夸耀介，白榄）

你一单未做妥，

我已吹了八台啦。

你不要单顾自己，

要顾友情在，

你不帮我做妥，

我个心怎放开，

以后吹的打，

你不要揾我董代。

大　嫂（白）你当真不去！

董　代（白）我当真不去。

大　嫂（大声白）你果然不去？

董　代（白）我果然不去。

大　嫂（白）可怒也。（快中板）

既然推搪做不来，

阻误时光难忍耐，

必须做好赶下台，

喂，你来来来——

董　代（接唱半句）

你来我唔来。

大　嫂（接）　为何你不来？

董　代（接）　你叫我来做什么？

大　嫂（接）　哎也你分明想啰彩。（先锋钹，突然抢去董代手中唢呐咀下介）

董　代（白）老婆呀老婆！

（沉花下句）

唉也也我越叫她越走，叫不转来。

[拉二幕。幕后变换喜堂景。

董　代　（有韵口鼓）

一路叫她她不睬，

登时被她气到呆，

若然她主意不改，

我怎赶下台呢？

（白）这样看来岂不是要跟她到王员外家中吹完了那桩生意，然后再讲下文，回想李秀才被王员外拉去对亲，定然不愿意，齐大非偶，不能够任他受那富家女的脾气，我进到王员外家中搞垮那段婚事，岂不是好？（行几步停止）（介）（白）不行不行！万一李秀才一心情愿，我又何必多管闲事呢？还是吹完这一单。然后拉着老婆再替张家打算便了。（行两步又停介、白）董代呀董代！你还未见过李秀才，又未曾问过李秀才，你又怎知他愿意不愿意呢？对！我要到王员外家中问过他有无苦衷。（催快）若有委屈替他想通，若还无事，吹完就松（走），跟着老婆大步追踪。（追下去介）

[幕落。

第三场　逃　婚

[接上场晚上。

[王员外家内，堂左方可通内房。

[开二幕，王夏和董大嫂向李玉劝告。

[先锋钹，李玉想乘机冲出，被王员外拉住。

王　夏　（赛龙夺锦中段）

你不能——甩身，不能甩身。

李　玉　（接唱）　冤屈婚姻，（双）

满腔愤恨，

我誓不依允。

大　嫂　（接唱）　秀才好心不要变更，

小姐貌美，

大可对亲。

[王夏，大嫂拉着李玉介。

李　玉　（接唱）　任她是月里嫦娥我也不肯！（又想行介）

王　夏　（执大嫂另场白）董大嫂他不出声就算应承了，我即向女儿催妆，你即刻叫董代来吹的打，快去，快去！（董大嫂同出，忙把二厅门倒挂了）

李　玉　（欲闯出来已不及，白）喂喂喂，你们这样拉人怎么可以呀！

大　嫂　（白）李秀才益了你也不知，日后夫妻相好，那时还要答谢我呀！

王　夏　（白）讲得好，讲得好！我先行一步。

大　嫂　（白）我行后一步等董代来到。

[王夏向衣边下介。

[董代叻叻鼓从什边上介。

大　嫂　（白）唉，董代我的夫呀，看看你呀，走到满头大汗，你又说不来，俾回笛嘴给你。

董　代　（白）你估我好想来呀，不过我来看看李秀才能不能脱身？

大　嫂　（白）你想秀才脱身吗？

董　代　（知失言改口白）不是，想入去看看李秀才，我几时吹完的打可以脱身？

大　嫂　（白）我还未走，你心急要去哪里呀？

董　代　（这个白）要去回复张教头才是呀。

大　嫂　（白）现在快了，等小姐梳妆完就拜堂，拜完堂就可以走啦。

董　代　（白）李秀才呢？愿意吗？

大　嫂　（白）李秀才在厅里面，也算肯喇。

董　代　（白）也算肯么，好好好，快去替小姐梳妆吧！我在这里等拜堂。

大　嫂　（白）也好，也好，喂，你不要入去厅呀！

董　代　（白）喂老婆呀，你替小姐梳妆，扮好些才好呀，迟一些拜堂也不要紧。

大　嫂　（白）知道了（向衣边下）

董　代　（望着董大嫂去后，五槌四望两边无人介，快滚花）

我支开了老婆即要向李秀才一问，

就要拜堂成礼，

看他怎样存心？（转入厅插着门闩介）

原来是厅门倒扣，

定是夹硬将人困，（五槌开门入内再掩门，回身见秀才睡着介）

何以他安安乐乐。

大梦沉沉。

（白）李秀才醒来（双）。

李　玉（银台上一句）

恨只恨迫我订婚姻，

（醒介，见董代白）啊董代哥！

（快二黄）你怎么会到来？（半句）

董　代（接唱）只为把秀才寻问。

李　玉（接唱）为何事故呢，

董　代（接唱）想问呢段婚姻。

李　玉（以为他又是做媒，接唱）

你无谓再谈。

董　代（接唱）你又何须瞒隐。

（白）李秀才，我与你相识在前，有什么不可讲吗？

李　玉（白）董大哥原来你与董大嫂一样。

（秃头三脚凳）

我以为你来到，

做我嘅解救人，

原来又为了婚姻，

无须再来问。

董　代（三脚凳）你未曾明白，

还疑雨又疑云，

我帮助你并不难，

但要问明底蕴。

李 玉 （白）董大哥你帮助我，真是多谢你了（拜介）。

董 代 （白）且不要拜，我未必一定帮助你的。

李 玉 （白）怎解呢？

董 代 （白）如果你肯，我就不肯，你不肯，我就肯。

李 玉 （莫名其妙白）董大哥，你分明是戏弄我吧！

董 代 （白）怎会是戏弄你呢？

李 玉 （白）拿你说，我肯你就不肯，我不肯你就肯，既是我肯求你，你就不肯帮助我，我不肯求你，你就肯帮助我，岂不是要我不求你么？

董 代 （白）秀才你估中一半估错一半啦。

李 玉 错在哪里呢？

董 代 （白）其实我说你肯与王员外之女成婚，我就不肯帮助你，若果你不肯与王员外之女成婚，我就肯帮助你。

李 玉 （白）原来如此。（快花下句）

唉董大哥呀，
我并无谈婚之意，
他夹硬拉我来临。
我决不答应婚姻，
他就把人羁困，
如此迫成婚礼，
我正苦无计脱身，
逃出王氏家门，
望你将余指引（拜介）。

董 代 （花下句）既是你立心摆脱，
要依我计而行。

［一槌欲向李玉授计，忽听衣边内场人声。

［王夏内白：“快叫董代来吹的打拜堂啦！”

［大嫂内白：“他在二厅等着你呀。”

董 代 （花上句）糟了，现在有人到来你还要等一等。

[匆匆出门，倒挂回企定，装模作样介。

[冲头，王夏上。

王　夏　（白）董代来了吗？开二厅门喇。

董　代　（白）员外我不懂开的呀！

王　夏　（白）老爷自己开。（开二堂门，命代入二堂介白）吹啦！

董　代　（白）哦吹！（吹丧笛声介）

（大嫂、梅香扶着小姐上介）

王　夏　（白）嘍嘍嘍！大吉利是，怎么吹起丧笛来呀？

董　代　（白）哦哦哦，新人配错，唢呐吹错，不是出丧，大可吹过（小开门）。

[王夏，大嫂捉住李玉要他拜堂，李玉挣扎，三人纠缠不休，董代拿起笛对他两人猛吹，翠环扶着玉兰等着拜堂。

李　玉　（怒白）唏，岂有此理（双）！

（发怒顿足，踊痛了大嫂脚介）

大　嫂　（白）哎也！（脚痛坐到椅上介）

[最后，李玉被王夏拥入衣边房下，翠环也扶着玉兰下衣边。

董　代　（白）啊，功德完满（表示似乎没有希望意）。

王　夏　（复上随着董代白）功德完满，快出去啦！

[跟各人出外介。

董　代　（白）员外利是钱呢？

王　夏　（白）到大厅才给你（同到大厅检两封利是介）好了，这是董代、董大嫂的利是钱（交利是与两人），慢行少送了。

董　代　（白）员外，怎么这样少的？

王　夏　（白）还嫌少么，快些走吧（推董代、董大嫂出大门，即关门介）。哈哈，本员外五十斤柴一乐也（下）。

董　代　（白）打完斋不要和尚，老婆听到没有，成日帮着他啦，得受到刻薄。

大　嫂　（白）我又怎知他这样孤寒的呀，早知这样就不帮他做了，算了，这项生意无奈何，哎也，我还要下台呀！（向什边下）

董　代　（白）你赶下台我也赶下台（介），帮助李玉秀才，如何进得室内呢？（锣鼓做手关目，示意拨出笛嘴袋回身上，欲借机混入屋内，叩门白）喂喂喂开门呀！

（小锣，翠环上）

翠　环　（白）谁人叫门呀？

董　代　（白）董代呀！

翠　环　（白）董大哥，员外吩咐，谁人也不准开门呀！

董　代　（白）喂，丢了东西呀！

翠　环　（白）丢了什么呀？

董　代　（白）丢了个嘴。

翠　环　唉！丢了个嘴，你怎能讲得话呀？

董　代　（白）不是人嘴是笛嘴。

翠　环　（白）你在外边找吧！

董　代　（白）我在里边丢失的呀。

翠　环　（白）用过第二个喇！

董　代　（白）独一无二，若找不到，难赶下台，请你好心开门喇。

翠　环　（白）这样吗，也好！（开门给董代进内）你快些寻找吧！

［董代入去大门之后，圆台一直入到二堂介。

董　代　（白）二堂门能够开吗？

翠　环　（白）你看看员外锁了的，怎开得呢？

董　代　（白）这样吗？（故意大声喊白）喂笛嘴呀，笛嘴，董代揾你呀！（作寻找状）

［李玉闻声由内房出来介。

李　玉　（故意白）董代你找到了吗？

［二人隔着屏门细语，董代暗示李玉越窗跳墙，李玉会意。

翠　环　（白）董大哥，你找到没有呀？

董　代　（袋里拈出嘴来白）呢呢呢，找到了。

翠　环　（白）好走啦，否则员外揾扫把打你的。

董　代　（白）啊！揾扫把打我！唔！（吹唢呐一声）

翠　环　（白）啊！

［暗灯、急落幕。

第四场　定　亲

[上场的当晚。

[张宣家内外景，衣边室内有简单家具列有棒棍壁上有挂剑旁有盾牌，什边小院子有破旧的矮墙。

[落更起幕。

[云云。张宣带着气怒和忧愁的心情上。

张　宣　（念白）昏君选女恨不休，为儿解救费筹谋，圣谕皇皇无可奈，武夫枉有铁拳头。（一槌）

[先锋钹，张彩凤惊上。

彩　凤　（白）阿爹你做什么？

张　宣　（白）没有什么！

彩　凤　（白）没有呀，你一定有事的，如果没事，怎么这样气愤。阿爹，是不是为着我的事呀？

张　宣　（白）唏！乖女。

（秃头中板）

选美到期儿知否？
董代又未到使我确担忧，
谁愿女儿进宫将苦受，
一定去如黄鹤不回头，
在深宫徒空守，
求显贵，等若云浮，
宫女白头朝朝有，
赢得千秋万古愁。（拉腔）

彩　凤　（见父形神心里难过，爽七字清中板）

大难临头心恨透，
又只见高年慈父叹气摇头，

爹爹为儿眉头皱，

心焦怎得解忧愁。

（对父劝解，三字经）

好爹爹，毋疾首，

女儿誓不作宫囚。

（花）　若是官差无理强横我，

誓死与他来争斗。

张　宣　（不以为然介，白）唉女儿呀！

（花）　我单生一女，

怎忍令你宫禁羁囚，

你志虽属可嘉，

但亦恐怕难逃官家辣手。

彩　凤　（白）难逃官家辣手吗？（口鼓）阿爹，既不愿女儿入宫，又不敢违抗，究竟有哪一条路走。

张　宣　（口鼓）我还是胸中无主，待我先找董代，乖女不用忧愁。（白）我去也。

彩　凤　（白）爹，早去早回才好呀！

张　宣　（白）为父有分数的。（下）

（彩凤关上门无限心事介）

彩　凤　（诗白）唉？居家有若惊弓鸟，女儿何罪似楚囚呀。

（凤笙怨）心中怨，昏君作孽祸女流，

深宫内（序）泪暗飘（序），

几多少女青春误了徒白首，

念到爹娘痛苦不休，

终日彷徨怎消受，

长年囚宫禁抱恨悠悠。（食住入场锣鼓，李六带有醉意由什边上介）

李　六　（念白）趁住好时势，威迫女温柔。（拍门介白）开门，开门！

彩　凤　（白）谁个叫门呀？

李　六　（白）差人李六查户口（一槌）。

彩 凤 （白）夜间不敢招接。

李 六 （白）姑娘，你不必担忧，我此次到来都是为你着想，我是找你爹爹，开门吧！

（彩凤作半信半疑，开门介）

彩 凤 （白）好，开门看看你怎么样？

李 六 （白）张姑娘，怎么一个人在家吗？张教头呢？

彩 凤 （白）我爹爹外出。

李 六 （白）这样寂寞何不找个人陪伴吧？你着起这件衫真是美丽呀。（借意摸手臂介）

彩 凤 （一槌，拨开李六欲发火又强忍介）

李 六 （白）喂怎么你动手动脚的呀！

彩 凤 （白）你敢行无礼，意欲何为！

李 六 （有韵白）唉也你大祸临头还这样恶，

选女入宫你有名写落，

你好即时来出阁，

嫁给我做老婆转饭锅，

若不依从恐怕你祸发作，

拉你到县衙那时你眼泪就一壳壳。（一槌）

乖乖地跟我回去吧。

（拖住彩凤手，彩凤先锋钹，扔李六转身一脚，李六无头鸡）

彩 凤 （白）要你的狗命！（先锋钹，取枪介）

李 六 （惊惶介白）饶命呀！（抱头下介）

[彩凤追出门外，突然间室内有人从高处跳下的声音怔着介。

[由墙头跳下的李玉，此时正躲在藤牌里面。

[先锋钹，彩凤转身回家内搜查介。

彩 凤 （喝白）前门拒虎后门进狼，你这班差头好可恶，出来！（用枪指住藤牌介）

[李玉不敢露面，拿着藤牌规避，最后彩凤用矛把藤牌挑出，李玉执住矛的一端，二人相持介。

李 玉 （白）姑娘饶命呀！

彩　凤（白）你你你从何处来！

李　玉（白）从隔墙跳过来呀！

彩　凤（白）你好大胆呀！

（秃头平湖秋月）

原来你是个书生却跳墙，
你定有不轨行藏，
有何用意尽快讲，
不得欺骗巧舌如簧。

李　玉（接唱）我求原谅。（双句）
冒昧投身多苦况，
归家慰我慈帏望，
怎知遭到隔壁（指矮墙介）王氏夹硬拉郎，
困在楼房强结婚配，
波折几番被他囚禁不肯放。

彩　凤（接唱）婚姻，婚姻岂有这些波浪，
你做来这些勾当，
心意定有不良，
我定要查明真相，
未许以虚作实胡言肆欺诳。

李　玉（接唱）寒生宁敢狂妄，
心中确实确实有苦衷，
求谅鉴，且将始末说端详。

（食住转爽七字清中板）

我回家探望老亲娘，
路过王家将我抢，
不由分说要拜堂，
婚事焉能来相强，
因乘黑夜越东墙。（花）

万望姑娘你放我回家，真是感激无量。

彩　凤（五槌锣鼓做手关目对他的行径表示同情，滚花）

他说有情无意摆脱也应当，

我又何必为难，

好吧，你立即回家往。

李　玉（白）多谢姑娘。（先锋钹欲出门介）

彩　凤（拦住白）且慢（起音乐介），因为王家拉郎，你才爬到张家墙上，离开我张家之后，难道你不怕给别人再次拉去吗？不若暂避我家中，公子意下如何呢？

[李玉在音乐中考虑介。

李　玉（白）哎也。（一槌音乐也停止白）王家正在隔墙，若搜查到此不得了，我还是要走好。（欲走）

彩　凤（喝白）我取你的狗命！（踢脚做一个打的姿势，一槌）

[李玉食住一槌，跌地。

李　玉（白）你做什么做什么（吃惊）？！

彩　凤（已明白他的意思白）我说是王家有人来，我保护你，怎么你这样胆小的呀！快些起身吧！

李　玉（花）　蒙你收留关照真是感激难忘，

请问你家内还有何人，

能否讲明状况！

彩　凤（白）我家中只有父女二人，都是卖艺为生，爹爹深夜出外还未回家。

李　玉（白）姑娘，如此深夜为何你父还未回来？

彩　凤（白）我爹爹他出去，唉！（惹起心事烦闷地叹气介）

李　玉（白）姑娘，为何问及尊翁却惹你心中烦闷呢？

彩　凤（白）公子你不知，爹爹还未回来，我又怕又怕大祸临头了。

李　玉（着急白）大祸临头？姑娘哪里话来呢？小子正蒙姑娘挽救，你而家却有大祸临头这是何解呢？

彩　凤（白）公子（老鼠尾）

真正恨恨恨煞朝廷上，

钦差昨晚已到来了钱塘江，

挑选女儿几百进宫墙，

家家女儿都觉彷徨，

唉可悲今晚又怕难望脱灾殃，

令我心凄怆。

李　玉　（二黄下句）

既是遭逢大祸我亦为你凄凉，

欲想从并救人，

但是愧无力量。

彩　凤　（白）公子你真够运气，你由王家跳过我家就有我来救你，如今大难临头，救我者又有何人呀，公子？

李　玉　（长句花）听你言来我心自想，

他说无人挽救看来用意深长，

她似有万缕衷情，

向余求倚仗，

若能相结合，

她就可以不进宫墙。

（白）看来也不错。

（唱）　看她武艺高强，

英雄豪爽，（上前介）

姑娘请毋焦虑，

我愿为你帮忙。

彩　凤　（白榄）深感公子恩，但是有何善法想呀！

李　玉　（白榄）只要我共你——（不好意思说出口，另场介）哎也，婚姻无媒证，何处觅红娘。（踌躇介）

彩　凤　（另场白榄）看他的情形，似是欲将婚事讲，若得此好郎君，固能如所望，我放胆来问明白。（上前介）你办法如何请快讲。（一槌收）

［董代由什边卸上，在门外窃听介。

李　玉　（白）我……

彩　凤
李　玉　（白）大家想想吧！

彩　凤　（分边另场减字芙蓉）

何不向他来表白，

愿同偕老百年长，（同面对介）

我办法已想出来，（一槌）

怎好当面讲。

（分边另场白）欲讲心便跳，越想越彷徨。

彩　凤　（鼓起勇气先锋钹，上前白）只要你我——

李　玉　（白）你我——你我怎样呀？

彩　凤　（同时上前白）只要你我——（到底难讲出口）不知道。

李　玉　（白）不知。

董　代　（另场白）你不知他不知我知。（故意发出妇人叫门声介）开门呀。

彩　凤　（白）那个呀？

董　代　（白）你的好街坊三婶呀，开门啦。

彩　凤　（白）三婶夜深了，明晚才来坐吧！

董　代　（白）今晚不同我谈，苏州过后没艇搭，怎么不开门呀？

彩　凤　（白）哦，就来。

［推李玉入衣边房介。

董　代　（白）怎么很久还不开门呀？

彩　凤　（白）等我先燃起蜡烛呀。

董　代　（另场白）这个姑娘真好计呀！

［彩凤持蜡烛开门介。

［董代入内介。

彩　凤　（白）原来是董大叔，扮鬼扮马，给你吓坏人呀。

董　代　（白）吓不坏的，你的八字总是有惊无险的呀。

[老老实实坐下介。

彩　凤　（心里烦躁白）大叔，你有没有见过我阿爹呀？

董　代　（白）早就见过了，若不见过，怎会来到呢？

彩　凤　（白）大叔，你到来何事呀？

董　代　（白）还用问么，我到来是为你的事，不过如今没事了——不用我也可以了。

彩　凤　（白）董大叔，我爹尚未回家，既没事了，不如你回家吧！

董　代　（白）坐一刻也没相干的，我想倒杯茶喝几口。

彩　凤　（连忙白）今晚没有热茶哩。

董　代　（白）没有热茶烦劳你烧一壶吧！

彩　凤　（白）烧过一壶吗？（另场白）想他快走他不走，烧滚一壶岂不是更耐？（上前白）董大叔凉茶还有。

董　代　（白）凉茶也好，麻烦你倒杯茶给我吧。

彩　凤　（白）你等一等。（为难地入内斟茶）

董　代　（另场白）这回气坏这个丫头了。

[小锣彩凤斟茶上介。

彩　凤　（白）饮茶喇董大叔。（送茶介）

董　代　（接茶饮介白）哎也！还是热的呀！

彩　凤　（白）暖和的。

董　代　（白）好似新妇茶一样甜呀。

彩　凤　（白）董大叔，又讨便宜了，现在饮完茶你还是——

董　代　（接着白）我还是等着你爹回来。

彩　凤　（白）既然没事，就不用再等了。

董　代　（白）不要紧，横竖你亚爹未回，董大叔陪你也不致太寂寞呀。

彩　凤　（白）我寂寞惯了的。（另场）糟了他总是不肯走。（上前）啊呀，董大嫂候你门呀，还不回去？快走吧！

董　代　（白）不，我们老夫妻哪有此事呢？啊不喜欢我陪，莫不是另有人陪你吗？

彩　凤　（白）没有。

董　代　（白）没有就由我在这里好了，嫌我阻了吗？（打三更介）

彩　凤　（心更焦急介，白）三更了。

董　代　（白）我听见打三更，忆起一支歌仔好好听的，等我唱给你听。

彩　凤　（白）不要唱了，我很眼倦。

董　代　（白）看你眼睛亮亮，那里是眼倦呢，不是的，听我唱吧。

（南音短序，坐下起唱爽流水南音）

三更锣鼓响叮当，

张家有位小姑娘。

彩　凤　（白）吓，为什么唱我呀！

董　代　（白）谁唱你呀，我唱的是长尾章的章呀。

（续唱）　说道夜深不愿听唱，

偏偏欢喜学西厢，

她相貌生成莺莺样，

奈何缺少一位红娘，

曾记初更新月上，

她声声长叹误了时光，

递柬无人多失望，

怎知张生独自跳粉墙（做跳墙动作）。

彩　凤　（明知讽刺但觉讨厌介白）这里哪有人跳墙来呀！

董　代　（白）你道真是有人跳落吗，不过我学个张生这样跳吧了。

彩　凤　（白）不要唱喇，我不喜欢听。

董　代　（白）为什么听头不听尾呀，你是不是想嫁个老公不到尾呀？

彩　凤　（负气白）吓，你这个董大叔（畏羞地立着）。

董　代　（窃笑介续唱）

话说两个相逢生波浪，

莺莺故意作惊慌，

怪责张生来自撞，

要将他拉到去公堂，

张生就把真情讲，

登时打动小姐心肝，

大好姻缘从天哗，

两人有意结鸾凰，

但话到唇边难以讲，

无媒无问怎磋商，

忽然来了董老汉，

那个张生狼狈躲入房。（一槌收，入房门口介）

彩　凤　（白）呀，董大叔（惊惶介）怎么你走入我房呀？

董　代　（白）我没有走入你房呀，我学那张生吧了。

彩　凤　（白）用不着你学，董大叔你唱错了。

董　代　（白）错在什么地方？

彩　凤　（秃头滚花）

西厢何来有董老汉，

你分明信口雌黄。

董　代　（花滚）　我唱的是董西厢，

写书的人就是董老汉喇。

[勉强驳惦彩凤作得意状。

彩　凤　（白）董大叔，你唱的是分明取笑我，不要乱讲，我要你赔名誉呀。

董　代　（白）赔什么也可以呀，好等一等（高声）笛嘴呀，出来呀！（大叫，云云锣鼓李玉缓步上介）

董　代　（上前拖出李玉介白）李秀才，你何必心怯呢，查实一切都是董代摆布妥当，跳墙是我教你，喂喂你谈了这么久妥不妥呀？（李玉点头，然后再问彩凤妥后，穿衣、拿唢呐，白）男家女家我包做妥，的的打打庆贺小登科，只要我支唢呐大声吹过，左右邻里听清楚，知道你彩凤出嫁了（咗），就避免挑选做官娥（拜堂）。

李　玉　（滚花）　今晚既成大礼已正名堂，

我欲回家向慈母告知情况。

彩　凤　（滚花）　路上还未宁静，

你要步步提防。

[李玉欲出门介。

彩　凤　（忽然想起白）啊！相公你贵姓呀？

董　代　（白）啊，你们做了夫妇还未知姓名呀？哈哈哈哈哈哈哈。

[暗灯落幕。

第五场　计　议

[傍晚。

[钱塘县衙后堂。

[开幕。县官打引上。

县　官　（诗白）选美进宫期将够，未曾足数我心忧！

[夫人小姐叻叻鼓上。

夫　人　（口鼓）老爷挑选宫女八百名，听说这个数目还未凑得够，若果民间无人可选，我女岂不是大祸临头。

县　官　你估我唔知咩，女系要顾，又要顾住我既职守，我而家好似半夜食黄瓜，唔知边头打边头。

小　姐　（口鼓）亚爹，你要同我想办法至得喇——

县　官　（接）我想过㗎叻，办法亚爹系有。

小　姐
夫　人　（同时插白）乜嘢办法呀？

县　官　（口鼓）不过不过我只晓得出主意要靠夫人你出头。

夫　人　（白）咪转弯抹角呀！究竟点做？

县　官　（做一个拉人的手势收紧时一槌白）咁啰。

夫　人　（明知其意口鼓）拉！你拉埋我份，老娘唔愿街头出丑。

县　官　（口鼓）今日重唔拉人，明日个女被人拉去，个钦差凶神恶煞唔同你咁滋油。

夫　人　（白）我不理阴差定是阳差，选我个女就唔得。

县　官　（白榄）　皇榜选宫娥，内容你知否？

夫　人（白榄）　皇榜我看过，贴满在街头。

县　官（白榄）　皇榜点讲呀？

夫　人（白榄）　限期选闺秀咯。

县　官（白榄）　闺中藏有少女呢？

夫　人（一想哭着大惊白榄）哎哟死咯老爷，全家要斩首呀！

县　官（翻）你知道就烦喇。（减字芙蓉）

正系火烧到眼眉，就迫着要动手，

精嘅抢女婿，犹豫就输一筹，

我知县去拉郎，会把风声来泄漏，

皇上若知道，一定要革职无情留！

（滚花）　明拉暗抢有差人，唔使夫人你亲自动手。

小　姐（白）得唔得呀爹！

（滚花）　倘若拉得个翩翩公子，自然合我心头，

最怕衙差唔晓闺女心，买鸡不问肥与瘦。

县　官（白）又係啵。（滚花）

女儿说话颇有理由，

不若夫人亲自带女上战场，

阵前招亲便知好丑。

夫　人（白）唉咃点得呀！

（三脚凳）夫人拉女婿，

绝非好良谋，

体面与家风，

应要瞻前和顾后，

何计精粗和美丑，

只要君子赋好逑。

（花）　乖女你刁骄扭拧赚遭殃，

求其年晚煎堆人有我有。

小　姐（口鼓）我真系唔理呀！总之差人去拉又好亚妈你亲自去拉又好，一定要我钟

意不能随便选的阿猫阿狗，总之有才有貌就得咯，女儿暂不作过份嘅要求。若亚爹亚妈对我亲事唔关心，我就只有两条路走，一条入宫应选（介），一条就丧命阴州。

县　官　（木鱼）我单生呢个女怎不为佢担忧，又怕上等货色已经一个不留。

夫　人　（木鱼）审核颜容我眼光够，若论才华多少，老爷唔去有乜收。

小　姐　（木鱼）衙差跟随像当打手之吗，亚爹还要与我亲自出头。

县　官　（白）咁一定要我去啰啵？

夫　人　（白）唔去搞唔惦㗎喇。

县　官　（白）撞咗板老爷革职，夫人冇得做你唔好埋怨呀。

夫　人　（白）冇咗个女亦系紧要呀。

县　官　（白）革职衰啦，无咗个女儿咁闲哩。

小　姐　（突然骄痴地大哭白）呀呀呀！

夫　人　（白）惹成我个女，你真老糊涂！

［小姐仍嘤嘤地哭着介。

县　官　（白）好咯我去我去，唔好喊咯（对夫人）至衰系你喇，几多唔生生个女，生个仔唔系有事喇。

夫　人　（白）一日都系你家山有福，有福点会生个衰女呀！

小　姐　（又突然骄痴地放声大哭白）暖……我好衰咩嗳——

夫　人　（发觉自己讲错安慰白）唔系，你唔衰，我地都唔衰，一日都系你亚爹衰，至衰亚爹（对县官似假地指着骂白）系你呀真系衰呀！

县　官　（白）梗系衰啦，大老爷三更半夜随街拉女婿，重唔衰。

小　姐　（白）你要多拉几个呀！

县　官　（白）哗，拉咁多做乜嘢呀，要来上仓呀！

小　姐　（白）拉多几个来拣之吗！

县　官　（白）你重想拣呀，风水尾喇阿乖女，唉！

（滚花）　想我堂堂七品，呢次做外父做得最下流。

好啦，叫公差。

李　六　（内应白）有。

[开边上参见介。

县 官 （续唱） 准备一只官船开到钱塘江口，

等到夜深人静不可泄漏机谋。

李 六 （白）知道！

[切光。

第六场 戏 官

[深夜。

[钱塘江畔。二幕外。

[李七和另一衙差上。

李 七 （板眼）呢份差事讲起来真正讨厌，公差办咗私差尚未办完，要替阿老爷将女婿选，三更半夜，等候在江边。

衙 差 （口鼓）我地守候在江边呢好处不鲜，若果有人经过就可以收番买路钱，但是成晚咁长连只鬼影都唔见，我地白挨眼瞓企到脚都酸呀。

[衙差打呵欠坐下。

[打四更。

李 七 （白）四更咯，都唔知要等到几时先至有人经过。

衙 差 （白）过鬼过马咩，亚七不如我地走去个边瞌阵先把喇。

李 七 （白）咪喇，等阵瞌着走咗鸡，无人拉番去交差重死添。

（介）唉有人行紧呢我地匿埋先。

[二人退下，董代匆匆上。

董 代 （什边上滚花）江上风来神气爽，喜得秀才彩凤结成双，一路归家心花怒放。（一路手舞足蹈）。

[李七等突然将董代抓住。

李 七 （白）捉到一个咯啩！

衙 差 （白）重有走鸡！

董 代 （白）两位公差大哥，我系个好人呀。

李　七　（白）我地专拉好人。

董　代　（白）我要搵食呀。

李　七　（白）定喇放心喇。

衙　差　（白）我等咗你一晚嘑！

董　代　（一槌猛然悟起并非灾难，但却以为拉他去吹的打白）咁就唔使拉。

衙　差　（发觉董代有须和李七细语白）呢个嘢有胡须，点拉得番去呀？

李　七　（白）我地等咗成晚都冇人经过，唔好理咁多咯，有须都拉番去交差了事啦。

衙　差　（白）唔得呀，大老爷知道你同我的屁股都挨板子。

李　七　（想了想作个剃须动作白）咁样得唔得呀？

衙　差　（领会其意做个按人姿势白）好就咁喇！

［二人劫持董代剃须介。

董　代　（花下句）唉！真系艰难搵食，连我的须都剃清光。

李　七　（白）唔好嘈，快行！

［二人将董代押下。

［深夜，与上场同时。

［钱塘江畔。

［开二幕，县官久候李六、李七不归，又恐有人来，因此又焦急又慌张地两边望。

［内场犬吠声。

县　官　（催归词）我心中卜卜跳，心中纷纷乱，

好似老鼠呀乱咁窜，

行吓望吓，行吓望吓，（哎哟）行落泥里边。

（减字芙蓉）

未曾见李六、李七又未归旋，

我虽则是扮民装，但又怕人看见，

人还可以避，

但是避不了官船。

（滚花）　往时明月得人欢，今晚月明讨人厌（四更介），

（长句二黄）

鼓报四更天，更添人烦乱，

呢个堂堂知县，枉有无上威权，

为着儿女婚姻，等到我脚都软，

何以李七李六还未见归旋，

难道走遍钱塘，总有一人撞见。

[李七与另一差人带董代上。

李　七（白）禀上大人！

县　官（急作势止之）

李　七（改口白）禀上老爷，经已带到。

县　官（滚花）　乜你地去足半晚，望到我眼都穿。（白）拉到一个。

（接花）　等我落真眼光看看能否入选。

（看了一下董代相貌对李七白）这个好似上咗年纪啵。

李　七（白）老爷呀佢生得老迹咋。

县　官（白）阿七佢身世麻麻地啫啵。

李　七（白）他，人够老实。

县　官（木鱼）好啦，姑且算数等我问吓佢先，喂你！

（台白）若问佢有无妻室，又怕佢唔肯明言，等我抹角转弯试吓佢一两遍（对代）喂你三更半夜想踱去边？

董　代（台口接）佢慌我重有下台，唔得闲做佢呢便定喇。横惦连须都同我剃咗，好等我赚埋佢呢封利是钱。

（上前）我现在得闲无事归家转咯！

县　官（接）咁你屋企重有冇第二个人添？

董　代（台口白）佢梗系佢想揾多一个人，咁至够体面，（白）唉现在咁夜去边处揾吖！（上前接唱）我从来单身一个混咗咁多年。

县　官（大喜白）原来你系单身汉！

（花）　　你家中父母是否双全？

系有就慢慢话佢知都未迟，

首先你我两人讲到惦。

董　代　（台口花）乜佢越讲越远，讲咗去个边？（白）请我来吹的打点会查家宅呢，（回忆县官说话恍然大悟续唱）

哦原来佢又是拉郎，

我以为佢揾个的打佬就算。

（白）这个是官，恃官势力乱拉一通，好撚化你至得。（上前）我父母死晒啦老爷。

县　官　（白）那么你父母有无为你定下婚配呢？

董　代　（白）既然早丧，又点能为我定亲呢？

县　官　（白）咁就冇野欢喜得过咯。

董　代　（白）老爷，我双亲早死，正是终身抱恨，老爷欢天喜地，未免太过黑心呀。

县　官　（花）若果我情形讲白，你比我更喜地欢天，我再来问你一声，诗赋文章你懂得深定浅？

董　代　（白）我唔理乜野总之我董……

县　官　（白）哦咁你懂就得啦，我如今出对俾你对，你能够对得通，事无不成。

董　代　（白）对对呀？试吓喇！

县　官　（白）哼，你听住，千里缘，万里缘，翁今有婿。

董　代　（白）哦这是对头呀老爷（台口碰到身上的打想起，上前介）呀老爷，听住，五尺合，六尺合，士不离工。

县　官　（白）呀，好嘢啵，千里缘万里缘对番五尺合六尺合，数目字对番数目字，工整播，士不离工对翁今有婿，人物对番人物，工整啵，当然喇，五尺又合六尺又合，呢个士人梗系晓做工至得㗎，妙极，你真系多才多艺啰！（减字芙蓉）

难得你才学广，

出口便成文。

董　代　（白）过奖过奖。

县　官　（接唱）　一定读尽万卷书，至有系唔驶惗。

董　代　（接唱）　我只系读咗两个月，识得八个音。

县　官　（白）你真系聪明咯。

（花）我还想领教吓你的诗才，请你在此即景吟哦，赋一首五言八韵。

董 代 （白）五言八韵呀，你问我五音六律好啵。

县 官 （白）我想欣赏吓你嘅诗。

董 代 （白）你总唔想听我支笛呀。

县 官 （白）诗以言志。

董 代 （白）笛可谋生。

县 官 （白）你一定很爱音律叻。

董 代 （白）当然喇！我靠佢揾食啵。

县 官 （白）吓！你靠佢揾食？你做乜野㗎？

董 代 （白）我做的打佬啰。

县 官 （白）你做的打佬㗎，死人啦！

董 代 （白）死人揾我都啱㗎老爷。

县 官 （白）大吉利是。

（戏皇叔）成晚同你谈论词文，点知你系做八音。

（白榄）真火滚你个正衰神！我成晚同你讲，以为你系读书人，真系晒心机，捱眼瞓，同你讲咁耐，你唔讲明你身份？

董 代 （白榄）你几时问过我，以乜野为生？

县 官 （白榄）我问你读过几多书呢？

董 代 （白榄）我都话识得八个音咯。

县 官 （白榄）咁你又话乜都懂？

董 代 （白榄）我姓董梗系同你讲真吖吗！

县 官 （白榄）你死喇，何以你识对对呀？

董 代 （白榄）对对系我吹惯的曲文啰。

县 官 （白）曲文嚟咩？（想介）五尺合，六尺合，士工唉吔，真岂有此理呀！

（花）俾你当堂气到我眼瞪瞪，我怒冲冲！（一槌，五更介）弊叻天光将近。

（板眼）俾你激到我跳，宜得打你一身，但系天光将近咯又未拉到别人，（白）你话咁衰被你混咗我一晚。

（唱）　佢虽系下贱之人低几等，

　　　　好过女儿被选伴人君，

移磡就船整定你有福分。（上前介）

喂喂同你做埋亲戚，等你平步青云。

董　代（花）　但得老爷携带，真系万代沾恩。

李　七（花）　快些拜跪跟前正名定份。

县　官（白）来，正正式式叩拜先喇。

董　代（白）拜见舅父。

县　官（白）乜舅父呀，我招你做女婿啵。

董　代（白）女婿呀！揾人做至得。

县　官（白）点解呀？

董　代（秋江别中板）

皆因我已经结婚，

夫妻俩义厚情深，

穷也开心欢快过日辰，

唔会贪心另娶有钱人，

县　官（沉花）　唉吔吔俾你气死人！

（花）　你家有妻室不应把我瞒隐，

费时失事晒精神，

人来打佢一身以泄我心中之愤。

董　代（白）老爷，我唔做你女婿都要打一身，无道理呀。

县　官（白）你瞒骗我！

董　代（白）我无瞒骗你呀。

县　官（白）重话无，我问你有无父母吖呀？

董　代（白）我话父母早死咯。

县　官（白）我问你有无同你定亲，你又话冇？

董　代（白）我父母早就死咯，又点会同我定亲呢？个老婆是我自己娶嘅吗？

县　官（白）衰人！

（花）　分明有意阻我时辰，

人来打佢一身，

睇佢下次敢唔敢？

董　代（白）下次重拉我来呀？

县　官（白）鬼拉你呀，打！

［内场衣边同时犬吠。

董　代（白）救命呀（介）

［李六与另一衙差拥李玉上。

衙　差（白）启禀老爷，我地拉到一个书生呀。

李　玉（白）你地拉我来做乜至得架？

衙　差（白）你睇吓秀才添呀！

县　官（白）吓。

（花）　看来这个容貌，
　　　　正合得我女儿心，
　　　　好立即带他落船，
　　　　因为时候哎（无多）。

李　六（白）呢个重打唔打呀老爷？

县　官（白）算咯！唔打咯。

（花）　算他一场彩数喇，
　　　　快赶佢走人。走走走！

众　人（白）是是（推董代）。

董　代（白）老爷！横掂你嫁女都要吹的打，既然揾得我来咯，等我赚埋封利是都好呀！

县　官（一想白）吓！系啵，好喇，一起带佢走人喇，开船！

李　六（白）开船！

［暗灯，落幕。

第七场　闹　衙

［前场之翌日早晨。

［李氏家。

[士工相思彩凤先上开幕。

彩　凤　（滚花）　昨夜婚事定成心欢快，

张　宣　（快唱）　好了总算还清儿女债稍慰老怀。

彩　凤　（白）阿陇西李寓到了爹。

张　宣　（白）哦，叫门啦。

彩　凤　（白）你替我叫吧爹爹。

张　宣　（白）畏羞。（上前）开门（双）！

李　母　（白）来了（小锣，上前白）乱世纷纷多古怪，传闻嫁女把郎拉，我儿今年年纪大，好在读书出门免得挂心怀。

[开门掷槌愕然。

李　母　（白）你们到来找谁人呀，

张　宣　（白）李玉，李秀才。

李　母　（白）哦！李玉是我小儿。

张　宣　（白）原来是亲家太！恭喜，恭喜！（对凤）快拜见婆婆啦。

李　母　（略闪开白）啊！我儿未曾娶妻，你拜我何来？

张　宣　（白）哦，令郎未对亲家太讲吗？

李　母　（白）我儿一向读书出外还未回家。

张　宣　（白）吓来回来，（对凤）哦奇怪嘞。

李　母　（白）看来你们一定找错人，我儿离家已有一载嘞。

彩　凤　（白）他昨晚回来啦！

张　宣　（白）是呀！已经和我女儿拜堂行礼并非胡说八道㗎。

李　母　（白）点会呀！

[扑灯蛾，董大嫂喊着董代上。

大　嫂　（白榄）真是不做中不做保，不做媒人三代好，一早要替人找老公，连自己的老公也找不到，昨晚找到今朝早，唉！（入门白）啊李大嫂啊卖武张，你也在这一道？

李　母　（白）董大嫂，看你满头大汗有什么要紧事干？

大　嫂　（白）恭喜大嫂。

李　母　（白）喜从何来？

大　嫂　（白）王员外招女婿我做媒人，招到你家秀才与王小姐成了婚。

张　宣　（口鼓）喂，李秀才和我女儿已经拜堂成亲，你不要胡说乱道。

李　母　（白）哎呀！你们搞什么鬼，你又讲同我儿做媒，他又讲同我儿拜堂成亲，我儿到底几时回来！

大　嫂　（口鼓）昨天下午我同王员外揾女婿，拣到李秀才在中途。

李　母　（愕然）呵！（急问彩凤）你们又是几时拜堂的呢？

彩　凤　（口鼓）昨晚谯楼三鼓。

李　母　（急口鼓）哎呀，你们东拉西扯，把我儿拉到踪迹全无咯。

彩　凤　（上前安慰口鼓）婆婆你不用担心，待我从头直告，王家在街头与李秀才相遇，不由分说拉回家里迫婚，迫到李秀才无路可逃，一跳跳落我家，后来我俩定下婚姻，两情相好。

张　宣　（口鼓）彩凤与令郎拜堂，媒人还兼做的打手。就是大嫂的丈夫。

大　嫂　（口鼓）呵，原来我家董代昨晚在你家呀，我只道他被人拉去了，如果没事我就谢天谢地咯。（花）

董代现在何方？

李　母　（心急接唱）

他还未说完你不应加把口。

彩　凤　（送情郎）他拜完堂，立刻要走，

话要禀知长辈有老母当头，

途中一定被别家拉走，

我要找我夫郎将他救。（沉思）

李　母　（白）哦！（三脚凳）

见她情真和义厚，

这样媳妇也合心头。（对凤）

但可惜你是女儿，

今日街头又如虎口，

只怕选妃拉埋你——

彩　凤　（接唱）　婆婆，莫为我担忧，（断头扎架木鱼）

我练得一身武艺，

一向街头卖艺度春秋（介）！

大　嫂　（插白）你有武艺也不行呀！

彩　凤　（接唱木鱼）

我可以男装改扮，

就不怕露面抛头。

大　嫂　（接唱）　唉地，改扮男装就不是这个时候，

如今女婿喝市，拉郎入舍也是担忧。

彩　凤　（接唱）　嘿！若果拉着我时呀（打几下散手介）。

大　嫂　（称赞鼓掌接唱）

唉呀真系有几度散手，

若果李秀才能学你，

谁个敢动手就打崩头。

李　母　（白）唉，事到如今只管你走一走，我儿有书生衣服，你可换衣由后门前去，免为他人注意。

［带彩凤下，李母复上。

［王夏找上。

王　夏　（白）唉呀董大嫂，李秀才呢？

大　嫂　（白）这位就是李秀才老母。

王　夏　（白）哦，原来是亲家太。

张　宣　（白）唏！我亲家怎么你又亲家呀（止住）。

［四人争执介。

王　夏　（对董大嫂指李母韵白）喂！到底她有几个儿子？

大　嫂　（白）一个。

王　夏　（白）要做几家女婿？

大　嫂　（白）一家。

王　夏　（白）哼！搞什么鬼，（指张）

大 嫂 （忙暗告王白）喂，张教头有几下功夫仔，硬来你就吃亏。

王 夏 （白榄）阿张老哥，你虽未读过圣贤书，也该懂得周公礼，秀才同我个女拜过了堂就是夫妻，所谓买卖争先头，你撬墙脚不合例，若然不退让，经官你就弊。

张 宣 （白榄）李秀才不做你女婿，你有拉郎计，人家有跳墙梯，跳落我家中，共我女儿偕伉俪，尔知机好退让，否则经官你就弊。

大 嫂 （白）这不合算了，官府知道你们两个女儿都未曾出嫁，一齐选入宫那更糟呀。

王 夏 （一槌，惊住）这个。

李 母 （口鼓）我不理你们经官动府，总之我儿失踪皆由王员外拦途拉女婿。

王 夏 （口鼓）媒人是你经手，快交秀才与我女儿做夫妻。

大 嫂 （口鼓）哦，我不是说五十斤柴一乐也么？我现在问你要回新姑爷就真。讲多无谓!

王 夏 （迟疑）呃（口鼓）阿卖武张，斧头打凿凿打木，你收藏我女婿快交出来。

张 宣 （口鼓）哼，你拉李秀才我救李秀才，亲家太你问哪个要仔？

李 母 （指王白）问你咯。

大 嫂 （指王白）问你咯。

张 宣 （指王白）问你啵。

（冲头，王仆持红柬上找李家）

王 仆 （白）启禀员外，知县大老爷送来书函，员外请看。

王 夏 （白）待我一观。（接信）“书致王员外，有事告兄台，小女完花烛，今日喜筵开，媒人兄暂代，速速进衙来。”（环视众人白）嘿嘿嘿，知县大人的小姐今天出阁，请我做媒人，自然要去恭喜恭喜的。（再读）“听闻你令爱，嫁得好人才，也求贤女婿，一齐过衙来。”（一槌，卓竹惊介另场花）糟了！我女婿不知落在何方，这次去又难时不去又弊。

王 仆 （白）员，外，大人立侯回音的。

王 夏 （白）你先回去。

（王仆下，关二幕，演员在二幕前演戏，二幕内换街景）

王 夏 （白）董大嫂，（续唱）

限你一个时辰找回李玉俾我，一句讲齐（下介）。

大　嫂　（在后啐他一口白）呸！我先揾老公就真。（欲下）

李　母
张　宣　（同时牵住大嫂，白）慢行，你要同我揾儿子/女婿呀！

大　嫂　（白）我去揾老公，没有空替你揾女婿。

李　母　（白）那么你也应该帮我揾仔呀！

大　嫂　（白）唔，我替你揾仔吧！

［张宣、李母相顾愕然。

张　宣　（白）去就大家一齐去揾，

大　嫂　（白）去啦去啦！

李　母　（白）我们怎么揾呀？

大　嫂　（白）哞！这样还不会！我们三人到外边随街大呼，你叫揾女婿，我叫揾老公，一叫就俱齐了。

张　宣　（白）如此快走。

［三人牵手出门同叫介。

［紧接上场。

［街上。

［急急锋一轮，开二幕。

彩　凤　（内场引子）尺六反尺上土尺浪打鸳鸯两地分。（快长槌或叻叻鼓上寻找窥望一轮收，的的撑唱慢板双飞蝴蝶）

把郎踪访寻大街小巷到处奔，

总不见夫君满腔悲痛在心，

把那万恶县官恨。

（内白呵介花）

又见眼前来了两个差人，

且按心头火愤暂时避隐。（卸下）

李　六　（同李七上，五槌滚花）

三杯两盏醉晕晕。

（白榄）　真系同人不同命，

同遮不同柄，

昨晚在江边，

拉到个秀才落官艇，

大人迫佢把婚成，

他不断摇头兼驶颈，

他姓李名玉，我姓李名六，

他就有人拉，我就有人请，

这样看起来，不由你不信镜。

李　七　（白榄）叫一声六哥，莫说我瓦风领，

早运甘罗晚太公，迟早有人拉共请，

卖武张个女彩凤的确靓，

包你等到手，

不用患单思病。

李　六　（白榄）想起个张彩凤，

如今还心惊，

昨日调戏她，

一拳几乎要我命（包槌）。

李　七　（口鼓）唉六哥，枉你一世聪明同彩凤当面讲婚姻，定打到你碌侧拧正喇。

李　六　（白）要怎样呀？

李　七　（口鼓）要同卖武张讲，包你一讲就成。

李　六　（白）真的！

李　七　（白）真的——不是吗？

李　六　（喜口鼓）呵多蒙老哥指教，杏花楼一醉，我请！

李　七　（口鼓）多谢薄酒，杏花楼最好竹叶青。去！（下）

彩　凤　（白）且住，适才李六言道，昨晚县官也有拉郎之事，是个秀才，听闻姓李，莫非正是李郎不成？（介）唉，何不待我，前去县衙，打听明白，岂不是好。（介）就是这个主意。（欲下）

[王夏上推磨打量。

王　夏　（白）公子慢走，老汉有礼。

彩　凤　（白）有礼，施礼何来？

王　夏　（白）公子我看你一表非凡，定必是个侠义之辈。老汉有事相求。

彩　凤　（白）老伯你有何事，直讲不妨。

王　夏　（白）壮士请听。（板眼）

我家门不幸，

女婿不肯成亲，

拜堂之后，

竟不告而行，

女婿悔婚本来不要紧，

但是官家知道，

就要祸临身！

彩　凤　（白）又不是你悔婚，官家怎能加罪呢？

王　夏　（接唱）　因为皇帝派人来选妃嫔，

有女不报就罪犯欺君。

彩　凤　（接唱）　既是你女婿私逃，

你也难得将他揾，

你暂把小姐藏好来避过风云。

王　夏　（白榄）　你未明我苦心，

知县大人请我做媒人，

还请我女婿一齐去，

我哪有女婿见大人呢？公子！

彩　凤　（白）这个。（滚花）

哦原来县官小姐出嫁请你做媒人。

王　夏　（白）还要带女婿同去呀！

彩　凤　（花）　未知她嫁给谁人，

王　夏　（接）　我亦不知底蕴。

彩　凤　（白）如此老丈求我何来呢？

王　夏　（口鼓）求你李代桃僵，顶替我女婿一阵。

彩　凤　（白）吓，做你女婿吗？（对王口鼓）我就暂充你女婿去见知县大人。

王　夏　（白）好极，请呀，你真好啦！

彩　凤　（白）请呀！（王夏带彩凤得意地下）

[什边上急奏王祥哭灵，张宣，李母，大嫂上。

大　嫂　（王祥哭灵）

叫一句。

李　母　（接唱）　李玉我儿。

张　宣　（接唱）　李秀才我的好贤婿。

大　嫂　（接唱）　董代我个好老公快出来。

张　宣　（呼唤找寻白）李玉贤婿。

[李六醉态与李七迎面撞来。

李　七　（白）咦六哥你外父叫你呀！

李　六　（听张宣叫白）哦李六贤婿是叫我呀，拜见外父！

张　宣　（白）吓你常来欺负我呀吓（欲打）。

李　母　（拦阻白）亲翁我们找人要紧，算了。

张　宣　（白）好，我又恕你一时，滚滚！

李　六　（白）外父，你找我？（石榴花中段）

喂真不错，官差啵，

你因何故选婿不招我，

大众好商磋。

张　宣　（接）　　佛都给你激出火。（先锋钹打介）

大　嫂　（抢对李唱十月怀胎）

唉，你实在嘴多多，

旁人也看不过。（对张）

你休发火快走吧，

莫将时辰耽误哇。

李　六　（拦白榄）好外父，快将女婿椤，

人家到处去拉郎拉到也是盲摸摸，
我送来免使你奔波，
而且我还是上等货。

李　七　（白榄）拉女婿拜堂，
往往会闯祸，
那些女婿不愿意，
每每吊颈投河。（包一槌）

李　母　（急白）什么，有些拉来的女婿迫到吊颈投河，

李　六　（口鼓）哼不知道多少人，我数也数不清楚。

李　母　（吓得欲问又止）这——

大　嫂　（替他问口鼓）那么王员外拉去了女婿，可知他下落如何？

李　七　（口鼓）王员外女婿（故意乱说）死咗啦！

嫂、李、张　（齐惊呼）吓！

大　嫂　（插白）咁我呀董代呢？

李　六　（随口乱说口鼓）董代吗？又是和王员外女婿一起投河。

李　母　（哭介白）哎呀，王员外你有阴功呀！

大　嫂　（白）董代呀！（哭）

[同哭相思，李六、李七同以为计得。

张　宣　（唱尾腔）女婿呀！

李　六　（应白）吓！（口鼓）拿找女婿这样艰难不如就将个女嫁给我。

张　宣　（忍无可忍口鼓）好我应承你，应承打扁你个鼻哥（打）。

[李六、李七狼狈避下。

张　宣　（白）亲家太可恨王员外迫死你儿害死我婿，此事断难罢手，何不随我走到他家，打个落花流水，好替女婿报仇。

李　母　（白）亲家翁现在人命关天非同小可，你同我报官啦！

大　嫂　（白）他害死我董代，我也要报官啊！（哭）

张　宣　（白）好！

(花下句) 一齐去告状全靠你个媒人婆(同下)。

[幕下。

第八场 官 判

[紧接上场。

[钱塘县衙内。

[起幕到春来，县官、王夏、彩凤同上。

王 夏 (白)恭喜大人。(双)

县 官 (白)恭喜恭喜，哈哈哈!

王 夏 (对彩凤白)你上前拜见县官大人。

[彩凤上前向县官行礼介。

县 官 (白)少礼少礼，这就是你贵亲咩，好好好。

王 夏 (白)指教指教。

县 官 (口鼓)今日为着女儿婚姻好难讲。

王 夏 (陪笑着)好难讲。

县 官 (口鼓)我信里头拜托你个番话，还请紧记莫忘。

王 夏 (口鼓)定当效力替大人讲得似模似样。

[内白：全城绅士到。

县 官 (口鼓)呵，全城绅士到，传令请到后堂。

[内白：有请。

[帅牌，绅士甲、乙、丙、丁上，县官、王夏迎入。

县 官 (白)今日小女于归，蒙各位赏光又赐贺仪，不胜感激之至。

绅 士 (白)草草不恭，还请恕罪。

县 官 (白)好话好话，少时赞礼司仪，请各位多讲几句好话!

绅 士 (白)令千金这段姻姻，不知何人为媒?

县 官 (白)王员外为媒。

绅 士 (白)呵，原来是你。

王　夏　（白）好话叻，讲到我呢个媒呀，（望县官）小姐未出世就做到今时嘅喇。

绅士甲、乙　（白）呵！闻所未闻倒要听吓。

王　夏　（白）请听，（流水中板）

记得当年呀，

小姐未曾生下，

指腹定亲谈婚嫁，

做媒就请我王夏，

金钗为聘无虚假，

转眼韶光快过跑马，

又见小姐拜堂吹的打，

哪架架架架。

绅士甲　（笑）哈哈哈。

绅士乙　（笑）哈哈哈。

四　人　（同笑）哈哈哈。

绅士甲　（花）　相信你呢个媒人唔讲大话，因为尊庚六十尚未见甩牙。

绅　士　（花）　请问新郎高姓大名。

王　夏　（一槌）呃。

县　官　（尴尬接唱）呃！

已到吉日良辰，

请大家多说几句好话。

绅士甲　（白）姻缘巧合。

绅　乙　（白）龙凤呈祥。

绅　甲　（白）拜堂成礼。

绅　乙　（白）喜气洋洋，动乐。

[一定金，夫人先上，家院陪李玉，丫鬟共小姐随上，董代跟在后面，拜堂介。

[彩凤见李玉大惊相认介，接着王夏亦走过来相认女婿。

王　夏　（白）哦！乜你呀？（又到县官面前说李玉是自己女婿）

[一群人拥到县官面前，堂上混乱。

衙　差　（冲头，报上白）启禀老爷，卖武张在外面击鼓鸣冤呀。

县　官　（白）呸！老爷嘅都未搞惦，边有咁得闲呀，叫他第日再来过啦。

李　六　（白）老爷，卖武张要打人。

县　官　（白）老爷要杀人，混账。

李　六　（白）是是是。（刚转身又回头，卖武张闯进来）

［开边张宣、董大嫂、李母同上，一见李玉、董代、彩凤，同时分别上前招呼。

县　官　（喝止张宣等，白）呸！你们几人到来何事？

张　宣　（白）到来告状。

县　官　（白）好呀！你们有状子，老爷有板子，你们状告何人！

张　宣
李　母　（白）状告王夏。（一槌）

县　官　（白）告他何事？

张　宣　（白）强占我婿。

李　母　（白）强占我儿。

县　官　（白）谁是你儿，叫何名字？

李　母　（白）就是李玉！（掷槌）

王　夏　（白）大人我——

县　官　（白）你什么？

王　夏　（白）我要讲明。

县　官　（白）你讲什么？

王　夏　（白）老爷的女婿系我嘅。

张　宣　（白）老爷的女婿系我嘅。

夫　人　（白）大胆，个女婿系我嘅就真。

王　夏　（白）系我嘅。

张　宣　（白）系我嘅。

县　官　（白）咪嘈！

（花）　公堂重地岂容你等（指王、张）叫闹嚣张，

知县大老爷七品官，

（白）一个品字就三个口，七个品字就廿一个口。

（续唱） 几时轮到你讲。

（白）实行系大人嘅女婿。

董 代 （白）咁唔得架大人！其实——

县 官 （白）不准你讲！

（内场叫：钦差大人到！）

县 官 （沉花） 唉也也，钦差驾到，你们肃静一旁。

[二校尉引钦差上。

县 官 （低头恭迎白）参见大人。

钦 差 （口鼓）哼！贵县应选美女，还差两名，未曾了案，呵呵，莫非是违抗王命敢犯刑章。

县 官 （口鼓）正为此事商量，因为王夏、张宣两个女生得非常好样，卑职打算凑足数目就呈进朝堂，凑巧今日小女与李玉成婚，忙到我头昏脑涨，今日大人驾到，正好为婚礼增光。

钦 差 （白）哦，原来贵县嫁女咩？（向张、王）你两人个女嫁未呀？

王 夏
张 宣 （白）禀上大人，我个女有女婿嘅啦。

钦 差 （白）你两个嘅女婿是谁？

王 夏
张 宣 （同指李玉）就是这个！

钦 差 （口鼓）嘿！三女一夫，分明糊涂混帐！

董 代 （口鼓）佢地为争女婿，官司打得唔水唔汤。

钦 差 （掷槌白）你身为县宰，竟然与民争婿，人来传命升堂。（小开门，升堂介，口鼓）贵县为民父母之官，你搞掂呢件案。

县 官 （白）大人有命等我判决当堂，

（中板） 王夏你女儿如花样，

未曾选婿强拉郎，

张宣你行为同一样，

企图避免送女入朝堂，

圣谕皇皇敢违抗，

念你无知初犯返家堂，

（花） 准备送女到来，

请大人结案。

王 夏
张 宣 （同白）大人！

王 夏 （白）我讲先！

张 宣 （白）我讲先！

（二人争执介）

钦 差 （白）咪吵！

（滚花） 县官有何证据，

说李玉是你家新郎？

县 官 （滚花） 王夏做媒，他方才曾经当众讲。

王 夏 （滚花） 大人，此事系县太爷摆布，其实我乌啃啃。

彩 凤 （滚花） 李玉是我夫郎，特地将他寻访。

钦 差 （白）到底你是男是女呀？

彩 凤 （白）我是女扮男装。

钦 差 （白榄）真系越讲越糊涂，越审越多事干，你又话系你女婿，但又话系佢夫郎，到底呢段婚姻，可有婿证俱齐快的讲。

大 嫂 （白）系我做媒嘅，我讲给你听啦大人。

董 代 （白）我更知清楚，我讲你听呀大人。

钦 差 （白）快讲快讲！

董 代 （花） 从头一二我知清光。

（渔歌唱晚）

朝中消息到呢处地方，

宣布选美又贴咗张榜，

吓得满城有女嘅听见就三魂丧，

个个想嫁女，
唔愿做皇娘，
临时有女婿求其就去拉郎，
啱啱个李秀才佢回到钱塘，
被佢（指王）撞见就不愿放，
截佢来做女婿。

（过门插白）拉拉扯扯，扯扯拉拉。

（唱） 拉秀才返家内一支的打，
即刻迫佢要拜堂，
佢（指王）未肯放，
佢（指玉）漏咗网，
佢有暗主张，连夜跳到墙上，
又跳到他（指张）门墙，
与佢又结（指凤）鸳鸯，
点知夜深归家的公差又靠装。

（白榄） 但（指县官）又去拉郎，
布下捞虾网，
捞极都捞唔到，
又近大天光，
连我都拉埋，
不论后生抑或老汉，
我以为有生意，
夜的都有相干，
点知到连须都剃埋，
总唔俾我讲。

（唱） 须也剃尽未算佢笔账。

县　官　（惊白）大人，卑职的确嫁女唔系拉郎㗎大人。

钦　差　（白榄）　糊涂知县糊涂事，

确系糊涂到有装，
此案判断又何难，
何必搞到咁多事干，
待我亲来处理解决在当堂，
你地三个女都选入宫，
唔使你争我抢。

[各人争介。李玉、彩凤开边跪介。

李　玉（花）　彩凤是吾妻室，
并有媒证在当堂。

彩　凤（花）　挑选美女亦有法规，
岂可求其了案。

董　代（花）　佰两个结合婚姻，
我为媒证焉能选彩凤入宫墙，
选有夫之妇入宫廷，
有辱圣君，有违皇榜。

钦　差（花）　三女一夫同争夺，
只求两个凑足数目送入朝堂，
应选谁人，你地听我讲，

（白）大胆彩凤，女扮男装，抛头露面招摇过市，看你出身微贱，定然是个粗手粗脚，点能应选入宫，算数，起身。你地一个是官，一个是绅，朝廷选美有女嘅应要早些送到，还来与民争执作对？简直混账！你两个实行送女入宫，若有违抗，依法治罪。

王　夏
县　官（同时沉花）唉也也魄散魂亡。

[县官、王夏昏倒，众扶住。

[剧终。

（剧本版本：《广东粤剧院演出剧本选集》第二集）

·粤剧卷·

刑场上的婚礼

编　剧：卫　中
粤剧移植：蔡孝本

人　物　表

周文雍　　广州起义的主要领导人之一、工人赤卫队总指挥

陈铁军　　在敌人的刑场上，与周文雍举行了革命者婚礼

苏大姐　　广州起义的领导人之一

阿　钟　　工人赤卫队成员

陈铁儿　　陈铁军的妹妹、工人赤卫队成员

万福海　　陈铁军包办婚姻的对象

朱逸之　　广州警察局局长

赵警官　　广州警察局警官

众赤卫队员、众起义军、众码头搬运工、一卖花女

两个万家恶徒、众警察、众特务等

序

[周文雍和陈铁军的合影。暖光。

[序曲起，渐收暖光。

女　声（独唱）一张老照片，

打开我思绪之门，

你那坚毅的目光，

仿佛击穿时光隧道的雾雨缤纷，

你从那模糊了的黑白世界走来，

走来——

[日月穿梭，云荡霞飞。

[穿着当年照片服装的周文雍、陈铁军走来。

（续唱） 带给我无限的崇敬和宁馨。

男女声 （合唱） 啊——！

周文雍 （唱） 多情自古伤离别，

更哪堪，元宵佳节，

今宵梦醒何处？

陈铁军 （唱） 红花岗，珠江岸，此去经年，

二　人 （合唱） 看今朝良辰美景，

故地重游……

陈铁军 文雍，你看，珠江水还是这样急。

周文雍 珠江水，已不是当年的珠江水了。

陈铁军 木棉花还是这样红。

周文雍 木棉花也不是当年的木棉花了。

男女声 （合唱） 千种侠骨柔情，

重与众人说，

重与众人说。

[二人隐去。

第一场

[音乐突变，紧接陈铁儿带着红长绸在下场门上。

[传统“一锭金”乐曲声，一场旧式婚礼在进行。

画外音 一拜天地，二拜高堂，夫妻对拜，送入洞房……

[气氛音乐。

[万福海长衫马褂、披红，下场门上。

[万福海上前揭开新娘的盖头。

万福海 （吃惊）你？

陈铁儿 怎么了，万少爷，你唔认得我了？

万福海 陈铁儿，我娶的是你家姐呀！

陈铁儿 嘿，我也没说要嫁给你呀。

万福海 陈铁儿，你家姐呢？

陈铁儿 她，她早就远走高飞啦，哈哈哈……！

[铁儿脱下凤冠和嫁衣，在笑声中隐去。

[下场门：万福海惊愕，呆住。

万福海 陈铁军，到天涯海角我也要找你回来。

[紧接，上场门：陈铁军上。

[两个恶徒下场门上。

万福海 （吩咐两个恶徒）捉她回来！

[陈铁军与两恶徒周旋。

[两恶徒上场门下。

[陈铁军下场门寻觅……

[声效：船汽笛长鸣，起光。

[转换珠江岸边，广州天字码头。

[赵警官假扮瞎子。

[阿钟假扮乞丐出现。

[码头搬运工过场。

赵警官 占卦算命……

陈铁军 （问瞎子）先生，教会中学怎么走？

阿　钟 他是瞎子。

赵警官 瞎子怎么啦？我眼瞎心明呀！还知道她是佛山来的洋学生。（对小特务说："严密监视码头"）占卦算命………

[赵警官上场门下。

[一搬运工过场戏。

周文雍 （内唱首板）

浓云雾降。（合）（上）

[周文雍阔少打扮，后上场门上场。

（续唱）　骤锁珠江。

[一卖花女向周文雍售花，后下。

（快打慢二流）

罡风恶浪急雨降，（士）

翻云覆雨突清党。（尺）

碧血黄花染红岗，（合）

壮志未酬恨填腔。（上）

[声效：船笛鸣响。

（续唱）　江波愁泣船笛呜咽，（士）

战友死生两茫茫。（尺）

[阿钟下场门复上。

[音乐过门衬白。

阿　钟　文雍同志（才），哎……

（续唱）　船已埋头，（合）

她快要上岸。（上）

周文雍　唔，上岸侍候。

阿　钟　知道！（下场门下）

周文雍　（续唱）　待从头（工），

重振雄风射天狼。（尺）

[阿钟引打扮成贵妇的苏大姐复上。

苏大姐　文雍！

周文雍　苏大姐！阿钟注意观察情况。

[阿钟答应，背场放哨警卫。

周文雍　大姐，为什么这个时候，你要到码头……

苏大姐　文雍同志，“4 · 12”事变，国民党反动派背叛革命，屠杀我革命党人，为了挽救中国革命，党中央指示，用革命的暴力对付反革命暴力，组织广州工人起义。

周文雍　好啊！大姐，我们终于等到这一天了！

[陈铁军急上，撞到周文雍身上，周文雍连忙掩护苏大姐。

[两恶徒追上，拉住陈铁军。

恶徒甲 就是她了，三少奶，跟我们回佛山吧！

陈铁军 我不认识你们！走开！走开！

周文雍 人家不认识你，为何要苦苦相逼呢？

[陈铁军躲到苏大姐身旁。

恶徒甲 多管闲事，快跟我们回去，万少爷还等你拜堂。

恶徒乙 我们等着回去领赏啊！

陈铁军 不回去。

周文雍 听到没有，她不回去。

[周文雍和阿钟与两恶徒小开打，两恶徒狼狈下。

陈铁军 多谢好心人！（晕）

苏大姐 姑娘！

陈铁军 我要走，我要到教会中学。

苏大姐 姑娘你去哪里？那两恶狼还没走远！你叫什么名字？

陈铁军 我叫陈铁军！

苏大姐 你是逃出来的？

陈铁军 太太！

（唱陈世美）

荏弱女儿，来自佛山镇，

逃到羊城，只因抗婚，

不甘受胁迫远逃遁，

心中彷徨，举目无亲。

[陈铁军饥寒交迫晕倒，苏大姐扶住。

周文雍 姑娘，姑娘！她怎样了？

苏大姐 她是饿晕了，快扶上我的黄包车，把她送到八和会馆！

[内场恶徒声沸。

阿　钟 你们看，他们又追来了！

苏大姐 文雍，引开他们。

周文雍 快扶她上车，看我的。

[苏大姐、阿钟掩护陈铁军上黄包车，下场。

[恶徒两人跟着追。

[周文雍从下场门拉上黄包车，后面坐着陈铁军，上场。

周文雍 坐稳呀！

[四人黄包车舞蹈。

男女声 （合唱） 不是翠盖香车，
满载人间多少希望，
穿越人流转过街市，
脚步急连忙绕开恶狼。

[周文雍、陈铁军定格亮相。

[全场收光。

第二场

[半年后，警察局。

[朱逸之上场门上。

朱逸之 （念暗镲白榄）
“4·12”大清党，
共党顽固不投降；
“4·15”有样学样，
搞到广州人心惶惶；
忽然接到新情况。
（白）张太雷，周文雍，
（念） 策划暴动来对抗。

[众特务分边下。

[赵警官下场门上。

赵警官 局长!

朱逸之 赵警官，你连日改装在码头侦探，有何动静?

赵警官 暂未发现张、周行踪。

朱逸之 我要你去装瞎子，可不要变成睁眼瞎！立即加派人手，全城缉捕，要将暴徒捉清光。

赵警官 是!

[赵警官下场门下。

[众特务分边上。

朱逸之 蒋总司令训谕：

（念） 宁可杀错三千，也不可放过一个共产党。

众特务 是!

[众特务造型。

[苏大姐下场门定点光“上场”。

苏大姐 （画外音）文雍同志，上级决定设立秘密机关，由你负责，为了行动方便掩人耳目，再派一位女同志协助你开展工作，你们假扮夫妻。

周文雍 （画外音）假扮夫妻？!

苏大姐 （画外音）怎么啦？你不愿意吗?

周文雍 （画外音）我们互不相识，怪不好意思的……

苏大姐 （画外音）看不出你还挺封建的？其实这个人你认识的了……

周文雍 （画外音）哦，我认识?

苏大姐 （画外音）这是地址和房门钥匙，你一把，她一把。

[声音逐渐远去。苏大姐撤场。

[转秘密机关。

[陈铁军举门钥匙造型。

陈铁军 （唱春风得意）

半年间，苏大姐教诲顽愚，

使我认识明道理，

决心把理想追。

盼与文雍相把臂，

三天来他还未见返门间，

（转反线中板）

心实在挂念他。

有谁料到，党指示，

与他假扮夫妻。

（轻唱） 晨昏朝夕相对难，

我要努力配合他，

与他同心同志。

[陈铁军上场门暗下。

[赵警官下场门上。

[两警察上场门上。

赵警官 占卦算命……（并与警察耳语）占卦算命……

[赵警官，两警察分边下。

[周文雍商人打扮，下场门急上，急下。

[两警察追上。

[周文雍复上，开门入内。

[陈铁军上场门复上。

陈铁军 是谁呀？

周文雍 不要开灯。（警告）

陈铁军 你到底是谁？

周文雍 （暗号）筷子双双！

陈铁军 （惊喜）福禄鸳鸯！

陈铁军 （见周文雍打扮惊诧）周总指挥！

周文雍 如果有人叫门，你就大大方方请他们进来。

[周文雍上场门入内。

[两名警察上，敲门。

警察乙 开门！

陈铁军 谁呀？

警察甲 查户口！

陈铁军 来了……（开门）这么晚查什么户口？

[两特务四处张望。

警察甲 你是新搬来的吗？就你一个人住这里？

陈铁军 我和我先生从南洋回来，做生意的。

警察乙 做生意？！做什么生意呀？铺面在哪里？

陈铁军 做贸易生意哪有铺面呀！

警察甲 刚才有有人来过？

[周文雍身穿睡衣从房间出来。

周文雍 哈！哈！哈！这么晚了，哪来的贵客，原来是两位警察长官，我生意上有位好朋友……不知道你们是否认识呢？

[递张名片给两位警察看。

[周文雍拥陈铁军坐腿。

警　察 朱逸之？！是我们的局长，（对周文雍）对不起！打扰！打扰了！

[两警察退下。

[周文雍关门。

陈铁军 吓死我了，周总指挥，你终于露面了，我等了你三天了！

周文雍 对不起，这几天我一直在兵工厂，起义需要战士，也需要武器……（打量陈铁军）变了……真的变了！

陈铁军 我什么变了呀？

周文雍 你呀！从形象到气质都变了。

（唱寄生草）

她好似淡淡如滴翠，

春花初蕾嫩蕊轻舒动静两宜。

陈铁军 （续唱） 难忘记，他驭驾长车。

虎口弱女子脱险危，

多少次在梦里，

思忆拉车背，

愿携手，冲锋去。

周文雍 （续唱） 却因革命能促人变，

英姿红装暗称奇。

陈铁军 好！周总指挥，你就交代任务吧。

周文雍 哎，还说是相识的老朋友，怎么开口一句总指挥，闭口又一句总指挥。

陈铁军 那我要叫你什么呢？

周文雍 我化名梁阿三，你就叫我三倌。

陈铁军 三倌？！

周文雍 我以后就叫你三少奶。

陈铁军 三倌？！三少奶？！我这样就做了三少奶？嘻嘻！……嘻嘻！

周文雍 铁军同志！笑什么？有什么好笑？我们搞地下工作的，就是扮什么，像什么。我们是和危险打交道的人，现在的情况非常严峻，敌人非常狡猾，你的任务就是管好这个家，保护好这个家的安全 ，无论什么情况之下，我们只有假戏真做，才能瞒住敌人，明白了吗？

陈铁军 三倌，你这么凶，哪像一对恩爱夫妻呀？

周文雍 对不起，刚才我态度不好，以后我一定注意，我们要甜甜蜜蜜，像一对恩爱的夫妻一样，“三少奶”！

陈铁军 三倌……三倌。

周文雍 （应答）对！就是要这样。

陈铁军 这么晚啦！你想要吃什么宵夜？

周文雍 哦，我真有些饿了，有什么好吃的？

陈铁军 有！

周文雍 哦？你点知我想吃什么？

陈铁军 我是三少奶，当然知道，有艇仔粥、炒田螺、焯油菜，豉椒炒牛河……

周文雍 好了！好了！不要说了……再说我都要流口水了……

[陈铁儿捧着一碟牛河上。

陈铁儿 （接念）炒牛河来了……！

周文雍 （警惕地）你是谁？

陈铁儿 我，我就是你的小姨啊。

周文雍 小姨？

陈铁儿 你是我家姐的老公，我是我家姐的小妹，不是小姨是什么？

陈铁军 她是我的小妹叫铁儿，从佛山来广州参加革命，组织同意她以佣人身份和我们住在一起。

周文雍 啊，欢迎！欢迎！（接过牛河）

陈铁儿 周大哥，你和我家姐扮夫妻，是你的荣幸，如果你欺负她，我不放过你！

周文雍 是，小姨。

陈铁儿 唔，这就对了，周大哥……周总指挥，你慢慢吃，我明天还有工作，我去睡觉啦！咦……，只有一张床，你们怎样睡？

周文雍 哦，我睡地下，你睡床吧。

陈铁军 你睡床，我同铁儿睡。

陈铁儿 不行，我是工人，你是太太。怎么可以一起睡？我看，不如你俩一起睡吧！

[阿钟敲门声。

陈铁儿 谁呀？

阿　钟 筷子双双！

陈铁儿 福禄鸳鸯！

[门外阿钟说：“我是阿钟！”

[阿钟入门。

阿　钟 周总指挥，武器装运车按张太雷同志的指示已经准备就绪，足可以装备一个团呀！

周文雍 好！有了这批武器，对起义更有把握。

阿　钟 总指挥，武器车已掩蔽好！什么时候起程？

周文雍 时间紧迫，马上起程。

阿　钟 是。

周文雍 等一等，这车武器对起义非常重要，按张太雷同志的命令，我要亲自去押送，交到叶团长手里。

陈铁军 你亲自押送?

陈铁儿 这有危险!

周文雍 我们的工作就是和危险打交道，不入虎穴，焉得虎子。

阿　钟 是!

周文雍 马上出发。

[周文雍、阿钟下。

[声效：警报声。

[渐收光。

第三场

[上场门起定点光渐收光。

[朱逸之造型。

[赵警官上。

赵警官 局长，兵工厂内有共党活动，正在偷运武器。

朱逸之 截住他们!

赵警官 装武器的车跑了。

朱逸之 跑了和尚跑不了庙，把可疑的人带到警察局严加盘问。

赵警官 是。

[收光。

[气氛音乐。

[众特务分边上，舞蹈。

[月色朦胧。警察局。

[内叫：“局长到！”

[朱逸之、赵警官上场门上。

朱逸之 要盘问的人都带来了吗?

赵警官 都带来了?

朱逸之 你们问出什么头绪没有？

赵警官 报告局长，我审查过他们了，他们都不似是共产党暴动分子。

朱逸之 似？！如果似，还要查吗？共产党头目工人赤卫队总指挥周文雍就在兵工厂活动，似与运送武器有关，我可要亲自盘问！把他们带上来。

赵警官 带上来！

[众特务分边下。

[阿钟领众工人喧哗从上场门上。

赵警官 不要吵！（打量阿钟）你不是码头上的乞丐？

阿　钟 长官，你原来是算命先生？

赵警官 我是执行公务的，你来兵工厂干什么？

阿　钟 长官，我们是来打工混口饭吃而已，你放我们回家。

众工人 放我们回家。

赵警官 别吵！别吵！等事情搞清楚后，自然放人。

阿　钟 放人？谁还敢来开工啊？

众工人 是啊！

朱逸之 工是给良民开的，但是，你们想偷运武器这样就不行。

阿　钟 偷运武器？你可有证据？

赵警官 证据！证据！我手上的皮鞭就是证据。

阿　钟 你要屈打成招啊？

朱逸之 动乱时期，宁可错杀三千，也不可放过一个。

周文雍 （内叫）长官！

[周文雍上。

周文雍 长官！你说三千，那可是三千个家庭啊！再说兵工厂的武器运给谁，你们当官才知道，我们打工的哪会知道呢？

众工人 是呀，放我们回家……

[众工人又鼓噪起来。

朱逸之 呀！（唱中板）

这个人说出话头头是道，

粤鲁中似带着武略文韬。

一句话就引来众人鼓噪，

我还须深盘查细打细敲。

（白）你，过来，看来你是个带头的！

周文雍 我只是个打工仔而已。

朱逸之 干什么的？

周文雍 长官，你问我吗？（众工人自然围上去）

朱逸之 对，就问你！

周文雍 （分开众人，唱快慢板）

我原是，乡下仔；

四海为家，无田无牵挂。

朱逸之 （楔白）喔，无产阶级，叫什么名字？

周文雍 （续唱） 梁阿三，是我名姓；

舞枪弄炮，摸爬滚打。

朱逸之 （楔白）舞枪弄炮？！

周文雍 （楔白）舞枪弄炮。

朱逸之 （楔白）舞枪弄炮。

周文雍 （楔白）我在兵工厂工作，不舞枪弄炮，又会做些什么呀？！

众工人 （楔白）哈哈！哈！

朱逸之 （唱快拉慢唱散板）

他遇事不慌来答话，

句句说话有揸拿；

实实虚虚，我要试探他。

（楔白）你说舞枪弄炮？！

（续唱） 就用步枪，将他考查。

[朱逸之示意赵警官，向警察取一支步枪，卸去子弹，再扔给周文雍。

朱逸之 （续唱） 你即刻把它拆卸下。

[周文雍接枪，边唱边拆枪。

周文雍 （唱快慢板）

这草包，自作聪明，心藏奸诈。

这支枪，就算眯埋双眼，也可拆卸它。

[众工人喧哗从上场门下。

朱逸之 （续唱） 拆得容易，再装上它。

周文雍 （续唱） 这般小儿科，亏他来考试，

真使人笑掉大牙。

朱逸之 哈哈！你果然是个玩枪的老手啊。

周文雍 长官，我是靠这双手吃饭的啊！

[一警察报上。

警　察 报告，门外来了个女人，说要给梁阿三送饭。

朱逸之 女人，送饭？

周文雍 送饭？

[陈铁军手提饭盒上场门上场。

陈铁军 对，我是给我老公送饭！

周文雍 （画外音）铁军，这个时候来太危险。

陈铁军 （画外音）组织上要了解情况，设法营救这是唯一办法。

朱逸之 （画外音）怕是来送信的吧？

朱逸之 哼，来得正好，叫她进来。

陈铁军 （唱十字清中板）

进监仓，但觉步步阴森，邪风阵阵。

奉指示，探究竟，营救亲人。（腔）

周文雍 （快接唱）骤见她，孤身一人，履险蹈危把虎口来进。

又是惊、又是欢喜，更为她担心。（腔）

朱逸之 （唱慢七字清）

出奇制胜我机谋梗，

找寻破绽，就在这送饭之人。（腔）

陈铁军 （唱快中板）

大姐叮嘱，镇定机敏。

初临战地，更要留神。

周文雍 （唱斗智）

怕的是，孤燕初鸣，

难斗恶鹰狼毒狠。

更怕她，对应不慎，那时难以脱身。（腔）

朱逸之 （续唱） 静观他俩人言和行，

安排甘饵，好教鳌鱼，

吞也不能，吐也不能。（腔）

陈铁军 （同唱） 我要沉着冷静，斗智斗勇，救亲人！

周文雍 （同唱） 我要沉着冷静，斗智斗勇，斗敌人！

朱逸之 （同唱） 我要沉着冷静，斗智斗勇，更斗狠！

赵警官 我们警察局管吃，管喝，送什么饭？

陈铁军 我老公食惯了我做的饭。

朱逸之 哦！吃惯了，真的吃惯了？好恩爱啊！（示意周文雍过来）你过来，送什么饭菜？

周文雍 豉椒牛河。

朱逸之 饮什么茶？

周文雍 铁观音。

朱逸之 有什么小食？

周文雍 南乳花生。

赵警官 一点不差，够恩爱。

陈铁军 自己的老公怎能不疼？

朱逸之 我看你，心疼的不是梁阿三吧？

陈铁军 奇怪，我不心疼梁阿三，难道是什么梁阿大呀？

朱逸之 你心疼的不是阿三，也不是阿大，是周文雍！你是为他而来。

陈铁军 谁……谁是周文雍啊？

朱逸之 你老公心里最明白。

周文雍 哈！哈！哈！我明白！

朱逸之 我没说错吧！

周文雍 我明白，但我老婆不明白。她两耳不闻窗外事，一心只管酱醋茶，她什么都不懂，你问她，就好比“擂桨棍当吹火筒”——一窍不通。

朱逸之 好，我不问她，我就问你！（一语相关）周文雍！

周文雍 听说过！听说过！

（唱夺锦中段）

话说周文雍他，精明堪嘉，

枪法不差，演说夸啦啦，

他替工友说话，什么都不怕，

有胆有色，大家信他，

倘若遇上不平事，你定要防范，

最好把他捉拿，局长你就升官啦。

陈铁军 哗，原来周文雍这么利害啊！

周文雍 是啊！如果不是，为什么朱局长要重金辑拿，如果谁抓到他呢，（对朱逸之说）局长就可以升官，抓到的人就发财啦！

陈铁军 好啊，如果我能撞到他就好了。

周文雍 有什么好？

陈铁军 就发财啦！

周文雍 你也想抓他，警察也还抓不到他呢！

陈铁军 这么凶干吗？你被拉到警察局，我在家里担惊受怕，现在送饭给你还要给你说三道四的。

[哭介。

周文雍 不要哭啦……是我不对，可以了吧！

朱逸之 （拍手）哈哈哈！恩爱！恩爱！真是够恩爱，既然你们那么恩爱，就当众接个吻吧！当众接个吻！

[周文雍、陈铁军俩人愕然呆住。

周文雍 当着这么多人？

陈铁军 当着这么多人？

朱逸之 怕什么，你们俩不是很恩爱的夫妻吗？让我们也分享你俩的浪漫。

[众特务分边上。

众警察 （起哄）咀佢！咀佢！

陈铁军 （唱杨翠喜）

心中起落如潮涨，

脸儿发烧且心焦。

周文雍 （续唱） 狂贼恶招欲把鳌鱼钓，

卑污伎俩肮脏，

铁军怎历这风霜。

陈铁军 （续唱） 我心，扑扑跳。

怎接招？把握不定全不妙。

朱逸之 （续唱） 不管两人如何来作假，

就快出丑，令我偷偷笑。

周文雍 （续唱） 难为铁军乍遇流氓毒计，

此刻不似平日目对瞧。

陈铁军 （续唱） 文雍刚才来掩护，

周文雍 （续唱） 感他涉危来照料，

陈铁军 （续唱） 铁血男儿实不多见，

周文雍 （续唱） 看她粉面泛红潮，

陈铁军 （续唱） 文雍呀，

我的初吻献天骄。

周文雍 （唱） 好铁军，良善世间少。

周、陈 （合唱） 相对无言，激情似火烧。

[热烈的龙飞凤舞前奏。

[周文雍、陈铁军拥吻。

[众特务分边围上。

男女声 （伴唱龙飞凤舞）

情深，假吻亦作真，

情真，深吻亦销魂。

情感，在爱海升腾，

何惜献出热吻。

[暗转。渐起光。

朱逸之 嘿嘿嘿，好长的热吻啊！（突然地）别以为一个吻就能骗过我！把这个女人给我抓起来！

[众特务抓起陈铁军。

陈铁军 老公！

周文雍 老婆！

朱逸之 说，是谁派你到警察局来？是不是和偷运军火的事有关！

众特务 说！

陈铁军 老公！

周文雍 老婆！

陈铁军 要不是你们把我老公抓来，我还不知道警察局在哪！我能说什么呢？

朱逸之 哼，你可知拶指夹棍老虎凳，皮鞭烤铁与竹签。不招的下场很悲惨，打！

[众特务推陈铁军扑地，抽出皮鞭。

周文雍 （大叫）老婆……（扑上去，以身挡鞭打）

陈铁军 （哭）老公……

周文雍 别哭了，做男人替你挨打我甘愿！

陈铁军 老公……（抱着周文雍哭）

朱逸之 哎哟，真是一对苦命鸳鸯，你们不要怨我，因为时局太乱了，我不得不如此行事，好啦，把饭留下，你可以走了！

[众特务分边退下。

[朱逸之、赵警官留场。

陈铁军 （哭腔）老公，这饭可是我精心做的，你可得一口一口给我吃清光啊。

周文雍 好了，好了，唠唠叨叨的，又想找打啊，快走，快走吧！

［陈铁军退下。

［暗转。

［启光。

［工厂一角。

［众工人围成一团。

阿　钟　饭里有字条。

周文雍　“牛河豉椒，吃了发烧，争取上医院，半路接应逃……”

阿　钟　装病发烧。

周文雍　好！快吃！

［切光。

阿　钟　（画外音）来人呀，有人发高烧！

赵警官　（画外音）把抓来的人，全部送医院隔离，不要传染上我们！

［救护车声、三声枪响。

警　察　（画外音）不好了！共党劫车了。将送去医院的犯人全劫走了！

报　童　（画外音）卖报，卖报，无牌小汽车，劫走共党周文雍！

［起光。警察局。

［众特务分边上。

［朱逸之急匆匆迎上，抢过一张报纸。

朱逸之　（唱扑灯蛾）

到手的宝贝成泡影，

重要的线索落了空。

周文雍啊周文雍，

我心有不甘恨无穷！

赵警官　都是那一吻坏的事！

朱逸之　坏事的不是那一吻，是你们这班睁眼瞎，命令全局出动，加紧盘查，严密监控，一定要抢在共党行动之前，稳住广州。

赵警官　是！

[众特务分边下。

[切光。

第四场

[气氛音乐。暗转。

[秘密机关内。卧室。

[雷电中，床帐时隐时现。一声惊雷。

[陈铁军在煎药。

女　声　（独唱）　高烧引发旧病生，
生死关头几折腾。
铁军精心来照应，
硬将生机还亲人。

[一声惊雷。周文雍从床跃起。

周文雍　不要打我老婆…… 不要打我老婆……

[陈铁军扶起周文雍。

陈铁军　文雍，你怎么啦？（放药碗于床边）

周文雍　老婆…… 快走，这里有危险……

陈铁军　（唱）　一声老婆，一声情，
呓语中还对我呵护关心，
这浓情触动芳心爱意生。
叫一声，文雍，你快快苏醒。

女　声　（和唱）啊！……啊！……

陈铁军　文雍……，文雍。

[陈铁军扶起周文雍。

周文雍　（唱）　幽幽中一声唤，石破天惊，
震倒千山万峰，

我好似飞倦的鸟儿落树丛，
仿似朦胧梦中，
与铁军再重逢。

陈铁军 （唱） 不是在梦中，
只因你旧病复发昏睡不醒，
我忧心忡忡，
恨不能以我命来换得你好身躯，
能代替伤痛。

周文雍 （浪白）你掉泪了，铁军，你看，我这不是好好的吗？

陈铁军 （浪白，擦泪）你该喝药了。

周文雍 （浪白）我来。

陈铁军 （浪白）不，我喂你。

男女声 （合唱） 汤药药，一勺勺，
苦喉咙，百味生。

周文雍 （浪白）铁军，我这病要不是你精心照应，恐怕已到枉死城了。

陈铁军 （浪白）在敌窑，要不是你死保护，我恐怕也……

周文雍 （浪白）铁军。

陈铁军 （浪白）文雍。

周文雍 （唱长句二黄）
难忘她日夜侍奉在床边，
憔悴颜容令人心痛，
难忘她虎口送饭，
传密信态度从容。

陈铁军 （续唱） 难忘他不惧临危赤心忠勇，

周文雍 （续唱） 难忘她深情一吻似蜜情浓。

陈铁军 （续唱） 难忘他一声不吭，
硬挺那毒刑伤痛。

周文雍 （唱好想）

好想，好想永远停留在热吻那一刻，

陈铁军 （续唱） 好想，好想永远依偎在他温暖的怀抱中，

周文雍 （续唱） 望着她渴望的双眼怦然心动，

陈铁军 （续唱） 我期待爱的雨露浇心胸。

周文雍 （续唱） 患难交，生死情。

陈铁军 （续唱） 患难交，结知音。

周文雍 （续唱） 相知相近，

陈铁军 （续唱） 相爱相亲。

二　人 （续唱） 难求难觅，难找难寻。

周文雍 （续唱） 我要说出我的爱，（重句）

陈铁军 （续唱） 我要说出我的情，（重句）

男女声 （合唱） 情浓浓，意融融，

两情既相悦，何不再相拥？

［一声惊雷，大雨倾盆。

［雷声、雨声、闪电。

男女声 （合唱风雨急）

雷声响，风雨急。

提醒，身肩使命！

周文雍 （唱） 一江风起，五洲震荡雷霆，

藏心中，都是爱。

待来年扫尽，妖魔邪恶膻腥，

舞遍东风有精英。

陈铁军 （唱） 笙歌响彻四海靖。

男女声 （合唱） 文雍……铁军……（重复一次）

双双倩影，

共庆胜利海晏河清。

陈铁军 文雍，你好些了吗？

周文雍 我好多了，铁军啊，你的豉椒牛河真厉害，吃了，我发烧三天也不退？

陈铁军 这是苏大姐她教我在牛河里掺了发烧的药。

周文雍 啊，难怪了，苏大姐的妈妈是个老中医，你以后再也不要叫我吃牛河啦。（饿状）

陈铁军 你怎么啦？

周文雍 我几天没有吃东西了，有什么好吃的吗？

陈铁军 我早就准备好。

[警察甲、乙引万福海上。

警察甲 少爷，就是在这里。

万福海 你俩可别搞错啊。

警察乙 我俩在菜市见到陈铁儿，跟踪到这里，没错。

[万福海交银元与两人。

两警察 多谢少爷！

[万福海敲门。

陈铁儿 来了……来了。找谁啊？

万福海 找我老婆。

陈铁儿 谁是你老婆呢？

万福海 陈铁军。

陈铁儿 啊，是万福海！姐姐！姐姐！是万福海。

陈铁军 迟早都会来的，开门啦！（开门）你是怎么找到这里的？

万福海 钱！和我对你的一颗心。

陈铁儿 你给我出去。

万福海 我那么辛苦才找到你们，咱们要把账算清楚。

陈铁军 算什么账？

万福海 算我俩的鸳鸯账。

陈铁儿 你胡说八道。

万福海 你不是顶替你家姐和我拜堂的吗？是我胡说八道还是你们背信弃义。（发现周文雍）你是谁？

周文雍 我是这家的主人，她的老公。

万福海 你有没搞错，我才是她的老公。哼！俩人都睡在一张床上了！

陈铁儿 你！

陈铁军 万福海，我根本就不爱你。

万福海 你不爱我，但我爱你啊！

周文雍 万先生，你既然爱她，你就应尊重她的选择，给她自由，给她幸福。你看我们好不容易建立的家庭，难道你忍心破坏它？

陈铁军 万福海，我现在正式通知你，家里包办的这桩婚姻是无效的。

陈铁儿 你听到了吧，我姐说从来没有你这个老公！

万福海 陈铁军，我再来问你一句，你跟不跟我回去？

陈铁军 我不会跟你回去！

万福海 你！真的不跟我回去？

陈铁军 不回去。

万福海 好，你不跟我回去，我就找警察请你回去。

[万福海欲走。

周文雍 万先生，这是我们的家事，家丑不可外扬，你何必要找外人呢？

万福海 不找警察也可以，除非她跟我回佛山。

陈铁军 我不跟你回去！

万福海 那就莫怪我狠心了！

[万福海上场门下。

陈铁军 怎么办？

陈铁儿 怎么办？

周文雍 事出突然，以防万一，我们马上搬家。

[撤光。

[上场门万福海与警察造型。下场门周文雍、陈铁军、陈铁儿造型。

男女声 （合唱） 搬家？搬家！

一次次搬移！

一座座的新家。

第五场

[气氛音乐。

[广州起义场景。硝烟弥漫。

[众起义军分边上，舞蹈。

周文雍 （画外音）1927年12月11日凌晨，中国共产党领导的广州起义打响了。她就像黑夜里的一道曙光，照亮了中国革命的征程！

[群众加入，分边上。

[周文雍、阿钟上场门上。

[众起义军冲上过场。

[周文雍、阿钟上场门冲下。

[众起义军舞蹈。

[红旗上。

[周文雍、阿钟上场门复上。

周文雍 （唱快中板）

珠江呜咽月朦胧，
羊城风卷红旗送，
二龙争战决雌雄，
以血还血天翻地动。

阿　钟 总指挥，前面就是警察局。

周文雍 同志们，为了中国革命的胜利，为了劳苦大众的解放，随我冲！

众　人 冲啊！

[周文雍，众起义军造型。

[翻跟斗过场。

[撤光。

[朱逸之、赵警官上场门造型。

赵警官 局长，顶不住了，怎么办？

朱逸之 快……快撤出警察局，去沙面找外国友人干涉！走！

[撤光。

众　人 （画外音）胜利啦！胜利啦！胜利啦！

[起光。

[周文雍等众人欢庆。

众　人 胜利啦！胜利啦！胜利啦！

[周文雍看地图。

[阿钟跑上。

阿　钟 报告总指挥，伪警察局已被我们占领了！

周文雍 好啊！

阿　钟 但是朱逸之逃跑了。

[众赤卫队员押着特务过场。

周文雍 站住，过来！你们局长跑去哪里了？

特　务 去沙面请外国救兵了。

[苏大姐下场门上。

[众赤卫队员过场。

苏大姐 文雍同志！

周文雍 苏大姐！

苏大姐 这仗打得好啊！广州的各个重要部门都被我们占领了，广州起义取得了初步胜利！下午，我们在西关园举行群众大会，张太雷同志将宣布成立广州苏维埃政府！

周文雍 好啊！多少同志的流血牺牲，才换来今天的胜利啊。

苏大姐 但是，敌人是不甘心失败的，盘踞在沙面的帝国主义兵舰正在虎视眈眈，我们要提高警惕，随时打退敌人的反扑。

周文雍 好，我立刻布置。

[陈铁军、陈铁儿上场门上。

陈铁军 苏大姐！

苏大姐 铁军，目前局势错综复杂，为了将来工作方便，组织上考虑，不可以让你俩永远假扮夫妻啊。

陈铁军　我服从组织决定。

苏大姐　组织决定也得看你俩的态度啊？

陈铁军　我……（依恋）

苏大姐　心里怎么想的，就怎么说嘛。

陈铁军　我喜欢文雍……大姐问他去吧。

苏大姐　文雍同志！

周文雍　苏大姐有何指示？

苏大姐　广州苏维埃政府马上就要成立了，你将出任重要职务，你和铁军同志的秘密机关也该撤销了，组织上考虑把她调离……

周文雍　大姐，我……

苏大姐　说吧！

周文雍　其实我和陈铁军同志在工作和生活上都配合得非常默契……

苏大姐　那又怎么样？

周文雍　我向组织郑重请求——

苏大姐　让你和铁军同志结为正式夫妻？

周文雍　大姐，你真是善解人意。

苏大姐　铁军同志，你表个态吧。

陈铁军　我已经表过态了，同意。

苏大姐　好！你俩回去写个报告，等局势稳定下来，一定帮你俩举行一个隆重的婚礼，我就当你俩的证婚人。

二　人　谢谢苏大姐！

［切光。

第六场

［气氛音乐。

周文雍　（画外音）仅仅三天，在列强与反动派的“围剿”下，广州起义宣告失败，广州陷入了腥风血雨的火海之中。

[夜色朦胧。

[众特务上场门上，舞蹈。

[朱逸之及赵警官上。

赵警官 报告局长，共党分子张太雷被我们暗杀了。

朱逸之 哼，现在才是刚刚开始！你听，英国军舰的大炮，已经发威了！我们的主力部队，也回师反攻了！铁血无情，对付共党暴动分子，就是要一网打尽，斩尽杀绝！

赵警官 是！

[气氛音乐。（音效）

[朱逸之及赵警官下。

[众特务舞蹈。

[枪炮声骤起。赤卫队和敌军激战。

[血战过后，被俘的赤卫队员被就地枪决。

群　众 （音效）共产党万岁！打倒反动派！打倒帝国主义！

[周文雍负伤，阿钟牺牲。

[火光蒸腾，硝烟弥漫。

[群众找亲人尸体。

[周文雍从战友高叠的死尸堆里爬出。

周文雍 （唱回龙腔二黄）

不是在熊熊烈火中死去，
革命者于火海里得重生，
就像凤凰涅槃，
注定要经过烈火炼烧。
失败了，再爬起身，
剑折了，重新锻造，
胜利只得三天欢笑。
反革命，勾结帝国主义，

杀我同胞。

要紧握枪，上战场，

为死难的弟兄，报仇雪恨。

（唱教子腔）

又哭太雷同志，怀念苏大姐，

广州起义，光辉谱入史诗，

珠江浮战友尸，雄魂何处依。

忆铁军，犹记好夫妻，

不贪风花雪月，

革命情怀无更替，好伴侣。

（唱化宏图）

革命种子将飘散，

千古珠江不改道。

始终屹立越秀山不会弯腰，（伴唱：不会弯腰）

揩干身上血，（伴唱：重复唱一次）

再挺胸上路。（伴唱：重复唱一次）

誓要迈过火海，

誓要迈过刀山，

拼将碧血化宏图，

为理想何惧风起云翻。

[众特务拥上，围住周文雍亮相。

第七场

[警察拖出陈铁军、周文雍。

[气氛音乐中转换警察局监狱。

[朱逸之、赵警官上。

陈铁军 文雍！

周文雍 铁军！

朱逸之 梁阿三！哦！不是！周总指挥！好厉害啊！仅仅三天而已，广州城就给你弄得天翻地覆，幸好……

周文雍 幸好有帝国主义帮了你的忙，所以……

朱逸之 所以我们又见面了。哈哈！哈哈哈！（众笑）

陈铁军 笑到最后才是最好！

朱逸之 有理，有理！不过贵党，也有乏情缺礼之处，比如两位，相处又不能相亲，相伴又不能相爱，这有悖人之常情常理啊！

周文雍 哈哈哈！此情此理，你永远不会懂的。

朱逸之 啊，我是不懂你们那一套，可你俩那真情一吻，唉，连我都动心了，我朱某也是人啊！你俩的香吻是发自于内心，出乎于情的，今天我要为你俩续写爱情传奇，圆你们心中之梦，给你一个意外惊喜，你看——

[场景转换。

[朱逸之、赵警官下。

朱逸之 （画外音）我朱某成人之美，专为你们假夫妻设置真喜堂！

[场景转换。

女　声 （独唱） 啊！——

是真是虚，是梦是幻，

却怎么梦回百转萦胸膛？

周文雍
陈铁军 （同唱） 多少回梦中做新郎
娘。

陈铁军 （唱妆台秋思）

在闺中巧梳妆，

凤冠翠带摇荡，

身穿褂裙装，

大妗姐陪我出闺房，

放声喊，哭爹娘，

再拜辞上花轿。

周文雍（续唱）踢轿门，又作揖来请。

炮仗声中待我接新娘，

进屋叩拜同埋案。

先拜天地，

堂前又再拜公婆。

夫妻相敬互拜结鸳鸯。（过门）

童　声（朗诵）梁鸿配孟光，

五世得其昌。

共挽同心结，

牵红入洞房。

周文雍（续唱）多福多寿多男子，

陈铁军（续唱）大富大贵大吉祥。

男女声（合唱）筷子双双同排放，

摆在中央；

又贺生仔定约出年，

夫妻应要记住，请我吃姜。

夜深月窥窗，

恩爱鸳鸯帐中藏。

[突然传来受刑惨叫声。

男女声（续唱）惨叫声声似乱棒，

惊醒鸳梦恨满腔。

[暗转。

周文雍 朱逸之，送我们回牢房。

[朱逸之等急上。

朱逸之 两位感觉如何啊？

周文雍
陈铁军 朱逸之，送我们回牢房！

朱逸之 唉，我朱逸之好心让你俩在这里成亲圆梦，难道你俩就是这样以怨报德吗？

是不是不喜欢在这里圆梦？那我就好人做到底，放你俩出去圆梦。不过，我有个小小条件……

[两警察提书稿上。

朱逸之 只要你们在脱党声明上签字。

赵警官 你们可以马上自由。

周文雍 哈……你们的把戏终于演完了。

陈铁军 你要我们叛党？

朱逸之 不，是脱党，脱离关系，重新做人！

周文雍
陈铁军 做梦去吧！

[周文雍、陈铁军将纸撕碎。

男女声 （合唱） 山无陵，江水为竭。

冬雷震震，夏雨雪。

天地合，乃敢与君绝！（重复一次）

朱逸之 既然如此，你就别怪我心狠了。刑具侍候。

[婚房又变成刑室。

[四特务上。

特务甲 （念） 三尺皮鞭钢丝缠，抽在身上血涟涟。

特务乙 （念） 烙铁烧红带火焰，皮肉焦煳冒青烟。

特务丙 （念） 凳名老虎无情物，青砖三块筋骨断。

特务丁 （念） 十指连心鬼又寒，犯人最怕是竹签。

众特务 招！

周文雍 （唱） 说什么，三尺皮鞭钢丝绕缠。

陈铁军 （唱） 说什么，烧红烙铁强如毒剑。

周文雍 （唱） 说什么，坐老虎凳痛苦难言。

说什么，竹签拶指连心寸断。

周文雍
陈铁军 （同唱） 虎穴狼窝，杀人武器万万千千。

周文雍
陈铁军　（同唱）　周文雍
陈铁军！

意志坚强，忠贞不变，

为理想粉身碎骨也心甜。

周文雍　（唱）　待来朝旌旗十万，

誓踏平那阎王殿。

朱逸之　就算你是钢铁，我也要将你熔化。上刑！

[切光。

[起光。周文雍、陈铁军刑房上，造型。

众特务　招供！

周文雍
陈铁军　啐！

众特务　死！

周文雍
陈铁军　（耸立般的）

人生自古谁无死，

留取丹心照汗青！

朱逸之　用刑！

众特务　啊！……

[暗转。

第八场

[赵警官引万福海上。

赵警官　万少爷，请吧。

万福海　赵警官，（塞钱）一点小意思。

赵警官　不！

万福海 嫌少吗？

赵警官 什么钱都能收，唯独这钱不能收。

万福海 为什么？

赵警官 收了是要下地狱的！

[万福海不解地看着他。

赵警官 万少爷，如果你能说服陈铁军，让她在这上面签个字，我还要谢谢你哩，请吧！（下）

万福海 铁军，铁军……

[一侧铁栅牢房灯亮，现出陈铁军。

陈铁军 万福海，你怎样来到这里？

万福海 我是来赎你出去的。

陈铁军 赎我？

万福海 近来生意不好，样样不顺，我找了算命先生，他说我阴阳不和，木缺水，你和我八字相投，正好互补，注定成为夫妻，我来赎你出监，你不要再做共产党啦！哦，你在这上面签了字，就可以自由了。

陈铁军 （看也不看）你告诉他们，就是天王老子来，也休想让我签字。

万福海 不就是一张纸，签个字吗！这可关系到你的生命啊！你不要再做什么共产党了。

陈铁军 我宣誓加入共产党！——

（唱） 是我个人自愿，个人志愿，
与你逼亲没相干。
万家少爷，冒险来探，肺腑感人，
今生今世把你的情来欠。（放慢）

万福海 （唱） 不应你欠，而是我欠。

陈铁军 （唱） 他世他生，加倍交返。

万福海 （唱） 他生恨晚，今世应还。

陈铁军 （唱） 你赶快把家还，还劝你速离此地。

万福海 （唱） 你不出监，我也坐监。

［另一侧牢房灯亮，现出周文雍。

周文雍 （唱反线中板）

难为他出身膏粱却是多情，真堪叹。

万福海 （续唱） 若不是因为你，铁军哪会坐监。

（浪里白）周文雍，是你引她入了歧途，是你横刀夺爱，是你霸人之妻，是你害她坐监，我恨你，我恨你……

陈铁军 你你你，胡言乱猜，血口喷人，你出去，出去！——

周文雍 （制止陈铁军）铁军！万少爷！

（续唱） 万少爷切莫怨恨心存，

听文雍直剖肝胆。

我与铁军为革命，

尽献一颗心丹。

陈铁军 （唱反线二黄）

为革命，假扮夫妻心甘情愿，

我俩道合志同，

经历了生死考验，

虽不同日生，真情挚爱，但愿死也同眠。

周文雍 （唱） 我情与子亲，

譬如影追躯，

齐比同心鸟，

又如比目鱼，

周文雍
陈铁军 （合唱） 我二人心心相印，

陈铁军 （唱） 从未把婚谈，为自由舍生取义虽死无憾，

周文雍 （唱） 人世间有大爱存，浩荡无边，

周文雍
陈铁军 （合唱） 永恒久远。

万福海 （白）我好糊涂，好糊涂！

[朱逸之等上。

万福海 朱局长，我把他俩都赎出去，您说吧，需要多少钱？

朱逸之 我不要钱，我要的是他俩的思想！

万福海 朱局长您不是说过，有钱能使鬼推磨，死刑变无期，无期变有期，有期变……需要多少钱，你开个价吧？

[朱逸之挥手，两狱警上。

万福海 朱局长，求你放了他们吧……

[狱警拖万福海下。

朱逸之 天下间还有他这样的痴情蠢人！赵警官，上面来了命令，周文雍、陈铁军不投降，就地正法！

赵警官 局长，是不是再向他俩晓以利害？

朱逸之 还有什么利害不利害，他俩连死都不怕，认输吧！为他俩准备身后事吧！

[朱逸之下。

赵警官 是！（对周、陈）周先生，陈小姐，行刑之前，你俩还有什么要求，我尽量满足你们。

陈铁军 我和文雍虽无花前月下，卿卿我我，但彼此相爱，心心相印。在行刑前，我们想留张合照在人间。

赵警官 （不无感动地）好，好！

[赵警官下。

[升铁牢栅。

[陈铁军、周文雍仿照老照片造型。

女　声 （独唱）　两情难舍疑梦乡，
寒铁窗，对梳妆，
相顾无言，唯有泪千行……

[伴唱中摄影师上，照相。

周文雍
陈铁军 谢谢老师傅！

摄影师 不用谢，请问两位，这张照片到时寄给谁呀？

［摄影师下。

周文雍 就寄给中国人民吧！

（唱楼台会）

女　声 （独唱） 啊！……

周文雍 （唱） 人民是我爹娘，

育养恩不忘，

儿尽忠赴刑场往，

难尽孝自惭惶。

陈铁军 （唱） 待到遍地花芬芳，

捷报告爹娘。

儿在天尽孝洗云裳。

周文雍 （唱） 扫洗阴霾三千丈，

来日看赤色神州，

陈铁军 （唱） 锦霞漫天艳阳沐四方，

周文雍
陈铁军 （合唱） 世代相传永莫忘。（重复唱一次）

［众特务分边上。

［二人相拥。

男女声 （和唱）嗯！……啊！……

陈铁军 文雍！（念）

几度梅花几度风，

碧血黄花贯长虹。

周文雍 （念） 志士头颅为党落，

好汉身躯为群裂。

陈铁儿 家姐。

陈铁军 铁儿。

［二人走向刑场台阶。

[众特务分边下。

周文雍
陈铁军 现在，我们宣布，这刑场就是我们正式结婚的殿堂！让反动派的枪声成为我们结婚的礼炮吧！

[气氛音乐。

女　声 （合唱） 当木棉花落如红雨，

男女声 （合唱） 幸福的大门，缓缓开启。

[音效：枪声。

[两人中弹造型。

尾　声

[气氛音乐。

[木棉花落如红雨。烟雾。

[众人造型。

[周文雍、陈铁军走进花雨中。

女　声 （领唱） 且看粤江三月天，
千树万树红花开，
与君壮别八十载，
何日君再来，

男女声 （合唱） 何日君再来。

[二人台阶升起。

[众人向前迈步。

[众人造型。

[幕闭。

（剧本版本：广州粤剧院提供）

·粤剧卷·

小周后

编剧：筱　坪
粤剧移植：秦中英

人 物 表

小周后　　南唐后主李煜的小姨子，后为南唐皇后。

李　煜　　南唐后主，入宋后封“违命侯”。

赵光义　　宋晋王，后继太祖位、即宋太宗。

徐　铉　　南唐大学士，入宋后封太子率更令。

宝　仪　　南唐宫女，专管文书。

流　珠　　南唐宫女。

曹　彬　　宋义成军节度使，征南元帅。

南唐文武大臣、宫女、宋将、宋兵、太监、宋宫女、舞女。

合唱调　（调寄“相见欢”）

林花谢了春红，
太匆匆，
无奈朝来寒雨晚来风，
胭脂泪，
相留醉，
几时逢？
自是人生长恨水长东！
人生长恨水长东。

序　幕

[南唐后宫，小周后居所，宫女们手持灯笼过场。

[小周后拿着一张词稿，低徊欣赏，她入神了，不时流露出甜蜜的笑意。

小周后　（轻念一斛珠）

晓妆初过，沉檀轻注些儿个，

向人微露丁香颗，

一曲清歌，

暂引樱桃破。（轻笑，宫女们模仿小周后）

（唱燕子楼慢板）

柳岸轻风石涧流泉，

教人遍体清凉，荡气回肠，

令我一心温暖，（过门）

（过门念白）

绣床斜凭娇无那，

烂嚼红茸，笑向檀郎唾。

（接唱）　子建高才，宋玉多情，

怎及他行行点点半是芳香半是甜。

[流珠上抢词稿，小周后失惊："把词稿还我！"

流　珠　（念）绣床斜凭娇无那，烂嚼红茸，笑向檀郎唾……真个是甜到入心，怪不得看到出神了。（众人笑）

[众嬉笑。

小周后　（羞嗔）你个小鬼头……（欲抢回）

流　珠　（笑避开，作态）小心撕破。（白）

真是生花妙笔，写下盟心券。

真似情河之上，一对宝鸭穿莲。

佳词妙句，情意绵绵，

一对神仙美眷。

宫女们 一对神仙美眷。

小周后 我不配呀！（顿脚笑）

宫女们 我不配，哈哈……

小周后 （有所感触）我——不配呀；姐夫心里，不染一点俗尘，姐夫身上，不存一丝俗气，姐夫眼内，不有一些俗物……

流　珠 （抢住开口）你呢？

小周后 我？

宫　女 你……

小周后 我……

宫　女 你……

小周后 我……我……我么……（嗔喜）你！快把词稿还我，（打更声，小周后一愣，失言）姐夫约我，今宵相叙。

流　珠 好了，我们不要打扰皇姨，我们走吧。（众下，把手帕交小周后）

小周后 （无限得意、甜蜜，念词）花明月暗笼轻雾，今宵好向边去……

（众宫女上场……笑……）

宫女们 花明月暗笼轻雾，今宵好向郎——边——去——

哈哈……（笑，暗灯）

[旁白："花明月暗笼轻雾，今宵好向郎边去。"一阕阕词句，情浓意蜜，绮丽柔靡，成就了小周后与南唐后主李煜的爱情。本剧所要讲述的就是这段凄婉动人、旷世难觅、流传了千百年的生死苦恋。宋开宝七年（公元974年）秋，宋太祖赵匡胤出兵平了南汉，正调将遣兵，训练水师，预备荡平江南。南唐后主李煜闻之，震恐异常，便上表宋廷，愿去国号，改为南唐国主。宋太祖命李煜入朝。李煜推说有疾，不肯入朝，遂遣大臣徐铉出使汴梁以说服赵匡胤罢兵。

第一场　拒　封

[灯暗。音乐声中，灯亮。

[南唐皇宫御苑，红罗亭外。

[极度不安的音乐，心事沉重的李煜在焦急盼望。

李　煜　（临江仙）

樱桃落尽春归去，
蝶翻轻粉双飞，
子规啼月小楼西，
玉钩罗幕，
惆怅暮烟垂，
别巷寂寥人散后，
望残烟草低迷，
炉香闲袅凤凰儿，
空持罗带，（宝仪上）
回首恨依依。

宝　仪　国主，徐铉大人求见。

李　煜　呵，徐大人回来了，快请他来。

宝　仪　是请到此地？

李　煜　对。

宝　仪　国主曾吩咐过，这红罗亭除了皇姨，任何人不准到来。

李　煜　现在是什么时候了，还顾得许多，快请他来！

宝　仪　遵旨。

[宝仪下，引徐铉上。

徐　铉　臣徐铉拜见国主。

李　煜　徐铉，你见到宋皇了吗？

徐　铉　见到了。

李　煜　宋皇他怎么说？

徐　铉　这……

李　煜　徐大人……

徐　铉　赵匡胤他，他……他……

李　煜　徐大人……

徐　铉　他说：（课子）

既然是父子相称，为什么如此分立两朝纲？

既然是天下一家，卧榻侧岂容他人鼾声响？

李　煜　（惊呆）宋皇他怎能这般说话，怎能这般说，想我李煜自继位以来，为保百姓平安，甘为大宋附属国。忍气吞声，小心翼翼，极尽奉承。我从未负过大宋，江南也从未与大宋交恶。天灭南唐，天灭南唐呀！

徐　铉　国主……

［小周后内唱“醉酒”。

小周后　（内场唱）谯楼初更报，

（接唱）　晚烟轻罩绿荷塘。

静静抬步，

御道匆匆过，

风飘衣带夜微凉，

红罗亭往，践约会爱郎，

情深荡漾。

李　煜　看来大势已去。我的南唐是保不住的了，保不住了啊！

徐　铉　国主……

李　煜　爱卿，你先回去。容朕独自想想……

徐　铉　罪臣告辞。

［李煜挥挥手，徐铉下。

［李煜独自饮泣。小周后走到他跟前。

小周后　（用手摸摸李煜）

李　煜　卿来了？

小周后 （制止，依偎在李煜怀中）

（念白一斛珠）

晓妆初过，

沉檀轻注些个儿，（小周后坐）

绣床斜凭娇无那，

烂嚼红茸，笑向檀郎唾。（靠上去）

李 煜 “烂嚼红茸，笑向檀郎唾”。（苦笑）小妹！南唐国事乱纷纷，唯有小妹解烦扰，小妹！你知不知道朕是多么紧张你呀！

小周后 姐夫！（春江花月夜）

夜月半低沉，

心相印，身相近，

若迷若醉，（小周后起）

甜甜蜜温馨入梦魂，

是我今生福分，

是天赐有情人。

此生但能共君，

一生永不相分。

李 煜 （感动）小妹！多谢你……（感叹）……只怕我给你的，不是一生幸福，而是一生灾难呵！

小周后 只要是姐夫所赐，我的心都是甜的。

李 煜 小妹！

小周后 姐夫！

（唱送君）

当初姐病渐危，

召我深宫相探。

曾蒙君相爱，

浅斟低酌间，

宵宵唱酬相知恨晚，

为防惊侍女，
暗自脱金钩手挽，
郎情添蜜意，
笑为我新曲撰。

李　煜　（甜蜜地回想）是菩萨蛮。

小周后　对，正是菩萨蛮。

李　煜　（菩萨蛮）

花明月暗笼轻雾，
今宵好向郎边去。

小周后　袜步香阶，手提金缕鞋。

李　煜　画堂南畔见，一晌偎人颤。

小周后　奴为出来难，

李　煜　教郎恣意怜。

李　煜　哈哈，朕今天要封你做南唐国后！（李坐下）

小周后　姐夫！（惊喜后想了想）不能，不能。眼下强敌临头，你又怎能在这个时候封后成亲呢？

李　煜　他打他的仗，我成我的亲……小妹（回头看小周后）朕等这一天已经等了好几年了。小妹！

（唱反线中板）

想孤这一生，
讨厌权谋角逐，
阴差阳错，当上君皇。
幸有令姐贤能，
君后濡沫相依，
家国稍宁，她又早丧。
多得佛祖慈悲，
赐我花天法雨，
红莲临玉阙，

金凤降华堂。

（白）小妹，朕绝不能委屈你。

小周后 姐夫！我又怎会受委屈呢？只要我们能甘苦共尝，死生同命，我是不会在乎国后虚名呢。

李 煜 你不在乎，朕在乎。朕今天要当众颁旨！

小周后 （按住李）姐夫！小妹我不愿意受封。（跪）

李 煜 你……你可知道君无戏言，朕定要册封，你又如何？

小周后 姐夫，小妹我不愿受封，你又奈我何如。

李 煜 小妹…你……

徐 铉 [此时徐铉内场大叫：国主！国主！

众 人 国主！

徐 铉 国主，大事不好……

李 煜 何事惊慌？

徐 铉 宋朝征南大元帅曹彬派专人送来招降表。

徐 铉 他说宋军南下，势如破竹，不日将兵临城下。如若不降，城破之日，玉石俱焚……

小周后 国主……

众 人 国主，国主……

徐 铉 国主！

众 人 国主。

李 煜 （六神无主地看大家）这……

（朗诵：调寄“相见欢”）

无言独上西楼，月如钩。

寂寞梧桐深院，锁清秋。

剪不断，理还乱，是离愁。

别是一般滋味在心头。

[旁白：宋开宝八年（公元975年）冬，宋太祖赵匡胤借口李煜心怀异志，不肯入朝，有违逆之心，命义成军节度使曹彬、山南东道节度使潘美率十万大

军，即日攻取南唐，在这国难之时，李煜正为不见小周后，焦急地在后官内寻找。

第二场　自　嫁

[宋开宝八年（公元975年）冬。

[宋征南元帅曹彬在宣读圣旨。南唐太庙，悲凉沉重音乐声中，宫女，太监收拾东西，穿梭过场，李煜神情凄楚，木立无言，徐铉一旁焦急凄凉、叹息。

李　煜　宝仪，此刻孤皇最放心不下的，就是皇姨。你快与徐爱卿去找到皇姨，护送她返回扬州去吧！

徐　铉　国主……

宝　仪　国主，我们万万不能离开你呀！

李　煜　快去，快去呀！权当是朕最后一次下达国主之命吧。

宝　仪　国主！

李　煜　回来，千万要把朕的词稿呵护好，一并带上。

宝　仪　请国主放心。

[俩人叩首下。哀怨的音乐起，一阵风起，犹显冷清孤凄……

李　煜　（黯然伤神，悲叹）太庙，太庙……

（乙反长句二黄弹词调）

十五载危厦偷安，
一梦醒山河版簜，
估道人生短暂，且把逍遥享，
谁料苍天不佑，乍降暴风狂，
断送了祖宗世祚长，
断送了邦家世业强，
断送了锦绣江山，
断送了繁华景象，

（风潇潇）想到万众臣民沦丧，

想到将士壮烈惨状，

真是火煎身躯，刀穿心肝。

耻辱名声留后世，委屈残生向敌邦。

但愿小妹能险处得平安，

与她终身相伴共存亡。

[李煜颓然向舞台深处走去……突然，传来一阵优美喜庆的唐乐声，李煜愕然，止步。

[数名侍女手持宫廷乐器顶着风雪上。

（新腔）

艳丽嫁衣裳，凄酸百回肠。

连天战火，将倾国邦。

狼烟冲霄汉，金鼓震殿樑，

看云雾里，笑翱翔。

一双美鸳鸯，美鸳鸯。

（众人入门）

[两人见面时静止。

小周后 参见国主！

李　煜 （惊）小妹！你这是……

小周后 国主！

（楼台会）

浓情永难移，玉燕不分飞。

当初在御亭里，荣华我力辞。

为情暗泪垂，为爱苦相思。

今天患难里，樊篱已尽除。

郎是照地照天梧桐树，

奴是绕树绕君水藤枝，

拈花对月为郎誓，

今日共君结佳期。

李　煜　（意外）你要嫁?

小周后　对，我要嫁，就在今天，就在此地!

（乙反中板竹提调）

与郎君，荣辱浮沉同一起。

与郎君，天荒地老不分离。

郎君呵……

妻与你，化骨成灰仍伴侣，

妻与你，生生死死永相随。

李　煜　（前腔）　小妹呵！我可能，今后再不是位尊为皇帝。

小周后　（接唱）　我甘心，布衣粗食守寒微。

李　煜　（接唱）　我可能，终身阶下为囚隶。

小周后　（接唱）　我甘心，做个囚徒贤淑妻。

李　煜　（接唱）　我可能，终身困在牢狱里，

小周后　（接唱）　我甘愿，送茶送饭送寒衣。

李　煜　（接唱）　我可能，此去再无归日子。

小周后　（接唱）　郎君呵！我铁心，陪你走个没了期！国主！（跪）

李　煜　小妹！不能，不能!

徐　铉　（跪下）国主，山河破碎、前途难卜，难得皇姨一心抚你亡国之痛，慰你孤愤之躯。国主啊，念皇姨对你情真之极，爱深之极，你就应允了她吧!

宝　仪
流　珠　（跪下）国主，你就成全了皇姨的心愿吧!

众侍女　（跪下）国主……国主……国主。

小周后　国主，你今日若不答应，我就跪死此地!

［李煜拉小周后起来，轻声说：

李　煜　小妹，（泪流满面）好，我答应你。我南唐国的亡国之君，就在此时此地，当着南唐皇族的列祖列宗，册封皇姨为南唐皇后!

小周后　谢国主！（乐起）

[众侍女奏起唐乐。

[宝仪、流珠给小周后盖上红盖头。

[一排宋御林军士兵冲上，手中长矛直指他们。

[李煜微微一震，婚礼继续下去。赵光义与曹彬等上。

徐　铉　行典！奏乐……一拜天地，二拜高堂，夫妻对拜。

[婚仪完毕，李煜揭去小周后的红盖头。

[赵光义赶紧趋向前去，立即为小周后的美貌所惊呆。

[静场。曹彬发现赵光义失态，走上前来。

曹　彬　（轻声）晋王……

赵光义　（掩饰地）念……

曹　彬　大宋皇帝有旨：江南伪主李煜，能体念苍生，免遭涂炭，下令州郡息兵罢战，献玺称臣。朕特殊恩，以诚相待，李煜夫妇，着即辞庙迁京，听候发落，钦此！

众　人　国主……

曹　彬　李煜，还不快快上前拜见大宋皇帝的嫡亲兄弟晋王爷，钦差镇南安抚使。

李　煜　罪臣接旨。（跪）

赵光义　（一副胜利者的神气模样）免了免了，李煜，听说你很会作诗填词，你很有福气啊。自我大宋立朝以来，征北战南，伐西平东，统一天下，我兄宋太祖皇帝只有对你这个亡国之君是格外关照。此次，又专门派我赵光义，千里迢迢前来升州对你等加以安抚，生怕为难了你这位大文人。但我看你们逍遥自在得很嘛！

李　煜　罪臣不敢。

赵光义　好了，赶快收拾收拾，准备上路吧。

众　人　国主……

赵光义　不过，这些漂亮的宫女，就不可以带走了。哈……

[赵光义大笑着与曹彬等人下。

众　人　国主……

[大臣内场叫：国主……

李　煜　爱卿，各州县百姓可有遭难？

大　臣　各州县都已降宋，只有江州指挥使胡则宁死不降，最终失城被俘，惨遭凌迟处死……那曹翰竟下令屠城，可怜江州全城百姓……男女老少，无一幸免……（哭倒）

李　煜　（喃喃自语）国破家亡，国破家亡啊！

众　人　国主……（跪下）

李　煜　众卿，国既已破，家不可亡啊！你等不必再追随孤王左右，快快归家，去吧，去吧……

众　人　国主！

李　煜　你等去吧！

宝　仪　国主，江山终会随水逝，佳词永远在人间，望国主分赐奴婢等词稿一篇，让我们长留身上，永驻心中。（下跪）

流　珠　望国主赐奴婢等词稿一篇。（下跪）

众宫女
大　臣　（同下跪、齐声）赐奴婢
臣词稿一篇。

小周后　望国主满足他们夙愿，分赐词稿。

（小周后点头）

李　煜　好，宝仪就将词稿分赐吧。

[两宫女进场捧词稿出，小周后分词稿。

[音乐声，分赐词稿。

李　煜　爱卿（写完词稿）我们走吧。

众　人　国主！（跪）

[李煜携小周后惨然笑下。

宝　仪　（悲叫）国主，请容奴婢追随侍奉。

流　珠　国主，请容奴婢追随侍奉。

众　人　国主！

[朗诵：“破阵子”

四十年来家国，三千里地山河。

凤阁龙楼连霄汉，
玉树琼枝作烟萝，
几曾识干戈。
一旦归为臣虏，沈腰潘鬓消磨。
最是仓皇辞庙日，
教坊犹奏别离歌，
垂泪对宫娥。

[旁白：李煜沦为宋俘，背上“违命侯”这耻辱的封号，被迫北迁。小周后随夫上汴京，同遭软禁。不久，宋太祖驾崩，其弟赵光义继位。小周后与李煜的命运从此陷入了更深的泥沼。

第三场　励　志

[宋太平兴国二年（公元977年）三月春。

[汴梁，“违命侯”府花园。

[虽是阳春三月，园内却仍满地落梅，让人感觉不到任何的生气。衣着简朴宋装的宝仪提着购来的食物等上。

宝　仪　（叫）流珠！流珠！

流　珠　宝仪姐词稿卖到好价钱了吗？

宝　仪　（略兴奋）卖到好价钱了。侯爷的词写得太好了，很多人都争着抢购，我已经谈定了两家，出的价特别好，以后就专门卖给他们。

流　珠　太好了。今后夫人就不用整天为过日子发愁了。

宝　仪　流珠你可千万小心，别说漏了嘴，要给侯爷知道了，不知会发生什么事。

流　珠　宝仪姐，你放心吧，我连夫人都不会告诉的。

[流珠提食物下。

[正欲下，与迎面而上的小周后相遇，流珠同上。

宝　仪　（笑）……夫人。

小周后　宝仪，你快将这件衣服拿去卖了换取食粮啦。

宝　仪　不能卖，夫人，这件是你的嫁衣，也是侯爷最喜欢的，不能把它卖掉。

小周后　现在是什么时候了。宝仪快去。

流　珠　夫人，夫人，你看，我们有食物了。

小周后　（望着宝仪，不说话，宝仪心虚）宝仪，买了这么多的食品，钱是从哪里来的？

宝　仪　我把你送我的首饰卖了……

小周后　乱说，你的首饰早就卖光了。

宝　仪　我……

流　珠　夫人……（宝仪制止）

宝　仪　流珠……

小周后　你们到底有什么事情瞒着我？

宝　仪　奴婢不敢……

小周后　你们到底做了些什么？

宝　仪　夫人，我们什么都没有做过，什么都没做过。

流　珠　我们是把侯爷的词稿拿去卖了……

小周后　（如雷轰顶）什么，你竟敢私卖侯爷的词稿？

[小周后怒从中来，挥手欲打不忍把扫把扔在地上。

宝　仪　夫人，词稿是我拿去卖的，你要打就打我啦！

流　珠　夫人，你要打就打我啦，千万不要气坏了自己的身体啊！

（清唱）　请夫人莫生气，

（乙反二黄）你要保重金躯。

宝　仪　　　　　暗把词稿卖钱，

都为维持家计。

流　珠　（接唱）　厨下已无隔宿米，

侯爷膏火已难支。

宝　仪　（接唱）　奴婢两人，也曾想把自己卖去，

念到多年恩义，实不忍一旦分离。

宝　仪
流　珠　夫人！

小周后　宝仪、流珠。

[小周后将宝仪、流珠搂在怀里。边说边扶起两人。

小周后　用词稿来换取一日三餐，侯爷知道了是会伤心痛苦的呀！

流　珠
宝　仪　（哭泣上前）夫人，我们知错了！夫人，

[三人互擦眼泪水。

[此时李煜上。

宝　仪　侯爷？

小周后　（见状上前）老爷，你回来了？宝仪快与老爷洁面啦。

李　煜　免了。

流　珠　侯爷，容流珠侍候侯爷用膳。

李　煜　免了。

宝　仪　侯爷，书房已经熏上香，备好文房四宝。

李　煜　免了。

李　煜　（甩开小周后的手）（喝酒，见没酒）免了，免了，宝仪，拿酒来。

宝　仪　（欲言又止）侯爷，家里什么都没有了，哪来的钱买酒呀？

李　煜　（重重地说）没钱？笑话，我是违命侯，侯爷呀！侯爷会没钱？怎么会没钱，怎么会没有钱……哈哈……（李煜跑进房内在内场叫：流珠，流珠……突然看见桌上的词稿，抓起词稿一挥）流珠，换钱！

流　珠　侯爷。

李　煜　快去！

小周后　流珠！

李　煜　快去！（不耐烦）

小周后　流珠，你怎么这么不懂事，词稿是侯爷一生的心血呀！是无价之宝呀！（流珠不知所措默默哭泣）

李　煜　无价之宝？无价之……宝？我们现在过的是什么日子？食不成餐，睡不成

眠，行不自由，生不如死呀。无价之宝？哈哈哈……（狂笑）

[抢过宝仪手中的词稿，随手一张一张甩向空中。

流　珠　（拾词稿）侯爷……

小周后　流珠！老爷，你既然要自暴自弃，自甘沉沦，好！我帮你！

[小周后愤然拿词稿撕起来。撕词稿舞蹈。

李　煜　（李煜见状大叫）夫人，不要撕，不要撕，（冲上前叫夫人时惨烈）夫人。（身体颤抖着哭泣）

小周后　（慢慢转过头猛然紧紧抱住李煜，跪）

老爷！（唱古调秋江哭别）

不怪君意淡情还淡，

我惯历严寒何愁冷，

惜君心丧大志亦残。

李　煜　（接唱）　哀此心好比轻烟幻。

小周后　（接唱）　君心不应灰幻，

看秋霜冬雪暴虐。

终难令春色减。

李　煜　（前曲）　感爱卿意重情无限，

愧自无能狂澜挽，

使卿因我穷途度日难，

哀此心失灿烂，

哀秃笔枉构撰，

纵哀丝抽到尽也，

春蚕自困茧。

小周后　老爷，我知道你的内心好痛苦，你可以把它写出来呀，把你的怨、你的恨、你的苦恼、你的悲哀、你的失落、你的愤怒全部都写出来呀！

李　煜　（乐起）全部写出来？对！全部写出来！

[写词三人舞蹈。

小周后　（吟诵）　春花秋月何时了，往事知多少？

（唱虞美人）

春花秋月何时了，往事知多少？

小楼昨夜又东风，

故国不堪回首月明中。

雕栏玉砌应犹在，

只是朱颜改。

问君能有几多愁？

恰似一江春水向东流！

（激动白）老爷！

李　煜　夫人！（拾稿）

[两人正欲走，幕内传来一声苍老的报门声：“太子率更令徐铉大人到。”两人止步。徐铉急匆匆上。

徐　铉　侯爷。

李　煜　徐大人。

小周后　见过徐大人。

徐　铉　国后？

徐　铉　臣徐铉拜见国主国后！

李　煜　徐大人快快起来，快快起来……

徐　铉　刚才宋太宗把我召进宫中，说道今日偶得闲暇，想来探望国主国后，我先行一步，圣驾即刻就到。（李煜马上看小周后）

李　煜　这……

[苍老的报门声又起：“大宋太宗皇帝驾到！”

[宋太宗赵光义上。

李　煜　不知太宗皇帝圣驾光临寒舍，有失远迎，罪该万死！

[赵光义从太监手里拿过几幅词稿，掷在地上。

赵光义　李煜！这可是你的词稿？

李　煜　这，是臣拙稿。

赵光义　可为何会在街市出卖？

李　煜　这……出卖？

小周后　（挺身而出）皇上明鉴，此事乃臣妾一人所为，与侯爷无关。有何罪责，当由臣妾承担。

赵光义　哦……（欣赏着小周后的容姿）果然是个有情有义的贤女子啊！哈……（突然翻脸）李煜，自你被降服以来，大宋对你不薄。为何会在大街之上出卖词文，岂不是讥我朝廷，薄义寡恩。你该当何罪！

小周后　但数月以来，侯爷俸禄，未发分文。几次上报，不闻不问……

李　煜　夫人……

小周后　为筹一日三餐，府中之物，连同贴身首饰，几当卖尽。不卖词文，何以活命？

赵光义　徐大人。

徐　铉　臣在。

赵光义　可有此事？

徐　铉　所言属实。

赵光义　（踱步，思考）回去后替朕查明克扣俸禄之事，按律处罚。

徐　铉　臣遵旨。

赵光义　着即免去李煜“违命侯”爵号，改封“陇西郡公”，增添月俸。

李　煜　（喜出望外）谢主隆恩！

赵光义　都起来吧。（唱梆子慢板）

只怪孤家，事欠周详。
太祖每常称赞，
李煜旷代华章。
怎可流落民间，
应该编诸史册，
朕当金镂玉雕，
长供词林鉴赏。

李　煜　万岁，万岁，万万岁！

赵光义　你等速将词稿收集起来，送入宫去。

李　煜　遵旨。（小周后在李煜说遵旨时拉他的手，被李煜推开）

赵光义　回宫。李煜，皇后深居内宫，难免早晚寂寞，朕想请夫人常去内宫走走，陪皇后谈心解闷……

小周后　这……

李　煜　这是夫人的福气，自当奉命候旨前往。

赵光义　这就好，这就好……哈哈……

三　人　送皇上!

[赵光义阴笑着下，李煜还喜悦地翻着词稿。

小周后　老爷，你不该应承臣妾入宫呀。

李　煜　无非是陪皇后说话聊天，夫人不必多虑，但去不妨。

小周后　可我的心里……

徐　铉　国主呀，今日之事来得蹊跷，我们防人之心不可无啊……

宝仪、流珠　侯爷!

[李煜陷入沉思……

李　煜　这……(小周后慢慢向前)(音乐起)

[切光。

[朗诵：调寄“子夜歌”。

人生愁恨何能免?
销魂独我情何限。
故国梦重归，
觉来双泪垂。
高楼谁与上?
长记秋晴望。
往事已成空，
还如一梦中。

[旁白：太平兴国三年（公元978年）七月初六。小周后应旨入宫与皇后叙话。她隐约感到，在那深深的后宫，一个比失去自由，贫困潦倒更为可怕的变故正在等待着她……

第四场　护　词

[汴梁，宋皇宫偏殿，香烟缭绕。香炉旁放着李煜的词稿。偏殿中回荡着堂皇华丽的唐乐。宋太宗赵光义倚坐榻上，边喝着美酒边看词稿，边欣赏着宫廷舞女们的唐霓裳羽衣舞。

[舞女们边舞蹈边歌唱。

（调寄“菩萨蛮”）

蓬莱院闭天台女，画堂昼寝人无语。

抛枕翠云光，秀衣闻异香。

赵光义　妙、妙啊……“抛枕翠云光，秀衣闻异香。”太妙了，怎么能写出这般让人心痒的词出来？

（舞女接唱）

潜来珠琐动，惊觉银屏梦。

脸慢笑盈盈，相看无限情。

赵光义　“相看无限情、相看无限情”，朕就是要想相看无限情啊！李煜夫人来了没有？

一太监　尚未进宫。

赵光义　快叫人去催。

一太监　遵旨。（下）

赵光义　“相看无限情”真是千古绝句呀。

曹　彬　（上）皇上。

赵光义　（发现曹彬）曹爱卿，你看，这个李煜把自己的夫人描写得……呵，“魂迷春梦中”，真是蚀骨销魂，哈哈……想这李煜文不能治国、武不能安邦，却倒也真会享受，做神仙也不过如此了吧……

曹　彬　回皇上，正因为整日醉生梦死之贪，方有此丧权亡国之痛啊……

赵光义　（感到话中之话，不便发作，挥手示意舞女下）曹爱卿从江南返京，舟车劳顿，理应休息。此时进宫，有何禀奏？

曹　彬　启禀皇上，臣在江南获知，江南士庶怀念李煜，怜叹不已，有的地方甚至还为李煜立了祠庙。都说他虽不善治国，但并无苛虐之政，黎民百姓在他治理之下得以休养生息。眼下，到处都在传诵着他的诗词呀，皇上。

赵光义　朕在微服出游，体察民情之时，也常看到有人在吟诵传抄李煜的词稿，长此下去，如何得了？

曹　彬　臣从民间收来几首李煜新作，文采横溢，但怨恨之心十分昭显，臣不敢延宕，请皇上圣裁。（递）

赵光义　（读词）"故国不堪回首月明中……"故国？他还想故国？

曹　彬　（白）皇上，养虎终为患啊……

赵光义　嗯……优柔寡断、终为其乱，该下决心了，曹爱卿。

曹　彬　臣在。

赵光义　明日乃李煜生日，你代朕送去"特制"美酒，与他"祝寿"！

曹　彬　臣……明白。

赵光义　千万小心，休得差错。

曹　彬　臣领旨！（下）

赵光义　（滚花）　莫怪孤无端夭折才人命，

只怪他词多悲怨忧民心。

坐拥江山，醉拥美人，

方是道寡称孤，奉天承运。

［内报：陇西郡公李煜夫人到！

［小周后在音乐声中踌躇忐忑不安上。

小周后　（二王首板）

乍听宫中要传唤，

（反线梆子滚花）

顿觉心里忐忑不安，

（千般恨）报鼓初更，月暗星寒。

召进深宫为哪般，

不能缩闪，更难避让，

步步像踩刀刺上，

身临鬼窝，叫援绝望，

拼将一身猛迎巨浪。

[赵光义喜迎上平台。

赵光义 呵，原来是周美人来了。

小周后 （强装欢笑）臣妾见驾。

赵光义 快快起来。

小周后 臣妾奉诏进宫，陪侍皇后，郡公命臣妾着即前来。不知皇后娘娘现在何处?

赵光义 皇后在内宫逍遥自在，何用人来陪侍?

小周后 如此请容臣妾告退。(欲走)

赵光义 既然来了，如何轻言一个走字?

[小周后听出话中有话不由停住。

赵光义 倒是朕虽居万民之上，终日里孤寡伶仃，渴望有佳丽陪侍啊!

小周后 后宫中嫔妃众多，又何言无佳丽陪侍?

赵光义 美人呀! （二黄略爽唱）

当日金陵初见面，

已经撼动我心灵，

好一株蓬岛名花，

该移我上林仙境，

今夕是天缘重会，

合当把雨露身承。

小周后 （接唱） 臣妾早有丈夫，

陛下隆恩，不敢拜领。(加小过门)

赵光义 （接唱） 孤是君临天下，

何求不得，何愿不成。

小周后 （接唱） 女子可贵是幽贞，

恕臣妾不能从命。

赵光义 （脸沉下来）看来，你是不愿意领朕的这份情啰?

小周后 求皇上开恩放臣妾回府。(跪)

赵光义 哈哈……（大笑起来）既然来了，岂能就此而去？这岂不是让朕太遗憾？

小周后 臣妾听不明白。

赵光义 你已是明明白白的了。

小周后 明日是臣妾夫君母难之期，府中一应事物，还等着臣妾回去操持……（欲走）

赵光义 （冷笑）你夫君的命都操持在朕的手里，你还操持什么？

（小周后听出话中有话，暗惊）

赵光义 (过去拉她)美人，来吧……

小周后 （退）你……你想干什么？

赵光义 朕要你陪朕饮酒，陪朕歌舞，与朕侍寝呀。(一把搂住小周后。小周后奋力挣扎)

[一太监上。

太　监 皇上。

赵光义 （无奈地松开小周后）什么事？

太　监 启禀皇上，太子率更令徐铉徐大人有紧急军情求见。

赵光义 不见!

小周后 徐大人!

[太监下。赵光义情急，扑向小周后。徐铉闯上。

赵光义 （强忍愤怒）何事禀奏？

徐　铉 臣徐铉拜见皇上。

徐　铉 请恕微臣斗胆，恳请皇上开恩，放陇西郡公夫人回府。

赵光义 （惊讶）怎么，你竟然是为李煜来找朕要人？

徐　铉 求皇上开恩。

赵光义 朕为什么要听你的话放人？

徐　铉 皇上……

（乙反线芙蓉腔中板）

大宋开基创业，

初得国泰民安，
为君者居安思危，
万不可轻浮放浪。

赵光义 （接唱） 你竟然扬孤之过，
败坏了上下纲常。

徐　铉 （正线中板趋快唱）
功过是非，如人指掌。
岂是微臣，寸口能扬。
贤太祖把李煜作上宾看，
又怎能为私欲辱他妻房。

赵光义 （前腔更快）
贼子果然包天胆量，
诋毁孤皇赞颂兄皇。

徐　铉 （前腔） 孽海无涯，回头是岸。
忠言逆耳，匡国良方。

赵光义 （前腔、更快）
狂妄匹夫无君上。

徐　铉 （前腔） 荒淫无道位不长。

赵光义 （前腔） 辱骂君皇，（断收）
（吊慢） 不怕死无地葬！

徐　铉 （滚花） 你倒行逆施、弑兄篡位逼奸臣妇，我……我看你这昏君是怎样收场！（碰壁而死）

赵光义 你！

小周后 （悲叫）徐大人！
（快扌慢二流）
骂一声，无道君王。
伤天害理，蛇肠蝎心。
莫道弱女命低微，

夫妇真情高万仞。

今日再无求生望，

拼将一死报郎君。（欲去死）

赵光义 （拉住）大美人，朕又怎么舍得让你去死呢？你来看！（诵词稿）“奴为出来难，教郎恣意怜”。

小周后 是郎君的词稿？！

赵光义 这是你丈夫半生的心血，如果一把火烧了它，你说是多么可惜呀……

小周后 快把词稿还我，快把词稿还我……

[赵光义把手中词稿伸向火盆，小周后恐惧地止步。

赵光义 （狞笑）你今晚只要让朕开心，朕就把词稿还你。朕要你陪朕饮酒，陪朕歌舞。你满饮一盅，朕自当还你词稿，你若把词稿全部取回，李煜的性命就得以保住，敢逆朕意，即令李煜先斩双手，挖去双目，割断舌头。

[小周后绝望地闭上眼睛。

赵光义 （得意地）哈哈哈哈……奏乐。（小周后往外走停住）

赐酒！

（女声独唱“望江南”）

多少泪，

断脸复横颐。

心事莫将和泪说，

凤笙休向泪时吹。

肠断更无疑。

[音乐起。小周后突然疯狂地舞动起来……一太监在旁倒酒。小周后就喝一杯……

[小周后终于大醉……赵光义点头，太监托起小周后。

[赵光义呆住跪下……

[音乐起。

[切光。

[朗诵：“望江南”

多少泪，

断脸复横颐。

心事莫将和泪说，

凤笙休向泪时吹。

肠断更无疑。

[旁白：七夕佳节，牛郎等到了织女，而李煜却久久等不来自己的妻子。小周后自昨日入宫彻夜未归，李煜心悬不下却又无可奈何，亡国之主身不由己，只能枯坐苦等，等着妻子来共度这冷冷清清的寿辰。

第五场 殉 情

[宋太平兴国三年（公元978年）七月初七夏。

[汴梁。陇西郡公府正堂。

[陇西郡公府为李煜的生日已经作了虽不排场但却颇为精心的准备，但府内的气氛仍与“喜庆”相去甚远。流珠静上，碰一下汤，发现凉了，轻叹一声欲下，李煜听到动静追出。

李　煜　宝仪……宝仪……(见是流珠)流珠，宝仪可有消息?

流　珠　(摇头)宝仪姐她还没有回来。(李煜失望挥手示意流珠下)

[钟楼敲响三更。李煜坐卧不安。

[李煜摇头，摆手。叹了口气。

李　煜　(唱蕉窗夜雨)

愁人愁听更鼓响，

夜倍静，带泪仰首，几番苦盼。

朦胧月罩窗，

再三远望，一片白茫茫，

(榄白)　夫人、爱妻，你为何还未归来?

(前曲)　说到东宫饮宴，久不放，

应有音报，毋教人盼想，

倘若有故，难以为设想。

魔君兽性，怕另有丑恶行藏。

[打四更，更加焦急。

（榄白） 四更天了，看来凶多吉少了！

（前曲） 我妻性倔强，定把微命抗，

对手恶豺狼，又如何力抗，

倘真娇花遭劫难，玉碎昆岗。

那堪抱恨长，

夫也愿共亡，

是我粗心，缺乏提防。

（吊慢）爱妻呀，你是怎么状况！

流　珠　老爷，你一晚上滴水未进，喝口热汤吧！

[宝仪气喘吁吁地上。流珠亦上。

宝　仪　老爷……老爷……

李　煜　（一把抓住宝仪的胳膊）宝仪，见到徐大人没有？

宝　仪　徐大人（宝仪掉头哭）他，他已碰壁而死。

李　煜　徐大人……夫人，夫人怎样？

宝　仪　夫人……（摇头）

[五更钟声响。宝仪、流珠急得哭了起来。

[静场，小周后手捧词稿，披着斗篷，木然地一步步走上……

[宝仪、流珠迎上，小周后没理睬。

宝　仪　夫人！

李　煜　夫人……

[小周后没有回答，看着李煜。宝仪、流珠上前为小周后解下斗篷，

[李煜掩面而泣。凄楚的女声独唱：

何需言语？

哪堪相视？

最是情痛心碎时……

[流珠捧着参汤上。李煜接过，走向小周后。

李　煜　夫人。

小周后　夫君，这是你的词稿，我……我把它们全部带回来了。

李　煜　词稿……（放下参汤，捧起词稿）我的词稿……（打量一下小周后）夫人你……你……你……

[词稿摔地，痛苦坐下。

小周后　（拾起词稿唱）夫君呀，你要保重身体呀！

（靡芜歌）

休悲痛，再莫伤心，
今天吉旦，是君寿辰。
百合花，百年身，
请夫君善自珍。
东园旧苑，芳菲春正深。
温馨意，殷殷勤，
唯求夫感领，
贱妾一点火热枕。

小周后　（抹泪，强作笑颜）夫君，今天是夫君母难之期，待贱妾先去沐浴更衣，为夫君祝寿。

李　煜　夫……人……（小周后欲上前行礼下）

李　煜　天呀！（内场叫）

[苍老的报门声："曹彬曹大人到……"

[曹彬带着两名侍卫捧着一小坛酒上。

李　煜　不知曹大人大驾光临，有失远迎。

曹　彬　李大才子，恭喜恭喜。

李　煜　（小心翼翼）不知罪臣喜从何来？

曹　彬　哦，闻知今日乃是李大才子的四十二岁寿辰之期，皇上特命本大人送来寿酒一壶，以示祝贺，岂不可喜可贺？

李　煜　承蒙圣上错爱。

　　　　[两人落座。

曹　彬　哈哈，想先帝在位，曾对你百般呵护，恩宠有加，赞你是大宋真正的“词坛皇帝”，评价之高，可谓无以复加。可见你的命运是同词文联系在一起的。

李　煜　想我李煜，一生不重江山，只重词文，大人如此说法，也是自然。

曹　彬　（另场说）郡公爷你正是成也词文，亡也词文！

李　煜　（一惊）此话怎讲？

曹　彬　（翻脸）你已是死到临头了！

　　　　（唱霸腔慢板）

　　　　　　　你身虽降，心不忿，

　　　　　　　不畏罪深孽重，

　　　　　　　还来舞墨弄文，

　　　　　　　借风月，怨朝廷，

　　　　　　　四方流传，国家根基难稳，

　　　　　　　今天为你祝寿辰。

　　　　（七字清中板）

　　　　　　　御酒一壶赐你饮，

　　　　　　　明日江南永息心。

李　煜　你……你你（抓住曹彬）你！

曹　彬　郡公爷，你不要怪我，这是太宗皇帝的圣意。酒里已下了牵机药，明年今日就是你的忌日。抓紧安排后事吧，好好侍候郡公爷！

　　　　[曹彬下。李煜魂不附体，下意识送曹彬欲下，被两侍卫厉声喝住。（伴唱）

　　　　　　　晴天霹雳，

　　　　　　　撕碎了残梦幽幽，

　　　　　　　魂散魄离，

　　　　　　　已到了人生尽头。

　　　　[小周后焕然一新，一袭盛装上。宝仪、流珠随上。

小周后　（白）夫君，请夫君上座！

（李煜痛苦，看酒，看杯，看自身，愤然脱衣）

小周后 （拿起衣服帮李煜穿上）夫君！

小周后 请寿星公上座！

李　煜 谢夫人！

[小周后下拜，宝仪、流珠下拜。

小周后 （奉酒，反线二王慢板祭塔腔）

盈盈欠身拜，郎君请安坐，

待我借青樽，晋一瓯，

为郎君恭祝万寿。

永享遐龄，松柏并茂。

（楔白）祝郎君年年有今日，岁岁有今朝。

李　煜 （苦笑白）年年有今日，岁岁有今朝——

小周后 （续唱）　滴滴玉液，甜甜酿就。

李　煜 （旁白）酒甜，心苦，她又怎知。

小周后 （续唱）　一祝健体与天与地久，

再祝翰苑逐风逐浪游。

丽词妙句，如春花争秀。

李　煜 （猛然接过酒杯）

[三人感觉气氛不对。

小周后 夫君。（恳求地）

李　煜 ……曹彬刚才来过。

小周后 （心头一紧）他来干什么？

李　煜 （苦笑）皇上钦赐御酒，命他来给我祝寿……

小周后 祝寿？

李　煜 祝寿……（狂笑）他是来给我送葬的。（无限愤恨地指着桌上御酒，小周后大惊）

众　人 老爷！（哭，小周后呆坐）

[三人跪下。

李　煜　夫人，想我李煜此生，无奈甚多，一事无成。夫人，我最大的幸福就是在苦难临头的时候，有你相依相伴，你对我的恩情只有来生再报！

宝仪、流珠，多少年来我们患难相依、同忧共喜，我死后，求你们庇护夫人速速回转扬州隐居，莫在汴京滞留。我纵在九泉之下，也感激二位的大恩大德啊！

宝　仪
流　珠　老爷……

小周后　宝仪，流珠你们退下，我要亲送夫君上路。

众　人　夫人……（小周后示意众人下）

李　煜　夫人……

小周后　夫君……

李　煜　夫人，我对不起你，我对不起你！（打自己）

小周后　夫君！（上前跪哭）

李　煜　（抓手）夫人，我不该让你进宫，我不该让你进宫，我对不起你。（拜）

小周后　夫君！（悲叫）夫君啊！（扑向李煜身上）

（反线二王）

说什么来生再把情爱相酬？
说什么你我夫妻走到尽头？
我俩曾誓相依百年，
共订盟言应信守。

（清唱弹词）

记否围城之中说行聘，
亲许一支鸳鸯筹。
辞庙当天我自嫁，
当天自嫁不避羞。
我说过甘嫁布衣，
做两颗缠绵红豆，
我说过同荣辱，

共祸福不怕为虏为囚。

我说过铁心陪伴你，

伴你走天尽头，永相守。

[小周后猛地抱起酒坛，仰脖饮下。

李　煜　（扑上去抱住小周后）夫人，不要喝，不要喝呀！我的爱妻啊……(痛哭)

小周后　（温柔地笑着，为李煜擦去眼泪）夫君，不用怕，为妻先行一步。

（清唱）　我为你锦衣重裘好御阴风冻，

我为你安行稳步点上纱灯笼，

我为你小饮排愁备下碧玉盅，

我为你抒写情怀预把花笺送，

小周后　(接唱)　奴一生痴爱你篇篇锦绣芙蓉，

君你词稿将妻送，

我愿看一天飞白盛传后世，

妙句佳章照日红，照日红。(宝仪出)

小周后　夫君……

宝　仪　夫人……(众人出)

[小周后看着众人，众人跪拜。

宝　仪　祝侯爷福如东海！

众　人　寿比南山！（三拜）

[两人痛，拿词稿，搀扶上平台撒稿，向后走。

众　人　老爷，夫人……

李　煜　哈哈……

众　人　老爷！

[合唱声起：

啊——

幽幽恨，幽幽怨，

携爱同去何遗憾？

悠悠情，悠悠欢，

生死能有知己伴。

啊……

[合唱声中，李煜走到词稿前，抓起一把词稿飞撒出去。然后端起酒坛仰脖喝下。空中飞下片片词稿……

[伴唱声起：调寄“虞美人”。

春花秋月何时了？

往事知多少？

小楼昨夜又东风，

故国不堪回首月明中。

雕栏玉砌应犹在，只是朱颜改。

问君能有几多愁，

恰似一江春水向东流！

[剧终。

（剧本版本：佛山粤剧院提供）

广东戏剧文库

优秀剧作选

1949-2019

粤剧卷

GUANGDONG XIJU WENKU
YOUXIU JUZUO XUAN
YUEJUJUAN

（第8册）

广东省艺术研究所
主编

中国戏剧出版社
CHINA THEATRE PRESS

目录

·粤剧卷·

百花公主

（根据范舟同名湘剧高腔改编）

改编：刘汉鼐　潘邦榛

人　物　表

百花公主

江六云　　化名海俊，元朝钦命御史，江花右的兄长

阿难答　　封安西王，百花公主的父亲

皇　后　　百花公主的后母

巴　拉　　安西王府的总管

陈大道　　大将

江花右　　百花公主的女卫

腊花左　　百花公主的女卫

乌吉利　　副将

何奇能　　副将

王　才　　巴拉的随从

马　义　　巴拉的随从

江　涛　　江六云的护卫

哈　虎　　元朝右丞相铁木迭儿的心腹家将

也先不花　　元朝兵马都督

安西王府的侍卫、内侍、兵将、探马，元将、元兵、探马

第一场　射　雁

[元朝。

[长安城郊演兵场。将台。

[幕启。

[四大将、二内侍、众兵丁、总管巴拉引安西王上。

安西王 （诗白） 一妇妖氛挽狂澜，

匡扶幼主保江山。

膝下无儿空嗟叹，

权将爱女当儿男。

（白）本藩，安西王阿难答。先帝临终，托我辅保幼主登基；可恨海山贼子，拥兵入宫，谋朝篡位，本藩被迫，逃到长安，招贤纳士，广集雄兵，誓要剪除国贼，重整朝纲，怎耐年老体衰，力不从心，欲将兵权交付女儿执掌，因此大会文武，亲下校场，看她有无统帅之才。传公主！

巴　拉 传公主！

侍卫甲 （向内）王爷传公主觐见——

公　主 （内唱武西厢引子）

红颜挽狂澜！

[女兵、江花右、腊花左簇拥百花公主上。

公　主 （武西厢）轻风吹过天际间，

跃马关山，练武几番，

力胜儿男。

一旦，一旦，相抗争，

我父已发斑斑。

重任我肩挑担。

（慢板） 阵前将敌斩。

（七字清中板）

须眉自诩赛木兰。

衣着戎装云鬓挽。

威风八面，拜帅登坛。

（滚花） 那时候，桃花马上射天狼，

根除祸患。

（白）参见父王。

安西王 免礼也罢。儿啊，你今日初登将坛，操兵演阵，自要小心为是。

公 主 女儿自当谨慎。

安西王 传令开操！

公 主 腊花左，传令开操！

腊花左 遵命！

[众列阵操演过场下。

安西王 巴拉总管，你看公主如何？

巴 拉 （笑答）左右回旋，如龙戏水，冲锋陷阵，似虎离山，不愧大将之才，真乃王爷洪福。

安西王 也亏了你多年苦心教导……

[百花公主与腊花左等上。

公 主 启禀父王。操演已完。

安西王 好啊！

[飞雁长鸣。

安西王 什么鸟叫？

众 人 飞雁长鸣。

安西王 （有意再试）王儿何不再显身手？

公 主 女儿遵命。腊花左！

腊花左 在。

公 主 抬弓备箭！（步下将台，整弓理箭）

（戴月披星）

急匆匆，力开宝雕弓，（跳架）

好威风，

演兵场上逞刚勇。

花 右
花 左 （接唱）公主艺出众，尚武功，

公 主 （接唱） 雁飞过天空，

反身一箭射中！（射雁）

腊花左 （喝彩）射中了！

［腊花左下，抬雁复上，呈送公主。

公　主 （看雁上双箭）海俊……！（走向安西王）启禀父王，有名海俊之人，与儿同时射落飞雁！

安西王 本藩在此，竟敢擅闯校场？！巴总管，海俊是谁？

巴　拉 三月前，招贤馆新收武士。

安西王 传他觐见！

巴　拉 传海俊！

侍　卫 王爷传海俊觐见。

［江六云打引上。

江六云 （念白）江六云更名海俊，

奉密旨长安一行。

巴　拉 海俊！

江六云 在。

巴　拉 这雁可是你射的？

海　俊 正是小将射的。

巴　拉 无令放箭，玩忽军法，你要当心脑袋。

江六云 （觐见）海俊，参见王爷殿下。（跪下）

安西王 唔！大胆海俊，校场放箭，有刺杀本藩之嫌。来人，把他拖去砍了！

侍　卫 喳！

［百花公主觉得不应随便杀人，正欲表示异议，忽闻江六云哈哈大笑。

安西王 海俊，你发笑何来？

江六云 笑俺海俊有眼无珠，不该误听人言。

安西王 这是何意？

江六云 王爷请听！

（梆子中板）

海俊素仰王爷，

器重贤才学士，
故不远千里投奔。
谁料到了此间，
所看所闻，实乃虚传过甚。

巴　拉　（楔白）海俊，我王爷礼贤下士，天下皆知，焉有虚假？

江六云　这——（看着刑具）这算是礼贤下士么？

巴　拉　海俊，你可知校场射雁，惊动了王驾——

江六云　（续唱）　若不惊王驾，
他怎能知道，
有海俊此人？
我倘有行刺之心，
为何箭射雁群，
不射将坛附近。

安西王　那，那你究竟想做什么？

江六云　（滚花）　我怀才不遇，
欲想一箭觅知音。

公　主　（另场）好个一箭觅知音！（口鼓）海俊，你箭法虽高明，可懂六略三韬行兵演阵？

江六云　（口鼓）兵书战策无一不晓，行兵演阵更有奇能。

安西王　（口鼓）兵书战策不必诵吟，演阵行兵亦无须谈论，有何治国齐家之见，我父女倒愿一闻。来人，松绑！

[侍卫为江六云松绑。

江六云　王爷！（口鼓）为何你以一隅之地，与朝廷抗衡，篡位贼子却不敢兴兵把罪问。一来因彼羽毛未满；二来南方民变纷纷。依海俊之见。王爷必须乘此良机，屯田练兵，纳士招贤，图强发奋。等待时机一旦成熟，袭击大都，削除奸佞，扶保嗣君。

安西王　哈哈哈！
（滚花）　真不愧济世之才，
社稷苍生有幸。

先生若不嫌弃，

在此共挽乾坤。

江六云 （毕恭毕敬）海俊哪有嫌弃之理！

安西王 好啊！本藩欲封海先生为西府参军，不知你等意下如何？

[一瞥众人，众不作声。

巴　拉 且慢，王爷啊！

（滚花） 海俊纵有才能，却无折箭之功，

还请三思再封赠。

安西王 这……

巴　拉 王爷三思！

安　王 此事来日再议，海先生！

江六云 在。

安西王 即日迁入参军府，听候旨意。

江六云 谢王爷。

安西王 人来，摆架！

[江六云向众施礼后随公主，安西王下。

[巴拉正欲尾随下。

[陈大道内喊：“巴总管慢——走！”紧接，陈大道匆匆上。

陈大道 参见总管。

巴　拉 陈将军。

陈大道 末将自京城打听得一桩机密大事！

巴　拉 何事？

陈大道 朝廷派有奸细钦命御史，潜来长安！

巴　拉 啊……

陈大道 （滚花） 听说此人能言善辩，文武超群。

巴　拉 能言善辩，文武超群？！他叫何名？

陈大道 （续唱） 我已派出侦骑，但却无从查问。

巴　拉 何时派来此地？

陈大道 约有三个月……

巴　拉 有三个月……（思考联想震动）难道他……

陈大道 谁？！

[巴拉与陈大道耳语介。

陈大道 总管，我们打他个措手不及……

巴　拉 不行啊。（滚花）

尚无真凭实据，

岂可鲁莽而行！

[切光。幕闭。

第二场　被　陷

[二道幕外。

[江涛上，请江六云上。

江　涛 禀告老爷，铁木丞相心腹侍卫哈虎叩见。

江六云 可曾被外人瞧见？

江　涛 没有。

江六云 快引他进来。

[江涛向内招手，哈虎上。

哈　虎 参见江御史。

江六云 哈侍卫辛苦了。

哈　虎 （掏信）这是丞相的密信。

江六云 （拆念）……“先杀巴拉老头，后把兵权夺到手”，丞相啊丞相！如今不是我杀巴拉，是巴拉要砍学生之首。

哈　虎 大人，此话怎解？

江六云 我窥伺军机房秘密，被巴拉跟踪在后头。

哈　虎 啊？！那……你的身份……

江六云 他们有所怀疑，不过还没说出口。长安已无我立锥地，故不欲在此多留。

哈　虎 你想回转大都？御史大人，只怕丞相面前，不好交代吧！

江六云 哈侍卫，你有何妙计？

哈　虎 哎，我忙中无计，难替大人分忧！

江六云 什么？！难替我——分忧！（回头打量哈虎，一条毒计形成）哈哈哈，哈卫士，请进内歇息一会儿吧！

哈　虎 遵命！（江涛把他带下）

江六云 哈哈哈！哈虎一个替字，使我生得一计，丞相呀丞相！

（滚花）　有道狡兔三窟，困兽犹斗。

为保万岁江山与学生性命，

只得借用哈虎的人头。

（白）江涛——！

［江涛应上。

江　涛 老爷有何吩咐？

江六云 黄昏之后，你送哈虎出城。就在山神庙内，把他……（示意杀掉）

江　涛 这……

江六云 （掏出印信交给江涛）杀他之后，把我这颗御史印信放在他的怀中。还有一封仿照铁木丞相笔迹的书信，亦在放他身上……

江　涛 书信在哪里？

江六云 随我进房内取去。正是：金蝉脱壳，一箭双雕。

［与江涛同下。

［二道幕开。

［银安殿。

［安西王和皇后上。

安西王 （对皇后）据巴总管所奏，海俊实在可疑。

皇　后 （沉吟）王爷，依你之见？

安西王 速动大刑审问，自会水落石出。

皇　后 动刑？！是巴总管的主意吗？

安西王 唔……

皇　后 皇上！（滚花）

海俊乃君子正人，不似枭徒奸佞，

若滥施刑罚，怕有损你威名。

不如等公主回来，再分渭泾。

（白）前车之鉴，后事之师，滥动刑罚，不但有损王爷威名，还会冤枉好人。我家兄长国舅爷，不就是死在巴总管大刑之下吗？

安西王 这个……

[陈大道内喊：“报——”上。

安西王 何事？

陈大道 禀王爷，东门山神庙内，发现无名男尸一具，并从身上搜出御史印一颗，密书一封，请王爷御览。

安西王 （接印信细看）钦命御史……（顿）人来，将此印验过真假。（侍卫上，接印信下）

安西王 死者怎样打扮？

陈大道 书生打扮。

安西王 何人所杀？

陈大道 凶手不知去向，但见地下留有两行血书。

安西王 写的什么？

陈大道 “长怀知遇德，无以谢恩光，杀了狗御史，报答安西王”。

[侍卫上。

侍　卫 （呈印）禀王爷，所验真实无误。

安西王 （看印）真实无误？！（对皇后）我明白了，定是有志之人，感本藩恩德，将御史除掉！

皇　后 是啊，御史已除，真相就该大白，哎，还有那封密书快看写的什么？

安西王 （看信暗惊）啊？！你等下殿去吧！

[陈大道、侍卫分边下。

安西王 （急看密书）巴拉总管大人钧启：总管深晓大义，弃暗投明；我主龙心大慰，

喜悦莫名，为除安西逆贼，党羽先清，后夺三军权柄，掣肘将兵，望君好自为之，不负朝廷。右丞相铁木迭儿顿首拜。（重句）

皇　后　王爷！莫非巴总管真的变了……

［内喊："公主到！"百花公主上。

公　主　拜见父王、母后！

安西王　（示坐）王儿，此间出了一件奇事，朝廷密派御史被杀！

公　主　此事当真？

安西王　现有御史印信为凭。

公　主　（审看印信，面呈喜色）如此看来，海俊确乃诚实君子，非是奸枭之辈，父王可尽释疑团了。

（三脚凳）海俊自校场射雁，

三军里初有威名。

巴总管不该嫉贤才，

妄把人家罪名定。

安西王　（接唱）恃功忌才事尚小，

怕他已投靠朝廷。

（滚花）这封铁木的来书，便是凭证。

公　主　真的？！（接书细看，愕然）父王，这难道真的是铁木奸相的亲笔？

安西王　为父与铁木奸相，同殿为臣多年，岂不识他的字迹。

公　主　这……父王呀！

（采花词）我决不相信，

他叛民异向倒靠暴君？！

数十年来，为你白了双鬓，

他奋勇临阵！（序）

肩挑重任，献尽赤心，

情真意恳，

不愧是一个恃重忠梗贤臣。

（反线中板）

再说老巴拉，与我多年相处，

尤胜骨肉之亲。

他教我练跨鞍，习刀枪，

又学兵书与词韵。

我再三思量，股肱长辈，

岂有背叛之心。

皇　后　百花儿。

（减字芙蓉）

满朝文武中，

估道巴拉最直梗。

谁知他与朝廷暗勾结，

有负你父王圣恩。

安西王　（七字清中板）

他昧了良心，好教人恨，

他事无大小，权在一身。

万一变幻风云，

（滚花）　我们难逃劫运。

皇　后　王爷说得对呀！

（滚花）　有道是画虎画皮难画骨，

知人知面不知心。

（白）百花儿啊！为防患于未然，不能不信！

公　主　（沉思）父王、母后远见，但不知该做何处置？

安西王　为父之见，眼下休去惊动于他，但此后军机大事，不能让巴拉过问。

公　主　女儿知道。

安西王　只是海俊受此委屈，孤甚不安……

公　主　何不授以显职，加以重用！父王。

安西王　好好好！

（快中板）谗言误信错怪贤能，

为表本藩敬重海俊，

论才封赐为西府参军。（拉腔收）

[切光。幕闭。

第三场　邀　宴

[幕启。

[总管府，传来一片箫鼓之声。

[陈大道上。

陈大道　有请总管！

[王才上。

王　才　陈将军，巴拉总管去了银安殿，请王爷收回成命。

陈大道　收回什么成命？

王　才　王爷封海俊为西府参军！

陈大道　啊，封海俊为西府参军？为何这般大的事情，不找老臣过问。

[内喊："巴总管回府！"巴拉与马义同上。

陈大道　巴总管，你回来了！

巴　拉　回来了！

陈大道　王爷可曾收回成命？

巴　拉　陈将军啊！

（爽梆子慢板）

银安殿力争，王爷意孤行，

不纳忠言，还将罪问。

三十载，随左右，

今日落得兔死狗烹。

海俊任参军，把军机来过问，

教我怎能安枕。

（白）浓墨伺候。

王　才　是。

巴　拉　（修书毕）速送参军府。

［王才接书下。

陈大道　巴总管，你……这意欲何为？

巴　拉　俗话说：酒后吐真言。请海俊过府赴宴，就可以……

陈大道　巴总管啊，依末将之见，何不就演出鸿门宴，把他除掉！

巴　拉　哎呀，不能呀，凭据不足，擅杀大臣，反招人忌，误了大事！

陈大道　这……

巴　拉　马义，依计而行，酒宴伺候。

马　义　知道！（下）

［内喊："海参军到！"

［巴拉示意陈大道告退下。

巴　拉　有请！

［巴拉出迎。王才引江六云上。

巴　拉　海参军……

江六云　巴总管……（同笑入内）

巴　拉　巴拉一介武夫冒渎参军，今日略备水酒，一来祝贺擢升；二来赔罪。

江六云　哎呀，这就不敢。

巴　拉　理当……

江六云　不敢……

巴　拉　理当……哈哈哈，来人摆宴。

［奏乐，二侍女摆宴。

巴　拉　海参军请。

江六云　巴总管请。

巴　拉　海参军，今日你我能结知心，多亏了一个人呀！

江六云　多亏了谁？

巴　拉　多亏了那短命的御史，他若不死，你海参军又怎得明白呀！

江六云　哦，他不死，我，不得明白！

巴　拉　不得明白？！

江六云　啊……

巴　拉　啊……

江六云　哈……

巴　拉　哈……

江六云　巴总管，请。

巴　拉　请。（干杯）海参军，我有一事不明，要向参军领教。

江六云　不敢。

巴　拉　据参军看来，杀御史者是谁？

江六云　这……晚生还未有所闻。（打岔地）总管，知也好，不知也好，大患已除，还管他作甚。还是再饮一杯！

巴　拉　哦，还是再饮一杯。（站起）

江六云　（也站起）再饮一杯……

巴　拉　（正欲饮时，突然地）海参军，可知这御史是假的。

江六云　假的！（故作惊慌之状）

巴　拉　（紧接）此乃金蝉脱壳之计。

[江六云故意将酒倾倒。

巴　拉　参军，你倾了酒。

江六云　（故作糊涂）哦，总管，请……

巴　拉　请，哈哈哈……

[巴拉和江六云同时离座。各一旁唱。

巴　拉　（恋坛二流）

我左手射箭左张弓，

看他已黔驴技穷，

就看请君入瓮。

江六云　（接唱）见他步步紧逼不放松。

我暗里却诈痴聋，

看他还把什么计弄。

巴　拉　（接唱）　他已掌握我手中，

江六云　（接唱）　我怎怕这老狗熊。

巴　拉　（接唱）　要他酒后露出真面孔。

江六云　巴总管，末将告辞！

巴　拉　（决意不放他走）酒还没冷，肴还未动，怎能就去？

江六云　天色不早了！

巴　拉　哎，谁人饮酒不到二三更，谁家饮酒不点灯。哦，想是参军喝不惯冷酒，来，你我挑灯夜饮，击鼓传花，以增佳趣！

江六云　看来，今晚是不醉不休了！

巴　拉　这才算是知心朋友，人来，摘花！

[二人重新入座，侍女取花。

巴　拉　击鼓！（击鼓传花）

（弹烛花）这鲜花我家中种，

那鼓声，轻声送。

我与君你，乐也融融，

三杯酒过又再把盏碰！

[江六云接花，鼓声止。

巴　拉　花在你手，酒入你口，斟酒！

[江六云连饮三杯，鼓声又起。

江六云　（琴音）　休道是，我没始终，

酒拿来，壶里空，

今天尽兴尽诉曲衷，

共胜一盅！

又再为我击鼓三通。（鼓声止）

巴　拉　花儿又落在你手中！

江六云　再饮三大盅！哈哈哈……（将酒倒入袖内，呕吐，醉倒）

巴　拉　海参军要酒不要？（没应）要茶不要？（仍没应）参军果真醉了！（向内招手）人来！

[王才、马义捧官服上。陈大道佩刀随上。

王才、马义 （对江六云）御史大人，御史大人！

江六云 （诈醉）御史大人来了，海俊迎接御史大人！

巴　拉 （上前）你是御史大人！

江六云 你是御史大人！（诈醉坐下）

巴　拉 且住，今番试不出海俊真情，这，这便如何是好？

陈大道 巴总管，良机勿失，趁他酒醉，一刀杀了，……

巴　拉 这……不能啊，还是先把他送回参军府，再派人严密监视……

陈大道 这……

巴　拉 王才、马义，立即把海参军送回府去！（下）

王才、马义 是。（刚欲送江六云下）

陈大道 慢着，就这样放他回去，岂不是便宜了他……

王　才 那该怎么办？

陈大道 （沉思）……这这，有了……

（滚花） 百花亭上森严地，

谁人擅闯罪难容。

权将香闺作刑场，

以公主双手把他命送。

（白）王才、马义，把海参军背去百花亭内……

王才、马义 知道！（背江六云下）

陈大道 海俊呀海俊！

（续唱） 任你奸枭狡诈，

也难逃脱我这彀中。

[切光。幕闭。

第四场　赠　剑

[百花亭，公主卧室。

[幕启。

[江花右挎剑提灯上。

江花右　（七字清中板）

海俊参军容貌端正，

酷似六云兄长俊俏影形。

乍一相逢难识认，

因何缘故改姓名。

（滚花）此事一直挂心中，

又难于打听。

（白）奴江花右，自校场射雁见那海俊之后，一直无由得见，使人好生纳闷，且看天时不早，待我将公主闺房收拾一番。

[入室放灯，前去铺床，掀帐见江六云，大惊。

（滚花）　何人胆大擅闯百花亭。

（拔剑细看）原来是西府海参军！……哦！果是兄长六云！哥哥，醒来！

江六云　（可怜我一句）

一大盅，来来，又再饮胜！

（醒，惊看）啊！（细认）妹妹！

江花右　兄长……

江六云　妹妹，你因何到此？

江花右　兄长，你听呀！

（西皮）　那日河边走来两兵丁（序）

铁木儿把凶逞，

他抢我返门庭，

把奴作小星。

江六云 （浪里白）这……铁木丞相之子也太狠心了，妹妹，后来又怎样了？

江花右 你又再听呀！

（续唱下句）

到后来，得公主搭救，免受欺凌。

她还带我返京城。

江六云 哦，原来如此……

江花右 （扶起）兄长，你所因何故，来到此地？

江六云 妹妹呀！

（反线芙蓉中板）

我赴考往燕京，

在科场相争竞，

岂料主考多腐败，

卖放殉情。

江花右 那……你名落孙山啦？

江六云 就是没有考上，因此一怒之下，打了主考官一顿……

（续唱） 我怕事发东窗，难逃性命，

只好改名又换姓，投奔到长安城。

（楔白）贤妹，我改名之事，望别在人前泄露，以免引起是非。

江花右 为妹知道，不过——

（减字芙蓉）

王爷与朝廷水火不容。

兄长又何必改名换姓？

江六云 这……！

（接唱） 若是如今再改换，

又怕添个奸细罪名。

（滚花） 巴拉总管嫉妒贤能，

会趁机置我于死命。

江花右 当真？

江六云 今晚就是巴总管设宴将我灌醉，叫人把我抬到这里来的呀！

江花右 （半自语地）难怪总管府两名侍卫慌慌张张出宫门而去……兄长，此乃公主闺房，有人擅入，立刻斩首，趁公主尚未回房，为妹带你出去。（提灯）兄长，走呀！

江六云 哦，走走……（欲走又回头）妹妹，我托人送来的文章，不知公主曾看过？

江花右 头也保不住了，还惦念着你的文章，快走！

[江六云犹豫不想走，江花右刚出门。内喊："公主回府！"大惊，迅速转身。

江花右 （快白榄）莲步轻，环佩声

公主已入百花亭，

绣帏之内快藏身，

再寻机会离此境。

[两人觅地躲藏，最后江六云藏身屏风后面。

江花右 （续念） 待我银灯快准备，

门前好把公主迎。（持灯下）

[女兵上。

公　主 （内唱醉酒）

步移穿花径——

[江花右持灯引公主上。

公　主 （续唱） 听秋声虫鸣，夜静人静，

寂寂深宫里，飞过流萤，

人瘦花黄，秋风劲。

（合调慢板）

花披露，月有阴，

漫步亭台，增添雅兴。（女兵下）

（宽衣，江花右接）江花右，把海参军的文章取来。

江花右 是。（下，取文章上）

[公主接过文章，坐下细看，沉思。

公　主（续唱）　闺房里，青灯下，

且把文章佳作，细细点评。

论仪容仪容英俊，

观韬略韬略精通，

才志非凡，令人钦敬。

[酒气袭人，公主生疑，刚巧江花右倒茶过来，公主嗅了嗅，嗅不出酒味，江六云又探头窥视，江花右以手势阻止。公主喝茶后，放茶杯时，发现江花右手捧茶盘倒置，微怒，江花右惶恐地把茶盘放回几上。

江花右　公主，夜静更深，请早安寝吧！

公　主　天时尚早，不想寝睡，江花右，公主教你的兵法武艺，可曾背熟？

江花右　已经背熟。

公　主　你背给我听听。

江花右　呃……天时不早，明日再背也罢！

公　主　我要你现在就背来。

江花右　我……（江六云伸出头来）不、不……

公　主　你这丫头，今日颠三倒四，莫非室内藏了些什么东西？（拍桌）

[江六云误以为发生什么事情，急忙探身出来，与公主目光相碰，公主勃然大怒，追杀，江花右明追暗护，江六云跪下。

公　主（连环西皮）

胆不小，胆不小，

你这强徒暗躲绣帏好奸刁！

江六云（沉花下句）

唉呀呀，吓得我魄散魂摇。

（滚花）　请公主贵手高抬，

休误把好人杀了。

江花右　公主，他……他是海参军呀！

公　主　呸！（快慢板）

见海俊，不由我，

怒火中烧。

既是好人，哪会夜闯花亭，

快把真情实表。

江花右 （楔白）我家公主，不杀无辜，你且从实招来。

江六云 皆因为巴总管，欲借刀杀人，把我来除掉。

（续唱） 他设酒筵，作赔罪，

特把我邀。

哪知他，把我灌醉，

不白不明，就到闺房来了。

公　主 我不信。

江六云 公主不信，现有巴总管书信在此，公主详察。

[江六云取出书信，江花右接过递与公主。

公　主 （接看）……一来祝贺海先生荣任参军；二来赔罪……真是巴总管亲笔所书。

江花右 公主，适才我还遇见总管府内两名侍卫，慌慌张张出宫门而去。

公　主 啊，你亲眼见到？

江花右 不敢说谎。

公　主 （沉思）巴总管他……

江花右 （见公主有所回心）公主……参军久跪了。

公　主 （怜惜之情，油然而生）那……就请起吧！

[江六云站起。

江花右 还不快快谢恩。

江六云 谢公主！（快中板）

公主将我一命饶，

此德此恩难忘掉，

愿随骥尾保王朝。

（转滚花）为报公主恩情，

火海刀山也敢跳。

公　主 参军，言重了……（见江花右在）江花右，去看看何处粉墙低矮，好送参军出去！

江花右 遵命！（自语）这百花亭内，粉墙甚高，哪有低矮之处？（猛醒）看公主之意，分明是要我回避……正是：闭门推出窗前月，

江六云 贤妹，你送我出去？！（上前）

江花右 （示意江六云）自有梅花做主张。（下）

公　主 （见江六云还未走，羞涩）海俊，你还不曾出去么？

江六云 花荫深处，曲径难寻，不知往哪里而去？

公　主 江花右呢？

江六云 早已去了……

公　主 江花右，江花右！（高兴地）这丫头真的去了……海俊，深夜无人，待公主送你回去。

江六云 谢公主。

［公主持灯引江六云出室，两人数次相视后，向梅亭走去。

［二幕换景。

公　主 （平湖秋月）

浮云吹散步上花阶看月圆，

今宵我本欲与他多叙言，

奈何禁规已订了先，不许再流连。

（对江）你爬墙过，快回营转，

切莫忘记我苦心一片。

江六云 （接唱）公主俊秀芙蓉面，

天生丽质谁个不见怜？！

我实难离梅亭去远，

且到花荫藏躲免她窥见。

［江六云假意攀墙而去，实躲在花丛中。

公　主 （接唱）参军，举止堪赞羡，

若能效那双飞燕，

两家虎帐共把兵书研，

助我勤王挥戈剑，

誓把那朝廷闹个翻天。

[江六云突然从花丛中钻了出来。

江六云 （接唱） 我难分，难舍，难断，

公主呀，我愿永效那鸳鸯，

相亲相爱结良缘。

公　主 （惊喜）海参军，你……还不曾出去……

江六云 蒙公主怜念，末将终生铭感。

公　主 海参军，请！

江六云 公主请！

[两人同进梅亭。

公　主 （南音） 梅亭上，碧海青天，

蟾华高照，一对凤鸾。

天上广寒，银光闪，

嫦娥手捧丹桂，站桥边。

君何不直上重霄，敲月殿。

白头相约共百年。

江六云 （接唱） 末将出自寒门，身微贱，

公主金枝玉叶月中仙。

只怕天上桥高多危险，

万一失足跌下，会葬身九泉。

公　主 （二黄合字过序）

寒门未必永寒门，

出生贵贱是天生无可怨，

古有几多，宰相共帝皇，大圣贤，

原来在市廛担挑肩，

难道应低贬？！

（长句二黄）

我不是月中仙，亦非云中燕，

不过是王家亲眷，女钗钿。

我爱你尔雅温文，人俊彦，

更爱你才华锦绣，文武双全。（旬）

江六云（唱序）我有何值得你爱怜？！

（曲）你错爱垂青，我当铭刻方寸，

从此后朝朝暮暮，伺候妆前。

公 主（唱序）怕你只是蜜语甜言。

（曲）日后便遗忘，移情别恋。

江六云（唱序）海枯石烂心不变。（跪下）

（楔白）皇天在上，在下海俊，若有负公主，天诛地灭！

[拉公主一齐跪下。

[江花右窥见暗笑，江六云挥手叫她退下。

江六云（秋江别中板）

心不变，义可贯天。

双绾结，共把线牵。

[公主把江六云扶起。

两 人（合唱）同结一心似并蒂莲，

人月今宵两团圆。（站起）

[江六云另场，长叹一声。

公 主（诧异）参军，百年之好，为何倒长叹起来！

江六云 是我想起了巴拉！

公 主 怕他陷害你么？

江六云 陷害我倒是小事……（进一步）更使人难解的是，他陷害末将，为何要借公主之手？他嫉妒末将，难道还嫉妒公主不成？……真使人百思莫解啊！

公 主 明早我定将此事奏知父王，请他早作处置。

江六云 公主，我怕他不把王爷放在眼内，瞒着王爷，硬要加害末将，那么……

公 主（想）不用担忧，我这里有青虹剑两股，乃祖传之物，赠与参军，再者也使巴拉不敢相欺。

江六云 （接剑大喜）多谢公主！

公　主 （舞剑，边舞边唱）

（戏水鸳鸯）

情不断，长相伴，送君三尺龙泉。

江六云 （接唱） 与卿同订婚眷，

诛奸佞，保社稷，指靠青虹剑。

公　主 （接唱） 共效蝶舞，

江六云 （接唱） 相戏花丛畔。

两　人 （合唱） 双双对对，恩恩爱爱不离远。

［内场四更鼓响，江花右卸上。

公　主 参军，夜已深了，你先回去。

江六云 （不舍地）公主请！（欲下，停步）

公　主 （痴望江的背影）海俊呀，海俊，我要……

江花右 （近前故意地）公主，你要什么？

公　主 （假作一本正经，变脸）我要夜读兵书，你要小心伺候。

［江六云站在亭畔狞笑。

［切光。幕闭。

第五场　斩　巴

［数天后，深夜。

［王宫内。

［幕启。四侍卫，二内侍、安西王上。

安西王 三十年来若聋瞽，今朝才得识佞臣。传巴拉入宫。（坐下）

内侍甲 巴拉入宫！

巴　拉 （内应）来也。（上）

（七字清中板）

漏数三更闻召唤，

莫非羽书飞报要把兵搬，

（白）参见王爷。

安西王 免。

巴　拉 请问老爷，深夜召老臣进宫，有何要事商议？

安西王 京都密报到来，狗朝廷已平定江南之乱，正计划向我进攻。本藩意在先发制人，决定即日兴兵，杀上大都，欲命公主挂帅，巴总管，你看公主使得么？

巴　拉 此番兴兵，成败事大，公主年轻，未经征战，依老臣之见，还是王爷亲主兵戎为好。

安西王 本藩年迈，怎能领兵？你看……

巴　拉 这个嘛……王爷，巴拉跟随王爷，南征北战三十年，如今年纪虽老，雄心犹存，王爷既不能领兵——

安西王 怎么样？

巴　拉 巴拉愿效犬马之劳。

安西王 （旁白）哎呀！他果真想夺兵权！（对巴）哦，总管愿为统帅？

巴　拉 愿代王爷之劳。

安西王 看来你早有此忠心。

巴　拉 （未察话意）有此忠心。王爷若命老臣挂帅，还有一事恳求。

安西王 何事？

巴　拉 速将海俊斩首，清除后患。

安西王 （变脸）哼！你的好忠心！

巴　拉 王爷，这……是何意？

安西王 难道你还不明白？侍卫何在？

［四侍卫上，王后随上。

安西王 将巴拉绑了！

侍　卫 是！

［巴拉被绑。

巴　拉 吓？巴拉身犯何罪？

安西王 传海参军！

[江六云上。

安西王 海参军，你且讲来。

江六云 王爷！

（花鼓芙蓉）

巴总管奸诈居心，

设下骗人圈套。

假意邀臣赴宴。

却在暗里藏刀。

他一杯又一杯，

将臣灌得熏熏醉倒，

派人拖我入花亭内，

杀人嫁祸遂所图。

（滚花） 巴拉呀，我本与你无仇，

何苦把我罪名假造？

巴　拉 海俊！说我派人拖你入花亭，岂有此事！

江六云 哼，你要抵赖。可知我并未全醉，你的密令也听得一二。

安西王 巴拉，你为何屡欲加害海参军，快把阴谋从实招来。

巴　拉 老臣并无阴谋，要杀海俊，是为王爷剪除心腹大患，出于一片忠心。

安西王 可怒也！

（爽二黄）说什么忠心一片，

分明是另有谋图。

王　后 （接唱） 你戕害忠良，把贤才嫉妒。

更把我宫规扰乱，

玷污我公主节操！

花亭设阱害人，

你祸心全披露。

快把奸谋招认——（一槌）

巴　拉 （沉腔滚花）

我我我，无意加害公主分毫！

（白）臣确是一片忠心，对天可表！

安西王 哼哼！谋杀忠良，是一片忠心，玷污公主，也是一片忠心，来日本藩人头落地，也是一片忠心了！

巴　拉 王爷此话，巴拉不解。

安西王 你自去看来，便知明白。（掷出密书）

[巴拉拾信。

巴　拉 （念信）“巴拉总管大人钧鉴……右丞相铁木迭儿顿首拜……”（大惊）

安西王 你勾结奸相，卖主求荣，凭证在此，还有何话说？！

巴　拉 哎呀王爷，断无此事，休中那奸人离间之计！

安西王 哼！单凭这一纸书信，本藩岂肯深信，奸相要你先杀本藩左右心腹，后夺百花兵权，你，你难道不是这么做的么？来人呀！

侍　卫 有！

安西王 将巴拉推出斩了！

陈大道 （内喊）慢动手！（匆匆上）参见王爷、王后！

安西王 陈将军，你有何话讲？

陈大道 王爷呀！

（滚花）　巴总管出生入死三十年，

耿耿忠心何曾变。

若一时未辨真情将他斩，

岂不教老臣负屈苦含冤！

王　后 哎！陈将军，你年轻识浅，岂知人心叵测。

陈大道 末将虽则年轻，却深信巴总管绝无私通奸相之事。就说将海参军送入花亭，实乃末将所干！

安西王、巴拉 什么？是你？

江六云 哈哈！陈将军，你休要将罪揽在自己身上！

陈大道 不！王爷，你可降罪于末将，末将却愿以身家性命担保总管。

安西王 哼！日后坏了大事，本藩就是把你杀了，也于事无补！

陈大道 王爷……

安西王 （盛怒）休要饶舌！

巴　拉 （知难挽回）哎呀！

（追信排子头）

我巴拉，今番竟陷贼手！

（古腔十字二黄）

这一个，情恳切，

拼了身家，欲将我危中拯救；

那一个，雷霆怒，

贤愚错勘，要取我项上之头。

（稍慢）悔不该，一着棋差，

既欲除掉豺狼，

却未有先行下手！

（快二流）猛抬头，只见海俊狰狞面，

不由裂破我双眸。

怎忍看三代基业付东流，

好教人痛心疾首！

（浪里白）我不能死，不能死呀！——

（续唱）且抑一腔怒火，

苦苦去把情求！

［欲求安西王。

唉！这昏王偏信了谗言，

怎听我忠言再奏。

［转向王后。

王后她私仇未解，

只晓得火上添油。

［内喊："公主到！"

巴　拉 （续唱）唯有望公主，念旧情，把老臣挽救。

[公主上。

公　主　参见父王，母后。

安西王　免了。

巴　拉　公主呀！（跪在公主面前）

（恋坛二流尾腔）

一时难禁我，

满腔悲痛老泪横流！

公　主　巴总管，你跪在我面前何事？

巴　拉　公主呀！你自小在老臣怀中长大，七岁教骑射；八岁教兵书，二十年来，总还有点微劳，求公主一念旧情；二念巴拉年老，替我在王爷面前，讲个人情吧！

公　主　巴总管……

巴　拉　（深沉地）公主……

公　主　（动情）总管……（又犹豫地）唉！你谋害贤良，更私通奸相，教我怎能为你说情呵！

巴　拉　事到如今，巴拉不求别的，只求将我削职为民，逐出长安，永不复用，求王爷恩准。

安西王　这……

陈大道　王爷开恩！

王　后　王爷旨意已决，岂可更易。

安西王　海参军你意如何？

江六云　（阴险地）饶他不死，乃王爷公主仁德。巴拉，你出了长安城，千万不要将王爷的军机大事，密告那铁木奸相，败了王爷大业！

安西王　（经不起煽动，一狠心）斩！

巴　拉　海俊你……你这恶贼！（扑向江六云）

[江六云将巴拉踢倒。

巴　拉　王爷、公主，巴拉临死之前，尚有一事相求。

安西王　讲！

巴　拉　今日王爷、公主杀了我巴拉，只求来日不要念我巴拉，哭我巴拉！

安西王　乱臣贼子，谁再念你哭你！刀斧手，将巴拉斩了报来。

侍　卫　喳！

巴　拉　（去到陈大道面前）陈……陈将军！

（念白）　巴拉含恨死，

望君担重任，

能除真御史，

泉下也心甘！

陈大道　总管……（泣不成声）

安西王　押下去！

［音乐声中，巴拉不动。

［江六云狞笑，公主黯然。陈大道痛哭。

［切光。幕闭。

第六场　覆 兵

［半月后。

［二幕外四元兵，四元将引也先不花上。

也先不花　本督，也先不花。安西王斩了巴拉，却命百花公主为帅，直奔洛阳而来，适才接江御史密书，要本督将计就计，在凤凰山谷伏击安西逆贼，众将官，速速进兵凤凰山。

［众官兵随也先不花下。

［二幕开。山路，绝谷。

［战鼓紧催，安西王率人马上，诈败下。

［也先不花率兵追下。

［安西王随后上。

陈大道　（内白）王爷住马！（飞马上）王爷，照公主原来约定，如今洛阳城内火光已起，但海先锋却不回军掩杀，反将人马引入这绝谷中，看来大事不妙。

安西王 此乃什么所在？

陈大道 凤凰山谷，三面环山，形同布袋，倘敌兵堵住出口，全军休矣！

安西王 呵？（勒马一看）陈将军，速速飞马前去，将海先锋追回。

陈大道 只怕追不回了。

安西王 吓？难道海俊他……快去追吧！

陈大道 王爷……

安西王 听命而行！

陈大道 遵旨，王爷珍重！（下）

安西王 众儿郎，就地歇兵，候海先锋回军。（欲下马）

［三声炮响，杀声起，探军上。

探　军 王爷不好，我军被困！

安西王 吓？快快突围！

［也先不花率人马涌上，将安西王包围，追下。

［江六云从另方向上。陈大道上，跃马过头，拦住。

陈大道 海先锋，洛阳城火光已起，你为何不下令回军掩杀？！

江六云 哦！我与公主约定，火光三起，方可回军。

陈大道 你回不回军？

江六云 不回军又怎么样？

陈大道 与你同见王爷……

［探军上。

探　军 报，王爷被困！（下）

江六云 哈哈！看枪！（欲刺陈大道）

陈大道 （回枪）你这奸细！

［两人搏斗，江溜下。元将杀上挡住陈，陈不敢恋战，冲下，元将追下。

［安西王逃上。喘气。

江六云 （内喊）王爷，海俊来了！

安西王 本藩有救了！

[江六云上。传来杀声，鼓声。

安西王 海先锋，我军中了敌人埋伏，如何是好？

江六云 王爷，元兵已如潮涌来，逃不了啦！

（水仙子）掀天撼地，呐喊声声，

你陷于深阱，

快投诚自缚，莫再逆天意，

方保得住性命。

安西王 住口！（快慢板）

你不该乱语胡言把军心摇撼，

遇艰危图振作岂可怕死贪生。

估道你是栋梁才忠心耿耿，

今日里竟负了我厚望深恩！

江六云 （滚花） 阿难答，你可知我是何人？（半句）

安西王 怕死的先锋，不肖的女婿！

江六云 （得意地）哈哈哈！

（接唱） 可笑你这个岳丈太混沌，

如今不怕对你直说，

我就是那密访长安的钦命御史江六云！

安西王 （吃惊，气颤）你…… 你是御史江六云！？

江六云 正是。

安西王 那被杀的御史？

江六云 是我金蝉脱壳，找个替身。

安西王 那密信？

江六云 是我把水搅浑，以假乱真！

安西王 （吼叫）哎呀！你这恶贼！（拔剑猛劈）

江六云 （按住）哈哈！世上哪有岳丈杀女婿的道理？事已至此，劝你速速修书一封，命百花投降，本御史上奏朝廷，保你父女性命无虞。

安西王 哎呀！你害我巴拉，辱我女儿，败我大业，今日不是你死，便是我亡！

[安西王如烈火烧身，猛砍江六云，江避过，一剑把安西王砍伤倒地。江下马正待举起青虹剑取其首级，陈大道自远处赶到，江仓皇上马逃下。

陈大道 王爷……

安西王 （猛将陈抓住）你这恶贼！你这恶贼！

陈大道 王爷呀！末将乃是陈大道呀！

安西王 （清醒，悲鸣）陈……陈将军哪……海俊果真是钦命御史江六云，我……我中了奸计呀！

（二黄滚花）

叹本藩耳不聪来目不明，
辨不清亲与仇来真和假。
王儿呀！你误了父王大业，
父王也误了你百花！

（昏迷）这青……虹……剑，原要我儿仗此祖传宝剑，助父除奸削佞，却成了为父的追命符，真真气煞我也！……（吐血）

陈大道 王爷，王爷……

安西王 陈将军哪！本藩命在须臾，只求将军，舍生忘死。冲出重围，寻得公主，将这把青虹剑，交与她手……（呕血）

[音乐起，安西王死去。陈大道狂呼“王爷”。跪地哭拜。

[切光。幕闭。

第七场　惊　变

[紧接上场。

[洛阳城内、外。

[幕启。六女兵、江花右、腊花左、公主上。

公　主 众将官！洛阳已得，速速出城夹击也先不花！

众　人 喳！

[探军甲上。

探军甲 报，王爷被困凤凰山！

公　主 吓？再探！

[探军甲下。

公　主 凤凰山乃是险地，父王诈败怎么到那里去了呢？

[探军乙上。

探军乙 公主，大事不好！

公　主 何事惊慌？

探军乙 凤凰山人马全军覆灭！

[全场震惊。

公　主 王爷呢？

探军乙 不知去向。

公　主 海先锋？

探军乙 下落不明。

公　主 再探。

[探军乙下。

公　主 （快中板）蓦地惊闻风波乍起，

为防陷敌，须早撤离。

众　人 喳！

[公主率众出城，正遇也先不花人马蜂拥冲来，两军城外混战，开打。

[公主腹背受敌。惨败下。乌吉利、何奇能等与也先不花、元兵奋战，

[数元兵追杀江花右上。正危急时，公主上，力退元兵，救出江花右。

[元兵如潮涌来，公主、江花右、腊花左败下。

[江六云、也先不花率众上。

江六云 逆贼已死，敌军覆灭，只剩百花潜逃。

也先不花 此乃御史之功。

江六云 全仗万岁洪福，都督虎威。

也先不花 御史大人，抓紧战机，紧追百花，休得将她放走！

江六云 得令！

[切光。幕闭。

第八场 刺 目

[紧接前场。

[深山，一座破落古庙的大殿，佛座前有座金身毁败的韦陀神像。

[幕启。风雨凄厉。

公 主 （内唱困谷头）

匆匆！风雨里逃离险阵。

[百花公主与江花右上。

（续唱） 浴血战败，几遭劫运，

快步前来，借古刹作栖身。

[两人下马，入庙。

江花右 公主，真想不到会一败至此呀！

公 主 （感叹地）是啊！

（慢滚花）提什么志在社稷身系安危，

又岂料兵败将亡旌旗难振，

[扶剑柄，抽出青虹剑。

（续唱） 睹物思人念海俊——

（白）海俊，我的好夫君呀！

（续唱） 你随父王何处去逃奔？

又怕他们尚困重围，

好教我忧烦伤感！

江花右 （接唱） 有海先锋马后鞍前保圣驾，

公主你且放宽心！

公 主 但愿如此吧！

[内传来马蹄声。

公　主　花右，马蹄声急，莫非是海先锋找寻我们来了？

江花右　（远望）呵，公主。是陈将军来了！

[陈大道上，公主迎上。

陈大道　（悲愤地）公主……

公　主　陈将军！

陈大道　王爷他……

公　主　王爷他怎样呵？

陈大道　他……他他他，晏驾了？！

公　主　（大惊）吓？……那海先锋呢？！

陈大道　（咬牙切齿地）你问海俊！？

公　主　莫非他……他也尽忠了？

陈大道　（气愤填胸）公主！

（杀嫂白榄）

提起他，我肝胆裂，

把原委直向公主说。

他本朝廷御史江六云，

贼子狠毒如蛇蝎！

公　主　（猛地将陈手执住）你说什么？

陈大道　（续念）　害总管，杀王爷，

奸谋早暗设，早暗设！

公　主　这是当真？

陈大道　（拔出青虹剑）公主你看！

（续念）　百花亭上定情剑，

而今尽染王爷血，王爷血！

公　主　（痛切地）父王！父王啊！

陈大道　公主！

（爽左撇慢板）

王爷他，临终前，

令末将冲出重围，将此剑交来你手。
他恨自己，又痛责你，
毕生心血尽付东流。
若非你，赠剑梅亭，
总管岂会含冤，惨遭斩首；
若非你，梅亭赠剑，
怎招致将亡兵败，王爷血溅山丘。

公　主　（颤抖）这这这……（望剑）剑呀剑，只为我一念之差，铸成大错，今日罪在一身，何颜偷生！（举剑欲自刎）

［陈大道、江花右夺剑护住。

江花右　（痛苦地跪下）公主呵……

陈大道　公主！末将痛感王爷惨死，全军倾覆，一时出言鲁莽，求公主宽恕。

公　主　陈将军，莫说责我恨我，就是将我碎尸万段，也是理所应该！

江花右　公主呵！小将也罪大难饶，那江六云他……他是我同胞……

公　主　你说什么？

江花右　他是我同胞兄长！

陈大道　你！……（踢倒江花右，举剑欲砍）

公　主　（阻拦）慢！（对江花右）你讲下去！

江花右　公主呀！

（稍快乙反二黄）

我望他一片忠心。
随王爷鞍前马后。
岂知他为人狡诈，早伏奸谋。
恨当初受他欺蒙，
末将真情，向公主直剖。
到如今酿成大祸，败局难收。
我纵使跳入黄河——

（乙反滚花）

也难辞罪咎。

（白）公主，保重！（欲自刎）

公　主　（阻止）花右！

（接唱）　你纵死何用，

消不了我恨，解不了我仇！

我……我不杀你，你找你那兄长去吧！

江花右　公主呵！我江花右深知大义，岂肯认那禽兽兄长，玷我清白，求公主不要将我舍弃！

公　主　你还是走吧！

江花右　公主定要花右离去，我唯有死在膝前。

公　主　也罢！你且起来。

陈大道　公主，事到如今，怎生是好？

公　主　陈将军，你且到附近收拾残兵，再做打算。

陈大道　遵命！（下）

公　主　花右，你也歇息去吧！

江花右　花右在此侍奉公主。

公　主　公主要静坐片刻，无须侍奉。

江花右　这……请公主把宝剑摘下，花右与你磨洗一番，以备突围之用。

公　主　（会意苦笑）好心的江花右，你怕我自尽么？我大仇还未报呵！去吧！

江花右　是！（犹豫地，缓缓退出）

[风雨声更大，音乐声起。

公　主　（二黄倒板）

雨更狂来风更紧！

[音乐起寒宵吊影板面，走到佛座前，剔燃神灯。思绪万千。

（寒宵吊影）

剔孤灯，暗伤神。

哀哀百花公主，

雄师进发，却逢劫运。
此际内心彷徨，掀起巨浪千层。
深深痛恨呀！
对豺狼江贼竟倾心！（拉反线二黄腔）
（反线二黄）
悔当初，梅亭月下亲赠剑，
种下了罪孽之根。
错看他，楚楚衣冠，年少翩翩，
未晓他居心阴狠，
错爱他，锦绣文章，精通韬略，
不察他密访潜身！
（稍快）到今时，总管被害，
三军阵亡，父王饮恨。
我被摧残，遭污玷——
（坠慢）抱憾终生！（拉长腔至正线“合”字）
[音乐续奏。公主精神恍惚。天幕出现巴拉幻影。
[巴拉声：“今日王爷公主杀了巴拉，只求来日不要念我巴拉！哭我巴拉！”
公　主　巴总管呀！你来了吗？（哭）
（恋坛中板）
泪纷纷！
念我巴拉好总管，
待我百花情义深，
自小宫中多亲近。
你戎马倥偬，运筹帷幄，
劳碌一身，赤心耿耿膺大任。
献出一片热忱！
哎哎哎，好总管！（序）
（转乙反）恨煞我，冤屈你，

害了栋梁臣！

今朝何处，何处可觅忠魂！（昏倒）

[音乐续奏。天幕又现安西王幻影。

[安西王声：“王儿呀！你误了父王大业，父王也误了你百花！”

公　主　那……那不是父王在呼唤我吗？父王呀！（极度悲痛，不由自主地跪步向前）父王，你责备我，痛骂我吧！

（反线叹颜回）

恍然见得父王面，

你浑身血痕，

一声呵责万般愁，

好教我似乱箭穿心！

你对孩儿疼爱，

毕生心血注我身，

二十年来多费神，

怎想我竟会，将豺狼看作善人！

误许婚，托终身，

听谗言，负圣恩，

忠奸好歹也不分，

一番鏖战被羁困，

尽丧三军，尽丧三军，

这股宝剑害父王，

遭惨变，命归阴！

[雷鸣、电闪。

公　主　（快二黄）我有错，我有罪，

天地难饶，我这桩桩罪行。

我有仇，我有恨，

仇压华岳，恨比海深！

看百花，待何时，

雪恨报仇，痛把豺狼手刃！（拉二流高腔）

［猛然挥剑向神像砍去，公主也震倒在地。

［四元兵引江六云急上。江已是御史装束，示意元兵将大殿包围。

江六云 （进殿）哦！公主，娘子……

公　主 （悲愤交集）是你……

江六云 公主，我是来接你的呀！

公　主 （冷笑）哼哼，御史大人，想是捉拿钦犯回去讨赏的吧！

江六云 哎！公主说哪里话来。下官密访长安，险遭杀害，若非公主多方袒护，又赠剑许婚，斩除奸佞，下官又焉有今日？

公　主 （心如刀扎）你，你说什么！……

江六云 （得意地）妻呵！

（寻针）下官能完大任，

公主也有功勋。

多感，深恩。

特备香车好接你，

请上京城做夫人！

公　主 （旁唱血泪花中段）

听他胡言，胡言，

激起我一腔怒愤，

他太奸刁，确阴狠，

且看他还有何伎俩，

我先强把火气吞！

（对江六云，减字芙蓉）

我是朝廷钦犯，

爱念已化为尘。

江六云 （接唱）只要你归顺朝廷，

痛忏前非守本分，

我当求圣主饶你，

不负海誓山盟。

公　主　（滚花）　要我认罪归降——

江六云　除此别无生路了。

公　主　（续唱）　我绝难应允！

江六云　公主呀！

（续唱）　我是顾念前情来相助，

休负我一片好心！

公　主　住口！

江六云　（悻悻地）你！……

[江花右进殿。

江六云　呵！妹妹，你也在此！

江花右　（冷冷地）你来干什么？

江六云　我特来接公主上京，无奈公主她……哎，妹妹，你快劝她一劝。

江花右　劝她什么？

江六云　劝她认罪归降，她若应允，就能当一品夫人，你也是千金小姐，享尽荣华富贵！

江花右　呸！江花右蒙公主救命之恩，死难图报，岂学你这无义之辈！

江六云　哎呀！我好言相劝，你等都执迷不悟，只恐元兵一到，教你们玉石俱焚。

公　主　宁为玉碎，不为瓦全！

江花右　（站到公主一边）江花右誓死相从公主，绝无二志。

江六云　（凶相毕露）好呀！那就休怪我无情了！

江花右　（拔剑）哼！我也岂能饶你，看剑！（刺向江六云）

[江六云拔剑对峙、交手，江花右不敌，被江六云猛然一剑刺倒。

公　主　（惊呼）花右！（上前急扶）

江花右　（吃力地）花右有负公主，公主为我……为我报仇。（死去）

[江六云抹去剑上之血。

公　主　（无比激愤，持剑迫近江六云）你！是你改名换姓，潜到长安？！

江六云　圣命差遣，我不得不来。

公　主　是你暗设奸谋，要我们杀害巴拉？

江六云　我不杀他，他要杀我。

公　主　是你用计伏击我军？！

江六云　兵不厌诈，何足为奇。

公　主　是你亲手刺死我父？！

江六云　宝剑出鞘，他怎能不死。

公　主　狗贼子！你做的好事！

（快中板）你心怀鬼胎性奸险。

我落了圈套只为情缘。

定要亲手诛奸来雪怨——

［挥剑向江六云刺去，开打，江六云不敌欲逃。

［陈大道带腊花左冲上，包围江六云。

江六云　（大惊，跪在公主面前）公主，念在夫妻情分上，饶我一次。

公　主　哼！你这欺人贼寇，害人禽兽，杀人凶手！今日要将你处死，大恨方休。

［江六云欲逃，被公主挥剑刺中，一声惨叫倒地。

陈大道　公主呵！不若乘敌兵不知江贼被杀，速速突围出去。

腊花左　陈将军所言极是。我们把残兵收拾，还可重整旗鼓！

公　主　（无限感慨地）唉！两位将军哪！想我百花，幼存大志，方欲挥戈跃马，助父王旋转乾坤，谁知我错认贼子，弄到将亡兵溃，身败名裂，我……我这无珠肉眼，要来何用！

（滚花）　罢罢罢！

取金钗来刺目，恨海难填！

［强音乐起，公主从头上取下金钗，刺目。

陈大道
腊花左　（哭扑过去）公主呵！……

［幕后唱起悲壮的新曲：

恨积华岳万仞高，

泪添黄河千里涛。

百花刺目含深意，

千秋万载永记牢！

[幕闭。

[剧终。

（剧本版本：《广东粤剧剧本选编》三）

血沃共和花

（本剧根据余松岩长篇小说《地火侠魂》改编）

编剧：潘邦榛（执笔） 陆键东

人 物 表

陆皓东　　27 岁　香山翠亨人

尤都好　　19 岁　顺德人

黎玉清　　25 岁　陆皓东妻

陆　母　　50 多岁　陆皓东母

郑士良　　40 岁　革命党人

陈少白　　27 岁　革命党人

朱　淇　　28 岁　叛徒

李家焯　　40 多岁　广州局勇统带

李征庸　　50 岁　南海知县

朱　湘　　42 岁　朱淇兄长

乔　治　　洋人

玉　兰　　歌女

公子甲、公子乙、杨先生、叔公、李家焯随员

革命党人、清兵、狱卒、妓女、路人、报童、洋水兵

第一场

[1894 年秋末冬初，一个晚上。

[广州，珠江大钟楼附近，当时广州高级妓女出入的大花舫内，灯烛通明，有招牌“喜逢春”三字。可见珠江夜色。

[在十板南音长板面音乐声中幕启。

［卖唱一老伯与盲妹玉兰在唱南音《客途秋恨》。

卖　唱　（弹唱南音）凉风有信，秋月无边，亏我思娇情绪，好比度日如年……

［朱湘正忙着张罗。侍役捧酒菜过场。花枝招展的妓女嬉笑着过场。在椅上坐着的洋人乔治与公子甲在寒暄。朱淇上。

朱　淇　（对朱湘）哥，两位大人来了。

朱　湘　快请！

［朱淇下，即伴李征庸、李家焯上，均穿便服。

朱　湘　（拱手）李知县、李统带，今日朱某人在此“喜逢春”花舫举行迎冬雅聚，得你两位赏面，荣幸之至。

李家焯　不用客气。（见乔治）哎，乔治先生也来了？

乔　治　（站起）两位大人好久不见了！

李征庸　朱主事，今日这个聚会，不知还请了什么客人？

朱　湘　请了多位官家亲朋、银号东主。

朱　淇　还有陆皓东。

乔　治　陆皓东？粤中名士哦！

李家焯　哦，小时在翠亨村到北帝庙打菩萨，最近又与孙文到上海、天津晋见李中堂的那个书生！

李征庸　（对李家焯）这等书生……

李家焯　我正想见他呢！

［朱湘招呼各人吃点心，寒暄。

陆皓东　（内唱梆子首板）

　　　　重任身肩登花舫——

（上，转唱爽十字中板）

　　　　孙文兄，谆谆嘱咐记心房。

　　　　搞起义，要与各方志士联系上，

　　　　经约定，到此相会郑士良。

朱　淇　（回身）皓东贤弟，你来了？

陆皓东　朱兄，你们兄弟请客，我怎会不来？

朱　淇　多谢，多谢！来，介绍一下，（介绍李征庸）这位是南海知县，李大人。

陆皓东　李大人。

朱　淇　（介绍李家焯）这位是广州局勇李统带。

陆皓东　统带大人。

朱　淇　（介绍乔治）这位是……

乔　治　自我介绍，我是刚刚卸任的商务参赞，“过气老官”乔治。这位是……

朱　淇　陆皓东。

陆皓东　幸会，幸会……

朱　淇　（口鼓）他本在上海电报局当翻译领班，薪俸甚优，工作优游理想。

公子甲　（接念）听说年前到了顺德北水，办了个茧子公司，还说什么振兴农桑。

李家焯　（接念，对陆）闻得你还于数日之前，与孙文去了上海、天津一趟，据说有一番抱负，去晋见李中堂。

李征庸　难得，难得。陆先生，去见李中堂，结果……

陆皓东　（接念）结果未能如愿。

李家焯　（接念）空跑一趟。

陆皓东　各位，我与孙文虽空跑一趟，但求的是国家富强。为了这个多年积弱的中华，我想请问各位，你们除了风花雪月、寻欢作乐又做了些什么实事呢？

李家焯　你……

［众人无言以对。

［乔治站起身来。

乔　治　（说不太准的广州话）各位，这两天是贵国的大喜日子，慈禧太后大寿，我提议举起手中的酒杯，向尊敬的慈禧太后……

［报童上。

报　童　（喊）最新消息，最新消息，日军长驱直进，占领大连了！

［在场众人愕然、全场马上静下来。

乔　治　（接念）各位，真想不到，日军昨天占领了贵国的金州，今天又占领了大连，竟然没有遇到任何抵抗，真是遗憾、遗憾！

朱　淇　（突然叫起来）我们的国家，怎么总是一败再败呀！

朱　湘　（站起来望望各人，擎起酒杯）各位，国事自有朝廷和大臣们操办。

（唱梆子流水）

何用我等为国事操心，

乔　治　（接唱）　今朝有酒且今朝醉！

李征庸　是呀！（接唱）还是齐祝太后，莫负寿诞之期！

李家焯　好，祝太后娘娘万寿无疆！干杯。

［众人中，甘愿的、不甘愿的都站起干杯，唯独陆皓东把酒倒掉，郑士良端坐不动。

李家焯　（感到陆冒犯了他的虎威，走到陆面前，冷冷地）陆先生为何不贺太后娘娘？——

陆皓东　（镇定地）我杯中无酒呀，

（接唱）　无酒而为太后干杯，

岂不犯了欺君之罪！

李家焯　（想不到陆这样回答）这个……

郑士良　（赞叹地，旁接唱）

这一个年轻人能言善辩，

果然是应对自如！

李家焯　（阴险地，旁接唱）

这小子牙尖嘴利，再露锋芒，

李征庸　（接唱）　须当众将他压住！

李家焯　人来，给这位先生倒酒。

（续唱）　且看他杯中酒满，

还有甚推搪之词。

陆皓东　（接唱）　纵是有酒在杯中，

我也，我也不会将杯举！

李家焯　（怒）为什么？

陆皓东　在这风月场中祝贺皇太后，

（接唱）是对朝廷的亵渎，实太不宜！

李家焯 （怒）你……

陆皓东 我说得不对吗？

郑士良 讲得对，讲得对！

陆皓东 这位是……

郑士良 一介武夫，郑士良。

[朱湘、朱淇急上前劝开。

朱　湘 各位，今天大家那么高兴，听首曲助兴吧！

李征庸 （也不想闹起来）对！雅聚岂可无曲，一齐听曲吧！唱新的！

朱　湘 （向内叫）是，唱首新的。

玉　兰 （弹唱南音）琴弦动，唱君知。劝君惜取少年时。君不见庚子大动干戈后，中华古国任得外人欺。炎黄子孙遭凌辱，遍地但闻子规啼，黎民百姓……

[玉兰唱时，众人边听边有不同反应，陆皓东欣喜，李征庸、李家焯越听越感到不是味道。

李家焯 （打断）我都不知道你唱什么！

乔　治 他们唱什么啊？

玉　兰 各位老爷，我也不明曲意，只是各位要听新曲，我是刚在岸上听人唱，也学着哼上几句。

陆皓东 统带大人何必动怒，这段“南音”在广州街头到处有人传唱，曲词中所说的中华古国受外人所欺，难道这又不是事实？炎黄子孙惨遭凌辱，你们身为朝廷命官，难道不觉羞耻吗？

李家焯 陆皓东……

李征庸 （不耐烦，对陆皓东等）你，真是岂有此理！

乔　治 真扫兴。

[众人搂着妓女陆续进内，下。剩下陆皓东与郑士良。

陆皓东 （叫住）士良兄！

郑士良 皓东！

[强音乐起。

陆、郑 （同唱孔雀开屏尾段）

信是两人有缘，
此际喜见得遇！
庆幸此行实非虚，
终于见到你！

[两人打手桥。

陆皓东 （唱爽二黄）素知你能武能文，
豪气纵横多仗义。

郑士良 （接唱） 我们众家兄弟，
早想把拳脚来施。

陆皓东 士良兄，孙文兄已到国外鼓吹反清，组织机构，联络志士，要我们在广州、香港物色人选，开展工作，准备武装起义。

郑士良 （兴奋地）武装起义？

陆皓东 嘘！（示意小声）你这个三合会的头领，孙文兄就要我找你一同举事！

郑士良 好！孙先生与你有什么要我这个粗人出力，一定讲到做到，绝不推辞！

陆皓东 按照计划，过两天孙文兄就会从檀香山回香港。

郑士良 太好了！

陆皓东 我先去联络陈少白等同志，到时候香港见。

郑士良 好，香港见。

[李家焯、李征庸从楼上下来，停住。

李家焯 终非池中物。

李征庸 盯死他。

[切光。

第二场

[1895 年初，距前场约两个月后。

[香港，维多利亚码头前。

[灯复亮。路人、洋人、苦力、小贩等过场。

[陈少白、陆皓东出。

陆皓东 少白兄，维多利亚码头到了。

（唱长句二流）

心中兴奋，抖擞精神，

离别香江码头近。

三日与孙文相聚，

真是不枉此行！（合字腔）

陈少白 （接唱） 孙文檀香山归来，悉心将路引，

秘密成立兴中会，集结同仁。

个个以国事为先，群情振奋，

决定武装起义，就在广州举行。

陈、陆 （合唱） 矢志推翻清廷，驱除黑暗。（上字腔）

陆皓东 （滚花） 组织队伍，集资筹款，

陈少白 （接唱） 我们分头行动，合力齐心！

陆皓东 少白兄，恢复中华，走向共和，孙文兄在成立仪式上的讲话真有鼓动力！义旗一举，必然四海响应啊！

陈少白 不过，我们的事业，既不容于清廷，也不容于港英政府，还得小心谨慎。如今孙文仍留在香港活动，我回新会，你返翠亨，皓东兄，任重道远呀！

陆皓东 我明白。

[码头钟声响起。

陈少白 好了，皓东兄，我要上船了。

陆皓东 我送你！保重！

[李家焯化装为乞丐，随员跟上。

[尤都好男装打扮背鞋箱上。

李家焯 （唱催归词）

身份改变，

香江走动，

盯紧那陆皓东。

（楔白榄）这狂生东闯西串行动不凡，

那孙文又从国外归来蠢蠢欲动。

探得他们已到香港，

未知有何奥妙在其中。（重句）

（接催归词）

他若敢串通，若真作反，

不容！不容！

须暗察跟踪！

[一随员急上。

随　员　（悄悄地，对李）大人，未见孙文、陆皓东人影。

李家焯　继续查探！

[尤都好为水兵擦鞋，被水兵发现是女的。

洋水兵　靓女。（欲调戏）

尤都好　你们想干什么？死番鬼。

[陆皓东急上。

陆皓东　都好！

尤都好　（兴奋地回身）皓东哥，你……

陆皓东　让我来！

[陆皓东将水兵制服，水兵溜下。

[路人围观。

[巡警出场，吹哨子。都好拉皓东作擦鞋状。

尤都好　皓东。

陆皓东　都好，我知道你到了香港，正想抽时间找你呀！想不到在这里……

尤都好　（微嗔）哼！我从大良逃婚到广州，四处都找不到你，到了香港又这样难找你，我还以为你忘了我呢！

陆皓东　怎会呢！都好！

（唱长句二黄慢板）

北水夜月如钩，

你我萤行邂逅，
务农桑谈国事，
意趣相投。
只是当日北上上书，
不及细谈匆匆走。（旬）
回来才听说，
你已逃婚出走到广州。

尤都好 （序） 恼恨我爹爹贪财想不周。
（曲） 逼我嫁与富户到大良，
岂可逆来顺受。
（唱秋江别中板）
我将婚抗，不受制于爹手。
我有好主见，话出不改口。
樊笼要冲开，我有追求。
昂首挺胸，我争自由！

陆皓东 这……
（旁唱长句滚花）
不屈从，敢争斗，
都好果然勇气够，
冲破樊笼要自由。
猛想起四年前我饮新婚酒，
娶来妻子并非我所求。
本想寻个志趣相投的知心配偶，
无奈我屈尊母命欲说还休。（旬）
比起她胆识过人，
我自愧弗如暗低首。

尤都好 皓东，你怎么沉吟起来了？

陆皓东 没什么！我是想你孤身在外，现在……

尤都好 现在一天都光晒啦！

（唱催归）今日能够重遇你，

正好全解我离愁。

只有一句话：跟你走！

陆皓东 跟我走？（犹豫地）我们这些人要走四方，闯急浪，你一个女子……

尤都好 怎么？女子不能做个巾帼英雄吗！

[尤与陆谈话间，郑士良与朱淇正上来，见状倾听，此时上前插嘴。

郑、朱 皓东。

陆皓东 士良兄，朱兄。

尤都好 表叔。

郑士良 都好？

陆、朱 表叔？

郑士良 哦，我这个表侄女，想不到逃婚逃到香港来了。

陆皓东 难怪还说要跟我们走四方。

郑士良 跟我们走四方？好呀。

（念白榄）都好胆识真少有，

看来皓东你要快点头。

朱　淇 （接念） 做事不怕人多，

人多更好帮手。

陆皓东 （疑问地）她毕竟是个女的呀！

郑士良 （续念） 就这样男装改扮，

解去后顾之忧！

尤都好 （不假思索地）对！

（接快念）改就改，眉不皱，

扮男装，我最拿手。

看我精神更抖擞，

同心协力谱春秋！

陆皓东 （终于同意）那，就听士良兄你的。士良兄，孙文兄要我们发动各方力量募集经费，我急需回翠亨一趟。

郑士良 好，我们一起走!

[陆皓东、郑士良、朱淇、尤都好四人走上码头。

[李家焯与随员又闪出，悻悻地盯着四人。

[深沉的音乐。

[切光。

第三场

[半月后。

[香山。翠亨村内陆皓东家。有门可通内房。

[灯复亮。黎玉清正在煎药。

黎玉清 （唱雪底游魂）

心中茫然，看药灶飞烟，
苦婆婆，雨夜受了风寒被病缠。
我急把药来煎，意绵绵，
床头侍奉呀，盼她好转。
家事忙，我甘愿，
念皓东心头多挂牵!

（转唱长句二黄）

他今次归来已三天，
正喜夫妻重相见，
却觉他满怀心事未明言。
刚才叔公到家来，
说在广州将皓东见，
闻说他与孙文一起，
欲造反起事端。

到底实况如何——

（转唱滚花）我不禁心如絮乱！

（叹一口气）唉！（倒药汤进内房）

陆皓东 （持药上，唱连序西皮下句）

遵嘱往孙家转一转，

孙母叮咛在耳边，

催孙文早归家，

好教母子见面。

她怎知我们，

百事把身缠。

（转收腔）我皓东，

家事也难顾及，

转眼多年！

（转唱雨打芭蕉中段）

今番回来为筹钱，

不惜说下谎言，

心内难宁尚惶然！

妻母难明我此心，

我怎可即说穿？

（音乐不停，徘徊、思索，衬白）

冷静再思量，义举若成功，天下人心舒展；失败时局变，亲友会受牵连。还须拿走家中所有我的照片——

（音乐仍不停，悄悄地走到柜前，翻出一沓照片挑拣）

[黎玉清从内房上。

黎玉清 皓东！皓东！

[陆乍一惊，身子一动，手中照片跌散于地上，忙要拾起。

黎玉清 （上前，感到奇怪）皓东你把相片拿出来干什么？

陆皓东 （一怔）我，我没什么。是因为公司扩办，准备出一本书，要把我的相片印上去，所以我要挑选几张。

黎玉清 公司扩办？

陆皓东 玉清，你不信？早知你这么多疑，我随便找一张相印上去，人家就说陆皓东原来是那么丑。

黎玉清 这不是全家福吗？全家福也要印上去？

[陆皓东一时无从解释。

黎玉清 （禁不住一笑，深情地）皓东呀！

（唱苏武牧羊）

我怎能乱猜起狐疑。

此番你归家，总似有事压心底，

典家产，卖首饰，

挑照片，事离奇。

人家在外办公司，

赚钱归家有用处。

你却返家内，把钱拿出去，

是何缘故，

应将真意实告莫犹豫！

陆皓东 （一时无语）玉清……我不是告诉过你，公司扩办，所以我……

黎玉清 皓东呀！为办公司，典押了田地，变卖了首饰，无异倾家荡产。你不想想，家计怎样维持。

陆皓东 这我都想过。

黎玉清 何况我已经……

陆皓东 你有孕呀，玉清，（拿出药）我执了剂药回来给你安胎。

[两人深情对坐。

黎玉清 重阳快到了，你回不回来过节呢？

陆皓东 回来，一定回来！我挂念你呀！

黎玉清 你既然这么挂念我，就不要让我时刻担心你。

陆皓东 担心我什么？

黎玉清 担心你……

陆皓东 担心我去纳妾?

黎玉清 你有本事，你就纳个够好了。我是……我是担心你与孙文一起去造反呀!（柔情地）皓东，我求你千万不要造反啊。我们又不愁吃、不愁穿，去造反图什么呢?

陆皓东 玉清!

（唱反线中板）

皓东与孙文，

家境一向不差，

本不愁没好日子。

却有济世心，

发誓以身报国，

要做个血性男儿!

造反举义旗，

绝不为当官，

也不谋私利。

昂首上征途，

不惜毁家纾难，

（转二黄）不避险阻崎岖!

一心扫荡阴霾，

鼓起九州生气，

齐迎青天丽日，

（唱散） 共挽古国危机。

玉清，为干这番事业，孙文和我每人都要筹足三千两银子。

黎玉清 三千两?

陆皓东 对，玉清呀!皓东委屈了你呀!

（转唱二黄合字序）

我非无情请谅解，放心为我把家持。

好待我在外边，早日成功遂意，

当再返家乡，夫妇乐唱随；

同叙天伦永相依，不离玉清你！

黎玉清 （听出并理解皓东之意，旁唱二黄）

听他肺腑词——（合字腔）

我能明其意——（上字腔）

（稍快唱）他一心报国，

筹钱离家，要干大事。

（散唱） 且放下愁怀强忍热泪，

为他倾力作支持。（拉短腔）

[入内房。

陆皓东 （滚花） 玉清急步进房，

未知是何用意。

黎玉清 （复上，一手拿着首饰盒，一手捧着一包东西）皓东，我是个乡村妇人，不懂得那么多的大道理，但作为妻子，我一定会全力支持你，这是玉清我家传的饰物，你拿去变卖，做你应该做的事。

陆皓东 （一时想不到）玉清你……

[此时，陆母也从房中走上。

陆　母 皓东，你们的话我全听见了，这包地契首饰，我统统交给你了。

陆皓东 娘亲……

陆　母 皓东，（唱恋坛二流）

玉清信你妈亦信你，

黎玉清 （接唱） 孤身在外，定要小心为宜，

陆　母 （接唱） 莫忘你是陆家一独子。

陆皓东 （激动得热泪横流）我明白！

（唱恋坛二流）

亲人心意教我唏嘘，

大丈夫也不禁热泪垂。

请放下千般愁绪——

（转高腔滚花）

我陆皓东，（一槌）

对得起列宗列祖——

绝不枉堂堂七尺之躯！

陆　母　皓东！

[强烈而深沉的音乐声中，陆皓东跪步接过包着的首饰地契。

[切光。

第四场

[一个多月后。

[广州，双门底，云岗别墅农学会内。大厅。上方挂有“农学会”三字匾，墙上有书法条幅，上书“振兴农桑”四字。窗前有殷红耀眼的盆花。

[尤都好穿英俊的男装在打扫，郑上场，尤示意陆下楼。

尤都好　表叔！

郑士良　（对陆说）枪支弹药已运到了。

[音乐声中，革命党人扮作伙计，正抬着装有枪械的木箱过场，箱上可见“菜种”“谷种”等字样。

尤都好　（唱梆子慢板）

风雷聚云岗，

心欢运枪忙，

推翻封建旧王朝，

起义枪声将打响。

指挥机关，设在阁楼，

农学会中多志士，

巧作掩护龙虎藏。

都好也女扮男装，
学雏鹰迎风闯浪，
且将自己打量，
仔仔细细，看看观观，
都算一副风流俏模样。（拉腔）
（转唱孔雀开屏中段）
不禁芳心轻跳，
似一个身影暗闪荡。
好男儿志在四方，
他有热血一腔激进又奔放。
他领我凌空飞翔，
我早对他多神往。
女儿情长，克制不了——（一顿）
（楔白）皓东哥！
（续唱） 你快来为伴，将凯歌共唱！
（猛然发现自己的神态）哎呀！羞死人了！

伙　计 都好，农学会附近有好多陌生人在走来走去！

尤都好 知道！

[李家焯侨商打扮，率一随员上。

李家焯 （唱快中板）威震省港称魔王，
多少歹徒刀下丧，
偏有陆氏小子太猖狂！
（转唱滚花）几番暗斗输一筹，
今日云岗细查访。

[内场声："有货到，让开！让开！"数伙计又抬箱上。李家焯四下张望，生疑，欲追随下。

[尤都好复上，用手将李拦住。

尤都好 （念口鼓）哎，请问何人，此处不能乱闯。

李家焯 （一怔，接念）哦，打扰打扰，

我是归国一侨商。

听闻贵会新张，引人关心向往。

今日专程到此，欲会名士栋梁！

尤都好 （应酬着）原来如此，先生请坐！哎……先生请坐。

李家焯 （大模大样坐下）坐！

[随员站后。

尤都好 （斟茶）请问先生欲会何人？

李家焯 （唱木鱼）陆氏皓东名久仰，

闻道他滔滔高论慨而慷，

农学会中又标榜新思想，

今天特来见面——

（转二黄）好一诉衷肠。

尤都好 （唱序） 多谢先生热心肠！

（唱曲） 今早陆先生，

李家焯 （试探地）陆先生他？

尤都好 （唱曲） 已登程四乡往。

李家焯 （接唱） 真是缘悭一面，

尤都好 （接唱） 令你空跑一场。（拉腔）

李家焯 陆先生真的不在？（旁白）机会正好！（对尤）既然他不在，那我就随便看看！（站起，欲往里闯）

尤都好 （警觉）慢！阁楼乃堆放货物之处，先生不便进去。

李家焯 （无奈）是……

尤都好 先生还是坐下，不如饮杯水酒，再作细谈。（从桌上取酒，斟酒）

李家焯 （坐下，无心饮酒，抬头见条幅，心生一计）哦！“振兴农桑”，好是好，不过国家积弱，一至于此，欲使之强盛，我看仅凭振兴农桑，短期内难以奏效……（目光盯着尤）

尤都好 依先生之见……

李家焯 （故作慷慨陈词）匡国济民，必需新政，集志同道合者，行其事也。（一停）早闻海内外有识之士成立了一个会。

尤都好 什么会？

李家焯 （又站起，突然执尤之手）兴——中——会！

尤都好 兴中会？啊……这个会。

李家焯 你定有所闻吧？

尤都好 （机警地）这个会？我倒是第一次听呀！（甩开李之手）

李家焯 （悻悻地）第一次听到？

尤都好 （故意地）啊……你肯定是兴中会的？你是不是啊？

李家焯 这……（用笑声掩饰自己的失败）哈哈哈……

[突然内场传出“砰砰”两声。尤都好一惊。

李家焯 （躲进台底）哪里烧枪？

[陆皓东、郑士良已卸上。

陆皓东 （镇定地）哎！不是烧枪，是烧炮仗！（故意对内场大声地）好意头呀！再来一串满地红！

[内场应：“好呀，再烧一串满地红！”传来炮仗声。

李家焯 闲时闲日烧什么炮仗？

陆皓东 这是货物进仓的开门红，我们的老规矩。你未免太大惊小怪了！李大人！

尤都好 李大人？

陆皓东 他就是大名鼎鼎的局勇统带李家焯，李大人。

尤都好 （故意地）哦，原来是李大人，我有眼不识泰山，有怪莫怪，怪细路哥不识世界，李大人有礼。（向李作揖）

李家焯 （对尤）哼，你不是说他去了四乡吗？

陆皓东 （对李）你不也是扮作归国侨商么？李大人你如此改扮来这里有什么公干？

尤都好 请坐，请坐！

李家焯 （尴尬地）坐！

[陆皓东与李家焯坐下。

[内场声：“来了！来了！”两伙计又抬箱上。

郑士良 小心一点！

[绳断箱落地，有金属声。尤一惊，李似发现什么，走前。

李家焯 （狠狠地）箱里装的什么？

郑士良 装什么，不用你管！

李家焯 广州城有关治安的大小事务我都要管，人来！

[众清兵进来。

李家焯 搜。

郑士良 不给搜！

李家焯 （露出真面目）我是广州统带，谁敢拦我！来！搜！

尤都好 （急拦）不能搜！

[随员与兵欲搜。

陆皓东 慢！既是统带大人一定要看，何必言搜？来，开箱！

[伙计开箱。

李家焯 （一望）西洋座钟？

陆皓东 对啊，是西洋座钟呀，李大人。

（唱快中板）

就怕炸药真装上，

大人硬要打开箱。

砰砰一声震耳响，

你就呜呼哀哉在当场。

这西洋座钟是送给府衙里各位大人的。

随　员 那不就是送终……

众　人 哈哈……

李家焯 （尴尬地）陆皓东你“好嘢”！

陆皓东 岂敢！

李家焯 可惜我不能把你招致麾下。

陆皓东 既得统带大人厚爱，来，把这箱货物全部送到李府！

李家焯 免了，后会有期！（与随员悻悻下）

郑士良 哼，这只凶恶的鹰犬，我真恨不得一拳把他打死！

陆皓东 士良兄，这一天很快就会到来。孙文兄不是已经和我们商定了吗？首义就于重阳举行，各路人马将会合广州，枪声响起，同为共和而战！不过，看来清廷对我们的行动已有怀疑，武器必须马上转移，而且要通知香港方面暂停运枪。

郑士良 好，众兄弟，随我来！

[郑士良带众革命党人下。

尤都好 皓东。

陆皓东 都好，什么事啊？

尤都好 我……我刚才的表现怎么样呀？

陆皓东 那你说呢？

尤都好 我要你说！

陆皓东 你刚才的表现，很勇敢，还很机灵！

尤都好 还有呢？

陆皓东 还不够呀！有，有，有，聪明、活泼、天真、可爱、热情、大方、温柔，体贴……

尤都好 （扑至皓东跟前，亲热地）皓东……

陆皓东 （轻轻地把都好推开）都好，推翻这万恶世界的第一枪马上就要打响，这里已被敌人注意。你还是收拾行装，及早离开吧！

尤都好 什么？你要我离开，我正盼你回来一起战斗，你却要我离开？

陆皓东 离开为好。

尤都好 难道你真不懂我的心？

陆皓东 你……你的心？

尤都好 皓东呀！

（唱平湖秋月）

年前有幸见君，感君你热血腾！
乡村女子喜得引路人，
始觉世情倍新，
你多番指教我这愚人，

怀大志，扭乾坤，

我庆幸随着你，心中多激奋！

陆皓东 （接唱） 关心祖国前途命运，

好一个弱女子，难得有此精神！

尤都好 （接唱） 我学你为人，羡你情怀够高洁，

几次想诉芳心，话到唇边又强忍！

痴心一颗想与君亲近，

奈何你心真狠，

眼中只有自己一人，

人情太不近，

莫非我愚顽令你不欢心？

难解，难分，谁怜悯！

我禁不住要骂你一声——（一顿）

陆皓东 骂我？

尤都好 （续唱） 你、你、你真真似个木头人！

陆皓东 （一震）我似个木头人？

[尤激动起来，随手拿起桌上的酒，一饮而尽。

陆皓东 哎，都好，你为什么饮起酒来？

尤都好 饮过酒，好开口。如今我问你，你到底中不中意我？

陆皓东 （有点愕然）我……

尤都好 皓东，你中不中意我，你到底中不中意我，中意就中意，不中意就不中意。说假话就雷打火烧，进十八层地狱！

陆皓东 我……（点头）中意！

尤都好 （由于心上人明确表示中意自己，不禁眼泪夺眶而出，握住陆的双手，大胆地）既然中意，为什么不娶我？

陆皓东 这不可能，我已有了妻室。

尤都好 （早有准备）我又不是叫你休妻，我做你的小妾！

陆皓东 这更不可能。

（唱新腔七字清中板）

我俩虽相见恨晚心相印，

委屈你做我小妾万不能！

我信守男女之间应平等，

一夫一妻的制约在我心。

（滚花） 我们成不了夫妻，

只能是兄妹情分。（拉腔）

尤都好 （一震）兄妹？情分？……好！

（滚花） 既然是情同兄妹——

（唱散，沉腔）

你你你，

你就将为妹亲一亲！

陆皓东 亲亲你？

尤都好 （充满柔情，恳求地）难道兄妹之间，亲一亲都不可以？

陆皓东 （知已刺痛尤的心，所以顺从地）好吧！（低头在尤的额头上亲了一下）

[就在陆要抬头的时候，尤突然一手箍住陆的脖子，在他的额上、脸上、嘴上发狂般吻着。

[陆竭力抑制自己的感情，慢慢地把尤推开。尤暗暗抽泣。

陆皓东 （旁唱蘼芜歌）

她亲吻，我惊心，

我怎不晓听杜鹃吟？！

（对尤） 你对皓东，一往情深，

我多铭感！

妹留俏丽影，

永刻于我心！

但怎可私情困，

须知身肩重任，

无忘家国尚苦沦沉！

（音乐声中）也许新世界诞生之日，正是我等抛洒热血之时，眼看义旗将举，我的心愿只有一个，就是看着腐败的清朝终于倒塌！共和大业得到成功！

尤都好 （触动）皓东！

陆皓东 （拉尤到跟前）都好！

（唱爽二黄）

你莫恨我——（尺字腔）

人情不近——（上字腔）

休怪我不怜红粉。

大丈夫胸怀天下，

为革命九死一生！

（转二流）愿你去迎接光明，

为我奏欢歌妙韵。

有幸来生重相会，

再报你似海情深！

尤都好 （情不自禁地贴近皓东，唱采花词）

我真羞愧，无颜面对好知音。

都好情所困，引为憾！

羡君有此大胸襟，

一心革命道理真，

我却无端责骂君。

我能效君以大业为重，

争当一个革命人！

皓东，我已改为男装，就乞望与兄结拜，共赴沙场！

陆皓东 结拜兄弟，共赴沙场？

尤都好 （眼中闪耀着光芒，热烈期待）正——是！

陆皓东 （深深打动）真真奇女子，

陆、尤 （齐声）拿酒来！

[都好斟酒，各执一杯。

陆皓东 苍天在上，今有陆皓东，

尤都好 今有尤都好，

陆、尤 愿行革命事，共做革命人，结为兄弟，不求同年同生，但求……

尤都好 （心细，抢过话头）哎，不求同日生，但求同日迎接胜利！

陆皓东 对，迎来丽日青天！（奠酒）

尤都好 皓东哥！

陆皓东 都好弟！

[闪电划破长空，雷声大作。

[皓东愤然推窗，劲风拂面，豪情倍添。

陆皓东 看乌云飞渡，风雨欲来，孙文兄日前与我们谈到，战斗在即，兴中会举事须要一面旗帜，旗进人进，旗在革命党兴，他知我自小好画，特让我为之设计。都好，我们一起来吧，你快去准备笔墨绸缎，我来描绘！

尤都好 好！

[音乐声中，都好拿出笔墨、绸缎。

陆皓东 （沉思）这面旗怎样设计，才能鲜明简洁，寓意精确呢？……

尤都好 孙文兄和我们不是总说，兴中会就是一团火，要冲开黑暗，

陆皓东 打出一个有天有日的世界！

尤都好 我们还说要迎接革命胜利，迎来丽日青天呢！

陆皓东 迎来丽日青天，有了！有了！

[幕后合唱新曲：

呵……
太阳就像一团火，
烧毁无边黑暗，
撕碎漫天乌云！
十二道叉光，十二个时辰，
白日的光芒永不灭，
看革命创出——
青天湛湛，朗朗乾坤！

[合唱声中，皓东挥笔疾画，天幕现出了大幅的旗帜。

[皓东、都好举起画好的旗帜凝视，并激动起舞。

[接着，舞台上闪现孙文，领革命党人高举旗拥上，载歌载舞，气氛热烈。

[切光。

第五场

[灯光亮。

[1895年重阳节的上午。

[广州小北郊外一茶寮，有简朴台椅，远处是观音山山麓，镇海楼隐约可见。

[音乐声中，郑士良、尤都好与多个革命党人在场，有的擦刀磨枪，有的正在饮茶交谈，也有的过场。

会员甲 （对郑士良）郑大哥，茶水不够过瘾。

会员丁 你就开开恩，让弟兄们都喝上点“双蒸”过过瘾。

会员乙 今天是重阳佳节，很快就要打响第一枪，就让我们先干一杯!

郑士良 大佬呀，我也想喝啊! 但是孙文先生吩咐过，酒能乱性，今晚举事，实在是至关重要，我们要保证一切顺利! 等到马到功成时，不但有双蒸，还有五加皮、白兰地、永利威，都任得喝呀!

（唱霸腔减字芙蓉）

就等省港弟兄们，
快快齐集好。
同创共和大业，
至伟功高。
万望各位齐心，
誓将妖氛尽扫。（拉腔）

会员甲 大哥放心!

（唱霸腔滚花）

要让青天旗升到镇海楼顶——

会员乙 对！（接唱）

宁愿扑前死，也不活着逃！

郑士良 说得好，有志气！

会员丙 大哥，陈老师来了。

郑士良 少白兄，皓东。

[陆皓东、陈少白匆匆上。

郑士良 发生什么事情了？

陈少白 大事不好！香港方面拍来急电，大批武器被查获，多名党人被捕，义勇不能按期前来！

众　人 （惊呆）啊？！

陆皓东 朱淇叛变了！

郑士良 朱淇叛变？

陆皓东 朱淇被李家焯软硬兼施，他已供出兴中会活动细节。

报　上 现在李征庸已经调兵遣将，二千长洲水师正赶回广州。

[众人震动。

郑士良 （冲动地）岂有此理，我们拼了！

众　人 （呼）拼了！

郑士良 （唱水仙子）

声声震怒，昂首高呼！

众　人 （合接唱）昂首高呼！

（白）打。

陆皓东 （接唱）　越是危急，越要冷静思索，

方可以，再将大局扶！

郑士良 花了无数心血的首次义举，难道一枪不发？

陈少白 但若依期举事，危险至极，会有太多牺牲！

陆皓东 孙先生已作决定。与其毫无把握，冒死硬拼，不如积累力量，徐图再举。

陈少白 所以，孙先生决定今日重阳义举，马上取消。

[众人无奈点头。

郑士良 （对众会员）那大家先去准备撤离吧！

[众会员下。

[场上留下士良、少白、皓东三人。灯光照在三人身上。

陆皓东 看来还要赶快通知有关人员隐蔽。

会员甲 知道！

陆皓东 少白兄，士良兄，我们亦分头撤离。

陈少白 对！（猛一想起）哎，不好，我记得农学会内尚留下兴中会会员名册。

陆皓东 这就糟了！（念口鼓）吾会党人录其中，记有地址与名号。

郑士良 （接念）万一清廷搜查到，多少同志入监牢！

陈少白 （接念）事到如今，如何是好？

陆皓东 （毅然地，接念）须解燃眉之急，皓东愿走一遭！

陈少白 你要回去取出名册？

郑士良 这样太过危险，我与你同去。

陆皓东 不必了，官府没有去人则已，否则多一人也难以对付，你们还有许多事去做呢！

郑士良 少白兄……

陈少白 （含泪搂紧皓东）既然弟意已决，我也只好赞同。

郑士良 自古吉人自有天相，关帝会保佑你的——来！（拿起一杯茶）以茶代酒！

郑、陈 （一起举杯）盼你早返归途！

陆皓东 告辞！

[三人举杯，一饮而尽，同亮相。

[陆皓东急下，尤都好从另一边上。

尤都好 哎！表叔、陈老师，真的取消了起义？

郑士良 这是孙先生的决策。

尤都好 那……哎，皓东呢？

陈少白 他回农学会取名册去了。

尤都好 他一个人？

陈少白 都好，你干什么？

尤都好 我去帮他。（要走）

陈少白 你这样太危险的。

郑士良 少白，清兵来了，快走。

[众下。朱淇带李家焯及官兵上，追下。

[切光。

[长街，小巷。

[灯复亮，显得暗淡。

陆皓东 （内场唱哭亡魂）

心内似火烧，急忙忙往学会去。

（上，锣鼓音乐，作穿街过巷，动作，唱回龙腔二黄）

狂澜力挽，取名册，不稍息，

亲临险地!

穿街过巷，步履如飞。

（新腔二流）只惜未举青天旗，

胜利良机全失去。

为战友安全脱险，

皓东愿冒死捐躯。

[锣鼓、音乐起。陆隐下。

[尤都好急上，也做穿街过巷动作。

尤都好 （唱倒板）急如星火，匆匆前去。

（新腔二流）不能让皓东哥孤身去冒险，

都好我快步紧穷追。

[锣鼓、音乐。尤隐下。

[李家焯带众官兵上，也做穿街过巷动作。

李家焯 （命令官兵）走!

（接唱） 乱贼作反不成，

朱　淇 （接唱） 必会匆忙撤退。

李家焯 （接唱） 不能让其逃脱，

定要把他诛除！

[锣鼓、音乐，李等隐下。

[陆与尤各自复上，仍做穿街过巷动作。

陆皓东 （接唱） 穿过了高第街——（锣鼓、音乐，动作）

尤都好 （接唱） 穿过了高第街——（锣鼓、音乐，动作）

陆皓东 （接唱） 绕过了进士里——

尤都好 （接唱） 绕过了进士里——

李家焯 （接唱） 穿过高第街，绕过进士里，

来到了九曲巷，

朱　淇 （接唱） 快到双门底——

陆皓东 （散唱） 冲入农学会中，再将战斗坚持！

[陆先下，尤再下。

[切光。

[双门底，农学会内，后院阁楼上。

[音乐不停，陆皓东上，悄悄开了壁橱，翻出名册和旗帜，大喜。

[尤都好急上。敲门。

尤都好 皓东、皓东。我是都好啊！

[陆开门，一手将尤拉进门。

陆皓东 （一怔）这个时候，你怎么来了？

尤都好 我来帮你，你太大意了，急得连大门也没有关上。名册呢？

陆皓东 名册在这，军旗在这！都好快走！

众　兵 （内叫）开门！开门！

[内场“噔噔噔”楼梯脚步响起。

陆皓东 不好了，有人来！我们走不了！（把旗塞给尤都好）

尤都好 名册怎么办？

陆皓东 点火烧毁！

[尤擦着火柴，点燃名册，火盆的光映红她的脸庞。

[陆皓东把窗敲碎。

陆皓东 都好，你快快跳窗逃走。

尤都好 要走一起走。

[陆猛然把尤都好从窗口推出。

[内场："哈哈哈"，一阵狂笑声充满夜空。李家焯与朱淇率官兵突然冲入。

朱　淇 名册！（扑向陆）

李家焯 拿下！

朱　淇 造反旗！

[小开打。

[陆举旗亮相。切光。

第六场

[灯复亮。聚光于舞台一角。

[李家焯、李征庸正在密谋。

李家焯 大人，刚才收到消息，那朱淇横尸东山龟岗。

李征庸 何人所杀？

李家焯 似是三合会之人。

李征庸 这个朱淇也实太无用了，如今我们要对付的，还是那个陆皓东！

李家焯 对！（唱减字芙蓉）

难得在农学会中，
我将他捉拿归案。

李征庸 （接唱） 只是孙文与陈少白
不知逃往了何方！

李家焯 （接唱） 审过了反贼多回，
他一直咬牙不讲。
打得他皮开肉绽，
他还是挺起胸膛。

李征庸 哼！我总不信对付不了这些反贼！

（唱滚花）再动大刑，

定要压服这狂徒硬汉。

李家焯 （接唱） 倘他还死撑到底——

李征庸 （接唱） 就杀一儆百，叫他见阎王！

[两人狰狞地笑。

[切光。

[距前场数天后，即 1895 年 11 月。

[南海，监仓死牢。

[灯复亮，光线照在狱卒甲、乙身上。

狱卒甲 （张望）你看，这囚犯又昏死过去了！

狱卒乙 （念韵白）真是监仓日日看，奇事年年有，第一次见到这种犯人，毒刑不松口，厚利不上钩，搞到官大人急如丧家狗！

狱卒甲 （接念）小声点！他大胆反朝廷将罪受，其实自寻死路，何苦来由？！

狱卒乙 （接念）讲是这样讲，他才二十七岁，家里有田有地，又有楼，年纪轻轻被折磨，教人怎忍受。

狱卒甲 （接念）看来过得了寅时都过不了卯，真是地惨天愁！

狱卒乙 （接念）不要再说那么多了，我们饮酒！

[二更响。

[灯光转在牢内，陆皓东浑身伤痕，半昏半醒地倚着牢壁。

陆皓东 （唱反线寒关月，散起）

牢中锁禁，

千般刑杖我身试。

此番慷慨赴义，

酷刑无惧畏，

犹可勇撑持。

肉体再模糊，

尚有一缕冲霄志，

永不可移。

浩气总长存，

死生不复记！

[场上分别闪现陆母、玉清、都好、少白与士良的形象。

黎玉清 皓东，重阳节过了，你还不回来？

郑士良 皓东！

尤都好 皓东哥！

[皓东似听到亲友们的呼唤。

[传来更鼓响。

陆皓东 （唱南音）眼前人闪过，

皓东惹情思。

似见贤妻慈母，

朝朝盼我归期。

（转流水南音）

我既牵挂亲人，

多年孤清劳累，

更忧苍生百姓，

多少苦恨伤悲。

清廷腐败昏庸，

弄至山河破碎；

炎黄子孙遭凌辱——

（反线二黄）

中华古国，任人欺！

（反线二黄尺字腔）

一心驱阴霾，挽危机。

孙文兄，作先驱，

与我携手把家离。

都好她，相照肝胆，齐心奋飞。

搞武装，擎起丽日旗，

少白、士良，倾情共振臂。

（转正线爽二黄）

惜首义未发一枪，

大好良机尽失去。

幸已烧毁名册，

笑狗官枉费心机。

生命诚可贵——（腔）

共和价更高——（腔）

愿以鲜血警国民，

头可断来心不死！（拉腔收）

（二流）生命将到尽头无所惧，

似见万人继我勇驰驱！

（转赛龙夺锦中段）

孙文兄，将旌旗再举，

兴中会，战斗未穷期。

四海志士，越添英气，

扫清军，战鼓催，

夜已尽，现黎明，

东方艳阳快升起！

（升调再唱）

东方艳阳——快——升——起！

[晕倒。

[内场叫："换班了"！

[狱卒丙、丁上。

狱卒丙 夜冷风寒，去买瓶双蒸回来吧！

[狱卒丙交钱狱卒丁，狱卒丁下。

[狱卒丙向内招手。

[黑衣侠士打扮的尤都好，疾步潜上，狱卒丙悄悄打开牢门，暗示下去把风，卸下。

尤都好 （抱起陆皓东痛切人心，呼）皓东！皓东……

[皓东一阵苏醒，躺在都好臂弯中。

陆皓东 你……你莫不是贤弟？

尤都好 正是。（脱去黑衣）

陆皓东 （一惊）贤弟，难道你也被抓住？

尤都好 非也，我是找到狱中三合会同人，悄悄进来救你了！

陆皓东 救我？（摇头）其他同志可否安全转移？

尤都好 孙先生已赴日本，少白先生等已避到香港，我和表叔暂且留下。放心！皓东哥！

（唱双星恨）

惜你被困身痛别离，
黑狱里苦煎熬，命若游丝。
哥你本血肉人，
怎禁得那酷刑，
受拳捶棍打毒鞭笞。
多少个黑夜，
我做梦也见哥面，
唉！心惊碎！
每每似见你遭伤残，
痛入骨，血淋漓！（序）
恨不得替哥来受罪。
今晚得复见哥，
不禁泪雨纷纷飞！（哭）

陆皓东 （接唱） 不必痛楚！
莫为我忧，莫为我悲！
身虽死，志不衰，

哥早发誓，愿为国捐躯。

你要志坚胜须眉，

笑看黎明，将旗高举！（坠慢）

（音乐声中）贤弟，你答应我，好吗？

尤都好 （强忍泪）好！我答应你！你快随我走吧！

陆皓东 我不走——（一槌）

尤都好 （一怔）什么？你真不想走？

陆皓东 既然孙文兄弟与各同志已安全转移，我也可以放心去了！况且吾自入狱中，已不作复生之想。历遍西方诸国，未见创共和而不流血者，今中国共和未创，鲜血未流一滴，吾甘愿作此第一人！

（唱，手托）

中国积弱多悲声，

需激进冲刺，何惧拼命！

愿洒一腔血，教万众惊醒！

贤弟，你，你还是走吧！

尤都好 我不走，要走一起走！

陆皓东 唉！你纵要我走，我这身子，走得动吗？

尤都好 我可以背起你！（欲背）

陆皓东 （微微一笑，摇头）贤弟呀！

（唱千般恨）

话有千番说未清，

未可尽表我心声。

感你捧丹心，献真诚，

我负了千般爱和情！

尤都好 （接唱） 欲语不成声，骤觉天将倾。

我爱哥深，痛哥命，

诀别这监中，我心永难平！

（痛苦）皓东！……

陆皓东 贤弟，自我要追随孙文兄以来，无悔两字就作为我的座右铭。你替我做件事，到翠亨村，告诉我妻玉清，日后生下是男是女，都叫她改名为“无悔”！

尤都好 “无悔”？我明白！我一定照你的话去做！

陆皓东 贤弟，多谢了！你快走！

尤都好 （含泪，唱恋坛中板）

皓东兄，
临走可否叫一声，
叫声“都好”我足愿，
今生无悔未忘情！

陆皓东 （点头，接唱）

都——好——妹！

尤都好 （接唱） 好哥哥呀！

陆皓东 （续唱） 望你跟孙先生去，
看大业能成！
为我早将仇报——（唱收腔）
迎接黎明！

[狱卒丙急上。

狱卒丙 没时间了！

陆皓东 快走！（推都好走）

[尤与狱卒丙下。

[内场喊：“大人到！”李征庸与李家焯在四清兵簇拥下上。

李家焯 （见皓东）他昏过去了！

李征庸 把他泼醒！

[一清兵以水泼醒皓东。

李征庸 果然壮哉，可惜了一个人才。陆皓东，本官再给你一次机会，只要你交出兴中会名册，讲出孙文下落，我保你安然出狱。

陆皓东 （一笑）保我出狱？我既已进来，就不准备出去！你是聪明人，应知要我做的事，全属痴心妄想！

李征庸 哼哼，你休要牙尖嘴利！

（唱快琴音）

我堂堂大清，

深仁厚泽礼义兴，

你等狂生造反实太不应，

定遭上天严惩！

陆皓东 呸！清廷腐败专制，你等祸国殃民，该受上天严惩的，当是你等国贼！

李征庸 （怒）大胆！人来！再动大刑！

李家焯 （拉开李征庸）禀大人，逆贼满身伤残，已无处可用刑了。

李征庸 （倒吸一口冷气）无处可用刑？（转对陆）陆皓东，你不要再执迷不悟了！你不为自己考虑，也要为老迈高堂、年轻妻子着想。

李家焯 也罢！我等仁至义尽，最后给你一个时辰，你再仔细想想！

陆皓东 不用了，我已经想好了。

李征庸 你肯招了？

陆皓东 拿纸笔来。

李征庸 （叫清兵）快给他拿！

[清兵拿来纸笔墨砚，打开皓东锁铐。

[灯转暗，李征庸等留在阴影里，一束追光打在皓东身上。他单腿跪地，怒目圆睁，奋笔直书，写出“供词”。演员边写天幕边显出“供词”的字，并配以画外音。

画外音 （朗诵“供词”）某姓陆，名中桂，号皓东，香山翠亨乡人，与同乡孙文，同愤异族政府之腐败专制，官吏之贪婪庸懦，外人之阴谋窥伺。务求警醒黄魂，光复汉族。今事虽不成，此心甚慰。但一我可杀，而继我而起者不可尽杀。吾言尽矣，请速行刑！

[皓东写完，猛然掷笔，缓缓站起。灯大亮。

李征庸 （又惊又恨，狂吼）将他拉出去砍！

陆皓东 哈哈哈！（昂首向天幕走去）

[强音乐起，幕后合唱新曲：

昂首望长空，

心驰军旗下，

志士存浩气，

血沃共和花！

血沃共和花！

[合唱声中，天幕出现巨幅书条，上书：“挽为共和政体而牺牲的第一人陆皓东。孙文”。

[陆皓东昂然亮相。

[幕闭。

[剧终。

（剧本版本：《广东粤剧剧本选编》五）

三家巷

编剧：胡应明

粤剧移植：章耀明

人　物　表

区　桃　　周　炳

陈文婷　　何守仁

陈万利　　周　榕

陈文娣　　陈文雄

陈文氏　　何　宝

阿　财　　胡　杏

女学生

第一场

[除夕，傍晚。

[三家巷口。巷口一侧是陈家气派的三层洋楼；巷子末端是一个可拾级而上的小坡。

[女声内唱幕前曲：

窄窄一条三家巷，

纷纷世事巷中藏；

岁岁花夕添年华，

佼佼一群读书郎……

[幕启：陈文雄优雅地搂住周泉的腰肢似踏着舞步，陈文娣羞怯而幸福地拉着周榕的手走出，陈文婷则轻快地跑到周家门前叫周炳，不闻回应而负气地跑开，何守仁喊着“文婷”追赶上，何宝嚷嚷着“我也要去逛年宵花市”追

了出来，胡杏随出。

[纸扎鸡吹着“嘀嗒”卖鸡公榄的、卖花的、哼着民谣的此起彼落：“鸡公榄，有辣有唔辣！好味的鸡公榄，食过返寻味！”“卖花哩，好靓的玫瑰花、山茶花、芍药花！”

[卖花女们的歌舞。“卖懒、卖懒，卖到年三十晚，人懒我唔懒！”

[区桃推着小轮花车上。

陈文婷 炳哥，炳哥！

何守仁 文婷，文婷！

合　唱 （广州民谣）卖懒、卖懒，

卖到年三十晚，

人懒我唔懒！

区　桃 （梆子慢板）人懒我唔懒，卖花除夕夜，过巷穿街——

卖花呢，卖花啰！

（续唱）　何以绕来巷里面？

这边是高大洋楼陈家院，

那边是低矮小屋周家房，

两家姨父皆亲眷，三家巷内两重天。

（怀旧）　手挽百花鲜，卖花去赚钱，

四处穿梭脚步轻，

怎么此际却流连？

原来是心儿把他思念，

未见周炳，已经数天。

想起周炳他最喜欢食鸡公榄，我不如假喊一声，骗他一骗！喂！好个鸡公榄，有辣有唔辣，食过返寻味！

[周炳自屋内出。

周　炳 喂，我买鸡公榄呀。

区　桃 你没看见？我只卖鲜花不卖鸡公榄！

周　炳 你？大年三十也骗人！明明听见你喊的——

区　桃　嘻嘻，我不喊，你这只“为食猫”能跑出来吗？

周　炳　哈哈，是区桃姐！你，怎么卖起花来了？

区　桃　嘿，趁着年节，白天做鞋，夜来卖花，赚点钱贴补家用啊！

周　炳　好，我买一枝白桃花。

区　桃　你，这白桃花很贵的。

周　炳　你不是最喜欢白桃花吗？我要作为新年礼物送给你。

区　桃　别，别……周炳！

（泣残红）别人话你不开窍太愚蒙，

是搞风搞雨的掘尾龙，

我看来你没有一点傻笨，

你会演戏，俊颜容，

又会画画显天聪，

再不应做炉旁打铁翁，

应该去读书——

这些小买花钱当学费相送。

周　炳　区桃姐！

（长句二黄）谢你一片好心，把辛苦钱相送，

我今时不同往日，已不用再挨穷，

区　桃　（续唱）　你是否又犯傻，抑或白日做梦？

周　炳　（续唱）　姨丈收我做契仔，将要入住他家中。（旬）

区　桃　啊，你拜姨丈做契爷？你……傍着富贵人家了。

周　炳　不，因为陈家男丁少，是两家大人商量好的……

[陈万利拄文明棍自外归，走至巷口，见状。

陈万利　哈哈，好一对俊男靓女哟！

区　桃　啊，姨丈。

周　炳　姨丈。

陈万利　还叫姨丈？过了年就该叫契爷了！区桃，你说是吗？哎，你去卖花？大年三十，你应学你表哥表姐一样都去卖懒逛花街。

区　桃　卖花，不也一样逛花街么？

陈万利　嘿嘿——

（滚花）　真个是女大十八变，

小区桃出落得更光鲜。

腰姿婀娜俏芳容，

青春妙龄招人羡。

区　桃　姨丈，你，

陈万利　慢，这花我全买下了！

［陈万利连花带人欲揽过来。

你怕什么丑呀？一家人嘛——衰仔，你不要打歪主意呀！

周　炳　契爷，那歪字怎么写？

陈万利　想读书了？不正就歪嘛！哼！

［陈万利见区桃远远避开，悻悻下。

周　炳　不正就歪？哼！心不正就歪！区桃姐，我陪你一道去卖懒，不，去卖花！

区　桃　你？你卖花？

周　炳　是啊，卖花啰！卖花啰！

［陈文婷匆上。

陈文婷　咦，炳表哥，怪不得哩，不肯陪我去逛花市，原来是等着桃表姐送花来的。

区　桃　婷表妹……

周　炳　卖花喽！

陈文婷　卖花？我说呢，怎么会送来这么多花！炳表哥，你就要重新上学了，再不能徒有其表，不干正经事了。

周　炳　我就想，帮帮桃表姐。

陈文婷　要帮她，就帮她识字读书，你看，天仙一般的姑娘，却大字不识几个。

区　桃　我，不需要你们的帮助。

周　炳　你？区桃——

［何守仁手捧着鲜花上，被急急跑下的周炳把花撞落一地；周炳未理会何守仁而拉住区桃。陈文雄、周榕、陈文娣、周泉远远走来。

何守仁 你——没教养，真是个掘尾龙！

陈文婷 不许你骂他！

何守仁 啊？我不是骂他，你看看，刚才我忙着捡花，你怎么不打招呼就跑了呢？文婷！

（和尚思妻）时局似麻团，军阀常开战，

这三家巷，天清朗，是幸福家园。

你像一朵牡丹花，人间少见，

在我心中早有一串蜜意诗篇。

陈文婷 哎，炳表哥，你们等等我。守仁大哥，谢谢你了！炳哥，给你花——

[陈文婷追下。

何守仁 你！文婷！文婷！

陈文雄 守仁，你……这不是击鼓传花吗？

众　人 哈哈……

何守仁 大丈夫志存高远，岂能这般儿女情长！唉，我这人，倒真应了一句时谚：情人结婚了……

何　宝 新郎不是我！

众　人 哈哈！

何　宝 （配乐白榄）年三十晚，行花街，

花街年花两边排，

呢棵桃花靓，那盆金桔大，

千朵万朵睇唔晒，

人人心里乐开怀，乐开怀！

[众人歌舞。

[一群卖花女惊慌跑上。

女学生 出事啦！出事啦！那边打起来啦！

[幕后传来叫嚷及打斗声；众趋前，只见陈文婷拉着周炳，区桃推着凌乱的花车上。

陈文雄 周炳，发生了什么事？

周　泉　你又闯祸了？

陈文婷　他们闯入洋人的禁区……

周　炳　我陪着区桃在沙面卖花，他们竟然侮辱区桃姐，我们就打起来。

众　人　区桃！

陈文雄　唉！（摇板）人生本该，美如花朵。

何守仁　（续唱）　怎奈国事，多坎坷。

周　榕　（续唱）　辱我同胞，列强为祸。

周　炳　（续唱）　拼洒鲜血，斗阎罗。

陈文雄　（续唱）　青春的呐喊，不是罪过。

毕业盟誓，

众　人　（续唱）　救山河！

盟誓！盟誓！盟誓！

周　炳　等等，我也算一个！

陈文婷　还有我！

陈文雄　好，今天是年三十，我们以花盟誓。

众　人　以花盟誓？

陈文雄　区桃就是我们今天的花神！

周　炳　太好了！区桃姐本来就是我们尊贵美丽的花神！

众　人　花神！花神！

区　桃　（新曲）　花一样的年华，花一样的青春，

众　人　（续唱）　我们五颜六色的年轻，

区　桃　（续唱）　啊——当世青年梦想多，梦想多。

陈文雄　（秋水龙吟中段）

一心要为国家治沉疴，

要办新兴实业多。

何守仁　（续唱）　当要兴教唤国魂，甘去栽培满园蔬。

周　榕　（续唱）　要唤醒工农千万，

要灭、要灭世上恶魔，

陈文婷 （续唱） 幸福追寻互相帮助，

陈文娣 （续唱） 我要挣脱千重恶人锁枷，

周　泉 （续唱） 我只要日丽风和，

珍惜亲情，永无痛楚。

周　炳 （续唱） 为民为国虽死何惧怕，

化成烈火毁狼窝。

去除万恶专制藤萝，

敢迎风雨和恶波！

[众人无限憧憬地把一双双青春的手郑重地交叠在一起。

众　人 [新曲] 青春热情似火，青春理想如歌，

记取今夜誓言，化作大海长波！

志同道合，互相提携，苍天可鉴！

（散唱） 让自由之花——

绽放在壮丽山河！

[撤光。

第二场

[数月后，春末之夜。

[陈家客厅。中上悬“青春发达、大器晚成”条匾；客厅一侧通周炳小书房；客厅上方可见楼上房间的大玻璃窗格。

[使妈阿财等一众女佣手举托盘上。

众使妈 （广州民谣）红辣椒、青辣椒，

平时你牙刷嘴藐藐，今日你有胆同我撩。

阿　财 （梳妆台）小周炳，打铁郎，

天天有功课读书忙，

人有三衰与六旺，

乞儿仔有一朝住华堂。

众使妈 （荡舟） 是穷命，有福享，

使妈手里忙又忙，

刚与小姐洗浆烫，

又闻老爷，差遣频唤叫，

工夫还要比命更长。

[阿财托盘闪进周炳小房，见周念诵“孔雀东南飞……”。

阿　财 （咸水歌）猫儿担凳给靓仔坐呀哩兄哥——

众使妈 阿财姐，哪个是靓仔？

阿　财 哪，白雪雪、滑溜溜！

[阿财捏周炳脸。

众使妈 周炳！

阿　财 （续唱） 读书累了请把香茶饮呀啰。

[阿财递茶及果品。

周　炳 嘿嘿，饮茶……

[陈文婷闪出。

陈文婷 你们在做什么？笑什么？你们下去干活。

众使妈 知道。

[众使妈下。

陈文婷 炳哥。

周　炳 孔雀东南飞……

陈文婷 （拷红） 知否呀？见你乐怡怡，

文婷亦觉甜蜜意，

炳哥这样就走进来我们家中里，

你不用再为赚钱，挨穷辛苦劳作，

不用担心缺钱不去读书。

你来到，我心儿，才有了依托，

青春里有快乐和诗意。

上学堂，一起在校园演戏诵台词，

我和你，共陶醉心中有七彩梦飞，

亲爱的炳哥，我共你心心相爱相依。

别忘记，被大人早已取笑，是天生一对，

此后天天并肩步花荫，一起互诉心中语。

炳哥！

（续唱） 我的傻哥哥！

[陈万利内“哼”一声与陈杨氏上。

陈万利 文婷，你们在干什么？阿炳，到了陈家，要懂陈家的规矩。知道吧？好了，天时不早，去休息吧……

[周炳不悦闷头欲下，陈文婷退避瞄见陈文娣悄上。

陈文婷 大姐，回来了……

陈万利 站住！又到周家去了？丑话说在前头，我是绝不会同意你嫁给周榕的！

陈杨氏 是啊，我们已经娶了周泉做媳妇，现在又收了周炳做契仔。

陈万利 我是个商人，总不能老做赔本的生意！

陈文娣 阿爸，别说了，我知道……该怎么做的。

[陈文娣返身上楼，陈文婷随下。

陈万利 好啦！时候不早，大家去休息吧。阿财，别忘了午夜给我送夜宵来……

[内唱新曲：

这暗夜，萌动着多少憧憬，

这寂静，潜伏着多少机心……

[伴唱声中陈文娣提着皮箱悄然下楼，毅然走出家门；阿财瞄见文娣，躲过而后托盘上楼；周炳进入小房，扔衣于床闷闷地……

周　炳 唉！

（反线二黄）

来到陈家，三月整，

进门方晓，庭院深深。

原以为，高屋华堂，

玉食锦衣，有几多兴奋？

我是谁？我还是周家穷小子，

我还是家巷内，打铁人。

（扑仙令）真果是，富贫命里分？

真果是，会注定挨贫？

我人在这，不开心，

心向往，巷外行。

（七字清）虽有文婷常接近。

我不敢直面，她的热辣眼神。

（贵妃醉酒）原来还有一双眼，

是美区桃，她虽在外却如邻近，

她总是牵我心，牵着我情——

[幻化出区桃。

区　桃　周炳——

周　炳　（续唱）　朦胧里，见她徐徐行，

如闻声音近。

[传来区桃的声音“周炳——”。

周　炳　桃表姐！

（二流）　我要捕捉，自由的倩影。

我要画下，这美丽的精灵。

桃表姐！

[随着区桃幻象的游移，周炳梦游般地轻唤着“区桃”上楼到老爷房前，从门格瞥见陈万利跪着托住阿财，不禁“啊”的一声，画笔落地。

[女声内唱广州民谣：

鸡公仔，尾弯弯，

做人新妇甚艰难，甚艰难……

周　炳　啊！……我什么都看不到。

[谣歌声中阿财夺门而出，奔下楼梯，被躲于一旁的女佣们拥走。

[陈杨氏、陈文雄、陈文婷及众下人齐出。

陈杨氏 阿炳！你疯了，这深更半夜你狂呼乱叫！

陈文雄 阿炳，你到底看见什么了？

周　炳 我什么都没看见，不，我看见，老爷和——阿财——

陈杨氏 和谁？

周　炳 和阿财！

陈杨氏 哎呀！阿炳呀！我的小祖宗，你怎么还是个掘尾龙！阿财是服侍老爷的，送夜宵去，有啥大惊小怪的！

周　炳 不，我看见老爷跪在阿财面前……

陈杨氏 衰仔！你知道收你为干儿子，姨妈操了多少心，给你们多少钱？别作孽呀！

陈文雄 周炳！你不要乱说！阿炳啊，

（木鱼） 幻听幻觉寻常事，

陈文婷 （续唱） 掘尾龙梦游有顽痴？

陈杨氏 （续唱） 千万不可胡言乱语，

陈文雄 （续唱） 玷污了陈家好门楣！

文婷等 （续唱） 你来陈家多不易，衣食无忧又可读书！

陈文婷 哦，难怪你魂不守舍啦，原来你真是梦游啊？

陈文雄 周炳，你这个样子，将来怎么跟我到洋行去做事？夜深了，回去睡吧。

[阿财披头散发地跑出，拉住欲下的周炳。

阿　财 小少爷，你一定要为我作证啊！老爷答应了，只要我给他生儿子，他，他就娶我做偏房，我……我再不愿偷偷摸摸了！你，你要为我作证呀！

周　炳 阿财——

陈文雄 别理这下三滥的女人！我们走！

阿　财 小少爷！你要为我作证啊。阿炳兄弟！

周　炳 你！我？好！

（滚花） 为阿财的卑贱凄戚，

为区桃的无端委屈，

为老爷的穷奢极欲，

纵成掘尾龙，我也在所不辞！

我作证，我亲眼看见了，老爷跪在地上抱住阿财！

众　人　啊！

[陈万利忽从楼上房间出。

陈万利　老子跪着，也比你高！

（恨填胸）不尊不孝不知耻，

（快白榄）让你住洋房，给钱你读书；

却不思回报，真是忤逆子！

（续唱）　你即时快滚，快滚！滚！滚！滚！

周　炳　滚就滚！

[周炳进内拿起书籍、衣什及区桃画像复出。

陈文婷　炳哥，你不要走！

周　炳　阿财姐，我理解你那点可怜的幻想，但人穷志不短，要活得有尊严，像区桃一样活出尊严！

[周炳转头毅然出。

陈文婷　炳哥！

陈杨氏　阿财，你，你也给我滚出去——

阿　财　我，我滚，我滚。哈哈，你家大小姐也拎着皮箱滚出去了！

陈万利　你说什么？文娣？文娣！不要找啦！她——这是私奔啦……

[撤光。

第三场

[数月后，七夕夜。

[三家巷口，陈文婷在巷口树下徘徊张望。

陈文婷　（散板）　一声私奔，恰似春雷响震。

（反线二黄尺字序）

忽催醒女儿爱情痴心，

文婷我要学家姐敢将爱寻，

敬周炳磊落胸襟人率真，

我心中爱的憧憬聚满怀，

问此际有谁人能明白我心悃？

（新曲一句）

转眼间，七夕又来临。

（反线二黄）

炳哥哥呀炳哥哥，眼前晃动着你的身影，

你坚毅的神情，总在我心头刻下烙印。

忍见你到区家，学做鞋匠，

更怕与区桃厮混，难舍难分。

（骂玉郎）看双星，喜得今宵两相亲，

七夕夜呀，女儿夜，

是我的佳节良辰——

趁这花香，清辉月朗，

寻梦去，逐流云。

［一群女孩边舞边唱，乞巧而来——

陈文婷 （新曲） 七夕夜，乞巧忙，

南国女儿诉衷肠；

织女织出情万缕，

牵牛牵起意绵长……

［周炳背着装满鞋子的口袋上。

周　炳 啊！好靓啊！

（新曲） 细致奇巧真漂亮，

众　人 （续唱） 真漂亮……

周　炳 （续唱） 我又回到了自由的天堂

众　人 （续唱） 的天堂……

周　炳　（续唱）　这边的女子手艺巧——

众　人　（续唱）　手艺巧……

周　炳　（续唱）　那边的姑娘手艺强——

众　人　（续唱）　手艺强……

织女织出情万缕，

牵牛牵起意绵长……

［众女孩踏着舞步跑下，剩下周炳痴痴地笑着。

周　炳　哎呀，我还得把鞋带回家去补呢。

［周炳下。

［转至区桃家。

［区桃纳着鞋垫，复又到门口伫望。

区　桃　（南音）　抬眼望，牵牛星。

牛郎哪有，周炳亲情？

他敢于挺身，为劳工请命。

他伴我劳作，热汗倾。

趁这七夕良辰，为他祈来好光景。

飞针走线！

（二黄）　绣一个红日高升。

他是红日光灿灿，我是彩云绕他行，

绣进女儿情深，描出雨过天晴美景。

［周炳背鞋袋上。

周　炳　啊！（滚花）好一个绝代美神天仙女，

说不尽丽质天成美风姿。

［周炳见区桃欲动忽大叫，连忙拿过画笔。

周　炳　别动！

区　桃　你？

周　炳　（彩云追月）

我要留下这绝美瞬间，

你一双俏眼，似秋波顾盼，透出美丽千万；

你一欢笑，似清风吹送，便驱阴霾散；

你一忧郁，眉蹙之间；

如若普度观世音，消去灾难；

描下肖像，珍惜纪念，

让我天天将她饱览。

[周炳画毕，与区桃一同观画。陈文婷上。

区　桃　（紫钗恨）身似梦中？画中人儿，

甜甜好梦心幽思。

周　炳　（续唱）　非是梦中，画中人儿，比白桃还娇美。

区　桃　（续唱）　可是真？也怀疑，

周　炳　（续唱）　未能描画绰约风姿。

区　桃　（续唱）　心里边，似含饴……绵绵万针千缕。

周　炳　（续唱）　问你今宵是何夕？

区　桃　（续唱）　双星聚首鹊桥遇。

周　炳　（续唱）　七月七，

区　桃　（续唱）　寄情谊，

炳，桃　（同唱）　一张画图，针针密缝缀心意。

陈文婷　（苏武牧羊）

他们这般意若迷，

眼睛两传情，

笑语诉心扉，

高贵美在此刻属多余——

区　桃　（续唱）　在今宵，乞巧节，

我绣了一礼物，或说低微，

浓情厚谊已经挑绣在这里——

周　炳　你绣什么？

区　桃　不告诉你。

周　炳　给我看看。啊，雨过天晴？

区　桃　还没有绣好。

周　炳　我差点儿忘了，

［周炳掏出信封一抖。

你看——

（十字清）周榕哥，寄来《雨过天晴》文明戏。

为劳工，文武并举壮声威。

我来演，罢工者互相携手，

你来演，性格叛逆买办女儿。

区　桃　（滚花）　我怕自己演不来富家女。

陈文婷　哎！（续唱）现成的富家女在此，

真是天赐良机！

区　桃　婷表妹？你一直在门外，

陈文婷　（滚花）　我在门外已看多时

穷家女怎变成小家碧玉！

区　桃　你？

［区桃气得跑到一边，闷闷缝鞋。

周　炳　刚见面就这个样子！其实大家可以一起演的……

陈文婷　炳哥——（哪个不多情）

不必生气，来听我言，

今天我本是来劝你返校园，

现在我已经改变主张，

人都各有志，何须多言？

我愿演，买办女，

让爱情之火放出光和暖！

周　炳　（念）她父亲要她做奸细，

陈文婷　（念）我就传给他假消息！

周　炳　（念）这是个以毒攻毒计中计，

陈文婷 （念）就只为与心爱之人永相依！

炳、婷 （同白）好！

[两人兴奋地谈论剧中人事，灯光写意地投向二人世界。

[女声内唱新曲：

话相投、意相随，
人入戏中情入迷，
他们眉飞色舞绵绵意，
女儿家纵是要强也凄凄。

[现出周炳、陈文婷模拟的戏中情境。

区　桃 （秋江哭别）

他俩自小结下浓浓情谊，
俊俏容颜成一对，
三家巷里已名驰，
朝相伴，晚相伴，
两相嬉戏若似痴情蝶双飞。
莫非憧憬已是成幻象？
他对我甜言和蜜语，
已灰飞烟散情移，
我是作坊女儿，手工是本事，
愿天空海阔并翅他们两相依。

[内唱：千针万线，万线千针，
千针万线，万线千针。

[周炳、陈文婷两人击掌。

炳、婷 （同白）哦！我们胜利了！爱情万岁！

区　桃 哎哟！

[内唱：“针针偏扎在手里面”。

周　炳 区桃！你怎么啦？啊！

区　桃 没事。

周　炳　来，我看看，别动——

［周炳急用嘴吮其伤口。

陈文婷　哼！

（快中板）大惊小怪真稀奇。

劳作女不应扮娇贵，

故作姿态博同情。

区　桃　（快慢板）你不应，出语伤人，

富家自恃。

我也有，爱的权利，

做人尊严。

［何守仁早已站于门前，击掌叫好。

何守仁　好好好！这是七夕之夜最大胆的爱情宣言，是最现成的牛郎织女！

陈文婷　哼！关你什么事？

何守仁　我？我也有我的爱情宣言！文婷啊——

（板眼）　你矜持腼腆，却又落落大方，

你尖刻冷峻，却有菩萨心肠。

你任性刁蛮，却富于教养。

你热情活泼，却有迷人忧伤。

在这罗曼蒂克，中国情人节晚上。

丘比特的神箭，已射中我的心房。

陈文婷　（滚花）　爱情不是一厢情愿。

何守仁　歌德说过："我爱你，与你何干？"

陈文婷　（续唱）　我要学文娣姐，听从心灵的召唤！

何守仁　（续唱）　她已是迷途知返，独自回航！

陈文婷　啊，你说什么？

何守仁　她已经回来了。

［追光投向踽踽独行的陈文娣。

［内唱：

七夕夜，多情儿女盼团聚；

怎奈是，劳燕分飞各东西。

陈文婷 不！（新曲）

真正的偶像是不会倾倒！

爱仍会伴我勇敢前行，

爱是那无怨无悔的坚守。

是那无涯无际的光明，

周　炳 （续唱） 爱是炉中的火，暗夜的灯，

是沸腾的血，燃烧的心。

区　桃 （续唱） 爱是密实针线合脚的鞋，

坎坷路上步不停。

何守仁 （续唱） 爱是那拂不去的梦影，

是那得不到的追寻。

众　人 （续唱） 三家巷中丽人行，

怀揣梦想寻路径，寻路径。

周　炳 区桃、文婷，我们到劳工夜校排戏去——

何守仁 文婷！文婷！

[陈又婷挽起周炳臂膀；周炳复又拉起区桃一起走下；何守仁气极……

(撤光。

第四场

[追光投向孑立的何守仁。

何守仁 （秋江别中段）

眼睁睁，眼睁睁，佢哋挽起臂膀，

我热烈一腔爱，被抛于一旁，

这艳丽花长刺，我多番遭受难堪内心伤创。

冲天妒火旺，难容你共对双双结凤凰。

（摇板） 且看这闹剧怎收场，

我静观其变再作定向。

[半月后，傍晚。

[台阶上下两个表演区连成一体。

[随着民谣声，一群女工舞出，区桃及阿财也参与其间。

群众甲 咦？那边来了一队人。

群众乙 他们是来演街头戏的。

众 人 （合唱） 雨过天晴大戏唱，工友齐聚珠江旁。

[胡杏陪何宝上。

何 宝 呵……看大戏啰！

（配乐白榄）

月光光，照地堂，

看大戏，爽又爽，

你扮新娘我扮郎，

要学他们一样一起拜花堂——

[何宝拉扯胡杏。

胡 杏 二少爷，你要再闹，我就回去了——

[何守仁上，见状呵斥。

何守仁 阿宝！

何 宝 阿哥！

胡 杏 大少爷。

何守仁 你来凑什么热闹！赶快回家，听话。

[陈文雄上。

[周榕迎了上来。

陈文雄 守仁！

何守仁 文雄！哎，周榕！

周 榕 守仁！

陈文雄 周榕？你…… 你都回来啦。

周　泉 阿哥！你回来了。

周　榕 这样伟大的时刻，能不回来吗？

周　泉 哥，你还好吗？听阿炳说是你写的剧本。

周　榕 唉，社会黑暗，民心思变，你们看——

[台阶上表演，演戏中戏。

周　炳 （念）你看看——

[区桃表演着劳作的艰辛。

周　炳 你们到工厂看看，

区　桃 （续念）劳工们在流血流汗！

周　炳 （续念）你们到乡村看看，

区　桃 （续念）农民们在啼饥号寒！

周　炳 （续念）军阀连年混战，

列强掠夺资源！

还有洋奴买办，

区　桃 （续念）把工农血汗榨干！

周　炳 （续念）我们不说，

区　桃 （续念）谁说？

周　炳 （续念）我们不干，

众　人 （续念）谁干？

[陈文婷上。

陈文婷 （续念）我跟着你干！

周　炳 不，你那当买办的父亲是不会同意的！

陈文婷 （念）　你的行踪，就是我的依恋。

你的理想，就是我的挂念。

你的命运，就是我的轨迹。

你的悲愤，就是我的心田。

跟着你，水手远航不畏风险。

跟着你，沉甸甸的爱化作烈焰烛天！

[两人互相呼唤着握手、相拥。

周　炳　可是你的父亲……（周炳扮成买办）你要为我当眼线。

陈文婷　不！

周　炳　父女情义高如天！

陈文婷　巨轮载不动，千般爱，我要驾起小舟永向前！

[周炳自买办角色跳出。

周　炳　啊！伟大的叛逆者，我的爱人！永恒之女性、引导我们走——

[何守仁、陈文雄上。

何守仁　（快二流）看他们以假乱真来谋反，

看他们假戏真做情意绵。

我愤懑，不能坐视不管，

我妒恨，岂能袖手旁观。

我是个教育督察官员，

（二黄滚花）哼，让你们受教育我自有教鞭！

[何守仁气急下。

[区桃奔上向周炳、陈文婷大叫。

区　桃　敌人追上来了，快跑——

周　炳　快抢滩呀，劳工们，敌人的铁蹄挡不住我们前进的脚步！

（赛龙夺锦）狂潮浪遏天，龙舟似疾箭——

[周炳、陈文婷与众船员踏着“赛龙夺锦”的节奏急速舞动。

[台下的观众禁不住拥上舞台，全场灯亮。

[阿财挤上前。

阿　财　你们演得太好了，太好了。劳工万岁！

众　人　劳工万岁！

群众甲　打倒军阀！

众　人　打倒军阀！

[周炳、区桃、陈文婷激动不已。

周　炳　青春万岁！

众　人　青春万岁！

陈文婷　爱情万岁！

众　人　爱情万岁！

[何宝挤上前来好玩地跟上大叫“打倒军阀！”

何　宝　打倒列强！

众　人　打倒列强！

[“叭、叭”，枪声响起。众大乱。

周　榕　列强来了，军阀来了，大家别慌！

[陈文雄、周泉各拉陈文婷、周炳，两人不走。枪声响，周炳受伤，反向跑下。

[何宝吓傻了，被胡杏拉下。

[只剩下周炳、区桃、陈文婷。

区　桃　你们快走，你们是主角，他们会抓走你们的！

陈文婷　又没犯法，凭什么怕他们！

周　炳　我们不怕！决不当逃兵！

[何守仁内场：“就是他！抓住他——”

[周炳无畏地迎上去，被区桃拉住。

区　桃　快走！

[区桃摊开双手拦住二人。

区　桃　我去——

[区桃被子弹击中，趔趄欲倒。

周　炳　区桃！区桃！

陈文婷　啊，区桃姐！

区　桃　你们演得真好……真像……祝贺你们……

周　炳　区桃……

区　桃　表弟，表妹！我虽是个劳作女，但我知道……

（送别）　情和爱，梦里求，恩仇已休。

贫和富，并非对头，隔着一道深沟。

我为你俩，再祈祷，愿降福两情投。

这鞋垫，寄深情，穿着它好把路走……

[区桃死去。

炳、婷 （同白）桃表姐！

周　炳 区桃！我爱你！区桃——我爱你——

[周炳抱起区桃缓缓走下台阶。

[内唱《摇篮曲》：

嗳姑乖，嗳姑乖，

嗳大姑仔嫁后街，

天上彩云飘，

太阳金线撒下来，

鸟儿歌唱桃枝上，

鲜花戴唔晒，戴唔晒。

[伴唱声中，天幕区列队的男女劳工缓缓走来。

[撤光。

第五场

[数月后。

[三家巷口。一侧为周家，门前多了一棵小白桃树；何宝傻咧咧念念有词撵打胡杏上。

何　宝 （白榄）我没有打军阀，不要把我来绑实。

胡　杏 二少爷！

何　宝 （白榄）衰胡杏不老实，你该打，你该罚！

胡　杏 哎呀，二少爷，不要打我。你，有本事去打军阀——

何　宝 我没有打军阀……

[何守仁拎包上，见何宝呆坐于地上喃喃。

何守仁 阿宝！是阿哥——

何　宝 阿哥。

何守仁 怪阿哥不好，别哭。杏，快扶何宝回去。你干啥？

胡　杏 何宝老是打我，欺负我。

[胡杏侧过身去，护住树苗。

何　宝 你该打，你该罚！

何守仁 阿宝，别闹了！听话，回家去。慢！胡杏。

胡　杏 大少爷。

何守仁 刚经过周家，见到新种了一棵白桃树，挺珍贵的品种，周炳来过了？

胡　杏 没有啊……

何守仁 你为何这么紧张？

胡　杏 没有啊……说不定是周泉姐为区桃姐种的。

何守仁 只可惜了区桃！

何　宝 区桃？啊——我没有打军阀！

胡　杏 二少爷。

[胡杏无奈地拽住嚷嚷着的何宝下。

何守仁 （寒关月）原想收拾那一条掘尾龙，

却不料吓到何宝，终日惶恐失容，

更见美如花之女横尸街头，

我夜晚惊恐惶惶，日间心中亦有隐痛。

不对！

（滚花）　周炳才是元凶，记取血的教训，

决不让文婷又毁在他手中！

[走出家门的周炳，喃喃走向白桃树。

周　炳 啊！区桃，今天终于把你请回三家巷了！桃表姐，你要等着我——

（禅院钟声）

桃表姐，你别来可知晓？

腥风血雨下，我已经把你树苗植栽，

此刻千思万绪如潮。
抬头望你灵魂未散高高照，
长存气息，经久不散掉，
在周遭里，随风飘荡，
你像那山中，一株绿翠桃苗。
（反线中板）
桃苗移栽，三家巷中，
迎风摇，百般俏。
桃表姐，我千声呼来万般叫，
你的音容笑貌　我闭目也能描。
桃表姐，你似灼灼桃花，
在我心头燃烧，愤慨之情永难了。

[“砰、砰”，枪声骤然响起。

周　炳（禅院钟声尾段）
为你复仇号角召，
摧枯拉朽若狂潮，
旗高飘、枪响了，
如虹浩气，壮歌励我志冲霄，
执戈冲锋在今朝，
你的鲜血不白掉，
情心相通，肝胆互照，
愿化作泥土伴桃苗！

区桃！我，走了！

[撤光。

第六场

[翌日下午。

[陈家客厅。上悬醒目的陈家祖祠的条匾“颍川世泽”“大史家声”。

[枪声零星响起；陈家人聚在客厅，显得紧张而不安。

陈文雄 （白榄） 起义失败劳工惨，劳工惨。

周　泉 （续念）五内惶惶心不安，心不安。

陈文婷 （续念）心中最把周炳念，把周炳念！

想去找他又为难，又为难——

陈万利 （续念）眼下局势乱纷纷，乱纷纷——

留在家里最安全，最安全！

周　泉 （续念）周榕周炳两不见，两不见。

陈文娣 （续念）血雨腥风我自怜，我自怜。

陈杨氏 （续念）还是我陈家教子严，教子严。

陈万利 （续念）躲在洋楼观其变，观其变。

[内场“抓住他！”阿财与胡杏搀着受伤昏迷的周炳闯进门来。

阿　财 开门！开门！

众　人 啊，是周炳！

周　泉 小弟！

陈文婷 阿炳！

陈万利 你，还想祸害我们陈家啊！谁叫你把这掘尾龙给弄来的？！

阿　财 陈大老爷，对我们下人，你可以绝情，可他好歹是你们家亲戚，总不能见死不救吧。

陈万利 这……

[周炳醒来。

周　炳 这，这是哪里？我的枪，我的枪。

陈万利 枪、枪、枪，我一枪毙了你！你想死！

一使妈 老爷！何少爷来了——

陈万利 使妈！把这掘尾龙——

文 雄 阿爸！

众使妈 老爷！

陈万利 先弄进屋里去！

[众使妈急扶周炳进内。陈文婷担忧地走至门旁。何守仁上。

何守仁 哎呀，大家好！文婷，你待在家里，这就好，这就好！啊，世伯好！

陈万利 你来有何贵干？

何守仁 啊，家里像发生了什么事的？别紧张，别紧张，世伯——

（滚花）我是无事不登三宝殿，

睇准机会，来求姻缘。

[大家舒了口气。陈文婷则扭过脸去。

何守仁 文婷！

（杨翠喜）我痛心自小被说猥琐，

人人眼中放出轻视微笑，

我忧伤恨怨多，痛苦聚满心窝。

怕看人家花荫树下细吟爱歌，

我孤身一个情泪堕，

心内誓言要折取那一枝棘手花朵。

回望在三家巷内谁如我锦绣前途。

亲爱、亲爱的人，能无心动？

跟我、跟我将来，华堂高卧，

美好情缘莫错过，

你再跟周炳必招祸。

陈文婷 哼。

陈文雄 （续唱）妥、妥、妥，

他情深殷殷剖自诉心窝，

一片真爱能消祸，

你可做权衡，在此乱世，免受风波。

当然爱情是慢慢培养的，守仁，你也不要太急嘛。

何守仁 啊，不急，不急。

陈文婷 不！

（二黄） 你们无须对我多言，我的事情自己作主。

我会把真爱寻觅，爱的标准始终不移。

陈文娣 文婷——

（续唱） 哪里有真正爱情？流水无情花落去。

你我都是娇娇女，怎可担惊受怕躲东藏西？

陈杨氏 （续唱） 既然他开顺风船，就将终身付与。

陈万利 （二黄滚花）

你家姐已是前车之鉴，何妨来把守仁依！

[阿财自楼上跑下。

阿　财 老爷！外面军警一大片——

陈万利 啊？军警一大片？

何守仁 哈哈……

[众人惊疑地转向何守仁。

众　人 你？

陈万利 哼！（摇板）你——跟我老江湖玩把戏？

众　人 （续唱） 你——引狼入室手段卑。

何守仁 （续唱） 何须用我来引路，血迹斑斑一路来到这里。

陈文雄 没错，周炳是在我家！

（续唱） 他……他在我家出卖力气来赚钱。

何守仁 （续唱） 谎言难信——

陈文婷 何守仁！

（续唱） 你为何、为何偏要跟他过不去？！

何守仁 （续唱） 这都是全因为你，妒火能烧毁一座城池。

陈文雄 何守仁，那天演剧惨案，告密之人可是你？

何守仁 我……

陈文雄 何守仁！

（快慢板）你弄阴谋，存心不良，恬不知耻。

陈文婷 （续唱） 你卑鄙，太阴险，把诡计来施。

陈杨氏 （七字清）区桃无辜遭惨死，

你是禽兽披人皮。

周　泉 （续唱） 你终身被钉耻辱柱，

灵魂拷问遭鞭笞。

何守仁 （三字经）周炳被杀头，咎由自取；

你们无谓，一起跟随。

叫文婷，你应明智，

嫁给我，做对好夫妻。

陈文婷 你……

陈万利 我决定改主意了！

何守仁 陈世伯——

陈万利 我是买办，会追逐利润；我是商人，更懂得诚信。陈家，乃虞舜后人，颍川世泽，大史家声，我的女儿，当然不能嫁给那穷鬼周炳，也绝不会嫁给你这猥琐小人！

周　泉 （同白）老爷！

陈文娣 （同白）阿爸！

陈文婷 我愿意，我答应！

众　人 文婷！

陈文婷 守仁！（昭君怨头句）

你为甚变了这种人！

（乙反中板）

你也是，幼时好伙伴，

朝夕相对，有欢同欢有怨同怨。

你也曾，志存高远，

誓言慷慨，仍响在我耳边。

到如今，

（乙反二黄）

一切风流云散，

你做人的良知，抛于哪一面？

（旧苑望帝魂尾段）

你扪心问，若因为你，

周　炳　他，命悬垂线，

你又怎么，可以能尝，情和爱蜜甜？

如因为我痴恋，你穷追猛赶到绝堑，

我为爱牺牲，一段情缘，

愿献身，祭奠青天！

众　人　小妹——

陈文婷　（新曲）　告别了少女的梦幻，

告别了七夕的缠绵，

告别了青葱的岁月，

告别了爱的伊甸园……

纵是身陷污泥心不染，

温暖的阳光仍洒满心田！

守仁，走吧！跟你走——

众　人　文婷！

陈文婷　（续唱）　我的灵魂将随他高贵的身躯继续向前！

走！

[周炳忽自楼上冲出。

周　炳　不能！你不能跟他走——

众　人　周炳？

周　炳　你不能跟他走！

（回龙腔）婷妹啊，今天知，

你的珍贵，爱的分量。

（新曲）那铮铮誓言是我们共同的向往，

那神圣的承诺似燃烧的热血一腔，

为了我，你仍不失心灵的高贵，

为了我，区桃她血色白桃仍芬芳，仍芬芳。

你和区桃化成美丽的幻影，

青春女神呀，引领我不再迷惘，不再迷惘。

就是为了鲜血不白流，

大丈夫赴死慨而慷。

我庆幸有婷妹的真情相伴，

我庆幸参加起义拿起了枪！

我身上积攒着无穷的力量，

众　人（续唱）无穷力量。

周　炳（续唱）我心里奔涌着炽烈的岩浆，

众　人（续唱）炽烈岩浆。

周　炳（续唱）飞迸的热血要冲决这罗网，

众　人（续唱）冲决罗网。

周　炳（续唱）少年的中华必将像花儿，

众　人（续唱）像花儿，

周　炳（续唱）一样绽放，

众　人（续唱）一样绽放。

周　炳 这就是我！

（续唱）这就是我补上青春的誓言，至死不渝！

众　人（续唱）至死不渝！

周　炳（续唱）向前方！

众　人（续唱）向前方！

周　炳（续唱）向前方！

（五更寒）疾风卷雪霜，青春唤曙光，

一样怀碧血，一样雄心意昂扬。

女　声　（续唱）　声声语铿锵，励心内激荡。

男　声　（续唱）　听飞扬壮歌，驱愁绪彷徨。

众　人　（续唱）　社会重责担肩上，青春无悔热肝肠，自坚强……

周　炳　来吧，你抓走我吧！

何守仁　这——

［何宝疯癫癫跑上，手指外面嚷着。

何　宝　你们不要抓我，不要抓我，我没有打军阀……阿哥——我怕——

何守仁　阿宝——别怕——

［何守仁放开何宝，忽然跑到外大声喊叫。

何守仁　这里没有你们要抓的人！

［内唱《摇篮曲》：

嗳姑乖，嗳姑乖，
嗳大姑仔嫁后街，
天上彩云飘，
太阳金线撒下来，
鸟儿歌唱桃枝上
鲜花戴唔晒，戴唔晒。
嗳姑乖，嗳姑乖，
嗳大姑仔嫁后街，嫁后街，
三家巷，三家巷，三家巷。

［歌声中，三家巷口，桃花绽放，一双双青春的手又似当年庄严地交叠在了一起，周榕、陈文娣亦然；何守仁伸出去的手却又悬在空中……区桃、陈文婷相依；周炳依依回望，去向远方……

［剧终。

（剧本版本：广州粤剧院提供）

·粤剧卷·

小凤仙

编剧：尹洪波　梁郁南

人 物 表

小凤仙	（一作筱凤仙）女，十九岁。浙江钱塘人，因父遭诬陷入狱，不幸堕落风尘，坐北京八大胡同山西巷云吉班。通文墨，多才艺，崇尚英雄，有先进思想。
蔡　锷	男，三十二岁。湖南宝庆（现邵阳）人，共和元勋，被袁世凯羁縻京城，幸得小凤仙帮助，潜回云南，发动护国战争，再造共和。
袁克定	袁世凯长子，羁縻蔡锷计划的主要执行人。
戴　戡	护国运动主要领导之一。
花元春	京城名妓，花中魁首，小凤仙邻居，为袁克定包养。
戴　氏	蔡锷夫人。
军　官	军法处头目。
秋　水	小凤仙侍女。
何振鹏	蔡锷的副官。

云南会馆志士、客人若干。

袁克定的便衣特务若干。

军法处军官、军士若干。

时间： 1915 年，袁世凯称帝前夕。

地点： 袁世凯统治下的北京城。

序

[晚。

[北京城山西巷云吉班小凤仙居馆。

[小凤仙在弹唱。

（莲，女合唱）

夜半更声添惆怅，

岁岁风月，

雾雨凄风相衬惹恨长。

小凤仙 （唱） 谁怜凤仙，坠风尘，

断线风筝意彷徨。

怕欢声唱，倦厌藏泪笑。

未到秋深已断肠。

何时了，霜雪天，

嗟叹泪几行！

（女合唱）何奈啊，风雨茫茫，

逢乱世喋血沧桑，血沧桑。

[密集的枪声骤起（音效）。复归宁静……

小凤仙 （唱） 身处乱世人和事，

惶惶，六月也飞霜，

（女合唱）六月也飞霜。

[花元春急上。

花元春 凤仙……凤仙！不好啦！

小凤仙 元春姐，什么事？

花元春 你爹爹被当成清朝乱党，要绑赴刑场啦！

小凤仙 啊？爹爹，爹爹呀——

花元春 凤仙别急，我为你请来了太子爷。

小凤仙 太子爷？

[袁克定哈哈大笑上。

袁克定 元春，又来喽，还是不叫太子的好。

花元春 （目视两旁，低声地）袁大总统即将做皇帝了，他的大公子不就是太子爷了吗！

小凤仙 袁大爷，我父冤枉呀！（跪介）

袁克定 嗨哟哟，凤仙你礼重了！

（十字清）北京城，名苑歌楼，谁不赞赏。

小凤仙，艳名鼎鼎，艺压群芳。

（七字清）一笑倾国倾城，人魂荡。

公卿名士，拜倒若狂。

袁克定 （白）只要凤仙肯替政府立功，我保你父亲无事出狱！

小凤仙 替政府立功？袁大爷，小凤仙一个青楼女子，有何能耐替政府立功？

袁克定 美艳是武器，开心即良方，我要你帮我令到这一个人乐不思蜀，还要一月之内休得离开京城半步！

花元春 凤仙救命要紧！太子爷，你说的这位贵人到底是谁呀？

袁克定 蔡松坡！

花元春 云南总督——

小凤仙 蔡锷？

[切光。

第一场

[京城云南会馆。

[会馆内正在举行象棋赛会。有一些便衣模样的人混在人群中。

青　年 （上，低声对戴戡）戴先生，云南会馆来了许多生面孔的人。

戴　戡　看来袁世凯加强了对云南会馆的监视，等会儿与蔡将军接头，转交密电码，切记小心，多加警戒！

青　年　知道！（警戒地下）

戴　戡　（七字清）袁贼野心欲称帝，
共和国体旦夕危。
云南整军谋起义，
急盼将军掌帅旗。

青　年　（低声地）戴先生，蔡将军来了！

［蔡锷幕后唱（倒板）："云南馆赴棋会掩人视听。"蔡锷便装与何震鹏、警卫（便装）上。

［戴戡迎上，相互施礼。

戴　戡　（口白）将军……

蔡　锷　（示便装）这里只有松波，没有将军啊！

戴　戡　先生赏光，不胜荣幸！

蔡　锷　学艺敢不效后生！

戴　戡　先生，请！

蔡　锷　请！

戴　戡　此局残棋，一步走差，必输无疑。

蔡　锷　若有奇招，或可起死回生！

戴　戡　好！接招！
（减字芙蓉）
元帅篡位天将改，

蔡　锷　（接唱）　小卒过河胜天兵！

戴　戡　（接唱）　君敢走这险棋，
堪称是棋圣。

蔡　锷　（接唱）　抛头颅洒热血，
舍身成仁真性情。（过长序）

戴　戡　（悄声浪里白）蔡将军，云南将士翘首以待将军指挥。二十天内，将军必须离开京城，前往云南。通电全国，再造共和。如果耽误，云南十万将士，鲜血白流！

蔡　锷　直达云南，敌警层层。

戴　戡　绕道越南，有人接应。

蔡　锷　如何联络？

戴　戡　密码一本。（掏出密码本）妥善保存。

蔡　锷　视同生命，尽可放心！（欲接）

［戴戡见女扮男装的小凤仙及后面的特务，急收回。

蔡　锷　（趁机会收场）这一局，你输了。

戴　戡　（见机地）哦，对，我输了！

蔡　锷　若戴兄不服，改日再战！

小凤仙　（观棋）鹿死谁手，言之尚早！请看，炮三进七。

特　务　绝杀！哈……

蔡　锷　好棋！

戴　戡　好棋！

［三人一起说：好棋！

蔡　锷　戴先生，蔡某有事在身，若戴兄不服，易地再杀一局！告辞了！

小凤仙　（拦住）棋未对弈即言离去，莫非是瞧不起我这位后学青年？

蔡　锷　好，好一个后学青年。请！

小凤仙　一盘残棋请君看——

蔡　锷　（观棋）踏雪访梅。好！果然高手到面前！

小凤仙　将军，请！

蔡　锷　请！

［二人对弈。

小凤仙　（河调慢板）

　　　　阵前排列楚和汉，

蔡　锷　　　　危将旦夕用奇兵。

小凤仙　　　　窝心炮当头仿佛雷电，

蔡　锷　　　　且看我连环马快如无影。

戴　戡　今日真是棋逢敌手。

小凤仙　（欲擒故纵）领教，告辞！

蔡　锷　（阻拦）慢着！

　　　　（唱）　先生休做神龙现，

　　　　　　　　某有残局敬君前。

小凤仙　（观残局）深谷跫音。（对弈）好棋！好棋啊！

　　　　（流水南音）

　　　　　　　　我退车行兵求续战，

　　　　（唱）　我棋高一着脱生天。

蔡　锷　　　　危棋借道能逃遁，

小凤仙　　　　忧怀仿似骤安然。

戴　戡　高招迭出，峰回路转，曲径通幽……难得一睹！

蔡　锷　先生棋艺精湛，幸甚，幸甚！

小凤仙　幸甚！幸甚！

　　　　（楼台会）儒雅翩翩，

　　　　　　　　棋里威风显。

　　　　　　　　沉静处，似匣里藏利剑，

　　　　　　　　动时犹似箭离弦。

蔡　锷　　　　未处烽火里，

　　　　　　　　犹似刀光闪。

　　　　　　　　这来客，是何用意？

　　　　　　　　棋盘阵里隐奇玄。

小凤仙　　　　慕他芳心暗自转，

　　　　　　　　为救爹只得设陷渊。

蔡　锷　　　　影伏四周鬼在闪，

　　　　　　　　伺机巧周旋。

　　　　请问先生台甫？

小凤仙 好说。（取出名片）请赐教。

蔡 锷 八大胡同山西巷云吉班——小凤仙！

众 人 小凤仙？！

小凤仙 先生！若不嫌弃，请到敝处小坐片刻，未知先生可否降贵纡遵？

蔡 锷 （计上心头，一笑）好，承蒙相邀，不胜荣幸！

小凤仙 先生，此话当真？

蔡 锷 肺腑由衷。

小凤仙 一言为定！

戴 戡 （欲阻拦）先生……

蔡 锷 （果断地）一言为定！

[小凤仙回眸一笑，切光。

第二场

[翌日傍晚。

[山西巷云吉班小凤仙居处。

[众特务上，布哨；蔡锷及警卫上。

蔡 锷 （长句二流）

华灯照，人声喧，
弦歌阵阵耳边传，
步入柳巷花街，
心飞云南前线。
买醉青楼装玩世，
管领花丛学当权，
为的是遮人耳目，
布下疑阵迷烟。

[蔡锷下、众特务追下。

[小凤仙上。

小凤仙 （岷江月）在棋馆，与将军相见，
对弈时，心百千转。
他玉树临风，儒雅翩翩，
我为他洒扫庭院把香添。
盼见他，又怕见他，
怕他清白为人遭污掂。

[秋水引蔡锷上。

秋　水 先生，请！凤仙姐，先生来了。

蔡　锷 （进门）凤仙小姐。

小凤仙 （惊喜）先生……

蔡　锷 （四顾）果然是人雅室雅。

小凤仙 附庸风雅，贵人见笑了。秋水，上茶。

秋　水 知道。

蔡　锷 （见琴，顺手拨了两下）啊，一架好琴！

小凤仙 先生亦有琴趣？

蔡　锷 久不对琴，顿生雅兴。

小凤仙 敢求先生赐教一曲。

蔡　锷 （跃跃欲试）松某人献丑了！

[蔡锷落座，弹琴，琴音缓缓而起，突起波澜，如闻金戈铁马之声……

小凤仙 琴音悽婉复而惨烈。

蔡　锷 凤仙见笑了。

小凤仙 先生不似悠游秦楼楚馆，醉卧红尘，却似杀向了万里沙场，血染刀光……（见蔡锷似乎愕然，停顿）凤仙惹您见笑了？

蔡　锷 （一愣，急切地）不，说下去，请说下去！

小凤仙 （钦佩地）先生心志高远，豪气万里，铁骨柔情，尽寄琴弦，感人至深啊！

蔡　锷 （如逢知己，执手）凤仙姑娘，松某不虚此行了！（尴尬缩手，为了转移尴尬，四顾）看来凤仙小姐不仅精于琴棋，亦善书法。

小凤仙 信手涂鸦，贻笑大家。

蔡　锷 满墙楹联，皆出名家之手，不知哪一联最得小姐之意？

小凤仙 （凄楚一笑）为风月而来，为风月而去，皆是应付之作。

[蔡锷暗暗翘起拇指表示赏识。

小凤仙 （再次试探）小凤仙恳请先生赐以墨宝。

蔡　锷 不敢相负。

小凤仙 （惊喜）谢先生，待我抻纸。

蔡　锷 不必，我非文人墨客，哪敢白纸黑字贻笑大方。（掏出一方白色的手帕）若不嫌弃，尺帛为赠。

小凤仙 啊，先生独出心裁，别具风采。

[蔡锷题字毕。

小凤仙 （接过，读）“不信红颜终薄命，自古侠女出风尘”。蔡锷……

蔡　锷 正是蔡锷。

小凤仙 （感动地）蔡将军！

（岷江月）感君未见弃，

真名留真意。

沦落人，

不禁引泪飞。

他不以贱类为耻，未相欺，

我欲抒心事，恨难诉真语。

感身世，泪痛挥，

复怨谁？

卖笑献媚，此生曾已心死。

君诚待我知己，拨动心扉，

更难得一阙字词醉心意。

蔡　锷 （快中板）叹凤仙，坠青楼，

却是多情才女，

一番话，两行字，

换来雨泪双飞。

（七字清）但愿陈平妇人计，

助我陈仓暗度，展翅高飞！

［袁克定、花元春笑上。

袁克定 哟！蔡将军，幸会！幸会！

蔡　锷 哦，袁公！

小凤仙 袁大爷。

袁克定 想不到，蔡将军居然也悠游花丛来了。

蔡　锷 （凑趣）袁公，孰不闻夫子曰：好德如好色啊？

花元春 我看你们俩啊，真是天生一对的英雄美人呀！

小凤仙 将军英雄无愧，凤仙美人难当啊。

袁克定 （试探地）蔡将军，你说呢？

蔡　锷 （提醒）袁公，此地……

袁克定 （大悟）哦，对对对，这里没有将军，只有松坡！

［二人大笑。

袁克定 （念）　人生只苦短。

蔡　锷 （念）　花丛堪流连。

袁克定 （念）　温柔好滋味。

蔡　锷 （念）　最是糯又甜。

花元春 哦，好酸呢！凤仙妹妹，袁大爷今日送我一件礼物，姐姐就割爱转赠给你了。（递过一幅西洋春宫图）

小凤仙 （接过）春宫图？

花元春 （双飞蝴蝶）

罗帕绣雌雄一双一对俩缠痴，

龙凤配美姻缘今宵相拥俩缠痴。

小妹喜配檀郎姐也称心意，

画卷相送为表我真心意。

袁克定 颠鸾倒凤，梦里翻飞，

春宫妙处无妨细把味。

花元春 蝶舞蜂飞锦帐里，

春宵一刻化巫雨，

袁克定 拥衾抱玉化梦去。

袁克定

花元春 羡你今宵抱梦归！

蔡　锷 （看春宫图，感到难堪）真让人不敢面对啊！

袁克定 哈哈，正是风月的妙处哇！

小凤仙 （含羞地藏起）你们这些男人啊！

[袁克定哈哈大笑；蔡也随之大笑……

袁克定 元春，咱不能再当灯泡了！

花元春 今个儿晚上呀，我就破它一夜不睡——听新房！

[袁克定偕花元春、勤务官下；秋水得到花元春的示意，随手关门下。

[小凤仙、蔡锷下意识地阻止关门——却都立刻意识到不可把门打开，两人对视一眼，各有心思疑虑——

蔡　锷 （新曲）生疑！

是巧合？

还是故意？

小凤仙 是缘分？

还是天意？

蔡　锷 小凤仙，

访会馆，

小凤仙 道真情，

言真相，

蔡　锷 莫非她受人指使？

小凤仙 谁救老父出铁围？

蔡　锷 今夜陷入进退两难地，两难地。

小凤仙 今夜左右为难失主意，失主意。

蔡　锷　天气寒冷，切勿着凉。

小凤仙　谢过将军。

蔡　锷　　　　　上青楼。

小凤仙　　　　　邀相会。

蔡　锷　　　　　本是为来演一场戏，

小凤仙　　　　　原是要把他羁縻。

［袁克定、花元春笑介上。

袁克定　哈哈！松坡兄，美人情长，良宵苦短。软玉温香抱满怀，人生难得呀！

小凤仙　袁大爷，你不要取笑我们啦。

蔡　锷　凤仙，今日得畅我怀，乃三生之幸，来来来，帮我宽衣。

小凤仙　（撒娇发嗲）松坡，还不快帮人家把钗环卸下！

蔡　锷　（凑兴地）是，松坡伺候来了。

花元春　凤仙妹，你好肉麻呀！

蔡　锷　元春姑娘，我们各自方便吧。

花元春　哦，明白，明白。

［袁克定、花元春大笑下。

小凤仙　（接唱）　他欲语还止，

我欲语迟疑。

料定他与袁氏绝非同类，

弄风月必定是另有心扉。

我不助他必后悔，

我不帮他情有亏！

我不帮他情有亏！

蔡　锷　（唱）　她欲语还止，

我欲语迟疑。

虽敬她青楼奇女子，

机密事切不可随意告之。

若被袁贼识破风月计，

共和伟业化灰飞。

蔡　锷　凤仙，松坡此来，实有难言之隐。还请凤仙……

小凤仙　蔡将军——

（寄生草）敬君你品端行为正，

君子儒风礼谦若圣贤。

蔡　锷　凤仙！

小凤仙　（唱）　不愿让你把俗尘沾，

温馨梦乡销蚀华年，

更不愿你豪气损于胭脂帐，

空留恨怨，

望将军你当我是良朋和密友。

学出于污泥浊水一青莲。

蔡　锷　（大为感动）凤仙。

[二人惺惺相惜，执手相对。

[切光。

第三场

[袁克定逗着鹦鹉。

[花元春引小凤仙上。

花元春　太子爷，太子爷！

袁元定　唔？

小凤仙　袁大爷，我爹爹他……

袁克定　据军法处情报，蔡锷处可能有一份重要文件……

花元春　麻烦，干脆派人到蔡家去搜查不就得了。

袁克定　（呵呵一笑）元春啊元春，蔡锷将军乃国家元勋，这样的命令，能下吗？

花元春　明白了，不能下。

袁克定 此密件必交蔡锷之手，故可能已转至凤仙的闺房之内。若凤仙能得到此份密件……

花元春 哦，我明白了，你是要凤仙——偷！

小凤仙 袁大爷，这不好办呀。

袁克定 不好办？

小凤仙 袁大爷……

袁克定 你父亲在狱中染病，若不尽早营救，那才真是不好办呀！

小凤仙 （悲呼）爹爹——

［收光。

［光亮，紧接前场。

［云吉班，小凤仙闺房内外。

［蔡锷窗外耍剑，收剑。

蔡　锷 （泣残红）

（唱）　犹如在那火中煎度日如年，

心中暗自忖，

确难明凤仙心底事，

郁结为何缘？

枉有救助之心，

却未解开愁眉复嗟怨，

家国事，复挂牵，

泄心中烦忧，唯借宝剑！

［何震鹏与工人搬一张梳妆台上。

何震鹏 将军！

蔡　锷 呵呵，何副官，我要的全北京城最时尚、最流行的梳妆台，你可照办？

何震鹏 当然。你看，绝对是一流的！（送下工人，环视四周，悄声地）将军！密码本藏在夹层，机关在此。（按机关，打开梳妆台夹层）

蔡　锷 （取出密码本）密码本！

何震鹏 （取出一纸条，交蔡锷）将军，这是前线密电。

[小凤仙一旁偷觑，闪避。

蔡　锷　（读译码）“军情紧急，三日之内，务必动身”（焦急地）三日之内……三日之内……

[蔡锷机警察看，然后将密码本放回梳妆台夹层。

蔡　锷　我送你出去！

[蔡锷与何震鹏下；小凤仙闪出，按机关，从梳妆台夹层中取出密电码。

小凤仙　（散唱）　一见惊心，天从人愿！

（冲出门口，止步，惊惧）

交密件，松坡立时陷深渊！

（反线二黄板面）

念到严亲心里倍凄然，

多年守孤清，

苦痛有谁怜？

多少日与夜，思团圆，

天助父女早相见！

（反线二黄）

交密件，松坡命堪危，

凤仙扪心心中有愧。（上句）

（活动句）松坡敬我青楼奇女子，

松坡夸我侠女俗世奇。

（原曲）　我若将他加害，天也不依。（下句）

（二流新腔）

若救亲慈，

情缘难割。

酬谢知己，

负了三春晖。

一息间，

如何取舍定生死？

一边是家国兴亡，

一边是尽孝酬恩，

（散唱） 这天大罪，

我如何担得起？

[音效，枪声：“啪！啪！”

[幕后传来军法处军士围门搜查的吼声：“前门后院，不许放走一人”！

[内场一片混杂的人声： “捉住她！”“啊……你们干什么、干什么？”

[“不许动！”“啊……你们放我们出去！你们不要乱来啊。 不许走，啊……”

[“你们放我们出去、放我们出去啊……救命、救命啊……”

[小凤仙意欲将密码本藏回梳妆台夹层，觉不妥，情急下藏于花盆内。灵机一动，把春宫图藏于梳妆台夹层内。

军　官 给我搜。

众军士 是。

小凤仙 休得放肆，你们可知蔡将军在此！

军　官 （学小凤仙）蔡将军在此！呸，我不管什么菜将军饭将军，人来，搜！

[蔡锷内叫：“慢动手！”急上，众士兵拦；蔡锷下他们的枪。

蔡　锷 谁敢放肆？！（打军官一巴掌）

[花元春内叫着：“吵吵吵，吵什么呀？”

军　官 （迁怒，扬掌欲打气冲冲上来的花元春）你这个婊……（他瞧见了花元春身后的袁克定）敬礼！

[众士兵敬礼。

军　官 报告袁爷——军法处得到情报，山西巷云吉班有重要匪情，卑职奉命搜查。

袁克定 雷震春不就是一位小小的军法处长么？

蔡　锷 （不动声色地）袁公，这匪情竟然闹到风月场所来了，他雷震春难辞其咎啊。

袁克定 （淡淡一笑）今日，我和蔡将军在这里会见一个客人，你能不能通融通融？

军　官 雷处长请来总统的命令！大总统令，严格搜查！

袁克定 （故作无奈地）松坡啊，大总统的面子总不能不卖吧？

蔡　锷 （故作轻松地）当然，当然。

袁克定 元春，领几个弟兄，先到咱们那里查查。

花元春 明白了。

[花元春引两个军士下。

军　官 给我搜！

袁克定 （旁唱新曲）

蔡松坡，果然是沙场老将，

处险境不慌不忙。

蔡　锷 （旁唱） 袁克定，好一个奸猾狐狸，

明敲暗打毒心肠。

小凤仙 （旁唱） 保松坡，我心怀坦荡，

藏密件，闪展腾挪要周详。

袁克定 （旁唱） 小凤仙，看似无事一样，

我不信密码本不在此中藏。

（狐疑地）凤仙？

小凤仙 袁大爷。

袁克定 （唱） 为什么鸳鸯枕如分楚汉？

人前恩爱莫非戏一场？

小凤仙 袁大爷——

（接唱） 俗话说盆中碗碟会碰碰撞撞，

恩爱夫妻吵吵闹闹是家常。

更何况云吉楼风月场上，

男人似烂泥不打不捏糊不上墙。

若说道是演戏你当清楚，

来人世本就是演戏一场。

袁克定 （语塞）演戏！

蔡　锷 演戏？！

袁克定 演戏！

蔡　锷 演戏？！

袁克定　演戏！

蔡　锷　哈……

[军官引士兵从内室搜查上，他踢到瓶架，接住花瓶，气急举起欲摔——

小凤仙　（惊慌，脱口而出）不许动它！

[众因此注目花瓶；小凤仙紧张起来。

袁克定　（狐疑地）凤仙，怎么就动它不得？

军　官　（赌气地）老子偏要砸碎它！（又欲摔）

[小凤仙左遮右拦，有些失措。

小凤仙　（厉声地）不能动！（严肃地）这可是你们雷震春处长送我的礼物！

军　官　这——（请示地瞧着袁克定）

袁克定　（试探地）松坡，你看呢？

蔡　锷　（轻松地）雷震春本人就不是东西，他的东西更不是东西，砸碎了好！

小凤仙　（大急）松坡你——

袁克定　（审视小凤仙，逼问地）松坡他怎么啦？

小凤仙　（不无慌乱地）他，他他太——

袁克定　（紧逼地）太什么？

小凤仙　太，太太不该吃醋了！

蔡　锷　我吃醋？吃他雷震春的醋？！

[小凤仙故意向袁克定暗示：花瓶内没密件。

袁克定　（明白，意在探问）凤仙，松坡说雷处长送你的东西不是东西，那送谁的东西就才是东西呢？

小凤仙　（装作领悟地）不管谁送东西，只要它是东西它就是东西了。

袁克定　哈哈，（追逼）那东西在哪？

小凤仙　好，我说。在——梳妆台里呢。

蔡　锷　（大惊）凤仙？！

[全场人把目光投向梳妆台；凤仙迅速从瓶内取出密码，藏于身上。

袁克定　搜！

蔡　锷　（紧张地）慢！

小凤仙 （上前抓住蔡锷的手）你不是说要去看戏的么？让他们搜，搜完看戏去！

袁克定 （故作嗔怪地）松坡，你不够朋友，好东西怎能不让我袁某人开开眼界呢？！

蔡　锷 （努力镇定地）这，这从何说起——

军　官 （打不开梳妆台的机关）袁爷，这梳妆台有机关！

袁克定 （催促）凤仙姑娘——

小凤仙 （对蔡锷，名是劝导，实是暗示）嗨，既然袁大爷不介意，要让大家开开眼界，就让大家看看好了。（走向梳妆台）

蔡　锷 （大急拍案）小凤仙你——

袁克定 （话里有话地拦住蔡锷）怎么，蔡将军动肝火了？

［小凤仙打开了梳妆台机关。

［蔡锷本能地起身欲夺，却被军士们举枪逼住——

［军官从夹层中取出春宫图。

军　官 （得意地）找到了！

袁克定 （得意地）凤仙，你会办事！（抢步上前接过册页，打开一看，脸色聚变）春宫图？

军　官 （兴趣盎然）嘻嘻，西洋的，好看！

袁克定 （失态地给了军官一巴掌）蠢货，都给我滚！

［军官捂着脸引军士狼狈地下。

蔡　锷 （惊魂甫定，故作羞惭地）松坡处事不当，有损官员形象，有辱国家体统，明日一定亲到大总统面前请罪。断不累及袁公！

袁克定 （借机圆场地）松坡兄，风月韵事而已，何必认真呢？（一拍脑门）哎呀，光顾着你们俩的男欢女爱，却把元春给冷落了，我得去陪陪她，告辞告辞。（欲下，一愣，醒悟，回头盯住花瓶）这花瓶好看，待我取回观赏！（取花瓶）

蔡　锷 （紧张）袁公！

袁克定 （故意松手，花瓶跌碎，急查看，一无所获）唉也，可惜，可惜了！

小凤仙 袁爷，你可得赔我一个。

袁克定 （尴尬地）啊，对，我赔，我赔！再见，再见！（狼狈而下）

［小凤仙掩门。

蔡　锷　凤仙，那件东西……

小凤仙　真有如此重要？！

蔡　锷　凤仙，那件东西——如果失落，蔡锷的身家性命，倒是小事，只怕愧对共和天下，愧对四万万同胞啊！

（恋弹中板）

系连着，共和计，

关乎着神州的方向

全靠密电码送去云南。

（霸腔二流）

孙中山义帜首张，

多少志士血溅沙场。

白骨盈野，血染霞光，

战歌响奏共和国。

小凤仙　（朦胧）　言词慷慨入云汉，

为家国舍生死，豪气儿郎。

教世间换地改天，

换地改天万民望。

忘私情，存公义，

密电码应奉上！（欲取密码本）

[秋水急上。

秋　水　凤仙姐不好了！

小凤仙　什么事？

秋　水　你爹爹他……

小凤仙　我爹爹他怎么了？

秋　水　狱中不堪折磨，染病身亡了！

小凤仙　（大惊，昏旋）啊？

蔡　锷　（急扶）凤仙！共和新政，大赦天下。你爹爹怎会尚在狱中？

小凤仙　袁克定要胁凤仙，要凤仙把将军羁縻京城，否则以乱党治罪！

蔡　锷　（惊）啊？！

小凤仙　昨晚又放出狠话，若盗得将军密件，即作交换。如若不然……

蔡　锷　（激愤难忍）杀人的强盗啊——

小凤仙　（哭叫）爹爹——

（悲秋）　好爹爹，太不幸，

多灾多劫伴人生。

铁窗六载已惨不堪，

今日顷刻之间断了魂。

恨清廷为文字兴冤案，

令你无辜作了罪人。

盼新朝能为你解厄困，

岂料到杀身之祸顷刻来临。

蔡　锷　（反线中板）

谢凤仙，为松坡含悲忍恨，

谢凤仙，保密码救我苍生。

痛凤仙，失亲人，更教松坡激愤，

为共和，多少仁人志士，流血牺牲。

（催快）　我妻儿也在京城困，

看起来难免祸临身。

想到此泣血锥心仰天叹，

唯将碧血染河山！（拉腔）

小凤仙　（从怀中取出密码本，跪下，双手奉上）愿将军马到功成，为我爹爹报仇！

蔡　锷　（敬礼，接过）谢凤仙！

小凤仙　松坡，我有一个办法，也许可以让您的妻子先您一步逃出京城。

蔡　锷　（大惊喜）此话当真？

[小凤仙与蔡锷密语。

[切光。

第四场

［翌日傍晚。

［祥和戏院楼座包厢内外。

［在幕后戏台传来的“开台”锣鼓声中，包厢服务伙计引小凤仙、蔡锷、袁克定、花元春进入包厢就座，袁的勤务官侍立包厢之外。

袁克定 松坡兄，今儿个请我看什么戏码？

蔡　锷 松坡给您点的《大登殿》！

花元春 （一拍巴掌）好，太子爷，这吉祥！

袁克定 （微微一笑）那我给你们夫妻点一出《鸾凤和鸣》啰？

小凤仙 （幽怨地）夫妻夫妻，一场假戏；鸾凤鸾凤，一场春梦！

袁克定 松坡你看，凤仙可来真的了！

蔡　锷 （不无尴尬地）嘿嘿，嘿嘿嘿……

花元春 （关心地）凤妹，真的动了心思？

小凤仙 （哀怨地）元春姐，动了心思又能怎么样？

花元春 嗨，只要蔡将军也喜欢你，就能帮你脱了籍，帮你脱了籍，你两就能——

小凤仙 还能怎样？人家家有贤妻！

花元春 哎呀，这倒也是！蔡将军——

蔡　锷 （似有难言之隐地）呃——看戏，看戏！

袁克定 得，看戏，看戏！

［幕后戏台又传出旦角的唱腔声，何震鹏上，勤务官引入包厢。

勤务官 蔡将军，您的副官找您！

何震鹏 将军。

蔡　锷 （不耐烦地看看何震鹏）什么事情？

何震鹏 将军，夫人请您回府。

［蔡锷显得有些难堪。起身欲走，小凤仙一把将蔡锷拉住。

小凤仙 （对何震鹏轻轻一拍桌子）看不见吗，袁大爷在这里呢！

蔡　锷　看不见嘛，我在陪袁大人。

何震鹏　夫人说，她心口疼。

蔡　锷　（不好意思地看袁克定）这——

袁克定　（笑了，对何震鹏）回去，跟夫人说，我们正在办公事。

何震鹏　是。（下）

花元春　（笑）这事儿麻烦，夫人吃醋了！

小凤仙　算了，今晚我不看什么《鸾凤和鸣》，我要看《河东狮吼》！

[花元春偷偷笑。

袁克定　（打趣地）松坡，后院不稳啊？

蔡　锷　（无奈苦笑）凤仙日夜相缠，近一月未回府门，也难怪夫人生妒。

袁克定　松坡，凤仙对你痴情，你该惜福回报才是啊！看戏，咱们看戏！

[何震鹏急上。

勤务官　蔡将军，您的副官又来了。

蔡　锷　哦！？

何震鹏　将军，夫人她——

小凤仙　（讥讽）又心口疼了，对不对？

何震鹏　是，夫人又心口疼了。

小凤仙　能不能换一个理由？一天到晚心口疼，心口疼，餐餐照样两个馒头一碗红烧肉！

[花元春大笑，急忙掩口。

蔡　锷　（起身）袁公，对不起，我还是回家看看的好。

小凤仙　不，我也心口疼！（撒娇）哎呀，哎呀，我好疼呀，我疼死了！给我揉一揉就累死你了吗？（拉蔡锷的手不放）

蔡　锷　（吹不得打不得）你呀，你呀。

袁克定　（窃笑，对何震鹏）我不是说过了吗，我和你家将军有公干。

何震鹏　是！（下）

袁克定　看戏，看戏！

[小凤仙把花元春拉到一旁。

小凤仙 春姐姐，你得帮帮我——

（芙蓉腔）这差事不好当，

日夜扰人真沮丧。

（白榄） 蔡夫人是个大醋缸，

日夜骂我抢她夫郎。

我怕是走了金鱼坏了网，

老爹性命堪忧伤。

花元春 （接念） 蔡夫人尊贵高高在上，

我似老虎吃天口难张。

无法下手空焦急，

你叫姐姐怎帮忙？怎帮忙？

小凤仙 （接念） 姐姐你敲边鼓，

要他赶走夫人返家乡，

赶走夫人返家乡。

（接唱） 我与蔡郎拜花烛，

从此野鹭变鸳鸯。

花元春 哟，我的凤妹确实来真的了！

小凤仙 一来可以救出爹爹，二来么，妹妹也就终身有靠了。

花元春 放心，一举两得的好事情，姐姐一定帮忙。（示意袁克定走近身来）

袁克定 放着台上的好戏不看，你姐妹俩在台下演什么戏来？

[小凤仙去陪着蔡锷听戏，花元春拉着袁克定悄声商量；幕后台上传出的唱腔声隐约——

花元春 您派给凤仙的差事，她干不了啦。

袁克定 别给我绕弯子，直说。

花元春 我的太子爷啊，蔡夫人不许蔡将军去咱山西巷，咱们的蔡大将军人很乖，怕老婆。事儿就不好办了。为干好你派下的差事，我的凤仙妹妹说啦，干脆，跟蔡将军结婚得了。明白吧？

袁克定 结婚？好主意，好主意！松坡什么意思？

花元春 凤仙妹妹说，蔡将军倒是一百个愿意，就是惧内！

袁克定 不错，有戴夫人这个醋罐子在家上演“河东狮吼”，是不好办！

花元春 赶走戴夫人不就行了。

袁克定 堂堂将军夫人，让人家走开，总得有个理由吧？你总是鲁莽！

[幕后渐渐清晰的唱腔声被一阵喧闹的人声淹没；人声中戴氏的骂声特别入耳：“小凤仙这贱人，给我滚出来——！”

[戴氏抱婴儿带何震鹏及女佣们气势汹汹上，冲开勤务官和花元春的阻拦，围住小凤仙——

[小凤仙与戴氏目视，暗示下手。

戴　氏 给我打！

[女佣们用鞋底欲打小凤仙——

小凤仙 （躲闪）松坡救命，救命呀！

蔡　锷 住手！

[女佣们愣住——

蔡　锷 （目示戴氏狠狠打，口中却说）你敢？

戴　氏 （狠狠剜了蔡锷一眼）给我狠狠打！

[女佣们又追打小凤仙——

小凤仙 （再躲闪）救命呀，袁大人救命呀！

袁克定 戴夫人，袁某人在这里呢。

戴　氏 （装作刚刚看到）哎呀，袁大爷在这里！（如获救星似的）袁大人，戴氏终于找到可以诉苦的人了——

（快慢板）谁不知蔡松坡为人本分，
不参赌不嫖妓善恶能分。
自结识这妖精三魂丢尽，
忘了妻忘了子忘了亲人。

（七字清）整日与她来鬼混，
更忘了曾是国家大功臣。

（三字清）小妖精，太可恨，

不惩戒，愧对先人。

（对女佣们）给我往死里打！

袁克定 （阻拦）弟妹，你这是打谁的脸呢？

戴　氏 （不服气地）怎么，这件事还要我去亲求袁大总统吗？

袁克定 这——

蔡　锷 （勃然大怒地）戴氏！你，你，你太过分了——

（快中板）人后时时将你让，

人前竟也把我情面伤。

大丈夫四妾三妻又怎样？

令我心头火上，唯有休书一张！

拿纸笔来，我跟她离婚！

袁克定 （随口而劝）松坡，冷静，冷静。

蔡　锷 这样刁蛮的东西，要她作甚，离婚，一定离婚！

戴　氏 离婚？

蔡　锷 离婚！

戴　氏 那好，你先给我母子准备两副棺材吧！

［戴氏突然掏出一把匕首欲抹脖子；众人大惊失色——

蔡　锷 （求援地）袁公！

袁克定 （满脸堆笑地）弟妹，且听我一句劝吧！

（古腔中板）

劝夫人，在这广众大庭，你休太悍，

性太悍，别人不伤你，也会自伤。

做官人，难免诸多应酬，有来有往，

下酒馆，上青楼，本也平常。

劝弟妹，你看不惯来，也应原谅，

学一个，眼不见时，心也不慌。

（滚花） 我劝你回返湖南老家，

就当是休息将养，游览观光。

戴　氏　怎么，想赶我走？没门，我死也不给这个小妖精让地方！

蔡　锷　离婚，死也要离婚！

小凤仙　（求援地）元春姐姐。

花元春　蔡夫人！

（减字芙蓉）

结婚离婚好平常，

如今风行新思想。（免序）

要知道当今是男人的天下，

我地女人不好当。

既然是将军要休妻，

总统也难阻挡。（免序）

牛角尖难有容人量，

退一步山高水又长。

只要你怀中有娇儿，

正房的宝座——

（滚花）　谁敢抢？

戴　氏　这——（以目遍求，无人支持，放声大哭）我好苦的命呀……

何震鹏　夫人，咱们回湖南，找太夫人论理去！

袁克定　（接过话头）好啊！勤务官——

勤务官　到！

袁克定　去替夫人办好出京的手续。另外，拿五百块大洋，给夫人当盘缠。

勤务官　是！

戴　氏　（无奈而伤心地）蔡锷，我，我看你还有没有脸面回湖南见你老娘！（在何振鹏及女佣们的簇拥中哭下）

小凤仙　多谢袁大爷成全！

蔡　锷　袁公，明天，就是明天，请您与元春大姐喝我们俩的喜酒。（亲热地揽住小凤仙）

袁克定　（得意地）好！看戏，看戏！哈哈哈……

[幕后台上又传来大花脸洪亮的唱腔……

[舞台光渐收。

第五场

[翌日夜晚。

[景同第三场。

[喜乐声中。

袁克定 （唱新对花）

花烛今晚，花烛今晚，

定能话与当世知！

蔡氏袁家同心处事。

众士兵 穿街过巷啲打啲随街比（给）利是。

穿街过巷啲打啲随街比（给）利是。

花元春 花烛今晚，花烛今晚，实情系够醒夹威！

蔡将军嫁入妓院妙哉快事。

众士兵 （接唱） 最好天天有将军结婚赚多利是！

花元春 哎，慢点。你们小心点，小心点啊！

（浪里白）太子爷，这场婚礼操办得排场够大，您真是给足了面子他们俩了！

袁克定 （得意地）我要让全北京的人都知道——不是，应该是要让全中国的人都知道，他们的蔡将军已经和我袁家志同道合了！

蔡　锷 （唱粉墙花）

深深敬红颜谅我心中事，

红红花轿载梦飞，

今晚夜雾里必须披星隐去，

整军姿反称帝讨伐袁氏！

小凤仙 （接唱） 轻轻叹红绳系心中事，

红红花轿化梦飞，

今晚夜雾里夫君孤身隐去，

痛爹爹遭灾劫断魂泪！

四人合唱 （袁、花、蔡、仙）

望今晚五更一过成全大事！

[收光。

[一队军法处的军士列队而上，听候军官的命令。

军　官 （对军士兵）严加警戒！

军士们 是。

军　官 不许蔡锷离开云吉楼半步。

军士们 是。

军　官 你们谁有闪失就毙了谁！

军士们 是。

[军官与军士们分头警戒隐下；小凤仙扶颇有醉意的蔡锷进入“洞房”；小凤仙关上房门，两人即露出警觉神态注意门外的动静。

小凤仙 警戒森严，松坡，只怕难以脱身！

[幕后传来一阵喧闹：军士声“站住，干什么的？”，戴戡声“给凤仙小姐送宵夜来的”。

[戴戡化装成小伙计，在一名军士的监视下送宵夜上，入内。

蔡　锷 （悄声地）戴先生，你不该亲历险地！

戴　戡 （亦悄声地）情势紧急，警戒森严，我们准备发动袭击，请将军趁乱脱身！

蔡　锷 （担忧）敌众我寡，同志们有生命危险！

戴　戡 只要掩护将军出城，全部战友情愿牺牲！

小凤仙 （大惊）不行！

戴　戡 （沉痛地）将军今夜不走，就赶不上云南起义的既定日期，事关十万将士生命，事关共和大计啊！

小凤仙 松坡？

蔡　锷 一个人的生命，一家人的安全，相比共和大计，我别无选择！

小凤仙 （思考已定地）戴先生，你快去准备接应，凤仙有办法让蔡将军脱身。

蔡　锷 你有办法？

小凤仙 你看，夜色迷蒙，我可以扮成你的模样，把军警引到前门，你就可以从后院翻墙而去了。

蔡　锷 这不行——

小凤仙 （坚决地）戴先生，快去准备在后院接应吧。

戴　戡 （肃然起敬地）凤仙小姐！（行一个标准的军礼）

小凤仙 （大声地）伙计，明天得加送一份，蔡将军喜欢。

[戴戡收拾应声而出，在闪出的军士的监视中下。

蔡　锷 凤仙——

小凤仙 松坡，这是我们的最后一个晚上，让我好好看看您。

蔡　锷 作为一个百战生死的将军，我的心，从来也未曾有过这样的柔软，这样的脆弱。

小凤仙 作为一个受尽欺凌的弱女，我的心，从来也未曾有过这样的坚强，这样的愉悦。

蔡　锷 相识之始，却要生死幽隔，相看茫茫，酸楚的泪水，将我浸润，伤心欲绝——

小凤仙 想到你在千军万马之前，高举再造共和的义帜，振臂一呼，天翻地覆。凤仙也万般欣慰！

蔡　锷 凤仙——你，真的不怕死吗？

小凤仙 松坡，为了你，我甘之如饴！（毅然拿起将军服，快步走到门前）

蔡　锷 （叫住）凤仙！

小凤仙 松波！（留恋回望）

（反线二黄）

临行远去别君，
忍泪拥襟两依依，
让我再看一眼松波，
把你威容留住。
想奴家，别君去，

望你饥餐渴饮，

夜冷加衣。

（活动旬）若有清风拂面时，

是我凤仙缠绵意。

若有蝴蝶君前舞，

是我凤仙绕相思。

（原腔）　若见香山枫叶红，

是我芳魂长眠地。

诀别生死间，多看一眼，

莫说凤仙太过心痴！（长腔）

蔡　锷　（大撼）　凤仙啊！

（回龙二黄）

男儿铁汉，闻此痴心语，

不禁潸然洒泪。

好个风尘侠女，

豪气胜我七尺须眉。

我为共和生，卿为共和死，

死死生生，化作浩然正气，

蔡松坡，忍热泪，揖拜娥媚。

蔡锷代天下百姓，叩拜凤仙！

小凤仙　将军礼重！

（五更寒）愿君领雄师，

妖氛尽扫之。

功业重标记，

不负松坡好男儿。

蔡　锷　一声好凤仙，

我心似撕裂。

惯沙场生死，

伤情此别离。

小凤仙 得君浓浓深厚义，

身虽离别意相随，意相随。

蔡　锷 （变奏）怎忍舍卿去？

小凤仙 君心呀，已向前线飞。

蔡　锷 愿洒一腔碧血尽国事，

小凤仙 风云自有际会时。

蔡　锷 待他朝，凯歌飞，

小凤仙 向青塚，报一声已共和，

干戈止，换了人间新宇！

二　人 （合唱）干戈止，换了人间新宇！

[小凤仙决然推开蔡锷，快步退至门边。

[幕后合唱：

不信红颜终薄命，

自古侠女出风尘。

[在合唱声中，小凤仙着军装开门而出，步向舞台深处，军法处军官引大批军士紧随其后，蔡锷隐去；

[幕深处小凤仙转过身来露出真相。

[小凤仙缓步走向观众，她似乎看见了——天幕出现的共和之旗和旗下屹立的戎装蔡锷在指挥护国战争……

[幕后曲：

一曲壮歌千古颂，

共和大功有斯人！

[战场厮杀式的主题曲渐强……

[片尾文字：在小凤仙的帮助下，蔡锷潜返云南，通电全国，发动讨袁护国战争，为共和大业立下丰功伟绩。

[幕渐落。

[全剧终。

（剧本版本：佛山粤剧院提供）

·粤剧卷·

梦·红船

编剧：梁郁南　尹洪波

人　物　表

邝三华　　30 多岁，人称三哥。因练南派绝技而腿残。

梅　卿　　20 岁，粤剧名花旦。

超剑郎　　25 岁，粤剧名文武生。

十二爷　　50 岁，戏班中开戏师爷，曾经的骨科名医。

龙齐光　　土匪、军阀、汉奸。

黄天霸　　40 多岁，乡间恶霸。

小梅香　　19 岁，三花。

六　叔　　40 岁，艺员。

龙小姐　　龙齐光的妹妹。

龟　田　　日本军官。

群众演员：生旦净末丑行当角色；伪军、日军等。

序　幕

[20 世纪 30 年代。

[二幕前，众人面对观众在看戏。

观　众　好！高台照镜，高台照镜。

[二幕后倒映着一个演员在高台上莲花座架，在观众的强烈要求下，纵身一跳。

内　场　班主！

观　众　（议论中散去）出事了，出事了……

[梅卿从远处缓缓走来。与众戏班弟子一一道别。

[梅接过班旗。

六　叔　梅卿，你也别想这么多了。现在剑影班散了，船也给人家收回了，你日后有什么打算？

[邝三华内叫：“师父！”急上。

梅　卿　师兄，师兄……（相拥）

邝三华　师妹，发生什么事呀？六叔，究竟发生什么事？

六　叔　三华，自从你走了之后，剑影班一落千丈，你师父为了保住剑影班这个班牌，他去做高台照镜，不料……

邝三华　他怎样？

六　叔　高台失手，伤重不治。

邝三华　（举旗跪下悲怆地）师父……

梅　卿　师兄，这个是阿爹让我交给你的。（把旗递给三华）

邝三华　（怀旧）　感铭师恩，跪泣祭亡魂。

拼我一生誓振戏班，他朝慰亡魂。

梅　卿　（接唱）　苦呀苦苍生，粤班势沦沉，

艺海不堪再为家，枉有痴心梦难寻。

邝三华　师妹，我一定秉师志，振戏班，广招名角，苦练硬功，重振我剑影班。

六　叔　三华，现在人也没有，船也没有。难呀！

邝三华　六叔，师妹，你们看！

[二幕升起，一艘巨大的红船遥遥驶来。

第一场

邝三华　这条红船，高有三丈六，宽有六丈三，前有木人桩，中有练功高台。这条就是我们剑影班自己的红船。师父，我邝三华回来了！

梅　卿　太好了！

[幕后伴唱：

（新曲） 红船如梦，梦中红船，

艺人的宫殿在水乡漂移。

梅　卿 （接唱） 船舱为我遮风雨，

船台任我舞翻飞。

演尽人间千古事，

唱出喜乐与伤悲。

[幕后伴唱：

红船如梦，梦中红船，

艺人的宫殿在水乡漂移。

邝三华 （雨打芭蕉）听——

歌声四起，粤韵悠扬，

水乡村寨，招展戏班旗。

让梦飞上凌云处，

秉师志，粤韵大戏歌声里，

演遍天下传奇。

红船梦永刻在我灵魂里，

一生相托永不改志！

邝三华 有请开戏师爷十二爷！

[小梅香上。

[幽默风趣的十二爷上。

十二爷 （念白）莫道世风已难挽，

小梅香 “笃撑”！

十二爷 且看今日剑影班。

小梅香 “笃撑”！

十二爷 一本《火烧黄天荡》！

小梅香 “笃撑”！

十二爷 高台照镜——

小梅香 “笃撑”！

十二爷 岂等闲！（说戏）此本《火烧黄天荡》，演的是南派绝技，唱的是忠烈传奇。话说金人入侵大宋，韩世忠与梁红玉夫妻且战且走，把数万金兵引到了军事死地黄天荡，围困长达48天。一日，夫妻于战船之上，对酒长歌，几多慷慨。歌罢，韩世忠跃上高台，丢下火把，引燃了满荡芦苇，将金人葬身于火海之中——饰演梁红玉的是——

邝三华 新扎花旦小梅卿——

十二爷 好！《火烧黄天荡》有我南派绝技高台照镜，饰演韩世忠的是……

邝三华 我高薪聘请，当红文武生——超剑郎！

［超剑郎内唱首板："跨战马，领奇兵，诱敌芦荡，诱敌芦荡！西装革履上。

［众惊呼："哗——"

邝三华 剑郎！

超剑郎 三哥！（入戏）贤妻哪里？

梅　卿 来了！

［超剑郎与梅卿对面，互相惊艳。

［幕后伴唱：

（渔村夕照）暗生惊诧！

超剑郎 （续唱） 影翩翩，似月霞，
心中暗惊暗喜有幸同台也，
禁不住心猿意马。

梅　卿 （接唱） 他英风照日华，
何曾见如此潇洒俊雅？
不负巨星代价。

超剑郎 （接唱） 她一双俏眼，仿佛会叙话，

梅　卿 （接唱） 神明造化，天赐搭档，
惊绝世才华！

超剑郎 （接唱） 莫非冤家聚头，真缘分也！

邝三华 剑郎，以后剑影班就靠你们了。各位兄弟，拜戏神！（拈香）华光戏祖在上，想我广府大戏，源自江湖十八本，一直演变至今。而近日之粤剧，不思进取，

一片颓废，实在愧对祖师。今日剑影班挂牌亮相，愿神灵佑我，开班大吉。请受红船子弟叩拜！

[众跪拜。

[片刻静场。

[龙齐光内场呼叫："救命，救命啊！"跌撞而上。

[黄天霸领一群土匪上，挥刀直砍龙齐光；

[邝三华迎上，拦住黄天霸。

邝三华 未请教？

黄天霸 南天一虎——黄天霸！

[全场震惊。

邝三华 （强自镇定，谦卑地）原来是江湖上鼎鼎大名的天霸大爷。久仰久仰。

黄天霸 快点将他交出来，饶过你们一船性命！

邝三华 大爷取人性命，却是为何？

黄天霸 欠我赌债。

邝三华 欠你多少？

黄天霸 三个大洋！

邝三华 三个大洋，便要取人性命，未免太过。天霸大爷，他的赌债，由我代偿，只求勿污我红船，你道如何？

黄天霸 要斩要杀，与你何干？上！

邝三华 （暗施手段，把一个打手击倒，含笑扶起，复乞求地）天霸大爷，红船新造，视若生命。开张之日即遭血污，实属不吉之兆，还望天霸大爷，高抬贵手……

黄天霸 放开手脚，大开杀戒！

邝三华 （突出手段，夺过刀，将刀架在黄天霸的颈上）得罪了！

[众匪徒欲上。

[邝三华手上用力。

邝三华 天霸大爷，我与你非亲非故，无仇无怨，只是红船与我等生命攸关，人在船在，万死难于让步。今日，只求大爷立誓：从此井水不犯河水，我等一定感激不尽。如若不然，玉石俱焚！

黄天霸　（恨恨地）我黄天霸在此立誓，今生今世不踏红船半步，若违此誓，天诛地灭！

邝三华　（放开黄，谦卑地抱拳）多谢天霸大爷！

打　手　大爷，怎么办呀？

黄天霸　（对打手发泄）走呀！

[黄天霸悻悻然带人撤走。

龙齐光　（对三华）恩人，请受我龙齐光一礼！

邝三华　（急扶）不必如此。

龙齐光　（目视梅卿，话中有话地）我龙齐光一定会回来报恩的，告辞！（下）

[众人惊疑不定。

邝三华　剑影班，解缆开船！

众　解缆开船！

[收光。

第二场

[内叫："剑影班的红船来了！"

[男女老少村民背长凳、短凳兴高采烈上，跳板凳舞。

[幕后唱：

（新曲）　戏班红船到村口，
戏棚搭起像高楼。
一声锣鼓嗦笃撑，
排排凳仔叠人头。

[锣鼓声响，人们拥挤着站上板凳，争看台上戏，只见人头叠着人头……"哗，好！剑影班好嘢！"

[灯光随之渐收。

[夜。

[红船。

[三华上。

邝三华 （似听到喝彩声和掌声）

（二黄合字序）

如雷掌声耳边鸣，

夜静思忖，心难平静。

昔日剑影班，今日再扬名，

奈何未见高台飞身影，

南派绝技怎相证？

（二黄） 自受伤，多少回锣鼓声中梦惊醒，

多少遍，男儿泪，湿透襟枕伴哭声。

（二黄尺字序）

喜得卿儿，换来万众欢呼声，

造船毁家，酬恩也为情。

到今宵，对一弯明月诉心声，

这一生，若得师妹与红船相依倚，

不负缘分三生订。

[三华上船顶，望月……

[船转动。梅卿坐船尾，望着江水，抑禁不住内心的兴奋；

[超剑郎出。

超剑郎 梅卿！

梅　卿 （一惊）剑哥！你还没睡？

超剑郎 （深情地）我——想你！

梅　卿 （一惊）你……

超剑郎 （迂回）我想你——真幸运，一夜就成名了！

[俩人对视，一时无语。

梅　卿 （转移话题）剑哥，三哥说得对，无技不成艺。粤剧若要发扬光大，必须恢复

祖宗的绝技。为什么你不做高台照镜？

超剑郎 （气结）这——没有高台照镜，观众不是也一样着迷么？

梅　卿 但是——

超剑郎 （狡辩地）我若做了高台照镜，观众还会把最热烈的掌声送给你么？

梅　卿 （感动）哦，你是故意在捧我？

超剑郎 （老练地趁势进入排戏）贤妻，对酒当歌，人生几何？

梅　卿 这杯酒——

超剑郎 （一手拉住）梅卿！

（孔雀开屏中段）

你的一双眼，

恰似酒那样烈。

一醉令人实难醒，

昏昏似患上相思症。

（加序，插白）梅卿，为了你，我做什么都愿意！

梅　卿 （一笑，欲拒还迎）

（接唱）　你轻佻言语真讨厌，

超剑郎 （接唱）　我飘飘欲仙没了魂灵。

梅　卿 （接唱）　夜宁……

超剑郎 （接唱）　月明……

梅　卿 （接唱）　水冷……

超剑郎 （接唱）　风清……

爱河浴沐，只盼夜宵永！

[梅卿轻轻地倒入剑郎的怀中……

[“砰”的一声，三华愤懑地一拳打在船楼的亭柱上。

[剑郎与梅卿一惊。

[收光。

[道具搭建三张高台照镜的景。

[暗中。

[演员吊嗓声参入："伊……伊伊伊……合……士……生……尺……"

[红船在晨雾中慢慢驶来，木人桩随着清晨的音乐，逐渐地进入打桩节奏，完毕散开众男女演员在红船上练功……

[梅卿奉一杯茶上，剑郎与三华同时伸手去接，止住……

[片刻静场。

[追光，三人背弓唱：

超剑郎 （新曲） 一杯水，深和浅，情难猜透，

梅　卿 （接唱） 一杯水，凉和热，皆在心头，

邝三华 （接唱） 一杯水，酸与苦，百味交织。

为梅卿，振精神，威风再抖！

怎么停下来了，继续练功！与我练高台照镜！

阿　棠 （畏缩地）我？

邝三华 高台照镜是我剑影班的招牌绝技，没有高台照镜，还是剑影班么？人来，摆台椅。

梅　卿 师兄！你要干什么？

邝三华 师妹你看，我的圆场，（走一圈圆场）一样潇洒；我的做功，一样儒雅。（向超剑郎示威似的进入表演状态）贤妻，对酒当歌，人生几何——

[众人正在赞叹之时，三华突然摔倒，众人上前欲帮扶。

梅　卿 师兄！

邝三华 （继续演戏）万里沙场征战……苦……（戏班人叫好）这高台照镜，身要轻，腿要稳，胆要大，心要细，踏上椅面，跃过椅背，飞上高台，如观音端坐莲花之上。我做给你们看！

梅　卿 师兄，你不能做啊。

邝三华 火来也！

[邝三华表演高台照镜，跌倒在地。

[众惊呼。

梅　卿 师兄，你不要这样。你万一出事了，剑影班怎么办！

邝三华 剑影班的文武生不做高台照镜，剑影班还有什么用！

梅　卿　（喝住）师兄，剑哥不做高台照镜，只是因为……

邝三华　因为什么？

梅　卿　是因为……（鼓起勇气）他要捧我。

邝三华　捧你？（大怒）哼！你们这样做是欺台，是无衣食（没规矩），是砸了剑影班的饭碗！

［全场怔住……

超剑郎　三哥，昨晚满场的观众是不是冲着我超剑郎来的？我超剑郎什么时候砸了你剑影班的饭碗？全场欢声雷动，我看，只有你一个人看不顺眼。没有高台照镜又怎样？昨晚一样爆棚！我超剑郎一样万人追捧！

六　叔　剑郎，昨晚来捧场的观众都是剑影班的老戏迷，他们的掌声，是因为我们剑影班重新开锣。如果没有了高台照镜，我看会寒了观众的心。

十二爷　如今的粤剧各班，每一个都有自己独有的技艺。我当初写《火烧黄天荡》就是为了恢复祖宗的绝技。如果没有了高台照镜，就没有了剑影班的特色，没有了剑影班的招牌。

邝三华　剑郎，当初我和你讲戏的时候，就说过高台照镜，所以我才订你做剑影班的文武生。既然你都做了《火烧黄天荡》，为什么你不做高台照镜？剑郎兄弟！

（新曲）　这高台，又岂止技艺争斗？

它是我大戏人搭就的高楼。

须知南派大戏我独有，

祖宗的绝艺要保留。

万众期待重抖擞——

梅　卿　剑哥！

（散板）　莫让三哥心中期待付水流。

超剑郎　这……

（新曲）　他心里，又岂止是高台竞秀，

夺梅卿，我心忽觉似鞭抽。

情与义，相煎迫，

欲留却难留。

三哥，告辞！（扭头下）

梅　卿　剑哥……（欲追又止，回头）师兄……

[邝三华长叹一声，扭头。

[十二爷示意众人下。

梅　卿　（求助地）剑哥走了，剑影班怎么办呀？

十二爷　再想办法，再想办法……

梅　卿　其实剑哥不错呀，好像剑哥这么好的文武生，现在哪里找呀？剑哥他……

十二爷　梅卿，你爹爹将你交托三华，你呀……三华变卖家产，打造红船。就是为了捧红你啊傻女，难道你就不明白他对你的心？

[梅卿倒退一步。

邝三华　十二爷……

十二爷　（恳求、责怨地）三华，讲呀！唉！（下）

梅　卿　（秃起反线二黄）

见师兄心底事一言说破，

他心伤我心痛同受折磨。

（流水腔）多少年风雨红船同度过，

多少年亲如骨肉叫哥哥。

多少年危难之中勤护呵，

忽然间情河爱海起狂波。

（原板）　他是情你是恩分明不错，

你是亲他是爱难辨亲疏。（哭）

[邝三华震惊地步步后退，无限痛苦。

邝三华　（十字清）师妹她心底之言今说破，

一字字一句句直刺心窝。

一个亲一个爱何曾有错？

我的心却好比沉入冰河。

（清唱散板）

只要师妹心内甜，红船走得远，三华愿意。

（入乐） 助你牛郎织女渡银河！

梅　卿 师兄……

[灯暗。

第三场

[追光中，一条写有“赌”字的黄船驶来。

[黄天霸杀气腾腾威风凛凛地立船头。

黄天霸 哈哈哈……

（霸腔芙蓉中板）

江湖我横行，

地方我称霸！

为报戏班羞与辱，

有意搬来赌馆妓家！

[打手甲上。

打手甲 大爷，剑影班的人来了。

黄天霸 靓女们，唱起来，跳起来！

[赌声阵阵，一片喧闹。

[众妓女搔首弄姿，又唱又舞，把艺人推向赌局，或抱入怀中……

（新曲） 今夜，我要和你抱紧些，

今夜，边个有钱就是我大爷，

今夜，快放纵你的狂野，

今夜，你系姐姐嘅大爷，

大爷……

超剑郎 （回头发现又是大输，掀翻赌桌）出千！

（快中板）竟然出千来欺诈，

剑郎岂是盆中虾！

[众打手围上与超剑郎开打；超剑郎一个扫堂腿，一打手哀叫一声，抱腿倒地……

黄天霸 （滚花） 你来时容易归去难，

除非叫来邝三华，将赎金留下！

[开打，制服超剑郎。

黄天霸 兄弟们！

众　人 有！

黄天霸 （接唱） 断他一腿，以牙还牙！

众　人 是！

[邝三华内声：“且慢！”急上。梅卿随上。

黄天霸 邝班主，大爷我遵守誓言，并没上你的红船啊！

邝三华 天霸大爷，我的兄弟错上赌船，多有得罪了！师妹——

[梅卿递过钱包。

邝三华 （从梅卿手中接过钱包）此乃我剑影班开班以来的全部戏金，还望大爷笑纳。

黄天霸 （接过戏金，掂了掂，交给下人，大呼）赌债还清！

超剑郎 三哥，他是存心欺诈！（冲前，被黄天霸打倒）

黄天霸 欺什么诈！

邝三华 天霸大爷，你这是何意？

黄天霸 赌债还清，人债未还！

邝三华 何谓人债？

[黄天霸使眼色，一打手倒地抱腿大叫：“哎哟，他打断我的腿呀！”

黄天霸 （指着抱腿的土匪）江湖规矩，以腿还腿！

[超剑郎惧，欲争辩……

邝三华 （忍着，赔笑地）天霸大爷，剑郎是我戏班支柱，您要断他一腿，岂不是断了我红船的生路？还望大爷高抬贵手。

黄天霸 江湖规矩，快意恩仇！

邝三华 留得青山在哪怕没柴烧。

黄天霸 此乃空口许愿！

邝三华 敢对天地为证。

黄天霸 英雄一口吐沫——

邝三华 板上一根铁钉。

黄天霸 大爷就要一腿换一腿！

[全场大惊。

邝三华 （无可奈何）好，既然如此，邝三华这条腿，大爷你就拿去吧！

梅　卿 天霸大爷，得饶人处且饶人，何需将人生路断？

黄天霸 只为赌场有规矩。

邝天华 （示意退后，决心）赌场规矩，无非一个赌字！

黄天霸 （大喜）赌了？

邝三华 赌了！

黄天霸 哈哈，邝老三，大爷就等你这一句！

邝三华 请下赌注。

黄天霸 我要红船一艘，人命一条！

邝三华 我要一清二净，永不相见！

黄天霸 赌场言而有信。

邝三华 放手就有死生。

[黄天霸一挥手，打手们摆上赌台、赌具。

[黄天霸、邝三华同笑。

[邝三华、黄天霸相互对视，推磨，埋位。

黄天霸 邝老三，你押大还是押小？

邝三华 你若无假，邝三押小；你若有假，邝三押大。

黄天霸 好，我押大——

邝三华 开宝——

黄天霸 开宝——

打　手 开宝——

邝三华 天霸大爷，你输了！

黄天霸 （立刻恼羞成怒）哼！天是大爷的天，船是大爷的船。我说赢就赢，输就输。

兄弟们，砍掉他双手，挖了他双眼！

[打手们一拥而上，突然，两声枪响。内场：“国军龙旅长到！”

[全副武装的士兵上，众怔住。

[趾高气扬的龙齐光身着正规军服上。

龙齐光 黄天霸是你？

黄天霸 龙齐光！

龙齐光 真是十年河东，十年河西，我们又见面了。

黄天霸 龙齐光，你想怎样？

龙齐光 日寇入侵，国难当头，国民政府令：贩烟开赌，涣散斗志者，严查法办。赌船，没收归政府。至于黄天霸，拿下！

黄天霸 龙齐光，你……

[国军将黄天霸捆绑。押下。

邝三华 多谢龙旅长出手相救。

龙齐光 恩人，是你呀。恩人客气了，若无恩人当日救命之恩，哪有齐光今日？不料仇报了，恩也报了。天意，天意呀！

梅　卿
超剑郎 多谢龙旅长。

龙齐光 今晚我宴请了一班军界朋友相聚，正想请梅卿小姐前去捧个场面，不知邝班主意下如何？

邝三华 （发现不妥，难免紧张）龙旅长，今晚演出档期已定，若主演梅卿不到，犹恐主顾刁难，还望龙旅长……

龙齐光 （突然变脸，对内）人来，将黄天霸就地处决！

[幕后立刻枪响。

[艺人们大惊失色。

龙齐光 梅小姐，请吧！（再次欲执梅卿之手）

超剑郎 龙旅长，有花旦没有文武生，哪里成戏，我愿随喜堂会！

邝三华 龙旅长，我也过去打打杂吧。

龙齐光 （拒绝）何须劳烦恩人大驾！（对梅卿）梅卿小姐，请吧！

[收光。

六　叔　三华，现在怎么办？

众　人　班主，我们一起去救卿姐！

邝三华　龙府有枪有炮，我们这样去等于送死。

众　人　班主，我们一定要救卿姐。

邝三华　你们先回去，让我想想。

众　人　班主！

邝三华　回去！（众人下）

邝三华　六叔，我亲自去龙府一趟，你先回红船，若天亮之前，我和梅卿还没回来，你就带兄弟们开船走。

六　叔　三华！

邝三华　拜托了。

六　叔　一切小心。

[收光。

第四场

[夜。

[景转内院。

[光亮。

[超剑郎、梅卿、龙齐光、龙小姐在龙府饮酒。

龙齐光　钟旅长，唱得好吗？

钟旅长　龙旅长，好眼光！请问这位美女是……

龙齐光　她就是远近闻名剑影班的正印花旦梅卿小姐。

钟旅长　原来她就是大名鼎鼎的梅卿小姐，不知可否再高歌一曲？

龙齐光　今日梅卿小姐已经好辛苦了，如果你再想听曲，我们改日再聚。

钟旅长　可惜，可惜。

龙齐光　副官，送送钟旅长。

龙齐光　好！梅卿小姐唱的曲子，好像黄莺一样，绕梁三日。

龙小姐　哥……

龙齐光　剑郎，我的妹妹跟我说，她很喜欢你。

龙小姐　哥……

龙齐光　剑郎，不好意思。我是个粗人，说话比较直接。应该是说，她对你仰慕已久，今晚你不要走了，留在这里教我妹妹唱粤曲。

龙小姐　剑郎哥！

龙齐光　梅小姐，你不要看我是个粗人。其实我对粤曲都挺有研究的，我唱几句给你听，甜甜甜，乜你叫梅卿咩确系甜。（欲吻。梅卿打龙一巴掌）

超剑郎　龙旅长对不起，梅卿你太不懂事。龙旅长你大人有大量，不要和她计较。龙旅长你真有本事，这么年轻就做了旅长，以后一定做师长、司令呀！

龙齐光　承你贵言。

[梅在一旁越看越气

梅　卿　我有点不舒服，告辞了。

龙齐光　慢！既然梅卿小姐有点不舒服，人来，送她入房休息。

士　兵　是。

梅　卿　龙齐光！

[两士兵把梅卿拉到房子，从门外锁住。

[此时邝三华已在墙上看到这一切，一激动，碰到了墙上瓦片掉下发声。剑郎见状，马上往反方向砸杯。

士　兵　有动静！

龙齐光　什么事？

士　兵　旅长，有动静！

超剑郎　那边有人影！

龙齐光　你们两个守住，你们两个跟我来。

[龙带两士兵和超剑郎下，剩下两士兵，昏昏入睡。邝三华见状，跳下墙、因脚伤落地时被两士兵发现（小开打）打晕士兵。

邝三华 师妹，你没事吧。

梅 卿 师兄……

邝三华 我们快走！（与梅卿下）

龙齐光 跟我回去看看！

国军甲 报告！没有人。

龙齐光 没人？！追！

[收光。

第五场

[幕后众：睇大戏喽！

[男女老少村民背长凳、短凳兴高采烈跳板凳舞。

（新曲） 戏班红船到村口，

戏棚搭起像高楼。

一声锣鼓嗏笃撑，

排排凳仔叠人头。

[锣鼓声响，人们拥挤着站上板凳，争看台上戏，可是越看越不好看。众喝倒彩，扔凳，下，留下一片狼藉……

观众甲 文武生这么差，怎么看啊！

观众乙 是呀，又没有高台照镜，不看了！

邝三华 潘老板，不好意思……

潘老板 你们今晚休想拿到戏金！

邝三华 潘老板，你不可以不给戏金的。潘老板……

[邝三华等走下红船，扶起横七竖八的条凳……

艺人甲 （难为情地）班主，我们是不能怪他们的，没有好的文武生，怎样谋生呀？

艺人乙 我家里还在等米下锅呀。

艺人丙 是呀，我们没米下锅了。

[十二爷用手势劝众人先下去。

邝三华 （哀叹）没有好的文武生，没有绝技，剑影班怎样维持下去？

小梅香 班主，难道除了那个超剑郎，就找不到一个好的文武生？

邝三华 粤剧式微，苦练者稀。既无殉道者，何成大道？

十二爷 若言殉道者，我倒想起一个！

众　人 谁？

十二爷 （向往地）遥想当年，有一富家公子，酷爱粤剧，离家出走，上了红船。历尽千辛，苦练硬功，凭一双神腿，玉喉金声，万人空巷，唱响梨园！

小梅香 然后呢？

［三华傲然，提起了精气神。

十二爷 《火烧黄天荡》正是为他量身定做。此戏一出，连场爆满，万人追捧，班期不断。怎料，一次演出意外，断了神腿，落下腿瘫之患。

邝三华 难道我邝三华这一辈子都是废人？

十二爷 古方有云，将接错榫的地方再次打断，重新接驳，还可复原。若然成功，邝三华依然是当年的邝三华，神腿依然是神腿。《火烧黄天荡》依然非你莫属！

［众惊疑。

梅　卿 （阻止）十二爷，你敢保证一棒下去，安然无事？

十二爷 （迟疑中隐藏着激将法）古方有言先，生死两重天。一棒是成，一棒是败。一棒是成，一棒是败，成败难料！

邝三华 成败难料？！

［邝三华思索，一咬牙关，拿起板凳。

邝三华 无论如何，我邝三华也不能让剑影班败在我手上。（递板凳）

［众惊，十二爷欲接。

梅　卿 师兄！（抢过板凳）

邝三华 （抢板凳）师妹，给我！你给我！

梅　卿 师兄！

（秋江别）不忍看，棒落魂惊丧，

血飞染罗裳。

怕看再遭劫恙，

一朝毁冀望，
凄风暮雨岂能再加霜。

邝三华（接唱）不经大雪和寒霜，
岭上红梅如何能绽放？
为了一生好梦偿，
死生不畏惧，
死生不畏惧，
一棒换我希求梦想！（再抢板凳）

梅　卿（散唱）要知戏班寄于你身上！
（入板）若然你惨遭不测再受创伤，
一朝惹祸殃，岂不招恨长？

邝三华 为了红船扬帆去，
半生洒血汗，
今朝再觅理想，
一死也心安。

十二爷 梅卿……

梅　卿（痛怜地）师兄！
（接唱）与哥你走过几多雨风和雪霜，
你的心痛我心伤，此生恩义长。
既然是你决心不可改变，
唯有跪叩苍天，福荫愿能偿。（递过板凳）

邝三华 谢师妹！
（快中板）只要尚存一线希望，
也要舍命搏一场。
纵赴九泉心不惧——
（滚花）求换得舞台重上笑声扬！

［邝三华向十二爷递过板凳，举起残腿。

邝三华 十二爷！

[梅卿与众掩面不忍看。

[二十爷举板凳，咬牙，打下……

[邝三华痛叫一声，昏倒在地……

众　人　班主——

梅　卿　（悲呼）师兄……

[收光。

第六场

[内叫："睇大戏喽！"

[男女老少村民背长凳、短凳兴高采烈上，跳板凳舞。

[幕后唱：

（新曲）　戏班红船到村口，

戏棚搭起像高楼，

一声锣鼓嗦笃撑。

[内众喝彩声："好！"

观众甲　哎！那个是邝三华啊。

观众乙　他不是瘸了吗？

观众丙　以前是瘸的，现在医好了。

观　众　好！高台照镜！好……

[突然，幕后枪声响。

观　众　萝卜头来了，快点走呀！

[前区光亮。

[龙齐光狐假虎威地上，超剑郎怯怯地随上。

龙齐光　传令下去，红船征为日本皇军战船，戏班回城演戏，宣示共荣！若有违抗，格杀勿论！

超剑郎　是。

［龙齐光一扬手，与众伪兵下。

超剑郎 （锦城春）惊惶，惊惶！

无情战火将烧我红船上。

心乱如麻又觉惶惶。

当日红船也曾临绝境，

借得官家小姐避祸一场。

救出卿卿遁远方，

我身却陷罗网。

刀枪里，相见面，

怎相诉，当初事？

苍天鉴我鉴我苦衷肠！

［船上。

［邝三华、梅卿等在卸妆中……

超剑郎 梅卿……

梅　卿 是你？你来干什么？

超剑郎 我……

［内叫："大日本皇军龟田大佐到！"龟田不可一世地上，龙齐光与刚才威风样子判若两人，像狗一样随上。龟田示意装船。

龙齐光 剑郎，念！

超剑郎 是。

超剑郎 （念）大日本皇军令！为宣示大东亚共荣，凡大日本皇军所到之处，戏班不能停演；红船征为大日本皇军战船。若有违抗，格杀……勿论！

梅　卿 你……你这个汉奸？（狠狠地扇了超剑郎一巴掌）

［伪军用枪拦住了梅卿。

邝三华 太君，恐怕有点难啊！我们八和会馆，也出了一道通告。（掏出告示）十二爷，念！

十二爷 （接过布告，读）八和戏剧会通告："失地一日未复，国耻一日未雪，凡有血气者，莫不敌忾同仇，纵有大利当前，刀斧加颈，亦当严词拒斥，誓死不辱，为此郑重通告，凡我同仁，慎勿为敌所诱，甘为汉奸，以保我会忠贞廉洁之美德，倘有叛国丧心，定必严厉制裁，与众共弃！”

众　人　与众共弃！

龙齐光　（夺过布告，恶狠狠地对众艺人）什么狗屁通告！军火上船！

［邝三华欲阻拦。

艺人甲　你们两个狗汉奸！我要打死你们！（扑上欲打龙齐光）

［龙齐光开一枪。

龟　田　（一巴掌打在龙齐光脸上）船有炸药，不许开枪！

龙齐光　是。

［士兵运送军火上船。

龟　田　（对龙齐光，低声地）他们一个个的刁民，赶下船去，通通杀掉！（做杀人的动作）

龙齐光　是。

超剑郎　（闻言，大惊）哦，太君……

龟　田　唔？

超剑郎　太君，您不是说要他们回城演戏，宣示共荣么？剑影班有南派绝技高台照镜，何不让他们在回船路上，为太君上演一出好戏？

龟　田　唔，中国大戏，大大的好。

龙齐光　大大的好，大大的好。

超剑郎　一边回城，一边睇戏。一来可解太君路途之闷；二来可向世人宣示共荣。

龟　田　好！一边回城，一边睇戏。（对龙齐光）回城之后，一个不留。

龙齐光　是！

超剑郎　（走向三华，高声地）剑影班听着！太军有令，回船路上，为太君上演一出好戏！

邝三华　要我们跟他们演戏，你们别指望！

众　人　我们是不会演的！

［众人“哼”了一声，不屑一顾。

超剑郎　（低声）三哥，日寇已下令，回城之后，一个不留。（做杀人动作，下）

[众同惊。

邝三华 回城之后，一个不留嘛……

[收光。

邝三华 （回龙二黄）

云迷雾锁地暗天压心如滴泪。

寒江无语一片凄迷。

我曾借红船威，飞扬红船梦，

轻上高台，张扬绝技。

（散唱） 甲板斑驳浸着我的泪，

通体红艳染着我的血，

（二黄） 一朝梦断，折翼难飞。

（新腔滚花）

为圆梦，经历了九生九死。

才得站在舞台上，

却又遇国破家亡时。（腔）

想我毁家造船，重组戏班，欲图自强。无奈土匪横行，军阀欺压，更有日寇来侵，艺人之路，何以这般的难啊！

（秃起反线中板）

红船路，路难行，

历经九九八十一难。

看起来，这一难，

再无生路，已入鬼门关。

鬼门关，绝吓不倒红船弟子一身胆，

这红船，只载我南粤戏宝，

怎能载机枪炸药，毁我河山？

（双星恨尾段）

悲满腔，恨满腔，

悲满腔，恨满腔！

一世坎坷几沧桑，

化得雪霜雨骤狂。

重重祸降，

家邦沦丧，江山沦丧，

何以何以任尔任尔袖手作沦亡。

一声奋呼为国邦！

（万分悲壮地）各位兄弟，日本皇军要我们在回船路上，上演一出好戏，我们就上演一出《火烧黄天荡》！

十二爷 演《火烧黄天荡》？

邝三华 （一语双关，说戏）《火烧黄天荡》演的是南派绝技，唱的是忠烈传奇。话说金人入侵大宋，韩世忠与梁红玉夫妻，且战且走，把数万金兵引到军事死地黄天荡，围困长达48天。一日，夫妻于战船之上，对酒长歌，几多慷慨。歌罢，韩世忠跃上高台，丢下火把，引燃了满荡芦苇，将金人葬身于火海之中——

十二爷 （明白，悲壮地）班主有命，誓死遵从！

众　人 （悲壮地）班主有命，誓死遵从！

邝三华 （庄严地）面对江水，正告天地！红船之上，开演好戏！

十二爷 妆身开锣！

［梅卿戴盔披甲，扮梁红玉擂战鼓。

梅　卿 （霸腔慢板）

恨金兵侵大宋妄挑战祸，

我夫妻领奇兵以少战多。

黄天荡即将成通天大火，

（滚花）定教金寇葬碧波！

［邝三华内唱（首板）“跨战马，领奇兵，诱敌芦荡，诱敌芦荡！”上。

邝三华 贤妻哪里——

梅　卿 来了。

梅　卿 夫君，金寇来了。

邝三华 你来看！

邝三华 （俺六国）引敌寇到军中要地，

等着看风中飞蛾扑火，自招劫祸。

且辨得东风点起火，

看，看，看——

化灰尘把金兵破！

邝三华 拿酒来！

［演员呈酒介。

梅　卿 夫君，这初杯酒！

邝三华 贤妻，对酒当歌，人生几何？这初杯酒……

梅　卿 夫君……

（小桃红）借一杯醇美酒，

表我夫妻情长似蜜稠。

邝三华 （接唱） 沙场万里征，不惊生死敌忾同仇，

共保金瓯护锦绣。

梅　卿 （接唱） 期待有朝，烽烟消散，横扫敌寇，

赏花栽柳，赋诗对酒，

邝三华 （接唱） 孝双亲，聚天伦，

奉上此杯，谢父母恩深厚！

梅　卿 这二杯酒——

邝三华 这二杯酒，祭典随我出征，一同血洒战船的死难战友！

梅　卿 （新曲） 垒垒山坟处，

多少将士头，

邝三华 （接唱） 酒水和热泪，

洒落慰青幽！

（幕后伴唱）洒落慰青幽！

梅　卿 这三杯酒——

邝三华 这三杯酒嘛？

（新曲） 报国恨，雪家仇，

借此三杯酒。

酹向天边，

犹胜百万貔貅！

（幕后伴唱）犹胜百万貔貅！

龟　田　中国的大戏，大大的好，大大的好。继续，继续。

邝三华　火来也！

龟　田　不准持火！

（烟腾腾）不灭尽金贼不罢休。

保定我金瓯愤然勇歼寇。

火红红火红红，

顷刻灰飞烟消化乌有。

龟　田　你们想干什么！

邝三华　杀！

超剑郎　三哥，火来也！

邝三华　剑郎！

[幕后唱：

（旧宛望帝魂）

前生是戏痴，

来生再演戏。

善恶忠奸，

粉墨台前。

红船梦——

高似天。

[围绕着火把，红船子弟与敌兵展开了一场搏斗……

[红船子弟一个个倒下；邝三华血泊中站起。

[龟田从背后对着三华一刀砍下……

[邝三华眼含怒火，顽强挺立……

[红船子弟为掩护三华，一次次倒下去，又一次次站起来……

[超剑郎与梅卿站起，转身，双双扑向敌人的刺刀，挡出一条血路。

[众红船子弟一起发出呼声：高台照镜——

[邝三华做南派绝技高台照镜，手举火把，跃上船顶，如观音稳坐莲花座上。

[敌人惊呆……

邝三华 （大笑）哈哈哈……（丢火把）

[轰隆声起，火光冲天……

[幕后曲：

（新曲） 腾腾烈火，

烈烈红船，

烧吧，烧吧！

烧出我梨园气节，

烧出我艺海晴天！（重复一句）

[轰隆声此起彼伏，染红了天与海……

[静。

[剧终。

（剧本版本：广东粤剧院提供）

疍家女

编剧：姚金成
粤剧移植：梁　刚

人 物 表

水　妹	水上疍家女
何慧生	沙澳镇大户何家公子
何弘俊	何慧生父亲、沙澳镇士绅
水妹爹	水妹父亲
海　仔	疍家青年
九　来	疍家青年
曹大龙	海盗头子
小　安	陪伴照料何慧生的书童
小　丁	海盗小喽啰

刘家嫂及疍家姐妹若干

海盗二头领、海盗三头领及其他海盗喽啰若干

[清代光绪年间。

[南海沙澳镇及附近海域。

[观众进场就可以看到舞台天幕上的字屏。

[字屏：南海水上人家，相传是古代百越族后裔，也有为南宋遗民之说。他们长年乘船漂泊在水上，从事打渔、摆渡等职业。官府对他们实行歧视和压迫政策，世代延续，他们逐渐演变成了一个特殊的“贱民”阶层——“疍家人”。

第一场 初 遇

［伴唱：

（咸水歌）海天漂泊岁月老，

水上疍家苦尽尝。

祖辈传承歌哭嫁，

欢歌悲调月下扬……

［清朝光绪年间。海边，沙澳镇。

刘家嫂 （对幕后喊）水妹子！

水　妹 （上）哎！

刘家嫂 今日阿珠与发仔成婚，我们疍家人同庆大喜！众姐妹，哭嫁一回呀！

水　妹 好咧！（对幕后）众姐妹，哭嫁啰！

［幕后众姐妹应答声回荡："哭嫁啰！哭嫁啰！哭嫁啰！"

［灯光升。景现沙澳镇附近水域。水上停泊着几只木船，木船上挂着红灯笼。水妹和其他九位疍家女，身穿蓝色裙裾，手提彩虹灯笼上。

合　唱 （流水南音）

岸上花开静悄悄，

水中游鱼一双双。

行云暗遮含羞月，

灯影闪现俏娇娘。

［看热闹的海仔、九来等人群涌上。何慧生和小安上。

小　安 （兴奋地）大少爷！……

何慧生 （用手制止）嘘！

［曹大龙上，他警觉地四下察看，草帽遮脸混入人群，挤住了小安。

小　安 哎哎！你这人怎么乱咁逼呀？

曹大龙 （凶凶地）你乱喊什么？怕逼你就在屋企唔好出来！

小　安 （恼火）你……

[何慧生连忙制止小安，向曹大龙拱手致歉。

[曹大龙哼了一声钻入人群。

海　仔　（兴奋地）快看！水妹出来了！

小　安　大少爷！你看，那个最漂亮的就叫水妹啦！

何慧生　（兴奋地）我看到了！我看到了！

[水妹扮做新娘出列演唱。

水　妹　（唱咸水歌）

布带木板绑苏虾，
苦生贱养小渔娘。
一朝长成出嫁女，
离别爹娘苦断肠。
哎，我的爹，
哎，我的娘！
泪两行！

[水妹与众疍家女舞蹈，分别表现母亲送嫁亲情。

水　妹　（接唱）　女儿出嫁亦心慌，
难舍难离泪千行。
来年花开结籽日，
定返船中见阿娘。
哎，我的爹，哎，我的娘！

伴　唱　（接唱）　哭嫁唱歌泪儿淌，
哭到尽时见渔郎。
疍家女儿花一样。
明年背个肥仔探爹娘，
哎，喜洋洋。

[幕后喊声：“新郎新娘上花艇咯！”

[新郎牵新娘上，水妹与姐妹们簇拥着欢快起舞，水妹舞姿出众。

[何慧生和曹大龙几乎同时兴奋高喊：“好！”

[突然一阵急促的锣声，一群官兵持刀枪涌上……

校　尉　官府通缉捉拿逃犯曹大龙！听好了！疍家人都站这边！岸上人都站那边！

[官兵把人们分成了两堆。他们对海仔、九来和众疍家女粗暴推搡。

水　妹　你们为什么这样蛮不讲理？真跟强盗一样！

校　尉　你竟敢辱骂官爷，莫非你想造反？（举手欲打水妹）

何慧生　（上前）哎，总爷！逃犯既是男的，就不必为难这些疍家女了！

校　尉　嗯？你是什么人？

小　安　（连忙上前低声）总爷，他是何家大少爷，刚从京城回来……

校　尉　看在公子面子上。疍家女不用检查了！走！

[一个正在检查的官兵把曹大龙遮脸的草帽拿开……

[曹大龙一拳打倒官兵，夺路欲逃。众官兵开打，追下。

校尉兵　官爷，他就是曹大龙！

校　尉　曹大龙，同我追！

海　仔　水妹，不要追啦！

刘家嫂　水妹，你的胆可真大！还敢跟官兵辩理！

何慧生　水妹姑娘胆识过人！真是女中豪杰！

刘家嫂　水妹要不是这位大哥帮忙说情，你今天恐怕就麻烦啦。

水　妹　多谢大哥出手相助！水妹这厢有礼了。

何慧生　无需多礼，水妹的哭嫁歌唱得出神入化，真是太好听，不知能否教我？

[海仔等和刘家嫂在一旁嘀咕。

海　仔　奇怪啦，哭嫁歌是我们疍家妹唱的歌仔，你来凑什么热闹？（欲走）

何慧生　我……

海　仔　水妹，我们疍家人同他们岸上人老死不相往来，不要让他坏了我们的规矩，我们走。

何慧生　（欲辩解）水妹……

海　仔　我无时间同你打啰，我们还要过我们的穷苦日子，走！（拉水妹下）

何慧生　（急追）水妹，水妹！（懊丧地望着水妹远去的身影）

[切光。

（咸水歌）倩影随波去渐远，

唯余一片水茫茫。

痴儿伫立空惆怅，

未知何日再得见俏鱼娘。

第二场 情 动

[一个月后。沙澳镇附近，海边荒山。

[晨光初露，秋色满眼。

[水妹系船上岸，揹背篓欢快跑上。

水 妹 （唱） 登岸上山新欢忭，

荒山一片金灿灿。

当日垦荒流血汗，

今朝荒山喜丰年！

胥家漂泊岁月苦，

但只愿收了苞谷，平安归旋！

[海仔、九来等系船上岸，水妹看苞谷丰收，喜上眉梢。

水 妹 （跳到田里，对内喊）爹爹！你行快点呀！

水妹父 （内应）哎，来咯。

水 妹 阿爹，你看！

水妹父 嘘，细声地！

水 妹 （细声）阿爹，你快看！

水妹爹 （看苞谷穗）好年景！好年景呀！

水 妹 爹！有了这片田，我们再在岸边搭个茅舍，不就算在岸上安家了吗？

水妹爹 岸上安家？（摇头）唉，这只怕是疍家人的梦啊！

水 妹 阿爹，有梦不好吗？

[海仔与九来上。

海　仔　大叔！水妹！

水　妹　海仔哥！九来！

海　仔　大叔！这苞谷得赶紧收！听说镇上大户何家，要把疍家人上岸开荒围垦的田全数没收，还要抓人问罪呢！

水妹爹　啊？！这这……

水　妹　我们辛辛苦苦开的田，他们凭什么要没收？

九　来　祖辈传下来的规矩，我们疍家人低人一等！这个道理谁跟你讲呀！

水妹爹　（长叹气）唉！……

海　仔　水妹，我来帮你们收吧！

水　妹　不用了。你们家也开的有田，都赶紧收吧！

水妹爹　去吧，去吧。

［海仔和九来下。

水　妹　爹！……

水妹爹　唉，闺女，赶快收吧！能收几多算几多！

［水妹与爹爹下田收苞谷。

［几个何家家丁上。

家丁甲　（念）奉了老爷令，驱赶疍家人。

家丁乙　（念）顺便捞好处，夺粮不留情！

家丁甲　好，大家听着，疍家人上岸开荒围田，犯了朝廷规矩，何老爷让我们驱赶疍民，夺回土地，走，大家大干一场。

家丁乙　对，大干一场！

家丁甲　走！（分头下）

［小安掂着采药的篮子跑上。

小　安　（兴奋地）公子！您快来看！快来看呀！

［何慧生内应："哎！来了！"手拿采药的小铲上。

何慧生　（长句二流）

京城十数载，习诗文，

养病省亲回到沙澳镇，

家乡旧俗难改，令我心里闷沉沉。

水妹月下飞歌甜，却是声声恨，

我也感同身受，却欲助无能，

聊借采药散心，奇草异花细寻揾。

［幕后突然传来家丁的吆喝声和争吵声……

何慧生 哎？那边发生了什么事？

小　安 （往幕后看了一下）好像是我们何家的家丁在跟疍家人讲紧嘢……

［幕后突然传来家丁的吆喝声和争吵声……

何慧生 个的家丁点解咁恶嘅？

小　安 公子，这是老爷下的命令，还是不要多管闲事，我们走吧。

何慧生 （迟疑了一下）好吧。（与小安下）

［家丁甲抓着一袋装着苞米穗的麻袋，要从水妹手里夺走，水妹死活不放；家丁凶狠地拖着麻袋和水妹上。

家丁甲 放手，再不放手打死你！

水妹爹 （连跌带爬地跑上，哭喊）闺女！放手吧！放手吧！我们不要这苞谷了！

水　妹 （嘶喊）不放！死都不放，他们凭什么要抢走我们的苞谷呀！

家丁甲 凭什么？哼，就凭你们是下贱的疍家人，是水流柴！

水　妹 （如雷轰顶）吓？疍家人是水流柴！

（潇潇斑马鸣）

字字压顶重千斤，

疍家世代称贱民。

受尽歧视历艰辛，

骂句天公无公允。

恃强权，夺人粮，

比狼虎更甚。

我父女，拼受累，把荒山开垦，

早晚盼，苞米壮，

谷香甜润，

好充饥，度灾荒，
暂解厄困。
又岂料，
你们手辣心更狠。
要夺我苞米，
更夺田，
你良心泯，
我绝不允，我绝不允！

水　妹　还给我！

家丁甲　哎呀，咪以为你是个女的，我就不敢打，今日老子照打！

家　丁　打，打，打。

［家丁甲拿出鞭子狠狠抽打水妹，水妹翻滚扑跌，发出阵阵惨叫，水妹爹在旁苦苦哀求……

何慧生　（急跑上，见状怒喝）住手！（冲过来一把夺过家丁的鞭子扔到了一边）你们为何光天化日欺负一位弱女子！

家丁甲　（恼羞成怒）你！……

小　安　（急上前）这是何家大少爷！你们还不赶快行礼？

众家丁　（意外）啊？大少爷！有礼，有礼……

［家丁甲暗示家丁乙速去报讯。家丁乙下。

何慧生　（发现是水妹）啊？！是……水妹？你受伤了？

［何慧生欲上前搀扶受伤的水妹。水妹躲开。

何慧生　（训家丁）你们抢人财物，暴打弱女！简直如土匪一样！

家丁甲　大少爷，我们是奉了老爷之令，来驱赶疍家人的……

何慧生　一派胡言！待我回去禀明阿爹，定要把你们几个赶出何家门！

［家丁乙领着何弘俊急上。

何弘俊　慧生！发生了什么事呀？

何慧生　啊，爹！这几个家丁，要抢这位姑娘的东西，还行凶打人！

何弘俊　（对家丁）你们这班人真是没用！没有向少爷说明情况吗？

家丁甲 老爷！我们说了，可大少爷不信！

何慧生 爹！

何弘俊 慧生，您离乡日久，一些乡规你都唔记得啦！

（有序中板）

他们疍家是下等人，上岸开田已犯官禁。

一日有我何家在，岂容她垦荒乱折腾。

水　妹 老爷！你这样说就不对啦！

（接唱） 疍家也是龙的传人，为何偏要低人一等。

这荒野本是无主荒地，抢粮夺地有何据何凭？

何慧生 对，对！

（滚花） 何家行事不能不义不仁……

何弘俊 （对水妹接唱）

哼，歪理连篇，嘴利牙尖，算你狠。

（白）我要话你听，这是一路落来的规矩，谁也不能改变！今天看在少爷面子上，这点苞谷，我就不追究了！但所有疍家人偷开的田，必须一律没收！如果不是，定抓你们到官府问罪！慧生啊，你对家乡事务茫然无知，以后不要再说三道四，乱加干预！这岐黄之术，也不可太过痴迷！还是勤习诗文金榜题名才是正途！走！（带众家丁下）

何慧生 （心有不甘地）爹，爹！……唉！

水　妹 （气恼地朝着何弘俊的背影）何老爷他……蛮不讲理！

[水妹忽觉伤口疼痛……

何慧生 （发现水妹伤口流血）啊？！血！……我帮你包扎一下。这些家丁，下手太毒狠了！（察看伤口）

[何慧生拿来草药，为水妹清洗、上药，一时找不到包扎的东西，临时从身上抽出一条手帕来。

何慧生 姑娘！

（小曲） 伤口血斑斑，裹伤要抓紧。

水　妹 （接唱） 怎敢叫少爷劳累费神。

何慧生 （接唱） 这手帕干净，可裹伤患。

水　妹 （接唱） 心不安，受隆情却之未能。

何慧生 （减字芙蓉）

你是伤号我是郎中，

眼下听话疗伤最要紧。

水　妹 啊？（接唱）

大少爷您懂医术咩？

何慧生 哎，懂一点点，懂一点点……

小　安 大少爷在京城随舅父读书，唔中意功名，偏痴迷医术。今天姑娘如果不是碰上我家公子，你这伤口可就麻烦了！

[水妹点头，慧生为水妹包扎。

水　妹 （滚花） 连忙下礼谢恩人。

多谢大少爷救治之恩……

何慧生 （内疚地）不必多礼，姑娘！

（接唱） 你一声谢恩，令我羞愧甚。

姑娘呀！（春风得意）

今日全怪，

我家太不仁。

恃权势，

抢你苞谷更棍棒加身。

我未能惩恶已羞不禁。

感谢言，

你切切不可再言陈。

水　妹 （白）大少爷，今天之事又怎可怪你呢？

（接唱） 这公子善良谦谨，

为我细心敷药，

似好兄长又似位好医生。

我心感铭，似春风浸。

感谢你持正义，

更为我疗伤患，

何幸弱女得护荫！

（滚花） 天时不早我要回船去，

再深深一礼谢恩人。

何慧生 （拿草药）姑娘，不用多礼，拿好药。您这伤口，三天后还要换药……

水　妹 （点头）……

水妹爹 谢谢大少爷！

何慧生 不要叫大少爷。叫我慧生。

水　妹 慧生？

何慧生 对，对，慧生！你要记住啦！

水妹爹 慧生少爷，时候都不早啦，我们要告辞了。女，走吧。

何慧生 水妹姑娘，慢行，姑娘慢行！

[水妹与爹爹拜别，慧生示意小安背装苞谷的麻袋，送水妹下。

[何慧生伫立，依依不舍目送水妹和水妹爹下。

[切光。

（咸水歌）倩影随波去渐远，

波光闪闪不留痕，

哥哥有心随妹去，

恨无飞舟踏浪枉断魂。

第三场　情　困

[一月后。

小　安 （上）大少爷！大少爷！你在哪里，你又跑到哪里去啦？

何慧生 （哼咸水歌上）“布带木板绑苏虾，苦生贱养小渔娘……”

小　安 咦，大少爷，你识唱咸水歌嘅？

何慧生 我唱得好不好？

小　安 哦，大少爷，我明白啦，我看您还是想着那个疍家姑娘水妹的吧？

何慧生 走走走！又乱说！

小　安 谁乱说了？刚才睡中午觉你说梦话还叫水妹、水妹呢！

何慧生 （有意岔开）小安，听说疍家人的船上，如果还未挂灯，那就是有女孩还没有受聘……咱们一齐到去江边睇下，睇到底是不是这样，好吗？

小　安 好啊，不过时间不能太久。给老爷知道了要打我屁股的！

何慧生 好好好！我们早去早回！

[景转水边。明月初升，海平浪静。水妹家渔船上放着一盆红菊花。水妹头上蒙着那块黄手帕在船头做针线，不时站起来摆弄那盆红菊。

小　安 （上）哎！少爷！你看！那不是水妹吗？

何慧生 （兴奋地）啊！是水妹！……

[水妹似乎沉浸在“哭嫁歌”的回忆中，轻轻地哼唱着……

水　妹 （咸水歌）布带木板绑苏虾，

苦生贱养小渔娘，

一朝长成出嫁女，

离别爹娘哭断肠。

[何慧生的幻觉：十姐妹十盏灯的“哭嫁”歌舞场面重现眼前，水妹头戴黄手帕的身影如同天人……

何慧生 （忽然兴奋高喊）水妹！水妹！我来了！

[幻觉场面消失。

水　妹 （一愣，发现慧生，意外）啊？！小心啊？何公子！……

[何慧生不顾一切地跳上跳板向水妹跑去……

[何慧生在跳板上颠簸摇摆，险象频生……

[水妹抢上去，一把拉住了慧生，两个人在晃动中不自觉地搂在了一起，若沉醉在梦中。

[水妹突然意识到了什么，一下子推开了慧生……

水　妹 （不好意思地转过身去）公子，您……怎么走到这里来？

小　安　大少爷来这里几次了，想找你，可就是不知道你们家在哪条船上！

水　妹　（意外地）真的？……（笑了一下）其实，我也去何府找过您……

何慧生　（高兴地）真的？

水　妹　（黄手帕）是还这条手帕给您。

何慧生　（接过黄手帕）水妹，您的伤口好了吗？

水　妹　已经好啦。

何慧生　水妹，其实，您挽着这黄手帕站在月亮下唱歌，非常好看！真像……仙女一样！

水　妹　（笑）真的？

何慧生　真的。

水　妹　你骗人的，我们疍家妹仔又点会靓？

何慧生　我没有骗你，你真系好靓，好好睇呀！

（南音）　你睇一轮明月，挂碧空。

明媚月色，正衬着你娇俏颜容。

你头上巧缠黄手帕，

一若仙姬下凡尘世中。

我把手帕赠水妹，才是物尽其用。

但愿年年花开日，与妹喜相逢。

[慧生递手帕，水妹羞涩，欲接又止。

何慧生　送给你的……

水　妹　（接唱）　公子话语似春风，惹人心波动。

渐觉心头浪涌，波涛汹。

我真心喜欢这黄手帕，

这撩人的黄手帕，

欲接还罢，似觉两颊通红。

[水妹背对慧生，偷偷接过手帕。

[幕后伴唱：

（流水南音）

水妹接过黄手帕，
霎时心灵两相通，
感谢情天行方便，
痴情燕侣正情浓。

何慧生 水妹！

水 妹 哎！

何慧生 咱们一齐到镇上玩一阵啰。

水 妹 好啊！

何慧生 说走就走！（拉起水妹走）

[海仔和九来突然闯出，拉过水妹，挡在了慧生和水妹之间。

海 仔 站住！你这个岸上公子哥不怀好意！你想带水妹到哪里去？赶快给我滚！

九 来 快滚！滚！滚！

水 妹 海仔哥！你们为什么这样对人？

海 仔 这样对他还是轻的，我还想打他一餐呢！

水 妹 海仔哥！何公子是好人，他救过我，还给我治好了伤！

海 仔 钓钩挂蚯蚓，不是鱼食是鱼饵！水妹！小心上当啊！

何慧生 （急辩）你们不要误会，我是真心喜欢水妹的！

海 仔 闭嘴！我们疍家妹只会嫁疍家仔！我们疍家姑娘不稀罕你来喜欢！

水 妹 海仔哥！你胡说什么？

海 仔 水妹！我现在就告诉你，他们岸上人是怎样欺负我们疍家人的。

（芙蓉中板）

当年婶子生你时，
便是那何举人将灾祸送。
一把烈火烧茅屋，
婶子漂泊在风雨中。

（滚花） 破船上，婶子产后便身亡。（半句）

水 妹 （哭）海仔哥！您呃我嘅！

海 仔 句句真话，绝无谎言！

九　来　对，我可以作证！

海　仔　水妹呀！（接唱）

你怎可忘怀，

这心头恶梦。

水　妹　（呆住）啊？这、这不是真的，你，你们呃我的……

[何慧生一下子愣住了……

九　来　姓何的，你点解不说话啦？朝廷明文规定，水上人不能同岸上人通婚。你何家敢违反朝廷规定，娶一个疍家妹为妻吗？

何慧生　（意识到了事情的复杂性，步步退缩，陷入迷茫）我我我……

海　仔　哼！你既不能娶水妹为妻，那你就不要在这儿祸害我们疍家姐妹！

何慧生　（沉腔滚花）

哎吔吔，

词严理正，

欲辩无从。

（白）水妹……

水　妹　（伤心地）你……你走吧！

何慧生　水妹……

水　妹　（带着哭声）你走！

何慧生　水妹！……

水　妹　（带着哭声地大喊）你走呀！

何慧生　你听我讲啦！……

海　仔　事到如今，还讲什么讲，快与我滚！

九　来　滚！滚！滚！从此以后再别上我们疍家人的船！

[切光。

（咸水歌）奈何陋规难冲破（呢），

世仇再添更难容（呀喱），

两心相牵谁知痛（呢），

情到浓时，方知别恨浓（呀喱）。

第四场　情　定

［又一个月光如洗的夜晚。数十条疍家渔船泊在沙澳码头。

［水妹爹上，海仔追上。

海　仔　舵叔！舵叔！您说，我托刘嫂去您家提亲，水妹到底答应了没有啊？

水妹爹　傻仔，叫你们家准备好彩礼，来定亲、娶亲就是了！

海　仔　舵叔！水妹她不同其他女子，如果她不愿意……？

水妹爹　要不，这样，还是按祖上的老风俗对歌。

海　仔　对歌？

水妹爹　对上者胜出。

海　仔　好！

水妹爹　就这么定啦，走！

［景暗转船上。水妹闷坐船头，摆弄着黄手帕，心绪烦乱。

水　妹　（一句合尺手板）

一方帕儿，
恰如烈火，
难安坐卧。

（长句二黄）

遇上何家少爷哥，
恩仇冰炭偏遇合！
我母亲风雨漂泊死，
何家凶狠相逼迫！
想起母亲心痛彻，
怎能与何家人亲和？
为什么偏让遇见他，
教我心乱如浪，泛长河。
他轻捻帕儿，替我将伤裹。

他那热情一双眼，钻进我心窝。(句)

(十字二黄)

你心地善良人亲切，

因甚姓何惹恨多。

几番细想细思，

(滚花) 你本是好人一个。

(直转饿马摇铃中假)

惜在豪门何为姓，

已是遥似隔银河。

你，偏与俺说话多，

意真似痴似傻，难唱和。

你好比朗月在天，

我如草一棵，

这鸿沟未许破。

你在云霓天高，

我似血泪多。

长日风，长夜霜侵，

天天由人踩过。

(乙反中板)

你怎知，草如泥贱，

空望明月，又如何!

难以手同牵，

把这手帕抛下河，

死了心儿一颗。(腔)

(水妹把黄手帕扔在水里，忽又后悔，连忙跳进水中捞起)

水　妹 (清歌) 重拾这破碎的梦儿，心痛楚，

(教子腔) 未忍甜梦破。

情谊纵无助，

那甘轻抛下，

爱多恨也多。

（合尺滚花）

唉，爱不成又难说恨，

水妹我泪雨婆娑……

［慧生渔夫装扮上。

何慧生 （醉头陀）更容改扮急急奔，

连夜赶离沙澳镇。

又闻海涛声隐隐，

定是身离海岸近。

细观看，那船头，

秀丽倩影若伊人。

细声呼，辨真伪，

看眼前是否心上人。

（白）水妹！水妹！是我啊……

水　妹 （吃了一惊）啊？！是你？……

何慧生 （急促登上踏板跳上船）水妹！水妹……

水　妹 （欲向前，突然又转身，冷冷地）你……你来做什么？

何慧生 我来找你。

水　妹 何家大少爷，这不是你该来的地方，你走吧。

何慧生 水妹，我是偷跑出来的，想跟你最后再见一面。

水　妹 何公子，你是岸上大少爷，我是水上疍家妹，你是天上的蛟龙仔，我是浅水河滩虾毛仔，你……你走吧！

何慧生 水妹！唉！

（快二黄）我那日回家去，

一若失魄，丢魂。

妹妹音容，

已铭刻，心坎。

常在梦中将妹寻觅，

噩梦惊醒，

泪湿绣枕，衣衾。

（滚花） 水妹呀，我今来只为吐伤心，

自知今世无缘与妹同衾枕。

唉！

（七字清）亦知何家难收水上人。

就算勉为其难把何家进。

若尊严尽失怎过日辰。

愧对水妹羞且恨，

恨无公理天昏昏。

水　妹（乙反长句滚花）

他声声悲，声声愤，

似刀剐我心，痛难忍，

更怜他容颜清瘦，

双目无神。

何慧生（接唱） 我今日偷出门来，

将妹寻揾，

为的是道别一声，

我不日便要远行……

水　妹（白）你要远行？

何慧生（白）系呀！

（接唱） 爹要我即返京都，

求仕进。（旬）

此后关山阻隔，

再见无能。

（白）我是来见你最后一面……

水　妹　（浣沙溪）似惊雷响阵阵，

碎心肝，断人魂。

大海纵无涯，

却难容我一腔恨。

哥道关山隔绝，

我说梦中近。

随哥梦里手相牵，

永不离分！

何慧生　水妹！

水　妹　慧生哥。

何慧生　水妹！

水　妹　慧生哥。

水　妹
何慧生　（齐）慧生哥
水妹　！

何慧生　水妹！我走以后，你要多多保重啊！我走了！

水　妹　你……你走吧！慧生哥，京城路途遥远，北边天气冷，你要带多几件衫啊。

何慧生　我知道了，我走了。

[慧生踟蹰向船头走去。水妹背转身去。

水　妹　你……走啦……

何慧生　我……走了……

水　妹　你走啦……

何慧生　我走了……

水　妹　（突然）慧生哥！……

[慧生身子一颤站住，水妹突然不顾一切跑过来，紧紧抱住了慧生……

[二人紧紧抱在一起，让爱尽情燃烧，这一刻大海明月尽化作了颂歌……

[二人舞蹈，舞队伴舞。

幕后伴唱（彩云追月）

明月照海滨，

月光如银，

细抚有情人，

相偎拥两心近。

爱真、情恒，

再险亦前行，

曙光把前路引！

[海仔、九来、水妹爹上。

海　仔　舵叔，你看！

水妹爹　哎呀，水妹！你……你们……唉！（羞于启齿）

海　仔　何慧生！我打死你！（揪住何慧生的衣领欲打）

水　妹　（拦海仔）海仔哥！你要打，就先打死我啦。

水妹爹　女啊女！你唔好忘记我们是疍家人啊！

海　仔　水妹！他欺负了你，你还护着他？

水　妹　他没有欺负我！

九　来　水妹！你傻啊？他都这样了……还说没有欺负你？

水　妹　我自己的事！不要你管！

水妹爹　傻女！他只会随意乱来，怎会管人家的死活呢！

[何慧生郑重地走到水妹爹面前，扑通跪下。

何慧生　大叔！我要娶水妹为妻！

水妹爹　（意外一震）啊？何公子！你……

何慧生　（更坚定地）请您答应我，我何慧生要娶水妹为妻！

水　妹　（意外地）慧生！你……

水妹爹　何公子啊！我知道你不是坏人，可岸上人不能娶疍家人，唉，今天我就当我是盲嘅，什么都睇唔到。你，走吧！走吧……

海　仔　你走！

九　来　你走！

二　人　（齐声）你走！

何慧生　大叔！规矩是人定的，不合理就得改！我爱水妹，水妹也爱我，我们生死在一起，谁也分不开！

海　仔　舵叔！……

水　妹　阿爹！你就答应我们吧！

水妹爹　何公子，你们两个不会有好结果的。你，走吧！

何慧生　（跪地，口鼓）大叔！为让疍家今不再受欺凌，我回去一定好好向爹爹求恳。我要做大叔的亲女婿，海仔、九来的好兄弟，更要同水妹一齐，做个真正的疍家人！

水　妹　（上前扶起了慧生）慧生哥！

（反线中板）

听哥一番肺腑言，
语语掷地铿锵，
我泪盈眶，
喜莫禁。
你不嫌疍家下贱人，
哥真情无价，
我活出了满天霞！
已不枉此生。
自知行船怕罡风，
我偏要与贱命抗争，
何惧浪险风高，
敢对千刀万刃。

（滚花）　有哥领路妹胆大，
水妹随你天涯万里行。

九　来　（对水妹）他要娶水妹，就得按疍家人风俗对歌求婚！

水　妹　九来，人家又不是疍家人，怎会唱咸水歌，爹……

何慧生　水妹，我愿按疍家风俗对歌求婚。

海　仔
九　来 （意外，疑）啊？！你能唱咸水歌？……

何慧生 （咸水歌）隔岸海棠开成荫，
心想摘花怕水深，
丢个石仔探深浅，
唱只歌仔试妹心。

水　妹 （接唱） 阿哥啊，
妹是海棠正芬芳，
摘花要趁好时辰，
哥是针来妹是线，
针行三步线来寻。

海　仔 （白）看来真是无希望，无希望了……

何慧生 （接唱） 阿妹唱歌哥接音，
阿妹唱歌哥弹琴。

海　仔 （接唱） 你鸭公咁声怎和唱，
走音走调扯断琴。

九　来 （白）讲得对，讲得对。

水　妹 （接唱） 高山流水结知音，
琴音叮咚摄人魂。

何慧生 （接唱） 灯芯拿来两头点，
阿哥共妹一条心。

水　妹 阿哥！

何慧生 阿妹！

海　仔 （着急地）舵叔你听，他们又哥又妹，又针又线咁，对上了，真的对上了！

九　来 可不真的对上了。快看，水妹姐姐要挂灯啦。

水　妹 对！挂灯了！姐妹们，挂灯啰！

[一群疍家姐妹掂灯笼欢快上场。

众姐妹 挂灯啰！挂灯啰！挂灯啰！

（新曲） 挂灯，挂灯！何惧恶风浪，水妹敢抗争，

挂灯，挂灯！终得结良缘，情重不容更。

祈望苍天佑，福荫有情人，福荫有情人！

[一串串红灯笼挂满船头。明月、海水、红灯笼，一片喜庆、浪漫气氛。

[水妹画外音："慧生哥，今日挂灯，水妹我就是你的人了！"

何慧生 这是我何家祖传的玉石观音。今天我把它作为信物，送给你。一生一世，月老作证！

九　来 海仔哥，无啦，无啦，木已成舟了！

海　仔 （痛苦地蹲在地上号啕大哭）……

[定格。切光。

第五场　情　劫

[数日后。疍家人渔船停泊的水岸。

[何俊弘带小安上。随从抬着礼物。

何弘俊 （板眼） 家门不幸，运滞时衰，

簪缨世族陷污渠。

慧生竟私订终身还不听规劝，

死心塌地迷上个疍家妹。

无奈何只好找水妹去，

望能釜底抽薪把孽根拔除。

（白）安仔，她住在哪里？

小　安 （搭眼望了望）老爷，就是这里了。

何弘俊 叫人！

小　安 有人在家吗？

[船舱内水妹欢快的声音："来了！"

水　妹 （从船舱内跳上来）啊？小安？

小　安　水妹姑娘，这位是沙澳镇何老爷！

水　妹　何老爷！您……稍等，我去叫阿爹回来！

何弘俊　不用了。我就是来找你的。

[何弘俊示意，其他家人把一个箱子抬到了船上。

何弘俊　我今天带来一些粮食和钱银，你只要在这绝交信上按个指印，答应以后再不见慧生，这些就都是你的了。

水　妹　何老爷！你为什么要这样做？

何弘俊　嫌少啊？我明天再叫人送来给你……

水　妹　（气恼地）别说啦，何老爷，您是长辈，我喜欢何公子，何公子喜欢我，我们对了歌，挂了灯，行了仪式，定了终身，我已是慧生哥的人啦。

何弘俊　你！

水　妹　您就成全我们吧！（跪）

何弘俊　（震惊）我不能答应你，我不能答应你！

水　妹　为什么？

何弘俊　因为你是疍家妹，你们疍家人是入了另册的贱民，不能上岸居住，不能读书科考，不能同岸上人通婚。我何家世家大族，慧生又是我三代单传，他要读书上进，科考高中，将来是要做大官的贵人，他怎么能娶一个下贱的疍家女为妻呢！

[水妹如遭雷击，几乎瘫倒在地，她悲愤，绝望，泪流如雨……

水　妹　何老爷……

何弘俊　水妹，我知你是个聪明的姑娘，“三不准”的老规矩，也未必尽合情理，可是……

[水妹忍着悲愤，擦干泪水，咬牙站起。

水　妹　何老爷，你不用说了！何慧生是唱着咸水歌向我求婚定情的，他是你儿子，你只要叫他不要再来见我就行了。

何弘俊　姑娘，我这个儿子是撞了南墙也不拐弯的人，他心里只有你，什么仕途前程，名媛淑女，都进不了他的心，我也是束手无策，所以来找你。

水　妹　你不用说啦，你扼杀我们的情缘，难道还要我帮你操刀？我是不会离开慧生的，你走，你走吧！

何弘俊 姑娘！

（木鱼） 我知水妹姑娘心良善，

你对慧生嘅情意，我亦深知。

怎奈贵贱联婚，实在唔匹配。

把世俗冒犯，也实不宜。

慧生自与你相会渔船，

再无心研读经史。

眼看科考期近，

我心焦意乱，却又无计可施。

（楔白） 姑娘啊，

（接唱） 你若真爱慧生，

便让他潜心读书，重立志。

你若真爱慧生，

就该解绳放缆，

让他做个光宗耀祖的好男儿。

水　妹 光宗耀祖，就该解绳放缆！

何弘俊 对，对，我今天是真心来求你，求你放过我家慧生吧！

水　妹 （乙反恋坛慢板）

他语凄凄，暗洒泪。

我心中恶浪翻，

纵有万怨千愁，亦无从说，

唯强忍，恨何如。

究是哪个个之罪？

莫非真是水妹之错，

栓船误了哥哥，

不让佢杨帆起锚，

展翅直上瑶池。

半火又半冰，
冷热交煎苦尽尝，
就让那风吹残梦去……

[水妹捧着玉观音饮泣。

水　妹　我答应你，这是慧生送的定情信物，请你，交还给他！……

何弘俊　（不无感动地）姑娘……

水　妹　（悲伤地转身）你……你走吧！

何弘俊　（不无感动地）我……

水　妹　（大喊）你走啊！从今后不要再上我们疍家人的船啦！

何弘俊　（不无感动地）姑娘……

[切光。

（咸水歌）雨暴风狂天欲坠，
两败俱伤怪罪谁。
一个为儿操劳已心力尽，
一个为情远避更碎心脾……

[画外音：水妹为了爱，含悲忍泪告别了生她养她的故土，摇着那一叶孤舟，向茫茫的大海驶去，驶去……

[雷声炸响。幕后何慧生悲呼声："水妹！水妹！……"

[舞台渐亮。乌云滚滚，雷声隆隆。景现江边水岸，已不见了船只。

[何慧生手捧着玉观音疯狂地呼喊着奔上。

何慧生　水妹！水妹！我来了！我来了……啊？（看到江岸边空空如也，遍寻不见，大惊）船呢？水妹呢？水妹呢？水妹！水妹！

[舞台后区高处一束灯光下，水妹含泪远去的身影。

[画外音（水妹的心声）："公子，慧生哥，我走了！我答应了你的父亲，他说得不错，我是卑贱的疍家女，卑贱的疍家女……我不离开你，会误你一生，会害你一生……（泣不成声）慧生哥！……咱们今生无缘，但愿来世咱们能相逢！来世咱们一定做夫妻！做夫妻……"

何慧生　（放声大哭）水妹！慧生对不起你！我们何家对不起你呀！

幕后伴唱（乙反流水南音）

当日缱绻缠绵梦忽去，

天涯渺渺两不知。

地久天长时有尽，

绵绵此恨无绝期！

第六场　情　归

[画外音：水妹出走三年后，一场瘟疫在沙澳镇蔓延，一千多人因此丧命，人们在死亡的恐惧中苦苦挣扎，此时，水妹再次出现在了人们的视线中……

[幕启：龙岩岛。半山腰一处大岩洞，是海盗聚会的地方。岩洞外一边小路可通往海边，另一边有小路可通向海盗驻地。

[岩洞上挂着红灯笼，点染着些许喜庆气氛。

[幕后声音："兄弟们！""有！""随我回岛！"

[曹大龙上，后跟四喽啰。他是海盗头领，自封为岛主。

曹大龙　（快中板）百里海疆任来往。

掠船劫票称霸王。

龙行虎威镇海浪。

乱世立命凭刀枪。

鸣号响螺升大帐。

（花）　金钱美女福运双。

二头领　大哥！（炫耀地指着红灯笼）您看！（流水中板）

看一看，你看一看呀。

大红灯笼挂壁上呀，

全岛一片喜洋洋呀，

共贺大哥你做新郎呀！

曹大龙　好，好！哈哈哈！

三头领 大哥！（唱）

区区一个小渔娘，

竟百日才得同罗帐。

大哥今次真系转咗性啦，

竟藏虎威装佛相呀！

曹大龙 你懂个屁！三年前，就是水妹的“哭嫁歌”转移了官兵视线！让我躲过一劫。这次我又从海里救了她的命，这是天定的夫妻缘分呀！

二头领 大哥！缘分不假，只是水妹咬定百日后成亲！分明是刁难大哥。

曹大龙 唉，她阿爹遭海难而死，为女尽孝百日，天经地义，你懂个屁。

三头领 大哥，你真大义，明天就是百日之期，恭喜大哥新婚之喜。

众喽啰 恭喜大哥，恭喜大哥，恭喜大哥。

喽啰甲 （上）报！大王！沙澳镇何家老爷子亲自上岛来赎人了！

曹大龙 好！这真是人财双喜呀！走！看看去！

[众海盗呼拥着随曹大龙下。

[水妹内唱：

（银台上）罹劫运，

朝晚暗悲伤。

[水妹，小丁上。

水　妹 （接唱） 海难尽失亲人，

我碎心肝。

灰百念。

抬眼望远方，

淫雨迷濛，

哀哉路茫茫。

小　丁 夫人！

水　妹 不要叫我夫人。

小　丁 是，夫人！

[幕后传来众喽啰吆喝声。

水　妹　（无奈地）那边为何嘈嘈吵吵呀？

小　丁　（往幕后看了看）大王要成亲，又来送钱人。大概是弟兄们在高兴！在搞气氛吧！

水　妹　送钱人？谁来送钱？

小　丁　半月前大王在海上劫了一艘船，是沙澳镇何大户家的。听说今天何家老爷子亲自来送钱赎人！

水　妹　（心中一震）是沙澳镇……何家？

小　丁　是呀！他儿子在船上，成了大王手里的肉票！老头子能不急嘛！

水　妹　何大户家儿子？是不是叫……何慧生？

小　丁　对对！就叫何慧生！

水　妹　是他……？

［幕后传来曹大龙暴怒的声音："把老东西带上来！"

［曹大龙怒气冲冲地上，众喽啰推何弘俊趔趄倒地。

何弘俊　（哀求）大王！我何家倾尽财力，也就只能凑出这些钱了！我求求你，留我当人质！你就放我儿和船返沙澳！缺少的钱数，容我慢慢筹集。

曹大龙　不行！你把老子当傻子呀？

（滚花）　三万赎银一两不能差，

就算老子天王，亦无情面讲。

你快写信差人送钱，

（楔白）　如果你唔写信，哼哼！

（接唱）　立马送你儿子去见海龙王。

何弘俊　大王！这使不得！使不得呀！

曹大龙　嘿嘿！（拿过鞭子连连猛抽何弘俊）

［何弘俊发出阵阵惨叫，翻滚扑跌……

［何慧生幕后大喊："住手！"不顾一切冲上。

何慧生　（强忍悲愤）求求你们，他已是年迈之人，你们不可以这么打他！

曹大龙　嘿，不打容易！那你就赶快劝他写信让家里送银子来！

何慧生　大王！（白榄）

沙澳今年闹瘟疫，
至今已有千人病亡。
现在急需药物救治，
我为全镇疫民求大王。
求大王先把药船放，
容后我定筹足钱银献大王，献大王。

曹大龙 （接念） 如此说，此船不能放，更不能放！
既然此船能救万人命，
就该立把赎金涨。
我亦不多要，就再加一万两吧！

何慧生 吓，再加一万两？

曹大龙 对！（滚花）
若要我解缆放船，
需再加送赎银一万两。

何慧生 吓？可恶！（连环西皮）
你黑心肝，黑心肝，
趁火打劫，丧尽天良，人皮披枉！

曹大龙 （沉滚花）哎呀呀，敢骂老子，立时送你见阎王！
（白）老子杀了你！（拔刀要杀慧生）
[水妹突然不顾一切地冲上来，挡住了曹大龙的刀。众意外。

曹大龙 （意外）你？……

水　妹 （一副拼命的架势）你还想办喜事吗？你还想再多等一个百日忌吗？

曹大龙 （愣住，突然明白过来）哦，哦……好！看在夫人面子上，大喜日子我不杀人。

水　妹 大王，这船上的药是救人的，我看不如把这药船也放了吧！

曹大龙 那不行！今天老子可以不杀人！但钱银一两也不能少！你们听住，你等一定看紧肉票，催紧赎银，夫人，我们走。

水　妹 大王先行，我少续再来。

曹大龙 好！夫人，你要穿上我为你精心挑选的大红嫁衣！一定光鲜照人，兄弟们，走，喝酒去！

[众喽啰随曹大龙下。水妹心中纠结迟疑，欲下又止。

何慧生 （突然）夫人？……你……你是水妹？

水　妹 （身子一颤，站住）何公子！你认错人了！

何慧生 你就是水妹！

水　妹 水妹已经死了……

何慧生 （悲呼）水妹！……

[女声伴唱：

一声呼，心儿碎，
是怨？是疼？泪纷飞……
恩怨情仇怎面对？
无奈、牵挂可为谁？……

何慧生 水妹！……我知道我何慧生对不起你，我们何家对不起你！

水　妹 不要说了！那都是我们的命！

何慧生 命！……只是如今沙澳镇遭遇百年一遇的瘟疫，那一船药品乃是救命的，水妹，你要想办法救救沙澳镇的百姓啊！

何弘俊 对！你就救救沙澳镇的百姓吧！

水　妹 刚才你都看到了，大王他……（痛苦地摇头）

何慧生 大王？他是你？

水　妹 三个月前，我和爹在海上遭遇台风，船毁人亡！是他救了我一命……

何慧生 你……要嫁给他？

水　妹 我……答应等过了百日忌就成亲，明天就是百日忌了。

何慧生 你一上来我就看见了你手上的黄手帕！我知你……

水　妹 （掩饰不住的悲泣）无，无！……

何弘俊 姑娘！过去是我对不起你，你就原谅我啦！你就救救我们啦！救救沙澳镇的百姓吧！

水　妹 （痛心地）何老爷，曹大龙心狠手辣，强言相劝，恐怕适得其反……

三头领 夫人，时侯不早，我们还要催紧赎银，把他们押下去！

众喽啰 是！（押何家父子下）

何弘俊 水妹姑娘！水妹姑娘！水妹姑娘！……

[水妹痛苦不堪，流泪不语。

[喽啰强拉何弘俊、何慧生下。

何弘俊 报应！报应！这真是报应啊！

[水妹身子一颤，她眼望着何家父子走去的方向，百感交集。

水　妹 （清歌） 心乱如麻不忍看，

（朦胧排子）

声惨凄动伐心扉，情更伤。

往日事，爱恨交煎，

难禁泪盈眶。

（乙反流水南音）

往日恩怨情仇今不讲，

怜他父子不幸，怕被贼徒伤。

他们运药救村民，犹可谅，

（正线吊满放）

应释放。

（欲走，忽又停下）

不可呀不可！

（续唱） 此事不能莽撞，还须仔细思量。

（十字清）曹大龙，看守森严哨岗如网。

这孤岛，四周浪绕一片汪洋。

我若然，擅自将他父子释放。

怕的是，飞蛾扑火反惹祸殃。

（滚花） 那曹大龙是我救命人，

我怎能不将信义讲。

（水妹迷惘地坐下，突然想起什么）

（饿马摇铃）

忽忆起沙澳惨状，

乡亲恶病染，缺药更遭殃，

只有病亡。

慧生决意济世扶危，勇担当。

他敢于舍生抗争堪赞扬，岂寻常。

那曹匪略劫凶悍，

我怎屈身侍豺狼？

应细思细想抉择明理分路向。

（直转二流）

神药一船救百姓，

我不担当谁担当。

水妹本是疍家人，

疍家女儿心明亮。

不愧天，不愧地，

不愧祖宗与爹娘！

（快合尺滚花）

水妹死又何妨，

把他父子来放，

放药船治瘟疫，

我不再彷徨！

[灯光变幻，景转海盗宴会。水妹换了一身艳红的新娘盛装，出现在宴会上，曹大龙等惊艳欢呼。水妹亲自捧起酒坛，为曹大龙斟酒；众海盗兴奋不已，纷纷上前请水妹斟酒。

[水妹与众海盗跳“劝酒舞”。水妹尽展风情，诱惑众海盗狂饮。

[伴唱：（新曲）

喝酒，喝酒！

男人不喝酒，

枉在世上走！

喝酒，喝酒！

男人不喝酒，

活得像条狗！

[众海盗酩酊大醉，纷纷倒卧。

[景暗转囚禁何家父子的岩洞。看押的喽啰醉卧在酒坛边酣然睡去。

[水妹带何家父子上。

水　妹　船在什么地方？

何弘俊　在莞角码头！

水　妹　趁他们酒醉未醒，你们快走！

何弘俊　好，慧生，我们走。

何慧生　水妹！你……你怎么办？

水　妹　别管我，你们快走！

何慧生　跟我们一起走吧！

水　妹　不行！他们有快船，我不留下拖住他们，他们会追上你们的。

何慧生　（急）水妹！这里是虎狼窝！你不能留在这里呀！

水　妹　（生气地转身）你们快走！不要管我！

何慧生　（意识到是永别）水妹！水妹……（流泪跪下，唱）

叫声水妹泪双流，

我怎能丢下你独把生路求！

水　妹　（急扶慧生）慧生哥！（唱）

慧生哥莫任性您赶快走，

愿来生咱再相见永结白头！

[水妹与慧生二人紧抱痛哭。

何弘俊　（暗流泪，怯生生地）慧生！快走啦，要不就来不及啦！

[何弘俊拉慧生急下。

[水妹目送何慧生和何父远去。随下。

[众喽啰簇拥着曹大龙上。看到哨兵醉倒，惊怒，猛踢哨兵。

曹大龙　混蛋！

三头领　（从另一方向急上）大王！不好了！那艘大船不见了！

曹大龙 啊，大船不见了？

二头领 （复上，惊慌大叫）大哥！不好了！肉票不见了！

曹大龙 啊？快用快船，追！

三头领 （惊惶地）大王，不知谁弄断了缆绳，快船飘到小岛上去了。

喽啰甲 着火啦。

众喽啰 着火啦！着火啦！着火啦！

曹大龙 （狂吼）无啦，无啦，无啦！

[悲怆合唱声骤起，远处可见火光熊熊。水妹举灯笼的形象升起。

合　唱 （新曲） 啊！啊！啊！
悲歌一阙怨未休，
疍家有女恨悠悠。
情天有憾何时补，
苦海无声默默流。

水　妹 （咸水歌）绿水河边花正茂，
蜜蜂恋花绕枝头。
莫道春去花期短，
花香飘逸万载留！

[切光。画外音，舞蹈。

尾　声

[画外音：水妹的壮举震动了朝野，朝廷下诏表彰，并彻底废除了歧视疍家人的陈规陋俗。历史由此翻过去了沉重的一页，而水妹的美好形象则永远活在了世世代代南海人的心里。

[切光。

[剧终。

（剧本版本：《广东艺术》2018 年第 2 期）

还金记

（根据罗宏小说《骡子与金子》改编）

编剧：梁郁南

人　物　表

马得金　粤北山区青年马夫，后成为红军战士。

花　姑　粤北农民，马得金的相好。

古小姐　向往延安的进步青年，马团长之女。

袁队长　红军运输队队长。

邱排长　红军排长。

王麻子　地方保安队队长。

古团长　国民党某团团长。

谢团副　古团长的副官。

金　父　马得金的父亲。

序　幕

[幕后曲：

自古世上多傻人，
傻人自有傻精神。
一段传奇《还金记》，
信义两字胜万金。

[剪影：阿金牵着大黑青，从远远的天幕处走过……

一

[1934 年秋。

[粤北山区。

[前区灯亮。

[袁队长在吩咐队员做出发前准备。

袁队长 （首板） 别江西，急行军，如风似电，

（十字清）经粤北，到湘西，血战未停。

（快中板）鲜血斑斑染路径，

马匹锐减滞征程。

红军甲 报告！前方有敌军阻拦，运输队通行困难。

袁队长 警卫排掩护，运输队绕山路前行。

红军甲 是！

红军乙 报告！保卫排与敌军遭遇战，运输队马匹受惊，伤亡惨重。

袁队长 全力保护马匹，确保完成护送任务。

红军乙 是！

袁队长 沿途无马匹征集，物资运输困难，这便如何是好？

[一声马嘶……

邱排长 队长，马来啦！（牵马上）大黑青！

袁队长 好呀！（七字清）

正愁拉车少良马，

天赐一匹大黑青。

大黑青，骨骼健，

够豪迈，又机灵。

有它定能完使命，

何惧强敌百万兵。

袁队长 同志们，马车上套，将中央红军最贵重的物资绑在大黑青背上，准备渡江！

红　军　是！

[大黑青突然嘶鸣，左冲右突，冲撞人群，众追马下……

[阿金唱首板："风吹酒醒！"急上。

阿　金　（流水新腔）

何以不见我的大黑青？

[内马嘶叫……

阿　金　大黑青！大黑青！（吹口哨）

[众红军追大黑青上。大黑青奔向阿金。

阿　金　（见马，大喜）大黑青，大黑青！你怎么独自来这了？吓死我啦！走，我们回家去！

邱排长　慢，兄弟，这匹马是我们红军用二十个大洋买的。

阿　金　乜话，你们用二十个大洋卖的？

邱排长　是刘老板卖给我们的。上面有你的手指模！

阿　金　刘老板？（恍然大悟）唉也，我上当啦！

（十字清）我不该，忘了花姑临别叮咛声声情切恳，

我不该，一壶老酒几粒花生饮成醉猫一个头昏昏。

（七字清）误信奸人我真笨，

才有这一匹好马糊里糊涂白送人。（拉腔）

[袁队长与众面面相觑。

袁队长　兄弟，你叫什么名字？

阿　金　我叫马得金。村里的人都叫我——傻金。（悔恨地）我真系傻架！

袁队长　得金兄弟，看来，我们都上了刘老板的当。但红军不能让老百姓吃亏，你把大黑青拉回去吧。

阿　金　但我也不能让你们吃亏呀？

袁队长　你将大黑青拉回去吧。

阿　金　让我把大黑青拉回？

袁队长　我们工作也有疏忽，接受教训嘛。

阿　金　（秃起中板）

听从前人人都说红军好，

今日一见果然真。

红军同志！

（秃起白榄）

贪杯是我错，

失马不该怪别人。

无奈此马非是我的马，

花姑借我把钱挣。

挣钱为医老父病，

失马我犹如失了魂，失了魂！

袁队长 得金兄弟，你的难处我们知道了，大黑青你拉回去吧！

阿　金 红军同志，我不是这个意思！

袁队长 你的意思是……

阿　金 我的意思是，不能让你们吃亏，但我又要拉回我的大黑青！

袁队长 得金兄弟，你这不是为难我们嘛？

阿　金 红军同志，我做你们的马夫，赚回二十个大洋后，我就牵回我的大黑青。

袁队长 （惊讶）什么？你要做我们的马夫？

阿　金 （大声地）对！我要做你们的马夫，和大黑青一起完成你们的交托后，我就牵回我的大黑青！

袁队长 我们要走的路，还很远很远，而且十分危险……

阿　金 为了大黑青。我不怕！

袁队长 好吧，等到胜利了，我们红军记你一功！

[邱排长复上。

邱排长 报告！突围准备完成！

袁队长 好！（从自己头上取下一顶红军帽，交给阿金）阿金同志！欢迎你加入红军运输队！

[阿金接过军帽，又惊又喜，一时无措。

袁队长 同志们，车辆上套。把最重要的物资绑紧，它就交给大黑青啦！

阿　金　红军同志，你们放心吧！

袁队长　邱排长！

邱排长　在！

袁队长　掩护运输队，渡江！

邱排长　是！

[众下。

[内军号响起……

阿　金　（牵着大黑青，豪迈地）大黑青，走！

[枪声炮声喊杀声，血与火中，红军战士浴血奋战；运输队在一步步向前……

邱排长　报告！浮桥被敌人炸断！

袁队长　搭人桥！

邱排长　是！

[“人桥”搭起，队伍从“人桥”上过。

[运输队在炮火中，向前，向前……

[突然，轰隆一声，炸弹在人群中爆炸，大黑青惊叫，疯狂般冲出队伍……

阿　金　（呼叫）大黑青，大黑青……（追下）

[众红军欲阻止阿金，一阵机枪声，红军卧倒……

众　人　（同呼）阿金，小心啊——

[马惨烈嘶鸣，声音渐渐远去……

[灯暗。众隐去。

[追光中，阿金追马冲出，执缰绳，翻腾，倒地，再爬起，大黑青最终无力地倒在血泊中……

阿　金　大黑青，你怎么了？（扑在大黑青的身上）大黑青，你怎么啦？你怎么啦？你不能死，你不能死！你死了，我如何向花姑交代呀！（慌乱地要去扶起大黑青，忽看到一个散架的箱子旁边洒了一地的金条，音乐起）金条？（一边拾一边数）一、二、三、四、五、六、七、八……三百！三百条，三百条黄金！我不是做梦吧？

（月下飞鸾）

黄金，似火，似灯，

闪闪刺眼亮，

实太迷人，难言兴奋。

三百黄金真迷人。

谢我爹妈，起了个大名——（收煞）

马得金，马得金！哈哈！

（清唱）　与金果是有缘人。

（抚金，突然惊慌地抛开金子）它不是我的！我，我不能要！（欲走）

［大黑青嘶叫了一声……

阿　金　啊，大黑青，大黑青，你，你怎么啦？

（秋江别中板）

你睁双眼欲语咽哽，

似有叮嘱语托交阿金。

诚信于心，才可昂首天地行，

诚信胜于金，不可失信于人！

对！黄金不是我们的，一分也不能要！但我们答应过红军，要送到目的地！

（用棉衣把金子包起来，绑在身上）大黑青，你放心吧！

（快中板）三百金条身上捆，

千斤重担担在身。

纵有千难和万险，

阻不了信义二字去还金！

大黑青，我们走！（大黑青气绝，哭叫）大黑青……

［远处传来枪声和人声："抓共匪！"

阿　金　（想走，不舍地回头，从大黑青的脖子上取下铃铛）大黑青，好兄弟！

（滚花）　有这铃铛声声，

还金路上不知困。

今日一山青草埋忠骨，

待来日三杯薄酒祭忠魂。（一拜，欲下，铃铛响，急捂住，下）

[王麻子引古团长等上，见一堆乱草，用枪指着，紧张地围上去。

王麻子 报告团长，是一匹死马！

古团长 （一巴掌打下）我要的是活人！

匪兵甲 报告团长，拾到一张纸条！

古团长 （接，念）中央财务入库清单，黄金三百条，净重三百两。黄金三百条，净重三百两？

[众惊呆，狼狈地四处寻找……

古团长 来人呀，封锁路口，沿途搜索。生要见人，死要见尸！共匪重要人物，带走三百金条——（觉失言，压低声音）三百金条，获者重赏！

王麻子 是！（看马，惊愕地）大黑青？

[收光。

三

[景转：阿金家门前。

[几声狗吠。花姑由内出，远望。

花　姑 （十月怀胎）

外面狗吠声，

惶然心自忖。

莫非是阿金，

返家转，人已到村边？

花　姑 阿金回来了？不对！

[内狗吠声渐近，王麻子领联防队上。

王麻子 没我命令，不准开枪，抓活的！

[入门。

花　姑 哦，原来是王队长，你要干什么？

王麻子　抓人！

花　姑　抓谁？

王麻子　傻金！

花　姑　他跟刘老板外出贩盐了。

王麻子　哼哼！他回来了！

花　姑　阿金回来了？

王麻子　在山沟里，我看见大黑青了！搜！

［众联防队员推开花姑，入屋内。

［甲、乙押病体孱弱的阿金爹上。

甲　　　报告队长，屋内找不到傻金，只有他的老父病卧床上！

金　父　你们要干什么？你们要干什么？

王麻子　傻金投共，全家通匪！

花　姑　啊？

王麻子　押下去！

［花姑亮出手段，打倒众人，扑向王麻子。

王麻子　（拔出手枪，对着花姑）站住，再走一步，我就开枪了！

［花姑惊住……

王麻子　限明日交出傻金，不然就杀了这个老鬼！

花　姑　王麻子，你——

王麻子　不过，念在同乡份上，交三十个大洋换人，也是可以的！带走！

［王麻子与众押阿金父下。

花　姑　阿金呀阿金！你到底去哪了？

（新腔流水）

暗心惊，一月来，问你因何无踪影？

忽又听，投军去，教我怎不忧惊？

莫非是，你忘了，你爹爹在家抱病，

莫非是，你忘了，花姑待你一片情。

（散板）　阿金阿金，要傻你就傻到底，

切勿回来枉送命。

花　姑　菩萨保佑，阿金一定要平安无事，你千万不要再回来了！

阿　金　花姑！我回来啦！

［阿金上。

花　姑　（一惊）阿金！（上下打量）你到底去了哪？

阿　金　花姑，我差点没命了。

花　姑　到底发生了什么事？

阿　金　我……

花　姑　你快说！

阿　金　（韵白，由慢而快）自从别了花姑，我就跟着刘老板苏区贩盐巴上了路程。交了货、收了钱、卖了好酒，刘老板说是对我的奖赏，说得好听。谁知道刘老板黑了心肝将我灌醉偷了我的工钱，还变卖了我们的大黑青。红军还我马、赔我钱，若让好人来吃亏，我知花姑也会不答应。为了赎回大黑青，我就、我就、我就、我就……

花　姑　你就怎样，快说呀！

阿　金　我就当了红军的马夫上了征程！（喘粗气）

花　姑　你真的当了红军？

阿　金　是红军的马夫！

花　姑　后来又怎样？

阿　金　花姑呀！

（朦胧）　人在烽烟里显我男儿性，

行走在枪声里，向绝处问前程。

碧血铺路，烈性捐躯朝前认，

运输队，同一样豪气生死轻。

（滚花）　我与大黑青，总是冲在前头，

生就一副英雄性。

忽然间，一声震天响，

大黑青它——

花　姑　它怎样？

阿　金　它中了弹，倒在了血泊之中……

花　姑　大黑青——

阿　金　（滚花）　它它它，死不瞑目，

我只带回它的一只铜铃！（示铃铛，摇了一下）

花　姑　（气得欲哭）你——

阿　金　花姑，我，我对不起你！

花　姑　既然你当了红军，就不该回来！

阿　金　花姑，我回来和你告别，马上就走！

花　姑　阿金呀！

（三字清）联防队，已颁通缉令，

共党分子，要肃清。

（七字清）活捉大洋三十整，

打死也可立功名。

你走路从来只向前头认，

为何今日偏要转归程？

（滚花）　可知你爹爹——

阿　金　我爹怎样？

花　姑　已被王麻子抓了去。他说除非交上三十个大洋，不然就——

阿　金　不然就怎样？

花　姑　（滚花）　不然就难存性命。

阿　金　该死的王麻子！

（滚花）　三十个大洋换人命，

简直是吸血的魔鬼害人精！（抚着棉袄，一惊）

黄金！啊，不行！

花　姑　阿金，你不要难过。我一定会救你爹出来！

阿　金　（捂紧衣襟）三十个大洋，哪里找啊？

花　姑　我爹爹留下的一亩水田，三亩山地，把它卖了，应该可以凑足三十个大洋。

阿　金　不可以！这是你爹留给你养命的。

花　姑　我的就是你的，你的也是我的。还分什么你的我的？

阿　金　花姑……

花　姑　听我的！王财主早就想谋那片水田和山地了，我现在就去找他去！

阿　金　花姑……

花　姑　阿金，如果王麻子知道你回来，那就麻烦了。你快躲起来！待救出你爹，我们就远走高飞！等我！（下）

阿　金　（叫不住花姑，来回走动）……找王麻子，救阿爹。找红军，还黄金。这便如何是好啊！哦！有了！

[切光。

四

[古小姐提一个皮箱上。

古小姐　（念）　省城求学读书人，
投身革命主义真。
星火未燃遭扑灭，
何处效我救国心。

[阿金上，与古小姐相撞，碰落皮箱。

阿　金　不好意思。(帮手拾起)

古小姐　多谢!

[分边下。

[背景，国军、土匪、流氓见路人一个个审视，绑架……

[大牢外，马棚前。

[古团长上。

古团长　（七字清）缉匪一声令发下，
忽见共匪多如麻。

无奈三百金条无下落，

只得漫天撒网把人抓。

统统关起来！（下）

[王麻子押阿金上。

王麻子 走！

阿　金 （新对花）真不讲理，真不讲理，

无缘无故将我拉。

正一是个无赖，立心太坏！

王麻子 （接唱）管你骂我倒与歪，

只认钱最大！

阿　金 （接唱）三十个大洋边处揾，

只好每天将血卖！

嗱！（送一个大洋）

王麻子 （接过，示一个大洋）这是三十个？

阿　金 王队长，一个月三十天，对不对？

王麻子 对呀。

阿　金 我一天卖一次血，卖一次有一个大洋，三十天三十个，对不对？

王麻子 一天卖一次血，你以为你的心脏是水库，抽不干呀？

阿　金 我不怕死。

王麻子 你不怕死，我怕你死。你死了，三十个大洋我问谁要？

阿　金 （急了，大声地）王麻子，你——

王麻子 （举枪对准阿金威吓）

阿　金 反正都是一死，开枪啦！

王麻子 哈哈，我不会就这样让你死的！快说，那三百金条在哪？

阿　金 （一惊）金条？

王麻子 别装了！那河边死了的大黑青是你的。那三百金条也一定是你……

阿　金 （努力让自己镇静下来）你，你，你胡说什么呀？

王麻子 再不说，我就真的开枪了！

阿　金　打死我也不说！因为我，我……我根本就没见过！我若有三百金条，比李老财还有钱，还要卖血救父？

王麻子　（懵了）这……

阿　金　每天一个大洋，卖血换的，三十天三十个，我只求放了我爹！

王麻子　好！只要你听我的，我不但不要你三十个大洋，还送三十个大洋给你？

阿　金　送我三十个大洋？

王麻子　知道抓一个普通共党分子多少大洋么？

阿　金　多少？

王麻子　三十个大洋！

阿　金　三十个大洋？

王麻子　知道抓一个红军师长又是多少个大洋么？

阿　金　多少？

王麻子　一百个大洋！

阿　金　一百个大洋？！

王麻子　没错！

（三脚凳）国军抓共匪，

按官衔论赏银。

官阶大一级，

就高一级赏金。

马夫是匪徒，大官还是匪，

不如连升几级，多拿些赏银。

赏银若到手，你我都有份。

一百个大洋，我与你三七分。

阿　金　三七分？

王麻子　三七分！

阿　金　我七你三？

王麻子　你傻架？是我七你三！

阿　金　哦！

（接唱） 即系话让我做监墩，

你就去领赏银。

王麻子 （冷笑）哈哈，傻金，聪明！牺牲你一个，幸福全家人呀。

［内场一阵马嘶……

王麻子 什么事？

国军甲 队长，马惊了。古小姐她……

王麻子 团长千金，还不去救人。团长！

［烈马负着古小姐狂奔而上，古小姐大声惊叫……

［王麻子也被狂马冲撞；阿金跃上马背，将马降服。

［古团长等追出。

古团长 乖女，你没事吧？

古小姐 （娇嗲地）爹，我没事呀。

古团长 以后不准你骑马了。

古小姐 爹，我都没事。

古团长 没事没事！如果你有什么事，你教我如何对得起你死去的娘亲呢？

古小姐 阿爹，我真的没事。是这位大哥……

王麻子 不用客气。

古小姐 行开。是他……

古小姐
阿　金 （二人照面，惊讶）是你？

古团长 王队长，他是什么人？

王麻子 报告团长！他是本村的马夫，叫马得金，又叫傻金！

古小姐 爹……

古团长 （从裤袋里掏出一个大洋）看赏！（抛给阿金）

阿　金 多谢长官。

谢团副 报告！报告团长，捉来一个红军头子。

古团长 押上来！

［两国军押邱排长上。邱排长与阿金碰面。

阿　金　邱……

邱排长　（恨恨地）哼，你还忧什么？领你的赏银吧！

谢团副　团长，那姓邱的分明是扛枪打仗的红军，却打死不招！

古团长　（审视了一下邱排长）这么嘴硬，我亲自审问，押下去！（下，谢团副随下）

［古小姐看二人神情，似有所悟。

［邱排长被押下。

王麻子　人来呀！（对阿金）把他抓起来！

古小姐　慢！他是我的恩人，你想将他怎样？

王麻子　（赔笑地）呃，不敢……

古小姐　恩人，你马技了得，我要你留下做我爹的马夫！

阿　金　又做马夫？

古小姐　跟我来。（白一眼王麻子）放手！

［古小姐领阿金下。

国军甲　姐夫，现在怎么办呀？

国军乙　队长，现在怎么办呀？

王麻子　（沮丧地）我哪儿知道怎么办。唉也，煮熟的鸭子都会飞呀！

［收光。

［内传来阵阵拷打声，和惨烈的叫声，渐渐归于平静……

［夜。

［阿金蹑手蹑脚地上。

阿　金　（跳花鼓）卖血救爹爹，
想来真够笨。
（白榄）　与狼讲道理，
十足大傻人。
自己是个泥菩萨，
此后一定要小心，要小心。（介）
大气不敢透，
小心轻轻行。

偷偷离马房，

趁夜好脱身，好脱身。（介）

忽又见，牢门哨兵呼呼睡，

不妨偷开牢门先救人，先救人！（介）

（尾腔）救邱排长出去，

一起去还金。

[阿金轻手轻脚下。

[邱排长等囚犯轻手轻脚拥出……

邱排长 得金兄弟！

阿　金 邱排长……

邱排长 终于找到你了，黄金呢？

阿　金 （拍拍棉袄）在这呢！

邱排长 快交我。

阿　金 为什么？

邱排长 我是红军。

阿　金 我也是红军——的马夫。

邱排长 我还是共产党员！

阿　金 我……不是共产党员就不能还金了么？这是袁队长交我的，我要亲手交还袁队长！

[马突然嘶叫，内人叫："走犯啦！"哨声中，众兵慌上。

邱排长 （无奈）好，阿金兄弟，我掩护你！快走！（掩护阿金，中弹）

阿　金 邱排长……

[敌兵追下；阿金也呆了，望着气绝的邱排长。

阿　金 邱排长，你放心吧，我会把物品亲手交还袁队长的！

[阿金欲下；古小姐上。

古小姐 站住！（盯着阿金）我早就猜到，你是红军的特工！

阿　金 我是个马夫，我真是个马夫！

古小姐 没时间磨嘴皮了，（掏出一纸文书）这是通关令牌，牵上马，我送你出去！

阿　金　（不敢相信）这……真的？

[人声嘈杂……

古小姐　快！跟我走！（拉阿金下）

[古团长上。

[内马嘶声……

[谢团副上。

谢团副　报告团长，狱中囚犯全部逃脱。那个马夫也骑着你的马出了关。

古团长　啊？谁放他出关的？

谢团副　（幸灾乐祸地）是您的千金大小姐，拿着您的通关文书，骗过了关卡。

古团长　（一怔，知其不怀好意，却无可奈何）追！

[谢团副阴笑。

[收光。

五

[荒野。

[花姑扶金父上。

花　姑　爹，你慢走啊。

金　父　花姑，我这副老骨头，你还花钱救我做什么？

[马蹄声。

花　姑　（远望）阿金？爹，那不是阿金么？

金　父　啊？阿金，他在马上抱着的女人是谁？臭小子，你快回来。难为花姑卖田卖地救我出来，你竟然抱着个女人走了，我要打死你！

[收光。

[花姑与金父隐去。

[阿金左闪右躲地上；古小姐追寻着上。

阿　金　唉，古小姐，你怎么还跟着我，这件事情我连累了你，我对你不住，你快回去吧。

古小姐 你不要再说了，你现在打算怎样？

阿　金 我打算……我没有打算。

古小姐 你老实跟我说，你是不是CP(共产党)？

阿　金 CP？

古小姐 我是CY（共青团）呀。

阿　金 古小姐，你年纪轻轻又怎会是师奶。

古小姐 不是师奶是CY。

阿　金 我不理什么CP、CY、师奶，我还有紧要事情要做，我要走了，你快回去吧，你不要跟着来，我要去撒尿，不要偷看呀。

[突然，“砰砰砰”叫声：“捉共匪！”一阵枪响。

[阿金与古小姐入草丛中。

[花姑惊慌地上。

花　姑 （快花）　一路追踪步飞快，

穿过山谷过险崖！

[内人声又起：“抓共匪！”

[阿金草丛中见外面的花姑，又惊又喜。

阿　金 花姑！（冲出，将花姑拉入草丛中）

[众兵吆喝着：“抓共匪！”过场。

[花姑、阿金与古小姐从草丛中出。

花　姑 （见兵已走远，回头大叫一声）马得金！

阿　金 花姑？你，怎么会在这里？

古小姐 哦，原来你就是阿金常常叨念的花姑姐姐！

花　姑 狐狸精！

阿　金 花姑，你听我说。

花　姑 住口！

（快慢板）可恨你骗花姑良心已坏，

弃老父无情义怒上胸怀。

一月来人不归却原有狐狸作怪!

阿　金　花姑……

花　姑　你收声!（指向古小姐）

好一位官小姐却原是一个怪胎!

古小姐　花姑姐姐，你误会我了。

花　姑　马得金，我卖了田地将你阿爹救回，你却带着这狐狸精远走高飞，你对得住我吗?

阿　金　花姑，你可以骂我，但不要冤枉好人。

花　姑　好人?你就是帮着她，你没良心……

阿　金　她救过我的命。我们只不过是……

古小姐　是同志。

花　姑　同志?

阿　金　哦!对，是同志。

古小姐　首长，请相信我?

花　姑　（懵了）你说他是——首长?

古小姐　花姑姐姐，看来，你也被他骗了。

（新曲）　他是人前装傻将戏演。

实为智勇两双全。

降烈马舍己救人，

劫狱放人出生天。

红军用兵如神，

今日百闻不如一见。

我已确信，我找到组织了。阿金首长，古玲子愿意接受你的领导。

阿　金　（哭笑不得）这，这误会真的大了!

[谢团副引兵包围，古团长上。

古团长　（盯住阿金）好你个马夫，原来是一个共匪，拿下!

古小姐　（恳求地）阿爹你要捉他，就先捉我。

古团长　不关你的事，走开!

古小姐 爹，我已经是他……是他……是他的人了。

古团长 一个千金小姐和一个马夫，莫非你真的读书读糊涂了！

古小姐 （低声地）爹，他是共产党，女儿也是共产党，爹你脱得了关系么？

古团长 （惊）这……

古小姐 自招通共是灭门之罪，你才是糊涂啊！

古团长 这……

古小姐 爹，不如你就依了我。

古团长 依你什么？

古小姐 远走高飞！

古团长 你和他私奔？你堂堂千金小姐和一个马夫私奔，我这张老脸往哪放？

古小姐 爹，你是要脸，还是要命呢？

王麻子 （另场）煮熟的鸭又回来了。

古小姐 爹……

古团长 （无可奈何）唉，谁叫你是爹的掌上珠心头肉呢，只能依了你啦！

古小姐 谢爹爹！（转身拉阿金欲走）

古团长 站住！（对阿金）你！胆大包天，竟敢拐骗官家少女？

阿　金 （懵了）我？拐骗少女？

古团长 带走！

古小姐 爹，是放。

古团长 （低声地）傻女，明目张胆放走共产党，阿爹不要命了？我是明擒暗放！

古小姐 （暗喜）哦，谢爹爹！

古团长 （喝令地）带走！

[众兵拥上。

阿　金 慢！让我对花姑说两句话，可以吗？

古团长 快说！

阿　金 花姑，你亲手缝给我的棉袄，我遗留在山洞里，你一定要取回来！

花　姑 命都没有了，还要那破棉袄干什么。

阿　金 棉袄里面有……

花　姑　有什么？

阿　金　有你的一针一线，有你的情，有你的义，还有我的一个承诺！

花　姑　你的一个承诺？

阿　金　（流水南音）

棉衲虽然破旧甚，
却能遮风挡雪度寒更。
它是我心头一块肉，
丢它我似丢了魂。

花　姑　一件破棉袄，至于么？

阿　金　（焦急地）哎呀！

（流水行云）

求花姑呀！
念我与它数载结伴同命运，
互关照，寒更雪天结伴行，
予我热与温。
你莫舍佢太心狠，
你莫伤透我的心。
内里一针一线是你夜里挑灯意层层。
求求你，休舍弃，
到那避雨挡风处，
为我分忧践誓盟。

花　姑　（接唱）　他一声一句意情恳，
一声一句带忧恨。
情重意真，定有内因未说与人。
几番哀求，男儿有泪染襟。
好，我去，花姑这就去！

阿　金　慢！

还有话要讲望记紧，

一诺千金，莫忘了古训，
不占不贪，宁可受困顿。
棉轻絮轻，莫让它沾半点泥尘。

花　姑　我……知道了！

古团长　带走！

［阿金被押向一处。

古团长　王队长！

王麻子　在。

古团长　今晚将他……

王麻子　杀了？！

古团长　不能让我的宝贝女儿知道。

王麻子　是。

［古团长等下。

王麻子　将他绑起来！

［阿金被绑在一柱子上。

王麻子　（对众兵）你们下去，让我亲自来。（接过鞭子，说一声抽一下）傻金，说，黄金到底藏在哪？

阿　金　（痛叫）哎哟——不知道。

王麻子　不知道？（狠抽）该知道了吧？

阿　金　王麻子，你打死我也没用，我是不会说的。

王麻子　傻金，服你了！这样吧，三七开，掉转来，你七我三。

阿　金　（他不再叫痛了，而是咬紧了牙关）我真的不知道。

王麻子　傻金，红军到底给了你什么好处？

阿　金　他们什么也没给我。我只知道，他们是好人！

王麻子　（气急败坏、疯狂地抽打）打死你，打死你，打死你！

［阿金痛昏倒地，又艰难地爬起来……

王麻子　（喘过了气，举枪）气死我了！看来你是不见棺材不掉眼泪，我只有送你去见阎罗王了。

［王麻子举枪指着阿金，一声枪响，阿金摇摇晃晃倒地……

[王麻子惊奇地望了望仍在冒烟的枪口，再看看倒地的阿金，狡猾地笑，闪一旁。

[一阵冷风吹来……

阿　金　(四周看看，猛醒似的，逐一检查自己的四肢、头颅，欣喜) 我没死，我还没死！黄金，黄金……

[阿金下；王麻子一旁闪出，暗喜，跟下……

[收光。

六

[夜。

[山洞。

[鸦叫。

[花姑内唱 (雪中燕) “心惊惊，觅旧地” 上。

花　姑　(接唱)　一弯冷月趁星稀，
寒鸦凄风里。
忆曾经，多少次，
风雨夜共对话童年旧事。
今宵里，人独往，
只因别语叮嘱句。
声声里若似有难言事，
岩缝石壁里觅那棉袄释疑虑。

(寻介，惊见) 棉袄？(捧起)

(滚花)　为何沉沉如铁——(半句)

(打开棉夹，大惊) 啊，黄金？！

(接唱)　黄金来何处，不禁起思疑？

(七字清) 声声叮咛犹记起，

言辞恳切动心扉。

一线一针，不可贪为己，

句句话里有玄机。

（三字清）他匆匆回，匆匆去，

竟为还金，苦奔驰。

[忽闻鸦声。

[花姑欲藏棉袄原处，觉不妥，最后藏一块石头底下。

[阿金满身伤痕上。

花　姑　（惊）阿金？

阿　金　（踉跄地）花姑……

花　姑　阿金，你怎么了？痛吗？

阿　金　（强忍）不痛。

花　姑　（抚伤处）他们把你打成这个样，还说不痛？

阿　金　花姑，有命回来，痛算什么？

（秋江哭别）

今番老天关顾情无限，

枪底无情竟还带眼，

不让这冤鬼往地狱行。

钢鞭抽肉烂，

只因骨骼硬，

几番走近地府死后复再生。

花　姑　（接唱）不忍看衣破皮肉烂，

你究是为谁挨鞭棒？

身摧肉也残！

这般遭苦难，

竟说此身骨骼硬，

花姑也为你洒泪透衣衫。

阿　金　（奔向藏棉袄处，惊）花姑，那棉袄呢？

花　姑　（赌气地）我没见到。想是被人拿走了。

阿　金　（到处乱找，绝望地）完了，完了，完了！我如何对得住袁队长，我如何向红军同志交代呀？

花　姑　那黄金是红军的？

阿　金　是。（忽醒悟）啊，花姑，你见到黄金了？

花　姑　（心虚地坐于那石头上）没…… 见过。

阿　金　你见到了！你分明是见到了！花姑，藏在哪？快告诉我！

花　姑　阿金，我先问你，你打算带着那黄金去哪里？

阿　金　去找红军！

花　姑　现在？

阿　金　立即。

花　姑　不行！

阿　金　为什么？

花　姑　你就不为自己想一想？

阿　金　想什么？

花　姑　阿金呀！

（接唱）　可知你爹爹仍染病患？

破屋烂瓦怎挡雨风翻？

怎挡雨风翻？

四壁只有草糊拦。

你不为自己着想，也要为这个家着想呀！

阿　金　（接唱）　念到泥墙和茅舍，

我无语羞遮颜，

爹爹苦累一生，病体撑。

花　姑　（接唱）　你口说只对花姑爱重似山，

也应火砖瓦面有屋半间，

一顶花轿娶我回还。

耕田汉，若无三分几亩田耕度日难。

阿金，我们的大黑青没了，再无田无地，怎么活下去呀？

阿　金　（沮丧地）花姑，我知道，我配不上你。但做人要对得住天地良心。

花　姑　天地良心？你就知道天地良心，你挨了这么多苦，怎么不见老天开眼，你不为我着想，不为这个家着想，现在连大黑青都死了，我们一无所有了！

阿　金　（爆发地）不要说了！（哭泣起来）不要再说了。

花　姑　（歉疚地上前抱住，也哭了）花姑只是要你为自己想一想。

阿　金　（乞求般）花姑，以前都是我听你的，这一次，你听我的，行吗？就这一次。行吗？

花　姑　……（无语）

阿　金　（接唱）　有称天地横，
黄金和诚信，孰重孰轻可量限，
应知公理在世间。

花　姑　（接唱）　心底里反复问数番，
他这半痴半憨间，
似昏似醒脑不转弯，
却有铁肩担道义，
也曾令我倾心所爱认作心中好儿男！

阿　金　（乞求般）花姑，我求你了……

花　姑　（忍不住一笑）好了，好了，谁不知你是一根筋。和大黑青一样，你认定的事情，就一定要做到。

阿　金　（怯怯地）花姑，我知道，这样不好。

花　姑　谁说的？花姑喜欢你就这一点。

阿　金　花姑！真的么？

花　姑　你说呢？

阿　金　我就知道，花姑是世界上最好的女人！

［花姑执住阿金的手，顺势倒入阿金怀中……

花　姑　阿金，如今到处打仗，也分不清哪头是白军，哪头是红军。待平静些了，你再去还金。好吗？

阿　金　花姑。红军行军打仗，缺粮少衣，等着钱用，一刻也不能等啊！

花　姑　天亮了再去，也不行吗？

阿　金　这……

花　姑　天快亮了，这一次，猫头鹰一定还未醒来。你不是说过，要花姑的么？（渴求地望着阿金）

阿　金　（情欲被点燃）我要，我要……（迅速地要解开花姑的衣衫）

[花姑也在忙乱地为阿金解开衣扣……

[忽然传来猫头鹰的叫声。一切因此而停止……

阿　金　猫头鹰……

[猫头鹰又叫了两声……

花　姑　（沮丧地）猫头鹰，又是这该死的猫头鹰！

阿　金　花姑，待我还了黄金，回去就与你拜堂成亲。待等花烛洞房之夜，一定，一定……

花　姑　（一笑）如果那猫头鹰再敢多事，就猎了它，炖了烫，给你补身子！

阿　金　对！看它还叫不叫！

花　姑　（从石头下取出棉袄，递过）嗱！红军的黄金，一钱不少！

阿　金　花姑，你真好！

花　姑　你说了好多次啦！穿上吧！（为阿金穿棉袄）

阿　金　你是真的好嘛！

[王麻子突然出现。

王麻子　红军的黄金，一钱不少，哈哈，哈哈哈……（举着枪，一步步逼过来）

阿　金　王麻子，你要干什么？

王麻子　哈哈，要发财，要黄金！还要你的命！

阿　金　黄金是红军的！

王麻子　如今是我的！

花　姑　王麻子，你敢？！

王麻子　（枪指着）花姑，你拳脚是厉害，但敌得过我的枪么？

阿　金　（用身体挡住花姑）王麻子，我再说一遍，这黄金是红军的！你不怕天打雷劈么？

王麻子 哈哈哈，你真是一根筋！到如今还说这种话？告诉你，三七开，也是骗你的。这黄金全是我的。全是，明白么？对不起，见阎王去吧！（对准阿金胸膛扣响枪）

[“砰”的一声；接着“铛”的一声回响……

[阿金身体摇了一下；王麻子却“呀”了一声，摇摇倒地……

王麻子 天……天意……（气绝）

花　姑 （疑惑地看阿金，见铃铛，惊喜）阿金，是大黑青救了你！

阿　金 大黑青，又是你！（亲了一下铃铛）大黑青，我们上路吧！

花　姑 阿金，你一个人去，我不放心，我随你去！

阿　金 花姑！不是还有大黑青一直陪伴着我么？

（乙反减字芙蓉）

我快去当快回，

家中老父拜托你！

花　姑 这……

阿　金 花姑，我爹多病，借钱也要为他找个好医生！

花　姑 你爹就是我爹，放心吧！不过……

阿　金 不过什么？

花　姑 （接唱）　你要记住我花姑，

天天在家等着你。

即使见了像古小姐这样漂亮的姑娘，也不许……

阿　金 再漂亮也无我花姑漂亮！放心吧，除了花姑之外，我不会多看别的女人一眼的。

花　姑 一个人走累了闷了，就与大黑青说说话。（挂好铃铛）

阿　金 唔，我很快就会回来。回来……娶你！

花　姑 （点着头）唔！

[无歌词的吟唱声：

唔……

[二人依依惜别……

[收光。

七

[荒野。

[红军长征过场，艰难跋涉……

[幕后唱新曲：

离了瑞金过湘江，

四渡赤水路茫茫。

金沙泸定转眼过，

草鞋一路向北方。

[阿金一路追赶，拾起破草鞋，欲朝北去……

[古团长带谢团副等匪兵冲出，拦住去路。

古团长 抓活的！

[众匪兵一拥而上，捉住阿金。

[一个兵士突然出列，拔出了枪，转身对准了古团长。

古小姐 住手！

古团长 啊……

古小姐 （除帽，露出女装）令他们退下！

古团长 玲子？是你！

古小姐 令他们退下！

古团长 （挥手示意众兵放下枪）你疯了么？你要干什么？

古小姐 你卑鄙！为什么要暗中枪杀我的朋友？

古团长 他是共产党！（指阿金）

古小姐 那我告诉你，你女儿也是！

古团长 你……疯了么？

古小姐 你们不是到处找红军么？女儿乔装随行，我也正是借机找寻，投奔共产党。

古团长 荒唐！

古小姐 爹，我知道爹最疼惜玲子。但女儿有自己的梦想。女儿知道说服不了爹，但爹也别想说服女儿。爹，我们各行其道吧！

古团长 （欲扑过去）玲子——

古小姐 （把枪对准自己的额头，威胁）爹，再前一步，我就开枪！

谢团副 团长，不能放了共产党！

古团长 （大吼一声）滚到一边！

古小姐 爹，若一朝战场上相遇，女儿绝不向爹爹开第一枪。

古团长 女，爹爹爱你，胜过一切。你怎么可以？

古小姐 爹爹，既然爱我，就放我走！

[古小姐护着阿金一步步走出包围圈……

[突然，“砰”的一声枪响，古小姐中枪倒地……

[古团长大惊，回望，是谢团副开的枪。

古团长 女——（扑向古小姐，抱住）

古小姐 （奄奄一息）爹爹……

古团长 女，爹爹不能没了你呀！

古小姐 爹，对不起……

古团长 （痛哭）女……你不能死，不能死！你死了我如何向你妈交代啊！

古小姐 爹……玲子没死，玲子只是……只是走向了……真……真理……（气绝）

古团长 （大恸）女呀——（稍顷，静）玲子，你妈走了，你也走了，爹爹活着还有什么意义？（对着阿金）是你！是你害死了玲子！（站起，从士兵手中拿过一把机关枪，对准阿金，一步步走过去）

谢团副 （幸灾乐祸地）共产党，杀，杀他个干干净净，一个不留！

[古团长突然停住了脚步。猛地背过枪口，对准了谢团副……

谢团副 （大惊失色）你，你，你要干什么？

[古团长对着谢团副，扣动了扳机，一梭子弹把谢团副打成了马蜂窝……

[众匪兵惊呆了……

古团长 （对众匪兵，大吼）丢下你们的枪，都回家去！

[众匪兵怯怯地丢下了手中的枪，惊惶地散去……

[古团长把机关枪一摔，从腰间拔出手枪，对准了自己的太阳穴，扣响了扳机，倒在了古小姐的身旁……

阿　金 （向古小姐缓缓下跪）古小姐，你的恩我记下了。待找到了红军，见到了袁队长，我会告诉他，有一位叫古玲子的同志。再见！

[收光。

八

[景转：茫茫草地，处处沼泽。

[红军艰难地过草地，有的红军战士被陷进沼泽之中……

[一垒垒土堆插着一根根树枝，那是英雄的墓铭……

[幕后唱新曲：

一阵烈日一阵风，
乌云翻滚瘴气浓。
根根树枝作墓铭，
串串脚印入苍穹。

[阿金艰难地行来……

阿　金 （反线二黄板面）

万里跋涉，
山峦过千重，
饥肠已空空，
双眼也迷蒙。
似觉天翻转，地晃动，
我与飘絮同，
无力任那罡风送。

[寒风阵阵。

（反线二黄）

天苍苍，野茫茫，

抬头不见飞鸟过，

低头只见脚印串串入苍穹。

一会儿奔向西，

一会儿忽又东，

红军分明跟前过，

忽又没了影踪，

似向云间飞纵。（左右寻觅，昏倒介）

[大黑青的叫声传来……

阿　金　（昏迷中醒来）大黑青？大黑青！（挣扎起来）

（二黄滚花）

看四周新坟垒垒，

[惊见一杆枪从沼泽中高高竖起，顶着一条厚毛巾在风中飘扬。

沼泽里，似有酒旗迎风。

（惊愕）头巾？（取下，细看）这不是我送袁队长的头巾么？（一想，突然意识到什么，回望沼泽中竖起的那杆枪，大惊）袁队长？！（对沼泽呼叫）袁队长！袁队长！袁队长……（哭了）

（乙反中板）

唤千声，人不见，

只见静水之下，

似有一股豪气直冲天顶。

看一路，新坟堆堆，

草标成墓记，

未知是哪家儿女？何姓何名？

袁队长，我虽然不知道你们来自哪里，叫何名字，但我知道，你们是好人，是天底下最好的人！袁队长，你放心吧！我一定要找到红军，完成你的交托！袁队长，拜别了！

[阿金艰难跋涉。景转雪山。

[寒风呼啸，飞雪漫卷……

阿　金　（抚糜歌）风呼啸，雪飞翻，

走过了荒草千里，

又见大雪山把路拦。

追足踪，觅印迹，

孤身翻雪山。

登悬崖，过绝壁，似攀鬼门关。

又见冰崩雪塌，似怒卷狂澜，

雷轰天塌，断摧千丈岩。

[雪崩巨响，震天动地……

阿　金　（从雪堆里爬起，眼前一亮，惊喜地）红军，是红军，我终于找到红军啦！

[舞台留下是一幅壮烈的“人塑冰雕”图景。

[“雪人”有的倚着枯死的老树，有的坐在石头上，有的相互拥抱，还有一个抽烟的红军，似笑点烟斗……

阿　金　（冲到“人塑冰雕”前）红军同志！

[“雪人红军”一动不动……

阿　金　（定睛细看，惊呆）啊？！（冲上前，一个个呼唤）红军同志，红军同志，红军同志……

（散板）　触目惊心，摧肝裂胆，

活人成塑，倚石成岩。

（回龙二黄）

谁来作证，寒天不语，

只作低头任飞雪漫漫。

一座座人雕冰塑，

视死如归，敢越鬼门关。

（活动句）麻布作衣衫，

草鞋裹冻脚，

半截卷烟风吹灭，

骨如钢造压不弯，

（原板） 似与老乡攀谈，情意风中飘散。

一串串笑声，

回荡于山涧，

一股股豪气，

直上云间。

[阿金从怀中取出红军帽，戴上，向“冰雕”敬军礼。

[狂风卷雪，阿金艰难地前行……

（新曲） 红军踏过冰川，

寒冰血色染。

踏过草毡，

草染如燃，

红艳似火烧天。

男儿捐躯露笑脸。

随同日月一起飞天。

路弯弯，接天远，

红军路满硝烟。

夜望北斗星。

神鬼也自暗惊，

云天也为我作证。

黄金轻，信义重如城，

寻红军——

（变奏） 寻的是天地豪情！

[音乐声中，阿金艰难地跋涉……

[幕后朗诵：1936 年秋，阿金经过 12 个月零 2 天的艰苦寻觅，穿过了十一个省，与红军一起经历了几十次大小战役，爬雪山、过草地，终于到达延安，亲自将黄金交到了二号首长的手上。阿金一个人的长征结束了。这是一次人格的长征。它将与伟大红军一样，写进伟大长征的历史里。

[剧终。

（剧本版本：广东粤剧院提供）